U0735673

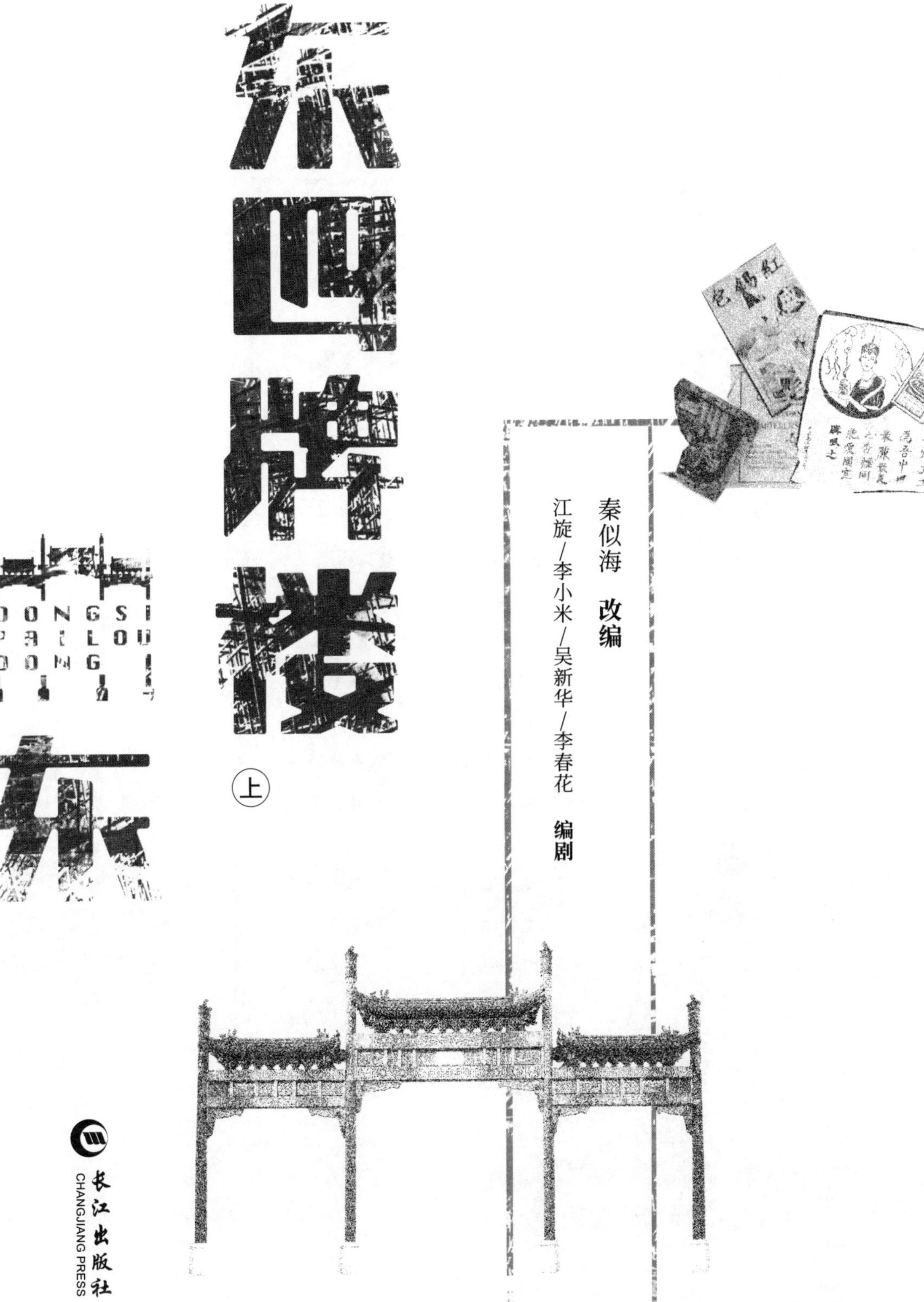

东四牌楼东（上）

DONGSI PAILOU DONG

秦似海 改编

江旋/李小米/吴新华/李春花 编剧

长江出版社
CHANGJIANG PRESS

东四牌楼东

目录

目录

东四牌楼

DONGSI
PAILOU
DONG

东

楔子

紫禁城。

夜色迷离，红墙高檐的轮廓渐渐黯淡。

毓庆宫外，一条清瘦的黑影踩着短靴，闪身进了偏殿，头也不回，急匆匆地就往西堂库房疾走。

穿过后殿的“继德堂”，便是西次间的藏书室，嘉庆皇帝曾赐名“宛委别藏”，与东山墙的悬山耳房相通。此人一身飞蝠蓝丝的刺绣，腰间别着玉钩黑带，月色透过槛窗，映出一张苍白的面容，神色莫名惊惶，却是敬事房的总管太监汪玉明。

只见汪玉明侧耳聆听外面的脚步声，确信偏厅无人，便掌起一盏油灯，打开书房的铜锁，径直走到书架前面，手指头一排排拨弹过去，心急地在木格子里翻寻书籍。他的手突然在一个书匣前停住，熟练地抽出一册书来，翻开几页仔细核对，捧着书的手开始颤抖，呼吸越来越急促，脸上更是写满了紧张与兴奋……

“汪公公，您在这儿做什么？”

忽然，库房门外响起一声惊叫。汪玉明猛地回头，只见随侍小太监小喜子正一脸惊愕地望着他，手里端着一只纸篓。汪玉明缓了一口气，干咳数声：“都这个时候了，皇上还要你打扫藏书房？”

“皇上吩咐了，继德堂内的书籍可没人瞧得上眼，让奴才收拾整齐，就算那些强盗要搬走，也好有个目录可查。”

“查什么？”汪玉明突然有点儿紧张。他话音一颤时，微微一点头，唉声叹气地道，

“如今世道变了，皇上心里虽然舍不得，那也是无计可施。这些书籍都是老祖宗传下来的，你可要摘抄仔细了。你来瞧瞧我这本册子，可写过目录没有呢？”

汪玉明扬了扬衣袖，小喜子弯着腰就走过来，正欲伸手去接，不料汪玉明却一把搂住他的肩头，目露凶光，袖中闪现一柄寒光凛凛的匕首，身子前倾，“噗”的一声轻响，迅速捅入小喜子的腰肋。

惨呼声嗡嗡绕梁，却冲不开深宫高墙，犹如石沉大海，转眼即逝……

更多精彩
详见二维码

第一章 二女争风

清晨的阳光射穿薄雾，照耀着乾清宫。

台阶上一片阴暗的影子，异常冷清，紫禁城昔日的辉煌，残留秋风。

逊帝溥仪昂着头，骑着蓝牌自行车，从东一长街一直踩到了御膳房。后面四名小太监单手扶住圆顶帽，提着一口气，一溜小跑，片刻也不敢耽误。

这是1924年的秋季，第二次直奉战争爆发。辛亥革命结束了清王朝的统治，溥仪虽已退位，但并没有离开紫禁城，他在“逊清小朝廷”之中读书吟诗，或作画弹琴；帝师庄士敦所教的学识，更是令他大开眼界。

此时，溥仪正骑到御膳房的门外，忽然刹住车轮，回头喊了一声：“汪公公怎么还没来？”

“回皇上的话，已经传下去了。”身后的小太监赶紧垂下脑袋。

溥仪皱了皱眉，嗓门有点儿大：“再传，越来越不像话！”小太监应了一声，转身就跑。御膳房的院子里站着七八名侍卫，领侍卫大人汪四海一脸肃容，亲自带队等候，老远看见皇上骑着自行车过来，清瘦的脸颊上绷起一丝紧张，赶紧示意手下的侍卫进内房，去提醒宫中的大厨杂役，圣驾已在门外了。

解神厨围着一块裙摆，正在内堂选菜。他两鬓有少许白发，略显老态，一双眼睛却是炯炯有神，闻言一怔，立即招呼厨役们出门迎驾。耳边听到小太监一声喊，众人便瞧见溥仪兴冲冲地跨步进来，慌忙跪叩在地。

溥仪微微一笑：“都起来吧！解神厨，在忙什么呢？”解神厨恭敬地道：“刚刚传旨说皇上想吃松肉、麻团儿，这不正做着呢嘛！”溥仪摇摇头，正色地道：“我又不想吃了！炸得油乎乎的，腻了！解神厨做的驴打滚、艾窝窝，更合我胃口。”

此类食物形似大元宵，先将江米蒸熟，揉成圆形的粉团，包裹各式什锦馅儿，外皮再沾上些米粉，质地粘软，口味香甜。这几样东西都是京城的风味小吃，解神厨当然是轻车熟路，只是这点事儿皇上传个口谕就行了，为何偏要亲自跑一趟？他心里暗自琢磨，莫非皇上是饿急了？

溥仪望了一眼院子，眉头紧锁，果然有点不耐烦的样子，“我去球场路过这儿，你做好了记得送球场去……还有什么，绿豆糕、豌豆黄儿什么的……哎……汪公公怎么还没来？”

门外三名小太监互相使了个眼色，瞧了瞧领侍卫大人汪四海。他们心知汪公公再不出现的话，皇上的嗓门就会越来越大，而汪四海正是汪公公的干儿子，如今皇上传了好几次不见人影，这种事情要是牵扯到“汪家”的家事，麻烦就大了。

汪四海皱着眉头，心里有些不安。他平日里一直伺候在溥仪的身边，很少出差错，眼看着皇上的脸色已经绷起来，只得缩了缩手，躬身上前：“皇上，敬事房的公公人手不够，一时半会也不知汪公公在哪候着，要不奴才再去找找？”

溥仪挥了挥手：“赶紧的！”

汪四海转身退出御膳房，往东一长街的方向过去，却见前面高墙下出现两条人影，干爹汪玉明正领着一名小太监气喘吁吁地跑来。汪四海眼珠子一转，慌忙迎上去，扯着干爹的衣袖，低声询问：“干爹耶，您这是去哪儿啦？”汪玉明抖了抖衣袖，没好气地道：“去个要紧的地方，你少问。”

“我问什么呀！皇上都急了，您就不怕挨板子呀？”

“急就急呗，嗓门大有什么用？他也过不了几天好日子啦。民国政府早就发话，要赶皇上出宫了！”他突然扭头望了一眼四周，压低了声音，“儿子呀，咱们就要发财啦！趁这乱呼劲儿，能捞就捞吧！”

汪四海一怔，心想果然不出他所料。他故意皱着眉问：“干爹，您是不是去了……”

汪玉明脸色阴沉，道：“闭嘴闭嘴！我哪儿也没去！”他拂袖即走，三步并作两步，心慌意乱地冲进御膳房，瞧了瞧院子里的侍卫，深深吸了一口气。他探着脑袋，袖子几乎垂落在地，溜进大堂之后，立即跪叩高呼：“奴才汪玉明，叩见皇上。”

“汪玉明，你好大的胆子！传你好几回了，怎么才来？”溥仪双手负背，正在观望解神厨搅拌豆沙做成的馅包，听到堂前汪公公说话的声音，忍不住拍着案板大声呵斥。

汪玉明不敢抬头，应道："奴才一听见信儿，这不立马就赶过来了。"

"胡说！我怎么听人说，你去了毓庆宫的小库房？"

汪四海此时正站在门外向房内窥视，闻言心里一惊，干爹去"继德堂"做什么？他是不是还有别的事儿瞒着自己？只见汪玉明眼神闪烁，不住地叩头："这是谁在乱嚼舌根子，奴才去那儿干什么呀？"

"不老实，来人……"溥仪一声吼，御膳房的大厨杂役皆是吓了一跳。解神厨心里暗想，皇上这嗓门好像与剪辫子那年颇为相似，要是一顿拳打脚踢，汪公公这瘦弱的身板子恐怕撑不住。溥仪指了指四名小太监，怒道，"你们几个，把他拉到敬事房去打四十大板子！"四名小太监面面相觑，手脚也有些哆嗦，硬着头皮走上去，却是不敢伸出手去拉扯汪公公。汪玉明磕头求饶，口中疾呼："奴才冤枉呀！皇上，刚才奴才是去给皇太妃送了个果盘儿。"

"给皇太妃送果盘儿？真的？"溥仪怔住。

逊清皇室有四大太妃，如今只剩下二位，在溥仪大婚之前，分别尊封为敬懿皇贵太妃与荣惠皇贵太妃。先帝遗孀身份显赫，溥仪极为尊敬，此时听汪公公说是为了去孝敬皇太妃才姗姗来迟，心里一股怒气顿时平息。

"奴才不敢撒谎，不信皇上可以问问皇太妃。"

"谅你也不敢撒谎！可别让我查出来……你立即去趟哈王府，传哈岚进宫，速来陪我打球。"

"喳。"汪玉明呼出一口气，踮起脚尖退出御膳房。

汪四海等候在院子外面，满心狐疑地望着干爹离去的背影，暗自寻思，皇上要贝勒爷进宫，绝不是打球这么简单……他抬头仰望乾清宫的碧瓦金檐，脸上露出一丝淡淡的笑容。

东城区的西南角，是京城最繁华的街道。明代于十字路口处各建了四座牌楼，因位居皇城之东，称东四牌楼。清康熙年间曾毁于大火，后照原样重修。

街上有几条静谧悠长、绿柳成荫的小巷，而在小巷之中，坐落着一座哈王府。

此处亭台楼榭，环山衔水，风景别致的后花园更有一处流光亭，通过廊桥的西面厢房，便是贝勒爷的卧室。哈岚神情懒怠，正晃荡着双脚躺在床榻上想着心事，忽然高高托起手中一件长衫，嘴角一扬，呼的一声扔到地上。

丫鬟翠儿推门进来，瞧见贝勒爷的动作，吓得失口惊呼："哎呀我的爷……这可是福晋为了您今儿的定亲宴，特别请瑞蚨祥的师傅帮你做的云锦罩衫呀，您就给这样扔在地上？"她赶紧捡起锦衣，仔细拍打灰尘，生怕把衣服给弄坏了。

哈岚躺在床上，若无其事地道："定什么亲……我根本就不喜欢那个佟丽华，我不要娶她。"

"爷，您不想娶她可不是您说了算，您何必跟王爷福晋较劲呢？等娶了她之后，喜欢不喜欢那就是您的事了……"

"我就是不想让她进这个门！"哈岚将靴子一蹬，翻身从床上站起来。他的模样没有纨绔子弟那种骄横嚣张，圆润的脸上扬起两条浓浓的剑眉，微笑之时，目光却是犀利，恨不得一脚踢飞锦衫，在衣服上面踩上几脚。翠儿侧身护住衣衫，无奈地道："好好好……不进门就不进门。可您总躲着不见人也不是个事儿呀！总得露个面把话说明白了！"

"说不明白！"哈岚鼻子里哼了一声，身子往床被上倒去。

翠儿好言相劝："总得去应酬一下吧，佟府的人已经来了，戏班子也都来了，您不去这堂会怎么开锣呀！"哈岚没好气地应道："爱开不开，破李家班的戏我才不看呢！"翠儿眨了眨眼睛，脸颊上泛起两个梨涡，笑道："今儿不是李家班，换了，是娄家班！"

"谁的班？"哈岚一怔，顿时坐直了身子，目中精芒闪烁。

翠儿斜了他一眼："娄家班。"哈岚心头一喜，追问："是娄晓月？"翠儿点了点头："当然是娄三喜的班，今儿娄晓月唱得是'龙凤呈祥'。"哈岚盯着翠儿手里的云锦长衫，皱了皱眉头，忽然眼睛一亮，哈哈笑道："蠢丫头，怎么不早说啊？快，快给我换衣裳！"

他心急如焚地套上衣衫，二话不说，往流光亭的东边疾奔而去……

哈王府东有景福院，西有流光亭，造园的格局仿造皇宫内的宁寿宫，东西两面的高墙尽头均堆土累石为山。

前厅大花园处搭建了一座戏台，宽余七丈，颇具规模。戏班子在偏厅大堂上布置了临时扮房，数名戏子聚拢在桌前，正在悉心描眉，涂抹唇彩。当中一名年轻的女子手里正捧着一件戏褶子，柳眉一剔，一双秋水明眸之中喷出无名的怒火，猛地将褶子甩在桌上，大声娇斥："娄三喜！"

屏风后面立即闪出一个颀长的人影，班主娄三喜瞪大了眼睛，满脸惊愕的表情，骂道："混账，敢这么叫你爸爸的名字……"

"我就是叫了！娄三喜！你是我亲爸爸吗你？！"

“我不是谁是，这有造假的吗？”娄三喜听到女儿的质问，顿时一头雾水。晓月平时说话虽然节奏偏快，但是声音柔和的很，性子也挺文静的，怎么今天像是吃了火药？

此时的娄晓月气得脸色刷白：“找个后爸爸都比你强，今儿是哈岚的定亲宴，你竟然叫我来唱堂会？”娄三喜缓过神来，冲着女儿摆了摆手：“哈岚定亲碍着你什么了，好好唱戏，你别自作多情。”娄晓月冷笑：“就不唱！丁宝，拿着我的东西跟我回去。”蹲在一旁正收拾服饰的学徒丁宝，眨了眨眼睛，立即将手里的戏服塞进木箱：“得咧。”

娄晓月气呼呼地转身就走，丁宝朝着娄班主吐了吐舌头，抱起桌子上的木盒子，紧跟在大小姐的身后。班子里的人见气氛不对，挑开挂帘，怔忡半晌，心想这大小姐一走，“龙凤呈祥”还怎么唱？父女两个吵架也不挑个时辰？

“站住！反了你了！今儿这场堂会有四百大洋，你想搅局呀！”娄三喜恼羞成怒。

娄晓月停下脚步，哼了一声：“你就知道钱。”

“没钱就把你养这么大了？扮戏！都看什么看？扮戏！”他冲着堂前喊了一嗓子，众人头皮一麻，纷纷低头扮妆。丁宝抱着妆盒子，索性一屁股坐在外廊的青石板上，侧着脑袋，装作什么都没看见，自顾儿在地上拨弄杂草碎石。

娄晓月怒气未消：“不扮！就不扮！哈岚这个没良心的，居然背着我定亲了，还叫我来唱堂会？”娄三喜翻了个白眼，走过去拉住女儿的手腕，神色有些无奈：“小点声小点声，唉，晓月，我知道你心里有哈岚，可人家心里没你！人家是哈王府的贝勒爷，要娶的是佟王府的大格格佟丽华，你一戏子算老几，瞎吃什么醋你！”

“哈岚答应过娶我，我要找他说清楚。”娄晓月态度坚决。

“那也就是公子哥儿玩戏子，你还当了真了……”

娄晓月急了，大声叫起来：“哈岚不是那种人！”娄三喜恨不得一把捂住女儿的嘴，皱着眉头四周张望：“小点声小点声，你懂个屁！麻利儿地扮戏，别找不痛快！”娄晓月甩着手儿跺了跺脚，声音越来越大：“不扮！今儿这堂会说出大天来我也不唱！”

“嘿嘿！对，今儿这戏不能唱！”哈岚突然从后花园闪身出来，晃了晃脑袋，脸上露出似笑非笑的表情。

听见贝勒爷的笑声，娄晓月就好像被人在腰肢上挠了一下，娇娆的身段拧起来，一个箭步就冲到了哈岚身前，瞪起一双飞凤眼：“好啊哈岚，你行呀！背着我定亲，还叫我来唱堂会。”她虽然是演惯了青衣，但此时的动作却像极了武旦，葱白的手指头戳过去，仿佛要在哈岚的胳臂上掐出一块淤青来。

班子里的人听到动静，纷纷起身躲在窗棂后面偷看。

哈岚面露微笑，一把扯住娄晓月的手腕："晓月，你什么也别说了，跟我来！"他拉着娄晓月往东面大花园跑去。丫鬟翠儿跟在后面，跺了跺脚，绷着小脸狠狠地瞪了娄三喜一眼，赶紧追上去。

娄三喜顿时傻眼，坏啰坏啰，全乱了套了！

花团锦簇，绿草如茵。

哈王府一大早儿就请了娄家班，管家福顺领着一群丫鬟仆人忙上忙下的，为了庆祝哈佟两家的联姻喜事，他心里也是高兴，亲自上去帮娄家班的伙计搭建戏台，将火红色的大帐支起来，动作麻利地固定木桩，缠好绳子。

转眼间，戏台上已搭好了大红罗帐，前台摆着长桌，桌上的瓜盘水果琳琅满目。福顺招呼下属又将戏台整理干净，分列两队，迎接贵客。哈王爷精神矍铄，走起路来虎虎生威，身上穿了一件紫红色的绸裳，袖子上绣着银细的花纹，若隐若现。他此时正领着佟侯爷、佟福晋一家人一路欢声笑语，往大花园走过来。

福顺迎了上去，瞧见王爷身后跟着一位气质端庄的女子，一双眼眸晶莹透亮，身上穿着直襟绣花的褂裙，无论是面料还是做工，都极为讲究，正是佟侯爷的掌上明珠佟丽华。他心里暗暗欣慰，贝勒爷福泽不浅，娶个如花似玉的老婆，以后也该收收顽性了。

佟丽华放缓脚步，突然扯了扯身后之人的衣裳，轻声细语地说："哥，我怎么觉得有点不对劲……"佟侯府的大公子叫佟梓华，与妹子的名字只差一字。他望着戏台上的大红罗帐出神，瞧见妹子一脸疑惑的表情，不免愣住："怎么啦？"

"今儿我跟哈岚订婚，可到现在他也没露面。"

"是呀，我也纳闷呀，有什么要紧的事儿绊住了？"

佟丽华小声地道："订婚这么大的事儿，难道他不知道吗？"佟梓华晃了晃脑袋，眯着眼道："正因为是大事儿，所以这种场合马虎不得。如今美丽的佟格格被他娶过门做老婆，搞不好贝勒爷心如撞鹿，一直躲在房里挑选体面合身的衣裳，哈哈哈。"

佟丽华咬了咬嘴唇："你很懂他的心思吗？"

此时，贵宾入席，佟侯爷热情地招呼一位日本朋友上座。此人是日本大和商会的社长草弥，披着深灰色的和服，脚上踩着木屐，口中说着流利的中文："皇族两位贵人的联姻，大家是人逢喜事精神爽。"

哈王爷哈哈一笑："原来佟侯爷是准备去日本？"佟侯爷颔首道："下个月就要启程了。所以我希望小女丽华和哈岚能在我走以前，把婚事办了。"哈王爷露出满意的笑容："我也是这么想的，今天订婚以后，尽快选个吉日，就把婚礼办了吧。"

正在与佟福晋低语交谈的哈福晋，忙抬起了头，应了一句："我看下月初六就是好日子。"哈王爷皱了皱眉头，沉思道："好像仓促了些，我担心婚后佟格格会不会也去日本？这样的话，哈岚……"

"不，我不去日本。"佟丽华的声音很轻。

佟梓华扯了扯妹子的衣袖，示意她别乱说话："为什么不去？哈岚也可以一起去嘛！"

"哥，这要尊重哈岚本人的意见。再说了……"

草弥竖起耳朵，突然接了一句："都去吧，我们大日本大和商会，非常欢迎大清的两家皇族前来共事。"佟梓华笑了笑："我看草弥先生的建议可以考虑，待在北平城里有什么前途……"

"背井离乡之后，如何孝敬父母？哈岚可没有妹子，王爷福晋以后谁来照顾？"佟丽华好像对草弥并没有什么好感，这一番话虽然是对着哥哥说的，但是哈王爷与哈福晋听了都是心头一暖，面露赞许之色。

花园门口忽然传来一阵喧哗，佟梓华张望一眼，欣喜地道："来了来了……"

只见哈岚拉着一名瘦削的女子，正急匆匆地往戏台走过来。等二人走到了桌前，哈岚突然拽住娄晓月的手腕，双腿扑通一声就跪倒，面色凝重："阿玛！我不要娶佟丽华！"他这一声喊，众人皆是大吃一惊，哈福晋两只脚也开始发软，顿时吓得面无人色："哈岚，你在胡说些什么呢？"

"我要跟晓月结婚！她才是我想娶的女人……"哈岚说话的语气斩钉截铁，一点都不像是在开玩笑。

众人目光扫在娄晓月的脸上，那张清秀粉腻的脸颊已是一片红霞，两只手紧紧捏着衣角，整个身子都绷着。而哈王爷早已气到浑身发抖，扶着桌子站起来，大步走到二人身边，抬脚就想踢哈岚一脚。哈福晋上前扯着老爷的手臂，哈王爷一怔，心知场合不对，吹了吹胡须，怒道："混账！福顺在哪儿？赶紧把她给我拉走！"

管家福顺带着两个家丁，迅速冲上来，硬着头皮拉起娄晓月。

"谁敢动晓月！我跟谁拼命！"哈岚怒火中烧，狠狠地瞪了福顺一眼，身子立即拦在娄晓月前面，他是宁可挨一顿打，也绝对不肯低头。王府仆人当然知道贝勒爷的脾气，拽着娄晓月的衣裳，却并未使劲拉。

佟丽华已经看不下去了，脸色一沉，转身就走。

“丽华！丽华！”

“佟格格……这是个误会……佟格格……”两位福晋见事不妙，相继追了过去，佟侯爷与佟梓华交换了个无奈的眼神，摇头叹息。

哈福晋追到花厅门口，满脸歉意：“佟福晋！您看这事吧，是哈岚不懂事……您多多包涵……”佟福晋尴尬地摇了摇头，示意哈福晋暂时先别说话。佟梓华跟在后面，瞧见妹子一直不吭声，心想女孩子家脾气好注定是要吃亏的，哈贝勒如此不知廉耻，实在是太不给佟家面子。他脸上挂着似笑非笑的笑容，语气有些不悦：“额娘，就现在这状况，咱回家就是了！咱丽华难道还真的非他不嫁吗？”

佟侯爷赶到花厅，脸色铁青：“你别胡说，你妹子肯定是要嫁的！只是这哈岚真是太令人生气……这大庭广众之下，竟然跟一个戏子纠缠不清……”

佟丽华站在走廊上，缓了缓气，说：“爸爸！既然他爱的是戏子，我又何必嫁给他？”佟侯爷一怔：“那你也得嫁！这可是我跟哈王爷之间的承诺……”佟梓华皱了皱眉头，道：“现在先毁了承诺的可是他们家哈贝勒呀！”佟侯爷瞪了儿子一眼：“你有这闲工夫，先管好自己的婚事吧！”佟梓华闻言一愣，摸摸鼻子不吭声了。

“丽华，你别担心，哈王爷和哈福晋一定会将此事安排得妥妥当当……”佟福晋上前搂住女儿肩臂。

哈福晋只能赔着笑：“是是是！佟格格！这事情其实没什么，等你跟哈岚成亲之后，哈岚自然会忘了那戏子……”佟丽华并没将哈福晋的话当真，转身向母亲说道：“额娘，这可是我的终身大事呀……他心里可没有我，现在更只当我是破坏他幸福的人，依我看，这桩婚姻注定不会有好结果。”

这时候，哈王爷正怒气冲冲地从花园赶过来，而哈岚被几名家丁架住，整个人都已双脚悬空。王爷老远听见佟丽华说得一番气话，心想今个儿这脸是丢大了，一时之间涨红了脸，骂了一句：“我今天就亲手打死你这个不肖子！”他回头一巴掌抽在哈岚的脸上，声音清脆响亮，当然是想让走廊里的人都能听见。

哈岚“哎哟”一声喊，揉了揉脸上五根手指印，绕着柱子开始跟王爷捉迷藏。

当着外人的面，哈王爷也不可能将儿子往死里打，哈岚瞅准方向，有恃无恐，一旦阿玛追得急了，他干脆就撒腿往前厅外面跑。

哈福晋大吃一惊，冲上前去保护儿子：“王爷！您别动手呀……”哈王爷气喘吁吁停下脚步，颤抖地指着哈岚："终身大事，父母做主，这是天经地义的事儿，今天当着佟侯爷的面，我就打死你得了，也好给他们一个交代！"他在走廊里转了一个圈，一把夺过家丁手中的笤帚疙瘩，作势要往哈岚脑袋上击去。众人脸色一变，忽听前厅有人喊了一声"圣旨到"，只见敬事房的汪公公满脸堆笑，跟着一名家丁进了内堂。

溥仪与哈贝勒从小玩到大，帝位虽然已经取消，但是皇族的君臣之礼谁也不敢怠慢，哈佟两家的人闻声即刻整理衣襟，相继跪叩在地。站在花园角落的娄三喜挥手示意娄家班的人也跪下，毕竟人在哈王府，堂会包银分文未取，不能坏了王爷的规矩，也不能让大伙白跑一趟。

汪玉明瞧了瞧四周，干咳了一声，笑道："传皇上口谕，宣哈贝勒进宫陪皇上打球……王爷福晋进宫随侍。"哈岚眉毛一扬："来得正好！皇上传我去，那我就让皇上为我做主！"

他话音一落，撒腿就往哈王府前厅跑去。

哈王爷怔住："不好，这小子要惹祸。"

此时，娄晓月正被王府的家丁粗鲁地推进偏房去，她远远看着哈岚走出花园，立马想上前追去，却被娄三喜给拉住了："别闹了，咱们回家。"身旁的翠儿哼了一声，幸灾乐祸地道："是呀，看戏的人都走了，你们也收拾收拾快走吧！以后别再来缠着我家爷了！

娄晓月脸色一寒，指着翠儿鼻子骂道："我跟哈岚的事儿，什么时候轮到你在这里说三道四了？"

"你没听见刚刚我家王爷的话吗？我家爷这辈子只能有一个媳妇儿，就是佟大格格……"翠儿得理不饶人。

娄晓月咬着嘴唇，还想上前跟翠儿理论，却被娄三喜伸手拉到身边："人家都定亲了，你还吵什么？还不快去收拾东西！这地方我是一刻也待不下去了……"

翠儿听到娄三喜的话，胸脯挺得老高："树活着要皮，人活着得要脸，人不要脸了就真的没得治了！"娄晓月柳眉倒剔："你说什么呢！"她突然挽了挽衣袖，又想展示武旦的身段，兰花指翘起来，就想冲上去撕翠儿的小嘴，却让娄班主死死拉住，喝令一旁的丁宝迅速按住大小姐。

娄三喜听到翠儿的话，脸色也拉了下来，气呼呼地道："算命的说过，我家晓月可是会嫁给个做官的，她还没有倒霉到一辈子得去扶个怂得连站都站不稳的阿斗……"翠儿骤然变色："你说谁是阿斗？"娄三喜冷笑道："我说，这堂会没唱成，可是因为你哈贝勒，不关我娄家班的事儿，这哈王爷要是想赖包银……”翠儿啐道：“见过钱吗你！我家王爷绝对不会差你一个子儿！听戏的走了，你们还不快滚？”

娄三喜忍住气，拽着娄晓月转身离开。

“慢着！”花厅的佟丽华无声无息地走到花园，语气不重，却是冰冷似水。

众人闻声一愣，翠儿见佟丽华走上前来，忙迎上前去：“佟格格，您怎么……”佟丽华并不理会翠儿，径自朝着娄晓月说道：“你先留步，我有话跟你说。”娄三喜眨了眨眼睛，赔笑道：“晓月晚上还要上台……格格有事的话，我们改天再谈。”

娄晓月咬了咬嘴唇：“爸爸，没事！你们都在外面等我好了……谈就谈，谁怕谁？”她甩了甩辫子，转身就走向花园。娄三喜与翠儿都有些紧张，望着花园里的二位小姐，心里五味杂陈，要是她们一言不合就动起手来，那该如何收场？

花园内翠山碧水，曲径通幽。

佟丽华凭栏而立，气质如兰，一双秋水明眸仔细打量了娄晓月几眼，缓缓地道：“你跟哈岚……认识多久了？”

“你认识哈岚多久了？”娄晓月的身板儿看上去似柳弱花娇，但骨子里却有一股风姿。

佟丽华闻言一怔，随即露出微笑：“我一出生，哈佟两家就已经有了联姻的承诺……”

“是吗？”娄晓月嘴角微扬，“那我这样问你，你直到今天为止，总共见过哈岚几次？如果我没记错的话，也就是那么两三次……”佟丽华面不改色，问道：“是哈岚告诉你的？”娄晓月点了点头：“嗯，我打小就跟哈岚玩在一起，我十岁第一次登台，哈岚就在下面给我捧场，我们几乎每天都要见面，他所有的事情我都知道。”

“他不过就是喜欢票戏……”

“如果他只是喜欢票戏，他会一天见不着我，就像失了魂一样？连学堂老师考试，他都先来得月楼见我，让我抱抱他，这才有力气去上学堂……他说过，我就是他的安神汤……”

佟丽华细眉一颤，脸上似有愠色。

翠儿突然走了过来，绷着个脸儿道：“娄晓月，我家爷就是让你给下了迷药了，才会变成今天这个样子！”娄晓月冷冷地道：“你哪只眼睛看见的？”

“你们这些戏子心里打的什么主意，我还看不出来吗？我告诉你，这哈家少奶奶还真也轮不到你！”翠儿转身又对佟丽华说，“佟格格，您跟这种人没啥好说的，只会损了您的身份！”

佟丽华有点不高兴："翠儿！你下去！别人可以没教养！你可是哈府的人，别人不要脸，可哈府还要脸！"这话说得翠儿一呆，而娄晓月却已是满脸的怒气："佟丽华，你说谁不要脸？"

"那就要看有没有人愿意对号入座……"佟丽华的语气很冷漠。

娄晓月怒道："就算你是大格格，也入不了哈岚的眼！"佟丽华微微一笑："尽管你跟哈岚之间鱼水情深，却也不能代表什么！我跟他从小就定了亲的，这可是板上钉钉的事实……成亲之后呢，哈岚就是我的人了；等时间久了，哈岚自然就会忘记你……"

"凡事有先有后，我第一天登台，哈岚就说非我不娶……刚刚他当着你们佟家全家人的面，求哈王爷成全我俩，你也是亲眼看见……我相信哈岚，他是个说到做到的爷儿们！"

翠儿正想说话，佟丽华手一挥，示意她噤声："所以……你跟哈岚根本没把这张婚约放在眼里，是吗？"娄晓月轻蔑地道："那倒也不是，只是没想过我们俩中间还会掺和上一个你。"佟丽华冷冷地回应："那你的意思是说我是多余的？终身大事，父母做主，王爷可没有心思跟娄班主做亲家。"

"我是跟哈岚做夫妻，亲家不亲家的，等时间久了，王爷也会忘记的。实在不行，哈岚肯定还有别的法子。"娄晓月一副有恃无恐的模样。

"什么法子？"

娄晓月斜眼一笑："天下这么大，倒不如远走高飞呀！"

第二章 六亲不认

哈岚一路上心事重重。

哈王爷的脾气他是最清楚不过，这次自己闯下大祸，害得阿玛颜面扫地，肯定是凶多吉少，搞不好被打得皮开肉绽，王府里也没有一个人敢出来阻拦。本来他心里是盘算好的，拉解神厨去家里，推荐他担任王府的大厨，阿玛碍于解神厨的面子，不至于会大打出手。等老爷子气消了，再想个法子溜出去找娄晓月，这就叫神不知鬼不觉。

他拎着食盒，轻手轻脚地绕进哈王府的前厅，却见父亲早已等候在大厅，手里正捏着一根藤鞭，气呼呼地冲着他喊："你还知道回来？"哈岚打了个寒战，腿脚有点哆嗦："阿玛！您先别生气，您看我给您带什么好吃的回来了……"

他嬉皮笑脸地将食盒放在桌上，拉开里面的格子。岂料哈王爷一生气，手一挥就将食盒打翻在地。精美的糕点从盒中滚落，"啪"的一声，装着密疏的书匣也从食盒的格子里跌落，书册上的封皮上写着《满汉全席》四个字。

哈福晋与翠儿正守在偏厅，见到动静慌忙赶过来。哈王爷火冒三丈，大怒道："大清都亡了，还满汉全席……你到现在还想着吃！一点出息都没有！"哈岚将密疏捡起来放回书匣里，低着头不敢抬眼看父亲："这是解神厨让我保管好的，我得收起来……"

"我就问你一句，你到底想不想成亲？"

哈福晋赶紧劝说："岚儿，快说你想成亲……别惹你阿玛生气。"哈岚歪了歪脑袋，道："皇上都被逼出宫了，我跟佟丽华的婚约还算数吗？我看还是算了吧……"

哈王爷气得一拍桌子："皇上虽然出宫了，可我们身为臣子，这皇上永远是皇上……

来人！把他给我绑起来！”翠儿冲上前去护在哈岚身前：“王爷！贝勒爷不是这个意思……”哈岚性子上来，一把推开翠儿，昂头挺胸地道：“我就是这个意思！我不跟佟丽华成亲！”翠儿急道：“我的小祖宗呀！您就别再火上添油了……”

哈王爷大怒，冲着门外大喊：“来人呀！绑好了给我关起来！明天去佟王府赔礼！”王爷的命令无人敢违抗，数名家丁快步走进来，手里提着麻绳儿，动作利索地将哈岚五花大绑，却是怕伤了贝勒爷的手腕，悄悄地将哈他的衣袖卷起来，托着贝勒爷的手臂往后花园而去。

哈岚蹬着双脚怒吼一声：“我不去！我要赔什么礼！”

他嘴上虽然叫得凶悍，却根本没有反抗的能力，被几名家丁反锁在房里，任由他拍着桌子在房里一通乱踢，也没人敢搭理他半句。好在老爷子的藤鞭并没有招呼在他身上，庆幸之余，只得唉声叹气地爬上床榻，一夜无眠。

第二天一大早，哈王爷就命家丁将哈岚塞进马车，径直就往佟府赶去。

皇城四门之内，有九大内城，街道上到处是商贾戏院、票号酒楼，绕过热闹的朝阳门，再穿过礼士胡同，东西牌楼的对面大街便是佟侯府。

大清亡了，人情世故当然还在。堂堂的哈王府，好歹也是皇族贵胄，总不可能落个被人说三道四，一辈子也抬不起头来的窘境。一路赶到佟府，门房仆人见到哈王爷领着五花大绑的贝勒爷，皆是吃了一惊，慌忙进去禀告侯爷。

此时，佟府大厅中，穿着长袍马褂的草弥正与佟侯爷交谈：“日本东京总商会把您的生活各个方面，都已经安排好了，您一到日本便可直接就任我大和商社的理事……”佟侯爷点点头，望了一眼佟丽华，抚须道：“那丽华跟哈岚的婚事，就不能再拖了……”哪知佟丽华脸色一变，突然说：“我也要去日本。”佟福晋一怔：“丽华，你别开玩笑……”

“我没开玩笑！我就是要跟你们一起去日本。”

草弥哈哈笑道：“侯爷，其实我个人非常欢迎佟格格能够到日本去……佟格格是个日本通，去日本发展最合适了……”

“我什么时候成了日本通了？”佟丽华有些诧异。

草弥恭敬地道：“您的毕业论文《日本语与汉字的渊源》，在日本文化界得到很高的评价，您自己不会不知道吧？”哥哥佟梓华在一旁“啊”的一声，歪着脑袋问：“还有这么回事儿？我怎么没听你说起过？”

“佟格格主修日语、英语、德语……每种语言都能流利运用，您的才华，在中国却无法施展，您为什么不来日本呢？”

“你调查我？”佟丽华皱了皱细眉，冷冷地说。

“不是调查，因为那个论文令我对您印象深刻……还有，学校旁边有家居酒屋，您经常光顾，而且您最爱吃的是玉子烧。”

佟丽华完全惊呆了：“你是什么人？为什么这么关注我？”草弥微笑道：“佟格格，明治维新之后，许多国家都在日本成立商社，日本的市场正在蓬勃发展。佟格格，中国现在太混乱了，以您的能力，在日本肯定能有一番大事业……如果您愿意，也可以跟佟侯爷一起，加入我们大和商社。”佟丽华尴尬地回应：“我想去日本，只是因为……”

“只是因为他不想嫁给哈岚！”佟梓华嘿嘿一笑，打断了妹子的话。

佟侯爷知道女儿性情耿直，行事也十分果断，若有所思地点点头，道：“其实丽华可以跟哈岚一起去日本。”佟梓华却有些不高兴，不屑地道：“哈岚满脑子就只有那个戏子……阿玛！这是何苦呢？咱们丽华嫁去哈家就是纡尊降贵。”佟侯爷正色地道：“那也没得商量！皇上发话，我们就不可以抗旨。”

“爸爸……我真不想嫁给哈岚！”佟丽华咬了咬嘴唇。

佟梓华顿时开始煽风点火：“是呀！爸爸，哈贝勒就是个败家子。”佟侯爷用犀利的眼神瞪了佟梓华一眼，笑着对草弥说道：“多谢草弥先生的美意……我们两口子去日本就行了。等丽华嫁过去之后，她自有打算。”

“侯爷，哈王爷与哈贝勒来了。”卢管家匆匆忙忙地进了客厅，佟福晋慌忙起身去外面迎接。

草弥上前向佟侯爷告辞，转过身来对着佟丽华致意：“佟格格，日后无论您有任何事情，我在北平的政界、司法界、军界、文化界、商界都有关系，无论您出了什么事都可以来找我，我都会不遗余力地向您提供帮助……”

“您这是承诺吗？”佟丽华生起戒心。

“当然！请佟格格放心，草弥承诺，一言九鼎。”

看着草弥与佟梓华走出门外，佟丽华的脸上充满了惊愕的表情，心里也暗自疑惑，这草弥……到底是个什么人呀？连自己最爱吃玉子烧他也知道？

“佟侯爷！我今儿把岚儿带来，给您请罪啦。你给我跪下，跪下……”只见哈王爷带着被五花大绑的哈岚走进厅里，指着儿子鼻子喊他跪下，丫鬟翠儿也跟在他们身后。

佟侯爷满脸不高兴，道：“哈老头，干吗呢，唱这出负荆请罪的戏有意思吗？”

哈王爷尴尬地道：“这孩子心浮气躁，但是，绝没有冒犯您的意思。”不料佟丽华望着满脸怨气的哈岚，竟伸手过去帮哈岚解开绳子：“王爷，哈贝勒可是您的儿子呀！

谢罪道歉无妨，可为什么要绑着他呢？”哈王爷没有想到佟格格如此心软，一点都没有责怪哈岚的无情，心里松了一口气，暗暗高兴。

“来人，给哈贝勒上茶。”

哈岚接过茶，望着佟丽华脸上的笑容，有点丈二金刚摸不着头脑：“你不生我气吗？那天……我当着那么多人说我不愿意跟你成亲……”佟丽华微微一笑：“那也不能这样绑着您呀。”哈岚愣住，喝了一口茶，坐下来望着佟丽华，有些心神不宁，这样闹她都不生气，这完全说不通呀！

“给我站着回话！”哈王爷呵斥一声，哈岚手脚一哆嗦，立马站直了身子，一动也不敢动。哈王爷满脸歉意，朝佟侯爷叹道，“佟侯爷，这事儿确实是犬子不对，至于那个戏子……”

“晓月不只是个戏子！”只要哈岚听见诋毁娄晓月的话语，就扯开嗓门据理力争。

哈王爷怒道：“你快给我闭嘴！你懂什么？”

“我是不懂！我只知道我这辈子永远都不会娶佟丽华！”贝勒爷这句话说得理直气壮，佟丽华闻言，脸色微微一沉，心里更是五味杂陈，看样子他是死心塌地要娶娄晓月，哈王爷的话他肯定是听不进去了。

哈王爷怒气冲冲走向前去，抡起手腕就要抽哈岚巴掌。

“哈王爷！”佟丽华出声制止，众人皆是一愣。只见佟丽华转身走到佟侯爷的身边，轻声地说，“阿玛，哈王爷，请你们都先出去，我想跟哈贝勒好好谈谈……”

“谈就谈，谁怕谁！”哈岚的口吻与娄晓月的回答简直是一模一样。

佟丽华皱了皱眉头，等众人出了大厅外面，就端起桌子上的茶水递给哈岚，突然忿忿不平地问了一句：“请问贝勒爷，我哪里比不上娄晓月？”哈岚并不惊慌，坐下来淡定地喝了几口茶，缓缓放下茶杯，意味深长地说：“佟格格，你喝过安神汤吗？”

“什么意思？”佟丽华一怔。

“意思很简单，晓月就是我的安神汤……没了她，我就魂不守舍，没了主心骨一样，什么都做不了！可我只要一见着她，我就觉着这天下已经没有我干不了的事儿。我这样说，你明白了没有？”

佟丽华微微一点头，语气很平静：“这我有所耳闻，你连去学堂应试都得先去见她一面？”

“对呀！你是怎么知道的……我告诉你，那书上的字儿吧，我背得再熟，到了学堂肯定全忘了，可我只要见着了她，你让我倒着背都没问题！嘿嘿，最要命的，我跟晓月我们两个人都爱戏啊。晓月儿，十岁登台，这一出来，嗯，这一碰头好，那就是我叫的。平时啊，她给我说京的，我给她说昆的，我们俩这叫郎情妾意，我们这儿叫琴瑟和鸣，您比得了吗？所以，我能辜负晓月儿吗？”哈岚有些得意，好像一说起娄晓月的事儿他就很兴奋。

佟丽华脸色凝重，默然不语。

“更重要的一点……我俩有过承诺，非卿不娶、非君不嫁！”哈岚突然朝着佟丽华行礼，态度非常坚决，“佟格格，我知道这事儿是我对不起你，可我哈岚是个说话算话的人，我绝对不能辜负晓月。”

“那我呢？你对我就没有承诺了吗？”佟丽华变了脸色。

“那是我阿玛跟佟侯爷之间的约定，与咱俩有什么关系？”哈岚眨了眨眼睛。

佟丽华正色地道：“所以你就可以违背父命了吗？连皇上都将我指婚给你。我就问你一句，你对娄晓月要负责，可是我呢？如果你在我的位置上，你会怎么做？”哈岚不知道该如何回应，试探着道：“你……你就找个好人嫁了呗？”

“我嫁给谁？你说……一个已经订过婚的人，我能嫁给谁？”

哈岚轻叹了一声，用手遮着嘴儿，轻声细语地道：“没事没事，其实早就民国了，皇上指婚，那不过就是走个形式。我告诉你，那天要不是我阿玛在皇上跟前乱说话，皇上指婚给我的人早就是晓月了。”佟丽华闻言变脸：“连皇上也……”

“您不知道吧，原来皇上也是晓月的戏迷……所以说，咱俩就不用彼此折磨了，照我说，您这里向佟侯爷下点功夫，我回去再让我额娘去跟我阿玛说说……怎么说，我都得替晓月想，要是没了我，她可是活不下去的……”

“哈贝勒！”佟丽华突然打断他的话，表情极其严肃。

哈岚嘴角一扬，笑道：“佟格格有何指教？”佟丽华故意打量了他一眼，缓缓道：“你真以为我想嫁给你呀？”哈岚一怔，皱眉道：“呃……不是吗？您刚刚还帮我松绑、上茶的……不就是想让我喜欢你、娶你吗？”

“你少在那里往自己脸上贴金了！我告诉你，哈岚！哈贝勒！我从来没想过要嫁给你！”

哈岚不明白佟格格为什么突然改变了主意？都说女人善变，但是她也变得太快了吧？佟丽华眼望窗外，振振有词：“你就知道为娄晓月想、为娄晓月争取……我听着就恶心！哼！没人问过我的想法，就把我硬塞给你，我问你，你有没有想过我该怎么想？”

哈岚的脸儿有些发烫，觉得这事儿确实是没有处理妥当，他恭恭敬敬地道："哎，你先别生气呀！我这不是在跟你商量嘛！既然我们都不想跟对方成亲，那就太好了。不然你告诉我吧，我应该怎么做，这事情才能有个了结？"佟丽华望着哈岚，隐忍着一肚子的怒气，一字一顿说道："你应该娶我！"

"啊？你不是不想嫁给我吗？"哈岚闻言大惊，呼的一声就站了起来，桌子上的茶杯也险些被他掀翻在地。

佟丽华越说越愤怒："我是不想嫁给你，但你必须娶我。"哈岚惊慌失措地道："你不想嫁我为什么还要娶你？你就不怕嫁给我遭罪吗？"

"我也知道嫁给你这种男人，我根本活不了！可我不嫁给你，还能怎么做，现在，宫里从皇上到大臣，外面整个北平城的老百姓，没人不知道哈王府要办喜事，佟丽华要嫁给哈贝勒，这是娃娃亲，是没人不知道的事。你不娶我，是我犯了七出之条？还是我犯了家族家规？大家会怎么看我，我下贱到不如一个戏子，今后不要说我嫁人，我做人都难啊。你替我想过吗？你自私到只想把我一甩了之，你从没想过，一个未出嫁的女人也有尊严，也有羞耻，也要活下去，你要毁掉我的一生吗？即便是皇上指婚，父母之命，你都可以不听，可你问问自己的良心，假如你真是个男人，可以这样对待一个女人吗？娄晓月是人，我也是啊。没有贵贱，没有高低，我们都是人。哈岚，你必须娶我！"

这一番话说得哈岚目瞪口呆，竟然无言以对。

"你良心发现了吗？你听明白我的话了吗？"佟丽华突然走到门前，怒气冲冲将门拉开，冲着门外一群人大喊，"我不去日本，哈岚必须娶我！"

得月楼。

汪玉明身为敬事房副总管，跟着溥仪鞍前马后地服侍，闲时也会出宫在外面修身养性，得月楼正是他在北京城里购置的四合大院。平时他在宫里无暇照应，便将地儿腾出来，招纳娄家班常住，说不定哪天皇上兴致上来想听戏，也有个僻静之处。

娄家班戏台的后院。

娄三喜正坐在院子的角落里自斟自饮，桌上摆着一碗面条，一碟五香花生米，一瓶酒。老远看见娄晓月拿着一包猪头肉走过来，脸上展露笑容："哟，爸，一人儿躲在这儿喝上了？"

“不躲着点儿可不行，就剩下这半瓶酒，一不留神早让那帮小子抢光了，一人一口都不够。”

“看我给您买什么下酒菜了。”娄晓月打开手里的荷包，放在娄三喜的面前，笑嘻嘻地说，“爸，我陪您喝点儿。”娄三喜斜了女儿一眼：“嗬，今儿怎么这么孝顺？”娄晓月殷切地端起酒瓶子：“我给您倒酒。”

“慢着慢着！看您这架势是有什么事儿求我吧？”娄三喜却歪着脑袋，一把夺过酒瓶，嘿嘿笑着。

“爸，您真聪明。”娄晓月坐在娄三喜旁边，亲热地胡撸着父亲的头发，“要不怎么是我爸呢？呵呵！”

“去去去！跟你说多少回了，不许胡撸我脑袋。”

娄晓月眨了眨眼睛，挑着眉儿说：“这个月上座这么好，赚了不少钱吧？该给我买副点翠头面了吧。”娄三喜一怔，叹息道：“又来了，就这两年，你说了八百回了。没钱没钱！好家伙，一副点翠头面好几百大洋呢，你把我卖了吧。”

“你值不了几个钱儿。”

“怎么说话的呢。”娄三喜瞪起双眼。

娄晓月哼了一声:“和着这猪头肉我白给您买了？我可生气了啊。”娄三喜咧着牙笑:“哟，姑奶奶生气什么样儿啊？没见过。”哪知娄晓月突然拿起酒瓶子就往地上倒，娄三喜哎哟一声喊，忙扑过来夺酒瓶子，“嗨嗨嗨，你要我命啊，得！一两酒没了。”娄晓月皱了皱眉：“我可真生气了啊！”娄三喜嗜酒如命，可不能眼睁睁地看着女儿倒光瓶子里的好酒，急切地叫道：“买买买，有了钱就买！”

“什么时候有钱？”娄晓月追问。

“那谁知道哇。”娄三喜装模作样地昂着头，忍住不让自己笑出来。女儿从小就倔得很，父女之间的争执本来就无尊卑之分。娄三喜除了平时教女儿练功严厉一点，遇见娄晓月耍性子他也没辙,别人家有掌上明珠,他娄家班好歹也有一位撑场面的名角。

“又来了，就知道哄我。喝什么喝？”娄晓月气急，上去与娄三喜抢夺酒瓶子，二人在桌子前转了好几个圈，正在打闹之时，突然瞧见穿着警服的汪四海，正慢悠悠地往院子走过来，笑容满面地打招呼：“爷儿俩这是干吗呢？”

娄三喜趁机夺过酒瓶，打了声招呼：“嗨，这孩子跟我抢酒喝。”汪四海笑道：“行啦，我都听见了。不就一副点翠头面吗，凭什么不给月儿买呀，太抠门儿了吧你。”娄晓月对这个领侍卫大人并没有什么好脸色，侧过身去给娄三喜斟满了一杯酒，没好气地道："有你什么事儿啊！爸，喝酒！"汪四海尴尬地笑了笑："我是替你抱不平呀，钱可都是你挣的。"娄三喜瞪起眼睛："你懂什么呀，知道一副点翠头面多少钱吗？"

"多少钱也得买，月儿是你亲闺女。"

"去去去！狗拿耗子……哟，你什么时候换了张皮呀，您这身打扮是？"娄晓月见他穿着一件警服，头发梳得油光发亮的，脸上的笑容又说不出来的别扭，心里厌恶得很，对汪四海的"好意"提不起一点兴趣。

汪四海的笑容有些得意："刚看见呀？哎，怎么样，嘿嘿！侦缉队队长。"娄三喜打量了他一眼，故作惊讶地道："行啊，大清的御前侍卫摇身一变侦缉队长，入了民国了，您升官儿有道啊。"汪四海并不搭腔，却是一直催促："少废话，快给月儿买点翠头面。"娄三喜连连摇头："你少废话吧，一副点翠头面七八百大洋，我可买不起。"

"月儿是京城有名的角儿了，哪位大角儿没副点翠头面啊。我要是他爸我早……嘿，她要是我媳妇儿我早就给她买了！"汪四海伸手要来拿酒瓶子，却被娄晓月沉着脸一把推开，"胡说什么你？会说人话吗？这酒是给人喝的，你伸什么爪子呀！"

"月儿啊，我跟你说啊，你别对我这样，我知道你的心思，我今儿告诉你一件事儿，听完了，你这心思就没了。"汪四海故作神秘，想贴在娄晓月的耳边说话。他对娄晓月一直怀着幻想，每次陪着皇上听戏，一瞧见娄晓月在戏台上的身段子，就迷得神魂颠倒，心里麻痒难忍，连说话的声音也比平时轻了许多。

"不听。"娄晓月退后一步，绕开桌子。

"哈岚的事……"汪四海故作神秘。

娄晓月一愣："什么事儿？"汪四海笑了笑，道："哈岚进宫求皇上给你们俩赐婚，皇上说好啊，娄晓月扮相好，嗓子好，身段好，哎，皇上当时就答应了。"

"瞎说！"娄晓月闻言心头一喜，想不到皇上都亲口许婚，看来这段姻缘是跑不掉了。但她旋即又想，门不当户不对的，哈岚凭啥让皇上答应这门亲事呢？

果然，汪四海后面还有话没说完，"别高兴太早了，后来啊，哈王爷说了，这个，王爷家的贝勒和一戏子这根本就不般配，不合规矩。然后这门婚呀，圣旨就收回啦。哈哈……哎，那个，当时这皇上就给赐婚了，说这哈岚应该娶这佟格格，也巧了，佟王爷也在，当时也领旨谢恩，这事儿就黄了，人家哈岚跟佟格格俩人就好了，两家结亲，皆大欢喜。"

"那哈岚呢？"

“当场叩拜，领旨谢恩了。”汪四海轻描淡写地道。

娄晓月咬了咬嘴唇，冷冷地道：“我不信……”汪四海突然伸出两根手指，做出指天发誓的模样，一本正经地说：“不信你可以去问问哈岚！我这么跟你说啊，如果我说一句谎话，我这辈子不娶你。”

“真话我也不会嫁给你！我这就去问哈岚。”娄晓月转身就走。

汪四海慌忙拦住：“等等！月儿，死了心吧，我说的全是真的，嫁给我，我第一件事儿就是给你买副点翠头面。”娄晓月冷笑：“我没那么贱！我就是不信，哈岚不可能答应。”汪四海见她如此绝情，面色一寒。娄三喜突然摇了摇头，叹息道：“唉，皇上都被赶出宫了，赐不赐婚还管个屁用呀。”

“哟，行啊，娄班主，你敢说皇上是个屁，管个屁用？”汪四海回首瞪了他一眼。

娄三喜一时口无遮拦，担心祸从口出，只得一个劲地陪笑：“得得得，别在这儿瞎贫了，汪队长，赶紧楼上请吧，汪公公等你半天了。”汪四海脸色又是一变：“我干爹来了？不早说，耽误我正事儿！月儿，等着我哈，一会儿咱俩喝两杯。”

他心里牵挂着正事，也就不来与娄晓月纠缠，急匆匆地上了得月楼的包间。

屋里有点昏暗，汪玉明果然坐在堂前，桌子上早就泡好了一壶茶，斜眼瞧见汪四海进来，在干儿子的警服上扫上一眼，淡淡地说了一句：“儿子，公务挺忙的呀。”

“干爹，咱也别绕弯了……您好端端的怎么一个人动手了呢？”汪四海说话的声音小心谨慎。他向来行事警觉，便在屋里转了一圈，确定没有外人，这才坐下来悉心给干爹倒了一杯茶，恭敬地递过去。

“动手？我动什么手？”汪玉明故意装作没有听懂。

“别装蒜啦！干爹，那密疏不是您偷走的吗？”

汪玉明抿着嘴唇，坐姿有些僵硬，冷冷地道：“谁跟你说密疏是我偷走的？”汪四海正色地道：“当然是小喜子呀！他断气之前信誓旦旦地说，他撞见您偷密疏，还杀了他！”汪玉明猛地拍了一下桌子，怒目而视：“这个小喜子……他自己偷东西，还想赖在我头上？”

汪四海身为侍卫首领，宫中太监的脾性当然是了如指掌，小喜子只是个小太监，给他十个胆子也不敢偷藏书房的东西。他此时见到汪玉明的反应，心里又好气又好笑，悠悠叹了一声，满脸堆着笑容：“干爹！您当年要是没进宫，现在肯定是唱戏的，瞧您这戏唱得……”汪玉明抚袖起身，愠怒道：“反正一句话，密疏不在我手上；小喜子也不是我杀的！”

“您这……您……我跟您直说了吧，鹿钟麟的人把这事儿报给上面儿了，上面儿让我的侦缉队彻查此事，进了大牢，您也这么说，红口白牙，你也告诉‘我不知道，跟我没关系，不是我杀的’啊？今天让我来查您！您自己说，我今天是查您呢，还是不查您呢……”

一听见这个“查”字，汪玉明就异常紧张，已经走到门口了，腿脚儿却是一软，转身望向汪四海，恨恨地道：“你这是在恐吓我吗？”

“干爹！要是这差事落在您头上，那该怎么办？这样吧，您想独吞密疏这事儿，我也不追究了！我是您儿子，咱爷俩有什么话不好说呢？”

汪玉明怒道：“瞧瞧你刚刚那副嘴脸……你真当我是你干爹了吗？”汪四海上前赔礼，客气地说：“都说养育之恩大于天！您不是我干爹谁是？我这可是在保护你呀！这样，您把东西交出来，怎么处置我来办，我保证侦缉队绝对不会查到您头上！”

“你这个混账，为了密疏六亲不认……我……我先办了你！”汪玉明话音一落，突然一个转身，从袖子里取出一柄明晃晃的尖刀，咬牙刺向汪四海。这致命一击速度极快，幸亏汪四海身手矫健，侧身一闪，远远地躲开。

他一脸迷惑望着汪玉明，不敢相信自己的眼睛：“干爹！您没搞错吧！我姓汪呀！我可是您儿子呀！我要死了，您可就绝户了呀！”

“哼！我就算把密疏送给要饭的，也不会给你，你这个逆子！”汪玉明杀心又起，脚步朝前跨出，手腕一转，匕首再次戳向汪四海的腹部。

汪四海大惊失色，身子往后一退，眼明手快，一把就抓住了汪玉明的手腕。他奋力抢夺匕首，臂弯撞向干爹的脑袋，一个箭步冲上去，死死地勒住了干爹的脖子。结实的手臂越勒越紧，汪玉明的呼吸已经喘不上来，脸色大变，失声叫起：“你，你想干什么？”

“您说我想干什么？我刚才客客气气请您交出东西，您跟我翻脸不认人？你个老阉狗，真狠呐，跟我玩真的是吧？！”他左手已经夺下了汪玉明手中的匕首，刀尖一横，架在干爹的脖子上。

汪玉明只觉得喉咙处一片冰凉，皮肤上渐渐渗出一丝血迹，不免心慌意乱：“你……四海，您小心点……这刀子可没长眼睛呀！”事已至此，汪四海索性翻起脸来，咬牙切齿地道：“您现在知道刀子没长眼啦？您刚刚想杀我的时候，怎么没想到这层哪？您老老实实地快把东西在哪儿说出来……否则别怪我不客气啦！”

“我说我说……四海，你要真还念在我养你一场的份上，先把刀子放下！”汪玉明担心干儿子一时失手，语气有些恐慌。

“我蠢呀！老老实实地把话说清楚了，我自然放您走！宝贝到底在哪儿？”

“我……我说……宝贝在解神厨手上！”汪玉明被干儿子架着脖子，锋利的尖刀可不长眼睛，心里不免焦急万分，只得说出实话。

汪四海愣住：“解神厨？”

“对！宝贝就在他手上……你还不快放了我？”汪玉明一脸恐慌。

汪四海瞅了一眼干爹，紧锁眉心，既然东西不在他手里，自己肯定要快他一步找到解神厨，不然的话，天南地北的要去哪里找他？不如……汪四海眼角闪过一道寒光，终于还是把心一横，将原本一直抵在汪玉明脖子上的尖刀，往下一按，迅速插入干爹的咽喉。

鲜血迸出，汪玉明闷哼了一声，身子已软倒在地。

汪四海缓缓呼出一口气，走到桌边，端起桌子上茶杯，冲了冲自己沾满鲜血的双手，快步走出包间。他走出院子，却见娄三喜正在大堂上与丁宝说着话，眼珠子一转，急忙冲着娄三喜喊：“娄班主……上来上来！你得月楼出事了。”

娄三喜闻言惊愕，转身往得月楼的包间走过来：“出了什么事了？”汪四海推着他往包间内走去，唉声叹气地道：“你进去看，你自己进去看看……”

娄三喜满脸狐疑地进了包间，却见地板上血迹斑斑，汪公公躺在桌前，脖子上横插着一把刀。他惊恐万状地跑过去，仔细查看汪公公的尸体：“汪公公？这是……怎么回事？”汪四海跟在他身后，脸色阴沉，语气冰冷：“娄三喜，我现在怀疑你杀了汪公公！你最好老老实实招供。”娄三喜惊吼一声：“啊？关我什么事呀！明明是您跟汪公公一起进的包间……我……”汪四海伸手拍了拍娄三喜肩臂，打断了他的话：“我什么我？现场没有人证，您说不清的……”

“您这是栽赃呀……”

“好！您现在就去报案，就说人是我杀的……看看他们是相信我这个侦缉队队长，还是相信你？”

娄三喜怔住，现在人死在得月楼，并不是大街上，而汪四海偏偏又是侦缉队的队长，他若是存心栽赃嫁祸，这理根本就没有地儿说得通。他一下子没了主意，惶声道：“汪队长到底想怎么做？”汪四海的脸上堆着坏笑，慢条斯理地道：“其实这事儿也没这么难。我干爹死了，这得月楼就是我的了……现在没人做证，也没有人知道此事，你要是把事情处理干净，你娄家班就可以在这里天长地久……”

娄三喜万般无奈，瞧了瞧汪四海狡猾的眼神，心儿一横，咬着牙道："行！汪队长，我什么都没看见、我什么都不说……就当从来没这么宗事儿！"

"我要的就是你这句话！我回侦缉队去啦！这事儿就偏劳您啦！"汪四海哈哈大笑，走出包间。

娄三喜望着汪四海离去的背影，朝门外的丁宝喊了声："丁宝，丁宝，快点拿块白布来。"他小心地上前，双手翻过汪玉明的尸体，突然看见汪公公的斜襟中露出了一张纸。他微微一怔，抽出了这张纸一瞧，脸色大变，这是……这是得月楼的房契呀！娄三喜又惊又喜，迅速将房契藏在身上。

此时丁宝从外面跑进来，被眼前的景象吓了一跳，惊呼道："师父，他……他……"娄三喜瞧见桌布，慌忙拉下来将汪玉明的尸体遮盖："看什么看，还不赶紧搭把手！记住……这事儿打死也不能说出去！汪四海那小子没憋好屁！"丁宝连连点头，慌忙上前扯住桌布，将汪玉明的尸体遮得严严实实。

娄三喜朝着地上的汪玉明又瞪了一眼，暗自叹息，"汪公公，您自以为养了条狗，没想到却是招了一只狼……"

第三章 飞来横祸

哈王府。

日照当空，天气闷热。

哈王爷终于是按捺不住，一肚子火气无处发泄，这一顿藤鞭抽在哈岚的身上，打得哈岚是哀声求饶，缩着脖子不敢动弹。哈王爷自己一口气差点没有喘上，扶着桌子坐下，翠儿赶紧递上一块湿巾，趁机将王爷手里的藤鞭接了过来。

哈岚跪在地上，一只手揉着胳臂，撇着嘴儿偷偷地抬眼，只见哈福晋一脸无奈，而哈王爷脸色铁青，喝了一口茶才缓住了呼吸，瞪着眼睛气哼哼地叫道："丢人啊！真是丢死人哪！亏得人家佟格格通情达理，否则人家真要闹起来，你让我这老脸往哪儿搁！"哈岚小声地嘟囔："她才不通情达理，死缠烂打的……"

"你说什么？"哈王爷没听清。

"好了好了，岚儿，还不快给你阿玛认错？是不是还想挨几鞭子呀！"哈福晋冲着宝贝儿子使了个眼色。

家法抽在身上当然是不好受，哈岚心里儿惦记着事，老是跪在地上也不是办法，只得翻了个白眼，小声地说："我错了，我不应该顶撞阿玛，不该违抗圣旨，我……我应该痛痛快快娶佟丽华。"

"大点儿声！你没吃饭吗？"哈王爷喊道。

哈岚咬了咬牙，大声道："我错了！我应该痛痛快快娶佟丽华！"哈王爷鼻子里哼出一口气："不成器的东西！"哈福晋见气氛缓和，稍加宽心，忙上前劝说："打也打了，罚也罚了，岚儿也知错了，您就别生气了！”

“都是你惯的！打今儿起，你给我老实在家待着，哪儿也不许去！乖乖地等着成亲！”哈王爷拂袖起身，往门外走去。哈岚惊愕抬头，正要反驳，却又看见额娘冲他使眼色摆手，示意他忍住千万别冲动。

哈岚皱起眉头：“阿玛！我……我得去趟解神厨家！这皇上出宫了，解神厨丢了差事，咱们是不是应该让他进府掌勺？”

“解厨子？”哈王爷转过头来，满脸疑惑。

“是啊，我拿回来的点心，就是解神厨孝敬阿玛和额娘的！”

哈福晋点了点头：“这解厨子以前就对咱们岚儿最好。当年要不是皇上非把他要了去，还真舍不得让他走呢。您还别说，我还真想这解厨子做的菜呢。”哈王爷沉思片刻：“那就让他回府，接着掌勺吧。”

“我这就去告诉他！”哈岚见阿玛答应，心里高兴，一股脑爬起来。

“用不着你！你给我老实跪好了！今儿晚上我和佟侯爷约好了去北府探望皇上，你跟着一起去！”哈王爷瞪了哈岚一眼，又转身冲着翠儿说，“你给我看住了他，不许乱跑！”

“王爷，岚儿答应了，快去歇着吧！”哈福晋扶着哈王爷往门外走去。

哈岚跪在地上双腿早已麻木，心里一万个不情愿，索性一屁股瘫坐在地上，抬眼瞧见翠儿，故意“哎哟”叫了一声，急道：“翠儿，快给我揉揉……”翠儿上前给哈岚揉腿：“爷，您可老实点儿吧，别再惹王爷生气了……”哈岚挣扎地站起身来，抖了抖腿肚子，叹道：“放心吧，你扶我回屋，我这腿连路都走不动，哪儿也去不了。”

翠儿扶着哈岚绕过廊道，将贝勒爷送进内房，取来药酒擦拭贝勒爷身上的淤青，小心仔细地服侍着。花园走廊上传来家丁的声音：“翠儿姑娘，翠儿姑娘！门房老李找。”哈岚脱了靴子，两只脚塔在棉被上，仰面躺倒床榻，伸了伸筋骨，故意装作忍不住疼痛的模样，哼哼唧唧地叫唤了几声，说：“你去忙你的，我小睡一会儿就没事了。”

翠儿将贝勒爷身上的被子盖好，退出门外，扯住家丁的衣袖，皱着眉头小声地说：“干吗呢，大呼小叫的，还有没有点儿规矩。”家丁朝着内房张望一眼，神秘兮兮地道：“你去门外一看就知道了。”

翠儿随着家丁走到哈王府的外厅，却见娄晓月穿着一袭青裳绿裙，瞪着凤眼，站在门外正与门房老李推推攘攘，那架势像是要破门而入：“我管他在不在！你不让我进去，我在这里等他也成！”

门房老李一直在跟娄晓月理论，但是面对一个年轻貌美的小姑娘，他的动作又不敢太大，急得是满头大汗，突然瞧见翠儿从府里出来了，如遇救星："翠儿姑娘，您快劝劝……"

"娄晓月，你来干吗呀？"翠儿有些不悦。

上次在王府大花园时，娄晓月差点要跟翠儿动上手，一见翠儿她当然没有什么好脸色，冷冰冰地说："今儿晚上我们要唱樊江关，我来找他对词儿。"

"我们爷不在。"翠儿没好气地道。

"甭拿那话蒙我，我知道他在！你快带我进去……"

"好吧，爷在宫里吓着了，又被王爷打了一顿，已经下不了炕了，这会儿可不能见你。"

娄晓月吃了一惊："啊！他怎么样了？你快带我去瞧瞧！"翠儿淡淡地道："爷没什么大事儿，刚擦了药睡下了，你放心吧。"

"翠儿，皇上真的给哈岚和佟丽华指婚了？"娄晓月忍住性子，试探地问了一句，声音明显低沉了许多。她一直惦记着这事儿，憋在心里堵得难受，若是不能亲耳证实，恐怕晚上也睡不了觉。

翠儿只是点了点头，默然不语。

娄晓月脸色一变，一双凤眼顿时黯淡无光，刹那之间觉得心里涌起一阵失落。

翠儿轻叹了一声，无奈地道："但是爷说了……不管别人怎么说，他心里只有你一个。他让你放心，他不会跟那个佟格格成亲的，他要娶的人是你。"

"皇上都发话了，他敢抗旨吗？"娄晓月又惊又喜。

"我们爷那脾气，你还不知道啊？他要犟起来，别说圣旨了，天王老子都不怕！再说了，皇上都出宫了，说过的话都不算数了……我们爷还说了，王爷和福晋年纪大了，不能太呛着，要慢慢说服他们。让你别着急，安心在家等信儿。这边儿妥了，他立马儿去找您。到时候啊，三媒六证八抬大轿，风风光光地把你娶进门儿！"

娄晓月的眼眸泛起光彩："他真这么说的？"

"我还能骗你不成！"翠儿眼神闪烁。

娄晓月咬着唇道："王爷和福晋……没有太为难他吧？"

"王爷就这么一根独苗，爱还爱不过来呢，哪舍得真的向他动手呀？天大的事儿，贝勒爷撒个娇也就完了……更何况晓月姑娘您人长得漂亮，戏唱得又好，又知书达礼，王爷和福晋也爱得跟什么似的呢！就是老人家一时不知道怎么对付佟家，得给他们一点时间。”

娄晓月见翠儿说得头头是道，仍然有些将信将疑，皱着眉头道：“不成，我还是得见哈岚。今儿晚上约好的唱樊江关呢，他得和我一块儿去。”她性子上来，谁的面子都不给，抬脚就想着往王府门里闯进去。

翠儿和门房一字排开，慌忙拉住：“我说晓月姑娘……这会子王爷和福晋都在呢，实在不方便，你得给他们留个稳重自爱的好印象不是？”

“他要是起不来，晚上的戏还能唱吗？”娄晓月犹豫。

“爷没大事儿，睡一觉就好了。爷睡前还说了呢，醒了就去得月楼，晚上和姑娘一起唱戏呢。跟您约好的事儿爷哪儿能忘呢？您就回得月楼等着吧。”

“那……你记着叫他，千万别误了戏。”娄晓月仔细一想，毕竟这里是哈王府，自己若是胡来硬闯，说不定哈王爷和福晋更生气。翠儿这几句话都说得在情在理，她从小就跟着贝勒爷，哈岚有什么风吹草动自然也瞒不过她的眼睛，不如顺着台阶下来，也好给翠儿一点脸面。

“你放心吧，他一醒了我就叫他去。”翠儿的表情不像是敷衍了事。

“多谢翠儿姑娘了。”娄晓月万般无奈，只得轻叹一声，转身离开大街。

门房老李目送娄晓月远去，满眼诧异，想起了哈王爷的叮嘱，忍不住就问：“王爷交待过，不能让贝勒爷出去的……怎么贝勒爷丢了魂似的还要去见她？”

“你傻啊，不这么说，她能乖乖地走？”翠儿瞪了老李一眼。

门房突然明白过来，拍了拍脑门，伸出大拇指夸道：“高呀！翠儿姑娘您真是有两下子！”翠儿得意地笑：“岂止两下子，好几下子呢！还有啊，今儿这事儿，不能让贝勒爷知道！”

此时，哈岚正猫着腰穿过哈王府的大花园，鬼鬼祟祟地躲在廊道里，瞧了瞧四下无人，就拎起长衫褂角，轻手轻脚地往前厅绕过去。他心里一直惦记着与娄晓月的约定，又怕被阿玛撞见，心痒难忍，恨不得插上一对翅膀从王府飞出去。

哈岚竖起耳朵，正沿着墙角往大门处移动，翠儿突然从她身后冒出来，眨了眨眼睛，叫了一声“爷！”哈岚吓了一跳，临空翘着一只腿慢慢地展开双臂，故意装作是在活动筋骨，吐了一口气：“翠儿干什么呢？我胳臂还是酸痛，就到园子里转一转……”

翠儿翻了个白眼：“那我陪您转。”哈岚摆了摆手，道：“不用不用，我转几个圈就行了，你忙去吧。”翠儿却有些不依不饶，“可是王爷吩咐过的，让我看着您。”哈岚眼珠子一瞪，瞧着王府大门，一声不吭地转身走过去。哪知翠儿赶紧跟了上来，就像是影子似的在身后晃悠。

哈岚有些不耐烦了，又不敢扯开嗓门骂人，咬着牙说：“没完了你？”翠儿急了，赶紧拦在前面：“爷，您不能出去……”哈岚怒道：“我这是在坐牢啊还是怎么着？在自己家连去哪儿的自由都没了？”翠儿为难地道：“王爷说……”

“说什么说？你少拿阿玛来压我！拿根鸡毛当令箭，反了你了！”哈岚终于忍不住，声音立马响起来，扭头望了一眼内厅，加快脚步冲到了王府的大门口。

翠儿又将身子拦在前面，态度很坚决：“爷！今儿说什么，我也不能让你去见那个娄晓月！”哈岚没好气地道：“我……我说去见她了吗？我是要去请解神厨回府！”

“您就别骗我了，今儿娄晓月都找上门儿来了……”

哈岚立马怔住，皱眉道：“晓月来过了？你怎么没告诉我？”翠儿自知失言，说话的声音吞吞吐吐：“我……我这不是，王爷和福晋都在嘛……”哈岚追问：“晓月说什么了？”翠儿知道贝勒爷的性子，这件事情可瞒不住，只得如实相告：“她说……你们约好了今儿晚上要唱樊江关……”哈岚急得一跺脚：“哎呀！你既然都知道，那就赶紧放我出去！这都快开锣了啊，她还说了什么？”

“我跟娄姑娘说你病了，她就说……让您就好好在家养病，晚上的戏就不用管了，她改天再来看您！”

“胡说！就这出戏我们排了一个多月呢，早就定好了的，怎么能说不唱就不唱了？晓月她不可能这么说！撒谎！”

翠儿脱口叫起来：“娄姑娘她真这么说的……”

哈岚盯着翠儿，有些半信半疑，突然瞧见翠儿耳根子已通红了一片，心里顿时释然，这小丫头的脾气他当然是清楚得很，从小到大从来都不敢糊弄自己，编出这些话来就是不想让贝勒爷出去。

“你瞧瞧，脸都红了，不是撒谎是什么？”哈岚哼了一声，转身就要往门外冲去，却被翠儿死死拽住了衣襟。

翠儿拖着脚步，苦苦哀求：“爷我求您了，您不能去……您走了我跟王爷怎么交待啊，您还要跟王爷一起去北府见皇上呢！”哈岚甩着衣袖，打开翠儿的手腕，没好气地道：“他们一帮老头子去见皇上商量国家大事，我去个什么劲儿啊。再说了，皇上他乱点鸳鸯谱，我也不想见他！”

翠儿吓了一跳：“爷，这话可不能乱说……”哈岚被她缠得心烦意乱，叹了一口气，道：“翠儿，我求你了，戏比天大，你就让我去吧，晓月她不知道急成什么样儿了呢。

一大班子人都等着我，我不去就开不了锣，这台就得塌，这不把人家整个娄家班都给坑了吗？”翠儿有些犹豫：“可我放了你出去，王爷一会儿找不着人，不得把我打死啊？”

“阿玛他也就那么一说，他舍不得打你。救场与救火，翠儿你就行行好，救救这一戏班子的人行吗？我给你跪下，跪下还不行吗？”哈岚话一说完，拉住翠儿的手腕真的要跪下求人。吓得翠儿脸色一变，微微一呆，心想贝勒爷一个大男人，若是困在情关里不能自拔，说不定性子上来，真的会做出什么出格的丑事，若是让哈王府颜面扫地，那更是得不偿失。

“爷，你这是要折煞我啊……得，今儿我豁出半条命去，你去吧。”

哈岚闻言精神一振，嘴角颤了颤，竟是一副喜极而泣的模样，声音也有点发抖：“翠儿，你就是九重天下凡的七仙女儿，救苦救难的观音菩萨……”

得月楼的门前立着一块牌子，上面是“樊江关”三个大字，后面落款写着娄家班，娄晓月；京城第一名票，哈贝勒。

而在得月楼的后台，丁宝正与几个师兄弟在扮着戏，几个人来回收拾桌上的戏褶子，忙得晕头转向。

此时，娄三喜心急火燎地跑进来，擦着额头上的冷汗，大声地问：“晓月呢，怎么又没影儿了啊？”丁宝应了一声：“刚才还在呢。今儿晚上哈贝勒不是来票戏吗，可能是找他去了。”娄三喜跺了跺脚，急道：“这节骨眼儿上，瞎跑什么！这不是添乱吗？闹不好就要出事儿……”丁宝眼珠子转了转，压低声音：“师父您甭担心……都处理好了，没人知道。”

“唉，不是说那个。今儿这出戏哈岚还能不能唱了？他被皇上赐了婚了，还能来吗？”

“哈贝勒票戏也不是头一回了，什么时候误过场啊？而且，那皇上说话不是不算数了吗？”

“猴崽子，皇上说的不算数，你说了算数？还不赶紧找去！今儿要是误了戏，一个个儿的都不用吃饭了！”娄三喜听见外面大堂里的嘈杂声，气得在屋子里团团转，眼看着戏票都已售出，马上就要开场，不料晓月和哈贝勒却一个都不出现，今儿晚上娄家班的面子估计要坍台。

大伙儿一时没了主意，瞧着班主在屋里晃来晃去，一个都不敢吭声。

娄三喜微微一愣，突然上去将丁宝身上的戏褶子扯了下来，皱眉道："我看你还是先上台去顶一顶。"

"我？我用什么顶？"丁宝一头雾水。

"时迁偷鸡！"娄三喜也不多说废话，立即招呼班里的京胡、锣鼓上场，接着到箱子里翻出一件武场的衣裳，心急如焚地推着丁宝往大堂跑去。

丁宝硬着头皮开始扮时迁，在得月楼大堂的戏台上一个亮相，台下的观众喝了一声好，坐下看戏。娄家班的水平大家有目共睹，不管是花旦还是武生，字正腔圆的唱功和手底下的硬把式可做不来一点假。观众看得津津有味时，有几个老票友就觉得事情有些不对劲，开始小声地议论起来："今儿怎么回事儿啊，不是哈贝勒的樊江关吗，怎么改时迁偷鸡了？"

"应该是垫场吧？"

"有拿整出戏垫场的吗？这场垫的可够长的啊。"

"这是误场了吧？"有票友提醒了一句，观众们这才反应过来，敢情今儿这票钱是被糊弄了，这叫什么事儿？咱们可是来看樊江关的！他们纷纷起身叫嚷，有好几个人已经开始拍打座凳，一时之间，摩拳擦掌，深深体会到什么叫作受骗的感觉，恨不得冲上去掀翻了戏台，将时迁拎下来揍一顿。

娄家班坏了观众的兴致，得月楼里已经闹得不可开交。而门口的大街上，依然是人来人往，路边摆着各式各样的小摊，老板笑脸迎客，吆喝叫卖声不绝于耳。

此时，只见哈岚骑着自行车，一路急摁车铃，快速穿过熙熙攘攘的人群，行人瞧见他歪歪扭扭的动作，吃不准他到底是往哪个方向拐弯，急忙躲开，唯恐避之不及。

远处有个卤煮摊，只见娄晓月孤零零坐在小桌前，左顾右盼，一脸焦虑。

哈岚老远发现爱人的身影，悄悄地停了车，往墙角一靠，蹑手蹑脚地从娄晓月背后绕过去，笑嘻嘻地在桌子上冒出一颗脑袋。娄晓月吓了一跳，气恼地捶打哈岚："你还知道来啊！"

哈岚避开娄晓月的粉拳，搔着头满怀歉意："等急了吧……"娄晓月嘟着嘴儿，生气地道："你睡糊涂了吧？整整一个时辰！让我像个傻子似的在这儿等！"哈岚叹了一口气："都是我不好，我也是没法子，我阿玛让翠儿看着我，不让我出府，我好不容易才溜出来……"娄晓月皱了皱眉，奇怪地道："翠儿？她不是说等你醒了就让你来找我？"

"你听她说！她现在跟我阿玛一个鼻孔出气，逼我娶佟丽华。你以后还是离她远点儿。”

娄晓月咬了咬牙，鼻子里哼了一声：“她敢骗我？难怪她平日对我横眉竖眼的，今儿突然那么亲热……”哈岚苦笑道：“这丫头鬼着呢，别理她就完了。”

“你要不惯着她，她敢这样？”娄晓月满脸不悦。

哈岚一怔，讪笑道：“不是吧，你连个丫头的醋都吃？”娄晓月憋着一口气，突然推开哈岚，脸上的表情有些僵：“那她说的都是假的？你没说动王爷和福晋？他们还是不愿意你娶我？那你还来找我干什么？走吧，娶你的佟格格去吧！”哈岚一时语塞，不知应该说什么话安慰，他信誓旦旦地道：“晓月，你明知道我心里只有你！我要娶的是你！”

“那又能怎么样？不是连皇上都赐婚了吗？你敢抗旨？”

“为了你，我死都不怕！”

娄晓月瞪了他一眼，突然问了一句：“那你敢私奔吗？”哈岚张大了嘴巴，一时没有反应过来：“私奔？去哪儿啊？”娄晓月眨了眨眼睛，表情有些兴奋：“哪儿都成，山野乡村，海角天涯，就咱们俩个。你作诗，我研墨，你吹笛，我唱戏。咱们唱一出天仙配！”

“你……你不怕吗？”

“怕什么？只要和你在一起，我什么都不怕！”

哈岚歪着脑袋，深情地注视着娄晓月，只觉得眼前这个女人如此坚强，无论将来会面对何种困难和逆境，永远都动摇不了她的心……自己若是不能与她同甘共苦，还配做男人吗？他打定主意，立即表明心迹：“好！咱们私奔！云游四方，浪迹天涯，做一对神仙眷侣！那个佟丽华，谁爱娶谁娶！”

“哈岚！”娄晓月情动之时，失声喊出爱人的名字，泪水已在眼眶中打着转，扑上去紧紧抱住哈岚。

解家小院。

黄昏时分，灶台边放着老汤坛子，解神厨正在厨房切菜。以后不用在宫中伺候皇上了，日子虽然过得有些冷清，但是身边那一群大厨杂役都已各奔前程，凭着手艺倒也不至于挨饿。想到此处，解神厨颇为心安。

此时，门外传来呼唤声：“解神厨？解神厨在家吗？”解神厨擦了擦手，转身望向门口，却看见御前侍卫统领汪四海，穿着一身整齐的警服，笑吟吟地走进院子。

他猛然想起汪公公的密疏，而汪四海又偏偏出现得如此突然，显然是无事不登三宝殿，这让他有点儿紧张，硬着头皮请客人进屋，径直走到厨房，茶也忘记上。汪四海伸头看了看厨房里的案板，眼珠子直溜溜地转悠，“老解！做啥好吃的呢？”解神厨赔笑道：“小门小户的，能有啥好吃的，不过就是家常便饭。”

“非要我夸你怎么着，啥玩意儿到你手里，都能变成好吃的……”汪四海边说着话，边拍了拍老汤坛子，伸头过去嗅了嗅，“呦？这什么东西呀，封这么严实！”

“打宫里带出来的老汤，还没顾得上收拾……这汤引子还是当年我带进宫的，祖上传下来的，上百年了。”

汪四海嘿嘿笑了一声：“你打宫里带出来的，怕不止这坛子老汤吧？”解神厨见他话中有话，顿时明白过来，今儿这客人是来者不善：“当然，还有我那些菜刀啊锅铲啊啥的，都跟了我几十年了，舍不得扔……”汪四海斜着眼问：“还有什么啊？”

“还有什么？就是些衣裳啥的……”

“别跟我在这儿装傻啦，你知道我问的是什么，对不对？我干爹让你从宫里边带出来那东西呢，在哪儿？”汪四海的脸色突然一沉，说话的语气立即变得冰冷刺骨。

解神厨故作惊愕：“您是说……汪公公托我带出来的东西？啊，早被汪公公拿走了啊！”汪四海似乎吃了一惊，皱眉道：“拿走了？什么时候的事？”解神厨解释道：“昨儿一出宫，汪公公就来拿走了！”汪四海微微一愣，冷冷地道：“胡说！我干爹根本没拿到……我看你就是个老狐狸，快说，那东西在哪儿！”

“你干爹人呢？让他来跟我说。”

“我干爹……他这会儿要是亲自来，你怕是要吓尿裤子了……”汪四海的嘴角露出一丝阴险的笑容，瞧着解神厨手上握着菜刀，瞪了一眼，“我说，你老拿着个菜刀干什么呢这是！”

解神厨心头一惊，隐感事情不妙：“什么意思？”汪四海已经很不耐烦了，皱着眉头道：“少他妈废话！就是我干爹让我来找你的，你跟我说一样！东西在哪儿？”解神厨故意瞧了瞧窗外，小声地道：“既然是你干爹让你来的，他就没告诉你，那东西压根儿就没带出宫，让国民军给搜走了？”

“骗鬼呢，没影儿的事儿！”汪四海冷笑。

“你信也好，不信也罢，搜走了就是搜走了，你找国民军、找鹿钟麟要去！我这儿没有！”

“有没有，我搜一下不就知道了！”汪四海见解神厨死咬着不肯松口，转着眼珠子在厨房里四下张望，脸上堆着冷笑。他开始动手翻查，将灶台上的食材盒子打开，又转身要去里屋的柜子里搜寻。

“哎哎，你要干什么呀你啊？”解神厨上前去拉扯他的衣服。

汪四海赶紧退后一步，叫道：“不是你要干什么？你老拿个菜刀瞎晃悠，说东西在哪不就行了！”

他一心要搜查密疏的下落，气急败坏地把厨房里的案板和一些盆盆罐罐都掀翻在地，靴子踢在瓦罐上，哐当直响。解神厨神情骤变，突然将菜刀抡过头顶，猛地向汪四海的背脊砍去！

汪四海听见耳后风气，下意识侧身闪开。紫禁城里的御前侍卫当然不可能滥竽充数，他身手极其敏捷，脚步往后错开一步，立即扑上去架住解神厨的手臂，近身扭打起来。解神厨却有一身蛮力，动作又快又狠，精铁菜刀横在汪四海的胸前，二人死死抵住对方，互不相让。

汪四海咬了咬牙，恨声道：“我告诉你老东西，那玩意儿对你没用，你就是私自昧下了，也无福消受……”

“别以为我不知道，你们把那东西偷出来，安的是什么心……连老祖宗的皇陵你们都敢惦记……你们真是胆大包天！”解神厨义正辞严。

“这么说，你知道那东西是什么了？”汪四海心神一震，趁机挣脱，二人在厨房内又是一番缠斗。解神厨终是体力不支，脚步一个趔趄，被汪四海操起的一张折椅打翻在地。

汪四海猛地扑上去，将解神厨压在身下，突然从靴子里掏出一把尖刀，死死逼住了解神厨的脖子，“只要你把东西交出来，我答应你，挖出来的东西咱们一人一半儿！”解神厨喘着气，虽然被汪四海逼到了墙角，口气却是不软：“我可无福消受，挖坟掘墓，断子绝孙！”

“有了钱，谁他妈还在乎那个！”

解神厨哈哈一笑：“我忘了，汪公公本来就是个太监……你个太监的干儿子，难不成也是个没根儿的种！”

“骂人是不是？我去你的吧！说东西在哪儿呢，要不我真来横的了啊！解神厨，解神厨，不是，不是你……你怎么了？这东西到底在哪儿呢啊？你怎么……哎哟你……”汪四海一脸惊恐，原来他手中的匕首不知何时，竟然插入了解神厨的前胸，他顿时僵住，舌头开始打结，“你……我……我不是故意的……”

只见解神厨捂住胸口缓缓倒地，惊恐的眼睛瞪着汪四海，鲜血已从指缝中溢出，衣衫上一片血红……

夜色迷醉，月光轻柔。

哈岚满脸幸福的笑容，牵着娄晓月的小手走在大街上。

“你今儿演的真不错！”娄晓月笑吟吟地道。

“啊？哎，今天我这一上场，我就听底下那座说‘嘿，哈爷扮上，你看跟晓月在一块儿，这俩美妞真般配啊’！哈哈哈！”哈岚开心地大笑。

“臭美吧你！”娄晓月甩开手追打哈岚，咯咯笑起来，“不过说实话啊，你要是吃这碗饭呢，你一准儿能成角儿！可惜呀，你干什么都耍戏，净起哄！”

哈岚得意地道：“这个戏者，戏也。哪能老那么认真，这逢场作戏唉，糊弄糊弄就得了，呵呵！”娄晓月故意将脸色绷住：“那你跟我，也是逢场作戏吗？”

哈岚嘿嘿一笑：“嘿，你这说哪去了，我跟谁逢场作戏，我也不能跟你啊！”他说着话，突然凑过来在娄晓月脸上亲了一口。

“讨厌！让人看见了……”

哈岚一脸坏笑，见娄晓月手里捏着糖葫芦，一直舍不得咬，眨了眨眼睛，说：“前面就是解神厨家了，要不你跟我一起进去坐坐？”娄晓月摇了摇头：“太晚了，我爸该生气了，出来一整天了，我得赶紧回去了。”

“可我舍不得和你分开……”哈岚像个孩子似的抓住娄晓月的手。

娄晓月莞尔一笑，脸上泛起红霞：“傻瓜，三天之后我们就能双宿双飞了，再也不会分开……”

“三天后，我在老地方等你！”哈岚拉住娄晓月，顺势在她的额头上轻轻亲了一口。

娄晓月羞红了脸，赶紧抽手，低声说了一句：“我走啦。”

哈岚恋恋不舍地目送娄晓月离开，瞧见爱人的身影消失在街头，轻叹了一声，心里一阵甜蜜，转身走进胡同。

犬吠声响彻夜空，解家小院寂静无声。

“解神厨！解神厨！”哈岚拍了拍解家的大门，见无人应答，而屋子里的窗户却开着。他推门进了里屋，发现屋内被翻得乱七八糟，地上一片狼藉。心下疑惑，怎么回事？家里招贼了？解神厨这是去哪了？他走进解家的厨房，看到正对门的灶台上摆着老汤坛子，哎？这不是宫里的老汤吗？

哈岚伸出头去嗅了嗅，高兴地抱起老汤坛子，但见地上有些湿滑，靴子好像踩到了什么。他不经意时一回头，赫然发现解神厨的尸体，正躺在一片触目惊心的血泊之中。

哈岚顿时傻眼，只觉得脑子里嗡的一声，意识全无。他竟抱起老汤坛子趺趺撞撞地往外疾走，目光呆滞，神色异常，裤角上也沾了不少血迹。

正在这时，解一半穿着一身土布干瘪的棉袍，头戴一顶半旧的黑缎风帽，人已喝得醉醺醺，背上扛着一只生猪头，口中大声唱着小曲儿，摇摇晃晃地迎面走过来。他远远看到哈岚的人影，失声叫起："哎，哈贝勒！是哈贝勒吧？干……干吗去？到家……喝酒去吧？"

哈岚却像个聋子，对解一半的呼喊毫无反应，不仅脸色苍白，连走路的姿势也有点轻飘。等他与解一半擦肩而过时，身子突然原地转了个弯，看不清楚他是往哪条巷子里走去，转眼消失无踪。

解一半醉眼蒙眬，一脸疑惑："嗯，不是哈贝勒？瞧我这眼神，喝多了？真喝多了……"他扛着猪头，摇摇晃晃地推门进屋，发现家里空无一人。走到厨房，脚步却是不稳，被门槛绊倒，一下子跌倒在地，猪头骨碌碌地滚到了地上。

解一半酒劲儿上来，浑身无力，挣扎了几下，口中嘟囔着："喝，倒酒……"他眼皮子已经快抬不起来，迷迷糊糊地歪着脑袋找猪头。

月光洒过窗户，只见地上的猪头好像正笑眯眯地盯着他看，解一半挪了挪身子，试图用脚尖去摆弄猪头，似乎感觉到手掌上有些异样，弯腰想去捡回猪头，却突然看见解神厨躺在地上，胸口插着一柄尖刀，稠糊糊的鲜血流了一地。

"爸！"解一半撕心裂肺地惊呼，扑通一声跪倒在地，酒已醒了一半。

第四章 戏里戏外

夜深人静，大街上的行人也渐渐少了。

哈岚抱着老汤坛子，精神恍惚地游荡。

他这晕血的毛病从小就有，见血就晕，不算是疑难杂症，只要有一口东西吃，或者引导食物的气味灌入鼻口，他胸腔里一口气息倒是能回过神来。巧的是解神厨家中正好有这一坛老汤，鲜味极浓，硬生生地将他的精气牵引住。此时他抱着坛子，鼻子里吸着御膳房特制的老汤，就像是游魂一样，脑子里一片空白。

但是他却能摸准回家的方向，摇摇晃晃地走到哈王府附近，翠儿早已在王府门前等着，万分忧心，一眼瞧见贝勒爷慢悠悠的身影，惊喜地跑上去："爷！您可算是回来啦！"她走到哈岚的身前，这才发现贝勒爷的表情不对，眼珠子直勾勾地看着前方，身上的衣裳又脏又乱，靴子上还沾了一些血迹？她大吃一惊，伸手去接老汤坛子，哈岚鼻子里哼哼两声，却是死抱着不放。

"爷，您放手啊，您抱着个坛子干什么，您给我……"翠儿有点急了，硬是从哈岚怀里将坛子抱过去。不料哈岚闻不到老汤的气味，喉咙里咕噜一声，两眼一翻，身子直挺挺地往后倒了下去。翠儿吓得魂飞魄散，大声呼救，"爷！您怎么啦？老李，老李！快来人啊！"

门房老李听见门外的动静，慌忙奔过来，急忙将贝勒爷背回了王府。

哈府上下瞧见哈岚如此模样，皆是慌了手脚。家丁将哈岚抬回房里，便去通知王爷与福晋。翠儿抱着哈岚的头，找来点心往他口里塞，哈岚却是牙关紧闭，怎么也塞不进去。哈福晋惊慌失措地赶过来，握着哈岚的手失声哭叫："岚儿，你这是怎么了呀……你别吓额娘，你醒醒，你醒醒呀……"

哈王爷在旁直叹气："王太医到了没有？"管家福顺应道："已经派人去接了！"哈王爷望着翠儿，挥了挥手，示意众人退到门外。翠儿跟在后面走到大花园的回廊，只见哈王爷皱了皱眉头，正色地道："到底怎么回事，快说！"翠儿当然不明白贝勒爷是出了什么状况，心下惶然："王爷，我也不知道啊……"

"你不是说岚儿一直在房里吗，你能不知道？是不是你私自把岚儿放出去了？他去了哪儿？还不快说！"哈王爷大怒。

翠儿顿时语塞，眼神闪烁，不知道应该如何解释，闭着嘴儿一个字也吐不出来。哈王爷又怒道，"你说不说？福顺，拿家法！"福顺一怔，只得战战兢兢地捧过一根戒尺，递给哈王爷。翠儿扑通一声跪倒在地，咬着嘴唇喊："王爷，我真不知道呀！"

"你说不说？说不说？"哈王爷一把抓过戒尺，劈头劈脑地抽在翠儿的肩臂上。福顺站在一旁，不知是上去劝还是上去拦，缩着脖子不敢吭声。

翠儿扑倒在地，连连求饶："我说，我说！是娄晓月……"

"娄晓月？那个戏子？岚儿是去了得月楼？"哈王爷吹胡子瞪眼，手上的戒尺却并没有停下，抽在翠儿的小胳臂上，啪啪地响。

"哎哟！昨儿娄晓月来府上找贝勒爷，怎么都不肯走，我就骗她说贝勒爷今儿在帽儿胡同等她，贝勒爷知道了，非要去找她，我怎么也拦不住……"翠儿伛偻着身子。

"那你为什么不早说？还要帮他瞒着！"哈王爷气得又要打。

一个丫鬟慌慌张张跑过来："王爷！您快去瞧瞧吧，贝勒爷不行了！"

哈王爷大惊失色，手臂高举着戒尺，腿脚也软了。

众人赶到哈岚的卧室，只见哈岚身躯僵硬，躺在床上口吐白沫，手腕不停地抽搐，好似中邪的模样。一旁的王太医一脸迷茫，抬头瞧了瞧哈王爷，充满歉意，表示这种"疑难杂症"毫无病症依据可寻，他也无能为力。

一屋子人正手足无措，一筹莫展，不料哈岚忽然在床榻上直坐起来，双眼直勾勾地瞪着门外，手指头指着墙角的方向，口中喃喃自语："解神厨……血……血……解神厨……"他话音一落，身子后仰跌倒在床上，顿时晕过去，气息全无。

哈福晋吓得面色刷白，呼天抢地地喊："岚儿啊，这到底是怎么了……"哈王府紧锁眉心，此事王太医都没有办法，看来解铃还须系铃人，只有去找解神厨问明缘由，才能知道究竟发生什么事。

天色微明，秋风萧瑟。

眼看着天将大亮，哈王爷当机立断，喝令翠儿去解神厨的家里跑一趟，务必请老解将事情的来龙去脉说清楚。

翠儿心里担心贝勒爷的安危，也顾不上休息了，揉着胳臂，洗了一把脸，就急匆匆地往解家胡同赶去。刚走到解家小院，只见解一半双目通红，手里举着一把菜刀，像疯了一样，大叫着冲出屋子。

“你，你干什么？”一大早就撞见这么凶神恶煞的解一半，翠儿被吓得倒退几步。而解一半神思恍惚，怔怔地望着翠儿，手慢慢松开，菜刀当啷一声掉到地上。他好像突然清醒过来，“哇”的一声大哭：“杀人啦！我爸……我爸爸死啦……”

“解神厨怎么啦？”翠儿大惊失色，慌忙冲进解家的厨房。却见地上竖着一只惨白的猪头，解神厨的尸体躺在血泊中，血迹早已风干。她惊骇万状地抬头看着解一半，忍不住浑身发抖，“你……杀了你爹？”

“你胡说什么！我爸死了！被人杀死了啊！”解一半伏地痛哭，失声大叫。

翠儿心生恐惧，用颤抖的手儿拍了拍解一半的肩背，小心地问：“到底是谁干的？”解一半哭着摇头：“不知道，我一睁眼就看到这样了……我真混啊，昨儿晚上我为什么要到王屠户家喝酒啊，还他妈喝醉了……我真混啊！”

翠儿微微一怔，失口道：“这么说，昨儿晚上我们家贝勒爷来找解神厨，看到了这一地的血，是被吓到了……”解一半皱着眉头，疑惑地道：“你们家贝勒爷？哦，你是哈岚身边的丫鬟！我想起来了，昨儿晚上，我见过哈岚！他抱着个坛子，慌慌张张，从我家出来！”他突然站起身来，走到灶台边，若有所思，“老汤坛子！这儿放的老汤坛子哪儿去了……我知道了，是哈岚！”

翠儿吓了一跳，惊呼道：“你胡说什么！我们爷怎么可能杀人！”

“只有他惦记着我爹的老汤。”解一半忿忿地道。

“你疯了！我家爷怎么可能会为了坛老汤杀人？”翠儿变了脸色，觉得解一半明显是在胡言乱语。

“我爹还说过，要我看好哈岚……对！一定是哈岚，是哈岚杀了我爹！”解一半歪了歪脑袋，转身要往外冲出去，咬牙切齿地道，“我要去报官！抓哈岚！给我爹报仇！”

翠儿追出去，拼命去拉扯他的衣服：“你疯啦，你要报仇，告我们家贝勒爷干什么？”解一半情绪激动，哪里听得进翠儿的话。他一身蛮力使出来，甩着衣袖跑到大街上，翠儿根本就拦不住。

他倒也认识去警察局的路，拐了几个大街，径直就闯进了侦缉队。

翠儿担心他闹出什么事来，紧随其后。二人进了侦辑队，只见一个尖嘴猴腮的警员正坐在桌前翻看文案，桌前立着个小牌子，上面写着“刘金”二字。他抬头看见解一半进来，皱眉道：“报什么案？”

“大人，我爹被哈岚杀死了，你们快去快去抓凶手，快去啊！”解一半心急如焚。

翠儿跟在他后面扯他手臂，大声地反驳：“你胡说什么！你看见什么了？你看见我们爷杀人啦？”解一半甩开翠儿的手，怒气冲冲地道：“不是他是谁！我亲眼看见的！”刘金瞪了解一半一眼，从桌子上取来一张白纸，没好气地说：“先说姓名，这里是侦查队，你们吵什么！你爹是谁？”不等解一半回话，翠儿抢先就叫起来：“他爹是解神厨！我家爷是哈王府的哈贝勒！”

“你是解神厨的儿子？”只见一个身材高大的警员推门进来，皱着眉头打量了解一半几眼。

解一半与翠儿满脸吃惊地望着他：“你，你不是……汪……汪公公的……”刘金正准备笔录，慌忙起身敬礼：“这是我们侦缉队汪队长！”解一半一怔，顿时像见到亲人一样抓住了汪四海的胳臂，号啕大哭：“汪队长，我爹死了，你快去抓凶手啊！”

汪四海眼珠子一转，摆了摆手，示意他稳定情绪：“别急别急，我肯定会秉公办案的……你刚才说，是哈岚杀了你爹？”解一半连连点头：“对对！就是他杀的！”翠儿急了，又想上前去拉扯解一半的衣衫：“你血口喷人！你哪只眼睛看见我们爷杀人了？”

“昨儿晚上，我亲眼看见哈岚抱着我们家的老汤坛子往外走。”

“那又怎样，我们爷还吓病了呢，到现在都昏迷不醒。”

“就算不是哈岚杀的，他也脱不了干系！我爹说过，要看好哈岚，这事儿一定有问题！”解一半想起解神厨交代过的话，越想越不对劲。

“你胡说八道！我们爷为什么要杀你爹？我还说你们害了我们爷呢，我们爷要有个三长两短，我也饶不了你！”翠儿怒容满面。

二人你一句我一句地争论，毫不相让，刘金见他们两个好像都认识队长，也就不便吭声阻止，而汪四海却是心头一震，脱口就问解一半：“你是说，昨儿晚上你亲眼看到了哈岚从你家出来？怀里还抱着你们家的老汤坛子？”解一半非常肯定：“是！慌慌张张的，我喊他都不理！”

翠儿也想起老汤坛子的事，皱着眉道：“昨晚儿爷出去很晚没回来，回来之后就发现爷傻了一样，抱着个坛子站在门口，大褂上还有血，我吓坏了……”汪四海追问：“除了老汤，哈岚还拿了什么东西？”翠儿仔细想了想，摇了摇头：“没了啊，就一个坛子。”汪四海走到桌前，看了看刘金的笔录，半信半疑地道：“这么说，哈岚是为了抢这坛子老汤，杀了解神厨……”

“不可能！我们爷怎么会为了坛子老汤杀人！”

汪四海微微一笑：“得嘞，我心里有数了，你先回去吧！”翠儿瞪起眼睛：“你有啥数啊，你可别听这个榆木疙瘩胡说，我们爷不可能杀人！您是青天大老爷，可一定得为我们爷洗清冤屈。”汪四海点了点头，示意刘金送客：“放心吧，本队自会查明真相，绝不冤枉好人！你先回去吧，这事儿压根儿跟你就没关系！”

毕竟是在侦查队里，翠儿也不敢撒泼胡闹，只能无奈地摇头，惴惴不安地离开。解一半搔着脑袋，有些着急：“就这么让她走了？您不去跟着她抓人？”汪四海笑了笑：“急什么，走，先带我去你家，勘查一下现场！”

汪四海带着刘金等人来到解家小院。

他先吩咐手下四处勘查现场，走进厨房，仔细瞧了瞧解神厨的尸体，故作惋惜地道：“唉，解神厨，多好的一个人，你说，真是好人没好报啊！都听着啊，给我仔细查找不能不能放过一丝线索，听见了没有？”

他四下翻看，望向灶台，只见昨晚灶台上的老汤坛子确实已不见，地上一片狼藉，他也记不起来自己翻查过哪些地方，若有所思地道，“这凶手明显是在翻找东西啊，家里丢什么东西了吗？”

解一半一脸迷茫：“没有吧……除了那坛子老汤，好像没丢什么。”汪四海提醒他：“你再好好想想，比如，你爹从宫里带出来的……宝贝？”解一半摸了脑袋，竭力回想解神厨与他说过的话：“从宫里带出来的宝贝？我爹一个厨子，除了一口老刀，能有什么宝贝……啊，我想起来了！那天我回来，看到你爹汪公公也在，在跟我爹说什么宝贝，两个人还差点打了起来……”

“那宝贝呢？”汪四海两眼放光。

解一半露出懵懂不知的表情：“我不知道啊，我爹好像说……不在他手上，我爹不让我多问。”汪四海见他说话并不像是装模作样，微微一点头，道：“这是你爹知道事关重大，怕你受牵连，有意瞒着你啊！”

“我爹说，怕是要出事儿了……他还说，要是真出了什么事儿，要我看好哈岚！”

“这就对了！你爹这是明着告诉你，要小心哈岚！哈岚谋财害命，偷了宝贝！别急，有我呢，你爹不会白死的……”汪四海吩咐警员将解神厨的尸体收殓，趁机安抚解一半的情绪。当务之急是尽快找出密疏的下落，如今把凶案嫁祸给哈贝勒这个替罪羊，事情就简单得多。

解一半攥紧了拳头，恨得咬牙切齿，跪在地上拼命给汪四海磕头：“请青天大老爷一定要为我爹报仇啊！”

“职责所在，职责所在。”汪四海急忙扶起解一半，嘴角微微上扬，露出一丝满意的笑容。

哈王府。

哈岚尚有气息，但是身子仍然动弹不了，哈府上下提心吊胆，怕贝勒爷一口气提不上来，很有可能会一命归西。

哈福晋坐在床边，拿着小勺给哈岚喂药，哈岚却是不张口，药一直喂不进去。哈王爷与福晋手足无措，正唉声叹气之时，福顺急匆匆地进来禀报：“王爷，佟格格来了……说是顺路来拜访。”哈王爷与福晋皆是一惊，对视了一眼，心里想，她怎么来了？莫非佟家得着信儿了？哈王爷叹气道：“看来岚儿这事瞒不住，佟家早晚得知道。他再不醒过来，这婚事怕也得推后了！”

福顺将佟丽华请到内堂，佟丽华一眼瞧见哈岚面色灰暗地躺在床上，人事不省，不知发生了什么状况。她先给王爷和福晋行礼，这才问起哈岚：“贝勒爷这是？”

哈王爷无奈，将昨晚发生的事一五一十地告诉佟丽华。

佟丽华心下疑惑，安慰二老：“王爷福晋不必过于着急，贝勒爷只是受了惊吓，醒了也就好了。您二老要保重身体……”她起身给福晋端茶，不经意间瞧见桌上摆着一台大喇叭的留声机，旁边放了一张唱片，封面上竟然是娄晓月花旦扮装的戏照，凤衩云鬓，青黛蛾眉，脸上那一抹弯弯的笑容，美艳动人。

佟丽华心思浮沉，若有所思地道：“王爷，福晋，你们都回去歇着，我来守着吧。”哈王爷和哈福晋惊讶地望向佟丽华，一时半会竟没有反应过来。佟丽华微微一笑，“他现在遇见这种事儿，可不能让二老担心，都定了亲了，我也尽点儿微薄之力。”

哈福晋连连点头，扯了扯王爷的衣袖，转身离开。佟丽华怕哈岚被风吹着，起身关上门，回望了一眼床上一动不动的哈岚，径直走到桌前，拿起娄晓月的唱片摆放在留声机上，轻轻地落下唱臂。

“……看大王在帐中和衣睡稳，我这里出帐外且散愁情……”留声机响起《霸王别姬》的南梆子，娄晓月轻柔婉转的唱腔在屋子里回荡，犹如山谷中一道清泉，沁人心肺。虞姬的声音仿佛有一种魔力，佟丽华的脸上流露出诧异的神情。

此时，床榻上的哈岚眼帘翕动，忽然有了反应。他缓缓睁开双眼，只觉得眼前有一团模糊的影子，朦胧间似乎是娄晓月的模样，俏皮的笑靥正注视着自己。

“晓月……”哈岚喃喃自语，竟慢慢坐起身子，情不自禁地想去握住爱人的双手。

佟丽华微微一呆，轻声细语地道：“你醒啦……对不起，让你失望了，是我，佟丽华。”她挣开哈岚的双手，去桌前关了留声机。

哈岚吃惊地望着佟丽华的背影，半晌说不出话来。

佟丽华关切地问：“到底发生什么事了？”哈岚回过神来，终于看清楚佟丽华的样子，突然情绪失控，一把抱住佟丽华，放声大哭：“解神厨！解神厨死了！血！满地都是血！”

佟丽华吃了一惊，张开两手不知是该安慰还是挣脱，脸儿通红，又害羞又尴尬。终于，她轻叹了一口气，任由哈岚抱着，面色由尴尬转为沉默，手腕儿放到哈岚的背上，轻轻地拍着安慰，尽显温柔。

这一切被藏在门后的哈福晋看见，心下欢喜，兴冲冲地赶到前堂，一张嘴已经笑得合不拢。哈王爷皱眉道：“岚儿能吃药了？”哈福晋喜道：“丽华正服侍他吃呢，岚儿全没了往日小霸王脾气，乖得跟个小猫似的……丽华真是个好孩子，我现在巴不得赶紧把丽华娶进门儿。”哈王爷一怔，半信半疑地道：“可你看岚儿现在这样儿，能踏踏实实地跟丽华成亲吗？”哈福晋想了想，这事儿确实不好办，谁知道岚儿清醒之后会不会翻脸不认人啊？她脸上笑容顿失，道：“唉，也不知岚儿哪根筋没搭对，死活看不上人家，非恋着那个戏子……”哈王爷正色地道：“娶亲这事儿，再不能有任何闪失了……”

“王爷，福晋……”只见翠儿欢快地跑进门来，兴奋之余忘记行礼，眨巴着眼睛喊，“贝勒爷真醒啦？”

哈王爷脸色一沉：“大呼小叫的，没规矩！”翠儿吐了吐舌头，慌忙行礼。哈福晋应道：“是啊！岚儿被丽华用娄晓月的唱片给唤醒了！”

翠儿惊喜万状：“真的啊？我去瞧瞧！”她转身就要跑出去，却被哈王爷喝住：“回来！今儿让你去解家，打听得怎么样？”

“哦，对了，差点儿忘了！王爷，解神厨死了！也不怪贝勒爷吓成那样。解神厨被人捅了好几刀，流了一地的血，那情景，可惨了！”翠儿终于想起解神厨的事。

“到底是谁干的？凭老解的为人，不该有仇家啊！”哈王爷始终不敢相信老解会被人杀害，他平时深居简出，一直待在御膳房，这是结了多大的仇呢？

翠儿急道：“他儿子都傻了，我跟着他去报了官，那个榆木疙瘩还非说是咱们贝勒爷，为了抢他家的老汤坛子杀了他爹！”哈福晋吓了一跳：“什么？这怎么可能呢？”翠儿也是想不通其中的道理，皱眉道：“是啊，也不知道解神厨这么好的人，怎么生出这样没脑子的儿子？”哈王爷气呼呼地道：“一派胡言！不用理他，岚儿清者自清。只是岚儿这事儿虽说是由解厨子的死闹起来的，可归到底，还是因为那个娄晓月。”

“娄晓月的唱片一放，岚儿就醒了。证明他心里，还是想着娄晓月……丽华真的是太委屈了。”哈福晋无奈地摇了摇头。

哈王爷脸色微微一变，沉声道：“娄晓月不除，府无宁日……成亲在即，绝不能再节外生枝……翠儿，上次要你办的事情可办妥当了吗？”

翠儿回应：“早办好了。我跟娄三喜说，到底是谁缠着谁，大家也不必争了，反正我们王府是有头有脸的，不能让人家戳脊梁骨说闲话，更不能让人家新媳妇受委屈。我们王爷说了，最好的解决办法是你们娄家班远远地离开得月楼，离开北平！”

“那娄老板怎么说？”

“娄三喜说，开什么玩笑，你们有什么权力把我们撵出北平城？您还当自己是大清朝的王爷府呢？早就民国啦，连皇上都被撵出紫禁城啦，还在这里摆什么王爷架子……”翠儿口沫悬飞，将娄三喜的原话全盘说出，至于有没有添油加醋，外人不得而知。她瞧了瞧哈王爷的脸色，接着说，“不过我将银票交给他时，他倒是答应得很痛快，说这几天肯定走！”

哈王爷哼了一声，道：“翠儿，这次的事儿皆是因你而起，你可知罪？”翠儿慌忙跪下：“翠儿差点酿成大错，王爷福晋责罚，翠儿绝无半句怨言！”哈王爷点头道：“我给你个将功赎罪的机会，你可愿意？”

翠儿抬头望着王爷，心里怦怦直跳。哈王爷也不着急，端起杯子喝了一口茶，缓缓道：“我知道你对岚儿有意……事成之后，我把你许给岚儿，让岚儿将你收房，如何？”翠儿闻言忍不住心花怒放，一脸激动：“真的？什么事儿您说吧，我赴汤蹈火在所不惜！”

“很好。以前是岚儿不懂事，伤了佟格格的心。以后这种事儿绝不会再发生了，我要确保岚儿会一心一意地对待佟格格，绝无二心。所以你即刻派人去得月楼，若是娄老板拿了钱不肯离开京城，还得给他们点颜色看看……”

哈王爷吩咐下来，翠儿当然没有理由违抗。再说了这天大的好事降临在自己身上，可谓是喜事一桩，只要能一直伺候在贝勒爷身边，要她做什么都不会犹豫。翠儿喜出望外，立刻下去招呼王府的家丁，准备去得月楼兴师问罪。

“王爷！您怎么能这么做呢？这不是仗势欺人吗？”佟丽华忽然出现在前厅，神情焦虑。

哈王爷脸色一变：“怎么说话呢！我这还不是为了你吗？”佟丽华自知失言，垂下头来：“王爷对不起，我知道王爷是为了我好，可也不能逼人走呀！这事而要是让哈岚知道了会怎么想？”

“哈岚不会知道的……”

“可是我知道！不行，我得去阻止翠儿，丽华告辞！”佟丽华匆匆行礼，头也不回就转身离开，哈王爷惊愕半晌，一声长叹。

得月楼。

大堂之中座无虚席，人头攒动。

角落里，却见佟丽华孤身一人望着戏台上的娄晓月，心事重重。她一直担心翠儿会带着王府的家丁冲进来，不想赶到得月楼，却不见翠儿的人影。

此时的戏台上，娄晓月正随着委婉优美的南梆子施展歌喉，不仅身段婀娜，唱功也是娴熟。她唱的正是《霸王别姬》中“看大王”的南梆原板唱腔：“……看大王在帐中和衣睡稳，我这里出帐外且散愁情。轻移步走向前荒郊站定，猛抬头见碧落月色清明……”

光绪年间，在京城盛行的南梆子为“老派”，而娄家班以天津盛行的“新派”登台。一出《霸王别姬》唱得台下观众如痴如醉，连佟丽华也被深深吸引，盯着娄晓月的身段子目不转睛，却不知她脸上的表情是欢喜还是嫉妒。

戏台上的项羽正在哇呀呀地嘶吼，虞姬拧着身子拔剑自刎，画面极其凄美。大堂中的观众一时没有回过神来，突然叫起一声“好”，得月楼顿时爆出了热烈的掌声。佟丽华满脸痴迷，情不自禁地跟着观众站起身来鼓掌。

曲终人散，观众纷纷走出得月楼。佟丽华不时转头望向戏台，突然咬了咬嘴唇，鼓起勇气往后台走去。

此时，娄三喜抱着一个彩匣子，吩咐丁宝和几个徒弟收拾东西，将戏服统统装箱。

众师兄弟知道娄班主决定离开得月楼，一个个唉声叹气，一脸不情愿。

娄晓月正在镜子前卸妆，听闻消息，匆匆赶过来，一把夺过娄三喜手里的彩匣子，重重地扔在桌上："爹，您这是在干吗呀？为啥一定要走啊？"娄三喜皱眉道："你怎么还在这啊，赶紧收拾东西去！"

"你是不是真的收了翠儿的银票？她一个丫头，你凭什么听她的？"

"爹不是听她的，是听它的……"娄三喜从怀里掏出一张银票，在女儿眼前晃了晃，"看见没？两万两！咱就是唱一辈子戏，也挣不到这个数。"

"两万两就把你买啦？你就把整个娄家班给卖啦？"

娄三喜正色地道："这叫什么话！？爹还不是为你，为整个娄家班着想吗？有了这两万两，咱干什么不好？你不是一直想要点翠头面吗？爹给你置办一整套！上好的！"娄晓月怒道："拿卖自己的钱买头面？还要脸吗？再说了，戏都没得唱了，对得起那头面吗？！"娄三喜叹息道："有了钱，咱上哪儿不能唱？何苦跟她较这个劲！"

娄晓月嘟起嘴儿，气呼呼地一跺脚："要走你走，我不走！"

"你这孩子，你以为爹真想走啊！咱好不容易在这儿扎下了根儿！你以为我舍得这得月楼？爹这也是为了你！人家马上要成亲了，你再跟他不清不楚扯不干净，以后还怎么嫁人？"

"我即便要走，也要堂堂正正地走，不会这样被她撵走！"娄晓月突然一把夺过银票，转身就往外面走。

娄三喜吓了一跳："哎，你这孩子……你快给我拿回来！"娄三喜气得追出去。丁宝正与师兄弟们忙着整理戏服与道具，听见父女俩的吵架声，一时也没有主意。娄晓月跑到后台，在镜子前使劲地抹着脸上的胭脂，却在镜中看见了佟丽华的人影。

"佟格格……"娄晓月慌忙转过头来，一脸迷惑。

佟丽华的情绪似乎有些激动，伸手便拉住了娄晓月的手，仔细瞧了瞧"虞姬"的身段，忍不住轻叹了一声："真美。"娄晓月大为诧异："您说我？"佟丽华笑道："我说虞姬。"

"原来佟格格也喜欢虞姬？"

"看了你的虞姬，我也想当霸王……"佟丽华笑了笑，瞧了瞧后台叠得乱七八糟的道具箱子，正准备帮忙一起收拾，却听见前院想起了争吵声。娄晓月一想不对，迅速冲了出去。

只见得月楼的门口围了一群人，翠儿领着数名家丁堵在前院，口中大呼小叫："娄三喜！银票你收了，现在戏也唱完了吧，你给滚我出来！"娄三喜见周围来了这么多人，这戏班子的脸儿可不能丢，只得上前赔着笑脸，“翠儿姑娘，您消消气儿！这么大个戏班，毕竟这几十号人呢，一天哪儿收拾得完呢，您再容我两天……”

“你少胡扯！当姑奶奶是三岁小孩儿啊？收了钱你就不认账？”翠儿得理不饶人，再加上哈王爷的承诺，脚底下轻飘飘的，说话的嗓门大起来，几条街都能听见。

“哪儿能呢，我们肯定搬！两天，就两天，两天后我们一定搬完……”

“一天都不成！今儿你们必须都得搬走。你们搬不完，我们帮你搬！”翠儿话一喊完，王府家丁摩拳擦掌，要冲进后台搬东西。娄家班众武行紧跟而上，拦在院子里，个个怒目圆睁。

“谁敢动得月楼一根指头！”娄晓月站在丁宝身前，凤眼杏目瞪着翠儿，似乎要在她身上咬下一块肉。

翠儿瞧见娄晓月的架势，心生怯意：“不要脸，一家子都不要脸！”

“你骂谁呢？”

“就骂你！闺女缠着人家爷不放，爹拿了钱翻脸不认账！蛇鼠一窝！”翠儿啐了一声，“你打呀，打呀，看爷能不能饶了你！”

娄晓月气得扬起拳头，冲过来扯翠儿的衣袖：“别以为哈岚宠着你，我就不敢揍你！你骗我的账咱俩还没算呢！”只见娄晓月一巴掌扇在翠儿脸上，清脆响亮。翠儿气急，发疯似的来抓扯娄晓月的头发，二人顿时在院子里撕打起来。众人目瞪口呆，两个小姑娘撒泼打架，这种事情颇为无奈，出手重了可能伤到人，出手轻了又拉不开，娄三喜更是急得团团转。

佟丽华拨开人群，冲了过来，死命地拉开翠儿和娄晓月：“住手，别打了，都住手！”她力气倒也挺大，立即将翠儿和娄晓月分开。只见翠儿左脸红肿，而娄晓月脸上也有挠痕，二人头发散乱，气呼呼地瞪着对方。

翠儿瞧见是佟丽华，信心大增：“格格您来得正好，您看，咱俩一起收拾这个不要脸的狐狸精！”娄晓月冷笑道：“来啊，一起上啊，就你这样的，来十个我打五双！”佟丽华皱着眉头：“都住手！翠儿，行了！我不是来打架的……”翠儿恨恨地道：“对，咱不打架，不能让人说咱王府仗势欺人，咱说理，你们收了钱，为什么还不搬走？”

“谁稀罕你们的臭钱！”娄晓月大怒。

“你爹稀罕！”

娄三喜见三个女人缠上了，你一句我一句实在是让人看笑话。他慌忙上前赔笑：“这位是佟格格吧。小女不懂事，我们走，一定走，您再容我们两天，收拾收拾东西……”

佟丽华突然咬了咬嘴唇，向娄晓月蹲了个万福：“你们谁都不用走！逼你们离开这事儿是我们的错，我代哈王府向你们赔不是。”

众人一愣，不知佟丽华是何用意，翠儿面露惊讶之色，欲言又止。

娄晓月冷笑：“猫哭耗子假慈悲！”

“我不需要用这种方法逼你退出，因为……”佟丽华盯着娄晓月，表情凝重，她微微一顿，接着说，“因为我并不怕你！娄晓月，你是一个强大的对手，你很美，但是，你有你的美，我也有我的优秀。而且我的优秀，足以留住我的男人，我有这个自信。所以，就算你留在北平，哈岚最终也会因为我，与你一刀两断。属于我的东西，不容别人染指。娄晓月，这辈子，你也进不了哈家的门。”

佟丽华一番话说完，转身拉着翠儿往门外走。

“站住！我走与不走，你说了不算，哈岚的心向着谁，你也说了不算！”娄晓月喝了一声，忽然举起手中的银票，“你们王府有钱，可以买房子买地，连媳妇都可以买。你是格格，生来高贵，你值这两万两。我是个戏子，生来卑贱。可是，我不卖！”她盯着佟丽华，缓缓将手中的银票撕碎，举到半空慢慢松手，银票的碎片在佟丽华的身前飘落了一地。

娄三喜在一旁捶胸顿足：“哎呀我的银票啊……两万两啊……”

佟丽华心神虽然有些悸动，却是毫不示弱地盯着娄晓月，脸上竟然露出一丝奇怪的笑容。娄晓月问：“你笑什么？”佟丽华一字一顿地说道：“娄晓月，无论如何，我佩服你有骨气，但是，你只配唱别姬，你这辈子也就只能唱别姬……”

第五章 牢狱之灾

哈王府。

家丁来报，说侦缉队的汪四海汪队长前来拜访。哈王爷心下焦虑，此事既然已惊动了侦缉队，肯定惹出了不少麻烦，或许汪四海瞧在一场同僚的面子上，可以疏通一下。他硬着头皮将汪四海等人请到前厅，客气地问："四海啊，你什么时候进了侦缉队了？"

汪四海拱手道："王爷您见笑了，不过是谋个差事，混口饭吃。"

"你干爹汪公公呢？自出了宫好像就没见过他啊！"

汪四海眼皮子一跳，心里有些慌张，他强作笑容将话题岔开："他啊……去了山东了……想必王爷已经知道了，在下正在调查一起凶杀案，牵扯到了哈贝勒头上……"哈王府摇了摇头，叹声道："哎，你指的是解厨子的死吧？这事儿与小儿无关。"汪四海慎重地道："在下也只是走个过场，有人亲眼看到，哈贝勒从解家带了一样宝贝出来……"

"宝贝？什么宝贝？"哈王爷怔住。

汪四海微微一笑，毕恭毕敬地道："请王爷好好想想。"

管家福顺守候在一旁，赶紧上前，小声地提醒哈王爷："王爷，会不会是贝勒爷带回来的那坛子老汤……"哈王爷皱了皱眉头，奇怪地道："一坛子老汤而已，算什么宝贝？"汪四海眨了眨眼睛，脸上的表情一本正经："好歹算是个证物，还请王爷拿来，让我们查验查验……"

哈王爷无奈，吩咐福顺去取老汤。

此时，一名丫鬟扶着哈岚，与哈福晋一起往花园过来，汪四海慌忙起身给福晋请安，又给哈贝勒请安，故意关切地道："哈贝勒的气色看起来不大好啊。"哈岚有气无力地摆了摆手，淡淡地道："汪四海，翠儿都跟我说了……解神厨的案子查得怎么样了？"汪四海赔着笑脸，道："贝勒爷放心，我现在不正在查吗？"

福顺捧着老汤坛子往前厅过来，汪四海迫不及待地上前，小心地拍了拍坛子，神情严肃地指着泥封，吩咐身旁的刘金："打开。"

刘金上前用刀子打开封口，香味四溢，汤味极浓，宫廷老汤果然是名不虚传。

汪四海上前看了看，拿起手中的刀子在汤里搅了一搅，疑惑地抬头，望着哈岚与哈王爷，却是低头不说话。

哈岚疑惑地瞪着他，不知汪四海葫芦里卖的是什么药。只见汪四海眼珠子一转，突然捧起坛子晃了晃，双手故意一松。哈岚大惊失色，一个箭步扑过去，伸出手去接，身子却根本站不稳，一屁股跌坐在地上，幸好是及时抱住了老汤坛子。

众人皆是吃了一惊，汪四海这个举动，傻子也能瞧出来是故意的。

哈岚火冒三丈，大声质问："你干什么？"汪四海并不搭理哈岚，面不改色地道："王爷，没拿错吧？这不是从解家拿来的那个坛子吧？"哈岚抱着坛子大吼起来："怎么不是？这是解神厨唯一留下的东西！上百年的老汤啊，差点让你给糟蹋了……"

汪四海轻笑了一声，抱了抱拳，道："行啊，哈贝勒，身如狡兔啊？你身子骨比我还硬朗呐！既然哈贝勒病已经好了，那就请您到警局走一趟吧。"哈王爷皱眉道："你什么意思？刚刚不是已经查过了吗？"汪四海客气地道："王爷，您先别着急，这不过是走个过场，叫哈贝勒过去录个口供而已，您放心啊，完事之后，我亲自把哈贝勒给您送回来。"

哈王爷仍在犹豫不决，哈岚拍了拍衣袖，气冲冲地道："行，要去就去，有什么了不起的。只要能把解神厨这杀他凶手查清楚了，身正不怕影子歪！"

哈王爷与福晋虽然是一脸担忧，但是侦缉队查案这事儿他们可不能搅和，万一警察局的上司怪罪下来，只会徒添麻烦。而且汪四海也曾为逊清朝廷效过力，既然大家都是同僚，他没理由会跟王府贝勒爷针锋相对。

哈王爷万般无奈，再三叮嘱汪四海照顾好哈岚，还儿子一个公道。

汪四海连连答应，命令手下带着哈岚离开王府，径直往警察局而去。

一行人到了侦缉队的审讯室，刘金立即将哈岚铐上，从桌子底下搬来一张椅子让哈岚坐下，笑容满面地道："哈贝勒，只要你老实交代，就能早点回家……"

哈岚见他们如此蛮横不讲理，肚子里顿起生起一股无名怒火，他一脚踢开椅子，瞪着汪四海叫道："你们这是什么意思？你脑子让驴踢啦？我为了一坛子老汤杀了解神厨？"汪四海微微一笑："当然不是……"哈岚举起戴着手铐的手，在他眼前晃了晃，冷冷地道："那你告诉我，这是什么意思？"

汪四海一心想问出密疏的下落，哪里还顾得上哈王爷的脸面，咬了咬牙，恨恨地道："什么意思你还不明白吗？你跟我装什么傻？坛子里压根儿就不是老汤！"

哈岚皱起眉头，解神厨家里抱来的老汤是自己亲口尝过的，谁胆子这么大敢调包？汪四海这混蛋又在搞什么花样？他一时如堕云雾之中，奇怪地问："你不是查验过了吗？不是老汤是什么？"汪四海大声喝道："这要问你啊？！"

"问我？坛子都差点儿被你摔了你问我？"哈岚满脸怒容。

汪四海有些不耐烦了，咬牙切齿地道："坛子被你们掉了包了！说！那宝贝藏哪儿了？"哈岚翻了个白眼，似乎对汪四海的盘问不以为然："还有什么宝贝？老汤不就是宝贝吗，都上百年了……"汪四海猛地一拍桌子，大声嚷嚷："少他妈胡扯！我是说你从解厨子家偷的宝贝！"

哈岚瞧见汪四海疾言厉色的神态，微微一怔，隐感事情不妙，解神厨家里莫非真的藏了什么不可告人的东西？汪四海为何态度大变？他一时半会也实在猜不出来，疑惑地道："还有什么宝贝？他们家丢什么东西了？"

"少他妈装蒜！你拿了什么你不知道？"

"除了老汤，我真没拿别的东西啊！"哈岚据理力争，他努力回忆昨晚的事情，隐约觉得此事确实有点儿蹊跷。

汪四海怒道："只有你到过现场，不是你拿的，谁拿的？"哈岚灵光一现，好像突然明白了什么事："肯定是凶手！凶手为了抢宝贝，杀了解神厨！一定是这样！汪队长，你赶紧去破案，追查凶手啊！"汪四海冷笑："凶手不是在这儿了吗？"哈岚一脸茫然："在哪儿？"

汪四海上前拍了拍哈岚的肩膀，面无表情："交不出宝贝，你就是凶手。乖乖交出宝贝，你就不是凶手。"

"为什么，不该是有宝贝的才是凶手吗？"哈岚有点懵了，突然瞧见汪四海嘴角一抹邪魅的笑容，猛然醒悟，看来汪四海没安好心，摆明着是想借着查案的机会，将解神厨家的宝贝占为己有。

"汪四海，你到底是查宝贝还是查凶手？"哈岚质问。

汪四海不想跟哈岚解释太多，正色地道："宝贝、凶手我都要！来人，带下去！"门外立即冲上来两名警察，架住哈岚的胳臂往走廊上拖去。哈岚死命挣扎，失声大喊："汪四海，你个奴才！你脑子让门挤了！我看你就是公报私仇！你对晓月那点儿心思，别以为我不知道，你就是想整死我……"

望着被拖出去的哈岚，汪四海面露冷笑："你脑子才被驴踢了！我就是想整死你，怎么着？"

侦缉队将哈岚关进拘留室的时候，哈王爷带着福顺急忙赶到了警察局。

哈王爷进了侦缉队，询问汪四海的办公室，径直敲门进去，表明来意，希望警察局高抬贵手放了儿子。他摸出一张银票，递到汪四海的桌前，慎重地道："一家人不说两家话，小小意思不成敬意，这事儿劳烦王队长通融通融。"汪四海却并不领情，淡淡地道："王爷，您这是在贿赂民国官员啊。"

哈王爷一惊："这个也不好使？"

"现在是民国啦，我汪某人两袖清风，一心秉公执法，只为缉拿真凶，您这一套，不灵啦……"

哈王爷皱眉："可是岚儿没有杀人啊！"汪四海叹了一声，装出一副为难的样子："我也知道。可是，口说无凭啊……现在所有的证据，都指向令郎就是杀害解神厨的凶手……"哈王爷紧锁眉心："你到底怎样才能放了岚儿？"汪四海喝了一口茶，若有所思地道："难啊……除非，找到新的证据……"

"什么证据？"哈王爷追问。

"一件宝贝。"

"宝贝？难道你的意思是……嫌少了？"哈王爷满脸狐疑地看了一眼桌子上的银票，实在是想不通汪四海口中的"宝贝"究竟是暗指什么东西，如果金银都不要，难不成他贪图珠宝？

汪四海愣了一下，半天才反应过来，脸色一沉："王爷把我汪某想成什么人了！我汪某一心破案，绝无他图！"哈王爷被他说得一头雾水，道："那你究竟是什么意思？"汪四海嘴角一歪，淡淡微笑："我只要令郎从解神厨家拿的宝贝……"哈王爷百思不得其解："岚儿到底拿了什么宝贝？"

汪四海又叹了一口气，无奈地道："这就得去问令郎了……"

"好！我要见我儿子！"哈王爷见问不出个结果，当机立断要求见哈岚。

汪四海弹了弹桌子上的银票，递还给哈王爷，笑道："当然没问题。"他即刻安排警员过来，带哈王爷去侦缉队的拘留室，然后客气地送王爷出门，自己转身就往走廊处绕过去。

狭窄的拘留室内，哈岚蹲在铁栅栏后面，坐在冷冰冰的地板上，看见阿玛进来，起身冲到铁门处，急切地问：“阿玛！你怎么过来了？他们肯不肯放人啊？”

哈王爷瞧见儿子身陷囹圄，自己却无能为力，不免心如刀绞：“岚儿，你老实说，你到底拿人家什么东西了？”

偏门外面，汪四海正侧耳偷听。

哈岚连连摇头：“没有啊！除了老汤，我什么都没拿。”哈王爷提醒：“你再好好想想，会不会你拿了什么，给忘了？”哈岚低头思索，努力回想在解神厨家看到的场景：“哎……真没有啊！阿玛，我这话，说得我都快吐了。我到解神厨家，我看见老汤，紧接着我就看见他倒在血里面。我吓都快吓死了，我哪有工夫拿呀？阿玛，他们家到底丢什么宝贝儿了？”

哈王爷叹气道：“汪四海没说，只说那宝贝是证据，找到才能救你。”哈岚气得在屋子里转圈，恨恨地道：“这上哪儿找去啊？依我看，压根儿就没什么宝贝，就是汪四海为了诬陷我凭空捏造的！”哈王爷大惑不解：“他为什么要诬陷你？”

“还不是为了……”哈岚差点说出娄晓月的名字，立即把后面的话咽了回去，没好气地叫道，“哎呀我也不知道！反正他就是没安好心！”

哈王爷顿生狐疑，眉头紧锁，喃喃地道：“看来我要另想办法……”

门外的汪四海听见父子二人的对话，一时半刻也猜不出所以然来，密疏到底在不在哈王府他也根本无法确定，只能等哈岚亲口承认。

此时他已打定主意，解神厨家的凶案，哈岚当然是最大的嫌疑人，既然现在有人替自己背了黑锅，那后面的事情就一步步来。

礼士胡同。

佟府上下听闻哈岚被警察局带走的消息，均是大感意外。侯爷与夫人完全懵了，这好端端的，哈贝勒怎么可能杀人呢？为了抢解神厨家的一坛百年老汤？这理由简直是可笑之至，杀人是要偿命的，哈岚就算是个吃货，也不可能做出这么出格的事情。

佟梓华表示不服气，冷冷地道：“这可说不准，蔫人作大恶，他连圣旨都敢违抗，还有什么事儿做不出来的？”

佟丽华却是坚信哈岚是被人冤枉，瞪了哥哥一眼："哈岚绝不会杀人！这其中一定是有什么误会。"佟侯爷也赞同女儿的意见，抚须道："岚儿这孩子，是咱们从小看着长大的，虽说有些淘气，但品性纯善，绝不可能杀人……梓华，你可别乱说。"佟梓华眼珠子转了转，嬉皮笑脸地道："阿玛，额娘，你们怎么不明白呢，这事情的关键，不是哈岚杀没杀人，而是我们可以趁机退掉婚事！"

"退婚？"三人同时一呆，不知道佟梓华说的是何意思。

佟侯爷摇了摇脑袋，沉声道："不妥！有皇上的圣旨在，怎么能退婚？"

佟梓华缓缓地道："那哈岚都被抓进侦缉队大牢了，这婚还怎么结？阿玛，您想想，且不说这哈岚配不配得上咱丽华，就看这些日子，他生了多少事儿出来了。先是在订婚宴上跟那个戏子闹了那么一出，又跑到皇上跟前儿去求指婚，竟然还公然抗旨，不肯娶丽华，咱们佟家自打康熙爷年间到现在，什么时候受过这样的羞辱？"

他见阿玛低头不语，顿时来了精神，又滔滔不绝地说，"再说他哈王爷，竟然叫一个丫头跑到得月楼大闹，跟那个戏子打得跟热窑似的，这在四九城都成笑话了！您说他这一家子办的这叫什么事儿啊！咱们跟这样的人家联姻，不也成了四九城的笑话了吗？"

佟侯爷仍然低着头，似乎是举棋不定。这时佟夫人接了一句："侯爷，梓华说的对啊。嫁给这样一个浪荡子，太委屈了丽华，照我说，现在就应该让梓华给草弥先生打电话，请他再多加张船票，让丽华跟咱一起去日本！"佟梓华欣喜地道："我这就去办！"

"等等！现在退婚，不就成落井下石了吗？"佟丽华忽然出言阻止。

佟梓华诧异地道："还等什么呀，你不是也想去日本吗？这正是个好机会啊！你还真愿意嫁给一个拈花惹草，动不动就晕倒的怂货？"

"哈岚他没有……"佟丽华欲言又止。

佟梓华叹道："我说妹妹呀，你是不是鬼迷心窍了？我还没跟阿玛说呢，大闹得月楼你是不是也有份儿？一个侯门格格，跑去戏班子跟一个戏子争男人，咱佟家的脸都被你给丢尽了！咱是真找不着男人了么，非得死乞白赖地在他这一棵歪脖子树上吊死！"佟丽华脸涨得通红，一时语塞。

佟侯爷皱眉道："你给我住口！你妹妹重情重义，比你这轻浮浪荡样儿强百倍！还好意思说人家哈岚拈花惹草，别以为我不知道你在外面那些荒唐事！有本事，你也正经给我娶个媳妇回来！"佟梓华怔住，低头嘟囔："这不说哈岚的嘛，怎么又扯到我头上了……"

“无论退不退婚，都得先把哈岚从牢里救出来再说！”佟丽华表明态度，这样落井下石的事情她绝对不做。

“要是救不出来呢？”

“那我就一辈子不嫁！”佟丽华回答得干脆利落，佟梓华顿时哑口无言。

此时卢管家进门禀报，说哈王爷登门拜访，众人相互对视，不知哈王爷的来意。佟梓华低声哼了一句：来的还真快！

哈王爷进了侯爷府，神情有些尴尬，与侯府亲家一照面，连连致歉：“犬子此番受牵连，实在太过无稽……”佟侯爷叹了一声，安慰道：“黑白颠倒，人心不古啊，令郎一事还要从长计议。”

“汪四海故意刁难，不肯放人。本来岚儿无辜，倒也不怕他，案子查清了，自然会还我们清白。只是这婚期在即，耽误不得，咱们还得想个辙，赶紧把岚儿救出来才是……”哈王爷索性开门见山说明了来意，希望佟侯爷能帮着想个法子。

佟侯爷对此事深感好奇：“汪四海为何死咬住令郎不放呢？”哈王爷叹息道：“大概是解府里丢了什么宝贝，汪四海怀疑是岚儿拿了去，逼着我们交出宝贝。”佟侯爷满心狐疑：“他一个厨子……能有什么宝贝？这汪四海不是想趁机敲诈吧？”

“我本来也这么想，可银票他连看也不看……还说他两袖清风，一心秉公执法……我揣摩不了他的心思。”

“这就奇怪了……”佟侯爷抚须沉思，猜不出汪四海究竟是在搞什么鬼。

一旁的佟梓华突然一声轻笑，不以为然地道：“这汪四海摆明了是冲着哈岚来的。”哈王爷怔住：“此话怎讲？”佟梓华眨了眨眼睛，故作神秘地道：“原来王爷您不知道？这汪四海对娄晓月可是一往情深，偏偏这娄晓月跟我那未来的妹夫爱得死去活来，这汪四海能不恨他吗？弄死他的心都有吧！”

哈王爷一脸震惊，想起哈岚在拘留室里欲言又止的表情，这才反应过来，原来汪四海有这个小心思，看来他是真的想使坏。佟丽华咬着嘴唇却是一声不吭，也不知是懊恼还是失望。

“放肆！不得无礼！”佟侯爷骂了儿子一句，转身给哈王爷道歉，“犬子口无遮拦，王爷不必放在心里。”

哈王爷干咳数声掩饰尴尬：“是犬子失德在先……你们放心，戏子这事儿我已经派人去处理，保证犬子跟那戏子断绝来往，绝不让丽华受委屈。当务之急，还是要先救人，这婚期可是耽误不得。”佟侯爷抚须道：“这倒也不忙。比较起来，还是令郎的清白更为重要……”哈王爷满脸诧异，皱眉问道：“你这是什么意思？你怀疑岚儿的清白？”佟侯爷叹气道：“我是相信岚儿的……可王爷您也知道，你我这样的人家，最重清誉，如果我们托关系匆忙把岚儿捞出来，反而说不清了。”

“你的意思是不救了？那婚期怎么办？”哈王爷大感意外。

“婚期也不是不可以延后……”

“延后？皇上钦定的婚期，岂能说延就延？再说了，若真如令郎所说，那汪四海故意为难我儿，那岚儿在牢里岂不危险？”哈王爷脸色一变，心里颇为不悦。

不料佟侯爷正色地道：“刚刚犬子话虽粗鄙，但若属实，就凭令郎所为，也该让他在牢里吃点苦头！”哈王爷终于没有忍住脾气，大声呵斥：“敢情在牢里的不是你儿子！老佟头，你到底什么意思，难不成想悔婚？”

没等佟侯爷答话，佟梓华早已抢先一步，大声叫了起来：“悔婚就悔婚！凭我妹妹这条件，什么样的找不着，非要嫁给哈岚受委屈！”

哈王爷愣住，瞧了瞧佟梓华，又望了一眼佟侯爷，可是没有想到佟侯爷低头不语，竟然像是默认。他顿时勃然大怒：“好你个老佟头，憋着这主意呢？你这是要抗旨啊！走！咱们到皇上跟前儿说理去！看看皇上这指婚还作不作数。走！”

他拉住佟侯爷就要往外走，佟夫人和佟丽华忙上前劝解。佟侯爷觉得这事情始终是佟家理亏，慌忙解释：“别别，我没那意思，亲家您消消气儿……梓华，还不快给王爷道歉！”佟梓华极不情愿地扭过脸去，佟侯爷大声发火：“道歉！”佟梓华无奈，只得上前作礼：“小侄失礼，王爷莫见怪！”

哈王爷并不理会，沉着脸质问佟侯爷：“我就问你一句，人到底救还是不救？”

“救，救，当然得救……这汪四海油盐不进，民国政府的官员对咱们这些遗老又甚是防范……诶，倒是还有一个法子，咱们可以去求求皇上，毕竟，民国政府还是会卖皇上几分面子……”

哈王爷沉思片刻，缓缓点头：“这倒是个好主意。这汪四海也不敢不听皇上的话！对，就这么办，我这就回去写折子！回头咱联名递到北府去！”北平政变之后，溥仪搬进了醇亲王载沣的府邸。佟侯爷一听要写一份“联名折子”，连连点头，若是由皇上出面，此事或许会有转机。

佟丽华沉吟道：“王爷，阿玛，这不太妥吧？毕竟皇上他自身难保……”哈王爷赶紧打消佟格格的顾虑：“这你就不懂了，皇上不可能不管岚儿的！我先告辞了！”他一时心急如焚，也不再多话，起身告辞出去。

佟家四口将王爷送出门外，佟梓华又开始小声嘀咕：这有用吗？什么年代了，还找皇上……佟侯爷摇头叹气道："有用没用的，我们反正是尽心了。"佟丽华瞪了哥哥一眼，忽然好像记起了什么事来，眼眸流转，急切地道："我倒有个主意……哥，需要你帮忙！"

佟梓华一头雾水，满脸惊讶："我能帮什么忙？"

"带我去见草弥先生。"

一处幽静的花园小楼。

古色古香的书房里，墙上挂着几副书法和中国画，中间摆着一张宽大的书案，桌上竖起一只青花笔筒，墙角的角落的画缸中，插满了大大小小的画卷。

佟梓华胸前挂着相机，饶有兴趣地欣赏墙上的书画。案前一只手正提笔挥写书法：仰天大笑出门去，我辈岂是蓬蒿人。

身穿和服的草弥先生提笔收势，欣赏着自己的作品，微笑望向一旁观看的佟丽华，满意地点了点头："中国的唐诗真是精妙，简短的几个字就能表达出诗人的洒脱与骄傲，这是我最欣赏中国文化的地方。"佟丽华微微一顿，赞许道："草弥先生的书法笔走龙蛇，俊逸脱俗，您对中国文化的精通与推崇更令人敬佩。如果能将中国古诗译为日文，用日文书法来书写，岂不更有趣，也能让更多日本人领略中国古诗的魅力。"

草弥眼睛一亮，笑道："好主意啊！佟格格真是奇思妙想，才思过人！"佟丽华不好意思地笑了笑："草弥先生过奖了……"佟梓华看着二人亲密交谈的样子，举起相机，迅速按下快门。"啪"的一声响，佟丽华和草弥皆惊讶地转过头来，却见佟梓华举着相机，脸上的笑容很暧昧："这真是琴瑟和鸣呀。"

"哥……"佟丽华脸色一沉。而草弥却冲佟梓华挤了一下眼，忍不住哈哈大笑起来。

此时，一位年轻貌美的姑娘穿着和服，端着茶盘，正迈着小碎步走进书房。她低头将茶盘恭恭敬敬地摆在案上，退后出去。佟梓华眉头微皱，似乎是被侍女的美貌惊艳，目不转睛地盯着姑娘，眼神有些迷离。

草弥似乎看出了佟梓华的心思，轻笑道："她是我从日本带来的一个孤儿，名字叫孔雀。这姑娘单纯得很，最大弱点就是善良。"佟梓华喃喃地道："人长得也漂亮……"草弥斜着眼睛，明知故问地道："梓华君是不是看上她了？"佟梓华脸色一红："我怎么能夺人之美呢。"草弥笑道："孔雀只是我的侍女。梓华君，说实话，我觉得你身边真的需要一个体贴照顾你的女人。”佟梓华大笑：“知我者，草弥君也。”

“哥！你学点儿好吧。”佟丽华瞧见佟梓华一副垂涎欲滴的模样，满脸不悦。

“得得，我不在这儿碍眼，我去厨房看看，给孔雀姑娘打打下手。你们聊，接着聊……”佟梓华坏笑着离开。

草弥客气地给佟丽华倒上茶水：“佟格格，请用茶。”佟丽华举止端庄，小心接过茶盏，慎重地道：“其实我今天来，是有一件事，想请草弥先生帮帮忙……”草弥颔首道：“令兄在电话里已经告诉我了，是关于您未婚夫入狱之事？”佟丽华略显尴尬，轻轻点头：“哈岚他是无辜的……上次您说过，您在政界和军界都有熟人，能否请您帮帮忙，把他解救出来？”

“解救倒是不难吗，只是……”草弥微微一顿。

“需要多少银钱打点，您尽管开口。”

草弥面露微笑，道：“佟格格您误会了，不需要打点。我的意思是，您真的要嫁给这样的男人吗？”佟丽华一愣：“您为什么会这么问？”

草弥正色地道：“我对哈岚先生的所作所为早有耳闻，那天在贵府也有幸一见。恕我直言，我觉得他真的配不上您，佟格格。”佟丽华俏脸一寒，道：“我们两家世交，自幼定亲，又是皇上亲自指婚。配与不配，我心里最清楚，不足为外人道。”草弥叹了一声，瞧了一眼案桌上墨迹未干的书法字，意味深长地说：“佟格格，您难道真的不知道自己有多么优秀？您绝非平庸的蓬蒿人，凭您的才华，您完全可以有一番大作为。您应该仰天大笑出门去，而不是匆匆嫁人，这实在是太可惜了。”

佟丽华的表情依然平淡：“草弥先生谬赞了，丽华从未有这样的野心……”

“当然，在中国这样的环境下，您的才华无法施展。所以，我诚挚地邀请您去日本……您到了日本，一定会如鱼得水，我可以把商社交给您经营，我保证您可以在商界大放异彩。”

“谢谢草弥先生的美意，我已经决定留在中国了。”佟丽华的态度极其坚决。

草弥依然不死心，试探着道：“只要佟格格答应一起去日本，我马上给民国政府打电话，让他们放人。”佟丽华皱了皱眉，似乎有些生气：“草弥先生，您这是在以此要挟我吗？”草弥凝视着佟丽华，轻轻叹息：“当然不是要挟，是发自内心地为您的未来着想……”

“可是，我自己的未来不劳草弥先生费心。”佟丽华原本对草弥并无好感，这次为了救出哈岚，不得已才要求哥哥带她来相求。此时草弥的执意劝说，令她内心极为不快。

草弥虽然有些失望，却一直满怀期待地望着佟丽华：“我想不明白。您为什么放着一个光明的前程不要，非要把自己的一生押在一个男人身上？您难道没有自己的追求吗？”

“每个人的追求不同。草弥先生所描绘的美好，并不是我想要的前程。”

“我理解佟格格的心情。您想要的，或许是一种举案齐眉、相夫教子的平淡而美满的人生。但是，这个男人，他真的能给您这样的幸福吗？据我所知，他并不爱您。”

佟丽华咬住嘴唇，默然不语。

草弥缓缓又道：“您这样优秀的女人，他都不知道珍惜。出了事，还需要您出面来求人救他。他还算是个男人吗？他这样的人，在我们日本，就是一个懦夫，用你们的话说，就是一个怂人、一个废物……”

佟丽华呼地一下站起来，情绪有些激动：“草弥先生，您可以拒绝我，羞辱我，但是，我绝不允许您侮辱我的未婚夫！哈岚他虽然外表文弱，可他有铮铮铁骨！他善良正直，重情重义，在我心中，他就是一个真正的男人！他不像外面那些人那样虚伪、阴暗，从来不会躲在不同的面具后面，时刻算计着别人！”

她转身就走，正撞上佟梓华端着一盘子点心走进来：“诶，怎么回事？”佟丽华并不理睬，怒气冲冲地走出门去。

佟梓华莫名其妙，转头望着草弥，“她怎么了这是？怎么走了？”

草弥意外之余，脸上浮出一丝欣赏地微笑：“她是个优秀的女人……”

第六章 救人心切

警察局拘留室。

哈岚正坐在牢房里，端着碗饭，隔着栅栏与一位狱警侃大山：“你说这饭，又馊又臭，这是人吃的吗？比豆汁儿还味儿！不过话说回来，咱北平人啊，还真爱吃些臭烘烘的玩意儿。像卤煮啊、炒肝儿啊，还就得吃那股子臭味儿，味儿不臭就不对了！”

那狱警知道贝勒爷的身份，不敢怠慢，似懂非懂地点头。哈岚说得起劲，口沫悬飞：“说起这炒肝儿啊，我知道帽儿胡同有一家店的味儿特正，那汤汁油亮通红，肝嫩肠肥，咬一口那个香啊，真是绝了……”

听哈岚说得如此美味，狱警忍不住吞了吞口水。哈岚眼珠子一转，哈哈大笑道：“要不，您跑一趟帽儿胡同，弄两碗炒肝儿回来，咱解解馋？不让您白跑，这扳指你拿着……那帽儿胡同口有棵大树，您到了那儿，要是见了……”哈岚褪下手上的扳指递出去，狱警犹豫着正要接过扳指，却见门外另外一名狱警带着娄晓月，提着食盒走进拘留室。

哈岚呼的一声站起身来，惊讶道：“晓月！你怎么来了！”娄晓月猛地扑过来，使劲地抓着栅栏，眼角的泪水立即涌了出来：“你这个混蛋，怎么又让我等那么久！”

“对不起，我又食言了……我正在想办法去通知你……”哈岚隔着栅栏握住娄晓月的手，将脑袋顶在栅栏上，使劲地凑到娄晓月耳边，“你放心，只要我一出去，咱立马就远走高飞……”

娄晓月看到地上的牢饭，擦了擦眼泪，想将带来的食盒递给哈岚：“我给你带了吃的……”食盒里装着酱肉和米饭，只是栅栏太窄，食盒塞不进去。

哈岚眨了眨眼睛，难掩兴奋之情，感激地道：“还是你懂我！”娄晓月望着狱警，冷冷地道：“开门！”狱警赔着笑：“对不住娄老板，汪队长吩咐，让您隔着栅栏见见就得了，不能开门。”

“他什么意思？！这饭怎么办？”

狱警指了指栅栏：“门上有个窗口……”娄晓月气急，将手中的食盒敲在铁栅栏上，敲得哐哐直响，那狱警一脸无辜，“娄老板，你别让我难做啊。”

“算了算了，别为难他了……”哈岚让娄晓月将食盒从窗口塞进来，开心地端着，蹲到地上迫不及待地打开。

先前与他聊天的那名狱警赶紧凑上来：“贝勒爷，炒肝儿您还要么？”哈岚大口大口地吃饭，吃得津津有味：“有酱肘子了，谁还要它啊！”狱警一怔：“那这扳指……”哈岚挥了挥手：“赏你了！”狱警闻言大喜，小心地在衣服上擦着扳指，连声道谢：“多谢，多谢贝勒爷。”

娄晓月站在栅栏外面，心疼地看着哈岚：“怎么会这样……”哈岚挤眉弄眼地道：“没事儿，甭担心！”娄晓月无奈地道：“那天我要是跟你一起进去就好了。”

“得亏你没进去，要不然你也吓坏了，一地的血……”哈岚一想起血就觉得犯恶心，赶紧着往嘴里扒了两口饭。他见娄晓月两眼泪汪汪，心里不忍，柔声安慰，“好了，别哭了……过两天我就出去了。我没杀人就是没杀人，他还能冤枉我？”

娄晓月越想越气愤，叫道：“我可以给你作证！我去找汪四海！”哈岚大吃一惊，急忙阻止：“不行，你不能去！那小子对你没存好心！”娄晓月冷哼了一声，怒道：“他不敢怎么着我！我让他占不了便宜！你等着，我一定把你救出来！”

她话一说完就往门外的走廊冲去，哈岚喊着她也听不见。

等她一把推开汪四海的办公室，却见汪四海正低头在做笔录，根本没有预料娄晓月会怒气冲冲地推门进来。娄晓月迅速奔到桌前一拍桌子，大喊：“我可以作证！”汪四海被她吓了一跳，险些从椅子上摔下来：“你……你作什么证？”

“哈岚那天跟我在一起，他不可能杀人！”

汪四海脸色一变，追问道:“那你们分手之后呢？”娄晓月扯着嗓门:“他是去了解家，可他是为了请解神厨回哈王府当厨子！”汪四海眼珠子转了转，笑道：“你怎么知道的？”娄晓月正色道：“当然是他亲口跟我说的！”汪四海“哦”了一声，反问道：“他跟你说的？他是去杀人的，还会告诉你？你的证词，恰恰证明哈岚确实去了解家。他就是在跟你分手后，杀了解神厨！”

娄晓月怔住，慌忙改口："不！不对！那天是我跟哈岚一起去的解家！我们一起去的！"汪四海故作惊讶的表情："哦？你们是一起进去的？那就是说……你们一起杀了解神厨？"娄晓月争辩道："没有！你胡说！我们一起看到了解神厨的尸体！"汪四海点了点头，嘴角一扬："好吧，那你还看到什么了？"娄晓月仔细一想，记起了哈岚的话，脱口而出："血……一地的血！"

汪四海眼珠子转了转，继续问："你是在哪儿看到的尸体？"

"院……院子……"娄晓月支支吾吾的，暗自后悔没有及时跟哈岚问清楚来龙去脉。

汪四海装模作样地摇了摇头，似乎在竭力回想现场的情景："不对吧……我怎么记得，是在客厅里呢？"

"哦，是，是在客厅里，我记错了！"娄晓月慌忙改口。

汪四海翻了个白眼，道："娄晓月！你就别再编啦，解神厨明明死在厨房里！"

娄晓月一时语塞："反正哈岚没杀人，他是被冤枉的！"汪四海冷笑道："他冤不冤，他自己知道……现在是铁证如山，他就等着乖乖伏法吧。"娄晓月大叫："汪四海！你颠倒黑白，故意陷害！"汪四海见她扯开了嗓门，尴尬地道："是他自己作死！晓月啊，杀人偿命，哈岚没救了，你就死了心吧，还是跟我吧……"

娄晓月大怒，右手挥过去要去打汪四海，却被他一把抓住，摇头叹气地又道："我就不明白了，哈岚到底哪儿好，值得你这样？"

"他哪儿都好！"娄晓月左手握拳又挥了过去，再次被汪四海抓住。她两只手都被汪四海控制，死命挣扎时，竟踮起脚尖儿，想爬到桌子上去。

汪四海瞪了她一眼："得了，别胡闹了！再闹我把你也关起来！"娄晓月却并不认输："好啊，赶紧把我抓起来，跟哈岚关在一起！"汪四海哈哈大笑："你们还想做一对绝命鸳鸯啊，做梦！"

娄晓月气极，她从小练出来的身段，动作也是灵活，身子一侧，用手肘捣向汪四海的胸口。汪四海猝不及防就被她顶到了胸肋，往后退开一步，娄晓月趁机将双手挣脱，挥拳又朝汪四海打去。

可是御前侍卫岂是省油的灯？汪四海很快就将娄晓月制服，死死箍住她双臂："臭丫头，没完了还？"

"你不放了哈岚，我就跟你没完！"娄晓月正要用脚去踢汪四海，想想自己毕竟是在警察局，可不能胡来。

汪四海苦笑道："我怎么能放了他？我一个小小的侦缉队长，说了也不算啊。"

娄晓月厉声道："你能抓，就不能放？"汪四海摇头叹声："晓月，我真没这个权力……"娄晓月一下子泄了气，急得又要哭出来："那我要想什么法子……才能救哈岚？"汪四海松开了娄晓月，嘿嘿一笑："你真想救他？我给你出个主意……"

"什么主意？"娄晓月满脸焦虑。

汪四海突然凑到娄晓月的耳边，轻轻地吹了一口气："你嫁给我，我帮你想办法……"娄晓月一愣，回头一口啐在汪四海脸上："呸！你做梦！"

黄昏时分，佟府花园。

佟丽华正拿着一本书在花园里闲逛，脸上却是愁云密布，一筹莫展，手中的书也无心翻看。佟梓华匆匆赶进花园，四处张望，突然发现妹子的身影，急忙叫住："丽华！赶紧收拾收拾，换身衣裳，车在外面等着了！"

佟丽华闻声惊讶："要去哪儿？"佟梓华奔到身前，气喘吁吁地道："草弥先生请你去吃饭。"佟丽华顿时警惕起来："草弥？我不去！"佟梓华大感意外，诧异地道："怎么能不去呢？人家草弥先生特意请你过去！"佟丽华语气平淡："上次被羞辱得还不够吗？我再去找没脸？"

"不会的……草弥先生说了，他很后悔说了那些话，不是让我跟你道歉了吗？人家是很有诚意的……"

佟丽华有点生气："哥！我还没说你呢，这个草弥到底是什么人？你为什么跟他说那么多我的事儿？"佟梓华大喊冤枉："我没怎么说啊，你别冤枉我。"

"那他怎么知道得那么清楚？连我常去的日本小馆子，爱吃玉子烧他都知道。"

"我哪儿知道啊，这事儿连我都不知道！"佟梓华确实有点糊涂了。

佟丽华皱着眉头，不解地道："那他打哪儿知道的？他调查我？他到底想干什么？"佟梓华苦笑道："哎呀妹呀，你想那么多干什么，人家不过是仰慕你，多打听了些不成吗？我看他就是想讨好你……"佟丽华脸色微变，哼了一声："我不稀罕！我看他就是没安好心！"佟梓华赔着笑："人家爱慕你，就是没安好心？行啦，妹子！草弥先生热爱中国文化，有很高的书法造诣，是个很高雅的绅士，不会对你做什么的，你就放心去吧，权当交个朋友了。他还说有惊喜给你呢。听话，快去吧！"

他推着佟丽华往门外走。佟丽华极不情愿地坐上了大和商会的洋车子，一路往草弥家的小楼驶去。侍女孔雀早已在门口等候，领着佟家兄妹穿过花草芳香的院子，径直走到草弥家的厨房。

只见草弥换了一件崭新的和服，正在厨房悉心地制作食物。蛋液浇在锅里，日式餐桌上已经摆放了几样精致的料理。等玉子烧出锅，草弥拿出一把精致的小刀将玉子烧切成数段，小心地摆放在盘子里。

佟丽华安静地望着草弥，神情有些惊讶。

“佟格格来啦！您稍等一下，马上就好。”草弥抬头瞧见客人，颔首行礼。

他将厨房的日式料理收拾整齐，起身向佟丽华鞠躬，“佟格格，我很高兴您能来。上次我一时冲动，说了很多不礼貌的话，我向您道歉。我特意做了这一桌的料理，以表达我的歉意。对不起，希望佟格格您能原谅我，不要再生气了。”佟丽华跪坐在餐桌前，回礼道：“草弥先生，您不必这样……”

“不不，是我不对，我一定要向您道歉，向哈岚先生道歉。我现在知道了，哈岚先生其实是个很了不起的男人。您放心，我会尽自己最大的努力，去帮助哈先生。”

“多谢草弥先生。”佟丽华有些意外，不知草弥为何性情大转。

草弥注视佟格格，脸上的笑容很冷峻：“但是，我从内心里，还是不希望您嫁给他。”佟丽华遽然变色：“这还是条件吗？如果是，那就不必劳烦草弥先生了。”草弥摇头否认：“不是条件，这只是我的希望，一个小小的愿望……如果您坚持要跟哈岚先生结婚，我也会送上祝福，到时候，我一定亲自登门祝贺。祝你们百年好合，幸福美满！”

佟丽华狐疑地望着他，不明白草弥究竟是哪种心思。她一直惦记着哈岚的事儿，今天草弥既然答应去救他，总算是不负此行。她突然皱了皱眉头：“我还有一个问题……”草弥一怔，显得有些紧张：“您请讲。”佟丽华指了指玉子烧，笑道：“这个玉子烧我可以吃了吗，我盯它半天了。”

草弥展颜一笑，高兴地道：“快请，快请！这是我特意为您做的，您尝尝是否可口。”佟丽华迫不及待夹了一个放在口里，脸上露出惊喜的表情：“太好吃了！我很多年没有吃到这么正宗的玉子烧了。真没想到，草弥先生您还有这手艺！谢谢您的热情款待，更谢谢您答应帮助哈岚！时候不早了，丽华告辞。”

“只要佟格格开心，我很乐意效劳。”草弥将桌子上玉子烧装入精致的食盒，“还剩了些玉子烧，您都带回去吧。”

佟丽华大窘：“这……多不好意思……”草弥盯着佟丽华的脸儿，心里似乎有极大的满足感：“没关系，一个厨师最大的欣慰，就是饭菜被人吃光。您爱吃，就是我的最大荣幸。”

佟丽华谢过草弥，起身告辞离去。

草弥亲自将佟家兄妹送到门外，吩咐大和商会的洋车务必将佟格格送回佟侯府。佟丽华也不再推辞，一路上心事重重，这次哈岚如果能救出来，好歹也算是了却一桩心事。但是如果哈岚执意要与娄晓月在一起，自己究竟应该扮演什么角色？她眼前又浮现霸王别姬的一幕，还有娄晓月那清澈婉转的歌喉……

礼士胡同过往的行人并不多，佟丽华突然瞧见远处有一个熟悉的身影，正在佟府门外徘徊，似乎是举棋不定，始终没有勇气去敲门。

“娄晓月怎么来了？”佟梓华大感意外。

佟丽华不解其意，下车之后径直过去跟娄晓月打招呼：“来了很长时间了吗？怎么不进去等我。”娄晓月回头看见佟格格，脸色微红，也不知应该如何开口，尽量掩饰自己的尴尬：“我也是刚到不久，想……想找你聊聊。”

佟丽华请娄晓月进房，吩咐丫鬟香菱端上好茶。佟府上下当然听说过娄晓月的事儿，心里奇怪怎么今天她会突然跑来找佟格格。佟丽华在内房换好衣裳，出来接待娄晓月，却是开门见山地说：“我知道你是为了哈岚而来，可是你怎么知道，我能救哈岚的？”

“您是格格，您一定有办法……”娄晓月的声音很轻。

佟丽华淡淡一笑，道：“就算我有办法，你怎么知道，我一定会救哈岚？”

娄晓月一怔，没有反应过来：“你是哈岚的未婚妻，你怎么会不救他？”佟丽华眨了眨眼睛，突然笑了起来：“你现在知道，我是他未婚妻了？你跟他在一起厮混的时候，怎么没想过，他还有个未婚妻？”娄晓月的心思完全都在哈岚身上，所以佟格格这句话，她根本就没往细致的地儿想：“你会救他的，一定会救，是吧？”佟丽华的语气很冷漠：“他是我的未婚夫，救与不救跟有你什么关系，你着什么急？因为你，哈岚让我……让我们佟家受到了莫大的羞辱，我阿玛和大哥恨得咬牙，为什么还要救他？”

娄晓月终于明白了佟格格话中有话，呼的一下站起来，脸儿涨得通红：“你们怎么这么狠心！”佟丽华盯着她看，并不回避娄晓月的眼神，语气仍然很平静：“你觉得你有资格来指责我吗？”

娄晓月气得转身要走，走到门口却突然停住，身子微微顿了一下，猛地一个转身，“扑通”一声跪倒：“都是我的错，都是我不好。我给您赔不是，我求求你，救救哈岚吧……”她本是个性情刚毅的女子，为了救心爱的人，在情敌的面前她已顾不上面子和尊严。

佟丽华心儿一颤，上前将她扶起：“你这么为他，值吗？”

“值！只要能救他出来，就值！”娄晓月咬着银牙。

佟丽华继续追问：“就算把他救出来，他也是跟我结婚，你还觉得值吗……我可以救他，但我要你从此跟他一刀两断，再无瓜葛，你能做到吗？”

娄晓月怔怔地望着佟丽华，心里五味杂陈。一刀两断，再无瓜葛？这些事情她从来没有去想过，为了救哈岚能做的她都已经去做，世上无论是谁都不可能动摇她的决心：“您是一个格格，您什么样的男人找不到，为什么就不能高抬贵手，放了哈岚？”

“那么你呢，你那么美，那么多男人争着追你、捧你，你为什么非要缠着哈岚？”佟丽华反问她。

“因为我爱他！”娄晓月挺起胸膛。

“这个理由这么理直气壮吗？你以为只有你会用这个理由吗？我告诉你，没有约束的爱，只能给他带来伤害！”佟丽华苦笑着摇了摇头，语气很尖锐，“你走吧！哈岚的生死，跟你没有关系。”

娄晓月情绪低落，木然转身。她此时已经将心完全掏出来，从来没有想过以后的路应该如何走，只要哈岚平安无恙，就是最大的满足。

佟丽华站在她的身后，仍然在提醒她做出选择：“你跟他的私情，真的比他的性命更重要吗……”娄晓月突然咬了咬牙：“好，我答应你，只要你把他救出来，我与他永不再见！”佟丽华目光流转，惊奇地问：“你真的能做到？”

“我娄晓月虽不是君子，但也懂得一诺千金！”

“口说无凭……”

“我可以立据为证！”娄晓月转身奔到书桌前，不假思索地提笔写上一行字：我娄晓月自哈岚出狱之日起，与之一刀两断，此生永不相见……署名娄晓月。她放下笔，将写好的字据交给佟丽华，盯着佟格格惊讶的眼睛，一字一句地说：“恭喜你，佟格格，你赢了。但是，你赢得了他的人，也赢不了他的心。我敢保证，这辈子，他心里永远都会想着我。”

佟丽华接过字据，叹道：“他心里永远会有你的位置，不然，他就不是哈岚了……我会尊重他，不触碰他的隐私，更不会强迫他去忘了你。但是，终有一天，我会让他爱上我，他的眼里、心里、生命里，都会是我，慢慢地，不会去想起你。你最终，只会成为我们生活中的一段唱腔，优美，但可有可无。”

娄晓月凝视着佟丽华，默然半晌。她心里明白，佟格格正是她人生中遇到的最大障碍，这场战争总有胜负，只要哈岚平安幸福，要她做什么都会心甘情愿，无所谓得失。

她朝门外走去，泪水如涌泉般流出来，再也止不住。

佟丽华手里捏着字据，望着娄晓月的背影，失魂落魄地跌坐在椅子上。

警察局拘留室。

牢房里，哈岚一大早醒来，嘴里衔着一根草棒，跷着二郎腿，躺在一堆稻草上想心事。他突然听见门外有女人说话的声音，睁眼一瞧，只见狱警竟带着佟格格进了牢房。她身上穿着一件西服套裙，手里拎着食盒，探头朝牢房内好奇地张望了一眼。哈岚不禁皱起了眉头："你怎么来了？"

"我不能来吗？"

佟丽华并不多话，耐心地等在铁门的一侧，那狱警摸出身上的钥匙开锁，客气地打开门请佟丽华进入栅栏。哈岚又惊又奇，忍不住叫起来："不是不让开门吗？她怎么能进来？"

佟丽华说了声谢谢，提着饭盒走进牢房，瞧了一眼角落里吃剩的饭菜，盘中还有一些吃剩的酱肘子，眉儿轻轻一挑，冷冷地道："日子过得不错啊，看来我们在外面是白担心了。"哈岚翻了个白眼，说话的语调有些冷嘲热讽："吃得好睡得好，有劳佟格格挂心！"佟丽华举起手中的食盒晃了晃："那我带来的好吃的，你是不是就不吃了？"

"虽说吃饱了，再来点点心还是能塞得下的，怎能辜负了格格的一番美意！"哈岚是个标准的吃货，眼睛一亮，一把夺过食盒。打开一看，只见食盒里面盛着几块玉子烧，颇为惊奇，"这是什么点心？还挺好看的。"佟丽华笑道："这叫玉子烧，是我最爱吃的日本料理，你尝尝！"哈岚夹起一块玉子烧，仔细翻看："日本菜？这不就是鸡蛋饼卷成卷儿了嘛，有啥稀奇！"

"你尝尝嘛！不一样！"

哈岚放进嘴里嚼了几口，故意摇了摇头，叹道："还是鸡蛋味儿嘛，有点甜……不好不好，还不如来碗鸡蛋羹。"佟丽华赌气要将盖子合上："不爱吃拉倒！"哈岚慌忙阻止："别别！你好不容易拿来了，放那儿我慢慢吃。"佟丽华脸色微微一变，试探着问："你还真想在这儿待下去？马上就到成亲的日子了，你就不想着出去？"哈岚又往嘴里塞了一块玉子烧，无可奈何地道："我能怎么办？不放我怎么出去？"

"你该不是为了逃婚，不想出去吧？"佟丽华眨了眨眼睛。

哈岚一怔，不知道怎么接话，喉咙里一下子被呛住，连连咳嗽。

佟丽华急忙上去替他拍着背脊，“你是心虚了吧？”哈岚没好气地道：“谁心虚？出不去就是出不去！”佟丽华笑道：“要是能出去呢？”

哈岚歪着脑袋，不敢正视佟丽华的眼睛：“出去……就结呗……不过你也别想了，阿玛不是都找了皇上了吗？到现在也没信儿，肯定不成了。”佟丽华眨了眨眼睛：“要是我也找了人呢？”哈岚皱了皱眉头，深感意外：“阿玛找皇上都不成，你能找谁？不成不成……”佟丽华缓了一口气：“还真就成了！人家答应了，赶在成亲前，一定把你救出去。”

“谁那么大本事？”哈岚惊奇万分。

佟丽华得意地抿嘴笑：“这你就甭管了，反正你就等着出来做新郎官就成了！”不料哈岚却是连连摇头：“不成，不成！我……我罪名还没洗脱呢，不能出去！”佟丽华冷哼了一声，淡淡地道：“你该不是想反悔吧？那天你可是当着两家人的面，都答应了。”

“谁反悔了？我……我就是不能出去！”

“你就是想逃婚！你看你这样子，你对得起谁？你知不知道大家为了救你，到处想办法，四处奔波求人？王爷都累病了！”佟丽华见哈岚默不作声，气不打一处来，“你以为你这样就是对娄晓月坚贞不渝？告诉你，你连娄晓月都对不起！”

“晓月她怎么了？汪四海欺负她了？”哈岚一惊。

“没人怎么着她！”佟丽华起身掏出一张字据，递给哈岚，“你自己看。”

哈岚接过字据，怔怔地盯着纸上的字迹，手儿有些颤抖，他完全理解不了娄晓月的想法：“晓月……她为什么会写这个？”

“她为了求我救你出狱，自己主动提出与你一刀两断，立字为证。”

“不，不可能！一定是你逼她的，你逼她这么写！佟丽华！你怎么可以这么做！”哈岚已经跳起来。

佟丽华一惊，急忙解释：“我没有……”哈岚的情绪有点失控，破口大骂：“你不逼她，她怎么能这么写！晓月她得伤心成什么样儿……佟丽华，你个毒妇！”佟丽华被哈岚的举动吓着，心里又惊又怒，拼命地忍着怒气：“是！我是逼她了！凭什么她可以理直气壮地来跟我抢丈夫！”哈岚咬着牙，恨恨地道：“你……你真歹毒……”佟丽华理直气壮地道：“就算她不写这个字据，我们马上就要成亲了，你还要跟她藕断丝连吗？你有没有想过我的感受？”

"谁要跟你这个蛇蝎女人成亲？你做梦！"哈岚发疯似的把字据揉成一团，狠狠地扔到地上，又跳上去连跺几脚，"我就算把这牢底坐穿，我也不靠你救我出去！"

佟丽华吃惊地瞪着哈岚，只觉得眼前这个男人简直是不可理喻。

她思索片刻，却是不怒反笑："好，很好。这才是我想要的男人。"她转身离开牢房，走到拘留室的门口，似乎心有不甘，昂头又叫上一句，"我告诉你哈岚，我佟丽华认定的，绝不会放弃，咱们走着瞧……总有一天你会爱上我。这辈子，你是逃不掉的。"

哈岚呆呆地望着佟丽华在走廊远去，半晌才回过神来，他伸手捡起地上的纸团，眼神异常困惑。

哈王府大花园。

府内张灯结彩，一派喜气洋洋。

丫鬟仆人们端着盘子，在桌子上摆放了各种水果、点心、喜糖、喜酒。哈王爷和福晋站在廊下，看着忙碌的人群，满脸焦虑："到现在哈岚也没放出来，这喜事还怎么办？"哈福晋也是奇怪："是呀，给皇上递了折子，怎么就没有回信儿呢。"哈王爷叹着气："我怎么觉着这事儿悬呢，皇上被赶到北府，自身难保，还顾得了哈岚的死活吗？"哈福晋皱眉："那万一今儿哈岚放不出来呢？"

哈王爷的脑子虽然是昏昏沉沉的，但是心里的事情却一直悬着，这门婚事要是搞砸了，王府颜面无存，可开不得半分玩笑，他慎重地道："咱得有两手准备，那就只有推迟婚期，怎么跟人家佟府开口呀！"

此时，福顺上前通报："王爷，佟侯爷和佟格格他们来了，送亲的人也已经到了。"

"啊！这下坏了，迎亲的人还没去，怎么送亲的就来了！"哈王爷大惊失色，赶紧吩咐福顺再带点人去警察局，一定要去拘留室的大牢看看哈岚是什么情况。哈福晋心急如焚："亲家都来了，见了面儿怎么说呀？"哈王爷拂袖就走，匆忙去前厅迎客："还能怎么说？实话实说吧！"

哈王府的前厅。

佟丽华一身新娘的打扮，独坐在桌前，丫鬟香菱立在一旁给格格整理新娘的服饰。佟侯爷一家站在门口东张西望，脸上的表情极不自然。

哈王爷与哈福晋匆匆赶来，连连行礼："亲家，没有去迎接，实在是惭愧呀！"佟侯爷满面愁云："没功夫客气啦，哈岚怎么还没放出来？这婚事还办得成吗？"哈王爷一跺脚："我比你急！是我的儿子在大牢里！"佟侯爷无可奈何地道："反正我把女儿送来了，你瞧着办吧。"

"这不是要我的老命嘛？皇上那儿到底怎么了，看了咱们的折子没有，一句话的事，哈岚就能放出来。"

佟丽华开口接了一句："皇上那儿还有指望吗？就算皇上发了话，民国政府也未必买账。"哈王爷想起草弥，问："那还有什么指望？你求的那个草弥，他在干什么？"佟丽华正色地道："他对我有过承诺，我想他是不会食言的。派人去大牢门口守着吧，不要人放出来了家里还不知道。"哈王爷急得原地转圈："我已经派好几拨人去了，一点儿动静都没有。"佟侯爷叹气道："那咱们只有在这儿傻等了？"

王府仆人突然闯进来，大声叫道："王爷，王爷，圣旨到！北府的彭公公来宣旨了！"哈王爷惊喜万状："圣旨？！皇上到底没忘了我们呐！哈岚有救了！"

众人争先恐后地往门外跑，只见彭公公站在台阶上，手里举着一张折子，微笑道："这是王爷和侯爷给皇上上的折子？求皇上向民国政府说个情，把哈岚贝勒爷从大牢里放出来？"哈王爷与佟侯爷对视一眼，连称："是的，是的，正是此事。"彭公公点了点头，突然板起脸来："圣旨下！"

哈王府内所有人皆跪下听旨。彭公公不紧不慢地打开圣旨，鼻腔的发音特别尖锐："御批——狗屁！"他上前将折子扔到哈王爷的脚边，说了一句，不必送了，转身离开王府。

哈王爷和佟侯爷皆是大吃一惊，什么狗屁？

哈王爷似乎不信，拾起皇上的折子打开看，上面果然写着二字朱批：狗屁！他一头雾水："狗屁是什么意思？"佟侯爷唉声叹气地道："狗屁还能有什么意思？就是说你奏折上写的全是狗放的屁！"哈王爷一下子瘫坐在地上："皇上！您不能这么开玩笑呐！"

佟侯爷冷笑着站起了身，挥手道："事已至此，丽华，咱们回府！"佟丽华急道："阿玛您糊涂了，我现在回去不是让人看笑话吗？"佟福晋一筹莫展，但是为了女儿的名声，也不差多等这些时辰，走过来拉了拉佟侯爷的衣袖，示意他莫要发脾气。

佟侯爷一把甩开福晋的手："还嫌丢的人不够吗？你们不走，我走！"

第七章 杀鸡拜堂

警察局。

汪四海站在办公室里，一脸恭敬地接着电话："是，是！哈岚的事我这就去办，马上，马上！请您放心。"他嘭的一声愤愤不平地放下电话，转身就往外面走。一旁的刘金莫名其妙，问道："队长！这是要砍啦？"

"砍什么砍！放人！"汪四海一脸不悦，大步往拘留室走廊走去。

刘金跟在后面奇怪地问："啊？什么来头呀？"汪四海没好气地道："大帅府！你是不是挡个横啊？"刘金慌忙解释："不敢不敢，哈岚怎么会有这么硬的路子？"汪四海扶了扶帽子，叹道："这是有高人插手了。"刘金摸了摸脑袋："高人，能是谁呀？"

"明儿我去大帅府打听打听，再向您报告？"汪四海有点不耐烦了，趁机嘲弄了一句。

刘金吓了一跳，惊慌失措地赔着笑脸："什么什么呀，您又拿我开心。"

二人来到拘留室的牢房，吩咐狱警将牢门打开。

只见哈岚正坐在地上百般无聊，瞧见汪四海进来，翻了个白眼，不愿搭理。

汪四海面无表情，冷冷地跟他打了个招呼："哈岚，你可以走了。"

哈岚一怔，一时半会他也想不明白："你先把话说清楚，怎么就平白无故地放了我？"汪四海皱眉道："我说你这人有病吧？前儿是谁哭着闹着要出去？今儿放你走，你还不肯走！"哈岚连连摇头："你不给我个说法，我就是不走！"汪四海没好气地说：

“你以为我愿意放你啊！要不是上头的命令，我能放你？我巴不得你死在这牢里呢！”哈岚面露喜色：“上头？上头是谁呀？该不是皇上吧？我阿玛上了奏折。”

汪四海不怀好意地笑了笑：“你知道你那位皇上在奏折上怎么批的？”

“放人？”哈岚双眼之中精芒闪烁。

“狗屁啊！”

哈岚瞪起眼睛：“你才狗屁呢！骂谁呢？”汪四海冷笑道：“奏折上御批的就是‘狗屁’两个字！”哈岚微微一呆，突然哈哈大笑起来：“真的？哈哈！皇上英明啊！皇上都说狗屁了，你们为什么还放我！”其实他的心思就是不想出去跟佟丽华成亲，他心里惦记着娄晓月，就算是厚着脸皮，也要将眼前这桩婚事给拖过去。

“你是有病吧，快滚！”汪四海不耐烦地喊道。

“慢着！该不是佟丽华吧？她也托人啦！”哈岚反应过来，说不定正是佟格格做的好事。

汪四海嘲笑道：“恭喜贝勒爷，快回家吧！佟丽华等着你拜堂成亲呢！真是老天有眼，你娶了佟丽华之后，就别再惦记娄晓月啦！那是我的女人！”

哈岚摇了摇脑袋：“那我就更不能出去啦！我只能娶娄晓月。”汪四海恼羞成怒，拔出腰间的手枪威胁：“你还赖在这儿，我就弄死你！”刘全见势不妙，慌忙上去拦：“队长，队长，这可不行啊，他上头有人呐！”汪四海气急败坏地叫嚷：“来人，把这孙子给我叉出去！”

走廊外面进来两位狱警，将哈岚从牢房里架起来，一路往门外拖。

哈岚拼命地拉扯住牢房的门框，呼声大叫：“我不走！汪四海你个混蛋，有本事你弄死我……我不走！求求你们了，劳驾啦，大哥啊，别放我出去……”他一路嚎叫，却无力挣扎，被狱警拖到了警察局的门口，直接扔在了大街上。

汪四海实在是有些哭笑不得：“真是莫名其妙！刘金，你说说，这是个什么东西呀这是！”

哈岚仍然不死心，从地上爬起来，跳着脚大骂：“汪四海！你个混蛋！你凭什么放了我？！你得给我个说法！”他在大街上这一声喊，嗓门极大，路上的行人纷纷上前围观，哈府的家丁仆人发现贝勒爷，慌忙上来劝说：“爷，可出来了！赶快回府吧！家里人都急坏了！”

哈岚一看是福顺，瞪眼道：“我可没杀人！”福顺连连点头，拉住贝勒爷手臂不肯放手：“没杀没杀！放您出来，不就是认定您不是凶手吗？”哈岚使劲推开福顺：“不行！你们说了不算！汪四海！你出来！”福顺苦苦哀求：“爷，您别闹了，咱府上都等着您办喜事呢！赶紧回去拜堂成亲。”哈岚怔住：“什么？我……我跟谁拜堂成亲？”

“当然是佟格格啊，佟府的人早就到了！”

“那我更不能回去了！我死也不会跟佟丽华拜堂！”

“您先回去再说吧，您跟王爷去说！”福顺突然冲着两名家丁使了使眼色。家丁一拥而上，趁机架起了哈岚的胳臂，将他整个身子抬起来，拔腿就走。

“干什么？！别逼我！我就是回去也不会娶佟丽华！”哈岚踢着双脚大声疾呼。也不知他是从哪儿生出来的力气，手臂左右狂舞，竟然大展拳脚，连打带踹地将身旁两位家丁击退。他指了指街边的石柱子，怒目圆瞪，“再逼我，我就一头撞死在这儿！”

家丁吓得不敢上前，福顺跺着脚，低声吩咐：“你们在这儿守着，我赶紧回去叫人！”哈岚索性躺倒在地，冲着警察局门口大叫：“汪四海——快把我关进去！汪四海，你个懦夫，你给我出来！汪四海……你就是个混蛋！”

王府家丁见贝勒爷当街撒泼，满脸尴尬。一群围观的闲人议论纷纷：“这不是个傻子吧？放了还不走？”

“是啊，还有闹着被抓的？脑子不正常……”

正在此时，只见翠儿一手拎着一只鸡，一手拿着一把菜刀，带着几个王府的仆人，气势汹汹地快步赶过来：“都给我闪开！”

街上的人群见这小丫头如此凶悍，皆是一哄而散，纷纷退后让出了一条路。翠儿把手背在身后，径自走到哈岚的身边。

哈岚抬眼一瞧，惊喜地坐起身子：“翠儿？你怎么来了？”翠儿眨了眨眼睛：“爷，您看这是啥！”她突然将一只鸡举到哈岚的身前，还没等贝勒爷反应过来，手起刀落，一刀就抹在了鸡脖子上，殷红的鲜血四溅，喷了哈岚一脸。

“血……”哈岚眼皮子往上一翻，闷哼一声，顿时瘫软在地。

翠儿抹了一下脸，霸气十足地朝家丁挥了挥手：“抬走！赶紧的！剃头洗澡换衣裳！”

哈王府的厅堂之上，高朋满座，唢呐轰天。大红囍字贴满了窗槛门帘，红烛映着宾客们喜气洋洋的笑脸，一派喜庆的气氛。

哈王爷与哈福晋紧张地坐在正中，佟丽华穿着喜服，头顶盖着盖头，被香菱和喜娘搀扶着迈进喜堂。

厅堂屏风后面，哈岚早已梳洗一新，换上了新的衣裳，可惜仍然是昏迷不醒。翠儿拿着桌子一块糕点，急不可耐地塞进哈岚的嘴里。哈岚喉咙里咕咕几声，缓缓睁开眼睛。福顺大喜：“醒了，爷醒了！”

“快快！”翠儿连声催促，顾不上哈岚的茫然眼神，与福顺等人迅速揭开屏风，将贝勒爷架到喜堂前，与佟丽华并排站在一起。

一个喜娘上来，把红绸喜带塞进哈岚手中，司仪立即吊起嗓子喊：“一拜天地——”哈岚迷迷糊糊听见喊声，微微一愣：“哎，你们……”福顺迅速上前捂住哈岚的口，偷偷地在哈岚腿窝上踢了一脚，哈岚扑通跪下，被摁着脑袋行礼。

司仪又喊：“二拜高堂——”

哈王爷和哈福晋佯作笑脸，哈王爷却是有点昏昏沉沉，力已不支，赶紧用手肘撑住自己的额头。

司仪继续喊：“夫妻对拜——”

哈岚死命挣扎，福顺与家丁却是将他死死摁住，强行让他与佟丽华对拜。厅外围观的宾客中，佟梓华和草弥二人神情复杂，低声说了几句话。

此时，哈王爷想说几句话，刚一起身，突然头晕目眩，顿时跌倒在地。哈福晋等人一声惊呼，哈岚似乎猛然间清醒过来，迅速爬过去扶住哈王爷：“阿玛！您怎么了！”佟丽华正欲掀开盖头查看，香菱忙阻止：“格格，使不得……”

场面乱作一团，喜堂上的宾客议论纷纷。门房从外面匆匆跑进来，悄悄把翠儿拉到一边，小声地说：“翠儿姑娘，您快去看看吧！门外有个人，抬着一口棺材在闹事，吵着要咱们贝勒爷出来……”翠儿一惊：“谁这么大胆？”

“他好像自称什么……一半儿？”

翠儿脸色一沉，立即招呼管家福顺，带着王府的家丁往前厅赶去。只见王府的大门前，赫然停着一副棺材，解一半披麻戴孝趴在棺材上哭，旁边一堆人围着看，都不知发生了什么事。

“爸爸啊，一半儿不孝啊！一半儿没本事，给您报不了仇啊……哈岚！你给我出来！杀人偿命！你出来……”解一半放声大哭。

汪四海正躲在角落里，侧着身子观望，一脸的幸灾乐祸。

翠儿冲到门前，指着解一半大怒道：“解一半！你胡闹什么？”解一半抹了抹眼泪，恨恨地道：“哈岚杀了我爸爸，你们必须得给我一个公道！”翠儿冲过来扯解一半的衣服："你脑子进水啦！跟你说了多少遍了！我们爷没杀人，官府都证明他的清白了，你还来这里闹什么？"

"你们仗着王府的势力，买通了官府，把杀人犯放了出来！"

翠儿挽了挽袖口，大骂道："你胡说八道！告诉你，今儿可是我们贝勒爷大婚，你最好赶紧走，要是再胡搅蛮缠，可别怪我们不客气！"解一半怒道："我爸爸尸骨未寒，你们却在这里办喜事！我的家毁了，你们也甭想有好日子过！"

"你成心捣乱是不是？你走不走？"翠儿气急，四处左右看了看，忽然从门边抄起一个大扫帚，劈头盖脸地朝解一半打去。

解一半趴在棺材上嚎叫："杀人啦！哈王府杀人啦！救命啊！杀人啦……"

翠儿见解一半如此无赖，皱了皱眉头，甩下扫帚，调头就走。

院内的宾客交头接耳，议论纷纷：怎么回事啊！这多不吉利啊！

前厅，哈王爷已经醒来，坐在椅子上，手捂着胸口大口喘气。哈福晋与哈岚在两边悉心服侍。佟丽华的盖头已摘，听见门口的动静，皱了皱眉。而佟梓华站在一旁，脸色却是难堪："你说这叫什么事儿啊！皇上下圣旨就两字儿：狗屁！你说他这是骂谁呢？摆明了他这是不认账了啊！这外头又有人抬棺闹事儿，你说这成的什么亲啊，妹啊，你快跟我回去得了……"

哈岚听见声音，扭头叫起："我这就算成了亲啦？有这么胡闹的吗？"

"住嘴！"哈福晋呵斥一声，"你阿玛都成这样了，你就别气他了。"

哈岚余气未消，嘴里嘟囔道："这是谁出的主意，这么捉弄我……"喜堂上的客人都不敢吭声，福顺示意家丁躲屏风后面去。哈岚一抬头，突然就看见翠儿走进来，指着翠儿鼻子质问，"翠儿你说，这是谁出的主意？"

翠儿低着头："我可不知道。"哈岚想起警察局的事情，可不信她的话，瞪着眼睛："你拿只鸡跑到警察局门口杀给我看，你会不知道？"翠儿狡辩道："大喜的日子杀只鸡，图个吉利，大吉大利嘛！"哈岚作势要来打翠儿："胡扯！你说不说？"

"是我出的主意。"佟丽华一出声，喜堂上顿时安静起来。现在她是哈王府的少奶奶，当然有权干涉丈夫的事儿。

岂料哈岚并不买账，转身就骂："佟丽华，你太小人了吧，出这么恶心的主意。"哈王爷缓了一口气，道："是我的主意！你们成了亲就好好过日子……"

"过什么过，这叫骗婚，这叫假婚，这是强迫婚，我不承认！"

佟丽华实在是忍不住，大声道："晚了！告诉你吧，我也不知道会这样，我一直蒙着盖头，根本不知道发生了什么事，现在不管是骗婚、假婚、强迫婚，都已经成了事实，都没有了退路，只能听天由命。我会做一个好儿媳、好妻子，至于哈岚你怎么做，你有你的自由，我不会强迫你做任何事。”

哈岚没好气地说：“我都这样了，还有什么自由？这婚姻不算数！”

哈王爷见儿子如此胡闹，不免怒气攻心，起身想冲上去打哈岚，脚步却站不稳，一头栽倒地上。众人大惊，慌忙上前扶起王爷。喜堂之上乱成一团，外面也响起杂乱的吵闹声。

哈福晋慌了神：“外面又怎么了？谁在闹？”翠儿赶紧解释：“解一半抬了他爸爸的棺材来闹，非要贝勒爷给他个说法。”

众人愕然，不知解神厨的儿子大闹王府是什么居心。哈岚抬脚就要冲出去，几名家丁上来忙将他拉住。佟丽华正色地道：“你不能去！那解一半认定了你是凶手，这会儿正在气头儿上，难保会做出什么过激的事儿来。”翠儿连连点头：“是啊爷，解一半这会儿糊涂着呢，说什么都不听！”

哈王爷挣扎着要站起来：“扶我起来，我去看看……”他干站稳脚步，头一晕，差点又栽倒，吓得众人扶住他的身子，抬到椅子上坐好。哈王爷大口喘气，再无力气起身，嘴里直唤管家，“福顺啊！你去跟老解的儿子说，今儿是贝勒爷的正日子，由不得他胡闹……你问问他，到底要多少钱，他才肯罢休……”

“王爷，只怕……这不是钱的事儿……”福顺硬着头皮往外走，神情有些犹豫。佟丽华却开口喊了声：“等会！阿玛，额娘，福管家不能去！这解一半明显不是冲着钱来的，这时候提出拿钱收买他，只怕会激怒他，更无法收场！”

喜堂上的人均望着佟丽华，觉得少奶奶的话有点道理。草弥用赞许的目光扫视了佟丽华一眼，脸上露出一种殷忧的表情。哈岚皱眉道：“那你说该怎么办？”

佟丽华并不理睬哈岚，望着哈王爷，道：“我拜了堂，就是哈王府的少奶奶，出了事，我不能不管，当然是我去。”哈王爷无奈闭眼，微微颔首。佟丽华转身往外走去，哈岚一时没有回过神来，心想她一个弱女子能去做什么？万一解一半欺负王府无人，使起蛮力连女人也打，那真是要被人看笑话了。他想跟着一起去，却被翠儿一把拉住。

王府的家丁仆人站成一排，正守在门口。解一半仍然趴在棺材上哭喊：“爸爸呀！你死得冤啊……”

佟丽华穿着大红的喜服走过来，众人纷纷交头接耳，躲在角落里汪四海也是面露惊讶之色，不知佟格格想干什么。只见佟丽华走到棺材跟前，突然双腿跪下，端端正正冲着棺材磕了三个响头。解一半抬头看到佟丽华一身新娘子的打扮，眼神有些疑惑："哈王府里的人都死绝了吗？让个新媳妇出来？哈岚呢？"

佟丽华从容起身，正色地道："今天是我大婚，人生中最重要的日子被你搅了，我当然得出来。至于哈岚，我刚刚那三个头，就是替他磕的……"

解一半呸一声，大怒："他杀了人，以为磕几个头就没事儿啦？他人呢，你让他出来！我要跟他拼命！"佟丽华冷静地道："您有什么条件，跟我说一样！"解一半大声叫嚷："我跟女人说不着！你让哈岚出来。哈岚！让个女人替你顶事儿算什么本事？你给我出来……你个孬种！"

哈岚在喜堂听见叫骂声，皱眉就要冲出去，被哈福晋、福顺等人紧紧拉住，气得一拍桌子，将茶盏里的茶水洒了一地。

"你误会了。"佟丽华轻拂额前的鬓角，"第一，哈岚他不是杀人犯，他与解神厨感情深厚，没有杀人的理由。第二，他也不是孬种。之所以不让他出来，是不想让事情变得更无法收场。万一你冲动之下伤害了他，我相信下场更惨的会是你自己。"

佟丽华盯着解一半，身子纹风不动，举止端庄，不卑不亢。众人皆被她的气质所撼，屏住呼吸不敢出声。解一半恨声道："你也真瞎了眼，嫁了一个杀人犯！我大不了一死，反正我也没打算活着回去！"

"你死了，怎么替你爸爸报仇？而且你在这里抬棺大闹，你以为你很孝顺吗？你这是大不孝！"

解一半愣住："你凭什么这么说！"佟丽华的语气不紧不慢："老人讲究入土为安，你却抬着解神厨的灵柩乱跑，不让老人家入土，你这不是大不孝是什么？"解一半身躯微微一震，一时悲从心来，扶住棺材缓缓跪倒："爸爸……"

佟丽华突然叹息道："解神厨在世时最疼哈岚，这一点你不是不知道。可你却凭着瞎猜乱想，认定哈岚就是凶手，不去追查真凶，让老人家大仇不能得报，你这不光是不孝，更是不义！您听我一句劝，先把棺材抬回去，由我们王府出面，给你爸爸风风光光地厚葬，让老人家入土为安，您也可尽了孝心。"

"别以为你轻飘飘说几句，再出几个臭钱，就能洗脱哈岚的嫌疑！"

"我知道，一时半刻说服不了你。那么，就请你入府看着哈岚，怎么样？"

解一半皱眉道："你什么意思？"佟丽华笑了笑："哈岚原本就是想请解神厨进府做主厨的，如今他不在了，那就请你来补这个位子，你也正好趁机观察哈岚，看看他到底是不是凶手。"此言一出，围观众人皆是一片哗然。这位哈王府的少奶奶可真是胆大包天，居然想得出这般稀奇古怪的主意。

“你就不怕我下手杀了哈岚？”解一半的眉头已结起了疙瘩。

佟丽华点了点头，语气很平静：“我相信你不是是非不分、心存歹念之人，你只是被仇恨蒙住了双眼。我们也问心无愧，不怕你来查证。你再好好考虑一下，无论如何，先把老人的丧事办了，让老人家入土为安吧。”

解一半见她的态度如此坚决，一时竟不知该如何回答，愣住半天说不上话，显然内心深处有所动摇。汪四海藏匿在人群中，见场面不太妙，悄悄地转身往大街上溜走。

天色渐暗，转眼已是傍晚。

喜堂的宾客早已散去，哈王爷听闻儿媳妇竟让解一半进府，怒拍桌子呵斥：“你怎么那么大胆！谁让你许他入府的！还让他来掌勺！你知道这有多危险吗？”哈王爷气得大口咳喘，翠儿赶紧给王爷端来茶水，恨恨地瞪了佟丽华一眼。

佟丽华并不理会众人异样的眼光，淡淡地道：“阿玛您消消气……儿媳之所以这么说，一是想让他先把棺材抬走安葬，二是想化解他对贝勒爷的仇恨。”哈福晋不解地问：“丽华，你这只是权宜之计吗？”

“不是……儿媳想着，让他接替解神厨的位子，一来，对解神厨，也是一个交待……二来，我们敞开了对他，更显得咱们问心无愧，反而更能取得他的信任，时间久了，他就会了解贝勒爷是怎样的人，误会自然也就解除了。”

哈岚见她说得很有道理，在一旁默默地点了点头。

哈王爷却是焦虑万分：“可是你想过吗，只要他起了一点儿歹念，别说岚儿，咱们府上所有的人都可能遭他毒手。这后果有多严重，你知道吗？”佟丽华辩解道：“解一半性格憨直，不是那种背后下黑手的人。更何况，把惦记着自己的人放在身边才是最安全的，至少可以防范，如果放任他在外面，永远不知道他在做什么，反而更加危险。”

哈王爷连连叹气，不知此事如何收场，哈岚突然说了一句：“阿玛，我觉得丽华说得对！解神厨那么好，他儿子也不会那么不懂事理。”

佟丽华颇感意外地望着哈岚，心想着他也并不是那么不可理喻，若是自己的选择真是正确的，嫁给哈岚的决定倒也不会错。

喜庆的婚房内，红烛摇曳。

桌子上摆着合卺酒，佟丽华独自一人坐在床上。

砰的一声，哈岚被人推了进来，一个踉跄跌坐在地上。佟丽华心里一惊，知道哈岚已经喝了不少酒，便站起身想去扶住哈岚。不料哈岚半卧在地上，缓缓转过头来，却是一副醉眼迷离的样子，冲着佟丽华做鬼脸。

佟丽华缩手，默默地坐回床榻。哈岚从地上晃悠悠地爬起来，色眯眯地盯着佟丽华，摇摇晃晃地走到床边，径直走到佟丽华的身前，脸儿越凑越近，忍不住啧啧有声地称赞："嘿嘿嘿，今儿你可真漂亮……"佟丽华面露娇羞，仰着头凝视哈岚的眼睛，心儿却是怦怦直跳。

"春宵一刻值千金啊，晓月……"哈岚失口就喊出了娄晓月的名字。

佟丽华的脸色一下就变了，身子往侧一闪，哈岚一头就栽倒在棉被上，只见佟丽华猛地站起身，一脸的愤怒，气呼呼地走到桌前坐下。哈岚偷偷地睁开一只眼，瞄了一眼佟丽华，嘴角牵着一丝狡猾的微笑。

佟丽华端起桌上的合卺酒，愤懑地一饮而尽，转头望向哈岚，难掩心头的怒气，走过去使劲地拍打哈岚："起来！你给我起来！"哈岚装作被她叫醒的样子，一脸茫然地看着佟丽华。

"下去！"佟丽华抱起一床被子随手就扔到了地上。

哈岚继续装傻，鼻子里嗯了一声，故作惊讶地道："这是怎么回事儿？哎？这什么意思啊？新婚之夜你就想把你丈夫赶下床上啊！"佟丽华大声质问道："你拿我当你的妻子了吗？"

"果然是悍妇呀悍妇！好……不睡床就不睡床，这有什么了不起的……"哈岚跳下床，抱起被子就往外走。

佟丽华喝住："你等等，你上哪去呀？"哈岚搔了搔脑袋，说："不是你把我赶下床了吗？我去书房凑合一宿！"

"不许去！王爷和福晋已经折腾得够呛了，你头一夜就这样大张旗鼓地分房睡，还想给他们添堵吗？"

哈岚一愣："那你说我睡哪儿啊？"佟丽华往地上一指，没好气地道："地上！"哈岚惊呼道："啊？睡地上？这……多凉啊！"

"往日你怎么闹我不管，可打今儿起你是我丈夫了，我就由不得你胡闹。总之你今儿就是不能离开这间房！"佟丽华又从床上扔下一床被子，吹灭了床头的喜烛，和衣躺在床上。

哈岚微微一怔，将被子垫在冰凉的地板上，懊恼地抓着头发："也罢，大丈夫难免受些窝囊气啊，哼，只要不跟你睡床上，让我睡房顶上去都行……"

黑暗之中，房内一片沉静，佟丽华两眼直瞪瞪地望着房顶，幽幽一声轻叹。

洞房的门外，翠儿却是独自一人坐在漆黑的走廊里，抬头瞧见房里的灯已熄灭，咬着嘴唇，黯然神伤。而在哈王府暗红色的高墙之下，只见娄晓月孤零零地站着，隔街相望，两眼迷茫。

次日清晨。

天气有些寒冷，大街上的行人也少了许多。

解家小院的厅内布置了灵堂，解一半正披麻戴孝地跪在一旁。门外有数位御膳房的同僚听闻消息，均赶来祭拜，解一半一一答谢。

此时，佟丽华与翠儿也走进屋内，上香磕头之后，走到解一半的身边，轻声安慰："解大哥，您节哀。哈岚他本来也要来的，可昨儿晚上突发高烧，实在来不了……他拜托我代为祭奠。"解一半冷笑道："他还是不来的好……"

佟丽华觉得尴尬，趁机将话题转移："请你来府上做主厨的事，我们已经商议过了，王爷和哈岚都希望你能答应……"解一半摇着脑袋："我不去！"佟丽华态度诚恳，语气仍然很柔和："你再想想吧。我们绝无恶意，真盼着你来，欢迎你来。"

解一半疑惑地望着佟丽华，微微点头："那……我就想想……"

佟丽华与翠儿告辞出去，经过解家小院时，与汪四海擦肩而过。

汪四海惊讶地扭头，迅速进屋询问解一半："怎么回事儿？这不是你杀父仇人家的人吗？你怎么让他们也进来了？"解一半皱了皱眉头："人家来祭拜我爸爸，总不能撵出去。再说，人也不是她们杀的……"

汪四海装模作样地摇摇头，毕恭毕敬地点上三支香，鞠完躬之后，走到解一半的跟前，半信半疑地问："我说，这事儿你就这么算了？"解一半的表情似乎有些迷糊，叹道："我现在有点吃不准，我爸爸到底是不是哈岚杀的……"

"除了他没别人。"汪四海一口咬定。

"可他们出钱给我爸爸办丧事……他们还让我去府上当主厨，你说人要真是他们杀的，他能这么放心让我进府？"

"这正说明他们心虚！有句话叫此地无银三百两，懂不懂？他们就是故意装出无所谓的样子，让你放松警惕！"

"真的？"解一半惊愕。

汪四海眼珠子转了转，道："骗就骗你这种傻子。"解一半点头道："那我不能去。

万一，他们再把我灭口……”汪四海突然叫道：“你还真傻啊？放着这么好的机会不去？”解一半半天没有回过神来，奇怪地问：“你不是说……你到底什么意思呀？”汪四海慎重地道：“我是说，我们可以将计就计，你正好可以进哈王府查找证据。”

“证据？什么证据？”解一半大惑不解。

汪四海趁热打铁：“你记不记得，哈岚从你家抱走一个坛子？”解一半点头：“记得啊！我亲眼看见的！”汪四海继续诱导：“那坛子是封着的吧，那里头到底装的什么？你打开看过吗？”

“我没有。我爸爸说过的呀，那坛子一直是装老汤的……”解一半茫然摇头，老汤坛子里除了老汤还能藏什么东西？

汪四海却是苦笑一声，唉声叹气地道：“可惜，偏偏那天坛子里装的不是老汤！”解一半一怔，道：“不是老汤？那是什么？”汪四海笑了笑：“你记不记得，出宫那天，我干爹跟你爸爸吵架？我干爹临去山东之前跟我说，你爸爸从宫里弄出来了一件宝贝，结果后来那宝贝不见了。”解一半猛然醒悟，失声叫道：“你是说，那宝贝就在那坛子里？”

“你这榆木脑袋总算开窍了！”汪四海嘿嘿一笑。

“我爸爸怎么会从宫里拿宝贝？他拿宝贝干什么？他以前从不稀罕这些啊！”

“这我干爹就没说了……”汪四海突然指了指堂前的棺材，“这得问你爸爸呀。”

解一半本来对这件“宝贝”心生好奇，上次追问父亲却没有得到答案，或许汪四海知道？他急问道：“到底是什么宝贝？”汪四海微微一笑，觉得对付榆木脑袋也没有必要隐瞒：“是一套书……大概是藏宝图……对，对，一套全是图的书。”

“什么书？我怎么从来没有听我爸爸提过……”

汪四海有些迫不及待，拍了拍解一半的肩背，缓缓道：“这个问题你先别想了，你爸爸也不可能从棺材里爬出来告诉你呀……哈岚一定是知道了坛子里的秘密，杀死了你爸爸，抢走了坛子，你爸爸就是因为这套书死的……所以现在关键是，我希望你能够进哈王府当这个主厨，伺机能够找到这套书，那个时候哈岚就有口难辩了。”

解一半将信将疑地望向棺材，口中喃喃自语：“我爸爸拿这东西干什么……”

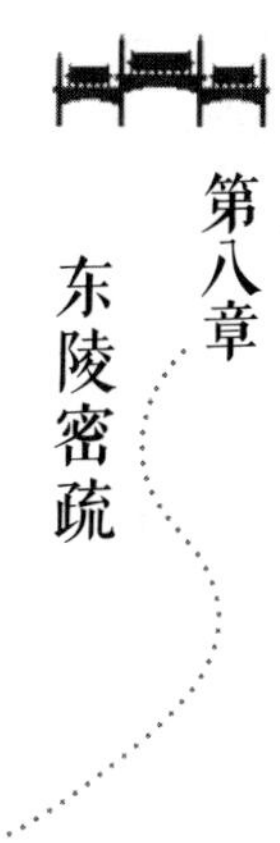

第八章 东陵密疏

哈王府。

傍晚时分，解一半背着个包袱，毕恭毕敬地站在哈王爷面前。他听信了汪四海的谗言，一心想查出藏宝图是不是在哈王府，于是就先将自己的情绪稳住，给哈王爷致歉：“王爷，之前是我糊涂，现在我想通了，我爸爸不是哈岚杀的。”

哈王爷瞧着解神厨的面子，也不来责怪他：“嗯，想通了就好，那就留下好好干。丽华啊，带一半去厨房，再让福顺给他再收拾间房。”

佟丽华带着解一半往门厅走，哈岚正与翠儿兴冲冲地赶过来，看见解一半更是又惊又喜。解一半一见到哈岚，觉得浑身不舒服，不自觉得攥紧了拳头，忍了忍又松开，硬着头皮打招呼：“贝勒爷……”

哈岚颇为兴奋：“你能来太好了！你不知道我多想你爸爸做的菜……”他自知失言，立马闭上嘴巴。而跟在身后的翠儿已注意到解一半手上的小动作，警惕地瞪了一眼。解一半勉强笑了笑，道：“之前是我误会了贝勒爷。贝勒爷您大人有大量，别跟我一般见识。我的手艺我虽然不及我爸的一半，但好歹也跟他学过，您想吃啥跟我说……”哈岚高兴地搂住解一半的肩膀：“太好了！走，咱们一块儿去厨房看看！”

背后突然传来哈王爷威严的咳嗽声：“岚儿，你不好好去温书，瞎跑什么！”

哈岚僵住不敢动弹，鼻孔里哼出一声“是”，偷偷地歪脑袋冲着解一半做了个无声的口形：我一会去找你。佟丽华扑哧一笑，让翠儿带路，领着解一半走进王府的厨房。

偌大的厨房，空无一人，大厨和几个杂役都已不见。

佟丽华心里奇怪，却瞧见厨房的角落里躲着一名小学徒，满眼惊恐地望着解一半，身子瑟瑟发抖。

“人呢？都哪儿去了？”佟丽华诧异地问。

小学徒看见是少奶奶，结结巴巴地说：“都……跑了……”佟丽华大感意外：“跑了？为什么跑？”小学徒胆怯地指了指解一半：“因……因为大家听说他……他要来……都吓跑了……”佟丽华没有反应过来：“他来怎么了？你为什么怕他？”小学徒缩着脖子：“他……要杀贝勒爷……”

“什么跟什么啊！都把我当什么人了？”解一半怒气冲冲地拿起一把菜刀，啪的一下劈在砧板上，又吼了一声，“我有那么可怕吗？啊？！”

小学徒吓得面无人色，翠儿抿着嘴笑。

佟丽华摇头叹气：“让福总管再招人吧。”翠儿笑着答应，出去张罗忙乎。解一半甚为恼火，将包袱放在案桌上，噼里啪啦地解开包袱里的工具，心里极不情愿。那小学徒也不敢吭声，走过去帮忙收拾东西。等解一半转过身去，突然就看到食材架子上放着的老汤坛子。他眼睛一亮，急忙拿过来打开盖子，却发现坛子里是空的。

解一半眨了眨眼睛，使劲地往坛子里瞧，又伸手进去掏了掏，将坛子敲得铛铛响：“咦……这里头的东西呢？”

“你说老汤啊？那不，在锅里呢！”小学徒往灶台边上一口大锅一指。

解一半走过去，打开锅盖一看，里面是一锅酱色的汤汁，放着牛肉、猪蹄等肉类，正噗噗地冒着水泡。解一半疑惑地盖上锅盖，似乎不相信自己的眼睛，又捧起坛子仔细地瞧：“你确定这老汤是从这个坛子里倒出来的？”小学徒不假思索地道：“是啊！我亲手倒的！那天侦缉队来查证据，差点儿洒了。贝勒爷怕糟蹋了，就让卤上了。”

“啊，那会不会搞混了？厨房里还有没有其它的坛子？”

“咱王府没这样儿的坛子，这坛子好像还是……从您家带回来的……”

解一半默然不语，这坛子确实是自己家的，但是藏宝图去哪了？莫非早就被哈岚藏起来了？解一半皱眉问道：“贝勒爷拿回来这坛子后，有没有人动过它？”小学徒摇了摇头，道：“贝勒爷抱着坛子回来就病了。翠儿姑娘就没让我们动它，一直放在架子上，泥封都没开，一直到缉辑队来才开的封，这坛子……怎么了？”解一半疑虑重重地盯着坛子，道：“没事儿……天儿不早了，你先回去吧！”

“解师傅回见！”小学徒快步跑出厨房，一会儿就没了影。

解一半将坛子放到灶台边，打开锅盖，拿起勺子尝了尝汤味，接着从包袱里取出一块笼布，走到一排调味香料前，挑拣食材。等他将包好的一小包调料放入锅里，又开始沉思。

“解一半！太好了，你还在啊！”哈岚风风火火地跑进厨房，鼻子翕动，寻着香味走到锅前，“什么味儿这么香？你做什么好吃的呢？太香了这个！你们解家祖传老汤酱牛肉就是这个味儿，这两天我自己调，怎么也出不来这个味儿！”

解一半见哈岚跑进来，脸色一沉：“这都是老汤的功劳……”

“好了吗，让我尝尝？”哈岚迫不及待地道。

“不行，还得再闷会儿。”

“我就尝一小块儿！”哈岚说着，伸手要去掀锅盖。

解一半忙扑过去摁住：“不能掀，漏了气就不好了！”哈岚的手被解一半摁在锅盖上，烫得他哎哟一声叫，甩着手腕往后跳开，手臂一下子就撞在了坛子上。眼看着坛子就要往下翻落，解一半慌忙去接，不料还是晚了一步，只见坛子哐当一声掉到地上，顿时摔成了碎片。

哈岚愣住，僵立在原地不知如何是好。

解一半瞪着哈岚：“你故意的！”哈岚慌忙解释：“不是，我不是……”他话还没说完，只见解一半突然失去理智，猛地扑上来，狠狠地掐住了他的脖子。

哈岚顿时哇哇大叫，解一半将他摁到墙上，怒目圆瞪，大声呵斥：“你故意打碎坛子，破坏证物！你说！你把坛子里的东西藏哪儿去了？你为什么要杀我爸爸！”哈岚被解一半掐得喘不过气来，喉咙里吱吱呜呜，双脚拼命乱蹬：“解……一半哥……松手，救命……”

哈岚已经开始翻白眼，解一半却是双目通红，疯了似的掐着他脖子不松手，猛然间想起现在是在哈王府，神情一颤，立马松开了手。哈岚跌坐在地上，大口喘气，连声咳嗽：“我……我刚才好像见到了……解神厨……你……你劲儿真大……”

“不许你提我爸爸！”解一半懊恼地蹲在厨房的门口，抬眼望着天上的月亮，眼眶红红的。

哈岚缓过气来，瞧见解一半眼眶里含着泪水，心里也不是滋味，默不作声地走到灶台边，取来一个盘子，将锅里的酱牛肉小心地捞上来，利索地切好小块。

他端着一盘子切好的酱牛肉，默默地坐在解一半的身旁。将盘子放在地上，一边吃着肘子，一边陪着解一半看月亮：“今儿晚上的月亮特别亮……”

解一半闻到香味，微微转头，一时无语。

“你说同样是用老汤卤的，为啥你做的味跟我做的就不一样呢？”哈岚颇为好奇。

解一半见哈岚嘴里咬着肘子，吃得津津有味，忍不住还是开口：“你只知道用老汤，却不知道兑入老汤后汤汁浓度变了，加入香料的比例也得跟着变……”哈岚表示叹服：“难怪解神厨总夸你的酱牛肉做得好。”解一半微微一怔：“我爸爸跟你说过我？”哈岚哈哈一笑，道：“以前解神厨老把你挂在嘴边……说你踏实、能干，就是少一股子韧劲儿，啥事儿干一半儿就跑了，就连小时候吃奶也是吃一半儿就玩去了。”

解一半脸儿一红：“我爸爸怎么什么都往外说……”

哈岚眨了眨眼睛，心思似乎沉浸在回忆里：“所以，才给你取名儿叫一半……他说，你的厨艺学得半半碌碌，唯独这酱牛肉做得好，满京城挑不出第二家……小时候，解神厨待我比阿玛还亲，他给我做好吃的，给我讲故事，讲做人的道理……你不知道那时候我有多嫉妒他是你爸爸……”

解一半微微一笑：“我也嫉妒过你……他陪你的时间，比陪我还长……他总是夸你，你有灵气、有天分，比我强多了。说你听他的话，不像我，老是顶撞他。”

“真的？解神厨他一直不肯收我当徒弟，我以为他看不上我……”

解一半摇摇头：“我爸爸说，您是爷，会吃就行了，偶尔下下厨那是雅兴，哪能真围着锅台转？再说了，怎么能让个贝勒爷叫我师父呢？所以，他不肯收你，他也感到很遗憾，因为他觉得，你在做菜方面的天赋，比我强太多……”

哈岚取出一块手帕，轻轻地擦拭眼泪，忽然像发疯一样冲着月亮叫喊：“老天爷，你不睁眼啊！这世上有这么多坏人你不整治，解神厨这么好一个人非得收了？这是为什么？为什么啊！”

解一半怔怔地看着哈岚，用袖子抹了抹眼角的泪。哈岚将手帕递过去，解一半犹豫了一下，一时之间心乱如麻，终于伸手去接过了哈岚的手帕：“那天，你为什么会从我家抱走老汤坛子？”

“那天，嗯，我本来想啊，把你爸爸请回府跟我说两句好话，我一到家第一眼看见的就是这老汤坛子，刚抱起来一转身看见你爸爸一身血倒在那儿，可是吓死我了。后面的事儿我不知道，据翠儿说呀，我抱着那坛子站在府门口跟中了邪似的，我都不知道怎么回来的，太吓人了，哎呀！”

解一半轻声又问：“你抱的时候，知不知道坛子里是什么？”

“老汤啊！我还闻了闻，晃了晃……除了老汤，还能是什么？”

解一半喃喃地道：“如果不是，那我爸爸为什么要我看好你呢？汪公公提到的宝贝又在哪儿呢？”哈岚皱着眉头：“什么不是？你爸爸说我什么了？什么宝贝？我怎么听不懂呢？”哈岚隐约感觉此事不太寻常，想起那天去解家小院的场景，原先以为汪公公去找解神厨是不起眼的小事，料不到二人之间却有如此复杂的关系。

“出宫那天，我回到家看到我爸爸正在跟汪公公吵架，隐约听到他们提起什么宝贝……”

“啊！”哈岚失口大叫，“莫非解神厨偷……拿了宫里的东西？”这个“偷字”显然说得不太合适，哈岚及时改口。

解一半瞪了他一眼，道：“我爸爸最惦记的就是御膳房这坛老汤。”

哈岚自嘲一笑：“哈哈！那倒也是，京城里最懂我的就是你爸爸。”

哈王府。

清晨起床，丫鬟香菱正在给佟丽华梳妆打扮，佟丽华取出一副耳坠，正对着镜子带上。她忽然从镜中看见哈岚站在门口，探头探脑地往房内瞧，踌躇片刻，转身就要离开，香菱慌忙提醒：“格格……”佟丽华利落地戴好耳环，穿上外衣，瞥了哈岚一眼：“别管他，让他自己进来。

哈岚听见声音，低着头走进来，偷偷看了看正对着镜子整理领扣的佟丽华，清了下嗓子：“丽华，我，有个事儿想跟你商量……”

佟丽华装作没听见，整理完领扣之后，转身走到桌前，坐下倒了杯水。哈岚跟着她原地转了一圈，欲言又止。

“有什么事儿说吧。”

“这事儿比较难开口……那啥，你会不会生气呀？哎，你一定会生气……”哈岚嘴里反复念叨。

佟丽华很快就瞧出了他的心思，淡淡地道：“你是不是该去看看娄晓月了？”哈岚漫不经心地“嗯”了一声，突然发现自己失态，瞪起眼睛望着佟丽华，心里举棋不定。佟丽华喝了口茶，轻叹道：“咱们现在是夫妻，以后你心里有什么就直接跟我说，用不着吞吞吐吐的。”

“这个……”哈岚还是说不出口。

“去吧，你是应该去看看。也该给人个交代了，是吧？”

哈岚目瞪口呆地点了点头，脸上表情舒展，转身离开。他就像是一只脱笼的鸟儿，恨不得一眨眼就飞去见娄晓月。

街头喧闹，行人熙攘。哈岚站在熟悉的街边小摊，焦急地等待娄晓月出现。

他早已暗中派人通知，约好了二人在小摊上碰面。果然，人群中出现了娄晓月的身影，哈岚龇牙一笑，欢快地跑过去。不料娄晓月看见哈岚，竟撇起嘴来，扭头就走。

哈岚一惊，慌忙小跑几步，追上去抓住了娄晓月的手腕："你走什么啊？我等了半个时辰腿都酸了，丁宝怎么跟你说的时间啊！"娄晓月想要甩开哈岚的手，甩了一下没甩开，于是酸酸地说："你都成亲了，还找我干吗？"

哈岚满脸歉意："真不是我想成亲，我也是一醒来就成新郎官了。"

娄晓月柳眉倒剔，冷冷地道："一醒来就成新郎官了？你做梦呢吧你！不是你想去，那难不成是他们把你打晕了，拜堂的不是？"

"诶？你怎么知道的？"哈岚一怔，心想，难不成翠儿杀鸡吓晕自己的事儿，已经闹得满城风雨了？

"你还骗我！"娄晓月一听更生气了，用力甩开哈岚的手，要往人群中躲。哈岚扯住她的手硬是往街角拉，压低了声音安慰，好话说尽。娄晓月却是一个劲儿闪避，"你别碰我！打今儿起，我们一刀两断，不要再来往了！"

哈岚佯装生气，气急败坏地从身上掏出一张纸条，举在娄晓月眼前晃了晃："好嘛！我就知道，你早就想要把我甩了吧？你说说，你写这字条什么意思？还'此生永不相见'，那你今儿这是来干吗了？"娄晓月看见纸条的瞬间，眼眶通红，强忍着眼泪大声吼道："那我走！"她转身就跑，再也控制不住自己的情绪，泪如雨下。

哈岚立马认怂，急忙追上去，死死握住娄晓月的手腕，将纸条塞进她手中，柔声道："你别哭，我逗你玩儿呢……这条儿还你。"娄晓月怒道："我要这个干吗！"

"对对！要这玩意儿干吗？满纸屁话！"他突然将纸条撕得粉碎，随手一扬，纸屑随风落地，"晓月，我虽然成亲了……被逼着，但我发誓我没跟她洞房，你相信我……"

"你都娶别人了，我还信你个屁！你今儿就是说破天我也不信了！"

哈岚苦苦哀求："晓月你别这样，那我要怎么做你才肯原谅我？"娄晓月擦了擦脸上的泪水，道："你还记得你之前跟我说过什么吗？"哈岚诧异道："说了什么？"

"私奔！"娄晓月咬了咬牙。

哈岚愣住半晌，语气却有些逞强："私奔就私奔！"

娄晓月瞪大了眼睛看着哈岚，刚要破涕为笑，不料哈岚突然一拍大腿，紧皱眉头："不行啊！现在我不能走……我要走了，这一大家子可怎么办啊……"娄晓月顿时绷起了脸儿：“你就说，走不走？”

哈岚盯着娄晓月渐渐冰冷的脸色，深深吸了一口气。他倒不是说反悔，而是哈王府出了这么多的事，家里多了一个媳妇，他心里又担心阿玛的身体，觉得这要是一走了之，总觉得事儿不对。旋即一想，我跟晓月相爱也没犯什么错啊，凭什么要我缩着脑袋做人？

哈岚默然半晌，忽然握紧拳头，嘴里蹦出一个字：“走！”

解一半一大清早就赶到哈王府，在厨房里整理好食材，烧上一锅水，借着散步之际，偷偷潜入了哈王府的书房。

花园的走廊十分僻静，解一半动作利索地寻找书架子上的书籍，抽出一本快速翻阅，一看见上面密密麻麻全是字，就赶紧放回去。他弓下腰身，以免让人在窗口发现，又抽出一本，翻看一眼，见上面是图画，眼睛就一亮，迅速将书揣在怀里。书架上摆着一本《满汉全席》，解一半不经意地抽出来，里面写满了一排排的小楷，他皱了皱眉头，不屑地放回去。

忽然听到“哐”的一声，书房的门已被人撞开。解一半猛地回头，只见翠儿端着一盆水站在门口，望了一眼书架，疑惑地盯着解一半：“你在干吗？”

解一半被她盯得心里发毛，咧嘴一笑，脱口道：“我找本儿书……”翠儿有些想笑：“你认字儿么你？”解一半搔了搔头，想上前一步，跟翠儿解释。翠儿却心有戒备，她见解一半靠近，慌忙扔了手里的水盆，跑到写字台前，从笔筒里抽出一把裁纸刀，刀尖对向解一半：“你……你别过来！”

水盆里的水洒出来，险些将解一半一身溅湿。解一半尴尬地道：“你别这样，你先把刀放下。”翠儿双手握着刀，警惕地问：“你偷什么了？”

“我没偷……”解一半又上前一步，怀里的书突然掉了出来。

翠儿瞪起眼睛，想不到解一半竟敢跑进书房偷书。她转身往门口走去：“我告诉王爷去！”解一半心里一急，身子突然拦在门框上。翠儿的脑袋撞在结实的手臂上，疼得她慌忙捂住头。解一半手忙脚乱地想给翠儿揉揉，却不知手腕到底应该放哪个位置，他满脸歉意地道：“你……你没事儿吧？”

“你让开！”

“你……你不能走。”解一半拦住门框，语气有点紧张。

“呵！干吗？你还想弄死我？早就知道你进府没好事儿，你还真来报仇了啊你？你让不让开……再不让开我喊人了！来人呢！来……”翠儿后面的话还没喊出来，解一半立马冲上去按住了她的嘴，顺手抢下了她手里的裁纸刀，抬脚把门给关上了。翠儿被捂着嘴，心里害怕起来，拼命地在解一半怀里挣扎。

解一半蹦豆子似的跳：“嘘嘘！别喊，我求你了！我也是没办法。我爸爸死了，他们又跟我说是因为什么宝贝，我什么也不知道，我就想搞清楚到底是什么宝贝，我不是故意的，你能不能原谅我……”

忽然，翠儿狠狠地咬了解一半手臂一口，一脚踢在解一半的小腿上。

解一半痛得撒手，跳起来捂住脚，翠儿趁机打开门冲了出去。她一路惊慌失措地奔到走廊弯道处，却撞在佟丽华和香菱的身上。佟丽华被她撞了一个踉跄，惊问：“怎么了你？慌里慌张的？”

翠儿就像是见到救星似的，一把抓住佟丽华，大喊：“解一半要杀我！”佟丽华一头雾水：“他杀你干吗啊？”翠儿惶声道：“我……我看见他偷东西了！”

此时，书房的门被打开，只见解一半拎着裁纸刀气势汹汹地跑出来，突然看见佟丽华，吓得一愣。王府的数名家丁已听见翠儿的呼声，纷纷围过来一探究竟。瞧见解一半手里的裁纸刀，顿时一拥而上，拉胳臂扯腿地上去将解一半制服，押到前厅。

解一半并不反抗，一声不吭地跪在地上，任由佟丽华追问，他也不答话。

仆人跑去通知哈王爷与福晋，等哈王爷赶到前厅，瞧见翠儿乱糟糟的头发，又望了望浑身湿漉漉的解一半，心里又惊又怕，皱着眉头问佟丽华：“你说现在怎么着？他不但偷盗，还要杀人！”让解一半进王府厨房是佟丽华的主意，现在闹出这种事情，哈王府自然要质问儿媳。

解一半突然反驳：“我没有杀人！”

“放肆，我问你话了吗？”哈王爷扭头瞪了解一半一眼，指了指桌上的裁纸刀，“你是没杀人，你是杀人未遂！”

解一半慌了，指着翠儿大声辩解：“我真没有杀人，是她！是她要杀我。”翠儿一怔，扯着嗓子大吼：“解一半？你血口喷人！”解一半被翠儿吼得有些心虚，结结巴巴地道：“你……你就说，是不是你……你先拿的刀？”

“我那是防卫！”

哈王爷摆手呵斥：“都住嘴！真是荒唐！翠儿要杀你？可能吗？”解一半眼看着这事儿也解释不清，给哈王爷磕了个头，脑袋重重地砸在地上：“王爷！我真没……”

哈王爷冷冷地道：“行了，别说了，立马给我卷铺盖走人。翠儿，你去跟门房说一声，以后看住了，不许让他踏进王府一步！”

一旁的佟丽华却突然出声：“阿玛！您既然已经打算把他轰出去了，为什么不听他把话讲完呢？这里面说不定有什么误会呢？”翠儿闻言一愣，满脸不悦望着佟丽华，不知道少奶奶究竟是什么心思。

此时，哈岚心急如焚地奔到前厅，见三人跪在地上，气氛有些紧张，偷偷地拉着管家福顺询问原因。福顺将事情经过说了，哈岚望着桌上的裁纸刀，紧锁眉心，寻思着解一半的用意。哈王爷对佟丽华的话有些不耐烦：“他惦记杀岚儿为解神厨报仇不是一天两天了，现在刀都拿在手里了还能有什么误会？非让他把岚儿杀了，才不叫误会？”

“阿玛，我觉得丽华说得对，他要来也应该冲着我来，为什么好端端的要杀翠儿？这没道理呀？”哈岚站在门外，忍不住开口。

哈福晋看见儿子进来，点头道：“王爷，听听无妨。”哈王爷叹了口气，指着翠儿问：“翠儿，你说说，到底怎么回事儿。”翠儿解释：“就是因为我看见他在书房偷书，他怕我来告诉您，就要杀了我……”解一半俯在地上又磕了个头：“王爷，我真是冤枉的……”

哈岚走过来扶起解一半，正色地道：“解大哥，你就直说吧，你到书房真是为了偷书来的吗？你又想偷什么书呀？你斗大的字不识半升，偷书干什么？”

解一半知道这事儿也瞒不过去，咬了咬牙，道：“我实话说了吧，汪四海告诉我，你是因为一本有画的书才杀的我爸爸。我进府不是为了来做厨子的，就是为了找这本书……我爸爸死得不明不白的，我到现在也不能确定是不是你杀的他。我没本事找到凶手为我爸爸报仇，但我最起码可以找到这本书。我想看看到底是一本什么样的书，把好端端的日子过成现在这样了？我爸爸是死了，但我得知道为什么啊！”

众人听了他一番话，皆是一头雾水。

解一半继续往下说：“只是没想到，找书的时候正巧被翠儿撞见了，我真没想杀她！”翠儿脸色一红，心知刚才在书房确实是误会，她有些不好意思的望了望解一半，话到嘴边又咽了回去。哈岚一拍脑袋，猛然想起那天解神厨交给他的点心食盒：“啊，对了！是有一本书，在解神厨给我的食盒里放着……但那就是一本菜谱啊。你等着，我给你拿来。”

哈岚转身出了厅外，径直往书房奔去。

哈王爷坐在椅子上，打量了解一半几眼，沉声道：“解一半，你进府就只是为了这本书？”解一半低头承认：“少奶奶找我进府做厨子时，我本来不想来。但汪四海说，我爸爸从宫里带出了什么宝贝，那东西就在王府里，找到它，就知道我爸爸到底为什么而死了。而且还能作为贝勒爷杀我爸爸的物证……所以我就进来了。”佟丽华怔住：“汪四海怎么知道你爸爸带出来一件宝贝？他是怎么跟你说的？”解一半并不隐瞒：“这我没想过，我就是觉得，侦缉队的队长……他应该什么都知道。他就说是本书，应该是本儿有画的书……”

佟丽华皱了皱眉，觉得此事不可思议：“可是哈岚，从来没提过有这么档子事儿啊。”

哈王爷叹了一口气：“你起来说话吧。”解一半跪久了，腿有些发麻，站起来时有些摇晃。站在哈王爷身旁的翠儿，赶紧上前去扶了他一下：“慢点起来……”

哈王爷抚摸着桌角，神情有些憔悴：“你爸爸进宫之前，一直在王府当差。那会儿岚儿刚学会走路，一个劲儿地往厨房跑，让解神厨给他开小灶。可以说岚儿打从小就是跟着你爸爸长起来的。况且，你应该也知道，岚儿见血就晕，平日里连鸡都不敢杀，怎么会杀了解神厨呢？就因为一本书？解一半，你真糊涂！”

解一半一时语塞，说不出话来。佟丽华点头道：“再说了，若真如汪四海说的那样，这个书是哈岚抢过来的宝贝。也不会你一提，哈岚就乖乖把书交出来吧？”解一半心里有些慌乱：“我真没想这么多……我爸爸一死，我都乱了，只能没头苍蝇似的乱撞……”

一个丫头端着茶水上来，翠儿伸手接过，给哈王爷上茶。

哈王爷瞪了翠儿一眼：“你也是的，事儿都没搞明白，就冤枉人家解一半要杀你，搞得府里鸡飞狗跳。”翠儿脸儿通红，又倒了杯茶，走过去递给解一半：“我冤枉你了，跟你赔不是。这总可以了吧？”解一半看着递过来的茶杯，受宠若惊，连忙双手接过：“是我对不住你，刚刚我太害怕了，让你受惊了。”

翠儿挑起眼，抿嘴一笑，一旁的佟丽华看着二人的反应，眨了眨眼睛，嘴角带着一抹微笑。

此时，哈岚走进了书房，仔细回想放书的位置，撅着屁股扒看书架上的书籍，却发现那本《满汉全席》并不在原地。他翻看了半天，终于发现，急忙将《满汉全席》抽出来，随手翻开瞧了瞧书页，不料书的内容并不是食谱。

他突然瞪直了眼睛，脸上的表情渐渐僵住，这满汉全席，怎么成了东陵密疏啦？

“出事儿了！阿玛！糟了……”哈岚缓过神来，揣着书迅速回到前厅，一路狂喊。

他奔到哈王爷身前，将《满汉全席》递给阿玛看，“阿玛！你看看……这是什么？”

哈王爷满脸狐疑，翻阅密疏的内容，脸上表情从疑惑变成了凝重。佟丽华不自觉地走上前去，瞧了一眼，也是大惊失色："原来这不是满汉全席……是东陵密疏！"

众人闻言皆是大惊，想不到解神厨胆大包天，居然偷了毓庆宫的藏书？哈王爷放下密疏，佟丽华拿起来翻看了几眼，递给旁边急不可耐的解一半。

"东陵密疏？那是什么东西？"解一半翻了几页，愕然抬头，追问哈岚，"贝勒爷，我爸爸什么时候把这本书交给你的？"

"记得皇上出宫那天，我因为赐婚顶撞了皇上，害怕回家被阿玛骂，于是就先去了你家……"他心虚地斜了一眼佟丽华，不料佟丽华就像是没听见似的，慢悠悠地喝了口茶，他缓了一口气，"我本来想拉解神厨跟我一块回来，替我跟阿玛说些好话。但当时汪公公在你家，汪公公不让他走。我走时，解神厨塞给我一个食盒，说里面是奶糕，让我拎回来吃。回来后我才发现里面有一本满汉全席，我以为就是本菜谱，也没仔细翻看，就收起来了……"

"汪公公？我那天也见到汪公公啦……"解一半愣在原地，边回忆边道，"我回家的时候，看见他在我家跟我爸爸吵起来了，俩人好像确实提到了什么宝贝。汪公公还说不要把这事儿告诉汪四海……现在他干儿子又让我来找宝贝？"

他一时半会猜不出汪四海的用意，而佟丽华似乎有些怒气，恨恨地说："汪四海处心积虑地哄你进王府，为的就是找密疏……其实真正要抢宝贝的是他吧。"哈王爷恍然大悟："难怪，那天我拿钱去赎哈岚，他怎么样都不要，其实他要的是这个……"

解一半傻愣在一边，喃喃道："所以我爸爸才让我好好看着哈贝勒？我居然误会……误会了哈贝勒……可是我爸爸又是从哪里拿到密疏的？"

哈岚想起汪玉明，此事或许只有汪公公才知道真相："这很容易，只要找到汪公公就知道一切是怎么回事儿了！"哈王爷摇了摇头："找汪公公不急，现在最重要就是先把密疏还给皇上，不管皇上是不是逊位，这都是皇家的东西。"佟丽华表示赞同："阿玛说的有道理，现在汪四海已经盯上密疏了，放在手里也是烫手山芋。"

"我得赶紧给皇上写个折子，以防夜长梦多。"哈王爷脸色一变，环视众人，慎重地道，"还有……今天的事儿，谁也不许外传！"

第九章 不择手段

哈王府。

正午时分，哈岚正在房里睡得迷迷糊糊，翠儿突然大呼小叫地跑进来："爷，你快起来劝劝吧。解一半收拾好包袱，说没脸待王府里了，非要走。"哈岚被翠儿惊醒，诧异地道："这又是唱哪出？"

他边穿衣服边往外面跑，奔到前厅，果然看见解一半沉着脸儿跪在地上，要跟哈王爷辞行。哈岚走过去拽他衣裳："起来吧，你这是干什么？"

解一半面有愧色，小声地道："我进王府之前就没安什么好心，现在又把王府搞得鸡飞狗跳，人心惶惶的。最重要的是我还把翠儿姑娘吓到了……我心里实在过意不去。而且现在确定了贝勒爷跟我爸爸的死没关系，我也实在没脸待府里了。王爷对我们的恩情，我这辈子都不会忘的。我现在就想赶紧找着汪公公，我想知道我爸爸是怎么死的，到底是谁把他给害死的。一来，算是还了贝勒爷的清白；二来，也算是报答您的恩情……"他抬头望了望翠儿，欲言又止。

佟丽华在前厅陪着福晋喝茶聊天，见解一半执意要离开，皱起眉头，耐心劝说："你一个人得找到什么时候？况且现在你家里也没什么人了，你今后靠什么过活？解大哥，阿玛已经派人去查询汪公公的下落了，你就安心待在府里……"

哈岚也是极不情愿，脱口就叫起来："府上的厨子都遣散了，你现在就要走了，那我们吃什么啊！"

哈福晋嗔怪地看了哈岚一眼，温和地对解一半说："不管怎样，现在误会已经解开了，你也是受人唆使，不要因为这个觉得不好意思。丽华请你进来也不只是为了哈岚的事儿，还考虑到了解神厨多年来在王府的操劳，想着你作为他唯一的香火，我们做主子的，也应该照应着点儿。”

一旁的哈王爷摆了摆手，似乎替解一半做了决断：“行了，你把包袱收回去，就在王府待着。”

“可是王爷……”解一半欲言又止。

佟丽华急忙提醒他：“还不快谢谢阿玛。”解一半神情闪动，感谢地望了佟丽华一眼，附身给哈王爷重重地磕了个响头：“谢王爷！”佟丽华缓了口气，笑道：“你先去准备晚饭吧。翠儿，你去帮他将行李放回屋里去。”

翠儿一怔，诧异地看着佟丽华，“哦”了一声，带着解一半出了大厅。

佟丽华看着翠儿与解一半离开之后，眼神闪烁，转身对哈王爷、哈福晋说：“阿玛，额娘……我突然有个事儿想跟你们商量一下。”

哈岚有点心虚，身子一哆嗦，扭头瞪着佟丽华，不知她到底想说什么。只听佟丽华正色地道：“解一半这事儿算是暂时落停了。之前解神厨在府上时又很尽心，现在解神厨不在了，咱们算是他的半个倚仗。现在他孤身一人了，阿玛是不是能做个主儿给他安个家？”

哈岚见她说得事儿与自己无关，顿时松了口气，抖了抖脚。

哈王爷问：“说说吧，你怎么想。”佟丽华眨了眨眼睛：“翠儿也到年龄了吧？”哈岚听到翠儿的名字，吓了一跳：“你嫁给我还不够，还要把我身边的丫头嫁出去？”佟丽华浅浅笑道：“怎么？你想留翠儿一辈子不成？”哈岚脸色一变，沉声道：“你刚进来，就想把我身边人都打发了？你到底是什么意思？”佟丽华叹道：“我好心牵线，倒成了处心积虑乱点鸳鸯了？”哈岚翻了个白眼：“那可不是？今儿要是没有解一半，你也会把翠儿嫁给解两瓣儿吧？”

哈王爷低喝一声：“行了！别吵了，一点没规矩！”

佟丽华低眉闭嘴，哈岚不服气地冷哼一声，扭过头去。哈王爷干咳数声，又道：“这是个好事儿，丽华想得很周到，我正好也要说这个事儿。”哈福晋推了推哈岚，也在一旁帮腔：“这俩孩子是挺合适的，翠儿也到年纪了，该寻个人家了。现在有丽华在你房里照顾着，你还能一直留着翠儿不成？别耽误了人家。我看这解一半儿人老实，也勤奋，是个好主儿。”

哈王爷点了点头：“行，这事儿就这么定了，丽华你费心准备准备吧。”

哈岚无可奈何，跟佟丽华一起往大花园走去，绕过了流光亭，径直去厨房找翠儿。

二人在厨房走廊上正好碰见翠儿，哈岚不知如何开口，侧着身低头不语。

佟丽华拉着翠儿的小手往僻静的花园移步，脸上笑容满面："翠儿，跟你商量个事。"

翠儿见少奶奶这么神神秘秘的，大感意外，等她听到佟丽华说哈王爷准备将自己许配给解一半时，瞪起一双惊惶的眼珠子，面如土色："我不同意！这是谁出的馊主意！"

她吼起来的声音极响，哈岚在旁边吓得一哆嗦，硬着头皮道："我啊。"

翠儿一呆，一双怒目突然扫向哈岚："爷，翠儿打小跟你一起长大，现在少奶奶才刚进门儿，你就着急忙慌地把我嫁出去？我告诉你！我不同意！"哈岚叹道："那你也不能跟我一辈子啊！解一半这人不错，你看，又老实又听话……"翠儿气呼呼地道："不错，你怎么不把他娶进门儿啊？"

哈岚见她的语气虽然是嗔怪，但也并没有发火，顿时嬉皮笑脸起来："你以为我不敢啊？佟丽华我都敢娶了，他我还不敢吗？"翠儿见哈岚这时候还有心情说笑，脸色一拉："反正我不嫁。"

哈岚正色地道："我其实也想多留你几年来着。后来额娘说你到年纪了，解一半人也不错。我才想着这也算成就个美事儿。人这辈子，萍水相逢千万载，最后往往想留在身边的留不住，不想留在身边的，反倒扶持了一辈子。有时上天总想戏弄人，你要懂得为自己争取。皇上出宫了，往后的世道指不定成什么样，解一半是个靠得住的人，你要抓住。"

翠儿看着哈岚语重心长的样子，心知此事已成定局，她鼻子一酸，突然呜呜哭出声来，心里颇为委屈："爷……解一半确实是个好人，但你怎么不问问我到底愿不愿意嫁给他？你也是被逼着跟少奶奶成亲了，将心比心，你为什么还要逼我？"哈岚悚然一惊："这么说，你已经有心上人了？"翠儿擦了把眼泪，目光闪动："你是真不明白还是装傻呀？你知道当时王爷怎么说的吗？"

哈岚笑道："我听见了，我阿玛让你嫁给解一半。"翠儿觉得心里委屈，嘴角一动，眼泪又扑簌簌地往下掉："他……他当时把我许给你了……"哈岚满脸错愕，瞧了瞧翠儿，又瞧了瞧佟丽华，半晌没有回过神来。

"我去找王爷！"翠儿拧身快步走出花园，径直跑向王府大厅。

佟丽华斜了哈岚一眼，见他怔怔地站在原地一副手足无措的模样，又好气又好笑："你要是真没这心思，就趁早挑明了，翠儿跟了你这么久，日久生情在所难免……"

翠儿一口气奔到前厅，偷眼瞧见解一半涨红了脸儿，脸上露出一副欣喜万状的笑容，只觉得心乱如麻，扑通一声，跪倒在哈王爷与福晋身边，低声哭泣："王爷，你当时不是这么说的……我不想嫁人，就算要我伺候贝勒爷一辈子，我也心甘情愿！"

哈王爷皱了皱眉头，沉声道："这事儿就这么定了。解神厨跟我这么多年，我一直对他另眼看待，他现在去世了，我对他的儿子更要另眼看待……翠儿，男大当婚女大当嫁，我觉得你俩挺合适的，你有什么不愿意的？"

"王爷！可是您当初……"翠儿仍然想提醒哈王爷，说过的话怎么可以不算数呢？当时可是他亲口说的啊！

哈王爷一怔："我当初怎么了？"

翠儿挂着眼泪抬头望了哈王爷一眼，看见贝勒爷与少奶奶正走进大厅，立即向哈岚投去求助的目光。哈岚神色颇为尴尬，此时他劝也不是，安慰也不是，这事情来得这么突然，确实让人意料不到。

佟丽华瞧了一眼翠儿，抿着嘴儿不说话。哈王爷有些生气，劈头就问："你是不是觉得把你许给个厨子委屈了！"翠儿心里咯噔一下，在哈王爷面前，她可没有本事顶撞。

"是不是！"哈王爷厉声斥问。

翠儿回应的声音极低："是……"哈王爷情绪激动，大声道："你忘了你怎么进王府的了？当年若不是解神厨把你捡回来，你能有今天？"翠儿轻声点头："不能。"哈王爷语气稍加缓和："那你是不是答应了？"翠儿万般无奈，渐渐平静下来，她垂着眼，沉默半晌，委屈地道："是。"哈王爷继续问："那你说，这婚事好不好？"翠儿眼泪再次滚落："好。"

哈岚见翠儿答应了，眉飞色舞地走过来搂着解一半的肩，冲着翠儿乐道："翠儿，这事儿一定要热热闹闹地办。我去给你置办点儿衣裳，丽华，等会儿你跟下面打个招呼，给翠儿和解一半腾一间房。我要给你们俩搭个棚子，唱堂会，唱上他三天三夜，宾客请上他几十桌，咱们按大户人家办喜事的样子，好好热闹热闹，风风光光地把翠儿嫁出去！"

解一半缩着脖子，只是一个劲地点头。

翠儿却是再也忍不住，突然哇的一声哭了出来。

解一半顿时慌了神，仓皇道："算了吧还是算了，哎……翠儿，你别哭，我知道配不上你，我现在就回去……"佟丽华眨了眨眼，笑着对解一半说："说什么呢？她这是高兴得哭了，是不是翠儿？"翠儿鼻子里崩出一个"是"字，轻得只有她自己能听见。

哈岚见她始终垂着头，不知所措地擦拭着脸颊上的眼泪，赶紧上去圆场：“高兴就好，高兴就好，我明儿就去得月楼找晓月回来给你唱堂会。”

他话音刚落，周围一片鸦雀无声，一屋子人疑惑的眼神，齐刷刷地望着他。

哈岚头皮一麻，恨不得扇自己一个耳光，慌忙解释，“唱戏……就是唱戏……没有别的意思！”

解家小院。

解一半回到家中，将屋内的灵堂撤下，将厨房收拾整齐，在灶台旁边摆了一张桌子。他洗干净各种厨具之后，把已经煎好的鸡肉丝丁倒进炒锅里，掂着锅均匀地炒。

此时他正在厨房做宫保鸡丁，老远就听见自行车的铃声。只见侦缉队长汪四海骑车拐进院子，兴冲冲地进屋，以为解一半给他带来了好消息。急切地道：“哎，我说，你这进哈王府都十多天儿了，那宝贝到底找着没有啊？这事儿啊，真的，找着这宝贝，哈岚杀你爸爸的证据也就找着了！”

解一半当作没听见，掂起炒锅，扭身一转，差点儿撞到汪四海的身上。

汪四海赶紧侧身往旁边一闪，一本正经地接着说：“我跟你说，你可别不上心。你要找的可是哈岚杀你爸爸的证据，那宝贝也是你家的东西。”

解一半仍然不搭理，一声不吭地将锅里的宫保鸡丁盛进盘中。汪四海伸手捏起一块鸡丁，往嘴里塞去：“哟呵，不错啊！你小子倒是得到你爸爸的真传了……哎！这事儿你得抓紧，你想想，他们要把宝贝给转移了，你在那儿住十年都没用啊！”

解一半没好气地将锅和炒勺放在灶台上，转身瞪着正在偷吃的汪四海：“我找什么找？你给我出馊主意就是让我进人家去找什么宝贝，究竟是什么东西你也不说明白了！之前也是你让我抬棺材去跟人闹，现在可倒好，人家把我当贼似的盯着，早防备着呢！甭说找东西了，我现在去解个手都有人跟着，我上哪儿找去啊我？”

汪四海眼珠子一转，道：“你这不废话吗！把一仇人放身边儿，人不防着你还供着你啊？那宝贝要那么好找，你爸爸的案子不早破了吗，还用得着搞这些鸡零狗碎？”解一半拍掉汪四海再次伸向宫保鸡丁的手，将盘子端到一边儿，撑着桌子问汪四海：“汪队长，我问你件事儿……汪公公去哪儿了？”汪四海闻言一愣，警觉地盯着解一半，脸上却皮笑肉不笑地回答：“去山东了啊。”

“那是山东哪儿？”解一半逼问。

“青岛。”

“青岛哪儿？”

汪四海陡然变色，敛起笑容：“你问这个干吗？”解一半意识到自己的失态，急忙掩饰：“你爸爸跟我爸爸向来关系不错，想着有阵子没见过他了，想问候一下。”汪四海狐疑道：“你是听到什么风声了吧？是不是哈岚跟你说什么了？”解一半只能装傻，趁机反问：“他说什么？他能说什么？难道说自己就是杀人凶手吗？”汪四海斜视一眼，缓缓道：“没什么……你在哈王府的动作要抓紧了，免得夜长梦多。”

他也不再跟解一半啰嗦，慎重地嘱咐一番，便骑上一辆自行车，一路丁零咣啷地往得月楼的方向而去。

街道上人来人往，等他拐过几条街，气势汹汹地骑到得月楼的门口时，却突然看见哈岚骑着自行车，正晃着脑袋骑到了得月楼。汪四海双脚撑地，皱了皱眉，老远就冲哈岚喊了一句：“贝勒爷！我正找你呢。”

哈岚闻言一怔，慌忙刹车，一看是汪四海，戒心顿起：“找我干吗？”汪四海笑道：“怎么着？解一半儿这几天给你们掌厨，还满意吗？”哈岚勃然大怒：“不满意！他进了我们家，不但偷东西，还想杀人！”汪四海故作惊讶的表情：“偷东西？他要偷什么东西啊？”

“我怎么知道？反正我们家少了好多宝贝！自从他来了之后，老不在厨房待着，一天到晚到处乱窜，还跑我书房里，扒翻了个遍！”

“扒翻什么？”汪四海眼神闪烁。

哈岚叹了一声，语气有点愤恨：“什么都翻！我现在怀疑他到底为什么进我们家，前几天还哭天喊地地污蔑我杀了解神厨，转眼就进我们家门当厨子了。这不明摆着的图谋不轨么？我觉得一定是有人跟他说了些什么，不然就凭他这么个脑仁儿不足二两的木头疙瘩，还能学会以退为进，动心眼子了？要让我知道哪个丫挺的在后面给他出馊主意乱吠，我不割了他的狗舌头我！”

汪四海被哈岚说得满头雾水，愣愣地道：“哈岚，你说什么呢？解一半到底偷了些什么宝贝啊？”哈岚从指桑骂槐的快感中缓过气，冷冷地瞪了汪四海一眼：“哎？你怎么这么关心解一半啊！他偷了什么跟你有什么关系？我凭什么告诉你？这我们家事儿，你管着呢吗你！”

哈岚将自行车往原地一撑，扭头走进了得月楼。

汪四海被他"喷"得头冒冷汗，傻站在原地半天才回过神来，撑着自行车把，一副咬牙切齿的模样。他调头正想去找解一半问个清楚，猛然想起自己是来找娄三喜的，骤然刹车，转身就往得月楼进去。想想心里又不甘，走回来一脚把哈岚的自行车踹倒在地，鼻孔里冷哼一声，扭头往前厅去找娄三喜。

娄三喜听说汪四海来了，赶紧让人请到包间，亲自出来倒茶。

汪四海气不打一处来，拍着桌子问："娄三喜，我问你！汪公公的事儿，你都跟谁说了？"

娄三喜闻言，手儿一抖，茶杯就撞在茶壶上。他强作镇定，故作惊讶地道："我谁也没说啊，就咱俩知道！"汪四海狐疑地看看桌上的一摊茶水，皱眉道："那你刚才紧张什么？"娄三喜赔着笑："我……我没拿稳。"

汪四海目光一闪，冷冷地道："那我现在问你，汪公公是怎么死的？"

娄三喜愕然："汪公公怎么死的，你不是知道么？"汪四海咬了咬牙，声音陡然升高："我是让你说！汪公公死了吗？"娄三喜"啊"的一声，缓过神来："汪公公……走了啊，不是说……去山东了吗？"汪四海恨声道："娄三喜，你最好别让我知道。你要是把这事儿捅出去了，就别怪我心狠手辣。我把得月楼收回来，把你们娄家班赶出京城！更何况汪公公人死在得月楼，你娄三喜也脱不了干系！"娄三喜一听，也不生气，眨了眨眼睛笑道："汪四海，这得月楼真是你的吗？"

"当然是我的了！"

"照我说，得月楼是汪公公的。"娄三喜咂了咂嘴。

汪四海没好气地道："废话，我是汪公公的儿子！现在汪公公死了，得月楼自然而然就是我的了！"娄三喜装模作样地反问："哦……汪公公死了吗？汪公公死前跟你说什么了没有？"

"你到底想说什么？"汪四海见娄三喜笑得如此诡异，心里暗暗一惊。

娄三喜不慌不忙地道："我就是想问问……汪公公去山东之前，有没有把房契留给你？我说你啊，还是先把房契找着，再说赶我们出去的事儿吧。"

汪四海闻言一愣，瞬间变脸。得月楼是干爹借给娄家班的，现在房契并没有传到自己手上，娄三喜当然可以不买账。汪四海又惊又怒，指着娄三喜鼻子破口大骂："好啊！娄三喜，你个老东西跟我玩儿这套，咱们走着瞧！"

汪四海忿忿不平地离开，走到院子里望了后院小楼一眼，咬了咬牙，脸上浮现一抹冷笑。

此时，哈岚正在娄晓月的房间。

他将一瓣橘子仔细的剥好，笑嘻嘻地递给娄晓月。而娄晓月却是跷着二郎腿，手中看着戏词，伸手接过橘子，面无表情地塞进嘴里。

哈岚见她爱理不理的模样，尴尬地笑笑："晓月，跟你商量个事儿。"娄晓月眼皮也懒得抬，冷漠地应了一声："说。"哈岚硬着头皮说："是这样的，咱们私奔的事儿能不能往后放放？"娄晓月手里捏着橘子，闻言一个激灵，迅速放下二郎腿，脸色一撂，斜瞪着哈岚。哈岚仓皇解释，"家……家里出了点儿事儿。"

"什么事儿？不会是佟丽华跟你说了什么，你改主意了？"

哈岚摆手道："没有没有，是解神厨的死有眉目了。我得把这事儿先处理了，不然我身上老戴着个杀人犯的帽子，心里不安分。"娄晓月诧异地道："怎么了？是找到凶手了吗？"

哈岚把手中的橘子塞进娄晓月嘴里："差不多了，现在只需找到汪公公，一切就都明白了。"娄晓月起身走到梳妆台前，对着镜子整理头套，漫不经心地道："那汪公公有下落了吗？"哈岚笑了笑，道："我阿玛已经派人打听了，现在还没消息。不过我有另外一个好消息。解一半和翠儿要成亲了。

娄晓月"啊"的一声叫，惊讶地转过头来望了哈岚一眼。

哈岚继续说："解神厨走了，解一半只身一人，翠儿也到年纪了……她跟了我这么久，我想给她好好办。晓月，你给她来一出吧，给她来一出龙凤呈祥！让她也高兴一下……"

娄晓月突然哼了一口气，没好气地道："龙凤呈祥？我看我给她来个霸王别姬吧！"哈岚搔了搔头："这不合适吧？解一半不是霸王，翠儿也不是虞姬……"娄晓月脸色一沉，道："哈岚我告诉你，她算老几啊？我给她唱？这不是她把我骗得团团转，带人来戏班儿砸场子的时候了？"

哈岚微微一呆，赔着笑脸道："就是，这个臭丫头，办的这都什么混账事儿。让你等那么久，还拿了两万两银子来羞辱人……"他看娄晓月仍旧拉着脸儿，话锋一转，"可她一回去就后悔啦！但她又拉不下脸来跟你赔不是。其实她可喜欢你了，成天儿的晓月长晓月短，说我应该娶你的。"

"真的？"娄晓月半信半疑。

哈岚眨了眨眼睛，一本正经地说："当然是真的！"娄晓望着镜中的自己，嘴角泛起一丝得意的笑容："佟丽华给她气受啦？她现在知道我的好啦？"哈岚推着娄晓月起身，搪塞道："对对，赶紧洗把脸，咱们上街去，给她置办点儿东西，这些事儿我不懂，还得靠你。”

二人出了得月楼，招了一辆人力车，有说有笑地去逛街。

一路上说起解一半听到阿玛做主将翠儿许配他时，脸上那又惊又喜的表情，就像个没有见过世面的小孩，逗得娄晓月抿嘴失笑。

香烛店里，娄晓月瞧见漂亮的烛灯和鎏金婚烛，心情大好，冲着哈岚甜甜一笑，仿佛是自己在置办嫁妆一样。她拉着哈岚的手又进了一家桌围椅披店，认真挑选各式各样的桌围椅披。哈岚耐心地站在一旁，面露微笑，觉得只要陪着娄晓月在一起，再苦再累他也心甘情愿。

他们赶到大栅栏街口的鸿记绸布店，这里本是京城“八大祥”之首的瑞蚨祥，柜台上堆着五颜六色的布料，娄晓月完全挑花了眼。哈岚掏出身上的荷包，笑道：“咱们选几样，然后你也选一块喜欢的，回去做身新衣裳。”

娄晓月摇摇头，龇牙笑着：“前儿刚做了几身儿，先不选了。”哈岚递给掌柜几个大洋，掌柜接过大洋，笑吟吟地说：“您要的这匹红布尺寸不够，您稍等，我后边儿给您再取一匹去。”掌柜正转身离开时，一位身着粗布衣裳的男人走进瑞蚨祥。他脸庞略显清瘦，抬头瞧了哈岚一眼，皱着眉头问：“请问您是哈贝勒吗？”

哈岚回过头，却见来人陌生，迟疑道：“是啊……什么事儿？”那男人面露喜色，慌忙行礼：“哎哟，我可把您找到了！解一半儿让我给您托个信儿，说他找到汪公公了。”

哈岚愣然，脱口就问：“在哪儿？！”男人缓了一口气，说：“黄泥岗赵家村，说让您赶紧过去呢，说汪公公快不行了，去晚了怕见不到人。”哈岚心里一惊，慌忙交代娄晓月：“晓月，这事儿要紧，你先回去，我回头再去找你。”

“不行，这么大事儿，我得跟你一块儿去。”娄晓月不放心。

男人催促道：“二位别耽搁了，车在外面等着呢！”他走出瑞蚨祥，一辆马车早就等在门外。哈岚不及细想，领着娄晓月上了马车，一路往黄泥岗赵家村驶去。

黄泥岗就在京郊，大约过了半个时辰，马车停在赵家村子的一间院子前，男人走在前面，兴冲冲地去开门。

院子里枯叶遍地，花草都已枯萎，显然已经好久没有人居住了。三个人来到西屋灶间，推门进去。灶间有些昏暗，阳光从窗外射进来，只见地上摆着一个大磨盘，墙边儿竖着一个锄头。旁边的小灶台上面堆着几个破旧的锅碗瓢盆，里面是一些剩饭剩菜和发霉的饼子。东边靠墙的位置，却有一张木板小床，侦缉队的刘金正跷着二郎腿躺在床上，斜着眼看见哈岚与娄晓月，嘿嘿一笑：“你们可来了。”

哈岚环顾四周，又扭头看看门外，疑惑地道："解一半人呢？汪公公呢？"

刘金一声冷哼，摇头晃脑地道："什么解一半儿，什么汪公公？人在哪呢？我在赵家小院等你半天了。"哈岚与娄晓月这才反应过来，瞧了瞧门口又靠近的两个男人，心想糟糕，敢情今儿是被刘金给骗了。哈岚警惕地盯着刘金，偷偷地拉住了娄晓月的手。

娄晓月有些紧张："你……想干吗？"刘金幸灾乐祸地走到哈岚面前，低头沉吟："哈岚，我不跟你废话，你也别跟我绕弯子，告诉我，你把宝贝藏哪儿了？"

"什么宝贝？"哈岚眨了眨眼。

刘金看见哈岚与娄晓月紧紧地贴在一起，叹道："别装傻了，都现在了还装傻，有意思吗？没事儿，咱们有的是时间耗。耗到你告诉我宝贝在哪儿，我呢，去把宝贝拿来，然后你俩爱去哪儿去哪儿。"

他给旁边的侦缉队员使了个眼色，灶间的一扇门立即被关上，斑驳的阳光透过窗口射在地上，屋子里顿时漆黑一片。哈岚脸色变了，紧张地抓住娄晓月的手，扯开嗓门："没错！咱们还真不绕弯子，东西还就在我府上了，还只有我知道，你能怎么着？我要有个三长两短，你们谁也别想拿到！"

刘金听了哈岚的话，哈哈一笑，突然飞起一脚将哈岚踹倒在地，恨恨地说："你小子，这都进了锅的鸭子，就差撒葱花提味儿了，还在这儿跟我逞能？不见点儿血不会好好说话是吧？"他转身冲着门外的便衣喊了一声，"来，给哈贝勒松松皮！别舌头碰着牙，说出来的全是屁。"

门外的便衣立即冲进来，二话不说，对着地上的哈岚一顿毒打。哈岚躲避不及，抱着脑袋蹲在地上。

娄晓月在一旁急了，一个箭步冲过去拉开便衣，对着刘金大吼："你们要干什么！放手！还有没有王法了！"刘金挥了挥手，示意便衣上前制住娄晓月，嘿嘿笑道："娄老板，这没您什么事儿，您呐，就老实地坐边儿上，留神花了脸，上不了台！"娄晓月被便衣扯住胳臂，哪里动弹得了，拼命挣脱，破口大骂："刘金你这条狗！"

哈岚蹲在地上被一通拳打脚踢，忍痛求饶："我说，我说！我们家根本没有什么宝贝……哎哟，都是我瞎编的！"

"刚才还说宝贝在你手里，现在又没有了？"刘金满脸冷笑，训斥两名手下，"你们没吃饭啊！这是给他挠痒痒呢啊？"一旁的便衣正在喘气，闻言一愣，抬起脚照着哈岚的大腿上狠狠踹了一脚。

哈岚"嗷"的一声，抱着腿原地打滚，疼得失声大叫："我错了我错了！有有有！

有宝贝。”刘金斜着眼睛：“哪儿呢？”

“我……给我阿玛了。”哈岚一张脸被打得红肿不堪，躺在原地，大口喘着粗气。

刘金追问：“然后呢？”哈岚无力地摆摆手：“他放哪儿我就不知道了！”刘金眉头一皱，怒道：“耍我呢是吧？”旁边的便衣挽起袖子，又要上来将哈岚按住。

哈岚立马认怂，龇牙一笑：“慢着！我刚才都是胡说八道的。哪儿来的什么宝贝？根本没有宝贝这回事儿！”刘金有些不耐烦了，点了点头：“得了，别打了！”哈岚松了口气，疲惫地躺在地上。不料刘金指了指娄晓月，冷冷地道，“这小子满嘴塞满了屁话，打他没用，得打她。”

娄晓月正一脸茫然，刘金忽然就冲了过来，一把掐住她脖子，推到墙上。娄晓月又惊又怒，抬脚想要去踹刘金的裤裆。刘金眼疾手快，手肘在娄晓月腿上一挡，反手甩了她一巴掌。

这一巴掌清脆无比，满身狼狈的哈岚躺在地上，忍不住怒火中烧，扭头瞄向墙角的锄头，突然起身扑过去，拎起锄头就朝刘金的后脑勺砸落！

刘金捏着娄晓月的脸，听闻耳边的动静，猛地一回头，大惊之下侧身避开锄头。哈岚收力不住，锄头顿时落在墙上，砸出了一个大坑。

哈岚急红了脸，口中怒吼：“我抡死你们这帮王八蛋！”

他此时满身泥土，脸上又挂了彩，也不知是哪里使出来的力气，手握锄头就地抡了半圈，顿时将身边两个便衣绊倒。娄晓月跟在他身后，趁机一脚踹翻灶台上的锅碗瓢盆，嘴里呀呀乱叫，抄起地上的锅碗瓢盆往他们头上扔去。三名侦缉队的人手舞足蹈，慌忙避开攻袭，瞧见哈岚随手抄起的长板凳，抱头跑出门外，手忙脚乱地将门板扣死。

“赶紧把门锁上！这王八蛋疯了！”刘金吓出一身汗。

哈岚怒吼一声，把手里的板凳扔向木门，“哐当”一声，板凳应声而落。

屋内一片漆黑，哈岚坐在地上喘气，声音渐渐微弱。

“哈岚？”娄晓月小心翼翼地走到哈岚身边，叫了一声，伸出手搭在哈岚的肩膀上摇了一摇。不料哈岚就像个木偶人似的，两眼翻白，身子软绵绵地往后跌仰。娄晓月吓了一跳，上前去架住哈岚。她眉梢焦急之际，迅速环顾四周，看见了地上几块发霉的饼子，灵机一动，掰开饼子强行塞进哈岚的嘴里。

过了半晌，哈岚缓缓清醒过来，嘴里嚼着饼子，有气无力的睁开眼，看见娄晓月焦急的目光，张口就是一句：“发霉了……”

娄晓月扑哧一声笑出来，抱着哈岚的脖子，心疼得要命。

第十章 兴师动众

天色渐渐昏暗，娄晓月在灶间寻到蜡烛，又扶着哈岚坐到木板床上。

灯火摇曳，映照着娄晓月的脸。娄晓月用手绢擦拭着哈岚脸上的伤，心事重重地道：“刘金说的到底是什么宝贝啊？有什么给什么不就是了，值得你把自己搞成这样么？”

“说来话长……”哈岚轻轻叹息，突然灵机一动，龇牙笑道，“晓月，我有个办法，咱们得先通知家里，让他们知道咱们在哪儿。”

娄晓月半信半疑地道：“什么法子？出都出不去，怎么能让他们知道？”

“山人自有妙计。”哈岚攥住娄晓月为他擦伤口的小手，眨了眨眼睛，打定主意，起身走到门口拍打门板，冲着外面大喊，“来人啊！有人吗！”门板被人从外面踹了一脚，只听见刘金的声音从外面传来：“瞎号丧什么！”

刘金叼着烟，看着门缝中挤出一张脸。哈岚装作一副讨好的模样，哀求道：“你不是问宝贝的下落吗？我说……我要说了，能把我们俩放了吗？”刘金抽着烟卷，以为哈岚又要耍他，不屑地哼了一声。

“宝贝……宝贝就在我家花园的枯井里唉。”哈岚摇头叹气，脸上的表情又是痛苦，又是为难。突然一屁股瘫倒在地上，竟然满地打滚，“哎哟喂，我不是人啊！我就这么把皇家的秘密说出去了啊！我混账呀！我没脸见祖宗呀……”

娄晓月目瞪口呆地望着哈岚，不知他究竟是要搞什么鬼。

哈岚趴在地上鬼哭狼嚎，如丧考妣，“皇上啊！我对不起你啊！臣弟罪该万死！”他大声呼喊之时，冲着娄晓月做了个鬼脸，舔了口唾沫，擦在脸上。

就在这时，门突然被人从外面踹开。刘金一脸嫌弃地斜了哈岚一眼，用脚踢了踢他，递过来一张纸，一支钢笔："行了，别哭了！你给我写个宝贝在你家枯井里的字据，等东西找着了，就再放你们出去。"

哈岚捂着脸，飞快地在纸上写字画押。刘金把纸条小心地踹进兜里，吩咐便衣锁好了院子里的门，看紧哈岚别出意外，便自行离去。

哈岚听见刘金走远的声音，立即收起一脸的愁苦，嬉皮笑脸地对娄晓月说："看见没，这是给咱们去报信儿去了。一会儿家里就该知道咱们出事儿了。"娄晓月愣着没说话，思索半晌，一把捧起哈岚的脸，喜上眉梢："哈岚，没想到你脑子还真灵！"

北屋的灯亮着，透过窗棂，可以看见两名便衣正围在桌前吃喝，喝到高兴之时，嘴里吐着烟圈，笑得肆无忌惮。

灶间烛光荧动，哈岚与娄晓月靠着墙坐在床上。哈岚轻声安慰，将解一半在哈王府里的事儿说给爱人听。娄晓月听到《满汉全席》被调包，吃惊地看向哈岚："东陵密疏？解神厨怎么会拿到这个？"

哈岚苦笑摇头："现在还不知道。不过解神厨肯定不会去偷皇家的东西。当时一出宫，汪公公就去了解神厨家，所以这事儿应该跟汪公公脱不了干系……"

娄晓月埋怨道："难怪你在瑞蚨祥一听到汪公公出现了，就啥也不管了……"哈岚叹了一口气，摸了摸腿，突然觉得一阵剧痛，龇牙咧嘴地叫。娄晓月慌忙趴过去察看："你腿怎么了？"娄晓月隔着裤子轻轻一碰，哈岚身子抖了一下，裤角上渗出血来。他瞥了一眼，见有鲜红的血迹，瞳孔立即收缩。

娄晓月反应倒也神速，立即用双手捂着哈岚的眼睛："出血了，闭上眼，快闭上眼。"

哈岚哪里还敢动，赶紧闭上眼睛。娄晓月低下头，将哈岚的裤子撕开，露出大腿。只见腿上有一条不深不浅的伤疤，正往外渗血。娄晓月解开外套，露出里面的小衬衣，撕下一根白布条，迅速给哈岚的伤口包扎好。她手指头又碰了碰布条，哈岚冷不防大腿抖动了一下。

"疼吗？"娄晓月轻声问。

哈岚闭着眼，咬了咬牙，伸手就攥住了娄晓月的手腕，从牙缝里挤出一个字："凉。"娄晓月看着哈岚握着自己的手，轻声笑道："幸好出血不多，我现在要给你扎得紧点，可能有点儿疼，你忍忍。"

她小心地抬起哈岚的腿，将布条放置他大腿下面，眼神透亮，不急不缓地道："你还记得咱们第一次见面吗？"哈岚一直闭着眼，身子贴着墙，嘴角不由自主地噘了起来。

娄晓月缓缓又道："……那是十年前，我第一次正式上台，扮妆时，把胭脂膏抹得满手都是。那时，你跑来后台，看着我两只手，以为是血，当场就晕了，一摊烂泥似的把我压倒在地，推都推不开……你还记得你晕过去之前，在我耳边说了句什么吗？"

哈岚露出笑容，心儿却开始跳动。

"你趴在我耳边说，你好香。十年了，好像才过了一天，可仔细一想，又像已经过了百十年。现在想想那时候年纪小，日子过得跟踩着云彩似的，好不真实。"娄晓月喃喃自语，将布条在哈岚的腿上打了个结，秀发垂落时，正好扫在了哈岚的腿上。

哈岚的脸顿时僵硬起来，娄晓月却是心不在焉地抬起头，望着闭着眼睛的哈岚，脸儿慢慢凑过去，鼻尖几近触碰到哈岚的脸："只是没想到，现如今倒真是踩空了，云彩上面换成了别人……"娄晓月轻轻地呼出一口气，哈岚紧跟着深吸一口，睁眼凝视着娄晓月，只觉得心乱如麻，心里又羞又愧。

就在他睁眼的一瞬间，他看清楚娄晓月那双近在咫尺的双眸，眼中那一汪秋水，就像是湖中的涟漪，泛着晶莹的光亮。他鼻子里轻轻哼了一声，娄晓月的嘴唇已吻了上来。

哈岚微微一怔，心里一团炽热的火焰立即被娄晓月燃起，心儿怦怦直跳，随即闭上眼睛，掌心抚过娄晓月的脖子。二人这深情的一吻，已彻底忘却了人世间的困扰。

烛光闪烁，静夜无声。

哈王府。

佟丽华坐在桌边，手里捧着一本全英文的《基督山伯爵》，正在安静地看书。

翠儿突然上气不接下气地跑进来："糟了，少奶奶！爷不见了！"

佟丽华怔住："他不是去请人唱堂会了吗？"她嘴里"娄晓月"三个字没有说出口，翠儿却是焦躁得快哭出来："他是去了得月楼，后来又跟娄晓月上街买东西……刚才拉车的过来，说香烛布料他是给拉来了，但是两个人却不见了踪影。少奶奶，你说……你说他们会不会私奔了啊？"

佟丽华神色黯淡，摇了摇头，正色地道："应该不会，哈岚走时身上没带多少钱，要私奔也走不远。应该是出事儿了……"翠儿说话带着哭腔："那现在怎么办啊？办什么喜事儿，办着办着，把爷给办没了！"佟丽华冷静思索，吩咐翠儿："你现在马上派人去得月楼看看那边儿有什么动静么，再派些人去街上找……先别惊动阿玛他们。"

翠儿如捣蒜般点头，忽然听见哈王府门外一阵喧哗，心头一喜：“是不是爷回来了？我瞧瞧去！”她人还没走出花园走廊，一名家丁满头大汗，急忙跑来报信：“不好了，汪四海带着侦缉队要冲进来，好像……好像是要搜什么东西。我们几个怕是拦不住。”佟丽华一惊：“快去看看，他要搜什么东西……”

她像是突然想起什么事儿，起身走到书房的书架前，目光扫视着书架上的书。上前抽出那套《满汉全席》，低头翻看几页，确认是密疏之后，松了口气，转身在书架上寻出一个书匣子，细心地锁上。回头一想，又觉得不妥，从秘盒中取出《满汉全席》，快步走到内室的卧榻处，掀起褥子，抠开床板，将东陵密疏藏在一个小小的暗格中。

此时，汪四海带刘金和侦缉队的人，大呼小叫地冲进王府。门房老李试图阻拦，被汪四海一脚踹翻。解一半端着一碗酱肉经过大门外廊，见几个侦缉队的人从眼前一溜小跑冲进王府，不知出了什么事，一眼瞧见后面的汪四海，忍不住上前拦住：“你来干吗？”

汪四海看见解一半，气不打一处来：“好啊解一半，你敢跟我胡说八道？哈王府都被你翻遍了，你还敢跟我说你连厨房门儿都出不了？我一会儿办完事儿再跟你丫算账！”

“这小子都听谁说的？”解一半怔住。

汪四海看了眼解一半端着的酱肉，恨恨地道：“狗改不了吃屎，猪忘不了拱粪，你还真在这儿做起厨子来了！”他甩了甩手，领着手下径直往大花园而去。

几名侦缉队员将哈王府的花园围住，汪四海与刘金二人不费吹灰之力，就找到花园里的一口枯井，手里高高举起火把，兴奋地往井里瞧。枯井倒是不深，只是井底长满了杂草荆棘，根本瞧不清楚下面藏着什么东西。

汪四海大声招呼手下去取绳子，抬头一看，只见翠儿与佟丽华二人扶着哈王爷和哈福晋快步往大花园赶来。那哈王爷气呼呼地走到他身边，怒道：“你要干什么！”汪四海满眼不屑地瞪着哈王爷，耀武扬威地道：“我来奉命搜查皇家的宝贝！”

哈王爷皱眉道：“什么宝贝！”汪四海哼了一声：“你们家藏在枯井里的宝贝，你真以为我不知道？”哈王爷被他说得莫名其妙，情绪立即激动起来：“何来此事？汪四海，你这是诬陷！”汪四海从兜里掏出一张纸条，抖开放在哈王爷眼前，冷笑道：“这字儿认识吧？这可是哈岚的自供状，上面写得明明白白，东西被他藏在枯井里！”

佟丽华暗自惊骇，脱口问道：“原来哈岚在你手里？”汪四海傲然道：“对！在我那扣着呢，你们盗了皇宫的宝物，这可是大罪！我不扣住他，难道放任他满大街跑么？

你们给我听好了，挖地三尺也要给我搜出来！”

汪四海转身冲着手下嚷嚷，站在枯井边儿，又让刘金举着煤油灯，扯住绳子，命令一名瘦小的警员钻下井底找东西。过了半晌，枯井里的警员拉着绳子爬上来，汪四海急问：“怎么样？找到没有？”警员爬上井边，随手扔上来一只破鞋，苦着脸道：“队长，我都找遍了，底下什么都没有。”

一旁的哈王爷与哈福晋终于松了口气，汪四海疑惑地盯着地上的破鞋，瞧了半天，也想不出个所以然来。此时，破鞋中突然跳出一只癞蛤蟆，汪四海吓了一跳，脚尖蹦得老高，大喝一声：“癞蛤蟆！”

众人见状失声惊叫，以为汪四海看见了什么怪东西，纷纷往旁边闪躲。

佟丽华却是淡定地望着汪四海，冷冷地道：“这意思是说，汪队长癞蛤蟆想吃天鹅肉吗？”

汪四海脸色铁青，怒气冲冲地冲着刘金喊：“这是怎么回事？”刘金吓得瑟瑟发抖，惶声道：“汪……汪队长，看来咱们被哈岚，给耍了……”汪四海猛然醒悟，顿时暴跳如雷，一脚把破鞋踢得老远：“妈的，哈岚！你丫敢骗我？”他目光落在哈王爷的身上，脸上露出一抹冷笑，一声不吭地挥了挥手，一句歉意也没有，转身带着侦缉队离去花园。

哈福晋见一帮瘟神走远，心里又急又恼：“王爷，岚儿还在他手里呢！您就让他这样走了……岚儿怎么办……岚儿……”

汪四海用警察局办案这个借口，哈王爷可没有法子化解，只能皱着眉头叹气。

佟丽华心思缜密，正色地道：“阿玛，额娘，这是哈岚让他们来送信了。汪四海动起这个心眼儿，说明哈岚现在暂时还没有危险，可我们得抓紧把他捞出来倒是真的。”哈王爷面带愁容：“怎么救？汪四海这是盯上咱们了，我们怎么斗得过侦缉队？这事儿很难办。”佟丽华安慰道：“阿玛，您先别急，我有个日本朋友，也许能帮上忙……”哈王爷皱了皱眉，神情颇为不悦：“你说的又是草弥吧？”

“阿玛，有句话叫作一物降一物，对付汪四海这种贪得无厌的小人，钱财不管用，只能找大人物压他。”

众人一想，佟丽华这句话倒也实在，若是在逊清朝廷里，给汪四海十个胆子他也不敢以下犯上，关键问题就是没有人压住他。哈王爷叹了一口气，无奈地道：“你阿玛过几天就要去日本了，这事还是要靠你们佟家出点力……都先回去歇着，明儿辛苦你去草弥先生那一趟。”

“放心吧，阿玛，额娘，你们也早点歇着。”佟丽华示意翠儿扶着二老回房，想起哈岚的安危，心里惴惴不安。

第二天一大早，佟丽华起床梳理之后，特意换了一件清装，在大街上招了一辆人力车，往草弥家赶去。

她赶到草弥家的花园小楼，见一个身着和服的日本女人，踩着小碎步出来迎接。佟丽华认出这女子就是孔雀，轻轻皱了皱眉头。

孔雀走到一处木门前，小心地跪下，将移门拉开，示意佟丽华脱鞋。佟丽华往里看了一眼，只见草弥身着和服，坐在榻榻米的茶案前泡茶，转头看见佟丽华进来，点头微笑：“佟格格。”

佟丽华踟蹰片刻，将鞋子褪去，迈步进入室内。她刚走进茶室，迎面看见草弥身后的一个架子上，摆着一张很大的黑白照片，正是之前佟梓华给她和草弥拍下的合影。佟丽华目光闪动，嘴唇微微一动。草弥低头倒茶，面露微笑，示意佟丽华坐下：“上次佟先生拍的，我看不错，就洗出来了。”

佟丽华双腿跪坐，轻声细语地道：“草弥先生，照片还是收起来吧，这样不太合规矩……”草弥诧异道：“为我们的友谊留个念想，有什么不合规矩的？”佟丽华噎住，不知如何解释，只得将话题转移：“我今天来，其实是有事要拜托您。”

“哈先生的事吧？我都听说了，昨天汪队长带人进了哈王府，说是要找什么宝贝？找到了吗？”

佟丽华一呆，怎么消息竟传得这么快？昨天晚上发生的事情，草弥是从何处获悉的？她满心狐疑，皱眉道：“对宝贝这个说法，我们并不知情……不知道这个消息是汪四海从哪儿听来的，还为此把哈岚带走了。”草弥笑道：“佟格格，这一个月之内，你来找过我两次，两次都是为了哈先生的事。你觉得值吗？”佟丽华正色道：“中国有句古话，叫作嫁夫随夫，这没有什么值不值的。”

“我是说你的心。”草弥目光闪动。

佟丽华倏地一愣，心知草弥是话中有话：“您是觉得……我在勉强自己？”

草弥喝了一口茶，缓缓道：“中国宋代有一本用兵之作，《权书》，其中有一篇叫作心术。讲的虽是用兵之道，却也是操控人心之术。其中有一句，‘凡兵上义，不义，虽利勿动，非一动之为害，而他日将有所不可措手足也’。不合道义的，即便有利可图也不要轻举妄动，不然将来会有不能应付的事发生。现在你已经为了哈先生来了我这里两次，这样继续下去，往后的日子，你能应付得了吗？”

佟丽华不动声色，淡淡地道："那草弥先生知道中国还有句话是'儒者不言兵，仁义之兵，无术而自胜'吗？军队尚且如此，又何况人心？我与哈岚，总会有合乎'道义'的那天的。所以，不劳您费心。"

草弥神情黯然，叹道："我对佟格格的为人向来钦佩，那你这次希望我怎么帮你？"

"撤职汪四海。"佟丽华语气谨慎，眉宇之间，似有一种胸有成竹的气魄。

草弥满脸惊讶，抬头注视着佟丽华的目光，展颜一笑。

得月楼。

汪四海得意洋洋地骑着自行车，一个刹车，停在得月楼的门口。

"过了一天又一天，心中好似滚油煎……"他嘴里哼着《文昭关》中的西皮快板，兴冲冲地冲进院子，"腰中枉挂三尺剑，不能报却父母冤……"院子里几个娄家班的师兄弟正在矮台上练功，演得是武行八股档。娄三喜在旁边儿敲着单皮鼓，皱起眉头盯着台上，口里念着锣鼓经。

汪四海哼着戏词，抬头瞧见正在送客人出门的丁宝，得意问道："怎么样？我这个。"丁宝斜着眼睛瞧他，笑道："您这个啊，咬牙放屁啃台板，荒腔走板不搭调。"汪四海笑骂道："你小子嘴也忒损了，我把你骗了你信不信？"岂料丁宝露齿邪笑，嘿了一声："您把我骗了，我就成你干爹了！"

"你小子……汪四海作势要打，丁宝快速跑开。汪四海骂骂咧咧往里走，看到台上正在紧张排练，龇牙又笑，"哟，都练着呢？"

娄三喜停下手中的单皮鼓，瞧了一眼，并不搭腔。汪四海冲着台上的武行挥手："都下去吧。我跟你们娄班主说点儿事儿。"娄三喜警觉地盯着汪四海，向武行几个徒弟点了点头："先出去歇歇。"

武行的人陆续离开，汪四海大咧咧地坐在一旁的椅子上，从怀里掏出一串檀香珠子，在手里把玩："怎么着？听说昨儿晚上改戏了？这晓月是怎么回事儿啊，三天两头的撂挑子，你们戏班子还唱得下去吗？"娄三喜一听这话，脸立马拉了下来："晓月在你手上？"

汪四海淡淡一笑："对啊，在我那呢。我请过去在我那休息几天，享几天福。"娄三喜皱眉道："你到底想干吗？"汪四海眼珠子转了转："没别的意思，我就是过来想问问，我干爹去哪儿了。"娄三喜一怔，这小子不是明知故问吗？他不动声色，试探着问："不是山东青岛吗？"

汪四海嘴角一扬，却不说话。

娄三喜看见汪四海倚着椅子，把玩着佛珠，一脸不屑的模样，心里奇怪，不知汪四海到底是想玩什么花样。只是他心里还是惦记着女儿，语气就软了一些："反正你干爹还活着呢……您就把晓月放了吧，这一大家子还等着她唱今晚的龙凤呈祥呢！"

汪四海挑起眼儿，瞥了娄三喜一眼，轻蔑地道："慢着！上次你说，得月楼指不定是谁的，这句话什么意思啊？得月楼的房契是不是在你这儿呢？你要想早点儿接晓月回来，就得把房契交出来。"娄三喜有些慌神，忙解释道："你这是说什么呢？房契怎么会在我这儿？"汪四海却是冷笑："娄三喜，你别跟我来这套。我找遍我干爹藏东西的所有地方，都没有找到房契，那老东西八成是揣身上了。你给他收的尸，你不知道谁知道？"

娄三喜叹了一口气："这么说……汪公公还是死了？"

汪四海脸色一变，诈尸般忽然站起来，就好像是老鼠被猫踩中了尾巴："不交出来是吧？那好，我看你是不想认自己的闺女了，可别怪我心狠手辣。"他狠狠瞪着娄三喜，却发现周围的气氛不对，抬眼一瞧，却见娄家班的武行一个个都站起身来，虎视眈眈地盯着他，已有数人缓缓往戏台靠拢，堵住了院子的去路。

汪四海心里一惊，失声叫道："干吗？你们想干吗！"

丁宝站在最前面，脸上仍然是一副邪邪的笑容，昂头冷笑道："你说想干吗？"

汪四海怔住："怎么？你们还想打架？"丁宝晃了晃脑袋，口中念念有词："甭管你怎么说，甭管你说什么，瞧见没有，今儿我带的人多，你说了也算你白说。"汪四海瞪起眼睛，咬着牙道："你敢！"

"你瞧我敢不敢！"丁宝哼了一声，突然冲到眼前连打了三个飞脚，身子一转，抢起左脚横扫过来。

汪四海应声倒地，抱着头大喊："好小子，功夫不错呀！"

武行的师兄弟见汪四海倒地，二话不说，一拥而上，迅速将汪四海的身子架起来。汪四海顿时吓得心慌意乱，死命在地上挣扎，口中大声地疾呼，"哎哎！你们干吗？我可是侦缉队长啊！"

丁宝并不理会，拎着根绳子上前将汪四海反绑在椅子上。

娄三喜脸色阴沉，走到汪四海身前，一只手掌掰住汪四海的脸，呵斥道："你老实告诉我，你把晓月藏哪儿了？"汪四海瞪着娄三喜，怒道："你自己的闺女不看紧了，我哪儿知道她在哪儿？”娄三喜冷笑一声，甩开汪四海的脸，冲武行的徒弟喊道：“他还嘴硬，把头给他勒上！”

当中一名徒弟闻言，立即跑到院子的角落，取来一张网子，从人群中挤出来，麻利地沾上水，往汪四海头上一裹，两头系在一起，双手再用力一勒。

汪四海“嗷”地一嗓子喊出声：“哎哟！您着点儿！”娄三喜在旁边儿喝了口茶，瞧了汪四海一眼：“什么意思？松了？再给他紧紧！”

那武行徒弟咬了咬牙，用力往下一扯。绑在椅子上的汪四海差点儿跟着椅子一起跳起来：“哎哟……我的妈啊！”娄三喜朝着旁边儿龇牙笑着的丁宝使了个眼色，丁宝会意，叫道：“来个师兄弟，再搭把手。”娄家班的大师兄从人群里站出来，与丁宝二人一起拉住勒头网子的一边，使劲地往外扯。丁宝一只脚蹬在椅背上，踩得椅子咔咔直响，咬牙道：“汪四海，你这就叫耗子舔猫鼻梁骨，你找死！”

汪四海的脸已经变了形，鼻子里哼哼唧唧的，连话儿也说不清楚。丁宝冲着旁边的师兄弟又喊，“给他带上冠，相公帽！”一旁的娄三喜一听，板起脸儿，一本正经地道：“相公帽？你也忒抬举他了！把那太监盔给他拿来！”

武行的师兄忍住笑，递过来一个太监盔。娄三喜哂笑道：“我说汪队长，您也当回太监吧？谁让你是汪公公的儿子呢！丁宝，再给他系一扣，压后脑勺上。”

丁宝接住太监盔，动作麻利地套在汪四海的头上，将网子打上两个结。汪四海苦着脸，嘴里哇哇大叫：“哎哟，哎哟！不行，快给我撤咯！”娄三喜笑道：“这回你可舒坦了？您是老票友了，勒个头总没事儿吧？”丁宝眨了眨眼睛，嬉皮笑脸地道：“师父，要不给他开个脸吧！”

“这主意好，开！”

大师兄又去找来一支眉笔，丁宝玩得高兴，一只手掰住汪四海的下巴，冷冷地道：“我给他开个楚霸王？”娄三喜摇头道：“他也配？给他开个教师爷！”

丁宝一听喜笑开颜，拿着笔儿凑近汪四海的脸庞：“得嘞，咱们先来块膏药。”他在汪四海右边的太阳穴处画了块狗皮膏药，拍了拍汪四海的脸，拼命忍住不让自己笑出声来，“您那，就是好吃好喝又好搅，听说打架我先跑……”

“晓月在哪儿？”娄三喜追问。

汪四海被折磨得龇牙咧嘴，哪里还说得出话。娄三喜又喊了声：“继续！”丁宝得令，挥动笔头，在汪四海的鼻子上勾了个鼻梁骨：“你啊，还是金风未到蝉先觉，暗算无常死不知……”他口中念念有词，笔头在汪四海脸上刮来刮去。汪四海突然仰起头，只觉得胃里一阵翻腾，几欲呕吐。

娄三喜慌忙指挥旁边的徒弟："快！给他拿一盆儿接着，别让这小子吐毯子上！"汪四海干呕了半天，连声咳嗽："我受不了了！娄三喜，你要勒死我啊？"娄三喜冷着脸，恨恨地道："再不说晓月在哪儿，信不信，我拿狗屎抹你脸上？"汪四海陡然一嗓子："我……我他妈不知道！"

"去！找泡狗屎去！"娄三喜吩咐大师兄。

汪四海脸色大变，狗屎抹在脸上那这面子是丢大了，他顿时泄气："我说我说！在黄泥岗！"丁宝一听，把笔往地上一扔，直愣愣地喊："哥几个抄家伙！黄泥岗！"

武行的师兄弟们纷纷抄起舞台木架上的兵器，刀劈子、护手勾、八大锤，再带上几根结实的木棍子，一哄而去。得月楼的后院，唯留下汪四海一人带着太监盔，被捆在椅子上。

只见娄三喜骑着马儿手持长枪，丁宝骑着自行车，肩膀上架着刀劈子，另一辆平板车上坐了十来个娄家班的武行，个个杀气腾腾，浩浩荡荡地往黄泥岗赵家村方向赶去。

街上的行人见到这阵势，吓得缩起脑袋，唯恐躲避不及。

一行人赶到黄泥岗的赵家小院，丁宝率先从自行车上跳下来，临空一脚就踢开了东屋的大门。两名便衣正在院中守着灶房，刚点上一支烟，门突然被踹开。二人吓了一跳，齐刷刷地回头，还没有来得及说话，只听丁宝口中大吼一声："哥几个！咱们来一出八蜡庙！"

一群人冲进屋子，寒光闪闪的刀坯子已迎面朝着自己脑袋劈过来。便衣慌忙举起手臂挡住脑袋，吓得手舞足蹈，乱作一团。

此时，哈岚与娄晓月正坐在西屋灶间的床上，忽然听见院子里传来嘈杂声。娄晓月跳下床，把脸凑到门缝里往外看，却见娄三喜抡着长枪拍打着几名警察的脑袋，而便衣想掏枪，却被丁宝挥着刀劈子，一脚踢在胳臂上。

"哈岚，我爸和丁宝来了！"娄晓月又惊又喜，扯这嗓子朝门外直喊："爸！我在这儿呢！爸！"

正在午休的刘金听见外面的动静，一个轱辘从床上爬起来，顺手披上外衣，骂骂咧咧地要开门出去："他妈的，这帮兔崽子，狼嚎什么狼嚎，大晌午的给你爸爸哭丧呢！"门刚开一道缝，院中几个手下跟娄家班的武行的人扭打在一起，丁宝一个飞身，一脚踹在一名便衣的胸口上。

他吓得脸都白了，迅速关上门，想了一想，偷偷地找来一根棍子把门板顶住。

哈岚与娄晓月看见娄家班来救，欣喜若狂，立即在屋中猛拍门板。只听见“哐当”一声，门被人从外面一脚踹开，娄三喜手执长枪站在门口，一眼瞧见披头散发的女儿，连忙上前一把抱住：“晓月！你没事儿吧？伤着哪儿没有？”

娄晓月扶着哈岚出了灶间，哈岚抬眼看见外面刺眼的阳光，耳边听见树上的鸟叫，默然半晌，突然瘫在地上。丁宝一个箭步冲上来，从娄晓月手里接过哈岚

“爷！您又不灵了？得嘞，我背着您吧！”娄晓月急道：“他腿上有伤，你当心点儿。”

丁宝将刀劈子递给娄晓月，转身背起哈岚，娄家班大获全胜，欢呼雀跃地相继离去。等院子里安静了，刘金探头探脑地从北屋出来，看着满地狼藉和被捆起来地警察，皱了皱眉头，赶紧去帮便衣们解开绳子，心急如焚地道：“赶紧回去报信吧！”

几个侦缉队的警察垂头丧气地赶回警察局，刚走到门口，就看见汪四海脚步踉跄地进门。他两眼发直，脸上被墨汁画得一塌糊涂。

刘金挺直腰板，立正敬礼，瞧见汪四海脸上的妆容，拼命忍住笑。

汪四海怒气冲冲地走进警察局，大厅里有数名警察皆是大感惊奇，低着头小声议论。汪四海一脸迷茫，正想发作，却看见一名警察迎面走过来，诧异地打量了他一眼：“汪四海，您怎么来了？”汪四海闻言一愣：“我怎么来了？这话什么意思？”他感到莫名其妙，心里却有一股不祥的预感。

那位警察皱眉道：“不是…您不是已经……”汪四海追问道：“不是什么？怎么说话吞吞吐吐的？”那警察尴尬地笑了笑，将说话的声音压低：“新队长已经上任了。”汪四海突然清醒过来：“什么新队长？哪儿来的新队长？”他转身就要上办公室，警察立即拦住他：“上面已经任命新队长，这儿啊……没您什么事儿了，您别上去了！”汪四海勃然大怒：“混账！谁他妈任命的！”

“胡厅长任命的。您先别发火，您看您是不是先把那脸洗洗干净？”

“洗脸？洗什么脸？”汪四海正在气头上，完全听不懂他在说什么。

那人瘪了瘪嘴，伸手揪住汪四海的袖子，将他拎到穿衣镜前。汪四海这才看清穿衣镜中的大花脸，他脸色立马垮下来，心里是又气又恼，哭咧咧地盯着镜子，咬着牙大叫：“娄三喜！我的队长让人给撸了，你还这么糟践我！娄三喜你个王八蛋！”

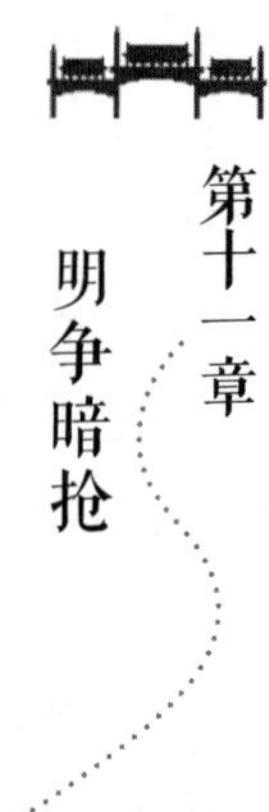

第十一章 明争暗抢

哈王府。

哈岚被娄家班的人抬回王府，一家人见他安然无恙，总算是松了一口气。

此时哈岚的意识渐渐清晰，但是腿上包扎的伤口依然血迹斑斑。佟丽华一言不发地去取来座垫子，翠儿随手接了过去，垫在哈岚的背后。佟丽华转身想给哈岚倒杯茶，刚一伸出手，茶壶又被翠儿火急火燎地拎过去，倒了一杯，塞到哈岚手里。佟丽华瞧她这般紧张的模样，脸上浅浅一笑。

翠儿弯腰掀开哈岚的裤角，轻轻解下裹在腿上的衬衣布条，随手扔在地上，取来热毛巾轻轻地擦拭贝勒爷伤口。佟丽华目光落在衬衣布条上，微微皱眉，抬眼望着似笑非笑的哈岚，默然不语。

“王爷，这个汪四海实在是欺人太甚，你看他把岚儿搞成这样……”哈福晋守在儿子身边，轻声叹息。

哈王爷心事重重地道：“就这么本儿书惹出这么大娄子，这么下去不是个事儿。我得去日本领事馆找皇上，早点儿把东西交给他。”

佟丽华接了一句：“阿玛，皇上早就离京了。”哈王爷扭头诧异地望着佟丽华：“离京了？去哪儿了？”佟丽华平静地道：“去天津了，现在要想找皇上，咱们得去天津。”

哈王爷皱了皱眉头，正在考虑，哈岚突然诈尸似的跳起来，恨恨地道：“那我去天津！”翠儿蹲在地上为哈岚擦洗伤口，连连摇头：“爷，就您这样，还去得了天津吗？您连通州都出不去。”她将哈岚拉回到椅子上，小心地抬起贝勒爷的腿。

佟丽华瞥了一眼地上的衬衣布条，面无表情，淡淡地道："还是我去吧。"

哈王爷摆手道："不行，你们去在皇上面前都说不上话，还是我亲自去一趟吧。"一旁的哈福晋点头："王爷说的对，我陪您一起去吧，也好有个照应。"

佟丽华面有难色："天津虽是不远，但路上也颠簸，阿玛额娘亲自去恐怕不妥吧？"她话音一落，站在前厅的解一半，脱口而出："要不我去吧。少奶奶说得对，现在正是乱的时候，这路上要出点儿什么事儿就是麻烦……我不起眼，我去送安全些。"

翠儿听到解一半说话，翻了个白眼："你算老几啊？一个厨子给皇上送东西，皇上认识你是干吗的啊？还给皇上献宝，你活宝吧你！排队点名轮得到我也轮不到你！"解一半被她骂得有些懵，磕磕巴巴地道："是是……翠儿说的也对……"

"别争了！都去！"哈岚语气决断，似乎打定了主意。

哈王爷吼了一声："都去？败家玩意儿，你当这是去围场打猎呢？"哈岚被哈王爷一吼，垂下头不敢吭声。佟丽华温和地道："阿玛，现在密疏的消息已经漏出去了，北平城真不能待了。咱们一家去天津避避风头也好，免得有人三天两头来府上找麻烦。"

哈王爷皱眉沉吟片刻，觉得儿媳妇说的也很有道理，点头答应："那就这几天稍微收拾一下，一切从简。"佟丽华应了一声，转过头来瞧见翠儿，轻笑道："咱们走之前，还有一件事儿没办……"

翠儿立马回过神来："办什么办啊？都这样了，还办个什么劲？"她斜眼瞧了瞧哈岚，心里有些懊恼。哈岚避开翠儿怨恨的目光，眨着眼睛，哈哈一笑："事儿可以不办，但是今儿晚上，你们必须入洞房！"

哈王爷与福晋连连点头，表示赞同。翠儿脸色黯然，心知此事已成定局，她转身出了前厅，闷声不吭往新房而去。解一半脸色通红，怔怔地傻站着，等管家福顺上前扯他衣衫，示意他去追翠儿，他回过神来，赶紧谢过哈王爷与福晋的大恩，心里乐开了花。

厢房内已点了鎏金婚烛，床榻上堆着娄晓月从瑞蚨祥里精心挑选来的被罩，虽然一切从简，但是婚房布置得倒也喜气融融。

翠儿低头坐在床边，一句话也不说，解一半站在门口转了几圈，磨磨蹭蹭地进屋，一眼瞧见床榻上大红被套，心里十分欢喜，轻手轻脚地走到床边，却发现翠儿正扭头怒视着他。解一半僵在原地半晌，撅着屁股从往后退了一步，站在床边儿想了半天，心一横，伸手去扯被子。不料翠儿猛地抬头，清了清嗓子，解一半吓了一跳，挠挠头，无奈地裹起被子，随手就扔在地上。

翠儿瞪着他，皱眉道：“你什么意思？”解一半苦笑道：“你睡床上吧……我还是在地上凑合凑合。”

屋里的红烛被吹灭，婚房内鸦雀无声。

此时，哈岚躺在自己房间的地板上，仰面望着窗栏，似乎没有睡意。佟丽华钻在被窝里，望着屋梁，眼珠子闪烁不停。她突然一个翻身，侧着脸儿问躺在地上的哈岚：“哈岚，昨儿晚上，你跟娄晓月关一屋里了吗？”哈岚随口应了一声：“对啊。”

“那你也睡地下？”佟丽华眨了眨眼。

“没有啊。”

“那她睡地下？”

哈岚扯了一下被子，转过身去，背对着佟丽华，语气很不耐烦：“睡觉！”

“那你跟她一起睡地下？”佟丽华仍然不死心，盯着黑暗中哈岚的背影，继续追问，“给你包腿的布条不是你内衣上的吧？”

哈岚心里咯噔了一下，心想这女人是在套我话呢？真够狡猾的啊！他突然坐起来，理直气壮地道：“你想想，半夜三更一男一女，俩人无依无靠的，能不出点儿事吗？”

佟丽华猛地一下坐直身子，不敢置信地道：“这么说是真的了？”哈岚没好气地道：“什么真的假的？我随口一说你也信……”佟丽华气呼呼地道：“半夜三更，一男一女，那肯定是要出事儿的！”哈岚狡辩道：“一男一女，半夜三更，关在一个屋就一定要睡一块儿吗！那咱们怎么没出事儿？”

佟丽华扑通一声躺倒床上，拉紧被子，背对着哈岚，闷声道：“睡觉！”

哈岚望着佟丽华的背影，心里缓了一口气，挑眉暗笑，慢悠悠地躺下。

花园里风声萧瑟，月色迷离。

这些天，哈岚老老实实地待在哈王府内养伤，不敢到处乱跑。

佟丽华为了答谢草弥，特意准备了几盒礼品，去草弥家的花园小楼拜访。

草弥穿着长袍马褂，安静地坐在餐桌前吃馄饨，桌上摆着一小碟萝卜咸菜。佟丽华把身旁的一小盒点心推过去，客气地道：“哈岚回来了，我听说汪四海也被撤职了。这是府上的厨子做的点心，皇家的手艺，也是我感谢你的心意。”

“这种小事，不值得你谢。”草弥双手接过，放在桌上，取出一块餐巾擦了擦嘴，门外一名日本女人开门进来，恭敬地收拾桌上的残余饭羹。

草弥深深吸了一口气，望着佟丽华，眼神充满了关切，“可是你把他从侦缉队长的位子上拉下来，就安全了吗？你不怕他再报复吗？”佟丽华盯着草弥深不可测的眼神，淡然一笑：“走一步算一步吧，凡事总该留些余地。”草弥摇了摇头，道：“给对手留余地，就是把自己往死路上逼……你是不忍心，可惜做人啊，做不到最绝就得不到最好的。”

佟丽华正色地道：“事做绝了，缘分也就尽了。最后得到最好的，身边空无一人，又有什么用呢？”

草弥面露微笑，又轻轻地摇了摇头：“过几天，我会亲自送佟侯爷去东京。虽然你已经结婚了，但我仍旧希望你能去日本发展。佟佳氏在清朝初期曾有‘佟半朝’之誉，如果我没有记错的话，你这一支祖上是开国重臣之一，还被皇帝赐国姓了吧？康熙年间，你的祖爷爷曾随康熙帝率师征讨噶尔丹，立下战功。我说的没错吧？”

“你怎么知道这些的？看来草弥先生对我佟家的家史了解得十分清楚。”佟丽华的脸色凝重起来。

草弥不急不缓地道：“你的父亲佟侯爷虽是继承的爵位，但也并非是个养尊处优的公爵。在早年他随父驻守凤凰城，待你三岁时才迁回京城。我说的对吗？”

佟丽华身子一颤，惊问道：“你……你到底想干吗？”

草弥叹了口气：“你们佟氏家族应该大有作为的。我们日本人对你们是有极高的敬意的，你的父母到了日本会受到我们最崇敬的接待。你作为这样一个家族的后人，绝不仅只是如今的成就。我真诚地希望你能重新考虑，是否跟佟侯爷一道去日本。”

佟丽华听完草弥的话，脸色大变：“你怎么会对我们家这么了解……我觉得你不是商人……”草弥似笑非笑地道：“那你说我是什么？”佟丽华皱眉道：“我不知道，我想知道你为什么对我家这么了解？”草弥哈哈一笑，意味深长地道：“‘为政不难，不得罪于巨室。巨室之所慕，一国慕之；一国之所慕，天下慕之。故沛然德教，溢乎四海’。我对佟氏的了解只是为了促进两国关系，这有什么问题吗？”

佟丽华一时语塞，不知如何回答。她总觉得草弥的笑容透着一种古怪，她也猜不出草弥深不可测的身份，寒暄几句之后，便起身告辞。

草弥亲自送佟丽华出门，慎重地道：“佟格格，无论如何，请您相信我的一片诚意。”

“多谢草弥先生。”佟丽华语气平淡，在街边拦了一辆人力车，打道回府。

草弥目送佟丽华离开，脸上的表情异常冷峻。

此时，孔雀弓着身子，在草弥身后用低沉的日语说道：“您为她做了那么多事，她到底还是辜负了您的心意……”草弥摇了摇头，叹息道：“一个冰雪聪明的女子，说到底，还是介怀我的身份。由她去吧，她幸福就好。”他有些无奈，又有些落寞，转身望了孔雀一眼，孔雀，“再过几天，我就要陪佟侯爷一起回东京了。”

孔雀一脸惊喜：“太好了！终于可以回家了。我做梦都想着街口那家铺子的和果子。哦对了，前年来中国时，我在咱们院子里的樱花树下埋了一坛新酿的青梅酒，现在回去，应该正好喝……”

草弥淡淡一笑：“下次吧。青梅酒埋得久一点，会更好喝。”孔雀笑容凝固，诧异道：“您的意思是……”

“我安排好了，我一个人回去。”

“您要把我一个人丢在中国？”

草弥的态度很坚决：“天津的樱花公馆已经开业了，佟梓华要赴天津就任，他对你很感兴趣，你随他去吧。”孔雀微微一呆，脸上的表情黯然失色：“先生是不要孔雀了吗？”草弥正色地道：“你跟着我多年，应该知道我这么做一定是有理由的。”

“我自幼被继父卖进水茶屋，是先生把我救了出来。孔雀这条命是先生给的，您的吩咐我一定照做，只求先生，不要丢下我……”孔雀的声音几近哀求。

“佟家是天皇在中国要笼络的重要家族。安排你在佟梓华身边侍奉，也是为天皇效忠。另外，我还要你协助佟梓华，追查一件重要的东西。”

“是什么东西？”

“东陵密疏。”

得月楼。

娄三喜与一班徒弟正在院子里吃饭，汪四海穿着侦缉队长的制服，晃悠悠地进来，站在门口瞧了众人一眼，脚步似乎有些迈不开。

娄三喜鼻子里哼的一声，假装没有看见。

丁宝端着碗儿歪了歪脑袋，笑嘻嘻地问：“唷！汪队长！怎么教师爷没当过瘾，今儿要再给咱们来一出？”他话意一落，在场的武行师兄弟终于忍不住哄笑，嘴里一口饭险些喷出来。汪四海脸上挂不住，瞪了他一眼：“吃着饭也挡不住你满嘴喷粪！”

丁宝笑呵呵地回了句："我喊汪队长也是满嘴喷粪？您可真是糟践起自个儿来，一点儿都知道心疼。"

汪四海上前一步，怒道："你是什么东西！"丁宝放下碗，撸起袖子，眨了眨眼睛："怎么着，又想练练？"汪四海用手指头指着丁宝，两片嘴唇翻了半天，一个字儿也说不出来。

娄三喜把碗重重地放在桌上，丁宝见状，极不情愿地坐下。汪四海瞧见娄三喜的动静，脸色缓和，白了丁宝一眼，对着娄三喜慎重地道："娄班主，咱们借一步说话？"

"有什么屁话你赶紧放。"娄三喜站起身来，径直走到得月楼的包间。

汪四海忍着脾气，急忙跟进了屋，警惕地盯着娄三喜，嬉皮笑脸地道："晓月人呢？是不是又跟哈岚约会去了？"娄三喜冷冷地道："我告诉你，你少打晓月的主意！"

汪四海打了个哈哈，掸了掸衣袖上的灰尘，装模作样地道："这可难说的很，人家哈岚已经娶了佟格格。大户人家的规矩特别多，日子一久说不定就顾不上晓月了。"他往窗外瞧了几眼，似乎是在寻找娄晓月的身影。

"你到底是来找晓月，还是来找我？"娄三喜有些不耐烦。

汪四海嘿嘿一笑，道："娄班主，那我也不来跟你浪费时间了，就是想问问你房契的事儿。"娄三喜满脸冷笑，指着汪四海身上的制服："你还有脸来问这个？现在还穿着这身皮，糊弄谁呢！谁不知道你汪四海现在连个屁都不是了啊，刚才丁宝喊你一声汪队长都抬举你了。"汪四海一听，脸色慢慢就拉了下来："说话别这么难听，山水总有相逢。"

"你现在什么都不是了还想要房契？你喝西北风去吧你。你不是问我汪公公去哪儿了吗？那我现在告诉你，汪公公死了，被你杀的！怎么样？"

汪四海的眼神闪烁着凶光，咬了咬牙："好你个娄三喜，你现在拿我不当回事儿了是吧？你别看我现在狗屁不是了，小子，走着瞧，有我飞黄腾达的一天！到时候我非得把你们娄家班挑翻了！我要让你跪在我面前乖乖地把房契给我。我要让你娄晓月求着嫁我！"

他叫喊的嗓门极大，院子里的丁宝听见声音迅速跑过来。

汪四海一脚踢开包间的门，气急败坏地推开丁宝。他好歹也是御前领侍卫出身，劲儿比一般人大，丁宝被推得一个趔趄，往后连退了好几步，刚想发作，娄三喜伸出胳臂拦住，示意丁宝别多事。汪四海冷哼一声，径直出了得月楼。

娄三喜皱着眉头，拉住丁宝询问：“你师姐人呢？”丁宝定了定神，摸着脑袋道：“师姐还能上哪去呀？不在街头那家馄饨摊上，就在街尾的大柳树下！”

拐出得月楼的大宅，只要穿过结尾，就能看见一处空地。

哈岚与娄晓月果然坐在街边的大柳树下，手里捧着一个油纸包，盛着黄灿灿的炸糕。

娄晓月也不多话，自顾想着心事，哈岚笑容满面地将炸糕递给她：“晓月你先别急，等我去天津见到皇上交了密疏，我马上就回来。”

娄晓月却是没有心情吃东西：“到底几天回来，你给我个点儿，让我有个盼头。”哈岚搔了搔头：“这个我也不好说……”娄晓月脸色低沉，态度很强硬：“我可不管！你一个礼拜不回来，我就去天津找你去！我怎么总觉得我心里这么不踏实呢？我是觉得你不会回来了！”

“你还在北平，我不回来我能留天津了吗？”哈岚捏捏娄晓月的脸，急忙安慰，“放心吧！我办完事儿就回来。”

娄晓月低着头问：“几天？”

哈岚举起手指头，信誓旦旦地道：“三天！三天之后我保证回来。”

娄晓月眼珠子转了转，搂住哈岚的胳膊，撒娇道：“就是去交个东西，你们怎么全家都走啊。”哈岚叹了一口气，脱口就说：“唉，现在汪四海死咬着密疏不松口，三天两头的找事儿，丽华说我们全家去天津避避也好。”

娄晓月一听，脸色立即绷紧，腾的一下坐直了身子：“那不就是不回来了吗！那不行，我要跟你一起去！”哈岚怔住，正色地道：“那算怎么回事儿？我阿玛额娘都在，你得以什么身份跟我们去啊！”

岂料娄晓月见哈岚说得一本正经，顿时变了脸，大声呵斥：“那你说我算什么！你都把我给睡了，拍拍屁股就想走人，把我丢下了？你都跟我这样了，我以后还嫁不嫁人啊！”哈岚吓了一跳，急得手忙脚乱，手里的油纸包也不知该往哪儿放。他索性往花圃草丛里一扔，耐心地解释：“他们避他们的，咱俩……咱俩怎么办我还没想好，但我保证到天津把东西给了皇上之后，我就立马回来。”

娄晓月含着泪水，叫道：“回来干吗？娶我啊？”

“这我哪能做主啊！”哈岚话一说出口，立即闭上嘴。

娄晓月擦了擦眼泪，瞪起一双凤眼：“你说你们不是还没同房吗？你是不是骗我？”哈岚连连摇头：“真的没有。”娄晓月满心狐疑地望着哈岚：“你们都结婚有些日子了，三更半夜，一男一女在一屋里，没同房？我不信，你一定是骗我！”

哈岚眼看着这事儿解释不清，急得整张脸都挤到了一起：“哎哟，真的！我一直睡地上！你不信，哪天上我屋里看看去！”

娄晓月扭过头去，噘着嘴说：“我去你屋里？我不管！哈岚，你必须得娶我，你没有后路了，佟丽华的事儿你自己看着办！”

哈岚抓耳挠腮，一时没了主意，他凑过去小心试探地问：“晓月，我就是问问，你愿不愿意做小？我绝对待你像夫人一样，我把她当小老婆一样对待……哎哟！”他话还没有说完，只见娄晓月突然转过身来，一把揪起他的耳朵，满脸怒容：“小老婆？亏你想得出来！你把佟丽华休了，娶我！”

哈岚嘴里叫唤，却不知道怎么开口。娄晓月拧着哈岚的耳朵，手上又使了使劲，叫道：“你休不休？”哈岚去拉娄晓月的手，却又不敢用力，疼得连连答应：“休，休！”

“你娶不娶？”娄晓月咬着牙。

“娶，娶！”

娄晓月见哈岚松口，脸上顿时露出笑靥，松开他的耳朵挽住他的手，语气变得十分娇柔：“哎，哈岚……我知道这事儿难办，但是你也得替我想想不是？你要真丢下我，我可怎么办啊！”她想到伤心处，一撇嘴儿又想哭。

哈岚望着娇弱无助的娄晓月，心里的滋味也不好受。

他紧紧地将娄晓月拥入怀中，点了点头，喃喃地道：“晓月，你放心吧，你一定要等我回来。”

佟侯府。

受草弥之邀，佟侯爷与夫人准备今日先去天津，再坐船转道日本。几位家丁仆人正在正厅收拾着皮箱，卢管家进来禀报，说格格回来了。佟梓华正与草弥交谈，急忙出厅去迎接妹妹。

哈岚走在前面，一见佟侯爷赶紧施礼，喊了声阿玛，额娘。佟夫人见女儿回来，满心欢喜，拉着女儿的手问长问短：“这些日子过得还好吗？”

“挺好的。阿玛、额娘对我都很好。”佟丽华挽着母亲的手，心里有些不舍，抬头瞧见草弥也在，很有礼貌地行礼。

草弥微微向佟丽华一鞠躬，笑容满脸。

佟侯爷打量了一眼哈岚，嘱咐佟丽华："以后就你自己一人留北平了，凡事儿多上点儿心。"佟丽华一怔，疑惑地看着父亲："那我哥呢？"佟梓华笑了笑，道："我在天津置办了套小洋楼，明儿直接一块去天津樱花会馆就职了。"佟丽华点点头："正巧，我们也要去趟天津。"

"好端端的你们去天津干吗？"佟梓华有些奇怪。

佟丽华随口说了一句："北平不安生，我们去天津避避。"旁边的草弥闻言，客气地鞠躬："佟格格，我正巧要跟你说这事。我要送佟侯爷佟夫人去东京，安排妥当之后才能回来。以后要有什么事，你可以去找天津商社的岛田先生，我们是很好的朋友，找他跟找我是一样的。"

"谢谢草弥先生。"佟丽华表示感激。

哈岚站在一边，好像插不上什么话，心不在焉地望向别处，突然发现草弥的目光一直落在佟丽华的身上，眉头微微一皱，仰着脑袋翻了个白眼，心想孔夫子说的"非礼勿视"，他一个日本人估计是不懂，但是当着这么多人的面，能不能庄重一点？

佟侯爷叹了一声，道："有劳草弥先生费心了。"

"应该的。"草弥向佟侯爷低头示意，转身对佟丽华道，"佟格格，可否借一步说话？"佟丽华抬头看向草弥真诚的目光，略微思忖，点了点头。哈岚看见此景，又皱起了眉头，他是不是想劝丽华去日本？

二人走到外面的走廊，草弥从西装内袋里掏出一张黑白的小照片，递给佟丽华，温和地道："希望你能收下，当作是个纪念吧。"

佟丽华诧异地看了一眼草弥，接过照片，正是佟梓华给他们二人拍得那张合影。佟丽华捏着照片，微微一笑："说什么纪念，草弥先生是不回来了吗？"草弥目光闪烁，一字一顿地道："回来。我会回来的。"佟丽华将照片收好，恭敬地道："此去日本，路途遥远，还望草弥先生多多照顾我阿玛、额娘。"草弥笑道："这些事情是我应该做的，你去天津如果遇见什么困难，记得与岛田先生联系，不必客气的。"

哈岚在客厅吃着盘里的点心，焦虑地望着门外的走廊。只见草弥正低头说话，佟丽华面露笑容，好像谈得挺投机的。佟府的丫鬟正在给哈岚倒茶，哈岚实在是忍不住了，突然腾的一声站起身来，推开丫鬟，径直往门外走去。那丫鬟吓了一跳，捧着茶碗目瞪口呆。

哈岚靠近走廊，突然快步走到二人中间，一声不吭地探出个脑袋。佟丽华与草弥皆是怔住，不知哈岚是怎么冒出来的。佟丽华奇道："你怎么了？"哈岚瞧了一眼草弥，鼻子里“哼”了一声，转身离开。草弥有些莫名其妙，望着哈岚的背影，问佟丽华：“这是什么意思？”

“嗯，没什么意思。”佟丽华嫣然一笑，心头暗暗欢喜，原来哈岚也会吃醋……

送走了佟侯爷之后，北平城下了几场大雨。

等到天色放晴，哈府上下也开始收治行李，准备全家赶往天津避避风头。

这天，福顺去车行雇来三辆马车，领着王府的家丁忙里忙外，抬着木箱子装车。翠儿站在大门口指手画脚地叫：“那个箱子放前面的车上，小心点儿别碰了，里面有福晋的首饰！”

此时，街巷中传来一阵急促的脚步声。只见汪四海身穿便服，带着一帮北平城的小流氓气势汹汹赶过来，顿时一哄而上，将几辆车团团围住。翠儿瞧见是汪四海，瞪起眼睛厉声道：“汪四海！你想干吗！”

汪四海冷笑道：“我来搜查呀！”

“你现在算个什么东西？要你来搜查？”

“我现在是什么都不是，但是你们想把皇家的宝贝揣到天津，门儿都没有！哥们几个给我搜！”汪四海摇头晃脑地一声喊，小流氓们立即开始动手，争先恐后地爬上车顶，去翻装车的箱子。

翠儿急了，按住马车的栏板，扯着嗓子往府里喊：“住手啊！解一半！你死哪儿去了！解……”

一个地痞从后面迅速捂住了翠儿的嘴，将她往肩上一扛，背起来就往街巷里跑。福顺见状，腿脚早已发软，惊慌失措地往哈府跑进去。

汪四海面目狰狞，领着众人将车上的箱子全部推倒在地上，箱子里面的衣物滚落了一地。解一半拎着小锅，正准备跨出大门，瞧见场面不对劲，立即冲过来阻止：“汪四海！你干吗呢？”汪四海站在一旁指着解一半的鼻子，气冲冲地道：“我在搜查，你少管闲事！”

“搜你个奶奶！”解一半大声狂吼，扯住一人的衣领，直接扔开。其中一个流氓冲上来想将他撞倒，解一半一把逮住，一个撞他身上的小流氓，举起炒锅，劈头劈脑就拍在小流氓的脑袋上。

那小流氓只觉得头昏脑胀，抱住自己的脑袋在地上打滚，口中大声呼救：“哎哟喂，打死人了！”解一半一怔，抄起锅底重重地砸在地上，“呛”一声，余音绕耳，吓得那小流氓连滚带爬。

哈岚与佟丽华闻声赶来，瞧见门口的箱子乱成一团，汪四海领着一群地痞流氓正在打砸，顿时火冒三丈："汪四海，你是不是欺人太甚了？你凭什么搜我们呀？"

他挥舞拳头冲过去拧打一名流氓，佟丽华压住怒气，上去拉住哈岚，大声质问汪四海："汪四海，你要赶尽杀绝，我们惹不起还躲不起吗？现在我们要走，你又追到这儿来，这世道就没有王法了吗？"

汪四海冷笑道："这世道就没王法！我侦缉队长做得好好的，说换就换了？佟格格，看来你跟那日本人关系不错啊！"

"什……什么日本人？"哈岚一脸迷茫。

汪四海恨声道："哈岚，这事儿你不知道啊？你这福晋跟日本人关系可不是一般的好，我一侦缉队长，她为了救你，愣把我给撸下来了！"哈岚愣了半晌，皱着眉头道："你现在都被撸下来了，狗屁都不是了，还来我们家闹什么闹！"

此时，哈王爷抱着密疏盒子，带着哈福晋出了府门。他一眼看见汪四海，心里一慌张，脚下一个踉跄，就跌坐在门框上，手中的密疏盒子也滚落在地。他指着汪四海，却说不出口，一口气喘不上来，连连咳嗽。汪四海并不理会，突然大吼一声："搜仔细点儿！找着东西的，赏五个大洋！"

一群流氓顿时来了劲，将马车上的箱子纷纷推倒。几个人迅速围拢过来，去殴打哈岚与解一半。哈王爷爬起来，要去护着滚落在地的盒子，刚弯下腰，却被人迎面踢了一脚。哈王爷跌坐在地上，无力挣扎，看见哈福晋过来搀扶，急忙嘱咐："你……你快把盒子抱回去……"哈福晋正要下台阶去捡盒子，不料混乱中竟被人推了一把，顿时滚落在地。她咬了咬牙，缩卷着身子艰难地爬过去，死死地抱住了盒子。

"呯！"一声枪响，所有人都怔在原地。

汪四海扭头一看，只见哈王爷满脸鼻血，身子靠在台阶上，手里举起一把枪。

流氓们面面相觑，他们齐刷刷地望着汪四海，脚步再也迈不开。

"阿玛！"哈岚狂吼了一声，冲过去扶住哈王爷。

紧接着胡同的另一边传来一声凌厉的口哨声，流氓们这才反应过来："警察……警察来了！"他们一哄而散，扭头往小巷子跑去。汪四海愣然半晌，拔腿就跑。回头看见新上任的侦缉队长胡新正骑着自行车，背后跟着一大队人马，黑压压地一片朝哈王府这边儿冲来。

"那他妈是我的自行车！"汪四海边跑边骂，转眼就消失在小巷的尽头。

新任的侦缉队长胡新穿着制服，精神抖擞，一张脸油光发亮。他一个刹车，停在哈王府的门口，瞧见地上一片狼藉，面色有些凝重，皱着眉头喊：“出什么事儿了？谁开的枪？”

哈岚扶着哈王爷坐下，一脸怒容：“一帮流氓上来就打砸抢！往那边儿跑了。”

胡新转身望着小巷的尽头，立即跨上自行车，吩咐后面的队伍：“追！”

解一半喘过气来，在箱子堆里寻找：“翠儿呢？翠儿哪儿去了？”他正四处张望，听到身后发出一声撕心裂肺的叫声：“阿玛！额娘！”他回头一看，只见哈王爷仰面躺在地上，气息全无，而佟丽华搂住了蜷缩在地上的哈福晋，放声大哭。想不到哈福晋紧紧地抱着密疏盒子，竟已气绝多时。

解一半微微一呆，扑通一声跪下来，泪水夺眶而出。

更多精彩
详见二维码

第十二章 歧路他乡

哈王府。

王府上下一片素裹，厅内停着两具楠木黑漆的棺材，哈岚与佟丽华披麻戴孝跪坐在棺材前，往火盆里烧着纸钱。仆人们静静地站着一旁，腰里扎着白布，心情沉痛。哈岚脸上的泪痕已干，双目无神，什么都不愿意去想，就像是一座木刻的雕像，佟丽华给他递茶，他也视而不见。

忽然，外面传来嘈杂声，只见汪四海手腕压着解一半的后脖颈儿，带着刘金等人冲进了哈王府。他走到灵堂，将解一半推了一个踉跄。佟丽华站起身来，怒道："你又要干吗？"

汪四海指着解一半，嚣张地道："问他！就你这两下子，还想跟我闹？我告诉你解一半，翠儿就在我手里呢，你们什么时候把密疏交出来，我什么时候把人放了，不然我可撕票了。反正我现在什么也没了，这事儿我干得出来！"

哈岚一直跪坐在棺材前，一动也不动，耳边听到汪四海说话，瞳孔猛地一缩，突然跳起来抓住了桌前的烛台，发疯似的冲上去抓住汪四海的头发，用烛台砸向他脑袋。

他动作太快，在场所有人都没有反应过来，汪四海"啊"的一声呼叫，抱住脑门，鲜血顿时从指缝中流下来。哈岚急红了眼，扬起烛台还想继续砸，佟丽一个箭步扑过去拦住他："住手哈岚！你要为他偿命吗！"

哈岚瞪着通红的眼睛，恨恨地怒视汪四海："我要他给我阿玛、额娘偿命！"

汪四海用手摸了摸脑袋，吓得面无人色。他想不到哈岚性子如此冲动，僵着身子转过头去，冲着刘金嚷嚷：“快！赶紧找大夫……”刘金慌忙上前扶住汪四海，一伙人惊慌失措地往外跑。

哈岚喘了一口气，瘫坐在地上，眼眶红红的，什么话也不说，脸上的表情仍然痴呆。佟丽华走过去，悄悄地将他手中的烛台取过来，望着一旁正在抹泪的解一半，叹道：“你太莽撞了，你自己去找翠儿，万一有个好歹怎么办？”

解一半咬了咬牙，突然给哈岚跪下，哽咽道：“爷，到底什么破宝贝啊？现在连王爷福晋也走了！弄成这个德行，不就是为了一本破书吗？咱们交出去不行吗？”

佟丽华急道：“瞎说什么？那是皇陵的秘籍，怎么能交给他！”

“皇陵的秘籍跟我们又有什么关系啊！因为这个，我爸爸死了，媳妇儿被人绑了，王爷福晋……这日子都过成什么样了？还要死多少人才算完啊！”

跌坐在地上的哈岚缓缓抬起头，喃喃地道：“是啊……那就交出去吧。”

佟丽华见哈岚说得轻描淡写，怔住半晌，脑子里灵光一现，轻轻点了点头：“等哈岚休息几天，这事儿咱们好好合计一下。”解一半心里惦记着翠儿，心里有些急：“那翠儿呢？要是汪四海见不到书，我怕……我怕他真的会撕票！”

佟丽华慎重地道：“你放心吧，我心里有数。”

他们二人正说着话，哈岚低头瞧着铜炉里的纸钱，一副若有所思的样子，忽然站起身，大步往门厅的外廊走去。

佟丽华与解一半对视一眼，不解其意。她担心哈岚又要搞出什么事，吩咐福顺等人守着灵堂，急匆匆地去后院厢房寻找哈岚。

她走到书房门外，看见哈岚的身影，见哈岚站在书桌前，正提笔认真地写字。

佟丽华走到哈岚身前一瞧，纸上写满了密密麻麻的蝇头小楷。她满心疑惑地问：“你这是干吗呢？”哈岚头也不抬，正色地道：“我突然想起来，密疏这么带着也不是个事儿，我想着抄份副本。”他抄完一张，放下笔，轻轻地吹了下纸，脸上的表情很兴奋，“怎么样我这书法？蝇头小楷！”

佟丽华微微一笑，转身走到书柜旁，轻叹道：“是啊哈岚，你真有两下子，你真是太有才了，蠢材的材！”哈岚的笑容顿时僵住，皱眉道：“什么意思？”佟丽华没好气地道：“你这样要抄到猴年马月去啊！还去不去天津了？”哈岚不以为然：“那你有什么办法？”

只见佟丽华走到桌前，手里突然举起相机，对准桌上密疏原件，快速按下快门。哈岚大喜过望，慌忙摊开双手按住密疏，抬头瞧着佟丽华摆弄相机的样子，心里羡慕不已。佟丽华嫣然一笑，柔声道：“你来拍吧。”哈岚接过相机，左右摆弄，始终掌握不了诀窍，急得抓头挠耳：“怎么不行？”

佟丽华微笑道：“你按右上角那个圆圆的东西……”

哈岚疑惑地摸向快门，不经意间按了下去，相机闪烁着佟丽华温柔的笑脸。

寒风瑟瑟，落叶萧萧。

哈岚安顿好王爷与福晋的身后事，将王府内值钱的东西尽数变卖，悉心叮嘱管家福顺，所有人的生活起居一定要安排妥当。几位仆人丫鬟拜谢贝勒爷的赏赐，依依不舍地与哈岚告别。

前厅的灵堂未撤，哈岚与佟丽华正坐在火盆前烤手取暖，空椅旁边摆着一灌油。这时，穿着丧服的解一半快步走进来，急切地道：“他们来了。”

只见汪四海头上绑着绷带，已经带着刘金等人冲进了院子。汪四海进了厅堂，瞪了哈岚一眼，往后退了一步，绕开桌子，坐在离哈岚最远的椅子上，沉声道：“你打我这事儿我不追究，今儿你把密疏交给我，咱们两清。”

哈岚鼻子里哼的一声，瞧也不瞧他一眼。佟丽华冷着脸儿，道：“今儿我们把密疏交给你。但咱们是不是有些事儿应该说清楚了？”

“什么事儿？”

“你只要回答我这三个问题，汪公公去哪儿了？解神厨是怎么死的？你是怎么知道密疏这事儿的？我就把密疏交给你。”

汪四海暗自思忖，抬头望着正怒视自己的解一半，清了清嗓子：“您这不是揣着明白装糊涂吗？我之前就说了，汪公公走了，去山东了。他走之前跟我说解神厨把密疏从宫里偷出来了。至于解神厨怎么死的，就是你！哈岚，你为了抢密疏把解神厨杀了。解一半，我告诉你，你现在跟你的杀父仇人在一起琢磨我呢！”

“小喜子临死之前说汪公公偷的东西，就是密疏吧？”哈岚突然开口。

佟丽华与解一半疑惑地望着哈岚，那天哈岚陪溥仪在球场打球，他们二人并不在场。汪四海当然是目睹了小喜子的事，脸色忽然变了变，目光中闪出一丝警觉。

哈岚正色地道：“应该是汪公公把密疏偷出来了……然后他又不知用了什么理由，让解神厨帮他带出了宫，我说的对吧？”汪四海翻了个白眼：“我怎么知道？”哈岚继续追问：“那我问你，你说解神厨是我杀的，你的证据呢？”汪四海一听，理直气壮起来："你家的老汤就是物证！解一半和娄晓月都能证明，你当晚去过解神厨家！"哈岚怒斥道："你胡说八道！等我找到汪公公，一切都会真相大白。"汪四海冷笑一声，冲着佟丽华道："兜了这么多圈子，密疏到底在哪儿？"

佟丽华站起身，义正辞严地道："在给你密疏之前，你要答应我一个条件，以后不要再来我们家，找哈岚的麻烦！"汪四海满口答应："当然没问题。"

他朝大厅外面挥了挥手，刘金拎着翠儿的胳膊走了进来。

翠儿一进大厅，哇的一声大哭起来。解一半立马冲上去抱住翠儿，摸了摸她的头，安慰道："没事儿了，没事儿了……回来就好。"佟丽华看到二人的模样，眼神中透着羡慕的表情，扭头瞧了瞧哈岚。

"我人可都放了，密疏呢？"汪四海皱着眉头。

哈岚一声不吭地取来桌上的书盒子，走到汪四海的身前使劲地摔了过去，冷冷地道："全都在这儿了，你检查一下。"汪四海一把抱住书盒子，手忙脚乱地打开翻看，贪婪地望着手中的密疏，两眼放光："没错！就是这个！"

哈岚盯着汪四海欣喜若狂的表情，突然冲上前一步，一把夺过汪四海手中的密疏，扔入桌前的火盆中。

"哎！哎！干什么？你疯了！"汪四海大惊失色，跳起脚往火盆冲过来。不料佟丽华抄起椅子上的油罐子，二话不说，将油全部倒进火盆。

激烈的火苗忽然蹿高，迅速在火盆中燃烧起来。眼看那一盒东陵密疏就要化为灰烬，汪四海双目赤红，暴跳如雷地大吼："疯子！你们要干什么！"

他围着火盆，瞅着尚未被燃尽的锦书，想伸手又伸不得，情急之下，双手用力将火盆掀翻，带着火苗的炭火顿时滚落一地，点燃了垂在房柱旁的白色丧布，火势一下就蹿了起来，犹如张牙舞爪的火龙。汪四海不顾一切地去拍打炭火，奋力抢出两本密疏，一双手腕已经被烫得漆黑通红。

此时，火势越来越大，汪四海还想往前冲去抢夺密疏，被身后的刘金一把抓住："着火了！快跑吧！"

一条着火的幔帐从汪四海的眼前扫过，他往后一躲，这才发现整个厅堂已经变成了一片火海。汪四海被刘金拉着，贪婪地望着火海中的密疏，无可奈何地往后退开。

浓烟弥漫，火光冲天。

解一半捂着口鼻，与翠儿合力将哈岚夫妻拉出大厅，惊恐万状地望着眼前的熊熊大火。哈岚的瞳孔里映着火光，突然深深地吸了一口气，平静地走出哈王府。

这场大火整整烧了一天。

火势终于控制住，但是哈王府只剩下残垣败瓦，大花园内的草木皆化为一片灰烬，再也回不到往日的繁华。

哈岚呆呆地站门口，低头默默地摩挲着手中半张烧焦的黑胶唱片，依稀能分辨“娄晓月老板，凤还巢”几个字。翠儿背着个包袱，与佟丽华站在一旁，脚边放着两个行李箱和一个老汤坛子，忧心忡忡地看向哈岚：“咱们就这么走了吗？”

佟丽华轻叹道:“汪四海上了当，肯定不会善罢甘休的。咱们王府烧没了，不去天津，还能去哪儿……”

“都是因为我，好好的王府烧成了灰，除了半张唱片，什么也没剩下，我死了都没法跟王爷和福晋交待……你们就不该救我……”翠儿忍不住落下眼泪。

佟丽华安慰道：“人没事就好，留得青山在，总有东山再起的一天。”翠儿抹着脸上的泪水，悲声道：“王府烧了，密疏也没保住，现在什么都没了。”佟丽华四下望望，搂住翠儿的肩头，低声地道：“别哭了，密疏还在，咱们留着副本。”

翠儿惊诧地抬起泪眼，望着佟丽华。

“我跟哈岚都拍下来了。”佟丽华冲她微微一笑，转身对哈岚说，“哈岚，解一半应该已经买到票了，我们走吧。”

哈岚环顾四周，点了点头，转身上了马车，一行人带着行李径直赶去火车站。

到了火车站的广场，人群熙熙攘攘，售票口处排着长队。

解一半等着焦急万分，瞧见哈岚的身影，慌忙举着手中四张票，从人群中挤过来：“爷，少奶奶，票买着了，咱们进去吧。”他过来帮翠儿提行李，招呼哈岚与佟丽华进候车厅。哈岚往前迈了两步，突然惶惶地抬起头，心情有些复杂：“我，我还没给晓月说一声……”

“哎呀爷，这时候谁还能顾得上她呀。”翠儿瞧见少奶奶低沉的脸色，过来扯了扯哈岚的衣袖。

“不是，出了那么大的事儿，她找不着我，会担心的……”

“她不是知道你要去天津吗？”

“可王府烧了，我没给她报个平安……”哈岚有些犹豫不决。

翠儿给解一半使了个眼色，解一半会意，上前一把按住贝勒爷的肩臂，推着哈岚就往候车厅里走：“快走吧爷，火车就要开了，要让汪四海追来，咱们就都走不了了。”

四人终于上了火车，汽笛轰鸣，火车缓缓开动。

空荡荡的站台上，零星几个送站的行人依依不舍地往外走。却见娄晓月神色慌张，匆匆赶来，失魂落魄地望着渐渐远去的火车，晶莹的泪水在寒风中洒落。

火车在原野中飞驰，窗外的景物模糊一片。

哈岚木然地望着窗外，缓缓眨眼，脑子里浮现出阿玛与额娘的身影，正站在哈王府一片废墟之中，对着儿子面露微笑。哈岚紧紧地抓住胸前的衣襟，觉得心里一阵绞痛。

此时，解一半将剥好的鸡蛋递给翠儿，若有所思地道："咱们这一去，不知道哪天才能回来呢……"

翠儿接过鸡蛋，转头问佟丽华："少奶奶，你说这个解一半非要把老汤带着，嘀哩咣啷的，带那玩意儿干什么？"解一半手里剥着鸡蛋，脱口道："卖酱肉啊，万一要见不着皇上呢？咱不得找个营生？"翠儿骂道："呸呸呸，乌鸦嘴！天津有舅爷在呢，哪儿就轮到你卖酱肉了！"

解一半嘿嘿一笑，将手里剥好的鸡蛋递给佟丽华："少奶奶。"佟丽华面带微笑，道："出门在外，就别这么客气了。你比我们年长些，以后我们叫你解大哥吧。"解一半有些受宠若惊："啊？使不得！"佟丽华不容置疑地道："这事儿就这么定了。"解一半瞧了瞧翠儿，又瞧了瞧哈岚，心想这辈分可就乱了，难不成哈岚以后见到翠儿还得喊声解大嫂？

一路上，翠儿与解一半有说有笑，只要翠儿说什么，解一半都是百依百顺。哈岚吃了一点东西，心情少许放松，但就是不愿意多话。佟丽华猜他心里惦记着娄晓月，也不点破，关切地道："阿玛与额娘的事儿你别想太多，我哥为了留在天津发展，特意在那儿置办了套房子……咱们到了天津先去找我哥，也好有个落脚地儿。"

哈岚"嗯"了一声，点了点头。

汽笛长鸣，转眼就到了天津站。

一行人出了车站，招了一辆马车，按照佟丽华吩咐的地址，赶去博爱路的天津梓府。路两旁都是独栋的洋房，翠儿与解一半好奇地望着路边："这些楼房看起来好气派呀！舅爷可真会挑地方。"

绕过几条绿荫小街，马车驶到天津梓府的门口，门房瞧见佟丽华，慌忙上前行礼："大格格，您怎么来了……"门房上前帮忙拎东西，解一半客气地道："不用了，大哥，我自己来吧！"

此时，一位身穿深蓝色西服，头带西洋帽子的中年人从客厅迎出来，脸上泛起热情的微笑，冲着佟丽华鞠躬："您就是佟格格吧？"

佟丽华颇感意外，打量了中年人一眼，皱眉道："您是谁？您怎么认识我？"

"岛田敏三。"中年人脱下帽子，再次行礼。

"我们认识吗？"

岛田敏三笑道："的确，佟格格您不认识我，但我在草弥先生那里，见过您的照片……"翠儿与解一半闻言，脸色皆是一沉，闪过一抹不自然的表情。哈岚一听见"草弥"的名字，耳朵就变得特别灵，失口叫起来："什么什么？什么照片？草弥是拿着丽华的照片，到处给人看的吗？"

岛田敏三礼貌地往旁边一闪，并没有直视哈岚，继续对佟丽华说道："请容我说一句，您本人比照片还要出众。"翠儿忍不住了，翻了白眼："哎呀！这人说话怎么这么没分寸呀！"

"草弥先生向您问候。我还有事，先走一步。"岛田敏三举帽向佟丽华致意，转身离开。

哈岚急了，想冲上去拦住岛田敏三："喂！你就这样走了？你还没回答我的问题呀！"佟丽华咬着嘴唇，佯装生气道："不过就是张照片，你至于吗？"她瞪了哈岚一眼，径直往客厅走去。翠儿眨了眨眼睛，示意解一半拎起行李跟上去，自己在后面推着哈岚："哎呀爷，先进去再说吧！"

天津梓府内都是佟侯府的老仆人，悉心接待格格与贝勒爷在客厅休息，便去樱花公馆通知主人。

佟梓华匆匆忙忙地赶回家，一见哈岚与妹子，二话不说，气呼呼地将一张报纸扔在桌上。

"咦？什么事儿……哈王爷府付之一炬，皇宫珍宝化为灰烬……"哈岚上前看着报纸，嘴里叨念着，皱了皱眉，"这消息怎么传得这么快呀！"

佟梓华冲着佟丽华叫道："皇宫珍宝化为灰烬？你说，这是怎么回事？你们搞什么鬼，好端端的怎么会把宝贝给烧了？"佟丽华低着头，喃喃地道："说到底密疏不过就是个存档的记录，烧了也没什么……"佟梓华突然跳脚，扯着嗓门叫起来："没什么？金刚墙的位置在哪里，里面到底藏着多少宝藏、都得靠这套密疏！"

哈岚与佟丽华对视一眼，满脸狐疑望向佟梓华，诧异地道："大哥，你该不会是想去刨祖宗的坟吧？"佟梓华闻言一愣，意识到刚刚自己说漏嘴了，脸色一红，道："你说得什么话？我就是担心老祖宗的宝贝……”

哈岚点了点头，装作恍然大悟的模样：“哦，原来大哥是担心老祖宗的宝贝。”

“我懒得跟你说！”佟梓华说不下去，气急败坏地转过身去。

哈岚眼珠子一转，上前一步：“别生气别生气，大哥，我这次来天津就是想见皇上！您带我去见皇上吧！”

“宝贝烧了你还想见皇上？”佟梓华冷笑。

佟丽华奇怪地问：“宝贝烧了，跟见皇上是两回事吧？”佟梓华没好气地道：“现在没了宝贝，你们打算怎么见皇上？到时候皇上问起，你要怎么回答他呢？没了密疏，还想见皇上……有没有这么便宜的事儿呀？”

“这倒是个问题……”哈岚闻言一怔，望了佟丽华一眼，似乎有些犹豫，“大哥！其实……其实那宝贝还在。”

佟梓华一头雾水：“刚刚不是说烧了吗？”佟丽华脸色微变，斩钉截铁地道：“是烧了！”哈岚瞪起眼睛，正色地道：“没烧！”佟丽华气呼呼地望向哈岚，态度坚决：“我说烧了！”

“没烧！”哈岚不依不饶。

佟梓华气得狂吼一声：“停！现在到底是烧了还是没烧？”

站在客厅外面的解一半听见屋里的争吵，似乎读懂了佟丽华的心思，慌忙跑进来解释：“烧了，烧了！大舅爷，这密疏百分之百让汪四海给烧了！”哈岚摆了摆手，道：“解大哥！您别瞎掺和。”佟丽华狠狠地瞪了哈岚一眼：“你这是什么意思？”

“丽华，这是自己家的大哥，咱不用瞒他！”哈岚叹了一口气，好言安抚佟丽华，又转身对佟梓华说，“大哥！丽华是为了密疏的安全，这才向您说谎……我向您发誓，密疏还在！”

佟梓华神情一震，沉声道：“既然如此，那东西呢？快拿出来呀！”

佟丽华瞧见哥哥急迫的眼神，极为失望：“从头到尾你就只关心密疏的下落……”佟梓华据理力争：“我关心密疏，也关心你呀！你把密疏拿出来，不就安全了吗？”哈岚笑道：“这样！只要大哥您能帮我见到皇上……我自然会将宝贝交给他！”

“你把宝贝交给我，我帮你交给皇上！”佟梓华沉着脸。

哈岚转了转眼珠子，双手一摊，哈哈大笑：“大哥我说您呀可真幽默，这么要紧的东西，我能带在身上吗？您也太小瞧我了！”

“那宝贝在哪里？”佟梓华意识到被妹夫耍了，但仍然不死心。

“大哥您别着急，只要您带我去见皇上，就会见到宝贝。到时候，皇上要知道您这么照顾我跟丽华，一定会好好赏您的！”

佟梓华微微一呆，扭过头去扫了佟丽华一眼，故意抱怨：“当初让你去日本，你偏偏在最后关头改变主意……现在可好了，嫁给这种人，还落得个无家可归的下场！阿玛跟额娘要是知道，不知道会有多伤心……”哈岚怔住，吃惊地道：“大哥，您这话我可听明白了，你这是在损我呐？”

佟梓华没有搭话，走向客厅的博古架，从架子上的抽屉中取出一封信。

“你知道咱阿玛跟额娘，在日本受到多尊贵的礼遇吗……”佟梓华将信交给佟丽华，“阿玛从东京寄来的信，你自己看看……”

佟丽华起身接过信，欣喜万分地打开。

哈岚急忙凑上前去看，只见信里写着：“梓华，我与你额娘已经平安抵达东京安顿。目前已经正式任职大和商社理事。这段时间我所接触到的讯息，让我了解到，日本人在各个领域的成功发展，已经优于中国……草弥先生对我和你额娘亦是照顾得无微不至，无需挂念；唯一担心的便是丽华。我多么希望你们一起来日本呀！我已经写信给丽华，告诉她近况。你有机会也多多关心她的状况，勿让他于哈家受委屈……”

佟丽华读着信，心里无比感慨，轻轻叹息：“阿玛写给我的信，恐怕只能寄到废墟上了……”

不料哈岚却是眼尖，突然从佟丽华手上接过信来，大声读着最后一行字：“草弥先生仍挂心丽华，向她致意问好……”他脸色一沉，满脸不悦，“哦，什么意思？又说我会让丽华受委屈，又让别的男人向丽华致意？这到底什么意思？更过分的是，从头到尾没有一句话是问候我的？”佟梓华哼声道：“果然让阿玛给料中了，这才结婚多久呢？我们家姑爷就已经搞到无家可归……”

“大哥，你这话说的对我不公平！”哈岚越想越生气，声音有些哽咽，“我阿玛、额娘为了这密疏死了，我被逼离开了哈王府……难道这都是我愿意的吗？今天走到这一步，你以为我容易吗？”

“难道我说错了话吗？”哈岚的反应让佟梓华有些错愕。

佟丽华已经忍不住了，她拎起行李，转身向解一半道：“叫上翠儿，我们还是走吧！这里我一刻钟都待不下去了……”

解一半与翠儿见状，慌忙拎着行李准备离开。

此时，在客厅走廊上始终没有出声的孔雀，突然现身，在门前拦下佟丽华：“格格，您别误会，佟爷并没有想为难您和姑爷的意思。他只是出于对您的关心，说话才会失去分寸……”她意味深长地望了一眼佟梓华，脸上露出浅浅的笑容，态度恭敬有礼。

佟梓华怒道：“干什么？这是干什么？好端端的发什么脾气？我说两句还不行了，我不也是因为关心你吗？”佟丽华表情严肃，正色地道：“哥！你要是不乐意，我们现在可以走！你放心，我们不会麻烦你，我们还没到活不下去的那步……”佟梓华当然知道妹子的脾气，从小性情刚毅，若是闹僵的话，搞不好她真的会走，口气顿时软下来：“只要宝贝在……我就安排你们去见皇上……这样还不行吗？”

“多谢大哥！”哈岚上前将佟丽华手上的行李放下，挤眉弄眼地朝佟丽华眨眼睛：“先住下来再说，先住下来再说……”

佟丽华缓了缓气，道：“大哥你放心！我们不会赖着你，我明天就出门找工作，我不会待在你这里白吃白喝。”

“我也去找个工作。”解一半突然接了一句。佟梓华打量了他一眼，皱眉道：“你？你以前干什么的？”哈岚上前解释：“解大哥是解神厨的儿子……翠儿是她媳妇儿！”佟梓华点了点头，淡淡地道：“那你们就去厨房吧，打个下手。”解一半赶紧致谢：“谢谢舅爷！”佟梓华望着孔雀，没好气地道：“孔雀，带丽华他们去客房！”

佟丽华闻言，惊讶地打量着孔雀，问道：“孔雀？你不是草弥身边的那个日本姑娘吗？”哈岚歪着脑袋，笑道：“哟，又是个日本人啊？中国话说的倒挺溜的，长得还挺好看……”佟丽华瞪了哈岚一眼，佟梓华介绍道：“草弥先生去日本了，托我照看孔雀姑娘，她现在是我的秘书兼管家。”

孔雀礼貌地向前一步，给佟丽华、哈岚行礼：“格格、姑爷，请跟我来。”她主动帮哈岚拎起行李箱，径直往客房方向走去。哈岚快步跟上，回头冲着佟梓华叫道：“大哥！你可别忘了，快点安排我去见皇上。”

佟梓华哼了一声，脸色铁青。

孔雀领着二人来到房间，客气地道：“格格，这是您两位的房间……一会儿吃晚饭我再过来请您两位。”她转身正欲离开，佟丽华警惕地望着她的背影，道：“孔雀，以后我自己打扫房间就行了……我不喜欢人家进我的房。”

“知道了，我会吩咐下去的。”孔雀颔首告辞。

哈岚跟着佟丽华走进房内，刚放下行李，关上门，佟丽华脸色一变，立即责备哈岚：“你怎么可以跟他说密疏没烧呢？”

“你没看见你哥刚刚那样子呀？要是真让他以为宝贝儿烧了，他还不把我们给赶出去！”

“那你也不能说没烧呀！”佟丽华开始整理行李，“看来这东西放在身边不保险，还是得想办法找个地方转移出去……”哈岚叹了一口气，道：“你放心，过两天咱就见到皇上了，把东西给了皇上，就没事儿了……倒是另外有件事儿我想问问你……”佟丽华一怔：“什么事儿？”

“你老实说，你跟那个草弥到底是什么关系？”

“你想我们是什么关系？”佟丽华皱了皱眉。

“现在可是我在问你呀！先是那张照片，然后是那个岛田……现在连你阿玛的信里头都要带上他一笔！有没有搞错呀！我才是你丈夫呀！”

“等等……你刚刚说照片，是什么照片？”佟丽华将手中的衣服扔在床上。

哈岚知道自己话说快了，搔了搔头，顿时语塞。佟丽华逼问：“你偷看我的东西？”哈岚转过身去，口中叨叨：“我……又不是我自己要看的……还不是因为要来天津，收拾东西……”佟丽华气愤地道：“就算是这样，你也不能偷看呀！你稍微尊重一下我，这是我的隐私呀！”

哈岚仰起头，理直气壮地道：“你发什么脾气？你到现在还没告诉我，那张照片是怎么来的！”佟丽华不悦地道：“草弥是我的朋友，我去他家，跟他合照……这有问题吗？”

“他是你的朋友？”

“你以为你是怎么从牢里出来的？就是这日本人把汪四海给撸下来的。”

哈岚闻言一呆，神情有些黯然，他转身望向窗外，突然轻叹了一声：“就是因为这样，汪四海恼羞成怒，才把咱家给烧了……”

佟丽华默然无语，走到桌前坐下。二人一阵沉默过后，佟丽华小声地开口：“不管怎么样，请你以后还是尊重我的隐私……你如果有任何问题，请你直接当面问我。在你动我的东西之前，也请你先得到我的允许。”哈岚不以为然：“你是我老婆，你有什么隐私？”佟丽华正色地道：“我是你老婆的前提，我是一个人……我不喜欢人家随便就偷看我的东西，我需要自己的空间。”

“对对！你们现在都有隐私，就我是公开的……”哈岚气呼呼地坐在床上，拉起被子，将自己蒙在被窝里。

佟丽华虽然余气未消，但也无可奈何，想起哈岚是为了草弥照片的事儿生气，心里却泛起一股暖意。

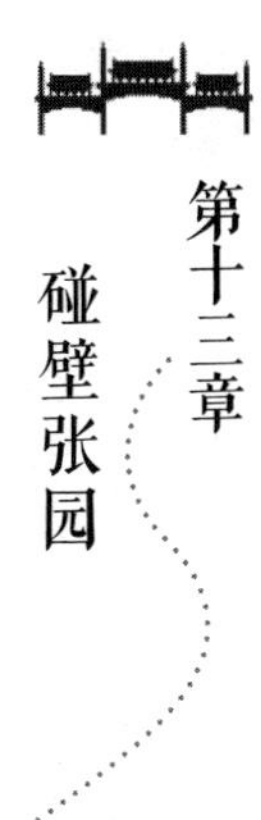

第十三章 碰壁张园

天津卫的博爱路在英租界，梓府洋房虽然规模不大，但是后院花园倒也别致。绕过草木清香的花园走廊，就是梓府的厨房。

解一半与翠儿一大早就起来，跟着仆人去厨房帮忙。梓府的大厨是个圆头圆脑的中年人，穿着一件宽大的伙厨衣裳，正在灶台案板上切着鱼片，转过身来，又在盆子里调面糊。解一半上前热情地打声招呼：“请问大师傅怎么称呼呀？”

大厨抬头瞧了一眼解一半，不耐烦的回应：“免贵姓崔……”他好像对解一半存有戒心，闷头忙着手上的活，不肯多说半个字。解一半与翠儿跟着他转来转去，挪移脚步，生怕妨碍崔师傅干活。当解一半看见崔师傅将两个鸡蛋打进面糊中时，大喊了一声：“哎哎，这挂糊只能搁蛋清，你怎么把蛋黄也搅进去了？”

“吵吵嘛，见没见过？！这是糟溜鱼片儿！懂不懂！”崔师傅操着一口天津话。

“这糊没有这么挂的……”解一半尴尬地一笑。

“你哪来的呀你？会做饭吗你，就瞎吵吵？”

“我打北平来的，今儿刚到，佟爷让我来帮厨……”

崔师傅望着翠儿，问，“你呢？”翠儿脸上露着笑容：“我也是帮厨的。”崔师傅眼珠子一瞪，道：“快点洗萝卜去！我还有道鸳鸯萝卜冬菇牛腱汤得炖上……”

翠儿白了崔师傅一眼，撅起小嘴有点不情愿，走到一旁的角落去洗萝卜。解一半见崔师傅在盆子里打鸡蛋，实在是忍不住：“崔师傅！您听我的，糟溜鱼片真没人这样挂糊的……”崔师傅满脸不悦，往后退开一步：“你会？”解一半点了点头：“我会！”

“你会你来呀！”崔师傅将盆子往解一半手里一递，脸上挂着冷笑。

“好呀！”解一半挽起袖子走上前去，将崔师傅的面糊盆推到一边，另外取来一个新盆，立马用手指头磕了鸡蛋，用蛋壳接住蛋黄，让蛋清顺利流进盆中。

崔师傅愣住：“你还真的来呀！”解一半一本正经地道：“不是你让我来的吗？”他正说着话，已经将面粉筛进了盆中。崔师傅涨红了脸，气呼呼地道：“好好好……你要真敢做，今晚的晚饭就让给你做，但你可别怪我没告诉你，佟爷的嘴可刁着，他要是有个不高兴的，找你算账！”解一半龇牙一笑：“放心，没问题！”

解一半边切鱼片边挂面糊，动作敏捷地将盘子里的配菜全部堆放整齐，单勺甩起鱼片下锅，炸得咔咔直响，色泽灿黄剔透。崔师傅站在一旁瞧着解一半夸张的动作，看傻了眼，嘴里不停地念叨：“哪有人这样做菜的……”

翠儿洗好萝卜摆在案板上，嫌弃地道：“你干吗的？我们爷儿做菜你多嘴什么？”崔师傅眨巴着眼睛，总觉得这夫妻两个是来砸场子的，没好气地道：“你做嘛啦！我已经靠边站了……你们这是公鸟母鸟来鸠占鹊巢了？”

此时已临近午饭时间，哈岚与佟丽华坐在客厅里，一言不发，表情冷漠。

佟梓华走到餐厅，挥手招呼：“过来呀！你们两个……吃饭啦！”孔雀上去帮佟梓华拉开椅子，佟丽华没吱声，走到餐桌前瞪了哈岚一眼。哈岚大咧咧地坐在椅子上，假装没看见。

翠儿与解一半端着托盘，从走廊出来，孔雀上前帮忙，将托盘上的菜一个个端上了桌。解一半躬身道：“那我们先下去了……”他转身要跟翠儿离开，佟丽华却叫道：“解大哥、翠儿，你俩别走，坐着一块儿吃。”

佟梓华两只眼睛瞪圆，显然不明白妹子的用意。翠儿见状，不好意思地应道：“不了不了，我们在厨房吃就行了，您吃您吃……”佟丽华微微一笑：“咱们都是一家人，好不容易一起逃出来了，就别分彼此，坐下吧。”翠儿与解一半同时望向佟梓华，心里有些忐忑。佟梓华也不说话，夹上一口菜自顾吃上了。

解一半尴尬地道：“我们还是去厨房吧，少奶奶慢用……”

佟梓华嘴里嚼着食物，突然皱了皱眉头，冲解一半喊道：“你去把崔师傅给我叫来。”解一半应道：“知道了。”哈岚不知佟梓华发现了什么古怪，诧异地问：“怎么了？”佟梓华点了点头，道：“吃饭呀！一路舟车劳顿，还不快吃点儿，翠儿，你也来吧。”他将桌上的每道菜都尝了一遍，眉头仍然没有舒展。

崔师傅听见佟梓华召唤，从厨房赶过来，恭敬地行礼：“佟爷，叫我有什么事？”

佟梓华放下筷子，面无表情，接过一旁孔雀递过来的餐巾，擦了擦嘴，淡淡地道："今天这菜你怎么做的？"崔师傅盯着佟梓华的筷子，见他夹得正是糟溜鱼片，慌忙指了指解一半，撇清关系："这不是我做的，都是他做的！糟溜鱼片儿、鸳鸯萝卜冬菇牛腱汤都是他做的！我就知道会捅娄子……哪有人像你这样挂糊的！"他开始跳起脚，大声指责解一半的鲁莽。

解一半顿时紧张起来："佟爷，是这鱼片……有……有什么问题吗？"佟梓华突然哈哈大笑："没问题！太好吃啦！解一半，你！你以后就是解神厨了！得了，咱家的厨房就你掌勺吧！"

"那我呢？"崔师傅一脸茫然。

佟梓华正色地道："你帮他打下手。"崔师傅满脸惊讶："我？我帮他打下手？"佟梓华斜视了他一眼，道："你要不愿意打下手也行……孔雀，你带他去账房结两个月的工钱，请便！"他话说完，热情招呼解一半坐下吃饭，目光充满了赞许。崔师傅拉着脸儿，心里懊悔无比，不知如何解释才好。

翠儿见他站在原地不动，就歪起脑袋，故意嘲讽他一句："走吧！结账去吧！找个地儿凉快凉快去吧！"

崔师傅一跺脚，转身走出了餐厅。

樱花公馆。

此地东临天津宫岛街，与英租界的五大道相邻。

公馆的大堂之上，流泻着舒伯特《小夜曲》的乐声，钢琴师是个西装革履、风度翩翩的年轻人，嘴角一抹淡淡的静谧，指法娴熟，正沉醉在自己弹奏的乐声中。

穿着长袍马褂的遗老张平生坐在咖啡座处，手里托着一顶小帽，帽里盘着一根假辫子，一眼瞧见穿着休闲和服的佟梓华走进大堂，立即用清亮的声音喊道："哟，佟爷！您吉祥！"

佟梓华笑吟吟地望着遗老："怎么样，今儿过瘾了吧？"张平生面露微笑："嘿，今儿这两口抽得，浑身舒坦！"佟梓华点点头，客气地道："那您常来，好烟好茶，都给您伺候着。"张平生连连哈腰："一定一定。"

此时，穿着中式长袍马褂的岛田敏三，正往大堂走过来。张平生朝着岛田行礼："对不住了各位，今儿皇上召见，我呀还有本启奏，回见，回见……"他将小帽往下倒了倒，假辫子垂下来，帽子又轻轻地往头上一扣，拱手告辞。

佟梓华望着张平生的背影，面露嘲笑，转向岛田敏三缓缓道：“山药地里刨出个蛋，整个一土豆！这小子就是打嗝搓泥蹭痒痒，剔牙花子串脚缝，整个一下九流，还想见皇上……”

钢琴师听见声音，眼神不经意地飘向咖啡座。服务员上前示意，岛田敏三用日语叫了咖啡，关心地问道：“你妹妹和妹夫怎么说？报纸上说的是真的？密疏真的烧了？”佟梓华扫了一眼大堂，小声地回应：“我昨晚问过了……是哈岚亲口说的，宝贝没烧。”岛田敏三惊讶道：“密疏没烧，可王府却被烧了？”

“据说是为了保护密疏，这才烧了王府……中间还有个汪四海作梗。”

“汪四海？”岛田敏三一脸迷惑。

“他是北平市警局侦缉队队长……”

岛田敏三做思考状，自言自语地道：“您会做这种事情吗？您会为了保护密疏烧了自己的家吗？”佟梓华闻言一愣，摇了摇头：“我肯定是不会……奇怪的是，哈岚虽然说没烧，可是丽华一直坚持说密疏烧了。”岛田敏三脸色一变：“所以到底是烧了还是没烧？”

“我……我也不知道该相信谁。”佟梓华皱着眉头，自己也开始疑惑了。

岛田敏三叹了一声：“我就是怕这其中有文章！佟爷，您说这哈岚会不会就是因为无家可归，所以骗你密疏还在，想吊住您的胃口，他也好有个落脚地？”

“哈岚有这么聪明吗？”佟梓华被岛田敏三的问话给噎住了。

服务员送上咖啡，佟梓华转过头去望了望正在弹琴的钢琴师，淡淡地道，“这弹得都是些什么？在想事儿呢……弄得人直想睡觉……”岛田敏三仍然惦记着密疏的事，继续追问：“除了这件事情之外，哈贝勒有没有提到其他的？”

“有！他说他要见皇上。”

“他要见皇上？为什么？”岛田敏三低头沉思。

“他从小跟皇上就玩在一起，难道是想跟皇上讨份工作？”

“也有可能是想将密疏交给皇上……”岛田敏三转了转眼珠子。

佟梓华一拍桌子，猛然醒悟：“所以密疏还在？”岛田敏三微微一笑，道：“这样分析起来，倒是很有可能……这样吧，在确定密疏确实的下落之前，佟爷您千万别让他见到皇上……”

“没问题！”佟梓华转头又望向弹钢琴的年轻人，正色地道，“琴师！给我弹个热闹的行不行？”

钢琴师点头应是，乐声也旋即改变成为施特劳斯的阳光进行曲。岛田敏三顺势望向钢琴师，脸上泛起一抹狐疑的神情。他起身走到钢琴师的身边，问：“你新来的吧？”钢琴师满脸笑容，向他点头示意：“是的，今天刚来……我姓马，叫马俊杰。”岛田敏三皱了皱眉头，又问：“谁介绍你来的？”

马俊杰继续弹奏钢琴，应道：“是坂本先生。”岛田敏三突然展颜微笑，颔首道：“是吗？真可惜……听说他前两天入院了。”马俊杰一怔：“坂本先生没有入院吧？”

“他不是得了肺癌？”

“不会吧！前几天他还跟山满先生去打高尔夫，您是不是记错了？”

岛田敏三听到山满先生这名字，微微一愣：“呃，黑龙会的山满会长？”马俊杰笑道：“是的。他在高尔夫球会馆里宴请了几位贵宾，我也应邀在现场弹奏。”

“那我肯定是记错了……”岛田敏三眼中那一丝警觉的神情，顿时消失不见。

马俊杰面露微笑，礼貌地向岛田敏三点头示意，继续弹奏钢琴。

天津老城区。

哈岚与佟丽华坐在红桥区的小吃摊上，桌上摆着一瓶酒，两个酒杯。摊前的老板吆喝了一声：“嘎巴菜两碗！”哈岚搓了搓手，一脸期待。

天津的“大福来嘎巴菜”远近闻名，本名应为“锅巴菜”，创制于清朝乾隆年间，以绿豆、小米水磨成浆，摊成薄厚均匀的煎饼，晾干之后切成柳叶形的小条，浸在素卤之中，点上各种辣酱，再撒上卤香干片与香菜沫，多味混合，素香扑鼻。

哈岚大口吃着嘎巴菜，而佟丽华却是满面愁容地看着他吃。哈岚抬头瞪了她一眼：“你也吃啊，别老看着我啊。”

“看你没心没肺的，吃得倒真香。”

“这嘎巴菜真好吃，你尝尝。”哈岚殷切地给佟丽华倒上一杯酒，又给自己倒了一杯，端起酒杯笑道，“来，干一杯！”佟丽华不为所动，冷冷地瞧着街道。哈岚无趣，端起酒杯一饮而尽，满意地咂了咂嘴，又低头大口吃菜。

佟丽华面色阴郁，有些不悦：“你的心是真大呀，这个时候还能吃得下。你真的一点儿不难过？”哈岚又倒上一杯酒，奇怪地问：“难过什么？”佟丽华眼圈一红，幽幽地叹息：“咱们算是家破人亡了，如今又背井离乡，虽说在我哥家住下了，总归是寄人篱下……”

“都是过眼云烟……何以解忧，唯有杜康……”哈岚举杯一饮而尽，脸上的笑容透着一丝无奈。

“你就没想过将来怎么办？”

“先把东西交给皇上再说。”哈岚大口吃着菜，似乎对将来并不关心。

佟丽华忍无可忍，一把夺过哈岚手里的筷子，扔到地上，怒道：“你就这么过一天算一天？你满脑子除了吃还有什么？”哈岚吃惊地望着愤怒的佟丽华，眨了眨眼，转过头去平静地叫老板：“老板，再拿双筷子！”

小吃摊的老板见二人吵架，急忙将筷子送过来，不敢吭声。哈岚接过筷子，继续大口吃着东西，表情很无奈：“愁有什么用？发愁，难过，痛哭，王府就能跟以前一样了？我阿玛和额娘就能回来了？”

佟丽华怔怔地看着哈岚，心里一阵难受，眼泪从眼眶中滑落。

“这日子啊，一天摞着一天，就在那儿摆着，你愁也得过，不愁也得过。倒不如痛痛快快地享受当下，乐得逍遥自在！”眼看一碗嘎巴菜已经见底，哈岚放下筷子，冲着老板又喊，“老板，再来碗嘎巴菜！”

佟丽华心事重重，一言不发。哈岚将老板刚端上来的嘎巴菜推给佟丽华，又将桌上那碗凉的拉到自己跟前，微笑道：“过去的就过去了，该来的总归会来，且宽心吧。”

“那万一，要是见不到皇上……”

“放心，车到山前必有路，活人还能让尿给憋死。眼下，啥也没有这碗香喷喷的嘎巴菜重要。快，趁热吃！”

佟丽华犹豫着接过筷子，慢慢吃了一口，抬起头来泪目含笑：“好吃。”哈岚得意地笑：“我说是吧！天下之大，唯美食与美人不可负也。来，干杯！”他举起酒杯，温和的目光注视着佟丽华。二人相视而笑，举杯对饮。

月冷天寒，夜色迷离。

街道上空无一人，小摊的老板坐在椅子上缩着身子打盹。哈岚和佟丽华喝得兴起，已有醉态，二人碰着酒杯，不知不觉中竟将桌上一瓶酒喝得精光。

佟丽华双腮泛红，不胜酒力，说话的声音也轻柔起来：“你说，我是哪根筋没搭对，非看上了你这个混蛋，还非嫁给你不可……你说，我是不是个傻子？”哈岚哈哈大笑：“像我这般玉树临风、风流倜傥的大才子，你看上我，有什么不对？”佟丽华撇了撇嘴，醉眼蒙眬：“像我这般貌美如花、聪慧娴淑的女娇娥，你为什么看不上我？你是不是个瞎子？”哈岚眨着眼睛，兴奋地道：“你是傻子！我是瞎子！咱俩还真是一对儿……”

他话音一落，佟丽华咯咯笑起来，说不出地开心。

哈岚瞧见佟丽华高兴的样子，突然叹了一口气，悠悠地道：“还有皇……皇上，他，他就是个二愣子……他居然还给咱们指婚……”佟丽华指着哈岚，手指头快戳到他鼻子：“好啊，你居然敢说皇上是二愣子！”

哈岚慌忙捂住嘴。佯装害怕：“错了错了，臣弟错了！”

佟丽华格格娇笑：“我告诉皇上去，让他……让他……打你屁股！”哈岚喉咙里啊的一声，张大了嘴巴叫道：“你……你想谋害亲夫啊……”二人相继大笑，小摊老板被笑声惊醒，莫名其妙地抬头瞪着客人，一脸迷惑。哈岚醉眼迷离，痴痴地望着笑得花枝乱颤的佟丽华，喃喃地道：“你还别说……佟丽华，你长得还挺好看的……”

“是吗？”佟丽华目光闪烁，起身将脸庞凑到哈岚的跟前，“我跟娄晓月，哪个更好看？”

哈岚愣然半晌，翻了个白眼，也不知有没有听懂佟丽华的问话，鼻子里哼哼一声：“哎？这酒今儿不太对，有点儿上头……不行了，我醉了……”他一头栽到桌子上，立即响起夸张的鼾声。

佟丽华微微一怔，使劲拉扯哈岚的衣裳，恼怒地拍打着他的脑袋：“起来哈岚！你给我起来，你这个混蛋……”

天津梓府。

大清早，佟梓华与佟丽华正在餐厅吃早餐，他看着手中的报纸，心不在焉地问：“哈岚人呢？”

“还睡着呢。”

佟梓华冷哼了一声，满脸不屑地道：“你看看你现在这样，守着这样一个男人，值得吗？”佟丽华闻言，不悦道：“你说来说去就是那些，我跟哈岚是结发夫妻，我不可能丢下他不管。”她放下手中的汤勺，起身欲走。

佟梓华急忙拉住妹子，按在座位上，无奈地道：“唉，瞧你现在这脾气，我都不能说你一句了……你倒是有情有义，可他也得有点儿出息啊。他要是真能把密疏交给皇上，皇上一高兴，说不定还真能赏他个差事……”

“密疏烧了。”佟丽华表情冷漠。

“不是吧？哈岚他说……”

“他骗你的，他想让你带他见皇上。”

佟梓华琢磨着佟丽华的话语，思索片刻，试探着道：“那他还敢见皇上？皇上要是知道密疏烧了，还不得治他的罪？”佟丽华斜了他一眼：“皇上真的想通过日本人复辟？”这突如其来的一问，让佟梓华有点意外，他摇着头道：“复辟是不可能啦，这都民国十来年了！”

“那皇上跟日本人还走得这么近？”佟丽华对哥哥的话半信半疑。

佟梓华笑了笑，道：“可能……日本人有钱吧？说了你也不懂！咱们也管不了那么多，过好自己的日子就行了，把钱捞手里再说……”佟丽华咬了咬嘴唇，突然道：“我觉得，你还是得跟日本人保持点距离。”

佟梓华略感诧异：“什么意思？”佟丽华的表情有些谨慎：“那个草弥……我觉得他很不对劲。”佟梓华眼珠子一转，苦笑道：“草弥人很好呀！人家在你身上可没少下功夫，可你偏偏不领情……”佟丽华眼波流转，冷笑道：“草弥人好？我看你是为了自己，想把我给卖了吧？”佟梓华皱着眉头道：“什么叫把你卖了啊？你要真能跟了草弥，是对我有好处，但更多还是为了你呀！有这样一个男人做靠山，你这辈子还愁什么，也不用跟着哈岚担惊受怕、颠沛流离的，连个家都没了……”

佟丽华脸色变了变，怒道：“哥，你再提这话我真跟你翻脸！别说我现在已经是哈家的人了，就算没有哈岚，我也不会嫁给草弥！”

“为什么呀？”

“草弥这人深不可测，完全看不透，让人害怕……他对咱们家的了解事无巨细，你不觉得可怕吗？为政不难，不得罪于巨室……他是想利用阿玛在皇上面前的影响力，挟持皇上！”

佟梓华被妹子一番话说得有点发懵，瞠目结舌地道：“挟持？不可能！你想多了，他就是一个生意人。他之所以知道咱们家那么多事儿，还不是因为人家喜欢你，所以才多打听了些，这说明人家有心。”佟丽华正色地道：“你想得太简单了……他放个孔雀在你身边，你不觉得可疑吗？”

“有什么可疑的，孔雀就是个丫头，什么都不懂。”佟梓华不以为然。

“我看没那么简单。”

“行啦，别看谁都不像好人。甭管他草弥是什么人，能帮咱挣钱就行了，管那么多干吗？你还是先管好你自己的事儿吧。”

佟丽华不想再跟哥哥争辩下去，起身走出餐厅："我出去转转，看能不能找份工作，总不能吃闲饭。"佟梓华喊住："你一个格格，怎么能出去工作，吃苦受累的，要去也是哈岚去！"

"哈岚有哈岚的事儿。"佟丽华神情漠然，起身往门外走去。

佟梓华追到台阶，急道："丽华，不用那么要强行不行？哥养得起你！"

佟丽华转身对着街道上的人力车招手，装作没有听见。佟梓华无奈摇头，突然瞧见哈岚晃悠悠地走到餐厅，手里拎着一封书信，正抓起桌子上一个面包狼吞虎咽。

"怎么你也要出去？"佟梓华好奇地问。

哈岚展颜一笑，道："你不是给我安排好了吗？我这就上张园找皇上递折子去！"佟梓华怔住："我什么时候给你安排了？你能不能别这么心急？"哈岚没好气地道："不是你家的事儿，你当然不急！"

哈岚也不多话，出了梓府就去道上拦车。

从博爱路到张园，路途并不远。

这幢洋房位于天津日租界的宫岛街，是前清驻武昌第八镇统制张彪的私家别墅。园内到处是花卉果木，还有假山凉亭，连戏台与网球场也应有尽有，一座三层楼的洋房，极为豪华，被溥仪暂定为朝廷内务部。

哈岚赶到张园门口，大大咧咧往内院冲进去。门口两名听差慌忙出来拦住："这位爷！您留步，有什么事儿么？"哈岚恭敬地道："皇上在里头吗？我要见皇上！"听差打量了哈岚一眼，慎重地道："您哪位啊？"

哈岚从怀中取出一封折子，正色地道："我是哈贝勒！你快进去通报声，哈岚哈贝勒要见皇上……我折子已经准备好了。"那听差看见哈岚手里的折子，脸上泛起微笑，眨着眼睛道："哦，递折子呀？不知道您想怎么递啊？"哈岚一脸迷惑，直勾勾地瞪着听差："当然用手递啊！"

听差搓了搓手，斜眼微笑："那您，倒是'递'啊。"

"你挡着我的路，我怎么递啊！"哈岚一脸无辜地望着听差。

听差见哈岚如此笨拙，摇头叹息，指着另一边的候侍房，道："看见那儿了吗？都是来递折子了，你里头等着去吧。"哈岚歪着脑袋看了看候侍房外面的动静，大步走了过去。听差叹着气，走到同僚的身边，无可奈何地道："又一个脑袋灌铅，死不开眼的。"

候侍房在张园大门的左边，一间平房内已有七八个人排坐在过道上。这些人身份各异，有官有商也有兵，交头接耳地议论，脸上的表情很沮丧。

哈岚一脚踏进候侍房，看到人群之后，眼睛一亮，颇有兴趣地走到一位身着官服的老者面前，恭敬地询问："您哪儿的？"那老者一怔，客气地行礼回应："顺天府府尹董昌元。"

哈岚哦了一声，又走到下一位打扮贵气的商人面前，笑着问："您哪儿的？"商人手里抱着一个西洋座钟，瞥了哈岚一眼，操着一口上海话回答："上海亨得利。"

哈岚眨了眨眼睛，煞有介事地要去摸商人手里的座钟，那商人见状，急忙用手挡住哈岚："别摸别摸，这是要孝敬皇上的！"哈岚无趣地收回手，一本正经地道："瞅你那小家子气，就这还好意思拿出来进贡？跌不跌份！"说着做出一个吓唬的动作，商人吓得紧紧抱住座钟，哈岚乐得哈哈大笑："这就对了，跌了你也不能跌了它啊！哈哈哈！"

走廊上几个访客见哈岚笑得如此肆无忌惮，一时半会也猜不出他的身份，避得远远的，脸上露出不满的神色。

前面是一位身形魁梧的大汉，穿着一件单薄的长褂，身边还立着一杆长枪。他一双眼睛瞪着哈岚，等哈岚走到他身边刚开口说了个"你……"字，他立马抄起长枪半蹲马步，喝了一声："关你嘛四儿？！哪儿来的老坦儿？！损鸟玩意儿！"

哈岚被大汉的气势震慑，吓得立即将"哪儿的"三字咽了回去，往后退了一步，道："嚷嚷什么？你知道我是谁吗？"大汉冷哼道："我管你是谁！"哈岚傲然道："我是京城哈贝勒！"

"你是哈贝勒？还是哈巴狗？"大汉说话一点不留情面，众人瞧见他这架势，纷纷躲在后面偷笑。

"抬杠是不是！你们满北平城打听打听，谁不知道我哈贝勒名号响当当！谁敢招惹我就是找死！"哈岚翻了个白眼。

门房听差听见候侍房内的动静，怒气冲冲地走进来："吵什么？谁找死！"

哈岚挺胸昂头地站到大汉身边，伸手想去扳住大汉的肩臂，身高却有些悬殊，踮着脚尖才能站稳。他冲着大汉谄媚一笑，扭头回应听差："这是我哥，谁招惹我哥谁找死！"

英国公使馆。

门口挂着一块大招牌，上面写着一排洋文“The British Embassy，Tientsin（天津英国大使馆）”。佟丽华手上拿着报纸，来到公使馆的门前，过去向门房大招呼：“您好，公使馆是不是在招翻译呀？我是来应聘的……”

门房穿着洋服，打量了佟丽华一眼，礼貌地道：“大门右转秘书处，有人会安排考试。”

“谢谢。”佟丽华正准备往公使馆内走去，忽然一辆黑色的轿车转道驶进来，佟丽华急忙往一侧躲开，却见街道上追过来一名庄稼汉，手中握着一把镰刀，闪身拦在车前，逼停轿车之后，挥舞着镰刀对着车子大喊：“洋毛子！下车！把爷爷的‘锤’交出来！”

门房大吃一惊，赶紧跑过来拉扯庄稼汉：“哎哎哎！快闪开！上哪儿找锤来了！”庄稼汉却是力大无穷，一抖肩膀就弹开了门房。那门房一个趔趄，险些摔倒在地。黑色轿车上顿时跳下两名持枪的年轻人，举起枪口对着庄稼汉。佟丽华吓了一跳，冲过来拦住庄稼汉：“大爷，有话好说！快先把刀放下！”

庄稼汉怒瞪双眼，两把镰刀举得更高，大喝道：“我不放！我要我的‘锤’！”

两名年轻人“喀喀”两声，将枪上膛瞄准了庄稼汉，若是他稍有过激行为，很有可能当场开枪。门房惊慌失措地喊：“大哥……大哥！您快把刀子放下！否则他们真会开枪啦！”庄稼汉有些倔强，口气仍然不依不饶：“我今天就是拼了这条命，也要拿回我的‘锤’！”

佟丽华皱了皱眉头，来不及弄清楚庄稼汉到底要什么东西，她回身对着两名持枪的洋人解释：“He is my brother！ Please calm down！（这是我哥哥，请冷静！）”

持枪洋人未做回应。黑色轿车上走下来一个英国人，挥手示意两位年轻人不要冲动。佟丽华转身对着庄稼汉焦急地问：“大爷，您说清楚，你刚刚说的是什么锤啊？”庄稼汉气喘吁吁地道：“我家祖传的老白蜡‘锤’！”

“老白蜡，tree？”佟丽华呆愣半晌，终于反应过来，“老白蜡树？”

“对！有个英国公使馆的洋毛子盖房子，把我家的老白蜡给圈进去了，那是我们家祖宗种的！你们敢动那树一下，我就跟你们拼命！我拼了这条命，也不能对不起祖宗！”庄稼汉情绪激动，挥舞镰刀又要冲上去跟洋人评理。

“你别激动！我帮你解决！你先把刀放下！快放下……”佟丽华死死拉着庄稼汉的胳臂，让他放下镰刀，回头冲着英国人喊，“你们盖房子占了我家祖上的白蜡树……”

庄稼汉一愣，他见佟丽华居然会洋文，那一定可以帮他评理，情绪稍稍缓和。

英国人犹豫了一下，见庄稼汉放下了镰刀，便朝佟丽华走过来，两名持枪洋人谨慎着陪在他左右。佟丽华点头示意，礼貌地道："能把树还给我们吗？"

"白蜡树？我听不懂你在说什么？"英国人穿着崭新的西服，躬身向佟丽华行礼，举止颇具绅士风度。佟丽华扭头问庄稼汉："大爷，谁圈了你家的树？"庄稼汉搔了搔脑袋，苦思冥想："好像是……死弟文！对了，他们说他就住在这儿！"

"他说是一位叫作 Steven 的先生砍的树，您能帮我找到他出面解决这件事吗？"佟丽华的英文极其流利，庄稼汉瞪大了眼睛望着她，心里又惊又喜。

"Steven？ me？"英国人指了指自己的胸口。

"你就是？"

"我就是史蒂文，但我不知道发生了这件事，也许是个误会，我回去查明后肯定会把树还给你们……"

庄稼汉听了半天不知道他们在交谈什么，急问："他说啥？"佟丽华微微一笑："他说是个误会，你家的树应该保住了。"庄稼汉欣喜若狂："真的？你快让他派人去把围篱给拆了……"

英国人望了一眼佟丽华手里的报纸，奇怪地道："夫人，他真的是你的兄弟吗？"佟丽华窘迫地涨红了脸，英国人目光闪动，露出赞许的表情，做了个邀请的动作，"你能协助我一起解决问题吗？"

佟丽华点了点头，嫣然一笑。

第十四章 一波三折

天津梓府。

哈岚拖着疲惫的身子回到博爱路，一进梓府客厅，赶紧喊解一半给他下碗面条，他实在是饿得撑不住了。佟丽华见他回来，面露欣喜之色，道：“哈岚，我找到工作了，在英国公使馆做翻译。”

佟梓华的表情有些尴尬：“这么快？丽华，你真不用这样，哥养得起你，没钱了跟哥说……”佟丽华的态度似乎很坚决：“下个月领到薪水，我们就找房子搬走。”

“着什么急啊，哥又没撵你！”佟梓华叹了口气。

哈岚嘴里塞着面条，狼吞虎咽地道：“是啊，在大舅哥这儿住着，其实也挺好。”佟梓华轻蔑地望了一眼正在吃面的哈岚，冷笑道：“让自己老婆去抛头露面挣钱养家，算什么男人。”

哈岚一怔，无精打采地道：“等我见到皇上，就让丽华辞掉工作。”

佟梓华皱了皱眉头，道：“瞧你这灰头灰脸的样子……我不是跟你说了，要等我来安排吗？你一个人跑到张园去，能见到皇上吗？”哈岚口中一坨面，边嚼着边回应：“我这不是等不及了吗？没想到等了一天，等得我都睡着了，还没能进去见皇上。听差的说我脑子没开过光，我也不知道他说的是什么意思。”

“为什么？你怎么递的折子？”佟丽华愣住。

哈岚茫然地道：“那能怎么递？交给听差的递进去呀！”佟梓华叹道：“就这样？那我看你明儿也甭去了，反正去了也是白去。”哈岚猛地抬起头，不解地问：“为什么？”

佟梓华白了他一眼："你想递折子见皇上，这可是要出血的呀！"

"出血？什么血？我见血会晕啊！"哈岚一头雾水。

佟梓华摇头叹气："哎，就你这德性……难怪那听差说你一脑袋浆糊。"

哈岚闻言微微一怔，仔细想了一想，恍然大悟，哎？这混蛋东西，敲竹杠敲到自己头上来了？要是见到皇上，非告他一状不可！他脸色铁青，将手里的筷子往桌上一放，正要破口大骂，佟丽华先开了口："现在见皇上这么难？"佟梓华没好气地道："你想呢？皇上现在这样儿，没点供奉，谁让你见呀？"哈岚强忍住火气，道："所以……你的意思是，我那折子连递都没递上去？"

"所以我说，你把东西交给我，等我找人帮你……"佟梓华话还没有说完，哈岚胳臂一举，站起身来用餐巾抹了抹嘴，道："没事，我自己想办法！媳妇儿，回房！"

他转身离开餐厅，大摇大摆地往自己房间走去。

等佟丽华跟进了房间，哈岚迅速将房门关上，眨了眨眼睛，龇牙笑道："丽华，你看啊，我得去见皇上是不是？你……给我点钱吧。"

"好。"佟丽华一点没有犹豫。

哈岚似乎吓了一跳，拍了拍自己的胸口："我以为你会磨磨叽叽，不给我钱……"佟丽华白他一眼，打开床底的箱子找钱："我管得有那么严吗？见皇上是正事，该花钱肯定要花的。"

她拿出钱包，突然发现箱子边留着一条女式手绢，满心好奇地拾起，脸色一变："糟了！"

"怎么了？钱丢了？"哈岚有些紧张。

"有人动过箱子！"佟丽华将手绢与钱包塞给哈岚，从箱子里取出装胶卷的盒子，仔细地数了数八个胶卷，缓了一口气，"还好……都在。"

哈岚皱眉道："你倒是快把话说清楚呀，这箱子到底是被动过没有？"佟丽华表情谨慎，若有所思地道："这盒子我本来是放在最底下那层的，没想到刚刚一开箱，看见它被搁在大衣底下……"

"那就是你哥干的了？我找他去！"哈岚语音一落，气呼呼地转身就要开门出去。

佟丽华却伸手拉住了他："东西没丢，他不会承认的。明天再说吧。"哈岚愤愤地道："你哥他也真能做得出来，都开始偷了！说不定就是那个女的干的，叫什么孔雀？我看她就不是什么好东西，阴阳怪气的，那眼神儿贼着呢！昨儿夜里我上茅房，看到她从你哥屋里出来……"佟丽华并没有觉得意外："这很奇怪吗？"哈岚瞪着眼睛，道：

"这不奇怪吗？她跑你哥房里干什么？"

佟丽华见哈岚的反应，摇头叹气，望着手上的胶卷思索片刻："估计是我哥让那女人来偷密疏……还好咱把密疏都变成了胶卷，所以她没有怀疑。"哈岚急道："那咱现在该怎么办？"佟丽华点了点头，道："这样……就算见不到皇上，你明天还是一样去张园等着。我呢，就先把胶卷给转移到一个安全的地方。"

"放在哪里？"

"暂时先存在银行的保险箱里。"

哈岚闻言一喜，如捣蒜般地点头，心里暗想，这是个好主意，你佟梓华要偷要抢，跟银行的保险箱较劲去，老子懒得跟你玩。

此时已夜深人静，在佟梓华的房间里，孔雀正向佟爷汇报行动的进展："我按您的吩咐去找过了，书册倒是不少，就是没有您说的密疏。"佟梓华紧锁眉心，始终琢磨不出个所以然来："这就奇了，他能放哪儿呢……"

"或许，格格说的是实话，密疏真的烧了？"

"这可难说，我宁可相信哈岚的话是真的。"

"可是姑爷的样子看起来，不如格格可靠……"孔雀若有所思。

佟梓华嘴角一扬，淡淡一笑："你是不知道他们俩，一个一肚子鬼主意，一个精得跟猴儿似的，都不知好歹，没句实话……"孔雀提醒了一句："或许他们根本就没有带在身上？"佟梓华怔住："这倒有可能……"孔雀的表情有些为难，吞吞吐吐地道："先生，您以后，能不能别再让我做这种事了？"

"什么事儿？"

孔雀低着头，小声地说："乱翻别人的东西……不好……"佟梓华惊讶地望了她一眼，笑道："你还真是清纯。没事儿，帮我找密疏，不也是草弥先生交待你的任务吗？"

"草弥先生是让我协助您……"

佟梓华正色地道："当然要协助我找……智者千虑必有一失，他们总会露出马脚的，这件密疏对中日邦交很重要。"孔雀咬了咬嘴唇，脸色微红："草弥先生也是这么说，可我不懂。"

"你不必懂。记住，如果找到的话，要先交给我，我会和草弥先生商量怎么办。"佟梓华凑过脸来，神色有些暧昧，"草弥先生有没有说……你以后是我的人了？"他突然搂住孔雀的身子，要去亲孔雀的脸颊。孔雀拼命地挣扎，甩开衣袖跑了出去。

佟梓华望着她的背影，嘴角一抹邪邪的微笑。

次日清晨，佟梓华正在餐厅吃早餐，佟丽华一声不吭地走过来，将一块手绢丢在桌子上，冷冷地道："昨天有人进我房间了。"佟梓华故意做出不知情的神态："哦，是下人给你打扫房间吧？"

"我的箱子被人翻过了。"

"啊？丢东西了？"佟梓华假装吃惊的样子。

佟丽华淡淡地道："没有，金银首饰一样都不少，什么都没丢。"佟梓华连连点头，笑道："哦，那就好，那就好。"佟丽华皱眉道："好？家里出了贼了还好？"佟梓华不以为然地道："别大惊小怪的，不是没丢东西吗？"

"这说明这个贼不是来偷钱的，你不问问是谁吗？"

"谁？"

"孔雀！"

佟梓华瞪起眼珠子，惊讶道："怎么可能呢，孔雀是草弥先生专门派来伺候我的，她受过良好的教育，怎么会干这种事儿？"佟丽华指了指桌子上的手绢，冷冷地道："这手绢是她的吧？她丢在我房间的，看来孔小姐干这种事儿，很不内行！"佟梓华的表情有些尴尬，干咳了一声，轻描淡写地道："一块手绢能说明什么？也值得大惊小怪的？吃饭吃饭。"

"是你让她这么干的吧？"佟丽华轻蔑地扫了他一眼。

佟梓华恼羞成怒，大声道："佟丽华，你把我们当成什么人了？"佟丽华却喊得比他更大声："贼！"佟梓华见到妹子的架势，火气顿时矮了半截，叹道："我说丽华啊！你不要无理取闹，什么贼啊贼的那么难听！"

"你府上出了这样的事儿，你都不管的吗？"佟丽华得理不饶人。

佟梓华颇为无奈："好了好了，以后叫他们谁都不许进你房间。"佟丽华沉着脸儿，转身而去："你们俩不进就行，别叫我再撞见！"佟梓华在后面追问一句："你不吃饭了？"佟丽华径直往门外走去，头也不回："没胃口，我上班去！"

哈岚想去张园再碰碰运气，一大早就起床，心急如焚地往宫岛街赶去。

他来到一处十字路口，见路口的各个角落里站着一排警察，身后挡住一大批看热闹的人群。他心生好奇，上前询问一位大爷："这位爷，前面出什么事啦？不能走啦？"

那大爷扭头瞅了瞅哈岚，故作神秘地道："听说皇上在前面的店里剃头呢！"

哈岚闻言一惊：“皇上？哪个皇上？爱新觉罗那个皇上？”

大爷瞪了他一眼，道：“你以为还有哪个皇上？”哈岚大喜过望，想不到自己运气这么好，居然能在这里碰到皇上？他探着脑袋往街道上四处张望，迫不及待地喊：“哪呢？皇上在哪儿剃头呢？”大爷指了指路口，道：“看见没的？平原理发馆！”

哈岚兴奋地推开人群，使劲地挤到前面去。众人被他推来推去，朝着他骂骂咧咧，巴掌噼里啪啦拍在脑袋上，他也浑然不觉，费了九牛二虎之力才挤到了警察身前。

路边的警察瞧见哈岚，挥舞着手中的警棍，上来拦住他，大声地呵斥：“去去去！这儿不能走！戒严啦！”哈岚苦苦哀求：“警察大哥，麻烦您行行好！我要去找皇上……”那警察瞪了哈岚一眼，没好气地道：“个个都要找皇上，皇上忙得过来吗？去！靠边儿站着去！”

“我不是来看热闹的！我是真有事儿要找皇上……”哈岚想往街道上挤，警察用警棍抵住他的腰眼，伸手推开。哈岚火冒三丈，侧起身子一头就撞向警察，“我偏要过去！”

那警察料不到哈岚如此冲动，脚步一下子没有站稳，一个趔趄被推倒在地。哈岚瞅准了理发馆的位置，撒腿就跑。身后一群警察惊慌失措地吹起哨子，朝哈岚迅速围拢过来。哈岚一个箭步跳上街道，一眼看见“平原理发馆”的招牌。

理发馆门外站着两名警察，见到哈岚狂奔而来，慌忙冲上前去阻拦。

两名穿着黑衣的年轻人对视一眼，双手往衣服口袋里的手枪摸去。像这种意外他们其实早有准备，为了确保溥仪的安全，绝对不能让陌生人近身一步。如果此时哈岚手里拿着武器，估计黑衣人早就开枪。哈岚突然跪倒在理发馆门外，大声呼喊：“皇上！臣弟哈岚，叩见皇上……皇上，我有宝贝要交给你呀……皇上！”

“你疯了吧你！”门口的警察冲到他身前，一把将哈岚揪起，一人一边架起哈岚的胳臂，往街道对面拖了过去。

哈岚踢起双腿不住地挣扎，口中大叫：“放开我……让我去见皇上！放开我……我要见皇上！”

哈岚被扔在对面的马路上，一排警察迅速将他围拢，挥舞警棍将他拦在人群中。哈岚只能从人群的缝隙中，焦急地向平原理发馆张望，口中仍然不断地嚷嚷，“我要见皇上……我要见皇上……”

此时，溥仪剃完头走出理发馆，一群黑衣人在前面吆喝开路，后面数人簇拥护卫，警惕地观察四处的动静。站在路口看热闹的几个带辫子的遗老，纷纷下跪，朝溥仪叩拜。

溥仪骑上自行车，往前骑去，众警察自行分开两排，在前面小跑，维护人群的骚动。而溥仪身后四个侍卫也骑着自行车，后方跟着一辆黑头轿车。哈岚仍然不死心，奋力挣脱拥挤的人群，往溥仪离开的方向追赶。脚下一滑，摔倒在地。

哈岚坐起来不停地喘气，望着溥仪的背影，欲哭无泪。

他垂头丧气地转身离开，不经意间突然发现街道的角落里，那两名身上带枪的黑衣人，始终与他保持一段距离，一路鬼鬼祟祟地跟着。

哈岚满心疑惑，回头看了一眼。两名黑衣人顿时停下脚步，转头佯装无事般望向别处。他越想越奇怪，自己只是要见皇上，又不是坏人，这两个人跟着自己干吗？

他走到一处胡同口，突然停步，迅速转头。那两名黑衣人倒也极其警觉，闪身就躲进街边的角落。

二人等了片刻，探头出来望向胡同，哈岚却早已不见踪影。黑衣人大惑不解，低头窃窃私语，径直往胡同里走过来。不料哈岚“哇”的一声，从一处台阶上跳出来，拦在二人身前：“抓到了吧！”

黑衣人吓了一跳，手腕缩在衣裳口袋里，怔在原地半晌说不出话。

哈岚上下打量了二人几眼，学着天津话喊：“干吗了？干吗了？你们两个跟着我到底想干吗了……”黑衣人硬是不吭声，两个人你看着我，我看着你，一脸迷茫。哈岚以为他们是心虚，胆子立即大了起来，“嘿，还不说话呢！我可警告你们两个，别再跟着我了，听到没有！”

他转身离去，佯装没事一样继续往前走。走出十余步，突然拔腿就跑。

黑衣人一愣，手忙脚乱地急追过去。

哈岚一口气跑到博爱路，一鼓作气地冲进了梓府院子。二名黑衣人跟在哈岚身后，没命地赶来。梓府门房见到贝勒爷如此慌慌张张，奇怪地问：“姑爷您这是什么急事啊？”

哈岚此时跑得头晕眼花，哪里顾得上门房的问话，直接冲进厨房，奔到料理台边，不管有什么就抓什么，使劲往嘴里塞。解一半与翠儿正在厨房忙乎，瞧见哈岚饥不择食的样子，吃惊地道：“怎么着了爷，您这是……”

哈岚抓起桌子上的菜叶，吞得太快，被菜叶噎着，翠儿忙上前拍他背，解一半立即倒了一杯温水递过来。哈岚喝了口水，嘴巴里鼓鼓的，呼着气道：“有人跟着我……刚刚……外头……有人跟着我……”翠儿皱眉问：“谁跟着你呀？”

哈岚边摇手，边用另一只手塞东西吃：“不知道，不知道……”解一半更觉得奇怪了：“跟着你干什么呢？是不是碰到熟人了？你刚刚都去哪儿了？”

“哎，我出去看看去。”翠儿叹了一声，转身走出了厨房。她走到梓府门外四处张望，街道上冷冷清清，空无一人。

傍晚时分，佟丽华下班回来，见哈岚一个人坐在餐厅里正在吃嘎巴菜，桌子摆着一瓶酒，看样子他对天津的特色小吃情有独钟，果然是个地道的吃货。

佟丽华故意板着脸儿：“怎么不等我回来吃？”

“你回来了正好，我有事儿跟你说！”哈岚的神情有些紧张，将白天遇见的事情一五一十地告诉了佟丽华，嘴里吃着嘎巴菜，极不情愿地叹气，“唉，我差点就见到了皇上……你说，那俩是什么人？跟着我干什么？”

佟丽华坐下来挑了挑碗里的菜，若有所思地道：“那两个人从理发店外头就跟着你？”哈岚点点头，刚夹起筷子，突然停下来望着佟丽华，小声地道：“他们不会是为了……那东西吧……是你哥！一准儿是他！除了他没别人能走漏这消息！”佟丽华见哈岚生气地撂下筷子，一副忿忿不平的模样，只得安抚他：“你先吃饭，现在也不能确定。”

“除了他还有谁！我就知道！他没安好心。”哈岚气呼呼地说。

“还好是有惊无险，以后小心些就是了。”

哈岚惦记着胶卷，慎重地道：“那东西呢？你放好没有？”佟丽华笑了笑，道：“放心，我已经存在汇丰银行了，除了我，没人能取出来。”哈岚点了点头，又埋头吃菜，眼珠子转了转，犹豫地抬起头：“丽华，我……想跟你商量个事儿。”佟丽华皱眉道：“什么事儿你就说。”哈岚咽了一口菜，战战兢兢地道：“我想回北平一趟……”佟丽华一怔：“好好的你回北平干什么？”

“你看啊，今儿我被人追杀……”哈岚开始找借口。

佟丽华吃了一惊：“追杀？”

“是啊，那两个人说不定就是想要我的命……明儿指不定又会发生什么事儿，我还是先回北平躲几天。”

佟丽华眨了眨眼睛，猜出了哈岚的心思，淡淡地说道：“那你不见皇上了？”哈岚一本正经地道：“见啊，当然要见。我就去两天，躲过这个风头就回来。”佟丽华脸色一沉，冷哼道：“我知道了，你是想躲到得月楼去吧？”哈岚心虚地笑了笑：“你想哪儿去了？”

“哈岚！你那点儿心思别以为我不知道！”佟丽华将手中的筷子往桌子上一搁。哈岚故作惊讶的表情，瞪起了眼睛：“我什么心思啊！我今天被人追杀！你眼睁睁看我被人杀死都不管吗？”

“追杀你的人在哪儿呢？谁见着了？”佟丽华的语气依然冷漠。

哈岚皱了皱眉头：“好啊，你居然怀疑我，不信我说的话！”佟丽华脸色铁青，道：“刚才我还信，现在我不信了！”

“为什么？”

佟丽华盯着哈岚，冷冷地道：“为什么还要我说出来吗？真当我是傻子啊？你是变着花样想去见娄晓月！”哈岚恼羞成怒，叫道：“是！我就是想去见娄晓月！”佟丽华一拍餐桌，起身指着哈岚的鼻子，怒道：“你现在承认了？”哈岚见她这架势，心里有点慌，说话的声音有些结巴：“可是……可是我被人追也是真的。”

“傻子才信你鬼话！”

“你爱信不信！反正我要回北平！”哈岚瞪起两只眼睛，歪着脑袋望着天花板。

佟丽华大声呵斥：“你做梦！娄晓月可真有本事啊，都到天津了，她还阴魂不散！”她气呼呼地抓起桌子上的酒瓶，给自己杯子倒上一杯酒，一饮而尽。

哈岚满眼吃惊地看着她的动作，心里有些紧张。

佟丽华又倒上一杯，端起酒杯咕噜咕噜就往嘴里倒：“哈岚！你还有没有良心！”

“我怎么了我？不就是想回北平两天吗？”哈岚也给自己倒上一杯，一饮而尽。佟丽华一把抢过酒瓶，继续倒酒，恨恨地道：“好啊！都什么时候了，你还想着她！”

“我想着她怎么了？我又不是不回来！”

“你要走了，就永远别回来！”佟丽华气急，甩手就将酒杯摔在地上，只听见哐当一声，吓得哈岚起身往后躲。

他瞧见佟丽华这么不讲情面，性子一上来，脸儿涨得通红，将手中的酒杯往地上狠狠一砸，狂吼道：“不回就不回！你当我想回来啊！”佟丽华大怒，抢过桌上的酒瓶对着嘴猛灌。哈岚惊惶地上前去抢夺酒瓶，口气顿时软下来：“丽华，你疯啦！”

佟丽华站在餐桌旁开始摇摇晃晃，脸泛红晕，已显醉态：“你才疯了！哈岚！你看清楚，我，佟丽华，才是你明媒正娶的媳妇！你凭什么这么对我……”她一下子跌坐在凳子上，泪水夺眶而出。哈岚叹了一口气，忙上前去扶住她，好言相劝：“好好好，姑奶奶，你才是我媳妇，咱在家里就别闹了。”

“家？家在哪儿？哪有家？家烧没了……”佟丽华突然抱住哈岚，放声大哭，“阿玛和额娘去日本了，不要我了……王爷和福晋也走了……呜呜……连我也欺负我……你们都不要我……都不要我……”

哈岚见她哭得肝肠寸断，心乱如麻，回忆起那场大火将哈王府烧成一片凄凉，忍不住也想掉下眼泪。他搂住佟丽华的肩臂，轻声安慰："好好，我不走，不走还不行吗……"

窗外呼呼冷风，吹落了院子里几片枯叶。

北平城警察局。

汪四海坐在警局办公室里，两只手缠满了绷带，按在桌上两册残缺的密疏上，怎么也翻不开。他有些着急，俯下脑袋用嘴去翻书，一页一页艰难地查看，眼珠子渐渐瞪圆，喃喃自语："金丝锦被，制价八万四千两……乖乖，这死了还要睡在金山上，哼！要不这大清国得完，作孽呀！"

他正看得起劲，忽然听见外面传来敲门声。他忙用嘴合上书，用嘴巴夹起文件夹，小心地挡在密疏上。

刘金推门进来，走到办公桌前敬了个礼："副局长，胡厅长有事要见您。"

原来汪四海今非昔比，侦缉队长没干成，倒是爬上了副局长的位置。他朝刘金摆了摆手，起身整理好制服的纽扣，径直赶去厅长办公室。

胡厅长是个肥头大耳的中年人，沉着脸坐在桌前，看见汪四海毕恭毕敬地站在门口敲门，勾了勾手指头，示意汪四海进来。

汪四海赔着笑脸，点头哈腰地道："胡厅长，您找我？"胡厅长呵呵一笑："汪四海，你这副局长当得还习惯吗？"汪四海有些受宠若惊："哎哟，承蒙厅长关心，呵，习惯，特别习惯！"

"哦，是不是，跟生下来你就该坐那儿似的？"

汪四海微微一怔，弓着身子道："您这是在骂我呐！胡厅长，我能坐在这位置上全都仰仗于您呐！"胡厅长白了他一眼，冷冷地道："光拿嘴念啊？"汪四海讪笑道："您是不是说那宝贝呀？您放心，唉，我一定把这宝贝给您找到！"

胡厅长猛地一拍桌子，大声道："合着你还记着这码子事儿？！我当你就饭吃了呢！"汪四海苦着脸，委屈地道："厅长，这您可太委屈我了，我是那种人吗！"胡厅长瞪着汪四海，语气很谨慎："宝贝到底在哪儿呢？长的还是短的我一眼没瞧见，从谁哪捞来的你也从来不说，怎么着，你是准备一直糊弄我呢？"汪四海挺直身子，信誓旦旦地道："报告厅长！您在给我两天时间……我一定！一定把宝贝给您找出来！"

“好，你小子要是敢蒙我，就把你从头到脚撸个爪干毛净！”

“不敢不敢，我就是蒙我亲爸爸都不能蒙您！”

胡厅长不悦地瞅了他一眼，不耐烦地挥了挥手：“你小子呀就是这张嘴好使！赶紧给我把事儿办好！”

“放心，您放心！”汪四海笑容满面地退出了厅长办公室，心里暗自缓了一口气。

他回到自己的办公室，看见刘金坐在沙发上等着，这才想起正事，皱眉问道：“叫你们去办的事儿，有消息了吗？”刘金起身汇报：“我带着兄弟们仔仔细细地翻了个遍，哈工府都烧成灰啦，什么也没剩下。”汪四海“哼”了一声，咬着牙道：“还往上浇火油，不烧成灰才怪！这哈岚也真够绝的，他人呢，能找到下落吗？”

“该搜的地方都搜了，城南城北就是不见他们的人影。”

“加派人手，继续搜！火车站、城门设卡，把北平城翻个遍儿也得把他们给我找出来。”

刘金吞吞吐吐地道：“只怕……他们已经离开北平了。”

“就算跑到天边儿也得给我抓回来！我总觉着这小子留着一手，不可能那么痛快就把密疏给烧了……”汪四海眼珠子一转，好像忽然想起什么事儿，脸上露出一抹冷笑，“我得去一趟得月楼，我倒要看看娄三喜能给我玩什么花样！”

得月楼跟往常一样热闹，门口聚集了一大群票友。

听说晚上娄家班准备演一出《凤还巢》，观众纷纷赶来买票。

此时，娄晓月正在房内收拾包袱。丁宝让师兄们在门口看着，敲门进去，慎重地将手里的车票递给娄晓月：“师姐，您这趟去天津，要去多久呀？”

娄晓月慌慌张张地收拾好东西，望窗外瞄了一眼，一脸凝重：“这要看哈岚了……他想扔下我，门儿都没有！”丁宝叹道：“您可别去太久呀！师父这儿大家伙儿难交代……”娄晓月拍了拍丁宝的肩：“你放心，我心里有数。”

丁宝点了点头，帮娄晓月拎着包袱，悄悄地绕过院子，一前一后走出门外，闪身就进了小巷子。几个武行的师兄弟在门口向娄晓月挥手道别，忽然看见娄班主手上拎着一个荷叶包，嘴里哼着小曲，正往得月楼走来。

娄三喜发现了小巷子里的人影，好像是娄晓月与丁宝，他满脸狐疑，刚想问门口的徒弟，大师兄慌忙迎上前去，佯装帮他拿烧肉：“师父！你可回来了，大家都等着您开饭呢……”

“丁宝和晓月这是要去哪儿？”

“没去哪儿……他们买东西去！”大师兄急忙掩饰。

“买什么？我看见他们手上是不是拎着包袱……”娄三喜歪着脑袋，越想越不对劲，旁边的武行师兄弟们一起围上来，起着哄要推娄班主进屋：“师父您肯定看错了。他们没去哪儿……晚点就回来！”娄三喜皱了皱眉头，突然将手中的荷叶包往地上一扔，怒道：“快说！他们到底要去哪儿？”

众人见师父发火，不知道怎么开口说，一个个闭上了嘴巴，鸦雀无声。

“说不说？”娄三喜增大了嗓门。

大师兄心里害怕，只得坦白：“丁宝……他送晓月去车站，去天津了！”

娄班主霎时变脸，“啪”的一声，扇了大师兄一个耳光，大吼道：“混账！你们现在就去把人给我追回来！要追不回来，我让你们通通滚出娄家班！”

一群人抱着头，立即往外冲。

等几个师兄追上娄晓月和丁宝，气喘吁吁地说娄班主大发雷霆，正在处罚大师兄。娄晓月心知父亲的脾气，可不能让师兄受罪，急匆匆调头赶回来。

只见得月楼大堂的舞台上，几个师兄弟褪去了裤子，趴着一排长凳子上。娄三喜手拿刀坯子，开始一个个轮着打着师兄弟们的屁股：“反了你了竟敢骗我……我打你个吃里扒外……我打你个不忠不孝……”

娄晓月慌忙冲上前去，拉住娄三喜的手，双腿跪地，不让他继续打下去：“爸爸，对不起！您别打师兄了……都是我的错！都是我惹的祸……我不走了！爸爸……我哪儿都不去了……”

娄三喜转过头来望着娄晓月，咬着牙道：“你知道回来了？”娄晓月拉住父亲的手，死活不肯松手，哀求道：“我求求您了，爸爸！我求您了！”娄班主点了点头，表情很冷静：“好！你给我发誓！打今儿起，你跟哈岚一刀两断，生死永不相见！”娄晓月浑身一颤，眼泪再也止不住，拼命地摇头：“我求求您……爸爸！你不要这样，我求求您……”

“你到底说不说？”娄三喜怒吼。

“我求您别逼我……爸爸……”娄晓月悲声痛哭，泪流满面。

娄三喜的手腕开始剧烈地发抖，气得连脚步都快站不稳。他一甩手挣脱娄晓月的胳臂，冲着丁宝喊道：“丁宝！把晓月给我关好了！不许她出屋子一步，晚上老老实实给我唱凤还巢……”

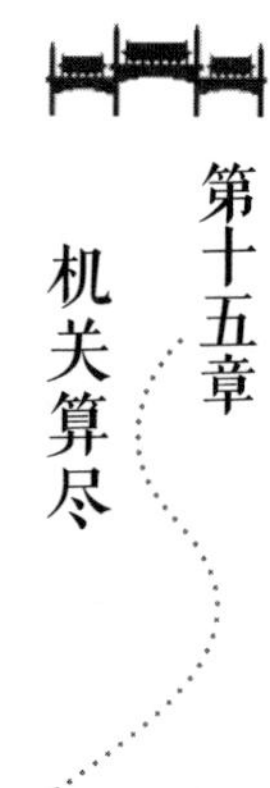

第十五章 机关算尽

得月楼后台。

娄三喜心事重重地拉着胡琴，看见丁宝拎着食盒，怯怯地站在门口，皱眉问：“什么事？”丁宝小声地道：“师姐她不吃饭……”娄三喜脸上闪过一抹无奈，放下了胡琴，从丁宝手中接过食盒，起身往娄晓月房方向走去。

走到娄晓月的房间，他轻轻地敲了敲门，将锁打开，拎着食盒放在桌上。

娄晓月泪眼婆娑，坐在床榻上，低头不说话。

“丁宝说你不吃饭？”娄三喜望了女儿一眼，将食盒里的菜盘子一样样取出来，“过来，吃点儿。晚上还上台呢……”

娄晓月假装没有听见，身子一动也不动。娄三喜叹了一声，道：“对一个已经结婚的男人，你到底还有什么指望？”

“我没指望什么！我知道跟哈岚在一起，没有好果子吃……”娄晓月语气冰冷。

娄三喜见女儿开口说话，趁机劝慰：“你知道……你为什么还要去呢？本来就是个不成才的，现在连个王府都让人给烧了。你说，这样的男人能给你什么依靠……你别老说你跟他青梅竹马，那不是理由！”娄晓月一歪脑袋，反驳道：“你不老说要为人着想吗？以前哈岚捧着咱们的时候，您说过话了吗？为什么现在人家家破人亡了，你就翻脸不认人了！”娄三喜耐心劝解：“你甭拿感情说事儿，我现在跟你谈的是你的终身……你以为你能唱多久？不管哈王府今天有没有让人给烧了，哈岚终归是个不靠谱的男人！是女人都不能嫁！”

“可我已经没有后路了，您明白吗？我已经嫁不了别人了……”娄晓月情绪有些激动。

“什么叫作嫁不了别人？你想嫁外面大把男人排队！”

“您什么都不懂……您什么都不懂……”娄晓月呜呜哭出声。

娄三喜摇头叹息：“哎，我都说到这份上了，你还没听懂吗？他现在连自己老婆都养不起了！你以为他去天津干什么？他是去投靠他大舅子的呀！”娄晓月越哭越激动：“爸爸……我求你了！我现在真的嫁不了别人了！”娄三喜正色地道：“可现在就算你去天津，他能要你吗？就算他要你做小，他那佟大格格能容你吗？晓月呀！你现在不是找不到好人家，你为什么要这样糟践自己？你妈临走的时候我答应过她，这辈子不让你受一点儿委屈……你要真糟贱自己，给哈岚做小老婆，你让我死了以后怎么跟你妈交代？”

“可我不行呀……我就只有哈岚……我这辈子只剩下哈岚了……”

“胡说！好几家大门大户的人来找我说亲呀！赶明儿我就去给你应一个，应一个比哈岚还要好的！”

娄晓月甩着手，连连摇头：“爸呀……你不知道，我无路可走啦……”娄三喜上前揽住哭泣的娄晓月，安抚地道：“有爸爸在，你就不会无路可走。乖！快先吃点东西，晚上还得凤还巢呢……听爸爸的话好吗？现在可是爸爸在求你呀！要不要我给你跪下啊？！”

得月楼大堂。

锣鼓点声响起，娄晓月在舞台上演出《凤还巢》。

此戏曲与传奇剧本“风筝误”有异曲同工之妙，花旦程雪娥的几段唱腔，华丽别致，明快跌宕。娄晓月虽然心里酸楚，但也不想坏了娄家班的名声，她在舞台上卖力演出，身姿优雅，唱腔更是婉转流畅，引来观众的啧啧称赞。

台下的观众正看得如痴如醉，耳边忽然听到一阵喧哗声。

只见汪四海带着一批警察冲进了得月楼，兵分两路，迅速将大堂团团围住。众人扭头一瞧，见大堂被警察包围了，心想肯定是要出事，惶恐不安地站起来，纷纷往门外跑去。

汪四海抬头望着舞台上的娄晓月，脸上闪过一抹不屑的微笑，大步走到台前叫喊：“停停停……这都是在演些什么东西！”锣鼓声戛然而止，娄晓月一怔，拧身看见汪四海，气不打一处来，停下来质问：“汪四海，你带这么多人来干什么？你又想捣什么乱？”

“娄晓月，看明白了……你知道我现在是谁吗？”汪四海用手指头戳着自己胸口的徽章，表情极为得意，“知道吗？警察局长！”

刘金一路跟在汪四海身后，低声在他耳边提醒：“副的副的……”汪四海瞪起眼睛，大声道：“副的也是局长！”娄三喜从后台听见动静，赶紧跑出来，瞧见大堂上突然摆开这阵势，心里隐感不安，他耐着性子上前，赔着笑脸：“汪……汪副局长啊？恭喜恭喜！咱现在才知道您是警察局副……局长，请问您今天又有什么指教？”

汪四海瞅着娄三喜，嘿嘿一笑：“我就是来问问你这台上唱的是什么？”娄班主没好气地回应：“凤还巢！”汪四海故意做出惊讶的表情，道：“你知道这是禁戏吗？”娄三喜怔住：“这凤还巢都唱了多少年了，怎么可能是禁戏？”汪四海晃了晃脑袋，煞有介事地道：“凤还巢凤还巢，不就是想把奉军给赶回老家去吗？敢向奉军挑衅，这还不是禁戏吗？”

娄三喜知道奉军是北洋军阀的派系之一，张作霖可是北平城的陆海军大元帅，这玩笑开不得，要掉脑袋的。他虽然心里愤怒，但仍然压着火气：“哎哎……汪四海你念过书没有，这能挨的上边吗？这是凤凰的凤，跟你奉军有什么关系啊？”

“合着你还以为我是来公报私仇、无理取闹的呀！”汪四海朝身后大喊一声，“刘金！”

刘金上前一步，从身上取出一纸公函来：“不好意思，这是张大帅的批文……据悉，凤还巢一剧有伤害风化之嫌，即日起全市停止演出，若有违令者，严惩不贷……落款是教育部部长刘哲。”

汪四海目光阴冷，挥起手臂喝道：“来呀！把得月楼给我封了……打今儿起没有我的命令，娄家班永远不许开锣！”娄三喜见汪四海动了真格，心里就不踏实了，忙上前哀求：“汪四海，这事儿不能这样办呀！不能唱凤还巢，咱还能唱别的戏呀！为什么你让我娄家不许开锣？你这不是公报私仇吗？”

“对，我就是摆明着公报私仇……怎么，你去告我呀！”汪四海凶相毕露。

“汪四海！”娄晓月气得要冲上去打汪四海。

娄三喜一把拦住女儿，示意她莫要冲动。他忍住怒火，低声下气地道：“汪队长……汪副局长，那您看这事儿得怎么办？”汪四海哈哈一笑，得意洋洋地道：“要不上你里屋说去？你知道我要什么！”

娄三喜当然知道汪四海想要什么，他朝思暮想的事儿，除了东陵密疏，就是得月楼的房契。他万般无奈，将汪四海请到了得月楼的包间，摸索着从床头取出一张房契，递给汪四海，一双手已气得发抖。

汪四海低头瞧了一眼房契，见上面还沾了一些血迹。他两手负背，故意皱了皱眉头，道："这就是得月楼的房契呀？你就这么给我啦？你再想想。"娄三喜沉声道："你还想怎么着？"汪四海冷笑："我那天说什么来着？您不会就这样忘了吧？"

娄三喜闻言身子一颤，心知今日是难逃其辱，他咬着牙道："记得！您说……让我……让我跪着求你。"

汪四海仰起脑袋，耀武扬威地道："对呀！跪下呀……你还站在那儿干什么？快跪下呀！难道你想娄家班永远开不了锣吗？"娄三喜深深吸了一口气，嘴唇一直在抖，手里抓着房契，缓缓跪倒在地。汪四海大声嚷嚷："手举高点，别抖！两只手拿稳了……这么多人可指着你开饭呐！"

娄三喜虽然气得七窍生烟，但是为了娄家班，必须忍辱负重。他双手高高举起房契，低声唤了一句："汪副局长……"汪四海掏了掏耳朵，佯装听不到声音："你刚刚喊我什么？"娄三喜忍气吞声地道："汪局长，这是……得月楼的房契。我求求你，你收下吧……"

汪四海哈哈大笑，满意地点点头，伸手从娄三喜的手上取走房契。

此时，娄晓月推门冲进来，见父亲跪在汪四海的身前，大吃一惊："怎么啦？爸，你这是在干什么？汪四海，你欺人太甚！"

汪四海一声冷哼，傲然道："我就欺负你了，怎么着？你是不知道，你在黄泥岗的时候，你爸差点儿没把我糟践死！这事儿我提过吗？这房契本来就是我们家的东西对不对？哎？不对不对，我说错话了，我告诉你，你早晚是我的女人，这房契是咱俩的，哈哈……"娄晓月气急，发疯似地冲上去要扯打汪四海，娄三喜赶紧从后面将她抱住："晓月，别惹事儿！"

"嘿嘿！月儿，明儿我还来啊，明儿见！"汪四海不怀好意地凑近娄晓月，挥了挥手中的地契，转身离去。

天津城。

佟梓华闲来无事，开了一辆黑头轿车，带着哈岚满城瞎逛。眼看天色已晚，便热情邀请哈岚去樱花公馆共进晚餐。

哈岚走进樱花公馆，瞧见富丽堂皇的公馆大堂，啧啧称奇，耳边听见钢琴音乐，朝着正在弹钢琴的马俊杰挥了挥手。马俊杰并未停止弹奏，微笑点头示意，钢琴声宛如珍珠落玉盘，颗颗分明，音色清脆。

他跟着佟梓华来到一处日式包间，二人围着一张矮桌盘腿而坐。哈岚望着眼前满桌的日本料理，好奇地指了指一盘鱼片，问道：“这是要吃火锅吗？这么多生的。”

“吃什么火锅呀，今儿我请你开洋荤，这是日本料理！”

哈岚不惑不解：“这鱼是生的啊？怎么吃？”佟梓华斜着眼睛给他解释：“这是刺身！就这么生着吃！”哈岚皱了皱眉头，仍然不敢相信：“生的怎么吃？”

“土包子……”佟梓华满脸嘲笑，夹起一块鱼肉，沾着面前装着芥末酱油的小碟子，一口吞下去，鼓起嘴巴向哈岚示范：“就这么吃！”

哈岚瞪了他半天，又望着一盘绿油油的东西问：“那一坨绿的又是啥玩意儿？”佟梓华没好气地道：“当然是好东西！请你吃个饭你怎么这么多话呢？”他话音一落，夹起盘中一片生鱼片，沾了沾芥末酱油，放在哈岚的碟子里。

哈岚半信半疑的夹起鱼片，塞进嘴里，顿时眼泪飞溅，鼻子呛得连打喷嚏，手里的筷子也掉在地上。他张大了嘴巴大喊：“妈呀！这是什么玩意儿呀？怎么这么……这么冲呀！”

佟梓华却是哈哈大笑，急忙给哈岚倒上一杯清酒：“来来，喝点酒漱漱口……”哈岚一口气喝光了酒，吐了吐舌头，道：“这酒不错，喝起来跟苹果汁一样！”

“你悠着点儿，这日本酒后劲可大着呢！”

哈岚缓了缓，突然看见桌上摆着一盘玉子烧。他用筷子指了指，点头道：“我知道这玩意儿……日本人的摊鸡蛋！丽华的最爱……”他夹起一块玉子烧塞在口中，用力地咬着，若有所思，“这味道也忒奇怪了，丽华怎么会喜欢吃这种东西？”

“你当吃早点哪，还摊鸡蛋？人家这可是功夫菜！”佟梓华见哈岚又倒了一杯清酒开始漱口，忍住笑，伸出筷子要去夹玉子烧，却被哈岚挡住，他皱眉问道：“怎么啦？”

哈岚将盛玉子烧的盘子移到自己身前，正儿八经地道：“不准吃了！剩下的我打包回去带给丽华吃。”佟梓华闻言一怔，轻叹了一声：“行，没想到你小子还这么疼老婆，一会儿我让厨房再做一份儿。”

“嗨，什么疼不疼的，我就是……有点儿怕她。”哈岚脸儿一红。

“不是你一个人怕她……说实话，搁以前，我们整个佟府上上下下没有人不怕她！”

哈岚笑道：“那还真是委屈了你们……”佟梓华点了点头，举起酒杯敬酒：“下半辈子可要委屈你了！”

二人相视大笑，连干了两杯。哈岚觉得这日本的苹果汁味道真是清爽可口，夹起生鱼片沾着酱油，吃得津津有味，而那些绿色的芥末，他死活不去碰。佟梓华见他吃得高兴，趁机说起火烧哈王府一事：“照我说，烧房子这事儿……该是丽华的主意吧？”哈岚脑子不笨，知道大舅子是在试探他，不露声色地道：“跟丽华没关系，都是汪四海那个混账东西！若不是他要抢密疏，我今天会沦落到家破人亡的地步吗……”

“所以你们现在还敢抱着那密疏？你就不怕汪四海追来？”

“不怕。”哈岚摇了摇头。

“为什么？”

哈岚端起酒杯，装模作样地道：“因为密疏就是让他给烧的呀！”佟梓华翻了个白眼，叹道：“哎，你不是说密疏没烧吗？哈岚，我可没工夫跟你打哑谜，这密疏到底是烧了还是没烧？”哈岚晃着脑袋，嬉皮笑脸地道：“这密疏是烧了也没烧……”佟梓华脸色一沉，心里恨得咬牙切齿，却佯装若无其事地露出笑脸：“好你个哈岚呀！玩你大哥呐？”

“喝酒，喝酒！”哈岚满脸得意，举杯相邀。

二人连碰数杯，一名穿着和服的服务员走进包间，恭敬地向佟梓华行礼：“佟爷，房间已经准备好了。”

哈岚醉眼蒙眬，诧异道：“准备什么？还有好吃的？”

佟梓华冲着服务生点点头，神秘一笑：“是有好戏上场。”服务生会意，过来搀扶哈岚起来，小心地架着喝得醉醺醺的哈岚，将他领到了另一处黑漆漆的包间，一声不吭地把门拉上。

“哎？怎么回事儿？”哈岚摇晃着身子，环顾四周，却见屋内点了黯淡的烛光，地板上跪着两个浓妆艳抹的日本歌妓，身上穿着花花绿绿的和服，苍白的脸上撅起两点血红的嘴唇，吓得他一个激灵，“什么人？你们是人是鬼啊？”

岂料两名歌妓并不说话，起身过来就将哈岚推倒在地板上，咯咯娇笑着，心急如焚地去扒哈岚的裤子。哈岚慌忙护着裤腰，额前渗出冷汗：“嗨嗨，怎么个意思？见了面儿就扒裤子，这是怎么个意思这是？”

歌妓眼含春色，整个人钻进哈岚的怀里，上下其手，继续扒他的裤子。哈岚突然跳起来，提着裤子就往外跑：“杀人啦，救命啊！”

他腰上挂着一只从歌妓脚上脱下来的足袋，跌跌撞撞地冲到包间外面的走廊上，一眼瞧见大厅上的餐桌，抓起点心就往自己嘴里塞。樱花公馆的客人正在用餐，猛地吃了一惊，身子往后翻仰：“怎么回事儿啊？哪儿来的叫花子？”

哈岚嘴里塞得满满的，双手比画着解释，却是一句话也说不出来。客人恼羞成怒，冲上来扯住哈岚的胳臂，正要动手打他，钢琴师马俊杰忽然出现在餐桌前，上去拦住客人，赔着笑脸："先生您别生气，这位爷他喝醉了，这碟点心算我的，算我的……"桌前的客人，甩了甩胳臂，骂骂咧咧地坐下。

马俊杰扶起哈岚，将他拉到一边的卡座上，又替他倒了一杯温水喝下，关切地问："感觉好些了？"哈岚缓了口气，致歉道："谢谢兄弟哈！"马俊杰微微一笑："哈贝勒不必客气。"哈岚打量了他一眼，想不起来在哪里见过，奇怪地道："你认识我？"

"您不是佟先生的妹夫吗，鼎鼎大名的哈贝勒，谁人不知啊。"

"见笑见笑，请问您是……"哈岚拱了拱手。

"在下马俊杰，是这儿的琴师。"

哈岚恍然大悟："哦，对对，我刚才见过你，钢琴弹得不错！"马俊杰打趣道："哈贝勒这是怎么了？吓成那样儿。"哈岚拍了拍胸口，惊魂未定："嗐，别提了，那屋里有俩日本娘儿们，画得跟鬼似的，上来就扒我裤子，吓死我了。"马俊杰失笑道："那是日本歌妓……"

"歌妓？是唱戏的还是唱歌的？甭说爷咱有老婆，就那鬼模样，吓都吓死了，谁还有兴趣啊！得嘞！"哈岚抓起一个豆沙包，边说边站起身来，"我得找我那大舅子算账去。兄弟……你叫马俊杰是吧？你这份情我记下了，青山不改绿水长流，改明儿我……我请你喝酒！"他也不来跟马俊杰客气，咬着豆沙包就往外走去。

"哈贝勒慢走！"马俊杰眼神闪烁，挥手示意。

樱花公馆的包间内，佟梓华正与岛田敏三对坐。桌上放着一个用风吕敷包好的木盒，里面装着是打包好的玉子烧。

佟梓华喝一口咖啡，正色地道："岛田先生，这世界上，不是男人，就是女人……今天樱子两姐妹把哈岚给办了，明天就不怕他不将密疏的下落给说出来！"

岛田敏三眼神闪烁："佟先生就这么有把握？"

佟梓华笑道："这您就不知道了，哈岚怕老婆，我妹妹丽华……把他吃得死死的！"岛田敏三摇了摇头，淡淡地道："您真觉得每个男人都跟佟爷您一样，眼睛里只看得到女人？"佟梓华嘴角微微上扬，似乎胸有成竹："跟我一样那是不可能，可英雄难过美人关却是事实，更何况哈岚还不是个英雄……"

“密疏这件事情事关重大，不能出现半点马虎。”

“上次这笨蛋没有见到皇上，肯定不会死心。岛田先生放心，只要我们派人密切留意他的动静，不让他接近皇上……”

岛田敏三点了点头，打断他的话：“如果查出密疏的下落，一定要等候时机，静观其变。你们中国有句古话，小心能驶万年船。”

忽然，包间的门被人用力推开，只见哈岚手里拿着个豆沙包，一脸醉态地走了进来。他在屋子里转了一圈，又朝门外张望几眼。

佟梓华怔住：“哈岚？这么快就出来了？”

“别提了！我差点儿回不来了……”哈岚往椅子上一瘫，擦了擦额前的冷汗，显然是受了惊吓。

佟梓华眼珠子一转，道：“怎么回事？刚才不是还好好的吗？”哈岚惊恐地道：“刚才有俩妖精，想吃了我，拉着我不让我投胎呀！”佟梓华与岛田敏三皆是一愣，互望了一眼：“妖精？哪来的妖精？哈岚，你是喝醉了吧？”

“哎呀！我说我要喝孟婆汤呀，她俩偏偏不给我……就给了我这个珍珠丸子。看见没有，还是豆沙馅的……”

岛田敏三见哈岚语无伦次，皱眉道：“佟爷，我看您还是先送哈爷回去吧，吹一吹风，这酒就醒了。”

佟梓华无奈，起身向岛田敏三告辞，扶起哈岚，带着他离开樱花公馆。

大堂内响起钢琴音乐，哈岚摇摇晃晃地走出大门，回头望了一眼正在弹琴的马俊杰，脸上闪过一丝窃笑。

二人坐车回到梓府，勾肩搭背地往院子走。哈岚踩在台阶上，大声哼着不成调的歌词：“孤王酒醉桃花宫……”他唱得正是京剧《斩黄袍》里词调，佟梓华顺着他的调子唱和，突然用戏曲里的念白逼问哈岚：“哈岚！你老实招来……这密疏到底是烧还是没烧？”

“没烧！没烧！”哈岚连连摆手。

“没烧？那藏那儿去了？你别蒙我了，放在你手里很危险你知道吗？”佟梓华大喜过望。

“烧了，烧了……”哈岚站在门口，被风一吹，酒劲竟有些上头，望着佟梓华，吃吃地傻笑着。

佟梓华发现又被哈岚耍了，愠怒道：“嘿！你是跟我这儿别跟我装疯卖傻呢？”

哈岚打了个哈欠，心不在焉地道："我真是得回趟北平去……"佟梓华仍然不死心："我是问你密疏烧没烧……"哈岚用手指着佟梓华的鼻子，一本正经地问："那我问你，是先有鸡还是先有蛋！"佟梓华忍住火气："哼！我说东你说西，我说狗你说鸡……"

哈岚一怔，顿时学起了狗叫声，然后又将声音拉成公鸡叫的节奏。佟梓华皱眉道："我看你是有病呀！"哈岚摇摇头："错！你应该说咕咕咕！"

佟梓华失去了耐心，一把推开哈岚，径自走进屋里去。哈岚摇摇晃晃地跟着他进屋，佟丽华早已等在客厅，瞧见哈岚醉醺醺的模样，冷冷地道："去哪鬼混了？我在房里都能听见你们两个的声音……"

哈岚走进客厅，将手上的摊鸡蛋往桌上一放，口中仍哼唱着曲儿。孔雀见状，上前一步想去扶住哈岚："哈爷，您先坐下……"岂料翠儿与解一半迅速迎上去，故意挤开孔雀，一人一边扶着哈岚坐在太师椅上："哎哟我的爷呀！您怎么喝这么多酒呀？"哈岚晃着脑袋，瘫坐在椅子上，口齿不清："错错错！我这是喵喵喵……"

解一半急道："醉成这样？我去厨房给爷调碗醒酒汤去。"孔雀讨个没趣，转身上前接过佟梓华脱下的外套。佟丽华唤了两声，见哈岚根本就不搭理，满脸疑问地望着佟梓华："你带哈岚去哪儿啦？"哈岚吐出一口酒气："哎，去喝酒！"

"你还知道自己喝酒了？"佟丽华怒目而视。

佟梓华白了妹子一眼："爷儿们出去喝杯酒，还要向你请示吗？你发什么脾气呀！"哈岚摆了摆手，挣扎着将身子坐端正："没……没喝！喝了……苹果汁！大哥给我喝得是苹果汁！"佟丽华没好气地道："就喝死你吧！哥，你不是不待见他吗？怎么今儿想起请他喝酒来了？哼！无事献殷勤，非奸即盗！我看你这是黄鼠狼给鸡拜年，没安好心！"

"怎么？我这个大舅子就不能跟姑爷联络联络感情……"佟梓华瞪起眼睛。

"对呀！那俩小妖精说要跟我联络感情，结果差点没把我给办了！"

众人皆是一怔，佟梓华脸色尴尬。

佟丽华追问道："什么小妖精？哪里来的小妖精？"

哈岚无力地抬起手，指了指佟梓华，脸上露出似笑非笑的表情："唱戏的小妖精……两人拉着我不给我过奈何桥呐！"佟丽华半信半疑地道："竟然还有女人？"佟梓华有些紧张，慌忙解释："哈岚不是想见皇上又见不到吗？我……这不是就想帮着他找些关系？你去拉关系不就得……弄点女人作陪？"

"对对对！这密疏就是要交给皇上的！"哈岚脱口而出。

佟丽华脸色一变，手指着哈岚，转身问佟梓华："听到没有？听到没有？合着你是骗他出去套话去了？"佟梓华冷笑道："现在是你们夫妻合着骗我吧！一个说烧了，一个又说没烧……这皇上要是问下来，你让我怎么回话？"佟丽华怒道："轮得到你回话吗？要回话也应该是我跟哈岚去给皇上回话……"

"摊鸡蛋呢？我的摊鸡蛋呢？"哈岚突地站起，口中喃喃自语，一转头看见装着摊鸡蛋的盒子就搁在桌上，急忙上前去抱盒子，脚步却是站不稳，哐当一声倒在桌子上。

佟丽华上前一步，伸手捏着哈岚的耳朵，恨恨地道："给我喝成这样……给我喝成这样……回头看我怎么治你！"她拎着哈岚往房里走去，哈岚连连呼痛，伸手抱起装着玉子烧的盒子："放手！哎哟我的摊鸡蛋……"

翠儿与解一半端着醒酒汤过来，瞧见眼前一幕，目瞪口呆。

夫妻二人进了房间，哈岚一头栽倒在床上，却被佟丽华强行拉起来："不许睡！今天晚上你没把话跟我说清楚，我不许你睡！"

哈岚睁开惺忪的双眼，觉得佟丽华的身影一直摇晃不定，整个人都已经变形，就好像牛鬼蛇神一般模样，吓得哈岚哇哇大叫："别抓我呀！牛头马面……通通给我滚开！我还不想死呀！"

"我牛头马面？你才是妖魔鬼怪呐！你到底喝了多少呀？"佟丽华扶着哈岚的身子，要为他除去外衣。

"苹果汁……苹果汁……喝得挺淡，可这后劲也太大了！"

"什么苹果汁，那是清酒！"佟丽华拉扯哈岚的衣裳，"起来！你给我起来！你还记不记得你去哪里喝的酒？"

"我们好像去了一朵花……茉莉花？"哈岚思索片刻，手指着佟丽华微笑。

佟丽华终于为哈岚除下外衣，从哈岚衣服口袋里掉出一支上面绣有樱花的足袋。佟丽华冷哼一声："什么茉莉花？我看就是朵樱花！"哈岚立时鼓掌叫好："对！就是樱花……樱花……我想起来了，哈！是樱花公馆！"佟丽华愤怒地望着哈岚："把人家姑娘的足袋都给带回家了，你……你真是太过分了！"

"我没带……我啥都没带！"

佟丽华甩了甩足袋："你没带？那这是什么？"哈岚叫道："这是玉子烧呀！你最爱的玉子烧呀！"佟丽华无奈叹息："完了，你肯定让人把话给套出来了。"

哈岚望着佟丽华的脸，笑了笑："对！我们吃了玉子烧……"佟丽华急切地问："你是不是把密疏的事儿给说出去了？"哈岚摇了摇头，喃喃地道："我是……是不是……"

“你是不是？”

“我说出去……”哈岚说话含糊不清。

佟丽华逼问道：“你有没有说出去？”

“我……说……”哈岚说话支支吾吾，声音也渐渐低沉，佟丽华凑上前去，却发现哈岚已经睡着了。她使劲摇晃哈岚的身子，可是哈岚的打呼声却是越来越沉重。佟丽华无可奈何，坐在床头，转身看见哈岚放在桌上的食盒。她好奇地打开盒子，赫然发现木盒子里竟然整齐地摆放着两排玉子烧。

佟丽华怔住，回头望了一眼熟睡中的哈岚，脸颊泛起一抹无奈的微笑，幽幽叹息……

此时，佟梓华在房里已经换好了睡袍，孔雀正在椅子旁边替他按摩头部。

佟梓华心事重重地道：“你刚才看着哈岚，是真醉还是假醉？”孔雀点了点头，慎重地道：“估计是真的。喝酒的人身体沉……他坐在椅子上，都撑不住了……”佟梓华突然叹气：“忙了一个晚上，最后就问到了一句：密疏烧了也没烧……”

“密疏烧了也没烧？这是什么意思？”

“这是原话！他吃饭时说的，一点没醉。”

孔雀略作思索：“是吗？那密疏肯定还在。”佟梓华闭着眼睛，道：“我也是这样想，可你进过他们房间，不是什么都没找到吗？”

“也许……我们应该换个思路，如果密疏还在北平……”

“你的意思是说……密疏还在废墟里？”佟梓华身躯一震，皱了皱眉头。

孔雀小声地道：“这是极有可能的！他们来向皇上报告密疏还在，然后在皇上的安排下，回去取密疏。”佟梓华突然睁开眼睛，若有所思地道：“皇上肯定不会把密疏交给日本人……要是皇上不把密疏交出去，那不就废了吗？！日本人肯定不会答应。”

“所以，我们得赶在皇上之前找到密疏，然后交给日本人……这样，我们就大功一件，另一头还能借机挟持皇上。”

佟梓华目光闪动，思忖道：“你这么一说，倒是提醒我了，如果真是这样……那兴许还得派人往北平走一趟，去找找那个汪四海，把事情给搞清楚。”孔雀一怔：“要不要先跟岛田先生商量一下？”

“我心里有数……既然草弥先生要你来协助我，一切行动要听我的安排。”

“佟爷的吩咐，我一定照办。”

他二人在房间里小声密谋对策，而佟丽华的房内，此刻却传来“啪啪啪”的拍打声。哈岚在睡梦中感觉到疼痛，猛然醒转，见佟丽华将手中的足袋使劲地拍在他脸上，顿时双手挥舞，大声呼叫起来："干什么？干什么？你这是要干什么？"

佟丽华冷笑道："你还知道醒呀？日上三竿啦。"哈岚捂着脸颊，皱眉道："日上三竿你不是该去上班吗？还在这里干什么？"佟丽华用手指头戳着哈岚的额头，道："你行呀！哈岚！这才多长时间，你就学会带女人回家啦？还一次带两个！"

哈岚呼的一声跳起来，失魂落魄地想往床底下躲："两个？那俩妖精真的跟来啦？"佟丽华脸色一变，将手中的足袋狠狠地甩在哈岚脸上。

"这啥玩意儿？这么香！"哈岚接住足袋看了看。

"这就是那日本女人的足袋……裹脚布，懂不懂？老实说，你昨晚真去玩女人了？"

"奇怪了！这俩妖精怎么会蠢到跟我回家呢？"哈岚扔了足袋，着急地跳下床，扭头看见桌上的木盒已经被打开，里面的玉子烧已经被吃光了。他微微一怔，面露微笑，"好呀！丽华，你也会来这招呀！"

"我会哪招？"

"撒谎呀……"

"废话，我站在这里，你以为还能有她们的地儿吗？"

哈岚搔了搔脑袋，憨笑道："我就说嘛！这种女人怎么会跟人回家……怎么样？那玉子烧好吃吧？也不留点给我配茶吃。"佟丽华没好气地道："玉子烧要现热着吃才好吃。"哈岚一脸不屑："不过就是个摊鸡蛋，还是个甜的，不明白好吃在哪里。"

佟丽华眼睛瞪着他，谨慎地问："你就继续扯吧！我问你，你昨晚到底跟没跟我哥说密疏的事儿？"哈岚皱着眉头思索半晌，摇摇头："就我记忆所及……应该是没说！"佟丽华厉声道："可你喝醉酒啦！"

"那估计说了你哥也没听懂……"哈岚狡黠地一笑。

"啥意思?

"反正我一股脑地咬死回答'烧也没烧'，让他自己参去吧！哈哈，要真能参出来，他就得道了！阿弥陀佛……"哈岚边说话边躺倒在床上，晃着腿儿，"丽华，我告诉你，那几斤清酒的确是后劲很足，可我哈岚也不是省油的灯！那想当年我可是用羊羔酒漱口，莲花白酒刷牙的！"

佟丽华扑哧一声笑出来："你那点酒量就省省吧！你快起来换件衣服，去趟白河。"

"为什么去白河？"

"昨天我在公使馆听见人说，今天皇上会去白河散步。"

"什么？"哈岚就像是摸到了插在被单上的针头，身子忽然从床上弹起。

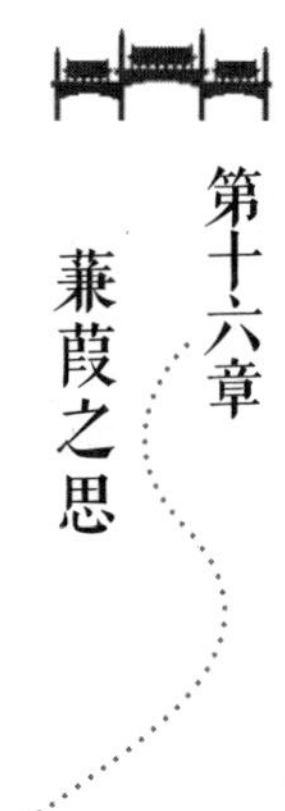

第十六章 蒹葭之思

天津白河。

此河也就是天津北运河，传说有九十九道弯，因岸上多有白沙，少生草木，所以叫作白河。第一次鸦片战争时，英军的战列舰就是由大沽海口转道白河，兵临天津卫。

哈岚赶到白河岸边，果然见周围早已布置了警戒区，料定皇上必定会出现，心里窃喜，想办法绕开了那些便衣与警察的视线。他有了前车之鉴，再也不敢贸然行动，就去白河岸边雇来一条小船，假扮成渔民的样子，耐心地躲在船舱中等候时机。

此时临近正午，白河堤岸出现几个小黑点，数名黑衣人拥簇着溥仪正往河滩上走过来。哈岚听到动静，偷偷地钻出船舱张望，看清楚来人正是溥仪，大喜过望，“呼”的一声从船舱中窜出来，踩过河水，迅速奔到溥仪身前，俯身跪倒，大声疾呼：“臣弟哈岚拜见皇上！”

黑衣人见哈岚闯入，快步冲上来。

“哈岚？你怎么会在这儿？”溥仪一见哈岚，大吃一惊，转身对身边的小太监吩咐，“你快去拖住他们……”

小太监领命，急忙拦在黑衣人，向其中领头的人解释。溥仪伸手扶起哈岚，面露喜色：“你快起来！哈岚……朕都听说了……王府被烧了，哈王爷、福晋都受到波及……”哈岚在溥仪的搀扶下站起来，情绪有些激动，急切地道：“皇上，有些事儿您还不知道。皇上可知道我阿玛、额娘都是为了什么死的吗？”

“朕听说是有人上门打劫？”

哈岚惨然一笑："的确是上门打劫……可打得却不是我哈王府的金银珍宝，却是咱大清王室的东陵密疏！"溥仪脸色一变："你说什么？"哈岚悲声道："有人从宫里偷出了密疏，辗转到了解神厨手里。解神厨把密疏交给我，却没来得及跟我解释，就被人杀死了！后来，我哈王府被贼人盯上……臣弟冒着九死一生，带着丽华来天津，就是为了找您来着。"他说着话，终于还是忍不住，眼眶中已盈满了泪水。

"天，哈岚，你都遇到了些什么事？"

"臣弟死不足惜，可是皇上，这东陵密疏绝对不能流落在外人手里……"

溥仪抬头一望，只见数名黑衣人似乎很不耐烦，推开小太监要往这边过来。

他伸手拉住哈岚转身往前面走，焦急地道："东西呢，带来了吗？"哈岚摇摇头，谨慎地道："没带上……我压根儿不确定能不能见到您，所以我不敢把密疏带在身上！但您放心，我把它们藏在一个很安全的地方。"

溥仪停下脚步，轻叹了一声："这是对的，小心驶得万年船，更何况这是咱老祖宗的宝贝……哈岚！这样，你先回去，朕会安排好一切，然后派人去找你。那时你一定把密疏带到张园给朕……"哈岚皱了皱眉头："可是张园那些听差的，肯定不会让我进去。"

"有朕的旨意，他们肯定会让你进来。"

"那日本人呢？"

溥仪微微一怔，顿时语塞。他现在的处境急需得到日本人的帮助，起居生活也一直受到了严密控制，若是东陵密疏落在日本人的手里，会有什么后果他也预料不到。

哈岚正色地道，"不如这样，您交办下去，派人到佟梓华府里接我，让我带着相机胶卷进宫去为您照相，这样就算搜出来，也不会有人怀疑。"溥仪若有所思，瞧见一群黑衣人已经往这边冲过来 ，灵机一动，突然怒喝道："混账东西！你不过就是个奴才，还想跟朕要官职？"

"皇上……"哈岚一时之间没有反应过来。

溥仪急道："你快跪下呀！"

哈岚转头见一群黑衣人已迎上来，立刻明白发生何事。他双腿一跪，顿时号啕大哭起来："皇上呀！臣弟家里已经揭不开锅啦！我求求您行行好，让臣弟有口饭吃、有条活路走吧！"溥仪佯装大怒，朝着黑衣人喊话："快把这不成器的奴才给朕拉走！朕不想看见他！"哈岚忙扑上前去抱住了溥仪的大腿，故意哀求："皇上！您别扔下我呀……求求您呀！皇上……"

带头的黑衣人示意手下拉走哈岚，架起他胳臂往河岸上走。哈岚不肯罢休，嘴中不断地叫喊：“皇上……您救救我一家老小吧！皇上，我求求您呀！皇上……”溥仪深吸了一口气，假装不悦地道：“哼！好好地被闹得一点兴致都没有了，回张园！”他转身离去，满怀担忧地回望了哈岚一眼。

哈岚被黑衣人带回了岸上，躺在地上不肯起来。众人见他如此无赖，也不来与他一般见识，招手向警戒线外面的警察打招呼，示意他们领着哈岚离开。哈岚有些慌张，知趣地爬起来，边骂边往大路上跑，挥手喊了一辆人力车，美滋滋地离开白河，径直往博爱路回去。

一路上，哈岚也思考过皇上的处境，虽然他对复辟一事从不关心，但是今儿瞧见溥仪小心谨慎的模样，他却有些心疼，祖宗传下来的东西就这样败落了，换谁也不甘心……哎，有自己啥事呢？哈岚哑然一笑，回到了梓府，他也不敢声张，不管翠儿与解一半问什么，都是一问三不知。

哈岚耐心地等着佟丽华下班，二人吃完晚饭之后，立即向佟丽华使了个眼色，若无其事地回到自己房间，迅速关上房门，一口气将白天在白河遇见溥仪的事儿说了，再也压抑不住自己兴奋的心情，在屋子里走来走去，口水都几乎要溅到佟丽华的脸上。

佟丽华瞪大双眼，似乎也感染到了哈岚的喜悦，惊喜地问：“你真见到皇上啦？没骗我？”

“这还能有假？我费了老大劲才找到岸边一家渔民，一直躲在船里等着皇上出现，冻得浑身发抖我也不敢出声，万一让日本人抓到那就完了！”佟丽华颇为感动，叹息道：“那真是辛苦你了，没想到家里的事儿，皇上都知道……”

“皇上跟我从小一起长大的，他自然会关心！而且为了让我安全离开，皇上还跟我演了出好戏！”

“皇上本来就是好戏之人。”佟丽华微微一笑，“所以现在，咱们就是等消息？”

哈岚点了点头，小心叮嘱：“只要皇上一派人来通知，我就会告诉你，到时候咱一起去汇丰把宝贝给拿出来。”佟丽华缓了缓呼吸，无奈地道：“我倒是希望皇上能快点安排……哈家已经再也承受不起了……”

“你放心，只要咱能把东西交给皇上，第一件事情就是离开你哥这个破地儿，回北平！”哈岚脸上露出如释重负的表情。

佟丽华眼睛一瞪：“你始终还是想去找娄晓月？”

“其实我现在早应该回去了……要再不回去，她会以为……”哈岚说得高兴，根本就没有意识到自己在胡言乱语。

佟丽华突然冷笑：“以为你不要她了？”哈岚心里一惊，猛然察觉说漏了嘴，尴尬望着佟丽华，不好意思地道：“哎，你怎么老爱拿这事儿说事儿？”佟丽华气呼呼地问：“咱俩可是夫妻呀！你现在是怎么样？想收了她做小？”

“这……也不是……”

佟丽华立即变脸：“你的意思是，你俩想私奔？”哈岚毕竟心虚，说话也大声起来：“佟丽华，你越说越离谱了！”佟丽华冷冷地道：“不管是私奔还是做小，你都不用问问我吗？”

“本来想跟你商量的，可瞧你现在这样……还不如不说！”

“商量？还商量！我告诉你，没得商量！睡觉！”佟丽华转身上床，蒙头钻进被子。

哈岚挨到床边，挠了挠头，缩手缩脚地想爬床上去。不料佟丽华隔着被子狠狠踢了他一脚，扬手就将身边另一床被褥扔在了地上：“睡地板！”

哈岚明知自己理亏，却是不肯认错，嘴里嘟囔着：“睡地板就睡地板，又不是没睡过……”他抱起被子，蹲坐在冰冷的地板上，想起哈家为了东陵密疏一事呕心沥血，沦落到如此窘境，这次还能见到皇上也真算是苦尽甘来了，心里生起一阵暖意。

樱花公馆。

哈岚特意去公馆找佟梓华，拉着大舅子进了包间，吩咐服务生端上好酒好菜，笑容满面地为佟梓华斟酒。

佟梓华满心狐疑，不知哈岚要搞什么鬼：“我说哈岚，你今天哪根筋不对呀？为了那两个妖精，丽华在家里闹了好几天，还不准你再踏进樱花公馆一步。你今天又拉着我上这儿来，不是没事找事吗？”哈岚哈哈一笑，道：“这不是有事要拜托您吗……”

“有事？”佟梓华端起酒杯，淡淡地道，“咱俩交情有这么好吗？”

“哎，瞧您这话说的！是这样的……我要拜托您的这件事儿，只有您能了解，也只有您能帮忙……”

“别绕弯了，快说！”佟梓华很不耐烦。

“我要回趟北平。”哈岚殷切地给佟梓华倒上一杯，说话的声音不敢大声。

佟梓华顿时变脸，又惊又奇地道：“什么？北平？你该不会是要去得月楼见那小妖精吧？”哈岚拱手作揖，赔着笑脸：“我今天回去，明天就回来。我跟晓月说好的，我来天津几天就回去……我不能失约呀！我要是失约，她就要来找我了，那才叫麻烦！”佟梓华连连摇头：“你开什么玩笑，这种忙我怎么可以帮？我怎么可能置丽华于不顾？”

“我用性命担保！”哈岚信誓旦旦地道。

佟梓华不屑地道：“用性命担保？你的命值钱吗？”哈岚正色地道：“我的命不值钱，可我一定得回来，因为皇上要见我！”佟梓华闻言又是一惊，眼珠子一转，急问道：“怎么，皇上知道你来了？”哈岚点了点头，表情很得意：“当然知道了，嘿嘿，说会派人安排我去跟他见面。”

“是吗？”佟梓华有些迟疑，似乎对哈岚的话仍然半信半疑。

哈岚哀求道：“大哥！咱们俩那天喝成那样，你都帮我打马虎眼，今天您帮我圆个谎肯定没问题。您要真能帮我，我哈岚一辈子感激你！我求求您了，大哥……”佟梓华望着哈岚，沉吟片刻，道：“这事儿呢，丽华不知道当然是最好……要是她知道了，我可没办法帮你。”

哈岚大喜，像个哈巴狗似的给佟梓华倒酒：“我这就去买票。”

他也顾不上吃东西了，出了樱花公馆就急忙赶去火车站。

佟梓华坐在包间里，脸色低沉，越想这事儿越不对，哈岚是怎么见到皇上的？这帮日本人都是吃干饭的？他起身去找岛田敏三，一走进办公室，就怒气冲冲地质问：“不是说好不让他见皇上的吗？现在这算怎么回事？！”

岛田敏三诧异地望了他一眼，漠然道：“这件事情我也没有预料，谁会想到那天哈岚躲在船里，避开了所有的……”

“皇上现在肯定已经知道了密疏的事儿，我就问你一句！现在该怎么办？”佟梓华火气未消。

“您先别发火，现在不是追究他怎么见到皇上的时候。谁想到他会趁着所有人都不在皇上身边，从小船里窜出来跑去见皇上……”岛田敏三缓了一口气，安抚佟梓华的情绪，“佟爷，事情过去再追究也没意义了。重点是现在我们该怎么做，才能让哈岚见不了皇上……否则等宝贝真到了皇上手里，那事情就难办了。”

“唉，咱真的得赶在皇上召见他之前，搞定这件事情……你说说吧，该怎么办？”佟梓华有些沮丧，若是哈岚真的将东陵密疏交到了皇上手里，那他所做的一切努力都是白费心机。

岛田敏三面露微笑，眼中闪出一抹狡黠的目光：“办法不是没有，咱们可以先把密疏给截下来……”

此时的哈岚，正坐在火车的车厢内。

耳边汽笛声响起，他焦虑地望着车窗外，早已归心似箭。

而北平城的得月楼门外，丁宝手上拿着两张车票，交给女扮男装、戴着帽子的娄晓月，二人拎着包袱，正鬼鬼祟祟地拐进小巷子。

娄晓月低声叮嘱：“丁宝！我爸那儿就一切拜托啦……”丁宝应道：“师姐，咱可是说好了，你去去就回来呀！上次我两半儿屁股让师父打到现在还在疼呢！”

娄晓月笑了笑：“你放心！咱俩好……兄弟！好哥儿们！我这次肯定不会连累你们……”丁宝苦笑道：“连累肯定是会连累，就是看处罚重不重而已。”

“你放心，我从天津回来带好吃的给你！”娄晓月回眸一笑，快速离开街道。

北平城火车站。

汽笛声响起，火车缓缓启动，女扮男装的娄晓月坐在火车上，心事重重地望着窗外，她哪里想到，自己偷偷跑出北平，竟会与朝思暮想的爱人擦车而过。

天津梓府。

女扮男装的娄晓月赶到了博爱路，拎着包袱，向梓府门房打听：“请问……哈岚是不是住在这儿？”

门房一眼瞧出娄晓月是女扮男装，感到十分奇怪，急忙进去禀报孔雀，说有一位年轻的女子来找哈贝勒，听口音不像是天津人。孔雀出来迎接，瞧见娄晓月的模样，心里顿时明白是怎么回事，她关切地问：“您是不是娄晓月娄姑娘？”娄晓月并不否认，客气地道：“哈岚在吗？我是来找他的。”

“真是不巧，他出去了。”孔雀微微一笑。

“是吗？有没有说什么时候回来？”娄晓月有些失望。

孔雀摇摇头，抱歉地道：“他也没说去哪了……不如这样吧，我帮您联络一下……”她快步走去客厅，拿起了桌上的电话，“请帮我接公使馆的翻译室……”

娄晓月眉儿一蹙，心里疑惑，哈岚怎么会在翻译室？他懂洋文吗他？

孔雀点头示意娄晓月进来："娄姑娘，还是您自己来问，会更清楚？"娄晓月犹豫了一下，走进客厅去接电话。

"哪位？"电话那头传来了佟丽华的声音。

娄晓月一怔，握住话筒，望了一眼身边的孔雀："我是娄晓月……"话筒里传来佟丽华的惊问声："娄晓月？你在哪儿？"

"我……我在佟爷这儿……哈岚呢？"

"你居然还找上门来了？你请回吧！哈岚不会见你！"

娄晓月咬了咬牙，直接把电话挂了。孔雀嘴角一扬，故作姿态地道："看来，姑奶奶也不知道哈爷的下落……"娄晓月满脸不悦，愠怒道："你是故意让她知道我在这儿的，是吗？"

"照说，最知道姑爷行踪的，应该就是姑奶奶了，如果连姑奶奶都不知道，那估计姑爷又去了樱花公馆。"孔雀面无表情。

"樱花公馆？"

"是呀，哈爷到了天津之后，天天在樱花公馆夜不归宿。如果我没记错，昨天晚上他也没回来……要不这样你去樱花公馆找找吧，兴许能找到人……"

娄晓月脸色一变，拎起包袱，转身就走。

一路上，她惊奇地张望路边的洋房别墅，又想起电话里佟丽华的强硬口气，心里越来越不踏实。赶到樱花公馆，天色已晚，娄晓月走进公馆大堂，看见桌前留着辫子的遗老，正与几名浓妆艳抹的日本歌妓交谈，笑得肆无忌惮。

她心里不免疑惑，这樱花公馆到底是个什么地方呀？

钢琴师马俊杰正在弹奏音乐，瞧见娄晓月站在原地抵触张望，便走上前来打招呼："请问您是……"娄晓月脱口而出："我是来找哈岚的。"

马俊杰眨了眨眼睛，还没有开口说话，突然看见佟梓华从走廊处过来。

只见佟梓华走到娄晓月身边转了一圈，惊讶地道："哎哟！这是天上掉馅饼了吗？娄晓月娄老板……这是娄老板吧？"马俊杰礼貌地道："她是来找哈爷的，哈爷不是已经走了吗？"佟梓华假装没有听见，又打量了娄晓月一番："没想到娄老板的男装也如此俏丽……哎，您怎么到了天津也不通知一声，我好派人去车站接您呀！"

娄晓月咬着嘴唇，问："哈岚走了？他去哪儿了？"

佟梓华似乎责怪马俊杰嘴快，瞪了他一眼，故意皱了皱眉头："这可不好说……咱们坐下说话。"他转身让服务员送两杯咖啡过来。

娄晓月就跟着他来到咖啡座处坐下，急切地道："佟爷！我真没时间陪您喝咖啡，请你告诉我哈岚在哪儿好吗？"佟梓华连连摆手，笑道："不急不急，不着急……娄老板，今天晚上刚好我们有位贾大人在这儿过生日，怎么样？今晚给我们来上一出儿吧！"

"我来天津就是找哈岚的……没想过唱堂会。"

"我知道你想找哈岚，可现在只有我才能找到哈岚。"

娄晓月警惕地望着佟梓华，道："您该不会是骗我吧？"佟梓华哈哈一笑："哈岚跟我妹妹就住在我家里，这还能怎么骗？听着，娄老版，您今晚呢给大家唱一出儿，助助兴……我就告诉你哈岚在哪里。"

此时，佟丽华已走进了樱花公馆，一眼就瞧见服务员正在为佟梓华和娄晓月送咖啡。

娄晓月沉思片刻，道："要不这样，你先告诉我，哈岚在哪里，我晚上就唱！"佟梓华咧嘴笑道："嘿嘿，那可不行！这要是让你知道了哈岚的下落，你早跑了！"

"我说话算话……"

"你不过就是个戏子，让你唱个堂会你推三阻四的是什么意思？"佟梓华有些不高兴了。

不料娄晓月性子上来，冷冰冰地道："我来这儿是找人的，不是唱戏的！哈岚既然不在，那我也走了……"她起身要走，佟梓华喝了一声："你给我站住！"

他想拦住娄晓月，一抬头就看见妹子站在门口，顿时僵住。

佟丽华径直走到咖啡座前，并没有理会娄晓月，而是气冲冲地问佟梓华："哈岚人呢？"佟梓华假装很意外的样子，道："丽华？你怎么跑这来了？"佟丽华冷笑道："哈岚昨晚上一夜未归，我早上刚想问你，你就出门了……没办法，我只好溜班亲自来找你！"娄晓月知道自己被佟梓华戏弄了，火冒三丈："佟梓华，哈岚真的在这里？"

佟丽华望着娄晓月的反应，脸色一沉："我已经说过，哈岚不会见你！"

娄晓月怒道："我告诉你，他不见我是一回事，你找不到丈夫那又是另外一回事！"佟丽华冷哼一声，道："我找丈夫是我的事，不劳你费心！哥！哈岚是不是跟哪个日本女人在一起？"娄晓月霎时变脸，叫道："什么日本女人？哈岚不是这种人！"

"我也曾经相信他不是这种人……可是你要亲眼看见，你就会相信了……"

"不可能的！哈岚不可能……"娄晓月有些紧张，她绝对不相信哈岚会去跟日本女人纠缠，转身喝问佟梓华，"佟梓华，你老实告诉我，哈岚究竟在哪里？是不是你把他带走了？"

"你俩都快别吵啦！哈岚去了北平了！"佟梓华见两个女人在樱花公馆大吵大闹，

实在是无计可施，索性将哈岚的行踪说了出来。

娄晓月一怔，二话不说就往门口奔去，跑到门口却停下脚步，扭头对佟丽华道："你不让他见我，那是你的问题……哈岚想见我，怎么着他都会见到我！"她话音一落，迅速奔出了樱花公馆。

佟丽华望着娄晓月离去的背影，气得浑身发抖，怒气冲冲地质问佟梓华："你！你怎么可以由着他去北平呢！"

"我……腿又不长在我身上，我一天到晚还得帮你看住丈夫吗？"

北平城得月楼。

一大清早，丁宝去买早餐，手上拎着用油纸包好的油条，正要走进得月楼，却突然听见胡同口有人低声喊他："丁宝，丁宝……"他左右张望，赫然发现哈贝勒正躲在得月楼的对面街角，拼命地向他挥手。

丁宝一惊，忙转身向哈岚奔过去，诧异地道："哈贝勒？您怎么会在这儿？"哈岚伸手抽了一根油条塞嘴里，急切地道："你师姐呢？我是来找她的……"丁宝苦笑道："我说的就是这个呀！师姐去了天津找您呀！"

哈岚脸色阴沉，半晌说不出话来，这算怎么回事？这也太巧合了吧？晓月就是多等一天也行啊！哈岚越想越懊恼，心情无比沮丧。

丁宝叹了口气，道："这下好了，您现在人在这儿，那师姐不就扑空了？"

哈岚忽然一愣，说话的声音有些颤抖："娄……娄班主……"

"我在问你呀？"他发现哈岚脸色不对，猛地一回头，只见娄三喜一声不吭地站在身后，眼神有点儿吓人，丁宝顿时两腿发软，惶声道，"师……师父……"

娄三喜冷冷地道："你不是告诉我，你师姐不舒服，昨儿一天都在房里吗？"丁宝扑通一声跪倒在地，哭丧着脸儿："我……师父，师姐说了她很快就会回来……她答应过我的……"娄三喜望着丁宝，缓了缓气，沉声道："师兄弟等着你的油条吃早饭呢，还不快给他们送进去？"丁宝怯怯地点头，并向哈岚投以同情的目光，转身奔回了得月楼。

哈岚眨了眨眼睛，轻声细语地道："娄班主，那你也去吃早饭吧……我还是先走了。"他转身想跑，娄三喜却伸腿拦在他前面，淡淡地道："哈贝勒既然来了，进去喝口茶再走吧。"哈岚两只手缩在衣袖里，腿脚有些哆嗦，紧张地点了点头。

娄三喜请哈岚进了大堂，泡好一壶茶给他倒上。哈岚喝了一口，手腕却是抖个不停，茶碗的杯盖子咔咔直响。

“这世上有没有这么巧的事呀？您来北平找晓月，可晓月却去了天津找您。”娄三喜的表情虽然冷漠，但好像并没有发火。

哈岚连连点头：“是……是这样的……我跟晓月不是约好了吗？说好三天就回来，可是有事儿耽搁……”娄三喜试探着问：“那哈福晋知道这件事吗？”哈岚尴尬地挠了挠头，道：“娄班主，您不知道，我额娘她……”娄班主脸色一沉，皱眉道：“我说的不是那位哈福晋，我说的是您明媒正娶的那位。”哈岚愣住，干咳了数声，没敢吭声。

“显然您跟晓月一样，也是偷跑回来的吧？”

“是呀，所以……我得快点赶回去了……”哈岚有些坐立不安。

“赶回去见晓月？”娄三喜似笑非笑。

哈岚立即闭上嘴，觉得娄班主的语气不像是开玩笑。

娄三喜斜着眼睛盯着哈岚，突然叹了一口气，道：“哈贝勒，我就问您一句，像您这样，身上没钱、自己家又让人给烧了，还带着一个老婆在外头流浪的男人，请问……您这样老纠缠晓月，有什么意思呢？”哈岚嘴角发抖，心里虽然不服气，但娄班主说得句句都是事实，他根本接不了话。

娄三喜接着又问：“您打算跟晓月怎么样呢？”哈岚好不容易从嘴里挤出一个“我”字，却又被娄三喜打断，“您好意思回去面对哈福晋吗？您这样还能算是个男人吗？”哈岚低着头，无话可说。娄三喜见他放弃争辩，慢悠悠地喝了口茶，“如果我刚刚问的话，您都回答不上来，那好……请您帮我个忙，我请您对晓月死心吧！不要再跟她藕断丝连了，从今以后别再见她了！”

“为什么？”哈岚终于忍不住。

娄班主冷冷地道：“因为晓月已经要嫁人了。”哈岚顿时急了，呼地站起身叫道：“晓月要嫁给谁？她不能嫁给别人呀！娄班主，晓月她……”

他话还没有说完，忽然听见门外传来一阵吆喝声：“娄班主！娄班主人呢？我汪四海给您报喜来了耶！”

只见红光满面的汪四海穿着一身宽松的便服，大摇大摆地走进了得月楼。

哈岚心里一惊，这叫冤家路窄吗？怎么一回来就能碰上他？此时哈岚躲也不是，跑也不是，只得硬着头皮站在原地。

娄三喜瞧见汪四海，心里虽然极不情愿，但也不得不站起身来，上前作揖打招呼：“汪……汪局长来啦！”汪四海突然看见哈岚，眼神闪烁：“原来你在这儿？”哈岚没好气地道：“怎么？我来跟娄班主叙旧呢，碍着你了吗？”汪四海沉着脸道：“叙旧？我看你是来找晓月的吧！”

娄三喜慌忙解释：“晓月一早跟他师姐出去买东西去了……汪局长，您今天不是休息吗？怎么这么早就过来了？”汪四海瞪了哈岚一眼，哈哈笑道：“这不是帮您送好消息过来了……上面已经发话，您可以重新开门做生意了！”娄三喜心头一喜，顿时眉开眼笑：“您说的是真的？”

“好好准备准备，今天晚上我来听戏呀！”

“啊？今晚……”娄三喜怔住。

汪四海紧皱眉头，问：“怎么？有困难？”娄三喜为难地道：“是这样的……那天您不准咱开锣，好几个徒弟都回乡下走亲戚去了，这一时半刻的还回不来呢……”汪四海满脸不悦，道：“娄班主，你这是在敷衍我呢？老子我要听戏，你告诉我没戏可听？”

“不……不是……”

“我不管！今天晚上你就得给我开锣！”

哈岚接口说了一句：“我说你这人，有没有点良心呀……人家都说了人手不够，晚上开不了锣。”汪四海满脸怒意，喝道：“这事儿没你开口说话的份！我跟你还有账没算呢！”哈岚握紧拳头，情绪开始激动，怒道：“你还知道咱俩有账没算？哼！你烧了我家，抢走我两本密疏……”

“我还说你把密疏的副本藏起来了呢！”汪四海狡辩。

“你有没有良心呀？我阿玛额娘怎么死的，你比谁都清楚……”

汪四海恼羞成怒，喝道：“我管他们怎么死的，我现在问的是副本！你到底把副本藏到哪儿去了？”

“你说什么？我今天就为我阿玛、额娘报仇！”哈岚被汪四海彻底激怒，扑身就冲上去要扇他耳光。汪四海双手一挡，趁机扯住哈岚的衣领子，握紧拳头往哈岚的脸上招呼。二人互不相让，身子缠在一起，将对方死死摁在大堂的椅子上。

“别打了！哈贝勒、汪局长……你俩快别打了！”娄三喜大惊失色，慌忙喊后台的徒弟：“老大！老二！丁宝……你们都快给我出来！”

几个师兄弟听见动静，迅速奔出大堂。丁宝嘴里还咬着半根油条，看见哈岚与汪四海扭打在一起，吓了一跳："这是怎么回事儿？"

"快拉开他们两个，快点！"

师兄弟一拥而上，去拉开他们俩，不料二人相持不下，谁也不愿意先松手。汪四海恨恨地道："信不信我今天就把你给弄死！"哈岚不甘示弱，叫道："好！你就弄死我吧……你弄死我，就再也找不到密疏了！"汪四海闻言一愣，望向哈岚："所以我猜得没错！密疏真有副本？"

哈岚抡起拳头，突然看见丁宝朝他使眼色，猛然醒悟，我得赶紧回天津，再跟这混蛋纠缠下去岂非要耽误了正事？他抬头瞧了瞧汪四海的身后，正是得月楼的大门，瞅准机会一把将汪四海推开，撒腿就奔出了门外。

"臭小子！又想跑？"汪四海大喊一声，起身就要去追。

丁宝却假装滑倒，暗中拽住他胳臂，整个人都扑到他身上："汪局长小心呀，地上滑！"几个师兄弟见状，纷纷过来搀扶。等汪四海甩开众人，连蹦带跳地冲出门外，哈岚早已跑得无影无踪。

第十七章 步步惊心

清晨的绿荫道上飘着落叶，天空蒙着一层轻纱般的薄雾。

今日梓府迎来了一位贵客，穿着一身逊清朝廷的官府，锦帽下盘着小辫子，趾高气扬地进了客厅，将手中一封公函交给佟丽华，傲然道："鄙人姓贾，在内务部任职，特意过来替皇上传旨，召见贝勒爷！"

佟丽华慌忙请钦差大人落座，喊翠儿泡上一壶好茶，趁机摸出一个小钱袋，一边行礼一边递给钦差大人："辛苦贾大人特地跑这一趟……结果哈岚还不在家，这是一点小意思，请您收下……"

贾钦差接过钱袋在掌心掂了掂，若无其事地塞进衣袖里："是呀，现在我给皇上传旨的机会，是一天比一天少啰！"佟丽华微笑道："日子总是要往前看的……"贾钦差喝了口茶，瞧了瞧梓府华丽的装饰，道："今非昔比呀，我现在每天待在张园伺候着皇上，连喝口茶的时间都没有……"

佟丽华笑道："要不你老在这里多坐一会儿。"

贾钦差摆了摆手，正色地道："贝勒爷既然不在家，您去也是一样的，我得赶紧回去通知皇上。哈福晋，您记好了，今儿早上十点，会有车来接您去樱花公馆，皇上会在那儿等您。"

佟丽华点了点头："有劳贾大人费心了。"贾钦差转身告辞，走到院子又扭头小声叮嘱："记住，皇上一再嘱咐，一定要把东西带上……"

"大人放心，丽华一定不会忘记。"佟丽华目送贾钦差离去，转身回房去换衣裳。

她心里越想越生气，好你个哈岚，明明知道皇上会派人宣他去张园，偏偏挑这时候回北平去找娄晓月……这下可好了，皇上问起来，我看你怎么办?

佟丽华换了一身青边镶绣的直腰旗袍，拎着小包急匆匆地出门。

她坐上人力车，来到了英租界的维多利亚道。路口转角处，坐落着一幢西式古典风格的大厦，中间竖着四根爱奥尼式大柱子，屋顶与柱廊相接，气派华丽，正是天津城的汇丰银行。

佟丽华跨上台阶，正要推门进去，忽然停下脚步，犹豫了片刻，转身往回走。

她的警惕性一向很高，想起刚才贾钦差说皇上会在樱花公馆内接见，仔细一想，觉得事有蹊跷。虽然皇上一直是在日本人的保护之下，但是张园好歹也算是朝廷的内务部，就算是人多眼杂，也比樱花公馆安全。

她当机立断，调头赶回梓府，却见门口早已停了一辆黑头轿车。只见贾钦差焦急地等在门口，看见佟丽华回来，立即上前礼貌地打招呼，开门邀请她上车。佟丽华说了一声谢谢，看见前面座上坐着一名黑衣人，微微皱眉，问道："贾大人，皇上已经去樱花公馆了吗？"

"是的，我已经跟皇上说了。"

黑头轿车径直往樱花公馆驶去，到了门口，有两名黑衣人立即上前打开车门，领着佟丽华与贾钦差进入公馆的办公通道。

通道两边高墙耸立，完全与外界隔音，佟丽华有些不安。等走到了通道的尽头，黑衣人打开两扇铁门，却伸手拦住了贾钦差，客气地道："您不可以进去了……"

贾钦差颔首，示意佟丽华单独进去。

佟丽华见此地戒备森严，心里倒是踏实了许多，跟随黑衣人进入了下一个通道。一路又来到了尽头，铁门打开之后，迎接佟丽华的是另外两名黑衣人。佟丽华深吸了一口气，继续往前走，三人走到一处昏暗的走廊，一名黑衣人上前敲门，却是两长四短的暗号。

暗室内灯光微弱，只见屋内站着一名老者，穿着一身八蟒五爪的蟒袍，正中是文官补服雪雀，头上是暗蓝色玻璃珠的顶戴花翎，正是逊清遗老张平生。他面带微笑，轻拂长须，慎重地道："您就是哈福晋吧？"

佟丽华心生疑惑，诧异地问："您是……"

"皇上让我来向您取个东西。"

"皇上没来吗？"佟丽华感到很意外。

“这您就不用过问了，您要是不放心……”张平生微微一笑，从身上取出一份谕旨，递给佟丽华，“这是皇上的谕旨，您看看……”佟丽华接过扫了一眼，又仔细查看落款，的确是皇上的玉玺印。她卷起了谕旨，恭敬地道：“皇上说会亲自来樱花公馆，怎么……”张平生正色地道：“这真的是皇上亲笔下的旨吧？”

佟丽华点了点头，脸上闪过一抹不自然。张平生干咳一声，道：“很好，长话短说，那宝贝呢？您带了吗？”

佟丽华眨了眨眼睛，道：“我没带在身上。”张平生一呆，似乎有些着急：“你怎么没带呢？贾钦差没把话传到吗？”佟丽华反问道：“那您呢？带了相机了吗？”

“相机？什么相机？”张平生一头雾水。

佟丽华知道不对劲了，不露声色地又问：“那照相的人来了吗？”张平生完全懵了，急道：“照相的人？谁呀？”佟丽华突然点了点头，笑道：“没事儿……我现在就去取宝贝。”她转身要离开暗室，张平生慌忙赶上一步，道：“我跟您一起去取吧。”

“不行！谁都不能跟我去，”佟丽华伸手开门，却发现外面的门已经被反锁，根本就打不开，“你们不是要宝贝吗？让我出去！”张平生没有料到佟丽华会临时改变主意，有些无所适从：“这跟原先说的不一样呀……”

此时，暗室的角落里打开一扇小门，佟梓华探头探脑地钻进来，心急如焚地道：“丽华，我跟你去取，行吗？”

佟丽华愀然变色，怒视佟梓华：“果然是你搞的鬼！”

张平生看见佟梓华，仿佛遇到了救星，惶声道：“哎，佟爷，她没带呀！”佟梓华龇牙一笑，道：“我都听到了……您先出去，我已经让他们安排房间，让您先抽上两口，舒爽一下。”张平生顿时眉开眼笑，拱手致谢：“哎哟！谢谢佟爷！谢谢呀，真是谢谢您呀……”

佟梓华对着暗室外面喊了一声开门，黑衣人将门打开一条缝，张平生急忙挤出去，佟丽华亦想趁机跟出，黑衣人却已将门关上。佟梓华轻叹了一声：“你就别白费劲了，丽华……我给过你跟哈岚机会，是你们自己不识相，怪不了别人！”

佟丽华缓了缓气，转身望着哥哥，好像她眼前看到的是一个怪物：“哥！你还要不要脸？你要密疏干什么？你是要给日本人？给国民政府？还是你自己要挖坟掘墓！”佟梓华避开妹子的目光，无奈地道：“丽华，这不是你应该问的，我要密疏自然有我的用处。没有用处我费这么大力气跟你较劲干什么？总而言之，密疏绝不能落在皇上手里！”

“什么？不给皇上？你真无耻！”佟丽华大声呵斥。

“丽华，我说你是不是糊涂啊？咱俩是一家人，我拿着密疏换来了好处，我能不想着你？我能不分给你？”佟梓华好言相劝。

佟丽华怒道：“我不稀罕！我告诉你，佟梓华，不管你去刨坟还是跟日本人勾结，你都不会有好下场的……老祖宗都看着呢！”佟梓华冷笑道：“嘿，这话听着怎么这么讽刺呢？你跟哈岚抱着这密疏，现在日子又好过了吗？你自己看看，才刚嫁过去，王府就烧了、爸妈也死了……丽华，别说哥没提醒你，这密疏兆头不好，你要继续抱着它，指不定还要死多少人！”

佟丽华上前敲打暗室的门，咬着牙道：“你趁早死了这条心！除非我跟哈岚见到皇上，否则我们永远都不会把密疏取出来！你放我出去！”

“那你也得能先从这儿走出去才行呀？你今天是逃不掉的……”

佟丽华气急，转身坐下：“那好，咱俩就这样耗着！”佟梓华微微一怔，打量了佟丽华几眼，忽然注意到她的拎包。佟梓华好像想起了什么事，趁妹子不注意，伸手抢过了手提包。

“你干什么？宝贝不在里头！”佟丽华拉住哥哥的手腕。

佟梓华抬手将妹子推开，将包里的东西全部倒在桌上，手绢、粉底、粉扑、里面除了一本小册子，还有一串钥匙。佟丽华一眼看见汇丰银行保险箱的钥匙，眼神闪烁，难掩心头的惊慌。佟梓华老奸巨猾，发现妹子的眼神不对，伸手就去抢钥匙，佟丽华却比他慢了一步。

佟梓华看见钥匙上刻着 HSBC918 几个字，立马反应过来：“密疏在汇丰银行？”佟丽华叫道：“你发什么神经？那是我存钱的银行！”

“胡说！贾钦差前脚刚走，你就去了汇丰……”

“你跟踪我？”佟丽华又气又怒。

“不好意思，这一切都是为了密疏。”佟梓华上前拽住妹子的手腕，冷冷地道：“走吧！咱们现在就去取密疏。”佟丽华拼命挣扎，怒道：“我不会带你去！”佟梓华突然叹了一口气，摇着头道：“如果日本人陪你去，我想你肯定不愿意……还是跟我去一趟吧，有我在，没人敢动你！”

佟丽华怒气冲冲望着佟梓华，一字一顿地叫道：“佟梓华，你好卑鄙！”她盛怒之下，盯着佟梓华脚上的木屐，冲上去重重地踩了他一脚。佟梓华痛叫一声，整个人贴在墙上，目中凶光毕现，瞪着妹子大口呼吸，终于还是忍住了火气，将拳头缓缓松开。

事到如今，佟丽华只想快点脱身，脑子里灵机一动，冲着佟梓华吼了一声："行吧！你给我接通银行电话，没有预约取不了！"

佟梓华皱了皱眉头，料想妹子不敢玩花样，就敲门示意黑衣人带佟丽华去大堂打电话，自己一瘸一拐地跟在后面，密切注意妹子的动静。

佟丽华到了樱花公馆的大堂，径直走去电话机旁，满脸怒气地望着门外的街道，冲是肯定冲不出去了，唯有打电话通知银行报警："hi，I am Sylvie，my life is in danger now，please sent the police to HSBC……（我是佟丽华，我的生命现在有危险，请派警察到汇丰银行）"

此时，马俊杰正在大堂弹钢琴，听到佟丽华打电话的声音，皱了皱眉头。他察觉到佟丽华脸色有异，而且身边还有两名黑衣人一直跟着，暗想不对劲，手里就取了一张歌单，笑容满面地迎上佟梓华："佟爷，点首歌吧！"

"我不懂这个……只要你别老弹那些催眠曲就行！"佟梓华摆了摆手，转身对着佟丽华嚷嚷，"银行那边儿已经约好了吗？"佟丽华没好气地挂上电话："你走不走？"

"那就走吧！"佟梓华微微一笑，向黑衣人交代了几句话，推着妹子走出了樱花公馆。

马俊杰站在大堂，透过窗户看见佟丽华被推上轿车。他思索片刻，装作若无其事的样子，走到电话机旁拨通电话，压低了声音说："请接赵钱孙会计师事务所……是我，少福晋去汇丰银行取钱，请派人服务。"

汇丰银行。

大厅内有几位客户正在办理业务，佟梓华环顾四处，拽着佟丽华的手臂，走到柜台前。佟丽华面色凝重，出示了自己的身份证明："我是佟丽华，刚刚打过电话来的……"

银行职员立即站起身来，扭头往铁门内喊："经理，佟女士到了……"胖乎乎的经理慌忙打开铁门迎接贵客，瞧了一眼佟梓华，皱眉道："佟女士您好，请问今天有几位要进去？"佟丽华冷冷地道："这是我哥哥。"胖经理展颜一笑，客气地道："麻烦这位先生的证件登记一下。"

佟梓华掏出证件，交给银行职员核对登记。胖经理将证件交还给佟梓华，笑容满面地请兄妹二人进入银行内室。

三人走到了银行的保险库，监管员已经站在铁栅栏外面等着他们。

“佟先生、佟女士，请进……”胖经理示意监管员打开如牢房般的栅栏，迅速将铁门锁上。保险库的走廊中间摆着长条形的桌子，两边皆是厚厚的石墙，镶嵌着一排排的保险箱。佟梓华抬头张望，咋舌道：“乖乖隆嘀冬……这些人都放了些什么东西在里面呀？”

胖经理按照号码找到佟丽华的保险箱，将它抽出来放在桌上。铁质的保险箱尺寸不大，上面有两个钥匙孔。

“佟女士，您的钥匙……”

佟丽华望了望佟梓华，深深吸了一口气，极不情愿地从拎包里掏出钥匙。胖经理接过佟丽华的钥匙，插入了保险箱的一个钥匙孔中，然后他又取出自己的钥匙，插入另外一个钥匙孔中，将两个钥匙同时扭开：“佟女士一会儿办完事，请通知外头的监管，我再下来跟您一起锁保险箱。”

佟丽华点了点头：“好的，谢谢您了。”

胖经理微笑离开，走出栅栏外时，监管员立刻上前将栅栏的铁门锁住。

佟梓华迫不及待地伸手拉开保险箱，突然被佟丽华出手喝止：“你还要不要脸呀？”佟梓华缩回手，叹道：“都到这一步，面子还能当饭吃吗？爽快点，丽华，快点把箱子打开……佟丽华！我让你打开保险箱！”佟梓华见妹子还在犹豫，忍无可忍，一把将佟丽华推开，伸手打开保险箱，却见里面放着一个铁箱子，掀开盖子一看，竟然是十卷胶卷。

佟梓华惊讶地望着胶卷，缓缓道：“照相的人来了吗？照相机带了吗？原来……原来密疏已经被你们都拍了照了。难怪我每次问哈岚，他就回我一句：烧也没烧！这肯定是你的主意吧？丽华，只有你才能想出这样的办法……原来是胶卷呀！哈哈！”佟梓华兴奋地合上铁箱，向铁门外的监管员大喊开门，扯住了佟丽华的手臂，大步离开保险库。

二人刚走到银行大厅，正要踏出门，赫然发现街道上停了几辆巡捕房的警车，几名英租界的警探站在汇丰银行的门外东张西望。他皱了皱眉头，拉住佟丽华的手，转身走到休息区。

佟丽华冷哼了一声，道：“我告诉你，佟梓华！你今天走不出这个银行的门！”

“丽华，你真是……刚说你聪明呢，你现在立刻说笨话了。你知道现在外面有多少居心叵测的人，正在盯着我们吗？”

“我当然看见了，这里可是英租界……就算你能走出银行，你以为你真能走出租界吗？这钱箱只有在我手里，他们才会放行，我打过招呼了！”

“佟丽华，我警告你！一会儿你要真的跟我耍滑头，就别怪我不客气……”佟梓华脸色一变，忧心忡忡地望了一眼门外，迅速将手中的铁箱交还给佟丽华，“东西拿好了，你要是没有安全地把东西给带出去，我就唯你是问！”

佟丽华接过铁箱，跟在佟梓华的身后一起走出了银行。她抱着箱子走到黑头轿车前面，看见黑衣人下车开门，忽然转身奔向巡捕车，口中大喊：“Please help me！Please！（救救我）”佟梓华大怒：“佟丽华！你给我回来……佟丽华！”

此时，维多利亚道的路口处，站着数名穿着打扮极其普通的年轻人，双手插在衣服口袋里，互相交换了一下眼神，小心翼翼地注意着周围的动静。英租界的警探瞧见佟丽华，立即迎上前来。佟梓华追了几步，只得停下脚步。

佟丽华奔到警车前，缓了缓气，用英文说道：“我是英国公使馆的翻译。”

英国警探询问：“您就是打电话求救的那位？”

“Yes！”

英国警探望着佟梓华，皱了皱眉头，关切地问：“那个男人想绑架你吗？”

佟丽华咬了咬牙，稍做犹豫：“Yes！”

英国警探挥手示意后面的警探带佟丽华上车：“Get into the car，come on！（快上车）”几名警探将佟丽华带上车，然后向佟梓华的黑头车走去。佟梓华扼腕一拍车顶，立刻钻进车内，命令黑衣人：“跟上前面的车子！”

黑头轿车在街口拐了个弯，迅速驶离现场，紧跟着巡捕房的车。

一路跟到了英租界的交界处，两名士兵荷枪实弹，守在关卡处查看来往车辆的证件。巡捕房的车子当然不用查，眼看着前面的车子就要驶远，佟梓华又冲不过来，气得牙关咬紧，不停地拍打车厢。黑衣人失去耐心，用力地按了几次喇叭。

忽然，路边窜出来几名行人，冲上前来，猛地拉开了车门，将佟梓华拽出车厢，踩在地上，一顿拳打脚踢，正是守在维多利亚道的那几位年轻人。

坐在驾驶座的黑衣人慌忙下车帮忙，就在他要掏枪之时，路边又扑过来数人，出手制住黑衣人，阻止他掏枪。几个埋伏在租界外的黑衣人见状，纷纷跑过来支援佟梓华。

英租界的关卡处顿时骚动起来，一群路人蜂拥而上，少说也有二三十人。他们好像早就料到黑衣人会出现，双方立即在街口扭打起来。佟梓华被踢到鼻青脸肿、满脸是血，抱着脑袋拼命往人群的空隙处钻，现场已一片混乱。

巡捕房的车子载着佟丽华驶进了英国公使馆内，英国人史蒂文快步走出了公使馆，上前与佟丽华拥抱行礼：“Are you all right，Sylvie？（你还好吗）”

“从没有这么好过。”佟丽华松了一口气，用英文向史蒂文表示感谢，“非常感谢您的帮助，使我能顺利脱身。”

史蒂文关切地问：“没什么，只是您到底遇到了什么事？”佟丽华解释道：“我在汇丰银行存了一件家传的宝物，有人打它的主意，想抢走它。”

“还需要我帮忙吗？我可以帮您联系巡捕房。”

“暂时不需要了，无论如何，还是要谢谢你。”

史蒂文微微一笑，道：“我对你们中华文化很感兴趣，能让我看看这宝物吗？”佟丽华有些为难，歉意地道：“对不起，它对我来说太重要了，真的不太方便……”史蒂文耸了耸肩，表示很遗憾。他安慰佟丽华不必担心这件事情，转身对车里的司机嘱咐了几句，热情地送佟丽华上车，挥手告别。

天津梓府。

解一半抱着少奶奶带回来的铁箱子，在厨房里的食柜里一通折腾，小心地将铁箱子塞进墙柜的里层，从高脚凳子上跳下来，拍了拍手。翠儿松开扶凳子的手，抬头瞧了瞧柜子，犹豫地道：“藏这儿能行吗？”解一半笑道：“放心吧，没人能找得着。我藏的东西，一百个人也找不到！”

厨房的案板上放着备好的鸡、肉、鱼，一盘豆腐和一盘青菜，一旁的灶锅正冒着热气，解一半拿着勺子，慢慢地搅着汤水。

“你说好好的，少奶奶把它带回来干什么？”翠儿在一旁择菜，仍然有些不放心。解一半皱着眉头：“我瞅着少奶奶的脸色不太对……”

“别是出了什么事儿了吧？”

“少奶奶没说，咱就甭瞎寻思了。”

翠儿轻叹了一声：“可爷已经两天一宿不见影儿了！你说他这是去了哪儿了啊，真急死人了。”解一半眨了眨眼睛，笑嘻嘻地道：“该不会又去那个樱花公馆了吧？喝醉住那儿了？”翠儿摇头道：“一早少奶奶就去找过了，没有。”

“那还能去哪儿？”

“这天又快黑了……不行，我还是得去找找。”翠儿越想越不对劲，放下手中的菜，站起来解围裙。解一半急了：“这么大个天津卫，你人生地不熟的，上哪儿找？别折腾了。”

翠儿瞪了他一眼，道："要不你去找？"解一半怔住："这……舅爷不刚打电话来，说岛田先生要来吃饭……我走了怎么办？"

"爷重要还是那个日本人吃饭重要？"翠儿有点不高兴。

解一半叹道："爷那么大个人了，能出什么事儿？"翠儿正色地道："你忘了上次他被汪四海绑票的事儿了？"解一半愣了一下："可这是在天津啊！"翠儿怒道："你不去我去！"她扔下围裙就要往外走，解一半慌忙拦住，苦笑道："哎不是，我是说上哪儿找去啊？"翠儿没好气地道："大街上，河沟里，找哪儿算哪儿，总比干等着强！"

此时，厨房门外传来哈岚有气无力的声音："你们要找什么啊……"

解一半与翠儿同时转身，只见哈岚背着个包袱，正懒洋洋地靠在厨房的门框上，模样疲惫不堪。

"您可回来啦！"翠儿又惊又喜，上去扶住哈岚。

解一半笑道："爷啊，您这是上哪儿了，您再晚来一步，翠儿都要让我上河里捞您去了！"翠儿白了解一半一眼，拉着哈岚要往外走："赶紧的，快去见少奶奶吧，她都急死了！"岂料哈岚一头钻进厨房，抓起案板上一根黄瓜大嚼起来："慢着，慢着，容我喘口气儿……"解一半歪着脑袋瞧了瞧哈岚的脸色，道："您这两天一宿，到底跑哪儿去了？该不是又被日本娘儿们给缠上了吧？"

哈岚哈哈一笑，咬着黄瓜连连摇头。

翠儿上前拉起哈岚，却发现他身上的衣裳破旧不堪，胳臂上竟然还有淤青，顿时失声尖叫："这是怎么弄的？爷，您又跟人打架了？"哈岚笑道："没事儿……跟汪四海打了一架，得亏我跑得快……"翠儿脸色大变："汪四海？你还真遇着他了？"解一半更是吓了一跳，惊问道："汪四海来天津了？"

"不是，我回了趟北平……"

"什么？！北平？！"解一半与翠儿异口同声地叫起来，惊讶地望着哈岚，"好好的，您回北平干什么？哦，我知道了，您是去见娄……"

"嘘——小点儿声！"哈岚食指放在嘴上，示意二人赶紧噤声。

翠儿沉着脸儿，没好气地道："爷呀，都什么时候了，您还跑去见那个戏子？您胆儿也太肥了！您说这要是让少奶奶知道了……"哈岚点了点头，若有所思地道："千万不能让丽华知道。"

"那见了少奶奶可怎么说？"

"就说我在樱花公馆喝醉了。"

解一半接了一句：“少奶奶能信吗？”哈岚翻了个白眼，道：“她爱信不信！记住了，甭管你们怎么说，就是不能说我去了北平。”

“你去了北平？！”

门外传来一声惊叫，三人讶然转头，只见佟丽华站在门口，两只眼睛死死地瞪着哈岚，鼻孔里好像快要冒出了烟。翠儿和解一半立即闭上了嘴，一个转身忙去择菜，另一个若无其事地去搅锅里的汤。

哈岚身子顿时僵住，手儿一颤，半截黄瓜掉在了地上。

佟丽华一个箭步冲进来，指着哈岚的鼻子大叫：“好你个哈岚！到底还是跑北平去了！”哈岚不由自主地退后一步，赖皮赖脸地笑：“谁……谁去了……”现在就算佟丽华用鞭子抽他，他也不会承认。

“我都听见了！”

“那你……你肯定听岔了！我是说，坚决不能去北平！不信，你问翠儿。”哈岚指着翠儿，不料翠儿低着头择菜，假装没听见。哈岚转而指向解一半，干咳了一声：“解一半？”解一半从锅里舀起一勺汤尝尝味道，晃了晃脑袋：“啊，好像淡了点儿……还得搁点儿盐……”他说完就自顾自地挖了一小勺盐，漫不经心地撒进锅里。

哈岚瞪直了眼睛，有点哭笑不得。

“你还有什么好说的？”佟丽华冷哼道。

哈岚尴尬地笑一笑，仍然竭力狡辩：“不是，我真没去北平，我就是……昨儿夜里在樱花公馆喝多了，在那儿凑合了一宿……”佟丽华恨声道：“编，你接着编！”哈岚眨了眨眼睛：“我说的是真的！不信，你去问你哥，你哥可以为我证明！”

“我证明个屁！”

众人愕然回头，却见佟梓华头上缠着绷带，胳膊吊在脖子上，头发蓬乱，满身泥垢，一脸怒容地站在门口跳着脚叫喊。

哈岚吃了一惊，慌忙迎上去，装作关切地询问：“大哥！一天不见，您怎么成这样了？怎么了这是？”佟梓华一瘸一拐地走进来，怒气冲冲地指着佟丽华：“问问你老婆！她干的好事！”

“你这是怎么说话呢？我老婆，她可是你亲妹子。”哈岚眼珠子一瞪。

“亲妹子能找人打他亲哥？有这么狠的妹子吗？”

哈岚怔住，满脸惊讶地望着佟丽华：“丽华打的？”佟丽华面色凝重，蹙眉喝道：“你胡说！你问我，我还问你呢！你居然敢假传圣旨，骗我去取密疏，这是当哥哥的办的事儿吗？”

“什么？假传圣旨？大哥，这事儿你都干得出来？”哈岚瞧了瞧大舅子狼狈的模样，脸色一沉。

佟梓华怒道：“你闭嘴！你怎么不说你找英租界巡捕房的人来抓我！你还有点儿兄妹情分吗？”

“都惊动巡捕了？那密疏呢？密疏……”哈岚欲言又止。

“你还知道兄妹情分？你在汇丰银行保险库勒着我脖子的时候，怎么就不讲兄妹情分了？你还是人吗？”

“你居然敢勒我老婆的脖子？”哈岚两眼喷出怒火，赶紧转身去查看佟丽华的脖子，“丽华你没事儿吧……”

“你起开！”佟梓华与佟丽华二人同时将哈岚推开。

解一半发现气氛不对，手里拿着勺子和翠儿上前拉开哈岚：“爷，这儿没您的事儿，您就别添乱了……”哈岚一怔：“我添乱？我就一天没在家就出那么多事儿，我要是在家怎么能闹成这样？”

翠儿轻叹了一声：“您要是在家更乱！”

佟梓华与佟丽华继续争吵：“你是翅膀硬了，阿玛走了你就无法无天了！居然敢找人打我……说，那打手哪儿来的！”佟丽华满脸冷笑：“你血口喷人！哼，谁知道你在哪儿得罪了人赖我头上，凭你今天办的事儿，打死你都不冤！”

“别以为有阿玛护着你，我就不敢揍你！”佟梓华举起没有受伤的胳膊，作势要过来打妹子。

佟丽华不甘示弱：“你打呀，信不信把你这个膀子也给你撅折了！”哈岚一个箭步冲上来，护在佟丽华的身前：“佟梓华，你动我老婆一指头试试？”

解一半趁机上去拉住了佟梓华胳膊，劝道：“舅爷，舅爷您消消气儿，亲姊热妹的不至于……”佟梓华将解一半的手腕甩开，怒道：“有他妈你什么事儿？还不赶紧做饭去，岛田先生马上就来了！”解一半一愣，暴脾气立马上头，将手中的勺子一扔，气呼呼地道：“还做他妈什么饭！爱谁谁，老子不做了！”

“你不做饭，我们晚饭吃什么？”

众人惊讶转头，只见岛田敏三穿着和服，一脸严肃地出现在门口。

解一半挠了挠脑袋，嘴里嘟囔了一句：“今儿真他妈邪了，说谁谁到！”

佟梓华一瘸一拐地迎上去：“岛田先生，您可来了……”

岛田敏三见他这般模样，皱了皱眉，奇怪地问：“佟先生，你怎么把自己搞成这样子？”佟梓华摇头叹息：“唉，一言难尽……”岛田敏三面无表情，淡淡地道：“那就不必说了。你也不必做出一副很欢迎我的样子，我今天来也不是为吃你家一顿晚饭。”佟梓华解释：“不不，岛田先生，您误会了……”岛田敏三不紧不慢地道：“这个不重要，我不是草弥先生，不关心你的家事。我只问你，东西到手了吗？”

“这个……我……”佟梓华焦急地望着妹子，说话吞吞吐吐。

哈岚听到“东西”二字，心里暗吃一惊：“东西？什么东西？又有草弥什么事儿？”佟丽华目光闪动，好像突然明白了什么事：“我知道了，原来你假传圣旨，骗我去取密疏，就是岛田在幕后指使！佟梓华，你居然联合日本人设局害我？你还是人吗？”

哈岚一听，气得直跳脚：“啊！还有这事？好你个佟梓华，我早就知道你没安好心！哦，我想起来了，那天那两个日本娘儿们，也是你们俩做的局吧？佟梓华！亏我还把你当成知心大哥，你还有个大舅哥的样儿吗？”

岛田敏三阴阴一笑，道：“佟格格，您一家人都是我们大日本的好朋友。我今天刚刚和草弥先生通了电报，他说令尊和令堂大人在日本一切都好，草弥先生还特意拜托我向您表达衷心的问候……”

“我呸！”哈岚一口唾沫喷在岛田敏三的脸上，“草弥算个他妈什么东西，用得着他天天来问候？你丫又算什么东西？”

岛田敏三慌忙闪避退，取出小手绢不停地擦脸：“你……粗鄙！肮脏！庸俗！”

佟梓华满脸尴尬，上前给岛田敏三赔礼，转身呵斥哈岚：“你给我住嘴！岛田先生是我的朋友，我们尊贵的客人，不许胡说！”

哈岚怒道：“哪个丫挺的要跟日本人做朋友？先是草弥那个色鬼，成天儿对丽华图谋不轨，都回日本了还贼心不死！这又来了个什么岛田，还胆敢惦记密疏！你们日本人，没他妈一个好货色，就是一窝贼！强盗！岛田你丫给我滚出去！我们家不欢迎你！”

“哈岚！你横什么横？这是谁家？这他妈是我家！你丫给我滚出去！”

众人闻声皆是一呆，顿时僵住。佟梓华走到厨房的门口，指了院子的外面，怒不可遏地道：“听得懂人话吗？滚！”

第十八章 穷途末路

寒风凄凄，夜色迷离。

哈岚与佟丽华、解一半和翠儿四人坐在冷清的路边，地上放着大大小小几个箱子和包袱。他神情沮丧，怀抱着一罐子老汤，望着街边飘落的枯叶，心事重重地叹了一口气，心想我堂堂的贝勒爷，居然会沦落街头，这要是传了出去，简直能笑掉人的大牙。

一旁的翠儿沉着脸儿，神情颇为愤怒："这算什么呀？大半夜的，说撵就给撵出来了？少奶奶，我说句话您别不爱听，舅爷这次做得实在是太过分了，他对那日本人比对您都亲！"

解一半尴尬地道："少奶奶够难受的了，你就少说两句吧！"

翠儿却是不依不饶："还有那个孔雀，我就看不惯她那张狂样儿。您就看刚才她把咱行李翻个底儿朝天的样儿，连少奶奶您的首饰匣子都不放过。这是拿咱们当贼了，生怕咱们偷他的东西！什么玩意儿！"解一半解释道："她哪是怕咱偷她东西，她是在找密疏！"翠儿啊的一声，皱眉道："我说呢，得亏少奶奶让咱把东西藏起来了，不然还真让他们给翻去了！"

"东西留在佟家了？这可怎么办啊？"哈岚想起这烫手的山芋始终是不让人省心，有些手足无措。

解一半安慰道："爷放心吧，我藏的地儿，一时半会儿没人能找得着。"

佟丽华瞧见哈岚失魂落魄的样子，也不好再发脾气，如今哈王府的人沦落到这种地步，要怪也只能怪佟梓华丧尽天良。她本是性情刚毅的女子，不肯在哥哥面前低头，跟着哈岚搬出梓府，并没有后悔：“咱们现在这个样子，带在身边也不安全。我哥一定想不到东西还在他家……等皇上召见你的时候，再伺机取出来吧。”

翠儿无可奈何地道：“可咱们现在该怎么办？总不能在这儿坐一宿吧？”

哈岚坐在地上晃着脑袋，闷声不语，佟丽华趁机又问起他去北平的事儿：“你到底还是回去了，不是说不去了吗？”哈岚抬起头来，闪躲着佟丽华逼视的眼神，尴尬地笑了笑：“我……我这不是跟人约好了吗……”

“跟谁约好了？”佟丽华追问。

翠儿与解一半提心吊胆地望着贝勒爷，不敢吭声。

“你不是知道的嘛，娄……娄晓月……”哈岚支支吾吾，后面的声音低得连他自己都听不见。

翠儿吓了一跳，难以置信地道：“爷，您真去见娄晓月了？您怎么能这样呢？”哈岚瞪了她一眼，示意她别多嘴多舌。佟丽华脸色一变，冷冷地道：“你们约好干什么？私奔吗？”

“少奶奶，借他俩胆儿他也不敢。”翠儿眼珠子一转。

解一半趁机接了一句：“是啊，少奶奶您想多了。”佟丽华沉着脸儿问哈岚：“那你说，你回去干什么了！”哈岚摇了摇头，小声地道：“我……我这趟根本没见着她……”

“废话！你要真见着你还能回来吗？”佟丽华冷哼。

哈岚微微一怔，猛然醒悟：“啊！她是不是来找我了？你见着她了？”佟丽华皱眉喝问：“哈岚！你到底想干什么？”

翠儿见二人嗓门一大，极有可能又会吵起来，赶紧帮佟丽华数落哈岚：“爷呀！您怎么到现在还想着那个戏子啊？少奶奶，您别生气！”解一半又接了一句：“是啊是啊，这现在已经够乱的了，爷，您就别添乱了……”

佟丽华气呼呼地道：“好，你说！你去北平到底干什么了？”哈岚回北平没有见过娄晓月，心里懊恼不已，此时听到佟丽华不停地追问，越想越烦躁：“她不在我能干什么呀？”

“她要在你还真想干什么啊？”

“我能干什么啊我？”

“谁知道你要干什么！”

二人你说一句我顶一句，站在街道上开始吵起来，翠儿与解一半只能一个劲地劝：

“哎呀，爷你就少说两句吧，这事儿就是你的不对！少奶奶为这事儿受了多少委屈呀……甭管怎么说你就不该回北平！”

四个人正在说话之时，路边出现几个陌生人，骑着自行车突然停在不远处。当中一人穿着便装，低头朝身后的年轻人嘀咕了几句，径直走到哈岚身边：“嘿！你们干吗呢？三更半夜坐在路边？”

“俊杰兄！”哈岚一眼认出来人是马俊杰，惊喜地站起来给大家介绍，“这位是樱花会馆弹钢琴的马俊杰，之前救过我！”

佟丽华诧异地道：“救过你？什么时候？”哈岚笑道：“你忘啦？就是那天，那俩日本娘儿们要扒我裤子，吓得我跑出来，多亏了俊杰兄帮我解围！”佟丽华瞪大了眼睛，一句话也说不出来，翠儿与解一半躲在一边偷着笑。

马俊杰向佟丽华伸出手腕，客气地道：“您好！我叫马俊杰。”

佟丽华礼貌地轻握了一下：“多谢您救了哈岚。”

马俊杰面露微笑，将手伸向解一半示好，解一半慌忙将手掌在长衫上擦了擦，伸出双手去与他热情握手。马俊杰又将手伸向翠儿，不料翠儿却警惕地负手藏在身后，心里暗想，这人真是没礼貌，男女授受不亲不知道吗？

马俊杰瞧出了翠儿的心思，尴尬地缩回了手：“大半夜的，你们这是干什么？搬家吗？”哈岚神情沮丧，叹道：“嗨，别提了，我们被我那不仁不义的大舅子给赶出来了！”

“出什么事儿了？”马俊杰惊讶地看了看佟丽华，似乎大感意外。

“一言难尽啊……摊上这样无情无义翻脸不认人的大舅子，真是倒了八辈子霉……”

佟丽华的面色略显尴尬，低头拉了拉哈岚的衣袖，道：“别说了……”

马俊杰关切地道：“那……你们打算去哪儿？”哈岚苦笑道：“这不正发愁呢，还没个着落……”

“要不这样吧，你们要是不嫌弃，我那儿倒是有个地儿……我带你们去吧。”马俊杰转身冲着路边几个年轻人挥了挥手，“唐恭，你们先走。”

哈岚眼睛一亮，喜出望外地道：“真的？”

“我也是租的房，一个大杂院儿，房东是一对老人家，儿女都不在身边，人挺好的。院儿里还有三间空房，虽说简陋了点儿，你们好歹先有个落脚的地儿。后面的事儿，等安顿之后再说。”

翠儿与解一半不安地对视一眼，佟丽华似乎也有些犹豫，马俊杰虽然是个琴师，但却是樱花公馆里的人，万一他是日本人的探子，岂不是羊入虎口吗？马俊杰察觉到佟丽华的顾虑，微微一笑，突然环顾四周寂静的街道，压低了声音道："有件事儿我告诉你们，但是千万不能说出去，今天白天在英租界，拦截佟爷的正是我们的人……"

北平城。

得月楼的戏台上响起了锣鼓声，娄家班正在演出传统短打武生剧目"三岔口"。丁宝扮演的武丑"刘利华"与师兄扮演的武生"任堂惠"正在卖力地表演。

而台下正中一桌，警察局的胡厅长嘴里吃着花生米，聚精会神地看戏，一旁的汪四海殷勤地给他倒茶点烟。

胡厅长晃了晃脑袋，问道："汪四海，你说的那角儿呢？怎么还不出场？"

"您别急呀！角儿都得唱大轴。今儿晚上四出折子戏，头一出就是这'三岔口'，第二出是'锁五龙'，压轴的是'王宝钏守寒窑'，后面大轴就是'坐宫'了，演杨四郎的人，是特意打外头请的，赫赫有名的于老板。跟他搭戏的铁镜公主，就是咱娄家班的头牌花旦娄晓月！那扮相，那唱腔，那身段儿，真是绝啦！当年宫里没少传差，皇上和太妃们最爱看她的戏……"汪四海赔着笑脸，如数家珍地道出原委，确实是娄晓月最忠实的戏迷。

此时，台上的丁宝从桌上翻身而下，台下的观众轰然叫好，胡厅长跟着鼓掌。

得月楼的后台，娄家班的人正忙碌地在镜前化妆，娄班主一脸焦急地在原地转着圈，耳边隐约听见大堂上传来"锁五龙"的西皮导板："号令一声绑帐外……"他猛地一跺脚，赶紧冲到大堂的帐布旁，指着顶着武丑妆的丁宝大喊："丁宝！你不是说晓月今天回来吗？人呢？"

丁宝一脸迷惑："师姐还没到？她说过今天晚上一定回来的啊！"娄三喜又转了一圈，急得不停地搓手："这可怎么办呢……"

"娄班头！"只见汪四海满面笑容地走过来。

娄三喜只得硬着头皮迎上去，强作欢颜地道："汪局长……"汪四海伸头望后台探了一眼："我来瞧瞧晓月。怎么样，扮上了吗？"娄三喜慌忙拦住，笑道："快了，快了！汪局长您先到外面候着……"汪四海没有瞧见娄晓月，皱眉道："晓月人呢？

哪儿去了？”

娄三喜支支吾吾地道：“她……她……她这就回来了……”

“你小子别跟我说，晓月她不见了吧？”汪四海满脸狐疑，突然上前一把揪住娄三喜，沉声道，“我告诉你娄三喜，今儿可比不得往常，胡厅长可在台下坐着等着瞧她呢。要误了戏你我都担待不起！说！晓月她人呢？”娄三喜无奈地道：“她……唉！昨儿出去一直没回来，我也不想这样啊，她说她今儿会回来的，一定会回来。”汪四海又急又怒，一把将娄三喜推开：“你怎么不早说！你可害死我了，赶紧想办法找人去啊！”

“是是，我这就派人去找，派人去找……老大，丁宝，你们快去找。”

大师兄听见喊声，有些为难：“师父，接下来该我上场了……”娄三喜急道：“那就换个人去！快去！”汪四海翻了个白眼，恨声道：“娄三喜，今儿要是找不着人，我饶不了你！你敢坏我好事的话，我告诉你，我可以给你们开禁，也可以给你们封园子！”

“封谁的园子？”后台正在混乱时，身后传来冷冰冰的声音。只见娄晓月一脸倦容地出现在门口。众人皆是一愣，急忙围上来问寒问暖。

娄三喜欣喜若狂：“哎哟我的小姑奶奶，你可算回来了，你可把爸爸给急死了。快快，赶紧扮上！”他拉着娄晓月往后台走，被汪四海一把拦住：“晓月啊，你这是去哪儿了？”不等娄晓月回话，娄三喜急急忙忙地推开汪四海：“哎呀汪局长，您快别捣乱了，赶紧出去吧，胡厅长还等着呢。”

丁宝挥了挥手，与众师兄将汪四海推了出去。

娄晓月坐到化妆镜前，一大票人围着她赶紧帮她化妆勒头，娄三喜摇头叹息：“你说你这孩子，怎么一声不吭就跑了？差点儿就误了咱娄家班的台面。”

此时，得月楼戏台幕帘后，传来于老板的西皮慢板唱腔：“杨延辉坐宫院自思自叹，想起了当年事好不惨然……”娄三喜立即吩咐捡场的：“去，告诉于老板，码后点儿……”

捡场应了一声，掀开幕帘走上前台大堂。

台下的胡厅长正听得入神，汪四海却是寻思娄晓月去了哪里，一直心神不安。

于老板扮演的“杨延辉”在台上继续唱：“我好比笼中鸟有翅难展，我好比虎离山受了孤单……”捡场的从出将的幕帘悄悄走出来，附耳上前小声嘀咕：“于老板，码后点……”

于老板面不改色，口中的曲调照唱不误：“我好比南来雁失群飞散，我好比浅水龙困在沙滩……我好比冲天鹰折翼坠岩，我好比骋骏马前蹄失翻……我好比绿浮萍随波流转，我好比水行舟断桅折帆……”

胡厅长满脸错愕，不知于老板干吗要这样连续唱。汪四海却是熟悉戏班子赶场的套路，嘴角牵出一丝微笑。

台下的观众坐不住了，议论纷纷：“怎么回事？不对啊这个？比个没完了？”

“怎么这么多我好比？后面还有……”

“怕是铁镜公主误场了吧？”

“没事儿，咱就听听，于老板今儿他能唱几个‘我好比’！”

得月楼后台化妆间，众人忙着给晓月穿行头、系带子、穿鞋子。丁宝与几位师兄弟挤在幕帘后面，透过帐布缝儿，盯着台上唱戏的于老板。只听于老板接着唱：“我好比轻纸鸢一朝线断，我好比风卷叶难把根还……”众师兄弟一脸钦佩的表情，随着于老板唱的“我好比”一直在数：“十五……十六……于老板真牛！这还能比，还能比……真太牛了！”

“我好比中秋月乌云遮掩，我好比梧桐雨空打阶栏……”

台下的观众均是瞪大了眼睛兴奋地看好戏，有掰着手指头数的，也有鼓掌起哄的：“二十……二十一……精彩，太他妈精彩了！”胡厅长却是一脸的不耐烦，指着身边几个观众喊：“嗨嗨，你比什么数，没完了你！赶紧给我闭嘴！”

终于，穿戴差不多的娄晓月急匆匆赶到幕帘后面，娄三喜吩咐捡场的：“赶紧的，告诉于老板一声，可以了！”捡场的又应了一声，掀帘进了前台。

“我好比楚霸王受困乌江岸，我好比孙大圣压在五指山……”得月楼里欢声如雷，捡场的走到于老板跟前附耳：“娄班主说了，于老板，码前点儿您呐……”于老板面露微笑，从容唱完，娄晓月扮演的“铁镜公主”立即喊了一声旦腔韵白：“丫鬟！”丫鬟应声：“有！”

“带路啊！”娄晓月扮演的铁镜公主在丫鬟的引路之下，袅袅上台。

台下的汪四海带头高喊：“好！”娄晓月甜美亮相，以西皮摇板开唱：“芍药开牡丹放花红一片，艳阳天春光好百鸟声喧……”

观众纷纷起身，哄然叫好。胡厅长精神一振，与汪四海同时鼓掌喝彩：“不错！娄家班的头牌花旦，果然是名不虚传……”

唱完了压轴大戏《坐宫》之后，观众们尽兴而归，胡厅长对娄家班赞不绝口，汪四海缓了一口气，这次得月楼没有让自己丢脸，他心里暗自庆幸。

娄晓月坐在后台化妆间卸妆，丁宝趴在桌前，将哈岚赶到得月楼一事告诉了师姐。娄晓月又惊又喜："你说的是真的？哈岚真跑来找我了？"丁宝张望一眼大堂，道："你小点儿声！"

"算他还有点良心……"娄晓月心里乐滋滋的。

"他还撞见师父和汪四海了……"

"啊？！"娄晓月一惊，扭头看到娄三喜正陪着于老板往后台走过来，二人立即噤声。

娄三喜心情大好，伸出大拇指夸赞于老板："高啊！于老板真是高人啊！要不是您那二十几个'我好比'，今儿这台就塌了。"于老板摆手笑道："还好晓月及时赶到，不然我非死台上不可！"娄三喜给于老板拱手作揖："多谢多谢！"

娄晓月也站起来欠身向于老板表示致谢，于老板拱手告辞，领着随从离开了得月楼。娄三喜送走客人，便黑着脸走到娄晓月的身边，透过镜子看到娄晓月春风满面的脸，沉声道："你是越来越无法无天了！"娄晓月委屈地道："爸！我这不是没误场嘛！"娄三喜哼了一声："那你告诉我，你跑天津干什么去了？"

娄晓月一怔，瞪了丁宝一眼。

娄三喜气呼呼地道："为了一个哈岚，你连戏班子都不要啦？我跟你说过多少次？戏比天大！今儿要不是人于老板为你多唱了二十多个'我好比'，咱娄家班的牌子就砸了！"娄晓月噘起嘴儿："我也没想到今天会开禁嘛……"娄三喜怒道："不开禁你就到处跑？人家一家子都搬到天津去了，你还巴巴地撵过去，你还有没有个羞臊！"

"我们约好的……"

"约什么约？你还真想送上门去做小啊？人家能容你吗？你不要脸，我还要脸呢！"

娄晓月狠狠地擦着脸上的油彩，不想再跟父亲争辩。

娄三喜继续道："打今儿起，你给我老老实实在家里待着，哪儿都不准去！我已经托人给你找了个好人家，就这几天见个面儿。你给我好好倒饬倒饬，老老实实跟我相亲去。"娄晓月吃了一惊，皱眉道："相什么亲？我不去！"

"你给我看好她，再跑了，我把你一起撵出去！"娄三喜转身对丁宝喊了一句，气哼哼地离开。

娄晓月趁机拧了拧丁宝的胳臂，嗔道："都怪你！你怎么把我给卖了！"

丁宝苦着脸："师姐，我真不是故意的……可师父说的也对，以后您还是别折腾了，咱们戏班子开禁容易嘛！好男人有的是，只要你点头，等着娶你的能从咱这得月楼排到前门大街！你干吗非在哈岚那一棵树上吊死啊？他还是个歪脖子树！"

娄晓月扯起桌子上一件戏褶子，使劲甩在丁宝的脑袋上："你懂个屁！"

天津城大杂院。

院子不大，角落里几只鸡悠闲地晃来晃去。马俊杰领着哈岚四人租下院子，牛家老夫妻极为热情，赶紧将屋子里空置的瓶瓶罐罐搬到了外面。

进入堂屋的门，屋正中摆着一张旧漆斑驳的木桌子，墙边摆着破旧而简陋的家具。左右两边各有一个里间，右边门上挂着一个碎花布帘，而左边的门框上，佟丽华用披肩遮挡，充当门帘。

清晨起来，佟丽华端着水盆往地上洒水，翠儿与解一半取来抹布和笤帚，勤快地擦桌子："少奶奶，您歇着吧，我跟一半干就行……"

佟丽华笑了笑："这点儿活累不着我。"

牛大妈抱着一床被子，后面跟着牛大爷，提着一个烧水壶走进来："老头子，您瞧瞧，还是大户人家出来的，这一收拾看着齐整多了！"

佟丽华迎上去，客气地道："牛大妈！天不亮就把你们搅扰起来，真是对不住！多亏您和大爷收留……"

牛大妈格格一笑，道："这算嘛事儿！你们不是小马的朋友嘛，就是这屋子太窄巴了，你们不嫌弃就好。我是怕你们被子不够，又拿了床过来。里表都是刚浆洗过的，还算厚实，你们别嫌弃！"佟丽华致谢道："真是麻烦您了。"牛大爷笑容满面："这个壶给你们用，我给你们烧了壶水。"解一半上前接住："谢谢大爷。"

佟丽华擦了擦手，热情地去接牛大妈手里的被子："大妈您给我吧……"

"你湿着手呢，还是我给你们放进去吧。"牛大妈抱着被子往左边屋子走去。

哈岚正躺在炕上看书，牛大妈抱着被子掀帘进来，"呦，哈先生还睡着呢！"

哈岚咕噜一个翻身坐起来，拍拍炕头："牛大妈，您坐，您坐！"

牛大妈将被子放到炕上，笑道："哈先生真是好福气啊！我就不坐啦，你们刚搬进来，还有得忙。你们要是缺什么就跟我说，千万别客气。"

"谢谢您，牛大妈。"佟丽华端着盆撩着洒水，牛大妈告辞出去了。

哈岚坐在炕沿上，晃荡着两腿，瞧了瞧佟丽华动作，眨了眨眼睛："嗨，你瞎勤快什么呀，你好歹是个少奶奶，这些粗活哪是你干的！来来，上来上来，陪我说说话。"佟丽华没好气地瞥他一眼："都沦落到住大杂院儿了，还拿自己当贝勒爷呢？你是不是也该干点儿活？"哈岚一本正经地道："甭管到哪儿，爷就是爷！哪有爷干活的？"

"都要喝西北风了，还摆什么臭架子？"

"你说你这人，我不是好心让你歇歇嘛。"

"歇什么歇？翠儿和解大哥不累吗？你也有手有脚的，干吗非得要别人伺候？"翠儿与解一半在外屋听到争吵声，慌忙进来，一把抢过佟丽华手里的水盆，轻叹道："少奶奶您给我吧，这点儿活用不着您。"解一半连连点头："是是，我和翠儿干就行了。"佟丽华正色地道："话不是这么说，都到这地步了，自己动手干点儿活又怎么了呢。"

"不就是洒个水吗，有什么呀，我来！"哈岚跳下炕，趿拉着鞋子，将翠儿手中的水盆夺过来，哗的一声，将一盆水全部泼到了地上。

众人顿时傻眼，翠儿失声大叫："哎哟我的爷，您这是和泥呢！"

佟丽华又气又急，转身就出了屋子。

忙了一整天，大杂院终于收拾干净。

昏暗的油灯下，佟丽华坐在炕沿上抹着雪花膏，哈岚手里抱着一床被子，目光有些呆滞，眼巴巴地瞪着一片湿泥的地面发愣："这……怎么睡啊！"

佟丽华看了看地上的湿泥，抿嘴一笑，迅速又板起脸："自己造的孽，自己受！"她抬脚上炕，懒得跟哈岚废话。哈岚无奈，抱起被子下炕，在屋子里转来转去，试图找个干净的地方铺下被子。

佟丽华提醒他："那可是牛大妈早上刚送来的被子，弄脏了没法交待。"哈岚皱眉道："这也没个干的地方……太脏了……这可怎么办呀？"佟丽华指了指炕的另一头，无可奈何地道："算了别折腾了，睡炕上吧。"

"我？跟你？睡一个炕上？"哈岚吃了一惊，觉得佟丽华一定是有什么阴谋诡计。

佟丽华指了指炕头，瞪了他一眼："你想什么呢？那头！"

哈岚闷声不语，将被子铺在炕上，小心地绕开。佟丽华白他一眼，心里嘀咕，叫你睡炕上好像还不情愿？惹我生气就一脚给你踢下去。她拉过被子躺下，背对着哈岚，没好气地道："睡觉！"

大杂院右边的屋子，翠儿正在铺炕，突然瞧见解一半一声不吭地抱起铺盖卷要往外走，慌忙拦住："站住！你去哪？"

"我去柴房凑合凑合。"解一半尴尬地笑了笑。

翠儿皱着眉头道："你是想把这一院子的人都吵醒？"解一半有点为难："可是这泥地，实在没法睡……"翠儿低着脑袋，一指炕头："睡这儿！"解一半难以置信地看着正在铺炕的翠儿："我？睡炕？"

"怎么不乐意？"

"乐意，乐意！"解一半喜滋滋将铺盖卷放在炕上。

二人熄灯躺下，翠儿累了一整天，已闭眼睡着。解一半面朝上躺着，身子不敢动弹，心事重重地侧过脸，轻声唤了一句："翠儿？"他见翠儿毫无反应，轻轻蹭过去，支起胳膊凝视着。不料翠儿忽然睁开眼睛，身子坐直："你干什么？"一脸花痴的解一半吓了一跳，一咕噜坐起来往后退："没……没什么……"

"解一半！让你上炕已经很给你面子了，你不要得寸进尺！"

"没有，没有……"

"那你大半夜不睡觉，看着我干什么？"翠儿咬着牙，很想打人。

解一半脸儿涨得通红，支支吾吾地道："我……我是想跟你商量点儿事……"翠儿奇怪地问："什么事儿？"解一半关切地道："你先躺下，躺下说，别着凉了。"翠儿警惕地望着解一半，缓缓躺下，用被子把自己裹得严严实实。二人面对面躺好，中间隔着将近一人多长的距离。

"你看啊，咱们现在被赶出来了，也不知道什么时候能回北平。爷和少奶奶带的钱也不多，又没个进项……"

"你是在怪爷？"翠儿皱了皱眉头。

解一半解释道："我不是这个意思，你想哪儿去了。我是说，咱不能坐吃山空啊，总得找个营生……"翠儿沉思片刻，道："咱能干什么？我倒是可以出去给人浆洗衣裳。"解一半叫道："哪儿用着得你啊，有我呢。我是你爷儿们，哪能让你出去受那罪！"翠儿心头一甜，抿着嘴唇道："那你能干什么？"

"卖酱肉啊！咱不是把老汤带来了吗？你放心，凭我的手艺，足够养活咱们一家！"解一半一脸兴奋的表情，似乎对此事胸有成竹。翠儿眼珠子一转，喜道："这主意不错！明儿一早就去跟少奶奶说，我跟你一起卖酱肉！"解一半开心地道："好！"

"行了，睡吧！"翠儿裹紧被子闭上眼。

解一半似乎又想起什么，轻声唤：“翠儿，咱们卖酱肉，肯定能养活爷和少奶奶咱们两家。”翠儿闭着眼，应道：“嗯，刚才你不是说过了吗？睡吧。”解一半吞吞吐吐地道：“我是说……就算再多俩孩子，咱们也能养得起……”翠儿睁开眼睛瞪着解一半：“想什么呢你？”

“我……我……”解一半不敢接话。

“你信不信我一脚把你踢下炕去？”

“好好，睡觉……睡觉……”解一半悻悻地背身躺下，翠儿也转过身子，闭上眼时，嘴角轻轻上扬。

夜深人静，哈岚的鼾声却是很响。

佟丽华睁大了眼睛，睡意全无。她似乎有些失望，也有些儿紧张，转身望了哈岚一眼。哈岚突然翻来覆去，打了两个滚，竟滚到了佟丽华的跟前，一条腿搭在她身上，轻鼾声很有节奏。佟丽华望着哈岚睡得如婴儿一般，心下一动，俏脸微红，忍不住伸手去摸了摸哈岚的脸。

哈岚咂了咂嘴，嘟囔了一声梦话：“月儿……”

佟丽华猛地一惊，迅速抽回了手，一脚将哈岚狠狠地推开。哈岚顿时被佟丽华的动作惊醒，惺忪的眼神，一脸茫然。

“滚那边去！谁让你过来的！”佟丽华寒着脸，气呼呼地翻身背对着哈岚。

哈岚有些莫名其妙，嘀咕一句：“谁稀罕。”他将身子滚回自己那头，继续打鼾。佟丽华背对着哈岚，使劲往炕头靠，缩起身子把自己裹紧，眼眶里却默默地流下泪来。

哈岚鼾声又起，睡熟之时一条腿又肆无忌惮地搭过来。

佟丽华突然咬了咬牙，从被子里偷偷地伸出手指头……一片漆黑的大杂院里，响起了哈岚的惨叫声。

日租界的皇冠蛋糕店。

路口街道被数名警察封锁，几个黑衣人守在门口，不停地张望街道上的动静。溥仪正坐在大堂中间看报纸，桌上摆着蛋糕和咖啡。

佟梓华头上缠着绷带，在黑衣人的带领下，低头躬身地进来，走到溥仪身边，行礼跪拜：“臣佟梓华参见皇上。”溥仪抬头瞧了他一眼，笑道：“佟梓华，你怎么这德行了？”佟梓华眼圈泛红，道：“皇上……臣差点儿见不到您了……”溥仪摆了摆手，道：“起来说话吧。照相的人呢？他怎么没来？”

“没……没来……”佟梓华站起身。

溥仪诧异地道：“相机呢？也没带来？”佟梓华知道皇上在问什么事儿，只能装傻：“没带……皇上是要找人照相吗？臣这就回去取相机去。”溥仪皱了皱眉：“算啦。哈岚人呢，朕宣他，怎么是你来了？”

“哈岚他不在……”

“不在？哪儿去了？”

“臣一时也找不到他，怕皇上着急，就先赶着过来了。”

溥仪点了点头，正色地道：“嗯，正好朕也有话问你，前儿在英租界边儿上日本人和英国人打群架那事儿跟你有关吧？据说还在汇丰银行闹了一出，都惊动巡捕房了？到底出什么事儿了？”佟梓华尴尬地道：“臣也不清楚，那天臣和舍妹去汇丰银行办事儿，莫名被卷了进去……”

溥仪缓缓道：“日本和英国公使馆都来找我抗议，日本人说英国人和中国人合伙打了日本人，英国人说日本人和中国人合伙打了英国人。就差咱中国人来说日本人和英国人合伙打了咱中国人……你告诉朕，这到底谁打的谁啊？”

“臣真的不知道，当时乱成一锅粥，臣一出英租界，一群来历不明的人就冲上来，把臣给打了……”

“谁打的你？为什么打你？”溥仪追问。

佟梓华连连摇头道：“臣不知道。”溥仪颇为不悦，盯着他问：“奇怪了，你怎么什么都不知道？”佟梓华慌忙解释：“臣正在查……这事儿挺复杂。”他话还没说完，溥仪忽然一拍桌子，大怒道：“佟梓华！别以为你干的那点儿破事我不知道！前儿是不是你指使人假传圣旨？”

佟梓华大惊失色，赶紧伏地跪倒磕头：“皇上，皇上您听臣解释……”

“好，你解释一下，那上头居然还有朕的大印？说！玉玺哪儿来的！”

“是……是罗振玉罗大人……”佟梓华无奈，支支吾吾地说出名字。

溥仪冷笑道：“好啊，好啊，看看朕的身边都是些什么人！朕的宠臣，合起伙来欺蒙朕！”佟梓华一脸无辜的表情，急道：“臣不敢……臣……臣是不得已而为之啊，臣都是为了皇上……”溥仪咬了咬牙：“为了朕？为了朕假传朕的圣旨？”

佟梓华信口胡诌：“臣……臣是为了找哈岚……逼哈岚出来……”溥仪一怔，皱眉道：

“哈岚？哈岚不是一直在你家吗？”佟梓华始终不敢抬头：“他……走了……”

“走了？去哪儿了？怎么回事？”

“臣因为一点琐事说了他几句，他就负气离家出走了……臣知道皇上要见他，所以不得以出此下策……”

溥仪大怒：“混账！你看看你干的好事！要么被人打得烂酸梨似的，还一问三不知，要么就振振有词？要不是看你阿玛的面子上，朕早就一枪崩了你了！”佟梓华吓得腿脚有些发软，惶声道：“皇上息怒……”

溥仪脸色铁青，起身走到佟梓华身边，冷冷地道：“佟梓华，你给我听清楚了，赶紧去找哈岚！找不到他的话，朕唯你是问！”

第十九章 患难之情

天津英国公使馆。

佟丽华拎着手提包走到大门口，愉快地跟门卫打招呼。那门卫的笑容有些尴尬，走出来拦住佟丽华：“您不能进去。”

佟丽华惊讶地道：“您不认识我了吗？我是佟丽华呀！”她取出通行证交给门卫看。不料门卫接过通行证，满怀歉意地道：“对不住了佟格格，接到上头的命令，您已经被辞退了……这出入证，按规定也要收回了，您见谅。”

“为什么？佟丽华惊问。

门卫无奈地道：“好像是日本公使馆来了封公函，说您涉嫌私藏国宝，引起了国际纠纷，给公使馆惹了麻烦。所以不能再聘任您了。”佟丽华情绪有些激动，大声道：“这是诽谤！我要见赛秘书，我要跟公使大人解释一下！”

“赛秘书和公使大人一早就出去了。佟格格，英国人怎么可能为了你得罪日本人？您还是请回吧……”

佟丽华愕然，这事确实是令人意外，但是公使馆既然已经做出了决定，就算闯进去质问，也不会有人搭理。佟丽华神情失落，望着街道上川流不息的人群，黯然离开。

她不知这件事儿怎么去跟哈岚解释，现在好不容易有了个落脚之处，想不到工作却丢了，以后的日子该如何维持下去？

佟丽华回到大杂院，一整天闷闷不乐，哈岚并未注意到她的情绪，也没有问她今天怎么没去上班。临近傍晚时，哈岚一脸兴奋地拉着她：“走，我又想吃嘎巴菜了！”

二人到了小吃摊，老板一见哈岚就笑容满面，他对夫妻俩那晚的大醉一场印象深刻，上前热情招呼，还特意去取来酒和杯子，客气地道："老规矩是吧？两碗嘎巴菜！"

哈岚早已馋得口水直流，嘎巴菜一上来，呼噜呼噜地就往嘴巴塞，佟丽华却是心事重重。

"你吃啊，怎么不吃？"哈岚皱了皱眉。佟丽华轻叹了一声，道："哈岚，你有没有想过将来怎么办？"哈岚一怔，低头吃菜："好好地怎么又问这个？先填饱肚子再说。"

"咱们从我哥家搬出来了，我又……"佟丽华欲言又止。

"你又怎么了？"

"没事……你想过吗，咱们以后靠什么生活？"

哈岚眨了眨眼睛，道："解一半和翠儿不是弄了个酱肉摊子吗？"佟丽华不悦地道："你还真想靠他们养着啊？就没想着找点事做？"哈岚嘀咕一句："急什么？等把东西交给皇上再说。"佟丽华有些无奈："你总是这句话……"哈岚慎重地道："你还真想在天津扎根啊？等咱把东西交给皇上了，总得回北平。"

佟丽华突然冷笑："是啊，你的心压根儿不在天津。"

哈岚赖皮赖脸地笑道："你想哪儿去了？"佟丽华哼了一声："我说的不对吗，你人在这儿坐着，魂儿早飞到得月楼去了。"哈岚正色地道："我的意思是，早晚得重建哈王府。"

"哦？您还有这个雄心呢？我怎么看不出来呢？"

"瞧不起人不是？你等着，总有那么一天……算了，不提这伤心事了，来，咱们干一杯！为咱们搬到大杂院，开始新生活！"哈岚举起酒杯，一脸肃容。

佟丽华摇头苦笑："你倒是随遇而安啊。"哈岚嘿嘿一笑，道："人生得意须尽欢嘛，有啥事儿想不开的？干杯！"他将两只酒杯一碰，递给佟丽华一杯，自己一饮而尽。

明月初升，夜色渐渐黯淡。

街道空无一人，小吃摊的生意没有往日热闹，老板百般寂寥，又开始坐在椅子上打盹。

此时，哈岚与佟丽华一瓶酒下肚，二人都已有些醉意。佟丽华酒劲上头，心里一股子怨气也发泄了出来："你不知道，就在那个银行保险库里，我哥，我亲哥，就这么勒着我的脖子，逼着我让我把密疏给他。"她用手比画着，脸上的表情不知是愤怒还是伤心。

哈岚恨恨地道："这个没良心的！你等着，早晚有一天，我会狠狠揍他一顿，给你出气！"佟丽华咬了咬牙："你才是个没良心的！那时候你跑哪儿去了？你不知道，他们逼我，我有多害怕……"哈岚狡黠地一笑："就你这脾气，你也会害怕……"

佟丽华伸手拍打哈岚："你还笑，还笑！你个没良心的，你不是说你不去北平吗？你到底还是扔下我跑了！你这个混蛋！你连密疏都不要了吗？你把那么重的担子，扔给我一个人……"哈岚侧身躲开，连连求饶："我错了，我错了……是我不对……丽华，我对不住你。可是我知道，什么事儿都难不倒你，你一定能应付的……"

"你少来这套！"佟丽华生气地扭头。

哈岚迷迷糊糊地望着佟丽华，眼中透着一丝忧虑："丽华，你聪明能干，有学问，又有主意……你还有佟梓华这个大哥，我知道他是个混蛋，可再怎么说，他毕竟是你的亲哥哥，他不会丢下你不管……可是晓月，晓月她就不一样了！她很笨，很傻，什么都不懂，遇到事儿就不知道该怎么办，她需要我……我不得不回去……"

佟丽华刚开始还有些笑意，听了哈岚一番话，越听表情越凝重，内心似乎遭受了重击，惨然一笑："我能干，我就该受着，她笨，她就该被呵护？"哈岚苦笑摇头："你不懂，晓月她就是个傻子，我们约好了，我要不回去，她会一直傻等下去……"

"她不是来天津找你了吗？"

"这个傻丫头，就不能再多等我一天，还巴巴地跑到天津来……你说她人生地不熟的，要是跑丢了怎么办？真是个傻丫头……"

佟丽华愠怒道："所以她无论怎么做，都是你的傻丫头，你都会心疼，而我无论做什么，都是理所应当的，是吗？"哈岚幽叹一声："你不懂……丽华，我的心被撕成两半，很疼，很疼……"佟丽华喃喃地道："总比碎成渣要好……"

"丽华，你不该嫁给我……不该……咱们俩成亲就是个笑话，一个天大的笑话……"

"你说的是真的吗？"佟丽华缓了缓呼吸。

"嗯？嘿嘿……真？假？真真假假……假作真时真亦假……"哈岚酒劲儿上来，晃着脑袋倒在桌子上。

佟丽华默默地看着他："我明白了……"

"嗯，明白……白……白茫茫大地真干净……"哈岚伏在桌上嘟囔着，鼻子里已打起了轻鼾。佟丽华呆呆地坐着，抬头仰望夜空，心乱如麻。

次日清晨，大杂院内传来鸡鸣声。

翠儿与解一半正在院子里收拾酱肉车子，准备出去卖酱肉。

哈岚躺在炕上，迷迷糊糊地睁开双眼，阳光从窗口洒进屋里，一张纸条放在整齐的被褥上。他满心好奇地拾起纸条，读着上面写着的一行字：白茫茫大地真干净。哈岚微微一怔，忽然“啊！”的一声失口大叫。门外的翠儿和解一半听见动静，慌忙跑进里屋，只见哈岚穿着内衣光着脚丫子站在炕上，手里捏着一张纸条。

“爷，您怎么了？”解一半惊问。

哈岚默然不语，将纸条递给解一半，翠儿凑过来看：“这上面写的什么？”

“白茫茫大地真干净……”解一半茫然不知，疑惑地望着哈岚，“是少奶奶写的？”翠儿一把将纸条抢过来，急问：“这什么意思啊？”

“意思是……我自由了？哈！”哈岚突然往炕上一躺，双脚朝天举高，欢快地乱蹬。

翠儿顿时傻眼：“到底什么意思啊？少奶奶怎么了？爷你快说啊！”哈岚叹息道：“她离家出走啦……”翠儿与解一半皆是大吃一惊：“我说一早起来就没见着少奶奶呢，你跟少奶奶吵架了？”哈岚翻了个白眼，道：“谁跟她吵了……”

“你把少奶奶气走了？”翠儿追问。

“我哪儿气她了……”

“那出什么事儿了？好好的少奶奶怎么离家出走了？”

“我哪儿知道啊，昨儿晚上还好好的呢，这一眼睁人就没影了，就留这么个破纸条，关我什么事儿啊！”哈岚虽然嘴硬，但却有些心虚，胸口突然涌出一阵气闷的感觉。

解一半点了点头，若有所思地道：“这两天我就瞅着少奶奶不对劲，舅爷把咱给撵出来了，少奶奶嘴上不说，心里难受着呢！”翠儿接了一句：“爷您还跑到北平去找那个戏子，你都不知道少奶奶有多伤心。”哈岚不耐烦地道：“她伤心，我还难过呢。走了正好！我正发愁两个女人不知道该怎么办呢！”

翠儿一听这话就不乐意了，上前去拉扯哈岚：“你说的这叫人话吗？少奶奶哪儿不好？哪一点对不起你？你居然这么说，你还有点儿良心吗？就是你把少奶奶给气走的！”解一半赶紧上前去拽住翠儿，劝道：“好了，好了，先别闹了，还是把少奶奶找回来要紧！”

翠儿揪住哈岚的胳臂将他拉起来，怒道：“你还不赶紧起来，去找少奶奶！”

哈岚甩着手臂吼了一声：“急什么急？她能跑到哪里去？不就是去上班了吗？大不了跑回他哥家去了！大惊小怪……”

翠儿与解一半对视一眼，无奈摇头："爷，我是担心少奶奶万一出个什么意外……唉，您得赶紧把少奶奶找回来啊！"

"找！找！得得，你们快走吧！该干吗干吗去，我一会儿去找还不成吗？"

"咱们走吧，天儿不早了。"解一半拉着翠儿往外走，翠儿仍然不放心，像哄孩子似的回头叮嘱："爷，您可一定得去找哈！"

等二人出了门，哈岚仰面成大字形躺在炕上，忽然一个翻身滚到佟丽华那头，趴在被子上使劲地捶打。他喘了一口气，嘴里喃喃自语："白茫茫大地真干净……到底是清静还是干净？"

北平城，得月楼后院。

娄晓月正在走廊下咿咿呀呀地吊嗓子，娄三喜匆匆茫茫地过来，拉住女儿的手，道："赶紧倒饬倒饬，跟爸爸出去一趟。"

娄晓月瞥了娄三喜一眼，甩着手道："不去！"娄三喜急了："你说你这孩子，你知道去哪儿，就说不去？"娄晓月没好气地道："还能去哪儿？不就是去相亲吗？我一就一是一不一去！您死了这条心吧！"娄三喜眼珠子一转，道："今儿不是去相亲！是有个药行的铺子新开张，想请咱去唱堂会。"

"唱堂会你去谈不就行了，我去干吗？"

"人家不是看你的面子吗？药铺老板说了，这事儿得见见你才成，要连着唱五天呢，人家出了两千块现大洋！"

听到两千块大洋，娄晓月似乎有些犹豫。

娄三喜添油加醋地又道："听说啊，这位王老板年轻有为，仪表堂堂……"娄晓月顿时翻脸："唱堂会跟他仪表有什么关系？这不还是相亲吗？我不去！"

"不是不是，爸爸说错了，是去谈堂会的事儿……好闺女，你就陪爸爸跑一趟，两千块大洋呢！走吧走吧！"

娄三喜推着娄晓月往外走，喊来人力车，径直往北平胡同茶馆的方向而去。

此时，在北平茶馆的包间内，药行的王老板打扮一新，穿着长褂，梳着油头，脸上略带兴奋的表情，紧张地坐在桌前，掏出怀表看一下时间，不停地朝门外张望着。

忽然眼前晃过来两个人影，只见汪四海穿着警服，带着手下刘金，趾高气扬地走进包间，大大咧咧地坐到桌子对面。

王老板有些吃惊地望着汪四海，疑惑地道："这位警爷……

刘金上前介绍："这是我们汪副局长！"王老板慌忙起身拱手行礼："原来是汪局长，幸会幸会！"汪四海微微一笑："这位爷，贵姓啊？"王老板客气地道："敝姓王……"

"王老板在哪儿高就啊？"

"做点小生意，给同仁堂送药材。"王老板不知汪四海的用意，只得如实回答。汪四海点了点头，道："看王老板容光焕发，想必是有什么喜事吧？"王老板尴尬地道："鄙人在等着相亲……"

"哦？巧了，我今儿也相亲！"

"啊！是巧，是巧……"王老板愣住。

汪四海斜着眼睛，似笑非笑地盯着他："不知道相的是哪家姑娘啊？"王老板有点窘迫："就是……一个戏子，一个戏子而已……"汪四海嘿嘿一笑，道："嘿，还真是巧了，我今儿相的，也是一个戏子，是哪个戏班子的啊？"王老板一怔："娄……娄家班……"

"还真有这么巧的事儿？那个戏子，不会是叫娄晓月吧！"汪四海故作惊讶。

王老板彻底傻住："你，你怎么知道的？"一旁的刘金脸色却是一沉，喝道："大胆！那是我们局长的女人，你也敢动？！"王老板大吃一惊，惶声道："啊？哎呀，我……我真不知道啊……真不知道……"汪四海也不生气，慢条斯理地提醒他："那今儿到底谁相亲啊？"

"您，是您相亲……我走，马上就走……"王老板也是个聪明人，顿时明白了汪四海的来意，起身就要离开包间。不料汪四海却拦住他："慢着！你走了这戏还怎么唱啊？你踏踏实实坐着，一会敲敲锣边，懂不懂？"

王老板如捣蒜般地点头："懂！懂！"

这时候，娄三喜带着娄晓月进了茶馆，抬头看到汪四海，吃了一惊。汪四海满脸堆笑："晓月，快来这边儿坐！"

"怎么回事？"娄晓月皱了皱眉头，冷脸问娄三喜。

"我不知道啊……汪局长，您怎么也在这儿？"娄三喜有点懵了，这算是冤家路窄还是巧合？他转身又问王老板，"这是……怎么个回事？"王老板忿忿地看了娄三喜一眼，转头不说话。

汪四海哈哈一笑，按住娄三喜的肩臂："坐坐，相亲嘛，我怎么能不来？告诉他兄弟，今儿谁相亲？"

“是您！汪局长，汪局长……”王老板一脸谄媚，不敢得罪汪四海。

汪四海趁机搂过娄晓月的肩膀，面带喜色地问王老板：“看我俩配不配？是不是天造地设的一对？”王老板连声答应：“配配！是天造地设……”娄晓月厌恶地挣脱他的手臂，皱眉道：“配什么配！汪四海，今儿我跟王老板相亲，你来捣什么乱？”汪四海惊讶地道：“说什么呢晓月！就这怂货跟你相亲？他也配？你问问他敢不敢？”王老板慌忙摆手：“不敢不敢……”

“有什么不敢的？”娄晓月突然上前一步，一把搂上王老板的脖子，“姑奶奶就看上你了！”

王老板吓得脸色大变：“不不……”娄晓月凤眼一挑，怒道：“不什么不？姑奶奶看上你了，你还不愿意？”王老板彻底懵了：“啊？愿意……愿意……”

“明儿上得月楼看我唱戏去！去不去？”娄晓月继续逼问。

“啊？去！一定去！”王老板也不知是害怕还是欢喜，不管说什么只顾着点头，就算现在娄晓月喊他跪下磕头，他也毫无反抗之力。娄晓月用挑衅的眼神瞪着汪四海一眼，笑容满面地道：“那咱们就说好了，我给你留主桌！”

汪四海脸色刷白，已气得说不出话来。

英国公使馆。

哈岚待在大杂院里，虽然觉得身边没有人唠叨，清闲无比，只是偶尔心里会惦记着佟丽华，越想越不对，这是干什么呢？人在吧嫌烦，这人不在又觉得少了样东西似的，她要是真的出了什么意外，自己这一辈子恐怕也难抬起头来。

他终于冷静下来，咬了咬牙，赶去英国公使馆找佟丽华。

等他到了公使馆门口，就直接去找门卫询问：“我想找佟丽华，麻烦您通传一声。”门卫打量了他一眼，奇怪地道：“怎么老是有人来找她。”哈岚一惊，急问道：“还有谁来过？”

“你是她什么人啊？”门卫斜了他一眼。

“我是她先生。”

门卫一愣，皱眉道：“她先生？那你不知道她被辞退了？”哈岚大感意外：“啊？什么时候的事儿？她怎么没说呢……”门卫摇了摇头：“你们一家子什么人啊，前脚她哥哥来找她，不知道这事儿，后脚她男人来也不知道！”

哈岚一听，心里有点发慌，她也没去她哥那儿，能去哪儿了？他茫然失措地转身，望了望街道上的行人，似乎想在人群中寻找佟丽华的身影。

他路过街头小吃摊，失神地站在小吃摊的桌前，看着周围吃嘎巴菜的食客。

摊老板将嘎巴菜放在一位客人的桌上，回头看到了哈岚："哟，爷，今儿一个人？您坐，我给您上菜去，马上就得！"

哈岚默然不语，摊老板回身去盛嘎巴菜。转身过来，却讶然发现桌边已空无一人，四处张望，不远处是哈岚落寞远去的背影。

冷清的夜晚，哈岚规规矩矩地躺在自己那一头的炕上，一个人静静地想着心事，展开四肢滚到炕的另一头，停了一会，又将身子滚回来，心想，你不回来正好，我一个人想怎么睡就怎么睡，想怎么滚就怎么滚！

他继续在炕上翻来滚去，瞧见窗外一抹皎洁的月光，觉得自己的思绪很乱，不管怎么折腾，就是睡不踏实。

第二天，哈岚强烈要求跟着解一半出去卖酱肉，顺道再去大街上找佟丽华。

二人答应，推着酱肉车子往街头走，哈岚就一声不吭地跟在身后。

一路上翠儿也很纳闷，问解一半："你说少奶奶能去哪儿啊，舅爷家她也没回……"解一半一脸迷茫："这怎么猜得到？她该不会回北平了吧？"翠儿瞪了他一眼："北京一个人儿也没了，她回去干吗？找不痛快啊？"解一半赶紧闭嘴，想着哈王府都成废墟了，贝勒爷竟落到如今这地步，确实是天不遂人愿。

"少奶奶真是可怜，孤零零的，小两口吵了架想回娘家都没地儿去……"翠儿回头愤愤地看了一眼哈岚，没好气地道，"你老跟着我们干什么？到别地儿找找去啊！"

哈岚一怔，默不作声继续跟上。

翠儿与解一半推着车子走，回头一望："你怎么又跟上来了？"解一半尴尬地道："算了算了，让他跟着吧，别回头这个也弄丢了，更麻烦了！"翠儿白了一眼哈岚，恨恨地道："丢了倒省心了！少奶奶要找不回来，我们就都走，剩他一个人，让他自己过去！"

哈岚依然一言不发，低着头跟在后面。

此时，三人路过了皇冠蛋糕店，临街的落地窗前，佟丽华神情落寞地喝着咖啡，桌上摆着精致的西式蛋糕。她不经意间望向窗外，突然看到翠儿和解一半正推着酱肉车往这边走过来，而哈岚神情沮丧地跟在后面，就像是丢了魂似的。

佟丽华慌忙低头喝咖啡，隔着窗户，外面根本看不清屋内。

酱肉车前已围了几个客人，解一半忙着切肉招呼，翠儿笑容满面地包着酱肉收钱，哈岚想上去帮忙，又插不上手，挠了挠头，却见一客人围上来喊了一句："来半斤酱肘子！"解一半正在切肉，没时间搭话，赶紧喊翠儿。

"我来，我来！"哈岚眼珠子一转，一个箭步冲了上来，从盆子里夹起一大块肉，殷切地递给客人看："您看这块成吗？"

客人摇了摇头："这块……多了吧？"哈岚赶紧换了块稍小点儿的，客人"嗯"的一声，哈岚迅速用荷叶包起，手忙脚乱地拿起秤称。可是他却不会用，秤杆高高翘起，秤砣滑向一边。哈岚忙把秤砣往外拨，却一下滑到地上，险些砸到脚趾头。哈岚一下往后面跳开，手里的酱肉包差点掉在地上。

那客人横着眼睛打量他一眼："会称吗？认秤吗你？"哈岚翻了个白眼，赌气地将荷叶包塞给客人："谁不会啊？半斤高高的，拿去！"

"这是半斤？这快两斤了！"解一半眼明手快，一把将酱肉包夺过来，转身对客人致歉，"对不住啊，他刚来的，什么都不懂，我给您称……"

翠儿忍住一肚子的火，绕过来将哈岚拉到一边，小声地道："爷呀，您就别跟这儿捣乱了，该干吗干吗去，到别地儿去找找少奶奶吧，走吧走吧。"

哈岚无奈，沉着脸儿独自离开。

他不知不觉走到博爱路上，隔着老远眺望梓府洋房，想去询问下门房，却又害怕碰到佟梓华，心里犹豫着。他就这样在街上瞎荡了快一整天，只觉得疲惫不堪，肚子里咕咕直叫。

天色渐渐晚了，哈岚垂头丧气地往回赶，路过了嘎巴菜的小吃摊，却怔怔地坐在桌旁，看着眼前的嘎巴菜，想起佟丽华在这里又哭又闹的醉态，筷子始终下不去。

小吃摊上的食客人来人往，渐渐只剩下哈岚一桌。嘎巴菜已经冰凉，哈岚掏出钱放到桌上，默默地转身离去。

此时，小摊的老板正在向别的客人吆喝："嘎巴菜一碗！"

佟丽华怔怔地坐在桌前，看着桌上的嘎巴菜，身子一动也不动。她轻轻地低叹一声，将钱放到桌上，起身欲走，一转身便看到哈岚一个人站在路边，呆呆地望着她。

二人就像木桩似的彼此对视了半晌，始终一言不发。

摊老板瞧见这场面，微微一笑，换了两碗热气腾腾的嘎巴菜，热情招呼："这天黑得快，趁热吃吧。"

哈岚走到桌前坐下，将一碗嘎巴菜推到佟丽华跟前，柔声道："丽华，你吃吧。"

佟丽华低着头，不去动筷子。哈岚似乎是等不及了，抓起筷子夹起大口地往嘴里塞，“你不吃，我吃了啊！”

佟丽华盯着他狼吞虎咽的模样，冷冷地道：“你知道我以前不爱吃这个吗？”

哈岚眨了眨眼睛。道：“嗯？哦，我想起来了，你爱吃那个……那个日本鸡蛋饼！”佟丽华蹙眉嗔道：“那叫玉子烧！”哈岚连连点头：“对对，就那什么烧！嗨，那玩意儿有什么好吃的，甜不甜咸不咸的，你要真想吃，回头让解一半给你做。”

“那不一样！”

“有什么不一样？解一半摊的鸡蛋饼又匀又薄，卷起来肯定比日本厨子做得好吃。”

佟丽华轻叹道：“你不懂……以前我在家，最爱跟阿玛喝下午茶，吃点心，我额娘烤的苹果派最好吃……”哈岚不以为然地道：“苹果派？派个什么东西？你们就爱搞些洋玩意儿，我真学不来，依着我，啥都不如一碗豆汁儿，两个焦圈来得舒坦……”

佟丽华幽幽地道：“所以……我们真是两个世界的人。你那天说的没错，我们的婚姻就是个天大的笑话。”哈岚一怔：“我有说过吗？”佟丽华认真地点点头。哈岚尴尬地道：“嗨，那天我喝多了，都是些醉话，不记得了，忘了忘了……”

“你那是酒后吐真言！”

哈岚哈哈一笑，道：“人醉了还耍酒疯呢！你就当我是个疯子，是我胡说八道……”佟丽华满脸不屑，撇了撇嘴。哈岚继续说：“我是什么东西啊？我就是一混蛋，一二货，一怂人！灌二两猫尿就满嘴胡说……我这人就是一个笑话，天大的笑话！”

佟丽华突然扑哧一声失笑，绷紧的脸颊上绽放出两朵红润的花儿。哈岚觍着脸凑上去，安抚道：“丽华，都是我不好，你别跟我较真儿哈……”

“哈岚，你知道你最大的优点是什么吗”

“是什么？”哈岚晃了晃脑袋。

“再苦再难的生活，你都能把它活成笑话。”

哈岚斜睨的眼神瞪着佟丽华：“你这是夸我呢？还是损我呢？”佟丽华叹了一口气，道：“不管是夸你也好，损你也罢。这两天，我想明白了一个道理，生活中要是没有笑话，该是多么的无趣，那可怎么活？”哈岚愣住，顿时喜笑颜开：“你说的是啊，没有笑话，那可不得闷死！来，为了咱们的笑话，不如干一杯！”

他话刚说完，小摊老板早已取来了酒瓶子，笑嘻嘻地递给哈岚。

哈岚会心一笑，赶紧给佟丽华倒上了酒，二人仿佛又想起第一次吃嘎巴菜的场景，连碰数杯，心情大好。

佟丽华与哈岚对饮数杯，已喝得醉眼蒙眬，面如桃花，心里一股淡淡的忧伤随风散去。哈岚若有所思地道："这两天，我也想明白了一个道理……"

"什么？"

"我发现，两个人在一起时间长了，还真谁也离不开谁。"

"是吗……"佟丽华目光流转，深情地望了哈一眼，声音轻得连自己都听不见。

哈岚自嘲地道："你不在家这两天，我心里没着没落的，做什么事儿都像是丢了魂……"佟丽华故意板着脸："没人烦你，也没人管你了，不好吗？"哈岚笑道："好，好得不得了！那么大一炕，都是我一人儿的，我想怎么睡就怎么睡，想往哪儿滚就往哪儿滚！"

佟丽华扑哧一声，又忍不住笑出声来："瞧你那点儿出息，滚蛋吧你！"哈岚搔了搔头，有些不好意思："我就是……一个人睡，有点儿冷……"

佟丽华白他一眼，低头拿起筷子戳着碗里的菜。

哈岚正色地道："丽华，你以后有什么不开心的，都告诉我，别一个人闷在心里……丢工作是什么大不了的事儿啊，那是他们没眼光，是他们公使馆的一大损失！我老婆金枝玉叶，我还舍不得你去抛头露面挣那个辛苦钱呢！你放心，密疏的事儿处理完，我就去找事儿做，我养你！"

听到他这一番话，佟丽华心头一暖，颇为感动，哈岚是真的记着自己的好吗？他若是一心一意对自己，就算陪着他上街要饭，自己也心甘情愿。

"还有这嘎巴菜，你不爱吃就不吃……我帮你吃！"哈岚伸手去拉佟丽华面前的那碗嘎巴菜，佟丽华却慌忙护住："你干吗？"

"不爱吃就别勉强……我来帮你吃。"

"谁说我不爱吃？"佟丽华用筷子去戳哈岚的手指头。

哈岚甩手瞪着她："你刚才不是说……"佟丽华哼的一声，道："那是以前！现在我觉得它可好吃了！你别想抢我的！"她夹起筷子大口吃菜，脸上却是笑意盎然。哈岚望着佟丽华吃东西的模样，心里舒畅，赖皮赖脸地凑过去："不生气了哈？"佟丽华板着脸："谁说的？"哈岚摸了摸头，诧异地道："那怎么办？要不你……打我一顿？"

"怎么打？"

"只要格格您能消气，拳打脚踢，皮鞭子沾凉水，刀枪剑戟斧钺钩叉，十八般兵器您可劲儿使！我保证一嗓子都不嚎，一滴眼泪都不掉！"

“这么英勇？”

“那是！”哈岚得意地挽了挽衣袖。

“我可不敢！见了血你要晕过去，我可拖不动你！”佟丽华忍住笑。

“这不有嘎巴菜吗？给我两口就成了，不用您受累！”哈岚边说着话边将筷子伸进佟丽华的碗里。佟丽华一筷子打过去：“说了半天，还是想抢我的菜吃！不给！不给！”哈岚哈哈大笑，举起筷子，学着戏台上武行的动作，嘴里哼哼锵锵，嬉皮笑脸地与佟丽华打闹。

月光下的雾色渐散，夜风轻拂脸庞，泛起醉人的温暖。

更多精彩
详见二维码

第二十章 龙争虎斗

天津大杂院。

大清早儿，翠儿与解一半在院子里装着酱肉车，收治整齐之后，翠儿望了一眼西屋，心事重重地道：“一半，昨儿晚上你听见动静没？奇怪了，怎么我迷迷糊糊好像听到少奶奶回来了？”

“没有吧？我刚瞅见那屋门帘子掀着呢，炕上就爷一人儿啊？发癔症了吧你？”解一半瞪了她一眼。

翠儿总觉得心里不踏实，叹了一口气：“都好几天了，怎么就一点消息都没有呢？这事儿可不能耽搁，心放不下来，要不要喊爷起来再去找？”

“找什么呀？”佟丽华提着一罐子豆汁儿、一包焦圈儿，笑吟吟地进了院子。

翠儿哇的一声叫，欣喜若狂地扑上去：“少奶奶！您真回来啦！我就说昨晚上我没听错吧！这几天都快被您急死了！”解一半连连点头，高兴地道：“回来就好！回来就好！”佟丽华笑道：“这两天辛苦你们了，我买了豆汁儿和焦圈儿，吃了再走吧。”

“哟，这天津也有卖豆汁儿的呀，可有日子没喝了！”翠儿脸上泛起兴奋的表情，搂住佟丽华的手臂，说不出来的开心。

“我跑了三条街才找着，摊儿老板是个老北京，熬的豆汁儿可地道了。”

“那爷可高兴了，他最好这口了！”翠儿与解一半开心地簇拥佟丽华进屋，嘘长问暖地说，“少奶奶您这两天上哪儿去了？爷都担心死了……爷，爷！”

翠儿喊了半天不见哈岚起床，正要进去揪他，佟丽华急忙拦住：“你让他多睡会儿，昨天晚上估计又喝多了。”翠儿嘴里咬着焦圈儿，扯着解一半的胳臂，挤眉弄眼地道：“行，那我跟一半卖酱肉去。”

二人推着酱肉车出门，心情舒畅许多，知道少奶奶这次能回心转意，应该是彻底原谅贝勒爷了，以后只要不吵架，这日子也容易对付。

到了街头，二人找了个人多的路口，开始吆喝酱肉。

眼前一辆黑头轿车驶过，只见佟梓华头上贴着一块胶布，从车窗内探出头来。

他突然发现路边的酱肉车，神情一震，大叫道：“停停停！往后面倒倒！解一半，你怎么在这儿呢？”

二人听见声音，皆是一惊，想躲肯定是来不及了。解一半很快镇定下来，故作惊讶地道：“哟，舅爷！真巧了！怎么在这儿都能碰到您，来块酱肉尝尝？”

佟梓华下了轿车，打量了一眼酱肉车，摇头叹气道：“你说你呀，让你留在府上当厨子你不干，跑到街上来卖酱肉，你跌不跌份儿？”解一半搓了搓手，憨笑道：“咱就是个贱命……”

“哈岚人呢？”佟梓华目光闪动。

翠儿警惕地看着佟梓华：“不知道啊！”佟梓华皱了皱眉：“你们不是一起从北平出来的吗？”解一半尴尬地笑道：“是这样的，舅爷，我们之前是天天在一块，可后来您把我们从您家请出来之后，我们就不在一块了。您也知道我们家那位爷，好吃懒做、奸懒馋滑，我这也养不起啊，我真不知道哪去了，我今儿就在这卖酱肉了。”

“真的假的？”佟梓华半信半疑。

“那还能有假……”

“你小子最好给我老实点儿……皇上可找他呢！你要见着他，让他立马来见我！”佟梓华哼了一声，转身就走。

解一半赔着笑脸：“得嘞！您不捎斤酱肘子啊？”

佟梓华却不搭理，打开车门，坐上黑头车扬长而去。

翠儿盯着远去的轿车，拉着脸儿啐了一口：“呸！什么东西！”

等佟梓华到了樱花公馆之后，却并未进入大堂，他转了转眼珠子，俯身对车内两名黑衣人小声叮嘱了几句：“刚才在路边卖酱肉的，你们盯着他，找到他们的落脚地……”说完，他径直走向樱花公馆的办公通道，黑头轿车调头离开。

走过通道两边的高墙，佟梓华打开两扇铁门，进了一处暗室。

屋子里没有窗户，墙上挂着几根粗细不同的藤条和绳子，中间摆着一张桌子，铁质的火炉里烧着通红的炭火。一个衣衫褴褛的年轻人手上戴着镣铐，大义凛然地站在墙角，目光扫在佟梓华的脸上，露出不屑的表情。

岛田敏三见佟梓华进来，正色地道："他叫唐恭，那天在英租界的行动，他是其中一个，昨天被我们的人认出来了。"佟梓华一愣，怒气冲冲地走到唐恭身前，凶巴巴地叫道："你还认识我吗？"

唐恭瞥了他一眼，语气冷漠："不认识。"

"那我给你提个醒儿，英租界，汇丰银行……想起来了没有？你他妈把我打成烂酸梨你忘了！"佟梓华指了指头上的胶布，突然一拳将唐恭打倒在地，"你他妈敢打我……叫你打我！叫你打我！"唐恭抱头不动，任凭佟梓华拳打脚踢，一句话也不说。

岛田敏三皱了皱眉头，出声阻止："梓华兄……"

"去你妈的！"佟梓华狠狠地踢了唐恭一脚，理了理弄乱了的发型，往后退开。

唐恭缓缓站起身来，傲然挺胸，仍然是一副英勇不屈的神态。

岛田敏三上前一步，语气平静地问道："你还是招供吧，你们究竟是什么人？"唐恭闭口不理，岛田敏三继续问，"那天你们在英租界的行动是受谁指使？"唐恭依然不答，轻蔑地斜视岛田一眼。

"你的同伙在哪里？快说！"佟梓华又想上前踢他一脚。

岛田摆了摆手，向屋子角落的两名黑衣人使了个眼色。左边的黑衣人走到桌子前，拉开抽屉，里面是各式各样的刑具。他取出一根三角烙铁，伸进铁质的火炉里，烧得呲呲作响，炭火通红。

唐恭瞥了一眼火炉，面不改色。

而右边的黑衣人走到暗室的墙边，哗啦打开一扇暗门，里面赫然是一间豪华的日式和室。地面铺上叠席，小桌上摆着美酒佳肴，两名日本歌妓跪坐在地上，媚笑着俯身鞠躬。唐恭微微一怔，喉结滚动，但是脸上依然没有表情。

"唐先生，我不逼您。只要您将知道的事情说出来，您就可以进右边的房间，享用美酒佳肴，还有佳人相伴左右，可谓是人间天堂……要是您不愿意说，这里有各种酷刑，包您能体验到人间炼狱。是上天堂还是下地狱，您自己选择。"

唐恭咬了咬牙，眼神中闪过一丝疑惑，默然不语。

佟梓华大怒，喝道："不说是吗？给我拉过来！"

两名黑衣人上来，押着唐恭走到满是刑具的桌前，板着唐恭的胳臂摁住脑袋。岛田敏三面露冷笑，缓缓举起手中烧红的三角铁。炉中炙热的炭火呲呲直响，通红的三角铁已逼近唐恭的脸庞。唐恭似乎感受到了那令人内心崩溃的恐惧，突然死命挣脱黑衣人的束缚，飞似的奔向对面的和室：“我说……我说！民国政府有令，一定要截获密疏，千万不能让哈岚交给溥仪……我的上司是马俊杰！”

岛田敏三缓缓呼吸，似乎对唐恭的回答很满意，目中透着一丝得意的微笑。他踱步到佟梓华的身边，慎重地说了几句话，转身走出了暗室。

樱花会馆的大堂，马俊杰正在优雅地弹着钢琴。岛田敏三微笑着走过去，手肘撑在钢琴上，手托着腮，眼睛盯着马俊杰，神情有些暧昧：“你的手下已经交代了，您的计划成功了吗？”这突如其来的问话，令马俊杰心头一惊，但他脸上却依然保持着微笑，手指头轻轻地弹奏琴键，优雅地反问一句：“你们呢，东西到手了吗？”

“你是铁血救国会的？”

“我不知道您在说什么……”

岛田敏三微微一呆，二人心照不宣地大笑起来。

此时，钢琴声已接近高潮，岛田敏三双目之中凶光乍现，想伸手去摸胸前，不料马俊杰突然身形一动，琴声戛然而止。只见岛田敏三面色一僵，身子已然扑倒在钢琴上。马俊杰抽出一柄带血的匕首，轻巧地划过琴键，响起一串爬音。

他面露微笑，将匕首往琴键上一放，快步离开大堂。

片刻之后，钢琴架上渐渐渗出了鲜血，在光洁的地板上蜿蜒流淌。咖啡座上传来一名歌妓的惊声尖叫，马俊杰早已不见踪影。

天津大杂院。

自从哈岚一家搬进来，牛家老夫妇极其热情，知道了哈岚是京城的贝勒爷，心里是又惊又喜，想不到农家小院也能住进贵人，隔三岔五便拎一些新鲜的蔬菜瓜果来拜望哈岚。

牛大爷亲眼瞧见解一半的厨技，更是钦佩万分，寻思着杀一只鸡，让大伙儿的尝尝解神厨的手艺。于是他兴冲冲地在院子一角摆上一盆热水，一只白瓷碗，坐在盆前，拎起手里的鸡，将碗儿放在鸡脖子的下方，另一只手伸手摸向菜刀。

此时，院子外面突然传来一阵喧哗，他抬头张望，却见额头上贴着胶布的佟梓华，正带着几个黑衣人冲进了大杂院，凶神恶煞般径直奔入里屋。

佟梓华一进哈岚房间，开始翻箱倒柜，橱柜里的衣裳和杂物统统被扔在地上。一名手下掀开床上的棉被，从炕上角落的包袱里取出一块用绸缎包裹好的东西，打开一看是一张半烧焦的唱片，随手扔在一边。

“你们几个，看看柜子上头！”佟梓华指挥手下继续搜查，信步闲庭地走到桌前，见桌子上放着一个古香古色的小木盒子。他用手指儿随意拨弄盒盖，发现里面除了有几副耳环、首饰之外，还有一张小小的照片儿，正是佟丽华与草弥的合影。

佟梓华瞧了瞧照片儿，又望了一眼地上娄晓月的唱片，不屑地一笑：“嘿，同床异梦啊？”他随手将照片儿扔进木盒子里，“啪”的一声合上。

“你们这是干吗呢？”牛大爷说着天津话，疑惑地进屋。

佟梓华抬头看见牛大爷一只手拎着只鸡，一只手拎着把菜刀，微微皱眉，不耐烦地道：“去！这没你什么事儿！”牛大爷急了：“没我事儿，就有你事儿了？你谁啊？在这儿翻人家家东西？”佟梓华用鄙视的眼神扫了牛大爷一眼：“什么人家家？这是我妹妹的！”

“你瞎掰嘛呢瞎掰！哪家姑娘要有你这么个哥哥，还用得着住大杂院？”牛大爷上下左右打量着佟梓华的衣着，往屋子里探了探脑袋，用菜刀指着正在翻找东西的黑衣人，“诶！怎么说不听了，说你呢！别翻了，赶紧走！”

他边说边进屋，手里的鸡咕咕的叫，经过佟梓华的身前时，一把手枪忽然抵在了他太阳穴上。牛大爷一怔，顿时僵在了原地。

“你滚不滚？”佟梓华凶巴巴地拿枪指着他。

牛大爷瞪着眼睛，大气不敢喘：“滚滚滚……”

佟梓华挑起枪口，不耐烦地挥挥手，牛大爷僵直着脑袋，慢慢转过身去，小心谨慎地走到院子里。这帮人是什么来头，他已不敢过问，看见老伴赶紧招呼：咱们先杀鸡。牛大妈上前将碗放在鸡脖子下方，牛大爷握紧菜刀，深呼一口气，菜刀凑近鸡脖子，举手要割，耳边却突然响起解一半惊慌失措的呼声：“牛大爷哎！您等会儿！”

牛大爷一惊，手中的菜刀掉在地上。鸡被惊得一阵扑腾，大妈慌忙去抓鸡：“哎，别跑呀！哎……”牛大爷一抬头，看见一家四口人一同进了院门。解一半放下酱肉车就扑了过来，抓住他的手：“牛大爷您现在不能杀鸡呀！”牛大爷茫然不知所措：“出嘛事儿了？”解一半转身冲着哈岚一摆手：“爷！你快进去！”

哈岚一眼瞧见牛大爷手中的菜刀，还有大妈手里抓到的鸡，顿时头晕眼花，脚下发软。翠儿与佟丽华早有心理准备，架起哈岚的胳臂拖进了屋里。

解一半这才松开牛大爷，笑道：“行了，您杀吧！”牛大爷瞪着解一半，又看了看大妈手里的鸡，半晌没有回过神来：“嘿？今儿这鸡命大是吧？”

“解一半！”哈岚房内突然传出翠儿撕心裂肺的吼叫声，解一半心里一慌，迅速奔进里屋。却发现一屋子竟然站满了人，大眼瞪着小眼，互相敌视。

哈岚看见地上娄晓月的黑胶唱片，心里一急，赶紧冲了过去。

他撅起屁股捡起来，故意用屁股顶开一旁的佟梓华，手里抱着黑胶唱片，有点儿心疼，气急败坏地道：“这是怎么回事儿！”

佟梓华幸灾乐祸地道：“可不是说呢吗，你们这是惹着谁了？”

牛大爷突然从院子外面探进个脑袋，指着佟梓华叫道：“就是他！带人进来之后就到处翻东西！”

“你别血口喷人！”佟梓华瞪了他一眼。

牛大爷瞧见佟梓华的眼神，立即缩回了脑袋。佟丽华大声指责：“你自己手脚不干净，用得着人牛大爷喷你吗！”佟梓华强词夺理地道：“你哪只眼看见我手脚不干净了？”佟丽华冷笑道：“我还用得着看吗？给自己亲妹妹设套骗密疏的事儿都能办得出来，跑家里来乱翻事儿你干不来？”

佟梓华面色一寒，挥挥手道：“我不跟你吵！”

翠儿没好气地道：“少奶奶，我看您收拾一下这屋里，省得整天被一帮土匪惦记着，要是三天两头这个翻腾法儿的，咱们可受不住。这被子都扯开了，就差钻被窝里找了吧？”

佟梓华听到翠儿的冷嘲热讽，大声呵斥：“嗨嗨嗨，说什么了！大白天满嘴的钻被窝，你害臊不害臊？”翠儿白了他一眼：“我说天说地说畜生土匪，碍着舅爷您什么事儿了？”

佟梓华用手指着翠儿上前几步，翠儿慌忙后退。

解一半性子上来，突然冲过去抓住了佟梓华的手指头，往前猛拉过来，“呼”的一声，一拳打在了佟梓华的脸上，怒道：“我让你动我老婆！你想死呀！”

“你竟敢打我？你们谁也不许上来！”佟梓华一懵，立马反扑，俩人顿时抱打在一起。

“别打了！别打了……”哈岚将手里抱着的唱片往佟丽华手里一塞，立马扑过去拉偏架。他故意用手拦住佟梓华，让解一半趁机多踹了好几脚。一旁的黑衣人要上去拉解一半，却被翠儿逮住一个，扯过胳臂狠狠咬上一口，痛得黑衣人哇哇大叫。

佟丽华死命地拽住另一个冲上来的手下：“住手！住手！通通给我住手了！”

此时，哈岚、解一半与佟梓华三个人伸出六只手，互相缠绕，架在脑袋中间，各自抓着对方的脸，那场景就像是一组老树盘根的雕塑，谁也不肯先松手。众人顿时傻眼，不知应该如何劝解，只能眼巴巴地瞧着。几个黑衣人怕佟梓华吃亏，终于忍不住了，冲上去拽住三个人的大腿，强行将他们分开。

哈岚披头散发，脸上出现好几次淤青，喘着粗气："还打不打了？不打就让我喝口水！"他急忙去桌上倒了杯水，咕噜噜一口气喝完，坐在炕上休息。

佟梓华也是气喘吁吁，脸颊上被解一半掐出了一片红肿。他搬来椅子坐下，一屋子人鸦雀无声，谁也不说话。等众人缓过气来，佟梓华脸色阴沉，瞪了佟丽华一眼，急切地问："你跟那个马俊杰是什么关系？"佟丽华一怔："什么马俊杰？"

"就是弹钢琴的那个。"

"你们樱花公馆的事儿怎么能问我？"

佟梓华气呼呼地道："装不认识？那为什么当时在汇丰银行，他为了帮你拖住我，找人把我打了一顿？"佟丽华冷笑道："你作为日本人的狗腿子，在大街上被人打了，这不很正常吗？怎么这种屎盆子都能往我头上扣？"

"你！"佟梓华腾地一下站起来，解一半见状也腾地一下站了起来，一旁的哈岚瞪着眼睛，站起来挽了挽衣袖，摆出一副随时准备上来拼命的模样。佟梓华瞧见二人的动作，深吸一口气，又重新坐回去，"这是一个格格应该说的话吗！"

佟丽华慢悠悠地端起茶碗喝了口茶，道："这世道……皇上出宫，佟小侯爷当汉奸，贝勒爷又住进了大杂院……怎么？还不允许一个格格说屎盆子仨字儿了？"佟梓华僵住脸儿，沉声道："我今儿来就是告诉你，离那个马俊杰远点儿。前几天他把岛田给刺伤了，日本人现在满天津的找他。我们抓住个他的同党，审了几天就招了，说他们是国民政府的人，目的就是截获你们手里的密疏。"

哈岚皱着眉头问："盯着密疏的话，为什么要刺杀日本人？"佟梓华被噎了一下，讪讪道："他是被岛田敏三识破了身份……"

"他的目的是密疏，为什么要潜伏在樱花公馆呢？干吗不直接找我？"哈岚不太相信佟梓华，觉得这事儿肯定还有别的原因。

佟梓华一怔，冷冷地道："谁知道他们国民党怎么想的？反正话我是带到了，你们最近留点儿心！"他见佟丽华没接话茬，哈岚又有些发愣，便径直走到妹子身前，压低声音说，"密疏……就那几卷儿胶卷儿，你都放好了吧？"

佟丽华挑起嘴角，似笑非笑地道："都放好了，在你家放得好好的。"

"我家？"佟梓华觉得莫名其妙，摇头苦笑，"你又在这儿跟我开玩笑……"

佟丽华忽然站起来，正色道："既然你话都带到了，天儿也不早了，你早点儿回去吧。来这么突然，我们也没准备，就不留你吃饭了，解一半，送客！"解一半大步走到佟梓华面前，做了个送客的手势。佟梓华仍不死心，摆手拨开解一半，追问佟丽华："你真放在我们家了？"

"舅爷，您请！"解一半不耐烦地道。

佟梓华扯开嗓门："你们真以为我惦记那几卷胶卷怎么着？我告诉你，我真没想要你们的密疏！"他话音一落，屋里的人皆是一愣，眼神环顾四周，扫着屋子里被翻得乱七八糟的景象，心里均想，你这就算是睁着眼睛说瞎话吗？

佟梓华自知理亏，红着脸儿又道："我找密疏是因为这东西已经被人盯上了，放你们手里不安全，我想帮你们直接给皇上。没成想倒惹一身骚，还被平白无故挨了两顿打……"

"那是不是要谢谢你啊？"哈岚哼了一声笑起来。

佟梓华听见他的讥笑声，气不打一处来："我说哈岚，怎么自打我妹嫁给你后，我怎么就整天挨打呢？我之前好歹是个爷，你是哪门子丧门星还是怎么着？"哈岚脸色一黑，大声质问道："大哥，这话过分了吧？你跑我家来，翻我的东西，打了我的人，还说我是丧门星？我蹲自己家里，我丧得着你吗？"

"哦，对，说个正事啊，皇上让我给你们捎个信，初十午时三刻，皇上要在皇冠蛋糕店召见你们，到时候，一定带好了密疏，千万不能误了时辰。"佟梓华转身要走，嫌弃地看了眼一旁恭送他的解一半，语气很慎重，"不要说我不提醒你们，要有马俊杰的消息及时通知我，这小子现在是日本人手上的通缉犯，你们别给自己找事儿！"

他气呼呼地带着手下离开，解一半一直送到门外，目睹佟梓华的黑头轿车渐渐远去，扭头走回大杂院内。

忽然，他看见酱肉车旁蹲着一个衣裳单薄，身材清瘦的人影，正鬼鬼祟祟地伸手，掏出一块酱肉往嘴里塞。解一半眼珠子一转，悄悄地取来院子里的铁锹，轻手轻脚地走过去。那人似乎发现了地上的影子，猛然回头，护住自己的脑袋，大叫了一声："解大哥！"

解一半的铁锹刚举在半空中，顿时停住动作，失口惊呼："马俊杰？"

日暮斜影，灶台袅袅炊烟。

屋子里摆着一桌子的残羹剩饭，马俊杰仰头喝完碗里最后一点儿汤，放下碗抹了抹嘴，心满意足地道：“饿了我两天了！”

众人瞧着他狼狈的模样，面面相觑，眼神有些复杂。

哈岚不好意思地问：“俊杰兄，你这是怎么回事儿，搞得这么狼狈……”马俊杰面露微笑，扫了众人一眼，朗声道：“刚才佟梓华说的话我在外面都听见了，你们有什么想问的，就请直说吧！”

“我哥说的那些都是真的？”佟丽华皱着眉头。

“是，但是……”

翠儿追问道：“那你领我们进大杂院也是有目的的？”马俊杰顿一顿，点头承认。佟丽华与翠儿对视一眼，神色一变：“你从什么时候盯上我们的？”马俊杰正色地道：“哈王府被烧之后。”

众人心里暗自吃惊，解一半慌忙站起身来，走到门外警觉地看了看院子周围的动静。佟丽华继续问：“所以那天在汇丰，是你派了人拖住了我哥？也是那天你确定了东西在我这儿，然后才把我们引进大杂院的？”

“是的。”马俊杰毫不隐瞒。

“那岛田也是你刺杀的？”

马俊杰点点头，道：“因为他发现了我的身份。”佟丽华诧异：“那你是什么身份？”马俊杰一脸肃容，沉声道：“铁血救国会。”

一旁的哈岚猛地一惊，这名字他好像在宫里就听大臣们议论过，不由皱起了眉头，诧异地道：“铁血救国会不是专杀日本人的吗？怎么盯上我们的密疏了？为什么现在告诉我们这些，你想干什么？”

马俊杰正义凛然地道：“因为我任务的目的，就是保护密疏。”

在场众人疑惑地望着马俊杰，难解其意。

“我隶属铁血救国会的情报部门，原本潜伏在樱花公馆做侦查工作，后来听说哈王府被烧，佟梓华跟日本人提起了密疏的事儿，日本人让佟梓华无论如何要把这个密疏搞到手……我把这事儿上报之后，上级就指派我在佟梓华之前找到密疏，以防落到日本人的手中……哈太太，那天您去汇丰银行之前用英文打了一通电话，您还记得吗？”马俊杰缓缓而道。

“你懂英文？”佟丽华颇感惊讶。

“我察觉到事情不对，就派人去了汇丰银行，再后来的事儿你们就都知道了。佟梓华的话确实不假，但是如果我要对你们的密疏存有私心，早就可以在哈太太去汇丰银行那天下手，根本不用等到现在……”

哈岚有些茫然地望着佟丽华，二人脸上的表情颇为复杂。解一半扭头去看了看翠儿的反应，只见翠儿蹙着眉头，上下左右不停地打量着马俊杰，满脸狐疑。马俊杰目光清澈，环视屋子里的四人，最终将目光落在哈岚的身上：“请相信我，我是来保护你们的。”

他话音刚落，四个人瞪起眼睛，惊惶万状地望着浑身狼狈，头发如鸡窝一般的马俊杰，心想，他都自身难保了，还有心情说大话？铁血救国会的人都是这么英勇的吗？

翠儿翻了个白眼，好心提醒：“您……现在这样，恐怕来保护我们，有点儿费劲吧？”马俊杰尴尬地干咳了两声，笑道：“咳……这个嘛……岛田的事儿出的突然，日本人到处在找我的下落，我确实是无处藏身……”

佟丽华试探着问：“那马先生现在有什么打算吗？”马俊杰慎重地道：“佟梓华刚来过这儿，估计一时半会儿不会再有人来大杂院里搜查。我想先让牛大妈给我腾出一间房住下，暂时避避风头，等你们把密疏安全交给皇上，咱们再出城。”

“这样也好。”佟丽华脸上的表情缓和了些，眼神却仍夹杂着提防。

“我还有个问题……”一直不吭声的哈岚突然开口，指了指院子外面正在喂鸡的牛大爷，问，“牛大爷是你派来看着我们的吗？”

马俊杰顺着哈岚的目光望了一眼门外的牛大爷，只见喂完鸡的牛大爷正端着一只碗往回走，被一只鸡绊了一个踉跄，牛大爷气急败坏的用脚轰了轰鸡：“去去去，玩儿你妈蛋介！”马俊杰微笑摇头：“不是……”

夜幕降临，大杂院内寂静无声。

众人心里虽然仍有些疑惑，但是见马俊杰的言行举止并不像是恶人，也就不再追问什么，安顿好马俊杰的住处之后，各自回房休息。

小屋内，哈岚与佟丽华背对着背，躺在炕上的两侧。佟丽华睁着眼难以入睡，翻了个身，仰面朝着天花板，小声地问哈岚：“你觉得马俊杰说的是实话吗？”

哈岚闻言，也翻过身来，默默地望着天花板，喃喃地道：“怎么着他也比那个讨人嫌，满嘴舌头的佟梓华可信点儿。”

“我总觉得心里七上八下的，咱们那么早被人盯上了，竟然一点儿都没察觉。”佟丽华见哈岚没有反应，突然从床上坐起身来，若有所思地道，“你说，马俊杰留在大杂院会不会也是想找密疏？”

哈岚轻叹了口气，坐直了身子，盘腿看着佟丽华：“你看啊，跟马俊杰相比，你是不是更能确定你哥没什么好心思？”

“是啊。”佟丽华皱了皱眉头。

“那你现在能确定马俊杰也不是什么好东西吗？”哈岚歪了歪脑袋。

“当然不能。”

哈岚点了点，一本正经地道：“那你现在能把马俊杰从大杂院赶出去吗？”

佟丽华一怔，不知如何回答，哈岚晃着脑袋继续问：“那密疏现在在哪儿？”佟丽华眨了眨眼睛：“被解一半儿藏我哥那儿了不是？”

哈岚哂然一笑，缓缓道：“这不就得了，咱们现在没在大汉奸佟梓华身边儿，他不能怎么着我们。密疏呢，也不在咱们身上，就算马俊杰想偷也偷不着。你呢，又不能确定人马俊杰有什么歹心，顶多是看人不顺眼。不顺眼吧，还不能把人赶出去。你既然什么问题都解决不了，你还有什么好担心的？”

佟丽华绷着脸儿，露出一丝笑容，挑起眼盯着盘着腿的哈岚，压低声音：“奇怪了，我怎么觉得你每次骂佟梓华时跟骂我似的呢？”

“哎！打住，你可别瞎感觉。你们兄妹俩怎么回事儿？一个抓起屎盆子往我头上扣，非说我丧门星。一个抓起屎盆子就往自己脑袋上扣，完了还说是我扣的。怎么什么理儿都让你佟家人占了呢？”

佟丽华咧嘴轻笑，关切地问哈岚：“脸上还疼吗？”

哈岚抱起一个枕头，重新躺下，悠悠叹气道：“不疼了……解一半真不愧是杀猪的，下手那叫一个重！我估计这会子有佟梓华受的了！”

此时在天津梓府内，佟丽华的房间已经被佟梓华翻得乱七八糟。

孔雀从门外进来，发现佟梓华穿着睡衣，撅着屁股在床底下找东西，心下好奇：“爷？您找什么呢？”佟梓华从床底下退出来，失神地坐在地上，自言自语地道：“不会真放这儿了吧……丽华说把密疏留这儿了。”孔雀一怔：“那您找着了吗？”

佟梓华摇了摇头，满脸沮丧。

孔雀眨了眨眼睛，道：“依我的判断，会不会是他们的缓兵之计呢？”

“我就知道，哄我呢，跟着哈岚别的没学会，就学会满嘴跑舌头了！”佟梓华眉眼一横，咬着牙，脸上的肌肉突然牵扯到红肿的伤口，顿时皱起眉头，轻轻地去摸了摸脸，瞬间疼得龇牙咧嘴，“哎哟！妈的解一半，下手这么黑！”

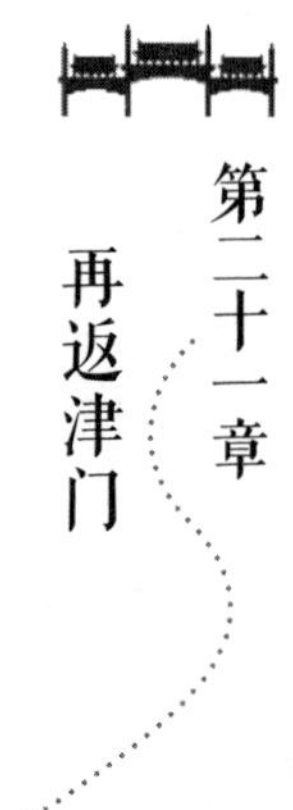

第二十一章 再返津门

北平城得月楼。

娄晓月趁着娄三喜出门办事，赶紧打开房间的衣柜，取出几件换洗的衣裳一股脑塞进包袱。此时丁宝正好敲门进来，望着神色慌张的娄晓月，斜眼看见床榻上的包袱，立马猜出了师姐的心思，脸色一变，皱眉道："师姐，你又要去天津？"

娄晓月点了点头，从兜里取出钱递给丁宝，慎重地道："你去帮我买张明儿早上去天津的车票。"丁宝甩手不接，急道："师姐，这事儿您可别找我，我还想多活几年。"

"你忘了小时候我怎么疼你了？拿着！"娄晓月抓住丁宝的手，硬是将钱塞到丁宝手里。

丁宝退后一步，正色道："师姐，不是你疼不疼我的事。您真要再这样就不对了，自打哈岚结婚后，想走就走，想来就来，咱们这班子都快散架了，你不为班子想想，也得为咱们那帮师兄弟师姐妹们想想！大家刮风下雨的练功，不就为了糊口么？您三天两头的撂挑子，良心上过得去吗？"

娄晓月低着头，顺手将钱放在桌子上，轻叹道："我知道，我对不住大家……但是我没办法儿了，这次是必须得去了。"

"怎么就没办法了？这都多少日子了，哈贝勒那还没信儿，我估计他是不会回来了！上次兴许是来跟您告别的也没准儿，您就别折腾了！"

娄晓月猛地抬头，似乎触及了心思，想想丁宝说的也不是没有道理，上次哈岚匆匆忙忙赶回来，一刻都等不了，是不想待在北平呢还是另有原因？娄晓月皱了皱眉，道：

“不行！就算他是来告别的，我也要把他找回来！”

丁宝急得直跺脚，绷着脸儿道：“你怎么就这么执迷不悟呢！你信不信，今儿你要敢走，我立马告诉师父去，你虽然是我师姐……”

“我怀孕了。”娄晓月的语气很平静。

丁宝倏地住嘴，站在原地直直愣了三秒才反应过来：“师姐，我摔一壳子吧！您吓着我了，真的假的啊？什么时候的事儿？几个月了？跟谁的啊？”娄晓月擦了擦眼角的眼泪，幽幽地道：“你别问了……”丁宝拍了拍脑袋，终于醒悟过来：“你瞧我这记性，你急着去天津，还能有谁啊……你俩黄泥岗玩儿了一宿吧？那会儿种下的？师姐，哈岚那小子靠得住么？你这回再去能找着他吗？我都替你发愁！”

娄晓月闷声不语，又将桌上的钱塞给丁宝，忍住泪水：“别说了，你快去买票吧。”丁宝叹了口气，默默地接过钱，忧心忡忡地道：“得嘞，天塌下来，地陷下去，也是他了……爱他妈谁谁了。师姐，不管怎么样，你一个人去天津肯定不行，万一奔波劳累，身子扛不住，谁来照顾你？”

“只要找到哈岚，他不会不顾我的……”

丁宝咬了咬牙，道：“反正师父知道肯定饶不了我了……好吧！我陪你一道去天津，有我陪着师姐，师父就不会担心你出事！”

他打定了主意，也不管娄晓月答不答应，转身离开得月楼，去火车站买票。

第二天凌晨，天蒙蒙亮，二人趁着大伙儿都没有起来，偷偷地溜出了得月楼，登上了去天津卫的火车。

汽笛声中，娄晓月呆呆地望着车厢外的风景，思绪万千。

到了天津站，二人直奔博爱路。

梓府的门房见过娄晓月一次，热情地将客人请到客厅。丁宝端着热茶，满怀新奇地观望精致的别墅洋房，口中啧啧称赞。这时孔雀从阁楼下来，态度轻慢，斜了娄晓月一眼，道：“娄小姐来得不巧，今儿佟爷不在家。”

娄晓月对孔雀也没什么好感，淡淡地道：“我不找佟爷，我找佟格格。”孔雀嘴角一扬，笑意渐浓：“那就更不巧了，实不相瞒，佟格格前些日子就跟姑爷搬出去了。”

“搬哪儿去了？哈岚留什么话没？”娄晓月神色黯然，心里有点失落。

“这个我就不知道了，娄小姐可以去樱花公馆问问佟爷，没准儿佟爷知道。”孔雀的表情有些幸灾乐祸。

丁宝见到孔雀似笑非笑的面容，皱起眉头：“要不我们等佟爷回来？”娄晓月茫然地望了一眼丁宝，点头向孔雀致谢："谢谢您帮忙，我们自己去找……告辞了。"

她拉着丁宝离开梓府，径直赶去樱花公馆。

此时，佟梓华与张平生正在包间洗牌打麻将，身边两名歌妓候在一旁服侍，满脸媚笑地将手中的烟杆递给张平生。包间外头进来一名服务生，走到佟梓华身旁，俯身在他耳边说了几句，佟梓华一听，突然面露喜色："快请进来，快请进来。"张平生抽了一口大烟，诧异地问："什么人？"佟梓华得意地一笑："娄晓月，我妹夫玩儿的那个戏子！"

"哟，娄晓月！京城的名角儿！她那虞姬唱的，那真是……"张平生顿时来劲儿了，闭上了眼，一副陶醉的表情。

"怎么着？今儿让她来一出儿？"佟梓华嘿嘿一笑。

张平生惊喜万分："那今儿来得可真是太值了！"

门被推开，背着包袱的丁宝进来探了探脑袋，娄晓月跟在后面。

佟梓华抬头瞧了娄晓月一眼，手里摸着牌，心不在焉地道："娄老板这天津跑的够勤的，怎么着，又有什么正经事儿啊？"

丁宝见佟梓华坐在桌前傲慢的样子，脸色顿时拉了下来。

娄晓月冷冷地道："我刚去了府上，说哈岚他们搬走了。"佟梓华头也不抬，装模作样地道："对啊，走了有些日子了……"娄晓月追问："那你告诉我，他去哪了？"佟梓华扭过头，挑起眼斜视着娄晓月，阴阳怪气地道："我可不知道。"

张平生目不转睛地盯着娄晓月上下打量，眼睛渐渐地眯成一条缝隙。娄晓月忍住脾气，往旁边的椅子上一坐，开始等着佟梓华打牌。

"娄老板，你这是干什么？"佟梓华愣住。

娄晓月一本正经地道："等佟爷打完牌我再问。"佟梓华又好气又好笑："我凭什么告诉你哈岚在哪儿啊？凭你是个下九流的戏子，还是凭你死不要脸颠颠儿地从北平都追天津来了？"

"你说什么呢！"丁宝脸色立马变了，肩上的包袱一甩地上。

佟梓华瞥了丁宝一眼，突然叹了声，语气稍稍缓和："上次让你唱堂会你不唱，现在又来求我？要不这么着吧，你给我们来一段儿，来段儿'红霓关'最后入洞房的那段儿，怎么样？"娄晓月脸颊绷了绷，微微一笑："行。"

"师姐！"丁宝出声想阻止娄晓月，却见她起身推开丁宝，笑着走到佟梓华的身边，面带微笑。

佟梓华仰头看着娄晓月，一脸讶异的表情："那就这样说定了？"

"我呸！"娄晓月突然啐了他一口。佟梓华大怒，腾的一下站起来："你干什么！"娄晓月冷笑道："红霓关入洞房是吧？入狗洞吧你！"佟梓华冲上去要打娄晓月："你这个泼妇！"张平生等人赶紧上来将他拉住，好言相劝："佟爷，您别生气。"

丁宝拦在娄晓月身前，狠狠瞪了佟梓华一眼，迅速扯住娄晓月离开包间。

二人走出樱花公馆门外，娄晓月甩开丁宝的胳臂，一个人站在街边，眼角含着眼泪，怔怔地发呆。

街道上人来车往，行色匆忙，没有人会去注意路边的伤心人儿。

丁宝有些心疼师姐，皱着眉头道："他们上次就这么对你吗？我看他们所有人都不愿意你见他，你又何必在这儿看人脸色……"娄晓月愤懑地道："我不管他们怎么看我！只要哈岚肯见我，我就一定要找！"

皇冠蛋糕店。

哈岚听马俊杰说起，溥仪经常去蛋糕店吃东西，赶紧换上一件新衣，与佟丽华匆匆忙忙地赶到蛋糕店，决定以守株待兔的法子等候皇上出现。他环顾四周，心情有些儿紧张："来见皇上，不带东西，会不会被降罪？"

佟丽华喝了口咖啡，沉吟道："今儿这次偷偷见皇上，我哥跟马俊杰都知道咱们是来献密疏的，我倒是不担心皇上来不来，就怕是日本人突然出现，那该怎么办？"

"你这么小心，咱们得什么时候才能把东西交给皇上？"

"小心驶得万年船，让皇上的人跟着咱们去我哥那里取，不是更安全么？"

哈岚思索片刻，点了点头："那倒也是。"

此时，几个身强力壮的汉子推门进来，拥簇着一位穿着蒙古长袍的人，东张西望地走进店里。哈岚见这人穿着马靴，身材肥大，腰带前面系着一个绣花褡裢，一副气派十足的模样，微微一怔，小声地对佟丽华说："这人好像是来见皇上的……"

门外一队黑衣人骑着自行车抵达，迅速驱散路边的行人，拉起了警戒线。

哈岚心头一喜，瞧这阵势应该是溥仪到了。他站起来想去门外迎接皇上，不料却被门口一名黑衣人拉住："今儿这儿被包下了，清场清场，都出去！"哈岚慌忙解释："哎！我是来这儿见皇上的。"黑衣人闻言一愣，上下打量哈岚几眼，手指头指了指门外一群围观的百姓，没好气地道："看皇上外面站着去！赶紧走。"哈岚扭头望了一眼蒙古人："那他怎么不走！"黑衣人不耐烦地往外推着哈岚与佟丽华："那是蒙古王，一会儿皇上要接见的！"

"我也是皇上要接见的！"

"别废话，快点儿。"黑衣人脸色一沉。

哈岚被推得原地打起转，挺直了腰杆死活不动："不是啊，皇上真的要召见我！"黑衣人怕耽误了事儿，连推带搡，骂骂咧咧地将哈岚推出去："滚滚滚，皇上怎么会见你！"

"快快快……皇上已经出张园了，列队排开！"门口数名护卫一字排开，瞧见哈岚还在门外张望，围拢过来拉扯哈岚。

这时候，街头一辆黑头轿车驶到蛋糕店门前，佟梓华下车，四处张望。后面不远处跟着一辆人力车，气喘吁吁地停在路口，只见娄晓月跳下车，拽着丁宝贴着街边的墙角走。

"师姐，跟着佟爷能找着哈贝勒吗？"丁宝一脸迷惑，远远望去，蛋糕店门前聚集了一帮人。娄晓月并不说话，加快脚步跟在佟梓华身后。

忽然，"砰"的一声响，蛋糕店门口突然传来枪声。

"皇上！"远处传来哈岚的失口惊呼声，娄晓月身子猛地一震："是哈岚的声音？"她也顾不上身后的丁宝，拔腿就往蛋糕店的方向奔过去。

街上已经混乱，人群扭头往娄晓月和丁宝的方向涌来。佟梓华被挤得东倒西歪，惊慌失措地钻到车里。车门被人群挤了好几次才关上。

娄晓月被拥挤的人流堵住，努力地想往前面冲过去。丁宝死死地抓住娄晓月："师姐！小心啊！"娄晓月踮起脚尖往蛋糕店门口张望，扒开人群拼命挤进去："哈岚！我听见是哈岚的声音！"

溥仪的车子掉头开走，门口的护卫立即骑上自行车，紧跟在车子的后面撤退。

哈岚心急如焚地追着车队，不料还没跑上几步，突然被街边两个冲出来的黑衣人蒙上了头，强行架走。

门口的佟丽华大惊失色，拧身要追上去，却被拥挤的人群冲散，眼睁睁地看着黑衣人架着哈岚，消失在人群中。店内的蒙古王被几个大汉围着，探头探脑地走出蛋糕店。蒙古王一脸惊恐："出什么事儿了？"黑衣人惶声道："您没听见枪响吗？有刺客！"

蒙古王打了个寒战，低头钻进轿车，慌忙离开现场。

哈岚稀里糊涂地被带到一处僻静的小巷子里，两名黑衣人上前搜身，将哈岚的外套脱下来扔在地上。哈岚头上戴着头套，瞧不清眼前是什么情况，冻得瑟瑟发抖，却不敢挣扎。

黑衣人见哈岚身上搜不到东西，有些着急："你给皇上的东西呢？"哈岚搂住胳臂，哆嗦着道："没……没带……"黑衣人追问："东西放在哪儿？"

"我……我不知道啊……"哈岚语气恐慌，暗想完蛋，他们万一弄死我，也没人知道我躺在这儿。他一时心乱如麻，脑子里一片空白。

巷子外面响起警察的口哨声，两名黑衣人互视一眼，迅速逃离。

哈岚穿着单衣，神志恍惚，缩在风中不停地发抖。也不知是谁从地上捡起棉袄，悉心给哈岚披上，他头套也被人摘了下来，猛然睁开眼睛，瞧见了佟丽华关切焦急的面容，顿时如释重负，嘴里呼出一口冷气，身子瞬间瘫软："丽华……"

佟丽华扶住哈岚，瞧了瞧周围的动静，谨慎地道："幸亏这里是英租界，咱们快走。"

街上的行人脚步急促，四处逃窜，佟丽华扶着披上衣服的哈岚，趁机混入人群之中。而街道的另一边，丁宝正跟着神色匆忙的娄晓月，与哈岚逆道而行，拼命往蛋糕店门口挤进去。

门口人群已经散去，地上一团杂乱，门框上挂着一根警戒线，在寒风中飘扬。

娄晓月叹了一口气，神色黯淡，喃喃地道："我明明听见他声音的……"丁宝急道："师姐，那现在怎么办？"娄晓月回过神来，咬了咬牙："没事儿！他还在天津……只要人还在天津，就能找到他！"

佟丽华喊了一辆人力车，带着哈岚离开大街。

她行事特别小心，特意吩咐拉车的师傅多绕了几条道，确定后面无人跟踪之后，这才招呼人力车赶往大杂院。

此时，马俊杰正在院子里帮着解一半修理酱肉车，瞧见佟丽华扶着哈岚进门，慌忙迎上去，惊问道："怎么了这是，你们今儿不是去见皇上了吗？"哈岚已经冻得嘴皮子打颤，一个字也说不出来。

佟丽华扶着他往屋子里走，慎重地道："进去说话。"

到了屋里，佟丽华扯起炕上的棉被给哈岚裹起来，包得跟粽子似的。哈岚缓了缓气，惊魂未定地呆坐着。佟丽华将蛋糕店的事儿说给马俊杰听，马俊杰皱了皱眉头，诧异地问："看清楚是什么人放枪了吗？"佟丽华摇头："当时没注意，枪响了之后，整条街都乱了，皇上车都没下直接走了。"

"太吓人了！我追着车跑，然后突然出现俩人把我架走搜身，看样子是奔着密疏来的。”哈岚仍然有些后怕。

“那密疏呢？被抢走了吗？”马俊杰焦急地问。

佟丽华在旁注意到马俊杰的表情，有些提防地瞥了他一眼。哈岚摇头叹息道：“唉，幸亏这次听了丽华的，没把东西放身上，不然真没准儿了……”马俊杰追问：“那密疏在哪儿？安全吗？”

“你说呢？”哈岚突然冲马俊杰眨了眨眼，心想你这小子是要套我话呢？

马俊杰若有所思地道：“这是什么人呢……光天化日之下就敢抢？”哈岚晃了晃脑袋：“我猜，就是佟梓华的人！”

“要是佟梓华的人，那就是说，密疏没在他家？”马俊杰话音刚落，哈岚打了个喷嚏，端着热茶进门的翠儿惊了一跳：“哎哟，爷，您不会是感冒了吧！”她急忙上前将杯子递给哈岚，故意岔开话题，转身冲着门外叫喊，“解一半儿！赶紧的，冲碗姜茶！”

天津下天仙剧院。

此地位于罗斯福商业街，原名为“天仙茶园”，始建于1905年，当时以锦州道为界，以北属日租界，名为旭街；以南属法租界，名为杜领事路。茶园曾因失火，便重新修建了这座砖木结构的戏院，改名为“下天仙”。

傍晚时分，下天仙大堂内人满为患，娄晓月与背着包袱的丁宝坐在观众席上焦急地等待。

戏班的余班主从后台一出现，娄晓月立即起身，上前行礼：“余师叔。”

余班主快步走过来，拉住娄晓月的手，亲热地道：“哎哟，晓月啊，可有些日子没见了，出落得越来越俊了。”娄晓月不好意思地笑了笑，道：“平日里忙，少走动，还请师叔见谅。”余班主笑容满面：“这是说的哪门子话，京城的名角儿来这儿，我这戏班子倒也真担得起‘下天仙’这个名儿了。”

“师叔又说笑。”娄晓月脸儿泛红。

“怎么样，你爸最近还好吧？怎么想起来天津了？”

娄晓月抿了抿嘴，思忖片刻，张口道：“我爸挺好的……其实我这趟来，是有事儿想拜托您。”余班主一愣，拉着娄晓月坐下：“什么事儿？”娄晓月开门见山地道：“我来天津是来找人的，但他搬家了，我一时联系不上他……所以我想在您这儿开台戏，好让他知道我来了。”

“那要是他不来怎么办？”

“只要我唱，他就一定会来。”娄晓月的态度很坚定。

余班主低吟片刻，点了点头：“你能来开台子当然好，但是我这儿有个规矩，你得唱满一个档期才行。”娄晓月抬眼望着余班主，皱眉道：“一个档期久了点儿，我是来找人的，您看三天行吗？”余班主展颜一笑，舒了口气：“也行。那就三天。”

下天仙迎来京城的名角，当然是欣喜万分，余家班众弟子连夜搭建幕帘，精心准备服装道具，又在戏院的门外挂起高高的水牌，上写：全剧《玉堂春》，起解、会审带团圆，娄晓月老板来津首演。

翌日，余班主亲自带队在罗斯福商业街散卖戏票，热忱邀请亲朋好友赏脸。一时之间，下天仙门庭若市，座无虚席。

娄晓月的戏服扮装在戏台上一亮相，身段玲珑优美，唱腔清脆圆润：“苏三离了洪洞县，将身来到大街前，未曾开言我心内惨，过往的君子听我言……”台下观众仿佛突然听见天籁之声，齐声喝彩。

此时，下天仙的门口，解一半与翠儿正巧推着酱肉车经过。

解一半瞧了一眼水牌，微微一怔，赶紧又倒了回去，仔细瞧了瞧水牌上的字儿，整个人顿时傻住。翠儿见他神色不对，也走过去望着水牌，皱眉道：“怎么？这上面写的什么啊？今儿谁唱？”

解一半摇了摇头，神情慌张地推起酱肉车，搪塞道：“没谁，赶紧回家吃晌饭吧。”他推着车自顾离开，翠儿疑惑地转过头去，又瞧了一眼水牌，无可奈何地道：“字儿认得我，我可不认识它们……”

二人回到大杂院，解一半将酱肉车停在院子里，看见哈岚正从屋里啃着苹果走出来，眨了眨眼睛，道：“翠儿，你先去给我倒碗水去。”

“哎！回来正好，你今儿晚上给我做个醋溜木须吧，嘴馋了……”哈岚伸了个懒腰。

翠儿进屋去烧水，解一半急忙上前将哈岚扯到一边儿去，压低了声音：“爷！娄晓月来天津了！”哈岚猛地一惊，手中的苹果险些掉在地上，二话不说，拔腿就跑。

翠儿从厨房端着碗出来，见哈岚人已经不见，奇怪地问：“诶？爷呢？”

解一半手里捧着半个被咬了几口的苹果，支支吾吾地道：“爷有事儿……”翠儿疑惑地道：“你俩刚才嘀嘀咕咕的，说什么呢？”解一半搔了搔头：“没说什么啊。”翠儿满脸狐疑地望着解一半，见他吞吞吐吐的样子，瞬间明白过来，厉声道：“我能不知道你？说！刚才那个水牌上写的什么！”

下天仙售票处。

哈岚边跑边掏着钱奔到售票处，看见牌子上写着无票二字，急得直跺脚。四处张望时，突然看见侧门停着一辆马车，几名武行的弟子正在搬运京剧行头的箱子。

哈岚灵机一动，我帮着去搬箱子，他们肯定不会赶我走，我只能进了后台才能找到晓月。

他趁周围的人不注意，撸起袖子就冲了上去，码足了劲儿抱起一个箱子，摇摇晃晃地走到门口。余家班的人就开始催促："赶紧的！你动作快点！"哈岚费劲地抱着箱子，进了下天仙的后院，突然看见丁宝正拿着个刀坯子跟武行的人在比画："你得这么甩出去才好看，看见了没？你刚才那样，动作太僵。"

哈岚喜出望外，"哎哎"叫了两声，抱着箱子跌跌撞撞地往院子里冲。

丁宝正说着话，扭头一看，猛然发现哈岚脚步不稳，直向自己冲了过来。他吓了一跳，慌忙接住哈岚手中的箱子："哈贝勒？"哈岚大口地喘着气："丁宝！你师姐呢！"丁宝将刀坯子往武行手里一扔，惊喜万分："这会儿正上妆呢！马上就该上场了！"哈岚一把拉住丁宝的手腕，着急地道："赶紧的！快，快带我去！"

二人一口气跑到下天仙的后台化妆间，娄晓月化妆台前上完妆，正要站起身来，忽然听到身后哈岚的呼喊声："晓月！晓月！"

娄晓月心头一震，顿时傻住，红润的眼眶里差点滚出泪水来。

哈岚抑制不住心中的激动，迅速跑到娄晓月身前，拉住她的小手："你怎么来了？什么时候来的？"

"娄老板！赶紧的，上场了！"戏台捡场的冲了过来。

娄晓月二话不说，慌忙往戏台疾走，哈岚紧跟在她身后，边跑边叫："晓月，你说话啊，晓月！"娄晓月头也不回，语速极快："你说你三天就回北平，这都多少天了，我能不来吗！"哈岚大声解释："我回去了！我回去了一趟，你爸爸说你来天津了，你正好来，我赶紧又回来没赶上！"

"我去佟家了，说你搬走了，你搬哪儿了？"

"一言难尽，你怎么在这儿唱上戏了！你要待到什么时候，你爸爸知道吗？"哈岚不停地追问，转眼间，二人走到帘子的后面，前台的鼓点立即打住。

娄晓月吊着嗓子，吟了一声苏三的对白："苦啊——"

前台的师傅盯着帘子开始敲打锣鼓，却一直不见娄晓月出来，纷纷探头往帘子后面看。

娄晓月站在帘子后面，继续跟哈岚说着话：“我怎么敢让我爸知道！我找不着你了，只能唱戏让你出来……”捡场的一跺脚，赶紧打断二人，上前推了娄晓月一把：“哎哟娄老板，上场了！”

捡场的将帘子一撩，台下的观众席传来一片鼓掌叫好声。哈岚跟着也想上去，却被捡场的硬拽了下来：“嘿！你干吗呢你，懂不懂规矩！”哈岚赖皮赖脸地赔了个笑脸，瞧见捡场的手里捧着个茶壶，眼珠子一转，凑上身子，将茶壶从捡场的手里接了过来。捡场的怔住，立马要去抢茶壶，不料哈岚机智地往旁边儿闪开，捡场的扑了个空，险些摔倒地上。

“你干吗啊！你谁啊你？”捡场的急了。

哈岚理直气壮地道：“我是她男人！”捡场的吃了一惊，好奇地打量了哈岚一眼：“啊？娄老板的丈夫来了？”丁宝跟在后面龇牙一笑：“爷，要不你往那边儿坐着等吧！”哈岚捧着茶壶，连连摇头：“你甭管我，忙去吧你！”丁宝无奈地道：“得，那您在这儿候着吧。”

捡场的瞪大了眼睛，半信半疑地道：“你还真是娄老板的丈夫啊？”哈岚心不在焉地点点头，眼神却落在帘子后面。捡场的态度瞬间温和许多，有些谄媚地道，“哎哟，你可算来了，娄老板到处找你找不着啊！实在没辙了才在我们这儿贴了三天戏！”哈岚皱了皱眉头，问：“她来多久了？”

“今儿才头一天。”

“不是，我是问她来天津多久了？”

“哟，那哪知道啊？看样子来了有些日子了，说是找了你不少地方！娄老板是心心念念地要找着你啊，非说只要她唱，你就会来，嘿，没想到第一天，您还真是跟那向阳花似的，找上门来了！”捡场的满脸微笑。

“……越思越想心头恨，洪洞县内就无有好人……”娄晓月的苏三正在台上唱“起解”，帘子被撩开，娄晓月伸出脑袋，哈岚忙捧着茶壶上前，递过去给娄晓月喝，小声地道：“你现在住哪儿啊？什么时候回去？”

娄晓月低头喝了一口水：“你什么时候走，我就什么时候回去。”

“哎哟，姑奶奶，我指不定，直到现在我都还没见着皇上呢。”

“你当时不是跟我说就来三天吗？”

哈岚有点憋屈，这好事多磨硬是磨到我头上来，也不知什么时候是个头。他越想越烦躁，忍不住要跳脚：“我哪想到中间能出这么多乱子啊！”

娄晓月擦了擦嘴，刚想说什么，捡场的又来打断：“娄老板，赶紧的！”她深深地望了哈岚一眼，扭头撩帘上场，台上响起娄晓月的唱音：“大人呐……”

哈岚捧着茶壶心事重重地站在帘后，捡场的冲哈岚挤眉弄眼：“先生！这段儿娄老板饮场，您得上去！”哈岚身子一震，手儿垫着毛巾捧起茶壶，小心地走上台阶。捡场的帮哈岚撩开帘子，哈岚转了个身，登上戏台。

此时，翠儿与解一半二人正站在观众席边儿上，一眼瞧见哈岚端着茶壶上台，目瞪口呆地拽了拽一旁的解一半：“爷！”

只见娄晓月跪在地上，老生“潘必正”念着对白：“两厢退下，脸朝外跪。”哈岚赶紧捧上茶壶，面对着娄晓月：“慢点儿。”娄晓月嘴对上茶壶，抬眼瞪了他一眼，哈岚趁隙继续说：“真不是故意不回去，见皇上的事儿不太顺利，才耽搁了……”

“樱花公馆是什么地方？”娄晓月话锋一转，突然问了一句。

哈岚惊诧地道：“你怎么知道的樱花公馆？”娄晓月轻哼一声：“你是不是去那玩儿日本女人了？”哈岚苦笑道：“哎哟，我真没有，那是个误会！”娄晓月面露愠色：“这么说，真去花天酒地了？”

哈岚刚想要解释，台下观众席上顿时传来起哄声：“嘿！干吗呢！聊上了？”几名观众嘴里大声吆喝：“赶紧下去！”娄晓月慌忙开唱：“玉堂春本是公子起的名……”哈岚抬起脸，只见余班主气冲冲地从帘子后面冲出来，拽起他的耳朵撩着帘子下去了，台下观众顿时开始起哄喝倒彩。翠儿瞧见这场景，气急败坏地道：“解一半啊解一半，你看看你多嘴干的好事儿！”

余班主拽着哈岚的耳朵回到后台，见他手上还牢牢地捧着茶壶，火冒三丈：“你谁啊？哪儿来的？懂规矩吗？你上去干吗去了？”哈岚哎哟叫唤，指着自己的耳朵示意余班主松手。

捡场的见状，立马上去解释：“师父！这就是娄老板要找的人！”余班主回过神来，疑惑地望着哈岚：“你是谁？”哈岚揉了揉耳朵，理直气壮地道：“我是娄晓月的丈夫！”

“晓月嫁人了？”余班主呆立半晌，瞅着哈岚的打扮，突然哈哈大笑，“原来晓月是来找老公来了！”

第二十二章 左右为难

夜晚，大街上行人稀少。

娄晓月垂着头默默地朝前走，哈岚跟在后面，望着娄晓月的背影，脸上的表情极为平静，他好想将眼前的爱人一直存留在视线里，无论走到哪都不会迷路。

解一半与丁宝一路上有说有笑，而一旁的翠儿却是脸色阴郁，好像娄晓月欠了她很多钱似的。

哈岚想起那两个日本歌妓的事儿，生怕娄晓月误会太深，叽里呱啦地开始解释："晓月，我真没玩儿那俩日本娘们儿，我跑出来了，那是佟梓华给我设的套。我到了这儿立马就去找皇上，没想到进张园比进宫还难。我让门房递折子进去，结果丫让我在候侍房等了两天，里面都没信儿传出来。后来佟梓华说是要给他好处，后来我找丽华……我拿了点儿钱，送去，也没信儿，估计是嫌少了。再后来佟梓华说能帮我见到皇上，就让我去樱花公馆，谁想到他安排了俩日本娘们儿在那等着我……

娄晓月笑盈盈地回头，耐心听着哈岚的解释，她轻轻地拉住哈岚的手，十指交叉，却是不说话。哈岚赶紧闭上嘴，眼巴巴地望着娄晓月，急道："晓月，我真没想抛下你。这段时间我遇上太多事儿了。我去北平了，也没找着你。"

娄晓月眼眸透亮，甜甜一笑："我找着你就好了呀。"

走在后面的翠儿瞧见娄晓月与哈岚手拉着手，面对面地低声说话，心里不是个滋味，愤愤地道："真不要脸。"

"你说什么！"一旁的丁宝听见了，皱着眉头质问。

翠儿白了丁宝一眼，冷笑道："我说娄晓月不知廉耻！我们爷都结婚了，还死缠着不放，都从北平追天津来了，没见过这么倒贴的，你们戏子都这么大胆？"

丁宝有些生气，声音陡然提高："你才不知廉耻！当年带一帮人来我们戏班子泼妇似的闹，你就好哪儿去了吗？耀武扬威的，你算个什么东西！"翠儿怒道："你算个什么东西！"丁宝满脸不屑："你一个王府的丫鬟，真把自己当格格了怎么着，真是小姐的身子丫鬟的命！"

翠儿气急，伸手想拉扯丁宝的衣裳，丁宝闪身一躲，手上一比画，被解一半一把抓住手臂。哈岚与娄晓月听见身后传来嘈杂声，转身往回一看，发现后面路口突然多了三个人，竟互相扭打在一起。

"翠儿？"哈岚脸色一撂，快步走过去，喝问，"嗨嗨嗨！你们干吗呢！"

三人不听，继续纠缠扭打，力气虽然使得不大，但是彼此都不肯服软。哈岚伸手将解一半与丁宝二人扯开，奇怪地问解一半："你们怎么来了！"解一半赶紧拉住翠儿胳臂，道："翠儿担心你跟娄小姐跑了，你前脚刚走，我们就来了。"哈岚没好气地道："你这不是没事找事吗？为什么跟她说我来找晓月了？"

"我在院子里都听见了！"翠儿撩了一把头发。

"得得得，你们把丽华一人扔家里这还不是找事儿吗，赶紧回去！"

翠儿一愣，慌忙拉着解一半的手往回走："少奶奶还在家呢，咱们得回去。"丁宝站在原地，怒气冲冲地望着哈岚，远处的娄晓月发话了："丁宝，你也回去。"丁宝有些犹豫："师姐！这深更半夜的我怎么放心？"哈岚翻了个白眼，道："怎么说话的？怕我把你师姐卖了？"

娄晓月扑哧一声笑，丁宝不满地瞪了哈岚一眼，扭头离开。

夜色迷离，冷风轻柔。

哈岚与娄晓月踱步小河边，仰头望了望夜空，轻声叹了一口气。

"我的唱片你还带着吗？"娄晓月声音轻柔。

哈岚脸色一红，缓缓道："真是对不起，那天汪四海来抢密疏，我们趁他不注意就把假密疏扔进了火盆，还往里泼了油……汪四海气急败坏地把火盆给掀了，点着了帘子，王府起了大火，你的唱片儿也被烧毁了半边儿，另一边儿还在我那留着呢。我本来想补起来，在佟梓华那时还偷偷试了试能不能听。不行了，完全不行了……"娄晓月咧嘴笑道："我再给你一张。"

"再说吧！现在我住在大杂院里，连个留声机都没有，要唱片儿有什么用。"

“没事儿，那我以后天天唱给你听。”

哈岚笑着点头，又问起她来天津的事儿：“你怎么知道樱花公馆的？”娄晓月沉吟道：“我去找佟梓华的时候，是他们家那个大丫头告诉我的。”哈岚意味深长地笑道：“孔雀吧？那可不是大丫头，那是佟梓华的暖床。”娄晓月皱眉道：“真的假的？”

“当然是真的。”

“那现在佟丽华给你暖床吗？”娄晓月眨了眨眼睛。

哈岚脸色一红，急道：“当然没有。”娄晓月半信半疑：“真的？”哈岚真诚地望着娄晓月，叹道：“真的。”娄晓月沉吟片刻，似有心事，突然开口道：“哈岚，我这次来就是想问问你什么时候跟我……”哈岚没有听完娄晓月的话，皱了皱眉头，道：“我得回家了。”

娄晓月神色一黯，抓住哈岚的袖子：“能不回吗？”哈岚低着头，轻轻地挣脱娄晓月的小手，为难地道：“明天我还在这儿等你，但我得先回家。”娄晓月咬了咬牙：“是！回家，你有家。”

此时，翠儿与解一半赶回大杂院，见屋里点着灯，佟丽华正坐在椅子上看书，桌上的饭菜被碗扣了起来，只剩下三副碗筷。

佟丽华听见二人进门的声音，翻了一页书，淡淡地问：“哈岚去哪儿了？”

翠儿停住脚步，捅了捅解一半腰眼。解一半立即大声应道：“是啊！爷去哪儿了？这饭点儿也不说一声就不见人影儿了，太不像话了！”

“戏听得怎么样？开心吗？”佟丽华突然将手里的书往桌子上一拍，翠儿、解一半皆是一惊。

翠儿开始装傻：“什……什么戏？”佟丽华冷笑道：“玉堂春是吧？还带团圆，今儿他们是团圆了？”翠儿知道是瞒不过去了，小声嘀咕：“您怎么知道的？”

“这事儿瞒得了我吗？全天津都知道她来唱戏了！”佟丽华用责怪的眼神盯着二人，终于缓了一口气，“以后别再干这种事儿了，谁不知道谁啊？跟我说实话行吗？赶紧吃饭吧，菜是凉了，饭还热乎。”

翠儿与解一半低下头，觉得心里不是滋味，少奶奶自从嫁到哈王府，没少担心爷的心事，贝勒爷要是真的跟娄晓月跑了，这日子就过得闹心了。二人也不多话，知道哈岚不回来，少奶奶肯定不会睡，就胡乱扒拉了几口饭，给佟丽华烧了热水，泡上一壶热茶。

灰蒙蒙的天色已临近曙光，佟丽华背对着门，躺在炕上，睁着眼睛盯着窗外。

院子里出现一个人影，哈岚探头探脑地将门轻轻推开，悄悄地走进屋子里，瞧了一眼炕上的佟丽华，微微一怔，转身关上了门。

桌子上放着已经凉了的饭菜，哈岚吐了一口气，缓缓地脱下外衣，掀起自己的被子，一声不吭地爬上炕。佟丽华一动不动地躺着，鼻子里却轻轻地哼了一声。

哈岚知道她并未睡着，躺下看着佟丽华的背影，轻声地道："晓月来天津了，我去见她了……"

佟丽华绷紧了嘴唇，深呼一口气。

"我去看她唱戏了，在后台给她饮场，然后就是河边聊了聊。上次我去北平没见到她，这次要解释一下。"佟丽华失落至极，刚想说话，又抿紧嘴唇，闭上了眼睛。

"我们什么都没干。"哈岚望着佟丽华的背影，有些尴尬。

佟丽华突然睁开眼睛，情绪很平静："我要见娄晓月。"

寂静的小河边，娄晓月孤零零地坐在桥头，望着眼前的河水慢慢流淌，眼神呆滞，满腹心事。

"师姐？"丁宝轻轻唤了一声。

娄晓月回过头看着丁宝，淡然一笑："我跟哈岚约好在这里见面，你先回去吧。"丁宝见到娄晓月强装的笑容，有些心疼："咱们还是回家吧，他现在有老婆有家了，你俩不可能了！师姐……你回去好好跟师父说说，师父不会怪罪你的。"

"我不回去！我不能让我们的十年，说没就没了……我回去之后，这孩子生给谁？孩子一生下来就没有爸爸？我以后的日子怎么过？还嫁不嫁人了？"娄晓月扭过头去，脸上带着惨淡的笑容，"现在已经到了这个地步了，就必须要有个结果……我不能这么不清不楚地让他们把我扔了。"

"哈贝勒知道你有了吗？"

娄晓月喃喃地道："他不知道……"丁宝猜不透师姐的想法，急道："那你怎么不跟他说啊！"娄晓月正色地道："我不能拿孩子做要挟，他的心不在我这儿了，留下他又有什么用？"

"你就这么耗着？咱们班子你还管不管了？戏还唱不唱了？你打算以后怎么办？"

娄晓月摇头苦笑："我不知道……"丁宝知道师姐的脾气，无奈叹息，抬头瞧见哈岚与佟丽华正往河边过来，慌忙提醒："师姐，哈贝勒来了。"

娄晓月猛地回头，瞧见哈岚竟带着佟丽华来见自己，心情有些复杂，起身冲着佟丽华笑了笑：“佟格格。”

“我现在已经是哈太太了。”佟丽华面色冷漠，淡淡地道。

娄晓月脸色微微一变，瞧了瞧哈岚，似乎是在问他，佟格格是来吵架还是来摆谱的？

佟丽华继续道：“三天两头的北平天津来回跑，班子里最近没戏唱吗？”娄晓月回应：“在北平我一个人撑着唱独角戏，唱腻了。”佟丽华淡然一笑，转身对哈岚说：“我跟娄老板说会儿话，你去那边儿等会儿。”

哈岚虽然有些不放心，但也无可奈何，深情地望了娄晓月一眼，转身走到小河桥头的另一边。

佟丽华等哈岚走开了，神情有些不悦，皱眉问娄晓月：“当时可是求着我写下跟哈岚的断绝书的，怎么现在翻脸跟翻书似的？今儿我来就是想问问娄小姐，那张纸还算数吗？”娄晓月冷冷地道：“那张纸被哈岚撕了。”佟丽华突然幽叹一声，道：“撕了就不算数，说出去的话也可以收回啊？要真能这样，我现在就去撕了皇上的赐婚圣旨，不知道来不来得及。”

娄晓月神色一闪，一时不知如何接话。

佟丽华轻笑又道：“圣旨撕了，皇上的赐婚就能收回吗？不能。木已成舟，哪有再生根发芽的道理？听说你们俩昨晚在这儿聊了一晚上？娄小姐这么三番五次地来找哈岚，对水长吁，对月长叹的，让我心里非常难受，你说我应该怎么办呢？”

“我不是你，没有办法回答这个问题。”

“是啊，人总是没办法站在对方的位置去想问题，所以做出来一些让人心痛如绞的事儿，也是可以原谅的对吧？如果我是你，我会及时收手，在事情闹得很难堪之前留点儿后路给自己。人生不过数十载，我会让自己过得舒服点儿。”

娄晓月皱了皱眉头，斩钉截铁地道：“你把自己想到太潇洒了，你现在走的跟我是同一条路。如果你是给自己留后路的人，你今天就不会来见我。感情中，你的这些假设都不成立。”

佟丽华点了点头，道：“既然这样的话，那就让哈岚来选吧……哈岚！你选一个吧，你是回家还是跟她走？”

两个女人同时望向桥头的哈岚，坐在河边的哈岚顿时僵住。

娄晓月追问一句：“哈岚！你今天想跟谁走？”

哈岚手足无措地望着眼前两个女人，只见娄晓月面色急切，深情地望着自己，而佟丽华隐忍又克制，眼神里满是担忧与期待。他心里一颤，这怎么选？选哪边都可能会出事，这种事儿能选吗？开什么玩笑！

他盯着佟丽华，脑子里一片空白，听到娄晓月叫了一声“哈岚！”他才回过神来，失魂落魄地站在桥头，突然两脚悬空，跨出桥栏。娄晓月与佟丽华猛地一惊，慌忙扑过去拉。只听见“扑通”一声，桥上的哈岚已掉进水里，身子扑腾，水面溅起一片水花，迟迟不见他浮上来。

娄晓月惊慌地扶着桥栏大喊：“哈岚！哈岚！他不会游泳！”一旁的佟丽华迅速脱掉了外衣，扶着桥栏就要往下跳。不料哈岚哗啦一声从水里站了起来，甩着脑袋大口地喘气。佟丽华的动作一顿，神色缓和。

“哈岚你没事儿吧！别吓我！”娄晓月急得快哭了。

哈岚抬头望着桥上两个女人，目光闪动，自嘲地道：“这水…水太浅了……”

皇冠蛋糕店。

解一半在路边焦急地东张西望，寻找佟丽华的身影。他走到马路对面，往蛋糕店内一看，佟丽华果然正在里面喝茶、吃蛋糕。解一半欣喜万分，赶紧推门进去。

佟丽华坐在角落，面前是吃剩的半块面包，还泡了一杯英国茶。

她抬头瞧着解一半，问：“是哈岚要你来这里找我？”解一半点了点头：“是呀少奶奶，爷回家见你不见了，一直放心不下，说你可能在蛋糕店……我找了您半天了，天都快黑了，咱回去吧。”

服务员上前询问解一半：“先生吃点什么吗？”

佟丽华示意：“请给他一块蜂蜜松糕……”服务员转身离开，送上一盘蛋糕和一杯英国茶，放在解一半的桌前。解一半怔住：“蛋糕？我不吃这种东西……”佟丽华笑了笑：“先别说话，你试试看。”解一半满心疑惑地咬了一块，皱眉道：“哎哟！这么甜的呀……”他端起英国茶喝了一口，又变了脸色：“这茶味儿怎么这么奇怪，还透着凉气？”

“这是薄荷茶，跟蜂蜜松糕是最好的朋友……”

解一半满脸诧异的表情，道：“蜂蜜松糕？看着怎么跟咱的枣糕是一样的呢？”佟丽华似乎想起心事，微微一笑：“进哈王府之前，我每天下午都会固定吃个下午茶……”

解一半奇怪地问："下午喝茶？我怎么从来没见过您在下午喝茶？"

"因为咱家都吃酱肉，喝绿茶……"佟丽华笑着望了一眼解一半，"这蛋糕……你就不吃了？"解一半慌忙摇头："不不不，我吃不了！一会儿打包回去给翠儿吃吧，她那人好吃。"佟丽华嗯了一声，淡淡地道："也是，吃不了的东西勉强吃进去，只会难受……"解一半闻言，似乎理解佟丽华的感受，叹道："少奶奶为了爷，连自己喜欢吃的，都吃不上一顿，真是委屈您了。"佟丽华苦笑道："是有点儿委屈……"解一半趁热打铁，替哈岚说好话："可是少奶奶，爷不是没良心的人！您对他的好，他都知道……"

"他知道是一回事儿，可是……"佟丽华欲言又止，眼眸黯淡，表情几乎有些绝望，"今天，我让他在我和娄晓月之间选一个的时候，他竟然跳河了……我们是夫妻呀，可是当着娄晓月的面，他竟然跳河了？"

解一半故作惊讶地道："他怎么要跳河呢？是两个都不要吗？"

"他肯定是不想给我难堪……这才跳的河。"佟丽华摇了摇头。

"哎呀！您是不是误会了？爷跳河绝不是因为他不选您，他跳河……他跳河是……"解一半装出一副恍然大悟的样子，继续说，"噢！我知道了！他跳河肯定是因为他不想选娄晓月，可是又做不出来……少奶奶，您千万别多心……要是爷真不想要您，他就不会让我出来找您回家了！这就证明咱家爷心里还是只有少奶奶您一个……少奶奶，您是咱们府上真正的福晋，只有您能配得上咱们家的贝勒爷！少奶奶，咱先回家好吗？"

佟丽华别过脸去，默默地望向窗外，满脸犹豫。

此时，哈岚盘腿坐在大杂院里屋的炕上，身上披着毯子，眼前摆着一盘酱肉，已经快被他吃光。翠儿端着汤上前："爷，别只顾着吃肉，先喝口姜汤，暖暖身子……哎，我说爷，好端端的您怎么会跌进河里呢？"

哈岚没理会翠儿，喝完姜汤又夹起盘中最后一块酱肉。

翠儿有些无奈，叹道："爷，我在问您话哪，从回来到现在您一句话都不跟我说！这解一半去找少奶奶，到现在也没回……"哈岚面无表情地望着翠儿："还有肉吗？"

"您这儿都吃了半斤了，还吃呀？"

外面忽然响起汽车的喇叭声，一辆黑头轿车停在大杂院门外。

牛大爷正在院子里扫地，好奇地出门观望，却见佟梓华带着两个黑衣人下车，径自走进院子。牛大爷吃了一惊："又是你！你又来想干什么？你又想来偷东西啦！"

佟梓华没有理会牛大爷，示意黑衣人守在院外，大步走进里屋。

牛大爷追上去大叫："哈爷，不好啦！又有人想来偷东西啦！"

哈岚瞧见佟梓华闯进来，皱眉道："大舅爷，你又想干什么？"佟梓华环顾四周，冷冷地道："我今天不是来找你的……丽华呢？"翠儿没好气地道："我们家少奶奶出去办事去了。"

"办事？这也太巧了吧！我来她就不在？"

"你找我有事？"院子里传来佟丽华的声音。

只见佟丽华与解一半一前一后走进屋子，冷冰冰地瞪了佟梓华一眼。哈岚见佟丽华回家，松了一口气，忙起身迎上前去，赔着笑脸："丽华，你回来得刚好，我还怕解大哥找不到你……"佟梓华眼神闪烁，打量了哈岚一眼："你们……你们两个……没事吧！"

"就算有事也不关你事……找我有事吗？"佟丽华没什么好脸色。

"刚刚收到电报，阿玛初五回来，让你去接船！"

佟丽华怔住："阿玛要回来了？"哈岚接问一句："佟侯爷回来了？他不回日本啦？"佟梓华漠然道："回，当然回！而且要带丽华一起回去！"哈岚皱眉："那我呢？我可没想去日本……"佟梓华不屑地道："谁理你呀！真是！"哈岚搔了搔头："只带丽华走？佟侯爷这是什么意思呀？"佟梓华翻了个白眼："还不是因为你没让我妹妹过上好日子……"

"你是不是跟阿玛胡说了些什么？"佟丽华质问。

"我？我可没这闲工夫跟阿玛嚼舌根！丽华，初五到码头，千万别忘了！"佟梓华说完话，扫了屋子一眼，转身离开。

哈岚瞧着佟梓华离开的背影，又抓了抓脑袋，疑惑地道："丽华！你该真不会跟你阿玛去日本吧？"佟丽华没有理会哈岚，扭头就走出了院子。

"丽华，丽华……"哈岚愣住，焦急地问解一半，"她还在生气呀？"

解一半若有所思地道："爷，我看您没事该多陪陪少奶奶去吃蛋糕……"

"蛋糕？"

"少奶奶说，嫁进咱哈府之后，就没吃过蛋糕了，我看她吃得挺有滋味的样子……"解一半话说至此，突然想起来自己还拎着蛋糕，急忙将手上的纸盒儿交给翠儿，"这给你……我吃不了，带回来给你吃。"

翠儿将蛋糕盒子接过来扔在桌上，心急如焚地道："哎，现在谁还有心思吃蛋糕，咱得想办法不让少奶奶去日本！她可是咱这个家的主心骨呀……爷您千万不能让少奶奶去呀！”

哈岚打了个冷颤，回屋裹起被子，闷闷不乐。

他心里仍然放心不下娄晓月，第二天一大早，急匆匆地赶到下天仙戏院，直奔大堂后台。

余班主见贝勒爷进来，热情招呼。哈岚客气地上前敷衍几句，便去化妆间找娄晓月。此时，娄晓月正对着镜子描眉、画鼻子，准备登台表演。哈岚见她好像并没有为跳河的事儿生气，心里踏实了许多，便将佟丽华要去日本的事儿说了。

娄晓月微微一怔，沉着脸儿道：“所以，你是不愿意让佟丽华去日本？”哈岚支支吾吾地道：“不管怎么说，丽华都是这个家的主心骨，她要是去了日本……”娄晓月站起身来，打断哈岚的话：“请问，您家里现在都有些什么人？”

“我家里？就剩下我、丽华、解一半、翠儿……”

“解一半、翠儿都是下人，你刚刚说佟丽华是这个家的主心骨，这意思就是她是你的主心骨……那我是什么？外人？”

哈岚慌忙摆手：“不不不，我不是这意思……”娄晓月逼问道：“那你是选了我？”哈岚张着嘴，哑口无言。娄晓月接着道，“我可不可以这样说，昨天你跳河，是怕我伤心难过，这才故意做给佟丽华看的？还是你心里早认定了她，怕她伤心难过，这才做给我看的？”

“不是不是！我是不想伤害你，我是做给丽华看的……”

“所以现在到底谁是你的主心骨？到底是她还是我？”

哈岚心慌意乱，急道：“我……我……晓月，我不能没有你呀！”娄晓月微微一笑：“既然如此，那你就让她去日本呀！让她跟她阿玛、额娘团圆不是很好吗？”哈岚顿时语塞，支支吾吾地道：“可是……可是我……”娄晓月遽然变脸：“还有可是？”哈岚吐了一口气：“哎，晓月，你不能这么逼我，知道吗？我家里家外都没亲人了，你真不能这么对我是不是，你现在就看我满纸荒唐言了，你不知道我这背后一把辛酸泪啊我！”娄晓月冷冷地道：“那你去问佟丽华呀，你这一把辛酸泪留给主心骨那儿哭去吧，我没工夫应付你！”

捡场的从前面跑过来，喊了一声：“娄老板，该您上台了……”

“晓月！”哈岚见娄晓月拂袖离开后台，急忙跟上去。

娄晓月转身呵斥：“不准跟着我！除非你确定选我，否则不准再来见我！”

天津码头。

岸边人群熙熙攘攘，车流拥挤。

路边停着黑头轿车，几个黑衣人焦急地张望人群。只见船舷的扶梯上，佟侯爷扶着佟福晋，后面跟着草弥先生，正随着下船的人流走过来。

佟梓华与孔雀兴奋地迎上去，身后的黑衣人接过了佟侯爷手中的行李。

“阿玛，额娘，草弥先生……一路还好吧。”

“你额娘有些晕船。”佟侯爷皱了皱眉。

孔雀急忙上前扶住了佟福晋，却与身旁的草弥意味深长地对视一眼。

佟侯爷瞧了瞧黑头车，道：“怎么就你自己？丽华呢？”佟梓华应道：“我也奇怪呢，我早跟她说过了，怎么现在还没来……”

父子二人正说着话，见远处的哈岚风风火火地跑过来，向众人挥手示意：“来了来了……”他跑到佟侯爷身边，立即行礼：”阿玛，额娘，小婿给您请安了……”

佟福晋问：“丽华呢？她怎么没来？”

“丽……丽华……”哈岚支支吾吾。

佟梓华瞪了他一眼，道：“该不是你俩又吵架了吧？”哈岚赶紧解释：“丽华她在家等着呢，起晚了，又收拾又打扮的，怕误了时辰，让我先来接你们！”

佟侯爷笑道：“那走吧，赶紧回家，你额娘都想死丽华了！”佟侯爷正欲上车，佟梓华知道瞒不过去，犹豫地拦住：“丽华她……没住在家里……”

“没住家里？什么意思？”佟侯爷愣住。

哈岚气哼哼地道：“我们被你这好儿子给撵出来啦！现在住在大杂院儿！”佟侯爷满脸惊讶，恶狠狠地瞪着佟梓华：“你就是这样照顾你妹妹的？”佟梓华百口莫辩：“不是……是他们自己……”

“不要说了，赶紧带我去看丽华！哈岚，带路！”佟侯爷挥了挥手，转身对佟福晋道，“你身体不舒服，就不要去了，先回去歇着吧。”

“我也要去看丽华……”佟福晋往前迈出一步，却感觉恶心欲吐，孔雀忙上去搀住。

佟侯爷皱眉道：“你这样子怎么去啊？还是先回去，我带丽华回家看你。”一旁的草弥低头吩咐黑衣人：“你们护送佟福晋回去，我跟侯爷一起去见佟格格。”佟梓华也交待孔雀：“那你陪额娘先回去休息，我们很快回来。”

佟侯爷回头看见孔雀，好奇地询问儿子：“这就是那个日本姑娘？”

孔雀点头行礼：“侯爷，我叫孔雀。”

佟侯爷打量了她一眼，转身上了佟梓华的车。而孔雀扶着佟福晋，上了另外一辆。哈岚伸手去打开车门，扭头冲着草弥翻了个白眼：“怎么哪儿都有你啊，你怎么也跟着回来了？”草弥笑道：“我有公事，没必要跟您解释吧？”

哈岚冷笑一声：“公事？假公济私吧。”

草弥露出尴尬的笑容，不知如何反驳，摇头坐在黑头轿车的前座，一行人径直驶往大杂院。

车子开到大杂院门外，牛大妈手上抱着一只大碗正在打面糊，看见门外这阵仗很是惊讶，转身回屋里喊道：“老伴，老伴……”

佟侯爷下车看见大杂院的样子，满脸愕然。哈岚指着院子：“阿玛，请……”他领着佟侯爷走进院内，佟侯爷稍稍迟疑，环顾四周，眉头结起疙瘩。

牛大爷被牛大妈叫出，挤在一边，大感疑惑：“这些都是些什么人呀？”牛大妈小声地道：“好像是哈爷的老丈人。”牛大爷瞪直眼睛：“这么气派？那要留他们吃饭吗？”

佟侯爷走进屋子，翠儿忙上前奉茶：“侯爷，您请喝茶……”佟侯爷点了点头，环顾四周，半晌没有说话。翠儿缓了缓呼吸，壮胆上前问，“侯爷，您该不会真想带走我们少奶奶吧？”佟侯爷的脸色微微一变，喝了一口茶。

“阿玛吉祥！”佟丽华走出房内，高兴地向佟侯爷施礼，她抬眼看见草弥，二人微微颔首示意，上前拉住佟侯爷的手，“阿玛，您这么快就到了……额娘呢？”佟侯爷瞧了瞧女儿的气色，叹道：“梓华没告诉你，我交代过让你来接我吗？”

“哥说了！可是一早我在忙着呢……哈岚不是去了吗？”

哈岚在旁赔着笑，佟侯爷却完全无视他的存在，一脸迷惑地问：“你……你们……怎么会住到这种地方来？”佟丽华没好气地道：“让我哥给逼的！”佟梓华急道：“阿玛！您别听丽华胡说。”佟丽华瞪了他一眼：“难道不是吗？”佟侯爷皱眉道：“你俩都不要吵了！我知道……就是为了密疏！”

屋子里的人听见佟侯爷的喊话，脸上都闪过一抹不自然，草弥假装若无其事地转过身去。佟丽华诧异地道：“我哥压着我去拿密疏的事儿，阿玛都知道了……”佟侯爷正色地道：“密疏跟我佟家无关！是皇上跟哈岚的事儿……梓华，从今以往，你不准再插手这件事儿。”佟梓华低声应道：“知道了。”

“丽华，你们现在都靠什么维生？”佟侯爷瞧了瞧屋子四周，一脸迷惑。

解一半抢白道：“卖酱肉！侯爷，我们卖酱肉就够过日子了……”佟侯爷望着女儿，脸色一沉：“格格跟着下人卖酱肉？成何体统？”佟丽华接口道：“阿玛！解大哥话说快了……我自己在外头也会接点翻译的工作……”佟侯爷摆了摆手：“都别再说了！丽华，我有事情要跟你谈……”

众人转身退出里屋，哈岚站在原处，身子不动，突然瞧见佟丽华用眼神暗示他，一时没有反应过来，讶异地道：“我也出去？”

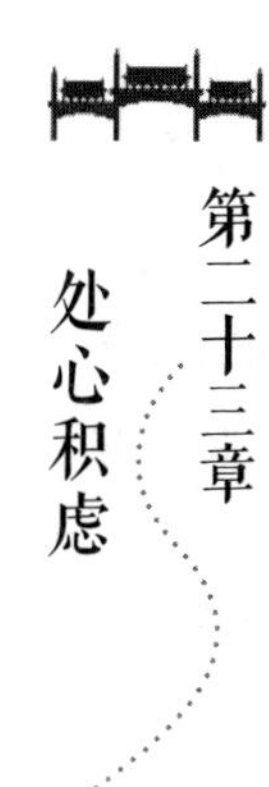

第二十三章 处心积虑

佟梓华领着草弥走到院子角落，瞧着四处无人，便向草弥回报天津的各项事务，说起岛田敏三遇刺的事儿，他语气相当谨慎：“……后来我们抓到一个叫唐恭的，就是他曝光了马俊杰的身份……大家都没想到，没想到那个琴师竟然会是间谍呢？这事真不赖我。”

草弥低头聆听，脸上的表情很冷静：“最少我们知道，国民政府现在也盯上了密疏……”佟梓华试探地道：“那个……日本政府对这密疏的态度……”草弥嘴角一扬，微笑道：“没有态度。”佟梓华大为诧异：“我以为你们也在找密疏。”

草弥点了点头，道：“我们当然也好奇。可是，如果密疏真的被我们找到，我们一样还是会交还给皇上的……这毕竟是大清皇族的宝贝！”

“是吗？”佟梓华目光闪动，显然不太相信。

“怎么，佟先生，难道您不是这样认为的吗？”草弥反问。

佟梓华一怔，颔首道：“当然当然，那可是我们老祖宗的宝贝呀！”

“你俩在说什么呢？我怎么听见你们在提密疏呐？”哈岚出了院子，人已走到二人身前。

“什么密疏？”草弥佯装不解，抬头望了佟梓华一眼。

佟梓华会意，皱眉道：“草弥先生刚才跟我说岛田先生的事儿……”哈岚瞪着草弥，没好气地道：“我说……草，他叫草弥？嘿嘿，你说这什么名字啊，哈哈，草弥，诶，您怎么不叫蚂蚱啊，干脆叫芥菜籽得了！草弥先生，今天是我们一家人团聚的日子，您在这里瞎掺和什么啊？到现在您还不走？”

草弥客气地道：“哈先生，我并不是你请的客人，只要等到了佟侯爷的吩咐，我自然会离开。”哈岚不悦地道：“呦，你还挺懂规矩，脸皮忒厚了。”草弥正色地道：“哈先生，请注意你的言辞，毕竟我们中日两国是一家人。”

“谁跟你一家人啊？我们家不缺人，我们家就缺儿子，缺孙子，您算哪一辈儿？”

佟梓华瞪着眼睛叫道：“哎？你干吗呢？”

哈岚嘿嘿一笑：“那你要是缺爹，你们就先聊着……”

这时，旁边的牛大爷上前笑呵呵地对哈岚说：“里面那位是如假包换的佟侯爷吧？真是气派呀，那个威仪和气度……”哈岚清了清嗓子，笑道：“您现在才知道……”牛大爷龇牙一笑，道：“可是您这位老丈人是不是不喜欢您呀？怎么他跟哈太太说话，不让您听呢？”

哈岚无言以对，瞬间变脸。

翠儿瞧见贝勒爷的脸色，立马上前推开牛大爷，热情地招呼：“牛大爷，走，这些事儿您就别问了，咱们该干吗干吗去！”

大杂院的里屋，佟丽华上前给佟侯爷敬茶，瞅了瞅阿玛的脸色，没敢吭声。

佟侯爷叹了一口气，道：“这个哈岚实在是太没出息了！竟然让你住在这种地方？哼！靠两个下人卖酱肉养活过日子，还在那儿趾高气扬的。”

“阿玛，您可别误会，其实我们日子过得挺好……哈岚他也定期帮几个古玩店的老板掌眼呢……”

“到现在你还在帮着他说话？我当时一听到哈王府出事，我就想让你立刻到东京来！没想到我写给你的信，都石沉大海……后来知道你们到天津，想着以梓华帮忙照应，没想到现在竟然搞成这样……”

佟丽华生气地道：“是我哥太贪心！他想着拿走密疏，转手赚一笔！”佟侯爷沉着脸儿，道：“你别转开话题！你哥那儿我自然会说他……我现在说的是你！丽华！这哈王爷、哈福晋没了，哈王府让人给烧了，这哈岚也等于就没依靠了……你说，跟着这样的男人，能有什么出息？你不如跟我一起回日本！”

“我不去。”佟丽华嘟起嘴。

“为什么不去？你堂堂一个日语系毕业的大学生，又有草弥的帮忙，你在日本有大把机会……”

佟丽华急道：“阿玛！我不想去，是因为我跟哈岚说好了，我们想重建哈王府！”

佟侯爷一呆，吃惊地道："重建王府？凭什么？凭你们卖酱肉？"佟丽华正色地道："阿玛！虽然王府给烧了，可是那地还在呀……只要地还在……"

"你是哪根筋不对了？到现在还想着这些异想天开的事儿？你别以为我不知道，那戏子也在天津！哈岚跟这戏子从来没有断过……"佟侯爷见女儿闭口不语，情绪异常激动，一跺脚，"净睁眼说瞎话！还重建哈王府？丽华，跟着这种男人过日子，有意思吗？你有必要费尽心思为了这种男人付出吗？"

佟丽华见佟侯爷扯开嗓门训斥她，不敢反驳，小声地道："晚上您留下吃饭吧，阿玛，我让哥去把额娘也接来，咱一家人今晚吃个团圆饭……"佟侯爷脸色铁青，皱眉道："不用了，我不想你额娘看见你过这种日子伤心。"

"那……好吧。您先坐着，我让解大哥去准备准备……"佟丽华走到院子外面，冲着解一半喊，"解大哥，今天我阿玛留在这里吃晚饭！"

哈岚"啊"的一声，心想我是巴不得他快点回去，你居然还留老爷子吃饭？佟梓华有些不悦，嘴里嘀咕："这阿玛心里到底在想什么呀？"

解一半拉着翠儿快步走进厨房，草弥转身对佟丽华说道："我有这个荣幸留下吗？"佟丽华闻言，并没有应声，只是微微一点头，草弥颔首致意，颇具绅士风度。

佟梓华从身上取出火机，热情地给草弥点上烟，小声地道："您打算什么时候回日本呢？"草弥正色地道："处理完樱花公馆的事，我就回去……"

"怎么处理？"佟梓华眼神闪烁。

草弥叹息道："岛田这个混账，让人以为这樱花公馆就是大烟馆、妓院、赌场……日本人的形象也因此严重受损……我眼下最重要的工作，除了重新整顿樱花公馆之外，还得让樱花公馆树立一个新的形象……我必须要让中国人知道，日本人也是有内涵的民族，让樱花公馆成为中日两国培养友谊的会所……"佟梓华试探地道："这工作不简单呀！可您又不能久留，势必得找人接手经营樱花公馆吧？您心里有人选了吗？"

"暂时还没有……要找一个合适的人，不容易呀。"草弥若有所思。

佟梓华突然笑了笑，殷切地道："要是实在不行，草弥先生，我可以来做这件事情……"

大杂院厨房。

解一半正在起锅炒菜，翠儿在一旁帮忙洗菜切酱肉。

草弥闻到香味，缓缓走到厨房门外，翠儿一转头看见草弥，上前询问：“您想要些什么吗？”草弥微笑道：“我就是听佟先生说，解师傅是个神厨，想来偷艺的……”

“那您看，您慢慢看。”翠儿爱搭不理地转过身，将灶台上的菜盘子和酱肉端到里屋的桌上。

哈岚与佟丽华招呼佟侯爷上桌吃饭，高兴地向佟侯爷解释道：“阿玛！您快试试这酱肘子……这可是我解大哥的拿手绝技呀！”

佟梓华点了点头：“阿玛！哈岚这话说得没错，您吃一块试试看……”他赶紧塞了一块酱肉放嘴里，草弥也好奇地夹了一块：“解师傅的手艺我是耳闻已久，让我也试试……”

佟丽华给佟侯爷夹菜，挑起一块鱼肉放在自己的碗里，耐心地将鱼刺挑出，然后放入哈岚身前的盘子里，柔声道：“没刺了……”哈岚一怔，心想佟丽华这是搞什么鬼？为什么故意要在老爷子面前装样子？他尴尬地笑了笑，夹起鱼肉故意吃得津津有味。

“阿玛！快试试解大哥的开水白菜……看看跟宫里的有什么不一样……”佟丽华说着话，扭头看见哈岚嘴边沾了酱肉的酱汁，急忙从身上去出手绢，悉心为他拭去。

哈岚实在是有些受宠若惊，恐慌地朝佟丽华摆手：“不用不用不用……”

佟梓华面色一寒，盯着他俩看。

佟丽华眼含笑意，淡淡地道：“我们哈岚是有点粗枝大叶的，可是他心眼特别好，特别善，连杀鸡都看不了……”佟梓华冷笑道：“他这么好吗？我怎么没看出来呀！我看你俩现在是王八看绿豆，看对眼了……”

“你在骂谁呢？你是王八呀，还是绿豆呀？”佟丽华大声回应。

佟侯爷紧皱眉头，不解地道：“你们两兄妹吃个饭也能吵架？”佟丽华缓了缓呼吸，夹起开水白菜，小心地放在哈岚碗里，平静地道：“你别只顾着吃肉，要多吃点菜……”哈岚如捣蒜般地点头，感觉他现在说什么都是多余的，一切全凭佟丽华一人做主就行了。

佟梓华翻了个白眼，伸出筷子夹起开水白菜：“让我也来试试呀……”他吃了几口，望着佟侯爷，“阿玛！这可比我们以前府里的厨子做的有滋味多了！”

“阿玛，你觉没觉着，有一种境界就叫‘开水白菜’，简单，可是它有内涵……这种简单不是一无所有的简单，而是洗净铅华后的真醇之味……”佟丽华轻声低叹道。

草弥面露赞许之色，颔首道：“佟格格说得真好，开水白菜的清淡，并不是贫乏空洞，而是繁华落尽后的简约。”佟丽华喃喃地道：“阿玛，其实生活并不需要波澜壮阔……”佟侯爷没好气地道：“我看你现在是拿吃苦当吃补！”佟梓华见阿玛发火，赶紧打圆场：

“阿玛！如果你嫌这里菜不好，不如这样，改天咱到樱花公馆去，我做东！请大家好好吃一顿。”

“那个乌烟瘴气的地方，有什么好去的？”佟丽华冷笑。

草弥微微躬身，正色地道：“佟格格，容我向您解释一下，我这次回来就是为了整顿樱花公馆。要不，改天我派车上门来请您亲自到樱花公馆去看看，我将如何改造这个乌烟瘴气的地方……”哈岚突然摇了摇头，脱口而出：“丽华，你千万别听他的！千万别去！”

“好，我听你的话，不去！”佟丽华莞尔一笑，故作深情地望着哈岚，伸手就握住了他的手。哈岚手指头一颤，身子立即僵住，脸上的笑容极不自然。

众人吃饱喝足，佟侯爷起身又叮嘱女儿几句，就与草弥离开大杂院，跟随佟梓华赶去了博爱路。

哈岚送别佟侯爷之后，转身回到院子，伸手想去拉佟丽华的手，却被佟丽华甩开。哈岚一脸疑惑，急道：“怎么了怎么了？这又是怎么了？你阿玛刚刚在的时候，你不是说跟我在一起很幸福？”

解一半与翠儿皆是一愣，站在一边不敢搭腔。

佟丽华冷冷地道：“你看不出来我刚刚那是在做戏吗？”哈岚皱眉道：“做戏？做什么戏？我知道我对不起你……可是你可以说呀！让你阿玛狠狠骂我一顿呀！你演一出家庭生活幸福美满的戏，有意思吗？”佟丽华没好气地道：“那你呢？你不也是在做戏？”

“我做什么戏？”

“你就是不肯从我跟娄晓月当中选一个，演了出跳河的好戏！你以为你这样就可以回避问题了，可是我告诉你，哈岚！你迟早还是要面对……我跟娄晓月，你迟早要做出选择！”佟丽华语落，气呼呼地走进院中。

翠儿忙上前劝哈岚：“爷！你别再犹豫啦！少奶奶为了您都已经做到这份上了，您就爽快点……”

“凭什么？凭什么我一定要选？我就不选！”哈岚对着屋内大声地喊，“我就看你们闹去！我就看你们能闹到什么时候！哼！”哈岚心里憋屈得很，语一说完，也转身就走。

解一半追出院子：“爷！您这是要去哪里？爷……”

哈岚头也不回，径直往街边跑去。

夜色洇暗，街道上行人渐少。哈岚一路闲逛，又走到了下天仙戏院。他听到大堂内的鼓掌喝彩声，心神不安地站在门外徘徊。门口的余家班弟子认出哈岚，热情地请他进去。

哈岚走到后台的化妆间，百般无聊地坐在桌前。等娄晓月演出完毕，看见哈岚一声不吭地坐着，她也没什么好脸色，坐到镜前开始卸妆："你这是决定要跟我一起走了吗？"

哈岚低头不语，一副闷闷不乐的样子。

娄晓月冷冷地又问："你不跟我走，那你来干什么？"哈岚低声道："今天……佟侯爷来家里吃饭。"娄晓月一怔，从镜中望了哈岚一眼："佟侯爷？他回来关我什么事？我现在只要你做一个决定！"哈岚无奈叹息："哎，晓月，这……这该怎么说呢？你也知道，我跟丽华结这个婚，根本也不是我俩的你情我愿，好歹人家总是把女儿交到了我手上……"

娄晓月凤眼一瞪，哈岚慌忙改口："哎哎哎……交到我哈家！"娄晓月继续卸妆，漠然道："你接着说。"

"从解神厨出事了，一直到现在，丽华为我哈家吧，也是尽心尽力，凭良心讲，我现在好多事情都离不了丽华……可我也没让人过上一天好日子，现在还得靠人家卖酱肉养活我俩……"

"丁宝，丁宝？"娄晓月突然扭头叫唤丁宝。

哈岚没明白过来娄晓月是什么用意，左右张望，看见丁宝跑进来，很不友好地瞪了他一眼，问娄晓月："师姐，找我有事？"

"把这人给我赶出去！"娄晓月指了指哈岚。

哈岚吃了一惊："晓月？你干吗？我话还没说完呢！"娄晓月态度坚决："你想好了该说什么再来找我！我没力气应付你！"哈岚急道："晓月！我就是想让你知道我的……"丁宝挥挥手，叫道："哎，爷！您就爽快点给句话，我师姐可是等不及了！"

"丁宝！你还在哪里胡说什么，还不快把人给我赶走？"娄晓月忽然起身。

丁宝无奈，拉住哈岚胳臂："爷！走吧！"哈岚拼命转身，嚷嚷道："晓月，你别这么狠心……晓月，我就只想跟你说句话……"

等丁宝将哈岚推出戏院门外，娄晓月气呼呼地将手里的胭脂水粉往镜子上扔去，粉末飞散开来，落得到处都是。丁宝有点担心："师姐，您没事吧？"娄晓月面色凝重，咬了咬牙："我没时间了……我得逼着他快点做出个决定才行！"

樱花公馆。

孔雀领着草弥进入大堂，两名浓妆艳抹的歌妓一眼看见草弥，立刻上前，站在左右两边拉住了草弥，一脸媚态："欢迎光临……"草弥脸色一变，突然粗暴地推开二人，用日语喊话："从现在开始，你们被解雇了！"

"解雇？我们可是岛田先生找来的……"两名歌妓面面相觑，不知道此人是什么身份，竟然敢说这样的话？

草弥面色凝重，冷冷地道："岛田已经被撤职了，你们现在就给我离开这里，而且永不录用！"

两名歌妓顿时傻眼，草弥转身望向孔雀，做手势示意继续往前走。

二人走到一间樱花公馆的包房，草弥双手一推门，见里面坐着一桌客人正在打牌，烟雾弥漫，笑声肆无忌惮。他快步走上前去，伸手一抹，将桌上所有的麻将牌都推到在地。

客人吓了一跳，怒道："你这是在干什么？"草弥冷峻的目光扫了众人一眼，正色地道："抱歉！从今天开始，樱花公馆由我做主，现在请你们离开……否则等警察来，大家都难看！"

他转身又走到另一处包间，推门进去，径直走到烟蹋上，抬脚踢翻了烟壶和水杯。点烟的服务生吓得躲到一旁，而正在抽着大烟的张平生，颤颤巍巍地爬起来，满眼迷惑地望着草弥："这……这是怎么回事……"

"谁让你在这里抽大烟的？"草弥质问道。

"谁……谁……"张平生有些语无伦次，服务生早已抱头逃窜。他抬头瞧见孔雀站在门外冷眼旁观，微微一怔，慌忙起身跑出了包间。

草弥气愤地道："你看看……就是这些人，让中国人误会我们日本人就是不务正业、游手好闲的浪人……咱们日本接受中国文化的影响，其实应该也有着自己的内涵……"孔雀恭敬地颔首道："您把这些客人都赶走了，这樱花公馆不就要歇业了？"草弥的态度刚毅果决："不！我要让樱花公馆在最短的时间里重新开业！"

孔雀被草弥的眼神震撼，面露欣喜之色。

她带草弥来到包间，桌前早已摆好各式日本料理。

草弥盘膝而坐，抬头望着孔雀："你也坐下吧，有好多事情要跟你交流一下。"孔雀久未见到主人，掩饰不住内心的激动，她面色红润，微笑着给草弥斟酒："先生虽然只走了三个月，可对我来说却度日如年。”草弥淡淡地道：“你在佟府还好吧？佟梓华对你怎么样？”孔雀抿了抿嘴唇，眼神充满哀怨：“他……还好。就是偶尔会动手动脚，不过并没有强迫我……”草弥苦笑道：“这个花花公子……”

“先生，我明天就搬到家里去吧，您刚回来，一定需要好好打扫。”

“你还是留在佟府吧。”草弥沉吟道。

“可是先生……”

草弥摆手打断她的话，肃然道：“佟梓华身边需要有人辅佐……密疏也还没有找到。”孔雀心事重重地道：“我那天跟着佟丽华，只见她在街上转了一圈，又去了樱花公馆。后来才知道，是佟梓华和岛田假传圣旨，被佟丽华识破了……”草弥冷哼道：“两个蠢货！要不是他们急于求成，就能够查到密疏的藏匿地点了。如今打草惊蛇，除非使用非常手段，否则很难再查到线索了。”孔雀若有所思地道：“哈岚曾经说过把密疏留在佟府了，可佟梓华仔细翻找过，并没有发现。”

“哈岚这人很聪明，说的话也真真假假，并不可靠。”草弥微微一笑，望了孔雀一眼，“你帮我好好看着佟梓华，别再让他干出什么蠢事。”

“先生，我这算是特务吗？”孔雀的神情有些犹豫。

草弥目光闪动，道：“不，你不是，你只是在帮我做事。”孔雀低着头，小声地道：“只要是为先生，无论什么事，我都愿意做……”草弥颔首示意，表示感谢：“难为你了。”孔雀咬了咬嘴唇，道：“可是先生……我什么时候才能回到您的身边？”草弥叹道：“其实，我也很需要你，你不在，好多文件账目都混乱不堪，可不行啊，你在佟府更重要。”

“实在不行，您还是叫我回来吧，我不习惯他们勾心斗角的生活。”

草弥微微一笑，道：“佟梓华人虽然笨点，但看得出来他喜欢你。你要是从了他，也未尝不是一件美事……”孔雀暗自一惊：“先生！”草弥缓缓地道：“只要你愿意，我可以让他娶你。”孔雀呆呆地望着草弥，内心似乎是在挣扎犹豫，微微一抬头，语气却十分坚定：“我不愿意。”

天津梓府。

娄晓月与丁宝二人焦急不安地等在门外，门房跑进客厅去通知孔雀，手指着院子说：“有人要见佟侯爷。”

“什么人还得让我亲自接见……”孔雀心情不佳，走到门外一看正是娄晓月，“怎么又是你？”

娄晓月急切地道：“请问佟侯爷在吗？我要找他……请您向侯爷通报一声，我有很重要的事情要跟他说……”孔雀满脸不屑的表情：“娄晓月，你一个唱戏的，竟然明目张胆上门要见我家侯爷？”娄晓月忍住脾气，道：“我真是有急事要向他禀报……”

“我们王爷不在，你请回吧！”

“我知道他在里面。”

“就算在也不会见你！”孔雀态度冷漠，转身向门房交代，“以后这种人你自己打发走就好，别劳师动众的……”

门房慌忙点头应是，娄晓月终于没忍住，气得拍着大门大喊：“你算什么东西！让我进去，我要见侯爷！”门房喝止道：“干什么干什么呢！再闹我叫警察了！”丁宝上前拉住娄晓月：“师姐！走吧，咱先回去商量看怎么办吧，佟侯爷不会见您的！”

娄晓月仍然不死心，甩开丁宝的手：“你先回去吧！我还想等等……丁宝急道：“等？您怎么等？再说了，您要等到什么时候？师姐！当我求您了，您肚子里还有一个呐，要是有个什么闪失……”

“我不能再等了！佟侯爷现在是我唯一的希望……”

此时，佟府大门打开，一辆黑头车从里面出来。娄晓月隔着车窗瞧见佟侯爷坐在里面，微微一愣：“佟侯爷？那是佟侯爷吗？”她拔腿追上去，丁宝慌忙紧跟：“师姐，等等我！师姐……”

二人喊上人力车，一路跟着黑头轿车，来到了平原理发馆附近的街道。

路口拉起了警戒线，数名警察在警戒线旁守着，不让四处围观百姓越线。

娄晓月与丁宝挤在人群中，探头探脑地看着。丁宝有些犹豫：“师姐，这么多警察在这里，咱没办法见到侯爷吧？”娄晓月正色地道：“见不到也要等，我就不相信我没机会……”

此时，平原理发馆内，理发师正在为溥仪理发，门口站着几名身穿便服的侍卫和小太监。佟侯爷快步进入大堂，慌忙向溥仪跪叩行礼：“参见皇上……

“起来。”溥仪语气冷漠，直视着镜子，对理发师说，“这里帮朕修一下……”

佟侯爷起身，毕恭毕敬地站在一边：“皇上，卑职这次来天津觐见您，是为了天皇……”溥仪指着头发吩咐理发师：“还有这里……这里，别太短！”佟侯爷见溥仪心不在焉，有些尴尬地道：“现在天皇最重要的事，就是想跟皇上您确定……”

“说到底就是日本人想跟我合作是吧？”溥仪淡淡一笑，又对理发师说，“这里短点，另一边长点……”

理发师恭敬地道：“皇上是想旁分呀！”溥仪微微颔首：“每次都中分，今天想换换口味。”佟侯爷在一旁察言观色，内心有些焦虑：“皇上，天皇开出的条件十分优渥……”溥仪缓了一口气，道：“那你说，日本人可靠吗？”佟侯爷低头道：“依卑职的判断，他们的确非常有诚意……”

理发师举起小镜子，手指抓了一个头形，请溥仪过目：“皇上，您看这样行吗？”溥仪瞧了瞧镜子，满意地点点头，忽然冷笑了一声：“你说的那些事儿我不感兴趣……我倒是有件事情想问问你，你这个家是怎么当的呀！尤其是你那个儿子佟梓华，整天鸡飞狗跳……”

佟侯爷心里一惊，急忙跪下：“皇上恕罪，卑职教子无方……”

溥仪转过身来，看见佟侯爷的头发有些紊乱，喊了一声：“师傅！把他那个脑袋给朕收拾收拾……”。

“皇上？用不着，用不着……”佟侯爷吓一跳，伸起双手护住头发。

理发师一手拿着梳子、一手拿着剪子，笑眯眯地走上前来，将佟侯爷按在椅子上：“侯爷，对不住啦！您千万别乱动。”他开始利落地帮佟侯爷剃头。

溥仪若有所思地道：“你不在家这段时间呀，你家里可是出了不少事……我上次见到佟梓华，他让人打成烂酸梨，竟不知道谁打的他，也不知道为什么打他？”

“这……”佟侯爷一怔，脑袋又不敢晃动。

“还有您女儿女婿，抱着老祖宗的宝贝，说要给我送回来……到现在也没个影！”

佟侯爷苦着脸儿，急道：“这哈岚糊涂，到现在还没把这事儿办好……一会儿我回去就让他把宝贝送交给皇上……皇上息怒，皇上息怒！”溥仪正色地道：“朕没发脾气！你们别一个两个都弄得朕好像天天不高兴……我就是闹不明白，您到底是怎么教的孩子……”

理发师将佟侯爷的头发收拾干净，道：“回禀皇上，这头发，做好了……”

溥仪瞧了瞧佟侯爷的脑袋，似乎很满意：“可以……朕有点饿了，回去了。”他语说完，转头往门口走去。身旁的小太监忙喊：“皇上起驾还宫！”

佟侯爷上前几步，仍然跪在地上：“皇上，皇上……”溥仪皱眉问道：“还有事吗？”佟侯爷急切地道：“请皇上告诉奴才，我回去怎么跟日本人说？”溥仪略作思索，挥了挥手：“你回去等信吧！”

“恭送皇上……”佟侯爷稍稍宽心，低头叩拜。

溥仪一走出理发馆，街上的人群就开始骚动。他骑上自行车，身后数名侍卫随身紧跟其后。娄晓月隔着警戒线，终于看见佟侯爷从理发馆出来，拼命往前挤，大声呼喊："侯爷，佟侯爷……"

佟侯爷并没有听见，一言不发地打开车门，黑头轿车转了个弯，正好经过娄晓月站着的街道。娄晓月一把推开警察，挤出人群激动地喊："佟侯爷，等等我！"丁宝慌忙追上去："师姐，小心啊！师姐……"

娄晓月等黑头轿车驶到面前，直接就往车头上撞过去。

黑头车立即熄火，车内的佟侯爷愣住，皱眉道："快下去看看人有没有事儿……"司机下车，正要询问娄晓月时，只见娄晓月奋力推开司机，奔上前来拍打佟侯爷的车窗："佟侯爷，我是娄晓月，我有很重要的事儿要跟您说……"佟侯爷瞧见娄晓月的模样，愕然道："娄晓月？你就是那个戏子？"

"我有件关乎您女儿一生幸福的事情，要跟您说……"

佟侯爷脸色大变，打量了娄晓月一眼，低声吩咐前座的黑衣人几句。

那黑衣人下车，示意黑头轿车先行驶离，转身对娄晓月说："侯爷吩咐，领你去前面的蛋糕店说话。"

娄晓月大喜，跟着黑衣人来到了皇冠蛋糕店。

佟侯爷神情倨傲地坐在大堂里，服务生端上英国茶和蛋糕，放在他桌前。

娄晓月进了蛋糕店，拉开佟侯爷对面的椅子，大咧咧地坐下："让侯爷跟一个戏子平起平坐，真是委屈您了……"佟侯爷望着娄晓月，脸上流露出不屑的表情。他见娄晓月伸手去端茶喝，忍不住开口训斥："放肆！"

娄晓月放下茶杯，恭敬地道："请侯爷为了女儿，暂时委屈一下，听我把话说完……"佟侯爷冷冷地道："也好，我就跟你把话说清楚了，不管你怎么勾引哈岚，他最终还是丽华的丈夫，这是改变不了的事实！"娄晓月抢白道："侯爷，看来您完全搞错了！今天，不是我在勾引您女儿的丈夫，而是您的女儿抢了我的丈夫！"

"混账！你是什么人？竟然敢说这种话？"佟侯爷一拍桌子，瞪起眼睛。

娄晓月并不惊惶，不紧不慢地道："我不仅敢说，我还要求您的女儿现在就离开哈岚！"佟侯爷怒道："你这个戏子……你这个破坏我女儿幸福的人，竟然无法无天到这种地步！"娄晓月傲然道："谁破坏谁的幸福现在还不知道，那天我跟您女儿要哈岚从我两个人中间选一个，哈岚竟然跳河了……这就证明了他心里有我，否则他不会跳河！"

“跳河？他跳河就说明哈岚心里没有你！否则他当场就会带你走了！你还能站在我面前大放厥词吗？你信不信我弄死你！”

娄晓月嘴角微微一扬，道：“您要弄死我绝对不是件难事！可是，我希望您弄死我之前，先去问问哈岚，我在这里说的每句话，但凡有一句谎话，不用您动手，我娄晓月自己先了结自己！”佟侯爷怔住：“我这辈子……见过这么多人，我还真没见过一个比你更不要脸的……”

“我不要脸？您的女儿贵为格格横刀夺爱，就是合情合理了？”

佟侯爷突然冷笑：“你一个戏子有什么能耐？更可笑的是，你以为你傍上的是什么人？不过就是个哈岚……”娄晓月面不改色：“哈岚在您眼里或许不是个男人，可他却是我的天、我的地，他是我肚子里孩子的爸爸！”

“你……你说什么？”佟侯爷闻言吃惊，瞪大了眼睛望着娄晓月。

第二十四章 两处闲愁

"我有了哈岚的孩子！"

"我……我明白了，你仗着自己有了哈家骨血，就到我面前来耀武扬威来了，你……你……你这个……"佟侯爷的情绪有些激动。

"我什么？我这个下贱的戏子吗？一个下贱的戏子难道就不能跟自己所爱的男人有孩子？侯爷您贵为皇族，我贱为戏子，但是爱却不分贵贱……而且您比谁都清楚，当初哈岚去求皇上是为我和他指婚，而不是佟丽华！侯爷！我就问您一句，就凭我肚子里的孩子，我现在有没有本事让你们皇族脸上无光，让祖上蒙羞……"

佟侯爷吃惊地盯着娄晓月看，突然摇头苦笑："有本事……有本事……娄晓月！你比我想象的有本事多了……我知道，这事儿不怪你！这一切都是哈岚的错！"

娄晓月见佟侯爷说话的语气稍为缓和，深深叹了一口气："这不是哈岚的错……"佟侯爷一脸迷惑："他弄大了你的肚子，还说没错？"娄晓月咬着牙道："他没错，我跟他是两情相悦……"

"可是丽华是他哈家明媒正娶！"佟侯爷一拍桌子。

"但哈岚从来没跟佟丽华同房过……"

"你胡说！"佟侯爷大声呵斥。

娄晓月据理力争："这是哈岚亲口告诉我的！否则，我怎么会跟他……跟他……"佟侯爷一张老脸已经涨得通红："我不信！"娄晓月抬起头，皱眉道："你要真认为我胡说，您不妨自己去问问您的女儿。"

佟侯爷伸手取起蛋糕叉，将蛋糕给压烂了。此时他虽然气愤，但也确信娄晓月说的是事实，激动地道："哈……哈岚！实在是太可恶了……你以为你跟了哈岚，就真能过上好日子！"娄晓月缓缓地道："当然不能！我从小就认识哈岚，他就是个怂人，可是世上无完人，试问，这世上有多少女人，能像我一样，能遇到一个如此钟情于自己的男人？为了保护自己的感情，不愿意跟自己不喜欢的女人上床……佟侯爷，我能够将自己托付给这样的男人，我值了！"

"那还真是恭喜你呀！像你这样的戏子，竟然也能得到真感情……真是……不容易呀！"佟侯爷冷笑嘲讽。

"您笑我也好、骂我也罢，我都不在乎！我今天来，就想向您把哈岚给要回来！把我孩子的爸爸给要回来！"

佟侯爷神情一震，诧异道："哈岚居然还不知道这个事情？"娄晓月喃喃地道："我从没想过用孩子来威胁他。"佟侯爷斜着眼睛，漠然道："可是哈岚还是没有跟你走呀，不是吗？"

"都是因为佟丽华！我是能等哈岚，可是我肚子里这孩子已经等不了了……否则我也不会来找您！"娄晓月猝然起身。

佟侯爷怔怔地望住娄晓月，伸手端起茶杯喝了一口茶，沉吟道："娄晓月，你非常聪明，也很清楚自己要的是什么……你放心，丽华会跟我走的。"

娄晓月闻言惊喜，眼神之中充满了期待。

佟侯爷慎重地道："但是我要你保守秘密，在你跟哈岚双宿双飞之前，不能让任何人知道你肚子里有了哈岚的孩子……否则，我绝对不会放过你！"

娄晓月点了点头，嘴角泛起了一抹微笑。只要佟侯爷答应，这事儿就有盼头，只要能与哈岚在一起，任何秘密她都能坚守。她向佟侯爷告辞，走出了蛋糕店，觉得自己脚步轻松，浑身舒畅。丁宝瞧见娄晓月出来，急忙上前询问："师姐！怎么样了？侯爷怎么说？"娄晓月脸上写满了自信的笑容："丁宝，你可以回北平了。"丁宝吓了一跳："啊？我回北平？那你呢？"

"我留在这里，我终于能够跟哈岚团圆了！"

"真的吗？侯爷……侯爷他答应你了？"丁宝欣喜万分。

娄晓月轻叹一声："你回去就跟我爸爸说，我一切都好，没事了。"丁宝笑道："不如让班主来天津，你跟哈爷团聚，总是得好好热闹一下！"娄晓月摇了摇头："这事还是别太招摇，等孩子出生，我会跟哈岚一起回北平的。到那时木已成舟……我爸爸也就不好再说什么了。”

丁宝哈哈大笑：“也是也是……”娄晓月眨了眨眼睛：“走！在你回去之前，请你吃狗不理去！”

天津大杂院。

一大早，佟侯爷就派车来接佟丽华去梓府。

佟丽华从屋子里出来，哈岚紧跟在后面打开车门，也想上车，却被司机一把拉住：“侯爷只吩咐请格格回去……”哈岚愣住，见司机关上车门，就开始拍打车窗：“为什么不让我去？丽华！上次不是已经没事了吗？为什么这次不让我去？”

佟丽华却不搭理，示意司机开车。

黑头轿车启动离开，哈岚气呼呼地直跺脚，晃着脑袋回到院子。解一半上前劝说：“爷，您老这样犹豫不定的，怪不得少奶奶……到底，您是喜欢少奶奶多一些，还是那个娄晓月……”

“我现在是两边都有，可也是两边都没有……”哈岚有些语无伦次。

“什么意思？您两个都喜欢呀？爷，您也……太贪心了吧！”

哈岚翻了个白眼，道：“我贪心？你看我现在这个怂样是贪心吗？”解一半龇牙道：“那您……您还跳河呢……这不是两个都想要，摆不平吗？”哈岚气呼呼地道：“错！我跳河那是因为我觉着累！什么摆不平，你才摆不平呢！哼，快去买你的猪肉回来做酱肉……我要吃！”

他生气地转回屋里，解一半无奈地摇摇头，走出院子。

这时候，佟丽华已经来到了天津梓府，径直去客厅给佟侯爷请安：“阿玛，怎么突然派人接我回来，发生什么事了吗？”佟侯爷点了点头，正色地道：“跟我去东京吧！”佟丽华奇怪地道：“阿玛，我以为这事儿我们已经说好了不是吗？”佟侯爷板着脸儿：“谁跟你说好了？从头到尾就是你一个人在那里自说自话……”

“我跟哈岚过得很好，虽然没有以前哈家的优渥……”

“你还在那里睁眼说瞎话！”佟侯爷扯大了嗓门，“你还想骗我骗到什么时候？”

佟丽华闻言怔住，不明话意：“阿玛！您越说我越不明白了，您那天不是都看见了，我跟哈岚……”佟侯爷怒道：“你那天根本就是在做戏！你以为我看不出来吗？”

“阿玛！您要这么说，咱俩就没办法继续谈下去了……”佟丽华无奈轻叹，转身想离开，“我还是先回去了……”

“你到现在都还没和哈岚同房！”佟侯爷气得直跳脚。

佟丽华脸色微微一变，停下了脚步。佟侯爷迎上前去，望着佟丽华双眼，追问：“你到底有没有跟哈岚同房？”佟丽华垂下了头，低声地道：“这是我跟哈岚的私事儿……”佟侯爷望着女儿，情绪激动：“你老实告诉我，这是不是真的？是不是？这个男人，是不是从来没当你是哈家的少奶奶！也没当你是他的妻子！”

佟丽华身子僵硬，脚步再也迈不开，她脑子里拼命搜寻原因，仍然想将此事搪塞过去：“这又是谁在乱造谣？”佟侯爷眼眶通红，悲戚地道：“你们结婚都多久了？为什么到现在你的肚子还一点动静都没有？哈岚还成天往下天仙跑？丽华啊！你在委屈求全什么？就为一个哈岚你值得吗？你在这里隐忍吞声，可是他每天跟别的女人唱戏作乐，丽华，你怎么受得住呀？”

佟丽华的眼角渗出泪水，心如刀绞。

佟侯爷愤愤地又道：“什么开水白菜！什么幸福？丽华！你根本不是个会拿手绢为人擦嘴的人呀！我的丽华是会为了一句诗词跟我据理力争……我就问你一句，我那个喜欢喝下午茶、吃玉子烧的女儿到底到哪儿去了？”佟丽华终于忍不住心里的委屈，突然大声痛哭，扑进佟侯爷怀中：“阿玛，阿玛……我让他从我跟娄晓月当中选一个，可是……可是他跳河了……他……”

“哼！他怎么没给淹死呐？不哭，不哭……”佟侯爷轻拍着哭倒在自己怀中的佟丽华，柔声安慰，“当初哈岚入狱，我就应该退婚……唉！都是我害了你呀！让你嫁给哈岚，这是阿玛这辈子最错误的决定……这个婚姻毁了你呀，丽华！可你现在还年轻，你这样过下去，什么时候才是个头呀？既然知道错了，咱们……咱们就此打住好吗？”

“可是……可是……这个男人当初也是我自己要的呀！您让我现在走……那我不是认输吗？”佟丽华轻声哭泣。

“你输了什么？输的是他！今天是他配不起我佟家！你真以为这男人还有救吗？”

“他没救了……可是，他对我是真的好……我……我……”佟丽华说不出话来，只想将一肚子的冤屈尽数向父亲倾吐。

佟侯爷叹息道：“好！就算这男人还有救，那也没关系。你跟他分开一段时间，让时间来考验他……我们就来看看，他会不会回过头来争取你，好吗？”

此时，佟福晋走进客厅，瞧见女儿哭得如此伤心，心里又疑惑又担心：“丽华这是怎么啦？”佟侯爷慎重地道：“丽华刚刚决定跟我们一起回日本！”佟福晋虽然高兴，却仍然有些担心："真的吗？可是……可是……"

佟侯爷摇摇头，向佟福晋使了个眼色，示意她别再问下去："你快让人去准备一下了，咱初五就走！皇上派人传来了信，让我送去给天皇……"

"初五？那没几天啦！我这就去安排……"佟福晋会意，转身离开。

佟侯爷长叹一声，轻声安慰佟丽华："女儿啊，等到了日本……阿玛保证，你很快就会忘记这一切！"

等佟丽华回到大杂院，一屋子人坐在一起吃饭，谁也不先开口说话，气氛安静得有点儿吓人。哈岚夹起一筷子菜，想放到佟丽华的碗里，不料佟丽华冷冰冰地推开碗，哈岚筷子上的菜顿时散落在桌上。

"丽华……你这是怎么了？"哈岚皱了皱眉头。

翠儿见气氛不对，慌忙起身找抹布擦拭桌面："没事没事，我擦擦就好！"

哈岚疑惑地望着佟丽华，问道："今天回去阿玛都跟你说了些什么呀？"佟丽华吃完饭，轻轻地放下碗，缓缓道："跟大家说一声，我初五跟我阿玛去东京，明天我哥的车会来接我……"

众人闻言皆是满脸惊愕，哈岚忽然觉得心口一痛，失声道："你……你今天去见你阿玛，就是为这事儿？"

解一半与翠儿听见贝勒爷说话的声音在发抖，紧张地看着哈岚。

佟丽华默然不语，起身往房间走去。哈岚"啪"的一声，将饭碗重重地往桌子上一放，喝道："不准去！"佟丽华冷漠地道："我决定了，没办法更改。"翠儿急得快哭出来："少奶奶您真不能去日本……您去了，这个家就散了！"佟丽华淡淡地道："我不去，这个家也不成家了……"

"爷！您还杵在那儿干什么？快把少奶奶留下来呀！"解一半推了推哈岚。

"我……我……"哈岚一时没了主意。

佟丽华望着哈岚，眼神里有些期待，也有少许失望，转身进了屋。

翠儿与解一半硬推着哈岚进去："您快进去，快进去，一定要让少奶奶留下！"

哈岚被推进了房内，不知所措地看着正在收拾行李的佟丽华："丽华，你别走吧！我错了我错了……这还不行吗？"佟丽华头也不抬，冷冷地道："不是你的错，是我的错！"哈岚一怔："你错了？"佟丽华将手中的衣裳一丢，正色地道："对！我错了！是我让你太为难了。”哈岚苦笑道：“哎，你说的是跳河那件事吧？丽华，你看，如果我选了晓月，你肯定会生气，可我选了你，晓月又……”

“所以我才说我错了。我错在误会你把我俩之间那纸婚约当回事……我错在相信你最起码还知道给我这个结发妻子、我这个原配，一点点尊重……我错在天真地认为，在我们历经这么多磨难之后，你会认定我才是你生命里最重要的个人。可是你，竟然到头来，竟然跳河了！哈岚，你今天如果选了娄晓月，我起码还能相信你是个男人！是个有肩膀的男人……可是你……”

哈岚瞠目结舌地道：“我，我只是不想伤害人，这也错了吗？”佟丽华点了点头：“你是善良的，所以是我的错！”

“那我问你，如果你是我，你会选谁？”

“你以为我没想过吗？我知道你跟娄晓月十几年的感情，可我就是半路杀出来的程咬金，我错在相信一纸婚约就能绑住你！所以我说我错了，这样还不行吗？”

“你……你……你真要让我去跟晓月开这口？你才……才愿意留下吗？”

“不，我仔细想想，没有娄晓月，我们也未必能走到最后！”

“什么意思？”

“我喜欢吃玉子烧，我喜欢喝下午茶，我喜欢逛街压马路……可这些你都不喜欢！你喜欢听戏，你喜欢逛古玩店，我们就是南辕北辙的人……”佟丽华转过身来，眼眶中含着晶莹的眼花，“哈岚，我想通了，放了你，就是放过我自己！我也不想老是逼你，更不想让你看见我就害怕……”

她说到最后，声音已有些哽咽。她转过脸继续收拾东西，不愿意让哈岚看到她眼眶中的泪水，拎起行李，走出门外。

哈岚望着佟丽华离去的背影，硬挤出一句：“丽华，那你走了我怎么办？”

“你可以去找娄晓月，问问她，你该怎么办。”佟丽华的态度很坚决。

等候在院子外面的司机，走过来将她手中的行李抬上车。

翠儿上前拉着佟丽华的手，哀求道：“少奶奶！为什么走呀？您这一走，爷就不成了，我跟一半也不成了……您行行好，别走了！”佟丽华蹙眉道：“翠儿，这样下去不是个办法，总是要有人来做出个决定……”

解一半也忍不住了，上来劝说：“少奶奶！爷只是拉不下这个脸，他虽然是跳河了，可是……可是他还是待在这个家里……”翠儿连连点头：“对对对，爷选的就是您！如果他不选您，他早走了！”

佟丽华摇头轻叹："他只是逃避！这不是选择……解大哥！现在密疏藏在我哥那里，很安全，我阿玛也说了，不让我哥再掺和这件事情，我认为一动不如一静，到时候我再通知你来取密疏……"

"少奶奶，爷的事儿比密疏重要多了！您不在，爷不成的……"解一半的神情有些沮丧。

佟丽华淡淡一笑，道："其实你们都多虑了，这个家过去没有我，也是姓哈，现在没有我，还是姓哈……有没有我，其实都一样的。"她话说完，转身开车门上车。

"少奶奶，您别走，别走……"翠儿急得直跺脚，冲着里屋大喊，"爷！你出来呀！你快出来留下少奶奶……爷啊！"

翠儿的叫喊声从窗外传进来，哈岚却躺在炕上滚来滚去，嘴里兴奋地欢唱："我滚来滚去……我滚来又滚去……我滚我滚我滚滚滚……"他滚到床炕中间，趴着身子，头朝下一动不动地呆望着地面，眼角突然出现一滴泪水，悄悄地滑落，他竟捂着嘴巴，低声抽泣起来。

下天仙戏院大堂。

这日，台上的娄晓月正在唱《虹霓关》中的段落：东方氏与王伯党对阵。而台下的观众席中，出现佟丽华的身影，正悄悄地走到角落找了个位置。

佟丽华目光闪动，看见舞台上娄晓月扮演的"东方氏"咬着绣球演出，露出满脸赞叹的表情，对娄晓月的完美唱腔暗暗歆慕。

台下的观众满场喝彩，哈岚坐在大堂上也情不自禁地大声鼓掌叫好。兴奋之余猛一转头，赫然发现佟丽华坐在角落看戏，神情一震，立即闭上了嘴巴。

此时，台上的"东方氏"睡在帐内，"王伯党"持剑走向帐子，掀帐刺剑："看剑！"东方氏托住了王伯党的手腕，出帐惊问："郎君，你这是何意？"

"好贱人！"王伯党以西皮快板唱："一见贱人心头恼，不由俺心中怒火烧，深仇大恨你不报，一心妄想把亲招，伯党本是英雄汉，管叫你今夜命难逃。"王伯党一剑刺向东方氏……观众起立鼓掌，坐在角落的佟丽华却是一言不发，失神落魄地凝视着戏台。

曲终人散，佟丽华却并未离开，她瞧了瞧哈岚，心事重重地走到后台。

"佟格格？"娄晓月无意之中看见佟丽华，大感惊奇。而哈岚站在观众席上，鼻孔朝上，眼神闪躲。三个人呆呆地站在原地，脸上的笑容尴尬无比。

夜晚的小河边微风拂面，三人旧地重游。

哈岚站在桥头，娄晓月与佟丽华各自站在他身侧，三个人同时望向河面倒映的月光。

“没想到你们两个今晚都会来看戏……”娄晓月忍不住先开口了。

哈岚佯装很轻松的样子，笑道：“我也没想到，丽华……丽华会突然出现！嘿嘿，丽华，这戏散了……咱是不是该早点回去了？”佟丽华并没有理会哈岚，抬头打量了娄晓月一眼，突然问道：“娄晓月，你唱了这么多年的‘虹霓关’，你知不知道这唱的是一个什么故事？”

“这不就是个负心汉杀了一个爱他的女人的故事吗？你没看明白吗？”娄晓月诧异地反问。

佟丽华轻叹一声：“王伯党要只是个负心汉，那也还好，可他却是个不折不扣、自私自利的小人……”

哈岚听出她这是在指桑骂槐，耳根一红，打了个喷嚏。

“他久攻不下虹霓关，利用镇守虹霓关的东方氏对他一见钟情的情意，佯装与东方氏双宿双飞，却在大婚之夜杀了东方氏……王伯党为达目的不择手段，用负心、狠心都已经无法形容这个男人的恶劣行径……”

哈岚听佟丽华说得煞有介事，有点忍不住了：“丽华，咱也别太较真！这是戏呀……”娄晓月点头道：“是呀！再说了，听说上海那边有戏班子把结局改成了，王伯党跟东方氏双宿双飞！”

“哈岚，如果你是王伯党，你会杀死东方氏吗？”佟丽华冷不防问了一句。

哈岚脸色一变，支支吾吾地道：“这……我哪能呀！我见了血就晕……”

娄晓月眨了眨眼睛，她明白过来佟丽华是话中有话，皱眉道：“哈岚要能是王伯党，今日我们三个还能一起站在这儿吗？哈岚最重的就是情分，他宁愿自己吃亏，也不愿意别人受苦……再说了，一个巴掌拍不响，王伯党杀死了东方氏的夫婿辛文礼，东方氏却又看上王伯党，你能全怪在王伯党一个人头上吗？照我说，是东方氏自己作死，她被王伯党杀害，死有余辜！”

佟丽华冷冷地道：“我问的是哈岚！若你今天是王伯党，你杀了东方氏的夫婿，还有脸跟人家的妻子有染，然后再杀了人家吗？”哈岚怔住：“那是戏……你别往咱身上扯！那那那……王伯党，不就是为了想要得到虹霓关嘛！”

“难道王伯党与东方氏在战场上就不可能相杀而相惜，因为相惜而相爱，难道就不能有真感情？你们敢说王伯党敢跟东方氏成亲，是对东方氏没感情吗？哈岚，我俩结婚到现在……难道你对我一点感情都没有？”

“丽华，咱……咱不是在说戏吗？你扯到我们身上干什么？”

“我就问你有没有？”佟丽华逼问。

哈岚无奈地道：“那就算是有感情，现实就是现实……王伯党不择手段也得拿下虹霓关……”佟丽华咬了咬牙，道：“我若是东方氏，肯定先杀了王伯党！”

哈岚与娄晓月闻言皆是一愣，耐心劝说：“丽华，王伯党也好、东方氏也好，都是假的……都是人家瞎编出来的……”

“可是人生如戏，戏如人生……没有这样的人生，又怎么会生出这样的戏？”

“就算是真的，这天下也只有一个东方氏、一个王伯党吧？跟咱有什么相关？”

“那你说，我们三个这出戏，该怎么结尾？”佟丽华终于说到了正题上。

“丽华，你这话什么意思？”哈岚有点紧张。

佟丽华面色忧郁，远眺河水，深深吸了一口冷风：“我……我想下台了。娄晓月，我今天就是来告诉你，我把哈岚还给你了。从今以后，我与他河水不犯井水，互不相干……”哈岚皱眉道：“丽华，你真要去日本？”

娄晓月一听，立马变了脸色，她一双凤眼直溜溜地转动，一时之间完全没有反应过来是怎么回事儿。

哈岚苦笑道：“你看……这密疏的事儿还没解决呢！你要真去了日本，就凭我一个人……”佟丽华突然冷哼：“好你个王伯党！刚刚人家娄晓月还在为你说话呢，你现在狐狸尾巴就露出来了。”哈岚一呆，指着自己的鼻子：“我……我是王伯党？”佟丽华恨声道：“你因为密疏这才留我……这跟王伯党想要虹霓关有什么分别？”哈岚慌忙解释：“丽华，我想你留下，不只是因为密疏……”

“佟格格，您一路顺风。”娄晓月忽然上前一步，面露微笑。

哈岚一愣，吃惊地望向娄晓月。佟丽华嘴角露出一抹不屑的笑容，轻拂鬓发，转身离去。

哈岚追上前喊：“丽华，丽华……”娄晓月眼明手快，一把拉住哈岚的手臂，怒气冲冲地道：“王伯党！你干什么呢？你现在是不是想杀了我，好跟佟丽华一起去日本？”

“你胡说什么呢你！”哈岚想往前追去，不料娄晓月却死命地拽住他的手，一脸无辜的表情，朝着哈岚摇了摇头，那双哀怨的眼眸令人心碎。

天津大杂院。

解一半收拾好酱肉车，双手端着一盆酱肉，刚走出院子，翠儿就快步跟出来，皱眉道："解一半，你等等……今儿先别出去了。"解一半奇怪地问："为什么？"翠儿忧心忡忡地道："少奶奶是不是今天走呀？"

"对呀！就是今天呀……"解一半把酱肉放在车上，恍然大悟。

"那爷怎么没动静啊，他到底是劝没劝过少奶奶？"

解一半搔了搔头，道："我哪知道？你没问他？"翠儿生气地道："我才不去问！前两天拉爷去找少奶奶，他打死不肯，还跑去下天仙找娄晓月……我看这人真是没救了！"

屋子里的哈岚懒洋洋地躺在炕上，听着院子的对话，鼻子里"哼"的一声："你们就都瞧不起我吧！王伯党……什么王伯党？哼！我就是个左右为难的小兵……"

"请问哈岚哈贝勒是住在这儿吗？"院子外面忽然传来陌生人的声音。

哈岚两眼一睁开，噌地一下坐起身来……

此时，草弥带着几名手下，等在天津码头，正焦急地张望四周。

一辆黑头轿车驶入岸边的围栏关卡处，佟家四人陆续下车，佟丽华望了一眼停泊靠岸的商船，眼中闪过一丝忧虑。

草弥上前给佟侯爷行礼："侯爷……"佟侯爷万分歉意："劳烦草弥先生来送行，真是不好意思。"草弥笑道："侯爷见外了，您肩负着中日双方最重要的信差，我来送个行也是应该的。"

"这次，一直到接到皇上的信，我心上的石头才落地！你放心，我一定会想办法促成天皇与皇上的友谊，尽快开展复辟的工作……另外……"佟侯爷转身对佟梓华喊了一声，"梓华，你过来……"

正在搬运行李的佟梓华慌忙上前："阿玛。"佟侯爷轻叹道："草弥先生，梓华在天津，拜托您多多照顾了。"草弥鞠躬道："不用侯爷交代，我自然也会放在心上。"

他转头看见佟丽华正东张西望地注视着送行的人群，一旁的佟福晋安慰道："丽华！算了，对那种人不需要有期待……哈岚从小就怂，到了东京，你很快就会把他给忘了……"

"佟格格……"草弥走向佟丽华，面露微笑，"我很快就会回东京，到时候再请您去吃最正宗的玉子烧。”

佟丽华礼貌地点点头，并不搭话。佟侯爷招呼夫人女儿上船，佟福晋走到佟梓华身前嘱咐：“梓华，你一个人在天津，要吃好、喝好……要注意身体，最重要的是尽快找一个媳妇儿。”佟梓华笑道：“知道啦！额娘……您快上船吧。”

三人往船舱的通道走去，佟丽华不时回头观望，神情虽然平淡，但内心深处却始终是依依不舍。

“丽华！丽华……你不能走！”此时，哈岚从远处疾奔而来，拼命地挥手。

众人皆是大吃一惊，佟侯爷脸色一沉，没有料到哈岚仍然不死心，气得一跺脚。

哈岚气喘吁吁地跑到佟丽华跟前，上气不接下气：“侯侯侯…侯爷……丽丽丽……丽华不能走……皇皇皇……皇上刚刚派人来找我……丽华，皇上要见我们！你……你不能走！”

佟梓华上前拦住哈岚，喝道：“皇上要见的是你吧？关我妹妹什么事？”

哈岚瞪了一眼佟梓华，突然伸手拉住佟丽华，快步走开。佟梓华想挪步跟上，哈岚猛一转头：“不准跟来！”佟侯爷满脸怒气，急道：“丽华！快跟我上船！”佟丽华放心不下哈岚，心知他这样兴冲冲地赶来，肯定是十万火急的要紧事儿，她回头安慰父亲：“阿玛……就等一会儿，你让我先跟他把话说清楚了。”

佟丽华被哈岚推到角落，沉着脸冷冰冰地问他：“来人怎么说的？”

哈岚警惕地望着站在不远处的佟侯爷与佟福晋，低声道：“皇上说让我们带着东西去见他，要是不带去的话，就让我自己把自己给绑了去见他……丽华，我就知道宝贝在你哥哥家里，可我不知道在哪里！再说了，现在让解大哥去你大哥家取，根本就是来不及，还难保你哥出什么坏心眼……可是我现在就这样去见皇上，那不是命都没有了……你说，我现在该怎么办？”

佟丽华皱了皱眉头，现在这种情况，应如何向阿玛解释？她为难地望着哈岚，欲言又止。

“丽华！你心知肚明我就不是个当王伯党的料！我要有那本事，我现在也不被你们两个逼到这份上！可是皇上这事儿，你不帮我，就没人可以帮我了！”

“我知道了……”佟丽华缓了一口气，转身走向佟侯爷，“阿玛，皇上要见哈岚，可是他真不能这样去见皇上……皇上真会生气杀了他的！”

佟侯爷拉着脸儿，气呼呼地道：“不管你说什么，我都不准！我说过，哈岚所有的事情你都别再插手……”

一旁的佟梓华眼珠子转了转，开始打起主意："还是我陪哈岚去见皇上吧！"哈岚与佟丽华异口同声地大喊："不行！"佟梓华一怔："瞧瞧你们俩，不是闹翻了吗？这时候又这么齐心……阿玛！您说，怎么办？"佟丽华急切地道："阿玛，我答应你，我会去东京跟您会和。可您让我先跟哈岚去见皇上……"佟福晋轻叹道："丽华，咱不是说好了，去日本之后，不再跟哈岚来往了……"

"可我现在人还在这儿呀。"佟丽华脱口而出。

众人没有想到会遇见这种节外生枝的事儿，皆是面面相觑。草弥微微一笑，恭敬地道："既然如此，两位不如坐我的车去见皇上吧！"哈岚没好气地瞪了他一眼："又关你事？"

"那就拜托你了！"佟丽华向草弥点头示意，突然伸手拉住哈岚，快步往停在码头的黑头轿车走去。

"丽华，丽华……"佟福晋愣住，挪步欲追。

佟侯爷脸色一沉，道："不用追了！梓华，你过来！我有话跟你说，我看丽华是走不成了……"佟梓华点点头，无奈地道："看这样子……的确是！真不知道这哈岚给丽华下了啥迷药……"佟侯爷正色地道："这两人之间的事儿，我们管不了！我只知道，有这个娄晓月在，丽华永远不得安宁……这个家永远都不会幸福……"佟梓华没有反应过来，奇怪地问："阿玛的意思是？"佟侯爷意味深长地瞪着佟梓华："我没意思。"

佟梓华眨了眨眼睛，若有所思地道："我明白了，阿玛，我向您保证，您下次回来，肯定不会再看见现在这个状况……"佟侯爷抚须道："你要是把这事儿办好了，我想办法让草弥把樱花公馆交给你管理！"

佟梓华心头一喜，点头称是。

码头的不远处，娄晓月忽然出现在人群中，眼巴巴地看着佟丽华与哈岚上了草弥的座车。她气得双手攥紧，鼓起腮帮子，眼眶中的泪水瞬息间滚落下来。

第二十五章 水火不容

皇冠蛋糕店。

一排自行车停在蛋糕店门外，四面路口已经拉起了警戒线，数名警察站在警戒线之内，用身体阻挡住街道上围观的人群。黑头轿车穿过人群，带着哈岚与佟丽华来到警戒线前面，草弥摇下车窗，向上前询问的警察解释：“我们是来见皇上的……”

“是哪一位？”警察上前查看车厢。

“哈贝勒与他的夫人……”

“你们稍等一下。”门口的警察皱了皱眉头，迅速走进蛋糕店通报。

店门一开，门口一名侍卫出来，做了个邀请的手势。只见溥仪坐在角落，身旁站着小太监，桌子上摆着精致的茶壶、茶杯，还有一盘香味浓厚的英式下午茶糕点。他正在品尝红茶，看见哈岚等人进来，缓缓抬头。

哈岚走到溥仪身前，跪拜行礼：“臣弟参见皇上。”佟丽华也跟着哈岚下跪。溥仪微微一笑，指着盘子里一块绿色的饼干，道：“哈福晋也来了，那太好了……快上前来，试试看这款饼干……”佟丽华不敢怠慢，急忙起身拿起饼干吃了一口，眉头一皱，好像有些出乎意外。溥仪轻笑道：“怎么样？这味道有趣吧……”佟丽华诧异地道：“皇上，这是抹茶？”

“真厉害！我刚刚还是问了这里的师傅，才知道这是抹茶红豆口味的……”

“怎么会想到用抹茶做饼干呢？”

“所以说，现在日本文化的确已经是无孔不入了……对了，你阿玛上船了吧？”

佟丽华点头回应："谢皇上关心，我阿玛刚刚上船。"溥仪闻言，若有所思地颔首，旋即望向哈岚："哎，对！哈岚，你这臭小子……"哈岚吓得赶紧又跪下，惶恐地道："皇上恕罪！"佟丽华跟着跪下，正色地道："皇上！我们一听见消息就匆匆赶来，没顾得上去取密疏……"

"取密疏？密疏不在你手上吗？哈岚，你老实说，你是不是把密疏给丢了？"

"没……密疏没丢……"哈岚的声音有些发颤。

溥仪怒道："朕说了让你带密疏来，你竟敢抗旨！你是不是因为民国了，眼里就没有我这个皇上了？"哈岚与佟丽华吓得头皮发麻，二人一起磕头："臣弟万死，皇上恕罪！臣弟想您啊，一听到圣旨，我就赶紧跑过来了。我想见您，我没来得及拿，我马上就回去拿去，行不行？"

此时，草弥突然开门闯入，小太监指着草弥喊："喂喂喂！你谁呀？谁让你进来的？"佟丽华一抬眼，发现溥仪的眼神中闪过一抹不自然。草弥走上前，并没有给溥仪磕头行礼，只是躬身颔首，笑道："皇上，好久不见！我是……"

"草弥先生，我知道你是谁！"溥仪嘴角一扬，打断他说话。哈岚瞪着草弥："见到皇上还不行礼叩拜？"草弥面露笑容，淡淡地道："皇上跟我是朋友……"溥仪脸上闪过一丝不悦。

"不过哈贝勒说得对，无论如何，我都应该向皇上表示我的敬意。"草弥并拢双腿，立正向溥仪行举手礼。溥仪冷冷地道："无所谓，反正你也不是第一次对我无礼了……草弥，你硬闯进来有何贵干？"草弥朗声道："皇上，我今天来，是特意替哈先生和佟小姐向您解释，刚刚哈先生接到圣旨的时候，我们正在码头准备送佟小姐上船去日本。"

"哈福晋，你要去日本？好端端的你去日本干什么？哈岚，你也去吗？"溥仪有些吃惊。哈岚苦笑道："皇上您误会了，我不去日本！是丽华……丽华……"

溥仪皱眉道："那还好我让你俩来见我，否则我是不是以后永远都见不着你们了？老祖宗的宝贝是不是就让你们给带走了？"

哈岚与佟丽华同时惊呼："皇上？"

"什么宝贝呀？皇上，让您这么担心？还气成这样……"草弥趁机追问了一句。溥仪微微一怔，意识到自己嘴快了，他反应过来，抬头望着草弥，故意找了个借口解释："就是……就是哈岚以前从我这儿讹走的一个白玉瓶！我让他还给朕！"

草弥笑道："连皇上的宝贝都敢讹，看来皇上真是特别疼爱哈岚呀！"哈岚没好气地道：“我跟皇上一起长大，皇上对我好，怎么啦？碍着你啦？没礼貌的家伙……”草弥热情地道：“若是这样，不如现在就派人去把皇上的宝贝取回来就没事啦！正好我的车在外头……”溥仪摆了摆手，道：“不用了！改天我再让哈岚送过来给朕就行！朕很久没见哈岚两口子，今天其实是特意找他来陪朕吃下午茶……”

哈岚与佟丽华紧张地交换眼神，心里缓了一口气。草弥自嘲道：“是吗？那是我想错了，我还以为是什么掉脑袋的事儿……皇上，既然如此，那我这儿有件事情想向您禀报……”溥仪淡淡地道：“你说吧。”

“樱花公馆就要重新开业，开业当天，还请皇上赏脸，参加开幕仪式，同时为公馆题字留念……皇上，您说好吗？”

“不就是题个字吗？好吧！回头你把帖子送到张园来……”

“多谢皇上。届时我与军方所有司令长官、领事馆的所有官员都会在现场，恭迎皇上驾到。”草弥话音一落，溥仪似乎神情一震，眉宇间隐隐透着一丝不安。

众人离开蛋糕店之后，警察拆除了警戒线，围观的人群也纷纷散去。

“佟格格，您一会儿回佟府吗？我用车送您回去？”草弥打开车门，热情邀请佟丽华上车。

哈岚不乐意了，叫道：“你说什么呢！丽华当然是跟我回家……”佟丽华停下脚步，回应草弥：“您先去车上等我……我一会儿去找您。”

草弥微笑颔首，转身离开。

佟丽华瞧着草弥离开，小声地道：“要是刚刚这草弥没有半途中杀出来，我就请皇上派人保护，送我回我哥那儿取密疏了……”哈岚疑惑地道：“这家伙好像也知道密疏的事儿……是不是你哥哥告诉他的？”佟丽华若有所思地道：“这已经不重要了！重要的是皇上，竟然被草弥给下了套！要是英国人、俄国人看见皇上跟日本军方人士见面，不知道会怎么想……”

“会怎么想？”

“这已经不是我们能解决的事儿了……”佟丽华望了望草弥的背影，无奈摇头。

哈岚趁机拉住佟丽华的手：“丽华，跟我回家吧！你别去日本了……”佟丽华推开哈岚，道：“可我要是不回我哥那儿去，不就坐实了皇上刚刚是拿白玉瓶骗的草弥？”

“啊？我怎么听不明白呀！”哈岚瞪着眼睛。

“就是我不敢见草弥，就是我心虚，就是此地无银三百两……明白了吗！”

哈岚挠了挠脑袋，皱眉道：“我怎么觉得，你这就是个托词，你就是不想跟我回去呢！”佟丽华一声轻笑，转身往黑头轿车走去：“……你现在是真明白了，很好。”哈岚急得大喊：“丽华，你还会去日本吗？你不会去日本吧？你别老是不说话啊！”

佟丽华上了车，草弥隔着车窗向哈岚轻轻地挥手告别，转头望着坐在身边的佟丽华，关切地道：“您跟哈爷……已经都讲清楚了吗？需要我为您准备下一班船的船票吗？”

“不用麻烦了，我想在天津多待一段时间。”

草弥颔首笑道：“是……您不需要我帮您准备，那咱俩真都想到一块儿去了……我刚刚就感觉到您应该不会去日本了。若是这样，我也就开门见山地跟你说了……佟格格，既然你已经决定要留下来，不如来帮我吧！我希望您能担任樱花公馆的总经理。”

“我？您太高估我了吧，草弥先生，我没想过出去工作，更不可能去樱花公馆工作。”佟丽华大感意外。

草弥正色地道：“如果您是因为岛田跟您哥哥欺骗您的事情……我向你道歉。这件事情我十分清楚……岛田非常地恶劣，竟然为了一己私利，利用佟先生，想从您手中偷到大清的宝贝……为了这件事情，我已经狠狠地责罚过他，也正是因为这样，所以更需要一个信得过的人，在我不在的时候，打理樱花公馆。”

“他只是为了一己私利？很难叫人信服呀！”佟丽华露出疑惑的表情。

“您完全正确。但是佟格格，等您亲眼看到我整治樱花公馆的决心，相信您肯定会改观……只是现在，为樱花公馆找到一个合适的经营人选，是我的当务之急……”

佟丽华摇了摇头，望向窗外，喃喃地道：“抱歉！草弥先生，我还是无能为力……”草弥展颜一笑：“先别急着做决定，我请您到樱花公馆吃饭，顺便参观一下可好？”

黑头轿车正好驶到樱花公馆附近，远远看见公馆的门外，挂着“暂停营业”的牌子。佟丽华不知如何拒绝草弥的好意，只得下车，跟随草弥来到樱花公馆的包间。

草弥推开移门，指着里屋一间空荡荡的大房间，道：“佟格格，我想把这里改成一间琴室，关于装修和陈列方面，想听听您的意见。”

佟丽华皱眉道：“我是学日语的，又不是学设计的……”草弥毕恭毕敬地道：“但是我很清楚佟格格从小便对琴棋书画均有涉猎，向您请教肯定没错。”佟丽华沉吟道：“你真要问我，我也只能告诉你，朝写意这个方向去思考吧。中国人不喜欢把整个空间堆得满满的，我们需要空间思考，就像书画里面的留白……”

草弥沉思片刻，微微颔首：“写意，你一说就说到重点！我们日本人讲的是极简，但是还是有物件的存在……写意，这思维的确更高一筹。佟格格，我的直觉果然没错，只有你才能担任樱花公馆总经理……”佟丽华客气地道：“肯定还有比我更合适的人选。”

“不！你就是最合适的人选。”

“我……不想让你利用……我阿玛是身在其中，那是没办法，但我不愿意我的生活受到政治的干扰。”佟丽华再次拒绝。

“佟格格真是冰雪聪明……”草弥目光闪动，缓缓地道，“我不否认我在‘利用’你佟家的威望，我真的想将樱花公馆打造成中日邦交的象征。老实说，正因为您是佟侯爷的女儿，若是您能加入，樱花公馆就不再只是一个日本人聚会的场所，而真正成为中国人和日本人交流的地方……请您慎重考虑我的提议。”

他突然双腿立正，鞠躬行礼，佟丽华满心疑惑地望着草弥，脸色一沉。

天津大杂院。

哈岚刚回到家，翠儿与解一半就赶紧跑出院子，围着哈岚问长问短：“爷！你可回来了……见到皇上了？皇上怎么说啊？可是怎么就你一个？少奶奶呢？她真去日本了啊？”哈岚不耐烦地道：“她回他哥那儿去了……”翠儿面露惊喜：“这么说，少奶奶没去日本？那您求她回来了吗？你求没求他？你一定是没求她是不是？”哈岚甩了甩手，不悦地道：“你怎么知道我没求她！可她不听呀……”

“她不听您就继续求呀，求到她回来为止呀！”

他们正在说话的时候，马俊杰悄悄地从院子后面的平房出来，快步走到哈岚身后，急问：“你今天……见到你们皇上了？”哈岚一惊，转身望向马俊杰：“吓我一跳……你什么时候钻出来的？”马俊杰追问道：“不是让你带东西去见皇上吗？你真把东西交给小皇帝啦？”

哈岚闻言心生戒备，这小子还是惦记着密疏呢，自己得留点神。他与解一半交换了下眼色，没好气地道：“关你屁事！”马俊杰满脸诧异：“怎么不关我事？我不是告诉过你们吗，我在这儿就是保护你跟密疏的！要是你跟密疏有啥差池，你让我回去怎么跟上级交代？”

解一半歪着脑袋，道：“我家爷现在不是好端端地在这儿吗？您就别瞎操心了……”马俊杰忧心忡忡地道：“不是！我这是着急……解师傅，只要你们现在把密疏拿出来交给政府，让文物保护委员会看着，大家都没事了……你们越不把东西拿出来，就越多人盯着你们手上的密疏！这样下去迟早会出事呀！”

“出事？能出什么事？”翠儿好奇地问。

哈岚白了马俊杰一眼，冷冷地道："照我说，东西交给你们才危险！"马俊杰正色地道："哈爷，你真是别小看这件事情，那密疏可是咱全中国人的财产呀！你什么资源都没有，你怎么保护呀？"哈岚一把推开马俊杰，瞪眼道："什么中国人的财产！我家老祖宗的密疏又与你有何相干？"

"大清亡了，这密疏就是文物呀！就是历史呀……"

"谁亡了？你现在说谁亡了？我家皇上今天下午还去蛋糕店里吃下午茶呢！哼！谁亡了？你们三天两头换总统，我说你们才亡了呢！"

马俊杰尴尬地一笑："那是军阀分赃不均……政府可不会……"

哈岚懒得再跟马俊杰争辩，冲上去扯住他衣服要打人："我去你的政府！我去你的文物历史！我去你的财产！我告诉你，这密疏是我老祖宗的东西，这是我们的祖坟里的东西！只有你们这些居心不良的人才会把它看成财产……只有强盗才惦记着里面的宝贝……"

"不不不，哈爷，这事儿不是你理解的那样……"马俊杰并不还手，慌忙躲开。

解一半见状，赶紧上前去拦住哈岚："爷，您别发火！别打了……"

"不是这样是哪样？密疏关你屁事！关国民政府屁事？我他妈的是进了骗子窝了吗？连你也想骗密疏？我告诉你！密疏被我烧了！你们这帮王八蛋！你们就惦记着吧！哼！有我哈岚在一天，我就让你们一个个都碰不着这密疏！"哈岚气呼呼地推开解一半，口中骂骂咧咧，调头进了屋。

马俊杰被他说得一愣一愣的，忍不住也骂了起来："你才是王八蛋，狗咬吕洞宾，不识好人心！你这条疯狗！"

他一扭头，看见解一半与翠儿正不怀好意地盯着他看，无奈地摇摇头，转身回自己屋去。

下天仙戏院。

桌子上放着一袋钱，佟梓华正坐在大堂的座位上，跷着二郎腿，悠哉悠哉地喝着茶。而余班主苦着脸儿坐在他对面，一句话也说不出来。佟梓华放下茶杯，轻叹了一口气："怎么……这事儿真有这么难吗？"

"当然！自从晓月在我这儿搭班子之后，天天上满座，与她来之前根本不可同日而语……您现在好端端地让我把他给辞了，您这是断我的财路呀！"

佟梓华伸手推了推桌子上的钱袋："我这儿不是也给您补偿了吗？"余班主为难地道："哎哟！佟爷，一个钱袋跟一棵摇钱树？这怎么比呀？"佟梓华瞪大眼睛望着余班主，冷笑道："这棵树没了你还有别的树吧？余老板，可是这戏班子没了，你就真的什么都没了……"

余班主的眉头结起了疙瘩："佟爷，您这是想……想赶尽杀绝呀！"

"佟梓华！你有事儿冲着我来，你凭什么欺负我余师叔？"娄晓月忽然出现在大堂的入口，气冲冲地朝着他们过来。

"呦！这么巧……"佟梓华站起身子，正色道："既然这样，那咱就把话说清楚吧！娄晓月，我要你现在立刻马上离开天津！"

"你现在是想斩草除根、赶尽杀绝了是吧？"娄晓月大怒。

余班主上前去拦住娄晓月，紧张地道："晓月，有话好说，大家能商量……"

娄晓月甩袖闪开，大声地道："他是想来商量的吗？哼！师叔，这事儿与您无关，您到后面去……"余班主满脸担忧："晓月……"娄晓月推着余班主的后背，正色地道："您放心！不管发生什么事情，我都不会连累戏班！您快到后面去！"

余班主万般无奈，转身走到角落。

娄晓月指着佟梓华的鼻子，疾言厉色地道，"把我赶出天津，是佟丽华的主意吧！这个女人，答应我要去日本，没想到竟然是虚晃一招……"佟梓华冷笑道："你以为我愿意她留下呀！哼！反正我今天把话就撂在这儿了，如果你再不离开天津，要是出什么事儿，我可不负责！"

"出什么事儿？能出什么事儿？难道你佟家敢杀人？"

"那也不是不可能！"佟梓华瞪起眼睛。

娄晓月却并不害怕，怒道："哼！佟侯爷曾经答应过我，只要我不把那件事情说出来，他就会保证我的生命安全……佟梓华，你要真敢动手，我就让人把事情说出去，让你佟家丢人丢到日本去，我让你佟家人在外头都抬不起头来……"

"呦呦呦，我好害怕呀！究竟是什么事？这么厉害？我阿玛没告诉我呀！"

"看来你是不相信呀！"

佟梓华煞有介事地摇头，道："我的确是……不相信！"娄晓月冷哼道："你要是不敢确定，你不如回去问问你阿玛，我说的到底是真还是假？"佟梓华微微一怔，眼珠子转了转，突然露出笑脸："娄晓月！你真以为这样就能把我给唬住吗？我还是那句话，你要真不想为难你余师叔，你就爽快点给我离开天津，否则……大家都没好日子过！”他话一说完，一把抓起桌子上的钱袋子，大摇大摆地离开。

“佟丽华，你太狠了！”娄晓月咬了咬牙，满腔愤怒。

余班主走过来，为难地望着她，轻声细语地道：“晓月，做嘛事……你到底跟佟侯爷之间发生了什么事儿？你能告诉师叔吗？”娄晓月歉意地道：“对不起，师叔，我不能告诉您……”余师叔叹息道：“可是这佟爷都这样说了，今天晚上的戏……你还能唱吗？”娄晓月勉强笑了笑，道：“师叔，您放心。我今天就走，我绝对不会为您带来麻烦……”余师叔低头叹气：“可我不想让你走，但我没法子呀！”

“师叔，我现在就去收拾东西……”娄晓月缓了缓情绪，往后台走去。

余班主望着娄晓月背影，又叹了一口气，转过头来喊：“老六啊！快换水牌，今晚改折子戏……”

小河边，娄晓月背着包袱，呆坐在桥头，望着枯叶飘落在水面，心里一阵酸楚，感觉自己也像是水中的落叶，不知究竟会漂泊到何处。

哈岚急匆匆地赶来，一眼瞧见娄晓月背着包袱，一副失魂落魄的样子，吃惊地问：“我说怎么戏院里找不着你呢？晓月，你这是怎么了？”娄晓月转身凝望哈岚，无奈地道：“佟梓华去了戏班，威胁师叔不让我上台了……我找他理论，没想到他竟然威胁我，让我立刻离开天津，否则弄死我！”

“佟梓华真这样说？”哈岚瞬间变脸。

“师叔怕事儿，把我给辞了……”娄晓月越想越委屈，突然整个人趴在哈岚身上痛哭起来，“哈岚！我已经无处可去了……哈岚，我求求你，不要留下我一个人！我……我真的已经支持不下去了！这样的日子我已经过不下去了！当我求你了！快跟我结婚！我……我已经没有别的办法了……”

哈岚怔忪半晌，搂着娄晓月低声地道：“现在……结婚……现在谈结婚还真不合适……”娄晓月追问：“为什么？是因为佟丽华没去日本？”哈岚吓了一跳：“你都知道了？”

“哈岚！你还没看明白吗？佟丽华留下了，就让她哥哥来赶我走……”娄晓月用双手捶打哈岚，将一肚子怨恨发泄在哈岚身上。

哈岚紧张抓住娄晓月的手，急道：“晓月，晓月……丽华不可能做这种事情！是我求丽华留下的，是因为皇上要见我……一定是这样，才给了佟梓华那个小人可乘之机……”娄晓月怒道：“我不管！哈岚！我们尽快结婚……”哈岚安抚道：“这样吧，晓月！还是我先想办法把你安顿下来……”娄晓月突然大吼一声：“哈岚！我给你做妾还不行吗？哈岚，我要你现在、立刻、马上跟我结婚！”

“你……你该不会是说真的吧……”哈岚张大了嘴巴，有些束手无策。

“我抛下一切来天津找你，为的就是要跟你在一起，你现在还怀疑我？”

“可是，以前我问你……”

娄晓月越哭越伤心，用力地摇头：“你还不明白吗？哈岚，你到现在还不明白吗？”哈岚呆望着娄晓月，忽然咬了咬牙，挺直了胸膛，一把抓起娄晓月的手：“走，你现在就跟我回去。”娄晓月怔住：“我们回哪去？”

“回家！”

大杂院。

翠儿正在院子里赶鸡，一抬头看见哈岚带着娄晓月回家，顿时傻眼，惊慌失措地冲上去拦住哈岚：“爷！您这是怎么回事？”

哈岚扯着嗓门道：“我回家！我回家还不行吗？”翠儿拽住哈岚，急道：“不不不……您回家没问题，可是她……”哈岚拉住娄晓月的手，正色地道：“她跟我是一起的！”翠儿一跺脚：“一起也不行，娄晓月不能进门！”

“现在谁是主子？还不快给我滚开？”哈岚怒骂，伸手将翠儿推开。

“可是爷……”翠儿身子没站稳，往后一歪，跌坐在地上。

牛大爷瞧见，忙上前扶翠儿起来，奇怪地道：“这哈太太才离开没有几天，哈爷就另结新欢啦？”翠儿正在气头上，气呼呼地一甩手：“您哪儿凉快上哪儿待着去！”解一半抱着一盆酱肉正要出去，看见娄晓月进门，顿时愣住：“这……这是怎么回事……”娄晓月客气地喊了一声：“解师傅。”

解一半将手上的酱肉盆放在桌上，向娄晓月颔首回礼：“娄姑娘……”

这时翠儿冲了进来，对着哈岚大喊大叫：“爷！这少奶奶才离家几天，你就把人给带进来……您心里还有少奶奶吗？您对得起她吗？”哈岚沉声道：“翠儿！你少拿这些话来噎我……你知不知道佟梓华跑人家戏班子去大闹一场，弄得晓月已经没地儿呆了，连他自己的亲师叔都逼她走人！你说我能弃晓月不顾吗？”

“这肯定不是少奶奶的主意！”翠儿转身欲走，“我去找少奶奶……我去把话问清楚……”

解一半急忙伸手抓住翠儿的手腕，皱眉道：“佟梓华是少奶奶的亲大哥，你现在去跟少奶奶说这事儿，不是乱上加乱吗？”哈岚突然冷笑一声，道：“解大哥，你不用拦翠儿，她要告状让她去！今天是丽华自己要走的，是她自己不要这个家……我让她当这个大老婆，还是给他面子了！翠儿，你顺便去告诉她，现在晓月委屈求全答应给我做小，她爱回来不回来，我无所谓！”

“你……你这狐狸精要给爷做小？”翠儿闻言震惊。

娄晓月凤眼一挑，道：“翠儿，你说谁是狐狸精？”翠儿柳眉倒竖：“我说的就是你！”不料哈岚冲过来，顺手就打了翠儿一巴掌：“你……你……”解一半吓了一跳，冲上前挡在翠儿身前，对着哈岚吼道：“爷！您这是干吗啊？”翠儿哇的一声大哭：“为了这个狐狸精，你打我？难怪少奶奶会对您这么失望……”娄晓月脸色一红，上前安慰：“翠儿，哈岚这是一时心急，我帮他向你说对不起……”

“爷一辈子没跟我说过重话，今天为了你这狐狸精，竟然伸手打我？”翠儿捂着脸，趴着解一半肩头哭泣。

解一半尴尬地道：“爷！就现在这状况，您还要娶她进门吗？这合适吗？”

哈岚几乎要崩溃了，跳着脚说：“翠儿，你扪心自问，我是不是从来只认晓月一个是我的女人？可偏偏我阿玛跟额娘帮我弄了个佟丽华进来……这个丽华，说起来也是好人……可是我吃了一辈子酱肉，我真不喜欢吃蛋糕呀！”

“爷这话说得有道理，蛋糕太甜了。”解一半突然叹了一口气，却见翠儿边哭边用怒眼瞪着他，立即闭嘴。

“就好比，翠儿，我今天不让你跟解大哥了，我把你塞给别的男人，你愿意吗？”哈岚走到翠儿面前，竟弯腰向她鞠躬，“翠儿，对不起，我刚刚……不是故意的……我是一时气昏了头，你原谅我好吗？翠儿？”

他见翠儿仍在哭，上前抓着翠儿的手，“要不这样，我让你打一巴掌？翠儿……好吗？”解一半望了一眼娄晓月，上前拉开二人，道：“爷！没事，翠儿不会跟您计较的。只是您现在这是……已经做决定了？”

“板上钉钉。”哈岚信誓旦旦地道。

“您也不打算跟少奶奶商量一下！”

哈岚态度很坚决：“不需要！”

娄晓月深情地望着哈岚，伸手拉住他的手，转身对翠儿说：“翠儿，有好多事情你不知道，我也没办法跟你说明白，假如不是走投无路，假如不是……翠儿，我不会这么死乞白赖的非要进这个家门的。真的，我有我的难处，我有我说不出来的难处，今儿我走到这一步，我实在是没有办法了，咱俩从小一块长大，你是能够体谅的吧。”

“听听，你们都听听，人心都是肉长的，听听！”哈岚用手指着解一半，点到翠儿，立马赔着笑脸。

解一半眨了眨眼睛，道：“那好，那您以后千万好好对待她……娄姑娘，愿你们百年好合！一辈子幸福！”

娄晓月微笑还礼：“谢谢解师傅……”翠儿伸手在解一半的胳臂上掐了一下，抹着眼角的泪水，恨恨地道：“你是不是也想娶小老婆？什么叫作祝你们幸福？”解一半解释道：“爷要成亲，可是大事呀！是喜事呀……”

哈岚面露喜色，点头道：“解大哥说得对！娶妻纳妾，这算什么？这样，解大哥！明天你帮我做一桌好菜，把牛大爷、马俊杰他们都请来，大家一起好好热闹一下……晓月，你看，这样好吗？”

他转过头来征求娄晓月的意见，娄晓月喜极而泣，握紧哈岚的手，连连点头。

翠儿脸色一寒，目光闪烁。

夜幕降临，外面寒风凛冽，屋子里却是温暖如春。

娄晓月坐在炕上，甩着两条腿，脸上洋溢着甜蜜的笑容，望着哈岚：“这事儿……就这样就定……”哈岚握住娄晓月的手，歉意地道：“话说到底，都是我对不起你……”

“过程不重要，重要的是结果……”娄晓月抱住爱人，头枕在哈岚的怀里，“我从没觉得像今天晚上这样轻松过，好像肩上的担子，都卸下来了。”

哈岚轻拂着她的秀发，笑道：“以后我们不用再分开。”娄晓月满怀柔情的抬头：“哈岚，有件事儿我想告诉你……”

她话还没说完，只听见房门哐当一声被推开，翠儿突然冲进房间，扯着嗓子叫道：“爷！今晚咱怎么睡呀！哈岚很不自然地往后退开一步，跟娄晓月分开，二人一起瞪着翠儿：“睡，睡，就这样睡呀……怎么睡？”翠儿一本正经地道：“不好吧！今天晚上娄老板还是跟我睡吧……毕竟你俩还没成亲。”

哈岚一怔，这是什么规矩？怎么从来没有听说过？

娄晓月点了点头，跳下了炕：“没事儿，我跟翠儿睡”翠儿顺势上炕抱起了被褥，回头喊道：“一半儿，今晚你过爷屋里去，跟爷一起睡。”她若无其事地抱着被褥往门外走去，娄晓月正欲跟出去，哈岚突然上前拉住娄晓月的手。娄晓月一转身，哈岚趁机在她脸上亲了一口。

二人相视而笑，依依不舍地分开，好像娄晓月即将被翠儿拐卖了似的。

等娄晓月走出了屋子，哈岚轻飘飘地转了个身，一头倒在炕上，展开四肢翻了个身："我滚，我滚，我以后不用再滚了……"

他龇牙一笑，只觉得浑身舒坦。

夜深人静，翠儿与娄晓月分别睡在炕上，各自盖着一条棉被。翠儿缓缓张开眼睛，偷偷瞧了瞧睡在另一边的娄晓月，蹑手蹑脚地起身下炕。

娄晓月并未睡熟，睁眼看见翠儿的背影晃动，好像准备走出房门。她脱口问了一句："翠儿？半夜三更的你干吗去？"

翠儿缩了缩头，身子僵在原处，嗫嚅道："上……上茅房……"

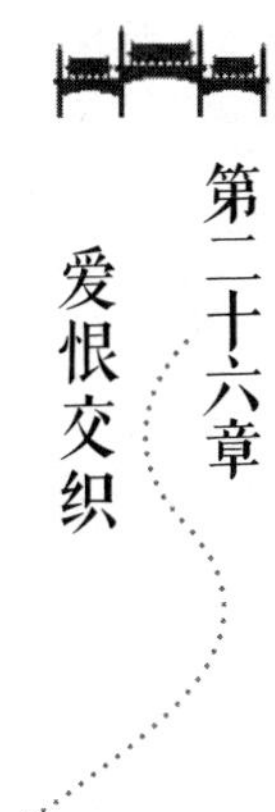

第二十六章 爱恨交织

天津博爱路。

凌晨的街道上黑漆漆一片，一辆人力车载着翠儿赶到梓府的门外。翠儿迫不及待地下车，用力拍打门房的小门，瞧见里面没有动静，就直接用脚踹。

门房终于被惊醒，迷迷糊糊地探出脑袋："你谁呀？你……三更半夜……"

"我要见少奶奶！快让我进去见少奶奶……"

"你谁啊你？"

此时，孔雀披着外套走出院子，一眼瞧见翠儿，赶紧过来开门："是翠儿？有你这样敲门的吗？你这是敲门吗？你这是砸明火！"

翠儿用力推开门，二话不说，大步奔进客厅。

佟梓华与佟丽华显然已被吵醒，二人都穿着睡衣，出来询问发生了什么事情。翠儿便将来龙去脉告诉佟丽华，大口喝着孔雀递过来的水。佟丽华面色沉重，一声不吭。

翠儿满脸愤慨之色，恨恨地道："那狐狸精，现在就在家里……天一亮，爷就要娶她做小老婆！"佟梓华瞧了瞧妹子的表情，大叫道："丽华！去换衣服，我们现在去找他！哼！我今天不办了这哈岚，我不是你哥！"佟丽华冷冷地道："我不去！他们爱咋样就咋样，我不想再见他了……"

"那好，你不去你就在这里等着，我去！"佟梓华气呼呼地转身，想去房间换衣服。

"你去干什么？人家你情我愿、双宿双飞，你在这里捣什么乱……"

"话说到底，这事儿还真是跟大舅爷有关！"翠儿脱口而出。

“什么意思？”佟丽华怔住，难不成是哥哥将娄晓月带进大杂院的？

翠儿追上去质问佟梓华：“大舅爷，您把娄晓月赶出戏班了吧？你还说她不离开天津，你就要她的命吧？”佟丽华脸色一变，怒视佟梓华：“这么下流的事儿你也干得出来？”佟梓华急忙解释：“这个阿玛离开之前交代的……”佟丽华难以置信：“阿玛交代什么？交代让你杀了娄晓月？”

佟梓华哑口无言，转过头去，佟丽华上前扯住他睡衣：“我在问你话呀！”佟梓华甩手道：“他当然不能说杀了娄晓月……可是……可是……唉！阿玛那是心疼你……”翠儿望着佟丽华，无奈道：“所以娄晓月被逼得去找爷，爷这才会决定纳她为妾！”佟丽华气急，用力拍打佟梓华的后背：“你自己看看你干的什么好事！你下面还想干什么？是不是就让哈岚娶了她？”

“哎哎哎，你不是不跟他过了吗？他娶个妾你这么生气干什么？”佟梓华拼命闪躲。佟丽华没好气地道：“我就问你，这事情你打算怎么处理？”

“我……我……我怎么知道？这娄晓月以前不是不肯当妾的吗？怎么现在又反口了？”佟梓华瞪了翠儿一眼。

“此一时彼一时，她现在估计就是要做给少奶奶看的……”

“既然如此，好！那我就做给他看！”佟丽华猛地转身，冲着孔雀喊，“拿纸笔来！”孔雀立刻去书架上取来了纸笔，递给佟丽华。

“丽华，你想干吗？”佟梓华愣住。

佟丽华正色地道：“我现在就写一个声明，你明天拿去登报！”佟梓华吃了一惊：“声明？什么声明？”佟丽华咬了咬牙：“我要跟哈岚离婚！”她飞快地在纸上写下几行字，翠儿凑上去看，却是一头雾水：“离婚？”佟梓华跺脚道：“丽华？你疯了！你这是拱手让人……”佟丽华冷笑道：“这不是你们一直希望的吗？让我跟哈岚分开……”

“但绝对不是在这种状况下！再说了……你是真心想跟哈岚分开吗？你要是真的愿意，你早上了去东京的船了，还会在这里三更半夜的听一个下人嚼舌根？佟梓华扭头瞧了瞧窗外蒙蒙亮的天色，突然伸手拉住佟丽华，“走！咱现在就去找哈岚！找他问个清楚……他到底要你，还是要娄晓月！”

佟丽华甩开佟梓华的手：“我不去！”

佟梓华怒道：“你必须去！咱佟家不能丢这人，咱不能让一个戏子给咱搞得声名狼藉！这件事儿必须找哈岚！孔雀，你陪她进去换衣服！”

大杂院外。

清晨，一辆黑头轿车停在路口，佟梓华下车打开车门，翠儿低头站在车门边，佟丽华却不肯下车。

“你给我下车！这事儿怎么样都要有个定案……”佟梓华大步走进院子。

翠儿跟着劝说：“少奶奶，您快下车吧！少奶奶……您不下车进去跟他们把话说清楚，说不定舅爷就闹事了……”

屋子里，解一半将一盘酱肉放在桌上，娄晓月正在帮哈岚添饭，忽然看见佟梓华走进来，三人皆是愣住。哈岚皱眉道：“你……你怎么来了？”佟梓华瞥了一眼娄晓月，冷笑道：“听说你今儿大婚，我来道喜呀！

哈岚眨了眨眼睛，赶紧请佟梓华进屋：“哟，忘了给您下帖了！反正你向来都是不请自来的，来来，坐下喝两杯！你说你，来贺喜怎么空着手啊，也不带点儿东西，没关系，随点儿份子钱也成，我不挑理儿……”

“嘿，哈岚，你可真不要脸你！”佟梓华哼了一声。

这时，翠儿陪着佟丽华走进里屋，一声不吭地坐在桌前。佟丽华垂着眼，谁也不想搭理。解一半见状，上前拉住翠儿埋怨：“我说你一大早跑哪儿去了，你这不成心添乱嘛你！”翠儿翻了个白眼，义正辞严地道：“那我也不能眼睁睁看着这个女人，把咱们家给搅散了呀！”

娄晓月看见佟丽华，深吸一口气，上前喊了一声：“姐姐……”

佟丽华略一抬眼，脸上没有反应，佟梓华抢先一步上前，呵斥道：“你脸皮更厚！谁是你姐姐？！你俩还真是两个不要脸的凑一起了，一个是什么破烂货都往家领，一个是上赶子硬往上贴！”哈岚急了，大声道：“嘿嘿嘿，会说话吗你？你威胁余班主把晓月赶出下天仙这事儿，我还没找你算账呢！不过话说回来，我还得谢谢你，要不是你，晓月也不会这么快跟我……成亲……”他故意露出笑容，搂着娄晓月的肩臂，却仍然有些心虚，不敢正视佟丽华。

娄晓月轻挣哈岚的手臂，低声道：“我认命了，不跟你争福晋的位子，我甘愿做小……你永远是我姐姐。”

佟丽华低头不语，翠儿欲上前质问，被解一半拉到一边，小声地道：“我的姑奶奶，你就再别掺和了！”

“哟哟哟，瞧把你给委屈的，你以为你是谁啊，当小老婆你就够得着啦？也不看看自己什么身份！一个下九流的戏子，给我们家丽华提鞋都不配！”佟梓华恶语相加，摆出一副鄙视的表情。

“说什么呢说什么呢？你说话客气点儿，怎么说话呢？你以为你多高贵呐？你也就傍上了日本人，没了日本人你什么都不是！佟梓华我告诉你，今儿看在丽华的面子上，我叫你一声大舅哥，你要敢再这么说，我……我跟你没完！告诉你啊，从今天开始，娄晓月也是我老婆！”哈岚忿忿不平地瞪着佟梓华。

娄晓月内心有些震惊，充满感激的眼神望着哈岚。佟丽华忽然站起身，一言不发地要往院子外走。

“丽华……”哈岚欲言又止。

娄晓月上前拦住佟丽华，道：“难道我做小也不成吗？”佟丽华转身，淡定地瞅着娄晓月，漠然道：“祝你们幸福。”她抬脚走出屋子，娄晓月又拦住：“你明知道，你走了，哈岚他活不了。”佟丽华微微一怔，面露苦涩：“他没了你，才真的活不了。”

“你要去日本，他不是去码头把你追回来了吗？”

“你误会了，那是皇上下圣旨。”佟丽华表情冷漠。

“可你走了吗？你舍得走吗？”

佟丽华眼望别处，淡淡地道：“舍得舍不得，有用吗？你不都来了吗？”娄晓月低声道：“是你们把我逼得走投无路了……”佟丽华觉得很可笑，叹道：“走投无路？走投无路的人在那儿呢，他不都跳了河了吗？”

“我那时候跳河是……”哈岚想解释，娄晓月并不理会哈岚，正色地道：“他是不愿意我难过，才跳的河。”哈岚接口道：“你们听我说，我之所以会去跳河……”

他话还没有说完，佟丽华又说话了：“是吗，我还以为他是不想让我难堪，才去跳河……”哈岚急得跳起来：“跳河的人是我！你俩怎么都没有人愿意听我解释呢？”

佟梓华冷眼旁观，没好气地道：“嘿，戏子就是戏子，台上演不够，下了台还演，哈岚，你们俩还真是绝配啊，一个比一个能演！”哈岚怒道：“有你什么事啊，你跟着掺和什么呀！”佟梓华理直气壮地道：“我妹受了委屈，我能不管吗？就凭你今儿办的这事，我就该抽你！”他扬手想要去打哈岚，翠儿与解一半慌忙拉住哈岚，使劲往后扯。

娄晓月上前一步，挡在哈岚的面前：“有本事冲我来！”

“爷我不打女人，你闪开！”佟梓华怒气冲天。

“是我自己让你打的，跟哈岚没关系！”

佟梓华挽了挽衣袖叫道：“嗬！还真是一对不要脸，真以为我不敢打你怎么着？”

解一半见势不妙，赶紧将娄晓月拉开。翠儿狠狠瞪他一眼，用力踩了他一脚："有你什么事儿啊！"

"佟梓华！你敢动娄晓月一指头试试！"哈岚指着佟梓华，手指头差点戳到他脸上。

"我真动了你怎么着？"佟梓华恨声道。

"我……我……我跟你拼命！"哈岚猛地一低头，立马向佟梓华撞过去。

佟梓华侧身一闪，哈岚差点栽个跟头。翠儿与解一半冲过去扶起哈岚："爷，小心！"解一半哼的一声，将娄晓月挡到身后，撸起袖子要上："爷！打不打？"

"嘿，你还真是找打啊！"佟梓华两三步往前冲来，众人顿时撕扯成一团，互不相让。

"够了！住手！都给我住手！"佟丽华吼了一声，拉起佟梓华，"还嫌丢的人不够吗？走！"

佟梓华不服气地道："凭什么咱们走啊，该走的是她！"佟丽华甩手离开，哈岚却突然叫道："你给我站住！你说来就来说走就走？这个家还有没有规矩？"佟丽华转身冷笑："规矩？哈贝勒一声招呼不打就娶个戏子进门，又是哪门子规矩？"

"这……这不没来得及嘛……"哈岚极力争辩。

"跟我没关系了，你讲你的规矩去吧！"

"丽……丽华！晓月她实在没地儿去我才带她回家的，是你哥逼得她离开下天仙……"

佟丽华脸色一变："我哥逼你娶她了吗？"哈岚摇头叹息："丽华，你怎么这么小心眼儿啊！晓月她答应做小了，已经够委屈的了，你怎么就容不下她……"佟丽华冷冷地道："我心眼儿是小，容不下三个人过日子。"哈岚为难地看看娄晓月，又看看佟丽华，竭力挽留："丽华……别走了，行吗？"

"好！我留下，她走。"

"非得闹得你死我活吗？就不能好好商量商量吗？"哈岚苦着脸。

"你跟我商量过吗？上来就说她是你老婆！我算什么？你有尊重过我吗？"佟丽华的声音有些发颤。

哈岚哀求道："行行，事先没跟你商量是我的错，现在跟你说了，总行了吧？"佟丽华咬着嘴唇："晚了……哈岚，我对你失望透了。"翠儿在旁急切地道："爷！这个家不能没有少奶奶，快说句软话，把少奶奶留下啊。"解一半搔了搔头，道："要不这样，咱先不着急办喜事，先把少奶奶留下来，成亲的事儿，慢慢儿再说……"

"行了，我算看出来了，哈岚你也别为难了，我走！"娄晓月转身回屋。

“不不，晓月，你不能走，你一个人，能去哪儿啊？”哈岚追进屋子，见娄晓月开始收拾包袱，赶紧拦下。

佟丽华冷笑一声，毅然走出院子。哈岚急忙奔出里屋，大声喝止：“丽华，你也不能走……”娄晓月一边收拾衣服，一边冷笑：“还是我走！”哈岚又慌忙跑回屋子去拦娄晓月：“晓月，别走！”

眼看佟丽华就要走出大杂院门外，只见哈岚心急如焚地跑出来，冲上去拉住她的手，脱口而出：“丽华！我不能没有你！”

众人怔住，他这句话说得如此情深义重，完全不像贝勒爷平时吊儿郎当的作风，他究竟是不是良心发现，情到浓时方恨迟？

哈岚嚅嚅地道：“这个家……离不开你。”佟丽华闻言微微一震，突然之间心乱如麻，她也不知自己对哈岚究竟是爱还是恨。

“好，好！我是多余的，我走！”娄晓月拎着包袱出门，满眼怨念地望了佟梓华一眼，“你说的对，我就是不要脸，上赶子倒贴，人家还不要！”

她夺门而出，一滴泪水迎风洒落。冲出门。

“晓月！”哈岚拔腿要追出去，佟丽华突然在背后叫住他，幽幽地道：“哈岚！你不会去追她的，是吧？对你而言，我更重要，对吗？”哈岚停下来，转过头默默地望着佟丽华：“可是晓月……晓月她……她太可怜了……”他一跺脚，拼命往院子外面追出去。

佟丽华顿时觉得天旋地转，眼前一黑，身子软倒在地，耳边依稀听到翠儿撕心裂肺地叫着“少奶奶”，她脑子里已经一片空白，意识全无。

雾蒙蒙的小河边，哈岚与娄晓月依偎在一起，怔怔地看着日出。

哈岚思绪万千，觉得自己在两个女人之间耗尽了精力，实在是有些力不从心。他目光闪动，似乎是下定了决心，轻声对娄晓月耳边说道：“晓月……咱回北京吧。”娄晓月摇摇头，道：“你跟我现在落到这境地，回去不是刚好让我爸抓到把柄？到时候又把你赶走，你叫我怎么办……”

“你别怕你爸骂你，他那也就是骂骂而已，最后还是没事的……晓月……”

娄晓月皱眉道：“你就这么想撵我走？”哈岚一怔：“天地良心，我不是要撵你走……”娄晓月哼了一声，道：“对！你会跟我回北平……可是之后你有又百般的借口回天津，然后就不见人影，就像你以前一样！”哈岚将娄晓月拥入怀中，苦笑道：“哎，你想到哪里去了？我怎么会……怎么会弃你于不顾……”

“哈岚，我不要回北平，我……已经回不去了……”娄晓月摇了摇嘴唇。

“为什么回不去？”

“我就是……我已经……我已经……”娄晓月支支吾吾的，想将怀孕的事儿说出来，又怕吓着哈岚，神情犹豫不定。

哈岚疑惑地道：“你已经怎么了？你快把话说清楚呀！”

娄晓月突然探头向前，咬了一口哈岚的手臂。哈岚吃痛，忍不住叫道：“哎哟，晓月！你这是在干什么……你弄疼我了……”娄晓月扭过头去，正色地道：“这是给你的教训！让你记住，永远都不可以再从我眼皮子底下离开！哈岚……我真的承受不住……我已经承受不住……”

哈岚揉了揉被咬疼的地方，柔声道：“晓月，我记住了，你不想回北平，那就别回去……这样，我去找个地儿给你好好待着，咱们在外面租房子住，就算回不去余班主那唱戏，你也不用担心日子过不下去……我……我回去找解大哥商量商量……解大哥是好人，他一定会站在我这边的……晓月，日子苦点也没关系，我就不信咱过不下去！”

娄晓月终于露出笑容，张开双手，紧紧地拥住哈岚。

二人在小河边静静地坐着，远离喧嚣的街道。转眼就到了中午，哈岚便带着娄晓月去附近的小铺，租下一间旧宅平房。屋子里积满着厚厚的灰尘，虽然面积不大，但也有一些现成的家具。

阳光散散地从窗户透落在地上，哈岚开始动手打扫房间。娄晓月坐在炕上，出神地望着地上的阳光，默默地想着心事。

“晓月，你先暂时在这儿住下，等我把家里的事儿了一了，再把你接回去。”哈岚放下扫帚，摸遍了全身的口袋，凑了点儿钱出来，尴尬地放在桌子上，又转身拍了炕上的薄被子，“这些钱你先拿着……这被子太薄了，等着我从家给你带一床过来。你还需要什么就跟我说，我给你去置办去。”

娄晓月仍旧低头看着地面，若有所思地道：“哈岚，我现在是变成你的外室了吗？”哈岚微微一笑，柔声道：“我刚才不是说了吗，等我把家里的事儿了一了，就把你接回去。”

“这话你都说了八百遍了，你自己还能信吗？我等的时间够长了，我怕是要等不了那么久了。”

哈岚有点心虚，上前抓住娄晓月的手，喃喃地道："晓月……你再等等我。"

娄晓月突然起身，抓起桌上的钱，塞进哈岚手中，轻叹道："别再骗我了，现在这个家成这样，你还走得了吗？你回去吧，我没事的……"哈岚怔住，将钱重新塞给娄晓月："钱你拿着，等我回来。"娄晓月勉强笑一笑，也就不再推辞，捧起哈岚的脸："走吧，我能照顾自己。"哈岚望着娄晓月无奈的表情，害怕地握住娄晓月的手："晓月，我爱的是你。"

"那佟丽华呢？"

"那是个君命难违的意外。"

"可她才是跟你拜过天地的人，我呢？"娄晓月神色一黯，抽开被哈岚抓住的手，"你回去吧，我这么长时间都熬过来了……我先就在这儿住下，你别担心我……"

天津梓府。

佟梓华扶着失魂落魄的佟丽华回到家，赶紧让妹子躺在沙发上，倒了杯水，气急败坏地道："看见了？你前脚刚走，他后脚就把小老婆娶进门，你还跟他掺和个什么劲儿？"

孔雀不知发生何事，满心好奇地望着躺在沙发上发呆的佟丽华。

佟梓华从兜里掏出佟丽华写的那张声明，递给孔雀："去，把这个给我登报去。"佟丽华失声叫道："别……"佟梓华大声道："都这个时候了还想什么呢？妹妹哎，你没看见吗？他最后把你丢下追出去了，人家心里没你！你们到底是同床共枕还是同床异梦，你心里没点儿数吗？"

佟丽华眼圈儿一红："他有……我们一起去吃嘎巴菜时，他跟我说过他离不开我的。还有上次，他在樱花公馆喝成那样，还没忘给我带了玉子烧回来……"佟梓华一脸不屑地瞥了一眼佟丽华，冷笑道："嘎巴菜？你听听你都吃的些什么玩意儿！听你这意思，是还想回去跟他继续过？"佟丽华站起身来，抬眼望着窗外，叹道："我不回去，我找了新的工作，明天要先去上班……"

"什么工作？"佟梓华一怔。

佟丽华默然不语，自顾上楼去自己的房间。佟梓华望着妹子强装镇定的背影，对一旁的孔雀说："你去登报吧，让这破事儿早点结束！"

孔雀应了一声，出门去找报馆登报。

佟丽华躲在房里偷偷地哭了一场，从箱子里找出一件素花的旗袍换上，出了梓府，径直往樱花公馆而去。

樱花公馆的大堂中，弹奏着流畅的钢琴曲，往来皆是西装礼服的文人墨客，几位穿着连衣裙的贵族女子，坐在卡座低声细语。角落里的岛田敏三，身上竟是一件杂役的制服，神情黯然，正在默默地擦地。

草弥一眼看见佟丽华从门口进来，面露惊讶，慌忙与客人打了个招呼，上前迎接佟丽华：“佟格格，很高兴你终于来了。”

佟丽华见穿着长袍马褂的草弥走过来，微微一笑。草弥上下打量佟丽华的衣着与小高跟鞋，恭维道：“这身衣服很适合你。”佟丽华扫了一眼草弥的长袍马褂，淡淡地道：“可是这身衣服不太适合你。”草弥笑道：“这叫入乡随俗。”

佟丽华突然注意到在一旁擦地的杂役有些面熟，眉头轻轻一皱。

草弥转身看见岛田敏三，用日语喊了一声：“岛田！”

“是！”岛田立马站直身子，脖子上还缠着绷带。

草弥正色地道：“佟格格，之前的樱花公馆被岛田管理得乌烟瘴气，有损了中国人对于我们大日本帝国的印象。作为惩罚，我特地把岛田降为杂役，留在这儿工作，你觉得可以吗？”佟丽华盯着岛田唯唯诺诺的样子，漠然道：“这是您来决定的事儿，我不参与。”

“佟格格要是不在意，就最好了。”草弥转身对岛田说，“以后佟格格来接管樱花公馆，就是公馆的总经理了。现在佟格格同意你留下了，你要恪守本分，不要忘了自己是来干什么的！如果再出差错，就不会是没命那么简单了。你听明白了吗？”

“是！”岛田侧身向佟丽华鞠躬行礼，拾起地上的抹布，退出大堂。

草弥顿了顿，道：“佟格格，现在樱花公馆还没有重新开业，过几天会有一个开幕典礼，到时皇上和日本军方司令部长官，领使馆所有官员都会来，还需要你多费心。”佟丽华点了点头，道：“草弥先生客气了……如果您允许的话，我想去公馆四周看一看，先熟悉下环境。”

“求之不得。”草弥面露微笑。

佟丽华转身上楼，见包间的地板上换了叠席，门窗焕然一新。她绕过侧门，特意去公馆的暗室巡视，铁门内也已经没有黑衣人把守，通道里的暗室也被改装成了贮藏货物的仓库。

她走到包间的走廊，看见岛田敏三正跪在门前擦地。她皱了皱眉头，看了一眼包间的移门，却听见里面传来断断续续的交谈声："皇上瞧他那副样子，话都没问，直接让人把他拖出去了！"

"他除了会拍马屁，也没什么本事……"里屋又传来一阵嘲讽的笑声。

佟丽华一怔，望了望岛田敏三，道："这儿已经够干净了，你去前边儿吧。"岛田站起身子，毕恭毕敬地道："是。"佟丽华转身又瞧了一眼包间门，眼神有些迟疑，正要推门进去，忽然看见身穿西服的佟梓华，拉着一张黑脸，急匆匆地从走廊赶过来，口中大呼："草弥人呢？把他给我叫出来。"

"哥，怎么了？"佟丽华满头雾水。

佟梓华抬头看见佟丽华，微微一愣，声音陡然提高："怎么了？呵，他草弥说话出尔反尔，满嘴塞屁！"他怒气冲冲地拉开另一间门，却见身后的包厢门被人打开，草弥穿着长袍马褂站在门口，彬彬有礼地道："梓华兄，进来坐。"

佟梓华冷哼一声，转身进了包间，将门重重拉上。

包间是中式书房的装修风格，草弥坐在茶桌前，倒了一杯茶给佟梓华："这是我这次带回来的日本煎茶，您尝尝。"

佟梓华脸上的表情愠怒至极，压低声音质问："说好的樱花会馆由我接手，为什么现在是我妹妹站在外面！你们两个，谁都没跟我说一声，要不是张平生跟我说，我直到现在都不知道……你玩儿我？"

草弥并不惊惶，神情淡定的为自己倒上一杯茶，浅呷了一口，缓缓开口："我来中国很重要的一个目的，是促进中日友好交流，这也是樱花公馆开设的初衷。当时我把樱花交给岛田时，交代他把这里做成一个休闲交流场所，只是没想到这个蠢货用歌妓和鸦片吸引来往的人，把这里搞得乌烟瘴气，破坏了我们在中国人心中的印象……樱花再这样下去，就要完全被人唾弃了，所以我需要一个有能力的人来接管。"

"你觉得佟丽华比我有能力？草弥，你这是对我妹妹有私心吧？"

"私心这件事我不否认。但对于你和佟格格来说，她显然比你有能力得多。"

佟梓华深吸几口气，稳了一下情绪，质问岛田："你问过我阿玛吗？你知道他的意思吗？"

"佟侯爷？"草弥听后淡淡一笑，突然敛起脸上的笑意，"你以为你阿玛是谁？你觉得我们日本人会听他的？你错了。尽管他现在在东京很走红，但他是要看我们的意思的，梓华兄不要颠倒主次。"

"你……你，这个流氓！"佟梓华瞧见草弥的表情，顿感一股寒意，指着草弥怒道，

"你穿着长袍马褂，装模作样地坐在中国的书房里，茶壶里却泡的是日本的茶。你嘴上说这中日友好，敬重我阿玛，私底下做的事情却龌龊至极！"

"梓华兄，我希望你慎言，你阿玛走到今天这一步，那是他自己的选择，你的话是在指责你阿玛行事龌龊吗？更何况你选择跟日本人合作，恐怕也不是为了什么民族大义吧，你只是希望在这个乱世当中趁机捞一笔，而我需要一个中国朋友，用你们的话讲这叫互惠互利。"

"我呸你的互惠互利，我的利呢，我的利呢？"

"现在还不是时候，该来的总是会来……梓华兄，茶要凉了。"草弥端起茶杯，客气地递给佟梓华，脸上露出狡黠的笑意。

佟梓华悻悻而出，险些撞上等在走廊门口的佟丽华。

他冷哼一声，大步离去。没走出几步，突然回头将一头雾水的佟丽华拎到大堂的角落里，咬牙切齿地道："你以为你这个总经理是这么好当的吗？我告诉你，草弥就不是个省油的灯！"

"你们之间的事儿你们自己解决，跟我没关系。我只是想要个工作。"

佟梓华瞧了瞧四周无人，压低声音道："你真以为，樱花公馆仅仅是个中日交流场所……"佟丽华皱了皱："你想说什么？"

"你……你玩儿不转的，好自为之。"佟梓华将嘴边的话咽了回去，甩手离开樱花公馆。

大杂院里屋。

哈岚表情痴呆，望着报纸上的一则声明：我，佟丽华与丈夫哈岚思想有天壤之别、生活态度南辕北辙，已无法继续共同履行夫妻义务，今特此声明，两人从此分道扬镳，各奔前程，互不相干……他缓缓放下报纸，越想越不对劲："她居然登报了？她居然就这么把我给休了？"

此时，翠儿与解一半急急忙忙跑进院子，惊呼道："爷！少奶奶去樱花公馆工作了。"哈岚一怔："说什么呢？"解一半擦了擦汗："今儿我们卖酱肉时，亲眼看见少奶奶走进了樱花公馆。听那的人说，少奶奶是去那当什么……理？理什么……记不清，反正就是去掌柜了。"

翠儿见哈岚坐着不动，急道："爷，你快去，你快去给少奶奶认个错，把她领回来吧！

这要是在日本人那工作，万一……”

她话还没有说完，哈岚将手中的报纸一扔，人已冲出了屋子。

哈岚心急火燎地赶到樱花公馆，整了整衣裳，趾高气扬地推门进去，背着手东张西望。

大堂内正在弹奏钢琴曲，客人们的衣着鲜亮讲究，坐在卡座里喝着茶咖啡，低声细语地交谈。一名服务生走近哈岚，热情地邀请：“先生您这边儿请。”哈岚瞥了一眼服务生，装模作样地坐进卡座。

服务生客气地道：“先生，要点儿什么？”哈岚沉着脸儿，没好气地道：“你是干吗的？”服务生躬身道：“我是伺候您的。”哈岚冷哼一声，突然抬高声音喊道：“你也配！你知道我是谁吗？”

服务生怔住，仔细地辨认哈岚的脸，皱眉道：“我还，真不知道……”

“大胆！连我是谁都不知道还伺候我？告诉你，我是哈王府哈氏皇族第五代嫡重孙，贝勒爷哈岚！”

哈岚猛拍桌子，周围的客人们纷纷投来诧异的目光，盯着哈岚窃窃私语。

服务生有点儿懵：“我……我真没听说过……”哈岚怒道：“混账！连我都不知道！我一跺脚，半个京城都得哆嗦！”服务生点头哈腰，敷衍道：“是是是，哆嗦先生，您看您要点儿什么？”

“你不配伺候我！去，叫你们掌柜的出来。”哈岚一挥手。

“掌柜的？我们这儿没有掌柜的。”

哈岚一愣，斜着眼睛瞪着服务生：“没有掌柜的？胡说！你们这儿谁管事？”服务员耐心地道：“我们这儿是总经理……”哈岚连连点头：“对对！总经理！总经理不就是管事儿的吗？叫她来！”服务生有些为难：“这个……不太方便吧，前堂就是我管事儿。”哈岚提高嗓门：“听不懂爷的话啊？把她叫来！”

大堂的客人们正偷笑着看热闹，佟丽华一声不吭地走到哈岚的身后，看着哈岚颐指气使的样子，又好气又好笑。服务生一抬头，看见站在哈岚身后的佟丽华，慌忙解释：“总经理，这位爷……”哈岚闻言回头，眨了眨眼睛，赖皮赖脸的笑：“啊，你在这儿呢。”

“你下去吧，这儿我来。”佟丽华让服务生离去，走到哈岚的桌前，淡淡地道，“这位哈氏皇族嫡重孙贝勒爷想要点儿什么？我来伺候您。”

第二十七章 开张大吉

哈岚原本一直冲着佟丽华憨笑，却突然发现佟丽华似笑非笑，脸上表情就像是面对着一位陌生的客人，顿时绷起脸来："我要豆汁儿！"佟丽华漫不经心地道："没有。"哈岚接着叫："那来盘儿驴打滚！"佟丽华摇头："没有。"哈岚一皱眉："来瓶二锅头？"佟丽华不耐烦地道："没有。"

"嘿，你们怎么什么都没有啊？你们这儿有什么？"

"告诉你，这里是樱花公馆，不是隆福寺。"佟丽华转过脸去，不想搭理他。

哈岚仍然不死心，继续问："那你这儿有什么？"佟丽华正色地道："有各式糕点，起司饼干，日式小点心，珀尔多红酒，日本清酒，你要什么？"

"好！我要俩日本娘们儿陪我喝酒！"哈岚一拍桌子，邻桌传来一阵轻笑。他虽然觉得有些尴尬，但仍旧硬撑着。佟丽华脸色一撂："没有！"哈岚气呼呼地道："我要烟盘子烟枪，我要抽上两口！"

"没有！"

"你蒙谁呀！别以为我不知道，我来过这儿，包娼窝赌，打杠子套白狼，藏污纳垢无恶不作！你……你居然跑到这种地方，来，来，来当掌柜的？还什么……什么经理？我都替你害臊！"

佟丽华突然一把揪住哈岚的衣领子，呵斥道："你起来！"哈岚坐着不动："你放手！你……干什么？"

佟丽华愤怒地将哈岚从卡座里拉出来，拽着他往包间的走廊走去。哈岚脚步趔趄，一路弯着腰跟在佟丽华的身后，根本挣脱不了，客人们见他这般狼狈的模样，顿时哄堂大笑。

二人来到走廊处，佟丽华在一个包间的门口停下，哗啦一声拉开门，拽着哈岚的领子，拖进包间。

这是一间画室，房间内摆着一张长条形的案桌，文房四宝样样俱全，桌上还晾着几副刚画好的山水画。佟丽华又将哈岚拽出来，打开另一道门，房内是一间琴室，里面摆着三张琴桌，放着三张古琴，一个琴师盘腿坐在叠席上，手腕在琴上一拂，响起一串古琴的乐音。

紧接着，佟丽华又领哈岚去看了一间茶室，里面是各式各样的日式茶具；一间中式书房，三面墙上皆是书架，摆满一堆堆的线装书。哈岚瞧清楚包间里的布局，有些傻眼。佟丽华揪着哈岚的领子问："看见了吗？"哈岚缓缓点头："看见了。"

"看明白了吗？"

"看明白了……"

二人回到大堂，面对面坐在卡座里。哈岚耷拉着脑袋，像是个犯了错的小学生。服务生送上点心和红酒，热情地倒上两杯。

佟丽华意味深长地道："我愿意善意地理解，你今天不是来搅场子砸牌子，你是来关心我，怕我一旦离开了你就深陷泥潭。"哈岚喃喃地道："这儿确实跟之前不一样了……"佟丽华正色道："是变了。之前确实是包娼窝赌，藏污纳垢。现在这儿是一个中日文化、沟通文人雅士聚会的场所。你以前来过几次，还彻夜不归，是不是就是来这儿玩儿日本女人抽大烟？"

哈岚急着摆手否认："没有没有，那俩日本娘们一扒我裤子，我吓得逃了出来，哆嗦着就晕了过去。"佟丽华取笑道："哟，不对了吧？你这个一跺脚能叫半个京城哆嗦的贝勒爷，还能叫俩日本女人吓得直哆嗦？"

"真的！不信你问马俊杰，是他救了我！"

"哎！你跺个脚我看看。"佟丽华调侃道。

哈岚面色一红，不好意思地道："我那不是瞎吹吗？我一跺脚，其实就我自己哆嗦一下……咱不说这个了好吧，丽华你走了之后我不知道为什么，我天天觉得没着没落的，心里头整个就没抓挠了。昨儿晚上做梦还梦见你，飘飘忽忽地就回来了，我刚要……"佟丽华突然打断他的话："娄晓月还好吗？"

"晓月？"

“就你那个小老婆啊。”

哈岚翻了个白眼：“什么小老婆啊，那不是没弄成吗，叫你哥给搅和了。”佟丽华冷笑：“那今后呢？”哈岚思索片刻，神情颇为凝重：“今后……今后就算不娶她做小老婆，我也不能把她置之不顾。”佟丽华将身子往座背上一靠，道：“哈岚，我告诉你，这事儿不了结，我是不会跟你回去的。”

“可是……你那声明……你却把我休了。”

“我那是我哥强迫我发的，我会再发个声明说那个无效。其实你假如真的心里有我，我也许会勉强你可以有个小老婆，但是现在不行，因为你伤害了我。”

哈岚微微一呆，道：“我心里有你，不然我今儿怎么会来……”佟丽华正色地道：“不，你那是思念不是爱。人相处久了，乍一分开是会思念的，那绝不是爱。可你对娄晓月不是这样，那天我那么叫你，你还是追她去了。”哈岚面露诚恳之色：“丽华，我是真的想了结这件事儿，但是我不知道怎么了结，你能告诉我怎么办吗？”佟丽华嘴角轻扬：“既然如此，那么会有人帮你了结的。”

“谁？”

“佟梓华，我们家的人一定会维护我。”佟丽华的语气有些轻描淡写。

哈岚心头一紧：“你们打算怎么处置娄晓月？”佟丽华故作姿态：“我真的不知道，那是我阿玛和我哥哥的事儿，你还是自己尽快了结吧。”

“你们，你们千万不要伤害娄晓月。”哈岚有些心虚。

佟丽华并不答话，突然端起手中的酒杯，微笑道：“来，法国波尔多，这酒真的不便宜，今儿掌柜的请客，咱们干一杯。”

樱花公馆的茶室。

草弥穿着和服，正坐在包间饮茶，岛田敏三推门进来，转身探了一眼走廊上的动静，将门阖上 低着脑袋向草弥鞠躬。

“今天怎么样？”草弥抬头盯着岛田敏三，语气很平静。

“今天上午十点左右，溥仪接见了俄国领事馆的人。俄国人在里面待了两个小时，我们的人不在里面，具体谈了些什么不太清楚……中午御厨做的西式糕点全都被退了回去，张园派人去买了耳朵眼儿炸糕。午饭之后，他跟婉容去跑马场散步一小时，回来时又去正昌买了点心……对了，今天溥仪给婉容请了一位教探戈的老师。”

草弥一怔，皱眉道："什么背景？"岛田敏三低声道："一个女人，音乐学院毕业的，调查了背景，暂时没发现什么问题……还有，晚饭的时候，皇上在厕所待了将近四十分钟，好像最近肠胃不太好……"

此时，佟丽华正站在走廊的角落，侧耳聆听包间内交谈的日语。

一名服务生走过来，轻声道："总经理，您过来一下。"

佟丽华迅速离开走廊，往公馆大堂走去。

"还有，皇上说樱花公馆开幕那天，要唱堂会。"岛田敏三在包间内继续向草弥汇报。

草弥颔首道："可以。"岛田敏三面有难色，道："他要请娄晓月唱'游园惊梦'，但是……但是娄晓月不见了。"草弥一惊，问道："不见了是什么意思？"岛田敏三应道："佟梓华把她从戏班子赶走了，如果人找不到，可能这出戏唱不了……"草弥转了转眼珠子，慎重地道："这件事情我们不方便出面，还是需要佟梓华辅助。"

"那我去找他。"

"不，我亲自去……"草弥微微一笑。

草弥坐车来到博爱路的梓府洋房门口，门房迅速进去禀告佟爷。

客厅的留声机里在播放京剧，佟梓华穿着睡衣，躺在沙发上闭目养神，而孔雀盘腿跪在地上，正在给他修剪手指甲。

孔雀听闻草弥来访，立即停下手里的剪刀，推了推睡得迷迷糊糊的佟梓华："草弥先生来了……"佟梓华惊醒，皱了皱眉头，喃喃地道："他来干什么？你们先下去吧……"

草弥进了客厅，微笑行礼。佟梓华将刚剪的手指甲放在嘴唇上磨了磨，背靠在沙发上，漫不经心地盯着草弥："怎么着，我们互惠互利的日本朋友有何贵干？"

"我当然是来还利。"草弥态度恭敬。

佟梓华不屑地道："怎么，要把我给请回去？"草弥开门见山地道："过几天樱花公馆开幕典礼，溥仪先生要听娄晓月唱'游园惊梦'。"佟梓华倚着沙发，抠着指甲，一副事不关己的样子："那你们去找娄晓月啊，来我这儿干吗？我又不会唱游园惊梦……"草弥客气地笑了笑，道："我希望你能出面去请娄小姐。"

"你为什么不去？"

"因为现在我们不知道娄小姐在哪儿。"

佟梓华一听，直起身子冷笑："找不着人了来找我了？樱花公馆找总经理的时候，怎么不知道来找我？"草弥苦笑摇头，正色地道："梓华兄，没找你是因为我对你有其他打算。樱花公馆毕竟是在天津，只是个门面，我们接下来有进驻北平的计划……所以，现在佟格格只是樱花的一个门面，你明白吗？”

“我怎么相信你？”佟梓华微微一愣，一个细微的面部表情，证明他的内心已开始动摇。草弥笑道：“你尽可以不相信我。我能保证的是，如果你能帮忙把这次樱花开幕的堂会做好，北平就会留你一碗羹。或者你也可以什么都不做，在家里慢慢等待转机。”

佟梓华望着草弥似是而非的表情，眼神闪烁不定。

他当机立断，送走草弥之后，就去房间换好衣服，安排司机直奔大杂院。

黑头轿车开到大杂院门外，牛大爷正在漱口，瞧见佟梓华从车上下来，径直往哈岚的屋子里冲去，愣了一下，吐出嘴里的水：“魂儿丢这儿了吧？三天两头地来找东找西的……”翠儿端着一盆儿水从里屋出来，差点撞上佟梓华，她身子往后一躲，没好气地道：“真是出门见鬼。”

“你别跟我来套，嘴里不干不净的。哈岚呢，把他给我叫出来！”

“不在家。”翠儿气呼呼地道。

这时，屋里传来哈岚的声音：“翠儿，家里那床新被子呢？”佟梓华闻言，用手指头狠狠地点了点翠儿，要往里屋进去，不料翠儿顺手就将盆里的水泼在门口，溅了佟梓华一脚。佟梓华原地跳了几下，迅速跳到了门口，暴怒道：“你没长眼啊！”翠儿阴阳怪气地道：“对不住，没看见你，您矜贵，闪开了点儿！”

她走到院子里，拍着手去轰院子里散养的鸡。

“你这是骂谁呢！少给我在这儿指桑骂槐！”佟梓华脸色一变。

“我在骂鸡，你是鸡吗？”

哈岚走到门口，并未瞧见佟梓华，问翠儿：“刚才叫你没听见吗？咱们那床多余的被子哪儿去了？”他一转身，看见气急败坏的佟梓华，奇怪地道，“你来干吗？”

“无事不登三宝殿！”佟梓华气冲冲地进屋，随手抄起椅子上搭着的毛巾，弯腰去擦鞋，却被哈岚一把夺过：“这是擦脸用的！”佟梓华一呆：“那不正好吗？”哈岚冷冷地道：“你都没脸，用不着这个。”

“得得得，你别跟我这儿嚼舌头，娄晓月哪儿去了？”佟梓华挥了挥手。

哈岚瞪了他一眼，警觉地道：“我怎么知道？”佟梓华皱眉：“那天就你追出去了，你不知道谁知道？”哈岚哼了一声，道：“谁爱知道谁知道，我反正不知道。”佟梓华无奈，语气缓和下来：“我说正经事儿，过几天樱花公馆开幕式，皇上点名要她唱游园惊梦。”哈岚眨了眨眼睛，道：“就你？胡说八道都不知道怎么说，整个一棒槌。皇上最了解晓月了，晓月是能唱游园惊梦，但这是昆曲她不熟，皇上就不可能点这出，你哪凉快儿哪待着去！”

“你管她会不会唱呢，不会唱现学！现在皇上是要娄晓月这个人，只要娄晓月去了就行了。我可告诉你，到时候日本军方司令部长官、领使馆所有官员都会来，你别给我耽误事儿。赶紧的，她在哪儿呢？”

哈岚忽然想起来什么似的，神秘兮兮地问：“丽华知道晓月要去樱花公馆唱戏吗？”佟梓华立马反应过来：“哎哟，闹了半天，你是怕佟丽华呀？怎么，皇上让娄晓月去，她还能反对怎么着？而且，她现在可是在日本人手底下工作，放心吧，不会怎么着的。”哈岚若有所思地点点头，道：“哦，那我明白了。”

“所以，娄晓月在哪儿？”

“不知道！”扭过头去。

佟梓华刚要发火，转念一想，明着不行就不能来暗的？我就不信你不跟娄晓月见面。他口中骂骂咧咧地道：“他妈的，跟我装二愣子……”他转身出门，气呼呼地上了黑头轿车，扬长而去。

天津平房旧宅。

哈岚抱着被子，走近平房的院子，他身后跟着的黑衣人盯住他的背影，转身往巷子口离开。

哈岚进了屋，见娄晓月正趴在桌前吃着一碗素面，赶紧将手里的被子放在炕上，道：“怎么吃这么素？”娄晓月嘟了嘟嘴：“没胃口。”

“解一半儿做的，你尝尝。”哈岚像变戏法似的从兜里掏出一包切好的酱肉，用手拎起一块，笑嘻嘻地放到娄晓月的嘴边。娄晓月张开嘴咬了一口，嚼了几下，皱起眉头。

“不好吃吗？”

“好吃，就是我没什么胃口……你这几天怎么样？”

哈岚叹了一口气，握住娄晓月的手：“嗨，就……还那样呗。”娄晓月正色地道：“我这几天想了想，一直以来横在我们中间的，不就是皇上指婚的圣旨吗？”哈岚低头默认：“是吧……”娄晓月眨了眨眼：“那有没有办法，让皇上也承认咱俩的婚事？”

“上次在紫禁城……”哈岚话没说完，却见门口人影一闪，佟梓华突然闯了进来，贼眉鼠眼地瞪了娄晓月一眼，讪笑道：“哎呀，我还真是来得不巧啊。”哈岚脸色一变：“你跟踪我？”

“我也不想啊，明儿樱花公馆就开幕了，这缺了娄晓月，那可是要掉脑袋的。你说我能不急吗？情急之下就只能跟踪你了。”

娄晓月疑惑地看看哈岚，问佟梓华：“什么事儿？”佟梓华赔着笑脸，道：“明儿，樱花公馆开幕，皇上和日本军方司令部长官、领使馆所有官员都会来。皇上点名儿让要你唱‘游园惊梦’，还请娄老板赏个脸儿。”

“凭什么？”

佟梓华一怔，自以为领会意思：“明白，您看，这是之前那份意思，明儿只要您去，把戏唱下来了，事成之后的那笔包银，绝对亏待不了您！”娄晓月冷笑道：“我稀罕你那点儿钱？当时你去余家班儿闹事儿，让余班主把我给轰出来时，怎么没想到有今天？”

佟梓华故作惊讶地道：“你是被赶出来的吗？这帮孙子……你看，我手下的人不懂事儿，办事儿鲁莽了点儿，我明明跟他们说的是让他们劝劝，让你早些回家，别跟我妹在那闹了，你们仨这么闹来闹去的，哈岚又做不了主，最后也闹不出个结果，何必呢，你说是吧？”

“你回去吧，我不唱！”

“皇上的面子也不给？”

娄晓月绷着脸，没好气地道：“还到不了皇上那，你的面子我就不给，请回吧。”佟梓华死皮赖脸地道：“你再考虑考虑？要不这样，丽华那边儿我帮你说说，让她答应你进门做个小……”

娄晓月继续吃面，不搭理他。

“得得得，姑奶奶。那我晚点儿再来一趟，你好好考虑考虑，别使小性子，皇上即便下野了，也还是皇上。您先吃着啊，反正这地方我也认识了，一会儿我还来。”佟梓华见娄晓月没反应，叹了一口气，走出门外。

正吃着面的娄晓月忽然抬起头，瞪着哈岚：“皇上？哈岚！有办法了！有戏了！”她突然想起什么似的，放下碗就追了出去。

此时，司机打开车门，佟梓华刚要钻进车里，娄晓月追过来大喊：“佟梓华！你回来。”

佟梓华愣住，扭头看向娄晓月。

“我去，但是‘游园惊梦’我不会唱。你得去余家班儿给我找个师父过来现教。”佟梓华一听乐了：“诶？怎么回事儿啊？刚才还死乞白赖的不去，怎么现在又要去了？”娄晓月脸色一拉：“你再废话，我就真不去了。”佟梓华慌忙答应：“姑奶奶，我这就给你请师父去！”

樱花公馆。

大门两边戒备森严，数名侍卫一字排开，草弥领着佟丽华兄妹二人，毕恭毕敬地站在门口，迎接溥仪的到来。

黑头轿车驶到门前，穿着紫色长袍的溥仪下车，佟家兄妹立即上前叩拜，恭迎圣驾。溥仪看见佟丽华，微笑着点点头，又瞧了一眼旁边的草弥，径直走进樱花公馆。

草弥将贵客迎到公馆的茶室，日本军方的司令官早已在包间等候。

桌上沏了一壶茶，佟丽华上前亲自给两人倒茶，军方司令官喝了一口茶，满意地点点头，用日语问道：“这是煎茶？”

“是！”草弥用日语回应一声，转头对溥仪行礼，“皇上，这是我从日本带来的煎茶，您品尝一下。”

溥仪端起茶杯，浅品一口，淡淡地道：“不如中国的绿茶。”草弥的表情有些难堪，军部司令官突然笑眯眯地对溥仪说道：“我听说您最近经常外出活动，见了蒙古王和俄国人，我希望皇上自重，尽量少出去活动。”溥仪愣住，皱起眉头：“你以为你是什么人？敢这么跟我说话？”

“是是是，多有冒犯。但我还是希望你有什么事儿可以通过外交手段解决，现在这种状况，你不适合多次外出。”

“为什么不能多次外出，是怕死在你们的枪下吗？”

军方司令官的笑容和蔼可亲，道：“皇上不要误会。”溥仪冷冷地道：“我听说蛋糕店的枪是你们放的？”草弥的脸上闪过一抹不自然，军方司令官却仍旧在笑：“这太可笑了，我们保护你还来不及，怎么会伤害你呢？”溥仪质问道：“你们就是不想让我出去，出去就给我脸色看是不是？”军方司令官脸上的表情稍微缓了缓，草弥见状，立马接话：“皇上，司令官的意思是，最近您是焦点，怕您出去会出现意外……”

“我让你说话了吗？”溥仪皱眉。

草弥低头说了一声“是。”军方司令官盯着溥仪，忽然笑着用日语跟草弥说：“这个扶不起来的黄毛小儿。”一旁的佟丽华听见了，立马用日语反击质问：“你说什么？”

“你是谁？”军方司令官见佟丽华居然会流利的日语，顿时面露讶异之色。

草弥紧皱眉头，默然不语。

佟丽华大声地道：“我是樱花公馆的总经理，我要求你为你刚才的话向皇上道歉！”溥仪听到佟丽华的中文，奇怪地道：“他刚才说的什么？”佟丽华刚要开口，草弥突然用日语提醒：“佟格格，请不要升级矛盾……”溥仪满脸疑惑，望着佟丽华，等待解释。佟丽华缓了一口气，道：“皇上，他没有用敬语，我要求司令官现在向皇上道歉。”

军方司令官的笑容重新回到脸上，微笑道：“抱歉，我为我刚才的不合适的言行道歉。我没有不让你出门的想法，只是希望你能注意安全。”草弥赶紧打圆场：“皇上，今天是樱花公馆重新开幕的日子，希望你能为我们留个墨宝。”

“好。”溥仪点了点头，心不在焉地答应。

草弥低声对佟丽华说：“麻烦佟格格去看看戏准备得怎么样了。”

佟丽华心里虽然很不高兴，却也不想给草弥添乱，低头行礼离开。

草弥带溥仪参观了樱花公馆的大书房，在桌上铺好宣纸，将毛笔递给溥仪。

溥仪站在书桌前，笔尖停留在纸上方，迟迟未下笔。草弥提醒道：“皇上，您就写……中日邦交永固吧。”

溥仪垂眼想了想，回味过来，自嘲地一笑，落笔写上“中日邦交永固”六字。

此时，娄晓月正在樱花公馆的堂会后台在装扮，余班主站在旁边给她讲戏，手腕边比画，嘴里边唱：“良辰美景奈何天，便赏心乐事谁家院？朝飞暮卷，云霞翠轩，雨丝风片，烟波画船。锦屏人忒看的这韶光贱！”

娄晓月学着余师叔的唱腔，唱着昆曲：“良辰美景奈何天，便赏心乐事谁家院……”突然瞧见哈岚捧着个茶壶，进了后台东张西望，惊喜地道，“哈岚，你怎么来了？”

“我不太放心，想过来看看。”哈岚将茶壶递给娄晓月，给余班主客气地行礼。

娄晓月接过茶壶，笑盈盈地看着哈岚，却见佟丽华带着岛田敏三往后台走过来，那岛田敏三的手里也捧着个茶壶。

哈岚发现佟丽华，眼神闪个不停，赖皮赖脸地笑。

“哟，看来已经有人给娄老板端茶送水了。”佟丽华瞟了一眼哈岚，又看见娄晓月手里的茶壶，嘴角带笑，扭头对岛田敏三说，“出去把这壶茶泼了吧。”

她走到娄晓月的身边，客气地又道，“我是这里的总管，有什么照顾不周的地方您说话。”

“对对对，也叫总经理。”哈岚没话找话，笑着对娄晓月解释。

娄晓月瞪了一眼坐立不安的哈岚，对佟丽华说：“我看到报纸上的声明了。恭喜你，你自由了。”佟丽华似笑非笑地道：“那你问问哈岚现在敢娶你吗？”

娄晓月冷冷地道：“娶不娶都跟佟格格没关系了吧？您忘了，您现在不再是哈家的人了。”佟丽华扭头问哈岚：“是吗？娄老板，游园惊梦说到底梦醒了，它还是一场梦。哈岚，你说呢？”

哈岚啊的一声，故意装傻：“哎呀，晓月快换好行头，一会儿该上台了。”他拉着娄晓月去换衣服，娄晓月生气地甩手。一旁的余班主见状，清了清嗓子，提醒道：“晓月，你赶紧把这两句唱熟了，千万不要误事。”

樱花公馆的大堂里搭建了华丽的戏台，台下坐满了贵宾，前排是溥仪与军方的司令官，而领事馆的官员和诸位遗老遗少均坐在后排。

戏台上人未出，声先入。装扮美艳的娄晓月登台亮相：“……春香，不到园林，怎知春色如许？”

二丫头应道：“便是。”

“原来姹紫嫣红开遍，似这般都付与断井颓垣。良辰美景奈何天，便赏心乐事谁家院……”

溥仪喝了一声：“好！”前排的一角，穿着素色旗袍的佟丽华身子倚着墙，双手环抱胸前，淡然地欣赏着娄晓月表演。哈岚坐在另一边，远远地望着娄晓月，情不自禁地扭头，偷偷地瞄一眼佟丽华。

“遍青山，啼红了杜鹃，那荼蘼外烟丝醉软……”

戏台上《牡丹亭》的“游园惊梦”顺利结尾，众人起身鼓掌，余班主赶紧上台与娄晓月一起向溥仪叩拜。溥仪眉眼带笑，用赞许的目光看着娄晓月，招了招手，道：“走近点儿。”

娄晓月微微一怔，下了台阶，又跪倒在溥仪身前，口呼“皇上万福”。溥仪点了点头，转身问身边的仆人：“东西呢？”仆人恭敬地递上一个托盘，上面摆着一对金镶玉的镯子。溥仪取过玉镯子，对娄晓月说：“手。”娄晓月缓缓地将手伸过去，在场的遗老遗少们脸色顿时大变。

溥仪捏住娄晓月的手，轻轻地将镯子给她带上。娄晓月有些受宠若惊，收回手看

“孬种！”汪四海飞起一脚将涂老八踢倒在地。

翠儿闻言怒不可遏，失声大骂：“汪四海！你他妈还是人么你？！”汪四海冷着个脸，道：“这年头，是人不是人很重要吗？”佟梓华冷冷地道：“少跟他废话！快去他家里救人，你们俩坐我的车，送丽华和翠姑去汪府。找着了回来给个信啊，把这几个也拉出去。”

佟丽华与翠儿终于松了一口气，急急忙忙跟着两个黑衣人往关帝庙外面走去。那个被拉出去枪毙的老黑，垂头丧气地走了进来，汪四海一怔，咬牙切齿地道：“佟梓华，你记着啊，我这煮熟的鸭子，让你这孙子给弄飞了！”

佟梓华取出烟盒，打开抽一根儿递给汪四海，又替他点上烟，嘿嘿笑道：“汪局长，您甭急，等报信的回来，找着孩子了，咱这出‘十面埋伏’就可以散戏了。”

黑头汽车亮着大灯，在小树林路上行驶，佟丽华瞧着车外，突然大声喊道：“哎！麻烦停下车，对不起……我要方便一下。”翠儿赶紧搭腔：“我也去，快憋死了，你们在车里坐好了，别瞎看啊！”

二人下车，急忙朝着小树林跑去，从树杈子上取回了房契，然后上车，一路赶去汪府大宅。守卫坐在门口的椅子上，头靠着墙正在打瞌睡，迷迷糊糊瞧见几个陌生的黑衣人走过来，惊醒道：“干什么的？”他话音一落，鼻子上挨了一拳，顿时人事不省。

黑衣人找到汪府花园的库房，一脚踹开。哈津平躺在床上正在熟睡，听见响动惊讶地睁眼，翠儿与佟丽华早已冲了进来，扑上前一把搂住津平呜呜痛哭：“津平！可怜可怜……你怎么样啊！有没有事儿？他们有没有打你啊？”

“妈！翠姑！”哈津平欣喜万分，死死抱住翠儿不松手。

“姑奶奶，别哭了，咱赶快带孩子回家吧。”佟丽华拖起哈津平，三个人跌跌撞撞地跑出了汪府。

清晨，北平的老街上，几个菜农挑着担子走过，解家小院生起了炊烟，佟丽华系上围裙，正在厨房收拾一条鲤鱼。刮鳞，去鳍尾，接着破肚冲洗，手法并不熟练。

哈津平站在厨房门口，默默地低着头。

佟丽华笑了笑，道：“今儿啊，你尝尝我做的红烧鱼，不敢说比你一半大爷做得好吧，绝对比你翠儿姑姑做的强！等他们一会儿回来了，咱们再卤块儿好肉吃。津平，以后啊，再有人问起你爸，你都得说他死了，知道了么？”

“我爸没死，在上海……”

“我知道，但咱们跟外人不能老说实话啊。这次你没去成上海也没关系，你娄妈妈去了呀，她见了你爸，一定会告诉他，你是怎么想他……”

哈津平脸色一变，突然叫道：“娄妈妈是骗子！”佟丽华一怔，皱眉道：“怎么说话呢，这事跟她根本就没关系。”哈津平生气地道：“她早埋伏好了人，把我弄下车……”佟丽华叹气道：“唉，那是汪四海的人，你娄妈妈压根儿就不知道这事儿。你娄妈妈疼你，她永远不会做伤害你的事儿……知道吗？”

“对不起……”哈津平说话的声音很轻。

正在低头弄鱼的佟丽华以为自己听错了，缓缓扭过头：“什么？”哈津平抿了抿：“对不起。”

佟丽华满脸错愕，心里却觉得十分的安慰：“你有什么对不起的，这全都是大人的错，你个小孩子懂什么？你只要记住，娄妈妈才是你亲生妈妈，以后，不许再说她的坏话，你知道她的心里……”

“妈！”不等佟丽华说完，哈津平猛地扑到佟丽华的身上，紧紧地抱住了她的腰，泪水夺眶而出。

佟丽华忙举起两只还沾着鱼鳞的手，心潮起伏地望着哈津平。

哈津平哽咽道：“妈！对不起！”

佟丽华一动不动地举着双手，脑子里却想着，这个姿势永远不要放下来那该多好呀，她愿意永远都这么举着。她此时再也控制不住自己内心的欢喜，任凭眼泪稀里哗啦地流下来。

喜丰堂饭庄。

汪四海坐在包间的桌前自饮自酌，外面两名警察押着涂八进来。汪四海扫了面无人色的涂老八一眼，淡淡地道：“你们两个下去吧。”

警察离开之后，涂八站在原地低着头，始终不敢作声。汪四海倒上一杯酒，眨了眨眼睛，道：“坐吧，我敬你一杯。”涂八惊恐地抬起头：“局长……您这是……”汪四海皱眉道：“叫你坐没听见是吧？这不是请你吃个饭么，怎么了，嫌菜不好啊？”

“局长……有什么话您就直说吧，我这……”涂八犹豫着坐下。

汪四海面无表情，缓缓地道：“家里还有什么人？”涂八如实回答：“我爸，我媳妇儿，还有俩孩子……”汪四海点了点头：“嗯，难怪呢，一大家子人要养，不容易啊是不是？

不过你放心吧，你走以后呢，我会替你照顾好他们的。”

“您这是要我的命啊？”涂八慌忙站起身来，腿脚不停地发抖。

汪四海冷冷地道：“我就是觉得，你对不起我。”涂八苦笑道：“局长，我是对不起您，可是当时那种情况，我要是不说，我就没命了。”汪四海哈哈一笑，道：“老黑是被拉出去了，可人家现在还活着呢。”涂八急道：“那当时谁知道他们是真枪毙，还是假枪毙啊？”

“跟着我都是真的，有吃有喝，否则的话全都是假的，我没告诉过你吗？吃完这顿饭，我会告诉你们家里人，你已经死了，而且呢，是以身殉职。”汪四海似笑非笑地望着他。

涂八瞪着汪四海半晌，突然坐下喝酒，夹起筷子狼吞虎咽。

汪四海脸上的表情变得严肃起来，他惊奇地看着大吃大喝的涂八，诧异地道：“你真不想活了？”涂八嘴里塞满东西，头也不抬地回答：“谁想死啊？可我知道，落在别人手里我还能指望着活，落到您手里，我甭活了。”汪四海脸色缓和，嘴角带笑：“嘿嘿，知我者，涂八也。我看你这么识趣儿，还真有点舍不得杀你……不如，帮我办件事儿吧。”

涂八抬头看了看汪四海，突然点点头。

汪四海皱眉道：“你也不问问什么事儿？”涂八抹了抹嘴，直截了当地道：“说吧，您就说要谁的命吧！”汪四海感叹道：“要说你这脑子是真聪明……俩人，一个哈岚，一个解一半儿。”涂八怔住，难以置信地问：“这俩人不早枪毙了吗？”

汪四海微微一笑，取出一张火车票，放在桌子上推给涂八：“这俩人现在都在上海，这次他们必须死。我已经派刘金过去了，我觉得不保险，所以吃完这顿饭，你还赶得上这趟火车。”

“局长，您票都买了，是没打算杀我？”

汪四海眨了眨眼睛：“涂八，我再说一遍，能不能活命，看你小子自己选！而且，把你杀了，我派别人去也得买票啊？呵呵，这回不会再出卖我了吧？”涂八二话不说，将火车票揣进兜里，哼了一声：“那没准。”

汪四海举杯大笑。

上海大通宾馆。

大堂内人来人往，刘金推门进来，手里拎着行李箱，肩上背着翠儿交给娄晓月的包袱，而娄晓月跟在后面，瞧了瞧装修豪华的宾馆大堂，径自走到前台，出示了一张陆府的请帖。

服务生核对名单之后，慌忙迎出来，领着娄晓月和刘金上了二楼。

大厅一旁的沙发上，哈岚的脸上盖着报纸，正仰头在睡觉，突然一个激灵醒过来，迅速拿开脸上的报纸，睡眼惺忪地扭头望着宾馆门外。

路边停了一排等活儿的黄包车，车夫们围着一起闲散地聊天，并没有见到娄晓月的身影。哈岚有些失望，扭头看看大堂，走到前台去问服务生："人来了吗？我一不留神儿睡着了。"

服务生翻开入住贵宾的名单："嗯……娄晓月是吧？来了，刚上楼……"

"啊！"哈岚拔腿就往楼上跑。

此时，宾馆套房内，娄晓月脱掉外套，往沙发上一坐，随手就拿起桌上的电话。往门口行李架上搬运行李的刘金警觉地道："太太，您干吗？"娄晓月没好气地道："当然是打电话啊！要不我拿着电话筒是要唱戏啊？"刘金有些不好意思，讪笑道："您刚到上海，这是给谁打电话？"

娄晓月白了刘金一眼："我给家里打，我问问津平到家没有，不行吗？"

房间门铃响起，刘金心不在焉地去开门。

他打开门一看，突然见哈岚眉开眼笑地站在门口，瞧见来开门的人是刘金，脸色一拉。刘金看见哈岚，愕然半晌，哈岚刚吐出一个"晓"字，还没来得及说话，呼的一声，刘金猛地关门。哈岚脚尖一挡，拼命去挤门。

娄晓月耳边隐隐听见有人喊她名字，抬眼又看到刘金正在跟门较劲儿，忍不住好奇地问："谁呀？"门外的哈岚听见娄晓月的声音，急忙高呼："晓月！晓月！哎哎哎，你干吗啊？放手啊！"他一边叫喊，一边伸出一只手去推门缝，将刘金一张脸都快挤得变了形。

"哈岚？"娄晓月又惊又喜。

刘金一脸无奈，垂头丧气地坐在沙发上，直勾勾地盯着满脸兴奋表情的哈岚。

"你勾魂儿呢？这么直勾勾地看着我……"哈岚瞪了一眼刘金，进门望着好久不见的娄晓月，神情有些呆滞，轻唤了一声"晓月"之后，竟不知怎么开口问候，傻站着一动不动。

刘金索性抄起桌上的报纸，挡住了自己的视线。

娄晓月的内心五味杂陈，关切的眼神默默地注视着哈岚，扭头将桌上的包袱递给他："这是佟丽华和翠儿，让我给你和解大哥带来的……"哈岚接过包袱，觉得鼻子酸酸的：

“她们……过得怎么样？”娄晓月笑了笑：“挺好的，你怎么知道我在这儿？”

“晓月，说来话长……”哈岚欲言又止，瞪着旁边举着报纸的刘金叫道，“不是我说，我好看啊？你老偷着瞄我干吗啊？这……这叫怎么回事儿，我们俩这说话，你说你在这坐着，你不别扭得慌么？”

刘金将报纸往下移开，露出两只眼：“我来这儿就是干这个的，有什么话不能当着我的面儿说啊？”哈岚皱眉道：“你大老远跑上海来，你就爬墙头来了你？”刘金冷笑道：“我要不爬墙头，你就得挖墙脚了是吧？赶紧的，要说什么说什么，别背后嘀嘀咕咕的。”

“你算干吗的你说？我告诉你，我们是多年的老朋友了，是不是，我没有什么背着人的话！可是，我凭什么说话给你听呢？我说兄弟，我求你了好不好？我们随便聊聊两句，您借一步好不好？”

“不借，你说你的。”刘金不为所动。

哈岚脸色一黑，道：“没皮没脸了这人！我告诉你啊，我这人属闷葫芦罐儿的，不爱说话，我就爱坐着，我一坐就半天。”刘金翻了个白眼：“你爱说不说。”

屋里霎时安静，只有摆钟的摇摆声响，和刘金翻报纸的声音。

窗外，天色已黑，三人坐在沙发上谁也不开口说话。刘金跷着二郎腿，旁若无人地看着报纸。哈岚静坐，眼望娄晓月，深情地念诗：“红酥手，黄滕酒，满城春色宫墙柳……”他还没念完，刘金突然脱口喊道：“错，错，错……”哈岚一怔：“嘿！你一混混儿，怎么还会念诗了你？”

“嗯，凡是这些酸不拉叽的，准备背后捣鼓事儿的，我还都读过！哈哈！”刘金晃着脑袋哈哈大笑。

哈岚“腾”地一下站起身来，怒道：“你到底走不走？”刘金两眼回瞪他：“我就不走，怎么着！”哈岚大吼一声：“那我走！”他拎起包袱往门外走，娄晓月急忙站起来：“哈岚，我送送你。”

她去衣架上取下外套，刘金一想不对，放下报纸上前拦住：“哎，等会！我来送你。”他突然抢先一步挤出门，迅速拉上门，从兜里掏出钥匙反锁。娄晓月在房间里拍门：“刘金！你给我开门儿！”

刘金将钥匙装进兜里，得意地道：“太太，您歇着吧！贝勒爷我来送，不老您费心。贝勒爷，请吧！”刘金转身，对一脸怨气的哈岚做了一个“请”的手势。哈岚白了刘金一眼，冲着门里喊：“晓月，我改天再来看你！”

“哈岚，你小心点儿……”娄晓月无奈叹气。

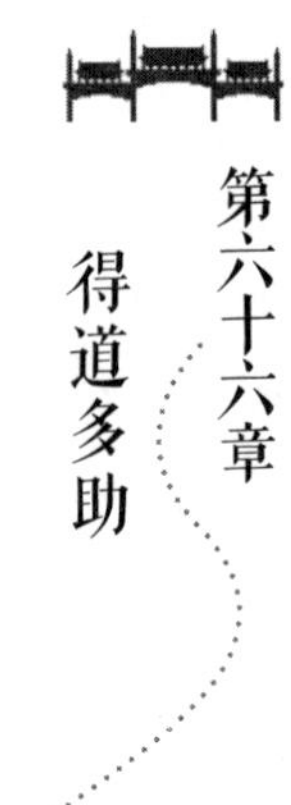

第六十六章 得道多助

上海街道。

二人一前一后走出大通宾馆，前面是一处路灯昏暗的弄堂，刘金跟到阴影处，看着抱着包袱的哈岚，悄悄地在背后掏出匕首。

哈岚突然停住脚步，似乎想起什么事儿，回过头来问刘金："哎，我说，汪四海给你多少好处啊？让你跟个哈巴狗儿似的，颠颠地赖屋里不走？"刘金慌忙将匕首塞回兜里，冷笑道："你想做什么亏心事啊，非得背着我？"

"我们俩见个面，你在这儿挡着算什么事儿？你这个宗桑！"

刘金一懵，皱眉道："什……什么玩意儿？你再说一遍。"哈岚龇牙一笑："宗桑。"刘金仍旧迷糊地望着哈岚，一头雾水："什么意思？"哈岚冲刘金勾了勾手指，刘金犹豫着把耳朵探过去。他趴在刘金的耳朵边儿，突然大声喊了一句："畜——生！"

刘金被他吓得退后一步，险些一个趔趄跌倒，怒道："你这么大声干什么！"哈岚哈哈大笑："我是怕你听不见！"刘金的火气立马蹿了起来，咬着牙道："我他妈宰了你！"他将手伸进长袍，正要掏出匕首，忽然听见身后想起解一半的声音："是贝勒爷吗？"哈岚侧着身子一探，挥手道："这里，这里！过来一半儿。"他并没有发现刘金掏出的匕首，而刘金见解一半突然出现，慌忙将匕首又缩了回去。

解一半远远地望着弄堂口的哈岚，瞧见旁边站着一个脸色极其难看的刘金，诧异地道："怎么后边儿还跟着一个？他来干吗的？"刘金急忙解释："呃，我来保护贝勒爷的。"

"保护什么？"解一半半信半疑地瞪着刘金。

哈岚见援军赶到，立马得意起来："一半，你可别听他胡说，汪四海派他来搅局的，我就想问问晓月家里怎么样，他妈的一直拦着我，揍丫挺的！"解一半一听，顿时撸起袖子，呵斥道："你他妈是汪四海那个王八蛋派来的？"

"一半儿，你有多长时间没打人了？咱拿他练练吧？"哈岚开始煽风点火。

"哎！没这意思，不是这意思啊！"刘金慌了神，拔腿就往街道上跑。

哈岚大笑："好！徐策跑城嘿，别摔死啊你！"解一半朝着刘金的背影啐了一声："小兔崽子，跑得还挺快！没事儿吧，爷？"哈岚将手里的包袱递给解一半："家里让晓月带来的。"解一半一怔，急忙追问："家里来信了？哎哟，翠儿怎么样啊？家里还好吧？孩子们有事儿没？少奶奶怎么样？"

"嘿嘿，你问那么多，我是一句没问出来。他在旁边，就那么跟狗似的看着，我跟晓月一句话也说不了。"

解一半不可置信地瞪着哈岚："爷，就算他在旁边蹲着你，你有什么不能问的呀？"哈岚赖皮赖脸地笑："你跟你媳妇说悄悄话儿，也让别人听吗？"解一半白了他一眼，背起包袱往前走："好了，回去吧爷……我就纳闷了，那也不是你媳妇，正事儿怎么不问……"

二人回到陆府，解一半在伙厨房内铺床准备睡觉，哈岚却一动不动地坐在床上发呆。

解一半摇头叹息："爷，发什么呆呢，睡觉吧。"哈岚若有所思地道："其实我不困……"解一半取笑道："哎哟，不会是在那想入非非呢吧？"哈岚没好气地道："想飞，我也得飞得起来啊！"

"谁说您是飞起来那个飞啊，我看您是非分之想的那个非。"解一半眨了眨眼睛。

"哼哼，你什么时候学会咬文嚼字了你？还非分之想，我是分内之想。"

"好吧，您的分内之想是怎么想的？"

哈岚缓了口气，道："我知道你想听什么，我今儿就跟你实话实说，我就是想跟娄晓月，我踏踏实实地说两句闲话，怎么着吧？"解一半笑道："您说的那是闲话吗？您说的那是贴心话……不就是情哥哥情妹妹，乖乖宝贝儿，然后抱一抱！哎，有劲儿么？"哈岚气呼呼地道："有劲，劲大了去了！我这憋了一肚子的话要说呢！"

"行，爱说你说吧，谁拦着你啦。"

"可刘金那王八蛋往那儿一坐，我说得了么我？"

解一半嘿嘿一笑："您还别说，我觉得刘金在挺好的，没刘金啊，您还真敢跟娄晓月有那分内之想！”哈岚皱眉道：“你这存心跟我过不去，是不是？”解一半正色地道：“您比他也好不了哪儿去，我知道您要干什么。”哈岚一本正经地道：“这我也没瞒着你，这不叫坏，这叫有情有义！”解一半点了点头，道：“歇了吧你，有刘金在，我就放了心了。”

“你成心跟我杠是不是？”

“您说对了，不用说刘金来了，就是他不来，有我解一半在，您那一肚子坏主意也休想得逞。”

哈岚啊的一声叫，道：“咱俩可是患难兄弟啊，你不帮忙也就算了，你这是釜底抽薪，恩断义绝呀！”解一半若有所思地道：“爷，您以为汪四海派刘金来上海，就是为了看着您和娄晓月？”哈岚微微一呆：“那还要干吗？”

“我觉得汪四海一定是出了大事了，才会专门派刘金来上海……”

“能出什么大事？”

“出什么大事，咱不知道，但您想啊，咱们哥俩逃难来到上海了，按理说，陆府上下，肯定会保护着咱们。但是您看这陆府啊，南南北北的各路英雄都汇聚在这，咱们活着的消息啊，用不了多久，全世界都能知道。您想想，这汪四海能放心么？”

“是啊，那他能怎么着呢？”哈岚挠了挠头。

解一半脸色一变，慎重地道：“只有咱俩死了，他心里才踏实……陆老大也救不了咱们。”哈岚猛地一惊：“你知道我有毛病，你还吓唬我！”他突然觉得解一半说得很有道理，俩人辛辛苦苦跑了出来，万一行踪被人发现，对汪四海也很不利，一旦刑场上的事情败露，他可能会来个杀人灭口，从此高枕无忧。一想到刘金可能是来杀他的，哈岚心里怦怦直跳。

“幸好啊，您有这毛病，要没这毛病啊，您今晚上就能跟娄晓月滚被窝里去了。”

哈岚心慌意乱，失声吼道：“你滚你一边去！你要真有能耐，你现在给我想一法子，把这刘金治喽！算我佩服你。”解一半叹气道：“爷，我认认真真地劝您一句啊，咱们逃到上海了，您呐，有老婆有孩子，人家娄晓月呢，有汪四海，也有孩子。你们两个人呐，甭想那个什么分内之想，踏踏实实的……”

“行了行了，我阿玛早死了，我不缺爹啊，您还是少操心吧！睡觉睡觉！”

“劳驾您把灯关了啊。”解一半将被子一拉，头一蒙就躺下了。

哈岚心烦意躁，嘴里嘀咕：“你今儿这是怎么了？我没招你没惹你，你瞧你说的话也太难听了……”

“我就说这些话，爱听不听！”解一半猛地撩开被子喊了一句，重新躺下。

哈岚长叹一声：“唉！路遥知马力，日久见人心呐……”

上海大通宾馆。

哈岚风风火火地推门，穿过大堂直奔楼梯，跑到半路忽然停住了，惊讶地看着上面的走廊。只见刘金正坐在走廊的椅子上，低头弯腰用一块布仔细地擦着皮鞋。

哈岚鼓足勇气想上楼，眉头一皱，又改变了主意，匆匆转身下楼，径自走到前台，拿起电话话筒招呼服务生：“我打个电话。”

套房内茶几上的电话铃声响了，娄晓月接起话筒，安静地听着，喃喃地道：“好的，我马上下来……”

她放下话筒，赶紧穿起外衣，拎着手提包出门。刚走到门外，一转身就看见了走廊上的刘金，不由得愣住。刘金起身，笑嘻嘻地道：“太太，您要出去呀？”娄晓月惊讶地道：“你就一直在外面坐着？”刘金恭敬地道：“那当然啊，随时听候您的召唤。”

“真尽职，你是一直监视我呢吧？”

“哪儿的话，有什么事您尽管吩咐。”

娄晓月瞧见刘金毕恭毕敬的态度，有些哭笑不得：“我吩咐有用么，你听么？”

刘金嬉皮笑脸地道：“那还用说，您一句话，上刀山下油锅，在所不辞。”娄晓月冷笑道：“那好，现在我就吩咐你，离我越远越好，该干吗干吗去！”

“这个……这个么……”刘金转了转眼珠子，不知道怎么接话了。

“做得到吗？”

刘金为难地道：“太太，这个我做不到。”娄晓月没好气地道：“口是心非，两面三刀的东西。其实吧，你也挺蠢的，老虎也有打盹儿的时候，除非，你不吃不睡不上厕所。我要是真想跑，你拦得住么？”刘金解释道：“您别误会，我只是保证您的安全，这是局长交待的……”娄晓月皱了皱眉头：“汪四海给了你什么好处呀？给你许了愿了吧？”

“还真许了愿了！这趟上海，要是您有任何差池……我，脑袋搬家。”刘金嘿嘿一笑。

娄晓月知道他不是在开玩笑，觉得没有必要再跟他胡搅蛮缠，转身往楼梯口走去：“好好地跟你们汪局干着，你前程远大呢。”刘金身手敏捷，三步赶上拦住了去路：“您这是去哪儿呀？”娄晓月深深吸了一口气，怒道：“约会！跟哈岚去约会！他在楼下等着我呢，行吗？”

“行啊！走吧，咱们一块去。”刘金抢先一步下楼梯。

娄晓月突然站着不动了：“还跟昨天一样，我们俩坐那说话，你杵旁边听便宜话。”刘金点了点头，一本正经地道：“不是我听，是局长要听。”娄晓月忍不住想笑：“刘金，上海有一路活儿，叫‘包打听’，你知道么？”

刘金一怔，心想，哎哟，刚到上海就学会上海话了，是不是哈岚那学来的？估计跟“宗桑”那词儿一样，是拐着弯骂人的话。他嘿嘿一笑，道：“太太，您怎么说我都没有关系，我还是那话，您别骂我，我就是执行任务而已。”

“这路活儿用北京话说，就是下三滥！你很烦你知道么？”

刘金叹气道：“那您得去骂局长，您是局长太太，局长是不是下三滥，您比我清楚。”娄晓月见他如此难缠，有些无可奈何，怒视刘金片刻，转身回房：“行，我不去了。”

“那正好，我省好多事……”刘金一脸无辜，抬脚上楼。

哈岚等在大堂的沙发上，目不转睛地盯着墙上的挂钟，这都过了半个小时了，仍然不见娄晓月下楼。他有些坐立不安，倒不是担心娄晓月，而是心里一直在骂娘，刘金你这孙子，我就不信治不了你！

他猛地站起身，径直走向一楼的客房通道，来到一间普通客房的门口，咚咚敲门。

“谁呀？”水尚香在房内喊了一声，打开门一看是哈岚，微微一笑，“哟，是小白脸儿，快进来吧！”她穿着一身整洁的外套，脚下的长筒靴子擦得锃亮，手腕上戴着一双黑手套，一副要出门的样子。

哈岚的神情颇为紧张，朝着过道东张西望，一声不吭地进屋，迅速关上门。

水尚香奇怪地瞪着哈岚：“怎么了？慌里慌张的，媳妇跟人家跑啦？”哈岚皱眉道：“不是，媳妇倒没跟人跑，可就是我见不着啊。”水尚香淡淡地道：“想媳妇回北平啊。”哈岚急道：“不是那个媳妇，我说的是娄晓月！”

“你那个相好，都媳妇了？”水尚香眨了眨眼睛。

哈岚叹气道：“不瞒你，孩子都十一岁了。”水尚香一脸坏笑：“你有两下子，还说自己不成，你这不挺棒的吗？怎么见不着？她不就住在二楼么，还是我把房子让给她的，你去呀！”哈岚一跺脚，气呼呼地道：“没那么容易的事儿啊，她那门口老有个流氓守着，不让我俩见面，也不让说话，他手里有枪啊！”

“谁啊这是，凭什么不让你们见面儿啊？”水尚香怔住。

“不是，哎，可是要说起来呢，这个事也不能全赖人家，谁让娄晓月，她已经是别人的媳妇了……”

水尚香脸色一变，笑道：“呦，小白脸儿，没看出来你够风流的，这家里有个老婆，外面还勾搭老相好。说说，你有几个情人啊？”哈岚挠挠头，尴尬地解释：“我说大头领，都什么时候了，您还开逗？我跟您简短点儿说吧，它是这么回事……”

此时，娄晓月与刘金坐在二楼走廊的长椅上，她实在想不出法子脱离刘金的视线，无奈叹气：“我说刘金啊，咱俩心平气和地，说几句不掺一点假的心里话成么？”

“行，您让我心里也明白明白。”

“你说啊，我在北平有家有丈夫，还有一儿一女俩孩子，我为什么要跑啊？要跑我在北平也能跑，干吗非到上海来跑呢？”

刘金点了点头，正色地道：“是这个理儿。”娄晓月平静地道：“我想见见哈岚，无非是聊聊天，叙叙旧，人之常情嘛，还能怎么着？至于这么兴师动众、如临大敌的么，非得弄得跟唱‘狮子楼’似的，弄死两口子，才过瘾啊？”刘金笑了笑，道：“您这话呀，没有一句不在理上的，可我这执行命令，您多包涵。您想见哈岚，行，我在旁边站着，您自当没我这个人。”

“那你就不是人？”娄晓月柳眉一剔。

“对，我不是人……”

普通客房内。

水尚香坐着沙发上，端着茶杯，满脸坏笑地看着哈岚：“我说，这事不好办呐。”哈岚讲完他与娄晓月的往事，眼圈通红，神情悲伤：“就是因为不好办，这不才求到您这来了……”

“我出面算怎么回事，我是你什么人呢？”

“您是我朋友啊。”

水尚香轻轻颔首，笑道：“这倒也是，四海之内皆朋友，那我算哪路朋友啊？”

哈岚默认半晌，他与解一半在微山湖差点儿没被水尚香扔湖里喂鱼，朋友谈不上，勉强算是萍水相逢的过客，请人帮忙总要有个理由不是？哈岚除了嘴皮子利索，别的本事通通没有：“您说的对，我这算什么呀？您是水尚香、大头领，您是绿林好汉，女寨儿敦呐，为人仗义、助困扶危……您是巾帼的宋公明，为朋友两肋插刀……”

他一时口若悬河，口水差点儿溅到水尚香的脸上，吓得水尚香一个激灵从沙发上蹦起来：“哎哟，行了行了，闭上嘴！别给我带高帽子了，我就是个寨主、水匪，姥姥不疼舅舅不爱的女强盗！行了啊，我就帮你这个忙。”

“哈哈！我就知道，你不是见死不救的人！”哈岚乐得手舞足蹈。

水尚香眼波流转：“但是我也不是白帮忙，你怎么谢我？”哈岚晃了晃脑袋：“怎么谢都成，您说！”水尚香笑道：“是不是我说什么，你都答应？”哈岚拍了拍胸脯：“那当然，没的说！”

“嘿嘿，那我可要说了啊，你可别吓着。”

“哎，等等，等等！”哈岚突然慌了，连连摆手大叫，“咱可说好了，除了不当压寨男人，别的什么都行！”

水尚香绷着脸儿：“我就那么不招人待见？”哈岚举手投降：“别急别急，别瞪眼，开个玩笑嘛，您看我这张嘴！这么着吧，您说什么我答应什么，绝对不皱眉头！”水尚香抿嘴浅笑，故意想了想，突然叫道：“嗯……我要吃解一半大哥做的红烧鱼！”

“就……就这个？”哈岚额前渗出冷汗，当着水尚香的面，他也不敢去擦。

水尚香咽了咽口水，道：“对啊，怎么样？”哈岚龇牙一笑：“您是真够意思！吃，管够，我让他给您做全鱼宴，哈哈！”

大通宾馆二楼，刘金仍然坐在走廊的椅子上，水尚香摇曳生姿地从楼梯上来，身子左右摇摆，脚下的靴子踩得地板噌噌响。

刘金眼睛一亮，死盯着水尚香结实的腿儿，见她突然走到娄晓月的房门口敲门，心里一惊，腾地一下站了起来：“您找谁呀？”水尚香回眸一笑：“京城来的名角儿，娄晓月老板，住这儿吧？”刘金警惕地道：“你找她什么事啊？”

“呦，你是谁啊，管得着吗？”水尚香白了刘金一眼。

刘金皱眉道：“我还要问你呢，你是谁呀？”

这时，房门打开，娄晓月披着外衣走了出来：“哪位找我？”水尚香自我介绍：“我，水尚香，陆老大的门生，叫我水姑娘就行了，您是娄晓月老板？”娄晓月打量着水尚香，瞧见她一双靴子派头十足，眉宇间确实有股子江湖气息，不敢怠慢，客气地道：“不敢当，叫我娄晓月就行，您请进来吧。”水尚香也好奇地看着娄晓月，觉得她那一双凤眼，有种迷人的气质，忍不住会多看两眼，不禁微微一笑，道：“不了，陆老大让我来请您过府一叙。”

“多谢，那就走吧。”娄晓月转身进屋，去取小提包。

刘金慌忙上前阻拦：“太太，陆老大这事儿……局长可没交代我。”水尚香眉心紧蹙：

“对了，这人是谁啊，坐你门口干什么？”娄晓月故作迷糊地道：“这人啊？我不认识。”

“哎？你一生人在这捣什么乱啊？一大老爷们，堵一单身女人门口，你没安好心吧？”水尚香瞪直眼睛，脸上隐隐透着一股杀气。

刘金尴尬地道：“太太您别乱说……水姑娘，我，我是她的护卫。”水尚香扭头望着娄晓月，满脸惊讶的表情：“娄老板好大的派头，出门还带护卫？”娄晓月忍住笑，道：“我可带不起！刘金，我去陆府，你还跟着吗？”

“跟着跟着，职责所在。”

“陆老大可没说请你，去了你也进不去，陆府不许野犬入门。”水尚香翻了个白眼，娄晓月终于忍不住，扑哧一声笑了出来。

刘金却并不生气，始终赔着笑脸：“行，不就骂我是狗吗，我没脾气，二位请吧。”娄晓月一脸嫌弃：“水姑娘，他要跟着去，我就不去了，还不够丢人现眼的。”

“哎呀，走吧娄老板，到了门口，给他拴那就成了，走吧！”水尚香向娄晓月使了个眼色，挽住她的手，往楼梯口下去。

刘金也不多话，死皮赖脸地跟在后面，走到宾馆门外，却见二人上了停在门口的黄包车，赶紧招呼另一个车夫过来：“快，跟上前面那车，快快！”

街道上的行人攘来熙往，娄晓月的车在前，水尚香的车随后，而刘金一直落在后面，不时地向前张望，催促车夫加快脚步。水尚香回头看了看，见刘金的车追了上来，便轻声地跟车夫说了几句话，一脸坏笑。

前面两辆车子越跑越快，似乎在加速。刘金急得满头大汗：“快快！跟上！”眼看就要追上水尚香，不料她的车子突然来了个急刹车，车夫稳稳地用力压住车把，水尚香脚尖踩在踏板上，使劲撑住车棚。后面刘金的车猝不及防，已来不及刹车，车夫大吃一惊，身子猛地后扬，让车把高高翘起，顺势就撒开了双手，从车底下钻了过去。

黄包车仿佛倾斜了天秤，整个向后翻去，刘金打了个后滚翻摔了出去，狼狈地趴在了地上。路人驻足观望刘金吓得喘气的模样，忍不住哄笑起来，而娄晓月的车子已渐渐跑远。

刘金慌忙从地上爬起，破口大骂：“混账！怎么拉的车！会拉车吗你，快，快扶我起来，追前边儿那辆车……”车夫惊魂未定，急忙过来压正车把，搀扶着刘金上车。

“怎么了刘护卫？挺平挺宽的马路，怎么打了天秤了？没摔着吧？”水尚香下车，大摇大摆地走过来，脸上装出一副深感意外的表情。

“没工夫跟你废话！”刘金脸色一沉。

水尚香一个箭步拦住黄包车，长筒靴子踩住车头，幸灾乐祸地道：“别追了，再说你也追不上。”刘金没好气地道：“我去陆老大府上找她！”水尚香嘿嘿笑道：“她压根就没去陆府，陆老大也没请。”刘金怒道：“合着你这是故意做局呢！”水尚香叹气道：“人家牛郎织女好不容易见一面儿，你好意思跟里边儿瞎掺和吗？行啦，省省吧，走，我请你去喝咖啡！”

“不喝！最不爱喝咖啡了，一股子药汤子味儿，咱们各走各的路！”刘金话一说完，水尚香突然握住刘金的手腕，用力往后一拧，刘金一下子疼弯了腰，“哎哟妈呀……疼死我了，撒手撒手！”

水尚香瞪起了眼，厉声问道：“喝不喝咖啡？”刘金连声告饶：“喝喝，喝！”水尚香手腕一使劲，柔声道：“是喝咖啡。”刘金疼得龇牙大叫：“喝！喝咖啡！打小就爱喝咖啡，到了上海一下火车就想这一口儿……”水尚香松开了手，将右手举到刘金眼前晃了晃：“怎么啦？我这十指尖尖，纤纤玉手，摸你一下，至于这么呲牙咧嘴，鬼哭狼嚎的吗？”

“好家伙，您这哪儿是纤纤玉手呀，整个儿一老虎钳子！”刘金额头已经出汗。

“上车吧，跟着我的车走。”水尚香转过身来走上前面一辆车，“师傅，麻烦您，蓝天咖啡馆！”

此时，哈岚领着娄晓月早已进了蓝天咖啡馆，二人面对面坐在卡座，哈岚从怀里取一包压扁的青团，献宝似的道：“陆先生府上的上海厨子做的，有点儿凉了，你尝尝。上海人都是寒食吃这个，我尝着好吃，就专门让他做了几个。”

娄晓月愣了一下，接过哈岚手里的青团，咬了一口：“枣味儿有点儿重。”

哈岚诧异地道：“你不是爱吃枣吗？”娄晓月笑了笑，道：“生完佳佳之后，汪四海给我弄了一堆枣，吃伤了。”哈岚微微一怔：“这样啊，我都不知道……对不起。”娄晓月一时脱口解释，并没有注意到话题不合适，见气氛有些尴尬，赶紧打破僵局：“没有……那个，那个水姑娘，是你朋友啊？”

“路上认识的，是陆先生的门生。你可别小看她，绿林好汉、女窦儿敦。”

“哦……”娄晓月默认半晌，想起了正事，“啊，家里挺好的，津平，也挺想你的。本来这趟吧，他要跟我一块来的，路上出了点岔子，其实，就是汪四海不想让津平来见你，把他截下车了。”

哈岚点了点头，缓缓地道：“我知道，你给的包袱里有丽华的书信，到底怎么回事儿，要紧吗？”娄晓月笑道：“不碍事儿，放心，我刚到上海就打电话回去了，津平现在好好在家待着呢。”

“那就好……丽华还说，佟梓华知道我和解大哥的事儿了？”

“其实我这趟来上海，就是为了这件事。你们不能在上海待了，佟梓华已经跟佟丽华打听你们的消息了，为了封住他的口，我估计，佟丽华会答应把得月楼给他，可这也不保险啊，万一要是让日本人知道了，你们可就麻烦了。我们商量了一下，觉得你们这么耗着也不是个事儿，你们得赶紧走。”

“往哪儿走？”哈岚怔怔地望着娄晓月，心情有些低落。

娄晓月从手包里取出两张船票，推给哈岚，票上面写着香港两个字：“香港是英国人的地盘，日本人的手伸不过去的，而且，我师父在那，你们去了也好有个照应。北平你肯定是回不去了，活命要紧，三天后开船，你们赶紧收拾收拾走吧。”

哈岚一动也不动，目不转睛地望着娄晓月。

“怎么了？”娄晓月皱了皱眉。

哈岚似乎是鼓足了勇气，突然轻声道：“晓月，一起走吧……”娄晓月怔了一下，反倒笑了起来：“还真让汪四海说准了，我来时不光想带着津平，我还想带佳佳一起来，汪四海死活不让，就是怕我带着俩孩子跟你跑了。哈岚，你走吧，我走了，那两个孩子就没有妈了。”

“那我也不走了……这一辈子，甚荒唐，到头来，竟给他人做了嫁衣裳。这些年，我常常想，我身边没有你，我这是活什么呢？就好比把东四牌楼给拆了，你说北平城里没了东四牌楼，那还能叫北平城吗？”哈岚脸色阴郁，将咖啡杯放回桌上。

娄晓月叹了口气：“过了这么多年，你怎么还是小孩子脾气呢？”哈岚正色地道：“我这不是使小孩子脾气……晓月，别人不知道我哈岚，你不知道吗？我真像他们说的我落牌不落价了么，我放不下，我能活到今儿个，我一直在低头啊，我现在就剩下低头了，我跟各种人低头，我低出什么来了！晓月，我不想别的，我就想这辈子为我自己活一回。”

他突然抓住娄晓月的手，脸上写满了期待。

娄晓月的眼神有些复杂，幽幽叹息道：“哈岚，你和我，都各自拖着一大家子人，不再是当年的孑然一身了，当年那样都没走成，现在又怎么走得了？”

“你是在怪我吗？”

“要怪只能怪命里没有……”娄晓月紧紧地握住哈岚的手。

“晓月，我累了，我很累了你知道吗？”哈岚深情地望着娄晓月，心中百感交集，只觉得自己苦苦追寻的东西，忽然之间，变得比以前更遥远了，忍不住流下泪来。

蓝天咖啡馆内寂静无声，两辆黄包车停在了门口，水尚香推门进来，用眼扫了一圈，走到西边的窗前坐下。

刘金跟在后面，猛然瞧见哈岚正与娄晓月四目相对，旁无所顾，心里吃了一惊，脱口想叫，水尚香转身一把抓住他的手腕儿，吓得他忙抽出手：“我……我什么都没看见。”

水尚香见他乖乖地坐下，满意地点点头，嘿嘿一笑：“你想喝哪种？自己点。”

“哪种都行，是咖啡我就爱喝！”

“两杯卡布奇诺。”水尚香招呼服务生，见刘金两只眼瞄着东边卡座上的哈岚与娄晓月，敲了敲桌子，“嘿嘿！眼巴前儿坐着一个如花似玉的大美妞儿，你不愿意看，俩眼贼不溜湫瞎琢磨什么呢？看我！”

“这不看着呢吗？”刘金慌忙收回目光。

水尚香眨了眨眼睛：“我帅吗？”刘金一脸诚惶诚恐：“帅我仨跟头！”水尚香叹气道：“跟着我干得了，你这人挺护主的。”刘金好奇地问：“水姑娘，您是干什么的？”水尚香傲然道：“陆老大门生。”刘金抱了抱拳，恭敬地道：“失敬失敬，听说陆老大门生上千，想问问您是做哪一行的？”

“水匪。”水尚香慢悠悠地喝了一口咖啡。

刘金一怔，诧异地道：“水……匪？是做什么的？”水尚香嘴角微扬，道：“水上的匪徒，打家劫舍、助困扶危，专跟警察对着干的，像吗？”刘金煞有介事地点了点头：“哪儿都不像，就您那纤纤玉手一抓人，挺像的。”水尚香得意地道：“这是手上的功夫，我幼时练的就是铁砂掌，你还想问什么？”

“没什么想问的了……”刘金忍不住又偷眼去瞧哈岚。

水尚香一拍桌子，厉声地道：“看我！”

东窗卡座，哈岚与娄晓月早就看见刘金进来，并不惊惶，只是娄晓月对水尚香兴趣颇浓：“这个水尚香挺逗的……还偏偏把刘金带到这儿来。你是怎么认识的水姑娘的？她真是水匪？”

“这就是存心要恶心刘金，明摆着告诉他，我想怎么玩儿就怎么玩儿，想在她跟前儿耍三青子，决没好果子吃。至于是怎么认识她的，这说来就话长了，我和解大哥就是被她掠进水寨的，还一死儿的要留我做压寨男人……”

娄晓月一口咖啡差点儿喷出来："你就胡说八道吧你！"

"你瞧，这种事能胡说吗？不过水姑娘是个特别豪爽的人，嘴上花哨，为人可特别厚道，四方百姓敬重她，官府拿她也没辙。"

"不行，我得走了，我余师叔和师兄他们都等我呢，下午得去对对戏。"

"对什么戏呀，都是熟戏，台上见吧，你再坐会儿。"

娄晓月皱了皱眉："真不行！再说我也特想我那些师兄弟，改天聊！"哈岚急了："哎，咱俩的事到底怎么着啊，你还真给他唱三天堂会呀！"娄晓月面露难色："再让我想想好吗……"哈岚无奈地道："那你想吧，可就三天的时间。"

二人起身往门口走去，水尚香与刘金仍在大眼瞪小眼地较着劲。刘金当然不敢直瞪着水尚香，斜眼望了一下东窗，突然不见二人踪影，身子一颤，水尚香冷冷地道："不用找了，他们走了。"

"他们都走了，咱们也走吧？"刘金试探着问。

水尚香面无表情地盯着刘金："急什么，还没聊够呢？"刘金如坐针毡："聊什么了，光瞪着眼在这儿坐着……"水尚香叫道："哎，你这不花钱，看一下午的大美人，多赚啊你？"刘金苦笑道："是是，赚大发了！"

"刘护卫，别以为我不知道你干什么来了。"水尚香脸色一沉。

刘金有些紧张："我干什么来了？"水尚香正色地道："骗得了别人，骗不了我这多年跑江湖的，别做傻事了，为别人卖命，犯不上。真把自己的命卖了，升官发财可都轮不上你了。"

"行，谢谢您的提点，既然话说到这了，那我也把话说透了。就您这模样，您这见识，您这手段，我还真想攀攀高枝儿跟您交个朋友，可惜了，我有任务在身，而且必须执行。我也劝您一句，别管闲事，知道您一身功夫，可这都民国二十五年了，用的都是洋枪洋炮，功夫再大，也经不住一颗枪子儿。"刘金咬了咬牙，虽然水匪他惹不起，但是不管怎么样，性命最重要，如果娄晓月有个闪失，他也不用再回北平。

"明枪易躲，暗箭难防；螳螂捕蝉，黄雀在后，正所谓识时务者为俊杰，别说我没告诉你。"水尚香似笑非笑地盯着他。

刘金喝了一口咖啡，皱了皱眉："一股药汤子味儿……"

第六十七章 平地波澜

星光黯淡，夜色无边。

陆府伙厨房。

已经是深夜，哈岚躺在床上，想起娄晓月在咖啡馆说的那番话，总是觉得心里不是个滋味，翻来覆去睡不着。

解一半突然坐起身子，埋怨道：“爷，您能不能别出动静了，大半夜跟闹耗子似的……”哈岚腾地一下坐起来，若有所思地道：“我在想，咱们是真的要去香港吗？”解一半叹了口气，慎重地道：“爷，我告诉你，去香港肯定不行！那么远，我怎么走？我走了，我们家翠儿和冬青怎么办，你让这娘俩怎么活，这些您都不想的是么？”

哈岚沉默半晌，缓缓地道：“我就是想……跟晓月一块去香港。”

“娄晓月答应了吗？”黑暗之中，解一半的语气有些无奈。

“没有……一半儿，咱哥俩认识这大半辈子了，你帮我想想，我应该怎么劝劝她……”

“劝什么？劝娄晓月跟您走是吧？爷，我告诉你啊，娄晓月压根就不应该跟您走！您怎么想的呀，您心里面现在还惦记着风花雪月是吧？哎，你想没想过，少奶奶一个人带着孩子，到底容易不容易？爷，您怎么还能想着这事呢，少奶奶给咱们寄来那包袱都被洗白了，你不想想她怎么提心吊胆地活着，担心咱们俩活着这事别被人发现了，您现在想的是要跟娄晓月一起走，让我劝她！爷，您半辈子嘴里边儿都讲着规矩，怎么到您自已个儿这，一点规矩都不讲了，您还有良心吗？”

哈岚听到解一半的一番指责，顿时怔住：“一半啊，爷我这辈子，我就是当初太讲规矩，太讲良心了，所以才走到今天这地步……”解一半义愤填膺地道：“你有良心么？别忘了啊，你现在是通缉犯，你祸害了你们家，你现在还想着祸害人娄晓月！你要是真有良心，拍拍自己个儿这地，良心在哪呢？！”

“那我问你，当时你就没有一次想过，要带玉儿走？”

解一半迟疑片刻，气呼呼地道：“没有！反正我就一句话，去香港，不可能！”他躺下蒙头大睡，懒得再跟哈岚废话。哈岚在黑暗中幽幽叹了口气，喃喃地道：“都云作者痴，谁解其中味……解一半，很多事儿你都不懂……”

北平喜丰堂饭庄。

草弥特意在喜丰堂定了个大包间，让佟梓华约汪四海与佟丽华赴宴。

酒过三巡，草弥开门见山地说起得月楼的规划事项，准备重新开张酒楼。汪四海倚着桌子，嗑着瓜子儿，吊儿郎当地对草弥说：“草弥先生，您想重开得月楼，您找我一个人商量就行了，这得月楼啊是属于我的，这跟他们佟家没有任何关系。”

佟丽华反驳道：“我跟他不是一家的。”佟梓华呵呵一笑：“说的也是，嫁出去的女儿泼出去的水，你也算不上佟家的人。”

草弥心平气和地道：“今天把三位请过来，主要是因为得月楼的归属权问题，这里面错综复杂，一时半会儿，也很难说的明白。原本吧，这得月楼是属于汪公公的，可是后来又给了哈先生，梓华君在中间也插了一手……这样看来，我希望，三位能够坐下来谈一谈，最好能够由三家一起合开得月楼。”

“草弥先生，我觉得啊，这三家合开，一分成三份，就有点儿乱了。这不刚才您也说了，这得月楼属于我干爹汪公公的，嘿嘿。”汪四海手里有主动权，儿承父业可是天经地义的事儿。

佟梓华冷笑道：“那都是什么时候的老黄历了？当初是你把得月楼交到我手上的，得月楼从此以后姓佟，这话是你说的，有这事儿没有？”汪四海脸色一沉，道：“我刚才说过了，这个得月楼属于我爹汪公公的，我说的不算。你才当了几天掌柜啊？得月楼门儿朝哪儿弄清了么，就跑这儿跟我指手画脚的！”

“嘿？汪四海，你想赖账是不是，当初你说这话是放屁呢？”

“我当初说过这话么，啊？”汪四海开始狡辩。

二人正在争论时，佟丽华突然笑了笑，开口说话：“厨艺大赛之后，日本亲王把得月楼给了我们，现在房契还在我们家呢，这个草弥先生应该知道的吧？”

汪四海翻了个白眼，嘲讽道：“佟丽华，你行，你胆真大，你还敢提这事呢！把楼给了你们，回头就把岛田给毒死了，忘了？你既然有房契，为什么不敢重开啊，你是不敢！”

“我有什么不敢的，岛田的死跟我们有什么关系，他是死在得月楼吗？”佟丽华冷笑。

“妹妹，你不是答应把房契给我了吗？”佟梓华得意洋洋地给佟丽华使了个眼色，又望了望草弥。

佟丽华强忍住没有发作：“这事儿还有待商讨……”汪四海突然反应过来，怒道：“什么就有待商讨了？佟丽华，你跟我来这套？你是关帝庙那会儿许下的吧？我说佟梓华这个不见棺材不落泪的，怎么就颠颠儿地跑来给你解围了，合着你是把地契给他了啊，真是肥水不流外人田。”

“我妹妹爱给谁给谁，关你什么事儿！”

“哎哟，这会儿一口一个妹妹了，刚才还说人不是你佟家人呢。”

“好了好了，你们三位都不要吵了！”草弥打断了三人的争吵，语气慎重，“既然得月楼你们三家都有股份，可是为什么没有重新开张呢，因为得月楼里出过事，你们都怕惹上麻烦。所以，谁都不敢挑头做这件事情，既然如此，我看不如由三家合开得月楼，大和商社做你们的后盾。”

汪四海眼珠子一瞪：“哎，我有点明白您的意思了，您是说，我们三个人出头，在前面把这得月楼呢重新开起来，但是我们呢，得听你们日本人的，对吧？这个日本人是我们的后盾！但是啊，一出事，那肯定是我们三个人当中挑一个当替罪羊的，就给顶出去了，是这意思吗？”

“怎么着汪四海？你怂了，害怕了？他不开我开！”

草弥点了点头，不愠不火地道：“如果是这样的话，那剩下的事情，就由我和梓华君来单独聊……汪局长，得月楼重开之后，还需要您多多关照，不要来找麻烦。”

“不是……草弥先生。”汪四海愣住。

草弥冲着佟丽华微微一笑，继续说：“而且我希望，开张之后，还是由佟格格来做总经理。”

“等会，等会！”汪四海急得要跳起来，“草弥先生，我明白了，这你们俩给我下套的意思啊？那刚才我说错了，我开，我开啊！”

佟梓华冷笑道："你刚才还害怕呢，这会又开了？你想开就开，你想不开就不开啊？”

“行了，没什么事儿的话，我先走了。”佟丽华突然起身，准备离开。

佟梓华慌忙站起来：“哎，丽华，那房契呢？”佟丽华冷冷地道：“我不干。”草弥惊讶地道：“佟格格，难道您要把得月楼让给他们两个？”佟丽华淡淡一笑，道：“本来就不是我哈家的东西，谈不上让，告辞。”

三个男人眼巴巴地望着佟丽华走出包间，面面相觑，一时无语。

解家酱肉铺。

来买酱肉的客人比往常少了许多，翠儿独自一人站在案桌前营业，心里记挂着少奶奶，这得月楼到底如何处理，二人也商量不出结果，就看这次佟丽华去喜丰堂赴宴有什么进展了，但愿一切顺利。

“老板娘生意兴隆啊。”邻街的王太太上前招呼翠儿。

“王太太，您来了。今儿我特意给您留了块好的，您看，我都给您准备好了。”翠儿将案桌上一包酱肉递给王太太，“来，您收好了啊。”

王太太拎起酱肉跟翠儿告别：“谢谢了，我们家孩子最喜欢吃您这酱肉了。”她转身离开，身后闪出一位身穿便衣的男人，压低了帽檐，心不在焉的喊了一声：“半斤猪脸儿。”

“好嘞，您稍等。”翠儿麻利地切好肉，用秤称好斤两，麻绳子扎紧递过去，“先生，两毛钱。”

男人接过酱肉，随手将搓成一卷儿的纸币扔进桌上的钱盒，调头就走。

翠儿抬手间看见纸币，慌忙叫道：“哎，先生，您还没找钱！”男人脚步匆忙，人已消失在街巷。翠儿想起上次绑匪绑架哈津平的事儿，心里有点儿紧张，抖索着手拆开纸币，见纸钱中果然夹着一张纸条，脸色大变。

等佟丽华一回来，翠儿惊恐万状地将纸条递给少奶奶：“哎呀，这……这又要出事儿了吗？”佟丽华打开纸条一看，见上面写着“佟丽华，西岛咖啡”几个字，一时疑云满腹，不知留纸条的到底是什么人。但是转即一想，西岛咖啡就在前面的老街上，不管怎么样，总是要去一探究竟。

佟丽华壮着胆子赶去西岛咖啡店，进屋扫了一眼，却见邻窗座位上一位戴帽子的中年人，突然向她招了招手。佟丽华立即走上前去，正要问话，那男人抬起头来笑了笑：“哈太太。”

“马俊杰？”佟丽华大吃一惊，慌忙环顾四周，确认没有可疑自然跟踪，这才缓了一口气，“什么时候回来的？是遇上什么麻烦了吗？你总是这么神出鬼没的……”

马俊杰笑道：“人多眼杂，说话不方便，所以找个清静的地方约你见面。”佟丽华正色地道：“什么事你直接说，没有要紧的事儿你可不会露面。”马俊杰望了望窗外的行人，慎重地道：“听说草弥要重开得月楼，请你去做总经理对吧？”

“是有这回事，但是重开得月楼，也只不过是另一个樱花公馆，我不会再为日本人服务的。”

“你可以不为日本人服务，但是得月楼要开张，总得有一个总经理，你去，总比别人去好，这个得月楼早晚会变成日本特务的据点，但是你去了就不一样了，这对我们非常有利。”

佟丽华皱了皱眉头，道：“就是为这事找我？我明白您的意思，但这件事儿超出了我的能力范围，你们另请高明吧。”马俊杰沉思片刻，道：“哈太太，难道您就忍心看着得月楼变成樱花公馆吗？您想看着整个国家也落到日本人手里吗？”佟丽华为难地道：“马先生，我的家现在已经不成家了，哈岚跟解一半也下落不明。我一个小女子，管不了什么国家大事，再说，我也不想做螳臂当车的事儿……”

“哈太太，如果大家都为了同一件事情去坚持的时候，就不是螳臂当车了，如果你现在退出的话，那哈先生和解先生的努力不就白费了吗？我们真的需要您，希望您重新考虑一下。”

佟丽华轻叹了一声，道：“我还是回去想想吧……”马俊杰点了点头：“还有一件事情，我明天要去上海，哈先生他们已经在陆士杰府上，你有什么东西要带给他们？”佟丽华目光闪动，沉吟道：“那就谢谢你了，你帮我带封信……”

上海陆府大厅。

马俊杰赶到上海时，哈岚又惊又喜，缠着他问长问短，打听家里的情况。陆士杰也非常高兴，亲自吩咐厨房摆下酒席，宴请各界名流，顺道也为好朋友接风洗尘。

大堂上摆了三张桌子，哈岚与马俊杰还有陆府门生水尚香同坐一桌，娄晓月与余师叔等梨园弟子一桌，而另外一桌却是几位上海滩商界的客人，其中还有一位日本少佐上野及数名随从。

水尚香举起酒杯，起身向陆士杰行礼，笑嘻嘻地敬酒：“学生敬老师一杯。”陆士杰见她一饮而尽，豪气干云，忍不住哈哈大笑：“你这一走就是三四年不见影儿，一杯酒就想打发我？”水尚香脸儿一红，笑道：“今儿是暖寿，咱们小酌，明儿再舍命陪您！”

“好！我就等你这句话！跟你喝酒最痛快了，哈哈！”陆士杰端起酒杯干了，满脸自豪，显然对这位女门生极为赏识。

马俊杰倒上一杯，也起身行礼：“陆先生，我代表国民政府，敬您一杯，提前预祝您的寿辰。今儿吃完饭呢，我就得走了，明儿您的正日子我就来不了了，一点小意思，陆先生多多包涵。”他喝完酒，朝大堂门口一招手，手下端上来一只金寿桃。

“谢谢俊杰，有心了！明儿什么时候走，我派人送你去车站。”陆士杰看了一眼金寿桃，身边的仆人上前收下礼物。

“不用不用，明儿呢您好好过寿，劳您惦记。”马俊杰抱拳致谢。

陆士杰笑道：“你就别跟我客气了，都是自己人，有什么需要，就跟下面人说一声。”一旁的哈岚接了一句：“得，您吩咐我一样，有需要就说话，为陆爷和马爷做事情，义不容辞！”马俊杰打了个哈哈：“我说，您这江湖气是自学成才，还是在水寨主这儿练的？”

“哎？您别笑，我要是留在微山湖做文案，肯定说得比这个溜！”哈岚扭头朝水尚香龇牙一笑，水尚香呵呵一声，并不答话。

邻桌的上野少佐举起酒杯，恭敬地道：“我代表日本商会敬陆先生一杯，祝陆先生福如东海，寿比南山！”陆士杰微笑回礼：“谢谢上野先生，您不但中文说得极好，而且我还听说，上野先生是个美食家？”

“美食家说不上，只是有点好吃罢了。”

“那您得好好尝尝今天的菜，我新换的厨子，宫廷菜做得一绝！”

上野眼睛一亮，笑道：“看来我今天是有口福了，哈哈！感谢陆先生！”

此时，轮到娄晓月一桌敬酒，娄晓月站起身来，微笑道：“陆先生，我代表北平梨园公会敬您一杯。明儿是您的正日子，给您暖寿了。”陆士杰客气地举杯，连连点头：“好好！谢谢晓月先生，您的戏码，排在哪天？”

不等娄晓月回话，在旁边串场子的哈岚立马抢着答应：“排好了，初九！”

陆士杰颔首笑道：“好，那就等着看您的‘玉堂春’了！”

“谢谢您。”娄晓月落座，有意无意地回头望了哈岚一眼，却见哈岚躲在她身后，脸色有些不对，两只眼睛直盯盯地望着上野，神情异常紧张，不免好奇地问：“你怎么了，看什么呢？”

哈岚皱了皱眉头，轻声道：“我老觉得这个日本人，有点儿面熟……”

三桌客人敬完酒之后，上野起身鞠躬，面色有些凝重：“陆先生，有个事情想征求您的意见，我们正在帮助满洲国溥仪皇帝成立全国的总商会，很希望上海这边能够动起来……不知道陆先生，能不能带个头？”

陆士杰面露微笑，却并没有回答。马俊杰点头示意，询问上野：“你们是要成立什么商会？”上野正色地道：“不是我们，此事跟我们大日本帝国没有关系，而是满洲国的意愿，由佟侯爷牵头。他已经去满洲国会见溥仪皇帝了，商会之举，势在必行。”

“佟侯爷回来了？”马俊杰眨了眨眼睛。

“是的，他现在应该在前往新京的路上。”

哈岚一愣，朝着娄晓月摆摆手，难掩心头的紧张，抬脚就往大厅外面溜走。

陆士杰夹起一口菜品尝，客气地道：“今儿是个私人场合，咱们就别谈正事儿了吧？上野先生，您尝尝这道菜。”

“好的。”上野夹菜尝了一口，皱了皱眉头，脸上露出异样的神情，似乎在回味菜的美味，又似乎想起了一件往事。

陆士杰诧异地问：“怎么？菜不合口吗？”上野突然赞不绝口：“好吃，非常好吃！这佛跳墙，是最考验厨子手艺的一道菜，不知道您这位厨子是从哪儿请来的？”陆士杰呵呵一笑：“他是我的一位门生，看来上野先生很内行啊，不愧是位吃主儿！”

“哦？这么好吃的菜，我很想请教一下厨师，它的绝妙在哪。”

“好说，哈总提调……”陆士杰本想让哈岚去喊解一半出来，突然发现哈岚没影儿了，回头吩咐身边的仆人，“去把厨子叫出来。”

仆人去厨房喊解一半，哈岚躲在过道的门后面一直在偷听上野说话，心里一惊。等解一半从厨房出来，赶紧闪身拉住，小声叮嘱：“一半，小心那个日本人……”

解一半满脸迷惑，走到大厅见过陆士杰，看见上野并没有觉得面熟，心里正在奇怪，陆士杰已经开始介绍：“这位是我的门生，这位是上野先生。”解一半点头示意：“上野先生，您好。”

“你是哪里人？”上野打量了他一眼，面带微笑。

他这话一问出口，哈岚心里暗叫完了。马俊杰不着痕迹地瞄了解一半一眼，皱了皱眉。解一半也不敢多想，装作很怕生的样子，低着头道："河北保定的。"上野继续问话："哦，那离北平很近啊，你这手宫廷菜是在哪学的啊？"

"家传的。"解一半已经头皮发麻。

"那你怎么来上海了？"

哈岚躲在角落，脸色难看至极，娄晓月似乎也感觉到不对劲，紧张地望着解一半，心想这日本人到底是什么来头？万一他是跟草弥一伙的，那哈岚跟解一半就有危险了。

解一半有些尴尬，道："我……我媳妇跟人跑了……我听说啊，人就在上海呢，所以我就来找找……"他自己也觉得有点滑稽可笑，上次去天津梓府偷密疏盒子，他也曾经骗佟梓华，老婆跟人跑了，这一次两次的都搬出翠儿来救场，心里实在过意不去。

上野微微一笑："那找着了吗？"解一半摇头道："还没呢……"

"解先生。"上野突然脱口喊了一声，解一半条件反射地抬头应答：嗯？哈岚神色一黯，沮丧地拍了一下自己的脑门，而坐在桌前的娄晓月也是心里一沉，紧紧地抓住了手里的手绢。上野似笑非笑道，"你不用再说了，我知道你来上海的原因。有时间很想跟你请教一下做佛跳墙的诀窍，我还希望接下来能吃到一道开水白菜，辛苦你了。"

陆士杰怔住："开水白菜？我怎么没听说过？"

陆府厨房。

解一半回到厨房，心儿怦怦直跳，已经没有心思再做菜了，解下围裙擦了擦手，吩咐身旁的帮厨："别忘了，最后在锅边儿淋一圈儿黄酒……"哈岚冲进厨房，将解一半儿拉到一边儿，神色慌张："我说你作死呢？要跟日本人说那么多乱七八糟的东西？"

"爷，这么突然把我叫过去了，我就害怕哪句话说漏了，又不敢编太多谎，我也是没有办法啊，现在外面什么情况？"

"你不觉得这个日本人有点儿眼熟吗？"哈岚紧皱眉心。

解一半努力回想："好像是在哪儿见过……"哈岚失口叫道："哎！我想起来了，厨艺大赛，在岛田身边站着的是不是？"解一半心中一凛，猛然记起岛田敏三是带了两名手下参加宴会，其中一个山本，另一个正是上野。解一半嘴皮子抖索："那……那……那怎么办？"

“完了，咱俩在上海待不久了。”哈岚呼了一口气。

“哈岚。”这时，马俊杰的声音从过道上传来。

哈岚探头往外瞧了一眼，赶紧将马俊杰拉进厨房：“你怎么进来了？那个日本人现在怎么样？”马俊杰正色地道：“那个日本人已经看出来了，上海你们待不成了，你们赶紧撤。”解一半急得原地打转：“还能去哪儿？”

“你们去广州，这几年呢，我一直待在广州，到了那儿，你们有落脚的地儿。”

哈岚脱口道：“正好，晓月给了我们两张去香港的车票……”

“香港？那也行，但是如果你们改变了主意去广州的话，下了车，直接去中山路的松宁旧书店找曹阳，好吧？哦，对了，哈太太让我带给您一封信……”马俊杰从兜里掏出一封信，递给哈岚，闲聊了几句，告辞离开。

二人收拾好厨房，躲在房间里不敢露面，解一半铺好床被，问坐在桌边发呆的哈岚：“爷，您是铁定了心要去香港是吗？”哈岚眨了眨眼：“怎么？你想去广州？”

“我哪儿都不想去。”解一半摇头叹气。

“哪儿都不去，在这儿等死？”

解一半缓缓地道：“往南走啊，就离家太远了，我这心里不踏实……爷，您要跟娄晓月去香港是吧？爷啊，您看看上次信里边儿怎么写的，您看完了就知道少奶奶有多么担心，可是您呢，却想着跟娄晓月私奔？少奶奶对您多么不放心，让娄晓月捎来一封信不算，这让马俊杰又捎来一封信，您什么都不想，什么都不顾，您就忍心把少奶奶给这么撇下了？”

“我从一开始就是因为不忍心，娶了佟丽华。到如今，把她祸害成这样不算，我这心里一肚子苦水，我为自己活过一次吗？你说我图什么，我想做我想做的事儿，你们怎么就这么个不依不饶的，非得把我困住不可了？”哈岚觉得一肚子委屈，如今与娄晓月相聚，正是千载难逢的好机会，他真的不想放弃。

解一半脸色一沉，道：“您这辈子不是为自己活着的吗？这么多年了啊，家里面儿闹的这些鸡飞狗跳的事，哪一件事不是你给惹出来的？”哈岚瞪大了眼睛，叫道：“哪件事不是我忍下来的？我忍来忍去到现在，我不还是忍着呢吗？”

“啊，我知道了，你一直忍我们是吧？我们这一家子人半辈子了，为您这么辛辛苦苦这么操劳着，到头来都是我们的不是了？”

哈岚忽然起身，大步走到解一半跟前，一字一顿地道：“我心领了！解一半，我心领了！但是你们给的，都不是我想要的，不是！”他提高声音怒吼一声，眼眶通红。

解一半目光沉痛，难以置信地望着哈岚："好，我们都不是你想要的，少奶奶不是，翠儿不是，我解一半也不是！那你儿子是不是？来，我给你读读，这信上你儿子是怎么写的，爸，对不起，我想你，你……"

"行了！别说了！"

解一半走到床前想去取信，转身又疾步走回来，情绪激动地挽起袖子，指着哈岚的鼻子喊道："哈岚，从今以后，你想上哪儿上哪儿去，我不拦着你！你爱怎么走怎么走，我告诉你，我解一半哪也不去，我就想回家，我就想我老婆和孩子！你这良心，不知道被什么东西给吃了！"

"我是畜生，没有良心的畜生，行了么？"哈岚的泪水夺眶而出。

解一半拳头紧握，好想一拳将哈岚打翻在地，突然瞧见他满脸泪水，脑门上一股怒气顿时消散，沉入足底。

得月楼外，噼里啪啦的鞭炮声响彻街道，丁宝兴高采烈地站在挂鞭旁边，点燃一支二踢脚。

门口围着一群看热闹的街坊邻居，草弥站在中间，热情地朝着人群鞠躬，左右两边站着喜气洋洋的佟梓华，一脸不满的汪四海，而佟丽华却远远地退到门侧，领着翠儿和三个孩子站着看热闹，一个个绷着脸儿，一言不发。

待鞭炮燃尽之后，佟梓华高声大喊："感谢各位今天前来捧场，得月楼今儿重新开张，以后生意还仰仗大家多多光顾啊！今日全场八折！"他话音一落，围观的人群一拥而入，差点儿将得月楼的门槛踩坏。

丁宝趁机拉住即将走进大堂的佟丽华，感激地道："少奶奶，谢谢您找我回来，我等这天等得头发快白了。"佟丽华微微一笑："以后忙里忙外的，可得拜托你啦。"

进了大堂，客人们热情高涨，看见佟丽华就喊老板娘。佟梓华翻了个白眼，过来招呼妹子："怎么着？推脱不成又跑来当这个总经理了？我说妹妹你可以啊，你这怎么着也得算个中日友好大使了吧？"

"要不让给你来当？"佟丽华没好气地道。

"我可不行，没有金刚钻儿，揽不了这瓷器活儿。"佟梓华冷哼一声，一屁股坐在汪四海和草弥的中间。

正在夹菜的汪四海扭头一看，不悦地道："你坐这儿干吗？这桌有你什么事儿啊？"

佟梓华大声叫道："哎，草弥先生坐哪我坐哪，有你什么事儿啊？"草弥摇头轻叹，劝解道："二位以后能不能和平相处？现在合作了，大家坐在一起好好吃顿饭不好吗？"

汪四海一脸嫌弃地瞥了佟梓华一眼，自顾低头，挑着盘子里的菜吃了一口，呸的一声啐在地上，扯着嗓子喊："这什么菜啊这是？是给人吃的吗！翠儿姑娘，咳咳，我说实话啊，这菜做得太难吃了，还不如你那酱牛肉呢！后厨有酱牛肉吗？切一盘儿上来！"

翠儿听见汪四海的吆喝，隔着老远白了他一眼："酱牛肉没有！这菜啊，您爱吃不吃。"汪四海叫道："哎，你这开饭庄的，和气生财不懂啊，哪儿那么大火气啊你？"

佟梓华突然叹了一口气："要不然说呢，饭馆这让人服，全靠堂柜厨！这菜不好吃，当然是人不行啊，您说这解一半儿要是在这，这菜能这么难吃吗？"草弥无奈地点头："确实是可惜了。"汪四海脸色一变，狠狠地瞪着佟梓华，不料佟梓华装作没看见似的继续感叹："说的就是啊，打从天津我就想吃一口他做的杏仁儿豆腐，到现在都没吃着……"

翠儿刚好过来上菜，闻言一扭头，没好气地应了一声："舅爷您将就着吃吧，解一半死了。"汪四海见势不妙，赶紧夹了一筷子菜塞到佟梓华碗里："我说，你能不能就别老提解一半儿？你老提个死人干什么啊，吃还堵不住你嘴，吃吧！"

"嗯，草弥先生，都是您的一片苦心，才让得月楼又起死回生啊！来，敬您一杯！"佟梓华举杯向草弥敬酒。

"大家都辛苦了，汪局长辛苦啦。"草弥笑容满面。

此时，汪佳佳跑到邻桌，对解冬青说了一句："你妈说你爸死了。"解冬青咬着嘴唇，低头不说话。哈津平心里不乐意了，冲着汪佳佳叫道："你爸爸才死了呢！"一旁的哈一南回头看了一眼汪四海，见汪四海正在邻桌敬酒，拉了拉哈津平的衣角，说："她爸没死，不在那坐着呢吗？"

哈津平见没有骂对路子，心有不甘，指着汪佳佳赶紧换了一句："那你妈是骗子！"汪佳佳一怔，皱眉道："你妈才是骗子呢！我妈就是你妈，你妈不是我妈！"哈津平一脸鄙视："你妈不是我妈！"

"……我妈说她是你妈！"汪佳佳觉得十分委屈，抓起盘子里一根菜扔到了哈津平的头发上。

哈津平怒视着汪佳佳，握紧小拳头在她眼前晃了晃。汪佳佳气急，脱口就喊："你爸是杀人犯！"哈津平"腾"地一下站起来，抄起桌子的盘子，将菜全扣在汪佳佳的脸上。

汪佳佳愣了一下，突然大哭起来。旁边桌上的汪四海听见哭声，疾步冲过来，见哇哇大哭的汪佳佳满身菜汤子，额头上流出血来，气得飞起一脚，将哈津平踹下了凳子："干什么你小王八蛋，你干什么呢你？你怎么打女人呢这么小，女人不能打你不知道吗？佳佳不哭，不哭，乖……"

翠儿瞧见声响，慌忙上前查看汪佳佳的伤势，从兜里掏出手绢："快！拿手绢擦擦！"汪四海余怒未消："你这什么孩子啊这是，你真行，你怎么教育孩子的这是？"翠儿皱眉道："我不给你拿手绢擦了吗？"

"都给弄成这样子了，拿手绢就完了？我跟你说你就不是什么好东西，我让你滚蛋啊，要不然我连你一块收拾！"

"你这人怎么不知道好歹呢你？"翠儿的脸色拉了下来。

汪四海一把揪住翠儿的胳膊，挥舞着拳头怒道："我告诉你啊，你是不是想找揍？你是不是想找揍？"

"汪四海，女人不能打！"哈津平大声呵斥。

汪四海一怔："小王八蛋，汪四海是你叫的呀？我白养你了，叫爸爸！"翠儿赶紧给哈津平使了个眼色，道："他爸爸死了。"汪四海抱起汪佳佳，没好气地道："你说你们这一家子，哎，不哭不哭……还真是，他爸爸是真死了，要不怎么生出这么一个有人生没人教的玩意儿！"

"汪四海，我跟你拼了！我这边大开业呢，你有完没完你？有你这么跟孩子说话的吗？"翠儿怒不可遏，发疯似的冲上去捶打汪四海。

汪四海连连后退："哎哎哎，你疯了你？你个泼妇！"不料哈津平一个箭步扑过来，抓住他的手狠狠地咬了一口。汪四海疼得杀猪般的咆哮："哎哟！小兔崽子！松开，松开啊！"

得月楼吃饭的客人听见动静，纷纷站起来看热闹，佟丽华拨开人群挤了进来，拎着哈津平的领子将他拽开："津平，干什么呢你，松开！"她见翠儿还想冲上去打汪四海，急忙扯开俩人。

"瞧见没，你这就快把这小兔崽子养成小狼崽子了，还开什么什么酒楼啊？"汪四海甩开佟丽华的手，指着翠儿骂道，"还有你！你这个疯婆子！"

佟丽华抱起一旁大哭的汪佳佳，抽出手绢儿捂住她的头："走走，都别吃了，带孩子回家。"

第六十八章 化险为夷

上海警察局。

刘金突然收到宾馆前台留下的口信，说北平有一位同事来找他公干，便心神不安地跑去警察局，却看见涂八正与一名警员在大厅交谈。

涂八见刘金终于出现，赶紧将他拉到一边儿，小声嘀咕了几句，然后介绍身旁的警员给他认识："这位是许警官，我已经跟他谈好了。"刘金客气地跟许警官握手："这次麻烦您了许警官，初到宝地，多多关照。"许警官哈哈一笑："小事儿，别见外了！"

此时，解一半正在厨房与帮厨们一起做菜，忙得满头大汗，哈岚进了厨房，催促道："哎！你们快点儿，前边儿都落座了，恨不得上一个菜舔干净一盘子，这都催着上菜呢。"

解一半手里握着勺子，冷着脸儿不耐烦地道："等着，着什么急！"哈岚哼了一声，翻着白眼冲着一旁的帮厨发火："你们俩磨蹭什么呢？动作快点！"

帮厨一愣，不知哈管事为何发这么大的火气。解一半头也不抬，冷冰冰地道："都别着急，慢慢儿做。"哈岚走到帮厨身前，瞧了瞧菜盘中的花式拼盘，没好气地道："让你们慢，也没让你们绣花啊！"

"这做菜就像绣花一样，给我好好绣！"解一半就是要跟哈岚对着干，哈岚说一句他就顶一句。

哈岚鼓起腮帮子，气得瞪直了眼，厨房门外有仆人进来喊："哈管事，有人找。"他一回头，就看见穿着警服的许警官站在厨房门口，正歪着脑袋打量着他："您是哈岚哈先生吧？"

“是我，什么事？”哈岚有些疑惑。

许警官干咳了一声，皱眉道：“娄晓月让警察局给扣了，她说叫你去保她出来。”哈岚吃了一惊：“怎么了，扣她干吗？”许警官淡淡地道：“这我就不知道了，她说你在陆先生府上，让你赶紧把她保出来。”哈岚有些手足无措，转身就走：“走吧走吧。”

“哎，慢着！”解一半将身上围裙摘了，扔在案板上，急忙跟了出去，“着什么急，我跟你一块去。”

帮厨在后面大喊：“解师傅，您一走这菜怎么办啊？”解一半挥手示意：“别担心，就按我之前教你们的。”

二人出了陆府，在许警官的带领下，火急火燎地上了警车。

一路穿街走巷，车子拐出了大城，往碎石小路上开去。

哈岚发现不对劲，奇怪地道：“这是要去哪？不是去警察局么？”

他话音一落，许警官一枪托就击在他脑门上，哈岚闷哼一声，顿时晕厥过去。解一半瞧见许警官黑洞洞的枪口，不敢妄动，惊呼道：“哎？这是干什么！”在前面开车的涂老八转过头来，满脸狞笑：“不干什么，送你们俩一程。”

车子来到一处荒无人烟的河边，不远处的河面停着一艘乌篷船。只见刘金带着两个地痞模样的年轻人等在河岸上，脚边放着两个木桩。

哈岚悠悠醒过来，摸着胀痛的脑袋，迷迷糊糊瞧见刘金站在岸边，满脸惊讶：“这是哪儿？不是去警察局吗？刘金？你怎么……你怎么在这儿啊，晓月呢？”许警官下车，冲着刘金点了点头。刘金手里握着枪，一挥手就喝了一声：“把他们捆上！”二个地痞手里提着绳子，冲上来捆哈岚和解一半。

“哎，干什么你们！”解一半大惊失色。

哈岚死命挣扎：“怎么回事儿，不是说晓月出事儿了吗？她人呢？刘金！刘金！”刘金不搭理，径直走到浅滩，地痞将二人捆好，在他们身后再帮上一个木桩，推着他们走到刘金的身边。

哈岚身子发抖，惶声道：“刘金，你到底要干什么？”刘金无奈地笑了笑，道：“对不住了二位，这是汪局长的命令。你们一会啊，要是做了死鬼，想报仇的话，记得去找汪局长。”解一半咬了咬牙：“汪四海是吧？我就知道这小子没那么轻易放过咱们！”

“你们在上海这事儿，已经嚷得满北平城都知道了，汪局长他也是没办法，你们不死，他就得死！请吧二位，你们自已走到河里去吧。”

哈岚脸色煞白，腿脚已经发软：“慢着慢着，有话好好说！刘金，咱们无冤无仇的……”刘金正色地道：“就是念咱们无冤无仇，我才给你们绑了个木桩子，我也没辙啊，这是命令，我得执行命令！这样，一会儿啊要是有人救你们，你们就能活，没人救你们，只好去死。是死是活，听天由命，我呢已经够仁义了……走吧，往水中间走。”他站在岸边，枪口朝着二人一指，“动作快点啊，我开枪了啊！”

“哎，哎，别开枪，一半儿……我害怕……”哈岚心惊胆战地望着解一半。

“爷，他刚才说了，是死是活听天由命，咱能不能不怂！”解一半叹了一口气，缓缓朝河水深处走去。

哈岚哪里走得动路，已浑身发软，嘴唇更是抖得厉害：“我害怕，一半儿……我不想死哎，一半儿……”他脚尖一落水，心里暗想，跑过天津，跑过上海，始终是跑不过命，看来这次是凶多吉少了。

二人蹚水过河，正恍惚之间，忽然听见河面上的乌篷船里传来水尚香的呼喊：“小白脸儿！解师傅！”二人心头一惊，扭头看到不远处的乌篷船，已来不及细想，飞一般地向乌篷船的方向狂奔。

“别跑！站住！你们俩给我站住！”刘金踩着浅水慌忙追过来。

哈岚与解一半慌手慌脚地跳上船，一头扎进船舱里。刘金一个箭步追到船上，用枪指着黑漆漆的乌篷：“出来！”

“叫姑奶奶吗？”水尚香穿着长筒靴，手里握着个渔叉，挑帘从舱内走出来，趁刘金一愣之下，飞起一脚便将他手里的枪踢落水中，手腕一转，渔叉已掐住了刘金的脖子，“把他给我捆了！”

船舱内出来两个大汉，二话不说，上来将刘金五花大绑。

刘金还想挣扎，水尚香的靴子一脚就踩在他手腕上，疼得他放声惨叫，连连求饶：“水姑娘……不不，女侠，女侠饶命，饶命啊！”水尚香扭头瞧了瞧河面，冷笑道：“哼哼，给他也绑上木桩子丢河里去，有人救就活，没人救就死，是死是活看他的造化了！”

“我……我不会水……饶命，饶命！”刘金苦苦哀求。

水尚香指了指站在岸边的涂八，笑道：“你们几个除了玩枪，还会不会玩水？枪我也有，如果你们想过来抓人，很有可能会下去玩水。”涂八与许警官对视一眼，一时摸不清水尚香的来历，均不敢上前救人。等手下将刘金绑好，水尚香渔叉子一使劲，直接将他掀翻进河里。绑着木桩的刘金一顿扑腾，发现河水只是过膝，惊魂未定地爬起来，拼命地往前跑去。

乌篷船渐渐驶远，涂八在岸上一跺脚，气急败坏地指挥两名地痞下河去救刘金。

走吧！赶最后一趟火车还来得及。万一去晚了，娄晓月要是有个好歹，你后悔都来不及呀！”哈岚不服气了，道：“我不过就是去把她接回来，至于这么大惊小怪的吗？”翠儿突然怒道：“人家有爸爸，有戏班子，有那么多师兄弟，用得着您去接？”

“我不是跟她……”哈岚意识到自己有些理亏，不敢大声说话。

“那你这跟她什么意思啊，你藕断丝连啊，你还是情投意合，你们没完没了了是不是？”翠儿越说嗓门越大。

“翠儿你别说了，叫他走！我去拿他那宝贝密疏，一起带去，交给娄晓月，那可比咱们保险多了。”佟丽华转身走进里屋。

“丽华——”哈岚慌忙起身。

翠儿气呼呼地道：“我说爷，你知道不知道在火车上，我们让佟梓华的人给拦下来，少奶奶因为这事儿跟她哥断绝关系……回到北平这几天，她每天去车站打听你的消息，差点就没回天津去找你，还好是我跟解一半给拦下来了。她担心您的安危，每天晚上睡不着觉 ……结果呢？您一回来，就跟她说您要回去找娄晓月？您还是人吗？爷？”

哈岚被翠儿一番话说得垂下了头，半天不敢吭声。

“我就问您一句，今天有哪个女人可以像少奶奶这样，为了您跟自己的亲大哥反目、甚至连命都豁出去……爷，做人要有良心！您的那点良心，真都让娄晓月给吃啦？”

哈岚见翠儿说得振振有词，有点儿顶不住了，挥手道：“行了，别说了，我在外头我逃命我回来的，我三魂出窍的，我没让他们弄死，我让你们吵死了我！我不回天津了，行吗？不回去了，奶奶！姥姥！”

“我不信你！你走！少奶奶不要你……我也不要你！”翠儿边说边上前将哈岚推出去，“你出去！去跟你的娄晓月团圆去……”

哈岚一把推开翠儿，大声道：“你这是干什么？凭什么你让我做什么，我就该做什么？”翠儿的情绪有些激动：“不做你就走！这里是我家！我不欢迎你！”她用力将哈岚往屋外推。

哈岚愣住，眼睛直直地望着翠儿，皱眉道：“翠儿！你是跟我玩真的呀？”

解一半走进院子，突然见到眼前一幕，顿时傻眼：“翠儿？你怎么还动上手儿了？住手！”

翠儿沉着脸，转身回屋，气冲冲关上房门。解一半见翠儿是真的动了气，赶紧进房去劝。翠儿将散落在床上的衣服折起来，气愤地往地上一扔。解一半上前捡起衣服，重新折好，放在一边：“人平安回来就好了……何必发这么大火呢？”

“他人是回来了，可是心没回来呀！那有什么用！”翠儿又扔了件衣服到地上，解一半上前捡起，耐心地道：“其实你想想，爷能对娄晓月这么专情……其实也是很难得的……”翠儿瞪着解一半：“你的意思是……爷没错啰？”解一半正色地道：“这种事情本来就不好说对错！那人家娄晓月还认为少奶奶才是横刀夺爱的那个人呢……”

忽然，翠儿愤怒地将手里一件衣服往解一半的脸上扔去。

解一半一头雾水：“你这是干什么？好端端说着话你，你这是干什么？”

“你给我出去！”翠儿边说边推着解一半往门口走去，“你要也这样想，那你走！你出去找别的女人去……我翠儿不需要你这种男人！”

“翠儿！你今天是疯了是不是？”解一半满脸诧异。

翠儿怒道：“你出去！你出去！我不要爷！也不要你！我就跟着少奶奶过……”解一半火气噌的一下蹿上来：“好呀！我出去呀！反正我睡在这里跟睡在外面，一点差别也没有！”他语音一落，上床炕抓起被褥就往门外走。

翠儿突然喝了一声：“站住！”解一半没好气转过头：“你又想干吗？”翠儿沉着脸：“你刚刚那句话是什么意思？”解一半大声道：“我说错了吗？我没说错呀……我就问你一句，咱俩成亲是不是等于没成亲？”

“好呀你！现在还委屈你了是不是？”

“翠儿，我不委屈，按理说，你是我的女人，我应该对你好，疼你，不让你生气，不让你掉眼泪，但是你想一想，你把我当成你男人了吗？你把我当成什么了，你什么时候正眼看过我？翠儿，我告诉你，今天我这都是看在爷跟少奶奶的面子上，我才忍着你……我发现你好像根本忘记了我是个男人，还是你丈夫！我这日子要过到什么时候才是个头？”

翠儿怒推解一半出房门：“没有头！没有头！你给我出去……你现在就给我出去！解一半，我警告你！你永远别想进我的房门！”解一半甩开翠儿的手臂，气呼呼地走出房门外：“不进就不进！谁怕谁呀！”

翠儿哐当一声重重地关上门，将炕上的衣服一股脑地全都扔在了地上。

天色黯淡，万籁俱寂。

解家小院里，两个大男人却坐在小板凳上促膝谈心。

哈岚神情沮丧，唉声叹气地道：“你说说，这几个女人心里到底在想什么呢？”

解一半托着腮帮子，若有所思地道：“她们心里想什么吧，我猜不到，但是我能知道的是，她们心里想的肯定有一个您……包括翠儿，她心里也只有您。”哈岚愣住：

“你想哪去了？她是想着我呢，她是惦记哪天把我气死算齐活！翠儿那是为丽华抱不平……”

“不只是这样……你过得好不好，是翠儿这辈子最要紧的事儿……”解一半一副深有感触的样子，哈岚有些尴尬地望着解一半：“解大哥，您别误会，翠儿小时候是我和你爹从街上捡回来的，从小就跟着我……”解一半突然笑了笑，都：“您别跟我解释，我不是醋坛子。从我跟翠儿成亲的第一天开始，我就明白了……话说回来，看见翠儿这样对您，我还挺乐意……”

“你……你不生气？那你刚刚还跟翠儿喊的震天价响的……”

解一半缓缓道：“我生气那是因为翠儿无理取闹！明早就没事了！虽然她眼里瞧不上我，可我心里却很高兴少奶奶给我指了这么个吃苦耐劳的媳妇儿……我卖酱肉是个体力活，她跟着我干却没喊过一声苦。当然，这也是托了您跟少奶奶的福，她脑子里想着就是将您俩侍候好了，她也就满足了……所以您说要回去找娄晓月，她会这么生气……”

哈岚眨了眨眼睛，心里寻思，这家里都要闹翻天了，怎么能偷跑回去接晓月？倒不如让丁宝想办法回天津一趟……

“翠儿其实也受够了娄晓月……现在咱好不容易回北平了，您就……您就别惦记娄晓月了，好吗？”解一半认真地望着哈岚，一脸期待。

哈岚叹了一口气，无奈地道：“解大哥，我能说‘不好’吗？”

北平警察局。

汪四海满脸堆笑地走进了胡厅长的办公室，一瘸一拐地站在桌前，恭敬地道：“厅长，听说您找我呀！”

胡厅长盯着汪四海的腿，问道：“你都成这样了还不在办公室里好好坐着，净到处乱跑？”

“这……不是事儿多嘛！这两天已经好多了，不用拄拐杖了。”

“事儿多？我看都是你自己在搞事儿！你知不知道现在外头学生闹得有多厉害？上峰已经下令，让咱们警察厅协助整顿！”胡厅长脸色一沉。

汪四海干咳一声，道：“我还以为什么大事呢，您放心，厅长，一回去我就派人去各大院校把带头闹事的都先抓起来……”

“还有！你这次跑去天津这几天，到底是处理什么事情？该不会跟你那宝贝儿有关吧？”

“这还真是什么事情都逃不过您的法眼……我这不是去天津找买家，没想到遇上小流氓……就成这样了！”

胡厅长白了他一眼，厉声道：“汪四海！我警告你！你这副局长可是跟我说好的，用宝贝交换……你搞到现在连个影都没有，你小心我撸了你！”汪四海连连点头：“知道，知道，您放心！等我把这宝贝卖掉了，咱俩二一添作五……二一添作五……”

胡厅长不耐烦地挥了挥手，汪四海退出办公室，赶紧将刘金喊来。二人出了警察局，钻进车内，径直往大街上驶去。

街上有几个学生正在发传单，几名警察吹着哨子冲上去抓学生。

汪四海坐在车里心神不宁，问刘金：“去找晓月的人回来没有……”刘金应道：“还没呢……”汪四海皱了皱眉：“你派去的人靠谱吗？找个人找这么久？”刘金转了转眼珠子，小声地道：“我让人去催催……对了，汪局长，那刘老板说了，您手上就两册密疏，这价格肯定上不去。”

“哼！不识货的东西！”汪四海鼻子里冷哼了一声，忽然瞧见路边有几名学生往车子前撞过来，顿时吃了一惊，“这是怎么回事？”他赶紧下车，发现前方路口数名学生正在反抗警察抓捕，双方扭打起来。警察最后鸣枪警告，学生们这才停止反抗，束手就擒。

汪四海神气活现地大喊：“抓起来！通通给我抓起来！”刘金上前观察路况，道：“最近这些学生真是不要命了，非得要开枪才知道厉害！”汪四海却仍然惦记着密疏的事儿，有些心不在焉：“嗯，除了刘老板那里，还有没有问过其他人……”

“这……不都在问着呢，噢！对了！听说孙殿英来北平，说是要找段祺瑞筹备粮饷……”

“他筹备粮饷要的是钱，给他密疏有什么用？”汪四海没有反应过来。

刘金嘿嘿笑道：“他筹粮饷当然是要钱，可他手上要有密疏，那就等于有了千军万马的粮饷了！”汪四海眼睛一亮，面露欣喜之色：“是呀！我怎么没想到？这事有谱了……”

哈德门饭店。

汪四海四处打听，获悉直鲁联军第十四军的军长孙殿英，就住在哈德门饭店。他来到崇文门，看见气派高耸的饭店门口，站着两个穿戴整齐的站岗门卫，便满面堆笑地走上前去打招呼："兄弟，我叫汪四海，请帮我传个话给孙军长，说我有很重要的事求见。"

门卫瞧了瞧汪四海的证件，转身入内去传话。

汪四海有些紧张，来回踱步，在门口焦急地等待。过了一会儿，一名军队副官模样的年轻人从饭店走出来，扫了汪四海一眼："汪副局长，您请回吧，军长不在。"汪四海赶紧上前，从口袋掏出烟，谄媚地微笑："这位兄弟贵姓？"

"姓吴。"吴副官接过烟，点上吸了一口。

"原来是吴副官，您辛苦了！那我这就在大厅等军长回来吧……"

吴副官不屑地望了汪四海一眼，淡淡地道："你请便。"他转身走进饭店，汪四海点头哈腰地尾随而入。

饭店大堂的咖啡座环境优雅，几乎坐无空席，汪四海百无聊赖地坐着，时而站起来四下张望，时而掏出怀表看一看，翘首以待，满脸焦虑的神情。

这时，刘金快步走进了饭店，瞧见汪四海坐在咖啡厅，赶紧上前向汪四海报告："副局长，派去天津的人回来了，说娄晓月从小平房搬走了。"汪四海暗自一惊："搬走了？知不知道搬到哪儿了？"

"他说附近打听过，没人知道搬到哪儿了……"

"没找到人，他回来干吗？"汪四海有些恼火。

"呃……知道了，我现在让他们回去继续找！"刘金连连答应，见汪四海瞪起眼睛，赶紧快步离开，以免挨骂。

天色已晚，咖啡座的客人陆续变少，只剩下汪四海一个人。服务生走过来询问："先生，您还要点儿什么？"

汪四海失落地站起身，瞧了瞧身后灯火通明的大堂，忽然心生一计，向一旁的服务生招了招手，耳语几句。服务生微微一怔，点头表示同意，引汪四海走到大堂的后门，将身上的制服脱了下来。汪四海塞钱给他，迅速穿上制服，推着摆放酒菜的小餐车左右张望，径直上了电梯。

此时，在哈德门饭店的套房内，颧骨高耸的孙殿英穿着一件敞领子的大睡袍，摸着嘴唇边两撇胡须，正在全神贯注地查看桌子上一张铺开的地图。

他是河南马牧乡孙庄村人，因小时候出过天花而得外号"孙大麻子"，他自小性格豪放，喜欢行侠仗义，与一些市井之徒为伍，颇具游侠之风。如今他为了筹备粮饷而来，段祺瑞那里却是一点动静也没有，简直伤透了脑筋。

吴副官走过去，站在孙殿英的身旁，注视着地图，慎重地道：“军长，以我们现在的兵力，拿下绥靖应该不是问题……”孙殿英沉思道：“兵马未动，粮草先行，没有钱粮，再有战斗力的士兵也怕饿肚子啊……”

门外响起敲门声，吴副官警觉地问：“谁？”门外声音恭敬地道：“客房服务，给孙军长送晚饭来了……”吴副官走过去开门，瞧了一眼服务生，并没注意到来人竟是汪四海：“把菜都放桌上……”

汪四海低着头推车进来，转身关上门，突然站直身子给孙殿英敬礼：“孙军长万福！北平警察局局长汪四海向两位长官请安。”

二人吃惊地抬起头，孙大麻子一脸不悦地瞪了吴副官一眼，皱眉道：“开门不看清楚，放进来的是什么东西啊？”吴副官脸色一变，上前去吼汪四海：“出去！谁让你上来的？”

“孙军长，卑职这次来，主要是有笔好的买卖要和军长谈谈。”汪四海怕耽误了大事，索性开门见山。

孙殿英与吴副官互望了一眼，点了点头：“好！在你跟我谈买卖之前，我先问问你，你知不知道我现在最需要的是什么？”汪四海胸有成竹地道：“当然是粮饷！您这次上京是来找段总理筹粮饷的……”

“不错！很清楚状况……”孙殿英微微一笑。

汪四海态度恭敬，巴结地道：“军长，我现在要跟您谈的这桩买卖要是能成，绥靖地区都会是孙军长您的了……”孙殿英沉着脸道：“汪四海！你说话最好小心点！你可要知道，如果你的提议没办法让我有兴趣，你很可能就会因此脑袋搬家的……”

“孙军长，我汪四海是这么不懂事的人吗？”

“别废话了！说！你到底有什么好买卖？”

汪四海小声地道：“您知道我以前是在宫里当差的……”孙殿英颔首道：“你汪四海靠着汪公公的势力，过往在宫中也是一号人物，这个我多少有些耳闻……但这跟这宗生意有关系吗？”汪四海眨了眨眼睛，道：“有，因为卑职职务之便，大清虽然现在气数尽了，可大清的宝贝……”

“汪四海，你可别弄了几个破花瓶就在这里显摆啦！”吴副官冷眼嘲讽。

“噢不不不……吴副官，若只是这样，汪四海还真拿不出手呢……可眼下，卑职手上有半个大清的财力支持，却是不争的事实！”

孙殿英闻言一愣，与吴副官二人对望了一眼，突然哈哈大笑："汪四海，你当我是三岁小孩吗？冯玉祥带兵进紫禁城的那天，大清的宝物已经被搜罗一空了，这是天下人都知道的事，你以为我孙某人是傻子吗？"汪四海慌忙解释："军长，大清真正的宝贝不在紫禁城，而在清东陵……"

"清东陵？"孙殿英顿时收敛了脸上的笑容。

"我手上有两册清东陵的密疏，乾隆皇上和老佛爷的；还有金刚墙的位置。只要找到金刚墙，里面的宝贝，足以让您建立十个、百个比现在还要大的军队都不是问题！"

孙殿英浓眉一挑，脸色开始有了变化。

汪四海急切地道："孙军长，卑职啊一直是想在您手下呐，谋个一官半职什么的，如果这笔买卖做成了，不知道能不能达成这个愿望……"

"吴副官！"孙殿英突然喝了一声，打断汪四海的话。吴副官一怔，迅速立正站好。孙殿英走到套房的落地窗前，望着饭店外面的夜景，喃喃地道，"我从庙道会出来打到军长这个职务，你觉得张司令看中我什么？"

"敢打敢拼，一身正气！"吴副官神情肃然。

汪四海一听这话，心里咯噔一下，隐隐中有一种不祥的预感。

果然，孙殿英脸色一沉，猛地怒吼一声："汪四海！你个混蛋东西！你把我孙殿英当成什么人了？掏坟掘墓，自古本就是为人不齿的事儿……大清皇帝找你们这帮吃里扒外的看门狗，活该他满清皇族会落到今天这种地步……送客！"

吴副官二话不说，过来拉住汪四海的胳臂，强行将他推出门外，呯的一声，用力关上房门。

汪四海望着房门愕然半晌："这……这是怎么回事？这孙殿英真这么清高？"

他神情沮丧，垂头丧气地走出哈德门饭店，转过头往大厅瞧了一眼，虽然很不甘心，却也无可奈何，在门口徘徊片刻，取出烟来点上，深深地吸了一口："老子我这辈子还真没看过有钱送上门还不要的……真是了撞邪了……"

他稳定情绪，将烟屁股往地上一扔，用脚踩灭，转身离开哈德门饭店。

刚走到路口转角处，却突然看见吴副官站在不远处正等着他，身后还跟着两名士兵："汪局长，请留步。"

"吴副官？您……您这是唱的哪出呀？"汪四海又惊又奇。

吴副官示意两名士兵退下，微笑着走上前来："刚刚不好意思了，没吓着您吧？"汪四海轻叹道："我汪四海也不是让人给吓大的！只是孙军长高风亮节，我今天算是领教了……”吴副官歉意地道：“您也要为军长想想，毕竟这是刨坟掘墓的事儿……军长怎么能……哎，可是粮饷的问题又迫在眉睫，军长这是两难呀……两难呀……”

“孙军长廉洁奉公、两袖清风的作风，小的是早有耳闻……但识时务者为俊杰，军长也必须考虑现实状况……”

“既然如此，不知道您明晚七点钟是否有空？”

汪四海不明白孙殿英为何突然改变主意，眼珠子一转，道：“不知孙军长有什么指示？”吴副官环顾四周，低声道：“此事不要声张，孙军长希望您能带上您刚刚说的宝贝，明天咱们到春福茶馆会面……”

更多精彩
详见二维码

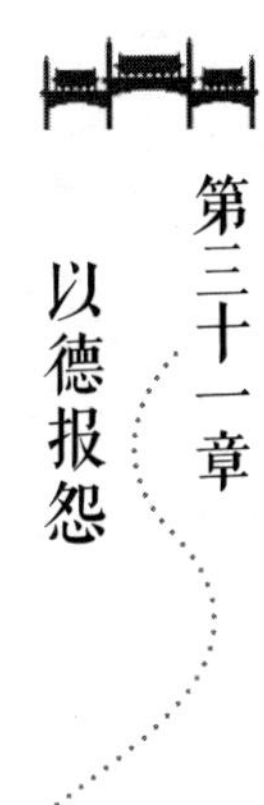

第三十一章 以德报怨

春福茶馆位于内城南面的老街。

街上行人稀少，汪四海沿着街角前行，每经过一个路口，都有几名便衣向他敬礼。走到最后一个街口，刘金带着两名便衣过来，点头示意，他们已将周围的眼线布置妥当。

孙殿英的态度确实有点可疑，特别是一句“吃里扒外”，让汪四海心里很不畅快。他此时已走到春福茶馆的门口，只见吴副官换了一件厚厚的长褂，单手插在兜里，笑容满面地请他进去。

汪四海进了茶馆的包间，警惕地注意四周的动静。孙殿英换了一身便装，正在桌前喝茶，抬眼瞧了瞧汪四海，淡淡地道：“东西带来了吗？”汪四海客气地道：“当然，当然，孙军长，你约我的事儿我可不敢耽搁，东西我是带来了，只不过……”

“只不过你是信不过我？”孙殿英摸了摸胡须，微微一笑。

汪四海有些尴尬，道：“那倒不是，但……这两本小书比小的命还要金贵，您突然让我带来给您……”孙殿英冷笑一声，打断他的话：“汪四海！你当我瞎呀！你今天一早就在这茶馆周围十里内安排了手下站岗。怎么着？怕我吃了你？”汪四海赔着笑脸，道：“这……还真是……什么事儿都瞒不过孙军长的法眼……”

“我告诉你，汪四海！你这是以小人之心度君子之腹……不过我也不怪你！怕人抢自己的东西，人之常情。但是你不用担心，你尽管把你的宝贝拿出来，我保证绝对不碰它们！”

“不碰？”汪四海没有反应过来。

孙殿英点了点头："是的，不碰！"汪四海犹豫了一会，便从怀中掏出两册破损的密疏，恭敬地递过去。孙殿英瞥见密书封面上写着"普陀峪金井安放帐"几字，没有伸手去接，而是无动于衷地喝了一口茶，缓缓道："翻开这第一页吧，第一页给我看看……"

汪四海照着吩咐翻开了第一页，孙殿英侧着身子观看，几行中文字边上还有满文，他读着第一页上的内容："金刚墙位于通永道……"他满脸震惊地读着，突然挥了挥手，"翻……"

片刻之后，孙殿英看完了两册密疏，眼神中流露出少许兴奋，偏偏一直压抑着脸上的表情。他伸手端起茶杯，见汪四海将两本密疏收进怀里，皱了皱眉头道："汪局长，这密疏……恐怕不只两册吧？"

"军长，的确不只两册，可是小的手上还真只有这两册……这个事儿我三言两语也说不清楚，但您刚刚也亲眼看见了，这可是乾隆帝的裕陵和慈禧老佛爷的定东陵藏宝图……"

孙殿英点了点头，赞叹道："老佛爷陵寝的规模，的确不小……"他喝了口茶，低头沉思。汪四海突然看到孙殿英有意无意地碰了碰腰际佩戴的枪，脸色一寒。神色有些紧张。孙殿英并没有在意汪四海的反应，若有所思地道，"汪四海，你先回去吧，我……我得好好想想……"

"是，孙军长。"汪四海如释重负，立即向孙殿英行礼，转身走出了包厢。

来到春福茶馆的门口，汪四海朝躲在街角的刘金摆了摆手，示意他们解散，吴副官却跟他身后喊了一句："汪局长留步。"

汪四海一怔，转身客气地回应："吴副官还有什么吩咐？"

吴副官笑了笑，低声道："军长说了，今天他有公务在身，没有时间与您详谈，千万不要见外。"汪四海有点受宠若惊，慌忙递上烟，笑道："哪里哪里，孙军长日理万机，要是能再抽出点时间，随时可以去警察局找我汪某人。"

最近几天，北平城人心惶惶，街上一片混乱。

数名警察正挥舞着警棍，在抓捕游行的学生。

汪四海坐着警车来到现场，一名年轻的学生从街角冲出来，朝着警车扔石头，口中大吼："你们这些卖国贼！"汪四海火冒三丈，手持警棍就冲上去扯住学生的衣领，棍子猛击学生的头部："我叫你乱说话！我叫你乱说话！"警察一拥而上，将学生摁倒在地。

此时，刘金匆匆忙忙地跑过来报告："汪局长……孙殿英派人请您去饭店见他！"

汪四海闻言一愣，欣喜若狂地扔下棍子，转身离开。

他开车到了哈德门饭店，直奔孙殿英的套房，心情有些激动，觉得这次升官发财的事儿是靠谱了。走进房间，汪四海还没立正敬礼，孙殿英已大步迎上来，握着汪四海的手哈哈笑道："来来来，汪老弟，等你多时了！"这一声"汪老弟"，让汪四海受宠若惊："蒙军长抬爱！四海刚刚接到通知，就忙着赶来……请问军长……"

"今天你是我的贵客，就别跟我客气！"

"军长的话……四海不是太明白……"汪四海一头雾水，不知孙殿英为什么突然态度大转。抬眼一看，只见吴副官手里捧着上校的军服和军帽，一脸肃容地从偏房走出来。

"吴副官，快拿过来，贵宾已经到了。"孙殿英立即上前，接过吴副官手里的军服、军帽，慎重地递给汪四海，"从今天起，你就在我部队里担任团长，军阶上校！"汪四海有点儿懵："这……"吴副官提醒他："汪团长！您是太高兴了是吧？快敬礼呀！"

汪四海回过神来，慌忙向孙殿英敬了个军礼。

"恭喜汪团长荣升！"吴副官一脸羡慕的神态。

孙殿英点了点头，道："四海弟呀！事出突然……可是你哥哥我也想不出其它方法能向你表达我想跟你合作的诚意。所以我思来想去，就是先把你的官衔给提上来！然后，咱再来好好讨论日后合作的方法……"

"这意思是……是……"汪四海沉浸在喜悦之中，还没有缓过神来。

吴副官笑着解释："说白了！这意思就是咱军长愿意跟你做这笔买卖……"孙殿英拍了拍汪四海的肩臂，道："不过，在此之前，咱得先好好庆祝一下！"吴副官赶紧敬礼："宾客都已经请好了，一会儿在楼下餐厅开席，庆祝汪团长荣升！"汪四海眼神闪烁，情绪虽然激动，但却是又有点儿害怕。

孙殿英突然长叹一声，道："这次我来北平，在段祺瑞面前看尽冷眼呀！还好遇上了你！我告诉你，回头靠这两本密疏帮我拿下京津冀……四海呀！我就是孙总统，你就是汪副总统……咱就能平分这天下啦！"

"副……副总统？我汪四海何德何能……"汪四海两腿一颤，险些跪倒。

"不用客气！你可是我孙殿英建国的第一大功臣呀！"孙殿英哈哈大笑。

汪四海觉得自己的脸已经僵硬，想笑又不敢笑。他深深吸了一口气，顿时感到自己的前途一片光明。

离开哈德门饭店之后，汪四海并没有被喜悦冲昏了头脑，而是迅速带上刘金去大北街的照相馆。

他进了摄影房，手里捧着两册密疏，穿上孙殿英送给他的军装，站在墙布处，摆好架势，让照相馆的老板拍下来，又要求老板将手里的密疏也全部拍成照片。

一切准备妥当，汪四海径直赶去铁狮子胡同附近维持治安。

街口已站着大批警察，一群学生们也在街道上聚集，排成队伍，大声喊着“将八国公使赶出中国”“撕毁辛丑和约”等口号，场面混乱不堪。

汪四海瞧见眼前的场景，有些诧异，问刘金：“这是怎么回事儿？前两天不是才抓了一群人吗？怎么现在又跑出来这么多学生闹事？”

“局长，我立刻去查清楚，不过这样下去，估计咱们警局的人手不够……”

汪四海脸色一沉，喃喃地道：“就会跑出来喊喊口号，一个能打的都没有……好好在家待着不行吗？”刘金点点头，接口道：“学生都是血气方刚的，受不得激，跳几个人出来一挑唆，就全炸毛了！”汪四海冷笑道：“跳什么？等我当上副……等我出人头地那天，谁敢跳就全部抓起来！”

傍晚时分，汪四海穿着军装，神气活现地走进哈德门饭店。

他吹着口哨上电梯，来到孙殿英的套房门口，却见几名服务生正在打扫房间，桌上有吃剩下的西餐和红酒。汪四海推开门大声喊：“军长！军长……”服务生皆抬头望着汪四海，就好像看着一个怪物。

“这是怎么回事？”汪四海吃了一惊，赶紧走到偏房查看，房间里空无一人。他打了个冷颤，暗想不妙。

“孙军长中午就退房啦！”服务生提醒他。

“退……退房？他们……他们去哪儿了？”汪四海心跳加速。

“不知道呀！恐怕早就离开了北平啦！”服务生连连摇头。

汪四海只觉得头皮一麻，转身奔出门外。

街道上一片狼藉，一群学生与警察扭动在一起，四下乱窜。

汪四海神情有些恍惚，手上举着枪，怒气冲天地往街口走去，咬牙切齿地大骂：“孙殿英……你这个王八蛋！”

此时，刘金骑着自行车快速赶来，一见汪四海就立刻跳下车：“汪局长！您怎么跑这儿来了？出大事了！天安门前面现在已经聚集了七八千个学生了……还有铁狮子胡同那儿……”汪四海闻言一惊，跳着脚道：“那你还站在这儿干什么？还不快去抓人？”刘金擦了擦额前的汗，惊恐地道：“局长大人啊，这学生太多，咱人手不够啊……”

汪四海突然怒吼一声，朝天开了一枪：“咱们有枪，怕什么？抓！打！杀！谁敢跟我做对我就让谁死！哼！孙殿英！我汪四海咽不下这口气！”

解家小院。

街道上人声嘈杂，枪声忽然响起，哈岚听见动静，吃惊地跑出屋子，嘴里嘟囔：“又不是过年，放什么鞭炮？”

一群学生们慌慌张张地从哈岚眼前奔过，后面追着数名警察。

“哎哟，这是要打仗了吗？”哈岚瞪起眼睛，不及细想，拔腿就往院外冲了出去。

街道上的枪声仍然在持续，受伤的学生被警察追打，呼喊声一片。男学生冲上去跟警察扭打，却被一枪托打倒在地，警察接着向他连开两枪，男学生顿时躺在血泊中。几个女学生吓得四散奔逃，一路哭喊，被人撞倒在地。

警察举起枪托砸向学生，又追着学生开枪，数名学生相继倒下。

哈岚目睹惨剧，大惊失色，转身往小巷子的深处跑。他一口气跑到街道边上，突然看见不远处有一家挂着布帘的小饭馆，奔上前去拼命地拍门：“救命！救命……有没有人啊！”

小饭馆的门打开一条缝儿，一只手伸出来立即将哈岚拉了进去。哈岚惊慌失措地进了屋，低头一看，地上蹲着十几个避难的路人，挤在小小的饭厅里，一个个面有骇色，不敢吭声。

哈岚此时浑身颤抖，瞧了瞧自己的手掌，暗想不妙，我这老毛病估计又犯了！

他在桌上去四处寻找吃的东西，猛然瞧见身边有个五六岁的小孩子，手上还捏着半个包子。他的手已经不听使唤，一把从小孩手里抢过包子，赶紧塞进嘴里。小孩子发现包子被抢，吓得“哇”一声哭了。

小孩父亲见哈岚狼吞虎咽地将包子整个塞进口中，完全就像是个饿死鬼投胎，瞪起眼道：“嗨，干什么啊你，你怎么抢我儿子的包子！”

哈岚嘴里咬着包子，含糊不清地说道：“对，对不起……我这……一害怕就抖得厉害，得吃点儿东西压压……”他咽下包子，却发现自己的手还在颤抖，赶紧用另一只握住抖个不停的手腕，喃喃自语，“完了，怎么还抖……”

小孩的父亲翻了个白眼："什么毛病啊你……"

哈岚连连点头道歉，伸出颤抖的手，抓起桌上的茶壶对着嘴猛灌，终于将包子咽下肚子。

街道门外又传来几声枪响，哈岚弯着腰上前，扒着窗户查看外面的动静。

只见小饭馆外的街道上，汪四海手里抓着警棍，疯狂地殴打一位倒地的女学生。人群四散奔逃，佟丽华也一脸慌乱地夹裹其中。

"给我追！"汪四海带着人往这边追来，一个女学生慌不择跑，转头就撞到汪四海的身上，脑袋往后一扬，摔倒在地。汪四海瞪大了眼睛，泄愤似的挥舞着警棍，死命抽打女学生。佟丽华突然从人群中钻出来，扑过去护住女学生的头部："住手！住手……"不料汪四海已经打红了眼，警棍雨点般朝佟丽华的身上落下来："找死是吧！找死是吧！"

哈岚透过门缝看见佟丽华被打，脱口大叫一声："丽华！"

他情急之下四处张望，看见餐桌上摆着胡椒面的罐子，随手抓起胡椒面罐子，拉开门就冲了出去。为救佟丽华他已经不顾一切，三两步飞奔到汪四海的身前，突然将手中的胡椒面往汪四海脸上一扬。

"哎呀我的眼睛呀……"汪四海大叫一声，扔掉手里的警棍，捂着脸大声咒骂。哈岚趁机扶起佟丽华，弯腰往墙角边躲去。

此时，解一半与翠儿正推着酱肉车往前狂奔。翠儿满脸的惊恐，解一半拼命回头喊："翠儿……别看！快别看了……"等酱肉车经过街口时，忽然听见汪四海的惨叫声，翠儿扭头一看，惊呼道："那不是爷吗？啊！少奶奶！是少奶奶！"二人不及细想，扔下酱肉车飞奔过来。

汪四海闭着眼睛，在原地打转，将枪拔出来，胡乱朝天放枪，解一半一个箭步冲上去推倒汪四海，枪也掉在了地上。解一半一时兴起，抡起地上警棍，使劲抽打汪四海："我叫你开枪……我叫你开枪……"

枪声引来周围几个学生的注意，他们往街口跑过来，看见解一半正在教训汪四海，猛地大喊一声："这是警察局长！打死他！打死他……"几名学生一拥而上，顿时拳打脚踢，开始疯狂殴打汪四海。

哈岚蹲在路边查看佟丽华的伤势，关切地问："丽华，你没事吧？伤到哪儿了我瞧瞧！"

"我没事，快看看这孩子……"佟丽华焦急地道。

翠儿帮着佟丽华一起将女学生扶到路边，撕开手绢为女学生包扎伤口。一旁的解一半还在用脚踢着汪四海："你很有本事呀你！打学生……我叫你打学生！"哈岚见状，忙上前去拦下解一半："一半一半，别再打了！再打要出人命了！"

汪四海躺在地上奄奄一息，眼睛又看不见，为躲开众人的殴打，死命地往前爬着，没爬几步，就趴在地上晕死过去。哈岚一惊，上前推了推汪四海："汪四海，汪四海……你死了没有？"解一半上去拉住哈岚，恨声道："爷，走吧！这种人渣就让他烂死街头！"

"你开什么玩笑！"哈岚甩开解一半的手臂，继续喊汪四海，"汪四海！你听见我叫你了吗？汪四海……鼻子里还有气呀！解大哥，你快帮我把他抬起来！"哈岚夹住汪四海的胳臂，想将他背在肩上。

"爷你疯了？你居然想救他？他刚刚开枪差点没把你打死！"解一半怔住，呆望着哈岚的举动，摸了摸头。

"那咱也不能见死不救啊！跟你说不清楚！丽华，一会儿你跟翠儿先回家，我得赶紧送汪四海去医院……"

佟丽华也是一脸迷惑地望着哈岚，诧异道："你要送汪四海去医院？"

"对！就算你不帮我，我也要送他去医院……"哈岚吃力地背起汪四海，颤颤巍巍往前走了几步，"汪四海，你忍耐一下，别歇气，咱很快就到医院了，你得撑住……"

三人同时傻眼，张大了嘴巴望着哈岚，就好像是第一天才认识他。

汪四海因为受到震动，微微张开了眼睛，似乎认出了哈岚的声音，嘴里吐出几个字："哈……哈……岚……救我……求求你救……"

"汪四海……你说什么？汪四海！"哈岚一侧头，却突然看见汪四海身上的血沿着自己的脸庞流下来，霎时腿脚发软，瘫倒在地上。

而此时汪四海的身子正压在哈岚的背上，几乎压得哈他喘不上气，哈岚顿时心急如焚地大喊，"解大哥，快点！你帮我一把，你帮我把他背起来……你把他背起来……"

解一半仍然没有缓过神，瞪大了眼睛，吃惊地道："爷，他刚刚可是要杀你呀！他还要杀少奶奶呀！你是不是真疯了？脑袋是不是撞墙上了啊！"哈岚有气无力地道："别废话！你要是我兄弟，就把他背起来……"解一半无奈，猛地一跺脚，气呼呼地伸出手，将汪四海整个人扛在自己背上，快步往前走去。

哈岚撑着身子站起来，摇摇晃晃地去扶佟丽华。

站着一旁的翠儿僵在原地，不可思议地望着贝勒爷。

解家小院。

四人在外面忙乎了半天，终于回到家。

翠儿端了水盆上前，哈岚以为是给他的，正要伸手接，翠儿却放在了解一半的身前："一半，这水正热着，快把脸擦擦……"她边说边拧着水盆里的毛巾，帮解一半擦脸擦手，又挽起裤脚，替他洗脚。

哈岚翻了个白眼，嘴里嘀咕道："没水，我自己打去……"

他刚一转身，却看见佟丽华也端了一盆水过来，走到哈岚身边，柔声道："哈岚！快擦把脸擦把手……"她拧起毛巾，哈岚伸手要去接，却没想到佟丽华竟然主动帮他擦洗，而且耐心地蹲下来给他洗脚。哈岚愕然半晌，用害怕的眼神盯着佟丽华，心里有些紧张，这是太阳打西边出来了？格格帮贝勒爷洗脚，这真是新鲜！

等解一半做好晚饭，四人坐上桌子，解一半将碗筷在哈岚面前一丢，满脸不悦的表情。佟丽华忍住笑，夹了一块酱肉放在哈岚碗中，好奇地问道："哈岚，你今儿怎么了？见了血也没倒下，居然把汪四海送到了医院……"

翠儿端上一碗安神汤放在解一半桌前："一半，快喝口安神汤……这可是照着解神厨以前交我的法子做的。"哈岚一怔："翠儿，我的呢？我没汤喝的吗？"翠儿没好气地道："爷！就一碗，这不有肉吗？吃肉！"

哈岚啊的一声，无奈摇头道："好吧……今天解大哥背汪四海也累了，这碗汤该给他喝……"解一半喝汤喝到一半，突然放下汤碗，大声地道："我是心累，背个人有什么累的！"哈岚眨了眨眼睛，尴尬地道："解大哥，您还在生我气吗？"解一半懒得理会哈岚，自顾自吃饭。

"是我先向汪四海撒胡椒面……弄不好会瞎的！"哈岚端起饭吃饭，忍不住叹了一声。

解一半叫道："他瞎了最好！"哈岚笑了笑："好歹是个活人，你真忍心看着他瞎了吗？"解一半沉着脸："我求之不得！"佟丽华突然摇了摇头，在旁接了一句："解大哥，天底下还有人像哈岚这么善良慈心的吗？"

"少奶奶，我糊涂了，我怎么觉得爷干了件蠢事呢？"解一半皱了皱眉头。

佟丽华正色地道："解大哥！哈岚要真的对汪四海见死不救，那他还是我们认识的那个哈岚吗？"

哈岚龇牙一笑，感激地望了佟丽华一眼，低头吃饭。

"少奶奶，一半说得也没错呀！汪四海对咱是坏事做尽了，您真以为他会记住爷的以德报怨吗？”翠儿有点不服气。

解一半表示赞同，大声道：“对嘛！咱现在救了他，他会感激咱们吗？回过头来还逼着咱要密疏！”哈岚瞪了他一眼，道：“可见死不救那还是人吗？不管是谁，别人可以这样做，咱们不行……”

“哈岚说的也没错！救了他咱最少良心上过得去……这才是最重要的。”

“那他回过头来还找咱麻烦怎么办？”解一半反问道。

哈岚嘴角一扬，道：“那是他汪四海的问题，我们至少问心无愧！”解一半没好气地道：“问心无愧，问心无愧……他最好知道您对他的好！否则……否则……”

“唉，否则什么呀？没事一半，算了！跟爷这种人是说不通的，”翠儿夹起菜放在解一半碗里，声音轻柔，“你快吃吧，一会儿菜都凉了……”

哈岚愣住，低着头吃酱肘子。佟丽华转头看着哈岚气呼呼的样子，微微一笑，夹了一筷子菜放进哈岚碗里。

吃过晚饭，解一半始终不搭理哈岚，他将厨房收拾干净，就回到自己屋，坐在炕上，嘴里不停地叨叨：“我就是不明白了……这爷他到底是怎么想的？他真以为这个汪四海会知恩图报吗？”翠儿一边收着衣物，一边搭着话：“爷呀，就是脑袋不好使，这才弄得这个家乌烟瘴气的。”解一半仍然有些生气：“我就不该帮他背起汪四海，送他去医院……现在可好了……你看着吧！等汪四海回头再来逼咱要密疏的时候，爷就知道后悔了……”

翠儿转头望着解一半，无奈地笑道：“你心善。”解一半嘴里嘟囔：“救了一个仇人，还心善？”翠儿两眼直瞪瞪地望着一半：“就是因为你救了一个仇人，才看出你心善。”解一半皱了皱眉头：“你别这么看着我。”翠儿突然咬着嘴唇，柔声地道：“我就没好好地看过你，直到今天，我看着你背起了汪四海，我这才发现，原来自己嫁了个真爷们儿。”

“我以为这事儿你还不得埋怨死我，我没想到你……”解一半搔了搔头。

翠儿忽然凑身过来，在解一半的脸上亲了一口。

解一半一愣，两只眼睛瞪着翠儿，瞧见她一脸期待的模样，脑袋顿时嗡的一下，怯怯地道：“睡，睡觉吧。”他往炕上一翻，侧身躺下。翠儿的表情有些失落，缓缓躺下，扭头瞧了瞧解一半，赶紧翻个身背对着：“一半，我腰疼，闹腾了一天，腰酸着呢，你给我捶捶！”

解一半哦了一声，翻身起来给翠儿捶腰。

翠儿叫道："你擂鼓呢，会捶腰吗？"

解一半慌忙轻轻地拍打，翠儿又指了指肩臂，说，"算了算了，我后脊梁痒痒，帮我挠挠。"解一半伸出手，尴尬地问："挠哪儿？"翠儿应道："中间儿。"解一半一声不吭地给翠儿挠痒痒，过了一会儿，翠儿又叫："隔着衣裳挠什么东西？伸进去挠。"

"伸，伸进去？"解一半吃了一惊。

"快点儿，痒痒死了。"翠儿不耐烦地催促。

解一半觉得这个要求有些意外，头一回听说男人的手可以伸进女人的衣服挠痒痒。他只得硬着头皮，将颤抖的手腕伸进翠儿的衣服。翠儿没好气地道："你哆嗦什么呀？"解一半实在是受不了，哭咧咧地："我，我不敢……"

"你怎么这么笨呢。"翠儿突然坐起身来。

解一半吓了一跳，仰面躺倒枕头上。翠儿却扑过去，两眼瞪直盯着解一半，凶巴巴地道，"说，你笨不笨？！"解一半喘起了粗气，支支吾吾地说不出话，他似乎不明白翠儿的意思，整个人已完全僵住。

"说呀，你是不是笨蛋？"翠儿的声音渐渐低沉，小巧玲珑的鼻尖顶住了解一半的鼻尖，喃喃自语，"你就是个笨蛋……"

雾障云屏，夜阑人静。

此时，哈岚正蹲在炕前，给坐在炕上的佟丽华揉脚。

佟丽华白天在街上被汪四海打了几棍子，虽无大碍，但是脚却崴了。她默默地望着哈岚，脸上泛起一丝甜甜的笑容："你今天冲出来救我的时候，害怕不？"

"怕……怎么不怕！怕死了……"

"那你还出来？"佟丽华眼眸流转。

"那我也不能眼睁睁地看着你挨打呀……"哈岚抬头，见佟丽华用异样的眼神盯着他看，诧异地问："你干吗这样看着我？"佟丽华轻笑道："你虽然看着怂，到了节骨眼儿上，你真挺爷儿们！"哈岚得意地一笑："你现在才发现？"

"哎，可谁知道什么时候你又会扔下我，追着娄晓月去了……"佟丽华突然叹了一口气。哈岚脸儿一红，尴尬地道："睡觉了……"佟丽华哼道："我没说错呀！明明知道后有追兵，你还是要去找娄晓月告别。"哈岚眨了眨眼睛："你不该是想现在翻旧账吧？"佟丽华没好气地道："没这打算！"

"没这打算就早点睡觉……"

“我只是想跟你说，你今天不顾自己生命危险救我、救汪四海……让我非常感动……”佟丽华说话的声音突然变得很轻柔。

“我不救你，天诛地灭！救他……那是顺水人情！”哈岚赖皮赖脸地笑，伸手去炕上抓起被褥，打算铺在地上睡觉。

佟丽华眨了眨眼睛：“哈岚，谢谢你。”哈岚摆摆手，大咧咧地道：“嘿！夫妻俩，客气什么！”

“夫妻俩？”

“不是夫妻俩是什么？”哈岚回头瞪了她一眼。

佟丽华点了点头，道：“哈岚，这好像是第一次，你把我放在心上了……”哈岚不服气地道：“从皇上指婚开始……你……你一直在我心上呀！”佟丽华叹息道：“是吗？我是你心上的一根芒刺吧。”哈岚大声道：“哎，天地良心啊，一直把你放心上呢，放心上头呢，当太后那么供着呢……”

佟丽华扑哧一声笑了。哈岚听见笑声，又转头望向佟丽华，却发现她虽然在笑着，却用手在擦拭眼角的泪水。

“你这又是怎么啦？好端端的哭什么呢？”哈岚怔住，转身去找手绢，“手绢呢……你手绢搁哪儿啊？”

佟丽华却是越哭越厉害，哈岚于心不忍，伸出手来，直接拭去佟丽华脸颊上的泪水：“哭什么呀你？我哈岚再混账，可也知道你才是我明媒正娶的老婆。我再没出息，可就算拼了命，我也得保护好你……这不应该的嘛！”

他用手掌为佟丽华拭泪，可是佟丽华还是在哭，冷不防她伸出手抓住哈岚的手腕，放在自己的脸上摩挲，轻轻地亲吻哈岚的掌心。哈岚傻傻地呆望着佟丽华，心里五味杂陈，叹息道：“唉，该说谢谢的那个人，其实应该是我……我从来没让你放心过……为了晓月的事情，还一天到晚惹你生气……丽华，你能原谅我吗？”他想起在天津的遭遇，想起在大杂院里的日子，眼眶一红，泪光闪动。

“从你回北平，站在家门的那一刻起，我就已经原谅你了……哈岚！我为什么每次都走不了，是因为我……我真的喜欢你呀！没有你的日子，该有多无趣呀……”

哈岚心头一震，凝视着佟丽华的双眼，仿佛能听见自己的呼吸声。

佟丽华再也控制不住情绪，紧紧地抱住了哈岚：“哈岚，你不能离开我……”哈岚轻抚着佟丽华的秀发，望着眼前一双清澈如潭水般的眼眸，低头亲吻着她的脸颊。

屋子里烛光摇曳，春意浓浓。

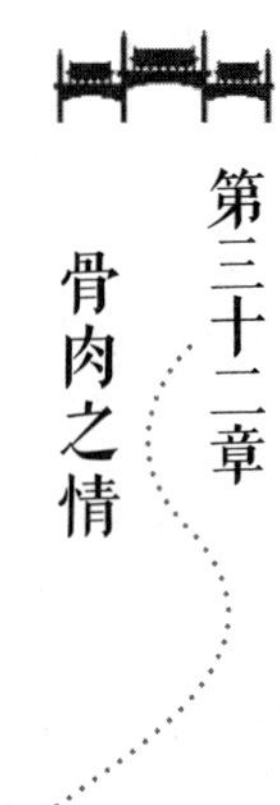

第三十二章 骨肉之情

北平医院。

病房中，躺在床上看报纸的汪四海，没好气将报纸往地上一扔，口中骂了一句：“他大爷的，他一天到晚走马灯似的，他老换！”报纸上的头版头条写着一行字：走了个段大帅，来了个张大帅。专题文章的题目是“论军阀帝国主义”，落款为“俊杰”。

他想起孙殿英这个混蛋，又恨得牙根直痒，看来这升官发财的门道以后还得留个神，幸亏自己将两卷密疏拍了下来，要不这次真的是偷鸡不着还蚀把米。他越想越憋屈，忍不住又骂了一声：“这个畜生！他妈的混账东西！”

正巧，胡厅长跟在刘金后面推门进来，上前捡起地上的报纸一瞧，问道：“骂谁呢？”汪四海一见是胡厅长，急忙翻身起来，赔着笑脸：“厅长，我刚刚这不是……在看报呢！”胡厅长将报纸放在柜子上，正色地道：“医生有没有说啥时候可以出院啊？”

“能捡条命回来就不错了，出院还早着呢……”

“是吗？那你打算什么时候就任这个局长呀！”

汪四海一怔：“局……局长？”一旁的刘金眨了眨眼睛，欣喜地道：“厅长的意思是？咱副局长升官了？”胡厅长点了点头，道：“你自己去跟大夫商量商量，早点出院，好去跟新老板打声招呼。”汪四海大喜过望：“我现在就出院……我现在就能出院……”胡厅长斜着眼睛看着他，笑道：“汪局长，您现在步步高升，可咱俩的交易……还算数吗？”

“算数算数！当然算数！”汪四海兴奋地扶着病床跳了两步，恨不得现在就去警察局报到。刘金递过来一根拐杖，笑容满面地道：“我这就去给您办出院手续！”

黑头轿车停在医院门外，汪四海一上车，似乎想起什么事儿，眼珠子一转，吩咐刘金：“先不忙去局里，咱去解家摸摸底。”

二人坐着车到了解家小院，刘金下车为汪四海开门。解一半双手端着一大盆酱肉，正要跟翠儿去推酱肉车，猛然看见汪四海拄着拐杖一瘸一拐地进了院子，顿时愣住。翠儿紧张地朝屋子里大声喊：“爷……少奶奶！爷啊！汪四海来了！”

哈岚与佟丽华从里屋出来，瞧了瞧汪四海的模样，奇道：“你这是……这么快就出院啦？”汪四海哈哈一笑，拱了拱手，道：“托您的福！我这次不仅捡回一条命，还升了官呢！”

“升官？升什么官了？”

“是啊！现在我已经是北平警察局的局长了……”

哈岚尴尬地笑了笑，道：“哎呀！那……恭喜恭喜呀！汪四海，你要是来道谢的，那我知道你心意了，要是没其他事儿的话……”汪四海叫道：“哈岚！你这么急着赶我走，是不是怕我知道你的密疏有副本呀！”

众人皆是一愣，汪四海瞅了瞅佟丽华，又道：“拍照存证……这么聪明的办法，应该是哈福晋的杰作吧！”

解一半突然将酱肉盆子往桌上一放，喝道：“好你个汪四海！你现在是想翻脸不认人了是吧？”佟丽华皱了皱眉头，道：“汪四海，密疏不在我们手上……”汪四海摆摆手：“少奶奶不用急着撇清，我话还没说完……”解一半怒道：“我看该撇清的人是你吧！汪公公失踪这么久了连个消息都没有。”汪四海故作疑惑的样子，皱眉道：“我干爹？他不是还在青岛吗？”

“要是他不回来，我爸这案子还办不办呀？”

汪四海干咳一声，道：“办办办！我不办谁办？只是现在既没有证据，也没有线索呀……你让我上哪儿去逮人去！不过，密疏这事儿解决了，我自然会全力帮你追查解神厨的死因……”哈岚翻了白眼，道：“都说了没有密疏……”

“哎，你们先别着急，我真不是来找你们要密疏的。我今天来，就是想跟你们提个条件……我那儿呢，的确有几个买家等着看密疏，你们要是愿意，就把密疏交出来，我拿出去一转手，大家二一添作五……你们呢，也可以重建哈王府……这个主意怎么样？”汪四海见众人都闷声不说话，突然叹了一口气，“我今天来呢，也没想要你们给个答复。你们四个好好商量一下，要是愿意呢，就通知我一下，我来取密疏……”

“可东西真不在我手上！”哈岚始终不松口。

汪四海打了个哈哈，道：“哈岚，你就甭在那里描啦，越描越黑！密疏不在你手上，会在谁手上？人佟梓华还为了这事儿专门派人来盯着你呢！”哈岚不及细想，脱口而出：“其实密疏在晓月手上。”

“在晓月手上？”汪四海满脸惊讶。

哈岚苦笑道：“那时候佟梓华的人追我，我只能逃，就把密疏交给晓月了……”汪四海皱着眉，半信半疑地道：“真在晓月手上？”哈岚叫道：“谁说瞎话谁就是孙子！”汪四海脸色一黑，道：“你的意思是……找不到娄晓月，现在谁都甭想找到密疏了？”

“对！我就是这意思。”

“难怪那时候晓月怎么样都不肯跟着我回北平……”汪四海若有所思。

“你会去找晓月的吧？”哈岚眨了眨眼。

佟丽华与翠儿同时变脸，瞪着哈岚。汪四海点点头：“我当然得去找。”哈岚笑道：“那好，我跟你一起去找！”佟丽华突然冷冰冰地接了一句：“你就这么想回天津去？”哈岚红着脸：“我……我刚刚不就是这么一说嘛。”

“好了好了！哈岚，你那点小心眼我太知道了……晓月的事情不用劳烦你插手，我自己就可以搞定了！我现在就回去安排人去找晓月……”

汪四海说完，转身走出院子，招呼刘金上车。

哈岚见黑头车离去，转身望向三人，嬉皮笑脸地道：“汪四海这是……相信了吧？”解一半点头道：“看起来是相信了。”佟丽华却是忧心忡忡：“相信有什么用啊，他到天津，找到了娄晓月，自然会知道那密疏不在娄晓月那，不还得回来找我们吗？”

哈岚哈哈大笑，心情舒畅：“咱就先过了这一关再说！他去找晓月，省得咱们去找了。哈哈！找到晓月没有密疏，他也不会把晓月怎么样，还得护着她呢，我来一大省心！这就叫一石三鸟，何乐而不为！”

乌云密布，雷声交加。

得月楼的售票亭内，一名售票员正在打瞌睡。

一晃又好几个月过去了，娄晓月信讯全无。哈岚冒雨跑到小屋旁，拉着丁宝躲在售票亭的后面，二人窃窃私语，担心被娄家班的人撞见："丁宝，你这次去天津找人不过几天，这么快就回来了？"丁宝叹气道："哎，跑了几个戏班子都没问到师姐的下落，身上又没钱了……"

"你找不到人就跑回来，这也不成呀！"

"要不，您自己去找？"丁宝白了他一眼。

哈岚被噎住，茫然无措地望着街道上的大雨，神情有些焦虑，心想晓月啊，你这是去哪了呢？你要是有个三长两短的，我可怎么办？

他脑子里思绪万千，却也无计可施，抬眼望着白茫茫的街道，见路边一辆黑头车驶过来，穿着便装的汪四海拄着拐杖下车，刘金在一旁给他打伞。汪四海走到得月楼门前，一眼便瞧见鬼鬼祟祟的哈岚，喊了一声："吆，我说是谁呢？这不是哈岚吗？"哈岚不想跟他多话，口气冷淡："原来是汪局长……我先回去了……"他向丁宝告辞，转身要走，却被汪四海拦住："等等，等等，见了我你就要走？"

"我……我家里还有事呢！"

"你别一见到我就像见到鬼一样。"汪四海上前揽住哈岚的肩膀，嘿嘿笑着，"你看！我早知道你手上有副本，我找过你麻烦吗？"

哈岚甩开汪四海的手臂，冷冷地道："你现在不找我麻烦，我怎么知道你日后会不会找？"汪四海并不生气，龇牙道："那等我找到晓月之后再说吧！走走走，咱一起进去看看娄三喜！他可想你了……"哈岚一怔，娄班主能想我那才叫新鲜。他脸色一沉，道："汪四海！我可救过你……你非要这样对我吗？"

"你放心！你救我的恩情我没齿难忘，相信我，我保证娄三喜肯定不会为难你……"汪四海边说边推着哈岚进了得月楼。

哈岚无奈，硬着头皮进去。三人来到大堂，武行的师兄急忙去后台通知娄三喜。丁宝沏上一壶茶，过来给汪四海与哈岚斟上。

刘金见娄三喜从后台出来，将一大包礼物放在桌上，笑容满面地道："娄班主！这是我们局长孝敬您的！"娄三喜皱了皱眉，道："送礼有什么用？晓月呢？她要再不回来，我娄家班就要揭不开锅了。"哈岚显得有点拘谨："您别着急，这……咱不都是在找嘛。"

娄三喜狠狠瞪他一眼："有你什么事？"哈岚赶紧将脑袋缩了回去。

汪四海上前接话："我说娄班主，我这大半年的，也没少派人去天津找晓月，可翻遍了整个天津，还真是找不到人……我怀疑晓月是不是离开天津了？"娄三喜冷冷地道："也可能是死了，永远都不会回来了……"

"不可能！娄班主，您千万别乱想……"哈岚急了，忍不住又开口。

娄三喜瞅了瞅哈岚，道："你要这么有把握，你能找不着她？"汪四海被娄三喜一吓，有些坐不住，骂骂咧咧地道："晓月，要真是有个什么万一……哈岚！你个混蛋难辞其咎了！"哈岚诧异地道："汪四海，你这是什么意思？"汪四海没好气地道："我这是就事论事！这事儿是明摆着的，晓月上天津就是奔你去的，可是你跟佟丽华俩人磨磨唧唧的也不给晓月一个说法。现在可好了，人一走就是大半年……这要是真找不回来，你看我会不会饶你！"

哈岚脸色一红，这事儿确实是自己一手造成，也怪不来别人。他见娄三喜的脸色难看至极，慌忙解释："我也找了，不信你问丁宝！"汪四海厉声道："你别把人家丁宝给牵进来……我就问你，今天娄家班已经到这地步了，你是不是该做些什么？"

"你说我该做什么？"

"人娄家班儿现在等着要吃饭呀！你手上不是有很多宝贝吗，你就痛痛快快儿的交给我！"

哈岚闻言大怒："好你个汪四海！绕了半天，原来你打得是这主意呀！"汪四海正色地道："哎，咱一码归一码！你别把话题绕开了，咱今儿说的是娄家班没有晓月。已经撑不下去了！"娄三喜猛地一拍桌子，呵斥道："你们两个要吵出去吵去！我见了你俩就心烦！通通给我滚！"

"娄班主您别生气……"

"我娄家班的事情不需要你们来掺和！我只要晓月回家……你们……要是没办法把晓月给带回来，就永远都别再让我看见你们！都给我滚！"娄三喜用手指指着大门，情绪激动。哈岚硬着头皮道："不是，您听我说……"

"滚！"娄三喜怒吼。

汪四海摇摇头，起身拄着拐杖往门口走去，哈岚无奈跟上，娄班主一肚子的火气，犯不着待在这里添乱。

二人走到大堂门口，却见茫茫雨幕之中站着一个娇弱的人影，手里抱着一个孩子，一条花格子的破毯子将孩子遮掩得严严实实。汪四海定睛一看，认出站在门口的正是娄晓月，他倒吸一口冷气："晓月？你……你回来了！"

哈岚听见声音，一个箭步冲上前去推开汪四海，惊喜万分地打量着娄晓月，狂吼道："晓月！你这大半年到底去哪儿了？"他一时心急如焚，上前搂住娄晓月的肩膀，瞧见爱人安然无恙，只是脸庞比以前清瘦了许多，悬在心头上的担忧终于散得无影无踪。

娄三喜看到娄晓月抱着孩子站在门口，眉头微微一皱，脸上的表情极其复杂："晓月……你回来了？"

"爸！我回来了。"娄晓月咬着嘴唇，勉强挤出笑容，忍住不让自己掉眼泪。怀里的孩子先哭了起来，她赶紧哄起孩子，那种万般温柔的慈母之情，溢于言表。

"这孩子……是谁的？"哈岚不可思议地望着娄晓月，脑子里嗡的一声，呆立半晌。

娄晓月轻拍着孩子，道："这孩子是我的。"娄三喜张大了嘴巴："你说……这孩子是谁的？"娄晓月见孩子停止啼哭，转身走进大堂，正色地道："我的。"

戏班的师兄弟和姐妹们都围了过来，不可置信地看着娄晓月和孩子。

娄三喜追问："你站住！我问你，这是谁的孩子？"娄晓月仍然是两个字："我的。"娄三喜气极，大声道："你听不懂我的话是不是？我问这孩子的爸爸是谁！"

"是我！"哈岚、汪四海与娄晓月三人异口同声地回答。

娄三喜脑子里嗡的一声，怒吼道："混账！你……你是他妈！我问他爸是谁！"娄晓月的态度很强硬："这孩子是我的，我也是他爸！"

"俩男爸爸，一女爸爸？什么意思？我不跟你废话……哼！汪四海，你说是你的，什么时候的事儿……"娄三喜转身质问汪四海。

汪四海挠了挠头，斩钉截铁地道："呃……现在！"

"现在？打什么哈哈，一边儿待着去，用不着你见义勇为！"娄三喜转身问哈岚，"哈岚！你说你是他爸爸！这什么时候的事儿！"

哈岚满脸自豪，突然挺起胸膛，大声地喊："黄泥岗！"汪四海眼珠子一瞪，立马明白过来："黄泥岗？有一年了没……整一年了？没错，就是你的！"娄三喜气得两只手直哆嗦，指着娄晓月道："你大半年不回家，现在带着个孩子来干吗？"娄晓月冷静地道："我回家。"

"你的家在哪儿？这儿已经不是你的家！"

"这儿就是我的家！"

娄三喜脸色阴沉，冷冷地道："你跑了十个月，居然抱一个野孩子回来？你真不要脸！"娄晓月大声反驳："不是我不要脸，是有人不要脸。"娄三喜呵斥道："谁？！"娄晓月咬了咬牙："他自己心里明白。"

哈岚急得直跳脚，过来扯住娄三喜的衣服："娄班主！是我不要脸！你要骂就骂我，要罚就罚我，要打就打我，是我不要脸……我……您先让晓月进门吧……我……"娄三喜一把推开哈岚，缓缓道："我明白了，我明白了……"汪四海一瞧娄三喜脸色不对，慌忙对着娄晓月低声地说："晓月，这事儿太突然，这个家门儿你进不了，还是先上我那儿去吧。"娄晓月摇了摇头："我不可能上你那儿去……"

哈岚哀求道："晓月，你跟我回家吧！"娄晓月瞪着哈岚，怒道："我哪儿都不去，我的家就在这儿……"娄三喜突然大吼："这儿不是你家！滚！滚！你们通通给我滚！"他怒气冲冲地上前伸手去推娄晓月，"这儿不是你的家！你爱去哪家去哪家，我管不着！"

汪四海拐着腿上去，试图阻止："娄班主！你不能这么绝情绝义！"哈岚冲上用身体拦在娄晓月的面前："晓月，小心……"娄晓月没有想到父亲会这么绝情，泪水再也止不住，悲声道："爸！你可以打我、骂我，可说到头，我也是您的女儿啊……"

娄三喜黑着脸，将三人推出门外，哐当一声，关上得月楼的大门。

师兄弟们迅速围过来，丁宝焦急万分地喊："师父！外面下着这么大雨，这孩子才两个月。您不能就这样把师姐给推出去呀！"娄三喜毫不理会，扭头往后台走去。众师兄弟们慌忙跟上去，不断地哀求："师父！让师姐回来吧……师父，让晓月进门吧……求您了！"

娄三喜走到后台，见师兄弟们已经将他团团围住，大发雷霆："你们都给我闭嘴！"丁宝与大师兄上前苦苦哀求："师父，求您了，让师姐进门吧！"

"休想！"

"可她毕竟是您的女儿呀！"丁宝突然扯开嗓门。

娄三喜微微一怔，道："你没看见她还带了个野孩子回来？"丁宝大声地道："甭管什么孩子，就算是野孩子，还是家孩子！他管您叫姥爷啊，那是您外孙子！"

娄三喜瞪直了眼睛，在原地转圈："哎哟，我的妈，赶紧找地方，找地方，我得找个地缝儿钻进去……有地缝儿吗哪儿有地缝儿……"

"师父，您就是钻地缝儿里，这孩子也得管你叫姥爷！"

"怎么着？我说话不算数吗？我告诉你们，谁要再敢说让她进来，我就把他开了！"娄三喜恼羞成怒。

"师父，您真要这么绝情，哼！"丁宝念了一句，"金风未动蝉先觉，暗算无常死不知，今儿我们人多……"娄三喜猛一瞪眼："小子！你敢打你师父？"丁宝神情一黯，突然扑通一声，双腿跪地："师父，当我求您啦！让师姐进来吧！她一个人带着才两个月的孩子，她有活路吗？有什么事儿您先让她进来商量，您有气要打要骂都好商量，您要是再不让她进来……您看着，我们师兄弟们都算计好了……”

“你们干什么？”

丁宝望了望身后众人，扭头向娄三喜说道：“我们散班子！”娄三喜大惊失色：“反了反了反了，你们现在都听丁宝的吗？”大师兄也上前一步，跪倒在地，沉声道：“师父，您让晓月进来吧……否则大家散班子！”

在场的所有师兄弟纷纷跪下，一起大喊：“散班子！”

娄三喜扬头长叹一声，缓缓道：“真他妈没有天理啦！我上辈子一定是造孽杀了人，今天都跑这儿报仇了……我就闹不明白了，她在外面生个野孩子，你们怎么还全都为她说话呢！”

得月楼门外。

闪电与雷声交叠，瓢泼的大雨就像是塌了天似的倾泻而下。

哈岚怔怔地站在台阶上，满心愧疚地望着娄晓月：“你到天津找我，就是为这事儿？你有了身孕，你为什么不早告诉我……”

娄晓月泪流满面，却不想让自己哭出声，悲愤地道：“因为我不想用孩子绑架你……我要你真心诚意地回到我身边……”哈岚神情黯然，心如刀割：“可是我对你是真心的呀……晓月……”

“哈岚！你这个混账，你知道不知道晓月是我的女人，你居然把晓月给糟蹋了，还把她扔在天津弃之不顾，你这个无耻的色狼……”汪四海大怒，挥舞拳头，重重地打在哈岚的脑洞上，哈岚抱头倒地。

娄晓月木然地望着被大雨淋湿的哈岚，却是无动于衷。

“你这怂人……怂人！装了个怂样，你他妈骨子里就是个怂蔫奸！”汪四海又上前狠狠踢了哈岚几脚，伸手过来拉住娄晓月，“晓月甭理他，跟我走！”

娄晓月推开了汪四海的手，冷冷地道：“我不！”汪四海急道：“晓月，你对这怂蔫奸还抱希望？”哈岚挣扎地站起身，脚步趔趄，伸手想去拉娄晓月：“晓月，你跟我走……我会让你进哈家的门……这孩子要在哈家长大！”汪四海一步上前，使劲推开哈岚，怒道：“你家里有阎王奶奶佟丽华，她能容得下晓月吗？你把她带回去算怎么回事儿！”

哈岚此时已浑身湿透，脸上不知是雨水还是泪水，颤声道："要是丽华当初知道你肚子里有孩子，她一定会接纳你给我做小……"

"哈岚！你真不要脸！"汪四海猛地一巴掌甩在哈岚脸上，转身硬拉着娄晓月往街道上走，"晓月，你现在已经没有第二条路……你放心！我会待这孩子就像自己亲生的一样！"

娄晓月怀里抱着孩子，死命挣扎，却甩不开汪四海，孩子受到惊吓大哭起来。

哈岚情绪激动，冲上去一巴掌打在汪四海脸上，扯着他的胳臂怒吼道："晓月是我的女人！！！晓月是我的！你快给我放开她……你放开她！"他也不知是从哪冒出来的力气，竟将汪四海抡了起来。

"你还敢跟我动手？我告诉你，娄晓月是我的女人！你他妈的不给你点儿颜色看看……"汪四海气急，冲上去跟哈岚扭打在一起。

哈岚毕竟是娇生惯养的贝勒爷，哪里是汪四海的对手，被汪四海一个反扑，打得连连往后退。

娄晓月情急之下，朝着大雨中的二人呼喊："别打了！你们两个都别打了！我就是这个孩子的妈和爸爸……我会把这个孩子养大，跟你们没有任何关系……别打了！住手……通通给我住手……"

二人在雨中拳脚相加，完全停不下来。娄晓月咬了咬牙，叫道："你们打吧！不管你们打成什么样儿，我都不会跟你们走的……"

天空一声炸雷，雨越下越大。

哈岚情急之下，奋力推开汪四海，转身将娄晓月拉到屋檐下，展开手臂挡着雨："晓月！跟我回去吧，我知道我对不起你。"

娄晓月紧紧地抱住孩子，声音有些颤抖："哈岚！你这些话我听多了……你去天津说好一个月就回来？后来呢？我在天津苦熬了半年，你又在哪儿？"哈岚打了个喷嚏："我……我……我真去找过你！丁宝可以作证……他来回都跑了好几趟了……"

"你自己不来找我，让丁宝来找我？"

"我一直被佟梓华的人追杀，根本就去不了天津，所以我只能拜托丁宝去找你……"

"佟梓华一直在追杀你，他也在追杀我啊，你以为我还能住在小平房吗？难道你想不到吗？"

汪四海冲过来将哈岚拽下台阶，急道："晓月别理这个怂蔫奸，你就跟我回去，有什么事儿咱们可以一起商量……"哈岚使劲力气推开汪四海："汪四海！你狗拿耗子多管闲事！这不关你事儿！”汪四海不甘示弱，拦住哈岚面前护住娄晓月：“晓月！你就说一句，你到底要跟谁走？”

二人正相持不下，得月楼的大门忽然打开，只见娄三喜怒气冲冲出来，快步走到娄晓月身前，往门里一指：“进去！”

“爸！”娄晓月一愣，望着父亲，难过地说不出话来。

“给我进去！”娄三喜转身进了得月楼。

后面丁宝与师兄弟一起拥上前来，拉着娄晓月进去：“师姐！小心孩子……”丁宝扭头又冲着院子喊，“谁去煮碗姜汤？快点！”娄晓月幽怨地看了哈岚一眼，走进大堂。哈岚与汪四海正欲跟进去，娄家班的师兄弟“砰”的一声将大门关上。

“开门！开门啊！”哈岚用力拍门。

汪四海一跺脚，恨恨地道：“别拍了！你拍到死这门也不会开了！”哈岚顿时泄气，怒目瞪圆：“你这儿横插一杠子，你打的什么主意？”

“我再跟你说一遍，是你横插一杠子，你少打娄晓月的主意，娄晓月是我的女人！”汪四海心有不甘，冲上去狠狠地推了哈岚一把，气呼呼地转身离开。

哈岚迈着沉重的脚步走下台阶，茫然无措地走到雨中，任凭大雨淋着，呆呆地站在街边。

解家小院。

众人瞧见哈岚浑身尽湿，一副狼狈不堪的模样，皆是大感意外。佟丽华赶紧找来干净的衣服给他换上，追问他究竟发生了什么事儿。哈岚吞吞吐吐地将娄晓月带着孩子回来的消息说出来，忍不住要掉下眼泪。

翠儿吃了一惊，瞧见少奶奶阴沉的脸色，赶紧扯了扯解一半的衣袖，二人默默地走进厨房。佟丽华显然已极为震惊，内心百感交集，她怒视着哈岚，声音发颤：“我们结婚之后，从王府烧了到天津，再回到北平……你连碰都不愿意碰我一下！你……你却跑到黄泥岗睡了娄晓月！哈岚，你天良丧尽！”

她情绪激动，忽然抓起摆放在桌子上的杯子，往哈岚身上砸去。哈岚却并不躲避，任由杯子摔在他身上，应声而落，碎了一地：“丽华，这事儿是我不对！不关晓月事……你要打要骂都怪我身上，我不能弃晓月于不顾……”

佟丽华扬手打了哈岚一个嘴巴。

院子外面的雨已停，房檐仍然滴着水珠。

解一半与翠儿屏住呼吸，隔着厨房的窗户，静静地观望。

“哈岚！为什么你一次两次的伤害我……我才是你的结发妻子，我有什么对不起你的……”佟丽华怒吼一声，放声大哭起来。

“丽华！你生气没关系，可是当下之急是那孩子，我不能不认我的儿子啊！”哈岚万般无奈，好言安慰。

厨房里的解一半轻声问翠儿：“咱要不要进去劝劝？”翠儿轻叹道：“怎么劝？要是娄晓月一个人就算了，这孩子生下来就没爸，这不活受罪吗？”

此时，佟丽华已经快步奔出屋外。解一半慌忙出来拦住：“少奶奶……你去哪儿？”佟丽华恨恨地道：“回娘家！”哈岚追出来大喊：“丽华！我求你了！我这辈子为你做牛做马……你别走，咱们好好商量商量行吗……”

“你们谁都不准跟来！”佟丽华奔出院子，往街道上跑去。

翠儿上前推了推哈岚:“爷,你不追呀？”哈岚忽然转头回屋,大步往客厅走:“我……我先去喝口水！”

解一半跟进屋，干咳了一声，道：“其实，娄晓月回去住是对的，你说她真要住进咱这儿……最简单的一件事儿，您跟少奶奶……您三个……那怎么睡？”翠儿瞪了解一半一眼，不悦地道：“这话是你应该说的吗？发烧了吧你！”解一半急道：“我这是就事论事呀！”

哈岚喝了一口水缓了缓气，冷静地道：“不管怎么说，晓月跟孩子我得接回来……这是我的孩子，养在外头算怎么回事儿？”翠儿皱眉道：“您把娄晓月接回来，那少奶奶怎么办？爷，大家各退一步，把孩子接回来就行了！少奶奶也就不会跟您闹脾气……”

“不行！孩子怎么能没娘照顾？”

“我不是还在这儿吗？我照顾！”翠儿当机立断。

“你……你又不是晓月。”哈岚怔住。

翠儿翻了个白眼，道：“我打十岁就照顾你到现在，一个孩子我还照顾不了吗？”解一半赶紧出主意：“要不这样吧！咱在外头找个宅子，把娄晓月他娘儿俩接过去，养起来？少奶奶还住咱屋……”翠儿没好气地瞪着解一半：“你这是自己想养个外宅吧你！”解一半尴尬地道：“我……我这不是在帮着爷想办法嘛。”哈岚叹了一声，正色地道：“你要真想帮我，就想想怎么说服丽华，让晓月跟孩子认祖归宗。”

“这……我就没辙了！你俩慢慢想吧！我卖酱肉去我……”解一半挥了挥手，往屋外走去。翠儿沉着脸道：“爷！我可是告诉你！孩子我无所谓，可你真要把娄晓月接进门，我就跟少奶奶一起走！”

“你……翠儿，你……”

“我什么我？你现在立刻去把少奶奶给追回来！当这件事儿从来没有发生过，否则我让你回来的时候，再也见不到我跟解一半，还想吃酱肘子？酱猪毛你都吃不着。”

第三十三章 故友相逢

佟王府。

一大清早，佟丽华手捧热茶走进前厅，瞅见桌子上有一份报纸，上面有一篇文章写着：“天津樱花公馆歇业，佟梓华来京筹备大和商社”，而署名记者的名字正是“俊杰”。

她正皱眉沉思时，佟梓华穿着睡衣走进厅内，表情有些冷漠：“怎么啦？昨天三更半夜的跑家来……”

孔雀跟在他后面，瞧见佟丽华，就低着头退到了角落。

佟丽华推了推桌上的报纸，道：“樱花公馆歇业了？我以为……我以为你还在天津，没想到回来了……”佟梓华嘴角一扬，道：“草弥突然写了封信来，说把商社转到北平，让我过来负责筹备……我都不明白，这些记者怎么这么厉害？我做什么他们都知道……”

“你们不也是？连皇上大便不通你们都知道……你放几个屁别人怎么能不知道？”佟丽华喝了一口热茶。

佟梓华嘿嘿一笑：“那我还要谢谢写这篇稿子的人，要不是他……恐怕你也不会来找我吧？”佟丽华正色地道：“我不是来找你，只想回家躲个清净。”佟梓华叹气道：“丽华，好歹我是你哥！你三更半夜跑回家，不会有事。要是换了别人……”佟丽华淡淡地道：“你突然从天津回来也不会是只为了商社吧？你可是一直在追杀哈岚。”

“你是担心我这次回来会动哈岚？瞧你说的，他是我们家的姑爷，我能对他怎么样？”佟梓华摇了摇头，故意又问，“听说，密疏在娄晓月手上？”

“听说？是汪四海跟你说的吧？”

佟梓华尴尬地一笑，道：“我要办商社，当然得找他帮忙，也就聊上了……那娄晓月……现在有下落了吗？”佟丽华脸色一沉，质问道：“我问你，那时候阿玛让你处理娄晓月，究竟是什么意思？”

佟梓华并不答话，转身走到博古架处，从一个盒子里取出一封信递给妹子：“你自己看吧！”

佟丽华接过信，上面果然是阿玛的笔迹：“梓华，皇上转交给日本天皇的信件，已经送抵天皇手上，天皇甚悦。计划由亲王先行前往北平，将由北平方面领使馆人员与你接洽，联络去天津拜谒宣统皇帝。丽华目前状况如何？娄晓月的事情已处理圆满了吗？阿玛甚是挂念……”

“娄晓月的事情已经处理圆满了吗？这意思……阿玛让你除掉娄晓月？”佟丽华讶异地抬起头。

“那就要看你怎么解读了！”

“难怪哈岚说她花了大半年时间找不到娄晓月，原来是因为你……佟梓华，我警告你，你要是敢对她不利……”佟丽华颇为气愤。

“天呐！丽华，娄晓月是来跟你抢男人的呀！你竟然站在她那边？你没听说过吗，对敌人心软，就是对自己残忍……”

“你要真动她……哈岚会怎么看我？”佟丽华怒道。

佟梓华嘴角轻扬，不以为然地道：“放心，别那么紧张！这事儿我跟汪四海说好了，交给他去办。要是他没办法从娄晓月手上拿到密疏，我再……”佟丽华怒气冲冲地道：“你要这密疏到底是为了什么？给日本人？还是为你自己图利？”

“给日本人就是为我图利！这是一体两面的事儿……丽华，其实咱一家人，没什么可吵可闹的，我甚至想过，你也跟我一起来把大和商社做起来……不如这样，你拿哈王府入股大和商社，你来筹划，我来做主。相信我，咱们兄妹俩会干得风生水起，有声有色！”

“你做梦吧你！”

“你们又没钱重建哈王府，抱着块地皮干什么？”

“那也轮不到你打哈王府的主意！”佟丽华站起身来，瞪了一眼伺候在旁边的孔雀，冷冷地道：“晚了，我该回去了……”

佟梓华诧异地道：“你就回来这一会儿？干吗回来？是不是出什么事儿了？”佟丽华已走出前厅：“我有我的事儿，你少问。”佟梓华追出来，急道：“还是我派车送你回去？哎！丽华，怎么刚见面就走，我回来了你就别走了，咱好好聊聊，好多事儿呢……”

“就因为你回来了，所以我必须走。”佟丽华头也不回地走出佟府大门，下了台阶，犹豫地站住，转身望了一眼身后的高墙，又茫然抬头仰望天空，轻轻叹了一口气。

她在冷清的街道上游逛，不知何去何从，心绪烦乱。

逛了一整天，天色已渐渐黯淡。佟丽华鬼使神差地绕回了佟侯府附近的街道，心里只想着一件事儿，要是哈岚找不到她会急成什么样？

天空星斗灿烂，月明如水。

佟丽华走到佟侯府门前，颓然地坐在台阶上，深深地低下了头。她一动不动地坐着，远处传来了老人的苍凉的叫卖声：“硬面儿——饽饽——”

空旷的街道上，出现了一个人影，行色匆匆地往这边跑来。他一口气奔到佟侯府门前，默默地坐在佟丽华的身边，一句话也不说。佟丽华听出了这熟悉的脚步声正是哈岚，抬头瞪了他一眼。

“硬面饽饽”的叫卖声渐渐远去，哈岚小声地试探：“丽华，咱回家吧……”

佟丽华好像没有听见似的，无动于衷。

哈岚轻叹一声，呆坐在台阶上半晌，心里隐隐有些愧疚，柔声道：“回家吧，好吗？”

佟丽华突然站起身，一声不吭地朝街口走去。哈岚一愣，紧紧跟随在其后。

空旷的街道上，两条寂寞的身影消失在夜色中。

老北京街道。

哈岚正走在街上，忽然听见身后传来汽车喇叭声。回头一看，只见佟梓华喊停黑头轿车，正急急忙忙下车：“哈岚！”

哈岚下意识地想躲，快步往前跑，佟梓华追上来拦住：“跑什么呀你，怎么见了我跟见了鬼似的？你好歹是我妹夫，知道我回北平了，也来不打声招呼！”哈岚眼神闪烁，道：“打招呼？我送上门去让你杀我啊？要密疏没有，要命一条！”

“小心眼儿了吧你？我提密疏了吗？我说多少遍你才信，是日本人要密疏！眼下日本人顾不上这个，你就抱着吧，看能不能抱出花来。诶，前儿我妹妹三更半夜地跑回家里，你又欺负她了吧？”

“谁欺负她了，我们两口子的事儿，不用你管！”哈岚推开佟梓华欲走，佟梓华赶紧上前拦住：“嗨嗨，你这是要上哪儿？东四牌楼东？”哈岚甩开手：“用你管！”佟梓华眨了眨眼睛，问道：“该不会是要回老家吧？哈王府的老宅子？”他见哈岚扭过头去不说话，嘿嘿一笑，又道，“巧了，我也正想去那儿看看，走走走，咱们一块儿去。”

“那是我家，你去那儿干什么？”

“好事儿，上车，我慢慢跟你说。”佟梓华拉着哈岚往路口走。

哈岚可不想稀里糊涂被佟梓华骗上车，皱眉道：“你把话说清楚，不说我不走！”佟梓华正色地道：“丽华没跟你说啊？日本人要建大和商社，看上你们家那块地了！”哈岚吃了一惊：“日本人？那是我家的祖产，跟日本人有什么关系？”佟梓华解释道：“人家不白拿！日本人说了，你们可以拿地皮入股，到时候商社建成你们就是股东，这不是天上掉馅饼的好事儿吗？”

“好事儿你拿你们家宅子入股去，别打我家的主意，我不干！”哈岚坚决不同意。

“你哪儿还有家呀，那儿不就是一片废墟了嘛，荒着也是荒着，留着它干吗呀，盘成钱不好吗？”

“早晚有一天，我得重建哈王府，重振祖业！”

佟梓华哈哈大笑：“哟哟哟，就你那样儿，连饭都吃不饱了，还重振祖业？重振夜壶吧你！”哈岚怒道：“不用你管！宅子是我家的，谁也不许动！”佟梓华嫌弃地道：“死心眼儿吧你！我可告诉你，日本人看上的东西，还真没有到不了手的。这宅子你给也得给，不给也得给，早晚的事儿，倒不如痛痛快快地交出来。”

“我也告诉你，我就是死也不会把老宅给日本人盖商社！”

“行，敬酒不吃吃罚酒是吧？那咱们就走着瞧！”佟梓华狠狠瞪他一眼，上车离开街道。

哈岚气呼呼地往回走，回到解家小院，四处找不着佟丽华的人影，心里觉得奇怪，皱眉道：“又不在家！这几天天天出门，到底是去哪儿了？”他抓起桌上的酱肉搁嘴里吃着，转身问翠儿，“丽华这天天往外跑，你知道她是去哪儿啊？”

翠儿摇了摇头，冷冰冰地道：“大概是不想在家里见着你……出去散散心。”

哈岚哼了一声，没好气地努努嘴，转身出门。

翠儿赶紧追出来问：“爷，您这又是要去哪儿呀？您该不会是去找娄晓月吧？”

哈岚大声地道："别动不动就娄晓月，我去找工作行不行？"翠儿翻了个白眼："您还去找工作，您能干点儿什么呀？"

哈岚不想搭理翠儿，出了小院，走在大街上闲逛。

街道上熙熙攘攘，前面有一家小铺子正在举行开张仪式。哈岚瞧见人头攒动，也挤进去看热闹。只见一个油光满面，穿着西服的年轻人手里捧着个相机，正在给店铺拍照，他越瞧越觉得这年轻人眼熟，挤上前一看，大吃一惊："你……你……马俊杰？"

"哈贝勒！"马俊杰见是哈岚，满脸欣喜之色，过来搂住他的肩臂哈哈大笑。

"您这是在拍广告？"哈岚瞧了瞧他手里的相机，满心好奇，接过相机仔细看，"德国蔡司，双镜头反光，光圈儿能开到二点八，一卷儿十六张，蒙好了或头或尾还能多凑合一张。"

马俊杰眨了眨眼睛："哟，贝勒爷挺内行啊！"哈岚得意地道："那当然，我当年也用一台蔡司，那还是宣统皇上赏我的呢。"相机他当然是有，只是其中的门道都是佟丽华教他的。

"那我比不了，我这台可是报社的，公家的。"马俊杰笑道。

哈岚见到天津的老朋友，开心得不得了，笑容满脸地道："我在报上看见过'俊杰'俩字儿，就想着是不是您这个马俊杰？没想到还真是！"马俊杰环视周围，小声道："那时候您跑了，我任务失败，这不风头已经过去了么，上级就让我来北平干记者了。"

"哎呀，那还真是不好意思啊。得嘞，今儿我请你吃饭，去喜丰堂怎么样？"

马俊杰打量了哈岚一眼，道："哈爷今天突然碰见我，不只是为了请我吃顿饭吧？"哈岚一怔，哈哈大笑道："见外了不是？大家叙叙旧，别担心，这顿算我的，今儿我做东！"

喜丰堂饭庄。

哈岚领马俊杰进了大堂，找了一张桌子，赶紧喊伙计过来点菜，热情地道："马先生想吃点儿什么？"马俊杰笑道："随意随意，贝勒爷请客，您是行家，您点什么就吃什么。"

哈岚点了点头，转身对伙计问道："那我就不客气了！伙计！今儿灶儿上是冯师傅吗？"

"没错儿，今儿正是冯师傅掌灶。"伙计过来招呼。

哈岚皱了皱眉，似乎在考虑："那就得来个黄焖翅子，老规矩，要梳子……来个葱烧海参……”伙计应道：“好嘞，葱烧海参一个。”哈岚顿了顿，又道：“来个清炖的裙边儿，再来个清蒸鲥鱼，这个正当时，油爆双脆……”

“行了行了，家常便饭就行，这太破费了。”马俊杰慌忙阻拦。

哈岚正色地道：“别别，头一回请您吃饭，马虎不得，来俩下酒的，炸胗肝儿……”马俊杰有些尴尬：“就俩人，吃不了……”哈岚并不搭理，继续道：“拌蜇头，大轴来个乌鱼蛋汤，齐活！”马俊杰直着眼睛道：“太多了吧？”身旁的伙计接了一句：“是有点儿多。”

“你说什么？怕我给不起钱是怎么着？”哈岚瞪了伙计一眼。

伙计赶紧解释：“没有的话，您是谁啊，是爷，是吃主儿，没您不圣明的。”

哈岚晃了晃脑袋，道：“再来一瓶茅台，要陈年的。”

“好嘞！”伙计大喊一声，开始报菜名，“黄焖翅子、葱烧海参、清炖裙边儿、清蒸鲥鱼、油爆双脆、炸胗肝儿、拌蜇头、大轴乌鱼蛋汤，再加陈年茅台一瓶！”哈岚闭着眼，摇头晃脑地听着，马俊杰已经瞠目结舌。

酒过三巡，一桌子菜，二人都没吃下去多少，酒瓶子见了底。

哈岚将酒瓶子倒立起来，醉眼迷蒙地道：“嘿，一滴都没了，伙计！”

马俊杰起身拦着他的手臂，道：“贝勒爷可有点儿喝高了……”哈岚眼珠子一瞪，道：“俩人喝一瓶还高了？什么酒量？”马俊杰尴尬地道：“我也就喝了二两……”

“爷，还有什么吩咐？”伙计急匆匆地走过来。

“再来一瓶茅台！”哈岚扯开喉咙。

马俊杰拗不过，也只能由着他，好奇地问：“你今天这么破费，不光是为了跟我叙旧吧？有事儿吗？”哈岚显然已喝多了，打了个嗝，道：“老马你得帮我个忙……”

“说吧，帮什么忙？”

“我不能老闲着，男子汉大丈夫，成家立业，我得撑起来……一大家子人呢，不能光靠解一半卖酱肉……”哈岚突然低着头，悄声地说，“我还有个野孩子呢，不能不管……”

马俊杰一怔，叹道：“哈爷，您喝多了……”

这时，伙计又上了一瓶茅台酒，热情地给二人斟满，哈岚端起酒杯又干了，嘀咕道：“你听我说……”马俊杰去拦下他的杯子，道：“你可不能再喝了。”哈岚含糊不清地道：“听我说！我得……找个工作……找工作你知道吗？”马俊杰苦笑道：“您能干点儿什么呢？”

哈岚突然用手拍了拍摆在桌上的相机，一本正经地道："这个，我会照相。以后照相这活儿你就交给我，我照相，你……你写文，咱们俩珠联璧合，相得益彰……"马俊杰龇牙笑道："您想来我们报社当摄影记者？"哈岚抓起杯子又干了一杯，舌头都大了："没错儿……就这么定了！"马俊杰若有所思地道："明白了，容我回报社去商量一下。"

"还商量什么？这点儿破事儿……你都做不了主？"哈岚又干了一杯。

"哎呀，报社不是我一个人当家，总得……"

哈岚挥了挥手，大声地道："你，你今儿吃了我一桌酒菜，这点儿面子还不给？你……你也太……"马俊杰解释道："这跟酒菜没关系，按说，应该没什么问题。"哈岚哈哈大笑，道："好，痛快！来，干了干了！"

"你真不能再喝了，行了，我先送你回家吧。"马俊杰夺下哈岚的酒杯，上前去扶。

"好好好，回……回家……家……"哈岚晃晃悠悠地站起来。

二人起身离开座位，伙计忙跑过来："二位，二位，您二位还没……还没那什么呢……结……结账……"

"忘了忘了，不好意思，结账，结……"哈岚胡乱摸着身上的兜儿，皱了皱眉头，"嗯？钱呢……钱呢……一共多少钱？"

伙计笑容满面地应道："八块。"哈岚突然瞪起眼："八块？！没有！没钱！"马俊杰与伙计对视一眼，惊得眼珠子快掉下来："贝勒爷，说好了今儿您做东，我可是一点儿钱都没带。"哈岚无动于衷地道："没，没钱……先记账上吧！"伙计一听，满脸苦笑："哎哟，这位爷，块儿八毛，仨瓜俩枣的还好说，您这一桌……我没法儿跟掌柜的交代。"

"知道我是谁吗？"哈岚指了指自己的鼻子，"哈贝勒爷，进宫跟皇上吃饭都不交钱……你敢要钱？！"

"就算皇上来了，吃饭也得给钱啊，再说也没皇上了。"

"大胆！敢对皇上大不敬……"哈岚猛地一拍桌子。

"哪儿跟哪儿啊，我就一跑堂的，要不我把掌柜的请来，您跟他说。"伙计颇为无奈。马俊杰急忙赔礼道歉："不用不用，这样好不好，我们出门忘带钱，我们回去取，一会儿给你送来，真是抱歉了。"伙计摇摇头："那可不行，万一您二位不回来，我这瘪子就嘬大了。"哈岚大怒："混账！堂堂……贝勒爷，还，还赖你的一顿饭钱不成？"伙计赔着笑："那当然不会，爷哪儿能干这事儿。可眼巴前儿这点儿事儿，您别叫小的为难。”

马俊杰取过桌上的相机，道：“这样吧，我把这照相机押在你这儿，这可不止八块钱。我取钱回来，你再还我。”伙计搔了搔头，道：“这怎么话说的，弄得人怪臊得慌的，可这什么，这值钱吗？”

哈岚翻了个白眼：“把你卖了都买不起这一照相机！咱回……回家！”

二人出了喜丰堂饭庄，马俊杰扶着摇摇欲坠的哈岚，也不知绕了多少路，终于回到解家小院。

解一半瞧见院子的人影，急忙迎出来，一眼认出马俊杰，惊喜地道：“哟，马先生，您什么时候来北平了？”马俊杰笑了笑，道：“有些日子了，快扶一下哈爷。”翠儿从里屋出来，上前去扶住哈岚：“爷这是怎么了？”马俊杰叹道：“喝多了，赖我，没拦住他……”

佟丽华看见哈岚东倒西歪的模样，诧异地道：“怎么喝成这样了？这是跟谁……哟，马先生，真是稀客呀，天津的事儿我们一直担着心呢。”

马俊杰拱手行礼：“佟格格好，现在风头过去了，一言难尽，我告辞了。”

“怎么刚见面就走？屋里坐屋里坐。”解一半过来拉住他。

“我，还有事儿，改天聊。”

佟丽华笑道：“什么事儿也不急在这会儿，屋里请。”马俊杰有些为难：“真有事儿，改天改天。”解一半又上前扯住他衣服：“不行不行，进屋喝口茶，什么事儿你这么急？”

“嗨，别提了，哈爷想到报社工作，还非要请我吃饭，吃完了一结账，八块。我们俩都没带钱，只好把照相机押在饭馆儿了，我得回去取钱把照相机赎回来。走了走了！”

佟丽华一听，忙上前拦住马俊杰：“不行！不能走，这叫什么事儿啊，也就哈岚干得出来。”

解一半硬将马俊杰拉进了屋。

只见哈岚靠在躺椅上，接过翠儿递来的茶碗，嘴里也不知道在嘀咕着什么。佟丽华取来八块大洋，递给马俊杰：“您拿着。”马俊杰连连摆手拒绝：“没这个道理，我请哈爷吃顿饭也是应该的。”佟丽华正色地道：“那不合规矩，您要不收，就太不给面子了。”马俊杰无奈，只得收下：“好好，我收下，改天我做东请诸位。”

“翠儿，去给爷做碗醒酒汤。”

翠儿转身出去，哈岚醉眼蒙胧地道：“老……老马……”马俊杰应道：“我在这儿。”

哈岚晃着脑袋转过头来，根本瞧不清楚是谁："老马，这乌鱼蛋汤胡椒面儿放多了，白醋又放少了，整个一个糊窗户纸味儿……"

"糊窗户纸什么味儿啊？没吃过，对不起我得赶紧去赎相机了。"马俊杰哭笑不得，赶紧起身告辞。佟丽华与解一半送让到门外，老远就听见哈岚使劲地喊着：清蒸鲥鱼也不对……料酒放多了，把鱼鲜味儿全盖了！

半夜，哈岚迷迷糊糊醒来，见佟丽华正在房里整理自己的旗袍和衣裳，一件件挂在墙柜里，床前小凳子上放着一碗醒酒汤。他翻了个身，趴在床沿儿上将一碗汤喝光，喃喃地道："喝多了，两个人两瓶酒没喝完，就……醉了，丢人。"

佟丽华只顾整理着衣服，并不理睬他。

"我是醉了吧？我怎么回来的……那黄焖翅子还行，哪天我带你去吃，哎？你今天又上哪儿了。"哈岚见佟丽华始终不搭理他，火气一下蹿上来，大声地道，"我问你呢，你今天又上哪儿去了你！"

佟丽华关上柜门，转身瞪着哈岚："今天你请客，一共八块，我给了马俊杰，你得还！"哈岚满脸惊讶地道："我还钱？还给谁？"佟丽华正色地道："还给解一半儿。"哈岚皱眉道："一家子这也用还？"佟丽华冷冷地道："这钱，是一半儿和翠儿挣的，你一顿饭吃了半个月卖酱肘子的钱。"

"这钱也是我的。"

佟丽华上床拉开被子，脸朝外躺下，闭上眼睛装睡："我可告诉你，这是公家的钱，你必须还！"哈岚愤愤不平地望着佟丽华，嘀咕一句："这饭馆儿要钱，怎么回家还要钱呢……"

得月楼外。

哈岚鬼鬼祟祟藏在街道角落，看见丁宝拎着油条从街边走过来，探出身子小声地呼喊："丁宝！丁宝……"丁宝一惊，故意左右张望，当作没看见哈岚似的走到墙角边，一把将哈岚推到角落里："你疯啦！大白天的来找我师姐……被师父撞见了打死你！"

哈岚突然伸手敲了一下丁宝的脑袋。丁宝缩了缩，道："你打我干什么呀？"哈岚瞪着他："你师姐有了孩子的事情，你知道吗？"丁宝脱口而出："我知道呀！"哈岚举手又敲："你知道为什么当时不告诉我？"丁宝摸了摸头："师姐不叫我说。"

"不叫你说你就不说了？你就那么听话？

"那时候哈太太不是要去日本了吗？我以为你就会跟师姐在一起啦！可你压根儿就没想认师姐，你个怂蛋包，现在倒怪起我来啦！"丁宝白了他一眼，转身要走。哈岚拦住："我现在给你一个将功赎罪的机会，想办法让我进去见你师姐跟孩子！"丁宝摇头："那可不行。"

"贝勒爷的话你都不听了？我打死你，要死要活，你选一条。"

"要死，你打死我吧，我选死！我师姐说了，那孩子没有爸爸！她也不会再见你了！还有我师傅说，见你一次打一次，打死你为止，要死要活，你选一条！"

哈岚怔住，朝得月楼的后院围墙深深地望了一眼，吐出一口冷气。

此时，娄晓月正在房内吊嗓子，唱得是《苏三起解》。

一名琴师坐在一边拉着胡琴，耳边忽然听到孩子的哭声，微微一怔。娄晓月瞪了一眼，琴师这才意识到自己走神了，继续拉琴。娄晓月唱完之后，快步上前抱起孩子："乖孩子……你这是又怎么啦？"她身手一摸，笑了，"哟，又尿了呀……"

娄晓月换好孩子的尿布，将布包放进桶里面，轻轻拍着孩子。等孩子睡着了，皱眉道："师傅，来几句散的。"琴师有些犹豫："那孩子……"娄晓月笑道："没事。"琴师开始拉琴，娄晓月清唱，"芍药开牡丹放花红一片，艳阳天春光好百鸟声喧……"

忽然，房门被人推开，娄三喜气呼呼地走进房内，大声道："你号什么呢号，不唱戏了还嚎。"娄晓月委屈地道："爸，我虽然不上台了，可是功不能扔！"

一旁的琴师点了点头，赞许道："娄班主！您别看这一年，台上没有功，台下长功了……晓月不仅活儿没扔下，嗓儿比原来亮了宽了，还长了半个调门……"

"长调门？长出息吧你！"娄三喜没好气地转头冲着琴师喊，"还有你！陪她胡闹什么？瞎耽误功夫！"

琴师一愣，赶紧起身退出去："您这是何必呢？"

娄三喜转身呵斥女儿："娄晓月，你好好想想你今后怎么办，这孩子怎么办！别在这儿整些没用的！"

他伸手拉过琴师，拖着往门外走。二人刚走到后院，听到娄晓月又在房里喊起嗓子："咿咿咿咿！啊啊啊啊……"

琴师无奈叹气："娄班主，晓月固然有错，可她天生就是个唱戏的料，那好嗓子，不唱可惜了，她又爱唱，您拦不住呀！"娄三喜沉着脸，恨恨地道："我就是没拦住她，才会生下这孽种！哼！我要再不拦住她，我娄家班的脸就要给丢光了！"

娄三喜气呼呼地去后台整理道具，却见丁宝端着一碗粥，一脸无奈地走到他身边，道："师父，吃饭了吗？"娄三喜没好气地回了一句："没有。"丁宝催促道："那您还不快去……就快没啦！"娄三喜歪着脑袋："气都给气饱了……哼！不吃！"

丁宝眨了眨眼睛，将粥碗举到娄三喜眼前："看看，您看看……"

娄三喜瞧了一眼碗里的小米粥，不解地望着丁宝。

"您看见了吧，这就是今天的晌午饭，小米粥。那粥稀的光剩了水了，就那点米已经见到锅底了……"

"我不是也在喝粥吗？"娄三喜又哼了一声。

"那是您愿意！可我们这么多武行，喝粥受得了吗？"

娄三喜无可奈何地道："不上座我有什么辙？不上座，能有干饭吃吗？"丁宝嘿嘿一笑，道："我有辙呀！师父，叫晓月登台吧。当初我们师兄弟非要留住晓月就是为了这一天。"娄三喜瞪着眼睛："你们串通好了算计我！狼子野心，大逆不道！"丁宝正色地道："师父，只有晓月能重整咱们娄家班。"

"休想！"娄三喜挥着拳头大声叫喊。

"师父，一年多了，京城的戏迷票友听不着晓月的戏，急得都火上墙了，我就敢说，只要晓月把戏码一贴出去，整个京城都得炸窝。"

"炸窝？炸窝窝头吧。"

"用不着吃窝窝头啦，三天打泡下来，您就等着可劲儿地招呼红烧肉、狮子头吧！"

娄三喜望了一眼冷清的戏台，突然皱了皱眉头，似乎有些动心。

丁宝趁热打铁，赶紧出主意："师姐的拿手绝活是'霸王别姬'，咱们贴上三天的通告，再来个全本'玉堂春'，先看看有没有人买票，您再做决定！"他见娄三喜不说话，转身奔到后院，招呼师兄弟帮忙，开始大张旗鼓地挂招牌。

折腾完之后，娄家班的师兄弟们将招牌抬到门口，其中一块写着：皇上钦点娄晓月——霸王别姬；另一块写着：初五、初六、初七三天，晚场《霸王别姬》，《全本玉堂春》，《头二本虹霓关》。

武行师兄弟们信心十足，争相奔走去通知街坊邻居。不到半天的工夫，得月楼的售票亭外已人山人海，买票的观众挤得水泄不通。

哈岚坐在小摊前正在吃着馄饨，心里寻思怎么去找娄晓月，忽然听见大街上的人在议论得月楼的戏票，立马放下碗筷，兴冲冲地奔上街口，径直扎进售票亭周围的人群中，拼命往前挤出。

等他买了票之后，手里高举着，兴奋地往人群外围挤出去，两只脚几乎悬空，急得他大声吆喝：“让让！让让……我要出去啊！”

大堂戏台上，七八个武行抓紧练功，丁宝与大师兄刀枪对打“小武套”。娄三喜端着小茶壶来回巡看。丁宝兴奋地道：“大师兄，咱这戏码一贴出去，今儿街上全是排队买票的，挤都挤不出去！”大师兄面露欣喜之色：“得嘞，咱们这小米稀饭算是喝到头了。”娄三喜沉着脸喊道：“不许说话，好好练！”

忽然，门外传来轰然巨响，街道上的人群大声叫喊。

“出什么事儿了？”娄三喜急忙跳下台向外跑去，武行们跟着跑到门外，却见售票亭子整个倒塌，买票的人群摔倒一大片，纷纷从地上爬起。几个票友瞧见娄班主出来，一拥而上围住他：“娄老板！票已售完是怎么个意思？贴三天戏码够谁瞧的？贴仨月吧！”

丁宝满脸兴奋：“师父，瞧见了吗，听见了吗您？”

第三十四章 重整旗鼓

解家小院。

哈岚站在街角，焦急地东张西望，一转头看见解一半与翠儿正推着酱肉车回来，连忙躲起来，去得月楼看戏这事儿找翠儿可不行。

翠儿进了院子，对解一半说："我把东西拎进去，你先收拾好摊子。"

"好咧！"解一半应了一声，去解开酱肉车上的绳子。

哈岚探着脑袋瞧着翠儿抱起大锅往屋里走去，悄悄闪身，上前拍了拍解一半的肩："解大哥……"解一半猛然回头，吓了一跳："爷！你吓死我了……你回来怎么不进屋呀？"哈岚神秘兮兮地从兜里取出四张戏票，交给解一半："拿着。"

"这是什么？"解一半定睛一看，吃惊地道，"这……这是……四张戏票？什么意思？"

哈岚示意他小声点，道："今天晚上，全部玉堂春……晓月要上台了，咱们一家子都去看吧。"解一半皱眉道："不能去啊！这节骨眼上，叫少奶奶去看娄晓月的戏，您疯了？"

"机会难得啊。"

"要去你一个人去！"解一半不乐意。

哈岚叹气道："我一个人敢去吗我，娄三喜说，见我一次打一次，所以我得跟你们一起去……看在你们份上，娄三喜肯定不敢打我！"解一半连连摇头："娄三喜那儿兴许能忽悠过去，那少奶奶这边呢？"哈岚笑道："所以说，这票是你买的！"解一半大叫："我疯了？！我要说这话，翠儿还不得撕了我！"

哈岚赶紧捂住他的嘴："那要说是我买的，丽华得吃了我！"

"既然你也知道你怎么还……哎！现在家里冷得跟个冰窖似的，你这不往刀尖儿上撞呢吗！"

"咱去看吧！解大哥，这一张票也不便宜呢。你是没看见，为了一张票，那买票的都打起来了。我差点死在得月楼了，卖票的亭子都给挤塌了……"

解一半执意将票还给哈岚："要说你说，我不敢！当我求您啦，您就别害我了！"哈岚哀求道："解大哥，现在是我求你呀！从那天之后到现在，我这头顾着丽华，可心里都想着孩子呀！解大哥，求求你帮帮我了，一会儿看看戏兴许能缓和一下，我跟丽华……"

解一半望着哈岚求助的眼神，有些于心不忍，叹道："想孩子，人之常情啊，谁的孩子谁不想啊，你太叫我为难了，万一缓和不了，还得落一身的不是……"

吃晚饭的时候，哈岚有些坐不住，望着佟丽华始终没有勇气吭声，向解一半使了个眼色。

解一半斜着眼睛瞪着哈岚，有点紧张地从身上取出四张票来，放在桌上，小声地道："那个……今天晚上得月楼……有有有……有戏看……"翠儿见他话说得结结巴巴，皱着眉头问："你饭吃噎着了？得月楼？这是什么？"

"这是陈大娘送给我的！要不，咱一起去看看吧？"解一半忐忑地望着佟丽华。

"我怎么不知道？"翠儿追问。

解一半解释道："那时候你正在切酱肉。"翠儿瞪着解一半，奇怪地问："解一半，你跟陈大娘到底什么关系？"解一半怔住："没关系呀！她……她就是谢谢我给过她一块没卖完的酱肉。"翠儿冷笑道："陈大妈她男人是做苦力的，她能买得起戏票？她吃错了药了吧？你蒙谁呢你？"解一半见解释不清楚，急道："爷呀！你快说句话呀？爷……"

哈岚紧张的闷头吃饭，翠儿又问："这又关爷什么事？"佟丽华重重地放下碗，没好气地道："翠儿，你傻啊你？哈岚，是你买的票吧？"哈岚胆怯地回答："是我，我买的。"翠儿这才明白过来："解一半，你怎么说瞎话啊你？"解一半尴尬地道："是爷叫我这么说的。"哈岚勉强笑了笑，道："我，我不敢说，怕，怕那什么……要不丽华你就别去看了。"

佟丽华忽然起身，大声地道："看，大家都去看！不看白不看！"

得月楼外，人满为患。

四人到了得月楼门口，哈岚一眼瞧见汪四海的黑头轿车停在路边，就故意放慢脚步跟在后面。佟丽华带着解一半、翠儿先进了场，哈岚躲在人群中想避开汪四海的视线，不料汪四海早就发现了他，走到门前拍了拍哈岚的肩臂，哈哈笑道："不错呀！哈岚，竟然连老婆都带来显摆啦！你想过没有，要是晓月看见会怎么想呢？"

哈岚甩开汪四海的手，没好气地道："汪四海！晓月好不容易能够登台了，我拜托你行行好，别再惹是生非了……"汪四海瞪起眼睛："我惹是生非？我就问你一句，就凭你现在这德性，晓月跟着你能有什么好啊？你以为你儿子能喝西北风长大啊！"

"呦！我说这是谁呢……"只见佟梓华老远一声喊，径直往门口走过来。

哈岚下意识往后退了一步："佟梓华……"

佟梓华面带微笑，拱手作揖："别害怕，我这是来向您道喜呢！汪局长都跟我说了，恭喜姑爷喜得贵子！"哈岚脸色一沉："关你什么事？"

"呦！还真是……汪四海告诉我的时候，我还不敢信呢！"佟梓华转身喊，"喂！汪四海，你这是怎么回事儿，一个娄晓月你搞不定，现在人家都有儿子了，没你什么事儿了，你在这儿瞎掺和什么？"

汪四海狠狠瞪了哈岚一眼，咬牙切齿地道："晓月是我的女人！"哈岚不耐烦地道："我现在不想跟你吵这个……"佟梓华眨了眨眼睛，道："对了，汪四海，你说这密疏不在晓月手上是不是？"

"佟爷，这事儿我可是亲自问过晓月的！东西的确不在她手上……"

佟梓华假装半信半疑的表情，问哈岚："不在她手上吗？那就是在你手上啰！姑爷？"哈岚冷冷地道："也不在我手上！"汪四海见哈岚神色紧张，觉得有趣："是不是在您手上，那可就难讲了……"

哈岚脸色一变，一转身拨开人，就往得月楼里挤进去。

佟梓华与汪四海二人瞧见哈岚慌慌张张的模样，忍不住哈哈大笑："弄不死他也吓死他！我就不信他还能抱着这密疏进棺材！"

得月楼大堂内已经开始上演《苏三起解》，台上的"崇公道"在念定场诗：你说你公道，我说我公道……哈岚穿过人群，终于找到解一半与翠儿，却不见佟丽华身影，皱眉问："就你俩？丽华呢？"

解一半摇摇头："不知道呀！刚进来就被人给挤散了。"

哈岚东张西望，突然发现丁宝抱着孩子，站在角落跟一名看客低声说话。哈岚两眼直勾勾地盯着孩子，丁宝拼命摇头，示意哈岚赶紧离开。这时娄三喜往前台走过来，哈岚浑身打了一个哆嗦，低头找位子想躲开娄三喜的视线。

丁宝见势不妙，忙上前拦住娄三喜，哈岚松了口气，缩着脑袋继续找佟丽华。

台上的崇公道开始念对白："苏三走动啊！"娄晓月扮演的"苏三"唱了一声："苦啊——"这身段子一亮相，台下的观众立马来了一个"碰头彩"，齐声叫好。

翠儿望了望身边的观众，忍不住骂道："是不是都有病呀，一出来就叫好？叫什么叫，好什么好？"解一半解释："这你就不懂了，这叫碰头好。"翠儿没好气地道："碰个头就好？我也没看见他碰啊。"

台上的娄晓月接着唱："听说是唤苏三……"

汪四海站起来大声鼓掌叫好，佟梓华坐在他身边，斜眼瞧着汪四海的反应，不屑地笑了笑

此时的哈岚如坐针毡，左顾右盼，焦急的眼神穿梭在满堂喝彩的观众当中，终于找到躲在角落的佟丽华，正神情木然地望着舞台。

"王公子好比采花的蜂，想当初花开多茂盛……"

哈岚眼神从舞台上挪移到观众席中，看见丁宝抱着孩子与娄三喜匆匆忙忙地往后台走去。他一转头，与佟丽华四目交会，佟丽华显然也已发现丁宝。哈岚佯装啥都没有看见，抬眼望向舞台，鼓掌叫好。

台上的娄晓月唱："看他把我怎样施行……"

观众们有些疯狂了，不停地喝彩，更有人扔起了金条、金币和鲜花，全部洒落在舞台上。翠儿瞧见这场景，魂不守舍地道："哎！这声儿，还真好听……"她眼眶微红，鲜花是没有，险些洒出泪儿。

哈岚眼睁睁地望着丁宝抱着孩子进后台，却是无计可施，转头再看佟丽华，赫然发现佟丽华正在偷偷地拭眼泪。

散场之后，佟梓华与汪四海步出大堂，禁不住地赞叹："怎么我觉得娄晓月现在唱得比在下天仙的时候还要好？"汪四海竖了竖大拇指，笑道："懂行！佟爷！您别看晓月大半年没练功还生了个孩子，可这嗓音好像又宽了不少！"佟梓华若有所思地点了点，低声道："是吧？兴许这女人生孩子呀，用力过猛，把嗓子都冲开了……"

汪四海一怔，笑道："对了，您那大和商社现在筹备的如何啦？"

“我现在正在找合适的地方呢……”二人边说边笑，走出了得月楼。

哈岚出门之后也加快了脚步，神色有点慌张，解一半忙追上：“爷！您没事吧？”翠儿在后面跟着，不停地拭泪。

哈岚正色地道：“得赶紧走，刚刚娄三喜见着我了！”解一半感叹地道：“哎，其实爷要真能把娄晓月娶回来也不错，这样咱们就能天天听她唱戏了……”翠儿跟在后面边哭边骂：“解一半！你少在哪里出馊主意……娄晓月这种女人，也就只配唱唱苏三……怎么说她都是个戏子，下九流！进不了咱哈家的门！”

“你瞧不起她，又哭成这样……翠儿，我真看不懂你呀！”

“我……我……我不是哭娄晓月！我是哭苏三……”

解一半翻了个白眼，道：“所以你接受不了一个戏子，却能接受一窑姐儿？”翠儿反驳道：“都说了台上的那都是假的！”解一半没好气地道：“知道是假的你还哭？你这不是自己打自己嘴巴？”

“解一半！你现在跟我唱反调是吗？”翠儿火冒三丈，追着解一半打。

解一半拼命闪躲：“我是真不明白呀，凭什么你愿意看苏三跟王金龙团圆，却不能接受娄晓月进咱家门呢？”翠儿一跺脚：“解一半！你反了你……你现在是想找个窑姐儿进家门，还是找个戏子进家门？”

“你疯了你！这种话你都说得出来……”

“你们俩闹够没有？”佟丽华的声音在后面突然冒出来，“看戏就好好看戏，戏散了，把戏留在戏台上，回家还得过日子……”

众人皆是一愣，佟丽华也不废话，径直往街道上走去，翠儿气呼呼地跟上。

哈岚不住地回头望向得月楼，心里似乎仍然牵挂着孩子。

解一半上去推了推哈岚：“走啦！爷！少奶奶说了，那是戏，您就别再胡思乱想了！”哈岚喃喃地道：“可是我儿子是真的呀！他可不是假的……”

回到解家小院，哈岚一进屋就看见佟丽华已经躺在炕上，他无可奈何地脱了鞋子，上炕去扯了扯被褥，佟丽华翻了个身，一句话也不说。翠儿去厨房烧了一壶水，一声不吭地拧了热毛巾，没好气地递给解一半，不料解一半突然伸手抱住了她。

“你干什么啊？”翠儿吓了一跳。

解一半满脸歉意：“对不起。”翠儿使劲推开解一半：“放开放开！懒得理你！”解一半舍不得放手，叹气道：“哎，其实这娄晓月关我什么事儿呀，你为她跟我置气，值得吗？”翠儿生气地道：“那你又让爷接她进家门？”解一半笑道：“不过就是一说嘛，你当真呀！真是……我看你是看戏看到发晕，真的假的都分不清了！”

“不过这娄晓月，好像比以前还漂亮……”翠儿突然咬了咬嘴唇，似乎还在回味苏三起解。

解一半皱了皱眉，诧异地道：“是吗？”翠儿点了点头：“你不觉得吗？”解一半望着翠儿，摇头晃脑地道：“不觉得！我觉得我家的翠儿最漂亮！”

翠儿被他逗笑了，撩起毛巾在解一半脸上狠狠地揉了一把。

第二天一大早，哈岚迷迷糊糊起来，看见佟丽华正坐在镜前描眉画眼，他小心翼翼上前，试探地问：“丽华，你又要出去呀？”佟丽华起身，瞪着一眼挡在前面的哈岚：“让开。”

她走到衣柜旁，选了一件颜色靓丽的旗袍，转过身来发现哈岚还站在自己身后，没好气地道，“出去，我要换衣服！”

“好好好，我出去。”哈岚边退出房间边嘟囔，“老婆换衣服，丈夫要回避，天理何在！”

哈岚百般无聊地坐在桌前吃早餐，看见佟丽华穿着一件华美的旗袍，提着小手提包，浓妆艳抹地从里屋走出去，哈岚忍不住喊：“丽华，吃早点！”

佟丽华就像是没听见似的，昂头挺胸走出了院子。

哈岚瞧着佟丽华的背影，自言自语地道：“怎么个意思这是？怎么……最近几天她老往外面跑？而且还打扮得花枝招展的？”解一半与翠儿紧张地望着哈岚：“没……没听见吧。”哈岚皱眉道：“我这么大声，连大街上都听得见，她聋了？”

“行了吧爷，她心里不高兴。”翠儿接了一句。

“我还不高兴呢！一天到晚地跟我甩脸子，好像谁欠她二百吊似的。”

翠儿一听急了：“就是你欠她！岂止二百吊？两千吊都不止！”解一半正色地道：“你嚷嚷什么呢？少奶奶是有点儿过分了啊！”翠儿怒道：“住嘴！你还敢说少奶奶，也不怕闪了舌头，你们这些老爷们儿都欠揍。”解一半眼珠子一瞪：“哎哎！你骂我只管骂，别捎带上贝勒爷，啊！”

“我是欠揍，我这怂人光办怂事儿，可你们看看丽华，像你这样骂我也行，揍我也行，别不理我呀。磕头碰脑的在一屋里睡，跟没我这么个人儿似的，这谁受得了呀这个。”

翠儿无奈地叹了口气，道：“爷，你先受着吧，怎么也得让少奶奶这口气儿消下去。”哈岚大声道：“这，怎么能消下去？什么时候能消下去？”解一半突然说了一句：“爷，您吃过‘佛跳墙’吗？”

“废话！当然吃过。”

“那佛跳墙啊，跟火爆腰花不一样，不是掂两下勺就能出锅的，那佛跳墙里面都是好东西们都是好宝贝，您得小火慢慢炖，这炖的时间长了，就有味了。”

哈岚来劲儿了，急道：“我都炖干了，我快炖糊了，刚才你瞧见没有，她天天儿打扮得妖艳怪状地往外跑，干什么去了？找谁去了？啊？！”翠儿没好气地道：“哪个女人不好打扮啊？谁像我似的，整个一厨房老娘们儿。”哈岚不服气地道：“女为悦己者容，她打扮好了应该为了给我看，她成天出去，给谁看？”

“她给你看你看吗？你那俩眼贼溜贼溜地光看娄晓月，那天看戏，你那俩眼瞪的，眼珠子差点儿没掉出来。”

“我要知道，她天天打扮成那德性，究竟是给谁看！”

“弄不好，她也带回来一个野孩子来，给你看看。”翠儿耍起性子口无遮拦。

“啊？！她……她也带个……”哈岚猛地站起身，脸色刷白，一下子就翻起了白眼。解一半急忙扶住他坐下：“快，快！油饼！你瞧你把他吓的。”翠儿手忙脚乱地撕了块油饼塞到哈岚嘴里：“我这儿闹着玩儿说了句野孩子，就吓成这样？少奶奶没气疯了就不错了！”

哈岚缓过气来，喃喃地道：“不行……我一定得知道，她到底找谁去了……”

翌日清晨，佟丽华又换了一身米色西装裙衫，挎着小包，潇洒地走出了门。

哈岚不动声色地探出脑袋张望，瞧佟丽华的人影消失在胡同口，便悄悄地跟上去。

街道上人来人往，他一路尾随，看见佟丽华走进了东印洋行，就躲在街角等她出来。过了大约半个时辰，佟丽华出门左拐，转进另一条街道。哈岚急忙追上，一转进路口，佟丽华却斜着眼睛站在原地等他。

他脸色一变，想转身离开肯定来不及，只得厚着脸皮冲佟丽华笑了笑。

佟丽华冷冰冰地道：“你老跟着我干什么？”哈岚挠了挠头，表情有些尴尬：“没，没有啊，这不是顺路吗！你瞧，还走到一块儿了，哈哈，真巧！”佟丽华淡淡地问道：“你去哪儿？”哈岚脱口而出：“东四牌楼东。”佟丽华指了指路口：“这是往西。”

“这是西？西也能绕到东边儿去，抄个远儿。”

佟丽华瞪了他一眼，转身就走：“走道有抄远的吗？你别跟着我！”哈岚快步追上来，死皮赖脸地道：“丽华，丽华，你这是上哪儿去啊？”佟丽华的态度依然冷漠：“有必要跟你说吗？”

“丽华……你不能这样对待我。”哈岚的声音有点轻。

佟丽华停住脚步，质问道："我应该怎么对待你？贝勒爷早？给您请安？您这是要去哪儿啊？给您叫辆车去得月楼吧？"哈岚怔住："你这不是骂我吗？咱们是两口子，总不能成天儿都不说话吧。"佟丽华冷笑道："说什么？咱们是把娄晓月娶进来天天供着？把野孩子接过来养个小贝勒爷？"哈岚一瞪眼睛，道："你什么时候学得这么油腔滑调荒腔走板的？"佟丽华面无表情："这是你逼的，知道吗？你现在逼得我无路可走，你知道吗？"

"可我也没想到成了这样，这生米已经煮成熟饭了……"

"这饭能吃吗？"

哈岚苦笑道："确实有点儿难吃，可我现在也是无路可走啊！"佟丽华叹气道："咱们还是各走各的路吧。"她转身往街道上走，哈岚冲上去拦住："站住！你打扮得这么花枝招展的到底是去哪儿？找谁？"佟丽华漠然道："这是我的私事，你不该问。"哈岚大声道："我怎么不该问？"佟丽华反问："以前你出门，我问过你吗？"哈岚怒道："你不说，你就是跟什么人私自约会！"

"小人之心度君子之腹。"

"我本来就是小人，你去私会也不是什么君子！"

"你让开！"佟丽华有些不耐烦了。

可是哈岚偏偏要拦在她前面，二人站在街角僵持不下。

这时，一辆汽车开过来，停在路边，东印银行的英国商人布莱斯，穿着一件西服，瞧见佟丽华站在路边，好奇地用英文打招呼："hello，丽华小姐，你还好吗？"

佟丽华转头看见布莱斯，微微一笑，也用英文交流："hello，布莱斯，我正要去找你。"布莱斯下了车，躬身行礼，热情地邀请佟丽华："我们去西雅咖啡店去谈好吗？"佟丽华表示同意："好的，走吧。"布莱斯看见紧跟在佟丽华身后的哈岚，奇怪地问："请问这位是什么人？"佟丽华笑答："我的仆人。"

二人始终用英文交谈，哈岚听得一头雾水，大声道："说什么鸟语你们？会说人话吗？"布莱斯皱眉问："What？"佟丽华歉意地道："他叫我们说中文。"布莱斯突然笑了，用蹩脚的中文问哈岚："啊，可以的，请问你是？"佟丽华忙插上一句："他是我跟班儿的。"

"跟班儿的？！"哈岚吓了一跳。

布莱斯疑惑地问："什么叫跟班的？"佟丽华抿嘴笑道："就是刚才说的仆人。"布莱斯恍然大悟，道："喂，跟班的！你要好好伺候她佟格格，不要偷懒，今天，可以放你一天假，我和佟格格有话要谈，你，可以走了。”他打开车门，邀请佟丽华上车。

“什么？跟班儿的？你放我假？”哈岚张大了嘴巴，有些乱了方寸，半天才反应过去，立马追着汽车喊，“嗨嗨！你才跟班儿的呢！站住！我是她丈夫！什么鸟人呢你是！”

解家小院。

哈岚黑着脸，坐在桌旁闷声不吭。翠儿将刚沏好的茶壶放在桌上，不冷不热地道：“要喝茶，就自己倒吧。”

哈岚两只眼睛死盯着院子门外，神思恍惚，看也不看翠儿一眼。

翠儿好奇地问：“自打吃完饭，您就这儿傻坐着，想什么呢？”

“别理我，烦着呢！”

“哟，出什么事儿了？行，没人理您，您就踏踏实实地坐着吧。”翠儿瞪了哈岚一眼，往屋外走去。突然看见打扮入时的佟丽华疲惫地走进院门，赶紧迎上去，“少奶奶回来了，厨房里给您留着饭呢。”

佟丽华笑了笑：“谢谢。”翠儿凑着身子低声地道：“爷一人坐在堂屋发呆呢……”佟丽华点了点头：“挺好！”

哈岚瞧见佟丽华走进屋来，立即直起腰，怒目而视。佟丽华当作没看见，目不旁视地进了里屋。

哈岚故意咳嗽两声：“嗯！嗯嗯！”佟丽华仍然不理睬，进了房间脱下鞋揉了揉脚。哈岚气急败坏地叫：“佟丽华！”佟丽华在里屋应道：“干吗？”

“你给我出来！”

“你有事就说。”

哈岚忍无可忍，猛地一拍桌子：“我叫你出来！”佟丽华漫不经心地道：“我换衣服呢。”哈岚突然站起身，气呼呼地冲向里屋：“换衣服，我叫你换……”

他刚冲到门口，却见佟丽华撩起门帘走了出来，系着换好的衣服扣子问：“你要干什么？”哈岚一怔，也不知道自己应该说什么：“干，干什么？你刚才进门儿没看见我？”佟丽华走到桌前倒水，坐下喝了口茶，淡淡地道：“看见了。”

“那你没见我这儿生着气呢！”

“没看见，你跟谁生气呢？”

哈岚翻了个白眼："装傻！我跟你生气！"佟丽华奇怪地问："我招你惹你了？"哈岚大声道："你招了我了，也惹了我了！"佟丽华觉得哈岚有点不可理喻："我进门一句话都没说，怎么就招惹你了？"哈岚气呼呼地道："你不说话就是招惹我了。"佟丽华没好气地道："你讲理不讲，别没事儿找事儿！"

"我找事儿？！你说，我什么时候成了你的跟班儿的了？"

"哎？我一出门儿你就神头鬼脸的，在后边儿屁颠儿屁颠儿地跟着我，你不是跟班儿的是什么？"

"我那是……"哈岚说没说完，佟丽华立即打断："别跟我说东四牌楼东！"哈岚理直气壮地道："我那是不放心。"佟丽华眨了眨眼睛，道："不放心什么？"

"你一天到晚，脸上描龙画凤，身上花里胡哨，在外面招摇过市，你干什么去了？还跟洋毛子你还勾搭上了你回家连正眼都不看我一眼，你打的什么主意？"

"这么说，你还挺在乎我的？"佟丽华微微一笑。

哈岚瞪起了眼睛："多新鲜呐！我是你爷们是吧？哎，你居然还和一个洋毛子勾搭上了？"佟丽华冷冷地道："我跟谁勾搭你管得着吗？"哈岚扯开嗓门吼道："当然管得着！我是你丈夫！"佟丽华并不理会哈岚发火，冷笑道："你是吗？我丈夫不跟我生孩子，倒跟别的女人生了一个，你是谁丈夫？！"

哈岚一怔，立马泄了气，佟丽华说得确实是句句属实，没有一句冤枉他。

他突然叹了一口气，愁眉苦脸地道："你别瞪眼了丽华……我说不清楚了我，我都愁死了。你说说，我该怎么办呐？"佟丽华无奈地道："没事儿贱招，招出麻烦来了，又犯怂，你说你活得累不累呀。"

"累，累死我了！"

"你呀……要不，把孩子接过来吧。"佟丽华喝了一口茶，忽然岔开话题。

哈岚吃了一惊："接孩子？你说什么？你愿意啦？"佟丽华哼声道："我不愿意！"哈岚脸色又是一黑："你瞧你瞧，又瞪眼，这是你刚刚说的。"佟丽华冷冷地道："我想试试你的心。"哈岚自嘲地道："我的心？是脏的，是黑的……是两半儿的……"

"再不愿意，那孩子毕竟是你的嫡亲骨肉。娄晓月一个单身女人带个孩子，算怎么回事？"佟丽华摇头轻叹。

"你看你到底怎么想的呀？我都不敢乱搭茬儿了我。"哈岚见佟丽华摆出一副反复无常的态度，有点懵了。

佟丽华面无表情，淡淡地道："算了吧，别来这套假招子了，就这么定了吧。"

哈岚有些紧张："定什么了？我没听明白。"佟丽华斜眼瞧他："装糊涂是吧？"

"佟丽华？你，你这么通情达理，叫我无地自容！"哈岚又惊又喜。

"无地自容？我怎么听着这么虚头巴脑的。"

哈岚搔了搔头，尴尬地道："不虚不虚，真心的！我不知道说什么好了……"

佟丽华叹了一声："去接吧。"哈岚高兴地直跳脚，拍手大叫："好好好，太好了！那我现在……我这就……我那什么……"他一下子兴奋过度，舌头也开始打结，语无伦次起来，都不知道自己到底在说什么。佟丽华直瞪瞪地望着他，仿佛就像是发现了一头怪物。

哈岚瞧见佟丽华的眼神，吓得立即合拢嘴巴，嘟囔了几句："你瞧你，又瞪眼睛……"佟丽华皱眉道："我是看你特别高兴哈？"哈岚嘴硬："没有啊！"

佟丽华沉着脸，道："咱俩换个位置，要是我在外头生了个野孩子，还要把他带回家叫你养着，你也这么高兴吗？"

"肯定不高兴……"

"知道就行，去接吧。"

哈岚始终判断不出佟丽华是真心还是假意，缓缓坐下，故作镇定地道："你说的我心里直毛咕，那我不去了，不接了。"佟丽华冷笑道："哼！你去，也未必接得来。"哈岚有点急了："那我倒是去还是不去呀？要不你，你去？"佟丽华若有所思地道："咱俩谁去都不合适，得找个不搭界的人去。"哈岚皱了皱眉头："那找谁去呀？我可想不出来。"

佟丽华微微一笑，忽然喊了声："翠儿！"

翠儿在院子里早已偷听到二人说话，耳闻少奶奶一声唤，大惊失色："我？叫我去要孩子？太逗了你们，那娄晓月宰了我的心都有！"

解一半一个箭步从厨房冲出来，喝道："谁的主意这是？爷，又是你吧？这不胡闹嘛！"佟丽华笑了笑，道："是我的主意。"翠儿将头摇得跟个拨浪鼓似的："啊？！您这不是为难我吗？这是爷的儿子，得爷自己出面才行啊。"解一半赶紧接话："是呀是呀，这种事别人可替不了。"

"丽华说了，我去肯定是碰钉子。"哈岚无奈地道。

佟丽华点了点头，正色地道："万一哈岚碰了钉子，就没有回旋的余地了。"翠儿摆摆手："那也得找个会说话的人儿去，我哪行啊？"解一半在旁又接了一句："就是就是，翠儿根本就不会说话。"翠儿愣住，狠狠瞪了解一半一眼。

解一半却毫无察觉，继续说道，“就她那炮筒子脾气，点火儿就着。跟娄晓月说不了两句就得撕巴起来。你叫翠儿去打个架骂个街还行，这么大个正经事，叫她去不等着砸锅嘛。她去了，那不光是碰钉子，就是一拉洋车的打天秤，翻了个儿的四脚朝天了。她天生就不是……”

他扭头一看，突然发现翠儿正两眼冒火地瞪着他，赶紧闭口。

翠儿鼻子里哼出一口气，叫道：“你继续说呀！”解一半小声地道：“完……我说完了。”翠儿冷笑道：“你这是说我呐？”解一半装糊涂：“没有啊！我，我说我自己呢。”

“解大哥，有你这么说话的吗？”佟丽华摇了摇头。

解一半往后躲了一步，嘀咕道：“刚才是她……自己说得找个会说话的人。”翠儿怒道：“许我自己说，不许你胡说！”解一半抗议：“你这不讲理你。”翠儿气呼呼地要冲过来拧他胳臂：“在你眼里我成什么人了？啊？整个就一泼妇是吧？！”哈岚慌忙拦上去，道：“行了行了，不说了！为了我这点儿破事再伤了你们两口子和气……翠儿，不去了，不去了。”

翠儿突然喊了一声：“我去！”众人吃惊地望着她，不解其意。只见她走到佟丽华身边，正色地道，“我还非去不可了！抢我也把这孩子抢回来。”

“你看是不是？猴儿吃麻花儿，满拧！”解一半趁机又奚落了一句。

佟丽华忍不住笑出了声，缓缓道：“不是叫你去抢，其实就是去探探娄晓月的口风，她肯定舍不得孩子，咱们晓之以理，动之以情，毕竟这孩子是哈岚的亲骨肉，是哈家的根，其实我一直在想，娄晓月一人儿带个孩子挺难得，名不正，言不顺呐，下一步她想怎么做，尽管叫她说出来，咱们都接着。”

翠儿眼眸闪动，咬了咬牙：“哎呀少奶奶，您放心吧！”

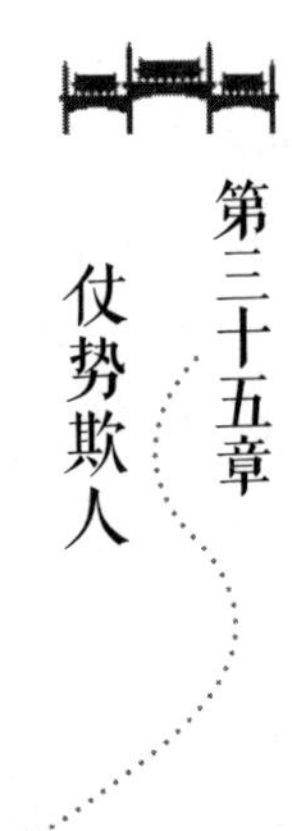

第三十五章 仗势欺人

得月楼。

翠儿兴冲冲地去了娄晓月的房间，一见到娄晓月却有点心虚，支支吾吾地客套了半天，直说娄晓月不但戏扮得好，嗓子好，人也比以前漂亮了。娄晓月给她沏上茶，笑了笑："有事情你就直说，别拐着弯骂我就好。"

"晓月啊，你看吧，你一个人带着孩子挺不容易的，我琢磨着……是不是……咱是不是为孩子想想……"

娄晓月一听，顿时明白了翠儿此行的目的，惊讶地道："你这是找我要孩子来了？"翠儿尴尬地道："话不能这么说，不管谁养着，你也都是孩子的亲妈。"

娄晓月冷冷地道："这是谁的主意？是哈岚叫你来的？"

"还真不是，是我们少奶奶叫我来的。"

"佟丽华？她安的什么心？"娄晓月立即警惕起来。

翠儿慌忙解释："你别瞎想啊，少奶奶是一片好心，知道你一个人带个孩子挺难的……"娄晓月大声地道："我不难！就是难，我也乐意！"翠儿苦笑道："你这，名不正言不顺呐！"娄晓月厉声道："不正不顺的是你们家的爷！敢做不敢认，是男人吗？！"

"你说谁呢？我告诉你，今儿……"翠儿眼珠子一瞪，突然意识到不能发火，无奈地换了个笑脸儿，"晓月，我们爷有我们爷的难处，他心里头可真是有你，那天看你的'玉堂春'就是爷买的票，连少奶奶都去看了，还一个劲儿地夸你呢……"

娄晓月漠然道："行了行了，别扯那些没用的了，哈岚想把孩子骗走，然后就把我一甩，想得挺美……"翠儿一怔："怎么是骗走？我成什么人了？骗子？"娄晓月冷笑："你以为你是什么人？你和佟丽华谋划好了来算计我。"

"你怎么这么不讲理，娄晓月我告诉你，今儿个……"她突然又意识到自己发火了，赶忙压住气，硬着头皮笑了一下，"晓月呀，真不是这么回事儿。你也替自己想想吧，又要唱戏？又要带孩子？孩子还这么小，正是最难带的时候，万一你要是……"

"行啦，你不要再说了，你可以走了。"娄晓月起身送客。

翠儿仍不死心，道："如果你有什么条件，你可以说，我们少奶奶说了……"娄晓月截口道："告诉你们少奶奶，有本事自己生一个，哈岚也得稀罕她呀！"翠儿脸色一沉，蹭的一下站起来："娄晓月！你别蹬鼻子上脸，论打架你且不是个呢，要不是临出门儿少奶奶一再交代我叫我跟你说，我早就……不行，我快憋死了我，简短截说一句话，这孩子你叫不叫接？！"

"不行！你可以走了！"

"得！走人！"翠儿起身出去，走到门口时忽然又站住了，"晓月，咱能不能再商量一下……"

娄晓月不耐烦地道："快走吧你，我要给孩子喂奶了。"

"那好，你……"翠儿咬了咬牙，忽然愣住了，脸上露出兴奋的表情，"喂奶？晓月……能不能让我，看一眼孩子？"

娄晓月盯着翠儿，似乎在犹豫。

翠儿急得低声乞求："我就看一眼。"娄晓月盯着她看了半天，终于不忍心拒绝，转身走向里屋，翠儿喜出望外，急忙跟进去。

小不点儿的孩子安静地睡在小摇床里，翠儿轻轻弯下腰，仔细地注视着孩子。她鼻子抽了抽，呼吸有些急促，突然叹了一口气，捂着脸转身跑了出去。

娄晓月瞧见翠儿伤心的模样，无力地坐在床沿，内心焦虑不安。

翠儿一口气奔回解家小院，众人眼巴巴的等着她说话，不料她脸上泪痕未干，仍然沉浸在悲伤中，两眼呆滞地望着哈岚："太像了……"

"像我？你看见孩子了？"哈岚迫不及待地问。

解一半接了一句："废话，那还能像我吗？"哈岚追问翠儿："你看清楚了"翠儿点了点头："那么近我还看不清？"哈岚又问："多近？"翠儿用手比画着："这么近，哎！别问别问了，看那一眼差点儿把我的魂儿掉在那儿。"她眼眶一红，忍不住要哭，忙扭过头去。

哈岚有些失魂落魄：“我都没那么近地看过我儿子……”

“对不起少奶奶和爷了，我没把事办好……”翠儿有点哽咽。

佟丽华忙安慰道：“哎呀你可别这么说，早在我意料之中。”解一半自告奋勇地道：“要不然我去试试？”翠儿瞪了他一眼：“你？好像你比我强多少似的？你一个大老爷们……”佟丽华正色地道：“都别去了，知道晓月是怎么想的就行了。我看这事急不得，娄晓月现在的心气儿全在孩子上，让她交出孩子就是割她的肉，她是没料到她走这一步有多么难，她想清清静静地过日子，就是白日做梦。”

“那她还能怎么着？”哈岚嘀咕一句。

“静观其变吧，有她受不了的那一天。到那时候，水到渠成，心急吃不了热豆腐。”佟丽华的脸上泛起微笑。

民生报社同意招聘哈岚为记者，还特意让马俊杰给他送了一台相机。

哈岚欣喜若狂，向马俊杰请教了一些记者的规则，说干就干，每天骑着自行车去热闹的大街上寻找新闻素材。

他脖子上挂个相机，边骑车边东张西望，见到什么新鲜好玩的统统拍下来。

“喜丰堂”新添特色招牌菜“霸王别姬”——裙边炖乌鸡。哈岚看见门口竖着个大水牌子，咔嚓一声拍了下来。

一处倒塌的破旧房屋周围，坐着几个背着被子打地铺的百姓，旁边又有数名打手模样的人，正在捣毁一处平房的门窗，一家老少无奈地看着，却不敢吭声……哈岚咔嚓一声又拍下来，第二天的报纸上就刊登了特写：

“暴雨成灾，民房倒塌，市政不闻不问。”

“强拆民宅，百姓流离失所”。

街道上，十余名人力车夫与三个巡警扭动打起来，哈岚躲着继续拍。第二天报纸上写着：车夫抗暴，与巡警群殴！

他甚至跑到得月楼，偷拍戏台上穿着旗袍唱戏的娄晓月，隔日报纸上就出了头条：京城坤伶女皇，首演时装戏——抗婚记……

天波易谢，寸暑难留，转眼已过了数月。

民生报社的编辑室内，办公桌上摆满了哈岚所拍照片的报纸，马俊杰与四五个编辑围在桌前，纷纷夸奖着哈岚："想不到啊，哈岚先生业绩甚佳啊。"

"哪里哪里，仰仗诸位同仁帮衬。"哈岚拱手微笑。

马俊杰赞许地道："这几个月里，我们报纸的发行量猛增了四成，哈岚先生拍的照片大受欢迎！他及时、准确、生动、犀利，而且特别接地气，真为咱报界争光啊！"哈岚挠挠头，道："你说的我都不好意思了。"马俊杰哈哈大笑，从兜里摸出八块大洋，道："这八块钱，是报社给哈岚先生的奖励，别嫌少。"

"这，叫我受宠若惊。谢谢了，谢谢！"哈岚连连道谢，趁着大家鼓掌散去时，赶紧拉住马俊杰，"马兄，谢谢你这么抬举我，今儿我可是真有钱了，自己的！走，我做东，我请客……"

马俊杰笑着推开哈岚，道："歇了吧您贝勒爷，有两儿糟钱儿就找不着北！把工资和奖金拿回去，也叫家里人高兴高兴，今儿个我做东，我请客，把家里人都叫上！"哈岚龇牙大笑："哈哈，就这么着了！"马俊杰一把搂住哈岚肩臂，道："走！那咱们还去喜丰堂！"

一行人赶到喜丰堂的饭庄大堂，找了个大圆桌坐下。饭庄伙计忙跑过来招呼："呦，二位爷，来了您呐！"哈岚嘿嘿一笑："认识我是谁吗？"

"认识认识！京城有几个不认识您的，跟皇上吃过饭的哈贝勒爷。"

"今儿我可没带钱，要不要先把照相机押上。"哈岚趁机调侃。

伙计摸着脑袋道："哈大人！这玩笑可开不得，上回扣了您的相机，掌柜的知道了，差点儿没把我给开了。"马俊杰好奇地问："为什么呀？"伙计学着掌柜的表情，故意一瞪眼睛，道："掌柜的说，哈贝勒爷来咱这儿吃饭，那是瞧得起咱们，你居然还敢要钱，长几个脑袋你！"解一半大惑不解："这是怎么说的？出什么事儿了吗？"

"您瞧瞧这一屋子的吃主！"伙计转身指着大堂里的食客，"自打您报纸上给我们登了一张照片，这客人来的整天乌泱乌泱的，'霸王别姬'这道菜供不应求啊！"

"越说越离谱了吧，就那么一张照片儿？"翠儿半信半疑。

伙计笑道："我这能瞎说么？行了几位，别这儿坐着了，请到楼上包间。"佟丽华不好意思地道："不麻烦了吧，我们就坐在这儿随便吃点儿就行了。"伙计连连摆手："不行不行，这哪是您几位待的地方，掌柜的吩咐过了，只要哈贝勒爷来，一律楼上包间。什么时候来，什么时候给您预备着，请吧请吧。"

哈岚眼珠子一转，开心地道："这整个一出'连升店'，我中了状元了我！走，上楼！"

众人进了喜丰堂饭庄的包间，伙计将一盆"霸王别姬"放到桌上。

五个人都伸过头往盆子里看，伙计解释道："霸王别姬，两只元鱼的裙边儿，又肥又厚；一斤六两的乌鸡，整整炖了四个钟头，诸位尝尝。"翠儿皱了皱眉头："这一道菜很贵吧？"伙计笑道："别提钱，掌柜的说了，以后只要是贝勒爷来吃饭，不管什么时候，带多少人，吃多少菜，一概不许收钱，全从掌柜的小金库里走账。"

马俊杰瞧伙计如此热情，有点不好意思："这怎么行，今儿说好了是我做东，哪能不要钱呢！"伙计拱手道："您也心疼心疼我这跑堂的伙计，我要是收了您的钱，我这饭碗就砸了！"

"得！咱贝勒爷这辈子就能白吃白喝了！"解一半哈哈大笑。

佟丽华面带笑容，却故意叹了口气："真是东风常向北，北风也有转南时。"

莲花巷。

门楣上挂着"闻香院"的匾额，旁边有一木牌子，上写：南荷清吟小班。

胡厅长与老鸨子走出门，腻腻歪歪地低声说笑着。正巧，哈岚摇摇晃晃地骑着自行车，突然在路边刹车，举起胸前的相机，咔嚓咔嚓连拍了几张。胡厅长全然不知，仍与老鸨谈笑。哈岚拍完之后，一时兴起，又上了一卷胶卷，连按几下快门。

胡厅长听见动静，顿时发现哈岚站在路边拍照，他不认识哈岚，心里警觉起来，大喝一声："嘿嘿，你干什么呢！"哈岚将相机往脖子上一挂，装傻道："啊？我没干什么啊！"他骑上车想跑，胡厅长早已冲过来按住他车头："别走！你拿个照相机瞎拍什么？"

"什么叫瞎拍呀？我就是干这个的，走到哪儿拍到哪儿。"

"我不许你拍！"胡厅长发火了。

哈岚讥笑道："这你可管不着，我是记者，我有权拍。"胡厅长怒道："我就管得着！北平城的治安都归我管，记者？记者算什么东西？！"哈岚冷笑道："说话客气点儿，记者，记者就是无冕之王。"

"什么王？"胡厅长怔住。

"冕，懂吗？就是皇冠，帽子！就是不戴帽子的皇上！"

胡厅长恼羞成怒，呵斥道："还皇上？黄瓜吧你，我叫人把你拍了拌个凉菜你信不信？来人，把他的照相机没收了！"巷子口一个警察赶紧上前，要去抢哈岚的相机。哈岚甩着手："等等！这相机是报社的，公家的，你……"

胡厅长翻了个白眼："我管你是谁的，没收！"

警察上前强行去扯哈岚的相机，胡厅长的汽车开过来不停地按喇叭，胡厅长闪到一边让出路，哈岚趁势将警察往路边一推，撞到胡厅长的身上，脚下一蹬，飞快逃跑，转眼就消失在胡同口。

胡厅长气急败坏地抽了那警察一巴掌，怒道："快去追！看看这小子是哪家报社的！他妈的！"

第二天，报纸上刊登了一张特写，是胡厅长与老鸨在妓院门口的照片，文章标题写着：警察厅长闲中闲，烟花柳巷走一走。

警察局办公室内，胡厅长暴跳如雷地将手上的报纸拍在桌上，大怒道："这个'民生报'的什么狗屁记者，哈岚？你知道吗？"站在桌前的汪四海一惊，神色有些不安："哈岚？知道知道……"

"你认识他？"

"啊？就算认识的吧，一面之交……他，他怎么了？"

胡厅长没好气地道："你没看报啊？这小子吃了熊心豹子胆了。"汪四海上前盯了一眼报纸，道："乖乖！这是吃了五个熊心，十个豹子胆了！"胡厅长厉声道："你去，把这个哈岚抓起来，我毙了他！"汪四海犹豫道："厅长，抓人，不太合适吧？"

"怎么了？"

"您知道啊，现在这些大报、小报的狗屁记者都坏透了，没碴儿他们还找碴儿呢。您这儿一抓人，好家伙，兜着底儿的一起哄，倒给人留下话把儿了，而且，这种事儿宜压不宜扬呀！"

胡厅长脸色一沉："那我能不知道吗？可我，可我他妈出不了这口恶气！"汪四海微微一笑，道："这种事儿不能斗狠，只能智取。"胡厅长皱眉道："那你说怎么办？"汪四海转了转眼珠子："我去报社，叫他们发一个更正声明，就说您是去闻香院办案，什么'闲中闲'、'走一走'的，那纯粹是歪曲报道，造谣污蔑！"胡厅长思索片刻，点头道："嗯，这事儿你去办吧。"

汪四海敲了敲报纸，喃喃道："是嘞！哈岚，你小子终于犯到我手上了……"

"你说什么？"胡厅长一愣。

"啊？我是说他以下犯上，活腻味了！"

民生报社编辑室。

数名警察等候在街道上，已有人进了报馆，将一张大红请柬放在办公桌上，说警察局长汪四海，请各位晚上夜场时去得月楼看戏。

马俊杰、哈岚与几位编辑围坐在桌前，不解其意，七嘴八舌地议论。马俊杰更是一头雾水："邪了门儿，警察局的人请咱们报社的人去看戏？"其中一名编辑问了声："到底是什么戏啊？"

"娄家班儿娄晓月的'秦香莲'。"

哈岚兴奋起来，笑道："哎呀太棒了，这是娄晓月的看家戏！去看，都去看，我至少看过七八遍了。"马俊杰正色地道："什么跟什么呀！哈先生，这跟戏好不好没关系，两码子事儿！你也不想想，警察局跟咱们有什么关系？办个案、查个事儿还靠谱儿，凭什么请咱们看戏？"哈岚一怔："还真是！我没往这儿想。"

"是不是跟咱登了警察厅胡厅长逛窑子的事儿有关？"有编辑在旁提醒马俊杰。

哈岚一拍脑门，道："啊？这是警察厅的害怕了，服个软儿请咱们听戏，叫咱们放他一马。"马俊杰苦笑道："您可真会打哈哈儿，警察厅长怕过谁啊？下个令就把咱报社给查了，给封了！这明明是黄鼠狼给鸡拜年——没安好心呐！"

"鸿门宴？宴无好宴，戏无好戏啊！我看是！"编辑们又开始议论。

哈岚奇怪地道："这我倒是没想过，可是，听个戏能把咱们怎么着？"一旁的编辑出主意："不去，不去看不就得了！"马俊杰沉声道："事儿没那么简单，你去与不去他肯定都有下一步等着呢。"哈岚拍了拍胸脯，道："照片是我拍的，文儿也是我写的，真要这么着，那这就是冲着我来的，我去，我一个人儿去，有事儿我顶着，绝不连累大伙儿！"

"没这个道理，有事儿大家扛。我看咱们得去看戏，不管出什么事儿，大伙儿都得抱成团儿，咱们报纸刚刚火起来，无论如何得维持下去，只要不查封，都好说。到时候见机行事吧。"

"我好像给咱报社捅娄子了……"哈岚有些歉意。

"不能这么说，发这个照片也是咱编辑部通过的。"

一旁的编辑问："哎？哈爷，这个汪四海你熟悉么？"哈岚为难地道："嗨，别提了，这小子一直惦记着娄晓月呢。"编辑摇头叹气："呦，掺和上这种事儿，可有点儿讨厌……"另一名编辑接口道："不光讨厌，麻烦大了。哈爷，我们去看戏就是陪绑的，这小子直公直令就是冲您来的！警察局，咱惹不起啊！"

哈岚瞧了瞧窗外那几个站在路口的警察，面色凝重，若有所思地道：“我大概是闹明白了……咱就跟他骑驴看唱本儿，走着瞧吧……”

傍晚时分，众人相继进了得月楼。

售票厅前立着两块大水牌子，其中一块上面写着“娄晓月《秦香莲》”，另一块写着“包场，不售票”。门口站着两三名警察，街上有票友上前询问，一律被挡在了门外。

戏台上正演着“秦香莲相府二堂”一场戏，娄晓月扮着秦香莲唱：“结发夫妻十余载，停妻再娶理不该；亲生女儿不看待，死去爹娘不葬埋……小妇人投靠千里外，不认糟糠赶出来；满腹含冤深似海，望求相爷你做主裁。”。

观众席上的哈岚与马俊杰等人围坐在中间的宾桌旁，不停地东张西望。

一名编辑悄声地道：“马主任，我怎么觉得有点儿不对劲儿啊？整个场子就咱们几个人。”马俊杰见旁边的桌子只坐了两名警察，还不时地回头望向入口处皱眉道：“我也觉得不对劲儿呢……”

整个大堂冷冷清清，没有闲杂的观众，哈岚直眉瞪眼地望着台上的娄晓月，神情专注，心无旁骛。

报社编辑又问：“汪四海也没来啊，他不会是专门为咱们报社几个人包场吧？”马俊杰摇头沉思，道：“我真不知道，他这出戏要怎么唱。”编辑眨了眨眼睛：“汪四海不来更好，看完戏咱们赶快溜。”

台上的“王延龄”开始唱：“低下头来暗思揣，忽然一计心上怀。”娄晓月跟着唱：“深施一礼出门外，多谢相爷巧安排。”

“好！”哈岚猛地喝彩鼓掌，七八个编辑一起瞪着他。

此时，娄三喜在得月楼的后台，帮着演“陈世美”的演员穿行头，丁宝端着小茶壶匆匆走过来：“师父，今儿个可有点儿不对劲儿。”

“怎么了？”娄三喜拍了一下陈世美，提醒道，“行了，候场去吧，该你上了……”丁宝满心好奇地道：“到现在了，没上座儿，台下就七八个人儿。”娄三喜正色地道：“今儿汪四海包场，包银都给了，一块钱不少啊。”丁宝皱眉道：“他包给谁看呐？那几个人我认识，都是民生报社的，哈岚也来了。”

“是吗？我瞧瞧去，哈岚这小子还有脸来看戏？”娄三喜脸色一沉。

“甭瞧了，台下没人，汪四海也没来。”刚下场的娄晓月往后台过来，丁宝忙递上小茶壶给娄晓月饮场。娄三喜却是有些担心：“我是怕这是要出事儿。”娄晓月不以为然地道：“甭管那么多，咱们该怎么唱就怎么唱，小不点儿呢？”丁宝应道：“师姐那儿哄着睡了，挺乖的。”娄三喜仍然不放心，慎重地道：“晓月，越是这样越要小心，台上千万不能出错儿，告诉大家都警醒着点儿。”

“是喽！”丁宝转身离开。

众师兄将戏台上布景换了之后，摆上两张桌两张椅，大边儿坐着王延龄，小边儿坐着陈世美，前场坐着怀抱琵琶的秦香莲。马俊杰等人不安地望着大堂门口，而哈岚仍是聚精会神地望着台上的娄晓月。

“夫在东来妻在西，劳燕分飞何日回；新闺只见新人笑，因何不听旧人涕。”

台上的“秦香莲”唱得是琵琶词“哭相思”。王延龄念着对白：“啊，驸马，这四句开篇唱得好，一个东来一个西，儿女不是儿女，夫妻不是夫妻……”

正在对唱时，只见汪四海大模大样地走进了大堂，桌前两名警察慌忙迎上去，

马俊杰等人瞧见正主来了，立刻紧张起来。

汪四海一声不吭地走到台前，一名警察搬过来一把椅子，汪四海竟蹬着椅子径直走上了戏台。戏台上三个演员吓了一跳，疑惑地站起来望着上台的汪四海，旁侧的文武场也都惊讶地停了下来。

“哎！这是怎么回事儿？”哈岚大声地叫起来。

汪四海转身面对观众席，干咳一声，缓缓地道：“诸位，今儿我汪某人包场请大家伙来看戏，可不是来看这出老戏‘秦香莲’，咱们看一出新编的‘秦香莲’！这出戏也叫‘铡美案’，就是包黑子刀铡陈世美……不过咱们今儿不铡陈世美，铡谁啊？哈贝勒爷，请上台来吧。”

哈岚脸色大变，马俊杰等人也有些慌神。

娄晓月上前去扯汪四海的袖子：“汪四海，你想干什么？”

汪四海甩了甩手，冷冷地道：“晓月，等着看好戏吧。”娄晓月呵斥道：“你别胡闹，下去，我们这儿唱戏呢！”汪四海哈哈一笑：“你这戏文不热闹。贝勒爷，上来啊！”哈岚不知所措，显然有点懵了，站在那一动不动。汪四海指着两名警察，叫道：“两位兄弟，帮忙上去扶贝勒爷一把！”

两名警察上前扭住哈岚，将他押到台前，硬是架住他推上椅子，拖上了台。

“今儿我就陪着贝勒爷把这出戏唱了吧。”汪四海斜着眼睛瞧他。

哈岚连连摆手：“这出戏我不会。”汪四海讥笑道：“怎么不会？这出戏是你本功戏啊，你就是陈世美，这还用演吗？来来来！”他将哈岚拉到“陈世美”身边，随手摘下了陈世美的帽子，扣在哈岚的头上。哈岚脑子里嗡嗡响，完全不知发生了何事，

任由汪四海摆布。

汪四海又拉着哈岚走到“王延龄”跟前，摘下帽子，戴在自己头上，然后抓起了桌上的扇子，冲着台下喊：“今儿改戏了，咱们来一出：王延龄刀劈哈贝勒！”

他话一说完，用手里的扇子重重地砸向哈岚的脖子。哈岚慌忙推开汪四海，缓过神儿来：“汪四海，你这个泼皮无赖，你仗势欺人！”

娄晓月实在看不下去了，转身走向后台，却被汪四海拦住了去路：“晓月！娄老板！我今儿来就是为你抱不平的，报社的记者一天到晚骂了这个骂那个，他们自己就是泼皮无赖，怎么不在报纸上骂自己啊？”

娄晓月怒道：“汪四海，我用不着你抱不平，我自己的事儿我自己会摆平，你少在这儿搅浑水、充好汉。”台下有两名编辑想冲上台去，却被马俊杰拦住，小声地道：“别急，他还没亮底牌呢。”

“对不起诸位，今儿这戏是唱不成了，来了搅戏的了，改天专门为诸位唱一场，今儿个就散了吧。”娄晓月向台下的人道歉。

汪四海拉住了娄晓月：“别散呐，这戏才刚刚开头。”哈岚急了，冲上去打开汪四海的手：“撒手！不许你碰她！”汪四海胳臂一拽，反手抓住了哈岚，强行将他拉到了台前，愤愤不平地道：“诸位瞧清楚了，这个哈贝勒就是个朝三暮四的花花公子，一个骗情骗色的恶狼！”

“你血口喷人！你才是不要脸的色狼！”哈岚用力甩开了汪四海的手，走到娄晓月前想说话，娄晓月却扭头背过身去。

“你还反咬一口？好啊，咱们拿出点儿证据来，丁宝！”汪四海转身朝后台喊话，“今儿这出戏还缺个东哥春妹呢，去，把孩子抱来。”

娄晓月大惊，却见丁宝一个箭步跳上戏台，疑惑地问汪四海：“什么孩子？”哈岚大声疾呼：“丁宝，你别理他！”丁宝死死地盯着汪四海，道：“汪局长，您要耍横撒野，冲大人来，这里头没孩子什么事儿。”

“汪四海，你到底想干什么？！你要敢动孩子一下，我就叫你后悔一辈子！”娄晓月情急之下，举起手中的琵琶向汪四海打去。

两名警察冲上去制止，拖着娄晓月往中间走。

“你们想干什么！”娄三喜一声怒吼，带着七、八个武行的师兄弟从后台冲了出来，二话不说，纷纷跳上戏台，马俊杰等人也紧张地站了起来。

汪四海冷笑一声，道：“怎么着？人多？要打架？今儿个你们可不灵，你们瞅瞅。”

他突然指了指台下的观众席，只见大堂场子上已经站了十几个持枪的警察，正虎视眈眈围成一圈。马俊杰等人感到事态严重了，紧张地注视周围，哈岚也被这阵势吓呆了。

“去！都下去！没你们什么事儿！”娄晓月见状，喝止丁宝等人不要上来。

娄三喜脸色阴沉，大声道：“汪局长，冤有头来债有主，您跟报社的人算账，别把我们戏班子搭进去，差不离儿就行了，该收手时就收手吧！”汪四海怒道：“哈岚都骑到你脖子上拉屎了，你还替他打圆场？”

“不看僧面看佛面，我这儿给您作揖了，您高抬贵手。”

汪四海冷哼道：“娄班主，我知道你恨哈岚，你哑巴吃黄连，心里苦……今儿我就是想给你出这口气！”

哈岚愧疚地低下头，一句话也说不出。

娄三喜瞪了哈岚一眼，道：“这口气我出了，出的痛痛快快儿的。”汪四海越说越大声：“这世道不公！像刚才戏文里唱的，新闺只见新人笑，因何不听旧人涕，儿女不是儿女，夫妻不是夫妻！你和晓月太窝囊了！”

娄晓月伤心地转过身去，哈岚木然地低着头，观众席的马俊杰与几名编辑互相用眼神交流，谨防场面失控，随时准备去救下哈岚。

娄三喜长叹一声，道：“谢谢汪局长的好意，谢谢了。可再怎么说，我这戏班子得唱戏，唱戏的也得活着，我们不能惹是非，得罪人，今儿到此为止。恕我不恭，散戏，收工！”他向大伙儿挥挥手，回身去拉娄晓月去后台。丁宝等众师兄弟急忙上去护着娄晓月与两名演员，一拥而下。哈岚也不顾一切地跳下戏台，往后台追了进去。

马俊杰等人见汪四海并未阻拦，终于松了一口气。

这时，汪四海面带冷笑，走到马俊杰等人的身前，阴阳怪气地道：“哎？怎么都站着，坐呀……马先生，你都看见了，你不愿意把事儿闹大吧？”马俊杰尴尬地道：“不愿意。”汪四海点点头密道：“那好，你们报社总得有个说法吧。”

“愿听汪局长指教。”马俊杰拱了拱手。

汪四海傲然道：“行，给你指条明路。”马俊杰面带微笑：“洗耳恭听。”汪四海向门口的警察一挥手，警察将戏园子门口的两块水牌子搬了进来，立在桌前，上面的字已经改了，第一块牌子上写着“警厅花街破案，嫌犯柳巷伏法”，而另一块写着“当代陈世美抛妻弃子，伶人血泪愁；前朝贝勒爷，天良丧尽”。

“明天这两条儿新闻要见报。”汪四海歪着脑袋望着马俊杰。

编辑们紧张地望着马俊杰，等着马主任下决定。

马俊杰面有难色："这……"汪四海淡淡地道："只要登出来，咱们就万事大吉了。"马俊杰赔着笑脸："这样吧，我们回去商量商量。"汪四海冷冷地道："就在这儿商量，很难吗？"

"这第一条可以登……"马俊杰点了点头，一旁的编辑皆是满脸惊讶地望着他。马俊杰故作思考地道，"至于这第二条……我看就免了吧。"

"嗯？！"汪四海瞪起眼。

"汪局长，听我解释，您对哈岚可以无情，可您是不是心疼一下娄晓月？这种新闻登出去，就会谣言四起，今后娄晓月在京城还怎么混呐？说到这儿，您也不愿意把她推上绝路吧。"

汪四海闻言一怔，突然苦笑一下，摇头叹气道："……戳我的软肋……你聪明啊，马先生！那这样，把这个哈岚从报社赶出去，永远不许录用，我也好向上头有个交代。再看见他的什么破照片儿，我就封你们的报社！"马俊杰眨了眨眼睛，道："就这么定了。"汪四海扫了编辑们一眼，沉声道："你们报社一贯的造谣生事，煽惑百姓，一直懒得理你们，好好儿办你的报社，不该管的闲事儿少管！"

"明白，警察局我们惹不起。"

"明白就好！一看见你，我想起一个案子来，去年天津樱花会馆有桩凶杀案，至今未破……"汪四海摸了摸下巴。

马俊杰暗吃一惊，脸上从容地笑了笑，道："这案子早破了，凶手都正法了，您说的这事儿与马某无关。"汪四海点了点头，道："我也听别人说了，天津的事也与我汪某人无关了。走了！明天我等着看你的报纸，撤！"他朝大堂一挥手，数名警察跟着他往得月楼门外离开。

民生报社的编辑们忿忿不平地望着汪四海的背影，咬牙切齿地道："太欺负人了，还有王法吗？！"

"太张狂了，咱们连一点儿新闻自由都没有了。"

马俊杰目光闪动，压着同事们的火气："大伙儿先别急，咱们光棍儿不吃眼前亏，先过了这关再说。"

第三十六章 老鼠过街

此时，哈岚蹲在得月楼后台的楼梯口，头上戴着“陈世美”的帽子，任凭丁宝和几个师兄扯他，硬是不肯走。丁宝怒道：“你到底走不走？”哈岚开始耍无赖：“我就是不走，我要见晓月！”

“师姐说了不见你。”丁宝有点不耐烦。

“我有话跟她说……”哈岚突然起身想冲上楼，立马被丁宝一把推开：“你怎么这么赖呀！你走不走？”哈岚大声叫道：“我不是陈世美！我心里头有晓月，有孩子。我现在有我的难处啊，我……”

丁宝翻了个白眼：“今儿的场面你也看见了，这些话你跟汪四海说去！”

“汪四海就是个流氓无赖，不能听他的呀！丁宝，无论如何再去说一声，我真的有话跟晓月说。”哈岚抱住丁宝的腿。

“行了行了，放手！我再说一遍，师姐要还是不见，你立马走人！”

哈岚喜形于色，叫道：“行！她不会不见的，我不是陈世美！”

丁宝懒得搭理，径直去娄晓月的房间。娄晓月正抱着孩子，失神地来回晃动，瞧见丁宝进来，皱了皱眉。

“师姐，要不您就见他一次，听听他说什么。”丁宝站在一旁无奈地摇头。

娄晓月冷冷地道：“他能说什么？不见。”丁宝为难道：“可是他赖着不走，还跟我们耗上了。”娄晓月哄着孩子，想也不想脱口就说：“你还跟他客气什么？把他打出去，免得丢人现眼！”

丁宝一怔，点了点头，若有所思地走出门。他走到后台楼梯口，见了哈岚，脸色一沉，道：“师姐不见你，别赖着了！”

哈岚急了，心想自己是口水说干，今儿他们肯定也不会让自己进去，求人不如求己，自己就不信晓月能这么心狠！他打定主意，趁着师兄弟们不注意，抬脚就往楼梯口冲过来。

丁宝等人眼明手快，将他一把抱住，用力往外推出去：“滚滚！别叫我们动手啊。”哈岚使劲力气挤不过去，顿时火冒三丈：“客气点儿，还敢跟我动手？”丁宝忍不住又推了他一把：“动手怎么了，你这臭了大街的陈世美。”

哈岚怒道：“你才是陈世美！”丁宝呸了一声，骂道：“你！就是你！顶风臭十里的陈世美，滚！”一名师兄在旁取笑哈岚：“嘿嘿！嘴硬！他还戴着陈世美的帽子呢，摘下来！”丁宝上前扯下哈岚头上的帽子，挽了挽衣袖，道：“还不走？把这个陈世美打出去！”

几个师兄弟早已按捺不住，迅速冲上去将哈岚摁倒在地，一顿拳打脚踢。

哈岚大叫呼叫：“住手住手！晓月——你管不管他们呐！”

众人骂骂咧咧地道：“你个陈世美，打你是轻的，真该拿狗头铡把你给铡了！”哈岚抱着脑袋，口中惊呼“晓月！快来看看呐！哎哟……”丁宝与几个师兄弟立即将他抬了起来，扔出了得月楼门外，大门“呼”的一声关上。

“我……我不是陈世美……”哈岚趴在地上不停地喘息，声音渐渐低沉。

丁宝回到娄晓月的房间，兴奋地道：“师姐！臭揍了一顿，真是解气啊！”娄晓月大惊失色：“你们打他？混蛋啊你们！”丁宝一怔，道：“哎？师姐，刚才一您说的‘打出去’的啊！”

“我让你们打了吗？打……打伤了没有？”

“谁知道呀，也就伤了点儿皮肉，也没真打……”丁宝有点懵。

娄晓月没好气地道：“就会欺负老实人。”丁宝忍不住又骂了一句：“他老实？他就一老实人里挑出来的陈世美。”娄晓月皱眉道：“住嘴！我不许你们胡说。”丁宝好像有点回过神来：“师姐，我算看明白了，您的心还在哈岚身上呢，我们这才叫狗拿耗子多管闲事呢，要不我叫他上来见见您？”

“混账！我说见了吗？”

“合着怎么都不对了，什么事儿呀这叫！”

摇床里的孩子听见声音，突然哭起来，娄晓月忙上前摇晃，无奈地道：“不哭不哭……

怎么走到这一步了……哎，你爸爸被人打了！”

解家小院。

解一半与翠儿准备好晚饭，将饭菜用碗盆盖上，佟丽华匆忙赶回来，歉意地道：“对不起了，回来晚了，洋行里的事有点儿忙不过来。”她放下拎包脱了大衣，见哈岚不在家，又问，“哈岚呢？”

“他听戏去了。”解一半去厨房取来碗筷。

佟丽华一怔：“听戏？又是娄晓月……”解一半解释道：“少奶奶别急，是娄晓月。可不是爷要去的，是汪四海请他们报社的人看。”佟丽华更奇怪了，诧异地道：“汪四海请报社看戏？这算是哪一出呀。”翠儿端着一盘菜进屋，道：“是呀，他回来换了件衣裳就走了，我们还拦着爷不叫他走，他说报社的都去，他哪儿能不去。”

“这太离谱儿了，汪四海肯定没安好心。”佟丽华皱了皱眉。

“能怎么样？看个戏能怎么样？”翠儿不以为然。

佟丽华摇了摇头，有些心神不宁：“你没看前天的报纸，我早说过别惹警察局的人……这哪儿是去看戏呀，我怎么觉得是凶多吉少？”解一半慌了：“啊？！不会吧，要不我去看看，这功夫还没散戏呢。”翠儿推着解一半出门：“去吧，你去迎一下。”佟丽华喊道：“吃完了再去吧。”

“回来和爷一块儿吃。”解一半人已跑远。

他赶到得月楼，见戏园门口寂静无声，一片漆黑，隐约觉得不对劲，上前瞧了瞧大门，茫然四顾，忽然看见有个人影坐在售票厅的地上，正在轻声叹气。解一半满怀好奇地走过去，询问道：“是谁？是贝勒爷吗？”

“解大哥……”果然是哈岚的声音。

解一半大吃一惊，急忙上前扶起哈岚，见他脸颊上肿起一个大包，活脱脱一个熊猫眼，诧异地问：“爷这是？您这是怎么了？是撞墙上了？”哈岚苦笑道：“没什么……这腿有点儿不太得劲儿，你扶住我……”解一半扶着哈岚站起来，瞧见他胳臂上也有淤青，瞪着眼睛道：“你这是怎么了？叫人打了吧？”哈岚立即扯开嗓门：“谁打了？谁敢打我？不瞧瞧我是谁啊！”

“看个戏怎么看成这样了？”

“哎，看什么戏呀，根本没唱。”哈岚一瘸一拐往路边走。解一半一头雾水，道：

“那您这一晚上干什么了？”哈岚摆了摆手：“打架。”

“啊？您还是挨打了……那怎么不回家呀？走走，回家。”解一半将哈岚的胳臂架在肩膀上。

“等会，不回家！饿了，那边有个馄饨摊儿……”哈岚走到路边馄饨摊上，叫了一碗馄饨，狼吞虎咽地咬着烧饼。

解一半呆呆地望着哈岚的模样，叹了一口气，道：“我说爷……死了这条心吧，把你打成这样，你还惦记她？”

哈岚大口吃着东西，当作没有听见。心想，我又不是跟晓月打架，搞不好是娄家班的人自作主张，晓月都不知道我被人打……打就打了呗，我是为了晓月挨打的，我觉得不冤。他突然觉得这想法没什么毛病，心里好受许多。

“爷，你能不能好好跟少奶奶过几天安稳日子？”

哈岚忽然抬头，似乎想起一件什么心事，咬着牙道：“我不是陈世美！”

解一半一愣：“什么陈世美？谁说你是陈世美？”哈岚情绪有些激动：“都这么说！都这么说！我要娶晓月不成，要孩子要不回，我怎么就陈世美了我？！”解一半安抚道：“我没说您是陈世美，可您也挡不住别人说。行了，吃完了赶紧回家，家里人都担心着呢！”

哈岚瞧了瞧桌上的馄饨，冷不防问了一句：“你怎么不吃？你吃过饭吗？”解一半摇了摇头：“我不饿。”

“那我吃了吧！”哈岚端过解一半桌前的馄饨又吃了起来。

解一半惊讶地望着他：“打成这样你还吃得下去？胃口还挺好。”哈岚只顾低头吃，嘴里嘀咕一句：“一半，这事儿要搁你身上你怎么办？”

“我？那我就先……那我就不……那我还是……我还真说不清。”

“你看你看，连你都说不清，还叫我好好过日子，你都想不明白的事非叫我去做。”哈岚翻了个白眼。

解一半皱眉道：“听你这话碴是不想跟少奶奶好好过日子了？”哈岚没好气地道：“我想有什么用？我想过好就能过好么？有人替我想吗？一个都没有。”解一半笑道：“不都在替你想嘛。”哈岚恨恨地道：“我是众叛亲离，墙倒众人推，破鼓乱人捶，过街的老鼠人人喊打，猪八戒照镜子里外不是人！”

“瞧您说的，没这么邪乎。”

“我就是一怂人！我怎么这么没出息呀我……”哈岚摇头叹息，满腔的怨气无处发泄，又抓起一个烧饼狠狠地咬。

二人回到解家，哈岚一句话也不说，灰溜溜地进房换衣服，佟丽华与翠儿瞧见他这狼狈不堪的样子，皆是大惊失色，赶紧去找来跌打药水。解一半将娄晓月指使师兄打人的事儿说了，佟丽华脸色一沉，回房先给哈岚换上干净的衣裳，又给他的伤口涂上药，满脸不悦地道："这也太不像话了，这个娄晓月……"

"又不是她打的，是她的那些师兄弟……"哈岚晃了晃脑袋。

"她没发话，她那些师兄弟儿敢动手吗？"

哈岚心口一闷，佟丽华这句话就像是一柄尖刀捅在他心窝上。他无可奈何地叹了口气，道："你是不懂戏班里的事儿，只要有了难处，各个都是两肋插刀的交情。"佟丽华生气道："那也得讲理，我得去找他们评评理。"哈岚慌忙劝住："千万别去！其实挨了这顿打，我心里痛快多了。"

"你贱呐？"

"我贱！只要晓月出了这口气，我这顿打就没白挨。"

佟丽华一下子愣住了，停下手呆呆地望着哈岚。

"我跟你提这个，又惹你生气了吧？"哈岚有些尴尬，觉得在佟丽华面前说这事儿，搞不好会挨上一巴掌。

佟丽华摇了摇头，道："哈岚，知道我最喜欢你什么吗？"哈岚试探着问："总不会是因为我怂吧？"

"正是！太多的男人只会装强做大，满口地说自己怎么厉害了，其实心里虚得很，整天看着别人的脸色行事，顶多乍着胆子打个便宜手，这种人才是最怂的人。你不是，你自尊自谦，懂得自责自重，从来不装。一个人活得美不难，活得真，太不容易了。"

哈岚一怔，苦笑道："我听不明白，不知道你是夸呢还是骂我呢……其实我这人要面子的，也想活得风光一点，让我身边的人也活得体面点儿，可我干什么什么不成，还给报社捅了大篓子，娄家班儿也让我搅得昏天黑地。丽华，我活着就是给你添累赘呀！"

佟丽华突然深深地叹了口气，道："你是真不叫人省心……累赘我不怕，我也想体体面面地活着……"

民生报社编辑室。

哈岚走到马俊杰的座前，将脖子上的相机取下来，轻轻地放在桌上，歉意地道：“给你添麻烦了……”马俊杰抬头疑惑地望了他一眼，立即明白了哈岚的意思，拍了拍哈岚的肩，安抚道：“这怎么能怨你呢？谁都不怨，只怨这个社会恶人当道。”

“惹不起，我躲得起，我走了以后，今后您有什么……”

“走？你上哪儿？”

“我也不知道上哪儿，报社不要我了……”

马俊杰眨了眨眼睛，道：“谁说不要你了？”哈岚怔住：“哎？那天晚上汪四海叫你永远不许……”马俊杰笑道：“听他的还有完啦！你哪儿也甭去，在报社接着干你的。”哈岚半信半疑地道：“可你那天答应汪四海了啊，他要是知道了……”

“那是权宜之计，别当真。”马俊杰将相机还向哈岚，“你该干什么干什么，不过有一条儿，今后你拍的照片先不要署你的名了，不能让他知道是谁拍的。只要你同意……”

“同意同意，当然同意了！随便你署个什么阿猫阿狗的名都行，我不在乎。”哈岚喜不自禁，赶紧将相机挂回脖子上。

“那就这么定了。”

“马先生，马兄，啊马主任，我不知道怎么谢谢你才好，咱们还是‘喜丰堂’吧？谁也不用做东，咱再去白吃他一顿。”

马俊杰哈哈大笑：“免了免了！白吃白喝我怎么好意思啊！”哈岚眨了眨眼睛：“那么咱们换个地儿？”马俊杰摆手道：“真的不用，你要真想谢我，以后拍照片，尽量不拍那些太敏感的内容，少惹那些当官儿的，不值当。”哈岚不解道：“可老百姓喜欢呐！”

“那也不成！咱们的报纸，最好办成……中间色彩的……我说的你懂吗？就是尽量不惹官方注意。对了，我跟你实说了吧，上头叫我来接手这个报社，只是个幌子。”

“幌子？”哈岚怔住，疑惑地打量了马俊杰一眼，心里想，这铁血救国会的人不搞点事儿出来，是不是个个都皮痒？

马俊杰点了点头，正色地道：“对，就是幌子！也就是个身份，这话也只能跟你说，其实我还有更重要的任务。”哈岚一听，大惊失色地道：“啊？任务？你还想干什么？”他在天津就见识过马俊杰的手段，很怕他又会捅出娄子。

“这就不能说了，你也别瞎想，我信得过你才跟你说，到此为止。”

哈岚见他说得这么慎重，心里又想，你们铁血救国会的事儿我可插不上手，我也干不了什么大事，我做好自己的事儿就行，血腥的任务千万别找我！他突然拍了拍胸脯，道：“任务不任务的，我睁一只眼闭一只眼，我也不多问！你对我这么好，我会好好干活儿的，肝脑涂地，在所不辞！”

得月楼的戏台上。

娄晓月正在练功跑圆场，走个“串儿翻身”接着练“花枪下场”；“鹞子翻身”一亮相，“绸舞”与“剑舞”就开始绕着身段儿走。

佟丽华悄悄地走进大堂，坐在角落的桌旁静静地观望。娄晓月走了个“卧鱼儿”亮住，抬头瞧见佟丽华，喘息时顺势坐在台上，平静地望着佟丽华：“什么事儿说吧。”

“我要说什么你都知道。”

“那你还来干什么？”

佟丽华走到戏台前，轻叹了一声：“我是来求你的。”娄晓月冷冷地道：“你也是来要孩子的是吗？我真不明白，你们脑子都出毛病了吧，明明不可能的事，为什么还一而再地来纠缠呢！”佟丽华不露声色地问道：“你打了哈岚？”娄晓月一怔，道：“我没有……难道他不该打吗？”她觉得佟丽华应该是为这件事情来的，眼神里充满了敌意。

“没理的人才动手打人，你知道哈岚是怎么说的。”佟丽华语气仍然平淡。

“不想知道。”

“哈岚说只要你出了这口气，他这顿打就没白挨。”

娄晓月一下子愣住了，直呆呆地望着佟丽华，缓缓起身，背对着佟丽华，半天不吭声。佟丽华追问道：“你出气了吗？告诉我，我回去告诉哈岚。”娄晓月扭头过来，神情有些异常，她突然指着佟丽华呵斥道：“我明白了！你就是来折磨我的是吧？你这个蛇蝎心肠的女人！”

“我不想折磨你，咱们两个，势不两立，你手里有孩子，占尽了优势。哈岚心里有你，可心里更有孩子！我和哈岚是绝不会分手的，你永远进不了哈家大门！你真要心疼哈岚，就把孩子交给他，这是哈家的血脉，哈岚要孩子是天经地义。我也会像亲娘一样对待这孩子，以后你要是……”

“以后就把我一甩，是吗？”娄晓月截口道。

佟丽华皱了皱眉：“什么叫甩？晓月你别不讲理，是你抢了我的男人。”娄晓月冷笑道：“您说反了，是你抢了我的男人！”佟丽华正色地道：“晓月，别忘了，你是在我和哈岚结婚以后才怀上孕的。”娄晓月不甘示弱：“佟丽华，你也别忘了，在你和哈岚结婚以前，我们早就好上了！”佟丽华摇头叹道：“你真好意思说，一个女人要明礼义，知廉耻，不能任意胡来的……”

“你是皇族格格，当然知书达理，所以男人有了外遇，你照样得不离不弃，守着妇道做出贤良的样子。可我是戏子，既不知书，也不达理，只懂得戏文……也唱了有百十来出了，戏里的卓文君、杜丽娘、林黛玉、尤三姐、崔莺莺、李慧娘都不是你这样儿，我在娘胎里就是这个活法，改不了！”娄晓月的语气虽然有些自嘲，但是脸上的表情却是不屑。

佟丽华当然听得懂她的话意，冷冷地道：“娄晓月，你真是好样的。我不该来求你，我只是心疼哈岚，你这是跟谁较劲呢？我不离开哈岚是因为我喜欢他，我敬重他。也许别人都觉得他是个怂人，可他活得真，活得纯，从来不装。他没有一丝一毫对不住你的地方，你打了他，他却心甘情愿，人得有良心，拍拍良心想一想，你不该这么对哈岚！”

她话一说完，即刻转身，大步向戏园外面走去。娄晓月身子微微一颤，似乎有点头晕，脚步踉跄之时，缓缓无力地坐倒在台上。

喜丰堂饭庄。

在华丽堂皇的包厢内，佟梓华正宴请远道而来的草弥与岛田敏三，酒过三巡，草弥一脸肃容，朝门口两名黑衣人挥了挥手。佟梓华等黑衣人退出去之后，从包里取出一张地契，恭敬地递给草弥：“这是老哈王府的房地契，我已经开始动工了，草弥先生请过目。”

“你哪里来的房地契？”草弥奇怪地问。

佟梓华眼神闪烁，微微一笑：“别忘了，我是哈岚的大舅子，我妹妹佟丽华也有产权呐。”草弥皱眉道：“他们同意了吗？”佟梓华摆摆手：“这点儿主我还是做得了的，无所谓他们同不同意。”

“就是那片废墟吗？”岛田敏三接了一句。

“那可是块风水宝地，东四牌楼东，寸土寸金呐！你很快就能看到那儿将有一个新建筑——大和商社。”

草弥仍然不放心，慎重地道：“你妹妹和哈岚都愿意合作吗？”佟梓华笑道：“等大和商社建成以后，他们看到了希望，恐怕到时候求着我们要合作呢！”草弥点了点头，沉声道：“你知道，我希望的是合作关系，而不是强买强卖，以势压人，这涉及今后长期的商业合作……”

岛田敏三不以为然地道：“草弥先生多虑了，对付那些不肯合作的人，我们也绝不能姑息，通商合作本无所谓，大和商社应该是我们在华的一个据点，我们帝国的根本利益……”

“岛田！你的话太多了！”草弥一声呵斥，岛田敏三立即低头，脸色通红。草弥沉声道，“我们是商人，只谈生意，中国有句老话，和气生财。三月初六，天皇陛下将派竹上亲王来华，到天津拜见见溥仪皇帝，他在北平的行程，佟先生要多费心，妥善地安排一下，咱们共同营造一个中日亲善的气氛，下一步有亲王殿下的支持，大和商社会做得有声有色。”

佟梓华连连点头，恭敬地道：“明白明白！我阿玛从日本来信，叫我一定尽最大的力量与草弥君合作，他在东京多亏草弥君鼎力协助，所受到的礼遇是空前的，特别令人感动，我只有把大和商社做好，才对得起草弥君。”

“客气话不说了，当务之急是把大和商社尽快做起来，特别是北平那些最有影响的大商户，巨室贵族，能做中日亲善的表率。”

“放心吧，我会把北平有头儿有脸儿的商户全都请到，搞一次大的集会，华北五省都会响应，还要办个堂会，请在京名伶为亲王唱三天戏，再举办一个大的宴会，把京城八大楼的名厨集中起来，请亲王殿下尝遍中华美食。”

草弥微微颔首，脸上终于露出亲切的笑容：“很好很好，这可够你忙一阵儿了，拜托你了，有什么要求可以找岛田。”

“一定效劳，一定效劳！”岛田敏三缓过神来，毕恭毕敬地向佟梓华点头示好。

得月楼。

汪四海带着几名手下，兴冲冲地赶到娄三喜的卧房，摆上大包小包一桌子的礼物，还特意拎上两瓶茅台酒。娄三喜惊讶地瞅了瞅桌上堆积成山的礼包，奇怪地问：“怎么个意思这是？这么重的礼不是送给我的吧？”汪四海哈哈一笑：“那我送给谁？”

“无功不受禄，您有什么事儿吩咐我去办，别动这真格的。”

“这是聘礼！”汪四海满脸堆笑。

娄三喜怔住："聘礼？汪局长吔，您不是想把晓月娶回去当太太吧？"汪四海笑道："就是这么回事儿。"娄三喜皱眉道："汪局长，您这是听戏听的有点儿迷怔了，戏台上花里胡哨那都是假的，您得正儿八经娶一位撑得起门面过日子的太太啊！"

"我就看上晓月了，我跟你说过……"

"这我早知道了，可您是谁？当年在宫里，钦点的御前带刀侍卫，保着皇上的圣驾。现如今您是警察局局长，保着一方百姓的平安。您是人物呀，这跟戏子不搭界。"

汪四海眼珠子一瞪，道："这话说的！我娶什么人你管得着吗？你是我妈呀还是我爹呀？"娄三喜苦笑道："我是晓月的爹，她还拖着个油瓶儿呐，孩子都快两周儿了！"汪四海微微一怔："这倒是个事儿……"

"所以了，您随手扒拉扒拉，那万贯家财的小姐，豪门大户的千金，有的是巴不得嫁给您呢，您要一拖油瓶儿的戏子，那可就成了满街的笑话儿了！"

"我怎么听说哈家几次三番地来人要孩子？"

"没错儿，说到头儿那也是哈家的骨血。"

汪四海斜着眼嘿嘿一笑，心里在打鬼主意："那给人家呀！"娄三喜叹气："哎，晓月不干呐！"汪四海脸色一沉，道："晓月该不是拿着孩子这张王牌，指望着哈岚回心转意吧？"娄三喜正色地道："那倒没有，您那天来了一出'刀劈陈世美'，您前脚儿走，晓月后脚儿就把哈岚暴揍了一顿。"

"有这事儿？"汪四海吃了一惊。

娄三喜点了点头："打那以后哈岚再也没敢来得月楼。"

汪四海哈哈笑道："好好好！这事儿怎么没人告诉我？哈哈，哈岚这小子就是欠揍，也就是说晓月对哈岚已经是恩断义绝了！"娄三喜见他笑得这么开心，只能赔着笑："那还用说……"汪四海一想不对，又觉得娄晓月的想法奇怪："那她还老拖着孩子不撒手？"娄三喜叹息道："这也是母子之情嘛，舍不得正常。"汪四海沉思片刻，缓缓颔首道："话是这么说，可是这孩子怎么瞧着都别扭……你能不能想个法子把这孩子送给哈家？这对晓月，对你，对整个戏班子都好，你在得月楼养个野孩子？不是个事儿！"

"我也是这么想，这只能智取不能蛮干。"

"孩子一送走，我八抬大轿娶晓月进门儿！"汪四海目光闪烁。

娄三喜连连摆手："那不行那不行，晓月她不配……"汪四海又瞪起了眼："配不配我说了算，你少废话。"娄三喜一怔："嘿！跟谁说话呢你？还瞪眼！你真娶了晓月我就是你老丈人，敢跟我这么说话！"汪四海厚着脸皮急忙道歉："得得得，我不对！您是老丈人！老丈人还不行吗？”

“别忘了黄泥岗，把你捆起来打个花脸儿，分分钟收拾你！”

“小婿再也不敢了，小婿这厢——有礼了！”汪四海学了个小生的腔调，拱手给娄三喜作揖。

娄三喜也不想与他纠缠，这事儿还得跟女儿说去。他送走了汪四海之后，将桌子上大包小包的聘礼，全部拎到了娄晓月的房中。娄晓月瞧见这阵势，心里有点儿谱，随手翻看了几件礼物，不屑地丢到一边，故作好奇地问：“爸爸，这是干吗呢？”

“汪四海的聘礼！”

娄晓月眨了眨眼睛，道：“这是娶您的聘礼？”娄三喜皱眉道：“混账！娶你的聘礼！”娄晓月若有所思地道：“哟，没看出来，这汪四海挺有钱的……”娄三喜没好气地道：“那是，人是警察局长，大把生财的道儿，他想怎么搂就怎么搂！”

“就这点儿破烂就把您给搂过来啦？”

“怎么着？嫌少啊！你这胃口也太大了，你想要什么告诉我，我去跟他说。”

娄晓月翻了个白眼，道：“我呀，我想要万岁爷的九龙杯，孙猴子的金箍棒，杜十娘的百宝箱，他有吗？”娄三喜一跺脚：“存心是吧？你这模样有人要你就不错了。”

“我怎么了？”

“瞧你现在这算啥？弄个野男人，生个野孩子，当小老婆都没人要你！”

“那汪四海还死乞白赖的……”娄晓月咬了咬嘴唇，从摇床上抱起孩子，逗着小不点儿的鼻子，轻轻地叹息。娄三喜指了指桌上的礼物，道：“小姑奶奶，你看不出来呀，汪四海是真喜欢你。”娄晓月冷漠地道：“我又不傻，早看出来了，可我这身子给了哈岚，我心里就再没有别人了。”娄三喜急了：“你不是把他打出去了吗？怎么还哈岚呀？”

“不是我打的，是丁宝他们背着我打的，他挨了打，还说只要我出了气，情愿挨打！”

“这还整个一出群英会，这是周瑜打黄盖，一个愿打一个愿挨？我告诉你，你嫁了人，以前那些事儿不能再想了……”

娄晓月没好气地道：“我说过我要嫁人了吗？”娄三喜脸色一沉，道：“哎，这儿说了半天打哈哈儿呐？把孩子给哈家送回去吧！你知道外面听戏的人说的话有多难听吗？这些有辱门风的事儿我都不好意思说！”娄晓月抱紧孩子，贴了贴小脸蛋：“嫁人不嫁人我也不会不要孩子！我生孩子养孩子碍着别人什么事儿了？是伤了他们肝儿了还是戳了他们肺了？有本事别来听我的戏呀，一边儿听着戏，一边儿扯着脖子叫好，出了戏园子就骂人，这才叫贱！”

娄三喜一怔，无奈地道：“有理有理……姑奶奶，你说的都有理好吧！可汪四海那儿我总得给人一个回话，你要是……”

“丁宝，丁宝！”娄晓月突然冲着门外大喊，开始收拾桌上被她扔得乱七八糟的礼物。

“什么事儿啊师姐！”丁宝与几位师兄弟进了屋，立即围着小不点儿逗乐，“笑一个笑一个，哎，笑了。”大师兄抱起孩子，笑道：“别说还真像哈岚那小子，看这眉毛……”娄晓月拍了拍大师兄的手，接过孩子。

大师兄瞧了瞧桌上的礼包，奇怪地问：“师父，晓月真要嫁给汪四海？”娄三喜瞪了他一眼，转身出了屋。丁宝哈哈一笑，道：“没影的事儿，汪四海那儿单相思呢，师姐压根儿没看上他！”身边的师兄七嘴八舌地道：“我说的呢，那汪四海就一癞蛤蟆想吃天鹅肉！”

“有你们什么事儿？出去出去！”娄三喜挥手要将丁宝等人轰出去。娄晓月指着桌上的东西，道：“把这些东西都拿回娄班主屋里去。”丁宝答应一声，上前去搬礼物。

“住手！谁敢动？动一动我扒了你们裤子打通堂！”娄三喜大声呵斥，将几个徒弟全部赶了出去，转身过来又说了一句，“晓月，你自个儿想清楚，别逼着我做我不愿做的事！”

第三十七章 父女反目

北平城东城街道。

哈岚闲聊无事，就挎着相机，骑车去大街小巷拍摄各种新闻素材，拐过熟悉的街道，来到了东四牌楼附近，猛然发现昔日哈王府的废墟之中，竟冒出来一幢宽敞的新建洋楼，周围搭着几间工棚，门口有数名工人正在低头忙碌。

他大感惊讶，忍不住上前拦住一位工人问话："师傅，你们这是干什么呢？"

工人奇怪地瞅了他一眼，道："什么叫干什么呢？这里在盖房呢，您想问什么呀？"哈岚一怔："给谁盖房呢？"工人不耐烦地道："谁给钱给谁盖，有事儿没事儿您？"哈岚客气地道："师傅，我就是想问问是谁出的钱，要盖什么房子？"

"噢，这是哈王府的旧地，人家要盖大商社了。"

"人家是谁？"哈岚一头雾水。

工人低头想了想，皱眉道："好像是叫佟梓华，佟大老板，还有几个日本人吧。"哈岚脸色大变："哈家的房，凭什么佟家盖？"工人笑道："听说佟老板就是哈家的人，他妹妹是哈家的掌门人。"哈岚怒道："这是哪个混账王八蛋说的？"工人眼珠子一瞪，又打量了哈岚一眼："你怎么骂人呐？你是谁呀你？"

"哈家的人还没死绝呢，我问你……"

"您别问了，我这忙着呢，没功夫跟您闲磕牙！您要是有病，赶紧去找个大夫瞧瞧，什么跟什么呀！"工人气呼呼地离开。

哈岚愤怒地瞧着工地，举起手中的相机，咔嚓咔嚓一连拍了好几张，调头往解家小院赶回去。

回到解家，他情绪有些激动，指着佟丽华质问："佟丽华，你哥的事你知道不知道？"佟丽华诧异地道："我哥出什么事儿了？"哈岚气愤地道："你哥跟日本人在咱王府地上盖房子！"

"什么？这事儿我根本不知道。"佟丽华皱了皱眉，觉得有些意外。

"这儿大的事你不知道？"

佟丽华见哈岚嗓门突然大起来，没好气地道："我每天起早贪黑去洋行上班，没那么空闲，从来不打听那些乱七八糟的事儿！"哈岚急得直跺脚："佟家的人霸占哈家的地是乱七八糟的事儿？"佟丽华正色地道："我再说一遍，我根本不知道！我姓佟，可事儿跟我没关系！"

"你都掌门人了，跟你没关系？"

"什么掌门人？掌什么门？"

哈岚突然冷笑道："京城谁人不知道，你是哈家的掌门人……"佟丽华有些哭笑不得："哈家？还掌门？请问您这门在哪儿呢？住着人家解大哥的房子里，请人家吃顿饭还把人家照相机扣了，多大的产业呀，我还掌门？亏你说得出口！"哈岚哼了一声，道："哈王府是没了，可那块地是寸土寸金的风水宝地，就是你们佟家人占了！我是亲眼看见的，我可一点不冤枉你哥！"

"行了，你别说了，我都听明白了！一定是我哥串通了日本人盖什么大和商社，可你也用不着冲我撒气吧！这样好不好？明天咱俩一起去找佟梓华，当面把事儿说清楚。"

哈岚一怔，觉得自己这样质问佟丽华，确实也问不出个所以然来，冤有头债有主，这事儿还是得找佟梓华算账。

哈岚与佟丽华锁好屋门，转身离开解家小院，准备去找佟梓华问罪。

没走几步，就突然看见两辆小汽车往路口驶过来，一前一后停在门口。佟梓华手里提着个公文包开门下车，油光满面地走进了院子："呦，二位这是要出门儿呀？上哪儿呀？"

哈岚正要上去质问，却被佟丽华一把拉住："哥，真是巧极了，我们俩正要去找你，你倒找上门儿来了。"佟梓华眼珠子一转，故作镇定地道："找我有什么事儿？"哈岚忍不住了，叫道："那你来有什么事儿？"佟梓华微微一笑，道："那我先说吧，昨天我听人说，你去过东四楼牌的工地了？还拍了照片？"

"我是去过了，照片也拍了。"

"那你告诉我，你想干什么？"

哈岚翻了个白眼，道："我想干什么要跟你说吗？"佟梓华嘴角一扬："你又想登报，在报纸上造谣生事是不是？"佟丽华冷笑道："不做亏心事，不怕半夜鬼叫门，你一定是做了什么见不得人的事了吧？"佟梓华摇了摇头，一脸无辜地道："我行得正走得直，没什么见不得人的。"哈岚接了一句："哈王府是我哈家的地，我想拍就拍，你也管不着。"

"哈王府是你家的？恐怕不是了吧？"佟梓华满脸阴笑。

佟丽华大声呵斥："佟梓华！"佟梓华歪了歪脑袋："你要叫哥！"佟丽华怒道："我没你这样的哥，今天我们要找你正是为了这件事，你勾结日本人想霸占哈王府那片地是吗？"佟梓华眨了眨眼睛，阴阳怪气地道："你们说哈王府是你家的，有证据吗？"哈岚气得跳了起来："我还没死！我就是证据！我是哈家唯一的合法的传人！"佟梓华满脸不屑的表情："这没用，我还是哈家正宗的大舅子呢，有用吗？把房地契拿出来给我看看。"

"一把火连王府都烧了，哪儿来的房契地契？！"

"那还废什么话呀，我有！"佟梓华从公文包里取出一纸房地契，举到哈岚与佟丽华的眼前晃了晃，"看清楚了，哈王府的房地产已属大和商社专有。"

哈岚与佟丽华二人同时大惊："你……你这是从哪儿来的？"佟梓华得意地道："看见了吧，这是经过法律部门公证过的，这才是证据！"佟丽华皱了皱眉，点头道："我明白了……佟梓华，你真无耻，居然敢做假文书？"

"不是白做呀，咱们公平交易。"佟梓华从包里取出一张银票，递给哈岚，"这是一千大洋的银票，日本人还是挺讲信义的……收好，今后咱们各不相扰。"

哈岚怒极，一把抢过房契和银票，三把两把扯碎了，狠狠地扔在地上："无耻无耻，那法院是你们家开的吧！"佟梓华哈哈一笑，厚着脸皮道："哈岚妹夫息怒，你撕了也没用，我去法院再开一个。法院是给有钱有权的人开的，反正不是给你们这些破落户开的！"

"你开一张我撕一张！"

"你撕一张我就开一张，这也不费什么事儿。"

佟丽华突然叹了一口气，缓缓道："佟梓华，我知道你很无耻，可你无耻到这个份儿上，还是挺出我意外的……咱们一起长大的，你从小就仗义，有你护着，没人敢欺侮我，阿玛额娘家教极严，可你现在怎么了？日本人给了你什么好处？你有多大的利益可图，是日本人教的你吗？让阿玛额娘知道了不会饶了你的。”

“阿玛额娘在日本正盼着大和商社早日开业呢。”

“胡扯！一定是你向阿玛隐瞒了事情的真相，你做了这么多坏事……会有报应的。”

哈岚牙痒难忍，拉起佟丽华的手，往街道上走去：“甭跟这种人废话，咱们去法院告！我就不信堂堂民国政府的法院会听信这些骗子的话。”佟梓华斜着眼睛笑道：“我怎么就跟你们说不明白呢？妹子，妹夫，民国政府的门儿冲哪边开你们知道吗？张大帅说了，他要亲自参加大和商社的开业盛典！”

哈岚与佟丽华皆是心头一震，二人互相对视了一眼，一时没了主意。佟梓华幸灾乐祸地叫道：“没脾气了吧？好好合作是你们唯一的出路。”哈岚气得直喘粗气，突然转身向解家小院的厨房跑去。

“你要干什么？”佟丽华快步追上去。

佟梓华摇了摇头，道：“这么大的人了，愣没活明白，妹子……”却见哈岚奔进了厨房，手里挥舞着菜刀冲了出来。佟丽华大惊失色，慌忙上前去拦：“干什么你？疯啦！”哈岚手持菜刀直奔佟梓华：“我砍死你个畜生！”佟丽华死死地抱住哈岚：“把刀放下！放下，你不要命啦？”哈岚甩着胳臂，大叫道：“我豁出去了！砍了他再说！”

佟梓华一动不动地瞧着，竟上前一步拉开佟丽华，冷冷地道：“别拦别拦，撒手撒手！砍我？好好好，你砍吧。”佟丽华一撒开手，哈岚气鼓鼓地望着佟梓华，手里的菜刀却举不起来。

“砍呐！想砍哪儿？脑袋？脖子？肩膀头儿？”佟梓华故意伸出脖子在哈岚眼前晃悠，“砍砍砍，快点儿！”

哈岚脸色铁青，两只手也开始发抖。佟丽华瞧见他紧张的表情，无奈地摇了摇头。佟梓华喊得更起劲了：“妹子，你拦他多余，废那瞎劲干什么？亏你还跟他是夫妻，还没我了解他呢！你叫他砍一个试试！”

哈岚的手抖得厉害，终于缓缓松开，菜刀哐当落地。

“瞧你这点儿出息，怂人也得有个怂样儿！杀只鸡你都吓得尿裤子，还砍人！一千大洋不算少了！”佟梓华说完，转身扬长而去。哈岚全身僵直，一翻白眼儿，顿时瘫软下去。佟丽华慌忙上前抱住：“哈岚！哈岚……”

夜晚，得月楼的戏园门口，仍有人在买票，而大堂上正在演出《时迁盗甲》。

丁宝扮演的时迁在戏台上“走边”，以铙钹的四击头亮相。

娄晓月此时在后台化妆，一位师傅在为娄晓月扮《虹霓关》的东方氏，娄三喜站在身后招呼众人换戏褶子，大师兄抱着小不点儿，在旁边走来走去哄孩子。娄晓月抚弄头发上的发簪，皱着眉头道：“爸，现在咱戏园子这么火，总该给我置办点翠头面了吧？我这个都旧了……”

“那就再换套硬翠的吧。”娄三喜心不在焉地应了一句。

“爸！”

娄三喜眨了眨眼睛，道：“硬翠一样！咱们哪能用软翠那么贵的头面？”娄晓月不悦道：“钱都是我挣的，凭什么我不能置办套好的头面？”娄三喜沉着脸：“哪儿能刚吃口饱饭就忘了挨饿的时候了？省着点儿吧。”

娄晓月在镜子前噘了噘嘴，大师兄赶紧提醒：“小不点儿睡着了，我的‘院子’该上场了，我叫玉师姐先抱会儿。”娄晓月匆匆忙忙地照着镜子扮妆，点点头：“行，您受累。”

大师兄抱着孩子走出后台，走到玉师姐身前叮嘱：“玉姐，我得上场了，您帮着抱会儿孩子……”玉师姐刚要接过孩子，娄三喜突然走了过来，挥了挥手：“来来来，你们都忙，我来抱会儿。”大师兄乐了：“太好了，来，叫姥爷抱会儿……”

娄三喜接过孩子，直勾勾地瞧着小脸蛋儿，皱了皱眉头。

戏台上，时迁蹿上三张桌顶，表演了一招“倒挂金钩”，放好手里的“甲”，再翻身起上，台下的观众轰然叫好，炸了窝似的鼓掌。

娄三喜抱着孩子晃了晃，见四下无人注意，转身往后院溜走。走到门口来回张望，急忙朝僻静的街口走去，喊了一辆人力车，径直赶往解家小院。

到了解家院子，娄三喜有些迟疑，硬着头皮进门：“谁在家呢？”佟丽华与解一半夫妻张大了嘴巴望着站在门口的娄三喜，眼珠子都快掉下来。佟丽华赶紧起身，瞧了瞧娄三喜怀里的孩子，惊异地问：“娄班主？我，我是没瞧明白，您这是把孩子送来了？”

“是呀，你们不是想要孩子吗？”

“您是送过来叫我们养着？”

娄三喜绷着脸，道：“你不养谁养啊？”佟丽华眨了眨眼，又问：“不再往回要了？”娄三喜有些不耐烦：“往回要我还送来干什么？你们倒是接不接呀？”翠儿忙冲上去，连连点头："接接！哎呀，你们到底是想明白了，早该这样了……"解一半上前阻拦："等等，等等！"翠儿一愣，诧异地望着解一半："怎么了？"解一半转身对佟丽华说："少奶奶，我怎么觉着有点儿不对呀。"

"我也觉着不对，是晓月叫您送来的吗？"佟丽华皱眉追问。

翠儿着急地喊："哎呀，急赤白脸地跟人家要孩子，这送上门儿来了，又疑神疑鬼，别问了，您把孩子给我！"她要伸手去抱孩子，解一半厉声喊："翠儿！不问明白了是要出事儿的。"佟丽华也出声阻止她："说的是，翠儿你先别急着抱孩子。"

翠儿吓了一跳，满脸怒气地瞪着解一半。娄三喜探着脑袋往屋子里张望，道："我看你们是都做不了主，哈岚呢？贝勒爷在哪儿？叫我见见贝勒爷，我当面跟他说。"佟丽华淡淡地道："哈岚病了，他病得很重，昨儿晚上一直昏迷不醒……今儿好了一点儿，还在昏睡，没法儿跟您说话。"

"既是这样，那就算了，我看你们是不想要这孩子，行，我抱回去！"娄三喜转身要走。

"站住！"翠儿是真的急了，她也顾不上佟丽华与解一半疑惑的眼神，上前一步，将娄三喜怀里的孩子抱了过来，急忙朝哈岚的屋走去，"谁说我们不要这孩子，我做主，这孩子我留下了。"解一半大叫："翠儿！"佟丽华拉住解一半，冷静地道："别急！咱得先把事儿弄明白了，娄班主，您把这孩子送过来，跟娄晓月商量过了吗？"

"这有什么好商量的，送过来就送过来了嘛！"

"娄晓月她同意了吗？"

娄三喜闪烁其词地道："这还用说吗？这是她的孩子呀！"解一半质问道："那她自己为什么不来送？"娄三喜没好气地道："这会儿她正在台上呢，今儿夜场'虹霓关'，她怎么来的了？"佟丽华淡淡一笑："这也不是什么火燎眉毛的事儿，散了戏她送过来也是可以的吧？"娄三喜脸色阴沉，显然很不高兴："您跟我这儿矫情，我是这孩子的姥爷，我送她送不是一样嘛！"

"不一样，您送孩子来，晓月还不知道吧？"

娄三喜突然沉下了脸，大声道："实话跟您说吧，晓月一个单身女人她带个孩子不是个事儿，再者，她总得嫁人，汪四海的聘礼都下了，拖着个油瓶谁也不乐意，累赘！"解一半不屑地道："是你嫌累赘吧？"

"怎么个意思你们？孩子你们都抱走了，还一死儿的跟我这儿叨叨叨，叨叨叨的！这孩子是哈家的骨血，佟丽华我告诉你，照着这孩子说你就是后妈，你要善待这孩子，别叫我挑出毛病来，要是有个什么差池，我这当姥爷的饶不了你！”娄三喜话一说完，转身就走。

“娄三喜你站住！你不能就这么走！”佟丽华与解一半起身去追，娄三喜却是疾步出了院子，径直往街口跑去。佟丽华眼看是追不上了，与解一半对视一眼，轻叹道：“这下可有麻烦了，娄晓月知道了，她不会善罢甘休……”解一半皱眉道：“这事儿赖不着咱们，他自己送上门儿来的，要算账要闹，也找她爸爸闹！”

“话是这么说，晓月能不要回孩子吗？从此咱们家无宁日啊。”佟丽华满怀担忧。

解一半微微一怔，瞧了瞧里屋：“可现在您……要想从爷的手里再要回孩子，也没那么容易吧？”

此时，哈岚正躺在床上睡觉，翠儿抱着孩子坐在床边叫唤：“爷，爷……你醒醒，看看这是谁！爷……”哈岚朦朦胧胧地睁开眼睛，迷糊地望着抱着孩子的翠儿：“谁呀？”翠儿兴奋地叫道：“爷快看呐，快看，这是谁？这是谁？”哈岚瞪大了眼睛：“孩子？谁的孩子？”

“还有谁？是爷的孩子，小不点儿啊！”

“你，你别逗我，我这脑袋还晕着呢……”哈岚倒头又想睡觉，翠儿摇着他胳臂叫：“别晕了爷！这就是爷的儿子！”

哈岚终于反应过来，猛地一下坐起，两眼直直地瞪着孩子，那白皙的小脸蛋上，两只炯炯有神的大眼睛正闪烁不停地瞅着他看。哈岚啊的一声大叫：“是，是我儿子！儿子，儿子，儿子！叫，叫，叫我抱抱，抱抱……”

翠儿小心翼翼地把将孩子递给哈岚：“轻点！”哈岚欣喜若狂地道：“我这不是做梦吧？我晕糊糊涂了瞎做梦呢吧我？”翠儿笑道：“什么呀，怀里抱着儿子，做什么梦呀你！”哈岚激动得有点想哭，哽咽道：“翠儿，你这是从哪儿抱来的……你，你怎么抱来的……他们怎么就让你抱来了啊？啊……”

他抱着孩子，浑身开始颤抖，掩饰不了那种喜悦和幸福。佟丽华悄悄地站到门口，瞧着他脸上的表情，轻叹了一声：“我得把这孩子送回去……”

“你，你说什么？”哈岚抱紧孩子，疑惑地望着佟丽华。

“咱不能就这么糊里糊涂地收下这孩子，送回去问明白了再说。”佟丽华努力劝说。哈岚怔住：“怎么是糊里糊涂？我的儿子还给我，这一点儿也不糊涂。”佟丽华解释道：“是娄班主把孩子送过来的，我和解大哥都觉得这件事儿晓月不知道。”

解一半在门后面探了探头，道：“娄晓月肯定不知道，娄三喜都说了，娄晓月拖个油瓶都不好嫁人。”翠儿白了他一眼：“那就更不能送回去了，真要带着这孩子去嫁人，这就成了人家的儿子了。”解一半大声道：“你少插嘴，咱们得问明了娄晓月，才能接这孩子！”

哈岚脸色一沉，道：“我不管！亲爸爸亲儿子，谁也别想把孩子抢走。”佟丽华正色地道：“晓月会找上门儿来闹的。”翠儿冷哼道：“闹就闹，谁怕谁呀！”

解一半又嚷嚷：“住嘴！什么都有你。”

佟丽华无可奈何地道：“不光是闹，她会拼命的，咱不能不替晓月想……”翠儿赶紧出主意：“要不这样，我把孩子抱走，找个地方躲起来，躲他个十天半个月的，娄晓月找不着孩子，她还闹什么？”解一半狠狠瞪了她一眼：“你出的这是什么馊主意呀！”

佟丽华皱眉：“找不到孩子，那不要了娄晓月的命？”翠儿没好气地道：“你把孩子抱走那才是要了爷的命呐！”

“谁把孩子抱走，我跟他拼命！”哈岚抱着孩子，敌视佟丽华。

“听见了吗，少奶奶你今儿要是敢抱走这孩子……”翠儿有点得理不饶人。解一半忍无可忍，呵斥道：“住口住口！你这个疯婆子，这儿有你什么事儿，回屋去！”翠儿怒道：“你才疯婆子呢！你们这些糙老爷们儿，根本不懂生儿育女是怎么回事儿，我还告诉你……”解一半突然冲上前来，伸出大手狠狠地抓住翠儿的胳膊，死命往屋外拽去。哈岚与佟丽华没有见过解一半发这么大脾气，满脸惊讶。

“撒手撒手！疼死我啦！解一半你反了你！妈呀胳膊折了！撒手！”翠儿使劲挣扎，见解一半还拽着她，火冒三丈，“解一半！我可真急了啊！撒手！”

佟丽华回过头，无限哀伤地望着哈岚，轻轻叹息。哈岚紧抱孩子，惊恐地发现佟丽华的眼中充满了凄楚，心儿一酸，默默地低下头，眼巴巴地望着孩子，轻轻晃动。

佟丽华走到床头，坐在哈岚的身旁，怜惜地望着孩子的脸，自言自语地道：“真像啊……”小不点儿睁着眼来回地张望，却是一点不哭。哈岚兴奋地喊：“像吧，是吧，像我吧？小不点儿，这叫什么名儿啊……起个名儿吧……”

“你病好点儿了？”

“哎？是啊，一看见儿子，怎么把病给忘了。”哈岚摸了摸脑袋。

佟丽华白了他一眼，道：“你本来就没病，就是叫佟梓华给气晕了。”哈岚连连点头：“咱今儿别提他了，好不容易才高兴了！儿子，儿子你回来啦！儿子……”佟丽华的语气依然很平静：“哈岚，把孩子送回去吧……我知道你无论如何都舍不得，可你想想，你父子团聚之日，就是娄晓月母子分离之时，你只想着你自己吗？”

哈岚瞪起了眼，就像是看见陌生人一样盯着佟丽华：“是他们自己送来的，一不偷二不抢，光明正大，我不欠谁的！”

“你就不替娄晓月想想？”

“替她想？哎？你这是替谁想呢？替你自己想吧？！砂锅不打不漏，话不说不明，我早看出来了，你容不下这孩子！你不想叫这孩子进门儿！在你眼里，这孩子就是个跟你八竿子打不着的野孩子！”哈岚情绪有些激动。

“你……哈岚，你这话太叫我伤心了。”佟丽华很震惊。

“怎么？叫我说中了吧！

佟丽华愤然起身，指着哈岚道：“真不敢相信这些话居然从你嘴里说出来，你还有良心吗？为了要这孩子，我亲自去找了娄晓月，求了一个上午，她说了那么多那么难听的话，我回来一句都没跟你说，不想惹你伤心，该忍的我都忍了，不该忍的我也都忍了，我要不想叫这孩子进门，我何苦去受那个气，为了你，我宁愿委屈自己，你的良心叫狗吃啦！”

她甩头往屋外走，哈岚似乎突然醒悟过来，急道：“丽华，丽华，你别走！我错了，我昏了头说这些个混账话，我这怂人你还不知道吗……”

佟丽华站住门口犹豫，孩子却被吓哭了，哇哇开始闹，哈岚一时手足无措，慌忙搂在怀里晃：“哎呀，怎么了怎么了，吓着了，儿子，儿子，不哭，不哭……”孩子哭得更厉害了，佟丽华忙转身走过来，从哈岚手中抱过孩子，半举起轻轻地拍打孩子的背脊：“不哭不哭，啊，乖儿子……”

哈岚怔怔地望着佟丽华，满脸愧疚。

厨房的炉灶上，解一半用勺子轻轻地在一个小砂锅搅动，锅里熬着米糊糊。

翠儿哭丧个脸站在一旁，一声不吭地站着。解一半取来糖罐，往米糊糊里加了少些糖，继续用小勺子搅动砂锅里稠稠的米糊，再将砂锅端起放在桌上：“孩子哭了，他饿了……去给孩子喂点儿米糊糊。”

翠儿痴痴地望着解一半，突然趴在他肩上嘤嘤地哭起来。

得月楼后台。

刚刚卸完妆的娄晓月将擦面纸扔在桌上，回头一看，只见大师兄与玉师姐二人，正惶恐不安地站在旁边。她皱了皱眉，问道：“孩子呢？”大师兄低声说：“孩子，丁宝是交给了我，可我要上场了，就交给玉姐……”玉师姐连连点头，急道：“是是，是的，我刚要接……可是师父过来了，他说他要抱抱，我就给了他……”

娄晓月心底一凉，顿感不妙：“孩子呢？我爸呢？”大师兄尴尬地道：“在找，正找呢！”这时，丁宝匆匆茫茫跑进来，上气不接下气：“师姐！师父屋里……你屋里，我都看了……没人！”娄晓月心急如焚，怒道：“你们就是这样帮我带孩子的？”玉师姐解释道：“那师父要抱，我们敢说个不字吗？”娄晓月一跺脚，叫道：“我早就说过，不能叫他抱，现在……”丁宝忙安慰：“别急别急，再找找再找找！”

“甭找了。”娄三喜从大堂进来，若无其事地道，“孩子我送走了。”

“送走了？送哪儿去了？你不会是送回哈家了吧？”娄晓月惊恐万状。

娄三喜态度冷漠，不耐烦地道：“还真叫你说着了，该送哪儿送哪儿，人家的孩子给人家送回去，顺理成章！”娄晓月突然大喊一声：“娄三喜！你这么做你问过我吗？”旁边几个师兄弟瞧见她愤怒的模样，皆是不敢吭声。娄三喜脸色一黑，道：“臭丫头你别犯浑啊，又娄三喜了又，我是你爸爸，是孩子的姥爷，我还做不了这个主吗？人家要了两三回了，你凭什么不给人家！”娄晓月咬牙切齿地道：“你的心怎么这么狠呐，娄三喜！”

“哎？我怎么心狠啦？你说这孩子是人家哈家的，啊，我送过去，人家不能亏待了这孩子呀。是不是，这孩子孩子认祖归宗，在那享福啊，我怎么心狠啦？再者一说了，孩子送走，你也见不着啦，这回你能踏踏实实唱戏，老老实实地嫁人，啊，你说这一怂孩子给咱戏班惹多少麻烦！”

娄晓月怒极，不等娄三喜话说完，突然抄起桌上的刀坯子，猛地向父亲劈过去：“娄三喜！你个老不死的绝户，我劈死你！”娄三喜来不及躲闪，慌忙将头一歪，刀坯子重重地劈在了他的肩膀上。

“哎妈呀，你真打呀！我……我打死你……”娄三喜老羞成怒，从桌上抄起了一把“王八锤”向娄晓月猛砸了过去。师兄弟们见势不妙，一拥而上，将两人赶紧拉开。娄晓月发了疯似的举着刀向前冲，早被眼明手快的丁宝抱住了腰，死活不放手。

娄三喜气急败坏地挥舞着王八锤：“你个忤逆丫头，你个不孝的孽障……我白养活你了我，给我滚！”大师兄抱住他，高声叫喊：“快把师父拉走！”几个武行师兄弟二话不说，竟将娄三喜悬空，急急忙忙往大堂拉出去。

“丁宝，跟我走，去哈家要孩子！”娄晓月脸色惨白，将手中的刀坯子往地上一摔，径直走出后院。

四五个娄家班的师兄弟跟随着娄晓月，气势汹汹地赶到解家小院的路口。一群人摩拳擦掌，脚步匆忙，瞬息间打破了街道上的寂静。

娄晓月满腔怒气地向前走，拐过街道，却忽然脚步放缓，两眼发直的望着前方。大伙儿停住脚步，看见路口站着一名孤零零女人，手里抱着孩子，正是佟丽华。

娄晓月惊讶地望着佟丽华，而佟丽华却是表情平静，缓缓走到她身前，将孩子小心递过去。娄晓月怔住，急忙抱起孩子。佟丽华微微一笑，伏下身子，轻轻地吻了一下孩子的小脸蛋："喂过米糊糊了。"说完，她转身往街道上走去。众人瞧得有点呆，不知何故，心里竟有一种莫名的感动。

娄晓月依然一动不动地站在原地，紧紧地抱着孩子，看着佟丽华消失在路口。

此时，解家的屋子里，哈岚半死不活地躺在了床上，嘴里不停念叨："孩子呀孩子……我看我死了算了……"翠儿坐在床前的凳子上劝他："爷，这又怎么了？时不时的要死要活的，谁受得了啊！"

"我活不了几天了……"

"刚才说送走孩子，也是你答应了的。"

哈岚翻了个白眼，道："我能不答应吗？这刚抱到怀里还没捂热乎呢，得，又走了！"翠儿若有所思地道："想开点儿吧，我总觉得，这孩子早晚她还得送回来。"哈岚一愣："为什么？"翠儿慎重地道："你想啊，娄晓月要嫁人了，带个孩子过去，谁乐意呀。"

"嫁人？嫁谁？"

"汪四海呀！"

"胡扯，她怎么会嫁给汪四海呢……"哈岚瞪直了眼睛。

翠儿轻叹了一声，道："真的爷，刚才解一半说得有鼻子有眼的。"哈岚仍然不信："解大哥怎么会知道？"翠儿苦笑道："还不是听娄班主说是，汪四海都下了聘礼了……"哈岚猛地坐起身，吓了翠儿一跳："这又怎么了？"

哈岚的脸色渐渐发青，咬牙切齿地道："不可能的，晓月绝不会嫁给汪四海！"

第三十八章 报社风云

得月楼。

娄三喜知道女儿追去解家抱回了孩子，气得满屋子乱转。几个师兄弟们挤在屋子里焦急地望着师父，没一个敢吭声。大师兄低着头站在门口，心知娄三喜这次是动了真怒，只能竭力劝阻：“师父……您消消气儿，您不能赶师姐走……这半夜三更抱个孩子，叫她上哪儿去？”

“叫她滚！爱上哪儿上哪儿，只要别叫我瞅见她就行！”娄三喜铁青着脸，气急败坏。

大师兄哀求道：“都是一家人，有什么话好好说，晓月也是无心的。”众师兄弟也上前劝：“师父，咱戏班子刚好了没多少日子，师姐不能走！”娄三喜大吼一声：“混账！你们又来逼宫是不是？这回我铁了心了，谁说也没用！”大师兄惊惶不安地道：“师父，我们叫晓月来，给您赔个不是，叫她给您……”娄三喜怒道：“你们少来这一套！闺女打老子？！哎？你们见过吗？啊？鸡毛上了天了！”

“晓月是不对，可您也不能偷偷儿地把孩子送走了……”

“嗬！还怪我的不是，就那么一个怂孩子，给咱戏班儿添了多少乱啊？！不该送是吗？”

“师父，您看在我们这么多人的面子上，饶她这一回，今后……”

“今后怎么着？你们又要散班子是不是？上回我就不该听你们的把她留下，这回你们别想再挤兑我，不就是散班子吗？散！都他妈给我滚！我一个人儿搭班子跑江湖去！娄家班，没啦！”

众师兄弟面面相觑，哑然无语。

此时，娄晓月正在房内收拾包袱，丁宝站在一旁手足无措地瞧着，也插不上手。婴儿床里躺着小不点儿，吃饱了米糊糊，早已甜甜入睡。

“师姐，咱先不走行吗？大家伙儿都在师父屋里那儿劝呢，再等等？”

“谁叫你们劝了，多余！”娄晓月怒气未消。

丁宝叹了口气，无奈地道：“我过去看看怎么样了，师父他……”娄晓月叫住他：“别去！怎么样都和我没关系！给他脸了！”丁宝瞪着眼睛：“这可就是您不对了，无论如何不应该动手打人呐！”娄晓月哼了一声，道：“那你说，他是不是欠揍？”丁宝苦笑道：“可他是你爸爸呀。”娄晓月反问道：“他要不是我爸爸，你说，他是不是欠揍？”丁宝一怔，点了点头：“那……当然欠揍。”

“这不结了？只要是欠揍，甭管他是谁爸爸！”

“这话听着，怎么那么绕脖子呀……”丁宝有点懵，但知道师姐在气头上，劝也没什么用。

娄晓月突然指着收拾好的大包袱，没好气地道：“拿着！”丁宝去拎起包袱，奇怪地问：“这是上哪儿呀？大街上过夜呀？”娄晓月抱起孩子，转身出门：“哪儿这么多废话，走吧！”

解家小院。

佟丽华转过路口，心事重重地回到解家，疲惫地脱下外衣，掀帘走进里屋。

她看到屋子里没有人，微微一怔，走去小院喊哈岚，空无一人。她转身看见解一半的房中还亮着灯，急忙喊：“翠儿，睡了吗？”

解一半与翠儿走了出来，诧异地道：“少奶奶回来了，孩子送去了？没事儿了吧？”佟丽华皱眉问道：“没事儿，哈岚呢？”翠儿应道：“刚刚睡下了。”

“屋里没人呐。”

“啊？怎么会？我见他睡了才回屋的，不会是出去了吧？”二人走到里屋瞧，果然不见贝勒爷的人影。

佟丽华有些焦虑：“这半夜三更的，身子还抱着病，他一个人儿能去哪儿……”翠儿眼珠子一转，道：“该不会是……反悔了，又去要孩子？”佟丽华大惊，叹气道：

“天呐！他怎么这么不让人省心呢！”

果不其然，哈岚趁翠儿与解一半没有注意，偷偷地溜了出去，径直跑到得月楼的门口，偏偏又不敢敲门进去。正急得团团转的时候，忽然看见丁宝无精打采地走过来，慌忙迎上去：“丁宝！”

丁宝停住脚步，惊讶地望着哈岚：“哈贝勒，什么钟点儿了，你不会是犯瘾症，梦游到这儿了吧？”哈岚没好气地道：“你才梦游呢！我醒着呢！”丁宝长长叹了一口气，道：“贝勒爷，我一看见您呐，您猜怎么着？我就脑仁儿特别疼，这头都要炸了。”

“嘿？我有这么讨厌吗？”

“还别说，您这个人呐，除了讨厌还真没什么别的毛病。”

哈岚翻了个白眼，道：“信不信我抽你，有这么骂人的吗？”丁宝苦笑道：“行了贝勒爷，该干吗干吗去吧，今儿这一天把我折腾的，就我这一身功夫都累得拉了胯了，回见吧您呐！”他转身要紧得月楼，哈岚赶紧拦住：“别别，丁宝，哥们儿，你带我去见见晓月。”丁宝瞪了他一眼：“干吗？还想往回要孩子？”

“还想要我就不送回来了，我有要紧的事儿找她……”

“她都不在班儿里了，甭找了。”丁宝挥了挥手。

哈岚一惊，这深更半夜的娄晓月能去哪？他急着追问：“她上哪儿了？”丁宝无奈地道：“叫她爸爸赶出来了。”哈岚啊的一声叫，恨恨地道：“这个老不死的，实在是欠揍！”丁宝小声地道：“你也这么说？你还不知道吧，今儿晓月拿刀坯子把她爸臭揍一顿。”哈岚张大了嘴巴，忍不住想笑：“解气解气！”丁宝摇头叹气：“气倒是解了，可现在我师姐无家可归了。”

“那你告诉我，她现在在哪儿？我总不能眼睁睁看她睡在大街上吧？”

“贝勒爷，算我求您，她已经在旅店里安顿好了，您就别烦师姐了行不？”丁宝用哀求的眼神望着哈岚，其实是想叫哈岚别烦他。哈岚脸色一变，万般无奈地道：“可这也不是办法，她们母子俩孤苦伶仃的……”

“行了！我怕了你行了吧？”丁宝不等哈岚把话说完，狠狠地瞪他一眼。

夜深人静，老街上空无一人。

哈岚急匆匆地赶到旅店，见门口还亮着照明灯，径直上去找娄晓月的房间。

他奔到门口，推门闯进去，却见娄晓月正抱着孩子喂奶，慌忙拉上门。娄晓月抬头瞧见哈岚，放下孩子，迅速系好衣服上的扣子，故意冷冰冰地道：“谁啊？不知道敲门啊？”

哈岚探头进屋，瞧了瞧娄晓月的面容，心里一阵酸楚。他迫不及待地冲到床头，用颤抖的双手抱起小不点儿，仔细打量着儿子，满心喜欢，又觉得有一种说不出来的忧虑，用脸颊轻轻贴了贴儿子的脸蛋，一时之间，感慨万千。

娄晓月默默地望着哈岚，见他那笑容就像是个孩子似的天真，忍不住幽幽低叹了一声，也不知是慰藉还是无奈。

“晓月，让你受委屈了，都是我不对啊，我听人说你要嫁汪四海？他们胡说八道呢？”哈岚终于想起了正事儿，将孩子轻轻放在床上，神情焦虑。

娄晓月有些哭笑不得，转身坐在床边，轻轻地拍着孩子：“你就为这事儿来的？”哈岚正色地道：“这事儿还小吗？你不会真要嫁给汪四海吧？”娄晓月没好气地道：“什么真不真的，我嫁给谁跟你有关系吗？”

“当然有关系！”哈岚叫得很大声。

“什么关系？”

哈岚支支吾吾地道：“你……我……咱们……这孩子……”娄晓月冷冷地道：“你想说什么？”哈岚手足无措：“我……是这孩子的爸爸，你是这孩子的妈。”娄晓月追问：“这叫什么关系？”哈岚语塞，吞吞吐吐地道：“这，这叫……什么关系……”娄晓月突然大声道：“我问你呢！告诉你哈岚，这叫没关系！我想嫁谁嫁谁，我愿嫁谁嫁谁，你管不着！”

“是，我是管不着……”哈岚的表情有些沮丧：

娄晓月显得很不耐烦：“行啦，你快走吧，天都快亮了。”

哈岚突然一跺脚，斩钉截铁地道：“我再说一出次，就是汪四海不行！”娄晓月冷笑道：“为什么不行？”哈岚厉声道：“他就是个流氓无赖、无耻之徒，什么坏事都能做出来！”娄晓月轻蔑地问：“这是谁说的？”

“谁不知道啊，大家伙都这么说。”

“大家伙还都说你是陈世美呢！你是吗？”

哈岚一怔，嘴角抽动了一下：“我不是。”娄晓月冷冷地道：“那他也不是！”哈岚叹了一口气，道：“嗬！你这话噎得我，我都喘不上气儿来了我……”娄晓月不耐烦地挥挥手：“快走吧，这么晚出来，你家里人该不放心了。”哈岚仍然不死心：“晓月，跟我回去吧！事儿都是我引起的，我不能叫你无家可归。”

“跟你回去？你家里有老婆！”

“佟丽华那个人，你还不知道吗？就是她非要把孩子给你送回来。这正格的事儿她还是通情达理的，我保证我能说通她。”

娄晓月点了点头，若有所思地道：“佟丽华……佟丽华，她是百里挑一的好女人，我以前不该那样对待她。”哈岚微微一笑，试探地问：“晓月，你后悔了吧？”

“这是两回事儿，我们两个永远也走不到一条路上……我和她一辈子走不到一头去，说到底，有她没我，有我没她！”

“佟丽华不是那种人，她善解人意、宽容大度，我保证……”

娄晓月猛地一挥手，阻止哈岚说下去：“你什么也保证不了，既然这样，我就越不能蹬鼻子上脸，你快走吧，我哪儿也不去。”哈岚哀求着道：“晓月啊，你一个人儿在外头，我怎么能放心呢！”娄晓月没好气地道：“在天津我都一个人儿过来了，还用得着你放心不放心。”

“就让我尽一点心吧，我心里也好受点儿。”

“你良心上有个宽慰是吗？我偏不让你宽慰，叫你一辈子不得安心！”娄晓月咬了咬牙。

“晓月，求你了，跟我回去吧……”哈岚苦苦哀求，差点要给娄晓月跪下。他腿刚一软，门“嘭”的一声被人推开，只见娄三喜满脸怒容，与数名武行的师兄弟冲了进来，吓得他身子后仰，直往后面退。

娄三喜凶巴巴地瞪着哈岚，指着他鼻子骂道：“跟你回去？凭什么跟你回去？你算老几呀！”娄晓月上前一步，拦住哈岚身前：“你们干什么？”丁宝在门外探出脑袋：“师姐，师父来接你回去。”

“接我回去？怎么回事？”娄晓月惊愕。

娄三喜沉声道：“什么怎么回事！有家不回，在外头住旅店呐？回家！”他走到床边，一把背起还没开始整理的大包袱，转身往门外走去。

娄晓月瞧得目瞪口呆：“爸，你不生我的气啦？”娄三喜叹气道：“生什么气呀，我这个人，就是欠揍！”丁宝与大师兄忙上前抱起了小不点儿，拥着娄晓月出门。屋里只剩了哈岚一个人儿呆呆地站着，一时半会缓不过神来：“这……我倒成了住店的啦？”

老街商行咖啡店。

佟梓华兴致勃勃地跑到东印洋行，约妹子出来喝咖啡。他从包里取出一张报纸摆在桌上，意味深长地问：“看报了吗？”

佟丽华瞥了一眼报纸，见大标题上写着：佟梓华勾结日商，强占哈王府旧地。一张特写，正是哈岚拍的那张哈王府施工现场的照片。她顿时明白了佟梓华的来意，喝了一口咖啡，不露声色地道：“从不看报，没什么正经东西……”

“哈岚的照片和文章你也不看？”

“不看！上边有哈岚的名字吗？”佟丽华反问。

佟梓华微微一笑，道：“那倒没有，不过我想请教一下，这个署名‘阿毛’的是谁？”佟丽华淡淡地道：“阿猫阿狗，反正不是哈岚，他早被报社开除了，早不是记者了。”佟梓华点了点头，道：“我会查清楚的。”佟丽华皱眉道：“你就为这事儿找我？”佟梓华正色地道：“这是其一。”

“那其二呢？”

“三月初六，日本竹上亲王殿下要去天津觐见皇上，之前会在北平逗留几天，你我二人得一起陪同。”

“这跟我有什么关系？”

佟梓华眨了眨眼睛，道：“这是阿玛的意思，你没接到阿玛的信吗？”佟丽华冷冷地道：“没有。”佟梓华沉声道：“你就是不想参加是吧？你骂我无耻，我也不和你辩，可阿玛你总该相信吧？他老人家总不会害你吧。”

“阿玛根本不了解真相。”

佟梓华冷笑道：“阿玛不比你我更了解真相？阿玛那么大岁数了跑到日本干什么去了？天天在那天皇身边转悠什么呢？他太清楚了，大清想要复辟，美国英国俄国根本就靠不住，咱只有靠他们日本才有出路。”佟丽华不屑地道：“别以为我不知道，你们口口声声说大和商社是为了通商，其实是为了复辟。”

“这有什么不对？哈岚不想复辟吗？一天到晚追着溥仪干什么？”

“哈岚当然不想！他追着溥仪是由于信义，把属于人家的东西还给人家，不像某些人争着抢着当奴才，比着赛着看谁的奴才当得好，失了人格！”

佟梓华瞪了妹子一眼：“你这是说我呢？还是说阿玛？”佟丽华厉声道：“你心里明白，阿玛还不了解日本人，什么通商，只做生意？草弥把我们家族研究得那么透，把我个人的经历了解得那么深，也是为了通商做生意？”佟梓华摇头叹气：“丽华咱这么说，这么多年了，草弥没害过咱们吧？他可没少帮咱们，他对咱佟家可不薄。再说了，这亲王来北平你要是不陪同，这事儿跟阿玛没法交代。”佟丽华冷冰冰地道：“我用不着交代。”

“佟丽华，我知道为了哈王府那块地，你和哈岚都记恨我，这样好不好，亲王也就在北平待个三五天，只要亲王殿下点了头，我就把大和商社的股权，让给你和哈岚一股，你们还是主人，这总可以了吧？”

“你又做好一份假文书是吧？”

“什么真的假的呀，丽华？现如今的世道只有好处实惠现大洋才是真的，你怎么就是不明白？”

佟丽华接着质问：“给了这一股，你就可以名正言顺地霸占哈王府的地，报纸上的谣言也就不攻自破是吗？”佟梓华有些坐立不安：“你这心眼也太多了。”

“那行，你也别跟我耍心眼儿，失陪！”佟丽华拎起手提包，转身离开咖啡店。佟梓华阴沉着脸，一动不动地坐着，望着眼前的咖啡杯，咬牙切齿地道：“什么亲的热的，为了点蝇头小利六亲不认……这事儿不算完！”

民生报社编辑部。

马俊杰与哈岚陪同几名报社的编辑，正围着桌子研究报纸的版面排版。其中一名编辑忧心忡忡地道：“昨天登的那篇悼念李大钊的文章……好像有点儿麻烦。”

马俊杰面色凝重，低声道：“我知道了，军警已经出动，好像开始抓人了。”另一位编辑接了一句：“文章又不是咱们写的，不过是转载而已。”

“现在沾了李大钊的边儿都得抓。”

哈岚好奇地问：“李大钊是谁？”马俊杰沉思片刻，道：“一个激进的共产党分子，反暴政，反独裁，要民主自由。”哈岚一怔，抱怨地道：“这还叫不叫人说话了？”马俊杰正色地道：“就是不叫你说话！咱们还是小心点儿好……告诉大伙儿，这几天别来上班，有活儿在家里做，等做好了往印刷厂一送，赶快通知下去！”几名编辑慌忙收拾好桌上的东西，陆续出门离开，马俊杰回头对哈岚说，“你也回去吧，什么时候风头过了，我再通知你，工资照发！”

“好咧！那你呢？”

“别管我了，有太多的事儿要做……”

二人正在说话时，忽然房门大开，佟梓华手里握着报纸怒气冲冲地闯了进来。

哈岚与马俊杰惊讶地望着佟梓华，暗想不妙。哈岚先发制人，指着佟梓华鼻子叫道："佟梓华，那天我没拿菜刀劈了你，你还敢来找我！"

佟梓华扬了扬手里的报纸，冷冷地道："这报上的照片是你拍的吧？什么叫勾结日商？什么叫霸占王府？你是不是活腻味了，有把菜刀我先砍了你！"马俊杰见气氛不对，慌忙上前解释："有话跟我说，这照片和文章与哈岚无关，他早不是我们报社的人了。"

佟梓华瞪了马俊杰一眼，突然愣住："你？马俊杰！"

"哈哈，这不是佟先生吗？"马俊杰哈哈一笑，掩饰尴尬。

佟梓华眼珠子一转，嘿嘿笑道："原来是马先生啊！天津一别，别来无恙呀？"马俊杰上前握手："佟先生也还好吧？"佟梓华笑容满面："马先生，您真有两下子，出了人命案，居然找了个替死鬼，逃过了一劫。"马俊杰连连点头："是啊是啊！那命案确实与我无关，汪局长那儿已经有了定论了。"

二人装模作样地一阵寒暄，哈岚在旁连翻白眼。

佟梓华突然话锋一转，道："哦，你又跑到报社鬼混来了？这张报纸是怎么回事儿？你得给我个说法！"哈岚冲上去扯他衣服，怒道："你霸占我们哈王府的地，你还有理了你！"佟梓华推开哈岚的手腕，厚着脸皮道："大和商社将来有你们的股份，怎么叫霸占？"

"什么股份？"哈岚怔住。

"我和佟丽华都已经谈过了，她早晚会同意。"

"骗人！谁稀罕你那破股份！"哈岚大怒，扑上去又要去打佟梓华。

马俊杰急忙上前拦住他，道："好了好了，哈岚，你可以回去了。有什么关于报社的纠纷，我和佟先生解决。"哈岚挽着衣袖："我跟他没完！"马俊杰将他拉到门口，正色地道："你又不是报社的人，我来谈我来谈，快走！"

此时，报社楼下的门房慌慌张张跑上来，喘着气道："警察，警察来抓人了。"

马俊杰一惊，用力去推哈岚："快走快走！"

可惜已经来不及，只见楼下冲上来四五个警察，迅速堵住门口。

一名身穿军警制服的高个子，走过来扫了众人一眼，冷冷地道："你们报社被查封了！"马俊杰皱眉问："为什么查封？"高个子军警正色地道："民生报社，刊登违禁文章，诽谤张大帅。"佟梓华一听，幸灾乐祸地坐下来，跷起二郎腿，抽上了烟。

“李大钊是不是张作霖杀的？怎么叫诽谤？”马俊杰争辩道。

“就冲你这句话，就该把你抓起来，把报社的人全部抓走！”

后面的军警立即上前报告：“报社的人全都跑光了，就这俩了。”

高个子军警一挥手：“把他们带走！”马俊杰见势不妙，拍了拍哈岚的肩臂，道：“军爷军爷，您把我抓走就是了，这位哈先生不是我们报社的，他是来办事儿的，请您把他放了吧。”不料哈岚突然拽住马俊杰的胳膊，大声道：“我就是这报社的，马先生，您到哪儿我就陪您到哪！”马俊杰苦笑道：“哈岚，这是坐大牢，不是吃喜宴，你陪着我干什么？！”

一旁的佟梓华听傻了，用难以置信的表情望着哈岚，烟灰也掉在了地上。

哈岚微微一笑，语气很平静：“常言道，好朋友有福同享，有难同当。酒宴能一块儿吃，牢就能一块儿坐。这才叫朋友，‘羊角哀舍命全交’的戏咱不能白看啊？军爷，走吧。”马俊杰叹道：“你这是何苦呢？”

“你到底是干什么的？”高个子军警有些诧异。

哈岚笑道：“我当然是报社的，别啰嗦了，抓吧，抓吧。”高个子军警一挥手：“带走！”几名军警上前用枪对着哈岚与马俊杰，往楼梯走。哈岚突然站住了，回头看着佟梓华，用手指了指：“哎，还有他呢，他也是报社的。”

“胡说，我，我不是！”佟梓华脸色一黑，见数名军警扭头瞪着他，慌慌张张地道，“我真不是……他们也在报纸上诽谤了我，我是来兴师问罪的！”

哈岚大声道：“别听他的，这位才高八斗，李大钊那篇文章就是他写的。”

高个子军警打量了他一眼，怒喝道：“一起带走。”佟梓华大惊失色：“哈岚！你太坏了你，我什么时候写过文章？军爷军爷，别听他胡说，他这是伺机报复……”数名军警一拥而上，任由他叫喊，架起来就向外走。

“我知道这文章你不满意，你还能进步。”哈岚朝着佟梓华挥手。

马俊杰悄悄地贴近哈岚，低声道：“过分了吧？”哈岚歪着脑袋，脸上露出不怀好意的笑容：“图个乐呗！”

佟梓华被军警押到报社门口，死命挣扎，口中大声叫骂：“哈岚你他妈不是人！军爷冤枉啊！我不是报社的呀……”

解家小院。

报社的门房赶到解家报信，说民生报社出了事，得赶紧想办法先救人。

等佟丽华回来，解一半将贝勒爷被抓走的消息说了，佟丽华满脸疑惑，冷静地问：“是谁送的信儿？”解一半解释道：“好像是报社看门房的老头儿，他也说不清，就说抓了仨人儿，马俊杰和爷，还有一个说是佟梓华……”

“我哥？这不可能，一定是弄错了。”

翠儿挺着个凸起的肚子，急得直转圈：“这……这关到哪儿了？咱们得去救人呐！”解一半皱眉道：“现在就是不知道关在哪儿，麻烦了。”翠儿灵光一闪：“会不会是汪四海？”解一半摇头道：“不是，门房说了是张大帅手下的人，应该是军警。”

“军警咱们哪有路子呀！这得去找汪四海，这个事儿他应该知道的……”佟丽华愁眉苦脸地道。

解一半点了点头：“行，我去问。”

佟丽华赶紧回屋换了件衣裳，慎重地嘱咐二人：“咱们至少应该知道关哪儿了才好走下一步，解大哥去趟警局吧，我回趟我们佟府，看佟梓华到底怎么回事儿……翠儿，你身子不方便，哪儿也别去，就守在家里吧，万一哈岚回来了，叫他别再出门了。”

此时，哈岚三人被带到了一间马棚临时改成的牢房中。

马棚里阴暗潮湿，四处都被钉上了破木板子，窄小的空间里，一群“犯人”挤巴巴地席地而坐，围成一圈。军警打开一扇破门，将三人强行推了进去。

三人环顾四周，瞧了瞧牢房里的“犯人”，心里惴惴不安。

佟梓华皱着眉头问：“这是什么地方？怎么这么臭！”

外面的军警没好气地道：“抓的人太多，正经牢房里满了，关不下了，这是马棚临时改的牢房，凑合着住吧你！”

“岂有此理！这是给牲口住的地方！”佟梓华大声抗议。

哈岚在旁冷笑道：“坐牢还挑地方，你是不是去六国饭店呐！”佟梓华气急，扭头大骂：“哈岚你不得好死！”

军警突然用棍子敲着木板，大声叫道：“付有成，你可以回家了。”

只见一位穿着齐正的中年人慌忙站起身，苦着脸走到“牢房”门口：“是我是我，我是卖山货的，我都不知道李大钊是谁，我冤枉……”那军警挥了挥手，不耐烦地道：“行啦行啦，快走吧，那么多废话。”佟梓华眼巴巴地瞧见中年人走出马棚，满脸惊讶，诧异地问：“军爷，他怎么就走了？”

军警淡淡地道：“他冤枉。”佟梓华大声道：“我也冤枉！”军警白了他一眼，冷笑道：“他给了钱了，你有钱吗？有钱马上放你走！这跟冤不冤枉毛儿关系都没有，有钱吗？”

佟梓华赶紧摸了摸身上的口袋，泄气地放下了手。

“没钱废什么话你！想辙吧！”军警走出马棚，随手锁上了门儿。

“简直是暗无天日！”佟梓华气得咬牙切齿，转身怒视哈岚，“哈岚！你他妈不是人！”

哈岚见他朝自己冲过来，赶紧缩到角落，歪着脑袋叫道：“君子动口不动手好吧！”马俊杰上前拦住佟梓华，劝道：“行了，都进来了都踏实待着呗，干吗呀这是？”

军警见三人拉扯到一块，踢了踢马棚的木板，呵斥道：“干吗，想打架啊？”佟梓华怒气冲冲地道：“打架就打架！”哈岚躲在马俊杰的身后哈哈大笑：“别惹别惹他！李大钊那文章都是他写的，老厉害了他！哈哈哈！”

“你不是人！”佟梓华始终扯不过马俊杰，气呼呼地蹲在地上。

马俊杰拽起哈岚，拖到墙角，紧紧地跟他挤在一起。哈岚突然问了一句：“哎？我说，马先生带钱了吗？”马俊杰苦笑道：“真他妈的，又没带！”

哈岚想不出招来，满脸沮丧：“我也没带……马先生，以后出门儿还真别忘了带点儿钱，叫饭馆儿扣了还好说，这大牢里扣着，叫天天不应，叫地地不灵啊！”

“你还说我呢？你怎么不带钱呐？”马俊杰斜了他一眼。

哈岚面色绯红，理直气壮地道：“你见过贝勒爷身上带钱的吗？寒碜！想当年，乾隆爷微服私访走了一小饭馆儿进去吃，吃完了要钱没有，有皇上带钱的么？第二天皇上给送了一块儿匾，你猜怎么着？‘都一处’，这叫风雅。像我们走到哪，那是给你脸上贴金，你们家祖坟都冒青烟儿的！”

“呦？行啊，那您给这块儿也弄块匾。”

“皇上那叫‘都一处’，咱这叫‘都崴泥’！”

此时，解一半收拾好屋了，匆匆忙忙地赶到警察局，门口的警员却不让他进去，他只得耐心解释：“麻烦您禀报一声，我和汪局长是老交情了。”

“是吗？有多老啊？”警员不以为然。

“您跟他说解一半求见，他一准见我。”

警员突然眨了眨眼睛，笑道：“解一半？知道知道，你不是那个卖酱肉的吗？”解一半面露喜色，连连点头：“对对对！想起来啦？还是熟人好办事，谢谢啊。”他朝警员拱拱手，要往警局进去，却又被警员拦了回来：“嘿嘿！谁叫你进去了？正经事儿没说完呢？今儿怎么不推车酱肉过来？”

“我是办事儿来了。”

“你那酱肉我吃过，绝了！听说你有一锅祖传的老汤？”

“是啊，酱肉好吃，全靠那锅老汤呢！”解一半一脸自豪。

警员嘿嘿一笑：“那行，明儿推两车过来，叫我们局里哥们儿都尝尝。”解一半吓了一跳：“两车？我那是小本儿生意……”警员瞪大了眼睛：“哎哟，瞧把你心疼的，喜欢吃你的酱肘子是瞧得起你！”

“我这儿有急事要见汪局，您别老跟我酱肘子成不成！”解一半皱了皱眉。

警员不耐烦地问：“说吧，什么急事儿？”解一半正色地道：“我们爷，哈岚，叫你们抓了！”警员恍然大悟：“哦，你是说报社的那个记者吧？还真不是我们抓的，你找也没用。”

“总能帮着查查关在哪儿吧？”

“这汪局长是那么好见的？你也太不开窍了。”

解一半一怔，立马从口袋里掏出一块大洋来，悄悄地塞进警员手中，赔着笑脸：“兄弟，帮帮忙……”警员捏着大洋，突然叹了一口气，道：“哎！都不容易，兄弟帮你去通禀一声。”解一半连声道谢：“谢谢，谢谢！”

警员转身进了大堂，径直去了汪四海的办公室。

汪四海坐在办公桌旁，听说解一半跑来找哈岚，摸了摸脑袋，若有所思地道：“这个哈岚到底关在哪儿了……”警员小声地道：“还真不知道……他们军方的抓人都抓乱了套了，军牢里装不下，找咱们借牢房呢。”

汪四海眼珠子一转，突然笑道：“借！借给他，干吗不借呀！”

“可咱们牢里也都装满了……”

“怕什么？往里塞！一屋关十个是关，关二十个也是关，关一个跟他们要十块大洋，关多少要多少经费，先弄个千十八百的你们哥们儿分分。”

警员满脸堆笑，竖起大拇指称赞道：“太好了！谢谢局长，跟着您干真是足吃足喝，脑满肥肠！”汪四海点了点头，道：“嗯，告诉那个解一半，就说是我们抓了，可事儿太乱了，得查查关哪儿，趁机敲他一杠子！”

“得令！”警员立正敬礼，退出办公室。

他走到警局门口，见一脸焦虑的解一半还在路边转圈，一本正经地道：“汪局长说了，人是我们抓的，可抓的太多了，闹不清楚关什么地方了，这事儿得查……”

“那赶紧去查呀！”解一半急得直跳脚。

“说得容易，那不得要钱呐。”

解一半疑惑地道：“查一查用什么钱？不就打个电话的事吗？”警员瞪了他一眼：“打电话也得用钱呐！不交电话费呀！”解一半脸色一沉，没好气地道：“明白了，得多少钱？”警员颔首道：“怎么也得万数八千的……”解一半大惊失色：“打劫呐？你抢银行去吧！他妈爱查不查！”他气呼呼地转身就走，警甲上前拦住，笑道：“哎，别走呀！我这儿漫天要价儿，你可以就地还价呐！”

“两块！”解一半翻了翻白眼。

警员啐了一口，道：“你去打发要饭的吧！”解一半怒道：“你这是敲竹杠！”

警员仰着头，神情倨傲：“我就敲你了，你怎么着！”

“你敲不到！”解一半咬了咬牙，头也不回地走了。

回到解家小院，解一半端起茶壶，对着嘴儿猛喝了一气，重重地放下茶壶，一张脸已涨得通红，口中骂骂咧咧：“这是一群什么混账王八蛋！”

佟丽华与翠儿不安地望着他，小声地问：“你这是在外头受气了？”

“受点儿气还无所谓，我就纳了闷儿了，如今这世上除了钱就没别的啦？！”

“爷到底是关在哪儿了？”翠儿惦记着哈岚。

“不知道！见个汪四海比见皇上都难！”解一半鼻子里哼哼一声。

翠儿皱着眉头，心神不安：“去求娄晓月吧，她的话汪四海不会不听……”佟丽华摇头道：“怎么好意思去求她呢。”翠儿脸色变了变，一想起娄晓月她就牙痒难忍：“有什么不好意思？咱把孩子给她送回去，她都没说个谢字！再说，贝勒爷可是孩子的爸爸……”.

解一半一听，赶紧使了个眼色。翠儿自觉失言，有些尴尬，“要不，我去找娄晓月吧？”解一半摇头苦笑：“歇了吧你！说不了两句你再跟人家打起来。”

“还是我去找吧，马俊杰先生也是和哈岚一起被抓的，马先生对晓月还是有恩的，晓月不会不管。而且我回家打听过了，我哥确实也被抓了……”

翠儿奇怪地道：“他又不是记者，怎么会呢？”

“听说他是为了‘大和商社’登报的事儿，跑去报社找哈岚打架，结果警察把他误当成记者，也一起抓了。”

解一半噗的一声，嘴里喷出一口茶：“哈哈，解气解气！今儿晚上我得喝两口庆祝庆祝！”

第三十九章 两虎相争

马棚牢房内。

佟梓华坐在冰冷潮湿的地上，有些心灰意冷，瞧见一名狱警推着“犯人”进来，慌忙起身冲上去顶住了门，哀求道：“头儿头儿，我真是冤枉的，你们抓错人了，我真不是报社的。”

狱警斜眼瞅着他，又好气又好笑：“你怎么这么不懂事啊？老大不小的缺心眼儿……”佟梓华拍着牢房的门大喊：“你要钱也得给我家里人送个信儿，好叫他们送过来呀！”狱警皱了皱眉头，道：“这也说的是啊，你家在哪儿？”

“东四牌楼东，礼士胡同二十八号佟侯府！”佟梓华赶紧自报家门。

“那么老远，我还亲自跑一趟？你能给多少钱呐？”

佟梓华急切地问：“你要多少？”狱警正色地道：“怎么也得百八十块吧。”佟梓华张大了嘴，怒道：“你也太逗了！我可告诉你，我在日本人手下做事，我急着有要紧的事要办，这事儿张大帅都知道，耽误了我办事，吃不了兜着走你！”

狱警并不吃他这一套，冷笑道：“吓唬谁呀！我也告诉你，这牢里连个登记造册都没有，你就是死在这儿，都没人知道，你横什么横？！”佟梓华顿时慌了神，急忙解释：“不不！不敢横，不敢横！求求你了大哥，要不您给我家里打个电话吧，叫他们把钱……”

狱警忽然两眼发直，望着佟梓华的手，歪着嘴道：“等等，你这手上是什么？”佟梓华一怔，他手指上戴着一个硕大的宝石戒指，下意识地缩了缩手，道：“戒指……

这是宝石戒指……”狱警龇牙一笑：“给我。”

佟梓华无奈，摘下戒指递给狱警看。狱警装作很内行的样子瞧了瞧，道：“真的假的？”佟梓华狠狠瞪了他一眼，大叫道：“开什么玩笑！正经的蓝宝石戒指，这可值好几百块呢！”

“就是它了！回家吧你。”

佟梓华一时没有反应过来，惊愕地道：“我这就能走了？”狱警上前打开马棚的牢门，没好气地道：“你还想在这儿过年吗？”

“我没那毛病！”佟梓华欣喜若狂地冲出马棚，一溜烟儿地跑远。

哈岚怔住，赶紧凑上脸去，朝着外面的狱警喊道：“嘿！军爷！怎么把他放了？”狱警举起已戴上戒指的手，在哈岚眼前晃了晃：“你有这个么？”

牢门哐当关上，哈岚垂头丧气地坐回马俊杰的身旁，试探着问：“马兄，你能不能打个电话，叫他们把钱送来……”马俊杰叹道：“报社的人都跑光了，我打电话谁接呀！”

“得，咱俩在这儿过年吧！”

得月楼。

佟丽华亲自去找娄晓月，告诉她哈岚被抓的事儿。两个女人坐在床头，望着小摇床上睡着安稳的小不点儿，心里五味杂陈。这是她们第一次消除了内心的敌意，拉近了彼此的距离。

娄晓月听佟丽华说要她去找汪四海，心里隐隐有些不安：“佟格格，我最不愿意见的就是汪四海……”佟丽华无奈地道：“可是除了他，咱们也不认识别人。”

“草弥呢？那个日本人，当年治过汪四海，他不是对你特别好么？”

“我最不愿意见的就是草弥。”

“得，两头儿都没戏！”

佟丽华慎重地道：“你也知道，这些日本人特坏，草弥这人也没安什么好心。”娄晓月缓缓道：“我知道，报上说他们强占哈王府那块旧地，盖什么‘大和商社’，这跟强盗有什么区别。”佟丽华叹声道：“天津那个樱花会馆，其实就是弄情报的地方……过几天有个什么日本的破亲王来北平，还要给大和商社剪彩呢。”娄晓月一愣：“那你哥不成了汉奸了？”

“差不多吧，他也在牢里呢。”

娄晓月诧异地问：“为什么他也在？”佟丽华苦笑道：“听说是抓错了，以为他也是记者。”

“哎，咱俩这都是什么命啊！”

“你只要能打听出哈岚关在什么地方就行，至于怎么救出来，我再想办法。”

娄晓月突然眨了眨眼睛，道：“真是十年河东十年河西……记得当年哈岚坐牢，是我求你救他。”佟丽华面色一红：“我当然记得。”娄晓月微微一笑，道：“还记得你叫我做了什么？”

“写了一张断绝书……啊？今儿你也叫我写一张？”

“哪儿的话，我就说世态炎凉，变着法儿地耍弄人，活得真难呐。”

佟丽缓了一口气，望了一眼孩子：“再难也得活呀，为了孩子也得好好活着。”娄晓月低着头：“要不是有这孩子，实话说，我真觉得活着没劲……”佟丽华故意绷着脸：“那还活着干什么？赶紧找个地方死去吧，我还把孩子抱走。”娄晓月咯咯一笑，道：“佟格格，你把孩子送回来，我还没谢过你，谢谢了！”

“行了别假招子了！你不恨我，我已经谢天谢地了。我就想知道，哈岚这事儿你到底管不管呢？”

“我不是怄气，真不能管，汪四海那人你还不知道。”

“知道，他不就是想娶你吗？你不嫁他不就结了。”

娄晓月自嘲地道：“佟格格，你是不是特瞧不起我？特不要脸？”佟丽华轻叹道：“你想哪儿去了！我觉得你这个人，性子忒野，汪四海怎么就让你弄得这么失魂落魄，没了脊梁骨似的。”娄晓月皱眉道：“我也闹不明白，着了魔了吧。”

“不扯闲篇儿了，怎么着？汪四海那儿去不去？”

“我真不能去……哎，今儿晚上来看戏吧，我的‘游龙戏凤’，我请你看。”

佟丽华有些哭笑不得：“哎呀，我哪儿还有心思看戏。”娄晓月笑道：“你呀，着急也没用，不一定非找汪四海嘛，我再找找别的路子。今儿晚上你留下来吃饭，我等会先去扮装，咱们就这样说好了！”她也不管佟丽华答应不答应，起身出去喊丁宝，吩咐厨房做几个好菜。佟丽华盛情难却，也就不再推辞。

等到了戏班夜场，得月楼大堂开始演出《游龙戏凤》，佟丽华一个人躲在角落里默默地看着。

此时，戏台上的“正德皇帝”喊了一声：酒保，酒保！

“来了——”娄晓月扮演的“李凤姐”登台亮相，台下的观众立即开始哄叫碰头彩。佟丽华突然听到一个熟悉的声音，忙扭头张望，大吃一惊，只见前台桌位上居然坐着佟梓华，正在拍手叫好。

台上的娄晓月开始唱四平调：“自幼儿生长在梅龙镇，兄妹卖酒度光阴……”

佟丽华猫着腰，走到佟梓华身旁坐下了。佟梓华扭头看见妹子坐在身边，吓了一跳：“你也来了？”佟丽华小声地问：“你……你不是抓进大牢了吗？”佟梓华愤愤地道：“是呀，就是你们家那个烂了肠子的怂蔫奸害的我！”

“那你怎么出来的？哈岚和马俊杰呢？”

“我一提日本人和张大帅，敢不放吗？他们俩嘛，嘿嘿，就等着在牢里边儿过年吧！”

“你们关在什么地方了？”

佟梓华突然骂道：“孙子王八蛋才知道那是什么地方！大车店牲口棚改的临时牢房，那叫一个臭！好家伙，我回家洗澡，搓了三遍香皂，才把这一身臭味儿洗下去。”佟丽华眨了眨眼睛，道：“这个临时牢房总得有个准地方呀！”佟梓华皱了皱眉：“没有，海淀吧？我雇了个车，进的西直门嘛，应该是海淀！”

“海淀地儿大了去了，告诉我什么街什么巷，多少号……”

“妹子你别问了，我知道你想救哈岚，不管哈岚是怎么害我，毕竟也是我的妹夫，我不会存心瞒着你，许他不仁，我不能不义。你也知道你哥这人，一向宽厚待人，我是真不知道！”

佟丽华没好气地道：“你也太宽厚了！自己跑出来，把妹夫扔在那儿，你提一下张大帅，不就一句话的事儿吗？”佟梓华脸色一红，恨恨地道：“什么他妈的张大帅呀！狗屁！我是拿宝石戒指换了条命出来，听我胡说八道吧你！”佟丽华叹气道：“哈岚在里头受了罪了吧？”

“岂止是受罪，那里头比人间地狱都不如，妈的！那叫一个臭……”

台上的“正德皇帝”踩着“李凤姐”披肩上的长纱正在调情，观众尖声怪叫。佟丽华已无心听戏，还想再问点什么，却被佟梓华喊停：“你别问了，我今儿不是来听戏的，我得去后台找娄班主，过些日子有要紧的事儿跟娄家班商量。”

他起身急匆匆地往后院走去，懒得再跟妹子啰嗦。

走到后台，看见娄三喜正在整理衣箱，他哈哈一笑，过去拱拱手，客气地道：“娄班主，在忙呢？”

娄三喜斜了他一眼，淡淡地道："佟先生亲自跑到后台来听戏，我再忙也得给您搬个座。"佟梓华笑道："您甭跟我客气，三月初六日本的亲王殿下就要到北平了，一要吃中国的美食，二要看中国的老戏，没什么说的，您的娄家班儿得当仁不让啊！"

"亲王？日本什么亲王？"

"这个来头可大了，日本天皇派的特使，要去天津拜见宣统皇上呐！"

娄三喜眼珠子一转，道："这个好说，就是包银的事儿，咱们可得说道说道。"佟梓华拍着胸脯道："那当然了！放心，日本人有的是钱，大和商社开张大喜，肯定亏不了您！"娄三喜眉开眼笑，点头答应："好！佟先生，说话可得算话，戏码儿怎么定？"

"晓月的拿手戏都上吧，得热闹个三五天呐。"

"就这么着！我预备三五天的戏码，叫亲王随便挑！"娄三喜态度大转，叫丁宝给佟先生上茶。

等散场之后，他赶紧跑去女儿房间，将好消息告诉娄晓月。他见女儿有些乏累，更是主动抱起孩子哄，让娄晓月坐下休息。娄晓月一听佟梓华要包场，皱眉道："什么日本亲王，来给大和商社剪彩的吧？爸，这个戏我不能唱。"

"为什么？包银可是不少呐。"娄三喜大感意外。

"这个大和商社，就是霸占了哈王府旧地的那个，人家登了报，还去兴师问罪，到现在哈岚还关在牢里呢！"

"咱唱咱的戏，管那些闲事干什么！"

娄晓月凤眼一瞪："这可不是闲事！日本人这么欺侮咱们，咱们还笑脸相迎地给他们唱戏，太没骨气了吧！退了！"娄三喜怔住，若有所思地道："这也是啊……可我都答应了……一是不好跟人家说，二是这得罪人可就深了。"娄晓月大声道："我不管，反正我不唱！"娄三喜苦笑道："你这是要我的老命了，我怎么去说呀！"

"就告诉他，咱娄家班不愿意给日本人唱戏！"

"不行不行，你这倔脾气又来了，就是不唱，也得找个辙吧，想个招儿，哪儿能这么直巴笼统地跟人家说呀？"

"那你想招儿吧，我没辙。"

娄三喜眼珠子转了转，露出笑容："不如去找汪四海。"娄晓月没好气地道："又是汪四海，找他能怎么样？"娄三喜嘿嘿一笑，道："叫他把那几天的场子全包了，而且是先包的，我不知道。”娄晓月沉吟道：“然后呢？”娄三喜小声地道：“然后叫佟梓华去找汪四海对掐啊，咱们坐山观虎斗，弄不好谁也甭包场，咱们顺理成章地就不演了。”

“姜还是老的辣，爸你也真够坏的。”娄晓月扑哧一声笑出来。

娄三喜无奈地道：“还不都为了你……晓月，我告诉你啊，明儿你就去找汪四海，见了他面儿你这么说……”

娄晓月赶到警察局，径直去汪四海的办公室，质问他为何要抓走哈岚，人关在哪里赶紧放出来。汪四海见娄晓月亲自上门，也不敢怠慢，赶紧端茶送水：“晓月啊，人真不是我抓的！李大钊一死，学生闹事，张大帅急了眼，牢里都放不下了，我知道他在哪个衙门口儿？”

“你打电话四处问问不行吗？费你多大的事儿啊？”

汪四海长长叹了一口气，道：“我说呢，太阳打西边儿出来了，你居然会上门儿来找我……除了哈岚就没别的事儿了？你先告诉我，上次我跟你爸说的事儿，你想得怎么样了？”娄晓月故意装傻：“什么事儿？”汪四海瞪起眼睛：“你爸没跟你说？”娄晓月没好气地道：“说了。”

“那你倒是给个回话儿呀！”

“不行！”

“你还想着哈岚呢？”

娄晓月咬了咬牙：“早不想了。”汪四海迷糊了，诧异道：“那你还来救他？”娄晓月沉着脸儿道：“是佟格格找的我，这事儿我得管。”

“佟丽华是你死对头，你还听她的？”

“她人不错。”

汪四海大感意外：“这都出什么事儿了？我怎么越听越糊涂呀！”娄晓月斜眼望着他，冷冷地道：“你不用明白，管不管吧？”汪四海挠了挠头，突然叹声道：“哎！我想娶你，哈岚这小子是最大的障碍，他好容易进了大牢，我巴不得他一辈子不出来，还把他救出来？我闲得没事儿了我，自己跟自己找别扭……”

娄晓月见他仍在纠结，皱眉道：“求你办点事儿怎么这么难？现在是我在求你。”

“那你怎么谢我？”

“请你吃喜丰堂。”

汪四海哑然一笑，道：“您还真客气，我就一个要求，你嫁给我。”娄晓月厉声道：“这是两码事！”汪四海冷笑道：“我说这就是一码事儿！救了哈岚等于毁了我自己！”娄晓月脸色一变，缓缓道：“汪四海，我再说一遍，我这辈子不想嫁人了，只想把孩子带大安安稳稳地过日子，哈岚就是八抬大轿请我过去当太太，我都不会去！”汪四海目光如炬：“这可是你说的？”

“没错，我刚说完。”

“那好！我真不知道他关在哪儿，等我查出来就告诉你，怎么救现在可说不好。”

“行，等你信儿……还有个事儿，得跟你打声招呼，三月初六，佟梓华邀请日本什么亲王看戏，包了我三天的场。”娄晓月装作很为难的样子。

汪四海一怔，道：“包吧，看吧，这是你们娄家班的事儿，跟我有什么关系？”娄晓月极不情愿地道：“可我不愿意给日本人唱戏！日本人强占了哈王府那块地，还要办什么商社，这不欺负人吗？”汪四海又迷糊了：“这碍着你什么了？你挡什么横呀？”娄晓月气呼呼地道：“佟梓华就是个汉奸！我就不给他唱！我说了，三月初六是汪四海汪局长的生日，早就定下场了，所以不能给日本人唱……”

“等等！三月初六？我好么搭央儿的过什么生日呀？我十月初七！”

“你多过一回生日怎么了？身上掉块肉？！”娄晓月一瞪眼。

汪四海缩了缩脑袋，道：“好好好，我过，我过生日行了吧！”娄晓月微微一笑，道：“可人家佟梓华说了，汪四海过生日？他算老几呀？狗长尾巴尖儿那点儿破事，叫他别处过去！”

“什么？狗长尾巴尖儿？”汪四海脸色一黑。

娄晓月继续说：“我说不行，汪局长我们得罪不起，还是您换个地方吧。他把眼一瞪说，你去告诉汪四海，日本人他惹得起吗？叫他找找看，哪个茅房干净，蹲里边儿过生日去吧！”汪四海大声骂道：“他妈的，这真是他说的？”

“我说的都是原话。”娄晓月眨了眨眼睛。

汪四海勃然大怒：“这个生日我过定了！佟梓华，我不灭了你，誓不为人！”

得月楼。

娄三喜特意派徒弟去侯府请佟梓华，在后台泡上一壶好茶，恭恭敬敬地端到佟梓华桌前，为难地道：“佟先生，您这客怕是请不成了……”

“为什么？”佟梓华满脸惊讶。

娄三喜的笑容有些僵硬：“三月初六是警察局汪局长的生日，他先定了这个场子了。”佟梓华昂着头道：“那不行，我和日本人都说好了，这是不能改的，你叫汪四海换个地方过生日。”娄三喜赔着笑：“我说了，可他不干，警察局我们得罪不起。”佟梓华呸的一声，道：“汪四海就是个屁！还过生日？日本人他惹得起吗？”

“我也是这么说的，可他说佟梓华就是日本人的一条哈巴狗，叫他找个狗窝去听戏吧！”

“这是他说的？”佟梓华脸上的肉开始抽动。

“原话！”

佟梓华猛地一拍桌子，怒道：“好你个汪四海，你张狂！我要叫你知道知道我的厉害！”

他气呼呼地告辞离开，赶到东四楼牌的王府工地，去找岛田敏三。

现场有许多工人在干活，佟梓华进了工棚，老远看见岛田敏三，急忙过去打招呼。他将日本亲王来京的行程安排，详细汇报，但是说起得月楼包场看戏一事，他就面有难色，欲言又止。

岛田敏三皱眉问道：“你这样安排不是很好吗，出什么问题了？”

“三月初六，警察局的汪四海局长过生日，先把场子包了。”

“请他换一个地方过生日不可以吗？”

佟梓华支支吾吾地道：“说了，他不但不换，还，还说了一些……哎呀，让人无法启齿的脏话，把咱们的大和商社骂得一文不值。”岛田敏三微微一怔，道：“这个人我知道，在天津就听说过他，而且草弥先生也无意中提到过几次，他好像一直和你们佟家作对？”

“是的，和我妹妹、妹夫都有点过不去……”

“你的妹夫哈岚怎么样了？这块王府地皮的事儿解决了吗？他愿意合作吗？”

“不用理睬他了，他叫军政府抓起来了，罪名是煽动学生闹事。”

岛田敏三点了点头，道：“那个汪四海，还是需要警告他一下，叫他不要和我们作对。”佟梓华眼珠子一转，道：“好的，明天他要去得月楼看戏，我先去打个招呼？”岛田冷冷地道：“去吧，对这种人不用客气！”佟梓华心里暗喜，故作为难地道：“那是当然，不过我手下……我人手不够啊。”

"我会派人帮助你的。"

"太好了，有岛田先生相助，咱们就去教训他一下，对民国政府也算是个警示。"

得月楼戏园大堂。

丁宝扮演的"邱小义"正在戏台上演《盗银壶》，身子凌空翻上桌子，弯腰后仰，用钓竿儿偷走银壶，观众们一片喝彩声。

刘金坐在前台主桌旁，端着茶盏，跷着二郎腿，津津有味地看戏。汪四海手里托着个锦盒，兴冲冲地走到后台，瞧见娄晓月坐到化妆台前，正准备化妆，旁边的师傅给她穿水衣子，那身段娇饶玲珑，汪四海忍不住啧啧称赞："啧，越看越美！"

娄晓月扭头一看，冷冷地道："听戏请到前台候着。"

"瞧瞧我给你带什么了？"汪四海献宝似的打开锦盒，里面一副蓝莹莹的点翠头面，光彩夺目。

"啊！哪儿来的？"娄晓月从未见过如此精致的首饰，顿时被吓住。

"我找以前宫里造办处最好的点翠师傅专门儿给你做的，光这翠鸟毛就收集了一年多！喜欢吗？"

娄晓月小心地取出点翠头面，捧在掌心，爱不释手。

一旁的娄三喜听见动静，凑过来瞧了一眼，惊喜地道："还是汪局长有心，晓月一直想要套点翠头面呢，这下可称了心了！"不料娄晓月突然将点翠头面放回了锦盒，淡淡地道："你拿回去吧。我不能要。"汪四海满脸惊讶："为什么？不喜欢吗？"娄晓月沉声道："太贵重了……"汪四海献媚道："晓月，多贵的东西你都当得起！"娄晓月摇摇头："我要是收了，就欠了你一份大人情，我不愿意欠你的。"

"不不，你不欠我的，是我愿意，为你花多少钱我都愿意。"

"说了我不能要。"

汪四海诚恳地道："晓月，我就喜欢看你带着这点翠头面唱戏。你就当我花钱给自己买个满意行不行？以后你就带着这个唱戏，我天天儿来看。"娄三喜赶紧接话："这是人家汪局长的一片心意，你就收下吧。"

娄晓月盯着点翠头面犹豫不语，娄三喜快步冲进化妆间，大声招呼正在扮戏的徒弟："改戏！改戏！二堂舍子不唱啦，咱唱'贵妃醉酒'！"

此时，得月楼的大门口驶来两辆黑色轿车，佟梓华与七八个日本黑衣人下了车，沉着脸走进戏园大门。

台上的丁宝仍在表演，汪四海坐在桌前，笑不露齿，一脸满足。

佟梓华径直走到汪四海的桌前坐下，一句话也不说。刘金见势不妙，赶紧在汪四海耳边低声提醒，汪四海扭头一看，故作姿态地道："哟，梓华兄，少见呐！"佟梓华点头微笑："汪副局长，好雅兴啊。"

"佟大公子，幸会！巧得很，咱们在这见面了，今儿我点了娄晓月的'穆柯寨'，一起听听。"

佟梓华面不改色，道："我可没工夫听戏，我是来办差的。"汪四海哈哈一笑，道："这么忙？哎，三月初六，我过生日，在这儿包了场，梓华兄一起来凑个热闹！"佟梓华拱拱手："还真凑不了，三月初六我有要紧的事儿要办。"

"你也太忙了，什么要紧的事儿啊？听个戏吃个饭的工夫都没有？"

"三月初六，我在这儿包了场，请日本亲王殿下看戏。"

汪四海啊的一声，装作很吃惊的样子："哟！这不撞车了吗？这儿我早包下了。"佟梓华冷冷地道："我包的也不晚。"

"总有个先来后到，梓华兄让让吧！"

"我请你让让！"佟梓华话一说完，身后七八个黑衣人立即围了上来。

看戏的观众感觉气氛不对，纷纷起身往外溜。

汪四海瞧了瞧周围的黑衣人，不屑地道："不讲理是吧？今儿摆这阵势吓唬谁呀？"佟梓华底气十足地道："我怎么敢吓唬您汪局长？我这是客客气气地请您让一让。"

"你要不客气，该怎么样？"

"那就不好说了，都在街面儿上混，谁不知道谁呀？"

汪四海翻了个白眼："我怎么就不知道你呢？谁呀你是？瞧你怎么那么眼生啊！"佟梓华的脸色有些僵，强忍住没有发火："给个台阶就下吧，你不就是个警察局局长吗？"汪四海忽然扯开了嗓门，厉声道："既然知道，你还在这儿胡搅蛮缠！"

二人怒目相对，台上的丁宝吓了一跳，身子顿时僵住。

场面上的声音也全都停下来，众人不知所措地扭头往后台张望。大师兄急忙奔到后台去找娄三喜："师父，下边可有点儿不对劲。"娄三喜奇怪地问："我说声儿怎么停了，怎么了这是？"

"佟梓华带着一帮人来搅场子呢。"

"都是什么人呐？"

大师兄皱了皱眉："还都说日本话，听不懂。"刚要上妆的娄晓月忙转过头来问："汪四海呢？"大师兄一脸无奈："就是跟汪四海叫上碴巴儿了。"后台的人都不安地望着娄三喜，这戏到底还演不演，只能让班主拿主意。娄三喜沉思片刻，慎重地道："走，看看去，大伙儿都别慌，沉住气。"

娄三喜带着徒弟赶到戏台前，撩起台帘布缝，探头向大堂张望，只见汪四海气急败坏地拍着桌子大喊："佟梓华！别给脸不要脸！你就是日本人的一条狗，跑这儿来撒野！"

"汪四海！你个小小的破局长，还是副的，你狗毛儿都不是，就一狗屁！且轮不着你来撒野呢！"佟梓华仗着人多势众，嗓门比汪四海还亮。

"你不就仗着日本人撑腰吗？"

"日本人怎么啦？张大帅见了日本人也得礼让三分！"

汪四海大怒："我就不让了你怎么着？老子这生日过定了！"二人开始对骂，相持不下。而那几个黑衣人与数名警察也是剑拔弩张，跃跃欲试。娄三喜见场面不对劲，立即领着娄家班的人拥到了台前。

"今儿我叫你过一个一辈子忘不了的生日！打！"佟梓华一声令下，一名脸上长着一条刀疤的黑衣人凶相毕露，立马冲上去揪住汪四海。刘金一个箭步扑上来，猛地抱住了黑衣人的脖子，二人顿时扭打在一起。

剩下几名黑衣人们一拥而上，与汪四海身边的警察开始互相群殴。

噼里啪啦一阵响声，桌子椅子被掀翻，茶壶茶碗摔碎在地上，现场已乱作一团。娄晓月也从后台冲了出来，见到这场面大惊失色。娄三喜急得连连跺脚："别打了！别打了！"台下拳打脚踢，无人住手。汪四海站在了椅子上，暴跳如雷地道："他妈的！打死这帮小兔崽子！"佟梓华也不甘示弱："打死这帮狗娘养的！"

"爸！这么打要出人命的。"娄晓月心急如焚。

"别打了，求求诸位别打了！"娄三喜扯着脖子喊，见无人理睬，突然抄起一面大锣，来回奔跑着猛敲。打架的人群顿时愣住，惊讶地望着娄三喜，互相揪扯的人，已有人松了手。

娄三喜忙跳下了戏台，大声道："诸位诸位，都撒手，都撒手！听我说几句，都赖我，都赖我从中瞎挑拨的……"娄晓月一惊，像拦住父亲："爸！"娄三喜叹了一口气，道："都是我的错，对不起大伙儿了！不就为了唱戏的事儿吗？佟先生，您那个什么亲王也别请了……汪局长，您那个生日也别过了！我们也不唱了，都怪我不好，看我的面子，消消气，咱不打了啊！”

刀疤脸的黑衣人上前一步质问道：“你刚才说什么？”

娄三喜瞪了他一眼，道：“哟，会说中国话，我说三月初六，我们不唱了。”刀疤脸呵斥道：“叫你唱，你就得唱！”娄三喜皱眉道：“别不讲理啊，我都认错了，你还想怎么着，不唱！”刀疤脸厉声道：“八嘎！你知道你在跟谁说话？”娄三喜来气了，不屑地道：“知道！日本人是吗？我不愿意给你们唱戏行吗？”

“爸，回屋了回屋了，不跟他们废话了。”娄晓月跳下台来拉父亲。

娄三喜转身向台上走去，挥了挥手：“散了散了，瞧瞧打的这乱七八糟的，赶紧的收拾收拾……”刀疤脸突然大叫：“你，站住！”娄三喜甩开女儿，回过头来不耐烦地道：“怎么着？你还没完没了啦？！”

“你！你刚才是说，不愿意给日本人唱戏是吗？”

“是我说的！戏班子是我的，给谁唱不给谁唱我说了算！”

娄晓月紧张地望着父亲，佟梓华想上前去拉刀疤脸，而汪四海跳下了椅子，赶紧站在娄三喜身旁，提防刀疤脸打人。刀疤脸此时面色铁青，怒道：“你再说一遍！”娄三喜铿锵有力地道：“说什么？不唱了就是不唱了！”

不料刀疤脸二话不说，忽然掏出手枪，冲着娄三喜胸前“砰”的一声。娄三喜捂住胸口，脚步踉跄，手中的大锣哐当落地。汪四海全身一震，傻住不动了。娄晓月惊恐地瞪大眼睛，张着嘴抖索，冲上前抱住娄三喜：“爸！爸！”

娄三喜喉咙里一句话说不出来，手腕死死抓住女儿，背靠着戏台，缓缓滑落在地上。

此时，佟梓华已目瞪口呆，迅速上前拉住刀疤脸的胳膊，使劲往后一推：“走，快走！”二人掉头向门外疾步走去，汪四海厉声喝道：“站住！”警察们冲上去挡住去路，与黑衣人们举枪对峙，戏班武行们也怒气冲冲地围了过来。

“杀了人就想跑？你当我这警察局长是个摆设吗？！”汪四海怒不可遏。

佟梓华硬着头皮道：“汪四海，你别逞能，听我一句劝，你这么做知道什么后果吗？”汪四海突然哈哈大笑：“什么后果？撤职？坐牢？还是杀头？还能怎么着？”佟梓华沉声道：“跟你说不上话！叫你的人让开，放我们走！”

“有话去警局说！”汪四海态度坚决，丝毫不妥协。

刀疤脸走到汪四海身边，瞪了他一眼：“有话你去日本领事馆说，我不知道警察局是什么东西。”他傲慢地转身要离开，汪四海的手臂突然凌空一探，一把抓住他的手腕，一拧一撅就下了他的枪，冷冷地道：“今天我就让你知道知道！”

刀疤脸疼得弯下腰，单腿跪在地上，刘金上前用枪抵住了他的头，想一个耳光扇过去，甩了甩手终于忍住了。

佟梓华惊慌失措地道："汪四海，你要惹祸了，快点放开他！"

台前，娄晓月抱着娄三喜，绝望地抬起头大叫："汪四海……我爸爸他不行啦……爸……"情绪激动的娄家班大声狂吼："打死他！毙了他，给师父报仇！"

"听见了吗？杀人要偿命！我不知道日本领事馆是什么东西，带走！"

"汪四海！你疯啦？！"

汪四海咬牙切齿地道："还有你，一起带走！我要叫你们死得明白！"两名警员上前抓住了佟梓华，熟练地给他戴上手铐。佟梓华急得直跳脚："疯啦疯啦！真他妈疯啦！"

在场的黑衣人们试图举枪拦截，汪四海指了指刀疤脸，冷冷地道："都别动，动一动我先毙了他！让开！"刘金的枪口死死地顶住了刀疤脸的脑袋，只要汪四海一声令下，他随时开枪。黑衣人们面面相觑，缓缓退开。戏班子的人见汪四海押着刀疤脸向外走去，冲上去追打着慌忙撤走的黑衣人，口中怒吼："畜生！杀了他！杀人偿命！"

而此时的娄晓月，抱着死去的娄三喜已泣不成声："爸……爸……"

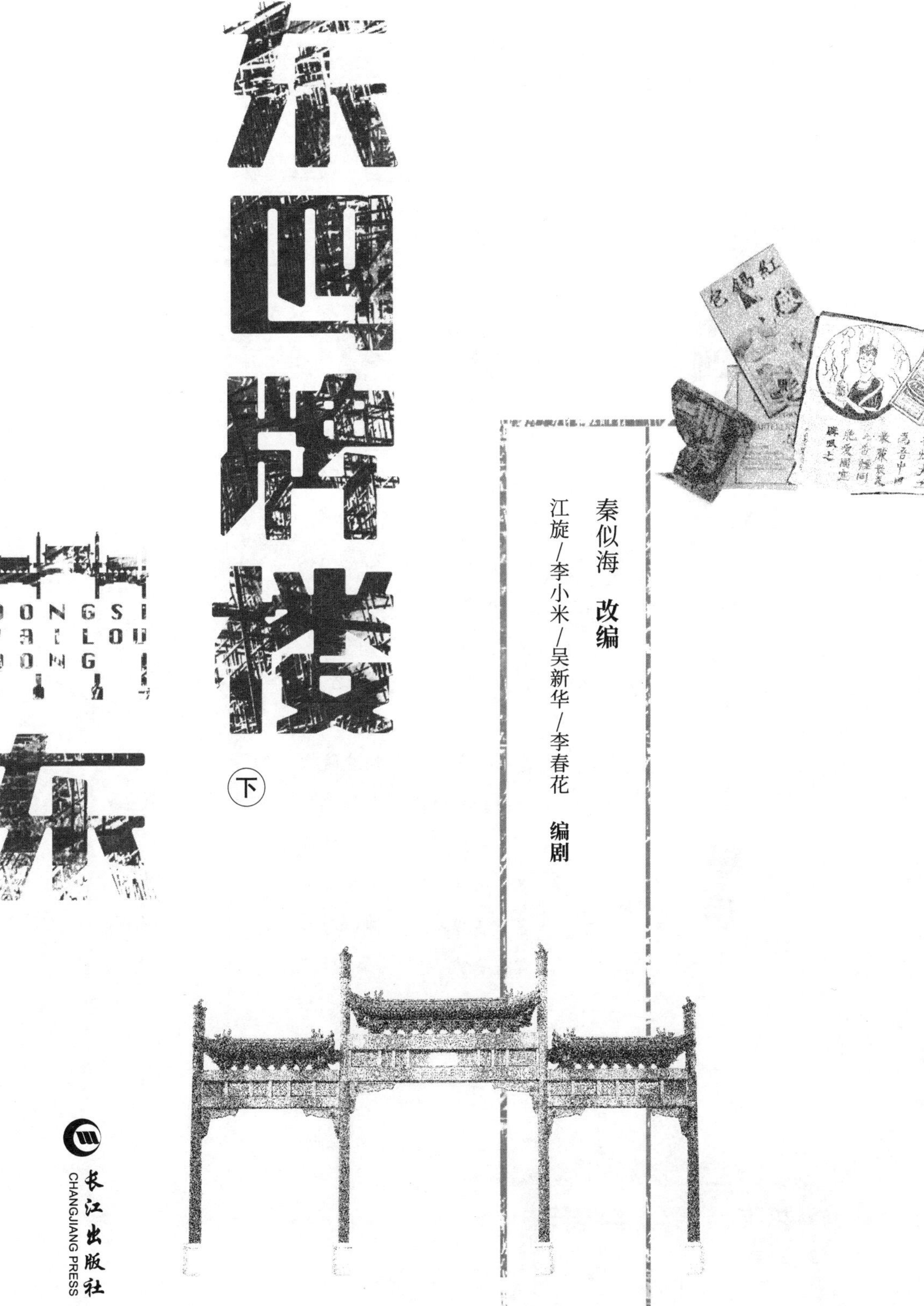

东四牌楼东

DONGSI PAILOU DONG

（下）

秦似海 改编

江旋/李小米/吴新华/李春花 编剧

长江出版社
CHANGJIANG PRESS

东四牌楼东

目录

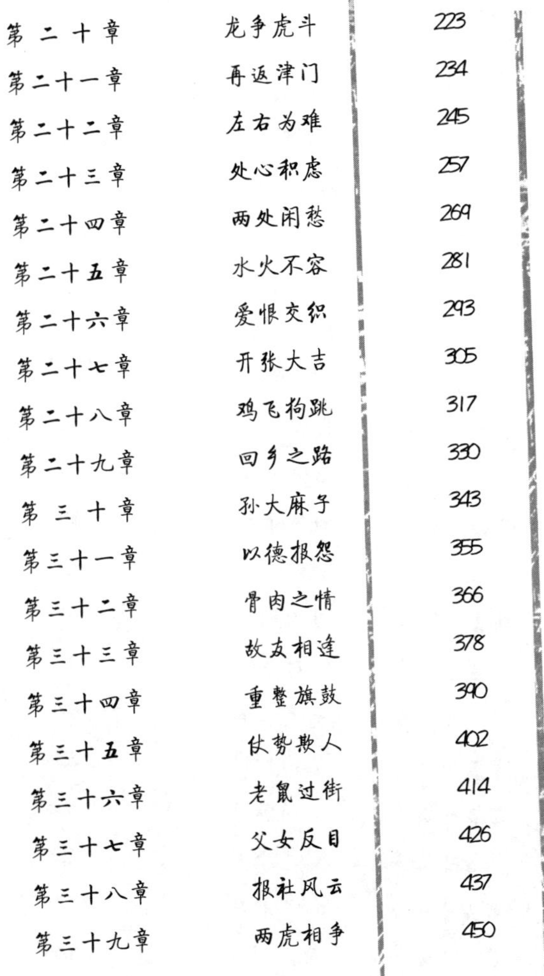

目录

东四牌楼

DONGSI PAILOU DONG

东

第四十章 以牙还牙

冷风戚戚，雾惨云愁。

得月楼的大门口挂起的白幡白帐，在风中颤抖。数十名前来吊丧的票友，心情沉重地走进大堂。戏台上站着一排娄家班的弟子，穿着白纱缟素，恸哭声一片。

此时，佟丽华在解家小院里屋，穿了件短外衣，拎着手提包要出门。解一半与翠儿推着酱肉车子正好收摊回来，佟丽华走到门口迎上去："回来了，今天收得早。"解一半的笑容有些僵硬，道："全卖完了，少奶奶上哪儿？"

"我去找娄晓月，问问哈岚的事儿有消息了没有。"

"少奶奶……"解一半皱了皱眉头，"您还是别去了，听说昨天佟梓华带了一拨人和汪四海的人火拼，出人命了……"佟丽华大吃一惊，失色道："出人命了？不会吧？"翠儿低声道："是……是娄晓月的爸爸被打死了。"

佟丽华怔住，似乎不敢相信自己的耳朵："我没听错吧？这，这是谣言吧？"解一半叹气道："哎，不是谣言呐，白幡白帐子都挂起来了，已经办丧事了。"佟丽华心里有一种不祥的预感，脱口就问："知道是谁打死他的？"解一半知道瞒不住，支支吾吾地道："知……知道，你哥的手下……还是个日本人。"

佟丽华闻言几乎晕倒，两只手无力地抓住车子，一张脸已经刷白。

翠儿慌忙上前扶住："少奶奶，快进屋躺会儿。"佟丽华缓了一口气："不不，我得去看看。"翠儿问道："上哪儿去？"佟丽华幽叹道："去得月楼，我要去灵堂祭拜……"解一半慌忙阻拦："少奶奶，这不太合适吧……你哥惹的事，你还祭拜，人家不怨恨你！”佟丽华正色地道：“所以我必须去，我得替我哥赎罪……要是哈岚在，他也一定要去的。”

“这，这可够冤的，人家都在气头儿，万一要……”翠儿有点紧张，这事儿可不是闹着玩儿的，娄家班的人随时可能将此事迁怒于少奶奶身上。

“他们要是打死我，就算是我给娄班主偿命吧。”佟丽华咬了咬嘴唇，转身进屋去换了一件深色的衣裳。

解一半见佟丽华态度坚决，也就不再阻拦，将酱肉车子拉到院子角落，等佟丽华从屋子里出来，便自告奋勇地道：“少奶奶，我得跟你一块儿去。”翠儿转身要去锁门，佟丽华喊了一声：“翠儿，你就别去了，你都有身孕了，可不能到处乱跑。”

“没事，我可皮实了。”翠儿面色一红。

“不行！以后这走街串巷的事你也少去，叫解大哥多受点累。”

解一半连连点头：“那是应该的，翠儿现在就是我的送子菩萨，我得供着她。”翠儿嗔道：“我才不叫你供着呢，没那么娇气。”佟丽华瞧她羞涩的样子，心有所思，轻叹道：“我一直想啊……咱们得攒钱买个铺面房，哪怕小点呢，不至于那么劳累，以后不用上街去，风吹雨打的也就不怕了。”解一半眼睛一亮，高兴地道：“少奶奶，咱想到一块儿去了！走吧，我陪你去得月楼……”

二人赶到得月楼，见大堂上的戏台已改成了灵堂，台上放着娄三喜的棺木，门帘两侧皆悬挂着戏迷们送的挽联。娄晓月穿着孝服跪在棺木旁，其他的师兄弟姐妹们都低头跪在灵堂，神情哀伤。

台下数十位戏迷票友皆朝着灵堂跪拜，唉声叹气地喊：“四喜兄，你死得冤呀……娄班主你英灵不死啊！老天不睁眼，好人没好报呀！”娄家班叩头还礼，娄晓月两眼失神，木然地叩头，就像是一具冰冷的木雕。

灵堂里的人已渐渐散去，佟丽华与解一半径直走到戏台主位，跪在布垫子上磕头：“娄班主！佟丽华前来祭拜，送您一程……”

此时，低着头的娄晓月身子一颤，冷不防大喊一声：“等等！”她忽然站起身来，说话的声音沙哑无力，“你们……你们来干什么？”

佟丽华柔声道：“晓月，我们来吊孝。”

“用不着！你还好意思来吊孝！”娄晓月的情绪有些暴躁，眼中两道寒芒死死瞪着佟丽华。

解一半见她突然发火，恭敬地道：“晓月姑娘，娄班主走了，我们心里也难受……

祭拜一下，也是尽个孝道。”佟丽华皱眉道：“娄班主生前，是我敬重的人，老实忠厚，从无害人之心，就这么不明不白地走了，老天不公，早晚我们要讨回个公道，我来吊孝是一片诚心……”娄晓月满脸泪痕，大声呵斥：“骗人！赶紧走，我不想见你们佟家的人！”

“走吧走吧，佟梓华是你哥，你还有脸说公道不公道！”丁宝怕娄晓月情绪失控，急忙上前拉住师姐，不耐烦地朝着佟丽华挥挥手。

佟丽华面不改色，道：“佟梓华是我哥，有这样的哥哥我也觉得不光彩！他做了什么恶，与我无关，哈岚若在的话，他会和我一起跪在灵前。我也是代表哈岚来祭拜的，我磕个头表个孝心，你都容不下吗？”

“别说了，你别说了，快走！”娄晓月不忍再听，扑到玉师姐的肩上，眼泪已经止不住。

丁宝与几位师兄担心娄晓月伤心过度，纷纷跳下灵堂，不客气地去推搡佟丽华：“快走快走！磕什么头呀？别等我们哥几个动手啊！”解一半上前拦住，挡在少奶奶的身前，抱拳叫道：“诸位诸位，别动手，听我说两句行不行？”

丁宝等人住了手，满眼仇视地望着解一半。

“没错，佟梓华、佟丽华都姓佟，他俩是兄妹，可不是一个性子！我们少奶奶早在天津就和他哥断绝了关系，哈贝勒爷也一直和佟梓华势不两立！人心都是肉长的，娄班主被害了，我们的心也一样的疼！今儿临出门的时候，我们就劝少奶奶别来，知道你们都憋着一口气，可少奶奶一定要来……”

众人鸦雀无声，闭口听解一半说，娄晓月身子微微一震，扭过头来。

解一半缓了一口气，接着道：“少奶奶说，她愿意替兄赎罪，就是被你们打死，也算是佟家的人为娄班主偿一条命！你们怎么能不分青红皂白就这样对待她？咱少奶奶，她真是一片诚心呐！”

他这一番话说得振振有词，娄家班的人皆是沉默不语，心想佟格格一片真心诚意，确实不应该与她为难，冤有头债有主，佟梓华的罪行自然与她无关。众人缓了一口气，往后退开，默默地回到台上。

佟丽华感激地望着解一半，突然跪在地上叩头：“娄班主，你死得冤，佟家的人对不起你！”

娄晓月闻言，心头一酸，伏到玉师姐肩上轻轻抽泣。

北平警察局。

胡厅长正在办公室里大发雷霆，汪四海一脸的不服气，笔直站在桌前，一双眼睛在墙上的治安宣传画上瞄来瞄去，说话的声音沙哑无力："胡厅长……是佟梓华带着日本人闯进了得月楼，他纵容手下滥杀无辜，难道我不该抓吗？"

"胡闹！刚刚张大帅的副官打电话来，大发脾气，赶紧把人给我放了！那是日本领事馆的人，你我惹得起吗？"胡厅长暴跳如雷，神情焦虑，眼下日本人嚣张至极，张作霖都不敢吭声，何况他一个小小的警察厅厅长？捏死他岂非就像是捏死一只蚂蚁。

"他杀了人得偿命啊！在我的地面儿上出了人命，我总不能不闻不问吧？"

"你这白长了脑子，是得月楼的人滋事在先，日本人开枪自卫，这不结了吗？"

"啊？睁着眼睛说瞎话？"汪四海吐出一口气，气呼呼地往椅子上一坐。

胡厅长吼道："对！闭着眼睛说真话，你就没命啦！"汪四海歪着脑袋恨恨地道："那娄班主就白死啦？我怎么跟人家娄家班的说呀！"

胡厅长一怔，怪不得你小子这么理直气壮的，敢情是惦记着女人呢？他脸色一沉，道："什么娄家班儿？别当我不知道，你跟得月楼那女戏子有一腿，瞎玩儿玩儿得了，为个女戏子你去顶这个雷，划算吗？"

"我干我的，您假装不知道，这横是行了吧？"汪四海有些心虚。

胡厅长不耐烦地摆了摆手，厉声道："电话都打过来了，我能不知道吗？少废话，赶紧放人！"汪四海咬了咬牙："放一个佟梓华，那个日本人不能放……"胡厅长瞪直眼睛，道："我说汪四海，摸摸你脖子上，到底长了几个脑袋？"汪四海脑袋一歪："甭摸，就一个。"

"还真是一个！你要长仨脑袋，你爱怎么作怎么作，就一个脑袋你这儿逞什么能啊！"

汪四海心里打定主意，这事儿可不能就这么完了，他眼珠子转了转，道："厅长大人，我偷偷地去把这事儿办了，绝对不连累您，这样行吗？"胡厅长见他还在讨价还价，顿时大怒："我看你这局长是不想当了，我现在就撸了你，你信不信？立马儿！赶紧的！现在！快给我放人！"

"我信！"汪四海见协商无果，知道这事儿警察厅是绝对摆不平了，他突然起身敬礼，扭头走出办公室。

胡厅长心神不安地抹了抹额前的虚汗，皱起了眉头。

此时，一辆黑色轿车早已停在警局门口，汪四海隔着窗看了一眼，亲自去拘留室，将佟梓华与刀疤脸恭恭敬敬地请出来，客客气气地送到门外，赔着笑脸道："还是佟先生面子大，得罪了啊！"

佟梓华觉得好歹得给他一个台阶下，人毕竟是警察局的局长，便拱手回礼，慎重地道："汪局长，说句实在的，咱们抬头不见低头见的，以后得相互帮衬，别老拆台。"汪四海态度恭敬："是是是，今后不敢了。"

"日本人咱真是惹不起，让一步，海阔天空。"

"我让我让。"汪四海连连作揖。

佟梓华笑道："三月初六你的生日不过了？"汪四海眨了眨眼睛："正像您说的，三月初六我去找找，哪个茅房干净，我蹲里边就把生日过了。"

"什么意思？这话我没说过呀。"佟梓华并没有听出汪四海的自嘲用意，微微一怔。

汪四海笑道："您请您的亲王听戏那是正事，只不过……您把娄班主杀了，还好意思请人家唱戏吗？"佟梓华的脸色有点难堪："我可没那本事，那要看日本人的面子了。"他转身走向黑头车，一旁的刀疤脸打开车门，突然回头接了一句："戏还是要唱的。"

"了不起，有的是好戏等您看呐，请吧！慢走！"汪四海盯着二人上了车，面带微笑，挥手告别，转过身来立即变了个脸，"刘金！派几个弟兄盯住那个日本人，逮空儿就抓了他！"

刘金皱着眉头，似乎有点儿担心："局长，再抓回来的话，这事可就大了。"汪四海冷笑一声，道："有我顶着呢，日本人不也没长三个脑袋嘛，咱就跟他比比谁脑袋大！"

礼士胡同佟侯府。

佟梓华一回到家，赶紧洗漱干净，心里越想越窝火，闹出这种事儿也实在是晦气，马棚刚出来又被关进了拘留室，眼前突然浮现娄班主临死前的眼神，不免心神悸动，老是觉得不踏实。

他在房里换上衣服，系好领带，正要去东四牌楼的工地看看，忽然瞧见佟丽华与解一半怒气冲冲地闯了进来，卢管家紧张地跟在后面。他头皮一麻，赶紧打招呼："妹子，有事儿吗？你怎么……"他话还没说完，佟丽华突然走上前来，啪的一声，猛地抽了他一耳光："你这个没人性的畜生！"

"怎么回事？你……你敢打我？"佟梓华惊恐万状地望着妹子，立马反应过来，大声叫道，"我知道了，你是为得月楼的事！不是我杀的！是日本人杀的，有本事你找日本人算账去！"

佟丽华脸色刷白，怒道："佟梓华！你草菅人命，真下得去手哇！这笔账早晚要算的！"佟梓华捂着脸道："行了吧你！警察局把我和日本人都抓了，没屁大的工夫就放了，你惹得起吗？"

"你混蛋！居然仗着日本人的势力胡作非为，你还是中国人吗！"佟丽华声嘶力竭地喊。

"我巴不得是日本人呢，我投错胎了！"

"真不要脸！"佟丽华气急，又要扑上去扇他耳光。

佟梓华慌忙后退，指着妹子呵斥道："我告诉你，这件事儿跟我没关系！我也没想到出这事，那日本人拔出枪我还没来得及拦呢，他就开枪了，我跟娄三喜没冤没仇的，我干吗要杀他！"佟丽华忿忿不平地道："那些日本人不是你带去的吗？不是你找上门闹事的吗？"佟梓华脸色一沉，叫道："不是！岛田你知道吧？天津樱花会馆的岛田，是他下的命令！我不过是执行而已，你不要再无理取闹，来人，把她给我轰出去！"

卢管家与孔雀跑进屋，知道佟格格的性子，都傻站着迟迟不敢上前。

佟梓华气急败坏地道："听见没有？把他们赶出去！"

"谁敢动！"解一半突然大吼一声。

佟梓华扭头瞪着解一半，大怒道："解一半，你算个什么东西，轮到你说话啦！你爸爸当年在王府当厨子，不过是个下贱的奴才，你也就是个卖酱肉的下三烂，在王府轮得到你吆三喝四的，我告诉……"他话又没说完，解一半已一个箭步冲上去，挥起拳头，一招直捣黄龙，重重地砸在他腮帮子上。佟梓华哪里受得了这般重击，身子摇摇晃晃，跌坐在地。

解一半二话不说，骑在佟梓华的身上又是一通暴揍。

卢管家与孔雀吓得撒腿就跑，解一半恶狠狠地瞪着眼，抓起佟梓华的领带用力一勒。佟梓华脸色惨白，张大了嘴狂叫："你个……狗奴才！撒，撒……撒手……不，不行……死了……"不料解一半咬着牙用力勒着，死活不松手。

佟丽华走上前去狠狠踢了佟梓华一脚，去拉解一半的胳膊："解大哥，别脏了你的手，走！"解一半站起身来，又狠狠踢了佟梓华两脚，朝他啐了一口，赶紧护着少奶奶离开佟侯府。

佟梓华被打得鼻青脸肿，趴着地上喘着粗气："没王法了……好，好得很……敢在我的家里打我？看我怎么收拾你们……"

得月楼。

戏台灵堂上的棺木已撤，门帘上挂着白幡白帐，中间供着娄三喜的牌位。

娄家班众师兄弟背着大大小小的包袱，给娄三喜上香叩头。

忽然，满脸怒容的汪四海大步走进得月楼，后面两名手下押着刀疤脸。只见他径直走到戏台前座，冲着娄家班的人一抱拳，沉声道："各位，杀死娄班主的凶手，我抓到了！"

娄晓月与众师兄弟愕然抬头，一眼瞧见刀疤脸正在刘金的胳膊下拼命挣扎，大师兄狂吼一声，立马冲下戏台，飞腿踹向杀死师父的凶手。刀疤脸轰然倒地，众人蜂拥而上，跳起来用脚疯狂踩踏刀疤脸："我踩死你！我今天就踩死你……"

台上的玉师姐抱着孩子，吓得往门帘后面躲。

刀疤脸抱住脑袋，痛苦挣扎，口中叽里咕噜地用日语喊："你们，放开我！"汪四海抬起腿，一脚踩在他脸上："还叫！给我老实点！"娄晓月突然大喊一声："通通给我让开！"

众人虽然情绪激动，但都听见了娄晓月的喊话，纷纷退开了几步。

娄晓月走到台前，冷冷地盯着刀疤脸。他此时脸上、身上都被踹得狼狈不堪，嘴角已开始流血，但还是硬气地望着娄晓月，用蹩脚的中文骂道："混蛋！你们，快放开我！你知道我是谁？你们想干什么……"

"哟，刚才不是还吱吱哇哇地说鸟语么，怎么现在又说起中国话来了？架子端下来啦？可惜哟，晚了！"汪四海翻了个白眼，面带冷笑，转身对着娄晓月一拍胸脯，大声道，"晓月，为你爸报仇！我成全你！"

娄晓月缓缓抬起头，神情之间似乎有些犹豫，这仇应该怎么报，她现在根本没有主意。

"你敢！你今天要是敢杀我，你们就通通不用活了……"刀疤脸面目狰狞，一副有恃无恐的模样。

"不杀你天理难容！"汪四海瞪了他一眼，突然掏出手枪抵住他的脑袋，"晓月，你看清楚了，就是这鬼子杀了娄班主！此人罪大恶极，滥杀无辜，我现在就把他正法！”

众人见状皆是一愣，赶紧往旁边闪开。刀疤脸的嘴角挂着鲜血，眼神却是镇定自若，鄙视道：“我看你，敢不敢！”汪四海哈哈大笑，呼的一声，开枪打中刀疤脸的胸口。得月楼里顿时鸦雀无声，众人看着刀疤脸倒地，半天没有缓过神，门帘后面的小不点儿受到惊吓，顿时在玉师姐怀里哇哇大哭起来。

汪四海抹了一下溅到脸上的血，转身对着戏台正中娄班主的牌位抱拳大喊：“娄班主！您一路走好，汪某为您报仇了！”

师兄弟们傻傻地呆站着，娄晓月突然全身虚脱，双腿一软，往地上倒去。

汪四海下意识地伸手，将娄晓月身子接住：“晓月……晓月……”娄晓月无力地瘫软在汪四海的怀中，口中喃喃地道：“爸，四海……为您报仇了……”她声音渐渐低沉，显然已晕了过去。

“晓月！晓月！”汪四海将她抱在怀里，焦急地大喊。

也不知过了多久，娄晓月在大堂座上醒来之后，见现场早已收拾干净，几位师兄弟正在父亲牌位前上香叩头。

大师兄神情黯然，缓缓地道：“师父，您走了，娄家班儿也散了，大伙儿全都都要各奔东西了……我们哥儿几个永远也不会忘了您的恩德，今后，只要晓月师妹有用得着我们的地方，一声招呼，我们立马儿就回来，您就放心地上路吧……”娄晓月浑浑噩噩地站起身，望着大师兄，也不知道应该说什么才好。

“晓月，我们走了，你多多保重……”几位师兄上前与师妹握手。

娄晓月捂住嘴，忍住悲痛扭过身去，不想让师兄们瞧见她眼角的泪水。

丁宝走过来，扶住娄晓月坐下，轻声道：“师姐，他们都走了，刚才这是最后一拨。”娄晓月悲声道：“丁宝，你也走吧……”丁宝摇了摇头：“我不走，我走了师姐一个人儿怎么过呀！”

“老天爷饿不死瞎家雀，怎么着，我还不能活呀。”

“您还带着个孩子呢。”

娄晓月微微一笑，轻叹道：“我去打零工，当老妈子……怎么也饿不死。”丁宝眼珠子转了转：“师姐，要不咱们搭别的戏班子去吧？”娄晓月一怔，无奈地道：“不了，我已经不想再唱戏了……小不点儿呢？”丁宝歪了歪脑袋，道：“睡着了，汪四海在屋里看着孩子，一直在等你呢！”

娄晓月心里惦记着儿子，赶紧起身回自己屋去。进屋一瞧，只见汪四海站在坐在摇床旁，轻轻地摇着睡着的小不点儿，抬头望了娄晓月一眼，又低头摇晃小床。

娄晓月感慨万千，倚在门框上呆望着汪四海，心里五味杂陈：“我爸的仇是报了，可是四海……你惹了大祸了。”汪四海面无表情，淡淡地道：“欠债还钱，杀人偿命，普天之下走到哪都是这个理儿。”娄晓月叹气道：“理儿归理儿，可这个世道有理可讲吗？”

“他们不讲咱们自己讲，一命还一命，咱大仇已报，这就是理。”

“日本人怎么会放过你呢？”

“大不了要了我的命，我不在乎。”汪四海一脸无畏。

娄晓月皱了皱眉，道：“汪四海，你跑吧！先到外地躲一阵子，等过了风头再说。”汪四海一听不乐意了，摇头道：“那不行，我跑了，他们会找你算账。”娄晓月怔住：“这叫什么事？他们杀了我爸，还找我算账？”汪四海正色地道：“你以为呀，他们什么缺德事都干得出来，他们会造谣，说你们娄家班儿挑起事端，行凶杀人，你百口难辩呐！”

“我也不在乎，只要你能逃出去，有什么祸事我顶着。”

汪四海苦笑道：“我的小姑奶奶呀！我惹的祸叫你顶着，以后我还有脸见人吗！不说这个了行吗？你也说不动我，瞎耽误工夫，我倒是担心，你以后的日子怎么过。”娄晓月白了他一眼：“你还担心我怎么过，先担心担心你自己吧！”

“晓月，咱说心里话，为了你，我无怨无悔，我也知道，我剃头挑子一头热，不管我怎么做，也换不来你的心，你知道我的心就行了。”

娄晓月咬了咬了嘴唇：“我感激你。”汪四海哑然一笑，道：“我最不需要你感激！这话叫我心里难受，不说了，你早点休息吧，我走了。”他起身往门口走去，娄晓月心绪烦乱地喊了一声“等等”，却不知如何开口。汪四海当然心知肚明，停住脚步，扭头问道：“哈岚还在大牢里是吧？你心里一直记挂着吧？”

“四海……我一个单身女人，有了孩子，我必须守着这孩子。”娄晓月小声地道。

“那你应该把孩子送去哈家，他们一直在要，你干吗要把自己弄得这么累，这么苦？”

娄晓月缓缓吐了一口气，道：“不说这个行吗？你也说不动我，瞎耽误工夫……汪四海摇头轻叹道：“哈岚的下落我查到了，海淀西三所大车店里关了一百多号人，人满为患，连饭都供不上，正急着往出放呢。可是那不归我管，你去找佟丽华，他哥正管这事儿，还得走日本人的路子……我现在说话没用了，日本人已经盯死我了。”

花园小楼。

草弥正在自家的书房里严厉训斥佟梓华：“荒唐至极！下个月亲王殿下就要到北平来，正是想要营造中日亲善的气氛，这个时候你居然闹出了血案，两条人命？你到底是怎么思考的？”

佟梓华一脸沮丧，额前的红肿还没有消，唯唯诺诺地道：“草弥先生，这件事我请示过岛田的……”草弥皱眉道：“他要你开枪了吗？”佟梓华摇头道：“那倒没有……可是草弥先生你应该知道，岛田君一向态度强硬。”草弥脸色一变，沉声道：“这个岛田，成事不足，败事有余，现在弄成了这种局面，叫我怎么向政府交代！”

“是他们娄家班先挑起事端，我们才不得不开枪……”佟梓华竭力争辩。

“鬼才相信！你就告诉我，下一步你想怎么做？”

佟梓华眼神闪烁，小声地道：“抓捕汪四海，弹压舆论，查封得月楼，肃清余党……”草弥闻言一怔，厉声道：“你这个人是不是没有脑子呀？这件事必须大事化小，小事化了！”佟梓华脸色刷白，尴尬地问：“那您的意思是……不追究了？”

“亲王殿下来北平，要看到一个和谐的局面，一个皆大欢喜的局面，才能展示我们工作的成绩，得月楼绝对不能封！”

“可是……娄家戏的班子都已经散了……”佟梓华的表情有些无奈。

草弥踱步窗前，凝望着外面绿草如茵的花园，缓缓地道：“这个不是问题，戏园子可以改掉……改成俱乐部，或者歌厅、旅社、餐馆，只要你接手得月楼，什么事都可以控制。”佟梓华听得一头雾水：“我拿什么接手？可那是汪四海的产业。”

“汪四海杀了日本人，正在惶惶不可终日，他以为这次死定了，可我们偏偏放他一马，叫他永远心有余悸，不是更可利用吗？”

佟梓华恍然大悟：“明白了，这叫欲擒故纵！”草弥微微颔首：“你要接手得月楼，让它与‘大和商社’形成遥相呼应的两个点，必须尽快开业，扭转现在不利的局面，忘记这次不愉快的血案。”佟梓华若有所思，想起汪四海又有些牙痒难忍，恨恨地道：“不处置汪四海就太便宜他了，他实在张狂……”

“他不会有好下场的，目前最重要的是封锁消息，防止外面的舆论煽动反日情绪，你明白吗？”

佟梓华挺了挺胸，恭敬地道："明白。"草弥沉吟道："你去处理吧……我要赶回日本，下个月陪亲王殿下一起过来。"佟梓华眨了眨眼："走以前不见见丽华吗？"草弥轻轻叹了一声，沉声道："哈岚被关进牢里，她不来求我，看来她对我已经有了戒心，我还是不要见她了。"佟梓华尴尬地笑了笑，道："哈岚这次卷进了一场政治风波，其实他这人，根本就不懂什么是政治。"

"他大概连李大钊是谁都不知道吧……现在抓的人太多，而且大多数是无辜的百姓，大帅自己反而都很被动。"

"我和丽华弄得也很不愉快，不过我想哈岚的事儿，她早晚还得求我。"佟梓华嘴角一扬，洋洋自得。

草弥皱眉思索，眼神却有些焦虑："你倒不妨帮他们一把，我们一直建议张大帅赶快放人。"佟梓华无奈地笑道："我知道草弥先生您一直想劝他们合作，但是我劝了多次，都碰上钉子，他还动了菜刀呢，您没想到吧？合作也不干，给钱也不要，真的很难缠。"

"哈王府那块旧地，我不想落个强占民宅的名声。让他们谈条件，多做些让步，总可以找到办法的。"

佟梓华点了点头："我尽力而为吧！草弥先生，那我先走。"他告辞转身，走到书房门口时，草弥突然叫住他，一脸肃容地道："佟先生，我希望您能记住中国有句古话，它叫'以和为贵'。"

得月楼。

佟梓华让人去警察局通知汪四海约谈，一个人坐在包间的桌前喝茶。没过一会儿，汪四海捧着个大礼盒进了得月楼，走到包间，将礼盒往桌上一搁，笑容满面地道："佟先生，汪某日前多有得罪，特意来向您赔罪了……"

佟梓华慢条斯理地喝了一口茶，冷笑道："您身为警察局长，秉公执法，公正严明，何罪之有啊！"汪四海哈哈一笑，抱拳道："佟兄说笑了，是汪某人鲁莽了……我也就是个局长，有些时候，真是身不由己啊！还望佟兄大人大量，海涵，海涵……"

"我不过就是日本人身边的一条狗，当不起你大局长的大礼。"佟梓华冷嘲热讽。

"不不……我才是狗，一条有眼无珠的瞎狗。您身份尊贵，甭跟我一般见识！要不您再骂我几句出出气？叫我给您汪汪叫几声都成！"

佟梓华鼻子里哼了一声，讥笑道：“果然是个没脸没皮的奴才……”汪四海脸色变了变，忍气吞声地道：“是是，是我眼瞎！竟没看清，您才是大总管！”

佟梓华瞬间变脸，怒道：“骂谁呢你？谁是大总管？你才是太监！你一家子都是太监！”汪四海慌忙摆手：“我不是那个意思，我是说，您是日本人在北平的大、大管家，是大和商社的……什么来着？总掌事！您这就是一人之下万人之上！”

“拍个马屁都不会拍，那叫总经理！”

“对对，总经理……我还真闹不了这些洋词儿……”

佟梓华斜了他一眼，幸灾乐祸地道：“现在知道日本人的厉害了？”汪四海连连点头：“知道了，太知道了！我今儿来，就是诚心诚意地来向您请教……我这事儿，该怎么了断？”佟梓华反问道：“您说该怎么了？”

“我……你看吧，还得请您指点一条明路走，我这人蠢，我小时候脑袋被门夹过……”

“哎！你说你惹谁不好，偏要去惹日本人？”佟梓华佯装叹息，打断汪四海的话，慢悠悠地喝一口茶。

汪四海见佟梓华故意摆谱，也不好生气，耐着性子恳求：“佟兄，看在咱们都是中国人的份儿上，您可一定得帮帮我……”佟梓华嘴角一扬，将手中茶盏轻放在桌上，意味深长地道：“你说怎么帮？如今这世道，是中国人的命金贵，还是日本人的命金贵？”

“自然是日本人的命金贵……”汪四海突然瞧见他用手指头叩了叩桌子，似乎在暗示什么，顿时醒悟，“佟兄不妨直说……他这条命值多少钱？”

佟梓华眼珠子一转，道：“这么着吧！你把得月楼给我，然后我去跟草弥先生求求情，这事应该就了了！”汪四海不可置信地瞪着佟梓华，诧异地道：“就要个得月楼？”佟梓华淡淡地道：“嗯，你考虑考虑吧。”

“那这事儿就算完了？”

“你还想怎么着？让日本人来抓你？”佟梓华端起茶杯，斜视汪四海。

汪四海如释重负地叫道：“得，打今儿起，这得月楼就姓佟了！”

第四十一章 寄人篱下

佟梓华没料到汪四海居然答应得如此爽快，微微一怔，心想他既然想息事宁人，自己要是再存心刁难就说不过去了，他这条狗命暂时先挂着。他立即装出一副很欣赏汪四海的表情，哈哈笑道：“汪局长不愧是御前领侍卫，能伸能屈，是干大事的人！不服可不行！”

“哪里哪里！我只是混口饭吃，跟您佟总经理不好相提并论！”汪四海赔着笑脸。

等佟梓华起身寒暄几句，拱手告辞出去，汪四海笑吟吟地将他送到门外，仰天望了一眼天空，脸色一沉，满怀心事地回到得月楼。

空荡荡的戏台上，挂着娄班主的黑框照片，案台摆着娄班主的牌位。娄晓月凝望着父亲的照片，神情悲戚。

汪四海默默地走到娄晓月身边，点上三支香，双手合十向娄班主拜了三拜，转身安慰娄晓月：“晓月，你也别太过伤心了，要注意身子，娄……大叔他泉下有知，也会担心你的。”

娄晓月垂下眼，轻轻点头。

汪四海叹气道：“晓月，我有件事儿想跟你商量……好歹这日本人是死在得月楼的，佟梓华说了，把得月楼转到他名下，这事儿就算了了。”娄晓月皱眉道：“这是日本人开的条件？”汪四海无奈地道：“晓月，我知道你舍不得得月楼，我干爹留给我的财产啊，我也舍不得！可眼下，实在是没有别的法子。我是担心你怎么办呢？你今后怎么打算？”

此时，丁宝正躲在大堂的角落里偷听，心里有些着急，这得月楼要是易主，哪里还有安身之地？

“今后？我不知道……无路可走，无家可归，无处可去……”

“佟梓华现在有日本人当靠山，谁都惹不了他……不过，咱们好歹算是帮娄班主给报了仇！我也知道你们娄家班师兄弟们走的走，散的散，要是你觉得可行的话，这以后你可以住到我那里去……”

娄晓月抬头望着汪四海，默然不语。

汪四海慌忙解释：“我没别的意思，你可别想歪了，我可没跟佟梓华狼狈为奸！我汪四海还没无耻到那份上，我就是想赶紧把这事儿处理完，免得节外生枝……”

娄晓月垂下眼睛，缓缓地道：“你帮我爸报仇，我怎么会怀疑你？我只是觉得对不起你，连累你了。”汪四海叹道：“咱俩谁跟谁啊，用不着说这话。”娄晓月点了点头，道：“行，我就带着孩子，先搬到您府上去！”

汪四海身子一颤，欣喜之情溢于言表，却又拼命压住：“太好了！晓月，咱就这样说好了！”娄晓月正色地道：“但我只是暂时借住……我找到房子就会搬出去。”汪四海点头如捣蒜：“我明白，我明白……过两天我派车来接你！我先走了，得去处理这事儿，抓紧把案结了！”

丁宝见汪四海一脸喜色地离开，立即从角落里跑过来，焦急地问：“师姐，你真要住汪四海家去啊？”娄晓月听见丁宝的声音，回过神来：“丁宝，你跟着大师兄他们去上海吧，去找余师叔！”丁宝大声道：“不！我不！师姐你怎么能去汪四海家住呢？那个坏蛋会欺负你的啊！”

“可他替爸报了仇……得月楼又容不下咱们了……”

“要走咱们一起走，咱们一起去上海吧！”丁宝用哀求的眼神望着师姐。

娄晓月扭头望了一眼娄班主的黑框照片，喃喃地道：“我不能走……”丁宝皱眉道：“我也不走！”娄晓月无奈地道：“那也行……只是丁宝，我实在没办法带你进汪府……”

“我才不去他家住！我就待在得月楼，死也要死在得月楼！”丁宝满脸怒容，忽然拔腿就往门外跑去，任由娄晓月在后面呼喊，他也假装听不见。

得月楼门外停着一辆马车，上面装着行李。

娄晓月站在门口，鬓角插着一朵小白花，正与玉师姐握手告别。小不点儿被一名中年女人抱在怀里，是汪四海家中派来的仆人莲嫂。她上前轻声唤着娄晓月："月姑娘，车在路边等呢，咱们走吧，等会怕是要下雨。"

丁宝一个人坐在台阶上，仰头望着灰蒙蒙的天空，不想跟师姐说话。

玉师姐肩上背着包袱，满面愁容地道："晓月，我今儿也走了……以后你一个人，要多保重。"

"你也要保重，记得叫大师兄他们写信保平安……丁宝……"娄晓月走上台阶，拉了拉丁宝的衣领子，丁宝扭着头仍然不说话。娄晓月知道他心里不舒服，却也不知如何安慰。

此时，一辆黑头轿车往街口驶来，一位警员下车提起行李箱，打开车门请娄晓月上车。娄晓月坐上轿车，回望得月楼一眼，心里感慨万千，虽然是舍不得，但是事已至此，已无挽回的余地。她含泪与师姐师弟挥手告别，汽车带着遗憾绝尘而去，渐渐消失在街道上。

"师姐！"丁宝忽然起身去追，口中狂呼，一行心酸的泪水顿时从脸颊上滚落，飘落风中。

汪四海府邸。

娄晓月抱着小不点儿，随着莲嫂进门，只见院子里砌着假山水池，两边各有一座宽敞的阁楼。娄晓月进了客厅，莲嫂笑容满面地道："月姑娘，您的房间在楼上，已经给您收拾好了，咱们上去看看吧！来，小少爷给我抱吧。"

娄晓月客气地道："不用，我自己抱就行，谢谢您。"

莲嫂笑道："您以后不用那么客气，叫我莲嫂就行，我一个乡下人，受不了那么多的规矩，局长让我来就是专门伺候您和小少爷的。"

二人上了阁楼，房间里是欧式的装修，墙边是豪华的家具，一个大梳妆台上摆满了各种各样的化妆品，旁边还有个大喇叭的留声机。

莲嫂放下包袱，亲切地道："月姑娘，您就住这间房，局长知道您要来，提前几天就让人收拾出来了，家具被褥都是全新的，还特意让人从上海买了高级化妆品，这些东西我见都没见过……局长对您可真是用心呢，那留声机本来在厅里摆着，局长特意让人搬到您房里来，说您爱听个歌儿啊曲儿啊的，给您解解闷儿。"

娄晓月环顾四周，皱眉道："汪四海人呢？"莲嫂见娄晓月直呼汪四海的大名，微微一愣，道："局长他早上走的时候交待过，今天晚上有应酬，不回来吃晚饭。"

"哦……"娄晓月点了点头。

"您也累了一天了，把小少爷给我吧，您歇歇，我带他下楼吃点东西。"

娄晓月警惕地抱紧了孩子，道："不用。"莲嫂尴尬地笑了笑："那您先歇着，我下楼去给您和小少爷弄点吃的，饭好了我叫您。"

"好的，有劳了！"娄晓月微笑致谢，将小不点儿放在床上，转身走到梳妆台前，取出一瓶化妆品仔细地看一看，闻一闻，抬头看到了化妆镜中的自己，鬓角一朵小白花，面容略显凄苦和憔悴。

她轻轻叹了一口气，看见留声机上有一张唱片，封面上写着：娄晓月老板，凤还巢。

警察局。

汪四海正在办公室里看报纸，刘金进来报告："局长，娄老板已经接到府上了。"汪四海并没有流露出欣喜的表情，只是漫不经心地嗯了一声，头也不抬，继续看报。

刘金眼珠子转了转，奇怪地问："局长，您不回家看看？"汪四海淡淡地道："急什么。"

"我的意思是，这好不容易把娄老板弄进府了，您怎么又不急了？"刘金话一说完就有点后悔，好了，自己这是皇上不急太监急。

汪四海瞪了他一眼，一本正经地道："你知道个屁？乘人之危岂是君子所为？"刘金装作幡然醒悟的模样，连连点头："局长说的是！局长高见！"汪四海放下报纸，低头看了看表，脸上突然露出一丝笑容："下班啦，咱哥俩喝两杯去！"刘金顿时眉开眼笑："好，好！"

二人出了警局，径直找了家小饭馆，喝得高兴时，汪四海一杯接着一杯，根本停不下来。

一直喝到了大半夜，汪四海才晃悠悠地回家去。

汪府阁楼上的房间还亮着灯，留声机里播放着舒缓的歌曲，娄晓月此时正和衣半卧在床上，轻轻拍打已熟睡的小不点儿，渐渐闭了眼睛。

汪四海醉眼蒙眬地推门进去，轻喊一声："晓月……"他突然发现娄晓月已经睡着，微微一怔，不由自主地走到床前，瞧着熟睡中的娄晓月，不免心中一荡，忍不住伸手过去想摸一摸她的脸。他手伸到一半，忽又停住，恋恋不舍地收回，拉过被子轻轻帮娄晓月盖上。

被子拉到一半，娄晓月突然醒了。她睁眼看到汪四海的脸，吓了一跳，猛地坐起来，拉过被子捂着胸直往后缩，又慌忙俯下身子护住孩子，惊恐万状地瞪着汪四海。

“晓月，吵醒你啦……”汪四海哑然失笑。

娄晓月失声尖叫：“你别过来！”汪四海立马直起身子，往后退了一步：“放心，我不动你……我刚回来，看你屋里的灯还亮着，没想到你睡着了，怕你着凉……”娄晓月见自己的衣服完好如初，定下心神，翻身坐到床边，拢了拢头发，低声道：“刚才我哄孩子，没想到就睡过去了。”

“这几天你是太累了，早点睡吧……今儿我太忙了，明天再给你接风。”汪四海转身往门外走，忽然又想起了什么，从兜里掏出一个拨浪鼓来，“给孩子买的，留着玩儿吧！”

他将拨浪鼓放到床头柜上，打开桌上的台灯，将屋顶的水晶吊灯关了，径直往门外走去。娄晓月有些意外地看着他，默然不语。汪四海走到门口，手拉着门回头，又关切地说：“记得关灯，把门锁好……别着凉。”

娄晓月起身走到门边，赶紧将门锁拧上，想想又不放心，转身去桌子上取了个咖啡杯，轻轻地挂在门把手上。娄晓月躺在床上，拉上被子，满腹心事地望着天花板，疲惫地闭上眼睛。

她已昏昏沉沉地入睡，猛地睁开眼睛，瞧瞧身边的小不点儿还在酣睡，紧张的表情才松懈下来。桌上的台灯依然亮着，娄晓月伸手去关掉，起身下床，走到门口，见咖啡杯安然无恙地挂在门上，她若有所思地皱了皱眉头，轻轻地将杯子取了下来。

清晨，莲嫂买来了油饼和包子，又熬了一锅米粥，去厨房准备了几碟小菜。她见局长已经坐在客厅，赶紧盛了一碗热粥端上桌子。

汪四海抬头望了阁楼一眼，道：“晓月还没起床？”

“起来了，在弄孩子呢。”她见局长喝了口粥，皱起了眉头，好像脸色不太好看，赶紧将身上的围裙解开，“要不，我去请月姑娘下楼吃饭吧？”

汪四海咬了口油饼，摆了摆手：“不用……你记着，在这个家里，晓月愿意干什么就干什么，她说什么你都得听。”莲嫂点点头：“我知道了。”

“只有一点，不能让她离开汪府半步！你一定要给我盯紧了，她要是跑了，你小心你一家子的性命。”汪四海的语气有些凶悍。

莲嫂被他的眼神吓着了，惊惶地道：“诶诶，我记住了！局长您放心吧。”

此时，娄晓月穿戴整齐，抱着孩子从楼梯上走下来。汪四海抬眼看到娄晓月，高兴地招呼："哟，起来啦！来来，快吃饭！"莲嫂刚上前将孩子接过去，汪四海指着桌上的碗道，"这饭孩子也不能吃啊，莲嫂，你得给孩子单独做点儿啊！"

"厨房里蒸着鸡蛋羹呢，我去看看好了没。"莲嫂抱着孩子往外走。

"哎，哎……"娄晓月一怔，始终放心不下孩子，想追去厨房。

"放心吧，莲嫂带孩子比你有经验。来来，坐坐。"汪四海轻叹一声，拉着娄晓月坐下，手里剥起一个鸡蛋，边剥边说，"还习惯吧？昨儿睡得还好吧？"

娄晓月淡淡地道："还好。"汪四海嘱咐道："有什么不满意的，缺什么少什么，尽管告诉我！我要不在，就跟莲嫂说，千万别见外，就把这儿当自己家一样，啊！"娄晓月点了点头，说了一句："谢谢。"

"跟我客气什么呀！哎呀，这家里有个女人呀，才像个家……"汪四海将剥好的鸡蛋递给娄晓月，"昨儿回来晚了，也忘了跟你说，哈岚那边儿出了点事儿……"娄晓月一惊，问道："他怎么了？"汪四海笑了笑，道："你别紧张，他没事儿！就是西三所大车店的临时大牢拆了，现在不知道转哪儿去了……佟丽华好像已经去找过。"

"那怎么办？"娄晓月有些紧张。

"我已经派人去打听了，应该很快就有消息。"

娄晓月松一口气，又说了一句："谢谢。"汪四海摇了摇头，道："你怎么老是谢啊谢的，说了甭跟我客气！哎，不过哈岚这事儿，的确不好办……"娄晓月面色微红："我知道让你为难了。"汪四海眨了眨眼睛，道："这事儿虽然为难，但为了你，再难我也得救啊！只是月儿啊，我要真把哈岚救出来了，你有什么打算？"

"他过他的日子，我过我的日子，还能有什么打算？"娄晓月咬了咬嘴唇。

汪四海哈哈一笑，道："这就对喽！咱们过咱们的日子！这么着，我把哈岚救出来之后，你就嫁给我，怎么样？"娄晓月啃了口鸡蛋，凤眼一瞪："你又来了！"汪四海摸了摸脑袋，笑道："你总得给我来点儿劲儿不是？让驴拉磨，前头还得吊把草呢。"娄晓月含糊其词地道："先把哈岚救出来再说吧！"

"啊！你这是答应了啊，答应了！来来，吃菜吃菜！"汪四海热情地给娄晓月夹菜。

得月楼大门紧闭。

丁宝蹲坐在空荡荡的大堂角落，正靠着柱子在睡觉。忽然吱呀一声，大门被人推开，他顿时惊醒，慌忙往后台的布帘内钻进去，探出脑袋向门外张望。

只见佟梓华嘴里叼着雪茄，带着卢总管走进大堂，指着观众席笑道："日本亲王就要来了，点名要吃御膳，正好草弥先生也是个美食家，咱就投其所好，开个御膳酒楼，这样招待日本亲王也就不用去别的地儿了，就在咱自家的酒楼里，多有面儿！"

卢总管点头称赞："这可是个好主意呀！既可以招待了亲王，日后您跟草弥先生也好有个清净处……"

躲在暗处丁宝一动不动地坐着，瞧见佟梓华满脸得意的表情，心想，原来是要改建酒楼，唱不了戏了就改吃饭了，这主意倒也不错。

"哎？这时间来得及吗？"卢总管似乎想到了什么事，"要做正宗御膳，势必得找个打宫里出来的御厨，这一时半刻的，咱们上哪儿找去啊？"

佟梓华突然嘿嘿一笑："心急吃不了热豆腐，不是现成就有一个吗！"卢总管疑惑不解，旋即恍然大悟："哦，您是说……"

二人心照不宣，相视而笑，丁宝搔了搔头，疑惑地望着他们。

解家小院。

佟丽华出去找了好几天，海淀的大车店她也跑了两三趟，而且亲眼看见马棚已被人拆除。她觉得筋疲力尽，失望地对解一半与翠儿说："我到处都去打听了，还是没有哈岚的下落……"

"要不，咱还是找舅爷想想办法吧！少奶奶，汪四海看见日本人肯定是没辙，眼下除了舅爷，还有谁能帮咱把爷捞出来？"翠儿无奈地摇头。

"哟！怎么？你们总算想起我这个大舅爷啦！"院子外面突然传来佟梓华的冷笑声。众人一怔，只见佟梓华嘴里叼着一支雪茄，神气活现地进屋，大咧咧地坐下来，给自己倒了一杯茶。

佟丽华冷冷地道："你来干什么？"

"丽华，我知道你不欢迎我，那我长话短说，也不来跟你拐弯抹角了，我有件特别着急的事儿，得找你商量商量……"

"我俩之间已经无话可说了！"

"咱们毕竟是亲兄妹，打断骨头还连着筋呢！丽华，我知道那天你动手是因为在气头上，我不跟你计较……"

翠儿见到佟梓华进屋，眨了眨眼睛，就像是见到贵客似的忙上前给他倒茶，用试探性的口吻问道：“舅爷，今天来不会是为了咱家爷的事儿吧……”佟梓华闻言，瞧了瞧翠儿隆起的肚子，皱了皱眉：“哈岚那事儿……是他自己胡闹，真不好办。”翠儿笑吟吟地道：“舅爷不是关系很多的嘛！”解一半突然喊了一句：“翠儿！你用不着求他！”翠儿微微一愣，嗫嚅地道：“我就是问问……”

“实不相瞒，我今天是为了得月楼而来！”佟梓华扫了三人一眼，嘿嘿笑道，“我刚接手得月楼，正急着要找个厨子……”

佟丽华吃了一惊：“你接手得月楼？”解一半也是大感意外：“得月楼找厨子？戏园子找厨子？”佟梓华得意洋洋地道:“这不是娄家班解散了吗？就把得月楼给我了！以后……”他话还没说完，佟丽华脱口就问：“那娄晓月呢？孩子呢？”

“孩子？什么孩子？娄晓月跟着汪四海走了呀！关我什么事？”佟梓华一脸迷惑。

三人对视一眼，觉得这事儿有些突然。

“你对娄晓月到底做了什么？”佟丽华气呼呼的质问。

“天地良心呀！是娄家班解散，汪四海这才把得月楼卖给我的……你要不信你可以自己去问他！不管怎么说，反正现在我是得月楼的老板，我打算用那地儿开个御膳酒楼……”

解一半与翠儿面面相觑，原来这混蛋大舅爷是想将得月楼改建成酒楼？

佟丽华冷冷地道：“那祝你生意兴隆！解大哥，送客！”解一半正要上前赶人，佟梓华立马叫起来：“哎哎，我话还没说完呢，今儿来就是想跟你借解一半用用！不瞒你说，我跟日本人打了包票，要找到个御厨来掌勺，这可是光耀门庭的好事！”解一半歪了歪脑袋，冷笑道：“你脑子是进水了吧？你想让我去为日本人做饭？打死不去做汉奸！”

“解一半！你骂我打我，我都不来跟你计较，今儿我是诚心诚意上门请你！”

“舅爷，您能找到我家爷在哪儿吗？”翠儿小声地问。

解一半呵斥道：“翠儿？你一边歇着！”佟丽华赶紧上前拉开解一半，瞪着佟梓华，正色地道：“你能找到哈岚，把他从牢里弄出来吗？”佟梓华面有难色：“我刚说了，这事儿不好办……”解一半哼了一声，骂道：“你这汉奸，对中国人见死不救，满脑子就想着怎么拍日本人的马屁！”

“解一半，你别敬酒不吃吃罚酒！你可知道请你当厨子，是多看得起你！”佟梓华扯开嗓门叫起来。

解一半怒道："老子才不怕你！"佟梓华脸色一变，突然指着翠儿道："你家里还有个大肚婆呢……你不怕我算什么本事？难道你不怕死？"解一半涨红了脸，恶狠狠地道："佟梓华！你敢动她一指头？我解一半贱命一条，要不要无所谓了！你要敢动我的家人，我才不管你是不是舅爷，我跟你一拍两散，谁死在前头我可不知道！"

"你这是给脸不要脸呀！解一半！你他妈还真以为你是御厨呀？我这都是看在你爸的份儿上，想给你个机会……你以为我真找不到御厨吗？三条腿的蛤蟆不好找，两条腿的人多的是，你以为老子非得求着你！"

解一半不由分说，将他往外推走："滚吧！"

"你个不识抬举的东西！他妈的又臭又硬，你们就等着饿死穷死吧！"佟梓华狠狠地将手里的雪茄丢在地上，气呼呼地转身离开。

吃过晚饭，收治好厨房，解一半回屋铺炕睡觉，翠儿挺着大肚子，叉着腰在一旁抱怨："你说你这人，跟佟梓华把话说那么死干什么？咱正愁没门路救爷呢，他找上门来求咱，咱不正好提条件，让他把爷救出来？现在倒好，自己把路给堵死了。"

"他都敢拿你威胁我了，我还不跟他恼！"解一半余怒未消。

"他敢！他也就那么一说……再怎么说，也是亲戚……"

"他那酒楼可是给日本人开的，要给日本人做饭！"解一半虽然生气，却不敢怠慢了翠儿，铺好炕之后，赶紧扶着翠儿坐到炕上。

翠儿叹了一口气，道："你管他给谁做饭，不都一样是做饭吗？哄着他把爷救出来才是真的。"解一半无奈地道："爷要是知道我去给日本人做饭，他才会更生气！说不定能出来他也不出来了！"翠儿一怔："爷才没你那么傻！"

"翠儿，解大哥，睡了吗？"佟丽华在屋外喊。

"没呢，少奶奶，进来吧！"

佟丽华掀开帘子进屋，冲着翠儿笑了笑。

翠儿不好意思地道："我正在这儿骂他呢，他这个没数的，跟舅爷把话说得太过了，少奶奶您别往心里去……"佟丽华安慰道："我哥那人我还不知道？别说解大哥，听他那话我也要跟他急了！你们放心，我哥这人也就是一张嘴，他没那个胆，不敢动咱们的。"翠儿点了点头："这个我知道……"

"解大哥，你说这御厨真像我哥说的似的，那么好找？"佟丽华扭头问解一半。

解一半皱了皱眉头，道："据我所知，以前跟我爸一起在宫里御膳房伺候的那些老人儿，走的走，散的散，怕是不那么好找了……"翠儿疑惑地问："少奶奶的意思是……"

佟丽华笑道："我琢磨着……既然我哥已经把大话跟日本人吹出去了，要是真找不到御厨，闹不好还得回头再来求解大哥……"

翠儿惊喜地道："那照您的意思，就算咱们不说，他也会主动提出来去救爷了？"佟丽华满怀自信地道："这事儿要是不急，今儿他不会来的。"翠儿见解一半坐在一边闷声不吭，使劲戳了戳他，皱眉道："你可别再犯傻了，得月楼又不是改成日本酒楼，救爷的事儿要紧！"解一半应了一句："知道啦！"翠儿缓了一口气，问："少奶奶，那万一舅爷真找到了个御厨呢？"

佟丽华轻声叹息："那就只能怪哈岚命不好了……"

汪府大宅内，小不点儿躺在童车里咿呀咿呀地叫唤，娄晓月正在逗着他玩，忽见莲嫂带着一位裁缝模样的老师傅进了门，后面跟着个小徒弟，怀里抱着一摞五颜六色的丝绸样布。

莲嫂笑容满面地上前介绍："月姑娘，这位是瑞蚨祥的师傅，局长交待，给您做几身衣裳，您看这料子样式都带来了，您快来挑挑。"娄晓月瞥了老师傅一眼，淡淡地道："我现在还在热孝中呢，不能穿得太艳，让师傅白跑一趟了，请回吧。"

"这……您看师傅来都来了，要不您选两身素一点儿的，让师傅给您量量？"

娄晓月微微一笑，道："不必了，我不缺衣服。您要不想让师傅白跑，不如给您做一身吧，我跟局长说说。"莲嫂尴尬地道："我……我一老婆子，做衣裳干什么呀！"

"替我谢谢局长，小不点儿该睡觉了，我回房了。"娄晓月从童车里抱起小不点儿，转身上楼。

莲嫂怔住，无奈地摇了摇头，赶紧去跟老师傅赔礼道歉，客气地送出门。

傍晚时分，汪四海回到府邸，若无其事地将莲嫂喊到客厅的偏房，小声地问："莲嫂，今儿月姑娘都干什么了？"莲嫂应道："没干什么呀。"汪四海眼睛一瞪，皱眉道："我是问你，她一天都干什么了？"

"一早起来，喝了碗小米粥，吃俩焦圈……"

"完了呢？"汪四海追问。

"月姑娘想吃拌白菜心儿，我出去买菜去了。我到菜市场一看哪，那白菜都不新鲜，有一家还不错吧，只是白菜帮子又太多，光外边儿的白菜帮子，都能有半斤！我掰了两块下去，他还不干，那怎么能吃啊？可是我把外边帮子一剥就有半斤，您说亏不亏……”

汪四海觉得头皮有些发麻，突然大叫：“停停停！我问你月姑娘干什么了，你跟我扯什么白菜帮子？”莲嫂微微一怔，接着又开始回忆：“是啊是啊……月姑娘下楼的时候还滑了一下，我早就说过要弄个垫子！比方说吧，要是能在楼梯底下放个垫子，她下楼时踩在垫子上，也就滑不着了，其实那垫子挺便宜的，我在杂货店看见过……”

汪四海只觉得耳边嗡嗡直响，张大了嘴巴又叫：“住口住口！怎么又是楼梯垫子了？我问你什么你说什么，吃完早饭她干什么了？”

“听唱片儿啊，就那唱片儿，它那个摇杆子不转，我就寻思吧……”莲嫂话还没有说完，汪四海咬着牙道：“住口！听完唱片儿干什么了？”莲嫂正色地道：“就吃晌午饭了。”汪四海继续问：“那吃完晌午饭，干什么了？”莲嫂若有所思地道：“月姑娘想出去，我没让她出去……您不是说过吗，让我看着她，不许她出去。”

“那她说什么了？

“她什么也没说……其实啊，您就是让她出去也没事儿，您说一人儿老在家有多闷得慌，我跟她说过话儿吧，她又爱搭不理的……我知道，她可能是嫌我啰嗦，也可能是……”

汪四海额前渗出冷汗，脸色一黑，怒道：“你给我住口！以后我问你什么你就说什么，少跟我弄些白菜帮子楼梯垫子，跟你说话真累！”莲嫂不好意思地笑了笑，道：“局长，其实我也挺累的……”

得月楼正在装修，门口贴着一张招聘御厨的告示。

丁宝始终舍不得离开得月楼，自告奋勇地去应聘杂工，每天推着小车，带了顶帽子，吃力地往外面搬运渣土。白天跟着大伙儿一起在工地上吃饭，晚上就独自一人藏在包间里睡觉。

佟梓华也经常在现场亲自监工，在大堂的戏台上搭建了一间办公室，接到草弥的电话，就一脸的谄媚：“草弥先生您放心，一切进展顺利！装修已经快完工了……是是，绝对豪华！御厨？御厨当然也不是问题……对对，保证是从宫里出来的！是的是的，我一定抓紧……一定一定，亲王大人到来之前，保证一切准备妥当！”

他放下电话，脸上的表情顿时转为焦怒：“他奶奶的！我就不信了，除了他解一半，我还找不到个厨子！”

此时，卢总管兴冲冲地奔进大堂办公室，高兴地叫喊："小侯爷！找着了，找着了！"佟梓华皱眉道："什么找着了？"卢总管擦了擦汗，道："您让我去打听的御厨，今儿有着落了……"佟梓华大喜过望："在哪？"

"人我带来了。"卢总管指了指大堂上一位穿着西服，东张西望的中年人，"这位就是李神厨！"

李神厨走到佟梓华身前，恭敬地行礼："佟先生是吗？如果我没有猜错的话，您应该是前清佟侯爷的长子……"佟梓华上下打量着李神厨，觉得似曾相识，眼睛一亮，道："你是……御膳房的小李子！"

小李子清了清嗓子，哈哈笑道："佟先生好眼力！"佟梓华颔首道："既然你是宫里的御厨，那都会做哪些御膳啊？"小李子龇牙一笑，道："那就看您想吃哪一道了？蒸羊羔、蒸熊掌、蒸鹿尾儿、烧花鸭、烧雏鸡儿、烧子鹅、卤煮咸鸭、酱鸡、腊肉、松花小肚、晾肉香肠……"他一口气报了数十道菜名，如数家珍。

"啊！你跑这儿给我背贯口来了啊！"佟梓华听得一头雾水，摆了摆手，"我就问你，这'蒸鹿尾儿'不知道你跟解一半哪个做得地道啊！"

小李子闻言一怔，道："您说什么？解一半……是不是解神厨的儿子？他只是个卖酱肉的吧？"佟梓华突然一笑："不错，他倒真是卖酱肉的……"小李子眼神闪烁，正色地道："佟先生，你知道么，就这解一半他爸，当年宫里的解神厨怎么出名的？哎！一言难尽呐，其实全都靠我啊！煎煮炒炸我一手包，他老人家只管讲菜……其实背菜名儿这事，他倒是比我熟！"

"这个我有印象！解神厨当年的确是讲的一口好菜……那我问你，满汉全席行吗？"

"当然没问题呀，玩过好几回。"小李子神情得意。

"多少菜式？"

小李子嘴角一斜，叫道："一百零八样！"佟梓华盯着他看，呵呵笑道："为什么是一百零八样？"小李子对答如流："三十六天罡、七十二地煞，天上地下无所不包的意思！"

"说个什么讲究。"

小李子得意地笑道："冷，热，甜，咸，荤，素，六样，寿酌不上火饭，喜酌不上桃包！这可是地地道道的手艺活，嘴儿吹得天花乱坠也没用！"佟梓华面露喜色，缓了口气道："好！下个月十号我开幕宴客，厨房我可就交给你了？"

小李子眉角上扬，竖了竖大拇指："佟爷，您就请好吧！"

第四十二章 南郭先生

汪府客厅。

小不点儿坐在童车里自己玩耍，娄晓月坐在一旁，跟着莲嫂学打毛衣。

莲嫂手里举着个织了一半的针线活，耐心地讲解："您从这儿穿过去，在这样一绕，再拉出来，手指儿顶住……"娄晓月认真地摆弄针尖，学着莲嫂的手势："我先试试……"

二人正在交谈时，门外一名警员匆匆忙忙地进来，站在院子里喊道："报告！这儿有一封信，是给娄老板的！"娄晓月好奇地起身，伸手去接过信件："是寄给我的？"

"寄到警局请汪局长转交的，汪局长怕您着急，特意命令火速送来。"

娄晓月拆开信看了一眼，顿时激动万分："啊！是我大师兄来信了！他们到上海了！谢谢你，谢谢你！"

警员立正敬礼，转身离去。莲嫂瞧见娄晓月开心的样子，脸上也泛起笑容。

娄晓月手舞足蹈地挥着信纸，去逗儿子："小不点儿，快看快看，你大舅舅来信了，你大舅舅……"

转眼已是夜深，娄晓月靠在床垫上轻拍着小不点儿，看着儿子熟睡的样子，有些心神不宁。

楼下汪四海醉醺醺地进门，莲嫂赶紧迎上去："局长回来啦！又喝这么多酒……"娄晓月听到汪四海的动静，忙坐起身来，悄悄地走到门边，聆听着汪四海的脚步声。

汪四海晃悠悠地上楼，走到娄晓月的门前停住，正犹豫着要不要去敲门，房门突然打开，只见穿着睡衣的娄晓月站在门后，杨柳细腰，曼妙可人，心里咯噔了一下，立马傻住。

娄晓月被汪四海身上的酒气熏着了，皱了下鼻子。

汪四海回过神来，干咳了一声，关切地问道："还……还没睡？"娄晓月点了点头，说了一句："谢谢你让人把大师兄的信送来。"汪四海反应有些迟钝："啊？哦……我就知道，你肯定盼着他们的信儿呢，所以一收到，我就让人给送来了……"娄晓月嫣然一笑："我在厨房熬了酸梅汤，加了蜂蜜了，最能解酒……你让莲嫂盛了给你喝吧。"她话一说完，立即关门。

汪四海对着房门愣了半天，转身往楼下走去："莲嫂！莲嫂……"他边走边喊，只觉得娄晓月的笑容让他浑身的骨头轻了好几两，走起楼梯来都是轻飘飘的。

娄晓月站在门后，听见汪四海下楼的声音，轻轻笑了笑，拉熄了灯。

皎洁的月光，透过窗纱。

娄晓月与孩子已熟睡，门把手却轻轻地在转动，突然开了一道缝。

汪四海从门缝中偷偷地凝望着熟睡的娄晓月，脸上闪过一抹微笑，悄悄地掩上门，而那只咖啡杯，早已被娄晓月放回了桌上。

娄晓月织毛衣的手法已经很熟练，手里拎着一件织好的小毛衣，反复拉扯，觉得非常满意。她转身望着床上熟睡的儿子："小不点儿，起床啦，看看妈妈给你织的毛衣好不好看？"

她走到床边，看见小不点满脸通红，昏睡不醒，隐隐觉得不对劲，用手试了一下小不点儿的额头，顿时吓了一跳："小不点儿？莲嫂！莲嫂！"

莲嫂慌慌张张地跑进来，见娄晓月着急地抱起孩子，疑惑地道："怎么了怎么了？"娄晓月焦虑万分："小不点儿发烧了！"莲嫂上前摸摸孩子，脸色大变："哎呀，这可怎么是好……"娄晓月赶紧抱着孩子要往外跑："快叫人备车！去医院！"

"哎呀，不行……"莲嫂一把拉住了娄晓月，"不行不行，您不能去！"

"什么意思？"娄晓月大惑不解。

"要不这样吧，您在家里好好歇着，把孩子给我，我带着孩子去医院……"

娄晓月皱眉道："为什么？为什么我不能去？"莲嫂不知如何解释，急道："月姑娘，我去就行了！您就在家等着，您还不放心我嘛……"娄晓月脸色一沉，道："你把话说清楚！为什么我不能带孩子去医院？"莲嫂有些为难，吞吞吐吐地道："这个……

这个局长交待过，月姑娘您……您不能出门的……”

娄晓月瞪直了眼睛：“凭什么？我又不是在坐牢！”她抱着孩子就要往门外走，却被莲嫂死死拖住：“月姑娘！不能，不能啊……”娄晓月大怒：“你让开！”

“我求求您了！您别为难我……”莲嫂苦苦哀求，已经快哭出来。

“莲嫂，是我求你了！我孩子病了，我要带孩子去看病！”

莲嫂差点儿要给娄晓月跪下：“您要是出去了，局长他不会饶了我，我一家大小的命都在局长手上……”娄晓月浑身一震，急得直跺脚：“那我孩子的命怎么办！你看看他，他都不会哭了！我的孩子……”莲嫂慌忙安慰：“月姑娘您别急，别急，我这就让人去请医生，我这就去！”

折腾了一整天，小不点儿终于退烧，安稳地睡在床上。

娄晓月坐在床边，见莲嫂进来将暖瓶和几个纸包放在桌上，扭过头去，闷声不语。

莲嫂脸上露着笑容，却有些无奈，上前安慰道：“局长刚打电话来，说请的那个洋大夫是个专家，专看小孩儿病的，让您放心……他又让人按着方子拿了药，都放在桌子上了。那个洋大夫明儿上午再过来一趟，说过了明儿这烧就会全退了，您不用担心。”

娄晓月嗯了一声，面无表情。

莲嫂轻叹道：“您也不用太着急，这小孩子哪有不生病的？病好了才能长个儿呢。就我们家那大小子吧，有一回发高烧，那身上烫的呀，都翻了白眼儿了，把我吓得呀，都以为不行了！乡下也没什么好大夫，找村里的土郎中胡乱抓了副药灌下去，没两三天又活蹦乱跳的了，爬树上房的，男孩子淘气啊，您不知道有多不省心……”

娄晓月皱了皱眉头，突然问道：“莲嫂，我问你，你来汪府几年了？”

“来了有三年了吧……要说这汪局长啊，对我是真好，原先我们老家吧闹饥荒，饿死的人就不知道有多少！逃荒吧，就到了北平，两眼一抹黑，我吧就跑过好几家儿，最后落在汪局长这儿……这局长啊，待我是真好，还给我做衣裳呢！记得有一天吧，我咳嗽……”

“您先慢点儿咳嗽，你到汪四海家来都干什么？”娄晓月觉得头胀难忍，赶紧打断她的话。

“我来伺候局长啊！他公务这么忙，家里没人帮他收拾可不行！比方说吧，他平时喜欢喝酒，又爱吃酸的……”

“您先不酸行吗，他是不是让你看着我？”

莲嫂一本正经地道：“是的啊，局长就是让我看着您！我天天得跟局长汇报，今儿吃了什么东西了……您一天在家都干什么了……”娄晓月冷冷地道：“这么说，你就是来监视我的。”莲嫂一怔：“监？什么监？什么叫视啊？”

“咱不说这个，那他一月能给你多少钱？”

莲嫂嘿嘿一笑，道：“八块！我跟您说吧，我们一家四口，八块钱吃不完花不完的，多攒点存着，辛苦怕什么，又不是什么力气活您说是不？再说了，对咱们这些乡下人来说，能有什么开销呀……”娄晓月有点不耐烦了，道：“您先慢点儿开销行吗，我一月给你十块钱，你不看着我行吗？”

莲嫂摆了摆手，正色地道：“那可不行，您给我二十块都不行！我不能做对不起局长的事儿。”

“可你做了对不起我的事儿，您知道吗？”娄晓月质问道。

“哟，我看着你不让出门，那是局长说的，我有什么对不起的？这孩子不也没出事儿吗？”

娄晓月皱眉道：“我要的是自由，就像鸟儿似的能到处飞，把我关在笼子里我不舒服！莲嫂，你能明白我的意思吗？”

莲嫂似乎对“自由”两个字也没有什么概念，她张大了嘴巴望着娄晓月，道：“那您想怎么着？您飞出去干什么呢？你看笼子里多好啊，有人喂着吃，也有人喂着喝……就说我们家吧，以前养了一窝鸡，有一只鸡就不听话，老是想着法子往外跑，一天到晚就在外面疯玩，后来您猜怎么着？让黄鼠狼给叼走了！我看还不如待在窝里舒服吧？后来呢还有个事儿，我们家一只鸡……”

“您别说鸡了行吗？我说了你听不懂，你说的我也听不懂！你就告诉我，我怎么着你才不用整天看着我。”

莲嫂轻轻叹了一口气，道：“月姑娘，咱乡下人吧，不懂什么乱七八糟的事儿，就是过过小日子，但是好坏总是分得清，我对我们家那只鸡也挺好的……咱先不说这个，我的意思是说，其实汪局长对您是真好，我觉着吧，您跟他其实挺合适的。我就是闹不明白，您怎么就不乐意呢？听说外边儿还弄一野汉子？哎呀，您这就对不住汪局长了！照我意思说吧，您安心……”

娄晓月实在是忍无可忍，怒道：“你胡说八道什么呢？你才野汉子呢！我又不是你家的鸡？跟你说话真累！”莲嫂满脸歉意地搓了搓手，道：“其实我也挺累的……”

吃晚饭时，小不点儿已经可以坐着玩耍，娄晓月心头一块石头落了地，

汪四海回到家，莲嫂急忙迎上来，接过帽子和外套挂在客厅的衣架上，悄声地道：

“生气啦。”汪四海见娄晓月坐在沙发上冷眼怒视，眨了眨眼睛，走到童车前摸了摸小不点儿的额头，笑道：“没事儿了，晚上睡一觉就好了，你还没去睡呢？”

娄晓月冷冷地瞪着他：“汪四海，你囚禁我？”

汪四海皱了皱眉头，道：“这话怎么说的？”娄晓月脸色铁青：“你凭什么不让我带孩子去看病？”汪四海诧异地道：“怎么会呢……孩子病了是多大的事儿啊，洋大夫来了吧？我跟你说啊，这个洋大夫是个儿科专家，听街坊邻居说，他水平可高了，有一次吧……”他倒是学会了莲嫂的那套，说起话来也能跑偏十万八千里。

“你少打岔，我就问你，我连出门的自由都没了？”娄晓月打断他的话。

汪四海开始装糊涂：“这是什么情况？这个莲嫂，怎么办事儿的？她怎么能这样儿呢……”娄晓月大声质问：“你少拿莲嫂说事儿！要不是你的吩咐，她敢拦着？是你让她看着我的吧？”汪四海继续装傻：“我……我是跟她说，让你没事儿少出门儿，可没让她……”

“汪四海，敢情你让我住到你家里来，就是为了把我关起来？还找人看着我？”娄晓月凤眼一挑，鼻子了哼出了声。

汪四海摇头叹气道：“我说月儿，你是真想差了，我这也是为你好！你说你一个姑娘家，带着个孩子进进出出的，万一遇见一些爱嚼舌根儿的，让人说闲话……”娄晓月冷笑道：“是吗？我辱没了您汪大局长的门庭了。”

“我汪四海怕什么？我是怕月儿你听见了生闲气！你说，等咱们成了亲，你成了名正言顺的汪太太，咱还怕他们？到那时候，我风风光光地带着你出去，想上哪儿逛上哪儿逛，气死丫挺的！”

“就没那么一天！也不劳您费神为我着想了，明儿我就搬出去。”

汪四海好言相劝：“月儿，咱不说气话了好吧？得月楼都没了，你还能去哪儿啊！”娄晓月恨恨地道：“去哪儿都比在这儿坐牢强！”汪四海一怔，苦笑道：“瞧你说的，我真没那意思！你要是觉着闷了，要不这么着，明儿我陪着你，让刘金开车拉着咱四处逛逛……”

“用不着！明儿你直接让刘金送我们娘儿俩去车站！”

“去什么车站，你去车站干吗……”汪四海一头雾水。

娄晓月瞪了他一眼，冷冷地道：“我去上海，找我余师叔去！”汪四海摸了摸脑袋，道：“上海？人生地不熟的，去了怎么过啊？月儿，你不为自己着想，还得为孩子想想呢！孩子这么小，就跟着你背井离乡，吃苦受罪的……”娄晓月没好气地道：“他就这命！

谁让他从我肚子里爬出来呢。”汪四海急道：“我的姑奶奶，咱不赌气成吗？这孩子还病着呢，禁得住这么折腾吗？”

他见娄晓月闷声不语，上前搂住娄晓月的肩膀，笑道：“月儿，听话，别跟自己赌气，你就安心在这儿住着，这儿就是你的家！以后你爱去哪儿去哪儿，保证没人敢拦着！”

解家小院。

大清早解一半出门买菜，一回到家，突然将菜篮子重重地扔在桌上，一屁股坐下来猛灌一壶水，脸色铁青，自顾生着闷气。佟丽华与翠儿奇怪地望着他，诧异地问：“怎么了这是？谁惹着你了？”解一半气呼呼地道：“那个小李子！”

“小李子是谁？他怎么着你了？”翠儿大惑不解。

“以前给我爸打下手的，现在成了得月楼的大厨！”

佟丽华面色一沉，皱眉道：“我哥动作这么快？怎么半路就杀出了个程咬金来？”翠儿戳了解一半一指头，道：“都怪你！本来指望舅爷找不到御厨，回头求咱……这下倒好！”解一半懊恼地挠挠头，神情沮丧。

“这小李子的手艺怎么样？”佟丽华觉得这事儿有点蹊跷，御膳大厨哪有这么好找的？

解一半哼了一声，不屑地道：“不怎么样！当年他给我爸打杂的时候，我爸就天天说，这小李子只会耍嘴把式，菜名儿背得跟说相声似的，手艺是不见一点长进！这种水平的能做得了御膳吗？”翠儿点点头：“闹不好舅爷就是被他这嘴皮子的功夫给蒙了……”解一半恨恨地道：“不光手艺不好，他人也不地道！丁宝在得月楼干活，我在路上碰见他了，听他说进的食料都不新鲜……”

“当年他是解神厨的手下，你爸可是真手艺，不会胡乱去评价别人。你这么一说，估计佟梓华要上当。”佟丽华若有所思。

翠儿眼珠子一转，道：“可要是这小李子真有两下子呢？眼见为实，我觉得有必要亲自去瞧一瞧，摸摸他的底……”

正午时分，得月楼的后门，送菜人推着独轮车来送菜，小李子正指手画脚地指挥伙计将车上的菜搬进去：“快点快点，全都搬进去，别耽误事儿！”

等伙计进了后院的厨房，小李子掏出钱袋子，给送菜人结账。

“这……也忒少点儿吧？”送菜人皱了皱眉。

小李子翻了个白眼，拽着送菜人往外走："也不看看你那货是什么成色，我说什么了吗？不少了，日子还长着呢，以后亏不了你！"

送菜人无奈，收好钱将独轮车推走。小李子颠了颠钱袋，得意地哼着曲儿，转身正要进后院，解一半忽然从角落里窜了出来，一把拎住了他的后脖领子。小李子失声大叫："哎哎，谁啊……有话好说，有话好说……"

解一半一言不发，拎起小李子直接拖到墙角才放手。小李子捂着脖子咳了半天，定睛一看，认出了解一半："啊！一半啊……我当是谁呢，吓死我了！你这是干吗呀？"解一半斜着眼睛冷笑道："李神厨！您还认得我呀？你现在不得了啦，连我爸都成了给你打下手的啦！"

他嘴里说着话，故意挽了挽衣袖，捏紧拳头。

"不不……这是他们误传，误传……我哪儿能跟解神厨比呀！我喊你爸爸一声师父他都不搭理的！"

"你知道这酒楼是谁开的吗？大汉奸佟梓华！他求着老子来当大厨老子都没干！知道为啥吗？因为他要给日本人做饭，他这个酒楼就是给日本人开的！你他娘的跑来伸这个头？你这个汉奸，不想活了你……"解一半上前揪起小李子，又晃了晃拳头。

小李子吓得面如土色，连声求饶："别打！别打！我没想干这个大厨啊！真没想干……我就是想吧，能捞一把就走……"解一半一怔，火气噌噌就冒上来："真的？你就这心思？"小李子正色地道："当然是真的！我小李子也是有骨气的人，我哪儿能给日本人做饭呢……"

"你这是跟我胡说八道是吧？"解一半又挥舞起拳头。

"真的真的！别人不知道，你解一半还不知道吗？我这两把刷子，哪儿干得了大厨啊？我，我就是想捞一把就走……汉奸的钱，不挣白不挣不是……"

解一半皱着眉头，将信将疑地道："今儿我告诉你，你少败御膳房的名声！识相的就给我滚出得月楼！"小李子如获大赦，点头哈腰地道："不敢不敢，我立马消失……"

得月楼的大门招牌已经换成了"御华楼"，几个伙计正踩着楼梯，往门梁上系挂红绸布。

佟梓华站在招牌底下满意地点点头，转身对身旁的卢管家道："这字儿写得还不错……对了老卢，这个小李子是怎么回事儿？怎么今天挂招牌，他人到现在还没出来？我还等着他剪彩头呢，见不到主厨的酒楼成何体统？"

卢管家急得直搓手，道："爷，我这也着急呐！我这上上下下，里里外外都派人找遍了，可就是不见这个李神厨的影子啊！哎哟喂，这可怎么办呐！”

此时，丁宝哆嗦着往门口走过来，战战兢兢地道：“那个，那个……李神厨，他可能拿着钱跑路了……”佟梓华与卢管家闻言一惊，慌忙质问丁宝：“怎么回事？你怎么知道的？”

“刚刚我听见后院的杂工说，他中午出门的时候，看到李神厨鬼鬼祟祟地拿着个包袱出门去了，后来他去了厨房打饭，问起这事儿，里面的伙计都说没见过李神厨的人影……”

佟梓华一跺脚，暴跳如雷地冲进得月楼。

他奔到得月楼的后台厨房，将伙厨们全都喊了出来，指着他们的鼻子破口大骂：“你们都给我听好了！马上给我去找李神厨这个混账！就算把整个北平城翻个底朝天，也得把李神厨给我找到！找不到人，我就把你们统统送进局子里吃牢饭！听到没有？！”

厨子小谭探着脑袋，一脸无辜地道：“那啥，佟先生，您现在对我们发火可是一点用都没有，那个什么李神厨早有准备，恐怕这时候早就离开北平城了！”一旁的另一名厨子老郑也接了一句：“对呀佟先生！恐怕那个李神厨从一开始就没安什么好心吧？依我看呀，他从一开始就盘算好了，等钱一到手就脚底抹油溜了！”

佟梓华仰天长叹一声，两条腿一软，气得直发抖。

一大清早，解一半挽着翠儿的手臂，正推着车子准备出门去卖酱肉，忽然看见佟梓华风风火火地迎面跑来。

夫妻二人互换了个眼神，佯装没见到佟梓华，快步往路口走去。

佟梓华喘着气打招呼：“哎，哎！解兄弟……您这么早就出去卖酱肉呀！这也未免太辛苦了不是？我弟妹这还挺着个肚子呀……”翠儿歪着脑袋道：“我说大舅爷，你跑得这么急，该不会是得月楼里那个小李子神厨跑了吧！”佟梓华闻言一怔，脸色顿时拉了下来：“您怎么知道的？”翠儿笑道：“谁都知道这小李子全身上下就剩那张嘴，也只有您这‘老实人’才会信他！”

“哎，这小李子突然不见了，该不会跟你们有关吧？”佟梓华满脸狐疑。

翠儿笑容僵住，不知怎么回答。解一半皱眉道：“您随便去问哪个叫得出名号来的厨子，他们都知道，这小李子在外头本来就是靠着坑蒙拐骗混饭吃的，还轮不到我们去扯您这后腿！”

“我没这意思……解大哥！”佟梓华赶紧抱拳致歉。

“别！您这声‘大哥’太金贵了，我可担不起！我还是那句话，我是不会去得月楼帮你的。”

佟梓华见解一半说得如此坚决，心里顿时恐慌起来：“哎，明天……明天亲王就要到了！解大哥……不不不，解神厨！只要您愿意帮我解决明天的宴席，我……我……这样吧！我今儿话撂在这里，您要什么条件我都答应！”

“不好意思！都这时候了，我该上街去卖酱肉了……”解一半瞧也不瞧他一眼，推起车子就往前走。

“解一半！你这忘恩负义的东西……”佟梓华见他口气这么强硬，气得直跳脚，“你也不给我想想……当初你们到天津来，是谁收留你们两口子的……”

翠儿扭过头来，冷笑道：“佟爷，您这话说得可不地道，当初可是您把我们给赶出佟府的。”佟梓华脸色一红，突然看见佟丽华拎着个小包，神情冷漠地从院子里走出来，他赶紧迎上去哀求：“妹子，你……你说几句好话啊！”

佟丽华瞪了他一眼，淡淡地道:“你这是求人？我活了这么大，这还真是第一次见到，求人还能这么理直气壮的，声音比被求的人响多了！”

佟梓华满脸尴尬，咬了咬牙。

佟丽华接着说，“佟先生，您要真是想叫我解大哥出手帮您这个忙，应该是这种态度吗？您‘佟家’的脸真是让你给丢尽了……”她故意将“佟家”二字加重语气，似乎是表明了与佟梓华以后再也互不相干的态度。

“哈太太，听说您早就跟我断绝了兄妹关系，我没有必要向你交代我的态度问题，更何况我现在是跟解一半说话！”佟梓华有些生气，转过去对解一半抱拳道歉，“解一半，伴君如伴虎呀……明天这宴席要是办不出来，我很可能就人头落地了！我这人心直口快，过去有什么得罪您的，您千万别跟我一般见识……”

“您着急是您的事儿，您着急别人活该一定要出手帮你？我还真从来没听过这道理……”翠儿皱了皱眉。

佟丽华微微一笑，道：“翠儿说得对！您自己的事儿，还得您自己解决。”佟梓华愠怒道：“丽华！你……你现在明摆着想看着我死是不是？”佟丽华冷笑道：“我对发生在你身上的事儿，一点兴趣都没有……所以我请你离我大哥大嫂远点，他俩还有活儿要忙……”佟梓华万般无奈，再次恳求：“我的好妹妹呀……我打也让解一半打过了，也看着我让小李子骗了，现在就当我求你，把解神厨借给我吧……你放心，我一定帮你找到哈岚，把他给弄出来！”

“此话当真？”翠儿脱口而出，只见佟丽华突然一伸手拉住她，这才意识到自己的反应太快了。

解一半大喊道：“这也不行！”佟梓华头皮一麻，道：“我都答应你们把哈岚给接出来了，这样也不行？”解一半哼了一声，道：“我就一个条件，我什么时候见到了我家爷，我就什么时候上得月楼！”

“好，好，我这就去办……”佟梓华此时就算有满腔怒火，也只能吞回肚子。

得月楼的后台已经完全被改建成了厨房，装修豪华，设施齐全。

解一半背着包袱，走进后台厨房观望了一番，满意地点点头，将包里的伙厨工具放在了案台上。丁宝听闻消息，兴冲冲地跑进来，眨了眨眼睛：“解大哥，您真来掌勺啦？”

“嗯，现在厨房里有多少人？”解一半一脸肃容。

丁宝转身望向厨房内两名打下手的厨子，一一介绍：“那位年纪最大的，是老郑师傅，旁边那个是小谭师傅，配菜间还有三位跑堂大哥……”老郑与小谭赶紧上前，微笑着给解一半点头打招呼。

解一半抱了抱拳，自我介绍一下，“老郑师傅，小谭师傅，我是……”他话没说完，老郑哈哈一笑道：“解神厨！您不用多说了，我们都知道您是谁。”解一半朗声道：“现在时间紧急，还请大家多多帮忙了……”小谭微笑道：“现在没时间客气了，还是请解师傅派活儿吧！”

解一半慎重地望了一眼食材架子，走到墙角查看堆放的箩筐，掀开了盖，见筐子里装的都是一些烂菜、化血水的鸡，还有馊掉的肉……他大吃一惊：“怎么会这样？”

“这些菜都是李神厨之前定购的，我跟小谭对着这几筐东西，已经无计可施了……解师傅，你心里有其他想法吗？”老郑忧心忡忡地道。

解一半强忍着火气，脑子里思索着解决的方法，皱起眉头道：“办法是有……不过，有点儿冒险……”小谭眼睛一亮：“说出来大家听听呀！”解一半若有所思地道：“大家都知道赛螃蟹怎么做吧？”

“用蛋清做出蟹肉的口感……”老郑一怔，猜不出解一半的话意。

解一半点了点头，道：“我就想用同样的方法，整一桌菜出来……”众人脱口问道：“什么方法？”解一半微微一笑，胸有成竹地道：“狸猫换太子！”

解家小院。

翠儿独自一人在厨房里熬粥，手里握着大勺子，正在锅里搅动，忽然觉得有点不对劲，摸了摸肚子，自言自语地道："哎哟儿子耶，这两天爸妈都忙……你乖乖地在妈肚子里多待两天……"

她扶着自己的腰，正想坐下来休息一会，耳边听见佟丽华呼喊：翠儿，翠儿！她赶紧忙站起身来，盛了一碗粥，小心地端着碗，摇晃着身子走出厨房："粥来了……"

走到堂前，翠儿顿时怔住，只见哈岚已换了一身干净的衣裳，将洗脸的毛巾递给佟丽华，笑容满面地望着她："翠儿！"

翠儿眼眶一红，鼻子里嗯嗯一声，有点儿想哭，她喜出望外地道："爷啊！你总算是回来了！"佟丽华见她脸色很差，手腕也在颤抖，赶紧上去接过粥碗，将翠儿扶住坐下来："翠儿，你脸色怎么这么难看？"

"没事儿，就是有点不舒服……爷！他们没为难您吧？马先生呢？"

哈岚轻叹道："总算是有惊无险！转牢房的时候我跟马先生就分开了，不知道他现在怎么样了。你说吧，我也真是倒了霉，什么李大钊？我连他是谁都不知道，这也能扯上我……"

他转念一想，心里又有些忿忿不平，民主这东西自己虽然不太懂，但李大钊肯定是一个反暴政反独裁的英雄，就算报社的文章不是自己写的，自己也乐意遭这罪！

"爷，你瘦了……"翠儿瞧了瞧哈岚的脸。

"哎！关在马棚里的时候，一天天吃的那叫啥东西啊？喂猪的！我只能一边想着解大哥的酱肉，一边咽着饭，我能不瘦吗？"哈岚咬着牙仍然有些气愤，接过佟丽华的碗，坐在桌前喝了一口，突然皱了皱眉，懊恼地道，"翠儿，我都听丽华说了，为了救我让解大哥去给日本人做饭……我这心里实在是过不去呀！"

翠儿叹气道："那也是没办法的事儿，最要紧的是爷您能平安回家……啊……少奶奶……对不住，我……我……好像有点不对劲……"她突然弯下腰痛苦呻吟，哈岚忙将粥碗放在一边，与佟丽华上前扶住她身子。

"是不是要生啦？"佟丽华有点慌。

"我……我也不知道呀……"

"快！快先扶翠儿到房里去……"佟丽华与哈岚架起翠儿，将她扶到进房内，小心地让她躺在炕上。佟丽华见她脸色苍白，额前已流出豆大的汗水，心急如焚地道，"怕真是要生了……哈岚，你快去把产婆给请过来，再去得月楼把解大哥叫回来！”

哈岚一怔：“解大哥在得月楼里做饭？他做给谁吃？能回来吗？”佟丽华见翠儿继续疼叫，急道：“别在那儿磨磨蹭蹭的啦！还不快去？”

“那你照看着，我先去喊产婆！”哈岚转身就跑出了解家小院。

佟丽华扶住翠儿的脖颈，安抚道：“翠儿，你忍一下……一会儿产婆就来了，我烧水去……”翠儿一边痛叫，一边挣扎着要坐起来：“少奶奶，您……您别去，我来……”佟丽华轻叹道：“翠儿，都什么时候了，你还惦记着这些事？你别乱动，以后家里的事儿都让我来！”

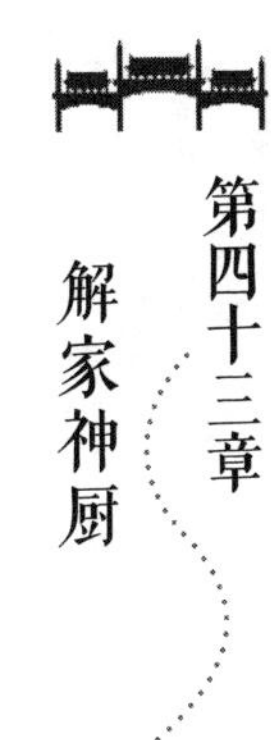

第四十三章 解家神厨

哈岚心急火燎地拐进隔壁的巷子，找到产婆说明翠儿的情况之后，拔腿就往得月楼跑去。等他赶到得月楼门外，抬头一看，门梁上的牌匾已换成了“御华楼”。

哈岚摸了摸脑袋，大惑不解：“得月楼怎么成了御华楼……”

此时，几辆黑头轿车出现在路口，佟梓华领着一群人，毕恭毕敬地上前打开车门。草弥率先下车，低头肃立一旁，跟着下车的一位穿着白色西服的日本人，剪着一个小平头，眯起一双小眼，脸颊上挤出几道细细的皱纹。而副驾驶座出来的正是岛田敏三，以及若干名日本随从，哈岚瞧见这一幕，顿时惊愕。

佟梓华笑容满面地上前鞠躬：“亲王殿下！您的到来，真是让御华楼蓬荜生辉！”那小眼睛的日本亲王抬头望了望招牌，若有所思地道：“嗯，‘御华楼’这名字挺有意思的……”

草弥身子前倾，正色地道：“凡天子所止曰御，前曰御前，书曰御书，服曰御服，皆取统御四海之内……”佟梓华一愣，忍不住鼓起掌来：“不错不错！草弥先生真是才学渊博，这句话是出自《诗经》吧？”草弥微微一笑：“是《韵会》。”岛田敏三趁机上前一步，狡猾地笑了笑：“所以这御华，指的应该就是驾驭中华了……”

“很好，很好，我喜欢这个名字，这是个好兆头……”日本亲王有些开心，眯起小眼连连点头。

哈岚躲在角落里，不可置信地望着门口，喃喃地道：“这个佟梓华……简直是逆天了……驾驭中华？马屁都拍到这份上了？”他转身走到得月楼的后门，踮起脚隔窗眺望后院，却见大堂的门开着，一排排餐桌整齐地摆放大堂上，已经改成了餐厅，侧面有两处楼梯，隐约可见到楼上的包间。

哈岚脸色一黑，气得全身发抖：“得月楼……他们到底对得月楼做了些什么……哎！差点忘记正事，翠儿要生了……”他赶紧绕过得月楼，往后门快步奔去。

翻过后门，他悄悄地绕过了后院，往后台的厨房走去，突然看见外面堆满了腥气扑鼻的烂菜，赶紧捂住鼻子。正巧小谭提着一桶脏水出来，往地上一撒，差点泼撒到哈岚身上。哈岚往后一跳：“哎哟！看着点……”

小谭啊的一声，满脸歉意：“不好意思，不好意思！”他转身要进得月楼，哈岚慌忙喊住：“这位小哥！请问一下，解一半解师傅在里头吗？”小谭打量了他一眼，问：“您是哪位？”

哈岚昂着脑袋正要自报家门，一想不对，现在环境不一样了，我这哈贝勒的名号也不知碰过多少壁，我还是低调点儿吧。他眼珠子转了转，笑道：“我是解神厨的家人，有急事找。”

小谭一听是解神厨的家人，不敢怠慢，客气地请哈岚进去。

解一半正在灶台上忙乎，扭头看见哈岚探头探脑地进来，又惊又喜，搓了搓手：“爷！您可算出来了！我在忙呢，您先坐着喝杯茶。”他转身吩咐身边跑堂的赶紧给贝勒爷倒茶。

哈岚满脸愧疚地望着解一半，觉得连累他给日本人做菜，确实是自己折腾出来的丑事，也不知道说什么才好，心里倒是惦记着翠儿，心急如焚地道：“解大哥你先别忙了！快跟我回去吧，翠儿要生了！”

解一半喜形于色，却突然皱了皱眉头，道：“爷，你看我走得了么？家里有少奶奶在就行了，我回去也没用！”

“对不起一半大哥，是我害得你给日本人做饭……”

“我不给日本人做饭，怎么把你从牢里救出来呀！”解一半微微一笑，继续用大勺子在炒锅里炒着菜，“我都听说了，这次张作霖是铁了心要办你们这些声援李大钊的人，哎，这要不是遇上佟梓华赶着拍日本人马屁，咱也没机会跟他谈条件……你跟马先生安然无恙了就行！”

哈岚正色地道：“他已经回去张罗报社里的事儿了，咱能给报社出点力，这牢也算没白坐！”

“爷！您放心！反正我就干这一回，今天晚上之后我跟佟梓华就两不相干。”

解一半从瓦罐里挖了一大匙的调料往锅里洒去。

此时，丁宝端着一大盘食材进来，端到案台上，似乎是听见了二人的对话，焦急地问道："解大哥，您以后就不来了吗？"解一半点了点头，道："当然不！我是为了救爷出牢狱这才勉为其难……你真以为我愿意帮日本人干活吗？"

哈岚见到丁宝，顿时瞪大了眼睛，惊讶地问："丁宝？你还在这儿？你师姐人呢？"丁宝心生警惕，没好气地道："不知道。"哈岚继续追问："那孩子呢？"丁宝心虚地摇摇头："不知道。"哈岚勃然大怒："你怎么可能不知道！

"我真不知道！得月楼换老板之后，师姐带着小不点儿就走了……"丁宝大声辩驳。

解一半慌忙打圆场："爷！你先别急着见娄晓月，快来帮我打下手吧，我现在真忙不过来……"哈岚脸色一沉，转过身去，看见案台上堆着菜，就动手开始切菜，嘴里嘀咕了一句："一会儿咱顺便做几道菜带回去，等孩子落地，大家还可以热闹一下，一起吃顿饭……"

解一半正将锅里的菜往盘里倒，听到哈岚的话，顿时愣住，似乎突然反应过来，大声问道："您刚刚说什么？翠儿真的要生了？"

"哎呀！我刚才跟你说的话，你是一句没听见？当然是真的！我都叫了产婆了！"

解一半满眼恐慌，想放下手里的勺子，又提起了灶台上炒锅，急得团团转："这不对了，那我得先回去呀……"

"你现在走得了吗？"哈岚瞧着他窘迫的模样，有些哭笑不得。

"就差最后一道菜了……"解一半拎起炒锅，将锅里的菜往盘里倒。

一旁的老郑接了一句："解神厨，您别担心！剩下的活儿我们能行，做完这道菜您就回家抱儿子吧！"解一半开心地搓着身上的围裙布："谢谢老郑师傅！谢谢大家！丁宝！把豆腐脑给我拿过来……"

众人开始配菜装盘，丁宝匆忙从架子上取出一大碗豆腐脑。解一半擦了擦额前的汗水，转身对哈岚说："爷，我不管您用什么法子，总之，您想办法把这块豆腐变成猪脑就行！"哈岚大惑不解："啊？变成猪脑？"

"能办到吗？"解一半用期待的眼神望着他。

"我……我试试……"哈岚有些犹豫，迅速走到料理台前，以快速的刀工在豆腐上刻画出线条。

他切好豆腐之后，悉心摆在盘子里，放进蒸锅。却见解一半端着一个大罐子，小心翼翼地放在食架上。他闻到香味，抽了抽鼻子，自言自语地道，"这鱼翅味儿怎么有点儿怪……”解一半转过头来，冲着他嘿嘿一笑：“这罐不是鱼刺！是粉丝！”

“啊？解大哥，我没听错吧！你刚刚说鱼翅你用的是……”哈岚满脸惊讶。

“小声点儿，里头我放的粉丝。”解一半得意地笑。

哈岚不可置信地望向厨房里的其他人，众人纷纷点头。解一半摇头轻叹，“我也是没有办法……不过我在做粉丝的时候，在里面加了点琼脂，希望里面没有人跟你一样是个吃货，否则的话……”

“否则你肯定立马被枪毙！”哈岚大笑起来，晃着脑袋道，“这么说，他们今天晚上吃的根本不是满汉全席，而是素斋宴？哈哈！”

解一半双手一摊，表示很无奈：“我真的是被逼上梁山了！可是除了这方法，我已经无计可施了！”

烧热的锅中，沸腾的热油冒着热气。小谭过来向解一半汇报：“解师傅，锅里的‘猪脑’已经蒸得差不多了……”解一半用勺子舀了一勺热油，往豆腐做成的猪脑上浇去……滋的一声，豆腐因为热油而开始抖动起来，乍看之下，竟与真的猪脑一般无二。

解一半满意地点点头，扫视众人一眼，“像吗？”厨房里所有人都紧张地盯着豆腐，皱起了眉头。解一半深吸一口气，当机立断地道：“这就是我解神厨的‘满汉全席’，咱们上菜吧！”

得月楼的包间。

大圆桌上已经摆满了各式各样的美味佳肴，佟梓华起身向日本亲王、草弥等人敬酒，饮尽之后，恭敬地道：“托天皇的福，大和商社就快完成了……等剪彩那天，还要请亲王亲自莅临剪彩……”

日本亲王眯着小眼睛，道：“佟先生放心，我一定会去的！”

佟梓华赶紧鞠躬行礼：“亲王殿下，我还有什么工作做得不周到的，还请您多指教。”草弥在旁笑道：“佟先生，大和商社就是为了协助日本与中国共同达成东亚共荣的理想国而存在，你能这么快就建成商社，应该给你记一功！”

“谢谢亲王殿下的夸奖！”佟梓华欣喜地在自己酒杯里满上酒，“我再敬亲王殿下一杯！”

几名跑堂手里托着菜盘子，一个个列队上菜，佟梓华赶紧给日本亲王介绍：“今天我为亲王以及各位大人所准备的，都是当年在宫里才能吃到的御膳！请来的厨子都是当年御膳房的大厨……”

众人看着跑堂们将一碗碗的羹汤放在自己桌前，觉得稀奇，彼此点头示意。

佟梓华得意地观察众人的反应，又开始滔滔不绝地讲解：“大家现在看见的这碗，就是‘凤尾鱼翅汤’！这鱼翅是中国古代八珍之一，咱中国人从明朝就开始吃鱼翅，处理鱼翅的工序繁复不说，这碗凤尾鱼翅汤要熬煮起来，也是要费许多功夫的！汤里用了上等的火腿、野生的山鸡……这山鸡还得要去爪、去油，接着去骨，煮到融化后再漉取其汁……”

众人听得兴致浓厚，纷纷开始动筷。日本亲王夹起一根如意卷，咬了一口，拼命点头称赞：“这里面，包的是什么？吃起来还真别有一番风味……”

佟梓华吃了一口，微笑着回应：“这如意卷是仿照如意的形状做成，极具特色！”

“如意？我有一个……记得还是当年你们老佛爷托人送给我的……”日本亲王满脸惊叹的表情，小眼睛眯成了一道缝隙。

“这如意是寓意吉祥的玩意儿，亲王殿下福泽不浅呐！您口中的如意卷，里面包裹了大量的新鲜蔬菜，但最重要的却是广东的腊肠……先将瘦肉粗绞，肥膘经切丁之后，再配以辅料，接着灌入天然肠衣，晾晒烘烤而成……您所谓的香味，便是由此而来！”

众人皆觉得味道极好，满堂皆是赞不绝口的议论声。

桌上摆着满满的菜肴与主食，众人已经吃得七分饱，跑堂小虎子背着个坎肩，送上了一盅盅冒着热气的“猪脑”，嘴里吆喝一声：“天麻猪脑！”

“猪脑？这玩意儿能吃吗？”众人闻言，满脸惊愕。

草弥站起身来，郑重地向大家解释：“诸位不要误会，这猪脑可是当年宫里满汉全席中，不可或缺的一样菜。它跟天麻一起熬煮，具有滋阴益髓、平肝熄风的功效……是道非常珍贵的药膳！”

日本亲王瞧着桌前小盅里用豆腐做出来的“猪脑”，睁大了小眼：“好！我就要来试试这道猪脑……”他煞有介事地用汤匙舀起一羹匙的“猪脑”，小心翼翼地吹着，然后缓缓放入口中。众人盯着他咀嚼“猪脑”的神情，一副不可思议的样子。日本亲王突然晃了晃脑袋，脸上流露出意犹未尽的表情，“没想到从刚刚到现在，最好吃的竟然是这猪脑……”

众人欢欣鼓舞，纷纷动起了羹匙。

佟梓华吃了一口，却是微微一皱眉，心想，不对啊这猪脑……怎么跟我以前吃的有点不一样呀？他眼神扫过日本亲王和一群日本随从，不敢多话，低头又吃了两勺。

此时，得月楼的后台厨房，小虎子一脸兴奋地冲进来，向解一半等人大叫：“哎哟解神厨！您这次可真露脸了！这些日本人吃猪脑，一个个都吃得忘了自己姓谁名啥了！”

解一半吐了一口气，立刻撤下身上的白色围裙：“既然过关了，那我得回去抱儿子了！”老郑将他手上的围裙接过来，笑道：“解神厨，您快回吧！剩下的甜汤啥的就交给我们，您别担心……”解一半向众人作揖道谢：“那就拜托大家了！”

哈岚比他跑得快，刚跑出厨房，突然啊的一声：“差点给忘了……”他转过身又跑了回来，迅速将案台上早就准备好的提盒拎起，飞似的往门外奔去。

得月楼的大包间内，日本亲王正在品尝甜品“杏仁豆腐”。

他若有所思地缓缓点头：“记得我第一次来中国，就是吃这杏仁豆腐……后来，我发现不管吃什么东西，如果最后能有块杏仁豆腐，就能立刻口气清新……”佟梓华眨了眨眼睛，道：“亲王殿下，这就是杏仁豆腐不同于一般豆腐的地方呀！因为这杏仁豆腐，本来就不是用豆腐做的……”

“那是用什么做的？”日本亲王颇感好奇。

“用杏仁粉和咱北平的小吃京糕切丁，一起做出来的……”

“这么说来，所以它跟豆腐一点关系都没有？”日本亲王不可置信地望着他。

佟梓华微微一笑，道：“是的，跟豆腐没有关系，只是取了个名字而已。”日本亲王怔住，不由感叹万分：“中国菜的确是博大精深呀……我每次到中国来，所吃的每一道菜，都能给我不同的惊喜！”一旁的岛田敏三却是不以为然：“我倒认为，我们日本菜的味道也不输给中国菜……”

日本亲王扭头瞪了他一眼，道：“岛田君，人家的好处，我们要努力学习才对……像你这样，一开始就带着抗拒的心态，如何能够汲人所长，补己之短呢？”岛田起身鞠躬，抿了抿嘴，道：“不如这样吧……下个星期各国大使会有一个聚会，刚好轮到我们日本大使馆主办，小林大师也亲自操刀上阵……不如趁这个机会，举办一场菜肴比赛，看看到底是中国菜好吃，还是我们大日本料理好吃……大家认为如何？”

“这是个好主意！”日本亲王微微颔首，对佟梓华亲切地说道，“佟先生觉得怎么样？这个比赛不管是哪一方获胜，我都要重重地奖励，可以答应他一件事儿，完成他的愿望！”

“亲王殿下太客气，只要您高兴，随时可以过来，我一定恭候大驾！”

“那就这么定了！”岛田敏三冷眼望着佟梓华，傲然道，“就让我们来看看佟先生的御厨，是否真能打败我们大日本帝国的厨师，赢得全世界食客的心！”

佟梓华连连点头，脸上强作笑容，心里隐隐涌现一丝害怕。

傍晚的北平老街，行人稀少，冷冷清清，哈岚与解一半提着食盒瓦罐一路狂奔。他一边追着解一半，一边喘着气问：“解大哥……得月楼成了佟梓华的，那晓月呢？不可能大家都不知道她去了哪儿吧！”

他心里还是惦记着娄晓月的去向，仍然不死心。

解一半脚步匆忙，翻了个白眼：“没人知道！爷，您听我一句劝……别再想娄晓月了！现在得月楼都没了……就算你找到娄晓月也没意义了！”

“可得月楼是娄家班的命根子，她不可能就这么放弃！”

“您自己亲眼看见了，整个娄家班就剩一个丁宝在得月楼……您就认了吧！”

“可我……我不甘心呀！”哈岚伸手拉住解一半，二人气喘吁吁地停下脚步。

解一半摇头叹道：“我说哈岚！咱天津都转了一圈了您还不明白……咱现在唯一能做的，就是安安稳稳地过上小日子，啥都别管了……我现在想的，就是赶紧回家看我儿子和媳妇儿是不是平平安安……”

他拔腿继续往前跑去，哈岚微微一怔，无奈地摇摇头。

此时，丁宝与老郑、小谭几人正在洗刷锅碗瓢盆，佟梓华急匆匆地跑进来，失声大喊：“好消息！好消息……解师傅！有好消息告诉你呀……”

老郑转头望着佟梓华，尴尬地道：“佟爷，解神厨他不在，刚刚做完菜就赶回家去了……”佟梓华一惊，跳脚大怒：“他没跟我打声招呼就走了？”丁宝慌忙上前解释：“佟爷您先别生气，解大哥的媳妇儿要生孩子了……这不是赶回家看孩子去了嘛！”

“啊？有没有这么巧的呀！”

解家小院。

解一气喘如牛地奔进院子，推开门就冲进里屋。

佟丽华怀中抱着一个小襁褓，正在哄孩子，转过身来瞧见已经傻了眼的解一半，展颜笑道：“恭喜呀，解大哥！恭喜你当爸爸啦，是个漂亮的女娃子……”

解一半惊惶万状地走上前去，双手颤抖地从佟丽华手中接过孩子。但是他又不会抱，不知道应该怎么下手，佟丽华赶紧向他讲解，“轻点，解大哥……您手要这样搁着……对……让孩子的头靠着……对对……”解一半在佟丽华的纠正下，终于抱稳孩子，情绪有些激动：“我解一半……我有个闺女了……是闺女！我当爸爸了！”

翠儿脸色苍白，无力地躺在床上，轻嗔一句：“瞧你那傻样，别吓着闺女！”

解一半站着傻乐，哈岚一个箭步冲进来，高兴地探着头去瞧小襁褓。

佟丽华却推着哈岚出去：“走，咱先回房去……”哈岚叫道：“为什么啊？我都还没抱到孩子呢！”佟丽华继续推开哈岚：“要抱以后还有机会呢，你着急个什么劲儿？快点，回房！”哈岚挣脱，赶紧打开手里的食盒，小心地摆在桌上：“我……我给翠儿带的菜还没吃呢……”

“解大哥自然会照顾翠儿，你别在这儿碍事……”佟丽华将哈岚拉出了屋。

解一半抱着孩子，关切地望着翠儿：“疼吗？刚刚是不是很疼呀？”翠儿幽幽轻叹一声，道：“疼死了……疼成这样还不是个带把儿的……”解一半满心喜欢地逗了逗女儿的小脸：“你胡说什么呢！”

“我没能帮你生个儿子，给你解家留后……”

解一半微微一笑，缓缓道：“大家都说女儿是贴心小棉袄不是……你看这孩子，从我抱住她开始到现在，不哭也不闹，这双眼睛就盯着我瞧……人家说，孩子不是来讨债的，就是来报恩的！咱家闺女肯定是来报恩的……往后咱俩就等着享福吧！”

翠儿仍然有些失落：“享什么福呀！这孩子迟早要嫁人的……”解一半走上前，坐在炕上道：“翠儿……其实，我打从一开始就没想过你会喜欢我……你从小跟着哈岚长大，你心里那点心思，你以为我真不知道呀？”翠儿闻言一愣，有点心虚地低下了头：“我当然明白……可你为什么又答应少奶奶跟我结婚？”

“我这么说吧，反正我解一半早就什么都没了，你要是愿意跟我，是我捡来的福气，你要不愿意，其实我也无所谓，我早认命了！所以结婚之后，咱俩一直没同床……我就想着，那就这样耗着吧！就算不为你，也为你少奶奶……”

翠儿憋着气望着解一半，咬了咬嘴唇：“你真这么想的？”

“可是在天津那会儿，我看见你，一点一滴地把我放在心上了，你都不知道啊，我心里有多高兴……”

翠儿脸上的情绪稍微缓和了些，紧抿着的嘴唇也逐渐变成了微笑。

“等咱再回到北平，你又……你又……”解一半脸色微红，有点不好意思地道，“你又要我了……跟我做了真夫妻……你说，有个女人愿意这样对我，还为我生孩子，我要是挑剔你没给我生男孩儿，那我还是人吗？”

“你……你这家伙，什么时候也会说甜言蜜语了？”翠儿瞪了他一眼，心里却是美滋滋的。

“这哪是甜言蜜语，我这都是肺腑之言呐！”

“你少来，你敢说我还不信呢！连你闺女都不会信……”

解一半嘻嘻一笑，装腔作势对着孩子说：“闺女耶……闺女耶，你妈不信你爸爸，那你信不信呢……”孩子突然咧了咧嘴，小脸蛋上扬起微笑。解一半啊啊啊叫唤，开心地喊：“你看，你看！我闺女相信了……”翠儿扑哧一声，笑了出来：“当了爸爸别的不会，先学会贫嘴……你要有这时间跟我在这儿贫嘴，不如好好想想，这孩子应该叫什么名字？”

解一半望了望孩子，又望了望翠儿：“翠儿，咱让爷和少奶奶为这孩子取个名字，你说好吗？”

“好啊！我又不识字，让爷和少奶奶拿主意！”翠儿开心地点点头。

此时，哈岚与佟丽华坐在堂前喝茶。

哈岚心里又是羡慕又是懊恼，唉声叹气地说：“解大哥就好了……有女万事足……可我呢！”佟丽华瞪着他，没好气地道：“你好不容易才放出来，你还嫌不够吗？”

“这得月楼呀，不管会到谁手上，我想都没想过会落到佟梓华的手上！丽华，你得好好跟我说说，这得月楼到底是怎么到佟梓华手上的？

“汪四海不知道哪根筋不对，跟我哥杠上了……我哥当然不饶他，搬出来日本人，结果两边人在得月楼大打出手，娄班主就让日本人开枪给打死了！”

“啊？那……那晓月呢？”哈岚大吃一惊，不可置信地望着佟丽华。他没有料到娄三喜竟会出这种意外，但是心里还是想着，娄晓月千万不要出事。

佟丽华叹道：“大家都不知道她去了哪儿，我是怀疑，她也许已经离开了北平。”

“不可能！晓月不可能离开北平，她不会离开得月楼……”哈岚心烦意躁地站起来，在屋里来回踱步，“她一定是躲起来了……也许是被汪四海给带走了？”

“若她真在汪四海手上，汪四海肯定不会放她走……”

哈岚心乱如麻，又想不出什么好主意，无奈地摇头：“如今晓月失踪了，解大哥又为了我去帮日本人做饭……这事儿要是传到那些好事者的口中，解大哥不成了汉奸了吗？这，这叫什么事儿！”

“只要把您从牢里给捞出来，这个汉不汉奸的……我无所谓！”解一半抱着孩子出来，大声叫道。

哈岚赶紧让解一半坐下，道：“话不能这么说，绝对不能因为我而连累您解大哥……”佟丽华上前将孩子接过手，轻轻摇晃：“怎么把孩子给抱出来了……”解一半笑道：“我跟翠儿商量好了，想请您两位帮孩子取个名字！”

“我们？”哈岚与佟丽华顿时觉得格外感动，互相望了一眼，“让我们取？”

“我解一半是个粗人，只会做饭……翠儿也就是个下人，可咱希望这孩子日后可以不用像我们俩一样，最好能跟少奶奶一样，饱读诗书、见多识广……”

佟丽华满心欢喜，笑着回应：“瞧您说的！解大哥，这可是我们的荣幸呢……”哈岚上前望着孩子安睡的神态，若有所思地道：“丽华，你说，这孩子叫什么名字好呢？”佟丽华轻轻拍打孩子，思索片刻，忽地灵机一动：“叫冬青好吗？这冬青是一种树的名字，据说在整个冬天最冷的时候，果实也不会掉下来，所以洋人称冬青的花语是生命……”

哈岚挠了挠脑袋，脸上露出似懂非懂的表情：“冬青是生命？”

佟丽华点点头：“懂得生命的珍贵贵，是天生具有慈悲心肠的人呐……”

“多好的名字呀！”解一半转身望着孩子，口中喃喃自语，“冬青……解冬青……”

东四牌楼东。

昔日的哈王府上已经新建了一幢大楼，老街上行人匆忙，没有人去关心街边的新环境。

解一半推着车子在街上叫卖，看见老顾客过来，赶紧剁切酱肉，用纸熟练地包好，绑好草绳递给客人：“张爷，还是老规矩是吧，您的酱肉好咧……”

他接过客人的钱，扭头瞧见佟府的卢管家兴高采烈地朝他跑过来：“解师傅！我总算是找着您了……”解一半皱了皱眉，道：“卢管家有事找我？这晚宴不都已经散了？”

“哎！是我家佟爷有急事想找您帮忙！这日本亲王呐，上次吃了您做的菜，欣赏得不得了，所以想请您和日本师傅来场竞赛……”

“神经病！”解一半满脸狐疑望着卢管家，推着车子往前走去。

卢管家快步跟上，赔着笑道：“解师傅，我就是来传话的，您给我个准话，我好回去交代一声。”解一半停下脚步，没好气地道：“回去告诉你家佟爷！如果他还当自己是中国人，别天天跟着这群日本人后面做只会摇尾巴的哈巴狗，人人唾骂的汉奸！”

“解师傅……这样好不好，你跟我去见一下我们佟爷，干不干你自己跟他说！”

卢管家有些无奈。

“我说得着吗？他有事儿找我，我还得上门告诉他？他算哪根葱呀！当初我答应他帮忙下厨，是因为我要救哈岚。我谢谢他遵守诺言，救出了哈岚，但现在我跟他已经两清，没啥好说的。您请回吧，我得卖酱肉去了！”解一半一番话说得斩钉截铁，推着车往大街上走去，边走边喊，“昔日帝王筵席上，今朝亲朋口中尝……卖酱肉呀！”

卢管家眼巴巴地望着解一半远去的背影，急得直跺脚：“我说我不来吧，非叫我来，这不找碰钉子吗！”

他赶紧跑回佟府，将大街上遇到解一半的事儿禀告佟梓华，说解一半态度坚决，就是八头牛也拉不来。佟梓华怒气冲冲地一拍桌子：“这解一半，还真的吃了熊心豹子胆……这可是日本亲王亲自指定的擂台赛！他要是敢不参加，这……这很有可能是要杀头的事儿！”

“但是解师傅说得很清楚了，他上次之所以会答应下厨，纯粹是因为要救哈贝勒……”

“解一半就不怕我把哈岚再抓起来一次？”佟梓华脸上泛起一丝冷笑。

卢管家顿时怔住：“佟爷，这……这不太好吧！”

佟府的仆人突然匆匆跑进前厅，慌慌张张地道：“不好了佟爷！那哈贝勒正在外头大吵大闹着呢！”

佟梓华吃了一惊，只见哈岚早已大摇大摆地往前厅方向冲了过来，他眼珠子转了转，哈哈大笑地迎出去：“哎哟哈爷！咱前清的哈贝勒，我打小认识你到现在，还真不知道你这么讲礼节，竟然知道上门来向我道谢！哈哈，没关系！你是我妹夫，我救你也是应该的……”

哈岚脸色铁青，呵斥道：“谁说我来谢你的？哼！姓佟的！我问你，你这到底安得是什么心？竟然霸占了我哈家的地给日本人盖商社？”

“这是什么话？我帮你重建哈王府，这要是哈王爷跟老福晋还在，恐怕都要向我道声谢吧……你现在竟然还用这种口气跟我说话？真是狗咬吕洞宾，不识好人心呐！”

“让我向你道谢？你少往自己脸上贴金！”哈岚气极，挽了挽衣袖。

一旁的卢管家急忙端茶上前，恭敬地道：“喝口茶吧！哈贝勒……”哈岚接过茶猛喝了一口，用力地将茶盏放在桌上：“佟梓华，我今天来就是要问你，你占了我哈家的地，你打算怎么补偿我？”佟梓华吃惊地瞪起眼睛：“补偿？”

“没错！”

“你想我怎么补偿你？我曾经拿过钱给丽华，是她自己不要的！不信你问老卢！”佟梓华不屑地冷哼一声。

哈岚大怒道：“钱？你说是用钱？哈王府你付得起吗？我呸！少说你得用一个得月楼来相抵！”佟梓华闻言，用不可置信的眼神扫了哈岚一眼，突然大笑出声：“哈哈，您这是在说笑吧？我就问你一句，这得月楼关你什么事儿？你厚着脸皮来这里跟我讨得月楼？哈岚，你是不是进的牢多了，在里面让人关傻了！”

“你这什么意思？”哈岚脸色一沉。

“我的意思你还不清楚？那我再说一次，哈王府跟得月楼都没你的份！听清了吧？不过呢，你要是有心，让解一半参加日本亲王举办的厨艺大赛，兴许我一高兴，让你在得月楼干个掌柜……”

哈岚恼羞成怒，手指着佟梓华骂道：“你个混账！你……你个汉奸！自己当汉奸还不够，还要把我们一起拉下水？”佟梓华顿时变了脸：“你可别忘了！也就是我这汉奸才能让你出狱！”

“早知道是这么个状况，我宁可不出来……”

“那好呀！我现在立马就让人把你关回牢里去！可我警告你，这次你要是再被关进去，你可别让我妹妹，还有什么解一半想方设法地来求我救你……我告诉你，哈岚，有本事你就拿钱出来把哈王府给赎回去！只要你有钱，我保证，我佟梓华没有第二句话！”

哈岚气得直翻白眼：“佟梓华！人在做，天在看！你……你迟早会遭到报应的！”

“哼！我今天还就这么做了……”佟梓华也用手指着哈岚，“我警告你，哈王府、得月楼，现在跟你哈岚已经没有任何关系了！你要再拿这事儿做什么文章……小心我真的把你再关回牢里去！到那时我看谁能救你！

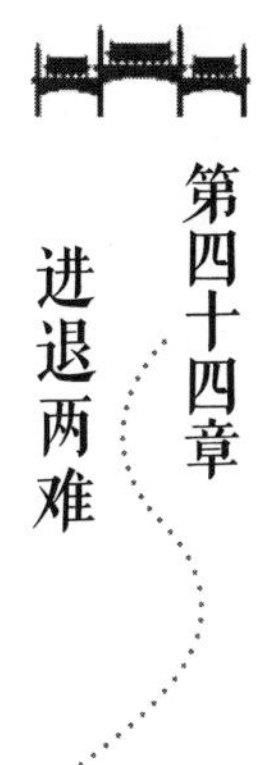

第四十四章 进退两难

汪府大宅。

莲嫂吃过晚饭之后，到房里抱起小不点儿，陪孩子在留声机前玩耍，小不点儿捧着一张娄晓月的黑胶唱片，放在嘴边又咬又啃。娄晓月端着个铜盆进房间，见此情景赶忙放下盆，一把将唱片夺过来，皱眉道：“莲嫂！你怎么能给他玩儿这个？”

“这怎么了？孩子要玩儿……”莲嫂见她脸色愠怒，吃了一惊。

“要也不能给他！”娄晓月低下身子哄孩子，“儿子听话啊，这个可不能玩儿……”

莲嫂争辩道：“不就是个唱片儿吗，什么宝贝，还碰不得了？咱乡下人没这么多规矩的，孩子他爸要下地去忙活儿，我在家洗衣做饭，孩子就放在篓子里了，哪里顾得上呀？他就跟家里鸡棚的小鸡玩儿，刚学会走路，就能追着鸡跑了，早上一起床吧……”

娄晓月没好气地打断她：“行了行了，别提你家的鸡棚了！这就是宝贝，就是不能碰！水烧好了，你带孩子去洗澡吧。”莲嫂撇了撇嘴，抱着孩子出去了。娄晓月爱惜地擦拭着唱片，神情犹豫了一下，将唱片放到唱机上，轻摇手柄。

留声机里，想起娄晓月《霸王别姬》的唱腔。

娄晓月失神地听着，眼前浮现出得月楼舞台上的情景，不由自主地摆动身姿，跟着哼唱：“看大王在帐中和衣睡稳，我这里出帐外且散愁情……轻移步走向前荒郊站定，猛抬头见碧落月色清明……”

这时，汪四海进了院子，听到楼上的娄晓月在唱戏，悄悄地上了楼梯。

他走到房间门口，见娄晓月旁若无人地边唱边舞，神情十分专注，那曼妙的舞姿瞧得他有些痴了，停下脚步一声不吭地听着。娄晓月轻抚衣袖，哼唱着南梆子：“适听得众兵丁闲谈议论，口声声露出那离散之心……”汪四海忍不住喝了一声：“好！”娄晓月猛地一惊，慌忙站直了身子，板着脸儿走过去，将唱机停下来。

“哎，别停啊！月儿，多少日子没听你唱了，你这一开口，我心都酥了。”汪四海大声叫道，摇摇晃晃地进了屋。

娄晓月沉默了片刻，凝望着手里的唱片，叹道：“不唱就是不唱了，把这些都丢出去吧……”她转身往门外走去，汪四海上前叫住她：“我跟你说个事儿，哈岚放出来了。”娄晓月蓦然回首：“真的？”汪四海心里顿时涌上一股醋意：“瞧你，一听哈岚俩字儿，两眼珠子发亮……”

“他没事儿吧？”娄晓月急切地道。

“能有什么事啊，这会儿好好的在家呢。要不，你去瞧瞧？”汪四海歪了歪嘴。

“我瞧得着么我？”娄晓月有些自嘲地扫了他一眼，忽然认真地说了一句，“四海，谢谢你。”

汪四海微微一怔，笑道：“现在你是不是该嫁给我了？”娄晓月叹道：“你还真没完了是不是？”汪四海正色地道：“人家回家好好过日子去了，你也没啥念想了不是，往后就该咱俩好好过了。”

“明儿……我想出去走走。”娄晓月心事重重地道。

汪四海有些紧张：“去哪儿啊？你不会真想去见哈岚吧？”娄晓月摇头道：“你想哪儿去了，我去想去看看丁宝。”汪四海皱眉道：“丁宝？去得月楼是吧？那儿现在被佟梓华那孙子改成酒楼啦，叫什么御华楼，做的饭死难吃的……你要真想去，改天我陪你去吧，明儿上午我还有个会……”娄晓月的脸色有些冷漠：“不用了，你忙你的吧，我自个儿带孩子去就成。”

“那要不让刘金送你去，孩子就搁在家里，让莲嫂带着，别跟着去了。”

“你是怕我带孩子跑了？”娄晓月冷哼一声。

汪四海连连摆手，焦急地解释：“不是不是，这孩子不是病刚好吗，万一再着了凉什么的，你又要着急了……月儿，我这不是担心你嘛。”

娄晓月心里惦记着丁宝，确实是想去得月楼看看，顺道再跟丁宝商量商量，想办法搬去别处。她见汪四海心生戒备，也懒得跟他纠缠，先将眼前的事儿应付过去再说，带着孩子反而不方便。

第二天上午，娄晓月叮嘱莲嫂看好小不点儿，径直出了汪府大院，坐上汪四海早已安排好的黑头轿车，往得月楼赶去。

得月楼的门口，丁宝肩上搭着一块抹布，恭敬地送包间里的客人出门，抬头看见门前停着一辆黑头车，便走上前去迎客。他透过开着的车窗，猛然发现正抬头望着得月楼牌匾的娄晓月，又惊又喜："师姐？"

"丁宝！"娄晓月高兴地下车，抓住丁宝的手臂，问长问短地道，"怎么你留在这里做杂工了？吃得好吗？住得好吗……"她抬头又望了一眼牌匾上"御华楼"三字，脸上流露出一丝黯淡的哀伤。

"师姐！走，我请你吃馄饨！"丁宝高兴地朝娄晓月招手，快步跑去街边的馄饨摊。

"我请你吃！"娄晓月梨涡浅笑，走到街上的馄饨摊上，叫了两碗馄饨。

黑头车依然停在路边，不远处的摊前小桌上坐着刘金与另外一名警察，不时往这边偷瞄几眼。丁宝装作没有瞧见，关切地问娄晓月："师姐，汪四海没怎么着你吧？"娄晓月笑了笑，道："没有，他不敢。"

"那你怎么没把小不点儿带来啊。"

"下次吧……丁宝，你见着哈岚了？他没事儿吧？"

丁宝正色地道："没事儿，好着呢！说起来，还多亏了这得月楼改成了酒楼，日本亲王要来吃饭，佟梓华才把哈贝勒给救了出来。"娄晓月眨了眨眼睛："你说什么？是佟梓华把哈岚救出来的？"丁宝点点头，小声地道："这事儿不让到处说，佟梓华为了求解大哥来给日本亲王做饭，才答应把哈贝勒给救出来。"娄晓月微微一怔："不是汪四海找的人？"

"跟他有什么关系啊！师姐？你该不是……要嫁给汪四海了吧！"丁宝遽然变色。

"胡说什么，我的心思你还不知道？"

丁宝摇头叹了一口气，无奈地道："我当然知道，所以我才觉得师姐你太苦了……"娄晓月小声地道："丁宝，你要见着哈岚，千万别跟他说我在汪家。"

"你放心吧，他问我什么我都说不知道。"

娄晓月又压低了声音，道："我还要你帮我办件事儿……"丁宝诧异地问："什么事儿？"娄晓月斜着眼儿望了望刘金，道："你帮我找处院子，要离城远一点儿的，越快越好。"丁宝惊讶地问："你要搬出来？"

"小点儿声。"娄晓月赶紧示意。

丁宝扭头瞪了一眼摊子上的刘金，道："原来那两人是来看着你的？汪四海不让你搬吧？我就知道！你都进了狼窝啦，能那么轻易出来？就算你真搬出来了，汪四海能放过你吗？”娄晓月轻叹道：“走一步看一步吧。”丁宝皱了皱眉头，脸上露出坚定的表情：“要走，就得走得远远的！诶？师姐，不如咱们去上海吧？大师兄来信了，说在那边儿挑了新班子，让咱们去呢！咱们可以接着唱戏！”

“我……我还能唱么……”娄晓月黯然失神。

丁宝不敢大声，低着脑袋缓缓道：“怎么不能唱啊？师姐，只要你愿意，到哪儿不是角儿啊？你还真想一辈子让汪四海盯死了呀……只要在这北平城，你怎么也躲不开他，等咱去了上海，他不就够不着了嘛。”

“你容我想想……”

到了晚上，汪四海醉醺醺地回家，一屁股坐在沙发上。娄晓月从厨房端着一杯蜂蜜水走过来，皱着眉道：“又喝多了……”

汪四海有些受宠若惊地接过茶杯，喝了一口，嘿嘿一笑：“甜！”

娄晓月趁机坐在他身边，意味深长地道：“四海，这些日子，我们娘儿俩给你添麻烦了。”汪四海笑道：“说这个干什么呀……一点不麻烦。”娄晓月淡淡地道：“我的意思是说，我们该走了。”汪四海酒醒了一大半，脱口叫道：“怎么了这是？出什么事儿了吗？莲嫂又惹你生气了？”

“没有……”娄晓月摇头。

“那是吃的不好了，还是伺候的不好了？”

娄晓月咬着嘴唇道：“都很好……”汪四海眨了眨眼，立即扬起笑脸：“那就是嫌我今儿没陪你？月儿啊，是我不好，我明儿一定陪你出去，想上哪儿逛上哪儿逛……”娄晓月冷漠地道：“不是，跟这也没关系……”

“那是怎么了？月儿啊，哪儿不满意你说，别老拿走来吓唬我，我这儿受不住啊！”汪四海拍了拍胸口。

娄晓月满脸歉意，道：“四海，我知道你对我好……可我本来说的就是在你这儿暂住，找着地方我就搬出去。”汪四海脸色一变，有些焦虑：“你们孤儿寡母的，能搬哪儿去？哪儿有家里舒服？噢，我知道了，你还是因为哈岚出来了，你还想着他是不是？月儿你糊涂啊，他那个家能容得下你吗？”娄晓月沉着声儿道：“我说过，我就是带着孩子去要饭，也不进哈家的门儿。”

“那你去哪儿？”

“我去上海……我要去找余师叔和大师兄他们，我还得唱戏，我离不开戏台子。”

汪四海眼珠子一瞪，皱眉道：“你想唱戏可以在这儿唱啊，干吗非跑上海去？你想叫谁来陪你唱我给你找，不成咱就挑个班子，我再给你建个戏园子都成！只要你乐意！”娄晓月的表情有些哀怨：“四海！我真的不能再欠你的情了，我还不起……”汪四海厚着脸皮笑：“咱们马上就是两口子了，还什么欠不欠还不还的呀？”

“我搬进来的时候，你可是答应的，我想什么时候走就什么时候走。”

“可现在你完全没必要走啊！我就不明白了，好好的怎么你出去一趟就要去上海了？我知道了，丁宝！是丁宝撺掇的是不是？他活腻歪了他……”汪四海突然起身，拍了拍衣袖就要往门外冲。

娄晓月慌忙上前拦住他：“你干什么？”汪四海怒道：“我去弄死他！”娄晓月死命将汪四海拽回来，摁在沙发上：“你疯啦！不关丁宝的事！汪四海我警告你啊，你要是敢动丁宝一指头，我一头碰死在这儿！”

汪四海眨巴着眼睛，默默地凝视着娄晓月，眼眶中竟泛起一丝泪花：“月儿，你怎么就不明白我的心呢……你要走了，我就活不了了，我不活了，谁也别想活……都不活了……”他突然抱起娄晓月，痛哭流涕起来。

娄晓月只觉得脊背一阵发冷，心里酸酸的，无奈地轻叹一声：“四海，我不走了……不走了还不成吗？”

解家小院。

屋内，佟丽华听解一半说起中日厨艺大赛的事儿，若有所思地道：“我想起这事儿，记得我阿玛信上说，让我也去陪同日本亲王……”

解一半吃惊地望着她，道：“啊？那怎么没听您提起过？”佟丽华笑道：“说这干什么，反正我又没打算去！”解一半愤愤地道：“您说这个佟梓华是不是疯了？我当时之所以会答应帮忙去得月楼做菜，纯粹就是为了救咱爷……没想到他竟然得寸进尺！”

“他为了讨好日本人，现在已经是无所不用其极……还好我已经跟他断绝了关系，否则，我们不知道还要让他给连累成什么样儿……”

此时，哈岚气呼呼地大步踏进院子，一进门立马就坐下来倒了一杯茶，晃着脑袋不说话。

“你上哪儿去了……一个下午都不见你人影？”佟丽华好奇地问。

哈岚脸色铁青，翻着白眼一声不吭。

佟丽华皱眉道：“你说话呀？才刚从牢里出来，你不会在外头又惹事了吧？”解一半上前拍着哈岚的肩膀：“哑吧了爷？赶紧的，别惹少奶奶着急！”哈岚没好气地甩开解一半的手，道：“我找佟梓华算账去了！他占了咱们的地儿给日本人盖什么狗屁商社，就这么算完啦？我就是气不过！”

他脸上浮现出极其愤怒的表情，似乎早就想狠狠揍佟梓华一顿，显然是担心打不过，才憋着一肚子火气跑回了家。

解一半一愣，义愤填膺地道：“他摆明了就是明抢！还叫我去跟日本厨子拼厨艺，他也开得了这个口！”哈岚气愤地道：“不去！美得他！他愿意做小日本的狗腿子就由他去，我看他以后怎么死！”解一半点了点头，正色地道：“当然不去！还说什么狗屁亲王发话了，不管谁胜都有重奖，什么要求他都答应？做梦吧！谁稀罕他那个破奖！”

“就是！还奖，奖什么奖？还要……哎？等等，你刚才说什么？”哈岚突然瞪起眼睛，满脸惊奇的表情盯着解一半问，“他们真是这样说的？什么条件都答应？”

“反正我不去！”解一半冷哼。

哈岚眼珠子一转，歪着脑袋叫道：“等等，一半大哥，咱得去呀！”解一半啊的一声，已被哈岚整得一头雾水，惊惶地道：“爷，你什么意思呀？”哈岚赶紧上前搂住解一半的肩膀，耐心地道：“别急，你先听我说，这个奖咱们得要呀！我不是为了我自己，我是为了娄晓月……不是，为了娄班主！咱们必须替娄家班出这口恶气，从佟梓华手里夺回得月楼！”

“怎么夺回得月楼？我闹不明白。”解一半摸了摸头，依然迷糊。

哈岚嘿嘿一笑，道：“你不用明白，你去就是了！咱们这招呢，叫作借力打力……”佟丽华似乎明白了哈岚的话意，脱口问道：“你……是想借用日本亲王这个比赛，去打压佟梓华？”

“对！就这么办！解大哥，你一定要去。”哈岚转身望着佟丽华，一本正经地道：“还有你，你也必须去！”

佟丽华诧异地道：“我去干什么？我又不会做菜。”哈岚做了个鬼脸，龇牙一笑，得意地道：“咱全家都出动，起哄架秧子，气死佟梓华！”解一半终于想明白哈岚的意思，面露欣喜之色，若有所思地道：“我看这个办法可行……爷，我这去找佟梓华！”

解一半打定主意，径直赶去礼士胡同佟侯府。

到了佟侯府，他跟卢管家表明来意，说家里人一致赞成，让他参加中日厨艺大赛。

佟梓华听卢管家说解一半拜访，顿时眉开眼笑，赶紧迎出前厅，热情地握住解一半的手："哎哟，解神厨呀！我终于盼到你出现了！你看看，我这都快要急死了，你终于还是同意参加比赛了啊？"

解一半露出一丝不屑的微笑，道："说吧！您想让我跟小日本比什么？"

佟梓华将解一半请进前厅，神秘兮兮地道："嘿嘿，中日厨艺大赛，就是个礼尚往来的活动，我不管你们比什么，总之我就一个条件，你必须输！"解一半瞬息变脸，呵斥道："佟梓华，你是不是有病呀！"佟梓华呵呵一笑，道："解神厨，我不是跟您开玩笑的，您这次一定要输，还要输得心服口服，要输到让日本人相信，日本料理才是能让全世界所有的美食家都接受的料理……"

"这可难了，既然要输，你找我干什么？找个喂猪喂狗的就行了！"

"必须找你！中国最棒的宫廷菜厨师都比不过日本人，这才说明日本人比咱们强！"

解一半瞅了瞅佟梓华，脸上露出难以置信的表情："我说大舅爷，您这脑袋里到底装了些什么？您阿玛好歹在前清的时候也是个侯爷呀！您……您到底是为什么这么心甘情愿地做日本人的狗呀？"

"做日本人的狗？放肆！我尽我所能为他们造桥铺路，对他们而言，我是一名工程师……"

"我看您是鬼迷心窍了吧？"解一半惊愕半晌。

佟梓华突然叹了一口气，语重心长地道："解一半啊，凡事都有不同的方面，我可以了解你的，只是你不能了解我的……一言以蔽之，我不是为日本人，我是为生存……我是为了我自己！"解一半按捺住自己愤怒的情绪，大声道："好好，您要怎么活那是您的事儿，我管不着！我就问一句，我参加这次比赛，我能有什么好处？"

"亲王承诺了，不管哪方得胜，都会答应他的要求！不过既然你已经没有这个机会，我个人倒是很乐意提供一笔奖金给您……听说您最近弄瓦之喜？就权当是我对您的一番心意，您看如何？"

"行！反正我该怎么做就怎么做！咱怎么能跟日本厨师比呢对吧？我肯定赢不了！"解一半翻了个白眼。

佟梓华哈哈大笑："那就好！那就好！"

解一半怒气冲冲地赶回家，佟丽华抱着孩子正与翠儿说话，哈岚跟进了屋，一听解一半说还有比赛要求，屋子里三个人你看着我，我看着你，觉得佟梓华的心思实在是令人困惑。

“必须输？这叫什么比赛？”佟丽华难以置信。

哈岚挠了挠脑袋，皱眉沉思道：“这怎么输？故意把菜做成猪食马料？”解一半沉着脸道：“就算我正经做，能不能赢？我也不敢打这包票……佟梓华是怕万一我赢了，断了他财路，想先解决了后顾之忧。”

哈岚咬了咬牙，语气低沉地道："不行……解大哥你必须赢！"翠儿也给解一半打气："肯定能赢！你就是闭着眼，拿脚丫子扒拉扒拉也比小日本强！”佟丽华心有顾忌，皱眉道：“这可就难了……赢也不是，输也不是，要是赢了就得罪了日本人，输了的话，咱们什么也捞不着！”

“我就不信了！”哈岚突然一蹦三尺高，气呼呼地道，“解大哥，我也上！咱俩加一块儿天下无敌，什么狗屁小日本，不赢他个底朝天誓不为人！”

“那可就把佟梓华撂那儿了？”解一半有些担心。

翠儿呸的一声，喊道：“撂那儿就撂那儿，佟梓华算老几！”

夜深人静，四个人商量好对策，各自回房睡觉。

解一半已在炕上打鼾，翠儿怀里抱着解冬青，轻轻地拍着哄睡，却见外屋亮起一抹昏暗的烛光，院子门口传来轻微的干呕声。翠儿好奇地起身，走到门口，见佟丽华正扶着墙在干呕，关切地上前扶住：“少奶奶？您没事儿吧？”佟丽华喘息着摆摆手，脸色有些难看：“没事……你怎么还不睡？”

“这不孩子在闹，我怕吵着一半……”她见佟丽华又俯身干呕起来，忙腾出一只手来替她拍背，“少奶奶，您这是怎么了……哎？你这几天老犯困，又恶心的……该不是……”

“这事儿说不准……你先别告诉哈岚，万一不是呢？”佟丽华微微一笑。

翠儿眼神闪烁，望向怀中的解冬青，欢喜地道：“冬青啊，你要有伴儿啦！”

得月楼外。

几位打杂的伙计推着板车，来到得月楼的后院。

丁宝解开板车上的绳子，招呼跑堂的小虎子出来搬菜。二人忙得满头大汗，突然瞧见哈岚与解一半往厨房过来，急忙上前打招呼："解神厨！哈爷！"

解一半查看了下菜筐子，急切地问："菜都拉来了？"厨房里的老郑捧着单子，赶紧出来与解一半核对食材，哈岚趁机拉住丁宝的胳膊，低声笑道："丁宝，走！我请你吃馄饨去！"

丁宝满脸狐疑，跟着哈岚去了大街。二人吃着馄饨，哈岚突然盯着丁宝，推推他的手："丁宝，咱俩认识多久了？"丁宝立即紧张起来，鼓着嘴巴连连摇头："不知道不知道！爷，您就别问了，我不知道师姐在哪儿！"

"我这话都还没问，你紧张个什么劲儿？"哈岚歪着脑袋瞪着他。

"我没紧张啊！我这不是……就是……"丁宝倏地站起身来，抹了抹嘴，"我吃饱了！"哈岚见丁宝低着个头，拔腿就往得月楼跑去，顿时脸色一沉："好你个丁宝……你肯定知道晓月在哪儿！"

回到得月楼的厨房，只见解一半蹲在地上，正在逐一检查箩筐里的菜，丁宝惊慌失措地躲在众人身后，以躲避哈岚的眼神。

解一半起身吩咐伙计："可以了，大家辛苦一下，拿去洗洗切了吧。"几名大厨和伙计进去准备，丁宝抢先一步叫道："郑师傅，我帮你打水！"小郑师傅笑道："好咧！"哈岚见丁宝一溜烟地又跑了，没好气地道："这臭小子，竟然躲我！"解一半仍然有些担忧，心事重重地望着哈岚："爷，您看这事儿……咱真能成？"

哈岚正在想着娄晓月的事儿，闻言一愣："什么事儿？噢，这事……哈哈，你其他的事可以不相信我，可作为一个熟悉御膳房各种美味的吃主儿，你可不能不信我！"解一半深深地吸了一口气："爷，那这次我真靠你了……"

此时，丁宝提着个水桶跑进厨房，对着众人大声喊道："来了！来了！日本人来了！"

只见后院门口驶入一辆黑头车，一名穿着绸衫的翻译率先下车，跑去打开后车门，微笑着脱帽致敬。接着一位穿着和服的中年日本人从车里下来，清瘦的脸庞像是好几天没有吃过饭，上嘴唇留着两撇胡须，小眼睛贼溜溜地转了转，神情倨傲地扫了众人一眼。他身后跟着两个穿着类似厨师服装的助手，围裙不像围裙，长袍又不像长袍，一人一边簇拥着往后院走过来。

哈岚忍不住叫道："这俩人谁呀？穿成这样……"那名翻译听见哈岚的叫声，快步走过来，高声叫道："这位就是大日本帝国的厨师代表，小林大师！你们哪位是解厨师？"哈岚翻了个白眼，用手指了指解一半，正色地道："这位是前清御膳房的正宗传人，解神厨！"

翻译转身用日文向小林大师介绍："大师，这位就是这次与您竞赛的解神厨……"

小林大师眼睛虽小，却是目光如炬，冷冷地瞪着解一半，突然摇了摇头，轻蔑地问翻译："厨房在哪里？带我进去。"

两名助手忙上前引路，似乎无视哈岚与解一半的存在，仰着头走进厨房。

解一半忿忿不平地瞧着小林大师的背影，不甘心地道："我爸爸干了一辈子御厨，从来也没坐过一趟车，也没让人喊过他一声大师……"哈岚嘿嘿一笑，道："就他那双眼睛小成玻璃弹子似的，也能叫大师？咱这次就让解神厨好好露个脸，让日本人也知道咱解神厨的嫡传弟子，不是好惹的！"

解一半点了点头，脸上露出愉快的笑容。

得月楼的正门口，正在拆除老旧的售票亭，佟丽华正要往得月楼的大堂走去，一抬眼就看见草弥站在门口恭送客人，脸色微微一变，默默地停下脚步。

草弥突然看见佟丽华，抑制不住内心的惊喜，急忙走下台阶去迎接佟丽华："好久不见，佟格格……"

"好久不见。"佟丽华礼貌地笑了笑。

草弥的脸上洋溢着兴奋，笑道："佟格格，见到您真是太高兴了，我还以为您今天不会出现在这里……"佟丽漠然道："我也没想到我会在这里。"草弥颔首道："该不会是佟先生说服您的吧？其实佟先生非常在乎您的！这次为了营救哈贝勒，他也没少费心……你们是亲兄妹，应该是亲密无间才对。"佟丽华面无表情："是吗？我以为他救哈岚，其实都是为了一己私心，他眼里有我这个妹妹的话，也不会做出这么多违背良心的事儿。"

"我没有明白，您指的是邀请解师傅参加厨艺大赛的事情？"草弥的眼神不停地闪烁。

"我觉得草弥先生对我们家里发生的事情，似乎都知道得十分清楚……这次中日厨艺大赛，也是草弥先生提出来的吧？"佟丽华并没有觉得意外。

"佟格格，您千万不要误会佟先生。一开始是佟侯爷嘱咐佟先生，一定要好好招待亲王殿下，可没想到那天解师傅一个满汉全席，竟然让亲王殿下吃出了兴趣，这才有了今天这场厨艺大赛！其实比赛结果皆大欢喜才是最重要的，其他的事情，您就别太往心上去……无论如何，哈贝勒总算是平安回家了。"

"如果他真念在兄妹之情，就应该主动帮我找到哈岚，而不是逼我提条件跟他交换……要知道，解大哥根本不想参加今天的比赛！"

草弥展颜一笑，道：“若是当时事情一发生，您就来找我，解师傅也许就不会如此为难了。”佟丽华正色地道：“找你帮忙，那不就又欠下你人情了？就算我肯，哈岚也不会肯！”草弥尴尬地道：“佟格格，您很清楚，我就是个生意人……”

“一个生意人可以在今晚亲王宴席上作陪，您的地位可想一般。”

“谢谢您的赞赏！但如果您愿意让我为您做点什么，我会感到更荣幸。”

佟丽华眨了眨眼睛，没想到她几句讽刺的话，居然会被草弥顶了回来，她灵机一动，直截了当地道：“那好，您请佟梓华把哈王府还给我们吧！”

草弥怔住，一时语塞，不知应该怎样回答佟丽华。

佟丽华唇角轻轻一扬，淡淡地道，“我觉得，草弥先生肯定是做不到吧。”草弥缓了一口气，道：“佟格格的确是反应灵敏，冰雪聪明……只是哈王府这事儿是佟先生跟哈贝勒之间的问题，是不是由他们自己去解决更好？我毕竟是个外人……”

“是吗？我以为草弥先生在我哥哥面前，有着举足轻重的影响力，我就不明白了，您办不到，是因为您的能力不足？还是因为您不想？”

“我承认是我自己的能力不足！我虽然对您一往情深，但也无可奈何，中国有句话，叫流花有意，流水无情……若是我真的具备这些能力，我也不会花费这许多年的时间等待您……”草弥突然轻叹了一声，竟将心扉敞开，神情黯然地凝视着佟丽华。

“你真没礼貌！”佟丽华脸色一变。

草弥缓缓呼吸，肃容道：“请容许我放肆一次吧！佟格格，难得有这样的机会，我可以向您掏心挖肺，让您了解我的心情……”佟丽华正色地道：“不好意思，草弥先生，这……我就帮不了你了！”草弥意味深长地道：“我不担心，我本就是个乐观的人，等待也是一种幸福。”

佟丽华双眼冷冷地注视着草弥，觉得对眼前这个日本人，有一种说不出来憎恶感，几乎想呕吐了。她停顿了几秒钟之后，突然露出了笑容，如法炮制地回应道：“谢谢您的赞赏！但如果您愿意退出我的视线之外，消失在我的生活之中，我相信我会过得更幸福。”

草弥眼神闪烁，却并未生气，反而哈哈大笑起来：“如此兰质蕙心的佟格格，怎能不令人欣赏呢？今天，我一定要将您隆重地介绍给亲王殿下……”

第四十五章 厨艺大赛

得月楼厨房。

灶间隔了一道屏风，并排的两个大灶旁分为两组料理台，一边是哈岚、解一半一组，另一边正是小林与他两位年轻的徒弟。

两组人马在料理台与灶间之间穿梭，解一半一脸肃容，正在检查料理台上的配料，哈岚的刀功颇为熟练，在料理台上快速地切着各式食材，而丁宝来回在料理台后方奔跑，手里捧着羊肚菌、仔鸡以及各式蔬菜，忙得晕头转向。

小林并没有亲自动手去挑选食材，而是站在料理台边，悉心指导两名徒弟切着以海鲜为主的主材，稍有不妥的地方，他立刻用日文呵斥两人。翻译官则是安静地站在角落，望着小林与他两名徒弟，轻轻地擦拭着额前的汗水，就好像他也在参加比赛一样，内心异常焦虑。

此时，小林望向哈岚的料理台，眼睛斜视着台上的一瓶胡椒粉。

他缓缓踱步走过屏风，翻译赶紧跟上来。二人来到哈岚与解一半身前，仔细观察着他们切菜的动作，突然用日文说了一句："这刀法跟杀猪的差不多粗糙……"翻译官的脸上笑容灿烂，立即翻译成中文："小林大师说，你这刀法跟杀猪的差不多粗糙。"

解一半冷哼一声，扭头对翻译官说道："杀什么猪？日本猪吗？我本来就是卖酱肉的！你请大师有空去咱北平城里问问，看看哪位没吃过我解一半做的酱肉……"他在说话的同时，翻译官已经翻译成日文告诉了小林，只不过"日本猪"三个字，翻译官无论如何都不敢开口。

“那就不能责怪他如此粗鄙了。”小林的眼中射出一抹阴笑，语气充满了鄙夷。他转身回到自己的料理台前，继续指挥他的徒弟做菜。

哈岚没好气地瞪了小林一眼，奇怪地问：“这位大师怎么不自己动手做呀？”解一半摇了摇脑袋：“哼！我看他根本就是个打酱油的……”哈岚皱眉沉思道：“我觉得小日本不可能开这样的玩笑吧？他们不怕丢脸吗？不过也难说得很，弹丸小国能有什么厨艺人才……佟梓华提出这么苛刻的条件，摆明了就是想拍日本人的马屁！”

二人并未察觉料理台上，已经少了一瓶胡椒粉。

一旁的丁宝已生起了灶火，解一半迅速将食材扔进锅里爆香。而小林那组的灶台也生起火来，却是小火慢炖砂锅。哈岚又好奇地抬头望了一眼，正好与小林四目相对，哈岚顿时将眼睛瞪圆，一动不动地死盯着小林，眼皮子也不眨一下。小林咬了咬牙，高傲地转过头去。

哈岚心里暗暗得意，就你那两颗玻璃弹子？我比你大了起码一圈，我就不信你能瞪过我！

“胡椒粉呢？哪去了？”解一半突然问道。

哈岚闻言，四处观望，眼角的余光同时扫向小林料理台上的调料瓶，并没有发现异常，不料转身之际，突然看见小林捏在手上的调料瓶，正是胡椒粉。他立马大叫起来：“胡椒粉让日本人给偷走啦！奇怪了，他啥时候拿走咱的胡椒瓶的？”

众人齐刷刷地瞪着小林，满脸怒容。小林却佯装无事，调好菜味之后，将胡椒瓶轻松自如地放在调料台上，继续指点徒弟做菜。

解一半气得鼻孔生烟，恨恨地道：“跟我玩阴的？哼！你以为这样就能整倒我吗？丁宝！快拿麻椒来！”丁宝迅速从食材架上取来麻椒，递给解一半，只见解神厨手法娴熟，大展神威，单手端起一个锅，平平稳稳地放在灶台上烧热，接着下油料、下麻椒，在最滚烫的时候用冷水快速冲入……一盘色香味俱全的菜肴立马呈现！

哈岚双手接过来，小心地摆放在食架上，转身去准备下一道菜。他将料理台一大碗的白米饭倒入盘中，突然笑道：“鸡蛋你自己来打，我只会吃！”

解一半哈哈一笑，接过白米饭，手指头在鸡蛋上轻轻一叩，掏出一个小洞来，将蛋清全部倾入另一个碗里，紧接着“啪”的一声捏碎了蛋壳，将剩下的蛋黄全部倒入饭中，与饭粒均匀地混合在一起。

此时，料理台的另一端，小林指挥着两名徒弟劈开海胆，从里面取出黄澄澄的海胆肉，他们现在做的正是大火爆炒蛋炒饭。

丁宝在旁偷视小林的动作，奇怪地问："哈爷，人家用海胆，咱们用鸡蛋，这蛋炒饭会不会太寒酸了？能帮咱们打赢日本人吗？"哈岚微微一笑，道："说起这个，你就不懂啦！这个宫廷蛋炒饭在'满汉全席'里面可是有的！想当年，皇上就非常爱吃蛋炒饭……"丁宝惊讶地摸了摸脑袋，似懂非懂地道："是吗？他里面一点都不加鹿茸熊胆吗？就光用蛋炒？"

"加鹿茸熊胆？你从哪儿听来的？蛋炒饭！顾名思义就是用鸡蛋炒饭呀！可是饭一定要炒得透，要把饭粒炒得乒乓地响，才算大功告成……"

"会响？怎么个响动？"丁宝难以置信地瞪着哈岚。

"你头伸过来，我敲给你看！"

丁宝拔腿跑开，却见料理台上，那碗宫廷炒饭已经配置完成，被蛋黄染黄的白米饭在碗中开始一粒粒地分开，弹性十足，颇为神奇。解一半又将冬笋、冬菇、干贝、虾仁、鸡胗、肉丝以及切碎的马蹄肉丝依次倒入碗中，一起端到灶上炒着，手中勺子突然抡了一圈，伸进瓦罐中加上了一勺老汤。

而再看小林的锅中，先炒了一锅碎蛋，盛起来放回小碗之中，再炒一锅切碎的芥蓝菜，又盛起放入另一个碗中。

解一拌全神贯注地搅拌着锅内的炒饭，黄澄澄的米粒，颗颗皆清楚。他满意地点了点头，将蛋清下在饭中，炒在饭里竟变成白色透明的丝线，起锅上盘，晶莹剔透。

"你看到了吗？这就是标准的金包银……蛋炒饭的最高境界！"哈岚的眼神中闪烁着兴奋的光芒。

得月楼的大包间。

五国的领事代表已经入席就座，风姿绰约的佟丽华，穿着一身精致华丽的旗袍，正款款走进包间，光彩照人的身姿顿时吸引住众人的目光。

岛田敏三一眼看见佟丽华，略显惊讶，迎上来鞠躬："佟格格，欢迎欢迎……"佟丽华不失礼貌地点点头，微笑着道："得月楼虽然改成了御华楼，但还是中国人的地盘，应该由我来欢迎岛田先生才是。"

她这句话虽然说得轻描淡写，但是岛田敏三就觉得特别刺耳，只得尴尬地笑了笑。二人的对话，引起了日本亲王的注意，他转头问草弥："这位女士是……"

"亲王殿下，这位就是佟侯爷的女儿，佟格格……"

“原来您就是佟格格？”日本亲王眼睛一亮，起身行礼，其余五个国家的领事纷纷起身。

佟丽华颔首回礼，用流利的日文问候道：“丽华见过亲王殿下。”

日本亲王大感意外，开心地道：“想不到佟格格的日语说得这么好！在东京时，我跟佟侯爷非常地亲近，他常常到我家里来做客……”佟丽华恭敬地道：“多谢亲王殿下对家父的厚爱！”

“不必客气，能与佟侯爷的千金同桌，我感到非常之荣幸。”日本亲王礼貌地请佟丽华坐在自己身旁。

佟丽华也不推辞，眼睛斜了佟梓华一眼，满脸微笑地坐下。

日本亲王为首的五国领事与岛田、佟梓华等人围成一桌，从他们服装上的国旗胸针可分辨出所代表的国家，而且每人身后都坐着一名翻译官。

数名跑堂的伙计穿着整齐，鱼贯而入，将两组成员特制的一小碗黄金烧饭端上了桌子，日本亲王与五国领事咀嚼着炒饭的味道，每个人的嘴巴都有不同的咀嚼方法，排列在一起形成有趣的画面。

海鲜味的蛋炒饭有一股清新的浓香，海胆炒成膏状，与碎花鸡蛋混合在一起，确实口感不俗。而解一半的黄金烧饭颗粒饱满，滑而不腻，蛋黄米饭与各类奇珍食材搭配在一起，每吃一口，就会产生不同的口感，贵宾们流露出好奇的神情，忍不住点头赞叹，彼此交流心得。

日本亲王似乎也被宫廷蛋炒饭折服，道：“这个蛋炒饭，堪比山珍海味，好像什么风味都会从饭粒中跑出来，难得，难得！”

佟丽华嫣然一笑，道：“亲王殿下，以前大清国的‘满汉全席’里面，就有蛋炒饭的记载，烹饪的制作工艺已流于民间，老百姓都能吃到这种米饭！只不过，您所说的山珍海味，价钱昂贵，普通人家就用其他的食材代替了。”

“原来如此。”日本亲王意犹未尽地点了点头。

此时，两位换上传统长袍的跑堂，又将一盅盅“日式土瓶蒸”放在所有宾客的桌前。

众人注视着眼前的“日式土瓶蒸”，似乎均被精致小巧的色香味所折服，啧啧称奇。

明治维新以前，日本人是不吃家畜肉的，他们的食谱里，只有面食、鱼虾和蔬菜。而“土瓶蒸”起源于日本茶道的怀石料理，一般的制作工艺就是一碗味噌汤和三盘清蒸小菜。

岛田敏三起身向众人鞠躬行礼，缓缓而道：“Dobin mushi，就是土瓶蒸，用陶土茶壶，以清蒸的方式保持食材的原汁原味，这种清淡鲜嫩的烹饪方式独一无二……用茶壶来蒸菜，粗看起来非常奇怪，这可是日本的老风俗。松茸是日本秋天的特产，再配上海鲜的鲜香，简直就是秋之鲜味！请大家慢慢品尝……”

日本亲王微微一笑，对佟丽华说道：“佟侯爷特别喜欢吃松茸，他每次到我家里来做客，我都会为他备上一道土瓶蒸……”佟丽华颔首回应，伸手举起桌上的茶杯，敬向日本亲王：“我阿玛受到亲王殿下的照顾，丽华仅以茶代酒，敬您一杯……”

岛田敏三突然一笑，道：“佟格格，您这样就不够意思了！若真要表达谢意，应该喝酒才是！”佟丽华不亢不卑地笑道：“岛田先生这话就外行了！今天这场厨艺大赛，大家比拼的就是菜式的口味，喝酒不就破坏了味蕾的滋味了吗？如此一来，不就浪费亲王殿下大费周章而主办的比赛了吗？”

“佟格格说得对。”草弥在旁接了一句。

日本亲王举起茶杯，夸奖道：“果然是伶牙俐齿！中国有句话，虎父无犬子，自然也是虎父出虎女！佟格格，我敬您！”他这话一说出口，佟丽华面带微笑，不经意地扫了哥哥一眼，含沙射影地道：“虎父无犬子这句话，也不一定就是对的……我们经常挂在嘴边的是‘名师出高徒’，希望亲王殿下这次，能品尝到中国代代相传的宫廷厨艺。”

“我非常荣幸！”日本亲王与佟丽华举杯饮茶。

佟梓华瞧见妹子的神情，立即明白了她的心思，佟丽华此时正在骂阿玛的儿子就是日本人的狗！他脸色一沉，低头开始夹菜。

等众人吃完“土瓶蒸”内的美食之后，跑堂小虎子走进包间，将托盘上一个个汤碗放在众宾客面前，碗中盛着熬炖好的鸡肉以及羊肚菌。

“羊肚菌”又叫作草笠竹，是一种珍稀的食用菌类，其表面凹凸不平，呈褶皱一样的网状，既像个蜂巢，又像个羊肚，因此得名。

“佟先生，这道菜是……”日本亲王不知菜名，扭头询问佟梓华。

佟梓华仔细瞧了瞧眼前的汤碗，皱眉思索道：“这应该是……鸡汤吧？”

“这不只是一碗鸡汤……这是碗羊肚菌鸡汤！”包间门外传来一声清脆响亮的叫喊。众人闻声抬头，只见穿着围裙的哈岚晃着脑袋，大摇大摆地走进来，朝着在座的贵宾抱了抱拳。

佟梓华脸色立马拉了下来，起身喝道：“哈岚！没有吩咐，你不可以随便进来！”哈岚白了他一眼，笑道，“作为主厨的副手，我当然有责任向诸位客人解释解释我的汤……”

“你……”佟梓华正要呵斥，却不知如何反驳。

日本亲王摆了摆手，颔首道：“我很乐意听听哈师傅这道菜的解释……”

哈岚向日本亲王点头行礼，清了清嗓子，滔滔不绝地道：“各位贵宾，现在摆在你们眼前的是‘羊肚菌鸡汤’，顾名思义，就是用羊肚菌和仔鸡熬成的汤品。这羊肚菌在咱中国可是珍稀的真菌，食药两用，是一种很珍贵的天然补品。它不仅营养丰富，味道鲜美，而且还能有益于肠胃消化、化痰理气……更令人惊奇的是，它甚至具备了补肾壮阳、补脑提神的功效！那么，仔鸡汤味的浓醇和味道，我就不多介绍了，希望大家品尝一下，试试咱们宫廷御膳房的手艺！”

众人见他说得这么玄乎，彼此互望一眼，开始品尝。

哈岚紧张地环顾众人的反应，见有人称赞不绝，也有人摇头皱眉，最终视线停留在佟丽华身上。

佟丽华喝了口汤，突然冲着哈岚眨了眨眼睛，脸上露出一种赞美和鼓励的笑容。哈岚嘴角一歪，心领神会地点了点头。一旁的草弥已注意到二人之间无声的互动，面不改色，轻轻地吸了一口气。

得月楼后台厨房。

此时，哈岚正快步赶回厨房内，丁宝早已等在门口，焦急地迎上前问：“哈爷，他们吃得怎么样了？”哈岚叹气道：“不知道，他们连个屁也不放一声，真是急死我了！还好丽华在里面，否则佟梓华那张老鸹嘴肯定会让咱们输惨了！”

解一半若有所思地道：“他一早就打着让咱输的主意……丁宝，快去把娃娃菜拿过来……”丁宝转身跑开，心急如焚地去箩筐里挑选新鲜的娃娃菜。

“可是为了中国人的尊严，咱绝对不能输！”哈岚握紧拳头，扭头去看小林的料理台，见他们师徒三人正在将裹满了鱼浆的食材，塞进了白菜当中，又放入鸡汤中一起熬炖，不禁皱起眉来，忧心地道，“解大哥，他们的白菜卷里头，好像包了很多东西……”

“你该不会是害怕了吧？”解一半皱了皱眉头。

“说老实话，我是有点……咱这道开水白菜，能不能打得过他们呀？”

解一半的额头冒出汗来，掀开锅盖子，舀了一勺瓦罐内的老汤入锅，沉声道：“我爸爸教过我，‘饭菜精洁，醢酱调美’，每个人的口味不一样，没有其他办法可想！

现在只能赌一赌，看看我爸这勺老汤里，有没有真材实料……”

得月楼的包间内，众人神采奕奕，对桌上每一道佳肴都意犹未尽，纷纷交头接耳，开始评选出自己最满意的作品。

日本亲王突然起身环视众人，微笑道：“诸位，这场盛宴是我们大日本帝国与中国宫廷厨艺交流的好机会，希望能令在座的各位贵宾满意！还有……”

众人皆站起身来，热情地鼓掌回礼，所有的外国领事都专注地听着日本亲王的解说，“谢谢！由于这次比赛，还有一个目的，就是要测试中国菜与我们日本料理，到底哪一个比较适合更多人的口味……所以为了公平起见，草弥与岛田，佟先生与佟格格，你们四位就别参与投票了。”

佟丽华点头道：“很好，这很公平。”佟梓华似乎有点为难，尴尬地笑道：“当然当然……我们尊重亲王殿下的决定。”而岛田敏三脸色微变，凝视了草弥一眼，见他根本就没有任何反应，只是淡定地喝了口茶。

此时，跑堂小虎子托盘上菜，只有两个盘子，一碟是开水白菜，另一碟是白菜卷，小心地摆放在桌子就退了出去。而哈岚已解下围裙，背负着双手，紧跟在小虎子的身后进了包间。

佟梓华见到哈岚进来，满脸不悦：“又是你！”

“怎么了大舅爷？参加比赛的人不能进吗？”哈岚瞪了他一眼。

众人瞧了瞧桌子上的两盘菜，德国代表笑了笑：“这倒有意思，两边的师傅都拿了白菜来做比赛的食材！”

“可是我们日本人的白菜，却不只有白菜这么简单……”岛田敏三鞠躬退出座位，走到桌前，用准备好的餐刀切开了蔬菜卷。只见热气腾腾的白菜卷被一分为二，各种颜色的蔬菜包裹在白菜卷中，散发出一股浓浓的海鲜香味。

“这是最平民化的关东煮，却也是最高贵的关东煮！它的汤底是一切味道的源泉，由鲣鱼干和昆布熬煮出来的汤汁，您只要吃上一小口，就可以品尝到所有食材的味道……”

岛田敏三在说话的同时，法国的领事代表突然夹起一口开水白菜，在嘴里咀嚼，渐渐落入思索之中：“以我的判断，两者在比较之下，这道开水白菜，似乎更有禅意……但是有一个令我困惑的事情，为什么这看似开水的清汤，竟然包含了如此丰富的味道呢？”

众人闻言皆是一愣，纷纷望向法国代表。

哈岚面露喜色，立刻上前一步，对法国代表说道：“这位爷！您一看就是识货的人……刚刚您喝的这一口清汤，正是用母鸡、母鸭、火腿、干贝、肘子等极品上料所吊制出来的上汤做成！因为这汤吊得好，汤色又清亮如水，才叫这么个不起眼的名字……”

“那为什么不叫‘上汤白菜’，而取名开水白菜呢？这不是贬低了这白菜的价值吗？”日本亲王微微颔首，若有所思。

佟丽华礼貌地起身，向日本亲王点了点头，道：“亲王殿下，这道菜不叫上汤白菜，是因为要反其意而用之，越是低调古朴，其价值就越是深不可测。中国人说人不可貌相，菜也不能望文生义，亲王殿下，您说是不是？”

日本亲王一听，顿时露出赞许的目光：“说得极好呀！说得极好……这已经不是一道简单的料理，而是包含着中国人哲学智慧的一道菜！佟格格果然是见多识广、博学多才，确实令人感到惊讶！”

在场的诸位代表纷纷离座，用小碗盛上清汤，开始品尝开水白菜，哈岚悄悄地向佟丽华竖起了大拇指。

日本亲王首先将筷子放下，目光凝视着众人，缓缓地道：“现在，大家已经品尝过三道菜色，该是做出决定的时候了……佟先生，请您将分别代表中方与日方的两位师父都请上来好吗？”

佟梓华点头，转身走到门口跟跑堂的交代了几句，片刻之后，解一半与小林大师相继走进包间。

日本亲王笑容满面地道：“今天大家都辛苦了，现在请各位领事说一说今天用餐的感受吧。”

包间内鸦雀无声，德国领事起身向众人鞠躬行礼，慎重地道：“我先说吧！我个人认为，日本料理层次分明，口感清晰，我投日本料理一票。”

哈岚与解一半脸色一沉，小林则是非常骄傲地瞅了二人一眼。

紧接着，法国领事开口：“我有不同的意见，我倒是觉得中国菜的味道给予食客十分宽广的想象空间，每吃一口都有不同的味道……就像开始吃的那道黄金炒饭，每一口都有不同的食材出现在我口中……这种感觉非常微妙，难以用语言来形容它！”

“哎？这客人真识货！”哈岚脱口笑道。

佟梓华狠狠瞪了他一眼："你不要说话！"哈岚一怔，正想发火，桌前的佟丽华却摇头示意他不要冲动。哈岚掸了掸衣袖，鼻子里哼了一声。

"我认为，味道走向极致之后，应该是单一而厚重的……土瓶蒸恰恰展现了这个特色！所以，我投日本料理一票。"美国领事起身宣布。

英国领事表达了不同的看法："若是要讲单一，我倒认为中国菜的三道菜色，黄金炒饭、羊肚菌鸡汤与开水白菜之间，似乎有着一种不可思议的连结……我如果还在伦敦，可能这辈子都品尝不到如此令人惊叹的厨艺！"哈岚又忍不住插口："那是因为每道菜都用了老汤调味……"佟梓华愠怒道："哈岚！你又多话？信不信我请你出去！"

"请等一等，您刚刚说老汤……这个很有意思，请问那是什么？我很有兴趣了解……这位师傅还请多多赐教！"英国领事听到哈岚关于"老汤"的说法，心生好奇，饶有兴趣地请教。

哈岚推了推身旁的解一半："解大哥你说。"

佟梓华又想开口阻止，岛田敏三突然用手拍了一下，他顿时噤声。

解一半有点儿紧张，在围裙上搓了搓手，道："那个……我家里是卖酱肉的，从祖上开始咱家每次卤完酱肉，就会留下一勺汤汁，然后调到下次的酱肉里……这老汤保存的时间越长，香味就越浓，鲜味也就越大！再加上各种不同的香料辅佐，就形成了一罐老汤……各位今天吃的三道菜里，我都点上了老汤，这或许就是您觉得明明是三道不同的菜，可他们彼此之间又有点相似的原因……"

英国领事若有所思地点点头，满脸写着惊讶与佩服："我的确是难以理解这其中的奥妙，可是那滋味就像协奏曲一样，在我的口腔里此起彼落，真的是美妙的乐章……虽说每样味道各自不同，却又好像能和谐地对话……这真是太神奇了，我投中国菜一票！"

现在两组的比分是二比二打平，众人的目光齐刷刷地扫向意大利领事，紧张地等待他的投票。

日本亲王突然一笑，道："领事先生，现在中国菜与日本料理打成平手，您可是最关键的一票呢！意大利美食是欧洲料理的代表，我相信您一定会给我们一个很满意的答案……"意大利领事皱了皱眉，神情有些犹豫："这……这叫我怎么说呢？日本料理主要是清蒸和水煮这两种做法，口味很清淡，但是味感却非常好……"

岛田敏三喜形于色，瞄了草弥一眼。

草弥却是面无表情，似乎对这场比赛的结果漠不关心，谁胜谁负都不重要。

“不过……据我所知，中国菜的菜系极其丰富，历史延续下来的都是得天独厚的经验与技巧，不仅造就了多层次的风味，也影响了人类对于菜肴品质的要求！我相信，大家刚才已经被那道开水白菜降服了吧？”意大利领事意味深长地道。

岛田有些不耐烦：“领事先生，还是请您尽快说出你的决定……”

意大利领事正色地道：“我想说的很简单，不同的食物，你可以说口味对不上，觉得不好吃。但不可以单凭自己不喜欢吃，就觉得别人的烹饪技术不如自己的国家……我也可以说，我母亲做的 spaghetti（意大利面）比你们的日本拉面好吃……所以，我必须要先声明，我现在所做出的决定，在这场比赛之中，只能代表我个人的口味。”

“领事先生说得很有道理……”日本亲王微微颔首，慎重地道，“今天我们大家都是为了评判而来的，领事先生，请您也不要有压力，尽管说出您心中真正的想法。”

意大利领事恭敬地道：“为了那口老汤，我愿意投中国菜一票！”

包间内所有人都不说话了，佟梓华与岛田敏三同时变了脸色。

哈岚欣喜若狂，高兴地差点跳起来。他快步上前，与意大利的领事热情地握手：“领事先生，容我向您说声谢谢！您真是太识货了！”意大利领事亲和地伸手与哈岚相握，笑道：“凭良心讲，就口味上来说，意大利菜和你们中国菜还真是异曲同工……”

佟丽华面泛笑容，道：“领事先生，您该不会是因为马可波罗把中国的葱油饼，带回意大利做成了披萨，这才投我们中国菜一票吧？”意大利领事慌忙躬身行礼：“当然不是！我说的都是真心话！”

日本亲王与众领事开怀大笑：“佟格格真是风趣幽默呀……”

一旁的小林大师已经按捺不住，用日语大声喊道：“不公平！不公平！这不是一次公平的比赛！这是因为食材不对，才使我无法正常发挥……”他的喊声有些气急败坏，当翻译官同步将他的话语翻译成各国语言之后，在场的众人愕然望向日本亲王，似乎觉得这个理由非常牵强。

佟梓华并没有注意到其他人的表情，连声附和：“对对！今天的食材并没有全部展现出日本料理的特点！都是因为食材的问题……”

“不要丢人现眼！”日本亲王突然用日文呵斥小林大师。

小林立刻闭嘴，羞愧地将头低下。

日本亲王面色沉重，用中文向众人说道，“厨艺，确实涉及口味的问题，刚才意大利领事先生已经说得很清楚了，每个人有自己喜欢的口味，显然，在场更多人选择了中国菜……我宣布，此次中日厨艺大赛，中方厨师获胜！”

众人纷纷起立鼓掌，哈岚与解一半忘情地拥抱在一起，又蹦又跳，笑得像两个没有长大的孩子。五国领事上前与二人握手祝贺，岛田敏三强作欢颜，客气地将贵宾们送出包间，无意之中看见闷声不吭的佟梓华，犀利的眼神狠狠瞪上一眼。

“今天两位厨师的表现令人印象深刻，你们辛苦了。”日本亲王离座之后，亲自上前致敬。

哈岚哈哈一笑道：“小菜一碟！咱做饭的最重要的是让客人吃得开心……大家开心，我们也安心！”佟梓华上去拦在哈岚的身前，沉着脸道：“哈岚，既然比赛已经结束了，你可以走了！”哈岚翻了个白眼：“我跟你说话了吗？”日本亲王扫了哈岚一眼，问道：“您就是哈厨师吧？”草弥在旁接了一句：“亲王殿下，这位是丽华女士的丈夫。”

“亲王殿下，他就是我的丈夫哈岚。”佟丽华颇感自豪。

日本亲王微微一怔，惊讶地道：“原来是佟侯爷的女婿？真是太荣幸了！”哈岚挠了挠头，谦虚地道：“我不过是在旁边打打下手，重要的还是我解大哥……”佟丽华用流利的日语解释：“解厨师的父亲，曾经是宫中御膳房的御厨。”

一旁的小林大师听到佟丽华说到御膳房时，张大了嘴巴，半晌说不出话。

“解师傅，哈师傅，您两位的料理技术令人刮目相看……今天麻烦二位为我们大家做了这么好吃的菜，万分感谢！我准备好了奖赏给你们……说吧！你们想要什么？只要是我能力所及的……”

哈岚抢先一步跳出来：“亲王，此话当真？”佟梓华呵斥道：“哈岚！你可别太过分！”日本亲王面有愠色：“佟先生，我在跟哈师傅说话呢。”佟梓华怔住，脸色一红，慌忙弯腰退后。

“你们中国有句成语，叫‘君子一言，驷马难追’，赛前我承诺过，不管是哪一方获胜，我都会有重重地奖赏！我会尽力帮他完成一个心愿，请哈师傅不要怀疑我的诚意……”日本亲王神情严肃。

哈岚眨了眨眼睛，道：“那好，我想要这座御华楼！”

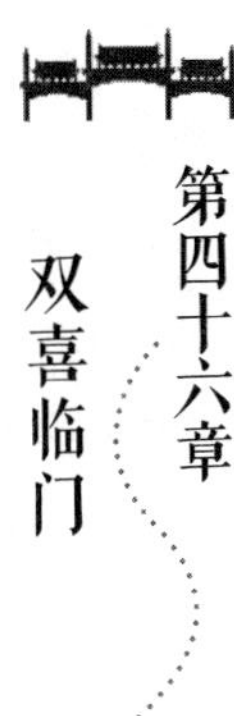

第四十六章 双喜临门

此言一出，包厢内一片哗然，只有草弥眼神闪烁，刻意避开佟梓华的目光。

佟梓华大吃一惊，意识到事态已经不好掌控，咬着牙道："哈岚，你敢抢我御华楼？"

"这是怎么回事？"日本亲王诧异地望了望佟梓华。

哈岚冷哼一声，却并没有忘记向日本亲王鞠躬："亲王大人，这里根本不叫御华楼，它原来的名字叫得月楼！这栋楼与佟梓华无关，这是他要挟别人所抢占来的产业！"

日本亲王皱了皱眉头，转身问佟梓华："佟先生，这位哈先生说的是真的吗？"

"他在撒谎！我有房地契！"佟梓华愤怒地叫喊。

"那房地契是他讹诈来的！这个'得月楼'是一个戏班子的产业，佟梓华依仗权势，竟然赶走了戏班子，强行霸占了得月楼！"哈岚并不理会佟梓华的暴跳如雷，耐心地给日本亲王解释。

佟梓华怒斥道："哈岚！你不要胡说！那时候你还在大牢里，根本不知道事情的真相！"哈岚冷笑道："什么真相？我告诉你事情的真相，你带着一帮子人来打砸得月楼，还把戏班子里的班主一枪……"

"哈岚先生！请你不要再说了！"草弥忽然站起身来，一声断喝。这种粗暴的吼叫声震惊了全场，众人顿时静下来。

哈岚身子一颤，惊惶万状地瞪着草弥，赶紧将佟丽华拉到了自己身旁。佟梓华与岛田敏三面面相觑，不知草弥为何当着日本亲王的面突然发火，万一惹怒了亲王，岂非吃不了兜着走？

日本亲王惊愕地望着草弥："草弥君，你怎么了？"草弥知道自己失态了，深深吸了一口气，尽量掩饰内心的焦虑："没……没什么……亲王殿下，今天是厨艺大赛，我们只谈美食，不要让其他的事情扰了您的雅兴！我刚才一时激动，怕您怪罪我们办事不力。"

"不不，我要知道真相！哈岚先生，刚才您说佟先生带了一些什么人，来打砸得月楼？"日本亲王追问道。

"他带了一帮……"哈岚后面的话还没说出口，佟丽华急忙上前一步，打断了他的话："亲王殿下，我可以说两句吗？"日本亲王颔首道："当然可以，佟格格请说。"草弥一怔，脸上的表情有些复杂，满怀担忧地凝视着佟丽华。

"哈岚说得没错，这'得月楼'本是一个戏班子的产业，但是佟梓华以亲王殿下您的名义，霸占了它！"

草弥一脸疑惑，努力在猜测佟丽华的用意。

日本亲王惊讶地问："我？这是从何说起？"

佟丽华缓缓地道："这个戏班子本来是要给亲王殿下您表演戏剧的，可是佟梓华说，亲王殿下喜欢中华美食，要吃皇宫御膳。于是他就赶走了戏班子，把这里改成了酒楼……如今，戏班子四处流浪，无家可归，他们无处申冤！亲王殿下，这种事情如果传扬出去，对您的声誉实在是太不利了！您千里迢迢不辞辛苦地来到中国，我想您也不愿意看到这样的局面吧？"

佟丽华的说辞，点明了"中日邦交"的要害之处，偏偏又回避了得月楼事件的真相，在场的人都暗自松了一口气，佟梓华一时慌了神，无以应对。

日本亲王脸色一沉，他最不愿意看到中日两国的"友谊"产生不必要的误解，他来天津面见溥仪，其中有一个目的，就是促进中日的文化交流，戏剧与厨艺本来就是中国的传统文化，怎么可以因这件事情而沦为世人的笑柄？他越想越生气，用面带愠怒的眼神，瞪着佟梓华："佟先生？"

佟梓华惊慌失措地道："不，不！亲王殿下您听我解释，这不是真的，不是真的！"日本亲王厉声道："难道哈岚先生和佟格格都在撒谎吗？！"佟梓华连连摆手："没，没有……确实，确实不是真的，那个戏班子其实……"他一时焦心如焚，已经语无伦次。

"我不想听你说！草弥君，你应该知道，佟格格说的一切都是真的吗？"日本亲王转身面对草弥，神情严肃。

草弥非常害怕说出真相，胆战心惊地望了佟丽华一眼。佟丽华用冷冷的目光回应他，似乎在等待他的决定。

“我在问你！”日本亲王的声音有些沙哑。

草弥十分尴尬地低下头，毕恭毕敬地站在原地，内心一直在挣扎。

佟丽华已经等不及了，怒目而视：“草弥先生，请你回答亲王殿下。”

“是！佟格格说的是真的！”草弥终于下定决心，亲口承认佟丽华编造出来的假话是真的。

哈岚大出意料，心里暗暗高兴，还是丽华有一套，当着亲王的面，这帮小日本没一个敢承认做坏事，看来这个黑锅，佟梓华这个走狗是背定了！

佟梓华满脸委屈：“草弥先生，您怎么可以……”事已至此，草弥索性大义凛然地呵斥道：“你不要再申辩了！我们会尽一切努力维护亲王殿下的声誉！”

日本亲王突然长叹一声，缓缓地道：“我这次奉天皇之命来谒见宣统皇帝，就是为了促进中日邦交，我不希望看到这种不和谐的局面，更不允许任何人利用我的名义胡作非为！佟梓华，你太过分了！请立即交出御华楼，请哈岚先生来管理，去把戏班子也请回来。如果你们不会再出意外的话，我下次来北平的时候，一定能看到这个戏班子的精彩演出！”

“亲王殿下果然公平正义！”佟丽华向日本亲王鞠躬行礼。

哈岚尽量克制住自己内心的狂喜，咬着牙道：“佟梓华！亲王大人英明的决定你已经听清楚了吧？请你交出得月楼！”

佟侯府。

佟梓华有气无力地坐在前厅的椅子上，脸色铁青。佟丽华站在他身旁催促：“佟爷，麻烦您手脚麻利点，咱拿了地契还得赶回去开门做生意……”

“快点快点！叫卢管家别这么磨磨蹭蹭的！”哈岚坐在门口的门槛上，背对着厅里，嘴里吹着口哨，一副得意洋洋的表情。

佟梓华恨得咬牙切齿，手腕抖个不停：“亏你还是我妹妹……竟然勾结日本人，一起算计自己的大哥……卑鄙！无耻！这是讹诈！”佟丽华冷笑道：“咦？吃饭的时候你怎么不当着日本人说呀！是没胆子还是心里不乐意？”

“讨日本人的好，借日本人的势力作恶！你们这两个汉奸！”佟梓华怒火冲天，口无遮拦。

哈岚翻了个白眼，道："我听这话怎么骂得这么别扭呢？好像大街上好多人都在骂你呀！你是直接照搬的是嘛！"佟梓华指着妹子恨恨地道："勾结日本人，陷害自己的亲骨肉，你良心何在！"佟丽华绷着脸："佟爷！您说话注意点，咱俩已经断绝关系了……您现在老是在说这些反话，该不会是想抵赖吧！"

哈岚眨了眨眼睛，大叫道："他想抵赖？我呸！眼下可有五国公使外加一个日本亲王作证，佟爷已经把得月楼输了，我认为他绝对不会是这种人！"二人夫唱妇随，接二连三地数落佟梓华，觉得他真是可笑至极，能厚颜无耻骂别人"汉奸"的，北平城也只有他一人。

佟梓华的脸色一阵青一阵白，牙缝里蹦出一句："无耻小人！"

"行了，赶紧的！你这叫自作自受、自讨苦吃、自食其果，又搬起石头砸了自己的脚！你要是实在不愿意，要不我让亲王大人亲自来取？"哈岚不耐烦地叫了起来。

此时，卢管家手里握着地契，哆哆嗦嗦地赶到前厅，轻唤了一声："佟爷……"

佟梓华无奈地闭上眼睛，朝卢管家挥了挥手，卢管家只得将地契毕恭毕敬地递给哈岚。

"麻烦您了……日后您上我得月楼吃饭不要钱，我请客！"哈岚哈哈一笑，转身与佟丽华离开佟府。

他刚一脚踏出门外，猛地跳起来大吼一声，"好！终于报仇了！"佟丽华吓了一跳，笑着推了推哈岚："好端端的你喊什么喊？差点没把我吓死！"哈岚扬了扬手中的地契，龇牙笑道："真是风水轮流转，我真是太高兴了！要是晓月知道了……"他话刚说出口，就看见佟丽华脸色一沉："你说得没错，这么高兴的事儿，不就是为了娄晓月吗？"

哈岚顿时泄气，脸上兴奋的表情完全消失，嗫嚅地道："只是我现在又不知道她人在哪儿……想把得月楼还给她，也不知道该怎么还呀。"他心事重重地往前走，佟丽华跟在他身后，突然问道："如果你知道她在哪里，你会接她回得月楼吗？"

哈岚停下脚步，似乎在思考这个问题。

佟丽华心头一紧，冷冰冰地道，"其实你早打算着把娄晓月接回得月楼吧？"哈岚轻叹了一声，正色地道："你这样想，人家抢走咱的哈王府，咱心里都不乐意，还憋得一肚子的冤气……那你说说，晓月从小在得月楼长大的，你自己说，咱应该让她回得月楼吗？"

"你有没有想过，如果我说不……"

"你不会的。"哈岚突然转头望着佟丽华，微微一笑，"我媳妇儿的心其实比谁都软……”

他这么一夸，佟丽华顿时错愕，不知应该如何接他话。

哈岚目光闪烁，道，“丽华，咱们风风雨雨都过来了，没有什么事儿是想不开的，就当我为娄班主做一件好事吧，这次咱们大获全胜，他泉下有知，也可以瞑目了。如果我真找到了晓月的话，我就告诉她……”

“这些话，还是等你找到娄晓月再说吧！”佟丽华打断哈岚，快步往前走去，换成哈岚望着她的背影，一脸的茫然。

得月楼外。

街道上围着一大群人，望着得月楼的门口指指点点，纷纷凑上前热闹。

厨子小谭与跑堂小虎子架着梯子，一左一右攀上门梁，动手去拆“御华楼”的牌匾。哈岚看着头顶的牌匾被摘下来，气呼呼地跳起来，一脚踩上去，转身告诉身旁的木匠：“师傅，我告诉你……回头您就照这招牌的尺寸，帮我做一个一模一样的牌匾，可你得把这上面这名字给我换回‘得月楼’才行！”

木匠师傅答应道：“好咧！哈爷您放心！”

此时，丁宝从人群中窜出，急切地喊道：“哈爷！不用做不用做！得月楼那块招牌，其实就在咱店里呢。”哈岚惊喜万分：“真的？”

“来来，大伙儿跟我搬招牌！”丁宝领着老郑、小谭和几名跑堂的一起奔进得月楼，不一会儿，就将原先那块牌匾搬了出来。

哈岚激动地奔上前去，用手摸着“得月楼”几个字，高兴地喊：“快！快挂回去！”众人七脚八手地将招牌竖起，底下帮忙的人抛绳索、递工具，丁宝跟着木匠师傅在楼梯上爬上爬下，固定招牌。哈岚抬头望着牌匾，心里又是欢喜又是悲伤，脸上的表情五味杂陈。

他心里惦记着娄晓月，打定了主意，便将丁宝喊到大堂，与佟丽华、解一半二人将他团团围住，脸色一沉，开始逼问：“丁宝！你听好了！我也不跟你废话，你就老老实实地把你师姐的下落给说出来，否则我立刻将你赶出得月楼……”

丁宝苦着脸，哀求道：“别呀！爷，你别赶我走……我是真不知道我师姐在哪里啊……”解一半哼了一声：“那你走吧，我不拦你！”

“我求求你们别逼我了……我求求你们……”丁宝连连作揖，就差跪下给哈岚磕头。

佟丽华叹了一口气，她心里虽然有点酸，却也无可奈何：“丁宝，现在不是你求我们，是我们哈爷在求你……你就把你师姐的下落说出来吧！我保证，晓月一定不会怪你的……”

丁宝满脸恐慌地望着佟丽华，见佟格格居然也帮着哈岚找师姐，心里百感交集，不知是福还是祸。他万般无奈之下只得如实招供，说娄晓月为了怕孩子挨饿，委曲求全，被汪四海接到了家中。

哈岚身子一颤，瞳孔渐渐收缩，他死盯着丁宝看了半天，也不知究竟是惊恐还是担忧，完全与以前暴躁的脾气不一样，令人大出意外。其实他想不明白娄晓月为何要做出这样的决定，但是心里隐隐觉得，一个孤苦伶仃的女人带着个孩子，身无分文，她又能上哪去？一时之间，他有些怔忪不安，强行将一肚子火气咽了回去。

佟丽华见到哈岚反常的表情，无奈地摇了摇头，上前拽住他的手臂，怕他火气突然爆发，会去狠踹丁宝两脚：“哈岚……这事儿还是由我出面比较好，我一个女流之辈，汪四海也不能把我怎么样。”解一半表示赞同：“对对！爷，人好歹是警察局的局长，你可不能冲他家去闹事。他可是什么事儿都做得出来的混蛋，再把你抓牢里去，那就找不到熟人能救你出来了！”

哈岚默默地点了点头，压制住心里的焦虑，慎重地道：“丽华！一切拜托你了，咱等晓月回来的那天，得月楼就开张大吉！”

汪府大宅。

佟丽华登门拜访，见到莲嫂便说是娄晓月的好友，路过此地，特意来探望她们母子。莲嫂见她仪态端庄，一脸亲切的笑容，顿时消除了疑虑，热情地领着佟丽华进到客厅：“太太您稍等，我去楼上请月姑娘下来……”

佟丽华环顾四周，见客厅里摆着童车和各式各样的玩具，心有所动，想什么时候也替翠儿去买上许许多多的玩具，一家人陪着小孩子玩儿，那肯定开心得很。正在思索时，娄晓月已从楼梯上匆忙下来，一见是佟丽华，满脸惊讶：“是你？你怎么会到这儿来……莲嫂，快点给客人上茶！”

等莲嫂转身离开，娄晓月突然眨了眨眼睛，轻声道，“莲嫂是照顾我的人。”佟丽华会意点点头，笑道：“晓月，那我就长话短说了。前几天日本亲王办了个厨艺大赛，哈岚和解大哥赢了！因为亲王曾经许诺过，会满足胜利者一个条件，所以顺理成章，他把得月楼给了哈岚。”

“哈岚抢回了得月楼？”娄晓月不可置信地望着佟丽华。

“没错，哈岚帮你抢回了得月楼！我今天来，就是要请你回去的。”

此时，莲嫂端着茶杯走进客厅，恭敬地递给佟丽华：“夫人请喝茶。”佟丽华淡定地接过杯子，有意无意地瞧了娄晓月一眼，似乎在询问，咱们俩说话会不会不太方便？

“我觉得不用麻烦了……”娄晓月面无表情。

佟丽华怔住，也顾不得莲嫂在身边，惊问道：“不用麻烦？难道你不想回去吗？哈岚跟解大哥费了这么大的力气……”莲嫂满头雾水地在一旁听着，有点警惕地问：“月姑娘是要回哪去？”娄晓月没好气地瞪了她一眼，冷冷地道：“你去忙你的事儿，我哪也不去！”

莲嫂低着头，悻悻地走开。

“晓月，你到底是怎么想的？”佟丽华不太确定娄晓月的想法。

娄晓月突然轻叹了一声，道：“佟格格，我现在跟我儿子住在这里，衣食无忧，过得很好……以前的事儿已经翻篇儿了，我真的没有兴趣了，哈岚能抢回得月楼我当然高兴，但是娄家班已经散了，而且我也不想再登台唱戏……”佟丽华笑道：“这些不是问题，咱们开一家酒楼，不搭戏班子！你是不是再考虑一下？”

“我已经决定了。”娄晓月坚定地点了点头，“以后还请你们二位好好照顾得月楼……”

佟丽华见她态度如此坚决，心知已经说服不了她，摇头叹了口气，起身告辞回去。

她回到解家，哈岚早已等在门口，急切地迎上来，迫不及待地追问娄晓月的消息。佟丽华将娄晓月的心思告诉哈岚，心里有些不安。

哈岚惊诧地望着佟丽华，脸上露出难以置信的表情：“她亲口说她不愿意回来？”佟丽华点点头：“我感觉她应该是回不来了，汪四海不会放她走的……她带着孩子，能走多远？”翠儿在旁边接了一句：“照我说啊，已经没必要了……她都在汪四海那儿待了这么长时间，她跟汪四海……恐怕早就生米煮成熟饭了！”

“你在胡说！不可能的！”哈岚脸色一沉，突然提高了嗓门。

翠儿见哈岚骂她，眼睛瞪起正要顶嘴，却被解一半拉到一边，示意她少说两句。哈岚咬了咬牙，怒道：“你们都别跟我扯东扯西，我一定要去找晓月！我一定要请她回来！”

佟丽华深深吸气，冷静地道：“我有了。”

“啊？”哈岚怔住，张开了嘴巴半天没有合拢。

翠儿没好气地道：“现在听见了吗？早就有啦！只是没跟您说！”解一半开心地道：“这是真的吗？咱家冬青要有伴了？”哈岚终于反应过来，两只眼睛直愣愣地望着佟丽华：“丽华……”

“要不要接回娄晓月，你自己拿主意吧……我累了。”佟丽华说完，转身往院子外面走去。

解一半与翠儿看着少奶奶离开，二人同时转头瞪着哈岚，见他似乎还沉浸在震惊之中，急道：“爷，您别再想啦！既然娄晓月都说不要得月楼了，这不正好嘛！咱啥都不会，就是会做吃的！”

哈岚茫然无措地点了点头，脸上依然是难以置信的表情：“解大哥，我没听错吧？我……我又要当爸爸啦？”他突然跳起来，嘻嘻哈哈地在屋子里转着圈，一副魂不守舍的样子。

夜晚，佟丽华正在房内收拾衣物，哈岚一进来，立马上前抢过她手上的衣服，往旁边一扔，小心地扶着佟丽华坐下。

“你干吗呢？”佟丽华两只手悬空，不知道该往哪放。

“小心点……以后这些事儿你就别亲自动手了，让翠儿去做。”哈岚一脸关切，好像担心佟丽华现在就会生出来似的。

佟丽华忍住不让自己笑出声来：“咱天津大杂院也都这样过来了，还差这点小事！”哈岚正色地道：“那不一样！那时候你肚子里还没孩子呢……”佟丽华绷着脸道：“翠儿怀着冬青的时候，不也是每天推着车子出去卖酱肉？”哈岚大声道：“那也不一样！您可是正儿八经的格格呀！”

佟丽华扑哧一声笑，终于忍不住了，一把推开哈岚：“你这贝勒都不贝勒了，我还格格哪？你少跟我贫啊，你就说说，那娄晓月跟那个孩子怎么办？”

“就是因为亏欠了他们母子俩，我就更不能亏欠你啦！丽华，从今以往，你让我干啥，我都听你的……你……你看啊，哎呀，我这都高兴到连话都说不清楚了……”哈岚一边说着话，一边又开始转圈。

佟丽华拉住哈岚的隔壁：“别转了，你都把我给转晕了，又想吐了……”哈岚慌忙上前扶住她：“想吐？要不要我去叫翠儿过来？”

“不用不用！哎！”佟丽华望着哈岚，叹了口气，心有感触地说，“你说，你这人老是这样，怎么当人家的爸爸呢？”哈岚突然拍了拍胸脯，道：“你放心！丽华……

我知道我就是个怂人，可是你信我，我会很努力！我一定会很努力地让我儿子长大之后很骄傲地告诉别人：我哈岚就是他爸爸！”

佟丽华一听，脸颊微微一红，觉得哈岚这番话发自肺腑，令人感动。她张开双手，温柔地抱住了哈岚的腰：“从今以往，我不求你做什么大事，我只求你能够对我们母子俩，一心一意，不要再让我担惊受怕……不管哪天醒来都能见到你，这就够了……”

半夜入梦之时，佟丽华忽然听见耳边传来窸窸窣窣的声音，她迷迷糊糊地睁开眼睛，瞧见哈岚掌着灯，正在桌前摆弄着一只铁盒，仔细检查胶卷。

“哈岚，你三更半夜把密疏翻出来干什么？”佟丽华顿时惊醒。

哈岚惊觉转身，咧嘴一笑：“刚想叫醒你……快起来吧，加件衣服，丁宝在得月楼等着咱们呢！”佟丽华听了一头雾水，诧异地道：“去哪？你要带着密疏去得月楼？”

哈岚也不多解释，瞪佟丽华穿好衣服，抱上盒子就赶去了得月楼。

二人进了大堂，只见丁宝席地而坐，早就等在前厅的过道上，发现哈岚与佟丽华进来，立即站起身，指了指大堂正位壁龛旁边，摞起的三张桌子：“哈爷，我准备好了。”

那桌子叠起来起码有一丈多高，佟丽华抬头瞧着屋梁上的斗拱，百思不得其解：“你们想干什么？”哈岚将手里的铁盒递给丁宝，神秘兮兮地笑道：“你马上就知道了。”

丁宝接过铁盒，用一大块蓝布一裹，小心地拴在了肩上，突然纵身蹿上了三张桌。佟丽华惊讶地望着丁宝的动作，觉得无比震惊，娄家班武行的身手确实不是花拳绣腿。丁宝解下肩上的蓝布，将铁盒取出来，慎重地塞进两个斗拱中间，完全看不到铁盒的影子。

佟丽华满脸惊讶的表情，笑道：“你怎么会想出这个主意？太厉害了！”哈岚得意地道：“现在鬼都找不着了！丁宝，下来吧！”丁宝翻身而下，身轻如燕，哈岚忍不住喝了一声好！

得月楼门外，开张大吉。

震耳欲聋的鞭炮声，炸响了整条大街。以哈岚为首的一群亲朋好友，街坊邻居皆站在门前，抬头望着得月楼的牌匾，看着红绸布被缓缓揭开，一起鼓掌喝彩。

哈岚神采奕奕，面对众人抱拳拱手，感叹地道：“我从小就在这得月楼长大，那时候的得月楼还是个茶馆，大家来这儿都是为了听戏……没想到，几经更迭，这得月楼被一个汉奸整治得根本不成样儿！还好今天，我哈岚把这个得月楼给拿了回来！所谓‘窥日畏衔山，促酒喜得月’。咱们一定要齐心协力，让得月楼酒楼生意红火腾腾起，高朋满座无虚席……”

众人叫了一声好，兴奋地鼓掌。

佟丽华因为怀有身孕，与翠儿躲在街对面，嘈杂声已让她的身体感到很不适，隔街凝望着“得月楼”招牌上这三个字，却更令她扎心，脸上的表情苍白无力。

哈岚春风满面，上前与得月楼的老郑小谭和跑堂们握手。人群中张爷挤出来，抖了抖手，热情行礼：“哈贝勒，恭喜恭喜！”

“哟，张爷！多谢您捧场！快里面请，您想吃点儿什么？”

张爷点着头：“平时吃惯了解神厨的酱肉，今天难得看见这场面啊！您这儿有什么好吃的，我都想尝尝！”哈岚哈哈笑道：“得嘞，您随便点，今儿我请客。”张爷眯着眼睛：“就今儿啊，以后呢？”哈岚客气地道：“以后……只要您来，都算我的，甭管您带多少人来，什么时候来，都不用结账！”

“别别，那多不合适啊。”张爷连连摆手。

“有什么不合适的！咱们一家人不说两家话，就这么着了。”

张爷本是一句玩笑话，见哈岚说得如此认真，他倒是不好意思起来：“不不不，记账，记账，我可不会赖贝勒爷的账。”哈岚拉着张爷进大堂：“得嘞，就这么着了，您什么时候方便什么时候结！您要是不方便啊，就算了，咱们哥们儿没得说！”

“好好！”张爷喜滋滋地进了大厅，与数位熟人打声招呼，找个桌子坐下喝茶。

这时，丁宝走到门口喊：“哈爷，外面有客人找您。”哈岚赶紧往门口走去，却见一个穿着长袍，戴着眼镜的中年男人，笑容满面地进了大堂，双手作揖：“哎呀，恭喜恭喜啊，哈掌柜！”哈岚定睛一看，原来是琉璃厂的刘老板，顿时眉开眼笑：“呀！刘老板真是稀客，欢迎欢迎！”

“这不是……听说您今天开业，特地来跟你道喜来了！顺道来尝尝解神厨的手艺！”

“多谢多谢！”哈岚转身对着过道喊，“虎子！先给刘老板来盘油炸鬼蒸鱼肠……”

刘老板愣住：“哈掌柜，这是啥菜呀？”哈岚哈哈笑道：“这是当年老百姓诅咒秦桧十二道金牌害死忠臣岳飞的一道名菜……这油炸鬼原名油炸秦桧，当年岳飞死后，临安全城纷起效尤，以大嚼‘油炸秦桧’泄愤，因此就有了这个名字。哈哈，您一定要试试！”刘老板摸了摸脑袋，道：“哈掌柜，您这是在折煞我呀？我刚来就给我道油炸鬼？”

哈岚嘿嘿一笑，拍了拍刘老板的肩，道：“谁不知道多少玩古董的同行，都在您手上栽过跟头呀！”

“瞧您这话说的，我就算敢坑别人，也不敢坑贝勒爷您呀！”

“那就好，那就好。”哈岚转身又喊，“丁宝！再来个冬瓜盅！”

刘老板奇怪地问：“这又是什么典故呀？”哈岚晃了晃脑袋，道：“欢聚一堂！图个喜庆不是，往后我哈岚找您帮忙，还请您高抬贵手，您说如何？”刘老板高兴地道：“好好！讨您个彩头……”

哈岚对付完刘老板之后，另一桌又有人喊要见贝勒爷。哈岚忙转身过去招呼客人，不停地拱手作揖，身影在大堂中穿梭，笑声洪亮爽朗，脸上的肌肉已经开始抽筋。

得月楼内一片人声鼎沸，亲朋好友们纷纷举杯动筷，对解一半的厨艺赞不绝口。门口又进来两位客人，身穿和服，脚踩木屐，正是岛田敏三和他的助理山本。

哈岚瞧见二人的身影，皱了皱眉头，迎了上去笑道：“原来是岛田先生大驾光临，欢迎欢迎！”

“哈先生，恭喜恭喜。”岛田敏三躬身行礼。

“真没想到您能来呀，我以为您跟我那小心眼儿的大舅子穿一条裤子，打死不到这儿来呢！只是，我这儿是地道的中国菜，除了玉子烧，不做日本料理，怕您吃不惯啊！”

岛田敏三微微一笑，道：“我来不是吃饭的，我向您打听一个人。”哈岚眨了眨眼睛，道：“哦？找谁啊？”岛田沉声道：“马俊杰，这人您应该认识吧。”哈岚嘿嘿笑道：“认识认识，当然认识！不就是当年捅您一刀的那个人吗？”

“哈先生跟他很熟？”

“也不是很熟！这事儿说来也巧了，我前段时间不是到报社去工作了嘛，我进门一瞧，嘿！这主编我认识，这不是马俊杰吗？就这么着，我们成了同事。”哈岚并不隐瞒，但是绕了个圈子。

岛田敏三礼貌地问道：“哈先生，那请问您，他现在在哪里？”哈岚摇头道：“这个我就不知道了。”岛田明知故问道：“你们不是关在一起吗？”哈岚苦笑道：“不瞒您说，开始是关在一起，可后来就分开了，我不知道他到底关哪儿了，再也没有见过他。”他这句倒是实话，佟梓华将他们放出来的时候，马俊杰并没有告诉哈岚他会去哪里。

“你跟他的关系，不止同事这么简单吧？”岛田敏三试探着问。

哈岚一本正经地道：“在天津樱花公馆我是见过几次了，这算什么呀，萍水相逢，说不上话！你又听我大舅子嚼舌根子了吧？他这人小心眼儿，在牢里的时候就因为半块馒头，掰给他的小了点儿，马俊杰的大了点儿，就非说我胳膊肘子往外拐，您说说，他自己扔下我先跑了，我还没跟他算账呢！”

岛田敏三见哈岚扯来扯去，有点不耐烦：“哈先生，您有没有报社其他同事的联络方式？”哈岚无奈地道：“我怎么会有？上次张大帅封了民生报社，别说那几个编辑了，连门房老头都跑了，谁还顾得上我呀！”

一旁的山本突然冷冷地道：“哈岚先生，我觉得您没有说实话。”

哈岚打量着山本，皱眉道：“哎？这是什么话？”

此时，又有客人进大堂跟哈岚打招呼：“哈贝勒！给您道喜呀！”

“哟，五爷？您可有日子没见了！里边儿请，里边儿请！丁宝，招呼着！”哈岚将客人请进去，转身对岛田敏三笑了笑，“岛田先生，要不您到里边儿坐坐？今儿开张大喜，我这儿实在是忙……”

岛田敏三扫了一眼得月楼的大堂，点头告辞道：“不麻烦哈先生了，我们就不打扰了。我希望您一有马俊杰的消息，立刻就通知我，这个人是个危险分子、杀人犯，您可要当心。”

“一定，一定！您慢走！”哈岚目送岛田敏三与山本离开，目光闪动时，心里倒是担心起马俊杰的安危。

现在小日本到处在找马俊杰，如果他还躲在北平城里的话，肯定不太安全。而且民生报社早已被查封，现在换了个老板，开了一家小酒馆，哈岚总不可能逢人就问，您认识铁血救国会的马俊杰吗？那就不太好了，搞不好牢底要坐穿。

第四十七章 试探虚实

解家院子。

哈岚与解一半拎着食盒回到家，将里面几碟菜摆在桌上。翠儿将洗好的热毛巾递给二人，责怪地道："怎么能从后厨拿东西？"解一半笑道："今儿剩下的，放明儿就蔫儿了，那还怎么吃呢，拿回来自己吃也省得浪费。"

哈岚有些疲惫，用热毛巾擦着脸，望里屋瞧了一眼，却见佟丽华正在屋子里一声不吭地叠着被单，皱了皱眉，奇怪地问："哎？丽华啊，今儿开业怎么没见着你来啊？"

"我去了还不是给人心里添堵？什么劲儿啊，不去。"佟丽华用两只手使劲地拍了拍枕巾，没好气地应了一句。

"给谁添堵？"哈岚不知佟丽华为何要生气，有些莫名其妙，"什么意思啊？咱们自家的生意，你是老板娘，还能给谁添堵啊？"

翠儿走过来收毛巾，赶紧给哈岚使了个眼色。

"你做得高兴就好，我没关系。"

"这又是个啥意思？"

佟丽华不搭理哈岚，又把叠好的枕巾抖开，重新用力地再叠了一遍。哈岚眼珠子一瞪，大声地道："今儿这是怎么了？这枕套都翻来覆去叠了好几回了！丽华，你把话给我说清楚……"佟丽华顶了一句："我叠我自己的枕套都不行了吗？"哈岚一听，语气又急起来："你有话说话，这句句带刺儿的干吗啊，这一回来就气儿不顺的，什么你的我的咱们的，你打什么哑谜呢？"佟丽华把手里的枕套往桌上一扔，气呼呼地说：

"我心里不舒服、不痛快，这还不成吗？"

"你心里不舒服？不痛快？那你也得告诉我为什么呀……"

"我就是不想看见得月楼那块牌匾，这还不成吗？"

哈岚怔住，急道："为什么呀？我费这么大劲把这地契拿回来，就是因为这块老牌匾，它要不是得月楼，我还不在这儿开馆子呢！"佟丽华脸色一沉，冷冷地道："算了！我就算说破嘴你也不会懂的……"她起身往门外走去，哈岚一愣，扭头就追出去，口中大喊："你把话给我说清楚呀！喂……丽华！"

他跑到门口，被解一半一把拉住："别去吵少奶奶……她身体不舒服，所以闹脾气！"解一半当然深有体会，这女人一旦怀了孩子经常脾气暴躁。

"这都什么跟什么呀？我怎么一点都不懂……"

翠儿在一旁直跳脚："哎呀我的爷呀！这饭馆一天叫得月楼，咱家少奶奶就一天不能忘记娄晓月跟您过去的事儿，这么简单的道理，您还不明白吗？"哈岚终于领悟，顿感失落，皱着眉头叹道："哎……她这样闹……有意思吗？"

他也气呼呼地跨出门外，往漆黑的院子走去。

"爷，您要去哪？您别去跟少奶奶吵架呀！"翠儿赶紧去推解一半，"快拉着他去！快去……"

夜色迷离，稀薄的月儿在云雾之间穿行。

解一半走出院子，见哈岚坐在路边屋檐下的一张石凳子上，晃着脑袋，神情有些倦意。解一半走过去轻声安慰："爷，记得咱们在天津大杂院，您也没少跟少奶奶吵架，每次都是为了娄晓月……难道您就不想想少奶奶的心情吗？"

"解大哥，那你给我评评理，得月楼这三个字都多少年了，她犯得上为这事儿生气吗？"哈岚满腹的抱怨，似乎还是不理解佟丽华的想法，不就是一个招牌，自己又没提晓月的事儿，她身子不舒服，也用不着冲着自己大呼小叫的吧！

"那如果少奶奶真较真儿，你愿意为她换招牌吗？"解一半反问道。

哈岚抬头望了解一半一眼，内心有些迟疑。

解一半突然叹了一声，缓缓道："爷啊，我是个粗人，没有什么大学问，少奶奶好歹是个知书达理的人，她嫁到哈家以后，可从来没有抱怨过，在天津去大使馆找工作，在北平又去洋行找工作，她也不是只为她一个人吧？既然您心不能老向着她，那就应该多体谅，咱说句良心话，这是您欠她的。"

哈岚点了点头，低声道："是的……我对不起她们两个……我欠她们太多了。"

解一半试探地道："那少奶奶和和娄姑娘，您更喜欢哪个？"哈岚皱眉道："怎么你们老喜欢拿这事儿来烦我？我都说了是我的错！"解一半正色地道："一说起娄晓月，就像是丢了魂似的，换谁能忍受得了？您要让人不烦您，自己就得时刻记着，别老是口不择言！"

此时，解家屋内，翠儿正抱着襁褓里的孩子，轻轻摇晃，走到桌前，对着发呆的佟丽华说道："少奶奶，您就别为这事儿生气了，其实我也觉得得月楼这老字号好，街坊邻里的都认这个……你说，要是愣让人改了招牌，不明白的还以为真换了老板了……"

她偷偷瞄了一眼佟丽华一眼，很怕自己说错话。

佟丽华伸手从翠儿手中抱过冬青，逗了逗孩子，叹气道："你知道我生气的不是牌匾，而是他的态度。"

"我知道，我当然知道……可咱爷从来就是这脾气，您真让他改，那他还是爷吗？咱得一步步来，孩子平平安安的比什么都好。"

佟丽华无奈地望着翠儿："我要是真能让他彻底改了，我还会这么难受吗？就是知道他改不了，心里才会不舒服……"翠儿苦笑道："我就知道咱少奶奶大人有大量，看在孩子的分上，快别气了，说不定有了孩子以后，爷的心思就在孩子身上了，哪还有什么乱七八糟的想法！"

汪府大宅。

午睡时间，娄晓月放下刚睡着的孩子，莲嫂走进房间，笑容满面地道："月姑娘，刚刚局长打电话回来，让您换身好看点儿的衣裳，打扮打扮，晚上跟他去个饭局……"

"您跟他说吧，我不去。"

莲嫂笑容僵硬，想劝几句怕娄晓月说她啰嗦，怔在原地，不知道应该如何是好。娄晓月转身望了望莲嫂，心知她也有她的难处："莲嫂，您也别为难……我自己打电话去告诉他……"她往房外走去，莲嫂赶紧阻止："这……这不太好吧，我怕……我怕局长骂我。"

"莲嫂，我真的不想去。"娄晓月摇头轻叹。

"那我去打电话给老爷，帮您回了……"莲嫂与娄晓月相处了这么长时间，已经了解月姑娘的脾气，汪局长当她是个宝，拒绝去吃饭也就不是什么大事。

娄晓月见莲嫂出门下楼，突然喊了一声："莲嫂，您等等……"

"月姑娘还有事情吩咐？"

娄晓月微微一笑，摇了摇头："不用通知他了，我还是去吧。"

等到下午，汪四海坐车回家来接娄晓月，见她已换了一身小立领的旗袍，颈部处一枚别致精巧的盘花扣，举手投足之间，楚楚动人，那气质简直是令人心动不已。汪四海忍不住赞叹一句："哎，十足的美人胚子！"

二人坐在汽车后座，一路驶离汪府。汪四海心情大好，笑道："没想到你这么爽快，答应跟我出门吃饭，这倒是少见……"

娄晓月没有应声，凝视着车窗外，脸色越来越不对劲："汪四海，这是要去哪儿？"

"附近开了一个新饭馆，想带你来尝尝鲜……"汪四海嘿嘿一笑。

黑头轿车拐过街道，不远处是一幢熟悉的门楼。

娄晓月猛然一惊，伸手去拉车门："得月楼？停车！"汪四海急忙拦住："你干什么？"娄晓月大声道："我要回去！"汽车停在路边，娄晓月打开车门就要下车，汪四海一把拽住她手臂，叹了口气："你就不想见见哈岚？"

"不想！我要下车！"

汪四海摇了摇头，学着京剧"草船借箭"里的念白，晃着脑袋道："晓月，船至江心你是下不去了！"娄晓月瞪了他一眼："你安的什么心呐？"汪四海眨了眨眼睛，道："好心！我今天要当着你的面儿跟哈岚把话说清楚。"娄晓月皱眉道："你要说什么？"汪四海故作神秘地一笑："一会儿你不就听到了。"

"我不想听！我要下车！"娄晓月开始反抗。

汪四海脸色一沉，道："娄晓月，你别老跟我耍脾气，我也有脾气！开车！"他抓住娄晓月要开车门的手腕，使劲往后一扯，娄晓月狠狠地甩开了手，扭过头去不吭声了。

到了得月楼门口，汪四海抬头望了一眼牌匾，淡淡一笑，径直走进大堂，娄晓月只得跟在他身后，低着头不说话。二人进了人声鼎沸的得月楼，丁宝转身正要招呼时，突然怔住："师……师姐？"

娄晓月勉强地冲丁宝笑了笑，汪四海早已大步上前来，故意用很夸张的语气问丁宝："你家哈大掌柜呢？"来者都是客，丁宝当然犯不着跟他黑脸，没好气地道："哈大掌柜在后头忙着呢！请两位先去包间吧……"

丁宝带着二人进了包间，正好是原先娄晓月住在得月楼时的房间，她一进门，心里百感交集，始终不说一句。丁宝熟练地给二人倒茶，转身去架子上取菜单。汪四海早已瞧出了娄晓月心情，故意问道："是不是不舒服？要真不舒服，我送你回去呀……"

"汪四海！你故意带我来这儿吃饭，有意思吗？"娄晓月终于忍不住。

汪四海依然装傻："你该不会以为，我这是故意在折磨你吧？"娄晓月压制气氛的情绪，厉声道："难道不是吗？"汪四海装腔作势地道："天地良心呀！所有的事儿不都已经翻篇儿了吗？晓月，人不能老是留在过去！这哈掌柜不也是吗？莫名其妙地就成了得月楼掌柜了……这一切都是天意，天意……"他扭头呵斥丁宝，"臭小子！还站在那儿干什么？还不快倒茶！"

"汪局长，您这位稀客，还真是给哈爷面子！"丁宝翻了个白眼，将桌子上的茶盏斟满。

汪四海瞧了瞧包间的装修，奇怪地问："哈岚是怎么把得月楼弄到手的？"丁宝自豪地道："咱哈爷跟日本厨师比赛做菜，赢了！后来日本亲王就把地契给了哈爷……不偷也不抢！"汪四海佯装没有听懂丁宝的嘲讽，道："哦？日本亲王？这地契原本不应该是在佟梓华手上的吗？怎么又会扯到日本亲王？"

"这佟爷不是汉奸吗？所以下场就不怎么好！"

汪四海脸色变了变，旋即哈哈大笑："没想到这哈岚还有这本事呀！能让日本亲王赏他个得月楼……我今天可要好好试试他，看他是不是真的这么有本事！丁宝，咱不用菜单点菜了，我报什么名儿，就叫他们给我上什么菜！"

得月楼的厨房，解一半满脸诧异，皱眉跟丁宝复述菜名："……金鸡聚盆，花仁枣羹？这汪四海是不是脑子进水啦！他当今天来这里办喜宴呀？"丁宝叹道："我刚刚是趁着哈爷招呼客人，没敢让他知道汪四海跟我师姐坐在楼上……"

"当然不能让他知道！丁宝，一会儿你带两三个人专门去招呼他们，千万别让爷……"

"我已经知道了。"哈岚面无表情地走进厨房。

二人一怔，心里均想，这下就糟糕了，这就叫冤家路窄。

哈岚将大堂上收来的脏盘子放在台上，瞧了瞧料理台上的菜单子，微微皱着眉头，突然卷起了袖子，若有所思地道："很好，我现在就去'好好'招呼他们去！"他转身便往厨房外走去，解一半大吃一惊：“要命！丁宝，快跟上去，别让他做傻事！”丁宝慌忙点头，快步跟上哈岚，径直往楼上的包间跑。

此时，汪四海坐在桌边，端详着娄晓月，淡淡地道：“哈岚倒是捡了个便宜，这御华楼的装修全给他用了，这儿之前是玉师姐的房吧？”

“是我的房。”娄晓月表情冷漠。

“哦？”汪四海饶有兴趣地打量房间。

忽然，门被人推开，只见脸色铁青的哈岚从门外冲了进来。娄晓月听见声音，转过头去四目相对，房间内顿时肃然无声，跟在后面的丁宝看见这场面，悄悄地关上了门。

“哎哟，哈大掌柜！这么晚才出来？”汪四海起身抱拳。

哈岚缓过神来，目光从娄晓月的脸上移开，冷冷地瞪了汪四海一眼，道：“汪局长驾到，有失远迎……”汪四海笑道：“哈掌柜，看谁来了！”哈岚下意识地又望向娄晓月，眼神中有些哀怨，又有些无奈。娄晓月低头不语，心情却是极其平静。

汪四海瞧了瞧二人的表情，清了清嗓子：“咳咳！哈掌柜，恭喜你呀！没想到你竟然能从大舅子手上，抢回这得月楼……”哈岚有些心不在焉：“托福托福，这都是大家的帮忙……”

“自打这得月楼重新开业起，还没来照顾过哈掌柜的生意。正巧今儿时间，就带晓月过来尝一下这传说中的‘宫廷菜’，顺便也让晓月再看看她的得月楼。不过这间房已经易主，戏班改成酒楼，连以前的房间也改得这么彻底，故人的痕迹一点儿都没留。”

哈岚意识到汪四海是来呛声的，轻松地笑了笑，道：“再怎么变，也是挂着得月楼的牌匾，不管是唱戏还是吃饭，不忘初心就好。”哈岚不着痕迹地瞥了一眼娄晓月。

汪四海捕捉到哈岚的眼神，嘴角一挑：“哈掌柜说的是，只不过，您这个初心指的是什么，汪某愿闻其详。”

“娄晓月。”哈岚脱口而出，不带半点儿的考虑。

汪四海一愣，斜了一眼默不作声的娄晓月，突然干笑了几声，道：“敞亮！只不过，恐怕这颗初心，以后你也就只能念念不忘，自个人想一想的份儿了。”

“汪局长这话是什么意思？”

“晓月，你不跟哈掌柜道个喜？”汪四海话锋一转，提醒娄晓月接话。

娄晓月抬头望着哈岚半晌，支支吾吾地道：“哈老板……先谢谢你的不忘初心……我恐怕……”汪四海不耐烦地打断：“你答应过我的，说重点！”哈岚皱了皱眉，不依不饶地道：“我是问你，那句话是什么意思？”娄晓月心乱如麻，想开口否认，却被汪四海按住了手：“我这么说吧，哈掌柜，孩子需要个爹，亲不亲，不重要，重要的是名正言顺，晓月呢，当然也需要有人护她的周全。虽说现在晓月还没有想好要不要过门儿，但过与不过，只是时间上的问题……”

“他说的是真的？”哈岚期待的眼神望着娄晓月，希望得到证实。

娄晓月想闪开汪四海的手，却被汪四海死死地按住。哈岚盯着桌前一双握在一起的手，一时无言，三人之间出现沉默……

大门突然被撞开，丁宝大声喊了一句：“比翼双飞！”他端着一盘酥炸鹌鹑走进来，三个人同时瞪着他，丁宝立即傻住，将菜盘子往桌子一放，转身出门。

他一口气跑到厨房，见厨子们都在忙碌，跑堂虎子进来叫菜：“黄焖鱼翅好了没！”小谭应了声：“马上！”解一半挥舞手臂用勺子盛出菜，对外面吼了一声：“田园四宝！”另一名跑堂迅速奔过来：“好嘞！田园四宝，上菜啦！”

丁宝悄悄地将解一半拉到一边儿，小声地道：“刚刚好像吵起来了……”解一半在围裙上搓搓手，有点紧张：“你听见吵起来了？他们都说什么了？”丁宝摇头道：“我没听见啊，我一进门就看见仨人儿怪怪的，看咱们爷那眼神，就差把汪四海撕了下酒了！”解一半怔住：“他有那魄力？”

“我这儿就是这么说说，师姐坐在汪四海边儿上，俩人还拉拉扯扯的，那搁谁谁不急？”

“他们后面还点了什么菜？”解一半皱了皱眉，觉得这事儿有点复杂。

“比翼双飞……刚才郑师傅出锅的。”

“就是酥炸鹌鹑！”解一半翻了个白眼。

丁宝顿了顿，道：“鱼水相依！”解一半歪着脑袋：“不就是奶汤鱼丸？”丁宝挠了挠头：“还有……对了，琴瑟合鸣！”解一半脸色难看，冷冷地道：“不就是琵琶大虾吗，什么琴啊瑟的，他想搞什么东西？”丁宝无可奈何地道：“我又不太懂这个，还有这最后一道菜……金屋藏娇！”

“不就是背心春卷？他还金屋藏娇呢？汪四海这是来示威了，够咱爷瞧的！唉，不过那也没办法，上门就是客……”解一半忽然转身，大喊一声，“小谭，备菜！”

小谭动作麻利地配好食料，将酥炸鹌鹑装好盘，迅速端到料理台上：“来咯，比翼双飞！”他话音刚落，解一半敲了他脑袋一下：“酥炸鹌鹑就酥炸鹌鹑，什么比翼双飞？”

解一半锅起勺落，转眼间就将几道“特色”菜做好，丁宝端着盘子依次上菜，放满了一桌子。

包间内，娄晓月与汪四海坐在桌子两侧，哈岚站在中间，瞧了瞧桌子上的菜，面露微笑，开始介绍菜名：“今儿我亲自为二位介绍菜品，这道‘比翼双飞’呢，其实就是酥炸鹌鹑。众所周知，这鹌鹑的蛋呢，最著名的一道菜就是‘王八汤’，蛋已经被我们拿去做王八汤了，只剩这鹌鹑了……不过我觉得，这炸酥了的鹌鹑，也飞不了，所以这名字挺缺德的。”

汪四海脸色一变，渐渐阴沉。

哈岚并不理会，指了指桌上的奶汤鱼丸，接着道：“咱再来说这道‘鱼水相依’，其实给菜名起好彩头这事儿挺损的，你说这满桌子的死物，能吉祥到哪儿去？其实，这道菜就是‘奶汤鱼丸’，做的时候把鱼宰了不说，还得把肉剃了，再打成泥，捏成丸儿放到汤水里。”

身后的丁宝听到哈岚的解释，死命忍住笑。哈岚又推了下琵琶大虾，摇头叹气道：“这道‘琴瑟和鸣’，也叫作琵琶大虾……这个就更惨了！先要把虾扒皮，然后用刀把背切开，抽线，再用花刀手法切虾肉，先蒸后炸，为了这个‘和鸣’，可真是赔上性命，死了也不消停！”

他嘴角扬起，坏坏一笑，“喏，这最后一道菜，叫金屋藏娇……”汪四海忍无可忍，突然用力拍桌，咬着牙道：“哈岚，你好样的……”他腾地站起身来，伸手拉着娄晓月往门外走。

“慢着！还有一份烤双翅呢……”哈岚出声喝止二人。

娄晓月面色苍白，恨恨地道：“吃什么吃？现在我都插翅难飞了！”哈岚微微一怔，没有明白娄晓月的话意，汪四海立即拉着娄晓月走出包间：“瞧你说的……”娄晓月低着头，身子与哈岚擦身而过时，突然低声哼了一句：“我……汪家……”

哈岚没有听清娄晓月说了什么，汪四海已经走到哈岚面前，哈哈笑道：“哈掌柜，结账！别忘了把烤双翅的钱也算上！”

哈岚满脸疑惑地望着二人走出包间，一直在琢磨娄晓月刚才那句话，她到底说了句什么呀？她到底在担心什么？

黑头轿车行驶在北平老街上，车窗外万家灯火。

汪四海与娄晓月肩并肩坐在后座，关切地问：“是不是生气了？”

娄晓月扭头望向窗外，并不应声。

汪四海气定神闲地道，“你不高兴就对了，我生来就是为了拆散你跟哈岚的，有我一天，你们俩已经是破镜了，就别想着能重圆。”娄晓月疲惫地闭上眼睛，冷漠地道：“汪四海，我从天津回来的那天，就已经对哈岚死心了，但这并不代表我会嫁给你。”

“可是你答应过我，只要我把哈岚从牢里捞出来，你就嫁给我……”

“我劝你最好不再提这事儿，你真以为我不知道？哈岚是解师傅答应佟梓华给日本人做饭，这才被放出来的！”娄晓月恨恨地道。

汪四海脸色一变，似乎有些尴尬，又有点气急败坏。

娄晓月正色地道，“哈岚不是你救的，我就没有必要承诺什么事儿，我住你这儿来就是完全信赖你！你是条汉子，你为我爸爸报了仇，我感恩不尽，可这不等于我必须以身相许！你假如……”

汪四海忽然冷笑一声，打断娄晓月的话：“你不用跟我假如，我汪四海为人做事也没什么可以假如的！我不会放你走，你就继续跟我对着干吧！”

得月楼。

大堂内宾客满座，碰杯声划拳声高昂响亮，好不热闹。丁宝从门外往厨房搬运食材，三个跑堂小哥张罗着给各桌上酒上菜。哈岚趴在柜台上，歪着脑袋正在看一桌人划拳，三个人在猛灌另一个人酒：“你今儿只要先干了这碗，这顿我结！”

那客人面有难色，犹豫地盯着眼前那只大碗：“我就是个一杯倒，你让我喝这么一大碗……”哈岚一听就来劲儿了，看热闹不嫌事儿大，冲着他们大声喊话：“您今儿要把这碗喝了，我送你们一坛上好的老烧！”客人们哈哈大笑：“得嘞，老板都这么说了，赶紧干了！别丢脸！”

那客人深吸一口气，端起碗来，咕噜咕噜灌了下去。哈岚大笑：“痛快！虎子！给那桌送坛老烧！”

邻桌的张爷扭头喊他：“哈老板！”哈岚听见喊声，忙转头招呼：“在这儿呢！”张爷打了个饱嗝，已经跟着几个酒友走到门口，摇摇晃晃的摆了摆手，道：“今儿先给我记账上，改天一起算！”

“成！张爷慢走！”哈岚翻开柜台上的账本，提笔写下：张，一块三毛。

旁边一名食客走到柜台来结账，笑容满面地道：“哈老板，生意兴隆啊！您给看看今儿我这桌多少钱。”哈岚赶紧翻找菜单，对好账之后就开始拨算盘：“谢谢捧场，一块两毛。”

食客掏了掏兜儿，只摸出一枚银圆，脸上顿时有些不好意思。哈岚客气地道，“得得，没有就算了。”食客强压住占便宜的欣喜，故意为难地道：“这，不太好吧？”哈岚大方地笑道：“这有什么不好的，下回常照顾着点儿就成。”

“一定一定！”

丁宝端着食材箩筐往厨房通道走，哈岚问道：“都搬完了吗？”丁宝歇了口气，道：“最后一趟了。”哈岚点了点头：“好，我给结钱去。”他转身往后院大门口走去，热情招呼推车送菜的伙计。

解一半正在厨房剁着肉馅儿，满头大汗。丁宝将箩筐里的豆腐板搬到食料架上，解一半瞥了一眼，眉头微微一皱，立即放下手里的菜刀，走到架子前掀开遮盖豆腐的浆布，板上整块豆腐已经碎了。

“啊，这豆腐都碎成这样了，还往里搬呢？”解一半沉声斥责。

丁宝弯着腰将箩筐里的蔬菜归类，反驳道：“凑合用吧你就，哈爷在那忙着送酒抹零的，看也没看就让我搬进来了，这会儿帐都结了。解一半低身去翻了一下袋子里的菜，发现白菜也是烂的，忍不住吼了一声：“这菜怎么能要呢？给我通通退回去。”

“可是……”丁宝有点为难。

解一半眼珠子一瞪：“难道这里也结账了？”丁宝无奈地道：“这个我可做不了主，哈爷看见送菜的伙计都客气得很，这会儿，拉住人家留下来吃饭都说不准！”解一半怔住，一时无语。

大堂依旧热闹喧哗，最靠近柜台的位置，坐了一桌小混混。哈岚趴在柜台上，嗑着瓜子儿，喝着茶，感觉不像是得月楼的掌柜，却像是游手好闲的食客。

解一半拎着一棵烂白菜从后厨出来，走到哈岚跟前儿，压住心里的火气，沉声道：“爷，咱们是正儿八经开酒楼的，不是烂菜市场，您看这白菜能吃吗？咱不能送什么货都接着啊！”他将白菜拎到哈岚的眼前，菜叶子差点儿就甩在哈岚的脸上。哈岚端着茶杯，赶紧往后退了一步，茶水崩了一脸。他擦着脸，理直气壮地道：“能不能吃，不是你厨子的事儿吗，你跑这儿来问我算个什么事儿？”

“您给我好好看清楚！”解一半气不打一处来，将烂白菜啪的一声，拍在了柜子上。

哈岚吓了一跳，仔细一看白菜，苦笑道：“嗨，我当多大事儿呢！这扒几层叶子，不照样是颗白白嫩嫩的好白菜吗？”解一半越说越火大：“这几层叶子，也算斤两啊？整斤卖给你的白菜，只能吃半斤，你这不是被人给坑了吗？”

“啊！对啊……这把我当冤大头了？”哈岚这才反应过来，一脸迷茫地望着解一半，

“咱现在该怎么办？卖菜的都走了啊！”

解一半看着哈岚的表情，气得一翻白眼，将肩上的擦碗布狠狠地摔在桌上，转身走了。哈岚抓起白菜追去厨房，口中大喊：“这也不能赖我呀！那送菜的压根就没让我看，我也不愿意这样啊！今儿就凑合着吧……”

夜间，得月楼酒楼打烊清场，厨房里的人都出来打扫大堂。

哈岚耐心地在柜台里拨打算盘，噼里啪啦算完，皱起眉头又重新算了一遍。

解一半解着围裙，走到柜台前，好奇地问：“算清楚了吗？今儿赚了多少？”哈岚摸了摸脑袋，半晌才吭声：“赔了三十大洋……”

“你不是吧？”解一半惊恐万状地瞪着哈岚，突然跳了起来，情绪异常激动：“哎哟我的爷！我真是……啊！这是……咱们可是从开张到现在，柜上没留过一个子儿！您一点儿都不着急的吗？”

哈岚涨红了脸，鼻子里哼哼唧唧的，说不出话来。

二人一路上了大街，往回家的方向走，哈岚见解一半气呼呼的模样，硬着头皮跟在后面，哪里还敢吭声。

回到解家小院，解一半将大门一关，顿时破口大骂：“你说说！进货看也不看，烂菜叶子、碎豆腐也往后厨搬……你到底是开酒楼，还是在开菜市场的小摊？你给我说啊！”他一时怒气冲天，口气强硬，也不管哈岚是不是贝勒爷。

佟丽华坐在椅子上，听解一半在数落哈岚的不是，皱了皱眉，而翠儿正坐在一旁给孩子缝衣服，从来没有瞧见解一半发这么大的火气，已经有点懵圈。

“……今儿来了两拨儿讹钱的，眼也不眨就直接给钱！送酒抹零更是一个不差！你说说，爷，这个月打着收税名义来要钱的都几个了？”

“我……我就怕他们闹起来不好收场，想着给点儿钱打发了……”哈岚低着头，小声地嘀咕。

解一半气呼呼地道：“打开门做生意，哪能碰见事儿就花钱买清闲？您是老板、掌柜的、守财的，不是冤大头！再这么下去，咱们这馆子撑不了多久也就该关门了！”哈岚说话的声音越来越小：“我这也是第一次当掌柜，哪儿知道那么多行道，谁能想到当官的还能讹钱……”解一半突然怒道：“当官的不讹钱？你以前那些牢都白坐了！”

坐在一旁的佟丽华眉头紧锁，若有所思地道：“现在柜上还有多少钱，能撑多长时间？”哈岚吞吞吐吐地道：“好……好像还有四……五十大洋……”佟丽华生气地道：“说清楚，四十还是五十？”哈岚犹豫了半天，怯怯地道：“好像是五十……

“怎么能好像？你掌柜的，怎么连账都算不清？”佟丽华白了哈岚一眼，颇有恨铁不成钢的心思。

“我没记住……”

佟丽华缓了一口气，继续问道：“五十块，能撑多长时间，每天固定收支多少？”哈岚挠着头，又支支吾吾地说不出来，解一半叹道：“现在大米一块钱十六斤，每天至少要三十斤；猪肉一块钱五斤，需要二十斤，加上菜、油这些杂七杂八的，每天怎么着也得二十块钱左右。五十大洋加上现在手头还有的货，顶多也就撑个三天左右。”

“明儿我去趟柜上吧。”佟丽华心事重重点了点头，忽然干呕起来。翠儿眼疾手快，搬来一只痰盂，赶紧上前拍打着佟丽华的背脊。

哈岚关切地问：“怎么了这是，没事儿吧！”佟丽华接过翠儿递过来的茶，摇头道：“可能是肠胃不好，最近总是胃里犯恶心。”

“要不去请个大夫来看看吧？”哈岚无所适从。

翠儿有些担忧，道：“少奶奶，您身子不舒服，要不明儿别折腾了，您跟咱们爷交代好事儿就行，就别操这份儿心了……您肚子里可是咱哈家的根呐！”一旁的哈岚连连点头，佟丽华漱完了口，有气无力地道：“我要再不去，你们爷煞费苦心赢回来的地契，就又要拱手让人了。”哈岚一这话，心里很不是滋味儿：“你瞧你说的，我成败家子儿了……”

第四十八章 扭转乾坤

得月楼大堂。

街上的吆喝声与得月楼内食客的嘈杂声，畅叫扬疾，充斥着整座大堂。

佟丽华站在柜台后面，一页页地认真翻看账本，只见账本上写满了“赵，两块”，“孙，一块五毛”，“张，一块三毛”等字样，她皱起眉头，迅速过了一眼整个账本儿，皆是一些“百家姓”加数字。

“这个赵、孙、张、吴都是谁？”佟丽华发问。

哈岚有些忐忑，嗯了很长的时间，才支支吾吾地道：“这个，这个我见着人能认识……光看账本儿想不起来。”佟丽华没好气地道：“那你就不怕人只来一次就不来了？这账不就变成死账了？”

哈岚低着脑袋，不敢说话。佟丽华见他一副受气包的样子，又好气又好笑，无奈地道：“那你看看，这大堂里坐着的人，有你有印象的吗？”

哈岚扫视大堂全场食客，瞧见客人们都在吃饭喝酒，眼睛扫到张爷一次，略微停顿了一下，回过去又瞄了一眼张爷，脸上带着不确定的表情，似乎在回想前几天的场景。他正在犹豫之时，张爷突然摆手喊道：“哈老板！今儿的也先记账上！”

哈岚一怔，凑近佟丽华耳边，悄悄地说道：“他，就是他，张爷就是其中一个‘张’，昨儿我刚记了账……”佟丽华顺着哈岚的目光，瞧见了起身准备离开大堂的张爷，立马叫住：“张爷……”

此时的张爷一只脚已经迈出了门，听见有人叫他，转过身子，环顾四周，这才发现站在柜台后面的佟丽华，急忙打招呼：“哟，这是老板娘吧？”佟丽华微笑着点点头：“张爷您好。”张爷眯着眼睛道：“哎呀，哈老板好福气啊，老板娘上柜台亲自坐镇。”

哈岚有些不敢看张爷的脸，敷衍了事地笑了笑。

“不巧，今儿我还有事儿，咱们改天再聊！”张爷又扫了佟丽华两眼，拱手告辞，转身就要走。

“哎？张爷，没结账呢！”佟丽华出身提醒。

张爷回过头，先是瞄了眼一旁的哈岚，眨着眼睛对佟丽华说：“我刚不是跟哈老板说记账了吗？”佟丽华笑道：“不好意思了，打今儿起，得月楼没有记账这一说了。更何况，您之前的账也该结一结了。”张爷满脸疑惑地望着哈岚，可是哈岚觉得这事儿实在是没有面子，赶紧转过身去，摆弄着货架上的酒坛。张爷嘿嘿一笑，尴尬地道：“看来，老板娘今儿是来查账了，这外面都是男人的事儿，掌柜的不是哈老板吗？什么时候轮着老婆做主了？”

佟丽华不卑不亢地道：“不管谁是掌柜，您看着也是大户人家，吃饭结账这个道理，您不会不懂吧？”

“我是记账，又不是不结，老板娘这么说话我就不爱听了。”

“咱们有多少账本儿也搁不住您这么个记法儿啊！即吃即买，也省得咱们麻烦，我们当家的爱犯糊涂，到时候给您算错账可就说不清了。”

张爷顿觉理亏，挥着手儿生气地道：“那就算算，快算算！”

佟丽华翻着账本儿开始打算盘，一旁的哈岚悄悄地偷望着张爷结账走人，不敢多说一句。佟丽华收了钱，扔进已经见底的钱盒子里，转过身狠狠白了哈岚一眼。哈岚躲开佟丽华的眼神，突然看见刚进门的刘老板，救星似的冲去门口打招呼：“刘老板！”

佟丽华没好气地哼了一声：“算你跑得快！”

后院门口的送货郎扯着嗓子喊丁宝：“货到了！”丁宝往院子外面跑去，佟丽华张望了送菜的送货郎一眼，从柜台里走出来，指了指哈岚，头也不回地说了句：“留意着柜台点儿。”

刘老板望着佟丽华的背影，眨了眨眼睛，笑道：“这该是老板娘吧？”哈岚自嘲地道：“没有娘……她才是老板！我也就是个掌柜，还是甩手没实权的那种。”

刘老板有些尴尬，一时之间没接上话。哈岚打量了他一眼，继续道，“怎么样，琉璃厂那边儿最近来什么新鲜玩意儿没有？”刘老板点着头道：“哎，这您还别说，最近新进来一批古汉玉……”

"古汉玉？有给孩子戴的貔貅没有？"哈岚眼睛一亮。

二人正说着话，后院的丁宝手脚麻利地收拾好一麻袋食材，弯腰准备往过道搬，却突然被佟丽华拦住："慢着！丁宝，你把菜倒出来我看看。"丁宝应了一声，将麻袋里的食材通通倒了出来。佟丽华上前将一些烂菜挑出来，堆在一边儿。

送货郎在一旁急道："哎哎，老板！您这样我可没法儿卖！不让挑的。"佟丽华头也不抬，边挑菜边说："一袋子菜有三成烂的，还不让挑？你这强买强卖，算盘打这么溜呢？"送货郎皱眉道："这菜在运的时候，磕磕碰碰的，有蔫儿的很正常，那如果都像您这样，我这得有半车子卖不出去了，不是赔大发了？"

"这菜是我压坏的吗？"佟丽华微微一笑。

送货郎一怔，摇了摇头。

佟丽华正色地道："既然菜不是我压坏的，那我就没有必要为您的烂了的菜掏钱。货卖不卖得出去是您的事儿，我是开饭馆儿的，菜好不好吃、新不新鲜是我的事儿。您赔不赔跟我没关系，我拿钱买新鲜的菜，哪儿错了吗？"

送货郎一听这话，无言以对："得！您有理，您挑。"

佟丽华挑好菜，让丁宝赶紧搬进厨房去，接着拍了拍手上的泥土，道："待会儿让伙计帮您称一下这堆挑出来的菜，把这斤两减了。"送货郎唉声叹气地道："得月楼什么时候换了个把得这么紧的掌柜啊！"佟丽华嫣然一笑："是之前把得松。"

送货郎无奈，取出一张货单来，道："得，我认了，那是您结账还是？"

"当天结账？恐怕这不合规矩吧？"佟丽华眨了眨眼。

"哎？掌柜的，咱们之前可是说好了的，我是说跟哈掌柜说好了，我给您菜价算的稍微低点儿，咱们一天一结。您现在不当天结，我从西城大老远跑这儿来送菜，图什么啊？"

佟丽华笑道："您之前说好了那是之前，打今儿起，咱十天一结账。"送货郎苦着脸："姑奶奶，我这也是小本儿生意！"佟丽华缓缓地道："每行有每行的规矩，咱酒楼每天下来，得要这四五车货不止……您这菜价有高有低，直接就影响我酒楼的生意！要不这样，打今儿起，我们找一家离得近的菜摊来送货，菜价也稳当。"她作势要去取包儿结账，送货郎连忙拦住："别介，我给您个稳当价儿，按您说的，咱们十天一结？"

"成，那这么着吧，您明儿接着送！不过我话说前头，菜要是有不新鲜的，我们当场就扣了斤两。"佟丽华笑容满面。

送货郎摇头叹气，瞧着佟丽华的笑容，心里有点儿紧张："老板娘，可不敢惹您，太会做生意了！”

到了夜间得月楼打烊，大堂上已经清客，柜台上点着一盏小灯，解一半一丁宝凑着脑袋，关切地望着佟丽华手中的账本。佟丽华边打着算盘，边提笔记录，满意地点点头：“进账九十八银圆。”

“真的？”解一半眼神发亮。

佟丽华将账本递给解一半与丁宝看。解一半拿过账本儿仔细核对，松了一口气：“终于是有进账了！还是少奶奶有本事，这才来柜上待了一天，咱们就有赚了。”丁宝接过话茬：“咱们爷啊，平常大手大脚惯了，跟什么都讲究个面子！哎，现在有咱们佟掌柜撑着场面，那就好多了。”

佟丽华被夸得有些不好意思，从后厨出来的哈岚听到了这句话，远远地看着灯光下的三人，鼻子里哼的一声：“得罪了多少人就不说了！”

汪府附近的街道上，人声嘈杂。

哈岚东张西望，上前询问身边一个路人，客气地问汪府大院的方向。路人指了指前方的街口，哈岚赶紧道谢，急匆匆地拐进对面大街。

他远远看着一处大宅门外停着一辆黑头车，门口居然还站着一名守卫，正上前去打开车门。只见汪四海身穿警服，头戴着警帽，风风火火地从府里出来，一脚踏上车，哈岚赶紧躲进墙角，以免被汪四海发现。

等汪四海坐上黑头车离开，哈岚悄悄地绕到汪府门前，探着脑袋往门里的院子看了一眼，眼珠子转了转，大摇大摆地往前走进去。

“哎哎哎！干什么的，你找谁啊！”守卫横枪拦住。

哈岚小心地扶着守卫的枪杆，笑道：“我是晓……我是娄姑娘的亲戚，听说她住这儿，特地来看看她。”守卫打量他一眼，冷冷地道：“汪局长交代过了，以后娄姑娘不见客。”哈岚见守卫绷着脸，立即从兜里掏出个银圆，迅速塞进守卫手里：“我不算客，我们是亲戚，一家人。”

守卫突然将银圆抛在地上，横着枪口对准哈岚。厉声道：“赶紧走！”

哈岚吓得慌忙往后退了几步，一屁股就跌坐在地上，赶紧抬起手，看看手里的古汉玉貔貅有没有摔碎，起身拍了拍衣袖裤脚，无可奈何地离开。

他回到得月楼，径直去厨房找丁宝。

厨房里传来炒菜、掂勺和下油锅的声音，解大哥忙得热火朝天。哈岚见丁宝不在，就自己动手炒了几盘菜，认真地装在食盒里。过了一会儿，丁宝跑进厨房报菜名：“解大哥，京酱肉丝儿！”

“得嘞！”解一半龇牙一笑。

丁宝转身要去大堂，突然被哈岚叫住：“丁宝，有个事儿你替我跑一趟。”他擦了擦手，从料理台上取下食盒递过去。食盒很重，丁宝接过晃了一下，疑惑地看看哈岚：“送哪儿家？”哈岚夹起桌上盘子里的一块红烧肉，心不在焉地道：“送你师姐那。”丁宝一惊，不敢置信地道：“汪……汪四海那儿？”

“愣着干吗？快去啊！”哈岚见丁宝拎起食盒，似乎又想起什么，上前拽住丁宝手臂，“还有个事儿，你问问她，那天来得月楼到底想跟我说什么？”

“好吧，我替您问问。”丁宝拎着食盒离开。

哈岚一转身，就看见解一半正直盯盯地望着他：“您这是唱哪出？”哈岚心事重重地道：“晓月那天跟我说了句话，好像是想离开汪家，我也不知道她到底要干什么……”解一半叹气道：“爷，您又没事找事！这种事儿您少掺和啊！”

哈岚沉声道：“我跟晓月认识这么多年，不能不掺和！”

此时，丁宝拎着食盒，赶到了汪府门前，看见带着枪的守卫有些怂，下了很大的决心才走上前去打招呼：“请问这是，汪局长府上吧？”守卫皱眉道：“是汪局长府邸，你是干什么的？”

“那就对咯，我是来送菜的！”

“汪局长没叫送菜。”守卫语气冷漠。

丁宝强忍住紧张，点头哈腰地道：“是娄姑娘叫送的。麻烦小哥进去跟娄姑娘通报一声，说是得月楼的菜到了，她就知道了。”守卫虽然满脸狐疑，却也不敢怠慢娄晓月，冷冰冰地说了声：“你在外面等着。”

他进了院子去报告，出来招呼丁宝进去。

丁宝进了客厅，见到娄晓月和小不点儿，开心得不得了，不料师姐却给他使了个颜色，顿时明白过来，将食盒里的红烧肉、拌干丝、蓑衣黄瓜和炒红果依次从食盒里取出，摆在桌上。

“好可爱的小孩子，舅……让叔叔抱抱！”丁宝已经好久没有见到小不点儿，眉开眼笑地抱起来，娄晓月露出笑容，心情大好。

莲嫂看到娄晓月愉快的表情，不禁也喜上眉梢：“月姑娘什么时候叫的菜啊，味儿真不错！”

丁宝眼神躲闪，抱着小不点儿逗乐。

娄晓月淡定道：“那天去得月楼尝着饭菜还挺合胃口的，就叫他们做了点儿，让今儿送过来。”

“那要不要给老爷留点儿？”莲嫂闻见香味，自己也快留出口水。

“不用了。”娄晓月眼神闪烁，对丁宝说，“天儿不早了，你早点儿回吧。”

丁宝答应一声，借着将小不点还给娄晓月的空档，低声说了一句：“爷问，您那天说要离开汪家是什么意思？”娄晓月闻言，抬头瞄了眼一直紧盯着他俩的莲嫂，故意若无其事地道：“你回去吧。”

“伙计，天儿不早了，我们老爷快回来了，你早点儿回吧。”莲嫂起身送丁宝出去。丁宝依依不舍地回头望一眼，娄晓月随口交代莲嫂：“莲嫂，你去交代下门房，以后得月楼来送菜不用通报了，直接送进来就好。”

丁宝龇牙一笑，心满意足地回到了得月楼。

哈岚早就等在门口，伸长了脖子往街边张望，远远看见丁宝轻快地拎着食盒，一路哼着曲子走来，赶紧迎上去，迫不及待地问：“怎么样怎么样？”丁宝眨了眨眼睛：“什么怎么样？”

哈岚一跺脚：“晓月！孩子！还有吃的住的！”丁宝见到哈岚着急的样子，憋住了笑，道：“放心吧爷！师姐很好，上上下下的人都对她赔着笑脸儿，肯定受不了什么委屈。孩子吃的白白胖胖的，跟你一个模子刻出来的似的！”哈岚终于松了口气，高兴地追问：“我让你问的话，你问了吗？”

“问了！可她旁边有个老妈子，她没说……不过，师姐交代门房了，以后得月楼送菜就不用通报，可以直接送进去。”

“啊？真的啊？那太好了！”哈岚心头一喜，刚想接过丁宝手里的食盒，突然看见佟丽华出现在门口，顿时闭嘴。

佟丽华皱着眉头走过来，看见他手里的食盒，奇怪地道：“丁宝，你们俩站门外面嘀嘀咕咕地说什么呢？这是去哪儿送菜了啊？”

“没哪儿！”二人心里有些慌张，几乎是异口同声地喊。

佟丽华见二人眼神闪避，心里更加狐疑。丁宝脸上的表情极不自然，道：“那，爷，我先进去了啊。”佟丽华盯着丁宝逃也似的跑进大堂，诧异地问道：“怎么慌里慌张的？这是谁家叫菜？”哈岚随口编造了一个：“街口陈大妈家。”

“我今儿没见着她来点菜啊?

“哈哈，昨儿点的。”哈岚打了个哈哈，推着佟丽华往得月楼里走去。

佟丽华并未起疑心，道:“结账了吗?”哈岚连连点头:“结了结了。”哈岚没接话茬，继续推着佟丽华走。佟丽华甩开他的手，道：“你推我干吗啊！你紧张个什么劲儿?”哈岚深吸了一口气，咬了咬牙，突然掏出自己的荷包，倒出几个银圆出来：“哎，我就是想赚点儿私房钱，没跟你说……”

“真的?”佟丽华半信半疑。

哈岚假装被佟丽华识破的样子，挠着头叫道：“全在这儿……我下次不敢了，这还不行吗！”佟丽华看着哈岚满脸委屈的样子，觉得让人哭笑不得，忍不住咯咯娇笑道:“下次还敢藏钱，打折你的腿儿！”

清早起来，汪四海在客厅刷牙，莲嫂端着牙粉和茶缸在旁边伺候着，小声地道:“局长，忘记跟您说个事儿……昨儿吧，有个人来送饭，菜味道不错，月姑娘吃得挺高兴的，我也夹了两口。”

汪四海扭头问:“这就完啦?”莲嫂一本正经地点点头:“完啦。”汪四海瞪了她一眼，漱了漱口，用毛巾擦了一把脸，突然觉得不对，奇怪地问：“哎?为什么要来送饭?”

“好像是……月姑娘叫的。

汪四海脸色一变，道：“月姑娘叫的?你在家里不会做吗?告诉我是哪儿送的?”莲嫂想了半天，皱眉道：“好像是什么楼……什么楼来着?”汪四海脱口道：“得月楼?”莲嫂连连点头：“对对对，是叫得月楼！局长记性儿真好。”汪四海翻了个白眼，没好气地道：“我是咸是甜都没吃到，我记什么东西了?来人长着什么样儿?”莲嫂又想了想，道：“来的人是个秃子……”汪四海有点莫名其妙：“秃子?”

“哎呀，就是光头，咱乡下人都这么叫！那两眼儿特小，贼不溜湫的，还老是斜眼儿看着我，那个头儿吧，也就武大郎似的……我就想吧，他个小伙子怎么老是注意我呢?我又没月姑娘好看，可能是以前见过……”

“行了行了！”汪四海不耐烦地打断莲嫂，眼珠子一转，“我知道了，他叫丁宝，你听见他们俩都说什么了?”

“那我哪儿听得见啊，站那么老远。”

汪四海沉着脸道：“哦，我知道了，合着最要紧的你不知道，尽给我扯闲篇儿。”

莲嫂正色地道："局长，有些事儿您不知道！我比方说吧，人家俩人儿说话，您总不能凑到脸巴前儿，支着耳朵听吧？在我们乡下老家，从小就有个规矩，别人说话的时候得站远点儿，不老往人跟前儿凑。这就是规矩，您可能不懂我们的规矩……"

"去去去！你他妈的居然给我立规矩？我白给你那么多钱了！"汪四海忍无可忍，破口大骂。

等他去了警察局，一眼瞧见办公桌上的报纸上，刊登着一条醒目的标题：清东陵大洗劫，孙殿英炸药盗墓……汪四海身子一震，趴在桌前仔细翻看，脸色渐渐由红转青，一把扯起报纸，狠狠地摔在地上："孙麻子，你他妈的王八蛋！"

他已经气得浑身发抖，门口一脸迷糊的刘金，张大了嘴巴望着局长，连连点头："对对对，王八蛋，王八蛋……"

汪四海扶住桌沿，两只眼睛死死瞪着刘金，感觉头顶嗡嗡直响，差点晕了过去。

此时，东四牌楼哈王府的工地上，岛田敏三正皱着眉，举起手中的报纸，问站在一旁的佟梓华："这写的什么意思？"

佟梓华的脸色极其难看，就像是工地上的灰泥："清东陵被人掘了……宝贝，里面的宝贝，都被孙殿英敛走了……"

岛田敏三神情骤变，扬手就将报纸扔在佟梓华的脸上，气急败坏地道："你还知道是宝贝？废物！还到现在还不明白，你妹妹他们已经把密疏给卖了！都有人先一步去盗墓了，你还有工夫在这儿教我识字？ 你早干什么去了？"佟梓华慌忙捧住脸上的报纸，苦着脸道："我……我去找了啊，看他们一直咬死了没副本啊！"

"那孙殿英是怎么盗的墓？"

"这上边儿不说了吗？炸药炸开的……"

岛田敏三不耐烦地挥挥手，道："你少给我说这些没用的！限你七天之内找到副本，不然的话，你就把大和商社社长的位子让出来吧！"

佟梓华连连点头："是是！岛田先生，您放心，我这就去找汪四海问个清楚！"

那边得月楼，哈岚倚着柜台，正在跟结账的张爷说着话："怎么样，今儿这酒？"张爷笑道："好！特别好！就是……嘿嘿，贵了点儿。"哈岚不以为然地道："嗨，下回来我给您抹点儿。"

张爷望大堂上瞧了一眼，凑到哈岚的耳边低声道："老板娘坐镇，您说了算吗？"哈岚歪了歪脑袋，装模作样地道："反了她了！我一个老板还说了不算了？"

正巧，佟丽华从门外进来，突然将手中的报纸扔在柜台上，绷着脸道："你看看！"

哈岚冷不防吓了一跳，赖皮赖脸地赔笑道："丽……丽华，你回来了……"张爷见势不妙，赶紧告辞："哈老板，先走一步。"

"慢走了您！"哈岚低头看了看报纸，眼珠子一愣，震惊万分，"清东陵大洗劫？！孙殿英炸药盗墓？！这是汪四海干的？"佟丽华冷冷地道："除了他还能是谁？"

"我操他姥姥！"哈岚勃然大怒，抄起报纸夺门而出。

佟丽华在后面叫道："哎？哪儿去！"

"我找那王八蛋去！"

哈岚一口气跑到警察局，门口的守卫正是以前在拘留室看管哈岚的警员，白拿过他一枚玉扳指，一见哈岚热情招呼："哟，贝勒爷！"不料哈岚并不搭理，一路横冲直撞，直奔汪四海的办公室。

他"嘭"的一脚踢开门，吓得汪四海差点从椅子上掉下来，惊慌失措地立正站好，突然瞧见是哈岚，顿时火冒三丈："混账！"

"汪四海！你个断子绝孙的狗东西！"哈岚一进门就放声大骂。

汪四海脸色铁青，立马反应过来，哈岚肯定是为了密疏的事儿兴师问罪的，他毕竟有点儿心虚，咬着牙道："哈岚！我警告你，少在这儿撒泼，你……孙麻子刨了坟你找他去啊，你找我个什么劲儿？"

"还装呢？你拿走的那两本密疏一本儿乾隆皇帝的，一本儿老佛爷的，现在老佛爷的墓被盗了，你撇得清吗你？"

"哎？哈岚，有你这么扣屎盆子的吗？你那大火一烧，我救出来的那两本儿都成灰了，鬼都认不出来上边儿写了什么！"汪四海竭力争辩。

哈岚不想跟他扯嘴皮子，大声质问道："我就问你一句，你卖给孙殿英，到底赚了多少钱？"汪四海又羞又怒："你血口喷人！我看这是你把手头的副本卖给孙麻子了，完了跑我这儿兴师问罪来了！"哈岚突然摇头叹气："汪四海，我可真是低估你了……你可真是不要脸啊，收了钱还想把自己撇得一干二净的，你也不怕老佛爷半夜来跟你要账！"

汪四海一听，额前直冒冷汗，吓得身子挨了半截，满脸委屈地道："哎哟，我真没收钱啊！"

"你看！还是你卖的，现在开始在这儿后悔赚少了。"

汪四海听哈岚说起"老佛爷"，心里实在有点发毛，一拍大腿，下定决心地道："操！我跟你说实话吧，我一分钱没捞着！我是把密疏交给了他，可那是他孙麻子骗的我，第二天他人影儿都找不着了，我也没想到他后边儿竟搞出这么大动静啊！哈岚，我知道你有副本，咱们还是把密疏给卖了吧？孙殿英都已经动手了，你说你还捂着手头那几本破纸干吗啊？你看他这一盗墓拿到手多少钱啊！你把副本拿出来，我去找买家，咱们就算不去盗墓，一倒手也能赚不少啊！”

他苦口婆心地劝解，一番歪理说得振振有词。

哈岚眼珠子一转，道：“这事儿好商量，但有个前提……你把晓月放了，让我把晓月接回得月楼，别的事儿咱们都好说。”听见哈岚突然扯到娄晓月的身上，汪四海立马变脸：“你小子别以为我不知道，你他妈的帮她在外面找房子，还以送饭的名义跟她串通！我告诉你，密疏跟晓月是两回事儿，你别掺一块儿！”

“你别忘了，你答应过她找着房子就让她走的。”

“我是答应过，可这事儿不许你插手。我再好心提醒你一句，日本人也在打密疏的主意，你最好早早地拿定主意，别耽误了事儿！”

哈岚仔细一想，清东陵已经被炸开，自己现在跟他扯这些根本没有回天之力，现在最重要的事儿，确实是要提防日本人。而且晓月这边，也只能慢慢来，要是被丽华知道了，自己又里外不是人。

他脑子里突然想起丁宝送饭的事儿，转身就往门外走去。汪四海一头雾水，急忙叫道：“哎，哎！别走啊！咱们的事儿商量商量啊？”

哈岚走到大厅门口，迎头就遇到了怒气冲冲赶来的佟梓华，急忙加快了脚步，没头没脑地来了句：“不用问了，就是他卖的！”他头也不回地大步离去，身后的佟梓华一脸懵地望着哈岚的背影，摸了摸脑袋。

得月楼厨房。

哈岚特意换上伙厨的衣裳，在厨房里忙乎了一阵子，清蒸鲑鱼一端出蒸笼，丁宝早已在一旁，迅速将料理台上的菜放入食盒。哈岚见他装好盒子，擦着手说：“今儿你别去了，我自己去。”丁宝啊的一声：“爷，这样行吗？”哈岚满不在乎地道：“有什么不行的？你这个点儿去了几次，汪四海不都不在家吗？”

丁宝茫然无措地点了点头。

“那就对啦！”哈岚拎起食盒，往大堂过道张望了一眼，交代丁宝，“要是丽华问起来，你就告诉他，我去琉璃厂找刘老板……”

他一路赶到汪府大宅，偷偷地躲在墙角观察门卫的动静，确定汪四海不在家，便提着食盒径直往汪府大门过去，走到守卫身边，面不改色地晃了晃手中的食盒："得月楼的，送菜。"

守卫瞧了瞧哈岚的衣服，开门让他进去。

客厅里，莲嫂正在教娄晓月给小不点儿做衣服，裁剪多少才合适，袖子要留多少边儿，教得相当认真。娄晓月一抬头，忽然看到哈岚拎着食盒进厅，一个激灵，针一下子就扎在手上，疼得哎哟一声，本能地将手指头放进嘴里，怔怔地望着哈岚。

哈岚看到娄晓月扎了手，下意识地朝前紧迈了两步，猛地停住，深情地凝视着娄晓月，似有千言万语都被他咽了回去。

一旁的莲嫂诧异地问道："得月楼的吧？今儿怎么换人了，丁宝呢？"哈岚慌忙解释："哦，丁宝家里有事儿，走不开，就让我来了。"娄晓月缓了一口气，道："这是得月楼的老板，我们是旧相识了。"

"哦，哈老板是吧？"莲嫂上前接过食盒，觉得这名字有些耳熟，一时半刻却想不起来。娄晓月咬了咬嘴唇，道："劳烦哈老板亲自送来，您费心了。"哈岚盯着娄晓月，意味深长地道："只要您爱吃我们的菜，我愿意天天给您送……"他环顾四周，没有看见孩子，转身对皱着眉头沉思的莲嫂说，"孩子呢？今儿给孩子带了个礼物来……"

"这……不太合适吧，孩子睡着了，要是吵醒了……"莲嫂有些为难。

"去把孩子抱来吧。"娄晓月趁机打断莲嫂，想将她支开。

莲嫂无奈，只得上楼去抱小不点儿。哈岚见她上了楼梯，急忙冲上前去，伸手想抱住娄晓月，不料娄晓月往边儿避开，轻轻地摇头。哈岚一怔，急道："晓月……汪四海欺负你了？"

娄晓月强颜欢笑："没有，他没碰过我。"

"不对，你过得不好是不是？你那天说插翅难飞，我就知道一定有事儿。汪四海他把你关起来了，不让你出去是不是？"

娄晓月苦笑道："我现在就是一只笼中鸟……汪四海面儿上虽说一切都由着我，但时时刻刻有人监视着我……"哈岚指了指楼上："就刚刚那位？汪四海这个混蛋……晓月，你跟我走吧，我带你离开这儿。"娄晓月皱眉道："不，我不能走！我走了，你和丁宝都有危险。"

"那我也不能眼睁睁地看你关狼窝里啊！"

“你不知道，汪四海他心狠手辣，什么事儿都做得出来。”

哈岚充满爱怜地望着娄晓月，咬着牙道：“晓月，为了你，龙潭虎穴我也闯了！你容我再想想办法，我一定会救你出去，送你和丁宝一起去上海！”娄晓月听见楼上的脚步声，急道：“哈岚，难得你能来，快帮孩子起个名吧？”

“我起？”哈岚话音刚落，莲嫂已抱着小不点儿下楼，娄晓月急忙闭嘴。

莲嫂面带微笑，道：“哈老板，小不点儿来啰……”哈岚欣喜若狂，目不转睛地望着孩子，笑道：“嘿！这孩子真可爱，能让我抱抱吗？”莲嫂愣住，看了看娄晓月，见娄晓月点了点头，笑嘻嘻地将孩子递给哈岚。

“真可爱呀！”哈岚手忙脚乱地从莲嫂怀中接过小不点儿，横抱着孩子，慈爱地凝视着孩子的眼睛，手指头小心翼翼地去触碰他的鼻尖。娄晓月在旁看着哈岚抱着孩子的动作，脸上露出幸福的笑容。

“这个是小津平呀，真乖！”哈岚脱口说了一句。

莲嫂啊的一声，疑惑地望了一眼娄晓月：“啥津平？”娄晓月立即明白了哈岚的意思，开心地点点头。哈岚故意问娄晓月：“我记得您刚刚不是说，这孩子叫津平？”娄晓月抿了抿嘴，道：“是呀，他在天津出生的……”

哈岚从身上取出一块白玉小貔貅，在孩子面前晃着：“津平呀……你瞧瞧这是什么？喜欢吗？送给你做见面礼好不好？让它保佑你……”他将玉坠小心地挂在津平的脖子上，声音已经有点沙哑，“嗯，保佑咱这个在天津生的孩子，一生平平安安，津平……”

娄晓月走过去抱起津平，温柔地摇了摇哈津平的小手掌，幽幽地叫了一声：“津平……”站在一旁的莲嫂，瞧了瞧哈岚，又瞧了瞧娄晓月，似乎猜到了什么，眼神闪烁时，轻轻地叹了一口气。

解家小院。

晚上打烊回到家，哈岚有些乏累，脱衣上床，倒头就睡。佟丽华心事重重地坐在床边，满眼疑惑地望着哈岚，道：“今儿白天你见到刘老板了？”哈岚背着身子应了一声：“嗯，见到了……他有几件新进的玉件儿给我看。”

“可是，你根本没去古玩店。”佟丽华的语气有点生硬。

哈岚头皮一麻，反问道：“你怎么知道？”佟丽华缓缓道：“因为刘老板就没在店里。”哈岚慌忙扭过头来，质问道：“你跟踪我？”佟丽华苦笑道：“我是吃饱了撑的要去跟踪你！刘老板一直在得月楼喝酒，我还给他上了一个菜。”

哈岚坐起身，故意装作很意外的样子：“这怎么可能？难道他有分身法？”

佟丽华脸色一沉，冷冷地望着哈岚。

“好吧，我承认我撒谎了。”哈岚挠着脑袋，不敢正视佟丽华的眼睛。

佟丽华正色地道：“那你告诉我为什么？”哈岚小声地道：“我……我怕你。”佟丽华惊讶地道：“怕我？我怎么没看出来？”哈岚叹气道：“哎，真的……我真怕你。”佟丽华没好气地道：“做了亏心事才会巴拉，你做了吗？”哈岚低声道：“没有……”

“那为什么要撒谎？你今儿上哪儿去了？”

“我就大街上逛了逛。”哈岚皱着眉头。

佟丽华厉声道：“还撒谎！”哈岚吓了一跳，苦笑道：“你看，你都知道了你还问！”佟丽华试探着问：“去找娄晓月了吧？”哈岚赖皮赖脸地笑：“是的。”佟丽华突然叹了一口气，道：“你这个人呐，是撒不了谎的。”哈岚有点不服气：“怎么了？我怎么就撒不了谎了？”

“你心里想什么事儿，你脸上全挂着呢。”

“我挂什么了？”哈岚不自觉地摸着自己的脸蛋。

佟丽华冷笑道：“今天你一回到得月楼，脸上就露着傻笑，憋都憋不住！”哈岚嘿嘿一笑，开心地道：“我今天抱了抱我儿子，还给他起了个名儿……”

佟丽华好像并没有生气，眨了眨眼睛，问道：“叫什么？”哈岚自豪地道：“哈津平！”佟丽华点了点头：“是了，天津生的，要平平安安。”哈岚啧啧一声，笑道：“你实在是太精……太聪明了。”佟丽华板着脸道：“我是谁呀！论撒谎你还差着一大截呢。”

“那是！在亲王的宴席上，你把他们骗得一愣一愣的，我想啊，论聪明才智，那些日本人给你提鞋都不配！我媳妇确实是有两下子的，得月楼当然是你功劳最大！”哈岚一通吹嘘奉承，见佟丽华虽然忍住不笑，嘴唇却是微微上扬，心里立马里踏实了许多。

“那还不是为了你。”

哈岚不好意思地笑了笑，歉意地道：“其实……我就是为了看看儿子才去的，我没别的意思……”佟丽华正色地道：“别说了，这种事儿你根本用不着跟我撒谎。”哈岚尴尬地道：“我不是怕你不高兴嘛！”佟丽华伸过手来，想去拧哈岚的手臂：“你撒谎我才不高兴。”哈岚急忙闪开：“哎，别来！上次在大杂院捏得我腿上一块淤青……我以后不了啊！”

“还以后？我警告你，别有以后了，你以为汪四海是傻子？你竟敢登堂入室跑他家里去搅和，找揍吧你？”

“我是趁他不在家……”

“我去过他家，你以为那个莲嫂是什么人？那就是汪四海的眼睛！”佟丽华语气谨慎。

哈岚一怔，恍然大悟：“哦，那我知道了，戏里边儿那叫探子。”佟丽华斜了一眼，追问道:“你到底去干什么？是娄晓月有事儿求你吧？”哈岚没敢说实话，若无其事地道:“没有，她能有什么事求我啊……睡觉吧。”

佟丽华将被子一拉，裹在自己身上躺下，缓缓地道：“哈岚，我话都说到这儿了，你自己掂量着办，有事儿别老瞒着我！汪四海那你也少去找不痛快，咱好不容易开个酒楼，就平平安安地过日子！”

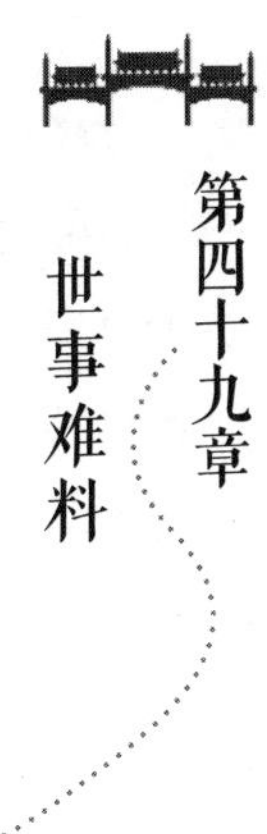

第四十九章 世事难料

夜凉如水，弯弯的月牙儿蒙着一层雾气。

远处的街道上传来几声狗吠，汪府的深宅大院内还亮着灯。

“津平？哼！”汪四海酒气冲天，脸色铁青，不停地在客厅里来回踱步，莲嫂则是一脸惶恐地站在他身后。

娄晓月听到动静，下楼倒了一杯水喝，转身对莲嫂说：“莲嫂，明儿那针线活，记得教我做个记号，我给津平缝的衣服，尺寸还是偏小了……”她好像故意在示威，告诉汪四海，孩子的名儿就叫哈津平。

汪四海恼羞成怒，啪的一声，挥手就朝娄晓月抽了一巴掌。

娄晓月被打得一个趔趄，莲嫂顿时傻眼了，慌忙上前去扶住娄晓月：“哎呀！怎么能打人呢……”汪四海死盯着娄晓月，怒道：“你自己知道为什么挨这一巴掌？”

娄晓月捂着脸儿一声不哼，莲嫂心里愧疚，下意识地护着娄晓月：“对不住了月姑娘，是……是我跟局长说的……可我没想到他会动手打您……您瞧我这事儿干的，太缺德了……”

“莲嫂，你别说了。”娄晓月摇了摇头。

“对不住对不住，实在是对不住！要不然您打我，您罚我，您骂我，您出出气……”莲嫂拽着娄晓月的手腕儿，眼眶红红的。

汪四海大声呵斥道：“干什么呢你？”莲嫂叹了口气：“我觉得我挺对不住月姑娘……”汪四海暴跳如雷地道：“没什么对不住的！她每天干什么你就得告诉我，听见没有？月儿，我告诉你！你一举一动我都知道，别跟我玩花样！莲嫂，去，领个红包去。”

莲嫂低声嘀咕，却听不清她在说什么，汪四海皱了皱眉，道：“说什么呢？大点儿声！”

“您不该打人！”莲嫂突然扯开嗓门大喊了一句，转身就回自己房里去。

“嘿！这娘儿们还教训上我了？”汪四海怔住，打了个酒嗝，望着满面愁容的娄晓月，忽然意识到自己过分了，“其实她说得也对……月儿，我是不应该打你，要不你也打我出出气？你怎么都行……”

娄晓月转身往楼上走去，汪四海赶忙跟上：“月儿，你倒是说句话啊，你打我两下，都是我的错，我错了还不行吗……”

第二天上午，哈岚又换上伙厨的长衫，拎着食盒出现在汪府门外。

他走上前去给门卫点头鞠躬：“得月楼送菜的！”守卫歪了歪脑袋，道：“进去吧。”等哈岚大摇大摆地走进汪府，守卫突然朝院子的角落使了个眼色，大门立即被他关上。哈岚听见身后的关门声，猛地一回头，被人一拳打在脸上。

他“哎哟”一声扑倒在地，院子里冲出来四五个陌生人，一拥而上，拳打脚踢，食盒摔落在地，里面精致的小菜全都掉了出来，踩了个稀巴烂。

众人见哈岚趴着不动，将他抬起来，直接扔到了大街上，瞬间散开往街角消失，就像是什么事儿也没有发生一样。

哈岚仰天躺在地上，嘴里喘着气，一只眼睛已经变成青黑色的一圈。

他挣扎着站起来，摇摇晃晃地走回得月楼去。他脑子里一片空白，想起佟丽华的叮嘱，哑然失笑，想起娄晓月一时难以脱身，又心急如焚，汪四海既然已经有所戒备，必须得想个万全之策才行。

他走到得月楼门口，偷偷地瞄了一眼柜台，见佟丽华正与客人说话，便弹了弹身上的灰土，整理好凌乱不堪的衣服，捂着一只青黑的眼睛，跟在一个胖子的身后，快速走进大堂。

佟丽华不经意地瞥了他一眼，微微一怔。

哈岚侧着身子躲进厨房，解一半正在炒菜，看见哈岚捂着眼进来，并没有留意，等他转身去取盘子，哈岚的手已经放了下来，这一回头，吓得他往后倒退了几步：“我的爷，这是怎么了？”

哈岚坐在厨房的一角，从锅里捞了个煮鸡蛋，在眼睛的淤青上滚来滚去，若有所思地道：“我去汪府，被人打了……我得想办法把晓月救出来，让她赶紧去上海。”解一半吐了一口气，倚着料理台沉吟道：“我早就说过，汪四海您惹不起！娄姑娘去上海干什么？”

“他师叔在上海。”

“您该不会连车票都帮她买好了吧？”解一半没好气地道。

哈岚摇了摇头，叹息道：“当然没有！要不是我今儿亲自去了一趟，我还不知道，汪四海竟然看守得这么严，晓月现在完全没了自由……我得好好想想。”

解一半一副不可置信的表情，道：“爷，您不是跟我开玩笑吧？您想帮她逃去上海？今儿你挨的这顿打显然是汪四海早有准备，这说明你上次去找娄姑娘他肯定知道了，没准儿去上海的事儿也知道个七七八八了，我没听错吧？你这还想着怎么帮她逃出来？”

“那你说我该怎么办吗？不管怎么说，我肯定是要把人给接出来的，小不点儿可是我儿子呀！”

解一半望着哈岚哀伤的表情，心知肯定是拦不住他的决定：“行，您先去买车票吧！”哈岚皱眉道：“那……我该怎么接晓月出来？”解一半沉思片刻，道：“我来想想办法。”哈岚睁开眼睛，失声道：“好好好……那我现在就去买车票！”

他转身往后院走，解一半喝了一声：“慢着！”哈岚一回头，解一半手中飞过来一个生鸡蛋，砸碎在哈岚的脸上。鸡蛋顺着哈岚的脸往下落，他顿时面如死灰，惊问道：“你这是干吗？”

“记得跟少奶奶说，你这眼睛是让鸡蛋给砸的！”

哈岚出了得月楼，径直赶到火车站去买票。他掏出钱塞进窗口，却是有些忐忑，是买一张票还是两张票，内心一直在挣扎：晓月啊晓月，其实我也想跟你一起去上海……可是，我不能丢下丽华，她也为我受了不少苦，而且还怀上了孩子。我知道你也是心地善良的人，你肯定会原谅我的。

他买好车票，见天色已晚，急匆匆地赶回得月楼。

佟丽华正在柜台上算账本，见他满天大汗地跑进来，眼睛也青了一圈，奇怪地问道：“你眼睛怎么了？”哈岚慌忙掩饰：“没事儿，没留神趼了一跤。”佟丽华盯着他的眼睛，冷冷地道：“撒谎。”

“不好意思，是解一半拿鸡蛋砸的。”哈岚记起了解一半的嘱咐。

“解大哥为什么拿鸡蛋砸你？还撒谎？我怎么跟你说的，你一举一动都骗不了我！”

哈岚被问急了，挥了挥手，没好气地道：“你看你，一点儿什么破事儿，你老是刨根问底儿的！他不是……我叫他……哎呀，是解一半叫我这么说的。”佟丽华冷笑道：“有进步了啊，俩人捏咕好了一块儿撒谎。”哈岚跳起来：“哎呀，我这脸上都挂了这么大幌子了，我还撒什么谎啊！”

“你这脸一看就是被人打的！哎，我真是……哈岚，我警告过你，叫你不要再去汪四海家了，你为什么就是不听呢！”

哈岚知道瞒不过去，长长叹了一声，索性坦白：“丽华，我要把娄晓月救出来。”佟丽华皱眉道：“胡闹！你根本救不出来的你知道吗？”

“可是晓月求我了。”

“哈岚，在任何事情上你从来不会对我撒谎，可是一沾娄晓月，你的瞎话是张口就来。你以为我会吃醋，会嫉妒，容不下她？你错了，我当然不希望你总是和她藕断丝连、拉扯不清，可我也知道，你和她终究不会有什么结果。我同情娄晓月，她是一个太不幸的女人，她需要帮助，需要关爱，可你现在的做法，正在一步一步地毁了她，你知道吗？”

哈岚仍然不甘心，据理力争：“她只要离开汪四海，她的日子就会好起来。”佟丽华无奈地摇头，心平气和地道：“哈岚，她不可能离开了，汪四海是什么人你不知道吗？他心狠手辣，早有戒备，娄晓月是逃不出他的手掌心的。”哈岚苦笑道：“那总要去试一试嘛。”佟丽华叹声道：“那好，你去试吧……我知道，娄晓月既然求了你，你要是不管不顾，你心里一辈子都会后悔的，我不拦你。”

“放心吧，一半大哥他们都安排的妥妥的。”

“我有什么不放心的，就怕……这一关她闯不过去……”

汪府门外。

丁宝拎着食盒，看着汪府门口一如往常的寂静，他闭上眼，定了定神，低着头往里走。守卫见到他，并没有任何反应，摆了摆手，直接就让他进去了。

他进了汪府的院子，抬起头四处张望，没有发现草丛中有什么异常，大门也没有关上。他满心疑惑地摇摇头，快步往客厅走去。

到了客厅门口，他突然发现里屋有两个人影，一抬头就看见汪四海穿着警服，正低声与身后的刘金说话："把资料都收集齐了，记得放我办公室桌子上……"

丁宝吓得一哆嗦，站在原地不敢动了。汪四海与丁宝打了个照面，含笑点了点头。丁宝硬着头皮，低声道："汪局长……"

"今儿送的是什么？"

"四……四珍拼盘、奶汤鲫鱼、菇柳烩芦笋、龟苓膏……"丁宝有点儿紧张。

汪四海上前，用手指勾起食盒盖，瞄了一眼菜色，轻蔑地一笑："荤素搭配，很上心啊……"丁宝勉强笑道："都是我师姐喜欢吃的。"汪四海拍了拍丁宝的肩，塞了两块大洋在他手心："这两块大洋你收下，以后你师姐想吃什么喜欢什么，你都记着点，多跑跑。"丁宝受宠若惊，急忙推辞："我怎么好意思收您……"

"给你就拿着！你也替我多劝劝晓月，差不多就行了，凡事多为孩子想想，想得到太多反而什么都误了。"

汪四海与刘金转身出了客厅，径直走出汪府大门。

丁宝进了客厅，将食盒搁在桌上，心里总是惦记着事儿，坐立难安。

此时，娄晓月从楼上下来，探头在客厅门口左右张望，确定四处无，立即关上了门。丁宝焦急地问："汪四海是不是知道了？那以后您这里还能待下去吗？"娄晓月摇头道："他只知道我见了哈岚，其他的还不知道。"

"那怪不得把爷也给打了呢……"

娄晓月猛地一惊："他把哈岚打了？打哪儿了？严不严重？"丁宝忍不住咧嘴笑："不碍事儿，就是成乌眼青了。"娄晓月仍然有点紧张："没伤着眼吧？"丁宝笑道："哪儿能，他眼尖着呢！"

娄晓月松了一口气，丁宝从食盒里将菜取出来，小声地道："后儿中午，瑞蚨祥……都跟老板交代好了，到时候他会给您车票，然后趁试衣服的时候，开后门让您走，我会去接小不点儿……"

娄晓月眼神闪烁，慎重地点了点头。

丁宝离开汪府，回到得月楼，看见几名客人进了大堂，探头探脑地瞄了一眼站在柜台后面佟丽华，一个箭步冲进去，快步往厨房通道走。

"站住。"佟丽华在低头算账，却似乎早就料到丁宝的小动作，突然出声喝住，"干吗去了？"

丁宝停住脚步，笑道：“给……街头陈大妈送菜去了。”佟丽华面无表情，抬起头淡淡地望着他：“陈大妈没点菜，你外卖是不是送山沟沟里去了？”丁宝站在原地，实在是装不下去，支支吾吾地道：“少奶奶，其实……”

佟丽华忽然举起算盘，“啪”的一声拍在桌上，丁宝吓得一哆嗦，脱口就招供：“汪府！”佟丽华不再追问，垂下眼帘，无奈地叹了口气。

夜黑星稀，淡月如钩。

汪府阁楼的小摇床上，哈津平已经熟睡，娄晓月坐在床边，手里握着玉貔貅，神情有些恍惚。

汪四海抱着个锦盒推门进来，诧异地道：“月儿，还没睡呢？”娄晓月一时慌乱，下意识地想把玉貔貅藏起来，却已被汪四海看见，“这是什么？以前没见过。”娄晓月闪烁其词：“哦，这个是给津平的玩意儿，一个老朋友送的。”

汪四海上前拽到手上瞧了瞧，道：“这是个老物件儿，不便宜呢。什么朋友啊，出手这么阔绰。”娄晓月一把夺过，胡乱地缠了缠，塞到哈津平的枕下：“以前的一个戏迷，你还稀罕这个。”

汪四海盯着娄晓月看，突然笑了笑，指着锦盒道：“我这儿也有个好东西……”

娄晓月却没有在意，转身自顾自地说道：“我明儿想去趟瑞蚨祥，做几身衣裳穿穿。孝期也已经过了，不能总穿素的。”汪四海微微一怔，笑道：“你终于想起打扮自己来啦？月儿，你穿旗袍最好看，就该打扮得漂漂亮亮的！明儿我让他们把布料送家里来……”

“不用，我想去逛逛，闷了。”

“也好，那我让刘金开车送你去。”汪四海点点头。

娄晓月目光闪烁，道：“让津平和莲嫂也去吧，给孩子也做几身，我自己给他缝的穿不出去。莲嫂她带孩子辛苦了，给她也做件新衣裳让她高兴高兴。”汪四海答应了：“行，你拿主意，喜欢就多做几身，别心疼钱，我高兴。”娄晓月笑了笑：“那明儿让刘金早点来接。”

汪四海突然将锦盒递到娄晓月面前，道：“还有样儿东西，保你更高兴。”

娄晓月有些惊讶，汪四海示意她打开。娄晓月颤抖着手将锦盒打开，里面竟是一副汪四海之前送给她的点翠头面。娄晓月脸色一变：“你……你还留着？”汪四海叹道：“这么好的东西，还没用呢，怎么能丢呢？”娄晓月的手抖得厉害，抚摸着点翠头面，喃喃地道：“怕是再也用不着了……”

“我知道这辈子你离不开戏，早晚有一天你会再登台……月儿，你就是为戏而生的，就算你不愿意唱了，留着也是个念想。”

汪四海这番话的确是发自肺腑，从逊清朝廷开始，他就跟着溥仪看戏，对娄晓月一往情深。在天津他不顾一切地救娄晓月，在得月楼里又大义凛然地为娄三喜报仇雪恨。娄晓月想起这点点滴滴，不禁动容，眼前这个男人手段狠毒，但是为自己所做的一切，却教自己如何还他的情意？

“汪四海，你太坏了……”娄晓月咬了咬嘴唇。

汪四海一怔：“我坏吗？”娄晓月点了点头，用一种很复杂的表情望着他：“你坏得没边没沿了。”汪四海轻轻一笑：“我坏到你心眼儿里去了吧？”娄晓月突然幽幽叹了一声：“四海，你坏到我心里去了……”

汪四海神情一震，满脸坏笑着，轻轻地将娄晓月压倒在床上。

月牙儿悄悄地拨开夜空中飘浮的云雾，就像窗前挂着一盏薄纱的灯笼。

北平城大栅栏街。

街道上人来人往，几辆人力车停在京城“八大祥”之首的瑞蚨祥门口等客，路口有两位身穿警服的警员，凑在一起抽烟，眼睛扫视着街道上的动静。

不远处，零散地站了五六个便衣，守住路口，密切注意着进出瑞蚨祥的陌生人。这时，一辆黑头车驶过来，其中一名警察慌忙将手里的烟一扔，拍了拍身边的同事，两人以眼神示意，上前打开车门。

而解一半正假扮人力车夫蹲在门口，看见娄晓月从车上下来，身后的莲嫂抱着小不点儿。他等二人走进瑞蚨祥，立即将帽檐压了压，拉起人力车，跑到对面街角换了个位置。

大堂内，娄晓月笔直地站在镜子前，布行的掌柜取出软尺正在给她测量身长。

娄晓月透过镜子去观察外面的动静，门外的司机正走下车，若无其事地倚着车门抽烟，又有意无意地往店里瞄上几眼，而街边那几个便衣警察也早已混在人群之中，不时昂头，观察周边路口的状况。

娄晓月皱着眉头，心里有一丝担忧，他派这么多人盯着自己，未免太小题大做了吧？哈岚和丁宝到底是怎么安排的？她偶尔对上了莲嫂的眼睛，二人皆是尴尬地一笑。

布行掌柜半蹲着身子，正给娄晓月测量腿长，捏着软尺的手悄悄地将一张火车票塞进了她的掌心，迅速起身，将软尺搭在脖子上，面露微笑地道："太太，今儿店里来了几匹上好的布料，做夹袄最合适了，您要不要看看？"

娄晓月心神不宁地点点头："好吧。"

布行掌柜麻利地从架子上取来几匹布，指着其中一匹，道："这个配您刚才选的盘扣也合适……式样方面，可以把领子稍微再做高点儿，显得脖子修长一些，而且大冬天穿也防风呢！不瞒您说，现在上海的好些太太们，都特意要求这么定做的。"

莲嫂抱着哈津平，也凑头过来瞧了瞧布料："布料倒是挺不错的，就是色儿我不是很喜欢……不过呢，我可比不了月姑娘，您穿啥都好看。"娄晓月笑道："给你做一件吧，穿上就习惯了。"

布行掌柜又赶紧找出一条高领的夹袄，冲着娄晓月眨了眨眼睛，微笑道："要不您先试试？"娄晓月还没反应过来，掌柜的已经拎起料子，做了一个请的动作，示意她去换衣间。娄晓月攥了攥手里的车票，点了点头。

一块布帘被扯起，布行掌柜将手中的夹袄递给娄晓月，随手拉上帘子，又侧着身子将帘子后面的一个暗锁打开。他使了个眼色，转身要走，突然被娄晓月拉住，用眼神示意了一下站在帘子外面的莲嫂，低声说了几句悄悄话。

此时的莲嫂皱着眉头，紧张地张望着帘子里面，掌柜的放下帘子，故意大声地道："不着急，您慢慢儿换……"他话声一落，娄晓月立马拧开了藏在帘子后面的暗门，迅速钻了进去。

布行掌柜不露声色，径直走到门口，往大街上望了一眼。

街道上那数名便衣警察仍然站在原地，并没有发现店里的情况，而街对面假扮人力车夫的解一半已经会意，与掌柜交换了一下眼色。布行掌柜转身将瑞蚨祥的大门重新关上。

门口的司机隔窗张望大堂，正在疑惑，解一半忽然拉起人力车，快步奔向黑头车的位置。街的另一边，虎子假扮的车夫也拉起车，往同一个方向跑过来。

"嘭！"的一声，两辆人力车在黑头车前撞上了，响声吓了司机一大跳，慌忙上前查看车漆有没有被刮到。司机还没有开口，解一半已经假装与虎子吵起来："长没长眼啊！没道儿了还抢，赶着去抢棺材板儿啊？"

虎子歪着脑袋，涨红了脸："哎？明明是我先过来的，是你撞的我！现在车撞坏了怎么办！"解一半见他的演技还不错，拼命忍住笑，佯怒道："这路是你家的啊？

你先过来的不能让一让啊？”

“讲不讲理？我车被你撞坏了你眼睛瞎的啊？”

“车坏了？车坏了？我今儿让你人坏了！”解一半突然跳起来，伸手就去怕打虎子的脑袋，“早就看你小子不顺眼，之前抢我活儿，现在抢着去给阎王爷送礼啊？我让你抢道！我让你抢道！”他狠狠地抓着虎子的头发，疼得虎子龇牙咧嘴地低声叫：“哎哟，大哥大哥，入戏了入戏了，轻点儿！”

二人的争吵打骂声引来许多行人的围观，瞧热闹的人也越来越多，路口便衣警察的注意力也被他俩吸引，探头探脑地张望。

莲嫂脸色一变，赶紧抱起孩子，假装出来看热闹，走到瑞蚨祥的门口，故意转身贴着墙角挪动。只见神出鬼没的丁宝一个箭步窜出来，迅速从莲嫂手中接过孩子，朝着莲嫂点了点头，抱起孩子往街道上跑去。

解一半与虎子吵得吐沫横飞，彼此抱在一起开始扭打。人群有人欢声叫好，也有人怨声载道。此时，街道上出现了几名记者，脖子上都挂着相机，噼里啪啦一阵按快门的声音。解一半突然在人群中看见佟丽华，正与其中一名记者低头说话，瞧那人的模样特别眼熟，高高的个子，深邃的眼神……居然是失踪的马俊杰。

赶来拉架的便衣警察大喊大叫：“住手住手！你们两个赶紧松开！”

“叫这小子先松开！”解一半哇哇大叫，趁乱踢了那便衣一脚。几名便衣见围观的人这么多，担心娄晓月出什么差错，偏偏二人力气又大，根本没有办法拉开，只好拔枪示警，啪的一声枪响，街上的人群皆是一惊，顿时连连后退，乱成一团。

马俊杰低声向佟丽华说了几句，皱起眉头，焦急地往路口张望。

丁宝抱着孩子，已经跑过了对面的街道，正要拐进小巷子里，突然迎面撞到一个身穿警服的人身上。眼前立即出现了刘金狰狞的笑脸，几名警察一拥而上，丁宝倒吸了一口冷气，无力反抗，只能死命地护住孩子。

此时，娄晓月出现在瑞蚨祥的后门，手里拎着个小包，加快脚步穿过后门漆黑的通道，伸手推开一扇门，忽然一道强光射在她脸上，紧张的表情顿时被惊恐代替。

数名警察全副武装地站在巷子的路口，汪四海背负着双手，缓缓走到娄晓月身前，一副痛心疾首的表情：“月儿，你这是干吗呢？”娄晓月缓了一口气，只觉得万念俱灰，心情反而十分平静，扭过头去不愿意说话。

“昨儿夜里咱们多好啊，你说你……我以为你今儿不会来了……月儿，你太让我失望了。”汪四海凑近娄晓月，脸上露出冷笑。

娄晓月面色苍白，咬着嘴唇倔强地哼了一声。

汪四海沉声道："你这算什么？给个甜枣，再打一嘴巴，把我哄到天上，再吧唧摔冰窟窿里？你是耍我玩儿呢？放着好好的日子不过非得折腾！你是非闹到这么难堪才甘心？"

一辆黑头车在路口停下，汪四海盯着娄晓月，厉声对手下喊道："请太太上车！"数名手下过来架住娄晓月，不管青红皂白直接往车上拖去。娄晓月奋力反抗，声嘶力竭地道："放开我！汪四海！你放开我！"

汪四海听见娄晓月的喊话，嘴角一翘，整了整帽子："不听话是吧？行，有你听话的时候！刚刚刘金抓了一大一小俩孩子，大的叫丁宝，小的叫……"他故意拉着长音，娄晓月顿时身子不动，已经吓傻。

汪四海突然冲着娄晓月哈哈一笑，道："哦，我想起来了，叫哈津平？"娄晓月怒目相对，咬牙切齿地道："汪四海！"汪四海摇头叹气，装模作样地道："哎呀，刘金好像也不知道该怎么处置，打算把这俩孩子扔井里去了，反正他们也没爹没妈没人要……"

"汪四海，你真卑鄙！"

"月儿啊，这是你逼我的，可怪不了我！当然了，我可以放你走，但是这俩孩子你就不用管了……"汪四海作势要走。

娄晓月顿时服软，焦心如焚地道："等等！你让我见见孩子，我求你了！"

小巷子的尽头搭着一处水井的架子，丁宝背着孩子，双手被绑在井杆上，旁边守着两名警察。后背上的哈津平受到惊吓，正在哇哇大哭，丁宝脸上挂着泪痕，突然看见一辆黑头车停了来，娄晓月下车往小巷飞奔，顿时失声大喊："师姐！"

娄晓月惊恐万状地跑向丁宝，却被后面追上来的汪四海一把拉住。

"今儿我请你看戏！"汪四海毫不犹豫地掏出枪，忽然对着丁宝的方向连开数枪。只见子弹擦过丁宝的耳朵，射在矮墙上，溅起扑扑的泥沙，丁宝立马双腿瘫软，吓昏了过去。

"丁宝！"娄晓月撕心裂肺地大喊，扑通一声就跪了下来。

汪四海冷着脸望着刘金，挑了挑下巴。刘金会意，拎着一桶水泼在丁宝的脸上。汪四海见丁宝连连咳嗽，慢悠悠地醒过来，上前蹲在娄晓月的身边，缓缓地道："晓月，既然事情到了今儿这个地步，那我也就一块跟你算算清楚。第一，我要娶你，所以你就别再动逃跑的心思，枪不长眼，打不到你身上，不代表打不到你在乎的人身上！第二，孩子的事儿，让我养的话，必须得跟我姓汪，我不为别人养崽子。最后一个，我要你一句话，你答应跟哈岚以后再无瓜葛……”

娄晓月焦急万分地望着醒转过来的丁宝，用力扭过脸去，以无言表达抗议。

“月儿啊，我不想威胁你，但这三条你有一条不答应……”汪四海用枪指了指丁宝和孩子，“他们俩落在我手上，活着也就没有任何意义……”

他见娄晓月不吭声，一转头又向丁宝开了一枪，井边传来丁宝崩溃的叫喊声。

娄晓月惊惶地伸手抓住汪四海，摇头乞求：“不要……我求求你别吓着孩子……”汪四海面无表情，举着枪冷冷地道：“你答不答应？”

“我求你了……”

“说，你答不答应？”汪四海准备开枪。

娄晓月慌忙拽住他举枪的手，咬着牙道：“我答应！”汪四海用另一只手将娄晓月从地上拎起来，搂住她的腰。娄晓月神情黯然，喃喃地道：“我就求你一件事儿……别让……别让孩子跟着我……”汪四海扭头看着缩在自己怀里的娄晓月，微微一愣，随即露出笑容，道：“你决定就好，过去告个别吧！回头别说我汪四海不讲情分！”

汪四海朝刘金挥了挥手，两名警员上前将丁宝的绳子松开，丁宝急忙将背后的孩子抱在怀中，轻声安慰。娄晓月深深地望了一眼丁宝，巍巍颤颤地往前走了几步，忽然转头，捏紧拳头道：“走吧，不看了。”

“还是不看好……”汪四海扶着娄晓月走到路口，刚要上车，转身对刘金喊道，“刘金！去，把瑞蚨祥的掌柜伙计，还有解一半和拉车的全都给我抓起来！”

刘金一挥手，示意身后的警察：“都跟我走！”

“慢着！”只见佟丽华突然从街口冲了过来，后面跟着七八个手握相机的记者，将汽车团团围住。

汪四海猛然一惊，娄晓月缓过神来，脸色也是大变。

那些记者中已有人举起相机拍照，汪四海指着人群喝道：“干什么！你们想干什么！佟格格？您到这儿来有何贵干呐？”

“为什么抓人？”佟丽华质问。

汪四海一时没了词儿，觉得这个问题问得极其可笑：“为，为什么……他们妨碍公务！你说能为什么！”佟丽华冷笑道：“请问汪局长，您在办什么公务啊？”汪四海歪着嘴笑了："真是半路杀出个程咬金啊！您是哪一级的官儿啊，我办什么公务还要向你报告吗？"佟丽华正色地道："我不是什么官儿，就是个平民百姓，光天化日之下祸害百姓，就是你的公务？！"

汪四海怔住，瞧了瞧娄晓月冷漠的表情，皱眉道："佟丽华，你行啊你！我明白了，你这是来替娄晓月抱不平啊！她可是你誓不两立的仇人啊！"

"瑞蚨祥的掌柜和伙计，解一半、丁宝和拉车的，都是替娄晓月打抱不平的，他们又是谁的仇人？"佟丽华反问。

"好！你要是妨碍公务，我连你一起抓，你信不信？"汪四海有些气急败坏。

佟丽华言辞凿凿地道："我偏不信！你放了娄晓月！"汪四海毕竟有点儿心虚，但又不想被佟丽华牵着鼻子走，强词夺理地道："这是我们家自己的事，你管得着吗？"佟丽华眨了眨眼睛，问道："你家自己的事？娄晓月是你什么人？"

"是我老婆！"汪四海理直气壮。

佟丽华扭头问娄晓月："你是他老婆吗？"

在场所有人的目光都投向了娄晓月，汪四海沉着脸，凶狠地瞪着她，似乎是在提醒她，丁宝和孩子的性命你可别不当一回事儿。娄晓月垂下了头，艰难地从嘴里吐出一字："是。"

众人大惊失色，佟丽华身子一颤，顿时语塞。

"听见了吗？听见了吗？用得着你多管闲事？刘金！"

"局长！"刘金上前立正敬礼。

汪四海有些得意忘形，大喊道："抓！把她和那几个人一起抓，我今儿就叫你信一回！"记者们心里一紧，街道远处的角落里，马俊杰正关注着路口的动静，一只手悄悄地伸进衣服口袋。

"等等！"佟丽华一声怒叱。

汪四海瞪起眼珠子："怕了？后悔已经晚啦！"佟丽华却并不惊惶，突然指了指四周的记者："汪四海！看看我旁边站的都是什么人。"汪四海环顾四周，见有几个记者已经开始拍照，惊诧地道："什么人？"佟丽华冷笑道："现在站在你周围的，都是京城各大报社的记者，我给你数数……嗯，差不多到齐了。"

汪四海始料未及，一时不知怎么应付，怒道："你要干什么？"佟丽华的脸上泛起笑容，辞严意正地道："你可以抓人、杀人，你这个警察局长，不去保护一方百姓的平安，却胡作非为，祸害百姓！明天各大报纸自然会一齐登出你的恶行，给你上个头条，你这个局长是不想当了对吧？”

“不许拍！说你呢，还拍？不许拍照！”汪四海顿时慌了手脚，指着周围的记者叫喊，拼命地举手去挡住自己的脸，急得团团转。

“怕了？后悔已经晚了！”

汪四海彻底怂了：“我认输！我谁也不抓，我就带我老婆走，这行了吧？”佟丽华冷哼道：“希望你牢记，别再用枪对着手无寸铁的老百姓！”汪四海气急败坏地竖了竖大拇指，咬着牙道：“好！很好！我就纳了闷儿了，哈岚这小子走了他妈什么狗屎运了？竟然娶了你这么一位女中豪杰！好好，小看你了！佩服之至！刮目相看！撤！”

刘金赶紧朝后面挥手，警员与便衣们纷纷撤离。汪四海推开围观的记者，打开车门拉娄晓月上车，娄晓月突然回头，用恳求的目光望着佟丽华：“佟格格，津平……就拜托啦！”

佟丽华黯然无语，目送娄晓月上车，望着汽车绝尘而去，心情异常沉重。

躲在街边角落的马俊杰暗暗松了口气，低头翻起衣领子，转过身子，快步走向拥挤的街道。

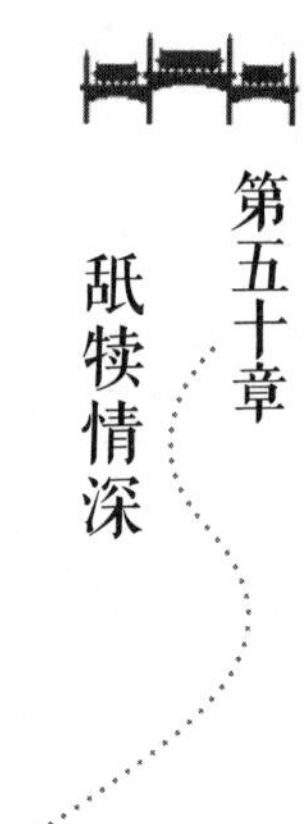

第五十章 舐犊情深

北平火车站。

乘客们已经陆续上车，隔窗与送行的亲朋好友依依惜别。

哈岚青着一只眼，手里拎着一个包袱，正探着头在站台的人群中寻找着，忽然看见疾奔而来的解一半，赶紧迎上去，却发现只有他孤身一人。

哈岚好像明白了什么，脸色一沉，半晌说不出话来。他被急着上车的乘客撞了个踉跄，也是毫无反应，站在一旁的解一半暗暗叹气，手足无措地望着他，不知道如何安慰。

汽笛长鸣，火车缓缓而动。

哈岚突然将手里的包袱塞给解一半，精神恍惚地往回走。解一半拎着包袱追上去："爷，你干吗去？"哈岚看也不看解一半一眼，自言自语地道："我找汪四海去……"解一半急道："您现在找他没用！"

"我让他把晓月还给我……"哈岚的表情有些木讷。

解一半冲上去拦住哈岚："爷，您先别着急，事已至此，我们可以再想其他办法……"哈岚歪着脑袋瞥了解一半一眼，从左边绕了过去，继续往前走，解一半继续追上去拦，两人彼此绕了几圈，哈岚微微一呆，突然情绪失控，怒吼道："还有没有天理了！还有没有王法了！晓月是我儿子他妈，他汪四海凭什么扣着我的人！他这是霸占他人妻子！警察局长眼里就没王法了吗！"

他声嘶力竭地大喊，泪水夺眶而出。

解一半情急之下，一巴掌扇在哈岚的脸上，路人听到清脆的声响，纷纷侧目旁观。

解一半望着哈岚迷糊的表情，意识到自己的举动有些不妥，手脚也不知往哪放才好，原地转了一圈，长长叹了口气，道："贝勒爷的心思，还是不知老百姓的日子有多难……当官儿的就是王法，皇上在的时候就是这样，现如今皇上不在了，随便哪个小官都是爷！咱们这种的，当一天和尚撞一天钟，做一天老百姓，就只能装一天孙子。"

"你说得对……我就是觉得，这日子太难了……我眼睁睁看着别人欺负晓月，却什么都不能做！我只想晓月跟孩子回家……我要自己的老婆跟孩子回家，难道有错吗？为什么我什么都做不了？我什么都做不了……"哈岚越说声音越轻，竟完全不顾忌他人的眼光，突然一屁股坐在地上，号啕大哭起来。

解一半难过地望着贝勒爷，脸上的表情充满了无奈。

良久，哈岚停止哭泣，起身抹了抹眼泪，莫名心酸地道："不想这些烦心事了，咱回得月楼……"

天色已晚，二人回到得月楼时，酒楼正在打烊，哈岚见佟丽华不在，就无精打采地走进厨房，却看见丁宝抱着哈津平，满脸愧色地道："爷，师姐……师姐让汪四海给抓回去了……"哈岚默然地点点头，盯着他手里抱着的孩子，大惊道："孩子怎么跟你回来了？"

"汪四海这个禽兽，拿我和小不点儿威胁师姐跟他回去！师姐怕小不点儿有什么闪失，就把小不点儿留给我，她自己回去了……"

"晓月说什么了！"哈岚手忙脚乱地将孩子从丁宝怀里接过来，不知道是横抱还是竖抱，急得满头大汗。

"我一句话都没跟她说上，就看着她上了汪四海的车走了……"

"这事儿汪四海是怎么知道的？怎么就能让他截住呢？"哈岚抱着孩子晃来晃去，总是觉得吃不上劲。

丁宝叹气道："他可能老早就盯着咱们了，咱们做的什么事儿他都门儿清着呢！以后估计师姐的日子，不好过了……"哈岚焦急地思索对策，恍惚间转身要出去，解一半呵斥道："又干吗去！"

"谁知道他能对晓月做出什么事儿来……我得去看看！"

"爷！人家已经把咱们和娄姑娘给看起来了，你现在去有哪门子用啊？再去找顿打？"解一半看哈岚抱着孩子的动作说不出地别扭，上前调整了一下哈岚的姿势，"不为你自己想想，不替孩子想想？娄姑娘费了大半天劲儿，好不容易把孩子送出狼窝，你再给人送回去？”

哈岚一怔，这才意识到自己怀里还抱着个孩子，一时之间手足无措：“那怎么办？”解一半正色地道：“汪四海再怎么浑，一时半会儿也不敢动娄姑娘，要动他早动了！当务之急啊，是你准备拿这个小家伙儿怎么办吧！”哈岚脱口道：“这我儿子，当然是抱回家了。”解一半啊的一声惊叫，哈岚突然意识到有些不妥，急忙改口，“是不是……不太合适？”

解一半摇头叹息：“嗯……就是不合适也得带回去呀！现在都已经走到这一步了。”丁宝赶紧接了一句：“今天就是少奶奶救了我们，你知道吗？”

哈岚惊讶地望着丁宝，又低头瞧了瞧怀里的哈津平，突然欢欣鼓舞地叫道：“这实在是太好了！我就知道丽华是最仁义最大度的好女人！咱们回家，儿子！”

哈岚一溜烟跑回解家小院，佟丽华与翠儿怔怔地望着他怀里的孩子，顿时傻眼。

解一半跟进门，想替哈岚说句好话，突然感受屋子里的气氛有些尴尬，就移开脚步，侧身站到了翠儿的身边。翠儿狠狠地剜了他一眼，没好气地去收拾桌上的碗筷。

哈岚僵在原地，硬着头皮笑道：“快看丽华！这孩子就是津平，是……是……是晓月的孩子。”佟丽华面无表情，望着孩子，竟大声笑了起来。解一半与翠儿瞧见少奶奶都笑得快喘不上气，皆是满头雾水。

哈岚咧着嘴，跟着佟丽华一起笑：“丽华啊……你笑什么呀？”佟丽华擦了擦眼角笑出来的眼泪：“什么津平？”哈岚一怔：“诶？儿子的名字呀。”佟丽华歪着头道：“那我问你，这孩子姓什么？”

哈岚有些尴尬，犹犹豫豫地说不出什么话来，条件反射似的向解一半投去求助的目光，翠儿见状，扯着解一半的衣袖要拉出去，解一半却是不肯走，翠儿就用脚狠狠踩他。解一半无奈，跟着翠儿走出去，扭头用眼色示意，让哈岚跟少奶奶多说好话。

房间里只剩下佟丽华和抱着孩子的哈岚，气氛有些安静，哈岚轻声道：“丽华，我把孩子抱回来，也没别的意思。这些年，我对不住你，让你受了不少委屈……但孩子是无辜的，你要心里不得劲儿，你就冲我来，别难为这孩子。”

“我话都没说上几句，倒成为难人了？”佟丽华语气冷漠。

“不是，不是，我的意思是怕，你心里不得劲儿……”

“既然如此，你还把孩子带回来？”

哈岚被堵得哑口无言，干笑了两声，道：“晓月那边发生什么事儿，你不是都知道了吗？”佟丽华冷冷地道：“我就问你，你跟娄晓月什么时候开始联络上的？”哈岚坦白道："没……没联络！就是那天汪四海带着她来吃饭，她……她让我帮着想办法让她离开北平……这后头的事儿你就都知道了，我叫丁宝去送了几次饭……"

"果然是娄晓月求你，你还是跟我撒了谎，不听我的劝！"

"现在孩子送回来了，我总不能再送回去吧？更何况这是我的亲儿子呀！丽华，你放心，养孩子这事儿，我绝不让你操心，你只要容得下津平就成！反正翠儿带一个也是带，正好津平还能跟冬青凑个伴儿，你说呢？"

佟丽华的脸色越来越难看，眼泪忍不住掉下来："你眼里到底当我是一个什么样的女人？你跟娄晓月就真觉着我会虐待你们的孩子吗？我刚才问的是你这孩子姓什么？"哈岚张大了嘴巴："哈……姓哈。"

"那你还废什么话！"

哈岚一听，顿时喜形于色，慌忙腾出一只手，笨拙地想给佟丽华擦眼泪。

佟丽华扭头道："你别碰我！把孩子抱好了，省得这孩子有闪失，你还怪我！"哈岚吓得一哆嗦，不敢动了，喃喃地道："丽华，我知道你当然不会虐待津平的……就是……就是我也知道，我这实在是太为难你……而且，你现在肚子里还有一个……我真不敢惹你生气……"

"我谢谢你还想到我！"佟丽华凝视着哈津平，想伸出手去抱一抱，又忍住了，也不知自己到底是喜欢还是担忧，一时之间百感交集。

入夜，佟丽华呕吐连连，辗转难眠，生怕孩子睡不安稳，就让哈岚抱到翠儿屋去，让津平跟襁褓里的冬青一起睡。

"您没欺负少奶奶吧？"翠儿没好气地瞪了哈岚一眼，想想又不放心，就去了佟丽华的屋。

解一半挑亮微弱的煤油灯，见哈岚一直低头注视着津平的脸蛋，忍不住笑出声："爷您别看了，再看也长不出朵花儿来。"哈岚叹了口气，依依不舍地走到桌边，喝了一口水："解大哥，你说要是丽华生了孩子，会不会容不下津平呀？"解一半白了他一眼："少奶奶是这样的人吗？"

"她当然不是！可毕竟不是从她肚子里出来的，对吧？我就怕她看着孩子，分分钟想到晓月的事儿……"

解一半无奈地摇了摇头，道："本来就不应该容下，这事儿您办得就不地道，少奶奶没立马把你赶出去已经是很有肚量了！但是现在已经这样了，就只能靠日子熬呗。"哈岚愁眉苦脸地叹气："这事儿难办……"解一半好心提醒："爷啊，我觉得还是得给少奶奶个说法，也别一心扑在津平的身上。翠儿怀冬青的时候，脾气可大着呢，你得小心着点儿。”哈岚有点摸不着头脑：“怎么小心？”

“哄！凡事儿都上点心！”

“哦，那我明白了，哄女人开心嘛，跟我阿玛学过几招。”

解一半嘿嘿一笑，扭头望了眼床上正睡得香的哈津平，却又是一阵担忧：“你别再想着娄姑娘了，人家已是汪四海的人。”哈岚收起笑脸，喃喃地道：“怎么可能不想……只要看见这孩子，晓月就老在我眼前边儿晃……”

翠儿匆匆进屋，哈岚急切地问：“丽华怎么样了？好些了吗？”翠儿颔首道：“好多了，刚睡下呢！爷，您也快回去睡了……今天大家都折腾一天了。”哈岚起身，有些为难地道：“那津平……”翠儿笑道：“您就交给我吧！快回屋睡觉去！”

哈岚转身走出屋外，解一半盯着小床上的两个孩子看了半天，突然叹息道：“现在咱家，连女婿都有了！”翠儿扑哧一声笑，拍着解一半的胳膊打：“这样不是很好嘛！咱冬青以后就不用担心找不到婆家了！

哈岚回到屋里，见床上的佟丽华已经入睡，轻手轻脚地躺在她身边，小心地拉起被子。佟丽华听见动静，转过了身子，哈岚瞅了瞅佟丽华的脸颊，心疼的拉着她的手，放在自己的肚子上，轻轻地拍着。

黑暗中，佟丽华浅浅一笑，心里却不是滋味。

阳光斜照，微风熏人。

哈津平坐在桌前，用手抓起盘子里的水果块往嘴里塞，翠儿抱着襁褓里的冬青在屋子里摇来摇去。哈岚坐在津平的对面，一脸纳闷：“你说，这小子怎么这么能吃啊？”

“他爹能吃，儿子能差哪儿去？”翠儿失笑。

哈岚皱着眉摇摇头：“可我也没跟个饭桶似的，一股脑儿就往嘴里塞啊……儿子，细嚼慢咽会不会？”哈岚跟哈津平说着话，从盘子里抓了块水果塞进嘴里。

“爷，都快中午了，您今儿怎么还不去柜上？”

“这不是陪我儿子玩会儿嘛！”哈岚用一根手指撤开小津平的盘子，故意将盘子移开，哈津平伸着手冲着哈岚“呀呀”地叫。

哈岚逗着儿子玩：“叫爹！不对，叫爸！叫爸爸！”哈津平不理他，继续冲着他叫。翠儿似想起了什么事儿，嘱咐道：“爷，今儿回来时记得带点儿山楂糕。”哈岚一怔：

“小孩子能吃山楂糕？”翠儿一脸无奈地道：“少奶奶这当口不就好口酸的嘛……”

哈岚反应过来，挑了挑眉，心情愉快地站起来：“得嘞，知道了！津平这孩子啊，就劳你费心了。”翠儿笑道：“爷您真是的，一家人还说两家话。”

“儿子！爸爸给你赚大洋去咯！”哈岚兴高采烈地跳出门。

佟丽华正在屋里收拾东西，耳边听见哈岚远去的笑声，神情木然，心里五味杂陈。

哈岚一路去了得月楼，先进厨房转了一圈。

得月楼大堂早已宾客满座，人声嘈杂，几个跑堂的忙得晕头转向。丁宝手里捏着个本子，站在客人桌前，正在给人点菜：“荷包里脊、熘鸡脯……”他不经意地瞥了一眼门口，突然看见汪四海站在门口，望向大堂，若有所思地点了点头：“没想到这得月楼生意还挺火的……”

丁宝一哆嗦，慌忙背过身去，回头看见哈岚正从后院通道进来，飞奔过去拦住，压低了声音道：“爷，爷！汪四海来了！”

哈岚皱了皱眉头，瞧见汪四海已上了楼上包间，顺手将手里的山楂糕塞给丁宝：“帮我把山楂糕给收好，我去会会他……”

他到邻桌拎起一壶热茶，径直上楼去了。

进了包间，他也不来废话，瞪了汪四海一眼，将茶壶往桌上一搁，道：“没什么好茶叶，刚进的高沫儿，局长大人想喝就自个儿倒。”汪四海哈哈大笑：“贝勒爷还跟我客气呢？”哈岚面不改色地道：“客气话咱就免了吧，汪局长今儿大驾，是来找碴儿的吧？”

“聪明，我就喜欢跟聪明人讲话。”汪四海眨了眨眼睛，忽然话锋一转，“不过，你猜错了！今儿我是来道喜的……”

“我这种小老百姓，能有什么事儿劳您来道喜呀。”

“父子团聚，还不值得恭喜吗？孩子啊，还是得跟在自己亲爹跟前，要是认谁都当爹，那成什么了？杂种呀？”汪四海冷嘲热讽。

哈岚脸色一黑，大声地道：“有爹，就得有妈！霸占孩儿他妈的行为，只有畜生才能干出来！”汪四海歪了歪脑袋，笑道：“这可真是改朝换代了，从贝勒爷嘴里都能听见这么脏的字儿了？”哈岚没好气地道：“汪四海，你到底要怎么样才肯放了晓月？”

“哎？你可别冤枉我。可不是我汪四海不愿放人，现在是她娄晓月不想走了！人已经答应嫁给我啦！”汪四海站起身来，背负双手满屋子地溜达，一副不把哈岚放在眼里的架势。

“不可能的。”哈岚的呼吸有些沉浊。

汪四海走到哈岚身前，瞪起眼睛道：“我有必要骗你？还是你想亲自去问问她？要是我说了谎，我立马把这条命还给你！”哈岚的脑子嗡的一声，呆望着汪四海，不知该如何回应，沉寂了半晌，终于挤出几个字来：“放了晓月。”

汪四海正在摆弄墙角木架上的盆栽，转过身轻蔑地道：“好啊，我给你个机会，你倒是说说，你能提出什么样的条件能打动我。”

哈岚警觉地问：“得月楼？”

“我看哈贝勒这是当老板当上瘾了，觉得谁都惦记着你这破馆子呢？你除了得月楼还有什么？”汪四海突然一声冷笑，“哦！对了，你还有个媳妇儿，佟格格，美人儿，漂亮！女中豪杰！让人佩服得五体投地！不过听说一直不受宠，没人疼啊？要不，佟格格换娄晓月？您看行不行？”

“汪四海！”哈岚猛地一拍桌子，挥手扑上去要打汪四海，却被眼明手快的汪四海抓住了手臂。

“哈岚，别不识抬举！不看看现在什么局势，你以为你还是贝勒爷呢？你现在就是给我倒夜壶，没我点头，你连那夜壶边儿也碰不到！晓月跟着你能干吗？后厨掂勺，出去唱戏养活你？你能给她什么啊，就嚷嚷着做交易做交易，你想‘救’她出来，你问过她想走了吗？别一厢情愿逞英雄，你连个狗熊都不如！我劝你先让你媳妇儿吃饱穿暖，再想着偏房的事儿吧！也真邪了门儿了，就你这么一个怂蔫奸，怎么会娶了那么好的一个媳妇，你赚大了！”

二人架着胳臂僵持不下，哈岚涨红了脸，根本靠近不了汪四海半步。

“有多大能耐，就端多大盘子，娄晓月这个盘子呢，你未必端得起来！做人要懂得识时务！”汪四海反手抡起手臂，顿时将哈岚推开，将手里的茶杯突然摔到桌子上，溅了哈岚一身水，“哼！我今天就是替晓月来向你传话，反正儿子你也带回去了……回头我办喜事，还请您阖家大驾光临！”

哈岚目瞪口呆地站在墙角，汪四海大笑着已扬长而去。

系着围裙的解一半躲在楼下，时刻注意着包间里的动静。忽然听见摔杯子的声音，又见汪四海得意洋洋的下楼离开，赶紧冲进包间，望着一脸的狼狈模样的哈岚，叹了一口气：“爷，我告诉过你了，这次汪四海不会轻易放过娄姑娘的……”

哈岚有些沮丧：“这野狗都跑家里往我头上撒尿了，可我什么都不能做！”

“这孙子……咱还真拿他没辙……”解一半索性坐下，用抹布将桌子上的水迹擦干，“他跟你说什么了？”

“他恭喜我父子团圆，还请我去参加他跟晓月的婚礼……”

“就这几天工夫，已经要办婚礼了？”解一半也感到意外。

哈岚默然点头：“他可能也担心晓月还想着走……”解一半若有所思地道：“也是，夜长梦多……这汪四海肯定会赶着鸭子硬上架！您这次真能忍？”哈岚似乎有些绝望，吞吞吐吐地道：“现在兵荒马乱的，我……不比从前，那时候好歹有个王府能躲是非，现在晓月跟着我未必是个好……”解一半苦笑道：“合着咱那天拼了命要送她去上海，都是做戏呢？”

哈岚嘴里吐出一口怨气，突然正色地道：“我想过了，我还有个丽华呢……她肚子里的那个，也是我儿子呀！”解一半一怔，颇感意外地望着哈岚：“爷，你确定了吗？”

“这事儿现在已经很简单了……反正我这辈子，总是要对不起人！晓月，这辈子我怕是还不了了，而且我也已经尽力了，就让我先欠着吧……”

解家小院。

清晨起床，佟丽华在屋子里穿着睡衣，站在窗边看着哈岚出门的背影，转身捏了一块放在桌上的山楂糕，想吃又觉得没什么胃口，又放回盘子里。

翠儿正在院子里逗着哈津平走路，哈津平摇摇晃晃地走向蹲着的翠儿，咿呀咿呀叫个不停。佟丽华扶着门框，凝视着哈津平，脸上露出一丝温柔。

哈津平似乎看见了佟丽华，转过身子向她伸手，翠儿回眸一笑：“少奶奶，今儿天暖和，带孩子出来晒晒太阳。”

哈津平扑在翠儿的怀里，手指儿勾住脖子上挂着的那块古汉玉貔貅。佟丽华无意间瞄了一眼，皱了皱眉头。翠儿立马察觉到佟丽华的神情，忙拍了拍哈津平的手，不让他玩。佟丽华低着头，突然出现孕吐，转身就往厨房走。翠儿急忙站起来，佟丽华背对着她招招手，示意让她别跟过来。

翠儿却误会了意思，以为佟丽华是不想见到哈津平，脸色微微一变，喃喃地道：“少奶奶始终还是想不开……”

哈津平以为是跟他说话，上前一把抱住了翠儿的腿，翠儿转身将他抱起来，叹气道：“你个没娘的娃……没关系哦，他们不疼你，翠姑姑疼。”

哈津平一脸无知，翠儿心疼地蹭了蹭他的脸。

哈岚到了得月楼，在后院将食材安排好，抱着一箩筐的蒜进了厨房，一边剥蒜一边问解一半：“诶？你有没有发现，丽华好像从来不跟津平说话？”解一半瞥了他一眼：“您才发现？”哈岚皱眉道：“我以为她只不跟我说话，这怎么办？”

“日子长了就会好的，一个屋檐下，抬头不见低头见的，还能一辈子不说话不成？”

“那得等多少时间？这也太难熬了吧。”

“爷，咱得懂得知足！少奶奶这么多年跟着您大风大浪也过来了，您有时候做事儿是挺不在意她的，这样她都死心塌地跟着您，我都看不明白，她到底为的是什么……”

哈岚盯着手里的蒜瓣，心里有些感触：“我也不知道了，有时候我也觉得自己有点过分了……她在我最难的时候，还是嫁给了我，过去这两年她也是尽心尽力，但就是在晓月的问题上，过不去……”解一半无奈地道：“少奶奶的个性就是这样，我想她应该也想着，您总有回心转意的那天。”

哈岚没吭声，低头又剥了几瓣蒜，突然若有所思地道：“解大哥，问你件事儿……关心、喜欢和爱……这三种你会怎么分？”

解一半啊了一声，用困惑的眼神望着哈岚。

“你分得出来吗？”

“怎么分？”解一半摸了摸脑袋，“我是关心您，关心我少奶奶，也关心翠儿……我也喜欢您，喜欢少奶奶，最喜欢的当然是翠儿！但我肯定不会去爱您的啊，那太恶心了吧！”

哈岚慎重地点了点头：“我也是。”解一半好奇地问：“您好端端的问这个干啥？”哈岚正色地道：“我关心丽华，担心她挨饿受冻；我喜欢丽华，因为她很努力想让我变成一个更好的人。我也希望不要辜负她的期望……可你说，这样的丽华跟学堂里的老师有什么差别？”

解一半被问住了，蹲下来捏着蒜头，也开始剥蒜。他皱起眉来思索着哈岚的话：“那你爱她吗？”

“我……我不知道……爱自己的媳妇儿是天经地义的事儿，可我总觉得我跟丽华吧，好像我是媳妇儿，她才是男人。”

“那你跟娄晓月就不是了？”

哈岚眼神闪烁，兴奋地道：“当然不是啊！我跟晓月在一起，没这么多事儿想！晓月开心我就开心，晓月高兴我就高兴……我不用去想责任，也不用去想着养家，我们可以就这样坐在一起剥蒜，几天几夜不说话都没关系！”

“我才不跟您剥蒜！”解一半翻了个白眼，立马站起身来，“您让翠儿一天不说话……不！一刻钟不说话我看她都会憋死！”

哈岚将手中的蒜放入水中，轻轻一笑：“解大哥……其实，我跟晓月这种才叫‘爱’吧？”

解一半望着哈岚，语重心长地道：“爷，您听我一句……有时候不要太去计较这些关心呀，爱呀的，那些都只是说法！要紧的是踏踏实实地把这日子给过好了，别让任何人，不管是少奶奶，还是娄晓月受到任何委屈，这样你就是个男人了！按说少奶奶很不错了，那天为了救人，带着记者冲去跟汪四海斗智斗勇的，这得多大的心胸啊！”

哈岚若有所思地点点头，冷不防又长长地叹了一口气。

汪府阁楼。

娄晓月面如死灰，一动不动地躺在床上，睁着眼睛，神情痴呆，床边放着一口未吃的饭菜。莲嫂在一边儿低声劝说：“月姑娘，你多少吃点儿吧，都两天水米都没沾，铁人也熬不住……”

娄晓月一声不吭，不为所动。

门外传来汪四海醉醺醺的脚步声，咣当一下就冲开了门，嘴里哼着曲儿，歪歪扭扭地走进来，笑嘻嘻地道：“月儿……我回来了！”

莲嫂忙上前去扶住他，娄晓月一点反应都没有。

“月儿……我跟你说啊，我今儿去得月楼了，见着哈岚了……嘻嘻，我跟他说，你小子！以后离我媳妇远点儿！娄晓月……她是我媳妇儿！我请哈岚来喝咱们的喜酒，你说怎么样，我大……大方吧？嘿嘿……还有啊，就你那儿子，那个没良心的小子，已经管佟丽华叫妈了！”

娄晓月躺在床上，眼神空洞悲凉，听到儿子的消息也无动于衷。

莲嫂见气氛尴尬，道：“局长，您喝醉了，快去睡吧……”汪四海猛地一摆手：“我就……睡这儿！你出去！出去！我那天就是睡这儿的……是吧晓月……”

“不不，局长，今儿不成，月姑娘还病着呢！”

“嘿嘿，还装死呢？没事儿，你就是死了，也是我汪家的人，汪家的鬼！月儿啊，小可怜儿……你可真会装啊……瞧你，跟天上的小仙女儿似的，我都不舍得碰你，你却给别人生野孩子！你……你勾引我，把我迷得五迷三道的，天一亮你就跑了……你就是个婊子！一个狠心的婊子！你以为你多高贵啊？你也就配我这太监的儿子……”

“好了好了，局长，我先扶您去休息吧……”莲嫂见汪四海口无遮拦，也不知会骂出什么话来，赶紧扶着他往外走。

汪四海摇摇晃晃地走到门口，回头大喊：“月儿，你等着，等着我啊……明儿，我带你去挑婚纱！”

娄晓月仍是一动不动，但是眼角却流下泪来。

房间里放着一只大木桶，冒着袅袅的热气，莲嫂放好了洗澡水，关门出去。

娄晓月面无表情，光着脚丫子缓缓地沉入木桶，却突然伸手，从被褥底下摸出一把水果刀来，用力地在自己洁白的手腕上划了一下。

娄晓月将手腕浸在水中，慢慢闭上眼睛，鲜血立即涌了出来，浮在水中渐渐地绽放，似是艳丽的红绸，又像是殷红的花瓣。

屋子里一片寂静，珠帘轻摇。

外面传来了莲嫂敲门声：“月姑娘，要加水吗？月姑娘？”

莲嫂提着水壶推门进来，走到娄晓月的身边，看到娄晓月面色苍白，坐在鲜红的水中，已经晕死过去。她大惊失色，手中的水壶当啷落地，死命地抱住娄晓月的身子晃动：“月姑娘！月姑娘！你千万不要睡着啊！”

娄晓月毫无反应，已经失去了意识。吓得莲嫂大叫一声，手足无措地跑出去：“快来人啊！月姑娘自杀啦！”

解家小院。

外面的风儿有些大，翠儿关上门，站在厨房的灶边，将冬青反绑在背后，正掌勺炒着菜。哈津平站在案台边，手里撕着一片菜叶玩儿。

这时，外面出来邻居大妈的声音：“翠儿！你家衣服刮下来了！”

“诶！来了！”翠儿手上忙着，急忙转头朝门外应声，边擦手边往门外走。

厨房里只剩下哈津平一个人，他玩着手里的菜叶子，抬头看见料理台上的菜刀，于是踮起脚尖，想去抓下来。他双手用力伸长，却够不到案台，只得用力踮脚去抓住还没有切开的菜叶子，慢慢地往下拽。

压在菜叶子上的菜刀，随着哈津平的拽动，开始移动到砧板的边缘，眼看即将就要掉下来，翠儿正好收完衣服回来，瞧见眼前危险的场景，大呼一声："津平！小心！"

哈津平一惊，手腕一使劲儿，菜刀呼的一声就砸了下来。

菜刀在半空中转了一圈，直冲哈津平的脑门，翠儿一个深蹲，人已经扑了上去。哈津平扭头看见翠儿，往后退了一步，一屁股就坐在了地上。菜刀落下，正好砸在哈津平的腿上。哈津平负痛大哭，翠儿手忙脚乱地扒开哈津平的裤脚，发现他腿上已被砸出了血。

"小祖宗啊，你差点吓死我了！"翠儿如释重负地拍了拍胸口，慌忙从围裙上撕下一块布，将哈津平受伤的腿脚包上。

更多精彩
详见二维码

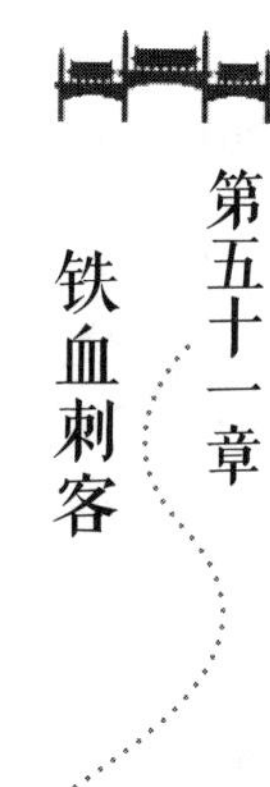

第五十一章 铁血刺客

傍晚时分，风刮得很大，街道上行人稀少，纷纷赶回家取暖。

医院的病房里，娄晓月打着吊瓶，输着血，仍在昏睡之中。汪四海一脸憔悴，坐在病床边紧张地望着："月儿，月儿……"

娄晓月闭着双眼，身子一动不动，脸颊上有一丝泪痕。

汪四海怒视着站在门口的莲嫂："干什么吃的你，这么大人你都看不住？！"莲嫂有些委屈："局长，月……太太要洗澡，让我出去，我……"

"让你出去你就出去？"

"可是，您说过的，太太不管说什么我都得听。"

汪四海大声骂道："我是混蛋，你也是混蛋！"莲嫂噘了噘嘴，垂下头道："那以后我不听……"汪四海气急败坏地道："那更混蛋！月儿要是活不过来，我崩了你！"莲嫂脸色一变："局长您不讲理！"汪四海翻了白眼："我还讲什么理呀！我……我他妈死了算了！"

"别难为莲嫂……"娄晓月突然开口，声音有些虚弱。

汪四海身子一颤，又惊又喜："月儿你醒啦，你吓死我了你……"莲嫂慌忙上前，叹气道："太太醒啦？真是……您怎么这么想不开啊……"

"去去！赶紧出去！"汪四海不等她把话说完，暴躁地挥手。

莲嫂关切地瞧了娄晓月一眼，走出病房。

汪四海抓着娄晓月的手，温柔地贴在自己脸上，悲伤地道："月儿，你这是要我的命啊！你怎么这么傻？你这是要活活疼死我……要是你醒不过来，我……我也不活了……”

娄晓月静静地望着他，脸上的表情很复杂。

“月儿，都是我不好，我混蛋，我灌二两猫尿就不知道自己干什么了！我后悔死了……”汪四海追悔莫及。

娄晓月轻轻地摆了摆额头，道：“不怪你，都是我的命。”汪四海信誓旦旦地道：“月儿，我不逼你了，再也不逼你了……你不愿意成亲，咱就不办，大不了我打一辈子光棍，只要你好好的……要我做什么都愿意！”娄晓月轻声道：“四海，那天晚上，是我自愿的……”

汪四海愣住，不解地道：“我就是想不明白啊，月儿，你说你都愿意跟我那样了，你为什么还要跑啊？”娄晓月面色苍白，有气无力地道：“你替我爸报了仇，我能给你的，也只有这个身子。”

“就只是为了报恩？”

“你想要的也得到了，汪四海，你放了我吧……”

汪四海紧锁眉心，焦急地问：“放？放你去哪儿？”娄晓月低下头，沉思片刻，幽幽地叹息：“你对我的好，我都记着。这辈子咱们没缘分，下辈子咱们再做夫妻吧。”汪四海大声抗议：“不！凭什么？咱们好不容易在一块儿了，凭什么又要等下辈子？”

“对不起，怪只怪……我心里头先住进了个哈岚……”

“月儿，打我第一次在台上看见你，我就喜欢上了你。那时候我就发誓，这辈子非你不娶！你在我心里，就像仙女儿一样，我舍不得碰你，把你捧在心尖尖上，可你的眼里就只有哈岚……你瞧不上我，我也不怪你，我嘴上虽硬，心里跟明镜似的，我一个太监的干儿子，凭什么跟一个贝勒争？我只能玩儿命地捞钱、捞官儿，就为了能配得上你，能让你正眼瞧瞧我。如今，咱们总算能在一起了，眼看就要过上好日子了，你又跟我提下辈子？谁知道下辈子能托生个什么玩意儿啊！我怎么能甘心！”

听了他这一番话，娄晓月痛苦地闭上了眼睛，默然不语。

“月儿啊，你这辈子总不能就为那个怂蔫奸活着吧？他跟那个佟格格，甜甜蜜蜜地过日子，你能挤得进去吗？你还为了他去死？你值得吗你？你听我一句，咱好好为自个儿活一回，成吗？那些混账王八蛋都活得欢蹦乱跳的，咱为什么就不能好好过呢？咱好日子还在后头呢……”汪四海握住娄晓月的手，眼眶红红的，就算娄晓月现在叫他去死，他二话不说就能将医院的墙撞个洞出来。

娄晓月低着头不说话，汪四海心急如焚地道："月儿啊，你……"娄晓月一抬手，疼的"哎"了一声。

"别动别动，要什么？"汪四海慌忙起身。

"擤鼻涕。"娄晓月皱了皱眉。

"我来我来。"汪四海翻着口袋开始找纸，掏出一块手绢赶紧上前按住娄晓月的鼻孔。

娄晓月瞪了他一眼："你捏俩鼻子眼儿，我怎么擤？"

"咳咳……一个一个……我说月儿啊，你不知道，你要是真死了，不光你一个人儿，还有好几条命跟着。

娄晓月一怔："谁？"汪四海气呼呼地道："莲嫂！她没看好你，我先把她弄死！"娄晓月又问："还谁？"汪四海恨恨地道："哈岚！他把你这辈子害得这么惨，我不能饶了他！"娄晓月歪了歪头："还有呢？"

"还有我！看见这桌子角儿了吗？你死了，我咣当一下就撞死在这儿！看见这窗户了吗？我噌的一下子就跳下去摔死我！"

娄晓月扑哧一声，也不知是偷笑还是在擤鼻涕。

"月儿，咱以后好好过，生一堆孩子，都管你叫妈，管我叫爸。以后咱们家，你就是司令！你说什么就是什么，我汪四海有一点儿对不住你的，你就拿枪崩了我，成吗？"

娄晓月突然轻叹了一声："汪四海，你太坏了……"

"我坏吗？"汪四海眨了眨眼睛。

"坏得没边没沿了！"

汪四海望着娄晓月，脸上露出欢愉的笑容："坏到你心里去了吧？"

解家小院。

哈岚与佟丽华回到家，听闻哈津平意外受伤的消息，吓得腿肚子发软。佟丽华赶紧进屋去查看孩子。哈岚心烦气躁，对着翠儿大声抱怨："毛手毛脚的，连个孩子都看不好！"

"都怪我……今儿风大，我去院儿收尿裤子，准备给冬青换尿布的，也就一转身的工夫，津平就从床上栽下来了……"翠儿颇为自责，但是像菜刀砸下来这样凶险的事儿，打死她也不敢说，只能撒谎。

“你怎么不抱着他点儿啊……”哈岚白了翠儿一眼。

“是啊我怎么那么笨呢，知道津平不老实，怎么就不抱着他呢！我真是悔死了，幸好是伤在脚上破了点儿皮，要是摔坏了头可怎么办呢……”

解一半在旁接了一句：“没事儿，男孩子皮实着呢。”翠儿愁眉苦脸地道：“你说我怎么那么糊涂啊，冬青哭两声就哭两声吧，我干吗那么急着给她换尿裤子，把津平给摔着了……”解一半一怔：“那也不能让咱冬青哭着啊。”翠儿突然叹了一口气，借题发挥：“我就是觉着这孩子太可怜了，那么小就没亲妈在身边儿，不讨人喜欢，要是咱再带不好，怎么对得起孩子……”

此时，佟丽华从屋子里走出来，解一半赶紧拉了拉翠儿的衣角，示意她别乱说话了。哈岚急忙迎上去问：“津平怎么样了？”佟丽华笑了笑：“没事儿，破点皮儿不打紧的，肿的地方我也抹了香油，包已经消了大半了，已经睡着了。”

“都怪我……”翠儿又开始抹眼泪。

“你一个人带俩孩子不容易，没人怪你。”佟丽华扫了众人一眼，正色地道，“津平这孩子招人疼，没有亲妈在，也有亲妈疼……我就是他妈！”

她话音一落，屋子里三人皆是一脸惊讶地望着她，完全不相信自己的耳朵。

“这孩子跟我有缘。你没见刚才他哭，谁哄都不行，只让我抱？孩子心里明白着呢，知道谁是他妈，谁最疼他。”佟丽华说完，转身进屋去。

三人面面相觑，露出惊喜的表情。哈岚满脸得意的笑容，抬脚就跟进了屋。翠儿半晌才缓过神来：“少奶奶心里的疙瘩，这是解开了？”

小床上，哈津平正甜甜安睡，佟丽华俯身坐在床边，一脸慈爱地轻拍着。哈岚凑过脸来，突然轻搅住佟丽华，在她脸上亲了一口。

二人相视一笑，关切地望着熟睡的孩子，屋子里弥漫着温馨的气氛。

阳光扫尽了天空的阴霾，汪府大院的廊亭内摆了一张茶桌，桌子上堆着几盘点心。一男一女两个唱戏的角儿正在吊嗓子，一旁的琴师一脸陶醉，低头拉着胡琴。汪四海穿着便装，坐在一张椅子上，闭目聆听。

此时，娄晓月正在房内的梳妆镜前，莲嫂在一旁替她梳头：“要说局长啊，对您可真是好，今儿专门请了戏班的人为月姑娘唱戏！月姑娘，您说您还有什么想不开的？

嫁给局长多好啊，这一辈子吃不愁穿也不愁……”

娄晓月淡淡一笑：“莲嫂，你不懂……我想要的不止这些。”

“我们乡下人，是搞不懂你们城里人的情啊爱啊的，太折腾了！我就知道嫁人，就得嫁像局长这样的才行！你说咱们女人这辈子，图个什么？不就图个男人对自己好，吃喝不愁，安安稳稳地过一辈子吗？嫁汉嫁汉，穿衣吃饭！女人嫁人啊，就是换气儿，要是这口气儿换不好啊，一辈子就得受苦……你比如吧，我嫁给我男人的时候……”莲嫂突然觉得自己的话又多了，赶紧打开首饰盒，取出一支头饰，“今儿戴哪个？”

娄晓月瞧了瞧，指着盒子里的一支簪子，道：“就这个吧。”莲嫂皱眉道：“这个没法儿戴吧，得绾起来才能戴……”

“那就全绾起来吧。”娄晓月抬眼望着镜中莲嫂的妇人头，点了点头，“就像你这样的。”莲嫂眼睛一亮，喜出望外地道：“哎，哎！我这就给你盘起来！”

等娄晓月梳妆打扮之后，莲嫂带着她下楼，穿过花园往廊亭过来。只见娄晓月身穿旗袍，一头青丝绾起，唇红肤白，珍珠耳坠随着走动的姿势轻轻摇摆。

“月儿！你可来了，来来，快坐！”汪四海瞧见娄晓月，笑容满面地迎上去，扶着娄晓月坐下。他又冲琴师扬了扬下巴，琴师便拉起胡琴，角儿开始唱“武家坡”王宝钏与薛平贵对唱的片段：

“苏龙魏虎为媒证，王丞相是你我主婚的人。”

“你说此话我不信，苏龙魏虎是内亲……二人同把相府进，三人对面说分明……”

汪四海晃了晃脑袋，道：“月儿，听听这两个角儿唱的，虽然比你差远了，但还能听。”娄晓月气质端庄，坐着专心听戏，并不搭腔。汪四海打量着娄晓月的头发，诧异地道，“今儿有点儿不一样……”娄晓月笑问：“好看吗？”汪四海连连点头：“好看，好看！怎么想起绾妇人头髻了？”娄晓月歪着头问：“不好吗？”汪四海脱口称赞：“好，好，绾起来好，绾青丝……”

“结杂念。”没等汪四海说完，娄晓月立即接上了一句。

汪四海盯着娄晓月的眼睛，一时春风得意，心情顿觉舒畅。

得月楼大堂。

佟丽华在柜台翻看账本，似乎想起什么事儿，皱眉抬头，看见不远处的哈岚坐在桌前，正与琉璃厂的刘老板聊得很开心。

哈岚聊天的时候，回头望了一眼佟丽华，见佟丽华也在看自己，觉得心里有一丝甜蜜，便冲佟丽华笑了笑。佟丽华瞧见哈岚傻笑，竟然一点反应都没有，面无表情地低下头，继续算账。

哈岚有些疑惑，丽华又怎么了？是不是身子不舒服？此时刘老板起身拱手告别，哈岚送他出门，经过柜台处时，刘老板热情地跟佟丽华打招呼："哈太太！多谢招待呀！"

佟丽华礼貌的微笑："有空常来坐呀！"

"刘老板慢走您……"哈岚送走刘老板之后，转身走到柜台，关切地问，"丽华，你没事吧？是不是那儿不舒服？"

佟丽华瞥了他一眼，却并不搭理，扭头对着厨房的通道喊："丁宝！一会儿你把伙计们都召集一下，我有事儿要说。"

哈岚一脸迷惑，不知佟丽华究竟遇见什么事儿，有些心神不宁。

下午趁空闲的时候，丁宝传达老板娘的指令，大伙儿可不敢怠慢，厨房里的三位厨师连同数名跑堂，赶紧聚拢在桌前等着佟丽华说事。

只见佟丽华手里捧着个账本儿，走到桌前将每个人都扫了一眼，唯独不去看哈岚："这几天我一直在查账，有几个数对不上，所以想跟大家合计合计。"

哈岚一听，顿时心虚起来，在柜台边上转来转去，坐也不是站也不是。

佟丽华冷冷地瞥了哈岚一眼，突然询问解一半："解大哥，上货的时候，你可动过柜上的钱？"解一半摸了摸脑袋，道："哪儿能啊！咱们这后厨的，哪儿能上得了柜啊？"佟丽华笑着点了点头，目光扫到丁宝，还没开口，丁宝便抢着说话："少奶奶，我可没动，我可没那胆儿！我就是一伙计，知道自己应该站在哪儿。"

佟丽华挑了挑眉，似乎在思索。哈岚以为下一个就是要问自己了，刚想张口说话，却被佟丽华截了："看来这账是查不明白了……"

"这个……"哈岚又想张嘴，佟丽华继续抢白："这之前的事儿，可以过往不究，但现在我掌柜，花出去的每一笔钱都得过我的手，毕竟咱们这是开张做生意，不是自己家的小金库。"

哈岚见插不上话，心里有点郁闷，翻了个白眼。

佟丽华继续道："既然今儿咱们对不上，那正好借着这事儿立立规矩。俗话说得好，吃不穷穿不穷，不会算计就受穷！咱们买卖好不容易有点儿起色，要想攒下钱，柜上的钱就只能进不能出。自今儿起，解大哥上货的钱，头一天晚上我给您支出来，柜上每天留下固定的零钱……"

解一半一听就明白怎么回事儿了，脸上顿时露出诡谲的微笑，瞅了一眼哈岚。

“打今儿起，每一笔钱怎么花出去的，花哪儿了，干吗了，都得跟我说一声，你们明白了吗？”

“少奶奶，我们都听清楚了。”众人连连点头。

佟丽华笑道：“成，几桌客人还在包间等着，都忙去吧。”解一半与大伙儿起身去了厨房，哈岚垂头丧气地坐在桌前，一个人生闷气。佟丽华嘴角带着笑，瞧也不瞧他一眼，径自转身走回柜台处，突然向解一半招了招手，走到通道低声地说：“解大哥，今儿不好意思了，拿您过桥了。”

解一半咧嘴一笑：“没事儿，我知道……咱们爷，就得这么治他！不过，您知道他拿这钱干吗去了吗？”

佟丽华笑了笑，到了柜台之后，就低头翻看账本儿，始终不搭理哈岚一句话。

哈岚越想越无趣，起身走出后院，一头就冲进了厨房，拽着解一半叫道：“哎哎哎！解大哥，你说她什么意思啊，我不就是……”他抬头一看，见厨房里所有的人都瞪着他，立马闭上嘴，装作一副若无其事的样子，“那什么，解大哥，外面冬瓜盅一份儿，冬瓜在哪儿？”

解一半指了指一旁的冬瓜，斜着眼问：“你拿柜上钱干吗去了？”哈岚叹了口气，挑出一个冬瓜放在料理台上，没好气地道：“之前给津平买了块古汉玉，刘老板今天收账来着，没想到就撞上了丽华……”解一半摇头苦笑道：“你啊你！”哈岚理直气壮地道：“怎么了！我给儿子买个东西都不行吗？”

“没说不行！但您别让少奶奶知道啊倒是！”

“那谁知道她怎么知道的！”哈岚撇了撇嘴，一刀劈开冬瓜。

包间内，丁宝端着冬瓜盅上菜。

张爷望着冬瓜盅里被切得乱七八糟的刀痕，皱着眉头问：“啧！今儿这师傅刀工不行啊！瞧这切得横七竖八的，倒像跟这冬瓜有仇似的……”

东四牌楼，大和商社门外。

门上方的牌匾被红布遮盖着，一条粗长的红绳子从门梁垂下。门前人头攒动，喜气洋洋，日本亲王在草弥、岛田敏三与佟梓华等人的陪伴下，站在大和商社的入口处，热情地朝着人群挥手致意。

对面一处漆黑的房顶阁楼上，只见马俊杰一动不动地趴着，伸出一个黑洞洞的枪口，正对着大和商社。

此时，佟梓华高举双臂，激动地喊道：“今天，是大和商社开业的大喜日子！大日本帝国亲王殿下，不远万里赶来为我们揭牌剪彩，是我们无上的荣耀！有请亲王殿下讲话！”

如雷般的掌声顿时响起，佟梓华更是使劲地鼓掌。

日本亲王颔首微笑，缓缓地道：“大和商社的成立，是中日友谊的见证，将开启中日友好邦交的新篇章。我们大日本帝国愿与中国共同发展！互通贸易！携手共创大东亚繁荣！”佟梓华上前一步，恭敬地道：“请亲王殿下为我们揭牌！”

日本亲王转身将红绳子往下一扯，遮在牌匾上的红布应声而落，牌匾上书“大和商社”四字。喜庆的锣鼓声响起，噼里啪啦的鞭炮被点燃，霎时之间，大和商社的门口烟雾弥漫。站在门口参与剪彩的众人，纷纷鼓掌叫好。

屋顶上的马俊杰瞅准时机，枪口瞄准了日本亲王。而岛田敏三正警惕地四下张望，无意间抬头，突然发现了马俊杰，失声大喊：“有刺客！”对面的屋顶已传来枪响，岛田敏三当机立断，猛地扑上前去抱住亲王，胳膊上中了一枪，顿时血流如注。

“抓刺客！快抓刺客！”草弥慌忙冲上来扶住日本亲王，在数名日本助手的掩护下，迅速向大门内跑去。一旁佟梓华满脸的惊恐与不知所措，抬头搜寻枪声的来源，而马俊杰正提起枪迅速撤离，佟梓华发现对面房顶出现一个人影，脱口大喊：“凶手在那里！”

助手山本用日语叽里咕噜喊了几声，立刻带着数名黑西装的手下往对面狂奔而去。

马俊杰加快脚步，往街道上拐过去。山本与手下赶到路口立即包抄过来，拦住了马俊杰的去路。马俊杰见势不妙，突然转身拐进一条胡同。

“在那边，追！”山本已经看清了马俊杰的位置，拔枪射击，其余几名黑衣人也跟着开枪。

路上的行人纷纷惊叫起来，慌忙抱头躲避，不远处就是得月楼的后门。

解一半正在厨房里忙得热火朝天，大灶前炉火通红，解一半颠勺翻炒，各色鲜亮的食材在锅中翻飞，身旁的老郑握着大菜刀在砧板上快速切丝，小谭则从不同的锅里捞出食材备菜。

“宫保鸡丁！”解一半一声喊，汗水从额头流下，菜一出锅就利落地装盘。

丁宝正欲将菜端走，马俊杰突然脚步踉跄地冲进厨房，差点将丁宝手中的菜撞翻。解一半一手拦住了马俊杰，拎着勺子问：“诶诶诶！你谁啊你，哪儿来的……”马俊杰惊慌失措地抬头："一半兄！"

"啊？马先生？！"解一半吓了一跳。

得月楼的门外传来一阵喧闹声，马俊杰焦急地道："救我！"解一半二话不说，一把拉住马俊杰往灶台后面走去。

此时，一群黑衣人闯进大堂，凶神恶煞地环顾四周，上前去查看食客的模样，大堂内的客人惊恐万状，纷纷起身躲开。挺着大肚子的佟丽华立马从柜台出来，拦住领头的山本："你们这是干什么？"

山本脸色铁青，推开佟丽华，直奔厨房而去。

佟丽华上前继续阻拦："你们不能乱闯……"山本怒气冲冲地推开佟丽华，大喝一声："让开！"佟丽华被推了个趔趄，脚下一滑，眼看就要摔倒在地上，丁宝突然出现，伸手托住："掌柜的小心！"

哈岚刚端着空盘子下楼，慌忙上前扶住："丽华，你没事吧……你们没长眼吗，没看见她大着肚子吗？"他冲着黑衣人叫喊，不料那些人并不理会，转身往楼上跑来，哈岚手上的盘子顿时被黑衣人撞倒，碎了一地。

哈岚吃惊地望着上楼的黑衣人，这才觉得事儿不对劲了："哎哎，这是干什么你们！"一旁丁宝眨了眨眼睛，向佟丽华耳语了几句。佟丽华脸色一变，往厨房方向推丁宝："快去看看！"

几个黑衣人把守住门口，仔细辨认一个个出去的食客，山本已带人闯入了厨房，凌厉的眼神扫了扫在场的人。而马俊杰系着个围裙混在其中，手里端着个盛青菜的笸箩。

解一半故作惊讶地道："怎么了这是？"

山本瞧了瞧门边的水缸，示意手下去查看。黑衣人掀开缸盖，却是满满的一缸水。山本缓缓走过来，一个个地注视，刚要走到马俊杰的身前，解一半突然大吼一声，"干活儿！都愣着干什么？"

大伙儿急忙动起来，切菜的切菜，端盘的端盘，马俊杰刚一转身，突然被山本拉住了手臂。马俊杰手中的笸箩一翻，青菜全撒在了地上。解一半一惊，一个箭步冲过来，举起手中的勺子，劈头劈脑地拍打马俊杰："你个混账东西！你这是干活吗？败家的玩意儿，好好的青菜你全糟蹋了你！你能干点儿什么……"

马俊杰疼得连连哼叫，抱着头往料理台下钻。

山本皱了皱眉头，表情冷漠。

解一半仍然不依不饶地打，拍得马俊杰的脑袋咣咣直响，"你是不是欠揍？你这没出息的东西！”

山本突然一挥手，迅速带着几个黑衣人走了出去。解一半还在不停地拍打料理台，马俊杰低声地：“日本人走了！走了！”解一半慌忙停手，往通道口子瞧了瞧，大伙儿忍住笑，马俊杰揉着被打痛的脑袋，脸都开始抽筋了。

解一半满怀歉意地道：“对不住了马先生，下手重了点儿……”

“你要不真打，人家怎么信呐！”马俊杰龇牙一笑。

等黑衣人散去之后，哈岚与佟丽华急忙将马俊杰带到楼上的包间，给他换上干净的衣服，又让厨房给他烧碗面条。佟丽华挺着大肚子，上前给马俊杰斟茶，

马俊杰致谢道：“我来我来，多谢哈太太。”

佟丽华微笑道：“我还要多谢您呢，上次多亏了您出面找了那么多记者，才救了丁宝和解大哥他们。”哈岚摇了摇头，无奈地道：“我正担心你呢，去报社找过你，报社早已变成一家叫什么……哦，小小酒馆。这么长时间了，那你现在住哪儿啊？”

“我一直不方便露面儿，让你们担心了。”马俊杰深感歉意。

哈岚奇怪地问：“日本人为什么抓你？”佟丽华在旁小声地问：“我刚刚听到那些日本人说……日本亲王被刺杀了？”

“你跑去刺杀日本亲王？”哈岚一惊。

“是我。”马俊杰大口吃面，也不避讳。

佟丽华有些担心，道：“马先生，不是我怕，你不能在这儿久留，吃完赶快走，日本人还会来的！”马俊杰微微一笑：“我知道……可惜我没有打中他。”

哈岚满脸惊愕的表情：“那你为什么要刺杀亲王？”马俊杰正色地道：“除掉大和商社的靠山，这是我的任务。”

“又是任务？你……你还在为铁血救国会办事？”佟丽华震惊不已。

哈岚不以为然地道：“这事儿我早就知道了，马先生在报社只是掩护，他还有其他身份……”马俊杰尴尬地道：“对不住哈太太，一直瞒着您。”佟丽华摇头叹气：“你这也太冒险了……”马俊杰瞧了瞧佟丽华，面露难色：“哈太太，您大哥佟梓华，现在是大和商社的中方社长……”

“我们已经很久不来往了！”佟丽华脸色一沉。

“是吗？”马俊杰皱了皱眉头，欲言又止。

哈岚瞪了他一眼：“这还能有假！”马俊杰小声地道：“你们可知道，大和商社是什么组织？”哈岚没好气地道：“不就是佟梓华跟日本人做生意的公司！这个汉奸，

佟家真是……”哈王府被占，他本来就是一肚子的火气，听到马俊杰突然提起大和商社的事儿，恨不得开口大骂，一想到佟丽华也是姓佟，立即闭上嘴。

马俊杰摇了摇头：“你们想得太简单了，大和商社其实是筹划华北自治的总指挥部！你们可知道，大和商社背后真正的主使是谁？”

佟丽华不愿意听到佟梓华的事儿：“我不知道，我也不想知道……”哈岚沉着脸道：“佟梓华就是个跑腿的，除了草弥他们，还能有谁啊？”

“是您的岳父，佟侯爷！”马俊杰面色冷峻。

“啊？怎么会是……”哈岚大惊失色，扭头望了望佟丽华，见她也是满脸惊恐的表情，后面的话就咽了回去。

马俊杰忿忿不平地道：“日本人一直在拉拢溥仪，身在东京的佟侯爷，就是帮助溥仪与日本天皇联系的中间人……佟侯爷跟溥仪勾结，这两个人都是不折不扣的汉奸！”佟丽华咬了咬嘴唇，道：“他们的任何事情，都与我无关，我先下去了……”

她转身要走，马俊杰急忙起身，慎重地道：“哈太太！我说的话或许不中听，可我说的都是事实！这是民族大义、大是大非的问题，我希望您有心理准备……”

“马先生，我父亲与我哥哥的事情我劝不动，我也管不了，我只能洁身自好，做好自己。政治上的事儿我不懂，也不想过问，我现在就想平平安安地把孩子生下来，一家几口守着这个得月楼过个清静日子，我就满足了。”

马俊杰正色地道：“真到了国破家亡的时候，恐怕谁也过不了平平安安的日子……”哈岚见气氛有些尴尬，赶紧解释：“马先生，其实丽华已经被我老丈人跟我大舅子伤透了心，您别介意。”

夜深人静，小小酒馆已经关门。

微弱的灯罩上蒙着几张报纸，阁楼的小桌前，马俊杰正与酒馆的朱掌柜坐在一起喝酒。朱掌柜穿着一件粗布的蓝衫，颌下的胡须已有少许花白，似乎年长他几岁，眼神却是清澈明亮。

马俊杰起身去斟酒，却被朱掌柜拦住：“别喝了，喝闷酒不好。”

“失手了！岛田为那个亲王挡了一枪。”马俊杰仍然有些沮丧。

朱掌柜微笑摇头：“这是常事，你用不着过于自责。”马俊杰叹气道：“如果他们没有发现我，肯定有机会开第二枪的。”

“算他命大，这也算是对他们的一次警告吧！”

马俊杰点点头，沉吟道：“他逃不掉的。等他去天津去北平站上火车时，我会混进站台找机会下手。”朱掌柜脸色一变，劝道：“不行，有了这次教训，他们戒备森严，你根本没机会下手。”马俊杰不服气地道：“戒备再严也不可能没有漏洞，我就不信了！”朱掌柜忽然起身，走到阁楼的小窗前，望了一眼街边沉寂的夜色，缓缓地道：“你信不信，你不但杀不了亲王，反而会赔上自己的性命。”

“赔上就赔上，我一定要干掉他！”

朱掌柜转过身来，正色地道：“你这是蛮干！”马俊杰一跺脚，急道：“老朱！没完成任务，我不甘心呐！”朱掌柜决然道：“为了长远大计，你现在必须离开北平！”马俊杰一怔：“为什么？”朱掌柜走到桌前，慎重地道：“我已经接到上头的命令，上海、广州，有更重要的任务等你。”

“不行，杀了那个亲王我再走。”马俊杰摇了摇头。

朱掌柜表情严肃，压低声音呵斥道：“这是命令！”马俊杰傲然道：“将在外，君命有所不受！”

“马俊杰！”朱掌柜怒了，用犀利的眼神逼视着他，“你如果一意孤行，将被清除出我们的组织，从此以后，我们不再是战友！你现在就得走，不能坐火车了，外面的形势已经很危险……去军用机场，那里有人和你接头。”

马俊杰低头不语，缓缓吐出一口气，喃喃地道：“我……服从组织决定。”

得月楼门外。

两辆日本军用卡车停在大门口，得月楼大门紧闭，一片漆黑。

前面的车上跳下了山本和七八个黑衣人，而第二辆车上跳下的却是汪四海和数名警察。汪四海指了指后院：“你们几个，跟我绕到后门去！”警察立即往后院跑去，山本带着黑衣人开始猛砸得月楼的大门。

后厨伙计的房间里，正在睡觉的丁宝与虎子被砸门声惊醒，猛然坐起喊道：“谁呀这是？半夜三更的！”身边还有一名伙计迷迷糊糊地起来，皱着眉道：“这声儿不对呀，是土匪砸明火吧？”

“说不定是掌柜的有什么急事儿吧……”三人来不及穿衣服，穿着裤衩就跑了出去。

大堂的门被砸得哐哐响，丁宝忙上前开门，山本等人立即持枪闯入。

“嘿嘿！干什么的？半夜三更的，你们……”丁宝与虎子三人还没有反应过来，已经被黑衣人制服在地上。山本立即挥挥手，让黑衣人们展开搜查，那边汪四海带着警察冲入得月楼的厨房，也开始四处搜寻，均是一无所获。

整个得月楼翻了个遍，鬼影子都没有找到一个，山本杀气腾腾地坐到桌前，黑衣人将丁宝三人押了过来。此时，汪四海带着警察也都围上来，瞧了瞧跪在地上的丁宝，问：“人呢？”丁宝警惕地望着汪四海：“什么人？就我们仨，全在这儿了。”汪四海翻了个白眼：“废话！问你刺客呢！”

“刺客？什么刺客？”丁宝开始装糊涂。

第五十二章 软硬兼施

汪四海没好气地道："听不懂啊？别找不自在，说的是刺杀亲王的刺客！"

丁宝摇了摇头，为难地道："我肯定不是了！您认识的，您看看他们两个是不是？"他突然指了指虎子和另外一名伙计，气得汪四海抬脚作势要踢他："信不信我抽你？马俊杰！"丁宝装出恍然大悟的样子，道："噢——我知道了，您说的就是那个记者吧？"

"在哪儿？"汪四海追问。

"汪局长，这不对啊！听说他因为个什么事儿进了大牢，后来再没见过他了，他怎么会是刺客呢？"丁宝一副难以置信的表情，惊恐地瞅了山本一眼。

山本坐在桌前冷冷地盯着他，一句也不吭。

汪四海正色地道："岛田先生已经中了他一枪，山本太君也亲眼看见他逃进了得月楼，你跟我老实说！"

"我怎么没看见？"丁宝转头问身边的伙计，"你们俩看见了吗？"

虎子连连摇头："没有没有！没看见！"汪四海皱了皱眉，又问："今天下午有没有生人进来过？"一旁的伙计苦着脸道："吃饭的客人生人多了去了，谁知道哪个是马什么玩意儿呀！"丁宝叹气道："我真没见着！我要是看见了就把他抓起来了。"

汪四海冷笑道："装！继续装！我可不愿意动粗，你不说是不是？你们把他藏哪儿了赶紧说出来！"丁宝苦笑道："汪局长，您不能强人所难啊！我要是知道能不说吗？咱们什么交情啊，汪局长的事儿就是我的事儿，只要汪局长一句话，我就得翻着跟头打着把式也得给您效力，绝不含糊！"

“混账东西！你个唱丑儿的就会满嘴跑舌头！那就别怪我了！打！”汪四海怒气冲天，三名便衣警员操起警棍，狠狠地暴打丁宝三人，“说！把人藏哪儿了？”

丁宝与虎子咬着牙，抱着头闷哼数声，就是不开口。身旁的另一名伙计受不了了，疼得在地上连滚带爬地大叫：“哎呀！别打了，我说我说……”

“你说！”汪四海一举手，警察停止殴打。

“今儿后半晌……今儿后……半晌……”伙计吞吞吐吐的，话也说不清楚。

丁宝惊恐地望着伙计，叫道：“六子，你他妈知道什么呀？！”一警棍立马打在他背上，丁宝疼得弯下了腰。那伙计战战兢兢地道：“后半晌，确实有个生人跑进了厨房……”汪四海瞪着眼睛问：“是马俊杰吗？”伙计怨声载道：“冤枉啊……我哪儿认识呀，他系上围裙就干活儿。”

“他妈的！你眼瞎啊？那是新雇来的伙计！”丁宝大声叫骂，背上又挨了一棍。

“他，他看见了！”伙计指了指山本，“那人弄翻了笸箩，还叫解厨子暴打了一顿。”

山本一听，猛地站起身来，咬牙切齿地道：“骗了我！”

汪四海继续问：“后来呢？”伙计摇头：“真不知道，跟着丁宝出去了。”汪四海怒道：“死丁宝，你还装呢？”丁宝却是一口咬定：“用不着装，那是新雇来的伙计，干活太笨，叫掌柜的开除了。”汪四海怔住：“开除了？有这么巧吗？他上哪儿了？”

不等丁宝回话，山本忽然一挥手，转身往门外走去：“找掌柜的！”

汪四海点了点头，示意身后的警察跟上，一旁的黑衣人气急败坏的在丁宝腿上踢了一脚。

得月楼门外的卡车呼啸而去，大堂上一片死寂。丁宝揉了揉腿，站起身来狠狠地怒视着伙计，一步步逼上前：“你个怂蛋包！”伙计吓得直往后退，哀求道：“大哥，大哥……我不说就没命了……”

“今儿我就是掌柜的，开除了你！滚！”丁宝一声怒吼，突然跃起，伸腿就踹出一脚，伙计砰然倒地，哗啦啦撞翻桌前几张椅子，哀号连连。

解家门外，灯火通明，一群黑衣人气势汹汹地冲进院子，两名警员上前用力猛踹大门，破门而入。

屋里四人惊醒，披着睡衣跑出来，只见山本气定神闲地坐在椅子上，身后站着一个满头大汗的汪四海。

哈岚惊恐万状地望着这群不速之客，顿时脑子里一片空白。

“你们几个，把马俊杰藏哪儿了？”汪四海甩头让几名警员进里屋搜查，指着哈岚质问。

哈岚缓了缓呼吸，大声叫道：“什么跟什么呀？哪儿来的马俊杰？”汪四海冷笑道：“我们刚从得月楼过来，你的伙计全都招了。”佟丽华横眉冷对，厉声道：“招什么了？他们知道什么？你们不要无中生有！”

“解一半！”汪四海用手指头指着他，“你演的好戏呀，把山本太君都给骗了。”

解一半摸了摸脑袋，迷惑地道：“干什么？演戏？那你得找娄晓月，那是京城的角儿，我就是个厨子……”汪四海没好气地道：“我没工夫跟你废话，你把人藏哪儿了？”佟丽华叉着腰，上前拦在解一半身前：“这事儿跟解厨子没关系，我是掌柜的，有话跟我说！”

汪四海瞥了一眼佟丽华的肚子，道：“有担当！您的本事我领教过了，今儿可没记者，说吧，人是你带走的，藏哪儿了？”哈岚冲上前一步，拦在佟丽华的前面：“我是掌柜的，有话跟我说！”汪四海骂道：“你就是佟丽华的跟屁虫儿，你掌柜？得月楼早倒闭十回了。”

“汪四海，你个汉……你别血口喷人啊！得月楼你搜过了，我们家你刚刚也全搜过了，你搜到什么了？赶紧给我滚！”解一半本想大骂他一声“汉奸”，瞧见院子外面站着一群黑衣人，只能死命忍住。

山本淡定地坐着，冷眼旁观，现在有汪四海在前面做事，他也犯不着出面。

佟丽华见这样僵持下去也不是办法，灵机一动，突然皱了皱眉，道：“我知道你说的是怎么回事儿了，那个人根本不是什么马俊杰，是我新雇的伙计。”

“从哪儿雇的伙计？”

“别人介绍的，一个常来得月楼吃饭的老主顾。”

汪四海眼珠子一转，追问道：“姓什么？叫什么？住在哪儿？”

“汪四海！你不要赶尽杀绝！哎哟……”佟丽华突然捂住肚子，痛苦地弯下了腰，哈岚慌忙扶她坐下：“丽华，你没事吧……求求你们别再逼她了行吗？她怀孕九个多月了！”

此时，翠儿坐在炕上，轻轻拍着解冬青，哄女儿睡觉，一个警员手里握着枪，靠在门边上监视着。翠儿瞪了他一眼：“我哄孩子睡觉，你站那儿看什么？出去！”警员并不搭理，无精打采地望着门口。

解冬青突然哭了起来，翠儿忙抱着哄："不哭不哭，冬青不哭，不哭……你！出去出去，我要喂奶了！"警察斜了她一眼，没好气地道："喂吧，谁拦着你了！"

"出去出去！臭流氓！"翠儿气急，猛地上去踹了警察一脚。

警员大怒，举枪就对着翠儿，孩子哭得更厉害了。

解一半听见里屋的哭闹声，立马往屋子里冲进去："翠儿！"过道上两个便衣警察拦住他，怒不可遏的解一半就像疯了似的，一拳一个将他们打倒在地，冲到门口一把揪住那警员，连推带搡地拉到门外，直接就扔了出去。

警员四脚朝天，一屁股坐在地上，另一名警员急忙过来扶："怎么了这是？"警员气呼呼地道："那娘儿们喂奶，非叫我出来。"

"活该！人家喂奶，你起什么哄！"

解一半进屋关上了门，安慰道："没事儿吧，翠儿。"翠儿忧心忡忡地道："没事儿，孩子饿了……那边儿怎么样了？"解一半沉着脸："还较着劲呢。"

客厅，佟丽华有气无力地坐在椅子上，哈岚扶住她身子，端着水给她喝。汪四海有些不耐烦了："说吧，要不然你们全家大小都会惹上麻烦。"哈岚叹气道："汪局长，你就行行好，我们全家大小都感谢你。"

"哈岚，别求他，我说。"佟丽华生气地道。

汪四海面露微笑："这就对了嘛。"佟丽华缓了缓呼吸，道："他住大蒋家胡同七十一号，名字叫鲁齐。"哈岚一怔，嘴角露出一丝狡黠的笑意，故意焦急地道："哎呀，鲁先生可是大好人啊，他根本不认识马俊杰！"汪四海歪了歪脑袋，半信半疑地道："哈太太会不会又在耍我玩儿？"佟丽华有气无力地趴到桌子上，正色地道："是他给我介绍的伙计，假如不对，我全家大小情愿连坐！"

"那好，请哈太太带路。"汪四海对佟丽华的话仍然不确信。

哈岚怒道："你这不是强人所难吗？她这个样子怎么去，我去！"汪四海上前推了推佟丽华，道："你带路！哈岚这个无赖我更信不过！"哈岚忍无可忍，大吼一声："你给我住手！汪四海！你敢动我老婆！我日你个亲娘祖奶奶！我豁了你！"

他突然冲上去，揪住汪四海的衣领子，拳头呼呼就往他头上招呼，汪四海毫无防备，踉跄后退，竟撞在山本身上。山本厉声大叫："好啦！"汪四海惊恐地跳到一边，心有余悸地望着哈岚。

"大蒋家！"山本咬了咬牙，转身快步走出大门，汪四海等人连忙跟了出去。

佟丽华艰难地起身，身子摇摇欲坠，哈岚上前抱住："丽华，你没事吧？"解一半与翠儿也冲了出来，翠儿急忙扶住佟丽华："少奶奶……赶紧躺屋里去。"

解一半瞧了瞧门外，早已人迹全无，诧异地道："怎么都走了？"

哈岚嘿嘿一笑："小日本抓人去了，这回有乐子看了……"

东四牌楼东的街道上，车水马龙，大和商社的办公客厅内，草弥与绑着绷带吊着胳膊的岛田敏三，围坐在榻榻米的茶桌前，佟梓华正在给二人倒茶。

山本一脸沮丧地站在二人身边，低着头道："草弥先生，那位鲁齐竟然是国会的议员，常去得月楼吃饭，也确实介绍过一位厨师。根本不是什么马俊杰，叫麻常生！"

"这次又上当了！为这事儿，国民政府还照会日本领事馆，说不该无礼骚扰国会议员，叫我们赔礼道歉。"佟梓华摇头叹息。

岛田敏三脸色阴沉，恨恨地道："太耻辱了！我们像只陀螺一样被他们抽得转来转去，还要忍气吞声！草弥先生，请容许我把他们统统抓起来，杀一批，关一批，施以重刑，没有什么办不到的事！"

草弥喝了一口茶，缓缓地道："岛田君，我知道你心中一直难消怨恨，已经两次负伤，而这次负伤你是立了功的，亲王殿下要重重地嘉奖你。"岛田敏三大声道："我不要嘉奖。"草弥皱眉问："那你要什么？"岛田敏三握紧拳头，咬牙切齿地道："我要生杀大权！支那人全是猪猡！"

佟梓华闻听此言，脸上露出不悦的表情。

草弥脸色一沉，摇头劝道："不不，你杀气太重是完全不合时宜的，你要学会交中国朋友。"佟梓华赶紧接了一句："是啊！岛田君不可一概而论。"草弥微微一笑，道："佟先生就为我们做了很多事，知道今天为什么请你来吗？"佟梓华诧异地道："不太清楚。刺客的事，我一无所知。"

"别忘了，你曾经和马俊杰关在同一个牢房。"

佟梓华苦笑道："可那是个误会，我被哈岚陷害了！哎，哈岚与马俊杰是一丘之貉，他不但害我入狱，还夺了我的得月楼！"草弥淡淡地道："不光是哈岚吧？你的妹妹一直是背后的指使者……"

"是的，这次马俊杰能够逃跑，完全是佟丽华设的圈套！"山本在旁突然接话。

佟梓华抬头瞥了山本一眼，道："我和我的妹妹早已经断绝关系了。"草弥皱眉道："你这是非常愚蠢的做法！"佟梓华尴尬地道："她对我一点儿兄妹之情都没有，难道我还上赶着去巴结她吗？”草弥有些不高兴了：“你必须向她主动示好，你的父亲在信里没有跟你说过吗？”

“每封信都要说到，可我做不到……”

“你必须做到！再这样下去，令妹很可能会成为我们最危险的敌人！”

佟梓华吃了一惊：“草弥先生言过了吧？”草弥正色地道：“我的话你慢慢会领会到的，你认为密疏之事最大的障碍是谁？”佟梓华不假思索地道：“当然是哈岚。”草弥摇了摇头：“不，是令妹佟丽华。”佟梓华低头沉思，似有所悟：“可是……她油盐不进、软硬不吃，我确实是想不出办法……”

草弥目光闪动，意味深长地道：“那就加油增盐，软硬兼施！常言说，功到自然成，佟先生功夫不到家啊！”

解家院子的门口停了一辆黑头轿车，草弥穿着西服，手里提着大包小包好多礼物，走进院子，四下张望：“请问，有人在家吗？”

“谁呀？”翠儿背着解东青，手里捏着棵白菜从厨房走出来。

“翠儿女士，是我。”草弥很有礼貌地鞠躬行礼。

翠儿惊慌失措地盯着草弥，失声叫道：“你？你？你不是那什么草……草什么东西？”草弥微微一笑：“草弥，打扰了。”解一半闻声出门，手里还握着一把菜刀，一下子也愣住了：“草弥？这是哪阵风把您吹来了？怎么想起跑我们这穷地方来了？”

“冒昧打扰，失礼得很。这里一点薄礼，请二位收下。”草弥举起左手的包裹，两块衣料，还有一些从日本带回来的土特产。

“这是怎么话儿说的，这可不行……”翠儿一下子就懵了，嘴里说着话，手上却把白菜扔了，稀里糊涂地接过礼物。

解一半忙上前拦住她：“哎哎，没这个道理，这礼可不能收，翠儿，咱不能收。”

翠儿瞪着眼打量着草弥，还是没缓过神儿。草弥笑道：“您是嫌礼太轻了吧？常言道礼轻情意重！”解一半连连摆手：“不是不是，您这么客气，让我一时找不着北。”草弥笑了笑，话锋一转：“请问哈岚先生在家吗？”

“爷不在，少奶奶在。”

“我能见见佟丽华女士吗？”

“当然当然！她在屋里躺着呢，她现在肚子月份大了，身子当然有点儿沉重了嘛……”翠儿搓了搓手，赶紧引着草弥往哈岚的屋里走去。

佟丽华见草弥拎着几样礼物进来，有些意外，挣扎着坐起身来，靠在床头上：“草弥先生，对不起了，不能起来陪你。”

“不用起来，跟我还客气吗？”草弥将一堆礼物放在桌上，搬了一张椅子坐在床边，“身体还好吧？”

佟丽华点头示意：“还好，就是不想吃东西。”草弥笑道：“我带了玉子烧，你要不要吃一点？”佟丽华摇头道：“甜的就更不想吃了。”草弥满腹心思地道：“你知道我现在想吃什么吗？”佟丽华疑惑地问：“吃什么？”

“天津的嘎巴菜。我知道您以前不爱吃，但是到了樱花公馆之后，您时常跟我提起。”

二人相视而笑，佟丽华眨了眨眼睛，道：“你今天来不光是为了怀念嘎巴菜吧？有事吗？”草弥关切地道：“没有！就是来看看您，这里的条件太简陋了，我们有一家疗养院，里面有很先进的医疗设备，一流的医生，您在那里生孩子，会受到最好的医护。”

“谢谢了，中国女人生孩子哪有那么多讲究，家里就很好，心里踏实。”

“女人生孩子是件大事，有什么需要我帮忙的，尽管提出来。”

此时，解一半正在厨房里抱怨：“我说你怎么那么不懂事，你的手贱呐？！”翠儿也觉得奇怪：“哎？我到现在也没闹明白，我怎么就稀里糊涂地把礼接过来了……”解一半皱了皱眉：“草弥是吃错药了，给咱们送礼？”

“说的是呀，我给他送回去。”

“马前泼水，收不回来了。”解一半没好气地道。

翠儿不以为然地道：“我看草弥那人还行，挺和气的，跟别的日本人不太一样！”解一半冷笑道：“我看是笑面虎，防不胜防。还不如那些端着枪的小日本呢，一眼就能知道不是好人！”翠儿若有所思地道：“你没看见他还给少奶奶也带了好多礼？你说少奶奶收不收？”

“扬手不打笑脸人，收还是得收吧！”

翠儿点了点头，道：“那我收了礼就没什么错！管他呢，不收白不收，收了礼该踹他两脚的时候，我照踹不就结了！”

里屋内，草弥与佟丽华交谈了片刻，满心歉意地道：“其实我今天来，还有一件很重要的事，就是向您和哈岚赔礼道歉！山本居然半夜三更带人来府上骚扰，实在是罪不可赦！”

“马俊杰抓到了吗？”佟丽华不露声色。

草弥苦笑着道：“完全是一出闹剧，不提了。”

佟丽华好奇地道：“那亲王应该没事了吧？”草弥颔首道：“亲王很好，已经在天津与宣统皇帝握手言欢了。他临行前一再嘱咐我，要把您照顾好，我真的是不敢怠慢呀！”佟丽华故意装作很关心亲王的样子：“亲王是个很懂得主持正义的人，没有他做主，我也夺不回得月楼……幸好这次他安然无恙。”

“亲王还特别叮咛，希望您到大和商社担任总管，这也是您阿玛的意思。”

佟丽华愕然，摇头道：“不可能，我有得月楼要打理呀！”

“得月楼交给哈岚好了。”

“你知道的，哈岚就是个少爷坯子，吃喝玩乐很在行，干起正经事儿他就是麻绳拴豆腐，提不起来了。”佟丽华莞尔一笑。

草弥正色地道：“您不用急于表态，我等，您会看到形势的，亲王殿下去天津是负有使命的，我敢说，不出三年，中国就会发生天翻地覆的变化。”

佟丽华心里一惊，想起马俊杰说起大和商社的内幕，隐隐感到一丝不安，皱眉问道：“什么变化？”草弥神情肃然：“中日合作是必然的趋势，您应该把眼光放远些。”佟丽华淡淡地道：“大和商社有岛田和佟梓华管理，不是很好吗？”

“他们两个很不称职，只能做个副职。”

“我觉得他们两个，跟我有些过不去呢……”

草弥眼珠子转了转，笑道：“那恐怕是由于密疏的事吧。”佟丽华轻叹了一声，道：“这件事儿搞得我家破人亡，至今还寄人篱下，无家可归……我有预感，这件事早晚会要了我的命。”草弥趁热打铁，劝道：“何苦啊！密疏已经是你们家一切祸害的根源，你留着这祸害干什么呢？”佟丽华摇头苦笑：“本想交给皇上就完事儿了，没想到阴错阳差祸事连连，老天捉弄人啊！”

“你们想把密疏交给皇帝，本身就很荒唐！皇帝逊位以后，偷盗了多少宫中的东西？到了天津也完全靠着盗卖偷盗的宝贝，维持他已崩溃了的小王朝，他本人就是盗宝的罪魁祸首，居然还要把密疏交给他？这简直是荒唐至极！”草弥越说越气愤，脸上露出愤慨的表情。

佟丽华似乎心有所动，焦虑地道：“你说的不无道理……可密疏是皇家的宝典，不交给皇上还能交给谁？”

“您不要忘记了孙殿英的教训！溥仪为了小朝廷的利益，什么事都做得出来，密疏一旦落入这些军阀盗贼的手里，会是什么后果呢？”

“我是真的没有主意了，我交给谁不都是这个结果吗？”

草弥神情一震，义正辞严地道：“这种宝贝只能交给收藏家作为文物来保管，才能保障皇陵不被偷盗，祖坟不被破坏！作为文物收藏，它也是价值连城啊！”佟丽华点了点头，表示同意草弥的说辞，沉吟道：“很有道理……但是，必须找个有良心的、有担当的、对祖先忠心敬畏的人才行。”

草弥见佟丽华同意他的看法，面有喜色，正色地道：“丽华，有很多这样的收藏家找过我，愿出高价购买，其中不乏一两位真正的仁义之士，是完全可以信赖的。可我始终不愿意介入这件事，我不想被人误解，被人非议！既然事情闹到了这种地步，我非常愿意帮助你。”

“你？怎么帮助我？”

“密疏的价值可以使你和哈岚重整家业，彻底摆脱当前的生活困境，还可以重建哈王府，更重要的是，你们再也不用过担惊受怕的日子了。”

佟丽华突然做出了欣喜的样子：“你说的是真的？”草弥一怔：“我会骗你吗？”佟丽华咬着嘴唇：“这件事我要和哈岚商量，你知道，他这个人很固执的……”

“你可骗不了我，哈岚虽然固执，可是他一切全听你的。”

佟丽华摇了摇头，脸上一副无可奈何的表情：“这你还真说错了，我不过是表面上虚张声势而已，真正到了关键决策的时候，我们家一定是哈岚说了算。”

“不对吧？我看哈岚很怕你呢！”

“错了错了！我骨子里很怕他呢！”佟丽华眉角轻扬，笑容满面。

解一半与翠儿在厨房忙着做饭，翠儿又有点担忧：“我说，咱们要留这日本人在这儿吃饭吗？”

“人家送了这么多礼，这又赶上饭点儿了，总不能把他轰出去吧！”

翠儿翻了个白眼：“我听说日本人都喜欢吃生的，什么生鱼、生蚝、生菜、生肉？干脆把这生肉切巴切巴给他端上去就行了，做什么做！”解一半一愣：“你没见厨艺大赛的时候，那亲王吃我做的菜，差点儿没把下巴颏吃掉了。”翠儿愁眉苦脸地道：“别吃顺了嘴儿，天天跑咱们家来蹭饭吃……”

“那倒不会，我琢磨着，草弥这小子来找少奶奶一定有事，可不是为了吃饭。”

“少奶奶是中了邪了吧？闲着没事交个日本朋友干什么！”

解一半笑了笑，道：“这就就不懂了，兴许就有用得着的时候。前几年哈岚入狱，不还是他救出来的么。”翠儿不悦地道：“可佟梓华干的那些坏事，听说都是这个草弥出的坏主意。”

“这个少奶奶应该心中有数的吧。”

“行啦行啦，做俩菜就行啦，他送那点儿礼，还不够这一红烧肉钱呢。”

“得，去告诉他们开饭了！”

翠儿刚要走出厨房，却突然看见哈岚一头撞了进来，手里提着一草篮子的蔬菜和鱼肉，胳膊上还夹着一瓶酒：“哈哈！看我带回什么了，得月楼开张半年，生意兴隆，今儿咱们得好好庆祝庆祝！”翠儿一拍脑门，笑道：“哟！把这茬忘了！”哈岚转过身，一眼看见了桌上的一堆礼物，奇怪地问：“这是什么？像是谁送的礼？有客人来了？”解一半在厨房接了一句：“还是位稀客呢！”

“谁呀？”哈岚一头雾水。

翠儿俯耳过来，低声地道：“草弥。”哈岚猛地一惊：“草弥？他怎么来了？”解一半指了指里屋，道：“我也纳闷儿呢，这功夫正跟少奶奶那儿聊天。”

“这是他送的礼？”

“这还是专门儿送我们俩的，还专门儿有送少奶奶的。”翠儿开心地笑了笑。

哈岚急道：“这礼你们也收？送你们俩炸弹你们是不是也抱着？”解一半摸了摸脑袋，道：“我们俩也嘀咕着呢，留不留他吃饭呀？”

“还吃饭？！我给他吃俩猴栗子！”哈岚挽着衣袖，举起了拳头，“他什么时候来的？”

“有一会儿了，一直跟少奶奶屋里聊天呢。”

哈岚勃然大怒：“这小子一直跟我媳妇黏黏糊糊的，我非踹出他的牛黄狗宝不可！”解一半见哈岚怒气冲冲地往里屋冲去，顿时大叫起来：“坏喽坏喽，这回可真要崩登仓了！”

此时，草弥起身倒了一杯水递给佟丽华。

“你是客人，反倒叫你给我倒水。”佟丽华有些不好意思。

“应该的，你现在才是需要照顾的人。”

哈岚冲进屋里，正好看见佟丽华与草弥手递手的在接水杯，倒吸了一口冷气，身子僵住不动了。草弥回头一看，笑道：“哈岚先生你回来了，坐坐。”哈岚气急败坏地道："还……还坐坐？我坐不坐关你屁事，感觉好像你是这家的主人！"

佟丽华眼珠子一转，突然厉声地道："哈岚！怎么可以这样子说话！"

哈岚火冒三丈，大吼道："我这样说话已经是非常非常地客气了！我现在客客气气地请您滚！慢滚！不送！"佟丽华似乎是忍无可忍："哈岚！你还像个大家出来的贝勒爷吗？简真是个街头无赖！"草弥有些尴尬，急道："二位不要吵了，我是来看望佟格格的，这里的条件太简陋，我希望她能去我们的疗养院，会照顾得更好一点。"

"疗养院？那何必呢，干脆搬你家去吧，你照顾得更好！"哈岚冷笑。

"你，你！简直是不可理喻！哈岚，我两次把你从大牢里救出，帮你把得月楼夺回，一再主张哈王府的地要有你的股份，一再请你们主管大和商社，又和你的阿玛额娘亲如一家，他们在日本礼遇极高，我哪件事情对不住你？！你如此无礼，连基本的礼仪都不顾，太叫我伤心了。不是看在佟格格的面上，我早就……"

草弥恼羞成怒，情绪有些暴躁。

哈岚根本不吃他这一套，怒道："你早就怎么样？要我的命？你那点儿小心眼儿别跟我耍花样！你说你是商人，做生意的，买卖人有句俗话：无利不起早！你怎么想的你自己心里明白，别跟我这儿揣着明白说糊涂的！滚！"

佟丽华大叫："哈岚！你太过分了！"

解一半与翠儿闻声跑进来，面面相觑："这是出了什么事儿了？我说什么来着，崩登仓！"

佟丽华挣扎着坐起来，似乎是想下地儿与哈岚理论："哈岚，你用不着这样，讲点道理行不行？草弥先生，我们出去，找个地方聊，不用……"她突然头晕目眩，身子晃了晃，草弥慌忙上前扶住："别动，千万别动，躺下，快躺下。"

"住手！不许你碰我老婆！"哈岚冲上前去使劲拉开草弥，解一半和翠儿不知所措地望着哈岚，上前扶住佟丽华躺回床上。

草弥意识到不妥，瞧见哈岚凶神恶煞的表情，急忙后退数步："对不起，对不起……我还是告辞了，请照顾好佟格格，告辞了……"他转身狼狈不堪地走出去，翠儿大叫着将他送出门："草弥先生，我送送你！"哈岚一眼看见了桌上的礼物，一把抱住往门外追去："把你这些破玩意儿都拿走！脏了我的屋子！"

站在门口的翠儿猛然醒悟："哎呀，咱那儿还有呢！"

草弥急急忙忙跑出院子，赶紧上了停在门口的汽车，绝尘而去。哈岚一路追到大街上，狠狠地将手中礼物向汽车抛去。翠儿与解一半也一起追出门，将手中的礼物全部抛在街道上，地上散落一大堆的礼盒，琳琅满目，几个过路的行人惊讶地驻足观望。

翠儿叹气道："得！挺好的东西，全都白瞎了！"哈岚歪了歪脑袋，笑道："甭心疼，这都是小日本的东西，不稀罕！用不了一会儿，有人会捡走的。走走，回家！"

回到屋里，佟丽华在床上已笑弯了腰："哎呀，不行了！笑得我肚子疼……肚子疼……"

"爷呀，你可真行！我也快笑死了！"翠儿笑得直拍大腿。

解一半乐得满地乱转："这他妈的……真的妈的哎……"哈岚却是憋住笑，满脸严肃："孔子曰，'惦记别人妻子者，必骂而驱之，不收其礼也'！"佟丽华都喘不上气了："孔子？孔子……啊，他什么时候……说过这话呀……哎呀我的妈呀……"

"这下可把他得罪苦了，今后真得防着点儿。"解一半摇着脑袋。

佟丽华脸颊绯红："哈岚，你今儿太棒了！我正不知道怎么对付他呢，你就回来了！"哈岚哼了一声，得意地道："这小子就是没安好心，能瞒过我的眼睛吗！"佟丽华无奈地道："这小子太坏了，句句说的都是软话，可哪句软话里头都带着刀子！"翠儿咯咯笑道："他不就是惦记着密疏嘛，连我和解一半都不知道藏哪儿了，让他找去吧！"

"不光是密疏的事儿，也不知过几年，中国会变成什么样儿，草弥的话不是没有道理。"佟丽华突然幽幽轻叹一声，若有所思。

哈岚望了一眼院子外面的街景，喃喃地道："咱把孩子拉扯大了，平平安安的比什么都好……谁又能知道三年、五年之后，究竟会变成什么样儿呢……"

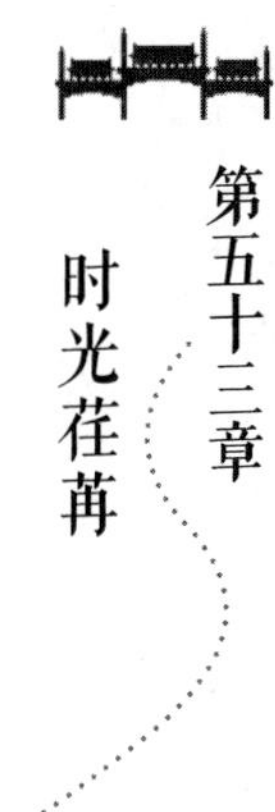

第五十三章 时光荏苒

解家大院。

翠儿正急急忙忙地奔出来，一溜小跑去小胡同栗家门外敲门："栗婆子，栗婆子！快去看看，我们家少奶奶要生了！"

窗外凉风习习，天空飘着云朵，屋子里传出婴儿的哭声。

"爷！是个大胖小子！"翠儿欢呼雀跃。

佟丽华斜倚床头，凝望着呀呀啼哭的孩子，眼角含着眼花："哈岚，给儿子起个名儿吧。"哈岚抱着小襁褓，兴奋地道："儿子真像我！爱死了！叫哈一南，就叫哈一南吧……"

"哈一南。"佟丽华轻轻一笑。

翠儿上前接过孩子，开心得不得了："哈一南，哈一南……这名字喊得顺口！"

一时之间，屋子里喜笑颜开，哈岚又蹦又跳，张开手臂抱住了解一半要去亲上一口。解一半吓得满屋子乱跑，大叫道："爷？您别爱我！您别追我！"

春回大地，万物复苏。

1935年，七年后的北平。

"九一八事变"之后，东北全境沦陷，在这个战火纷飞的年代，北平城的居民似乎依然能怡然自乐。而对于哈岚一家人来说，平平安安地过来了，不管是三年还是五年，容颜没有太多的改变，东四牌楼东的老街也并没有什么变化，只是街边的商铺已没有往常热闹了。

普智小学的门口，一群小学生正欢快地往前奔跑，七岁的哈一南穿着校服，背着书包跑在最前面。哈一南的身后，跟着十岁的哈津平与八岁的解冬青。翠儿站在校门对面的街上招手："哈一南！哈一南！"

三个孩子拼命地挥手，哈一南第一个扑到翠儿的怀里，朝着哈津平挥舞小手，咯咯大笑。

不远处，莲嫂提着个小包袱，身边跟着七岁的汪佳佳，她看见路边的哈津平拉着翠儿的手走过来，高兴地迎上去打招呼："大少爷！放学了呀！" 汪佳佳梳着两根小辫子，笑嘻嘻地问候："津平哥哥！"哈津平斜了她一眼，没好气地道："谁是你哥！"

翠儿警觉地将俩孩子往自己身后拉了一下，皱眉道："您又来了？"

"我们太太交代，一定要把这包衣服交给大少爷。"莲嫂说着话，将包袱往哈津平手里塞，"少爷，这是你亲妈亲手给你做的……"

哈津平绷着脸，扭着身子躲开，翠儿赶紧上前拦下："回去跟你们家太太说，她的好意我们心领了……走了走了！我们快回去了……"翠儿拉着孩子的手，往路口离开。

莲嫂摇了摇头，无奈地道："都说小鬼难缠，我现在真是见识到了！"翠儿一听，转头怒气冲冲地瞪着莲嫂："你说谁是小鬼呢？"

"翠姑姑，她说你呢！"哈津平眼珠子一转，故意挑拨。

翠儿脸色一黑，上前对着莲嫂吼道："两件破衣服又怎么样？我们做的可是得月楼的营生，买不起衣服吗？"莲嫂不甘示弱地嚷嚷："哎？你这人怎么无理取闹呢？做人厚道点，人家可是亲母子！"翠儿冷冷地道："你少当着孩子的面说这种淡话！"

"妈！津平哥跑了……"解冬青上前拉拉翠儿的衣角。

翠儿一愣，看着哈津平拔腿往街尾跑去，顿时大喊："津平！津平你回来！"她急切地拉着哈一南与解冬青追了过去。莲嫂没好气地嘀咕一声："就这种人，我才不信她能把孩子带好……"汪佳佳在旁仰着头问："莲嫂，那衣服还给不给津平哥呀？"

莲嫂有些生气，拉着汪佳佳的小手，气呼呼地往路边的黑头车走去。

大和商社的办公室。

草弥穿着黑色的和服，坐在桌前翻看手上的卷宗，深邃的眼神中闪过一丝失望，突然摇了摇头，叹气道：“你们太让我失望了……”

岛田敏三与佟梓华站在办公桌前，弓着身子，一言不发。草弥抬起头来，肃然道：“七年了，整整七年！二位的心思到底是什么？我真替你们感到脸红！”

岛田敏三沉着脸，扭头瞪着佟梓华：“说来这件事情都要怪你！就这么点破事，这么多年你还办不成……”佟梓华苦笑道：“不是没办，这么多年我始终想尽办法从丽华身上找线索，可是他们隐藏得太好了，我真查不出来密疏的下落。”

“总不会上天入地吧？！”岛田敏三提高了嗓门。

“上天那肯定不可能！可真要入地了，偌大的北平，你也不能整个儿来个挖地三尺吧？”佟梓华反驳道。

岛田敏三没好气地道：“既然哈家找不到，不会换个思路吗？你去找过汪四海吗！”佟梓华一怔：“他原先手上是有两本，早让孙殿英给弄去了……”岛田敏三厉声道：“你就这么确定他手上只有两本密疏？”

草弥摆了摆手，道：“别争论了，汪四海手上只有两本密疏，这事儿我是已经确认过的……”佟梓华松了口气，笑道：“还是草弥先生讲道理。”草弥微微一笑，道：“但是，找到副本已经是迫在眉睫的事。他们让汪四海烧了正本，肯定会小心翼翼地保护好副本……佟先生这么多年来始终查不到线索，也是情有可原，我们不要再抱任何幻想，我断定，他们会藏在一个非常诡秘、不可企及的地方。”

“是的是的，这个我也想过……”佟梓华连连点头。

“可现在形势已经不一样了，七年前我曾经说过，三年之内，中国会有变化，你看如何？九一八事变，关东军已经占了东三省，今年四月份，溥仪皇帝在东京拜谒了天皇陛下，我敢说三年之内，中国还要发生巨变！我们现在需要大量的资金，必须尽快将副本拿到手，查出金刚墙的位置……佟先生，形势逼人啊，我们的时间不多了。”

佟梓华皱了皱眉头，道：“可是，您的怀柔政策已经不能奏效了。”

草弥冷哼一声：“那就不用客气了！岛田君，佟先生，我不管你们用什么手段，一定要想方设法逼他们交出来！”佟梓华仍然有些为难：“我早说过，他们是软硬都不吃的。”岛田敏三轻蔑地道：“这你就不用管了！不管任何人，总是有弱点的，问题在于你能不能找出他的弱点！”

佟梓华满脸担忧，丽华毕竟是自己的亲妹子，人的弱点无非是金钱和威胁，万一岛田敏三做出什么出格的事儿来，后面又该如何收场？佟梓华觉得必须走在岛田的前头，事不宜迟，得再去劝劝丽华。

他知道妹子肯定不愿意见他，赶到解家小院，就开门见山将密疏的凶险之处说明，劝妹子交出密疏，换个家人平安。

佟丽华听完他的劝说，显得十分不耐烦："佟先生，您都不会厌吗？这都多少年了，您还在闹密疏这事儿……"

"丽华！这不是闹，现在这已经是生死攸关的事儿了，我能害你吗？"佟梓华有些焦虑。

佟丽华冷笑道："生死攸关？哼，我说过，就算我死，密疏你也得不到！"佟梓华叹气道："你不明白，你要是不把密疏交出来，什么事情都可能发生的。"佟丽华没好气地道："能发生什么事情？"

"你就继续跟我对着干吧！我就怕你撑不了多久！"佟梓华见劝说无效，起身走出屋子。

"佟先生慢走，我就不送了！"

佟梓华突然止步，转身怒视佟丽华："你要让我把阿玛请回来亲自问你，你才肯说？"佟丽华正色地道："阿玛回来我这儿也没有。"佟梓华一跺脚，急道："你为什么就这么顽固呢！丽华，你别怪我没警告你们，这次日本人是玩真的了，你要是再不把东西交出来，你们迟早会后悔的！"

佟丽华面不改色，道："那我谢谢你的提醒了，我会铭记在心。"佟梓华脸色苍白，望了佟丽华良久，无奈地摇摇头，离开了解家小院。

此时，翠儿带着哈津平、解冬青与哈一南走在去学校的路上，送到校门附近的街道，叮嘱道："今儿姑姑要进货，直接就往这边去酒楼，不能送你们上学了，津平，你带着弟弟妹妹去学校行吗？"哈津平神气地道："哎呀，根本用不着您接送，以后也不用！"翠儿皱了皱眉："认道儿吧？"哈津平笑道："闭着眼都走得到！"

"冬青、一南，记得要听哥哥的话。"翠儿转身再次嘱咐。

"知道啦！"二人撒腿就往学校的方向跑去。

翠儿挥手叫道："别贪玩儿，路上小心点儿！"

哈津平不耐烦地道："哎呀，还有完没完！"

普智小学门口。

数十名小学生背着书包走进学校，家长在后面挥手告别。

哈津平带着解冬青、哈一南往路口走来，却见一个穿着短褂的叔叔骑着自行车往道上过来，哈津平忙拉了一把解冬青靠边儿站，骑车人却突然拐向哈津平，啊的一声叫，哈津平已经把解冬青推开，被车把一带，人就摔了出去。

骑车人吓得连忙跳下车，自行车一扔，上前扶起哈津平：“对不起对不起，摔着哪儿了？”哈津平起身拍了拍屁股，一看胳膊，擦破了点皮，摆摆手道：“没摔着，没事儿！”骑车人有些着急：“哎呀受伤了，我带你去医院看看吧！”

“用不着，还上学呢，走！”哈津平一手一个，拉着解冬青与哈一南往前走。

“去医院看看吧，又不远，我骑车带你去。”骑车人似乎有些不放心。

哈津平眨了眨眼睛，一下子来了精神：“骑车带我？怎么带？”骑车人道：“你坐大梁上，十几分钟就到了。”哈津平歪着脑袋：“真的？”骑车人笑道：“上车！带你去！”哈津平高兴坏了，迫不及待地跨上大梁。

解冬青与哈一南大叫：“我也去！我也去！”

“去去！你们上学去，我去医院。”

不料解冬青与哈一南死拽着车不肯放手：“我也去！我也去！”骑车人无奈，瞅了瞅自行车，道：“好好好，都去都去！听我说，你们俩坐后座，你搂住我的腰，你搂住你姐的腰，千万搂住了，别掉下来，走喽！”他用力蹬车，自行车晃晃悠悠地走了起来。

自行车带着三个孩子穿行在街道上，哈津平兴奋地大叫：“骑快点儿！快点儿！”骑车人满头大汗，立即加快了速度，笑道：“好咧，骑快点儿！”

三个孩子大声欢呼。

也不知穿了几条大街小巷，骑车人气喘吁吁地蹬回普智小学的门口，不停地擦拭额前的汗水：“下车下车。”三个孩子谁也不想动。

“下车，上学去！逃学不怕你爸你妈打你们？”骑车人瞪了他们一眼。

哈津平龇牙一笑：“再骑一圈吧，不告诉他们！”骑车人板着脸：“撒谎？那可不是好孩子，上学去！想玩儿我明天再来！”哈津平皱眉道：“你要不来呢？”骑车人笑了：“叔叔能骗你们小孩子吗？”

“那你是谁呀？”解冬青嗲声嗲气地问。

“叫我彭叔叔。”

三个孩子一听，热情地嚷嚷：“彭叔叔！彭叔叔！”骑车人开心地大笑：“你叫哈津平吧？你，冬青，一南！”哈津平一怔，奇怪地问：“你怎么知道我们名字的？”

彭叔叔笑了笑，摸了摸他的头："津平，明天我教你骑车，你自己骑！"哈津平眼睛一亮："真的？可是我够不着啊。"彭叔叔指了指自行车的横杆："这你不懂了，可以掏着裆骑！"一旁的哈一南凑着脑袋问："叔叔，我行吗？"

"当然行！可有一条规矩咱们得先说好，回家不许跟你们家大人说，谁要是说了，我就不来了。"

哈津平手指头点了点弟弟妹妹："听见没有？谁也不许说！"解冬青与哈一南异口同声地道："听见了！"

傍晚放学，哈津平带着冬青、一南顺利到家，哈岚虽然惊讶，但是心里说不出的高兴，儿子总是要长大，认识回家的路不稀奇，关键是要照顾好自己的弟弟妹妹。

翠儿也觉得自豪，开心地道："长本事了，上学下学都不用接送了。"哈岚连连点头："那是，大小伙子了，比我强！我小时候净逃学，偷偷儿看戏去！"坐在桌前吃饭的佟丽华突然接了一句："去看娄晓月！"

"别斗嘴行吧，倒胃口。"翠儿过来收拾碗筷。

解一半笑了笑，问："今儿作业多吗？"哈津平摇头道："不多，在学校都做完了。"解一半扭头问女儿："冬青也做完了吗？"解冬青立即慌了，支支吾吾地道："今天，今天功课……"哈津平见势不妙，急忙抢答："做完了，今儿我帮她做完的！"佟丽华嗔道："以后不要帮她做，功课一定要自己做才行，帮来帮去的就有依赖性了。"

"冬青，听见没有，要自己做。"翠点戳了戳女儿的脑门子。

解冬青像小鸡啄米似的点头："听见了！"

东四楼牌东的老街有一块空地，彭叔叔用手扶着后座，哈津平掏着裆开始骑自行车，歪歪拧拧地往前蹬。

"俩手别使劲，轻轻扶着……"彭叔叔耐心指点。

哈津平满脸紧张，两只小手死死地抓住车把头。彭叔叔继续教："抬头，俩眼朝前看，别老看车轱辘……"哈津平奋力一瞪，彭叔叔偷偷地撒开了手，在后面跟着。解冬青与哈一南在一旁跳起来，大声叫好。

彭叔叔站在原地，看着哈津平绕圈子骑车，笑道："你看，你自己已经能骑了！停停！注意捏刹车！"哈津平有些得意，歪着身子奋力往前蹬去。

风和日丽，夏树苍翠。

哈津平的脑子里念念不忘骑车的喜悦和兴奋，中午溜回家，偷偷地将哈岚的自行车推出了门。

他看看街道四下无人，掏着裆骑上车，飞快地往路口蹬去。

这时，街口的拐角处驶来一辆汽车，哈津平慌了神，早已忘了怎么捏刹车的，直冲而上。汽车猛地刹车停住，哈津平的自行车完全失控，不偏不倚撞上汽车，连人带车滚倒在路边，顿时懵了。

四五个看热闹的人围了过来，汽车司机气急败坏地下了车，叫道："找死呀！会骑车吗你？"哈津平摸了摸脑袋，站起身来一看，车把歪了，急道："哎？你赔我车！"司机一愣，道："是你撞的我，不是我撞的你！你多大的孩子，还掏着裆骑车，我要不急刹车，你小子就没命了！"

"你撞了我，你赔我车！"哈津平快哭出来了。

"你把我车漆蹭了一块，我还没找你赔呢，你赔得起吗你！"

哈岚正与解一半二人从街口走过来，突然看到前面围观的人群："哟，前边儿出什么事儿了？"二人挤进人群一看，大吃一惊："津平，你干吗呢？"哈津平指了指司机，委屈地道："是他撞了我的车，赔车！"

"你这孩子怎么不讲理啊？明明是你撞了我，这么多人都是见证。"

围观的人群七嘴八舌地议论："我看见了，这孩子把人汽车撞了……撞了汽车还耍赖……孩子不讲理……"哈岚赶紧上去扶起自行车，皱眉道："你居然把我的车骑出来了？好大的胆子，会骑吗你！"哈津平不依不饶地道："不管，叫他赔车！"

解一半上前瞧了瞧自行车，两腿夹着前轮，用力一拧车把，正了过来，赶紧给司机道歉："车把歪了，真对不起了，司机师傅！"司机挥了挥手，没好气地道："行啦，你个小孩伢子，不来跟你计较了，我认倒霉。"

人群散开，汽车也开走了，解一半推着车往解家小院回去，哈岚跟在后面质问哈津平："我说这两天总觉着有人动过我的车，敢情是你，你会骑吗？"哈津平突然跑上去抢过车，一掏裆，骑上走了一圈。

解一半笑道："这小子还真行啊！"

哈岚皱着眉问："你什么时候学的？"哈津平得意地道："就这两天。"哈岚继续问："谁教你的？"哈津平脱口而出："彭叔叔。"哈岚有点糊涂了："哪个彭叔叔？"哈津平被问住了，他也不知道这个叔叔到底是哪的："就是那个……那个彭叔叔。"

"哎？你认识个姓彭的吗？"哈岚实在是想不出来自己认识姓彭的人，转身问解一半。

解一半摇头道:“没有,听都没听说过!我朋友里没姓彭的……”哈岚百思不得其解:“邪了门儿了，他怎么那么稀罕你，还教你学骑车？”哈津平笑道：“他还带我喝面茶，吃甑糕呢。”哈岚歪着脑袋笑了笑：“嘿，碰上熟人了，明儿你带家来，叫我认识认识这位彭叔叔……哎？你天天上学，哪儿有功夫学骑车呀？”

“那什么……天天吃完晌午饭的时候。”哈津平掩饰内心的慌张。

哈岚摇了摇头，叹气道：“刚会骑两下你就敢上街，这也忒大胆了吧？以后不许一个人骑车上街！听见没有？”

哈津平推着自行车进了小院，不耐烦地道：“哎呀，听见了听见了！”

解一半提醒哈岚：“爷，您不觉得这位彭叔叔有点儿不着调？”哈岚沉吟道：“没那么复杂吧？说到头儿也就是个热心人儿，喜欢孩子。”解一半若有所思地道：“这么个喜欢法，咱们是不是得见见这个人。”哈岚表示赞成：“行，有缘就交个朋友。”解一半点了点头：“那明儿我去学校看两眼。”

普智小学门口。

眼看就是放学时间，解一半站在大门外等着接孩子，一直等了好长的时间，陆陆续续看见两三个孩学生走出来，都不是兄妹三人。

解一半越想越不对劲，疑惑地四下张望，突然看见对面街道停着一辆黑头汽车，莲嫂拉着汪佳佳的手从学校出来，正要上车。他一个箭步赶上去，焦急地问：“请问这小女孩是汪佳佳吧？”

“是啊，你怎么认识？你是哪位？”莲嫂打量着解一半。

“我是来接津平他们三个孩子的……”

汪佳佳突然开口：“叔叔，他们三个好几天没来上学了。”解一半顿时惊愕：“好几天？”汪佳佳点头道：“三天了！老师还说要去家里看看，是不是病了。”

解一半大感意外:“没病啊？知道他们去哪儿了吗？”汪佳佳摇头:“那我不知道。”

解一半一脸迷糊地望着汽车离去，茫然无措。

此时，在西门苇子坑的小河边，哈津平、解冬青正在河里游泳，互相泼水嬉闹。彭叔叔带着哈一南坐在岸上看着，眨了眨眼睛，怂恿哈一南：“你也下去玩吧！看你哥哥姐姐玩得多开心？”

“我怕！”哈一南摇摇头。

“怕什么？不用怕！”彭叔叔话音一落，双手抱起了哈一南，突然将他往水里一扔，转身往泥土坡后面跑走。

哈津平在水里哈哈大笑：“冬青！你看一南被扔下来啦！”解冬青抬头张望一会，始终没有看见哈一南浮起来，觉得奇怪，冲着哈津平喊：“津平！一南怎么没起来？”哈津平一愣，猛地扎进水中，往哈一南落水的方向潜去。

幸好河水并不是很深，哈津平找到了弟弟溺水的位置，拖着边哭边咳嗽的哈一南往岸上走，解冬青惊慌失措地跟在他们身后上岸。

“别哭啦！吵死啦！快别哭啦……”哈津平累得气喘吁吁，不耐烦地叫。

解冬青拍着哈一南的背安慰着：“一南，没事了没事了……”

三人拖着疲惫的身子回家，一进院子就被哈岚和解一半拎进了屋。佟丽华脸色铁青地坐在桌前，一拍桌子：“说！你们今天到底去哪儿了？”

三个孩子低着头，没有一个敢说话。

翠儿戳了女儿的脑门道：“冬青！你说！你们不上学，到底跑哪儿玩去了？”解冬青毕竟胆小，嗫嚅地道：“我……我们……”哈津平理直气壮地道：“我们骑车去了！”

哈岚一怔：“骑车？你们哪来的车儿？”哈一南怯怯地道：“是彭叔叔的车。”哈岚诧异地问：“你们在哪儿认识的这个彭叔叔？怎么认识的？”哈津平嘟着嘴说：“说了你们就不会让彭叔叔带我们去玩啦！”佟丽华狠狠地瞪了他一眼，厉声道：“津平！三天不上学，还撒谎，谁教你的？”

哈津平最怕佟丽华瞪起眼睛，心儿一颤：“彭叔叔不叫说……”翠儿拽着女儿的胳膊，叹声道：“冬青，你好好说，这三天你们都干什么了，看你这一身脏得像泥猴似的。”解冬青失口道：“下午彭叔叔带我们去河边游水了，还把一南扔进河里。”

“什么？”翠儿脸色一变。

哈津平大声地笑起来：“哈哈！一南这个笨蛋，根本不会游泳，差点没淹死！”哈岚满脸怒容，斥责道：“你这熊孩子！你弟弟差点淹死，你还笑得出来？”

“怕什么！是我把他拽上来的。”哈津平歪了歪脑袋。

哈岚又气又急，突然走到堂前，从架子上取出戒尺，噼里啪啦抽打哈津平的胳膊。解一半急忙冲过来，将戒尺夺了过去，给翠儿使了个眼色：“去烧点儿水，给这仨孩子洗澡，换身衣服。”

翠儿带着三个孩子进了里屋，解一半正色地道：“我打听了一下，学校这一片儿没什么人认识他，也不跟人搭话，整天骑着个车在学校周围转悠，也不去惹别的孩子，就盯上津平他们仨了。”

“这就邪了，他打的什么主意？”哈岚有些紧张。

佟丽华思索片刻，点了点头：“我看没打什么好主意……他先带孩子逃学，又教孩子撒谎，津平骑车撞了汽车，侥幸没出事，一南差点儿没淹死，这是存心教孩子学坏，要孩子的命！”哈岚倒吸一口冷气：“这……这么说，姓彭的小子是有备而来？”

“我看是来头不小！他在暗处，咱在明处，怎么提防得了？”解一半颇感忧虑。

佟丽华目光流转，道：“我想起来了，前几天佟梓华来过，劝我交出密疏，还说了好多莫名其妙的话。”哈岚气呼呼地道：“他来能怎么样？大不了搜查！逼抢！坐牢！还有什么？”佟丽华正色地道：“他说任何事情都可能发生，日本人要玩儿真的了！”

“任何事情？玩儿真的？还能怎么玩儿？”解一半满脸疑惑。

佟丽华痛彻心扉地道：“哎！孩子呀！”

哈岚与解一半对视一眼，顿时僵住。

佟丽华咬着嘴唇，“他们知道，毁掉孩子才是咱们致命的弱点，最大的软肋！”哈岚痛心至极，连连跺脚：“畜生！畜生！”解一半急道：“要是冲着孩子下手，咱们更是防不胜防啊！”佟丽华沉吟道：“咱们得先摸清这个‘彭叔叔’的底细，他是干什么的？谁指使的？究竟想把孩子怎么样？”

“我去把他抓来！先把他审清楚了再说下一步。”解一半握紧拳头。

佟丽华听见里屋孩子们嬉笑声，一时之间焦心如焚，慎重地道，“不行……无凭无据地什么也问不出来，还会惹出好多是非！依我看……先不要打草惊蛇，明天还是叫孩子们自己去上学。解大哥跟我去学校，只要……”

第二天，解一半提前出门，打扮成车夫的模样，拉着一辆人力车守在普智小学的对面路口。佟丽华静静地躲在墙角，看见三个孩子来到学校的人行道上，稍微挪了一下位置，不想被他们发现。

不一会儿，彭叔叔果然骑着自行车出现，停在三个孩子面前热情地打招呼。解一半有点按捺不住，往前挪了几步，佟丽华急忙朝他摆手，示意他不要心急。

校门口，解冬青对着彭叔叔连连摇头，哈津平却是开心地点点头，哈一南则傻站在一旁，也不知道应该说什么才好，互相争论了几句，三个孩子都上了彭叔叔的自行车。

佟丽华从街角跑出来，迅速坐上了解一半的人力车："跟上去！"

解一半故意拉开距离，跟在自行车后面跑，彭叔叔带着三个孩子穿街而过，一路上欢声笑语。拐过了几条街之后，佟丽华远远看见彭叔叔领着三人进了一栋老宅院，立马喊解一半加快脚步，赶到门口一看，宅院大门紧锁，玄关的角落还站着两名身强力壮的打手。

"这是什么地方？"佟丽华有些奇怪。

解一半皱眉道："估计不是什么正经地方……"

二人直接往老宅院里闯进去，那两名打手上前拦住："干什么的？"佟丽华不及细想，立即塞钱给打手："大哥，我们跟刚刚带孩子进去的那人是一起的，行个方便。"打手打量了二人一眼，打开门放他们进去。

解一半进了大院，突然抽了抽鼻子，道："少奶奶，闻这味道……这儿好像是大烟馆！"佟丽华闻言一惊，急忙进了廊道，一个个房间找过去，看见里面乌烟瘴气，横七竖八躺着几个瘦骨嶙峋的烟客，边上还有人在递火烧烟。佟丽华害怕起来，着急地喊："津平！一南……"解一半也跟着四处叫喊：津平！冬青！你们在哪啊！"

此时，大烟馆的房间内，彭叔叔嘴里吐出一口烟，举起烟杆，笑嘻嘻地对着三个孩子说道："来！你嘬一口，你也嘬一口。"

他见解冬青与哈一南一直摇头，不敢尝试，将烟杆递到哈津平面前，"津平你来，嘬一口，快点！这可是好东西……"哈津平跃跃欲试，伸手接过烟管，正要塞进嘴里，佟丽华忽然出现在门口，冲过去一把抱起哈津平："津平住手！"

解一半已一个箭步冲上前去，将解冬青与哈一南拉在自己身后，迅速夺过彭叔叔手上的烟杆，指着彭叔叔厉声道："你是谁？"彭叔叔一时没有反应过来，双臂悬空，冷笑道："我是谁好像与你无关。"

"你是日本人？"佟丽华似乎开始怀疑彭叔叔的身份。

"没错，我是日本人。"彭叔叔撇了佟丽华一眼，哈哈一笑，突然向解一半出手。他左掌横切解一半的脖颈，右手去抢烟杆。解一半动作敏捷，飞起一脚踢中彭叔叔的小腹，一声暴喝，挥舞手中的烟杆，猛地砸向彭叔叔的脑袋。两人互相纠缠在一起，同时倒地。

佟丽华赶紧将孩子们带出门外，扭头一看，只见解一半已将彭叔叔死死地摁在地上，不断地用烟管头杵他的嘴巴："我打死你！我打死你！"彭叔叔被烟管子砸得满嘴是血，口齿不清地不断求饶："救命呀！别打别打……英雄饶命！"

解一半怒吼道："说！你个小日本是谁派来的？你们想干什么？"

彭叔叔哀声呼叫："不知道……我真不知道！我不是日本人，黑道上的朋友叫我来的！"解一半高举烟杆，在他耳旁的地面狠狠敲了一下："你骗谁呀？信不信我砸烂你的脑袋！还不快说，你干吗来的？为什么找上我家的孩子？快说！"彭叔叔吓得抱住了脑袋，犹如惊弓之鸟："饶命啊饶命！我的任务就是盯着这三个孩子……等时候到了，自然会有人通知我杀了他们三个！"

佟丽华身子一颤，与解一半对视一眼，二人同时变了脸色。

第五十四章 未雨绸缪

得月楼大堂。

几桌食客正在吃饭喝酒，忽然看见山本带着七八个黑衣人，大摇大摆地走进来，然后四下散开，每个人上前各霸占一桌，动作整齐有序，并不喧哗。客人们见气氛不对，心惊胆战地离开座位，纷纷逃出得月楼。

丁宝认出山本，心知不妙，硬着头皮走到过去招呼："几位客人是吃饭，还是找人？"山本面无表情，冷冷地道："你们酒楼菜谱上面有的菜，每桌通通给我来一份！"

"啊？"丁宝怔住，他在得月楼跑堂这么多年，第一次遇见这种事儿。

"我点的菜有问题吗？"山本斜着眼瞧他。

"有问题……哎？没问题，没有问题！"丁宝转身向厨房走去，看见在一旁已经傻眼的虎子，使了个眼色，"赶紧上茶！"

虎子与另外一名伙计慌忙拎上茶壶，开始一桌桌倒茶。丁宝慌慌张张地跑进厨房，见哈岚正在出勺，立即将灶台上的盘子往前一递，焦急地道："爷，要出事儿，来了一帮吃饭的……"

"怎么了你？丢了魂似的？来吃饭不是挺好的吗！"哈岚瞪了他一眼。

丁宝一跺脚，道："好个屁！一帮日本人一人占了一桌，而且每样菜都点一个！"哈岚一愣："有这么吃饭的吗？这不是存心捣乱嘛！"丁宝苦笑："说的是呀，一人也吃不了一大桌呀！"哈岚皱眉道："这也没法儿做呀，几十道菜，还不得做到晚上去？好家伙！十几桌？"

“所以我说要出事，我认得那个日本人。”

“那怎么办？这也得做呀……没事儿，给钱就行！”哈岚也想不出招。

丁宝越想越不对：“爷，这可不是钱的事儿，吃饭的客人全叫他们吓跑了。”哈岚晃了晃脑袋，道：“是福不是祸，是祸躲不过，伙计们！加把油！这是大买卖，把这帮嘎杂子对付走了，赚了钱，给大伙儿分红利！”

“分红利？分他娘个纂儿吧！”丁宝气呼呼地跑出去。

厨房里的师傅开始动手，伙计们也陆续上菜，每一张桌子前的黑衣人，皆是面目冰冷，望着桌上的菜，一动也不动。山本拍着桌子大叫：“酒！上酒！要陈年的老茅台！”伙计们神色慌张地都跑去后厨通知掌柜。

哈岚一想不对劲，走到大堂，看见门口有客人进来，正要上前去打招呼，那客人看见山本与一群黑衣人凶神恶煞般地坐着，微微一呆，吓得转身就跑。哈岚瞧了瞧桌子，见桌上的菜并没有吃多少，但是盘子已被他们搅得横七竖八，还故意将菜汤洒在桌布上，现场一片狼藉。

哈岚满脸怒气，低声对丁宝说：“让他们结账滚蛋！”

丁宝无奈，走到山本身前，客气地道：“这位爷，您吃好喝好啦？您……您该结账了吧？”山本瞅了瞅丁宝，微微一笑，突然从身上掏出枪来，重重地砸在桌上：“用这个结账行吗？”站在柜台上的哈岚吓了一跳，山本顿时哈哈大笑起来，旋即用日语对黑衣人们叫道，“我们走！”

众黑衣人全部起身，跟着手上晃着枪的山本走出了得月楼。

哈岚眼睁睁地看着日本人出门，强忍住怒气：“开门做生意，总是会遇到几个吃白食的，今天就算爷认栽！哎？这解大哥到现在也不回来！丁宝，看着柜台，我去后面找点吃的压压惊！”

他边说话边往厨房走去，丁宝忽然叫起：“掌柜的！您等等……”

“又什么事儿？”哈岚一转头，只见又有七八个黑衣人走进得月楼大堂，每人占了一桌，大呼小叫地拍桌子：“伙计点菜！”

哈岚惊恐万状地瞪大了眼睛，彻底傻住。

丁宝愁眉苦脸地道：“爷！这种吃法，个把月咱们就关张了！”

“还个把月？再有三天咱们就关张啦！这根本不是来吃白食的，这是来要咱们命的！”

解家小院。

翠儿听完解一半讲述的离奇遭遇，惊得嘴巴也合不拢："这事儿也太离谱了吧？那姓彭的真敢祸害咱孩子？"解一半忧心地道："他说等时候到了，就会有人通知他动手……"

"这些黑心烂肺的畜生！他们真下得了手！"翠儿咬牙切齿。

佟丽华叹气道："看来我哥说得没错……"

三人正在一筹莫展时，哈岚气呼呼地进了院子，大声责问解一半："我说解一半！你这一整天都去了哪儿了？你知不知道今天出大事啦！来了两拨日本人吃白食，赶也赶不走，说也不能说，临了，把枪一拍，镚子儿没给，扬长而去。我跟丁宝都快急坏了，就等着你回来……"

他突然发现所有人都盯着他看，心里咯噔了一下，莫名其妙地问，"这是……怎么了？"佟丽华正色地道："日本人要对孩子下手。"

"啊？"哈岚依然没有回过神来。

翠儿跺脚叫道："爷！日本人要杀孩子呀！"哈岚大惊失色："什么？那姓彭的真是日本人？孩子们呢？"佟丽华无奈地道："幸亏我和解大哥赶得及时，孩子们没事。"

"该死的，我跟他们拼了！"哈岚红着眼拔腿就要往外冲去。

解一半与翠儿上前一把拉住："你找谁去呀？"哈岚忿忿地道："还能有谁？佟梓华！岛田！跑不了是他们两个的事儿！"佟丽华皱着眉头："你这么硬拼有用吗？"解一半摁着哈岚坐下，慎重地道："您先别急，我已经教训那姓彭的了，咱们还是商量一下该怎么办吧。"

"都这么多年了，他们怎么就死咬着密疏不松口呢？"

佟丽华若有所思地道："这么些年他们没什么动作，现在突然追上门来，我觉得肯定是有事儿发生……"解一半点点头："我看孩子们不能再出门了……打明儿起，都别去上学了，翠儿在家里看着他们！"

佟丽华脸色变了变，道："那可不成，躲得了一时，可躲不了一世！就算孩子们不出去，迟早也会出事！"哈岚已经开始在屋子里转着圈，心急如焚地道："不光孩子，还有得月楼，照今儿这状况，他们轮着番儿来吃白食，咱得月楼不用几天也就垮了！"翠儿急道："那怎么办？咱们得想招对付这个岛田啊！"解一半苦笑道："这种人怎么对付？除非把他宰了！"

“太好了！你们都在……”佟梓华突然一声喊，从院子外走进屋里。

众人正在惊愕之时，哈岚人影一晃，扑上去一拳就打在佟梓华脸上：“来得正好！”解一半当场看傻了，爷这饿虎擒羊的姿势比兔子还快，什么时候练的？只见佟梓华哎哟叫了一声，捂着脸往后急退：“你疯啦？！干什么这是？”佟丽华上前将哈岚拉到身后，怒视佟梓华：“你还有没有良心呀？一南、津平可都是你的亲外甥，你竟然让人带他们进大烟馆？”翠儿在旁斥责道：“你还让人把一南扔到水里，差点淹死！”

“天地良心！我是孩子们的舅舅呀！我干这事儿……我回头还怎么跟我阿玛交代？”佟梓华擦着嘴角流出来的血。

“你少演戏！谁不知道你是站在日本人那头的！”哈岚揉了揉手指头，怒气冲冲地道，“佟梓华！你自己说！弄我们家孩子，又到我得月楼吃白食儿，是不是你的主意？”

“狗屁！要真是我的主意，我还能巴巴地跑来挨你们的打？我贱啊我？要不是为了你们，我惹这一身骚？我早说过吧，不把东西交出来，早晚得出事！我没说错吧，真是狗咬吕洞宾，不识好人心！”

众人沉默，这事儿佟梓华确实是提过醒的，谁也想不到小日本动作这么快，摆明了是要逼着他们把密疏交出来。

佟梓华叹了一口气，劝道：“丽华，把东西交出来吧！再这样下去，大家都没好下场！我现在已经保不住你们了……”哈岚翻了个白眼：“都说了没有密疏，你让我们交什么？告诉日本人，烧了，早就一把大火烧了。”佟梓华沉着脸道：“到这节骨眼上你还说这话？你真以为人家日本人傻呀！你说这话，连三岁小孩子都蒙不了。”

“要不，你带我去找岛田！我自己去跟他说！看他是要杀要剐，我都认了！”哈岚咬了咬牙，上前一步。

佟梓华下意识地退后，赶紧躲开哈岚：“那行啊！大不了大家坐在一起抱着等死！我告诉你们，这事情就算是我阿玛出面都没用，日本人这次是铁了心了！”

“草弥知道这件事情吗？”佟丽华冷冷地问。

佟梓华故作不知：“草弥？他怎么知道……他只是个商人……”哈岚冷笑道：“那就是岛田喽？”佟梓华急切地道：“丽华，我还是那句话，只要你们一天不把东西交出来，你们家就一天不得安生！你们真就不怕孩子们出事吗？”

大伙儿惊恐地互望着，心里没有了主意，如果不把密疏交出去，孩子们随时会有危险，那如果真的交出去，一番忠心赤胆，满嘴仁义道德，就是个狗屁。

正在左右为难之时，佟丽华突然瞅了瞅哈岚，意味深长地道：“对！你说得很有道理……只要岛田活着一天，我们家就一刻不得安生，几个孩子也随时都有危险……”

草弥在北平的宅院，佟丽华是第三次拜访。

花园里花盘环绕，绿树成荫，一条碎石小路通往书房，推门进去，屋子里的摆设还是旧模样。草弥盘腿坐在矮桌前，熟练细致地完成泡茶的每一个动作，将茶盏轻轻放在佟丽华的面前：“这是我花了大精力才竞标到的武夷大红袍，我打算在日本推广这款茶叶，刚好佟格格您今天来了，先请您帮我试试……”

他为佟丽华倒完茶之后，自己也沏了一杯，正要低头品茗时，却发现佟丽华根本不为所动。

“怎么？这不是你喜欢的口味？”草弥用日语询问。

佟丽华面有难色，道：“我没有心情喝茶，因为得月楼最近来了很多人吃白食……为了躲他们，我们已经好几天没办法开门做生意了。”草弥佯装惊讶：“有这种事情？都是些什么人？”

“日本人。”

“怎么会这样呢？”草弥故作姿态，皱了皱眉头。

佟丽华淡淡地道：“照我看，他们应该都是岛田的手下。”草弥微微一笑，道：“如果是岛田，那这事情就好办了。佟格格，你放心，我一定会去找岛田跟他好好谈一谈，让他敦促他的手下，一定要注意自己的行为！这里毕竟是中国，日本人不能破坏跟中国人的友谊……”佟丽华摇摇头：“您误会了。岛田……对我有所求，他是存心在逼我。”

“逼你？我……我不明白……”

“他派人带走我的孩子去大烟馆，还把我儿子扔进水里！”

草弥脸色一沉，猛地一拍桌子：“太过分了！他……他怎么可以这样对待您的孩子？这实在是太不像话了！只是，您跟他之间到底有什么恩怨？他居然这样对您？”佟丽华注视着草弥：“您会不知道吗？”

草弥一怔，立即恍然大悟地道：“我明白了，还是为了那套密疏？”佟丽华正色地道：“如果你们要再这样逼我……”草弥目光闪动，突然截口纠正：“如果岛田继续这样逼你……”佟丽华缓缓地道：“那我只能带着全家人，带着我的孩子去死！而你们……而岛田一样还是拿不到密疏……草弥先生，您能帮我想想办法，怎样才能阻止岛田？”

“当然，我一定会帮您想办法……”草弥望着佟丽华脸上冷漠的表情，似乎有一丝犹豫，“您放心，这件事情我会想办法，我一定会帮您处理好……让您家人的生命不再受到威胁。”

得月楼大堂。

傍晚时分，佟丽华正在柜台前给一名客人结账，山本带着一群黑衣人，面无表情地走进了大堂，依然每个人占了一桌。山本环顾四周，趾高气扬地喊道：“老规矩！菜谱上的菜每样每桌都来一份！”

丁宝赶紧凑上去告诉老板娘：“少奶奶，就是这群人……这几天来吃白食的就是他们！”佟丽华点点头，不露声色地走到桌前，礼貌地道：“对不起，我们不做你们的生意！”

山本颇感意外，盯着佟丽华，突然掏出枪来放在桌上：“它的生意你们也不做吗？”佟丽华强作镇定：“你们认识草弥先生吗？”

“草弥？谁呀？”山本装傻。

佟丽华深吸了口气，正色地道：“他已经答应过我了，不许你们再来捣乱。请你们离开，否则我现在就去告诉草弥先生！”山本用挑衅的眼神斜视着她，面带冷笑：“你去呀！可别怪我没事先警告你，等你把草弥找来的时候，得月楼恐怕已经变成坟头了……我不妨告诉你，这就是草弥先生的命令，要我们服从岛田的安排！你去找草弥吧，他正和岛田一起喝酒呢。”

丁宝怕老板娘吃亏，赶紧上来接话：“掌……掌柜的！要不要上菜呀？”

山本一拍桌子：“酒！上酒！要陈年的茅台酒！”佟丽华气呼呼地转回柜台，心里忍不住骂：草弥，你这个两面三刀的败类！她一把拉住丁宝，责问道：“哈岚人呢？”丁宝挠了挠头，道：“今儿下午有个人在后院找爷，好像给爷带了口信什么的……他也没交代，匆匆忙忙就出门了。”

佟丽华眼睛一瞪，好你个哈岚，又瞒着我做什么坏事去了！

此时的哈岚，手上捏着张字条，一路小心谨慎，走到小小酒馆的门口。他抬头一看，见大门虚掩，门板上挂着个“暂停营业”的牌子，皱了皱眉，推门进去。

只见酒馆内摆着几张空闲的桌椅，并没有客人。而角落却坐着一个穿着灰色衣裳，头戴帽子的人，手里举着酒杯正在自斟自饮。

哈岚走到哪人身边，歪了歪脑袋，看清此人的相貌时，忽然惊呼道：“马大哥！

是你……你回来啦？”他万万没想到七年之后还能再见到马俊杰，激动地上去跟老朋友握手。

“哈岚！好久不见……”马俊杰笑容满面，起身帮哈岚倒酒。

“我以为谁呢！这些年你去哪了啊？你不着急走吧？我……哎，我可是遭了难了，不但酒楼要完了，几个孩子也危在旦夕呀！”哈岚将酒一饮而尽，忍不住长叹一声。

马俊杰笑道：“别急，瞧你这惊慌失措的样子！你的事情我全都知道了。”哈岚欣喜万分，急道：“帮我想想办法吧，我真是走投无路了。”

“办法总是有的，可是要冒很大的风险！”

“我不怕！只要能保住孩子！等等，话说回来，现在北平有不少日本人，你跑回来不是自投罗网？”哈岚打量了马俊杰一眼，心里有些担忧。

马俊杰正色地道：“这么多年不见，形势变化很快呀！小日本的动作现在是越来越大了，为了中华民族，我们跟日本人誓不两立！”哈岚低声地道：“哎？你这次回来，该不会又是要……杀人的吧？是不是铁血救国会让你来执行任务的？”

“没错！我的确是为了任务而来……”

哈岚摇了摇手，又倒了一杯酒：“您甭跟我说这些，我也不想听！有本事你把岛田给杀了！”马俊杰微微一笑，俯身道：“我就是来杀岛田的……”哈岚一愣，将杯中酒一口干了：“你说的是哪个岛田？”

“还有哪个？大和商社，跟佟梓华在一起的那个岛田。”

“啊？”哈岚眨了眨眼睛，颇感意外，“这个混账太该杀了，搞的我家现在是人心惶惶……可是……”

马俊杰压低了声音，截口道：“不瞒你说，我已经在大和商社附近绕了大半月了，那里戒备森严，而且岛田已经被暗杀过两次，警惕得很，平时基本不出门，我很难下手……”哈岚举起酒杯，突然僵在半空中，惊讶地道：“那怎么办？你该不会是让我帮你杀岛田吧？”

他心里有些恐慌，嘴皮上骂骂人，或者动手跟人单挑一下，他可从来不怕，但是杀人这种事儿，他是见血就晕了，就算是国家兴亡，匹夫有责，以他目前的身体素质来看，这就太勉为其难了。

马俊杰笑了笑，道：“杀人不用你动手，只要你帮我把岛田约到得月楼……”

哈岚又是一惊：“你想在得月楼杀人？不行不行！那我以后还怎么做生意？”马俊杰举手与他碰杯，安抚道：“你放心，我绝对不会连累到你！我会留线索和证据给汪四海，让他去追我……”

“还是不行！岛田怎么可能听我的话到得月楼吃饭？我可没那本事帮你约他！”哈岚连连摆手。

“你约他才是最容易的……你想想，佟梓华跟老板娘是兄妹呀！再说了，你们手上还有密疏，这对岛田来说是最大的诱惑。”

哈岚微微一怔，若有所思地道：“这倒是个办法……”

二人久别重逢，边喝边聊，转眼天就黑了。

哈岚起身告辞，赶紧回解家小院，一进院子，就听见屋里传来哈津平大喊大叫的声音：“你打我好了！你打死我好了！反正你不是我亲妈！”

哈岚皱了皱眉，这又是唱哪出呀？他三步并作两步往屋子里冲进去，却见佟丽华手上握着戒尺，正在抽打哈津平，而翠儿拼命拦在哈津平的身前，左右闪躲，不让少奶奶打孩子。

“你给我闪开！否则我连你一块打！”佟丽华气急，指着翠儿大喊。

翠儿苦苦哀求：“少奶奶您消消气啊！我宁可让您给打死，也不能打津平啊！”

佟丽华挥舞戒尺，始终找不到下手的位置，气呼呼地道：“你……你们……真是气死我了！”哈岚赶紧上前一步，迅速抓住佟丽华的手：“干什么干什么？有话不能好好说吗？一定要动刀动枪的吗？”佟丽华怒气冲冲地道：“明明说了不准出门，可津平今儿又偷偷跑出去了！”

哈岚扭头怒视哈津平，骂道：“臭小子，你想死呀！不是告诉过你，现在是非常时期，你忍一下都不行吗？”哈津平吼道：“我要上学！我要和同学玩儿！我要骑车！”哈岚扶着佟丽华坐下，狠狠瞪了哈津平一眼：“你知不知道，你如果现在出去让人给逮了，命就没了？”

“你们都别再说了！都是我不好，我没看好津平……”翠儿推了推哈津平，使了个眼色，“走！赶紧回房去！”

佟丽华几近虚脱，瘫坐在椅子上大口喘气，哈岚从桌上取了茶壶，倒了茶水递给佟丽华：“你也别气了，喝口水。”佟丽华咕噜咕噜喝完水，两眼直瞪瞪的，又气又怕：“这日子过不下去了……再这样下去，日本人没把我们逼疯，我们自己先疯了！”

哈岚接过佟丽华手上的杯子，解一半从里屋出来，说：“少奶奶！翠儿让我跟你俩说一声，今晚津平睡我们屋……唉，这小子说，他不回爸爸屋睡了。”

佟丽华摇头叹息：“这孩子，怎么这么不懂事儿！”哈岚赶紧将话题岔开：“今儿……

得月楼没事吧？”解一半苦笑道：“要真没事就好了。”

“那帮人又来啦？”哈岚皱了皱眉，心事重重地坐下，抬眼望向佟丽华，“丽华，我今天见到马俊杰了。”

“原来，约你出去的是他？”佟丽华似乎松了口气。

“不然你以为是谁？”

解一半脱口就应了一声：“娄姑娘！”哈岚脸色一黑，道：“你们这是怎么回事儿？现在家里都这样了，我还有心思去见晓月？你们到底是怎么看我的？”解一半龇牙一笑：“你要真去见她，我们也不意外……”哈岚歪着脑袋：“哎……你还说？”

“好了！别抬杠了……马大哥找你干什么？”佟丽华有些好奇。

哈岚赶紧起身去关门，慎重地道：“我就是要跟你们说这事儿，丽华……你猜他回北平干什么来了？”解一半眼珠子一转：“暗杀？”哈岚点头道：“没错！他这次回来就是要暗杀岛田的！”

佟丽华与解一半一听这话，瞪大了眼睛，顿时来了精神。

哈岚晃了晃脑袋，正色地道：“真是天助我也！这不是很好嘛，只要咱们帮他杀了岛田，咱就自由了。”佟丽华怔住，疑惑地道：“他找你，是让你帮忙杀岛田？”哈岚笑道：“我哪有这本事……他找我，是让我帮他约岛田，好让他找机会下手。”

“你没答应他吧？”解一半有些紧张。

“我就是赶着回来跟你们商量这事儿……”

解一半望了望佟丽华，似乎觉得这事儿不那么简单，脸上的表情立马严肃起来：“这事儿咱们可要好好琢磨一下，对方可是岛田，谁来杀？怎么杀？在哪儿杀……”哈岚低声道：“他想在得月楼动手。”

“不行！”佟丽华失声叫道。

解一半怔住，皱眉道：“我也觉得不妥……这马俊杰也是，他真以为靠嘴上两张皮，就能把岛田骗出来？”哈岚点了点头：“我一开始也觉得不行，可后来我想想……好像也不是太难……”

“你想怎么干？”佟丽华满脸焦虑。

“马俊杰说了，大和商社戒备森严，咱可以利用密疏这事儿，引蛇出洞，让岛田走出大和商社，他才好下手。”

“爷，你可别忘了，马俊杰自己都打着密疏的主意……”解一半突然想起天津大杂院的事儿，觉得铁血救国会的心思也不一定靠谱。

“解大哥，你等等……”佟丽华出声拦住解一半，对哈岚道，“你继续说。”

哈岚缓缓地道:“我们可以请他到得月楼吃饭，就说把密疏交给他，至于怎么杀岛田，那就是马俊杰的事儿了。”解一半啊了一声，道:“那您往哪儿跑？他人死在得月楼啊！”

“那……那……马俊杰总不会让咱们背黑锅吧？”哈岚没了主意。

解一半连连摆手，叹气道：“说到头儿人家还是会找咱们要人呀！爷，你算了吧，你的主意都不行。”佟丽华思索片刻，正色地道：“马大哥的主意是有漏洞，可也未必完全不能用。只要能杀岛田，这个忙一定得帮……咱们明天去找马俊杰，看看他到底是怎么想的。”

翌日，哈岚去小小酒馆见马俊杰，将老板娘的意思说了，喊了一辆人力车，载着马俊杰在东四牌楼附近绕了一圈，再从后院偷偷进了得月楼。

几个人挤在漆黑的包间内，灯也不开，借着月色开始商议暗杀岛田敏三的计划。当大伙儿急切询问马俊杰的想法时，马俊杰神秘地笑了笑，道：“现在是敌在明，我在暗，日本人没有料到我会突然回到北平，要想无声无息地干掉岛田，唯一的办法就是用毒，咱给他下毒。”

“您是说毒杀？怎么个毒杀法？总不能让解大哥在菜里下毒吧？”佟丽华对马俊杰的计划有些疑问，暗杀日本人这事儿可不能有半点疏忽，要是得月楼脱不了干系，还不如直接用枪。

马俊杰压低声音道：“要不是因为岛田这几年都足不出户，我也不会想到请你们帮忙……毒杀这个办法是最稳当的，厨房当然还是正常做菜。”佟丽华皱眉道：“那还是一样呀，只要下了毒，日本人和汪四海一定会抓我们去审问……”解一半接口道：“对！只要人是死在得月楼的，我们就没办法脱身。”

“我当天也会出现在现场，我会制造冲突，到时候你们就把责任推到我一个人身上，就不会连累到你们。”

“那您自己呢？”丁宝觉得马俊杰又不会飞，他怎么逃出去？

马俊杰嘿嘿一笑：“不要管我，我会想办法脱身的。”

众人在黑暗里互望了一眼，还是有些犹豫。解一半沉默半晌，突然提醒道：“我还有个疑问，搞不好岛田来了得月楼，连饭都不吃了，这人要是上咱这儿来，直接伸手就抢密疏……那怎么收场？”马俊杰吐了一口气，道：“那就得看佟掌柜的智慧了，让岛田能够心平气和地把这顿饭给吃了！”

佟丽华点了点头：“这倒不难……只是，从刚刚到现在，你都没说该怎么下毒？”

“这很容易，一粒氰化钾就能搞定了。”

“可你要怎么放到他的嘴里？”

丁宝突然挠了挠头，道：“少奶奶，这事儿交给我吧！隔壁包间有房梁……只要您能引开岛田的注意力，我就能神不知鬼不觉地把那什么轻什么……”马俊杰微笑纠正：“氰化钾。”丁宝连连点头：“对对……就是轻轻地化在他碗里。”哈岚一惊：“丁宝！这事儿太危险，你就算了！”丁宝哼了一声，得意地道：“爷！您认识我多久了，我的本事您还不知道吗？看过‘连环套’吗？”

“当然看过！朱光祖给窦尔墩下了蒙汗药，盗走了护手双钩。”

“您就当我在练功吧！哪来这么多担心！这些日本人这几天把咱得月楼弄得鸡飞狗跳的，我早想教训他们了！现在正好是个大好机会，我丁宝管不了什么国家大事，就是为了孩子们，我死了也值！”丁宝拍了拍胸脯，一番豪言壮语，誓杀倭贼。

马俊杰起身抱拳，肃然起敬：“我先在这儿谢谢诸位了！这次就是要给那些日本强盗一点儿颜色看看！”

“好，事不宜迟，我这就去找佟梓华！马先生，您一定要注意安全。”佟丽华当机立断，起身离开包间，径自赶去礼士胡同佟侯府。

她到了娘家，卢管家高兴地将格格请到前厅，赶紧去通知小侯爷。

佟梓华听闻妹子是来上门献宝的，兴奋地跑来前厅相见，喜形于色：“太好了丽华！交出来就对了！交出来就对了！丽华啊，你愿意交出密疏，这可是救了大家的命呀！”

“我是为了救我一家人的命。”佟丽华语气冷漠。

佟梓华哈哈一笑，掩饰尴尬：“明智之举啊！”佟丽华淡淡地道：“可我有个条件……”佟梓华脸色一沉，以为佟丽华又要玩什么花样：“妹子，你……”

佟丽华摆了摆手，正色地道：“两万块现大洋！不要储币！”

“两万块现大洋？”佟梓华先是一愣，随即笑道，“这样，我现在就去找岛田商量一下，估计没什么问题。你放心，哥哥一定帮你这件事情办得圆圆满满！只要你把密疏交给日本人，两万现大洋，一毛也少不了你的！以后也不会有人把你家孩子偷偷给带出去了，更不会有人上得月楼吃白食！就这三件事，我要一件没做到，你就再也别认我这个哥哥。”

“我就是奇怪，我怎么会有你这种哥哥？！”佟丽华没好气地道。

佟梓华苦笑道："当你大哥，我容易吗？"佟丽华缓了口气，道："那就这样定了，你约他明儿晚上到得月楼来吃饭吧，咱们一手交钱，一手交货。"佟梓华一怔："这……怕是难办，他不会去得月楼的。"

"为什么？"

"你忘了七年前亲王被暗杀的事儿了？打那以后，岛田就很警惕，轻易不出门的。就算要出门，也要人前人后带上十几个手下保护。"

佟丽华冷笑一声，道："随便！他不来，以后就别再打密疏的主意！"佟梓华急道："你看你，这好不容易想通了，怎么还能变卦呢？要不这样，我陪着你，咱们拿着东西，到大和商社，一手交钱，一手交货……"

"不可能！我怎么能拿着东西自己送到狼窝里？我还能有命吗？"佟丽华转身就走，没有商量的余地。

佟梓华慌忙赶上去拦住妹子，信誓旦旦地道："你想哪儿去了！不就是两万现大洋吗？哥哥拿这条命跟你作担保，岛田他不敢动你一指头！"佟丽华面色凝重，冷冷地道："我最后说一次，我不可能去大和商社！你去告诉岛田，想要密疏，就来得月楼！"

大和商社办公室。

岛田敏三获悉佟梓华的来意，对哈岚一家准备交出密疏一事半信半疑："让我去得月楼？"佟梓华解释道："是呀！丽华估计是担心我们会动手抢密疏……"

草弥站在办公桌前，似乎对二人的交谈听而不闻，正心无旁骛地在画着国画。

"我是什么人？她竟然这样怀疑我。"岛田敏三有点暴躁。

"就是，这丽华实在是太不识好歹了……可是为了密疏，岛田先生您看看，是不是请您移驾去一趟……"

岛田沉思道："话说回来，这次我们算是把这家人逼到了悬崖边上了……好吧！让我去得月楼，我就去得月楼！"

佟梓华松了一口气，忽然听见草弥沉声道："不能去得月楼。"

二人闻言一愣，诧异地望着草弥，不知何故。草弥放下手中的画笔，取出手帕轻轻地擦了擦手，淡淡地道，"我始终觉得，佟格格答应得似乎太容易了，恐怕其中有诈……"佟梓华低声道："多半还是因为孩子……"草弥突然望了一眼岛田敏三，道："中国有句话，叫'狗急了也会跳墙'。"

"您说过不择手段的……"岛田敏三急忙澄清。

草弥慎重地道："我没有责怪你！你做得很好……只是佟格格也不是傻瓜，她这么坚持让你去得月楼，我担心他们会别有用心……"岛田敏三试探地问："那我该怎么办？"草弥沉吟道："让他们去佟府。"

"到我那儿？"佟梓华有些迷糊。

"对！到你那儿，这是个最妥善的办法。"

岛田敏三皱眉道："这里面有什么玄机吗？"

"第一，除哈家的人以外，任何其他的外人不得进入；第二，厨师做饭，旁边要有我们的人严密监视；第三，所有的酒菜，必须在他们先尝过之后，你们才可以吃；第四，验证密疏的真伪不得失误；第五，得到密疏之后，立即由护卫队乘专车送去花旗银行保管……我们在佟府做这一切，比在得月楼更安全、更主动。"草弥一番话滴水不漏，二人一听，都觉得大有道理，如果在佟侯府内进行，谅哈岚一家也搞不出什么花样。

"万一密疏是假的……"岛田敏三仍然担心密疏的真伪。

佟梓华接口道："不会的，我见过真的，也上过当，这次决不会失手。"岛田冷冷地道："我是说万一！"佟梓华不以为然地道："谁会用两万大洋去赌性命？他们没这么傻！"草弥突然叹了口气，脸上的表情有一丝悲悯："如果密疏是假的，他们的孩子将会一个一个地消失……"

第五十五章 天道恢恢

得月楼。

包间里依然没有开灯，一群人在黑暗之中围着桌子，小心议论佟丽华带来的消息。解一半起身给马俊杰倒了一杯茶，叹气道："这个岛田实在是太狡猾了，这还怎么下手啊！"

丁宝龇牙一笑，道："下手没问题，我跟娄家班去佟府唱过戏，那儿的过厅、游廊、正屋、厢房我全熟悉得很，飞檐走壁是我本行，我进得去！"马俊杰摇摇头，正色地道："问题是我进不去了，出了事你们无论如何也无法把责任推到我身上，你们的处境就非常凶险了！"解一半无奈地道："马大哥说得是，为了一个岛田，我们得赔上多少条命。"

"我觉得不行，这个条件不能答应他们，哈岚，再想想其他办法吧……"马俊杰拍了拍哈岚的手臂。

"我看行！"佟丽华突然站起身，斩钉截铁地道。

众人都惊异地望着佟丽华，哈岚失声叫道："丽华，这可不是闹着玩儿的，你是怎么想的？"马俊杰示意大家安静，先听佟丽华把话说完。

佟丽华微微一笑，道："他们这是作茧自缚呀，一出事儿，我们可以把一切责任推到佟梓华身上！"丁宝表示赞同："少奶奶说得对，这可是在他家里出的事！"

"他们能信吗？"哈岚不敢确定。

"丁宝，你有本事下毒，还得有本事把密疏盗回来……"佟丽华冲丁宝笑了笑。

丁宝信心十足，指着自己的鼻子道："我演过'盗钩'、'盗甲'、'盗王坟'还有'盗银壶’，今儿不就是唱一出盗密疏嘛！误了事儿，您把我两条腿打折了，我沿街要饭去！”佟丽华点了点头：“那就更没有问题了，岛田死在佟梓华家里，密疏又失踪不见，佟梓华难逃干系。”

哈岚晃着脑袋，缓缓地道：“有理有理！佟梓华在汇丰银行抢过密疏，在火车上追过密疏，在家里还上过一个大狗当，他心里可一直惦记着密疏呢！杀岛田，藏密疏这些事儿，除了他还能有谁？”

“好！只要咱们众口一词，把这小子咬死了，日本人也没辙！”解一半觉得这办法可行，立马斗志昂扬。

马俊杰沉吟道：“这个思路很妙，但是大伙儿别大意，咱们得把所有的细节全都想明白了！不管出了什么事，我马俊杰绝不会袖手旁观，我会想尽一切办法帮你们摆脱险境！拜托了！”

众人开始商议细节，佟丽华认为佟侯府的晚宴肯定是摆在前厅，分为东面与西面两间，以玄关相隔，一间用来大摆宴席，另外一间正好可以诱导岛田交易，然后由丁宝上梁，偷偷地在桌上下毒。至于如何取走密疏，大伙儿一致认为，如果要做到神不知鬼不觉，只能让哈岚来捣乱，让现场的人把注意力都放在佟梓华的身上。

一切安排妥当，解一半立即去厨房准备厨具。

丁宝去杂物间找来绳索，装进包袱，双手捧起灶台上的老汤罐，大摇大摆地跟着解一半先行去了佟侯府。

二人到了礼士胡同，卢总管早已在门口等候：“解神厨！好久不见呀！今儿晚上您又得露一手了。”解一半装作十分不情愿的样子，叹气道：“哎！您多照应吧，这叫什么事儿啊？抢了我们哈爷的密疏，我还得来给你们做饭，简直是欺人太甚！”

他进了佟府的厨房，打开包袱，将里面几把刀子摆在料理台上，一个转身，就看见身后站着两名彪形大汉。

解一半愣住：“你俩是谁？站在这里干什么？”卢总管正带着送菜的人捧着箩筐进来，忙上前解释：“解神厨，你甭管他们两个！他俩就待在那儿，不会妨碍您的……”

“不妨碍我？你们是不是怕我在菜里下毒啊，还找人监视我？哼！老子不做了行吧！”

卢总管慌忙安抚解一半的情绪：“别介！别介！解神厨……这日本人是小心了点，不只是对您这样，对谁都是这么安排……哎，今晚上要用的菜都送来了，您先过来看一眼，先看一眼……”

解一半没好气地瞅了二人几眼，上前检查箩筐里的菜。

灶台生起了火，解一半一边切菜，一边翻勺颠锅。而两名彪形大汉的眼睛始终盯着解一半，看见他去点老汤，一起歪过头瞪着勺子，任何细节都不放过。

此时，哈岚抱着铁盒子与佟丽华来到佟府，卢总管上前迎接："格格，姑爷，你们可来了！佟爷和岛田先生已经在饭厅里等着了……"他热情地伸手想要接过哈岚手中的铁盒，哈岚突然将他的手推开："你干吗？"

"帮您拿东西呀！"

"不用不用！我自己拿就行了，这玩意儿不能随便给你！"哈岚翻了个白眼，看见佟丽华已经进了院子，忙跟上去埋怨，"我说，你就这样把宝贝交给人家了？两万大洋，也太便宜点儿了吧！"

佟丽华没好气地道："你闭嘴吧。"哈岚只得噤声，一脸不高兴。

黑暗中，三人径直走进前厅，身后的屋顶上，可隐约见到丁宝的身影，轻轻地跃上了房檐屋顶。

前厅是三大开间，东间通西间，大厅的天花板上，有几根特别粗大的横梁。东间摆着一个大圆桌，敞厅的西间有一张方桌，几张椅子，正是偏厅会客的地方。

佟梓华与岛田敏三坐在西间聊天，看见哈岚进来，立即起身相迎："怎么到现在才来？都等你好久了……"

"没事没事，人来就好了……"岛田敏三注意到哈岚手中正捧着一个铁盒子，微微一笑，"这里面……装的就是密疏吧？"

哈岚见他走过来，警觉地将铁盒紧紧抱在怀里："等等！你想干什么？"岛田敏三一怔，皱眉道："哈先生，我以为我们今天是来做交易的。"哈岚凶巴巴地道："我又没说不给你！你这么猴急干什么？"卢总管上前向佟梓华禀告："佟爷！可以开席了……"佟梓华热情招呼："大家先上桌吃饭吧，来来来！"

"那密疏什么时候……"岛田敏三惦记着密疏，心思根本就不在吃饭上。

佟梓华眨了眨眼睛，望着哈岚，道："哈岚，不如这样……密疏就搁在这儿，大家先去吃饭。"

"没门！"哈岚抱着密疏往东间的饭桌走去。

佟梓华扭头问妹子："我说，这人脾气……他怎么老是这样的？"

"先吃饭吧！"佟丽华表情冷漠，往东间的圆桌走去，来到东间时，她与哈岚同时往天花板上的横梁瞄了一眼，横梁上什么都没有，也不知丁宝究竟有没有藏好位置。

哈岚与佟丽华坐在饭桌前，突然看见桌旁站着山本，哈岚一怔：“怎么又是你？你这个吃白食的！”山本冷着脸不吭声，假装不认识哈岚。岛田敏三哈哈一笑，道：“哈先生您放心，只要我们交易顺利，这得月楼的饭钱，山本肯定是不会赖的！我说得对吗，山本？”山本低头鞠躬，用日语说了一声：“是的！岛田先生。”

众人入座，佟府的仆人开始上菜，卢总管亲自为大家满上酒，退出了前厅。

佟梓华起身举起酒杯，笑容满面地道：“来来来，诸位！今天大家给我一个面子，到我家里来做客，我是备感荣幸！先谢谢大家！”他起酒杯刚要喝，却突然被岛田敏三拦住：“哈先生与佟格格先请。”

等哈岚与佟丽华喝完一杯酒之后，岛田敏三这才举起酒杯啜了一口。

佟梓华笑道：“大家先吃点菜吧！今儿可是解神厨帮我们掌勺呢……”

岛田敏三不露声色地看着哈岚，见他夹了一筷子菜放进口中，咀嚼吞下，这才从同一盘菜里，夹上菜放在自己的桌前。佟梓华似乎注意到岛田敏三的反应，也学着他的样子，只吃哈岚吃过的菜：“今天托了岛田先生和丽华的福，可以让解神厨来家里做菜……哎！我最喜欢的就是解师傅这口鹿尾儿！妹妹，妹夫，别拘束啊！”

哈岚大口吃菜，端起酒杯就干，似乎在喝闷酒。佟梓华注意到他左手抓着铁盒一直压在腿上，只用右手夹筷子，右手端酒杯，皱眉道，“哈岚！你也不用这样吧？这里除了我们没其他人了，你那密疏……”

“我就喜欢抱着它，你能把我怎么着？过了今晚，我就再也没有密疏了……你还不让我抱了？”哈岚一副心有不甘的模样，语气凶横娇蛮。

“既然如此，长痛不如短痛……”佟丽华突然放下手中的碗筷，对岛田敏三说道，“两万块，准备好了吗？”

岛田敏三没想到佟丽华如此直接，慌忙用餐巾擦了擦嘴，站起身来鞠躬：“佟格格，准备好了，都准备好了……我们现在就交易吧！”

他离开圆桌，朝西间的会客厅走去，山本见状，快步跟上。

佟梓华也起身帮妹子拉开椅子：“丽华，哈岚，请吧！”

佟丽华径直走到方桌前面，面向东间的圆桌，岛田敏三示意山本从桌子底下抽出一个沉重的皮箱，打开之后，里面是一卷一卷包好的现大洋。岛田敏三恭敬地道：“佟格格，这些钱刚刚当面与佟先生点数过了，如果你们不放心，可以亲自再点一遍。”

“不用了……”佟丽华对着哈岚说，“把东西给他们。”

哈岚显得极不情愿的样子，气呼呼地上前，将手上的铁盒子放在桌子上。

岛田敏三望了望身旁的山本，示意他去打开盒子。山本从衣服口袋里取出手套戴上，小心翼翼地打开铁盒。

哈岚没好气地叫道：“你们看明白了，千万别眨眼，搞不好眼睛一花，它就变成假的了！”岛田敏三并不理会哈岚的冷嘲热讽，见打开的铁盒里装着八个胶卷，微微一怔：“这……这是？”

此时，天花板上的丁宝用双脚倒勾着一条缎带绳子，悄然从梁上翻身而下，手指伸到岛田敏三的酒杯中，轻轻一弹，一小撮粉末瞬息间在他的酒杯中化开，沉淀在酒水中消失。

只见丁宝腰身一挺，与缎带一起翻上大梁，动作敏捷地隐入黑暗。

就在丁宝下毒的同时，佟丽华指着胶卷正色地道：“这就是你要的密疏，全部在这里了。”岛田敏三奇怪地问：“可是密疏怎么会成了照片胶卷？”

“汪四海一把火烧掉密疏之前，我们早有准备，已经事先把其他的密疏都拍照存证了……你想要的秘密，都在里面。”

“丽华说得没错！”佟梓华取起其中一个胶卷认真的检查，“没错儿，是真的，我见过的。”

岛田敏三愕然：“你怎么见过的？”佟梓华脸色一变：“我……我那不是帮……”佟丽华突然哼了一声，截口道：“岛田先生还不知道吧？佟梓华一直惦记着这密疏呢，不但动手抢，还为了密疏在火车上追杀我和哈岚，当年要是被他夺走了，你岛田今儿可就真见不着这密疏了。”岛田敏三咬了咬牙，怒视佟梓华：“有这种事？你一直在打密疏的主意？”佟梓华慌忙解释：“没有的事，你听她胡说！”

一旁的山本冷笑道：“这件事我是听说过的，外面有传闻，你与汪四海两个人狼狈为奸！”哈岚眼珠子一转，大声叫道：“说得对，说得好！佟梓华，今后你就没什么想头儿了。”佟梓华慌了：“干吗呀这是？怎么都冲我来了！忙活半天事儿办成了，来个卸磨杀驴是吧？”

岛田敏三突然展露笑容，道：“不说了，你是有功劳的……为了今天融洽的合作，来，我们干一杯！”他转身走到东间的圆桌旁，举起自己的杯子。

哈岚与佟丽华也举起了酒杯，东间的方桌上放着皮箱与铁盒子。

“佟格格！从天津那时候开始，我对您多有得罪，容我向您敬一杯酒！向您至上我诚挚的谢意！”岛田敏三举起酒杯面向众人，仰头一饮而尽，“我先干为敬了！”

佟梓华举杯向佟丽华与哈岚致谢：“丽华！哈岚……你们这次真的帮了大忙呀！”

他干杯之后就放下酒杯，热情地招呼岛田敏三，“来来来！岛田先生，今天这桌菜可都是解神厨的功夫菜，千万别浪费了……”

岛田微笑颔首：“好好好……”他正要起筷子去夹菜时，忽然脖子一抽，整个脑袋哐的一声趴在餐桌上，呈现呼吸困难的状态。佟梓华大惊失色：“岛田先生？岛田先生……来人呀！快来人呀！”

哈岚与佟丽华悄悄地抬头往天花板望去，横梁上空无一物，二人松了一口气。山本一个箭步冲上前去摸了摸岛田敏三的鼻息，眉头一皱，大喝一声：“有刺客！”

众人皆是错愕，山本已背起岛田，迅速往门外奔去。

“快走！”哈岚拉着佟丽华往院子冲。

卢总管带人冲进来，惊慌失措地道：“发生什么事了？”佟梓华急得直跺脚：“有刺客呀！”哈岚拉着佟丽华气喘吁吁地奔到院子，解一半迎上来故意大声地问：“哎哟！爷，发生什么事了？”哈岚指了指前厅，意有所指：“岛田出事了！”

门外冲进来数名黑衣人，将岛田敏三从山本背上卸下，山本转身对佟丽华等人喊道：“你们，通通不准离开！”他转身用日语吩咐身边两名黑衣人，“你去报警，你，立即回商社报告。”

佟梓华万万没想到在自己家里会出现刺客，一时之间方寸大乱。

“你，不许动！你府上的人，一个不许离开！”山本用手指着佟梓华，又指向另外几个黑衣人，“你们留下看着他们！剩下的人跟我送岛田先生去医院！”

黑衣人上前背起岛田敏三，正欲带他离开时，岛田敏三突然睁开了眼睛，用手指着前厅，用最后一口气喊着：“密疏！密……”山本听闻，拔腿就往前厅跑去。岛田敏三吐出一口冷气，嘴角一丝鲜血溢出，闭眼断气。

山本奔入西间一看，桌上放着密疏胶卷的铁盒子已不翼而飞。

佟梓华心急如焚地冲进前厅，顿时身子僵硬，张大了嘴巴一句话也说不出来。

解家小院外面传来一阵喧嚣的呼声，大门突然被撞开。

翠儿慌忙起身，看着身边正在熟睡的三个孩子，心儿一颤，冲出里屋时，只见外面黑压压一堆警察用枪指住她：“不许动！”

孩子们被惊醒，看见眼前这一幕，吓得缩成一团。解冬青失声大叫：“妈！妈……”翠儿转身去护住孩子，安慰道：“没事没事，别怕。”

她看见汪四海从门外大摇大摆地走进来，大声呵斥道，“汪四海，你想干什么？”汪四海阴阳怪气地：“干什么？你主子跟你男人杀人啦！”

哈津平怒视汪四海，大声道：“你胡说！”

“姓汪的，你别血口喷人！”翠儿扭头一看，哈津平竟跳下了床，一头朝汪四海撞过去，赶紧伸手拉住他。

汪四海冷笑道：“装什么装？这回死的可是日本人，你们现在谁也逃不了干系！把他们统统给我抓起来！其余的人，跟我走！”几名警察扑向翠儿和孩子，哈津平拼命挣扎：“混蛋！放开我！”解冬青与哈一南也被警察捉住，拎起就往门外走，孩子们大哭大喊，乱成一团。

翠儿不停地大叫：“你们这帮强盗！混蛋！快放开他们！津平！一南……”

警察局审讯室。

铁门哐当一声推开，一道强光刺得哈岚睁不开眼睛。

他手上戴着冰冷的手铐，下意识地用手挡了一下，从指缝中看见几个人影进来，汪四海一声不吭地走到桌前，翻开案宗坐定。草弥与山本冷漠地望了一眼哈岚，坐在墙角听讯，左右两边各站着荷枪实弹的警察。

“说吧，你是怎么害死岛田先生的？”汪四海干咳了一声，开始问话。

哈岚并不惊慌，故作迷糊地道：“汪四海，你弄错了吧？岛田是在佟梓华的家里死的，你不去审佟梓华，审我干什么？”

汪四海猛地一拍桌子，呵斥道：“破案的事儿不用你教我！你们谁都没跑儿！”

哈岚晃了晃脑袋：“是是，汪大局长破案有一套，你就是‘赵氏孤儿‘’里的屠岸贾。”汪四海大声道：“我还‘铡美案’呢！狗头铡专斩你这忘恩负义的陈世美！”

“人家包公是脸黑心红，你是脸红，心黑！”哈岚无奈摇头。

“别贫了，你就招了吧，是不是你干的？”

哈岚背靠着硬硬的椅子，笑了笑：“随便吧！反正岛田他早就该死。”汪四海厉声道：“什么叫随便吧？说！到底是不是你干的？”哈岚轻叹道：“你说是就是吧！”汪四海冷笑道：“我说是就是？我说你杀了岛田，你认吗？”

“我认不认的，到最后你不都得算到我头上？”

“就你这德行，这事儿你一人弄不成吧？你跟解一半合谋的吧？是不是你老婆佟丽华的主意？”

草弥目光犀利，一直盯着哈岚的反应。他虽然只是旁听，但整个事件的来龙去脉比汪四海更清楚，他只是想亲自证实岛田敏三的死因。

哈岚见汪四海扯上佟丽华，脸色一沉：“跟解一半和丽华有什么关系？我一人儿干的……我是跟佟梓华合谋的！”汪四海诧异地道：“你？跟佟梓华？你们俩一块儿杀了岛田？”哈岚反问道：“啊！不是你说的吗？”汪四海愣住：“我说的？我什么时候说的？！哈岚，我告诉你，你少给我胡搅蛮缠！”

“就是我串通佟梓华杀了岛田。”哈岚一口咬定。

汪四海若有所思地点了点头，舒了口气，往草弥这边看了一眼，见草弥始终不说话，便快速地将哈岚的供词记录下来，又追问一句：“你们两个谁是主谋？”哈岚指手画脚地道：“佟梓华呀！本来吧我说要在得月楼交易，可他非说去他家。”汪四海微微一怔，显然思路没绕过来：“佟梓华为什么要杀岛田？”

“这你要问他呀！他嫉妒岛田，他想当大和商社的总管……最重要的，是他想要密疏，绝对不愿落在岛田手里。”

草弥突然哼了一声，面带冷笑，饶有兴趣地望着哈岚。

汪四海听见草弥的鼻音，以为他要讲话，停顿了一下，回头训斥哈岚：“胡说！老实交代，到底谁是主谋？”哈岚理直气壮地道：“你们要不信，那我也没办法。要不就是我想杀岛田，我是主谋，这个你们总该信了吧。”

“你为什么要杀岛田？”

“这个岛田天天喊一群日本人到得月楼白吃白喝，还拿孩子威胁我，我日子过不下去了，你们警察局也不管，我不得自己动手？”

“你怎么杀的？”汪四海低头记录。

哈岚不假思索地道：“我往他酒杯里下毒，他喝了就死啦！”汪四海白了他一眼：“众目睽睽之下，你怎么下的毒？”哈岚用手指头做了个搓药粉的手势，解释道：“就……就是这么下了，趁他们不注意，扔进去不就完了？”汪四海瞪着哈岚的手，问：“毒药哪儿来的？”哈岚叫道：“当然是佟梓华给的呀！”

“佟梓华为什么帮你？”

“他是我大舅哥啊，他能不帮忙吗？”

汪四海满脸狐疑地望着草弥，一旁的山本却是轻轻地摇了摇头，显然这种供词他们是绝对不相信的。

"那密疏呢？密疏怎么不见了？"汪四海继续追问。

哈岚正色地道："这我还得问你呢，东西可是在佟府丢的，汪局长，这案子你可一定得给我破了，我两万块现大洋还没到手呢，到头来我落个人财两空，算怎么档子事儿啊？当初跟佟梓华商量杀岛田的时候，他可没说这么着……"

草弥皱了皱眉，似乎在判断哈岚的理由。汪四海不耐烦地挥手："行了行了，带下去吧！"门口两名警察上前，押起哈岚往外走去，哈岚急道："哎？就这么完啦？不签个字画押什么的？汪局长，密疏你可一定得给我找着……"

哈岚被带出审讯室，汪四海合上案宗，不确信地对草弥说："草弥先生，您看这事儿……"

"这个哈岚，聪明得很呢！他在我们面前摆迷魂阵。"草弥冷笑。

汪四海恨恨地道："这小子，就是个怂蔫奸，一肚子坏水！"草弥目光闪动："我们没有提死因，他是怎么知道岛田君被毒死的？"汪四海眨了眨眼睛，自作聪明地道："是啊，这就说明，这事儿就是他干的，没跑儿！"

山本起身向草弥行礼："晚宴全程我都跟着，岛田先生和我都非常警惕，哈岚他绝没有机会下毒。"汪四海有些意外："那是谁下的毒？难不成，还真是佟梓华？"草弥神情冷峻，沉声道："岛田君的尸检报告一出来，我会立即派人送来。汪局长，这个案子还需要您多费心。"汪四海连连点头："是，是！这是市长亲自下的命令，请您放心，我一定会全力破案，尽早查明真凶！"

"有劳汪局长了。"草弥起身告辞，与山本走到门口，又转过头来慎重地道，"至于佟格格那边……还请汪局长多关照。她父亲与我有些渊源，又毕竟是女士，相信这件事与她无关。"

汪四海满口答应，将草弥与山本送出警局之后，脸色立马就拉了下来，自言自语地道："都这时候了还惦记人家老婆呢？什么玩意儿！"

此时，哈岚被警员送进牢房，解一半带着哈津平与哈一南急忙迎上去。

哈一南扑到哈岚的怀里喊了声："爸爸！"哈岚惊讶地问："你们怎么在这儿？"解一半的表情有些无奈："汪四海把翠儿他们也抓来了。"哈岚虽然也料到这一步，但是心里焦急万分："翠儿呢？冬青呢？"

"带到女牢了，估计跟少奶奶关一起了吧！"

"汪四海这个混蛋！真是演赵氏孤儿了！ 这叫'三百余口命赴幽冥'！"哈岚咬了咬牙，冲着牢外的狱警大声叫喊，"叫汪四海来见我！我要见汪四海！有本事冲我来，抓女人和孩子算什么男人！”

“行啦，省省力气吧，还不是都你害的！”角落里，坐着垂头丧气的佟梓华，面色憔悴，似乎是对岛田敏三的突然死亡心有余悸。

解一半拉过哈岚，前前后后查看了一番，皱眉道：“他们没为难你吧？

哈岚心疼地摸摸哈津平脸上的伤，摇头叹气：“儿子疼吗？”哈津平摇了摇头，表情仍然有些惊恐。佟梓华白了哈岚一眼，叫道：“哼，他们怎么不毙了你？哈岚啊哈岚，我可被你害死了，我就知道，你小子这么痛快答应交密疏，准没什么好事儿！”

哈岚冷笑道：“人可是死在你家里，你现在是主要的，板上钉钉的，唯一杀死岛田的凶手！”佟梓华勃然大怒：“你才是凶手！我们佟家结你这门亲真是倒了八辈子霉！”解一半瞪大了眼睛：“舅爷，我们跟您，也没沾什么便宜！难得你们佟家，出了少奶奶这么好的人，我就纳了闷儿了，一母同胞的两兄妹，差别怎么这么大呢？”

“我也奇了怪了，哈岚你不惹事儿，不捅点儿娄子是不是浑身不得劲儿？你说你不愿意交出密疏，你跟我直说啊，你弄死他干什么？这下倒好，让人一窝端了，谁也出不去了！”

“别胡扯了，你还是赶紧琢磨琢磨怎么保命吧！”哈岚不耐烦地挥挥手。

佟梓华愤愤地道：“说得轻松！在我家出的事，我是跳进黄河也洗不清了！”

深夜，漆黑空寂的街道上能听见凄厉的风声。

丁宝穿着黑衣，一路躲躲闪闪地来到小小酒馆的门口，四下张望，身子贴着门板，两长一短地叩门。过一会儿，门开了一条缝隙，丁宝快速闪进去。马俊杰探出头往街道上瞄了一眼，悄然无声地关上了门。

小小酒馆的阁楼里，没有开灯，丁宝突然看见牛掌柜也在，微微一怔，紧张地对马俊杰说：“赶紧救人吧！哈贝勒和佟掌柜、解大哥他们都被抓了，翠儿嫂子和孩子也被抓了。”

牛掌柜在黑暗中沉思，颔首道：“我们都知道了。”马俊杰皱着眉头问：“他们都没机会逃跑吗？”丁宝苦笑道：“那药太毒了，一下就死了，压根儿就没逃跑的工夫。”

马俊杰心情沉重地叹了口气，牛掌柜缓缓地道：“杀死岛田这样的大事，总要付出代价的……”丁宝瞪了牛掌柜一眼，道：“可哈贝勒和解大哥他们把一家子都搭进去了，这事儿你们可不能不管！”

“你放心，组织上一定会安排营救……”马俊杰焦急地望着朱掌柜，欲言又止。

朱掌柜并没有接话茬，而是安抚丁宝：“丁宝同志，这次能顺利完成任务，多亏了你的帮忙，我代表铁血救国会，向你表示感谢！”丁宝急道：“别说这没用的，赶紧救人啊！”朱掌柜抚须道：“丁宝同志，你知道密疏在哪里？”丁宝立马警惕起来：“你问这个干什么？”朱掌柜尴尬地笑了笑，道：“我就是担心，别落到日本人手里。”

“放心吧，我已经放好了，日本人找不着的。”

“这件东西非同小可，在个人手里毕竟不安全，我觉得还是交给政府保护比较保险……”

丁宝摇摇头，道：“这我可做不了主，得等哈贝勒出来再说。”马俊杰接了一句：“当务之急，还是先把哈岚他们救出来再说。”朱掌柜沉声道：“救人固然重要，但是保护国宝也势在必行……”丁宝脸色一黑，冷冷地道：“闹了半天你也是为了密疏……拿这个要挟我？是不是不交出密疏就不救人了？你这跟日本人有什么区别？”

“不不，您误会了……”朱掌柜抱拳解释。

马俊杰正色地道：“丁宝，朱掌柜他不是这个意思……”丁宝火冒三丈，叫道：“那什么意思？人你们到底救还是不救？不救我立马去自首！毒是我下的，人是我杀的，都是你们指使的，跟哈贝勒和解大哥他们没关系！”马俊杰挽住丁宝的胳膊，耐心地劝说：“丁宝，你先别急。你要是去自首，咱们一个也跑不了，谁去救哈岚他们？我给你保证，我说过这事儿我兜着，我一定会把他们全须全尾儿地救出来。你先回去吧，我们商量一下营救方案，一有信儿立马通知你。”

“我怎么信你？”丁宝甩开马俊杰的手。

“我向铁血救国会在天国的兄弟起誓，我马俊杰说到做到，一定会救哈岚他们出来！”

丁宝将信将疑：“你要是不救，我就把你们全抖出来！”朱掌柜想上前说什么，被马俊杰拦住，慎重叮嘱：“你先回去吧，小心点儿。”丁宝跺了跺脚，转身离开小小酒馆。

朱掌柜隔窗看着丁宝离开，心有所虑：“就这么让他走了？太危险了！他很可能把我们给暴露了！”马俊杰点点头：“那就赶紧救人吧。”朱掌柜沉思片刻，道：“你现在很危险，必须马上离开北平，我安排人，连夜送你走。”马俊杰吃惊地看着朱掌柜：“那哈岚他们怎么办？真不救了？”朱掌柜平静地道：“你的任务已经完成了。我们不值得为了一个酒楼老板而冒险……”

“不值得？哈岚他为了帮我完成任务，连一家大小的命都要搭进去了！你还在这里讨论值不值得？”

“作为一个军人，你应该理解，为革命必须有取舍，有牺牲……”

“可舍弃的不该是人性道义，牺牲的不该是老百姓！”马俊杰情绪有些激动。

牛掌柜义正辞严地道：“个人必须服从党国的利益！”马俊杰大声道：“党国不应该是保护百姓吗？一个抛弃百姓的党国，凭什么让百姓顺服它？”牛掌柜皱了皱眉头，轻声道：“俊杰，服从是我们军人的天职，你不能意气用事……”

“可我不能违背做人的底线！”马俊杰猛然转身，一拳打在阁楼的木板墙上，气呼呼地摔门而去。

第五十六章 惊弓之鸟

汪府大宅。

莲嫂正在房内向娄晓月汇报，说得月楼已经被查封，解家那边她也去打听了，来了好多警察，把翠姑和解神厨都抓走了。娄晓月神色焦虑，急问：“那津平呢？津平怎么样了？”莲嫂叹道：“少爷也被抓走了！”

娄晓月啊的一声，拔腿就要往门外冲，莲嫂慌忙拉住：“太太，这大半夜的，您去哪儿啊！”娄晓月怒气冲冲地道：“我找汪四海要儿子！”莲嫂劝道：“太太，你先别急，还是等局长回来……”

她正说着话，只见汪四海晃着身子进门，脑袋一探，娄晓月已一个箭步冲过去，使劲拽住他：“汪四海，我儿子呢？你把我儿子抓哪儿去了？”

“放心，那小子没事儿。”汪四海满脸苦笑，脱下外套递给了莲嫂，筋疲力尽地坐在沙发上。

娄晓月上前责问：“你抓我儿子干什么？赶紧把我儿子放了！”汪四海解释道：“不是我抓的，是日本人非要抓……”娄晓月怒道：“日本人让抓你就抓？你这警察局长什么时候开始听日本人的话了？”

“你以为我愿意啊！市长亲自打来的电话，让警察局全力配合日本领事馆破案，你听听，是警察局配合领事馆！不听行吗？”汪四海一脸无奈。

“甭管谁听谁的，总得讲理吧？津平他还是个孩子！”

“哎哟我的太太！日本人他就是不讲理啊！你知道哈岚这回犯了什么罪吗？杀

人！杀的还是个日本高官，这搁过去，也是株连九族的大罪！”

娄晓月猛地一惊，皱眉道：“哈岚他能杀人？你信吗？他连鸡都不敢杀，看见血就晕了！”汪四海叹气道：“可日本人信，有什么办法？哎……不过你放心，我估摸着抓孩子也就是为了逼哈岚认罪，只要他认了罪，津平也就没事了。”

“那哈岚呢？”

“哈岚？他就死定了！”

娄晓月万分焦虑，大声叫道：“你总有办法救他吧？你是警察局长！”汪四海垂头丧气地道：“快甭提这个了，我这警察局长够窝囊了！审个犯人都得看日本人的脸色，真他妈操蛋！”娄晓月恨恨地道：“我看你就是成心的！你就是找个机会弄死哈岚和津平！他们就是你的眼中钉、肉中刺！”

汪四海脸色一变，正色地道：“晓月啊，你把我想成什么了，我要是想弄死他们还用等到今天吗？这么些年了我动过他们吗？”

娄晓月一想，他这话倒也有点道理，要整哈岚的话他早就动手了，也用不着等这么些年。但是现在人在牢里，她越想越不是事儿：“我不管！你赶紧把津平放了！哈岚你也得救，好歹你还欠人家一条命！”

“晓月，我这儿累了一天了，咱能不能别闹了。”汪四海晃着脑袋，闭目养神。

娄晓月咬着嘴唇：“津平要是有个三长两短，我也不活了……”此时，汪佳佳光着小脚丫，正睡眼惺忪地出现在楼梯口：“妈妈，你们吵什么……”娄晓月身子一颤，突然冲过去抱起汪佳佳，怒视着汪四海：“好，我带着佳佳去跳河，我们娘仨一块死！”

汪四海翻身从沙发上跳起来，愁眉苦脸地道：“哎哟！我的姑奶奶，你可别吓着孩子……得得，我想辙还不成吗……”

秋风萧瑟，老街上寂静无声。

得月楼的大门上已贴上了封条，日本人开始大肆搜捕形迹可疑之人，东四牌楼附近的住户人心惶惶，谁也不敢出门闲逛。

此时的大和商社内，草弥眉心紧锁，心事重重地坐在书房内沏茶。

孔雀穿着米黄色的和服，面色凝重，屈膝跪在桌前，与草弥用日语交谈：“草弥先生，这件事情太突然了。”草弥微微颔首，抬头望了孔雀一眼，淡淡地道：“事情发生的时候，你正好回日本了，对你而言，也是一件幸事，就不要再掺和进来了。”

“可是，草弥先生，您不会真以为佟梓华是凶手吧？凭我这么多年对他的了解，他绝不会做这样的事。”

“怎么，你真对那个花花公子动了感情了？”草弥露出似笑非笑的表情。

孔雀低着头，幽幽地道：“这么多年我不肯跟他结婚，您知道我的心在哪里……”草弥摇头苦笑：“或许，你早该嫁给他。”孔雀恭敬地道：“在天津的时候，我只是听您的吩咐，留在他的身边而已。我跟佟先生之间，是助手关系，并没有发生感情上的纠结……时间一长，我对他的性格脾气多多少少有点了解，所以，我觉得他不会是凶手。”

“我明白，这件事对你来说太残酷了……”

“人非草木，孰能无情……佟梓华人是笨了一些，可他绝不会做出伤害岛田的事的，我以我的信誉为他担保……”

草弥突然叹了一口气，道：“我是知道的，这次他是被人利用了。我以为已经做了充分的防卫，没想到还是百密一疏……”孔雀点了点头：“这些中国人实在是太狡猾了。”草弥苦笑道：“令人感到诡异的是，我们查不出他们究竟是怎么下的毒……这是非常可怕的事情。”

孔雀低头不语，她并不清楚事件的起因，只是觉得不能让佟梓华做替罪羔羊。草弥当然瞧出了她的心思，微微一笑，“放心吧，我相信佟梓华。你回佟府等着消息，如果你愿意，随时可以成为佟太太。”

审讯室内，佟梓华一脸恐慌地坐在椅子上。

汪四海笑眯眯地盯着他，心里有些得意：你小子平时仰仗着日本人耀武扬威，今儿落在我手里，咱们新账老账慢慢算。草弥与山本仍然坐在角落旁听，对于佟梓华的招供非常重视。

“说吧，你是怎么把岛田先生害死的。”汪四海喝了一口茶。

佟梓华急切地道：“要我说多少遍你才信？岛田的死跟我没关系！草弥先生你还不知道吗？这么多年，我们什么关系？我怎么会害死岛田呢？”他大声地向草弥求救，草弥一声不吭，不置可否。

汪四海沉着脸儿道：“人可是在你家死的！他要是死在我家，我也得戴着手铐接受调查！这道理你明白没有？”

“我还纳着闷儿呢，好好的他怎么就死了……”

汪四海一拍桌子，厉声道：“你少跟我装！哈岚已经招供，是受你指使，你俩合谋！”

佟梓华立马从椅子上跳起来，大叫道："他放屁！他就是巴不得我死！他故意给我栽赃！这是诽谤！诬陷！"汪四海见他气急败坏的样子，幸灾乐祸地道："佟先生，你先别急嘛，你该不会是心虚了吧？咱们秉公执法，讲的是证据！听说，开始定的交易地点是在得月楼……"

佟梓华一怔，皱眉道："没错，可改到我家交易，是草弥先生的提议啊！"他转过头去望了草弥一眼，汪四海歪着脑袋也看看草弥。

"密疏是怎么不见的？"草弥点了点头，事件的起因却避开不谈，只提密疏。

"我也纳闷儿呢，当时一团乱，山本送岛田去医院，把我也看起来了，没人动啊，好好的它就没了……我……我真不知道……"佟梓华见草弥责问起密疏的下落，暗想这次难逃凶险，头皮一麻，浑身发抖。

汪四海瞥了他一眼，冷冷地道："难不成它还插翅飞了？你老实说，密疏是不是被你私昧了？"佟梓华颤声道："胡说八道！不信你去……去我府上搜！"汪四海厉声道："早他妈搜过了！你拿了东西还能老老实实地放在家里？早藏起来了吧？说，藏哪儿了？！"佟梓华忍不住破口大骂："汪四海！你少他妈血口喷人！别一提密疏你就来劲，你丫那点儿心思我还不知道？你这是公报私仇！"

"别跟我扯这个，草弥先生还在这儿呢，我这可是公事公办……"

汪四海正与佟梓华互相争吵，山本手里捏着一份报告，突然从外面走进来，低头在草弥耳边说了几句话，草弥脸色一沉。

"也不是我瞧不起你，你要能公事公办，那真是公鸡下蛋母鸡打鸣儿！"

"你丫别狗眼看人低……"

草弥忽然出声呵斥："行了别吵了！我跟梓华君相交多年，他的为人我还是信得过的。"

二人正在对骂之时，听见草弥的喊话，皆是一脸吃惊的表情望着草弥。佟梓华更是感激涕零，叫道："我就知道，草弥君你明辨是非、明察秋毫、明镜高悬，咱什么交情，您说我是那样的人么……"

草弥正色地道："岛田君的验尸报告出来了，死因的确是氰化钾中毒。当天的菜也已经检验过了，全都没有毒，凶手是在酒里下的毒。"佟梓华愕然，奇怪地问："酒我们也都喝了呀，为什么我们没事儿？"一旁的山本冷漠地道："我们仅在岛田先生的酒杯里，发现了一点残存的毒液。也就是说，凶手是直接将毒下在他酒杯里。"

"可是那天你全程跟着的，谁有机会下毒？"

“只有在去隔壁交易密疏的时候，我们离开了酒桌。”

佟梓华眨了眨眼睛，道：“那也不对啊！那时已经清场了呀，所有的人都在西厅，外头也有人把守着，没人进来呀！”草弥盯着佟梓华，冷静地道：“梓华君，你再好好想想，你府上餐厅还有没有其它的出入口？”佟梓华呆若木鸡，摇头道：“我家我还能不知道吗？除了前厅的敞厅相通，没有别的路了啊！”

“那凶手究竟是怎么下的毒，密疏又是怎么消失的？它现在到底在哪里？”草弥紧锁眉心，陷入沉思。

汪四海眼珠子转了转，提议道：“草弥先生，要不要再审问一下其他人……”

草弥一怔，明白了汪四海的用意，当天在佟侯爷目睹岛田敏三死亡的，还有佟丽华和解一半。草弥目光闪烁，慎重地道：“很好，如果汪局长不反对的话，佟格格那里，由我亲自查问。”

“是是，我这就去安排。”汪四海点头哈腰地出去，吩咐警员立即将佟丽华带到会客厅去。

狱警将佟丽华带到房间，关上门出去。佟丽华并没有戴上手铐，坐在桌前，面容有些疲惫。草弥随后进来，与佟丽华相对而坐，殷切地给她倒茶：“佟格格受苦了。”

“自己做事自己当，这是我该受的……岛田是我杀的，你把他们都放了吧。”佟丽华语气冷漠。

草弥颇感意外，抬眼望着佟丽华，皱眉道：“佟格格，您没有必要把责任都揽到自己身上。虽然，这种做法很了不起，但真的很不明智……”

“我说的都是真的……我恨死了岛田，他就是一个为达目的不择手段的小人。他不仅让得月楼没法做生意，还威胁到我孩子的生命安全。你说过你会帮助我，可我跟你说了之后，他非但没有收敛，反而变本加厉！我没有活路了，不得不出此下策。草弥先生，您说话不算话。是你逼我动的手，你，就是害死岛田的间接凶手。”

草弥愕然半晌，缓缓地道：“对不起佟格格，这事儿我严厉地批评过岛田，可没想到他没有听……给您带来这么大的伤害，我感到万分的抱歉！可我仍然不能相信这事儿是您做的，您是一个高贵仁慈的人，绝对下不了手。”

“中国有句俗话，叫兔子急了还会咬人呢。”佟丽华冷笑。

“您是不是受到了什么威胁？或是受人指使？”草弥似乎很无奈，只得善意地提醒她换一种说辞。

“威胁我的只有岛田，没有人指使我。”

“我知道有个人叫马俊杰，这个人很危险……”

佟丽华冷冷地道：“我不认识他。就是我一个人的主意，是我下的毒，跟哈岚和解一半都没有关系。没有什么可说的了，你们要杀要剐随便吧。”她突然站起身来，要往门外走去，草弥急忙出声叫道：“佟格格……密疏……您知道去哪儿了吗？您知道，我是个商人，我一直对中国古文化很感兴趣，我会出比岛田高十倍的价格，二十万大洋……”

“密疏给你或岛田，结局不都是一样吗？没了，不见了，消失了！两万还是二十万，到头来都是一场空……”佟丽华转身打断他的话，敲了敲会客间的门，跟随狱警毅然离去。

草弥怔怔地站在桌前，神情有些黯然。

拘留房的男牢里，解一半闭着眼睛倚在墙角休息，哈津平蹲在他大腿边上，闷闷不乐。

哈一南却依偎着哈岚的肩膀，与父亲盘腿坐在地上：“爸，咱什么时候能回家？”哈岚微微一笑：“别担心，很快就可以回家了。”

“妈跟翠儿姑姑呢？”

“关在女牢呢。”

哈一南眨了眨眼睛，道：“为什么她们不跟咱们在一起？”哈岚耐心地解释：“因为咱们是大老爷们儿，她们是女眷，这叫男女有别。”哈一南好奇地道：“那在家的时候你不还跟妈睡一起吗，怎么就有别了？”哈岚扭头瞪着他：“嘿？你哪儿来那么多问题？”

哈一南撇了嘴撇，又继续问：“爸，进来的时候他们把我书包拿走了，咱回去的时候，他们还会还给我吗？”哈岚点点头：“会。”哈一南皱了皱眉：“爸……那咱们……”哈岚不耐烦地用肩膀推了推哈一南：“你怎么这么多废话呢？”

不料一旁的解一半突然睁开眼睛，笑道：“爷，你废话这么多年我们也没烦，孩子说几句怎么了？一南，说，大爷听着！”哈一南回头一望，道：“哦，我就想问问咱们为什么被关进来了。”

哈岚与解一半顿时被噎住，二人面面相觑，不知道怎么回答。坐在墙角的哈津平脱口说了一句：“因为他们杀人了。”哈一南紧张地瞪眼：“爸，你是杀人犯？”

“胡扯！”哈岚扭头问哈津平，“你听谁说的？”哈津平玩弄着地上的草席，看也不看哈岚一眼：“来的路上，听抓我们的人说的。”解一半赶紧接话：“津平，你别听他们那帮人扯淡，没有的事儿！”哈津平没好气地道：“那好好儿的怎么就把咱们给逮进来了？”

“因为……因为他们想要咱们家的宝贝。”哈岚的脸色有点僵，这事儿跟孩子们解释，恐怕三言两语说不清楚。

哈津平半信半疑地道：“什么宝贝这么金贵，给他们不就是了？”哈岚哼了一声：“你小子倒是大方。”哈津平挠了挠头，道：“现在逮都把咱们逮进来了，你要是不给人家，咱们还出得去吗？”哈岚皱了皱眉头：“这事儿用不着你操心。”

这时，外面传来狱警的声音：“开饭了开饭了！醒醒！”

解一半赶紧起身，走到牢门前等饭。哈岚一把拽住哈津平，正色地道：“一会儿见了人，记得别胡说八道。”哈津平低着头不说话。

“听见没有！”哈岚扯大嗓门。

哈津平吐了一口气，大声应道：“听见了。”

取到盒饭的哈一南捧着碗，鼻子凑上去闻了闻，顿时哭丧着脸：“这喂猪的吧，都酸了！”哈岚无奈地道：“牢饭就这味儿，凑合着吃吧！捏着鼻子吃就闻不见味了！”哈一南捏着鼻子喝上两口汤，龇牙咧嘴，说不出来的难受。

而女牢中的盒饭一送进来，翠儿打开食盒一看，见里面是一道道精致的菜肴，讶异不已。解冬青见状，伸手要来抓着吃，翠儿赶紧打开解冬青的手，斥责道：“去！也不怕里边儿掺了什么东西！”

佟丽华从餐盒里夹起一块玉子烧，递给解冬青：“吃吧。”翠儿满脸疑虑，有些惊恐：“今儿这饭怎么这么好？不会有诈吧？难道是……断头饭？”佟丽华吃着玉子烧，笑着道：“咱们一大家子都在牢里，他们要弄死我们轻而易举，没必要这么大费周章。”翠儿摇头叹气地道：“您倒心宽，一大家子都在牢里，外面也没个接应的，这不给人闷里边儿了么？我当时就觉得这事儿不靠谱，死个日本人他们能不查？之前是天天儿提心吊胆，怕这仨孩子出什么乱子，这可倒好，直接给人闷牢里了！”

“你少说几句……”

“少奶奶，我少说几句咱们也出不去啊！”翠儿担忧地望向拘留房的过道，“不知道津平那边儿怎么样了……”

审讯室内。

汪四海坐在桌前准备就绪，让警员去牢房将解一半带过来。佟梓华已经解开了手铐，陪同着草弥旁听。解一半进了审讯室，瞧了瞧佟梓华，不等汪四海审问，直接开门见山地说：“我杀的，就是我杀的，跟旁人没关系！你赶紧把他们放了，我一人做事一人当！”

汪四海傻住，冷笑一声：“嘿！还真没见过这样的，一家子抢着说自己杀了人！你说说看，你怎么杀的？”

“我在菜里下的毒！”

“胡说！我们已经验过了，菜里没毒！再说了，两个人看着你做饭，你哪有机会下毒？你还是赶紧招了吧，到底谁是凶手？”

解一半翻了白眼，没好气地道：“我说是我杀的你不信，你让我招什么？”汪四海咬着牙道：“我让你说，谁指使你干的？”解一半脱口叫道：“佟梓华呀。”他用手指了指坐在墙角的佟梓华。汪四海哈哈大笑：“哎呀！你跟哈岚还真是一个鼻子眼儿出气。”

佟梓华急得直跳脚：“解一半！你血口喷人！”草弥不动声色，拉了拉佟梓华的衣角，示意他安静。汪四海继续问：“佟梓华为什么指使你杀岛田？”解一半故作犹豫，无奈地道：“哎！他就是想独吞密疏！他找过我，说愿意出比岛田多一倍的钱，四万大洋买密疏……”

汪四海露出惊愕的表情，扭头去看佟梓华，忽觉人影一晃，佟梓华已经怒气冲冲地扑上来，挥拳去打解一半：“我让胡说八道！”汪四海慌忙起身阻拦，使劲将他拉开。

草弥皱眉呵斥：“梓华君！你先冷静一下！”佟梓华怒道：“草弥先生，您可千万别听他的，他跟哈岚一样故意要害我。我佟梓华要有这样的想法，天打五雷轰！”草弥点了点头，沉声道：“我还是相信梓华君的……再说了，你要真有这种想法，也不会蠢到在自己家里下手。”佟梓华满头大汗，大声叫道：“草弥君圣明啊，圣明！解一半！你他妈少在这里跟个疯狗似的乱咬！你想死一边儿利索的死去，别出来害人！带下去带下去！”

“慢着！你审还是我审？这儿谁说了算啊？我！”汪四海猛地一拍桌子。

佟梓华一惊，讪笑着往边上闪开：“你来，你来。”汪四海歪了歪脑袋，不悦地道：“我还没审完呢，你急个什么劲？解一半，我问你，到底是谁指使你的！”解一半摊着手，叹气道："你们要是不信是他的话，那就没人指使……你说什么就是什么吧。"

汪四海捏紧拳头，怒道："你到底说不说？不说我可用刑了！我们警局那家伙什儿可不是吃素的！"

解一半瞪直了眼睛，大呼小叫起来："凭什么对我用刑啊，我说人是我杀的，你们不相信；我说人不是我杀的，你们不相信；我说是佟梓华指使的，你们也不相信！要不这么着，我这人嘴也笨，你们给我拿张纸，我照着念，你们让我说什么，我就说什么，您看行吗？"

汪四海一怔，转身问草弥："草弥先生，您看您想让他说什么，咱们就让他说什么行吗？"草弥面色一寒，反问道："汪局长，你们中国的执法部门可以这样审案吗？！"

"来人，先带下去！"汪四海本来就憋着一肚子的火气，当着草弥的面又不好发作，只得朝门口的狱警挥了挥手，转身将桌子上一叠案宗收了，忍气吞声地与草弥商议，"草弥先生，您也看见了，这三个人都争着说自己是凶手……不如，您看谁最像，挑一个结案得了。"

"汪局长，这办案是您的事，我只是旁听，这么严肃的人命官司，怎么能随便挑一个凶手就结案？"草弥提出异议。

"是是，我说错话了。您看，这凶手已经招供了，这案是不是可以结了？"

草弥突然面露冷笑，意味深长地道："凶手怎么下的毒，到底是谁下的毒还没有查清楚，密疏也没有下落，还有一个幕后指使也没有查出来，汪局长认为可以这么草率地就结案了吗？"

"是，是，我再查，再查……"汪四海捣蒜般地点头，将草弥送出审讯室，佟梓华走到他身边冷哼了一声，甩手走出了门。

汪四海直起身子，将头顶的警帽摘下来狠狠地扔在桌上，"什么玩意儿！"

汪府门外的街道上，朱掌柜骑着自行车，前杆横梁上带着汪佳佳，一路飞驰而来，汪佳佳咯咯地欢笑，玩得极为开心。朱掌柜在汪府门口的不远处停下来，递给汪佳佳一封信："佳佳乖，交给你爸爸，叔叔过几天再带你骑车玩！"

汪佳佳接过信，快乐地跟朱掌柜挥手告别。朱掌柜目送孩子欢快地跑进汪府，转身跨上自行车，人影消失在街尾。

此时，娄晓月正在客厅与汪四海大吵："我要去探监！我要去看我儿子！"

“你是去看儿子啊？还是看儿子他爹啊！”汪四海没好气地道。

娄晓月怒道：“汪四海！你什么意思？你拖着不把我儿子救出来，还不让我看儿子？你成心要我的命吗你！”汪四海有点哭笑不得，跺着脚喊：“你瞧瞧你这脾气！我这不正办着吗，今儿还提来着，刚让草弥给怼回来……”

“我回来啦！”汪佳佳举着手里的信跑进客厅。

汪四海立马换了一张笑脸，迎上来抱住：“哟，我的乖闺女回来喽！”他把汪佳佳举起来，高兴地用脸去蹭汪佳佳的小脸。汪佳佳一边乐得咯咯地笑，一边嫌弃地躲着：“胡子扎，扎……”

娄晓月皱着眉走过来，问道：“怎么你自己回来了？莲嫂呢？”

“没见到莲嫂，是个叔叔送我回来的，他说是爸爸的朋友，还让我给爸爸带一封信！”汪佳佳将信封递给汪四海，扑到娄晓月怀里。

汪四海奇怪地接过信，见信封上写着：汪四海局长亲启。打开信一看，脸色顿时大变。娄晓月见汪四海神色不对，伸过头去看信，上面写着：……哈岚与解一半等人助我铁血救国会诛杀日本特务，实为大义之举，当为民族英雄。现命你速速营救哈岚等人，若一人有闪失，则汝之行径等同日寇，人人当得而诛之！我们杀得了岛田，自然也杀得了你！小心你的女儿……铁血救国会。

汪四海心生恐惧，颤抖着手问女儿：“佳佳，信是谁给你的？”汪佳佳被吓着，惊惶地道：“一个叔叔……”娄晓月紧张地抱住汪佳佳，急道：“什么叔叔，就是杀手！汪四海，佳佳已经被杀手注意了，随时会有生命危险，你快点想想办法！”

莲嫂慌慌张张地跑过来：“怎么小姐回来了……”汪四海怒道：“你跑哪儿去了！”莲嫂支支吾吾地道：“我……我赶到学校的时候已经没人了，有人看见……看见小姐叫个骑车的人接走了……”汪四海狂吼道：“你看见什么了！小姐差点儿出事你知道吗？！”

“你吼莲嫂干什么？人家明摆着是冲你来的！早让你救你不救，现在好了，人家找上门儿来了！等同日寇！你的罪名比汉奸还大，我告诉你，佳佳要是出了事，我跟你拼命！”娄晓月抱着汪佳佳气呼呼地上楼去。

汪四海惶惶不安，将手里的信胡乱塞进信封：“打今儿起，佳佳哪儿也不准去！学也不上了！我让刘金带一队人跟着你们！我就不信了，看谁敢动我汪四海的闺女一根汗毛！”

佟侯府的大门外。

丁宝在胡同里走了一段路，转身回头，偷眼瞅了瞅大门，身子贴着院墙的角落，走到墙外一棵大树下，抬头看了看高度，四下观望，确认胡同里空无一人，纵身攀上了大树，一转眼就跃上了墙头。

半个时辰之后，佟梓华匆匆忙忙地回府，走到自己房间，脱掉外衣挂在衣架上，转身看见书桌上有一封信，上前查看，见信封上写着：佟梓华亲启。他自言自语地道："谁寄的？连个落款都没有……"

等他拆开信看了几眼，立马傻眼，仔细看了看落款上的"铁血救国会"，一屁股跌坐在椅子上，惊恐四顾地大喊："卢总管！老卢！"

卢管家慌忙跑了进来，不知佟梓华为何突然如此紧张。

"这封信谁送来的？"佟梓华扬了扬手里的信，小声地问。

卢管家疑惑地道："什么信？不知道呀，我没放信呐！"佟梓华一怔："那是谁放我桌上的？"卢管家摇头道："家里除了我，您这屋谁也不许进，没人放的了。"佟梓华眼珠子一瞪："那这信是自个儿飞进来的？"

"什么信呐？瞧您急成这样？"

佟梓华脸色一沉："要命的信！"

此时，门房进来通报，说警察局长汪四海求见。佟梓华皱了皱眉头，若有所思地道："快请他进来！"

汪四海火烧火燎地冲进书房，从口袋里摸出匿名信，直接往桌上上一拍，怒气冲冲地道："看看吧！"佟梓华看了看信，一点儿也不觉得惊讶，白了汪四海一眼："有什么好看！"汪四海吃惊地道："啊？！你看清楚没有，这是要命的恐吓信！"

佟梓华叹了一口气，将手里的信递给汪四海看："你也看看吧。"汪四海接过信一看，面如土色："你？你也收到一封？"佟梓华冷笑道："跟你那封一模一样，只不过你比我多了个'小心女儿'，亏了我没女儿……"汪四海斜着眼骂道："你倒想有呢，你也配？谁给你生啊！"

"你配！先要了你女儿的命，看你还嘚瑟不嘚瑟！"

汪四海强忍住火气，无奈地道："行了！咱俩在这儿干吗呢？刀架脖子上了还斗嘴皮子玩儿！"佟梓华沉思片刻，道："你看清楚了么？谁送的信？"汪四海摇头叹气："直接交给了佳佳给我的。"佟梓华脸色一变："这也太阴了吧？太黑了！这就说他时时刻刻可以要你女儿的命！”

“谁说不是呢！你呢？”

“我的就更邪性了，直接摆到我这书桌上了，整个儿就是一飞贼呀！”

汪四海摸了摸额前的冷汗，道：“甭猜了，铁血救国会……这帮孙子杀人不眨眼，防不胜防啊。”佟梓华在屋子里转着圈，慎重地道：“我说汪局长，汪老弟，咱们别自相残杀了行不行？！先把咱们自己的命保住了行不行？”汪四海垂头丧气地道：“你别跟我扯，这么多年可一直是你跟我过不去……你跟我说句实话，这儿就咱们两个人，你到底把密疏藏哪儿去了？”

“哎？又来了！你不把我弄死你誓不为人是吧？”

“反正你的嫌疑最大，你蒙得了日本人，蒙不了我！”

佟梓华苦笑道：“说什么你都不信，我真不是那要财不要命的人！汪老弟唉，现在咱们俩必须前嫌尽弃，同舟共济，先把这匿名信对付喽！”汪四海冷笑道：“怎么对付？哈岚这一大帮子人，咱们救得出来吗？”佟梓华叹气道：“是！至少哈岚和解一半是活不成了……日本人咱惹不起。”汪四海眼珠子一转，道：“要不这样，咱一个一个来，先女人，后孩子……哈岚和解一半去他妈的，只要先放出一两个来，就算有了交代。”

“办法倒是可行，铁血救国会的人，总不能说咱们没救人没使劲儿吧。”

“可是，这得听草弥的，这孙子有那么好说话吗？”汪四海皱了皱眉，一想起草弥的嘴脸，他就恨得牙痒难忍。

佟梓华晃了晃脑袋，道：“你还不知道吧？草弥一直对我妹妹有意思。”汪四海一怔：“什么意思？”佟梓华骂道：“还能有什么意思？就他妈那个意思！”

汪四海恍然大悟：“难怪！要不草弥怎么一直说佟格格不是杀岛田的人，没安好心啊！”佟梓华点了点头：“先从丽华入手，这是草弥的软肋。”

“还是先从孩子入手吧，把我儿子先救出来。”

“你怎么又出来个儿子？”佟梓华一头雾水。

汪四海翻了个白眼：“哈津平！”佟梓华瞪大了眼睛，突然上下打量着汪四海：“你是不是吃错药了？那是哈岚的儿子，姓哈！”汪四海哼了一声：“他妈是我媳妇！这理由成不成？”佟梓华虽然是有点懵，但也不想考虑太多：“瞧这弯儿绕的，行行，就算是你儿子。要出一块儿出，不可能先救他！”汪四海据理力争：“什么就算啊？那就是我儿子！”

“好！你够本事！你愿意弄顶绿帽子戴，没人儿拦着你。”

“你都想不到，娄晓月为了叫我救津平，快把我逼疯了！晚上睡觉我都不敢合眼，她就那么直勾勾地瞪着我，我真怕她哪根筋不对了把我宰了，我真熬不住了。”汪四海一副无可奈何的表情。

“不说了行吗？咱们各有各的难处，同心协力，相依为命，谁也不许再拆谁的台！没别的招儿想，共渡难关吧！”

“就这么办！”汪四海突然举起胳膊，与佟梓华击掌，“咱们可不开玩笑，一言为定，决不食言！”

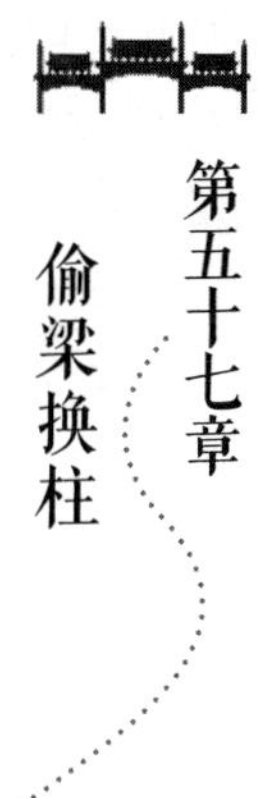

第五十七章 偷梁换柱

大和商社。

草弥背负着双手，站在办公室的窗前远眺窗外。

“草弥先生，这是一件凶杀案……我来的路上也跟佟先生交流过了，这事儿肯定与孩子们无关。”汪四海弯肘夹住警帽，毕恭毕敬地站在桌旁，说话时突然朝着佟梓华使了个眼色。

“当然无关，小孩子会杀人吗？”草弥语气平淡。

汪四海试探着问：“那……是不是就不用在孩子身上下力了吧？”草弥似乎怔住，突然转过身来，犀利的目光冷冷地盯着汪四海：“汪局长，您的意思是放了孩子？”

“不是不是……我是说……”汪四海瞧见草弥的眼神，额前渗出少许冷汗，头皮一麻，只能等着佟梓华接话。

佟梓华赶紧打圆场：“草弥先生，我理解汪局长的意思，他的儿子在牢里，确实很无辜。”草弥微微皱眉：“哈津平？”汪四海掏出一块手绢擦了擦汗，连连点头：“是是！他妈妈娄晓月已经痛不欲生了。”草弥淡淡地道：“抓孩子并不是因为孩子有罪，岛田也正是从孩子下手，才迫使哈岚他们交出密疏……我希望汪局长能明白这个道理，孩子只是个诱饵。”

“可是正因为岛田对孩子下手，才激怒了哈岚一家人铤而走险，这才引火烧身，被人下毒致死……草弥先生不可不吸取教训。”

佟梓华又接了一句：“对对，我也觉得汪局长说得很有道理，这叫过犹不及、物极必反！”

草弥的目光来回审视二人，奇怪地道：“出什么事了？你们两个人忽然同声一气，一唱一和，很有些兄弟情谊嘛！”佟梓华与汪四海站在原地，有些困窘：“都是为了破案，为了大和商社嘛！”草弥摇摇头，大感好奇：“不不，不对！你们两个人始终是势不两立，互相拆台的，今天是怎么了？”

二人顿时傻眼，无以应对。草弥追问道：“没有原因吗？”

“当然有原因！”佟梓华情急之下，脱口而出。汪四海心里咯噔一下，脸上的表情有些复杂，担心地瞄了他一眼。

“我们都有私心，商量好了一起来求见草弥先生！他说是为了儿子哈津平，实际上是为了他老婆，我是为了我妹妹佟丽华。因为，如果我妹妹出事，我无法向还在日本为天皇效力的阿玛交代！”佟梓华话音一落，汪四海松了一口气，心里暗骂一句，算你小子反应快。

“很好！我喜欢诚实的人……那就把女人和孩子都放了？”草弥颔首沉思。

汪四海挺直腰杆，正色地道：“我是警察局长，负责全案的侦破任务，这个案件的背后一定有很重要的背景。把所有的人关起来的话，我们在外边儿无从查起，放出女人和孩子，这背后的人一定会跳出来和他们联系，这样，我们才可能顺藤摸瓜，找到真正的凶手！”

草弥赞许看了汪四海一眼，点头微笑：“很老套的放长线钓大鱼，虽非上策，也还是可以试一试。”佟梓华故作思索状，道：“欲擒故纵……这个有点道理，那就把女人和孩子……”

“那就放了吧！汪局长，您要多派一些人，不要放过任何一个和他们接触过的人。”

“草弥先生，汪某一定尽心尽力！”汪四海吐出一口冷气。

拘留房男牢。

一名狱警哗啦啦一声打开牢门，用手中的警棍敲了敲铁栅栏，喊道：“哈津平、哈一南出来！”

众人正感到疑惑，哈岚已上前一步，慌忙护住孩子们：“干什么去？”狱警不耐烦地道：“哪有那么多废话呢！快出来！”哈津平壮着胆叫道：“我不去！我爸爸在哪儿我在哪儿！”

狱警不分青红皂白，走进来一手拎着哈一南，一手拽起哈津平，直接推到了牢门外面。解一半要冲上去抢孩子，被狱警一棍子打在肩膀上，一脚踹出个跟头，反手一拉，哐的一声关上牢门。

哈一南哇哇大哭起来，哈岚隔着铁栅栏大喊："津平，看好一南！"

俩孩子被狱警连拉带拽地推了出去，哈一南的哭声逐渐远去。

哈岚有些担忧，回过头望着解一半："他们应该不会对孩子下手吧？"解一半揉了揉肩膀，道："应该不会，抓孩子是为了逼咱们，杀了孩子还逼什么？那就剩了深仇大恨了！"

"那他们把孩子带走干什么？"

"那就难说了，反正没什么好事……爷，你到底把密疏藏哪儿了？"

哈岚皱了皱眉，道："你还是不知道的好，不能告诉你！"解一半生气地道："要是让我找着了，我一把火把它烧了！这要真是株连九族了，好歹我也让他们什么都得不到！"

阴森的高墙外，监狱的铁门紧闭。

佟丽华与翠儿带着解冬青已经在监狱外面着急等待。

大门开了一条缝，哈津平与哈一南从里面走出来。背着书包，脸上还挂着泪的哈一南一见到佟丽华，开心地奔上去大喊："妈！"

哈津平低着头不吭声，翠儿皱眉问他："你大爷和你爸呢？"哈津平低声道："里边儿待着呢。"佟丽华急道："说什么时候出来了吗？"哈津平摇摇头，似乎不太愿意跟佟丽华说话。

"这是什么意思？"翠儿又惊又怕，转身要回去。

佟丽华一把拉住："哪儿去！"翠儿恨恨地道："我问问他们去！"佟丽华叹气道："你就别添乱了！先带孩子回去再说。"

不远处一辆黑头车停下，娄晓月快步下车急匆匆走过来，莲嫂提着大包小包的点心跟在后面。

佟丽华与翠儿瞧见娄晓月，满心诧异地对视一眼。

娄晓月四处张望，没发现哈岚的身影，脱口就问："哈岚呢？"佟丽华揽着哈一南和哈津平，面色平静地望着娄晓月："还在里面。"

娄晓月突然看见站在佟丽华身侧的哈津平，神情有些复杂。佟丽华拍拍哈津平的肩膀："叫人，叫……妈。"哈津平脸色一变，瞄着娄晓月，往佟丽华身后躲。

莲嫂赶紧上前，将手里的点心递给哈津平："少爷，这都是你爱吃的点心，拿着吃吧。"哈津平抬头瞅着佟丽华的眼色，见佟丽华点点头，伸出手接过点心。翠儿一跺脚，叫道："哎哟，这都什么时候了，还在这儿认亲呢，一半儿和爷可都还在里面呢！娄晓月，你去跟你们家汪四海说说，这事儿跟我们家真没关系，让他赶紧把人放了吧。"

"翠儿，这事儿哪儿这么简单，别为难汪太太啊。"佟丽华心平气和地对娄晓月说，"你进去看看他吧，牢里饭菜不好，这几天应该没吃什么东西。"

娄晓月咬了咬嘴唇，道："我是来看孩子的，你们先回去吧，哈岚他们我会尽力的。"

"那谢谢了，谢谢。"佟丽华与翠儿拉着三个孩子走远，空旷的大门前，只留下娄晓月和莲嫂，注视着哈津平的背影，心里五味杂陈。

佟丽华与翠儿回到了解家小院，去厨房生火做饭，给孩子们烧了几盘好菜。

三个孩子狼吞虎咽，一眨眼的工夫，连盘子里的菜汤也全部吃个干净。翠儿将孩子们的衣服换好，与少奶奶坐在桌前，想起哈岚与解一半还在牢里，忧心忡忡，一筹莫展。

"到底是什么意思？光把咱们放出来了，为什么不放爷和一半儿？"翠儿越想越不对劲。

佟丽华无奈地道："他们两个恐怕出不来了，放不放都一样，命全在人家手里攥着呢。"翠儿摇摇头，道："可他们到现在也没找到下毒的证据……"佟丽华冷静地道："还用找么？不杀两个中国人是无法向日本官方交代的。"

"那密疏呢？拿密疏出来换人。"翠儿想起东陵密疏，心里一肚子火气，"什么破东西值咱们好几条人命？我恨死了这个什么破宝贝了，当初爷就不该留着！"

"我也恨！我也早说忍受不了了，可我得听哈岚的，他就是丢了性命，也不会交出来的。"

翠儿快哭出来了，急道："少奶奶，可是现在人命关天，凭什么让我们把命也赔上啊？！"

"现在说什么都晚了，这么多年哈岚就这么一个心愿……翠儿，我不想连累你跟一半大哥，我去找草弥，我宁可替哈岚去死！"佟丽华心里并不好受，一家人为了密疏经历了太多太多，如果轻言放弃，只怕哈岚一辈子都不会安心。

"我也去！"翠儿忽然起身，将围裙一扔桌上。

"翠儿，还有三个孩子呀！你就是不为自己考虑，也要替三个孩子想想。我是无能为力了，不管受多少委屈，孩子才是我们的一切！"

翠儿身子一僵，缓缓坐下：“我想起来了，马俊杰这个祸害精跑哪儿去了？他答应过，他也保证过，不管出了什么事，他都不会袖手旁观的。现在都成了这个烂样了，他连个鬼影子都瞧不见。”佟丽华皱了皱眉，道：“他好像还不是那种背信弃义的小人，也许他们也正急着想办法。”

“什么叫也许？也许他就是骗子！不行，我得去找他……”

“上哪儿找？”佟丽华起身拦住她。

翠儿焦急地道：“我知道去哪，原来那报社改成酒馆了，丁宝说的，他去过。”佟丽华若有所思地道：“我觉得你不能去找他，你不觉得他们把咱们放出来另有所图吗？”翠儿一怔：“图什么？”佟丽华正色地道：“我敢肯定，无数的眼线已经在盯着咱们，不管你去找谁，立刻就会被他们抓进大牢。他们要追幕后主使，找的就是马俊杰！如果马俊杰不露面，也许哈岚和一半还有一线生机，一旦他被抓住了，不但他活不成，哈岚和一半也必死无疑！”

“那……那我去找丁宝，他们怎么也怀疑不到丁宝身上吧？让他去找马俊杰……”翠儿胆战心惊。

“那更不行！就是丁宝下的毒，不能再把他牵连进来呀……”

此时，牢里的哈岚与解一半正在垂头丧气，忽然听见外面走廊有脚步声，急忙起身查看。只见一脸肃容的汪四海带着刘金进来，皱了皱眉，似乎忍受不了牢房里的怪味，从兜里抽出一块手绢捂住鼻子。

“汪四海！你把我儿子带哪儿去了！”哈岚隔着铁栅栏大声质问。

汪四海嘴角一样，冷笑道：“现在知道关心儿子了，你杀人的时候怎么不知道担心担心你儿子？”哈岚指着他鼻子叫道：“你把他俩怎么了？”

“杀了！”汪四海没好气地应了一句。

哈岚眼珠子一瞪：“汪四海！”汪四海翻了个白眼：“津平那小兔崽子要是少了根头发，晓月还不得要我的命？”

“他们人呢？翠儿和冬青呢？”解一半满脸焦虑。

汪四海冷冷地道：“都跟佟丽华回家了。哈岚，我看你也别硬撑着了，赶紧把背后的人供出来，你说为了一件跟你们没关系的事儿，你把一家老小的命都搭进来，值当么？”哈岚叹气道：“这事儿你们都问多少遍了？没人指使，都是我干的。”

汪四海并不答话，回头吩咐刘金：“你们先出去。”等牢房内的警员离开，他从兜里掏出密信，在哈岚眼前晃了晃，“你们背后的主谋都给我写信了，你还嘴硬！”

哈岚一惊，伸手要看信，汪四海却把信收起来，慎重地道：“你们到底认识了一帮什么人？这次草弥咬着不放了，你们杀谁不好，非要杀岛田那么高的官！背后的人是谁，密疏在哪儿，你们哪怕供出来一个，我就能保你们不死。”解一半怒道：“我呸，汪四海，你又打什么主意呢？”

“你还保我们，保你自己升官发财吧？”哈岚歪着脑袋。

汪四海正色地道：“你们以为你们家那俩娘们儿、仨孩子，出去了就没事儿了吗？这世道，在哪儿动手不是动，非要在牢里？”解一半脸色一黑，呵斥道：“你想干什么！”汪四海冷笑道：“不是我想干什么，我能干什么？这你得问问草弥想干什么，懂吗？”

解一半一时没了主意，扭头望着哈岚：“爷……”

“反正人就是我杀的……”哈岚一口咬定。

汪四海点了点头，冷嘲热讽地道：“那我明白了，我看你是想当扒了皮的癞蛤蟆，活着讨厌，死了吓人！哈岚，你就自找苦吃去吧你！”他起身要走，突然想起了什么事，回过头瞪着解一半，“哦对了，解一半，跟你说个事儿啊，这个……你爸爸，解神厨，没人杀他。哎，我跟你说啊，这事儿跟我可没关系，是他拿着刀瞎比画，我就这么一挡，他自己撞刀口上去的。”

他转身离去之后，哈岚与解一半怔在原地，浑身一颤，想起汪四海如此的处心积虑，只觉得毛骨悚然。

解一半已发疯似的冲到牢门口，睁着血红的眼睛，摇着铁栅栏狂吼：“汪四海！汪四海你个王八蛋！”他的喊声响彻牢房，犹如一头发狂的野兽。

哈岚神思恍惚地坐在地上，看着解一半低头喘气，心头突然涌起一阵悲伤，倒不是为了自己背负杀害解神厨的罪名，而是觉得这次生还的机会已经很渺茫：“他能把这事儿告诉你，说明咱们俩的死期到了……”

解一半低头哭泣：“我真后悔……后悔当初没把这畜生宰了！”哈岚幽幽叹息：“宰不了，他知道咱俩一死，就没人能报复他了。”

“爸！我没能给您报仇，对不住您啊——”解一半放声痛哭。

审讯室内。

哈岚被带进来之后，警员立即关门出去。他正在奇怪为何汪四海不来审问，

草弥已推门进来，在警员耳边低声说了几句，缓缓走到桌前，心平气和地道：“哈

先生，佟格格她们已经带孩子回家了，今天不是审问，算是两个老朋友的聊天。”

哈岚抬起头来斜了他一眼，冷嘲热讽地道：“嗯，地道！我说草弥，草弥，不好意思，我一说你的名，我就忍不住。我说草弥先生，你是日本倭子国呀，乃我天朝臣邦，按说咱俩不是一个层次的，你跟我呢，也不是同一个品种。所以说我是中国人，你注定是小日本，咱俩竟然能成为朋友，还真是缘分呐，呵呵！”

草弥微微一笑，给哈岚倒了一杯水，客气地道：“我想我们应该开诚布公地谈一谈，眼下的时局是中日共荣，我们是一家人。实话说吧，到现在为止，我们还没找到你们投毒杀人的证据，不过今天，我们不聊这个，我希望哈先生能够解答我心中的一个疑惑。”

“我没什么疑惑可以帮你。”哈岚冷漠将草弥的手推开。

“哈先生，你们神不知鬼不觉地杀人之后，再把密疏藏起来，到底是怎么做到的？”

“想知道啊？”哈岚勾了勾手指头，示意草弥凑过耳朵，正色地道，“呃，这是个问题，投毒还杀人，好家伙。嘿嘿，投毒和杀人，就这几个事要想搁一块，可真不容易，不是一个人能干的。这也不是一天两天谋划的，它很周密呀是不是？这个事就算是我们干的，我觉着凭我这脑子，我转不过来是吧？所以这事，我得慢慢想想，我帮你想想，他们是怎么琢磨这个事的。”

草弥脸色变了变，强忍住没有发作，淡淡地道：“我承认，至今没有找到你们下毒的证据，但这不代表不能治你们的罪……而且我们亲自追查凶手，你们中国政府也不会提出异议。”哈岚皱了皱眉头，道：“这么说，我告诉你密疏在哪儿，你就能把我们放了？”

“你说出来，当然会有帮助的。”

“可是密疏我们真没拿啊！我看你应该好好查查你手下的人，他们手脚不干净，没准儿在哪个小偷的被窝里藏着呢！草弥啊，别往我头上扣屎盆子了，我今儿还就明摆着告诉你了，人是我杀的，密疏被你们的人拿走了。这事儿跟解一半没关系，你直接冲我来。”

草弥突然摇头叹了一口气：“哈先生，如果不是这些事儿，我觉得我们会是很好的朋友……”哈岚冷笑道：“免了，没这福分！你成天儿地盯着我们家丽华，巴不得我横死呢，跟你交朋友，风险忒大。”草弥神情肃然：“哈先生，我希望你能够放下心中的芥蒂，没错，我是很欣赏佟格格，但是，她选择了你，所以我也要尊重她的选择。”哈岚歪了歪脑袋，道：“你尊重她的选择，那就应该相信我的话，别成天儿再套问我。”

“我不是一个愿意掺杂恩怨的人，但我需要有我的立场，希望你能理解。”

“你爱什么立场什么立场，你立黄河边儿去也没人管你。我再给你重复一遍，人是我杀的，密疏是你们偷的，完了。”哈岚不耐烦地站起来，转身走到门口，“还有什么要问的吗？没事儿我回去了……”

草弥闭上眼睛，听着哈岚离去的脚步声，紧锁眉心。

佟丽华本想去小小酒馆找马俊杰，出了解家小院的街道，就发现有鬼鬼祟祟的陌生人跟。她不愿意冒险，去菜摊上买了一些蔬菜，转身走回家，与翠儿二人坐在桌前，满脸愁容，不知如何是好。

这时候，佟梓华风风火火地赶到解家，一进屋子就喊：“回来了？可真回来了……草弥打电话告诉我的时候，我还真不敢相信呢……”

“你来干什么？！”佟丽华对这位“汉奸”哥哥。从来没有过好脸色。

佟梓华叹气道：“草弥让我来传个话，想救人，就得交出密疏……”佟丽华怒道：“我要说多少遍你们才明白？密疏不在我们手上，是在你的佟府丢失的！”

佟梓华避开妹子的目光，扫了翠儿一眼，表情似乎有些无奈：“丽华，我就直说了吧……其实有没有密疏，哈岚跟解一半都是杀人犯。可如果有密疏，他人最少能留下这口气，可你要真是没有……日本人是不会善罢甘休的，警察局都已经结案了，他们断定哈岚和解一半就是杀岛田的凶手，而且他俩被判的是死刑，三天以后就得上刑场行刑……”

刚刚缓过一口气的翠儿，一听到这番话，面如死灰，顿时跌坐在椅上。

佟丽华呼吸急促，用手指着门口，怒吼道：“滚！你给我滚！”

“我走，我走！丽华，翠儿，你们说这两人要是死了，你们这往后孤儿寡母的日子该怎么过呀？你们再考虑考虑吧……”佟梓华摇了摇头，转身就走出院子。

“少奶奶，咱们怎么办呀？！他们马上就要上刑场了！”翠儿急得泪流满面。

佟丽华抱住翠儿，脸色已经刷白，轻声安慰道：“翠儿，你别哭，先别着急，我再想想办法……”

解家门外的胡同口，只见丁宝人影一闪，似乎看见了匆忙出门的佟梓华，赶紧贴着墙角隐蔽。等人走了之后，他东张西望地快步往胡同口走来，刚走到拐角处，一只手抓住了他的肩膀。

丁宝大惊扭头，却见马俊杰拉了拉衣领，一句话也不说，迅速带着丁宝转进角落，消失在胡同口。

二人到了小小酒馆里，马俊杰赶紧拽着丁宝进去，用力一推，急道："你怎么还敢去哈家？你不要命啦！"丁宝眼眶通红，甩手大叫道："你们都不管了，我不能不管！"

"你怎么管？外面多少眼线盯着你知道吗？"

"马俊杰！好汉做事好汉当，我去自首，把爷救出来！"丁宝的情绪有些激动。

朱掌柜立马从阁楼下来，耳朵贴了门板聆听街上的动静，挥手制止二人说话："嘘嘘，小点儿声。"丁宝狠狠瞪了朱掌柜一眼："我不能叫哈爷和一半哥给我当替罪羊！"马俊杰耐心劝说："你去了就是白白送死，哈岚和解一半也活不成！你以为他们会相信是你一个人干的吗？放出来的女人和孩子，随时随刻都会被再抓进去。"丁宝咬着牙道："爷他们都要被行刑了，你还能沉住气在这儿说闲话！你原来说你兜着，怎么现在事儿来了不动作了？"

"怎么知道我没有动作？！着什么急你！"

丁宝猛地一拍桌子，怒道："我能不着急吗！明儿可就枪毙了！"马俊杰摆手示意他安静下来："我们已经在布置……"丁宝歪着脑袋，皱着眉叫道："你布置什么了？这都什么时候了还没个信儿，万一有个三长两短……"

"你闭嘴！你知道个屁，这种事儿我能什么都跟你说吗！"

"好！他俩要是被枪毙了，我就把你毙了！你也甭想活！这事儿因你起的，你打过保票保他们没事儿！"

马俊杰缓了一口气，道："丁宝，你别操心了，我跟你说，这事儿解决了之后，你也别跟没事儿人儿似的四处招摇，还是出去躲几天……"丁宝一屁股坐在椅子上，挠了挠头，气呼呼地道："贝勒爷和解大哥都要死了，我还躲个屁呀！"

汪府大宅。

汪四海骂骂咧咧地进了客厅，身后的刘金也不敢多话，从桌上拎起茶壶给局长倒茶。忽然听见楼上一声枪响，吓得刘金手里的杯子掉在地上，汪四海立马抱头蹲下去摸枪，可是摸了半天没摸到，表情有些慌张："我枪呢！"

他猛然想起今天出门没带枪，背脊上一片冰冷。

"老爷，出事儿了！"莲嫂慌慌张张从楼上跑下来，瞥了一眼蹲在地上的刘金，压低声音，"正闹着呢！"

“闹什么闹？！”汪四海气呼呼地站起身来。

他脚刚跨上楼梯，呼的一声，一颗子弹擦着他的头飞了过去。只见娄晓月脸色惨白，一手抱着汪佳佳，一手举着枪正对准自己。汪四海气不打一处来，几步跨到娄晓月的身前，一把抓住枪口，抵在自己的额头上，“你想打死我啊？来呀！冲这儿打！别再打偏了浪费子弹……”

娄晓月满脸怒气，二人四目相对时，僵持了片刻，娄晓月颤抖的手立马扣下扳机，连按数下，枪没子弹了。

屋子里鸦雀无声，汪四海惊恐的眼神里带着一丝难以置信，咬牙切齿地道：“你真他妈想打死我？还当着我闺女的面儿？”

汪佳佳迸发出一声响亮的哭声，汪四海急忙抱过汪佳佳，递给后面跟上来的莲嫂，反手拧住娄晓月的手臂，使劲推进房间，哐当关上门。

房间里的气氛有些尴尬，汪四海缓缓走到沙发前坐下，脱下警服，一言不发。娄晓月红着眼睛，胸膛不停地起伏，死死地瞪着汪四海。

“我好歹也是你孩子的爹，你就这么希望我死吗？”汪四海突然叹气，神情有些颓废。

“是你想我死……你想逼死我，咱们全家都别活了！你忘了那封信上写的什么了吗？哈岚死了，佳佳怎么办？你为了搞死哈岚连亲闺女都不要了？！”

汪四海沉思片刻，突然站起身来，大喊一声：“来人！”刘金立即冲了进来，见二人站着不动，脚步偷偷地往后挪了一步。

“把太太给我铐起来！”汪四海挥了挥手。

刘金一怔，缩着脑袋不敢动作：“局长，这……不好吧……”汪四海脸色铁青，伸手抓住娄晓月，拽着她胳臂拖到床头的栏杆前。娄晓月死命地挣扎：“你混蛋！放开我！”汪四海怒吼刘金：“还愣着干什么！”刘金硬着头皮上去帮忙，取出手铐，赶紧将娄晓月铐住，锁在了栏杆上。汪四海骂道：“你他妈轻点儿！”娄晓月怒目而视：“汪四海！你个小人！”

“我还就是小人了！我现在就去把哈岚杀了！”汪四海转身往外面走去，交代跟在身后的刘金，“派两个人给我把太太看好了！太太要是少根头发，我杀了你们！”

娄晓月听到汪四海离去的脚步声，只觉得万念俱灰，忍不住放声痛哭，口中不停地怒吼：“汪四海！你给我回来！你给我回来……”

冷风吹起尘沙，卷起叫嚣的碎石，一次次地扑上高墙。

拘留房的大铁门外面，身穿西服的草弥面无表情地站在黑头车的旁边，汪四海背负着双手，眼睛死死地盯着出口。

哈岚与解一半套着黑头套，被两名持枪的狱警押出来，在风中缩着身子，往卡车的方向走去。汪四海用力握着拳头，脸上的表情显得十分紧张。当狱警将二人推上卡车时，一旁的草弥突然举起手，沉声道："慢着！把头套拿下，确认一下。"

汪四海紧张地望着草弥，咽了口唾沫。

黑头套被扯下，俩人重见天日，嘴唇已冻得发紫，低头躲避风沙。草弥注视着二人一脸茫然的样子，阴沉着脸："上车。"汪四海舒了一口气，冲狱警摇手示意，两名狱警重新将头套给二人带上，关上车门的侧板，径直往野外驶去。

草弥面色冷峻，缓缓地道："以生命相逼，他们还是不愿意交出密疏……这两个人若不是真的大义之士，那就是两个倒霉鬼……"汪四海赔着笑脸，道："我估计呀，他们的密疏是真没有了，是真被他们给毁了，不过我觉得啊，您看两条人命换岛田先生一个人的命，咱也值了不是。"

草弥幽幽叹息，转身上车跟在尘土飞扬的卡车后面。

押运死刑犯的卡车在山坡上停下，已经吓得瘫软的哈岚与解一半，蒙着黑头套，被狱警从车上拖下来，直接扔在草丛里。远处的小路上，停着草弥与汪四海的汽车。

刘金一溜小跑过来，大声喊道："准备，行刑！"

空荡的山脚下，传来两声枪响，鲜血从趴在地上的俩人身下慢慢蔓延出来。

草弥透过车窗，看着山坡上的哈岚与解一半倒地，冷漠地扭过头，驶离现场。

汪四海注视着草弥离开的汽车车，往车窗外挥挥手："刘金，过来过来。赶紧的，把这两具尸体给我烧成灰！烧得干净点，快去！"刘金应了一声，从车上取了一罐油，转身跑上山坡，在狱警耳边说了几句。山坡上顿时升起一缕浓浓的黑烟，连同周围的干草一同点燃，焦味扑鼻。

汪四海回到家中，几乎累瘫地走进客厅，两名警员一见局长，立刻起身敬礼。

他朝楼上的房间望了一眼，吩咐警员："手铐钥匙给我，你们都下去吧。"他在客厅坐了一会儿，起身上了阁楼。推门进去时，见娄晓月两眼无神地坐在床边，脸颊上的泪痕已干。他吐了一口气，一声不吭地上前打开手铐，又去桌上倒了一杯水，递给娄晓月。

娄晓月端起杯喝水，汪四海轻轻地揉着她手腕上的手铐痕迹，道：“我去叫莲嫂给你做点好吃的。”娄晓月呆呆地望着汪四海，身子一直在发抖，她牙缝里想挤出几个字，却无力张口。

汪四海柔声道：“别问了，他没死。”

娄晓月终于哇的一声哭了出来，一下子抱住了汪四海……

此时，小路上行驶着另外一辆遮棚卡车，车厢里的哈岚与解一半，突然感觉被人拍了拍肩，二人的黑头套被人拉开，装扮成司机的朱掌柜回头冲他们一笑。

二人大吃一惊，朱掌柜赶紧做了一个噤声的手势，扔过来两件衣服。

“这……这是怎么回事？”哈岚又惊又喜。

一路颠簸，卡车行驶到郊外的小树林，马俊杰与佟丽华、翠儿三人拎着包袱，已经在路边儿等着，朝着卡车挥了挥手。朱掌柜停下车，打开车门，哈岚穿着一件非常不合身的衣服，扣子刚刚扣上，紧绷绷地箍在身上，一跳下车就趴在路边呕吐起来。解一半一看见哈岚吐，也忍不住蹲在地上干呕。

佟丽华与翠儿连急忙上去拍俩人的背，看着哈岚削瘦的面容和身上的衣服，心疼地摇头。

马俊杰小心谨慎地张望小路尽头，道：“咱得赶紧撤了，那边儿什么情况还不知道，怕草弥再起疑……”

“丽华……”哈岚死里逃生，激动得说不出话来。翠儿从包袱里取出干净的衣服给二人换上，悲喜交加：“一半儿，大难不死必有后福，这一路上你可得照顾好爷，别让他饿着。”

解一半一怔：“去哪儿？”

“现在的情况有些棘手，眼下你们是不能再待在北平了……这次连累你们了，过意不去。”马俊杰拍了拍哈岚的肩，从兜里掏出个荷包，还有一封信，“这是组织上批下来的经费，我们还要回去复命，就不能跟你们一起走了。你们到了上海去找陆世杰，他见了信， 就知道怎么做了。在外面别惹事儿，听清楚了没啊？”

二人听得有些懵，解一半皱眉道：“那得躲多久？这留下一家女人孩子，她们怎么办？这世道，家里没个男人，这两个女人怎么过日子呀？”马俊杰正色地道：“去个一两年，等风头过去就行了。”哈岚惊呼道：“啊？一两年？要这么久？”

佟丽华将包袱递给哈岚，安慰道：“放心吧哈岚，我们能熬得过去。最重要的是你们活着，我们大家都活着。”翠儿连连点头：“少奶奶说得对，活着就好，活着就好……

一两年很快就过去的……”

哈岚鼻子一酸，他最受不了这种离别的场景，眼眶红红的：“我……我不想走……丽华，这家里头都靠你一人啦，津平那孩子脾气不好，你多担待着点。跟他说，少打架，打不过就跑，实在不行就咬……”

“你这是怎么教孩子的？你放心吧，我一定会照顾好他的。”佟丽华笑着点了点头，“在外头不比家里，你要好好照顾自己，多听解大哥的话，少惹事。”

“你也放心，我又不是小孩子。”

“把这个拿着。这里面有一些糖果，还有点心，需要的时候就赶快吃，别犯了病”

“我这都多久没犯病了，放心吧。”哈岚将小包塞进包袱里，突然上前一步，将佟丽华紧紧地抱住。佟丽华微微一颤，贴着哈岚的脸颊，拼命忍住不让自己哭出来。

解一半在旁交代翠儿：“酱肉跟那锅老汤，就都交给你了，得月楼要是开不了张，你们开个酱肉铺子也能过日子。家里就只剩你跟少奶奶两个女人了，要辛苦你了……”

“只要你好好活着，我就有个盼头，不苦！路上好好照顾爷。”翠儿捂住嘴，通红的眼眶中落下几滴泪，“你也照顾好自己，我在家等你回来……”

解一半心疼地将翠儿揽入怀中，翠儿顿时泪如雨下。

远处的天空一片嫣红，众人依依不舍地挥手告别，哈岚与解一半的身影映在夕阳下，缓缓前行，消失在弥漫的黄沙之中。

第五十八章 微山湖寨

青山延绵，小河边，绿柳成荫。

乡村的田野上，一片金黄色的海洋，几个挑担人走过小路，一头老牛正慢吞吞地拉着车，赶车的是个披着厚袄的老汉，车上堆放着几个大麻袋，哈岚与解一半坐在麻袋上，哈岚侧身半躺着，睡得正香。解一半怀里紧紧地抱着包袱东张西望，瞧着路边背筐挑担去赶集的行人，若无其事地从包袱里取出一块煎饼，咬了一口。

“你在吃什么？”哈岚闭着眼，抽了抽鼻子。

解一半翻了个白眼：“真行，一路上打雷放炮你都不醒，一听见我吃东西你立马醒了。”哈岚没好气地道：“破煎饼，白给都不吃。”解一半点了点头：“还能听出我吃什么，那行，您就饿着吧。”

“我说你太抠了，到前面镇上，咱得吃顿好的了啊！”

“抠什么呀，哪顿你吃得不好啊？”

哈岚叹气道：“那是我不挑食！我能上能下，能屈能伸，有享不了的福，没受不了的罪。出门逃难嘛，处处要节省，就带那么点儿钱，一下花光了，窝头咸菜都吃不上！”解一半笑道：“哟，您这不挺明白道理的嘛。”哈岚又唉声叹气地道：“我明白，可我肚子不明白！我肚子委屈，它缺油水！好家伙，天天棒子面，刮肠子呢我，我要吃肉！到了镇上我先来一只鸡，再来一斤红烧肉！”

“行，你想吃什么就吃什么，可我告诉你，没钱！”

“哎？你等会！”哈岚一下子坐了起来，“我就不明白了，这钱凭什么都你一人管着？”

解一半斜眼一笑：“爷，您管我可不放心，三天就能折腾光了。”哈岚绷着脸：“你甭管，这里面至少有一半是我的吧？咱这么着，一人一半，自己爱买什么买什么，爱吃什么吃什么，好不好？”解一半正色地道：“爷，我告诉你啊，现在我不但管钱，连你我都管！钱啊？没有！”

“凭什么？我也有份，分一半给我！”哈岚突然伸手去抢包袱。

解一半死命护住包袱，大叫：“干什么？打劫呀！”哈岚拽着解一半的胳膊，大呼小叫起来：“是你打劫我啊，我的钱凭什么你拿着，我要吃肉！”解一半一使劲，将哈岚又推倒在麻袋上：“爷，别闹了，吃什么肉？学着点儿过日子吧，这儿不是哈王府、紫禁城！活着有口窝头吃就知足吧！”

“不就是想吃肉吗？竟然遭到了你这样的残害！”哈岚哭咧咧地喊，又上去抢包袱。

“干什么？什么词儿这叫？”解一半闪到一边，牛车突然停了下来。

赶车的老汉笑了笑：“到了，山东师姑镇，二位下车吧！”

前面是一处破旧的城墙，城洞的入口横放着两个木栅栏，几个穿着军装的巡警正在盘查进出镇子的行人。二人跳下牛车，诧异地问：“大爷，前面这是查什么呢？”老汉叫道：“杀人逃跑的犯人。”哈岚与解一半对视一眼，神情有些紧张：“一半，咱们……回吧。”解一半又问老汉：“老大爷，谁杀人了？”

“前几天镇子里的康大户叫人杀了，还有谁？土匪呗。”

哈岚松了一口气，道：“抓没抓到人？”老汉摇头道：“抓他娘个球啊！杀了就杀了，康大户那是个黑了心的恶霸！走了，驾！”老汉扬了扬鞭子，赶着牛车过了镇口的关卡。

哈岚瞧见那几个巡警，心里老是发毛，挠着头道：“咱还走吗？绕过去吧？”解一半皱眉道：“穿过镇子就是东南大道，要是绕着走，得多走四五十里，这离上海还有一大半的路呢！”哈岚小声嘀咕：“万一查出来……”解一半干咳一声，道：“爷，别怕，跟着我走，您不许说话！”

二人背起包袱，走到镇口关卡处，一名巡警立马上前搭话：“哎哎，哪儿来的？”解一半应道：“打济宁来。”巡警继续问：“准备上哪儿去？”解一半赔着笑脸道：“咱回彭口老家。”巡警打量了一眼哈岚，又瞧了瞧包袱，冷冷地道：“你们俩是一起的吗？包袱里都是什么？”

“换洗的衣服，随身用的东西。”

“没带刀啊枪啊什么的？”巡警用警棍戳了戳包袱。

解一半慌忙摆手：“没有没有，庄户人带那个干什么？”巡警点点头：“行吧，把包袱打开瞧瞧。”解一半笑容满面：“破衣烂衫的有什么可瞧的，抬抬手就过去了，我们还得赶路呢……”巡警脸色一沉，厉声道：“叫你打开！”

“甭看了，就一把刀。”哈岚忍不住出声。

解一半脸色一变：“闭嘴！胡说什么你！”一旁的巡警慌忙退后一步，举枪命令：“赶紧打开，把刀拿出来！动作慢点儿！”解一半哭笑不得：“什么刀呀！就一把切菜的刀，祖传的，走到哪带到哪儿，舍不得扔！”巡警盯着解一半骂道：“他妈的！我怎么知道那是菜刀还是杀人的刀？快点！”

“没事儿，给他看，就厨子做饭用的切菜刀，嘿，用得着大惊小怪嘛！”哈岚咧嘴一笑。

解一半气得一跺脚：“不说话没人当你是哑巴！再插嘴我一刀宰了你！”

“还要行凶杀人啊？把他们俩带站里检查！”巡警招了招手，枪口依然对着解一半。

解一半见入口的巡警都围了上来，急忙蹲下身子将包袱放在地上，掏出菜刀递过去，顺手将一卷钞票塞到巡警的手里：“大哥，买包烟哥儿个分分……这就是把做饭用的刀。”巡警瞄了一眼菜刀，松了口气，缓缓将枪放下：“嗯，切菜刀，你真是厨子？”

“那还有假，不信咱进镇里找家菜馆，就这儿微山湖的鱼，我能给你做出三四十道不一样的菜来！”

巡警挥了挥手，道：“行了，走吧走吧。你媳妇跟了你是有福气了，吃一个月的鱼不重样儿！”

二人进了山东师姑镇的集市，见街道两旁商铺林立，各类摊贩交杂着叫卖声和吆喝声。刚出锅的胡辣汤冒着热气，小贩在案板上把冒着油光的把子肉切块儿、煎饼摊儿、大饼摊儿，围着一群人，店铺门前的笼屉一掀开，山东大包子腾腾地冒出热气。

“可以啊这集市！”二人东瞧瞧西看看。

解一半开始发火了，“叫你别说话，你就是憋不住是吧？”哈岚眨了眨眼睛，道：“欲盖弥彰懂不懂？你越想藏着掖着，遮着盖着，他就越疑心，让他查出来麻烦了，不如干脆告诉他。”解一半歪着脑袋道：“我就不叫他查！你倒好，差点没叫人家把咱们带走。”哈岚没好气地道：“你不塞钱，查出来照样把你带走！好家伙，真大方，那一大卷子钱，够我吃好几天肉的，我要吃肉。”

解一半不搭理他，径自走到了一个大饼摊前，问：“老板，这饼怎么卖的？”麦饼的老板应道：“一毛二。”哈岚有点急了：“你这是怎么个意思？又是大饼卷大葱？告诉你啊，我不吃！”解一半回头问一句：“您确定不吃？”

“你听不懂人话是吧？我不吃，我要吃肉！”

“老板，来半斤就行。”解一半懒得搭理。

哈岚鼻子抽了抽，突然闻到肉的香味，抬头看见前面一家店铺挂着个“黄记烤肉”的招牌，眼睛一亮，撒腿就跑了过去。解一半肚子饿极，蹲到墙根儿下大口吃起大饼卷大葱。

哈岚站在店门外，舔了舔舌头，喃喃地道：“嘿，黄记烤肉……”烤肉店的老板笑着打招呼：“我跟你说，整个这个镇子，就我们家烤肉最好吃！”哈岚张望一眼案板：“有后臀尖吗？”老板应道：“有里脊！”

“那给我来一斤，再烫壶酒！”哈岚大步走进店里，往桌前一坐。

老板喊了声：“得嘞！您稍等！”用钩子挂起一整块猪脊骨，铺在炭火上烤着。哈岚扭头一看，却见邻桌一位扎着马尾的姑娘，穿着一件土布蓝花绕绒衫，正自斟自饮，吃着烤肉。

哈岚瞧了瞧盘子里的肉色，道：“老板，您这是口外的烤法吧？京城烤肉不这样，切片拿作料煨上，放炙子上烤。其实跟爆啊，炒啊差不多。烤肉记烤肉宛，用炙子不用锅所以叫烤。”

蓝衫姑娘的眼睛往他身上瞄了一眼，突然问了一句：“京城来的？”

“啊？不不……东北过来的。”哈岚随口就撒了个谎。

不料那蓝衫姑娘耳尖灵得很，哼哼一声，道：“不说实话，东北人一嘴大碴子味，您这一嘴京片子。”哈岚尴尬地笑了笑：“嘿！行啊，有点见识。其实我是山东……哈哈，闯关东时候出去的，到了关外呢，日本鬼子这把不是把东三省一占，我就又回来了！”

“山东的？山东的一嘴大葱味。”蓝衫姑娘饮了一杯酒，一脸嫌弃。

“行啊，姑娘，有点见识，我告诉你啊，呃，我这个是走南闯北，闯江湖知道吧？这味都串了！哈哈！”哈岚哈哈大笑，见老板端着盘子上肉，赶紧抓起一块，撕开就咬。

蓝衫姑娘瞪了他一眼，道：“呦，去了几个地方啊？就敢说是跑江湖的，哪一路的啊？”哈岚抹了抹嘴，摆手道：“哪路？哪路都不路，无路！”蓝衫姑娘又哼了一声，道：“在家念书念傻了的少爷坯子，没出过门，还遇上了事儿。”哈岚一怔：“算卦的你，怎么看出来的你？”蓝衫姑娘冷冷地道：“来到我们微山湖，不吃微山湖的鱼，坐这吃烤肉？傻不傻呀！”

“呦，是啊，微山湖出鱼呀！”哈岚一拍脑门，似乎姑娘的话一语点醒了他这个梦中人，“嘿吆，我这脑子，姑娘，这上哪吃鱼好呢？”

蓝衫姑娘摇了摇头：“这镇上哪一家都不行！我告诉你啊，出了镇，往南有个岔路口，走二里地，有一家水香亭，那的鱼鲜，天下第一。”

“水香亭？有这地方？好名字，雅致，天下第一鱼……得嘞！我现在就吃鱼去，就这南边？”哈岚指了指集市的方向。

“对，就这边。”

“多谢多谢，哎？天下第一，这个我得见识见识……”哈岚口水已经流出来，完全是迫不及待了，他见墙角的解一半大饼已吃完，正端着一个大粗瓷碗喝水，站起身来就要走。

老板急忙拦住：“哎，这位爷，您还没结账呢？六毛四！”哈岚摸摸身上，笑道：“等会儿，我身上没钱，我上那边给你取去。”老板瞪直了眼，诧异地道：“您上哪儿取去？上北平取去？您这怎么说话的呢。”哈岚一指解一半，道：“看那边，那个傻大个，我的钱都在他身上呢，等会儿。”

“您别给我来这套！吃饭给钱，天经地义，我黄记烤肉，在镇子上可是出名的，您可别再我这找便宜，啊？赶紧给钱！”老板拦住，死活不让哈岚离开。蓝衫姑娘一只脚架在长凳上，脸上露出一丝笑容，饶有兴趣地观望。

哈岚见老板扯住他衣服，立马急了，大声叫道：“哎？说什么呢你，你知道我是谁么？”老板皱眉道：“我管你是谁呢，吃饭结账天经地义呀！”哈岚脸色一沉，气呼呼地道：“皇上的御宴，一万两银子一桌子的那个酒席，我吃的我都吃腻了，我在乎你这个？就我身上随便拔根毛，我就买三个你这店，我能赖你的账？”

“哎，你还别说大话，我告诉你，这店我今儿就不开了，给钱，来你买去啊，来给钱！”

哈岚的力气没有老板大，身子在原地转着圈，忍不住朝着墙角边喊：“解大哥！给钱啊！”解一半像是没听见似的，索性坐在地上低头喝水。

“松手，松手！我没说不给钱！”哈岚涨红了脸。

老板断定今儿是碰到吃白食的了，气不打一处来，怒道：“蒙谁呢？大老远地跑这儿找便宜！我跟你说你要不结账，我今儿把你腿砍了，你信不信！”

这时候，店里的蓝衫姑娘突然走出门外，厉声道：“住手！放开他！”老板一怔：“有你什么事啊，又不砍你腿。”蓝衫姑娘斜着眼，道：“为了六毛四，你至于么，给山东人丢脸！”老板将哈岚一把推倒在地，挽着衣袖道：“哎哟，我这暴脾气，合着你们是一伙的是不是？你再挡横，我把你这小蛮姑也烤喽！”

蓝衫姑娘目光一冷，忽然跳起来，娇弱的身子往前一扑，在老板的脖子上猛击了一拳。那老板连姑娘的出手的方位都没有瞧清楚，哎哟一声叫，重重地摔在了地上，立马捂住自己的脖子，喘气狂呼：“疼死我了！要……要出人命了啊！”

哈岚直起腰，见老板竟然倒在地上，大惊失色：“怎么回事？你打他干什么？”

“他欺负你啊！”蓝衫姑娘怒气冲冲地道。

“他……他是……因为我没给他钱知道吧？但是您打人可也不对啊，咱们以和为贵，以和为贵。”

蓝衫姑娘惊讶地望着他，皱眉道：“哎？我帮你还帮出错儿来了，你的脑袋让驴踢了吧！”哈岚赶紧上前将烤肉店的老板扶起，连声道歉：“对不起，对不起！小姑娘不懂事，没伤着哪儿吧？”老板哭丧着脸，惊恐地望着蓝衫姑娘：“瞅你这弱不禁风的，劲儿还挺大，脖子差点被你弄折了……”

“今儿出门忘了看黄历，不宜出门！”蓝衫姑娘没好气地道。

哈岚扶住老板，一瘸一拐地坐在桌前：“活该你，我说不给你钱了么？”老板苦笑道：“你要给我，我就不会被打了……”蓝衫姑娘见哈岚如此热心，嘴角微微一挑，道：“你这性子倒也少见。”

此时，解一半闻声，匆匆忙忙赶了过来：“出什么事了？”

哈岚气呼呼地道：“干吗呢，你干吗呢？你聋了，我嚷嚷那么半天你聋了？我吃了六毛四，给钱！”解一半翻了个白眼：“没钱。”老板一跺脚，急道：“你看看，你看看！这不还是没钱么，你说，这不明摆着么！”

“算了吧，我给了，谁叫我打了你呢！”蓝衫姑娘从兜里掏出一块大洋，抬手就扔在了桌上。

解一半急忙拦住：“别别，姑娘，这不合规矩，我给我给。”他刚要打开包袱取钱，一想不对，出门在外，财不可外露，还是小心点儿比较好。他走到一边背过身去，从包袱里取钱。蓝衫姑娘歪了歪脑袋，盯着解一半的包袱瞅了一眼。

“老板数数！姑娘，谢谢帮忙。”解一半将有零有整的六毛四放在桌上。

老板垂头丧气地道：“早干吗来着……害我白遭一顿打。”

蓝衫姑娘嘿嘿一笑，道：“我的烤肉钱你也收了，别忘记了啊！我说这位兄弟呀，你光吃猪肉吃傻了，得多吃鱼，鱼吃多了长脑子，会变聪明！微山湖的鱼可是很有名的，小白脸儿，走吧，去尝尝吧。”她话一说完，接过老板递过来的零钱，转身就往集市的街道走去，脚步轻盈，袅袅婷婷。

哈岚怔住，挠了挠头。“谁家的姑娘这是？瞧着细皮嫩肉，可真够野的……我怎么成了小白脸儿了？”解一半没好气地道：“听见人家说了么？以后少吃肉！”

“知道了，多吃鱼！哈哈！”

师姑镇外的岔路口。

哈岚与解一半出了集市，走到了路口，哈岚探头探脑地眺望微山湖，径自往南边的岔路走去。解一半跟在后面喊：“嘿嘿！爷慢点，您往哪走呢？咱们走大路。”哈岚晃了晃脑袋：“往前二里地有个水香亭，咱去看看。”

“水香亭？有什么好看的？”

“刚才那姑娘说了，微山湖的鱼，那儿做的天下第一！”

解一半白了他一眼：“行了吧你！刚吃完一斤肉，又去吃鱼？”哈岚嘿嘿一笑：“你刚自己说的少吃肉，多吃鱼。”解一半没好气地道：“少来！我刚说的少吃肉，没说多吃鱼！”哈岚回过头来拉解一半胳膊：“一半大哥啊，咱去尝尝吧，你也素了这么多日子了，刚才我吃肉，你在那吃大饼卷大葱，怪不好意思的。”

“你还挺替我着想的，我挺好意思的！”解一半甩开他的手。

“求求你了，就一回，咱就这一回。吃完这顿鱼，甭说上海，就是走到天涯海角，我也不再沾荤腥儿了。”哈岚死皮赖脸地哀求。

解一半绷着脸儿道：“这哪儿是逃难呐？整个儿是游山玩水，大嘴吃八方。”哈岚拽住解一半胳膊，往小路上拉：“就这一回了，我给你磕一个。”解一半颇为无奈，摇头叹气：“叩头用不着了，我就信你这一回……不过也无所谓，你以后再吃霸王食，我就真的不给钱，让人家烤了你的后臀尖！”

“一言为定，走吧走吧！”哈岚兴致盎然。

“什么亭？”

“水香亭！听听，名儿多雅……”

二人往岔路上走去，到了一处简陋的小码头，地上铺着石阶，一直延伸到岸边。靠近水面的地方，是一座茅草木柱搭建的简易草棚，挂着一块破旧的木板，上面模模糊糊印着“水香亭”三个字。

门口一块大石头上，坐着一个满脸皱纹的老汉，身上一件破旧的棉袄，手里托着旱烟袋，正在抽烟。哈岚盯着木板上的字，满脸狐疑：“哎？水香亭，天下第一鱼是这儿吗？怎么不像个吃饭的地儿？”解一半不悦地道：“是啊，这不像吃饭的地，走吧走吧，这不耽误功夫嘛！”哈岚上前打量了一眼老汉，问道：“老大爷，请问这儿是‘水香亭’吗？”

“是啊，你们是吃饭吗？”老汉眯起眼睛，嘴里吐了个烟圈。

哈岚一怔，扭头看了一眼茅草屋，皱眉道：“吃饭？这儿能吃什么呀？这不是拿我们开涮吗！”老汉龇牙一笑：“吃饭不在这儿，水香亭在湖心的小岛上呢。”哈岚眉开眼笑：“你看看，我就说么……那怎么过去呀？”老汉笑道：“这不是有船嘛，我送你们过去，俩人儿一毛。”

“嘿嘿，听到没，解一半，给钱上船！”哈岚喜不自禁。

解一半有些犹豫：“爷，还是算了吧，吃个鱼费这劲！再说，我怎么看这地方玄玄乎乎的。连个人影儿都没有，不像个正经吃饭的地方。”老汉白了他一眼，道：“岛上可热闹了，我一天多了送三四十趟，少了也得十几趟啊，鱼可香了！”

哈岚连连点头：“天下第一鱼！别磨叽了，上船上船！”

哈岚哪里还管解一半答不答应，抬脚就往岸边的石阶上跑去，踩着踏板就上了船，身子晃了晃，开心地哈哈大笑。老汉将烟袋往腰里一别，利索地解开船舷的绳索，招呼解一半赶紧上船。解一半挠了挠头，只得跳进船舱。

老汉划起桨来，小船在微山湖的水面缓行，径直驶向湖心的小岛。

哈岚远眺湖面，只觉得风高气爽，心情大好，那岛屿绿绿葱葱，隐约可见木桩搭建的临水长廊，高处有几座茅草盖顶的大寨子，以横梁上下贯穿，虽然简陋，倒也气派非凡。

老汉将二人送到湖岸，小船儿调头离去。

哈岚穿过长廊，瞧见水寨入口的浮桥上，站着一名伙厨打扮的大汉，后面跟着两三个伙计，正满脸堆着笑，抱拳给二人大声招呼：“哎哟，两位客人里面请！”哈岚抬头一瞧，见水寨门楣上挂着一块巨大的横匾，上写“水香亭”三字，顿时兴奋地喊：

“嘿，看见没！这才是正儿八经的水香亭呢，哈哈！”解一半心神不定的四下观望，喃喃地道：“这不像个饭馆，倒像个寨子……”

“师傅，您这个饭庄子不同凡响，风雅得很呐！”哈岚大步迎上去，冲着大汉抱拳行礼。

“大哥好眼力，咱这里的鱼在微山湖可是出了名的！”大汉热情地邀请二人进寨子，自我介绍，“咱是微山湖的掌厨石家兄弟，我叫石豹，我弟弟石虎正在准备大鱼上桌，您二位这趟保证不会白来！里面请！”

二人进了大厅，见堂前摆了四张桌子，就拣了个靠窗的桌子坐下，望着远处波光粼粼的微山湖，哈岚摇头晃脑地道：“一半，这好地儿一般人还真找不着，要不是那姑娘给咱指路，就错过美味佳肴了！”

伙计端上河虾、河蚌，虾酱和大葱段儿，石豹送上一壶茶，吆喝道：“好茶一壶，客人慢用啊！问一下二位，这个鲤鱼，想怎么个吃法？”解一半抱着包袱，瞧了瞧桌上的水鲜，道：“我们啊，是北方人，您就把鲤鱼红烧了吧，红烧鲤鱼。”

“对对！红烧！”哈岚有些迫不及待了。

“好嘞！我石家兄弟最拿手的就是红烧！”石豹哈哈一笑，转身往偏厅过去。

解一半望着石豹离去的背影，总是觉得不对劲，对正在吃菜的哈岚小声地提醒：“爷，那划船的老头儿不是说这儿挺热闹的吗？怎么就咱俩人儿？”哈岚不以为然地道：“这你就不懂了，没到上座的时候呢。”解一半皱眉道：“我怎么觉得不对，这茶里没下蒙汗药吧？”

“你十字坡看多了吧你？这个老板一看就不是一般人，你看看他这地方选的，我告诉你，他懂风水。”

解一半夹了两口菜，摇了摇头：“这菜怎么做的，除了这大葱，别的都没法儿吃……”哈岚翻了个白眼：“你事儿真多，这是外面的规矩，小菜都是白送的，等着吃他的红烧鲤鱼吧。”

“来了，来了，红烧鲤鱼，二位慢用！”石豹端着一盘红烧鲤鱼大步进来，放在桌上，拍了拍脑门，“看我这记性，忘记上酒，哈哈！稍等，稍等！”

哈岚跃跃欲试，夹起一块鱼肚放到嘴里，解一半也夹了一口。

“哎哟喂！”不料哈岚突然愣住，嘴也不动了，立马将咬在嘴中的鱼肉一口吐了出来，似乎有些难以置信，举着筷子不知该不该下手，“这是天下第一？什么东西啊这是？”

解一半伸着脖子强咽了下去，道：“这鱼做得是不对。”

“又腥又苦，还打死卖盐的。”

“你看，鱼还真是新鲜的，能把鱼做出这种味道，也挺不容易的……”

哈岚有些生气，骂道：“他姥姥的！吃烤肉那妞儿说这儿的鱼最好，这是存心恶心咱们的吧？”解一半苦笑道：“算了吧爷，只当咱们上了一个大狗当，不吃了，结账走人！”

“我给他结账？倒找我钱我都不要！简直是糊弄人啊这是，掌柜的！掌柜的！”哈岚大声叫喊，愤怒地将桌上的碗反扣在桌上。

解一半一惊，急忙阻止：“爷，外地别惹事行么，扣碗就是骂厨子，你这是找茬儿呢？别喊了，给了钱快走！”解一半忙将碗翻过来，却突然看见大厅里多了位长发披肩，身材高大的年轻人，手腕在围裙上搓了搓，目光冷冷地盯着二人：“你这把碗扣上了，是骂厨子不会做菜啊？”

“关你什么事，我找厨子。”哈岚一怔。

“我就是厨子。”

哈岚明白了，此人应该就是石豹的弟弟石虎，他口气立马软下来：“我说呢，嘿嘿，原来是二师傅，怪不得做得这么好吃呢。”石虎眨了眨眼睛：“太好吃了吧？再来一条？”哈岚慌忙摆手：“不用不用，能把鱼做出这味儿，还真得有点功夫，挺好的，挺好的。”

此时，石豹带着三名伙计围了过来，解一半见状不妙，忙将桌上的包袱抱在怀里，又轻轻捅了一下哈岚，客气地道：“师傅，您这鱼啊，是做得不错，我们想着呢这就吃饱了，给您结账吧，我们就走了。”石虎点了点头，平静地道：“二十块大洋。”

“二十块？！我……我没听错吧……”二人同时一惊，哈岚吓得差点跳起来。

石虎冷笑道：“没听错，你耳朵挺好使。”解一半抱了抱拳，道：“二十块实在是太多了，我知道您有气，刚才扣碗是不对，您别在意，说个公道价儿吧。”石虎不耐烦地道：“没那么多废话，给钱不给？”哈岚涨红了脸：“您真会逗，这鱼我……我没吃。”

“刚才你吃了一口。”

“可是，我又吐出来了。”

石虎瞪起眼珠子，喝道：“那也叫吃了！二十块，一个大子儿不能少！”解一半见石家兄弟都围了上来，只得说好话：“兄弟们，这样，我们是路过的，真不想惹事，咱商量商量……”

“不行！吃了鱼还扣碗？二十块大洋，一分也不能少。”一旁的石豹皱了皱眉，没好气地打断解一半的话。

哈岚一时没了主意，苦笑道：“就为这，这碗？我是不懂规矩，我就是瞎那么一扣……”他又将碗反转过来，想做个示范的动作，正往桌上一扣，咔嚓一声给按碎了。

众人皆是一愣，石虎立马拉下来脸来，指着桌上的碎碗片：“这怎么说？”

哈岚尴尬地道：“这……我赔。”石虎厉声道：“你赔得起么你！”哈岚傻眼：“这有什么赔不起的，不就一只破碗吗？”石虎一拍桌子，大怒道：“这是乾隆年间，宫里给皇上烧制的御用碗，这可值了钱了。”

“啊？蒙谁呀！这就村里土窟烧出的大粗瓷碗，两个大子儿一个，我赔你四个！”

“你说了不算，掏钱吧，这只碗两千大洋。”石虎晃了晃脑袋。

哈岚与解一半面面相觑，目瞪口呆：“一半，咱们这是遇到土匪了……”石豹突然冷笑道：“这儿没土，只有水，哪来的土匪？”哈岚叫道：“那就是水匪！”

石豹脸色一沉，道：“随你怎么说，不掏钱，你能走出这水寨的门儿吗？！”石虎已经开始挽袖子，示意几名伙计守住门口：“别那么多废话！二位把钱留下就可以滚了，留条命就知足吧，咱大当家的一向慈悲为怀！”

“哎，哥几个，哥几个！你们肯定是误会了，我们是路过的，没那么多钱。你叫你们当家的出来，我跟他说说。”哈岚怂了，吓得脸色惨白。

石虎大声叫道：“你也配！当家的是你能随便见的？是不是还要叫我们动手啊？”解一半硬着头皮道：“各位，有话好商量，您大概误会了，以为我们是大财主呢，我们真没有那么多钱，有失礼的地方我这儿赔个罪，放了我们吧。”

石虎突然抽出一把尖刀，猛地插在桌子上：“问问它放不放！”

二人吓得慌忙往后退，石虎一挥手，后面的伙计立马拦住去路，上前去抢解一半手里的包袱。哈岚被抓住了头发，死命挣扎：“叫你们当家的出来！”解一半上前救他，却被伙计一拳击倒。他躺在地板上仍死死地抱住包袱，而哈岚已被按在桌子上，一桌子盘碗顿时翻落，红烧鲤鱼被踩个稀烂。

解一半情急之下，一跃而起，忽然从包袱里掏出一把明晃晃的菜刀，甩手就剁进桌子，狂吼一声：“不就要钱吗？！我给！贱命两条，要不要！”石家兄弟与手下一见解一半的架势，顿时僵住，一下子全都安静下来。

“谁他妈的大呼小叫的？连个晌午觉都睡不好！”门外传来清脆的呵斥声，哈岚与解一半抬眼一看，大惊失色，只见集市上遇见的那位蓝衫姑娘，懒洋洋地从侧门走了进来，径直走到桌前，一把扭住石虎的耳朵，怒气冲冲地骂道，“是不是你在叫？”

石家兄弟顿时不敢动弹，石虎捂住耳朵直往后退：“大当家的，有人吃饭不给钱！”

身后的伙计大气不敢吐，赶紧将摔落在地板上的碎碗片收拾了。蓝衫姑娘瞅了一眼解一半，歪着脑袋走到哈岚身边，冷冷地道：“吃饭不给钱可不好！小白脸儿，怎么到哪吃饭你都不给钱呐？”哈岚惊魂未定，诧异地道：“你不是吃烤肉那小妞么，你怎么上这来啦？”石虎大喝一声：“混账！什么小妞儿！这是我们水香寨大当家的！水尚香，水姑娘！”

“啊？！大当家的？你是……你是扛把子，可你不像坏人呐！”哈岚身子一颤，惊恐万状。

水尚香眼眸流转，轻轻一笑：“我像好人么，好人长什么样啊？”

“你敢胡说八道，我宰了你！”石虎狠狠地瞪了哈岚一眼。

“去去去！都下去！”水尚香厌烦地挥了挥手，石家兄弟带着伙计灰溜溜地往偏厅离开。

哈岚嬉皮笑脸地道：“我觉得姑娘您是好人呐！好人就像你这样儿，明眸皓齿、细皮嫩肉，一笑起来俩酒窝，怎么看也不像是水……水匪……”解一半回过神来，赶紧抱拳行礼：“大，大当家，水姑娘，就是我们烤肉店见面的时候吧，我觉得您特别仗义执言，挺叫人佩服的，可我真没想到啊，您开这个店……您手下这些人，这不黑店么？”

“啊，你说我这是黑店啊？”水尚香脸色一沉。

哈岚喃喃地道：“是大树下面的十字坡……”水尚香斜着眼儿冷笑道：“哦，你说我是母夜叉孙二娘是么？”哈岚尴尬地笑道：“没说您，但是也差不多了，您看看您这店，这一个红烧鲤鱼，二十个大洋，那不小心，碎一破碗两千个大洋，天底下有这么黑的么？！”

“京城王府的贝勒爷，一桌酒席上万两的银子你都吃过，跟我这儿装蒜！”

哈岚一脸无辜，叹气道：“大头领，您说的那都前清的事儿了，如今您睁眼看看，我现在都没人样了啊，清朝的遗老遗少哪个还有好日子过呀！”水尚香嘴角一扬，哼声道：“瘦死的骆驼比马大！哎？我就纳了闷了啊，这鱼不挺好的么，你们俩什么口味啊？”解一半苦笑道：“大当家，水姑娘，我跟您说句实话啊，我当厨子这么多年了，就您店里这鱼做的啊，照我媳妇的话说，我就是闭着眼睛拿脚丫子胡撸胡撸，也比他做的强！”

水尚香扑哧一声，忍不住笑了：“这鱼还怎么吃啊！”解一半恭敬地道：“您看这样行不行，您也别为难我们哥俩，您就把钱说一个数，我们把钱一给您，赶紧走人。”

“免了吧，你们这不是也没吃么。”水尚香大方地挥挥手。

哈岚眼睛一亮，笑道：“那不合适吧……大头领真是仗义……”水尚香点了点头，轻盈的脚步已迈出寨子：“走吧，我划船送二位出水寨。”哈岚慌忙摆手：“不敢当，不敢当，谢谢大头领，您就别亲自送了。”水尚香一听，转身往回走：“行啊，让他们送吧。”

“啊！别介，别介，那还是麻烦大头领吧，别劳驾那几位了。”

“别老喊我大头领大当家的，叫我水姑娘！”

第五十九章 劫后余生

微山湖上，一条小船儿缓缓摇曳。

水尚香在船尾撑船，哈岚与解一半并肩坐在船头，一个是满脸好奇地盯着她看，另一个是紧紧地抱着包袱，往湖面四周不安地张望。

船橹在水面上轻摇，涟漪划破湖面，却是无声无息，安静得有点儿吓人。

哈岚有点忍不住好奇，开口问道："水头领啊，哦水姑娘……真想不到，以前就看着书里头红线女、红拂女什么的，没想到真有您这样的女头领、女英雄……嘿嘿！那您怎么就干了这一行了呢？"

"官逼民反。"水尚香眼望湖水，额前一缕秀发迎风拂动，娇柔的脸庞透着一股英姿。

"那您就不怕，官府来剿你们么？"

"兵匪一家。"水尚香神情漠然。

哈岚若有所思地点点头，道："这倒也是，可你为什么不……"他话没说完，水尚香突然截口问道："哎？你爸爸应该是大官吧？"哈岚一怔："你问我阿玛？"

水尚香诧异地道："阿玛是什么东西？"哈岚笑道："阿玛就是爸爸啊，我阿玛不大，四品官吧。"

"四品的王爷，官儿不小啊！"水尚香眨了眨眼睛。

"嘿，这都民国多少年了，还官儿不官儿呀。"

水尚香嘴角淡淡一笑，道："你们家很有钱吧？你爸爸那么大的官，贪污受贿，万贯家财吧？"哈岚皱眉道："没有啊，我阿玛可是清官。"水尚香突然冷笑道："有人信么，无官不贪，怎么老跟我装穷啊？”哈岚翻了个白眼：“我阿玛早死了！我装什么穷啊我！”解一半接口解释：“水姑娘，爷没装穷，事实是真穷，他们王府被烧了，父母也走了，老婆孩子都养不起，没办法啊，这才出来投奔亲戚来了。”

“往哪儿投奔呐？”

“上海。”

水尚香叹了口气，道：“上海好啊，花花世界，满地都是金子……不过那地方，撑死胆大的，饿死胆小的。”解一半好奇地道：“水姑娘也去过上海？”水尚香点了点头：“闯荡江湖，四海为家，哪儿没去过呀！哎？你们去上海不坐火车，跑到这微山湖来干什么？”解一半挠了挠头，苦笑道：“这不是没钱么，买不起火车票。”

“又装穷，知道我最恨什么吗？”水尚香突然笑了笑，将船橹往船舷上一搁，瞬间变了脸色，“我这样说吧，把钱交出来，放你俩一条生路。”

哈岚与解一半对视一眼，满脸惊愕地望着水尚香：“闹了半天……你还是谋财害命的水匪呀……”水尚香轻拂秀发，冷冷地道：“要是他们送你啊，你们俩早没命了，所以我亲自来，把包袱放船板上，你们俩就没事了。”

“啊？这……这算什么？”哈岚见解一半抱着包袱一动不动，瞅了瞅深不见底的湖面，腿脚顿时发软。

水尚香绷着脸道：“不交出来，那我可就要换个花样了，是吃热汤馄饨还是白条活鱼呀？”解一半脸色一沉，道：“这是什么花样？”哈岚颤声道：“能不吃吗？我还不饿。”

“不能！”水尚香语气冰冷。

“那是怎么个吃法？”

水尚香正色地道：“我告诉你们啊，热汤馄饨呐，就是我呀，直接把你们俩扔水里，白条活鱼啊，就是扒了你们的衣服扔水里。”

“这有区别么，一个是穿衣服跳，一个是不穿衣服跳……”哈岚心里暗暗叫苦，这次完蛋了，这微山湖四面都是水，北方来的旱鸭子可折腾不了这些花样，水匪当然是为了求财，若是解一半将包袱交出去，她又反悔了怎么办？哈岚可不敢往深了去想，眼巴巴地盯着解一半，脑子里一片空白。

“要不就干脆水煮鱼吧，你们俩自己下去！”水尚香忽然将脚下的一个大木塞拔了起来，湖水立即涌入船舱。

哈岚吓得大叫：“哎！哎！这可不是闹着玩的，堵上堵上，这船要沉了！”

“别别，东西我给你。”解一半站起身子，将包袱放在船板上，弯腰之时，右手却偷偷地伸进了包袱。

“哎？别动！拿菜刀也没用，我使劲一晃这船就翻了，想杀我？这可不够朋友！我之所以不杀你们，因为毕竟你爸爸是官儿，你不是，那些赃银也不是你贪的。你呢，是个厨子，出这门儿也就充个保镖，我犯不上害你。既然你们以怨报德，那我就不客气了！”

水尚香话音一落，脚尖撩起船板上一根细长的蒿杆子，呼的一声横扫过来，立马将二人打入水中。哈岚在湖水中挣扎狂呼，手舞足蹈，解一半眼明手快，手脚扑腾着，游过来一把拽住哈岚的衣领子。

小船儿在湖面打了个转，只见水尚香将竹篙轻轻一点，也不来理睬二人死活，瞬息间便往水寨的方向滑去。

赶到水寨的浮桥，石家兄弟领着一群伙计早就在门前等候，笑容满脸的迎接大当家进厅，又是端茶又是送水的。水尚香拎着的解一半的包袱，往桌上一扔，一只脚踩在凳子上，喝了口茶，冲着桌上的包袱扬了扬下巴：“打开看看！” 石虎急切地打开，见包袱里面除了几件衣服之外，就剩下一把菜刀，一个钱袋子，还有一封密封的书信。他将信扔在一边，迫不及待地倒出钱袋子里的钱，却皱起了眉头：“大当家的……这，咱们这次还真是碰上俩穷光蛋！”

“就这么点儿啊，没银票？”

“没有，就一封信。”

水尚香撇了撇嘴，顺手拿起桌上的信，拆开一看，脸上的表情突然凝重起来，猛地一拍桌子：“快！把那俩人给我追回来！”石虎一愣：“追回来？啊，没死啊？”水尚香急得直跳脚：“那儿水浅，死不了！快去！”

微山湖岸边。

岸边码头那位抽旱烟的老汉，划着小船，迅速驶入碎石浅滩，与湿漉漉的解一半合力将哈岚从船舱里抬出来，猛力地拍打着哈岚的背脊。哈岚脸庞苍白，咳嗽了数声，趴在地上喷出了两口水，老汉松了一口气，道：“幸好水浅，没事儿了。”

解一半拧着上衣的水，嘴里嘀咕一句：“非吃什么红烧鱼，这下倒好，咱俩差点成了水煮鱼！”哈岚躺在地上喘气：“这不能全赖我，你不是也同意了？红烧鲤鱼你也吃了……”解一半没好气地道：“现在没钱怎么去上海？一路要饭啊？”哈岚冻得直哆嗦，恨恨地道：“不行！我得回去把钱要回来，打劫穷人算什么英雄好汉！”

“要不，我再送你们回岛上去？”一旁的老汉笑眯眯地望着二人，也不知是幸灾乐祸，还是存心取笑。

哈岚勃然大怒：“老东西！你和他们是一伙的吧？水匪！你一天送多少人过去，一天要害死多少人啊！”老汉脸色一变，连连摆手：“哎哎！可别冤枉我！我可不是水匪，只管来回接送客人，伤天害理的事我不做！”

“你做的就是伤天害理的事！”哈岚一跳起来，突然冲过去扯住老汉衣服，掐住他脖子推倒在地，“我掐死你！”

解一半吓了一跳，急忙上前拦住：“爷，撒手撒手，你跟个糟老头子说什么，别再惹事了你！”

三人缠在一块，忽听湖面传来一声口哨，一条快船已停靠在岸边，只见石豹带着两名手下跳上了岸，呼道：“嘿嘿嘿，干什么呢？撒手！”哈岚一惊，急忙往后退了几步，躲在解一半的身后。解一半火冒三丈，厉声道：“你们还想干什么？”

“你们俩，上船！大当家叫你们回去。”石豹不耐烦地挥手。

“钱都被你们大当家的拿走了，还要怎么样啊？”

石豹皱了皱眉，喝道：“少废话，上船！”哈岚歪着脑袋喊道：“谁怕谁啊？上船就上船，我正想把钱要回来呢！”他闪身出来，大摇大摆地走上石阶，脸上居然毫无惧意，一个箭步跨上了小船。解一半想拦已经来不及，猛地一跺脚：“我早晚死在你手里……”

一行人进了水寨的大厅，哈岚与解一半浑身湿漉漉的被几名伙计反绑着，水尚香坐在桌前喊了一声：“进来呀！站在那儿干什么？”

两名伙计将哈岚按在椅子上，哈岚没好气地斜了水尚香一眼，道：“包袱已经交给你了，我们真没钱了……你还想怎么着？连命都要吗？”水尚香微微一笑：“谁跟你们要钱了？”哈岚一抖索：“啊……还真要命啊！”

“你先别紧张，我对你俩没兴趣。我就是想问问，你们跟上海的陆老大是什么关系？”

“我们……认识……吗？什么关系呢？”哈岚见水尚香面色凝重，扭头向解一半使了个眼色。

“不认识……”解一半怔住。

“你们包袱里的这封信是写给他的，你们不认识？”水尚香满脸诧异，突然面露微笑，“我是他的门生。”

哈岚一听来劲了，大声叫道：“熟啊，太熟了，不就是陆老大嘛……”水尚香脸色一变，突然扯开嗓门：“到底是认不认识？”哈岚与解一半几乎是同时出声，一个喊认识，一个说不认识。水尚香转身接过石虎手中的菜刀，哐的一声，用力拍在桌上：“想好了再说！”

“大当家，水姑娘，我们啊跟陆老大，确实是不认识。但是我们朋友跟他很熟，给我们这封信，这次去上海就是去投奔他的！”

水尚香目光流转，颔首道：“哦，你们在北平是犯事了。”解一半急忙否认：“没有没有！”水尚香缓了一口气，冷冷地道：“怎么我问个话这么费劲呢？我是他门生，我难道不能知道，从北平过去投奔他的都是些什么人吗？陆士杰在上海黑白两道都得卖他些面子，你们大老远地从北平过去投奔他……嗯，应该是惹上白道了吧？说说，怎么回事儿，是杀人了？”

哈岚点点头，吞吞吐吐地道：“这事儿吧，挺复杂的……日本鬼子，日本鬼子在北平横行霸道，我们就……就……”水尚香吃了一惊：“哎哟？你们杀了日本人？”

石家兄弟也觉得意外，疑惑地望着哈岚，与几名手下窃窃私语起来。

水尚香突然笑了笑，摇头叹道：“你俩别开我玩笑了，你们要真杀了日本人，现在还能活着在这儿坐着？关系挺硬的啊？说说，在北平谁走动的关系？”哈岚白了她一眼，道：“说了您也不知道，我一个朋友……娄晓月……”水尚香满脸惊讶地挑了挑眉毛：“那个角儿？京城挂头牌的大青衣？”哈岚大感好奇：“您也认识晓月？”

“哟，晓月？肯定不是普通朋友，你们俩什么关系？”

哈岚望了望解一半，脸上的表情有些尴尬，这事儿他也不能撒谎，没有过硬的交情谁会帮他这个大忙？他只得低头承认，嗫嚅地道：“她……她是我之前的相好……”水尚香展颜一笑，饶有趣味地盯着哈岚：“我就说嘛！小白脸儿，你不规矩啊！”哈岚不悦地道：“别叫我‘小白脸儿’，我脸也不白呀！”

“比起我们这些黑不溜秋的打鱼汉子，你算白的了啊！”水尚香咯咯笑起来，声音清脆婉转，转身将桌子上的书信塞进包袱内，“往后再遇到这种事啊，早点亮底牌，否则真要有个一二三的，你们不是冤了！哎，你们几个，还不快点松开他俩，带他们去换件干净的衣裳！”

几个伙计不敢怠慢，赶紧上前给二人松绑。哈岚揉了揉手腕，没好气地道：“还有下次啊？你是嫌我不够倒霉是吧？”水尚香指了指解一半，道：“哎，你刚才说鱼做得不好吃，你闭着眼拿脚丫子扒拉扒拉都比他做得好？”解一半点头道：“那可不含糊。”

水尚香嘴角一扬，笑道：“那你现在给我做一个去，要是不好吃，我把你做成热汤馄饨喽！”

北平老街。

佟丽华将解家小院重新改建，在靠近街道的位置搭建了一间铺子，翠儿领着伙计把做酱肉的坛子，和一些锅碗瓢盆搬进酱肉铺。

佟丽华站在门口，仰头指挥着几个木工师傅挂上牌匾。

而此时的普智小学门口，一群孩子围成了一个圈儿，哈津平正与一名胖同学扭打在一起。观战的孩子拼命鼓掌，不停地向胖子支招：“向如景！你踹他底下啊！用膝盖，用膝盖！”

哈津平突然抓住向如景的领子，拽了他一个趔趄。向如景抬腿要去踹哈津平，却被哈津平一拳打在肚子上，立即将他扑倒在地，一顿猛打：“我让你找事儿，我让你找事儿！”

一辆黑头轿车停在校门口，大和商社的社长助理向云东，坐在车上闭目养神，司机忽然问了一句：“向副官，那是…令公子吗？”向云东抬头望向窗外，见哈津平正挥着拳头暴揍向如景，大吃一惊，慌忙下车奔了过去。

向如景已经被打出了鼻血，等哈津平再次挥起拳头，突然伸过来一只手，抓住了他的手腕，顺势将他拎起来，往旁边的草地上一扔。向云东隐忍着怒气，问儿子：“如景，这是怎么回事儿！”

“就这个没爸爸的野种，按住我就打！”向如景抹了把鼻血，指着哈津平。

“谁说我没爸爸的！”哈津平怒气冲冲，大声反驳。

向如景上前一步，点着哈津平的鼻子叫道：“我爸爸说的！你爸爸就是杀人犯，早就被枪毙了！”向云东一怔，惊问道：“你是哈岚的儿子？”哈津平红了眼眶，执拗地冷哼一声，算是默认。

向云东皱了皱眉，转身拽起向如景离开学校，边走边骂：“你小子以后在外面少给我胡说八道！我今儿晚上跟佟社长有个会，你等会儿自己回去，再被人打成这个熊样，我回去敲断你的腿……”

哈津平愤愤不平地盯着向云东父子离去的背影，咬了咬牙，从草地上捡起书包，快步回家。

走到一半酱肉铺外，噼里啪啦的鞭炮声渐渐平息，酱肉铺门口铺满了一地火红色的纸屑。佟丽华站在门口，向围观的人群招呼："今儿'一半酱肉铺'开张，八折优惠，买一斤赠二两。那边有切好的，各位可以先尝尝。"

她右手边摆着一张桌子，热情地将盘中的酱肉片儿递给大伙。门口已有好多人排着队，喊翠儿出来切酱肉。哈津平背着书包，故意低着头往小院的里屋走去，一见佟丽华，立马调头想跑。

"站住！"此时，佟丽华坐在椅子上对账本，看见哈津平衣服上沾满了泥土，背部又破了个洞，头发乱糟糟的，顿时脸色一拉，皱眉问道，"干什么去了？怎么现在才回来？"

哈津平背对着佟丽华，闷声说道："先生留下我背书……"

呼的一声，账本蹭着哈津平的耳朵呼啸而过，扔在堂前地上，佟丽华厉声道："背书背的满身是土？你还学会说谎了是吗！"哈津平感到一阵屈辱，怒然回头："你呢！除了用账本骂人，还会干吗！"

佟丽华气急，起身就冲上去，一巴掌扇在哈津平的脸上，随即拎起他的胳膊，指着他身上的泥土叫道："让你去上学，天天跟人打架，你想跟街上那些混混一样吗？！你以为我愿意管你？要不是你爸爸现在不在……了，我怕你不学好，你以为我愿意天天跟你生气？"

佟丽华越说火气越大，喘了口气，眼眶已经发红。不料哈津平拼命挣脱开佟丽华的手，忍着眼泪，大吼道："你不愿意管我就别管啊！反正你又不是我亲妈！"佟丽华怒不可遏，抬手又给了哈津平一巴掌，正巧被进门的翠儿看见，大惊之下，连忙扑了上去，将哈津平护在怀中："这是怎么了？少奶奶，你怎么能打孩子呢，没事没事，不哭了，跟姑姑回屋。"

哈津平怒瞪着佟丽华，眼泪在眼中打转。

翠儿将他带进里屋，盛了一盆热水，捞起毛巾，蹲下悉心地给哈津平擦脸。哈津平眼中含着泪水和恨意，倔强地扭过头去，翠儿心疼地擦着他的脸，柔声道："疼吗？"

哈津平摇摇头，翠儿叹气道："下手怎么这么狠，真不是亲……"她发觉自己失言，立即改口开始埋怨哈津平，"你也是的，你跟她顶什么？老老实实认个错不就行了？"

哈津平大声道："我没错！"

"哎？跟人打架还有理了？"

"谁让他说我是杀人犯的儿子的，说我是小杀人犯！"

翠儿忽地站起身来，怒道："哪家的孩子这么混，有人养没人教的？走，姑姑给你评理去，走！"哈津平一怔，赶紧扯住翠儿的衣角，怯怯地问："姑姑，我爸真是杀人犯吗？"翠儿叹了一口气，道："津平，你爸他不是杀人犯，他是好人。"哈津平气呼呼地道："骗人，好人才不是他那样呢。"

"姑姑怎么会骗你啊，那你说好人什么样儿？"

"好人……好人应该像岳飞、杨家将那样的，上场杀敌，战死沙场！"

翠儿展颜一笑，安慰道："津平，你爸就是像他们一样的好人，你爸杀的也是坏人。"哈津平皱眉道："那他为什么会被枪毙？"翠儿顿时语塞，尴尬地道："那是因为……那些坏人，他们都想害他！津平，听姑姑的话，你爸爸是好人，咱以后别再跟同学打架了，他们要是再骂你，你就跑，就当没听到，行么？"

"要是……要是我爸和解大爷还活着，肯定不会饶了他们！呜呜……"哈津平满心的委屈终于再也忍不住，低声哭泣起来。

"好孩子……"翠儿将哈津平揽在怀里，声音哽咽，"你爸爸他们……不哭了津平，你是好孩子。"

酱肉铺子里，佟丽华坐在桌前，正在整理被扔散了的账本，翠儿走过来，坐在她旁边缝哈津平的衣服。佟丽华低声问："津平没事儿了吧？"

"刚洗完脸，在我那做功课呢……怎么，心疼了？"翠儿瞧了一眼佟丽华。

佟丽华无奈地道："我不是给他立规矩呢么，要不然长大怎么成材啊。"翠儿心事重重地道："少奶奶，你知道人孩子为什么打架么？在学校有人欺负他，说他是杀人犯的儿子，说他是小杀人犯，他能不急么！"佟丽华一怔，神情有些伤感："让孩子跟着受委屈了……"翠儿正色地道："可不是嘛！依着我说啊，津平这孩子是个明白人，吃软不吃硬的脾气，您以后别总是一句话不岔就动手，跟他好好说，他听得进去。"

佟丽华合上账本，摇头叹气："哈岚把他交给我，就是一份责任，我是怕哈岚回来，怪我没有管好孩子……"

"可我说少奶奶，这津平他毕竟不是你亲生的，就更打不得了，越打越不亲！你想啊，等爷一回来，津平跟他说，说你打他，那你让爷心里怎么想啊？"

佟丽华苦笑点头："不打了，以后不打他了……"

微山湖水香亭。

解一半正在厨房熟练地将鱼儿开背，抹盐上料酒，整条鱼被放进了油锅里，炸至金黄。他转身握起菜刀，切碎姜蒜薄片，洒一些葱段入锅，倒入鸡肉片、笋片、蘑菇片，再捧起旁边一坛鱼汤，一起倒入锅中。

一盘浓香扑鼻的红烧鲤鱼，淋上一勺汤汁，已然端上桌子。

水尚香坐在桌前，举着筷子，瞧见油光灿灿的红烧鲤鱼，咽了咽口水，夹起一块放入口中，眼睛忽然一亮："嗯？怎么做的这是？"哈岚没好气地道："好吃不好吃吧？"水尚香又惊又喜："没法说的那么好吃，嘿！"解一半挺起胸膛，得意地道："哼！你看，我说的吧，肯定不含糊！"

"哎？你这不是闭着眼用脚丫子扒拉出来的吧！"

"不是，不是，大当家，我那是说给他听的。"解一半用手指了指站在身旁的石虎。

石虎怒目而视："你得意呀你！"水尚香的筷子已停不下来，连连点头："有点本事，有点本事，你真是御厨？"解一半谦虚地道："我不是御厨，我爸爸才是，我就学点儿皮毛而已。"

哈岚一把将解一半扯到一边去，道："哎哟，你瞎谦虚个什么呀……没什么两样的，他爸爸呀，给那个慈禧老佛爷，给光绪爷，给宣统爷都做过，一般人可吃不着这个！"水尚香皱了皱眉，突然瞪了石虎一眼："怪不得呢，宫里传出来的，就是不一样！石虎，你做的那也叫鱼？"

石虎哼了一声，不服气地道："我做的怎么不叫鱼了，好吃不好吃，你不也吃了好几年了么，有那么邪乎么！"水尚香咯咯一笑，道："当然，不信你尝尝！得了你也别尝了，这条鱼还不够我一人儿吃的呢……我说你们俩，别去上海了。"

"那去哪儿？"哈岚一怔。

水尚香笑道："留我这儿吧。"哈岚皱眉道："这可不行，留这儿我们能干什么？不会打不会杀的……"解一半挠了挠头，道："我们还得去上海，早就说好的。"水尚香不悦地道："水寨我说了算，解一半留下，去厨房给我做菜。"

"那我干什么啊？"哈岚急了，要他当水匪强盗他肯定是干不了，这见血就晕的毛病，随时都会发作。

水尚香瞄了哈岚一眼，突然一脸坏笑："你？给我做压寨男人吧，小白脸儿！"

“啊？压寨男人？压寨男人是个什么玩意，我就听说过压寨夫人。”

水尚香一拍桌子，疾言厉色地道：“只许夫人压寨，就不许男人压寨啊？”哈岚大惊失色：“哎哟喂，您还有这心啊？不行，不行，我可做不了！”水尚香绷着脸儿：“怎么不行？”

哈岚支支吾吾地道：“我写写画画……鉴赏个文玩字画还行，我就是个读书人，身子骨弱，呵呵压不了……”水尚香冷笑道：“你跟你相好的也这么说？”

“不是，这是两码子事儿，这成何体统？真压不了……”哈岚突然指着解一半，走过去拍拍他的肩臂，龇牙一笑，“真要压的话他成，您看这多魁梧，肯定能压住。”

解一半急了，慌忙闪开：“哎哎别闹！爷，你这不是坑我吗？我就一厨子，我压不了，她不是我喜欢的那种……”哈岚又过去拽解一半：“你能压，你能！”

水尚香杏眼圆瞪，怒道：“哎？我这多少人巴不得来呢，怎么着，我就这么不招人待见？！”哈岚笑道：“他可喜欢您了！”

“不是，我说大当家……大当家的，您就放我们走吧。”解一半一脸无辜，低三下四地几近哀求。

水尚香见二人执意想走，脸色一沉：“现在不成！解一半你去厨房掌勺。”一旁的石虎心急如焚，脱口问道：“他掌勺我干啥？”水尚香没好气地道：“你给解厨子打下手。”石虎怒道：“我不干！”

“不干就跟豹子他们下湖打鱼。”

“我不打！”

水尚香抹了抹嘴，呵斥道：“那就卷铺盖给我滚蛋！”石虎咬牙切齿地望着解一半，大叫道：“我就不滚！”哈岚急忙打圆场：“别介，二位头领别伤了和气，大伙儿和为贵，谁也别走，这样，你好好给当家的做饭，我一个人我先……我先走。”解一半一把拽住哈岚，苦笑道：“爷，我也不能一人享清福啊，我也得走哇！”

水尚香扫了二人一眼，皱眉道：“你俩走得了么，这么着吧，你给我做文案吧。”哈岚怔住：“文案？你一个土匪窝儿，要文案干什么？”水尚香冷冷地道：“你再给我说一遍！”哈岚立马认怂，正色地道：“土匪拼到最后，拼的就是文化，文案可以，只要不压寨，干什么都行。”

水香亭客房。

床边的小桌上亮着一盏烛灯，哈岚与解一半并排躺在床上，耳边聆听着微山湖面哗啦啦的风声，翻来覆去，始终睡不踏实。哈岚用胳膊捅了捅解一半，心事重重地道："一半啊，咱们真要留在这儿落草为寇啊？"

"那还能怎么着，只能这么待着了。"解一半神情漠然。

"这叫怎么回事儿，你这好歹还当厨子，我这叫什么，什么叫压寨男人啊？"

解一半忍住不笑，若有所思地道："爷，我觉得吧，让你当这压寨男人不吃亏，这个大当家的呀，模样在这呢，长得还挺俊俏的。"哈岚翻了个白眼："你一边去，好女窦尔敦，多吓人呐这个，有本事你去压去！"解一半轻笑道："哎哟，我真想去，可人看不上我，就喜欢你这种小白脸儿类型的！"

"去去去！还有工夫瞎胡闹，你说这陆老大，他到底是个什么人啊，那马俊杰一封信，能管用吗？"

"这我真不知道，哎？不是爷你也怪了啊，之前咱们这一路上你也不想这事，怎么当人压寨的男人了，这开始想东想西了呢？"解一半嘿嘿一笑，起身把灯吹熄了，屋子里陷入一片黑暗。

哈岚叹了一口气，缓缓地道："你就别逗贫了，咱命都快没了……你说这陆老大，按他们这么说，那也是个黑老大，而且比这个当家的还厉害，那咱们这是，从虎穴里出来，这不是一步一步，又掉龙潭里了吗？奇怪了这，马俊杰怎么会让咱们去……"

黑暗之中，一把锋利的尖刀悄悄地探在哈岚的喉间，哈岚瞪大了眼睛，立马噤声。解一半听着哈岚话说了一半突然没声音了，问了一句："去什么？怎么不说……"猛然间，他察觉到脖子上一片冰凉，一把尖刀架在了他的脖子上，顿时身子僵住，"有话好说，这干吗呀，这是……"

哈岚的声音有些颤抖："你……你把我们杀了，陆老大……会跟你们要人的！"

"你们不想死可以，现在就给我滚！"黑暗中传来石虎阴沉的声音。

二人双手抱住脑袋，一咕噜爬起来，只见石虎穿着一身黑衣，两柄尖刀抵住他们的背脊，恶狠狠地道："出去，往浮桥那走。"

过了浮桥，石虎押着二人来到一处漆黑的湖滩，岸边停靠着一条小船。石虎示意二人上船，冷冷地道："有多远就滚多远！"哈岚心里虽然惊喜，却是愁眉苦脸："我说……我们不会划船啊！"石虎指了指湖心，道："到了那边，孟伯会来接你们走。"

石虎盯着他们上船之后，拎着刀往回走。回到水香亭的水寨门前，忽然发现水尚香穿着一件松垮的睡衣，举着一盏烛灯，倚门而立。石虎暗吃一惊，紧张地道："大当家的，还没睡呢？”水尚香慵懒地打了个哈欠，淡淡地道：“你把他们赶走了是么？”石虎硬着头皮道：“是的……”

“你就这么容不下他们？”

石虎一脸沮丧，低声道：“大当家的太偏心了，我是立过功的……”水尚香的嘴角微微上挑，抬起手腕往石虎怀里扔过来一包东西，石虎慌忙接住，发现是哈岚的包袱。

“给他们送去吧。”水尚香打了个哈欠，执着灯进屋去了。

石虎怔怔地看着怀里的包袱，伸手进去摸了摸包袱，从里面掏出一个钱袋子，偷偷地揣进自己口袋里。

此时，哈岚与解一半坐在小船里，在原地打着转，远远瞧见石虎往这边飞奔而来，吓得大叫一声：“解大哥，快跑！他又回来了！”二人手忙脚乱，在船舱里一顿摇晃，石虎已奔到岸边，抬手一扔，包袱落在船板上。

解一半大喜：“爷！他是把包袱给咱们送回来了。”石虎一声冷笑，从怀里掏出钱袋子，瞄了一眼，又重新塞进怀里，扬长而去。

“爷，钱都没了。”解一半无奈叹气。

哈岚缓缓吐出一口气：“捡了条命就不错了，信在的吧？咱赶紧去上海。”二人笨拙地摆弄着船桨和竹篙子，小船儿悠悠滑行，渐渐驶向湖心。

解一半抱着包袱突然大叫：“我的菜刀啊，落在厨房了！”哈岚没好气地道：“一把破菜刀还心疼什么。”解一半哭笑不得：“那是祖传的宝刀呀！”哈岚骂骂咧咧地道：“你赶紧划啊，慢吞吞的，是没吃饭啊？你那宝刀能划动船么？要是能，我立马回去取……”

“爷，你竹篙子戳到我啦……”

第六十章 萍水相逢

上海街头灯火通明，霓虹灯下张贴着各类烟草广告，画面上是手持檀香扇，身穿艳丽旗袍的女子，大大小小的店铺招牌琳琅满目，街道上的黑头汽车一辆接着一辆，穿着貂皮大衣的贵妇，挽着黑大衣礼帽的男人穿街而行。

哈岚蓬头散发，与解一半站在街头，就像是两个乡下逃荒的乞丐，惶惑不安地望着眼前这座陌生的城市。

路边坐着急个黄包车的车夫，正在等待拉客，他们的身后便是百乐门俱乐部几个穿着汗衫西装的人，正在门口抽着烟。解一半抬头瞧了一眼气派繁华的百乐门，抬脚就要上前，却被哈岚一把拉了回来："你干吗去！"

"不是去这儿找陆士杰么？"解一半莫名其妙。

哈岚往路边一蹲，没好气地道："不想去。"解一半一听急了，瞪眼道："祖宗哎，你这几个意思？咱们要死要活的好不容易大老远赶来了，你又上什么驴脾气呢？"

"你没听水尚香说这个陆……"哈岚瞧了瞧四周，压低声音，"这个陆士杰是道上的头子么？"

解一半不明所以，皱眉道："是啊，怎么了？"哈岚忧心忡忡地道："道上的头子你也敢去找？这种人的脾气咱摸不准，说不定怎么着就一枪崩了咱，咱惹得起吗？"解一半摸了摸脑袋："那怎么办啊？"

"我有个三叔，应该在上海，咱找他去。"

"找……找你三叔？"

哈岚龇牙一笑："你先别急，咱去问问路，问问万宝斋在哪条街上，都走这么些天了，也不在乎多找一晚！"

解一半无奈，只得上前去问路边的车夫。幸好车夫指了路，倒是离百乐门不远，二人兴冲冲地赶去，穿过几条热闹的大街，见一座商铺的门梁牌匾上果然写着"万宝斋"三字，顿时缓了一口气。

"就是这里，我这个三叔自打家道中落之后，就来上海做古玩生意，听说做得风生水起，咱们先到他府上借住几日……"哈岚隔着玻璃窗，往里面探了一眼，拍了拍身上的灰尘，推门进去。

古玩店的掌柜正坐在桌前，戴着一副眼镜，举起放大镜仔细地观摩手里一个白玉雕龙的耳瓶。

哈岚与解一半衣衫褴褛，拎着包袱进来东张西望，掌柜的抬起眼，皱眉打量着二人："呦，你们二位这是？快走快走！"他随手打开了抽屉，取出两个铜板，扔给哈岚。

"嘿！我说你……"哈岚接住铜板，愣了一下。

解一半脸色一沉，道："掌柜的，我们不是要饭的……"掌柜往门外一指："出门右拐，那边儿当铺收破烂儿，赶紧走！"哈岚皱眉道："哎？还真把我们当叫花子了？"解一半客气地道："掌柜的您误会了，我们是来找人的。"

"找人？找谁？"掌柜的将放大镜摆在桌上。

"敢问贵店的东家是不是姓那，叫那庆？"哈岚抱拳行礼。

掌柜没好气地道："口气不小，知道那庆是什么人吗？"哈岚笑道："知道，你们东家是我三叔！"掌柜呼出一口气，冷嘲热讽地道："穷叫花子真敢乱攀亲戚，快滚！"解一半厉声道："怎么说话呢你？这是我们爷！那庆真是他三叔！"掌柜的哈哈一笑："这年头还真是个人都敢称爷了！"

"连小爷我都不认识？我，京城赫赫有名的哈王府哈氏皇族，第五代嫡重孙贝勒爷哈岚！"哈岚原本衣裳单薄，一直是缩着脑袋，此时此刻，立马觉得自己的个头高了一截。

解一半焦虑不安地四下张望，扯了扯哈岚衣袖："爷，小点儿声。"掌柜啊的一声，笑得前俯后仰："哎哟，贝勒爷？哎哟我还摄政王呢！真敢吹啊你！"哈岚火冒三丈："混账！有眼无珠，狗眼看人低！"

"骂谁呢你？"掌柜的眼珠子一瞪。

"就骂你个不开眼的东西！瞧瞧你这一屋子的玩意儿，一堆破烂儿，还说我们……"

哈岚突然被掌柜手中的玉瓶吸引，不由自主地走上前去，伸手想去摸，“哎？你这个……哪儿来的？”

掌柜慌忙抱起玉瓶往后退，叫道：“嗨嗨，干什么？别瞎动，碰坏了你赔不起！”哈岚的手儿有些颤抖，大感意外：“皇上这个玉瓶……怎么在你这儿？”

掌柜的冷笑道：“废话！我店里的东西不在我这儿，还能在你那儿？知道这是什么吗你？

“这……这白玉瓶是皇上十二岁生辰那年，我送给皇上的寿礼！皇上一直摆在寝宫里，怎么到你这儿来了？”

“吹吧！越吹越没边儿了！”

哈岚正色地道：“这么着吧，您把那手啊伸进去摸摸，入瓶口二寸许，应该刻着一小东西。”掌柜半信半疑地将手伸进玉瓶一摸，顿时怔住，脸色变了变：“这是……”哈岚展颜一笑，道：“一个小王八！”解一半斜了他一眼：“爷，您是怎么知道的？”哈岚一本正经地道：“您借着光再瞅瞅，那王八盖子上应该有俩小字，哈岚。”解一半翻了个白眼：“呦，您怎么刻个王八，还把自己名字刻上去，这不自个钉自个么，骂谁呢这是？”

“那是皇上刻的，骂我的！”哈岚嘿嘿一笑。

掌柜仔细瞧了瞧玉瓶的颈口，半天才回过神来：“您……您真是贝勒爷？”哈岚得意地道：“那还能蒙你？如假包换！”

“哈岚？”古玩店的门口传来一声惊呼，哈岚猛地转身，只见一位穿着锦缎长褂的老人，胡须已经花白，却是精神矍铄，盯着哈岚上下打量。

“三叔！”哈岚鼻子一酸，立即跪膝给那庆叩头。

万宝斋古玩店内，那庆坐在桌前倾听哈岚说起哈王府的遭遇，不免摇头叹息。掌柜端上两杯茶，见叔侄二人神情悲戚，低眉耷眼地退下，哈岚早已掩面抹泪，低声抽泣道：“我阿玛和额娘，就这么没了……”

那庆深抽一口旱烟，吐出烟圈，缓缓地道：“我听说你在北平开了个酒楼，不是干得还不错吗？怎么混成这样了？”

“我……遇上点事儿，酒楼关了……”哈岚不敢说实话，欲言又止。

“你小子打小就是个惹事儿精，行啦，你不说我也不问了。唉……你们这些孩子啊，一个个不成器，祖宗的脸都让你们给丢尽了！多大的家产都得让你们给败光！”

哈岚尴尬地道：“三叔……这不，我只好来投奔三叔了。”那庆沉思片刻，吐了一口烟：

“成，留下吧，在店里帮着掌掌眼。现在这帮泥腿子，没见过什么好东西，上半年给我看走眼好几个物件儿，有你在，我也放心些。”哈岚面露喜色：“这事儿我在行！三叔，那，我这兄弟……”那庆瞅了瞅站在桌前的解一半，笑道：“身板还算结实，那就留下看个门儿吧。”

二人喜出望外，连连道谢：“多谢三叔！”

万宝斋的门口人来人往，已换了一穿伙计衣衫的解一半走到门外，取出抹布开始擦拭橱窗的玻璃。哈岚手里捧着个小本子，在店里来回踱步，仔细观摩博古架上的古玩，将各类古董藏品记录下来。

此时，解一半迎着一位满脸络腮胡子的洋人进门，掌柜一个箭步冲过来，点头哈腰的接待：“哟，法兰西的皮特先生，您好久没来啦！快里边儿请！”

解一半殷勤地上前为法国人拉开椅子，掌柜急忙去架子上将玉瓶抱过来，轻放在桌子上，“皮特先生，这是您上次要的东西，您请过目。”哈岚侧耳听见掌柜说话，一瞧正是那只白玉雕龙的耳瓶，不自觉地凑身过来。

“很好，很不错。”法国人小心地握住玉瓶，转了一圈，微笑地点了点头，从兜里掏出一张银票，“这里是三万大洋，一分也不会少，请包起来吧。”

掌柜满脸谄笑，赶紧去接过银票。哈岚忽然出声喝止：“等等！这个不能卖！”

法国人精通中文，扭头瞥了哈岚一眼，诧异地望着掌柜：“他这是……”掌柜尴尬地笑了笑，急忙将哈岚拉到一边，皱眉责怪：“你胡说八道什么！”

“我跟你说多少回了，别的都能卖，这个皇上的玉瓶不能卖！”哈岚大呼小叫起来。

“这是东家的东西，卖不卖轮得着你说话吗！”掌柜瞪着哈岚，转身抱起桌上的玉瓶，取来一个锦盒开始包装。

哈岚上前拦住他，气呼呼地道：“这洋人眼还挺尖的啊，对不起，这东西不卖！”掌柜见哈岚一再阻拦，脸色一变，使劲甩开哈岚的手：“就是皇上的东西人家才要！起开！”掌柜将玉瓶放入锦盒，赔着笑脸要递给法国人，不料哈岚抢先一步，扑上去一把抱过玉瓶。法国人怔住：“这是什么意思？”

“这个我们不卖！”

“可我已经付钱了。”法国人皱了皱眉头。

哈岚没好气地道：“您有钱，钱我退给您，这东西不能给！”掌柜一跺脚，过来抢夺哈岚手里的锦盒："哎哟，使不得！不能退，不能退，快把玉瓶给他！"掌柜倒也力气大，伸手就将哈岚手里的玉瓶抢了过来，顺势把哈岚推了个踉跄。解一半急忙上去扶住哈岚："哎？干什么啊这是？"

掌柜将玉瓶递到法国人的手里，开门去送客人。法国人抱着玉瓶要出门，哈岚却反扑过来，一把抓住法国人的袖子："别走啊，说了不卖！"法国人与哈岚推搡之时，忍无可忍，一记勾拳把哈岚打倒在地。

"干什么打人啊！"解一半见哈岚挨揍，勃然大怒，冲上去一拳打在法国人的脸上，二人顿时扭打在一起。

掌柜的急得在一旁劝架，那庆慌慌张张地冲进店里，大声呵斥："住手！皮特先生，真是对不起，对不起。"他连声道歉，赶紧将法国人送出门外，转身推门进店，指着哈岚怒骂，"行啊小王八蛋，好大的胆子啊！连法国人都敢打？知道这什么地方么，法租界，想不想活了你们！"

哈岚吓得一哆嗦："三叔……是那法国人先动的手……"解一半脸上青了一块，衣服被揉的乱七八糟的，低着头不敢看那庆："是他要动手打我们家爷，我才……"那庆猛地一拍桌子，怒冲冲地道："住嘴！哈岚啊，我看你们走投无路，好心收留了你们，看看你们给我捅了多大的娄子啊，这让我以后的生意还怎么做，你想让我喝西北风去啊？"

"三叔，都怪这个奴才，我跟他说多少回了，这是皇上的东西，谁让你卖？"

"大清国都让溥仪给卖光了，一个破瓶子，有什么不能卖的！"那庆气得坐在椅子上喘气。

哈岚皱了皱眉，道："皇上他没有……"那庆不想再听哈岚解释，指着门口，气急败坏地道："收拾一下你那破包袱，赶紧给我滚蛋，别再让我看见你们！"哈岚脸色一寒，惶声道："三叔……"

"滚！"

夜晚的上海，纸醉金迷，但是这座繁华的城市角落里，依然有无家可归的人。街角火光熊熊，几个乞丐用一只大铁桶生了火，蹲在火炉旁，围着噼噼啪啪的柴火取暖。

缩着身子的哈岚拼命地往人堆里挤进去，却被人一把推了出去："哪来的，懂不懂规矩，哪来的哪待着去！"

“烤烤火能怎么着？欺负人是么！”解一半怒目直瞪，拽着哈岚强行推进人群。二人互相依偎，挤在火炉旁取暖，一时无语。

哈岚身子渐渐暖和，不免感叹：“一半，咱爷们怎么混的，当叫花子都没人要……”解一半歉意地道：“爷，对不住了。”哈岚不在乎地往地上一坐，脱了鞋贴着火炉烤：“什么话，是我对不起你！本来还以为找了处可以栖身的地方……没想到……”解一半叹息道：“哎，不说了，事情过去就算了，这两天咱先在这里将就一下，咱明儿先去把给翠儿的信寄出去了，然后我就去找工作，咱们爷们饿不着！”

“本来想保住那青花瓶，没想到反而拱手让人，老祖宗诶，您的东西我是保不住了，得，今儿就这忍一宿吧，哎呀！”哈岚大大咧咧地脱下袜子烤火。

旁边的乞丐嫌弃地怒视哈岚：“干吗呢，脚这么臭能不能不脱鞋？”另一个乞丐忍无可忍，手里握着一根木棍，哐的一声敲击在铁桶上：“赶紧走开！要烤火是吧？老子给你点个火把！”话一说完，几个乞丐挥舞着木棍就围了过来。

解一半慌了：“哎哎，有话好说，有话好说！”乞丐怒喝道：“滚！臭气熏天的，给我滚开！”哈岚赶紧穿鞋：“予人方便，予己方便……”

“走！现在就走，别让我们看见你俩啊！”

“行啦，咱不惹事，走吧。”哈岚背上包袱，拉着解一半赶紧离开铁桶。

冷风刺骨，二人在夜上海的大街上游荡，也不知应该去哪过夜，四处张望也找不到可以避风的地儿，不知不觉走到维纳斯夜总会的门口，发现街角边竖着个绿色的邮筒，急忙跑过去将包袱里的信投入邮筒中。

“爷，你说……这信得几天才能到翠儿手上？”

“不清楚了，总得十来天吧。”哈岚抬头望着头顶的霓虹灯，想起三叔气急败坏的表情，心里暗自叹气，正所谓人富亲朋多，人穷断六亲，在这个有钱人的地方，世态炎凉就变得更清晰。

此时，维纳斯夜总会的门口，跑出来一个喝得摇摇晃晃的姑娘，穿着一身紫红色的旗袍，削肩细腰，长挑身材，闪亮的耳坠叮叮当当地响。

“去去！要吐一边儿吐去！”门口一个西服革履的门卫厌恶地推了姑娘一把，

喊声吸引了哈岚与解一半的注意。

旗袍姑娘醉醺醺地道：“谁说我要吐了！你别碰我……”她脚步不稳，身子往门卫这边倒去。门卫猛地将她往门边一推，怒道：“滚！”旗袍姑娘哪里还站得稳，立马摔倒在地。哈岚与解一半吓了一跳，冲上前去，伸手去扶起姑娘。

“哎？你干吗呢，人一个女孩子，喝多了，你不能客气点！”哈岚义愤填膺地指责门卫。

门卫瞪了哈岚一眼，冷冷地道：“关你屁事啊？她个夜总会的臭女人，差点儿吐脏了我的鞋！”哈岚脸色一变，装腔作势地卷起袖子，大声喊道：“我这辈子最见不得男人欺负女人……说话客气点儿！”

“哪跑出来的小瘪三？！”门卫大怒，身后的同伴听见争吵声，赶紧跑出来观望。

哈岚见突然冒出来几个大个子，扭头吩咐解一半：“走了走了，咱还有事儿呢，赶紧的……”二人扶起姑娘退到墙角，解一半关切地询问：“姑娘，你没事儿吧？”旗袍姑娘一个劲地干呕，无力地摆手。哈岚挠了挠头，皱眉道：“哎，要不送回去吧……你住哪的？”

“你家在哪啊姑娘？哎哟，你家在哪？姑娘，你没事吧？”

旗袍姑娘手指头往前面一指，身子摇摇欲坠。解一半咬了咬牙，单肩扛起已经烂醉如泥的姑娘，径直往街道上走去。

三人走到一处弄堂，杂乱的喧闹声不绝于耳。

弄堂里没什么人，深处几户人家还亮着灯，里面传来几句含糊不清的上海话，远远听去就像是在吵架。

哈岚跟在后面不停地数落：“你说这都是些什么人啊，懂不懂点儿礼数？一点儿规矩都没有……”

迎面撞上一个拄着拐杖的老大爷，盯着解一半与旗袍姑娘瞧上半天，诧异地道：“咦？这不是玉儿吗？怎么了这是……”

“大爷，您认识她？您知道她家住哪个门儿吗？”解一半听见老大爷说话，急忙回头，姑娘人事不省地靠在他肩上，一头秀发随风甩过来，就像个拖把。

“认识，认识。”大爷指了指弄堂深处，操着沙哑的嗓子，“顺着声音过去，打麻将那家就是了。”

“嘿，巧了！谢谢您啊！”哈岚给大爷道谢，走在前面开路。

打麻将的声儿越来越响，解一半咬着牙扛着玉儿走到大门口，往门里一探，却见里屋是一间老房子，分为上下两层。楼梯口下面开着昏黄的灯光，摆着三张麻将桌，一盏灯吊在麻将桌的上面，在热火朝天的叫牌声中轻轻摇曳。

屋里乌烟瘴气，男人嘴里叼着烟，女人抽的烟上套着一支烟嘴儿，夹在手里，眯着眼睛摸牌。解一半迈进门，累得喘了口气：“看着没几两肉，还挺沉的……”

“干吗呢这是？”哈岚进了屋子，见大伙儿都在打麻将，根本没人搭理他们，忍不住大声叫喊，“请问，玉儿是住这家吗？”

桌前打麻将的人依旧七嘴八舌嚷嚷，似乎听不到哈岚的叫声。

“这里是不是有个玉儿呀？”哈岚又喊。

屋里一个尖锐的女声传来：“玉儿不在，上班儿去了！”哈岚顺着声音看过去，一个穿着睡衣，头发上卷着发卷的上海女人，正夹着烟专注地打牌。解一半耐心地道：“我们不是来找她的，我们是送她回家。”旁边一位妇人吃了一惊：“珍姐，玉儿她怎么了？”

“死丫头，又喝多了……”珍姐打出一张牌，抬头瞟了一眼哈岚跟解一半，腾出一只手，用染着红指甲的手指了指通往二楼的楼梯，“送上去吧，你们自便啊！哎呀，和了！”珍姐突然摸了一张牌，脸上表情一惊，喜笑颜开。其他人探头凑过去看她的牌，七嘴八舌地开始推牌。

解一半无奈，扛起玉儿径直上楼，而哈岚脱了长衫丢在一边，饶有兴趣地站在珍姐身后，一声不吭地看着他们打麻将。

此时，解一半将玉儿甩在阁楼的床上，喘着粗气坐在床边儿后，转头才发现哈岚没跟上阁楼，他从阁楼的窗往下看，楼下麻将桌上，有个正在穿外套的人准备离开，珍姐隔着桌子挥手挽留：“哎呀，再打几圈嘛！我手气刚上来，你就要走！”

“改天改天，不然老婆该生气了……”牌友拎着衣服急匆匆地往外走。

哈岚眼珠子一转，闪身坐在空位上：“我来吧！”珍姐瞪了他一眼：“你谁啊你？会打吗？”哈岚脸上露出诡谲的笑容，已经开始动手摸牌。旁边的牌友敲了敲桌子，问：“你本钱呢？”哈岚嘿嘿一笑，应道：“先打，先打，本钱自然会有。”

解一半有气无力地看着楼下贪玩的哈岚，撇嘴摇头。突然玉儿诈尸般从床上翘起头，想要呕吐。解一半立马反应过来，从床底抽出一个痰盂慌忙接住，见玉儿吐得哇哇直叫，忍不住叹息：“慢点，慢点！哎哟，来来来擦一擦，你一个年轻漂亮的大姑娘，怎么就把日子过成这样了？难受了吧，玉儿姑娘，哎哟，慢点儿！”

楼下传来哈岚的笑声：“哈哈，和了！”

解一半踩着楼梯下来，看见哈岚神情亢奋，一头扎在麻将桌上摸牌，暗自摇头叹气，问珍姐：“玉儿吐得有点儿厉害，家里有没有蜂蜜？”珍姐不耐烦地道：“没事儿，你不用管她，她每天都这样的！”解一半无奈地道：“那你家厨房在哪儿？”

珍姐随手一指里屋，继续搓牌。旁边的牌友喊了一声：“二筒。”哈岚拦手大叫：“碰！”立即将两个二筒推倒，打出一张五万。下家摸了一张牌，皱眉沉思，东拣西挑选出一张七条，哈岚突然哈哈大笑，手背儿贴着麻将牌往前一推，得意洋洋地道：“和了！”众人瞪了他一眼，将桌子上的麻将牌翻个面，继续搓牌打下一圈。

不一会儿工夫，只见哈岚摸起一张牌，用食指腹一搓，啪的一下翻过来，使劲拍在桌子上：“自摸！”三个人脸色一变，哗啦哗啦又开始洗牌，珍姐绷着脸道：“哈先生很会打牌，老手呀！”哈岚嘿嘿笑道：“承让，承让……”

解一半进了玉儿家的厨房，见案台上一堆的脏碗，篮子里的好菜烂菜也全部混杂在一起，又脏又乱。他皱起眉头，弯腰开始收拾厨房，先将烂菜挑出来，脏碗也洗净摆好，便站在炉灶前，开始淘米煮百合粥。

炉子上生起了火，解一半伸手取暖，隔壁的打牌声充耳不闻。浓汤正在沸腾，咕咕冒着热气，他垫着抹布揭开汤煲的锅盖，小心地用勺子舀起尝了一口，点了点头，觉得很满意。

麻将桌上众人轮番出牌，打得热火朝天，珍姐望着自己手上的牌，老是在纠结应该打哪一张才对，而哈岚晃着脑袋，似乎胸有成竹，动作又快又猛，上下两家牌友彼此交换了一个默契的眼神，面露微笑地盯着珍姐：“你倒是快点呀！”

珍姐摸起一张七万，似乎仍在犹豫，她手里另有一张七万和九万，卡听八万。

她在牌桌上观望，终于决定，打出了七万。哈岚摸上来一张红中，暗暗瞄了珍姐一眼，心想，瞧她模样倒像是这里的住户，要是能在她家住上几晚，自己和一半也就不用露宿街头，不如就拍拍马屁，让她赢上几把。

他的牌面有六七八万各一张，打定了主意，随手便将手里的红中插进牌中，将八万往桌上一丢：“八万！”

“哎！和了！”珍姐欣喜万分地将牌推倒，笑容满面，“哎呀就等这一张了啊，我都等了八圈了，以为没了呢！”

一旁的牌友开始埋怨：“哈先生侬怎么搞的呀？都这个时候了还打八万？”另一个牌友垂头丧气：“是的呀，我马上就听牌了，手里还有一副等着开杠呢！这么生张你也打，你会不会啊？”

哈岚双手稀里哗啦胡乱地搓着牌，尴尬地笑笑：“真不会打了，一手烂牌只好先打个八万，去探探路嘛！”他一边说着话，一边不经意地给珍姐丢了个眼色。珍姐会意，满意地点头微笑。

厨房里的解一半煲好百合粥，小心地端着碗儿上了阁楼，走到床边，轻声地叫醒玉儿：“玉儿姑娘……”他喊了一声，见玉儿没有反应，皱着眉头推了推玉儿的手臂。

“爸，累死了，等会儿……”玉儿梦呓似的翻了个身，迷迷糊糊地抬起头。

解一半怔住，耐心地去扶起玉儿：“起来喝点粥吧啊，喝那么多酒，你胃都难受了……来，我扶你起来好不好，慢点啊，我扶你起来喝口粥……”玉儿眼睛都没睁开，摇着头喝了一口，不耐烦地将解一半的手推开，立即瘫倒床上：“嗯……我难受……”

楼下又传来哈岚兴奋地大叫：“和了！”

解一半缓了一口气，将碗放在床头柜上，转身趴到阁楼的窗台上，居高临下地望着哈岚打麻将。

只见哈岚哗啦一下将牌推倒，边上摆着一张二万，气定神闲地道：“看清楚了啊，自摸二万！”众人定睛一看，哈岚面前的牌是一副一二三万，两副七八九万，中间两个五万，还有一张一万和一张三万，卡听的正在刚刚摸到的那张二万。

珍姐大惊：“哎哟！一色双龙会呀？这下番可大了呀！”

“怎么这么寸呢，我这二万做将他也能摸得上，手气也太好了点！”下家的牌友一脸晦气，指着对家问，“桌上这个二万是你打的吧？”对家没好气地道：“我都打多少圈了，你自己不碰还怪我啊？”珍姐赶紧打圆场：“哎呀，行了钱太太，这风水轮流转嘛，刚刚你们几个赢了钱怎么不说呀？来呀来呀，快点洗牌！我说哈先生，你牌玩得太好了！”

“哪有这样子的呀，要什么来什么……”下家的钱太太嘟着嘴，一脸不服气。

“胜败乃兵家常事，侥幸侥幸，承让了承让！”哈岚抱了抱拳，笑得合不拢嘴，抬头一看楼上，发现解一半正在观战，开心地冲他挥挥手，另一只手则忙着收钱。

解一半摇头叹气，过去给玉儿盖好了被子，听着外面的麻将声和叫嚷声，默默地坐在临街的小窗前，远眺夜上海璀璨的灯火，天空就像是遮盖了一层朦胧的银纱。

微弱的晨光穿过薄雾，雨露沾湿了窗台。

玉儿悠悠醒来，扭头看见桌上半碗百合粥，满脸讶异，努力回想半夜回家时的情景，嘴角泛起一丝淡淡的笑容。

“一半，你们原来是怎么说我来着，手无缚鸡之力，连粒米我都挣不来，看见没有啊？”楼下传来哈岚与解一半说话的声音，只见哈岚亮着他手上的五十块大洋，得意地道，“整整五十大洋呐！嘿，我决定就在这住下来了，从今儿开始，爷养你！哈哈……”

解一半瞧了瞧身边的珍姐，谨慎地道："爷，您别开玩笑了，咱俩不能在这住，这万一要出点什么事儿……"哈岚不以为然地道："不会有人知道的……"解一半皱眉道："别说那些没用的！咱现在有盘缠了，最好是见好就收，赶快离开。"

"哎，别着急走啊，哈先生，您还没给介绍呢，这位是……"珍姐慌忙上前阻拦。

哈岚拍了拍解一半的肩膀，笑道："他不用介绍，解一半，我解大哥！"珍姐眉眼弯弯，笑靥如花，笑起来的声音就像是老母鸡下蛋："哎哟解师傅，我还没谢谢您送我女儿回来呢，您二位就安心留在我这里住着，我跟哈兄弟配合，肯定能大发四方的呀！咯咯，咯！"

"大发四方？真到那天啊，咱命都没了！"

"啊？你说话好不吉利呀……"珍姐手里端着一杯参茶，转身递给哈岚，"哈兄弟，给你泡了杯人参茶，趁热喝哈！"

"讲究，讲究，谢谢了啊珍姐，哈哈！"哈岚慌忙接过参茶，乐得手舞足蹈，仿佛浑身的骨头也轻了四两。

"解……解大哥，我饿了，可是粥都凉了……"玉儿站在阁楼的窗台边往下探了一眼，秀发披肩，鹅蛋般的脸庞娇美可爱。

三人抬头一瞧，这一声"解大哥"喊得腻人的很，哈岚的手臂上顿时起了一层鸡皮疙瘩，翻了个白眼："我说我这浑身不自在呢，解一半，我这打一宿牌，你怎么也不给我做点吃的啊？快去做去！"

解一半一脸迷茫，没好气地瞪了哈岚一眼，转身往厨房走去。珍姐好奇地问："你这兄弟会烧饭的呀？"哈岚挤眉弄眼地道："你以为呢，御厨听说过吗？嘿嘿，我解大哥得过厨艺大奖！"解一半走到门口，突然转过身来："咱吃完饭就走！"

"啊？你赶紧先做，快点快点，露手绝活，咱吃完再说。"

"哈兄弟，听你们的口音，北京来的吧？来上海做什么，逃难的吧？"珍姐回过神来，又打量了哈岚一眼。

哈岚嘴角一扬，傲然道："怎么说话的呢，爷我这气派，像逃难的么？爷是来游山玩水的，嘿嘿！"珍姐若有所思地点点头，道："哎哟，那不更好么！哈兄弟，您的这牌啊简直是打得出神入化，肯定有高人指点吧！"哈岚伸手抓起桌上的瓜子，边笑边嗑起来："我从五岁起，就天天晚上坐在我额娘身后看她打牌，十一岁额娘就把我推上了牌桌，咱大话不敢说，十几年呐，只要立起牌，出手两轮，我就能知道其他三家手里有什么牌，从来没失过手！"

“哎哟，哈先生，哈兄弟，您只要是肯留在我这，咱们赚了钱，咱俩对半分，你看怎么样啊！”珍姐眉开眼笑。

玉儿家的烟囱，飘起袅袅的炊烟，厨房里炒菜的声响，已充斥着整个弄堂。

麻将桌上铺了一张桌布，桌上摆着三菜一汤，珍姐直愣愣地盯着香味扑鼻的菜盘子，咽了咽口水。解一半端着一碗西红柿鸡蛋汤从厨房里出来：“闪开闪开，别烫着。”珍姐迫不及待地夹起筷子，尝了几口菜，顿时两眼放光，抬起头来调侃解一半：“没看出来啊！瞧你这穷酸样的，烧饭倒真有几手的哦！”解一半嘿嘿一笑：“珍姐，您过奖了。”

此时的玉儿从阁楼下来，已卸去了浓妆，随意换了件素色的衣裳，清纯秀丽，完全与昨夜醉酒的模样判若两人。

解一半微微一怔，急忙招呼：“起来了是吧，快坐下，吃饭了。”玉儿脸色一红，有些不好意思，“哎”了一声，坐在桌前。

“嚯，没看出来你年纪这么小啊？打扮打扮还挺漂亮的……”哈岚扫了扫玉儿，没头没脑地说了一句。

玉儿没好气地道：“那是你眼拙。”

珍姐埋头吃饭，不停地夸赞：“好吃！真是好吃……女儿啊，咱好久没这么正儿八经地坐下来吃饭了。”解一半笑道：“好吃就多吃点儿。”珍姐指着一盘菜问：“哎，这道菜叫什么名字呀？”解一半解释道：“本来是菜不够了，我看厨房有一些剩菜，就跟余下的那些菜掺在一起炒了炒，也什么名儿。”

“那就叫弄堂小炒吧。”玉儿夹了一口，脸上也露出惊喜的表情。

哈岚见母女俩赞不绝口，也夹了一筷子尝了尝，诧异地道：“乖乖……解一半，你什么时候会做这种上海菜了？”

“我爸教的。”

“你怎么没给我做过呢？”哈岚瞪了他一眼

解一半没好气地道：“那你也没说你要吃啊！”玉儿听到二人斗嘴，眉儿轻轻一扬，没有笑出声。解一半无意中瞄了她一眼，迅速将目光移开，但是表情却被珍姐捕捉到，她眨了眨眼睛，奇怪地道：“诶！解厨子，你是不是看上我们家玉儿了？”解一半闻言一愣，一口饭差点没噎住，哈岚面不改色，顺势将汤碗推到解一半面前。

“妈！”玉儿皱了皱眉，显然是责怪母亲在胡说八道。

珍姐并不理会玉儿，径自向解一半说着：“我这儿先给你提个醒儿……我们玉儿可是要嫁有钱人的！你就算是给皇上做菜的，也不行！”玉儿夹了一大块青菜放进珍姐碗里：“哎呀，妈，你快多吃点吧。”解一半满脸尴尬，不好意思地道：“我有媳妇儿有孩子了……”玉儿一听，脸上闪过一丝不悦的神情，哈岚嘴里趴着饭，一本正经地道：“我告诉你……能帮皇上做菜的御厨，看不上你们家闺女。”

“呦，哈兄弟，瞧你这话说的，我们家玉儿长得多漂亮啊，我们还看不上他呢，是不是啊？”

“是是是！漂亮！”哈岚翻起白眼，一脸不屑。

解一半正色地道：“爷，您赶紧吃，一会儿我们就走。”哈岚扯开嗓门：“不行！你想往哪儿走啊？”解一半立马拉下脸来，眼神里有些愠怒。哈岚佯装镇定，低头继续吃饭。

“你们第一天来上海，要不下午我带你们去逛逛……”玉儿露齿微笑。

哈岚装模作样地点了点头，突然狡黠地笑了笑：“嘿嘿，挺好的，你们去吧！我就不去了，我要在这，挣大洋！”

更多精彩
详见二维码

第六十一章 矜贫救厄

上海城隍庙。

街道上人头攒动，店铺林立。路两边摆着很多的小吃摊儿，有热腾腾的馄饨蒸包，也有各式各样的糕点糖果。

玉儿与解一半肩并肩走在人群中，一路上也不说话，突然就冒出一句："谢谢你。"解一半没有反应过来，扭头望着玉儿，不知该接什么话才对。

"你昨晚上给我吃的什么呀，我很久都没有像昨晚睡得那么好了。"

解一半好奇地道："这么说，你平常都睡不好吧？"

玉儿突然叹了口气，抬头瞧了瞧拥挤的街道，满脸惆怅地道："我平常总喝酒……这酒啊，喝了就像永远都醒不过来似的，要是醒不过来也好，可是每次一做梦，一睁眼，马上就清醒了，然后我就随便对付几口饭，去上班，接着再喝，再……日子过得没着没落的，感觉没个头……"

"想不到你年纪不大，这烦恼还不少。"解一半挠了挠头。

玉儿无奈地笑了笑，指着前面一个蟹黄包的小摊，道："行了，咱不说这个了，我请你吃东西吧。"

摊边儿的蒸笼被掀开，热气弥漫。

几张矮桌子散落在四周，零散地坐了几个悠闲的行人。玉儿领着解一半坐在桌前，穿着白色围裙的老板，立即从蒸笼里盛出几个包子，热情地放在桌上："包子来了，小心烫啊，二位慢用。"

玉儿指着包子给解一半介绍："蟹黄包，吃过吗？"

解一半摇摇头，用筷子夹起一个包子，先是仔细看了看形状，见包子外皮极薄，小巧精致，大感好奇：哎？这可跟咱北平的大包不一样啊，我一口气能吃几个？玉儿见他将包子举在鼻尖闻了闻，咯咯一笑："包子皮儿薄，馅儿多，里面有汤水的哟，吃的时候记得吸一下。你尝尝，快点，张嘴。"

解一半咬了一口，一不留神，汤汁就顺着下巴流了下来，他慌忙往后撤身子，怕洒在自己身上。玉儿忍俊不禁，递上一块手帕，解一半却没去接，只是连连点头："嗯嗯，还行。"玉儿愣了一下，伸过手去替他擦干净下巴，笑着夹起一个包子直接塞他嘴里去："哎呀，那就再来一个，啧，张嘴！"

解一半见玉儿的手绢仍然贴着他下巴，脸儿一红，二人相视大笑。

天色渐黑，傍晚回到玉儿家，整条弄堂喧闹不绝，稀里哗啦的麻将声又一次响起。

解一半围上布裙准备做饭，先去厨房洗碗，顺便在炉灶上煲上一锅汤。珍姐进来东张西望："你做什么好吃的？"解一半笑道："才刚煲上，哪有这么快做好，你等会儿吃。"他随手端出来一盘炒好的糖醋里脊递给她。珍姐直接用手挑了一块，啧啧称赞："味儿确实不错。"

解一半想起个事儿，好奇地问她："珍姐，你为什么把闺女送去那种地方做舞女啊？"珍姐嘴里塞满了糖醋里脊，舔着手指道："这要怪，就得怪她那个死老爸，不争气的身子，没本事还生病，把家里钱花光光了不说，还把自己的亲闺女推进那种风月场子。你晓得咯，我又不是她的亲娘，她要进那种地方，我能怎么办呀。"

"那她爸呢？"

"死啦。"

解一半闻言，脸色突然一沉。珍姐见到解一半的反应，似乎理解他的想法，伸手拍了拍他肩膀："没事没事，很快了啊。"解一半诧异道："什么很快？"珍姐眨了眨眼睛："现在已经过去一半了，还有三年，她就可以不干了。她跟陆老大，签的是卖身契，六年……"解一半若有所思地道："她签了这个卖身契，那……应该就能把人赎回来，多少钱啊？"

"签了六年，总共五十块。"

"六年五十块？这有点儿坑人了吧？"解一半甩了甩勺子，皱眉道，"不行！我得想办法找钱，把人赎回来。"

珍姐摇摇头，无奈地道："我刚才都说过啦，是跟陆老大签的，你有钱也没处使呀！”解一半一怔：“哪个陆老大？陆士杰？”珍姐脱口就问：“啊，你们认识啊？”解一半目光闪烁，慌忙说不认识。珍姐又吃了一口，盯着解一半叹气：“我就知道你看上我家玉儿了……还嘴硬！这汤是给玉儿煲的吧？别想了，没戏。”

“我跟你说了一百遍了，我有媳妇儿有孩子……”

珍姐咯咯一笑：“我没说不信呀！”

解一半转身做饭，默默不语，心里想这事儿得尽快去办，爷那里不是正好有五十块大洋么？趁他没输光赶紧去替玉儿赎身，以免夜长梦多。

他打定了主意，第二天早上，见一家人麻将收工都急着上床睡觉，立马翻了包袱找出五十块大洋，急匆匆地赶去维纳斯舞厅。

到了舞厅，找人问经理办公室在哪，门房领着他进了走廊，说经理还没有上班，你先在外面沙发上等。过了大约半个时辰，只见一位身穿长褂，剪着平头的中年人，进了走廊打量了解一半一眼，皱眉问他：“是你找我？”解一半慌忙起身，恭敬地道：“先生贵姓？”中年人一怔：“免贵姓陆，陆起。”

“陆经理，我来给玉儿赎身。”解一半开门见山地说。

陆起满脸惊讶，盯着解一半看了半天：“你？给玉儿赎身？”解一半从兜里掏出钱袋子，直接塞到陆起手里：“对！五十个大洋，不多不少，这事儿就这么定了，告辞了啊。”话一说完，他转身就走，陆起手里拎着钱袋，还没来得及反应，解一半已经出了办公室。

陆起顿时一头雾水：“嗨嗨，这是哪儿来的小瘪三？五十块就想赎人？是不懂规矩还是有硬靠山呀……”

傍晚，玉儿家一楼乌烟瘴气，哈岚一脸兴奋地坐在桌前打麻将，低头洗牌，自摸又推倒，笑得合不拢嘴。牌友换了一批又一批，珍姐已经乐开了花，嘴里不停地喊着“吃”“碰”，声音高昂，底气十足。

此时，玉儿已经打扮好，穿着一件翠绿色的旗袍，妩媚动人，正下楼准备去维纳斯舞厅上班。

弄堂里偶尔有一两个行人走过，解一半蹲在弄堂口，不时地向里面张望。看见玉儿开门出来，他神情突然有些紧张，赶紧低下头。

“解大哥，你一个人蹲在这儿干什么？”玉儿向弄堂口走来。

解一半尴尬地笑了笑："等你。"玉儿奇怪地道："等我？有事儿啊？"解一半不知道怎么开口，支支吾吾地道："嗯……没事，你干吗去啊？"玉儿皱了皱眉："我去舞厅，去上班呀。"

"你今儿可以不用去了。"

"啊？为什么？"玉儿大感意外。

解一半正色地道："今天，明天，从今以后啊，你都不用上班了啊！"玉儿担心地道："你跟我说，是不是出什么事儿了？"解一半笑道："能出什么事儿，我已经给你赎身了。"玉儿脸色大变，疑惑地道："赎身？怎么可能啊？你有多少钱给我赎身！"

"你签的卖身契约，写了多少钱？"

"五十大洋。"

解一半慎重地点点头，道："我一个字儿都没少，不欠他的了。"玉儿眼眸流转，似乎仍然不敢相信："他们收了？答应了？"解一半得意地道："我找到了他们的头儿，把钱扔给他就回来了。"

玉儿终于反应过来，忍不住笑了："哎哟，解大哥，那不算数的，呵呵。"解一半怔住："怎么不算数？我一个大子儿也不少他的。"玉儿无奈地道："解大哥，你没有三五千大洋，是不可能把我赎出来的……"解一半猛地一惊："什么？三五千？不就五十大洋吗？"

"他们说是五十大洋，就是做做样子，真想让我从火坑里逃出来，哪儿有那么容易的！"

"这……这不讲道理啊？"解一半手足无措。

玉儿苦笑道："没有道理！我还要再做够三年，没有别的办法，到了期，叫不叫我走还难说呢，不榨得你油枯灯尽，是不可能放我走的！"解一半缓缓叹了口气，道："玉儿，这个陆老大，他这么横行霸道的吗……"玉儿望了他一眼，心里有些焦虑："解大哥呀，上海黑道上的规矩你一点都不懂，你惹祸了。"

"我不过就是想为你赎身，赎不成就算了，惹什么祸？"解一半怔住，道上的事儿自己确实是不太懂，但自己一没打架二没骂人，能惹什么祸呀？

玉儿叹息道："他们会以为我找了新的靠山，要和陆老大唱对台戏，你有麻烦啦！"解一半不以为然地道："有什么麻烦？能把我怎么样？"

"轻者致残，重者，就叫你家人去黄浦江收尸吧！"

"啊？"解一半顿时傻眼了，"这么无法无天？我……我会不会把你也连累了？"

玉儿见解一半吓得方寸大乱，赶紧安慰道："解大哥，你的情意我领了，你实在是个大好人，是个傻到不能再傻的大好人！我去歌厅，去跟他们解释，去说好话求他们，他们要拿我赚钱，还舍不得要我的命呢，随他们怎么处置吧！"解一半急了："玉儿，你不能找他们去，让他们来找我！我既然说了，我管这个事儿，我大老爷们儿的我就能管到底，我不管什么人，大不了这一条命我跟他们就拼了！"

"你赶紧躲起来吧，我顶得住，何必赔上一条命呢！"

"咱要不这样，我直接去找他们，去看看他们怎么就不讲道理了。"解一半转身就往弄堂口走去。

玉儿慌忙上前拦住，道："真的不用！你听我的，我去也许什么事都没有，你去那真是死定了，你还是先躲躲吧。"解一半不乐意了，皱眉道："那就是一火坑，我看着你在坑里呢，我不伸手拉你一把？要不这样，我等你到明天早上，明儿一早你要不回来，我真跟他们拼命去！"

"哎呀行啦！"玉儿将他拉进弄堂，推着他回去，"解大哥，你是个大好人……"

转眼已是深夜，屋子里热火朝天，哈岚与珍姐等人打牌正打在兴头上，珍姐突然觉得有点饿了，奇怪地问："这解一半上哪儿去了？夜宵没人做，我都快饿死了！"

"是啊，你一说我也饿了，我一晚上没见他了！一万……要不要？哎？珍姐，三条你也敢打……"哈岚正说着话，见解一半满面沮丧地走了进来，大感奇怪，眨了眨眼睛，"解一半！正在说你呢，上哪儿去啦？"

"我出去溜了个弯儿。"解一半心事重重。

哈岚大声叫道："赶紧做饭啊！都饿着呢！"

解一半面无表情地走向厨房："阳春面行吗？"哈岚斜了他一眼："怎么也得来点儿肉啊！"上家牌友喊了声："二饼。"哈岚眼睛一亮，将牌推倒："和了！"牌友手指儿往自己脸上一拍："哎呀，这牌没法打了，这个手今天要多背有多背……"

四人开始洗牌，上家牌友开始盯着哈岚，牌举在手里半天老是犹豫不决。哈岚冷嘲热讽地道："钱太太，别琢磨了，您怎么那么抠唆，好歹您姓钱！哈哈！"

珍姐见他口无遮拦，赶紧说好话："哈兄弟，你怎么这样说话呀！人家就是因为会持家，所以才攒得下钱，要不你以为是谁的钱啊！"

"有道理，有道理！哈哈！"哈岚笑得肆无忌惮。

厨房里的阳春面已经出锅，解一半将面条分到碗中，大叫："开饭了啊！"珍姐兴奋地喊："端上来了咯，一边打牌一边吃。"解一半没好气地道："玩儿疯了，以前你饿了是吃什么的？”

四人拉过旁边空闲的椅子，一边吃面一边摸牌，解一半上了阁楼，默默地坐在玉儿床边，心里老是觉得有事放不下。

此时，一辆小汽车停在弄堂口，陆经理开门下车，将两手反绑的玉儿从车后座拉下来，两名穿着黑衣长褂的打手走在前面，推着玉儿进门。

陆起进屋，四下看了看，皱眉道："人呢？"正在吃面打牌的哈岚与珍姐等人都停住了，惊愕地抬起头来，却见玉儿双手反绑，脸上还留有指印，珍姐顿时失色大叫："玉儿，你惹什么祸了？"玉儿倔强地扭过头去，并不答话。

"你们找谁呀？"哈岚满脸疑惑。

"找那个拿五十块给她赎身的人，他人呢？"

解一半已从楼梯上走了下来，冷冷地道："谁找我？"玉儿大叫："解大哥！"

她想挣脱黑衣人的手，却被陆起一把拽住："没错了，就是你！姓解的是吧？你胆子不小哇！我还以为你有多大的后台，敢闯陆爷的盘子，带走！"黑衣人上前去抓解一半，哈岚慌忙喝止："哎，等等！稍等稍等，一半儿，我说我那少了五十大洋呢，回头我再跟你算账！哎，这位爷，这个……您要带他上哪儿去啊？"

"关你什么事儿？你是什么人啊？"陆起扫了哈岚一眼。

哈岚解释道："他是我小兄弟儿啊，偷了我点儿钱，不知道去干什么坏事儿了，有什么您多包涵啊！"解一半赶紧将哈岚推开，挡在他前面："哈岚，这事儿跟你有什么关系？少掺和！"玉儿咬着嘴唇道："你们别说了！是我自己要赎的身！"

"哈岚是吧？那就一起带走，去见我们陆老板！"陆起挥了挥手，黑衣人二话不说，上前按住哈岚与解一半。珍姐与另外两名牌友吓得退到了厨房门口。

哈岚一怔："等等，您说陆老板，是不是陆士杰陆老板？"陆起骂道："闭嘴！陆老板的大名也是你能叫的？"哈岚哈哈一笑，道："真是他呀？走吧走吧，我正想要找他呢！"解一半皱眉道："你要干什么……"哈岚得意地道："我得把我那五十大洋要回来，挣点儿钱那么容易？几位，不好意思啊，等我回来，别偷钱啊！头前带路！"

二人被黑衣人扭住胳膊，押到弄堂口的汽车旁，哈岚正要反抗，却突然被黑衣人反绑住双手，立马急了："能不能放开？你们是这样对待客人的啊？"

陆起冷笑一声，一把黑洞洞的枪抵在他脑袋上："你老实点儿！"哈岚不动了，歪着僵硬的脖子，乖乖地上了车。他坐在车后座，瞥着后视镜里一脸冷酷的陆起，对旁边的解一半问道："你要帮玉儿赎身，怎么不先跟我打声招呼？"解一半并不搭理，扭头安抚玉儿："玉儿，没事儿啊，一会儿到了地儿，你什么都不用说，我跟他们谈去，让他们放你走！"

"他们能听你的？逞什么英雄啊！现在倒好，成了狗熊了！"哈岚翻了个白眼。

陆起怒道："吵吵什么！"解一半心虚地转过头去，却看见玉儿正盯着自己微微一笑："解大哥，谢谢你，都是我把你给害了。"解一半叹了口气，无奈地道："是我害了你……"

陆府的花园内，绿草如茵，青石小路的两边搭着许多木架子，花盘环绕，芬芳诱人。一名穿着绸缎长褂的中年人，手里握着小小的花剪，正昂首修剪盆栽。他目中精芒闪烁，悉心地剪去多余的枝叶，瞧脸上那自信的表情，正是上海有名的人物陆士杰无疑。

哈岚与解一半被押到花园的长廊处，陆起手指头一指，示意他俩别说话。

此时，陆士杰身后一名随从垂着头，一副惊惶的表情："陆爷，我……"

"你这个差事是怎么干的？请个像样的厨子就那么难吗？"陆士杰面色冷峻。

"陆爷，那些都是有名的厨师，在不少深门大户里都掌过勺，口碑都是顶呱呱的！"

陆士杰冷冷地道："你跟我说实话，那些厨子给了你多少好处？"随从心慌意乱地道："没有没有……"陆士杰眼珠子一瞪："你居然为了一己私利欺上瞒下，弄个不入流的厨师来糊弄我，以为我不知道？！"随从惶声道："陆爷，这是有人陷害小的……"

"还用陷害？做的那个蟹粉狮子头，硬得可以当球踢！"

站在一旁的哈岚和解一半对望了一眼，拼命忍住笑，能做出当球踢的蟹粉狮子头，那厨子的水平也是真不错。

随从心里恐惧，始终不敢抬头："小的知道错了，我再去找。"陆士杰转过身来，盯着随从："我最恨的就是你们这些吃里扒外的小人！用不着你去了！"随从闻言，顿时腿软，扑通一声就跪了下来："陆爷，小的知道错了！"陆士杰拂袖离开花架："快起来吧，用不着你了。"

陆起弯腰跟上去，狠狠瞪了随从一眼："再过几天就是老爷的寿诞之日，误了事你担待得起吗？给他拉出去！"

前厅两名黑衣人立即上前，拎起随从往门外走去。那随从一脸腿软，拼命告饶："陆爷，陆老爷！我再也不敢了，你再给我一次机会……"哈岚与解一半惊疑地互望着，悄声地道："不是真要他的命吧？"解一半见随从一路哀号，皱了皱眉："估计要去黄浦江收尸了……"

“老板，人带来了。”陆起扬了扬头，黑衣人将哈岚二人押到了前厅。

陆士杰坐在太师椅上，打量了几眼，淡淡地道：“你就是那庆的侄子？哈……哈……哈……”他一时想不起来哈岚的名字，哈了半天哈不出来。哈岚眨了眨眼，笑道：“哈岚！呵呵，您连这都知道，高明！”

“对，哈岚，听说你要给玉儿赎身？”

解一半上前一步，赶紧挡在哈岚身前：“是我要给玉儿赎身，跟……跟我兄弟没关系。”陆士杰嘴角一扬，望着解一半笑了笑：“你胆子不小，在我的地盘，居然敢拐我的女人。”

“不是拐，我……我是赎！我把钱给他了！”解一半指了指陆起。

陆起没好气地道：“就五十块钱也想赎人？懂不懂规矩？”解一半辩解道：“不是，你五十块钱买的，我五十块钱赎回来，我怎么就不懂规矩了？我又没讹你钱啊！”

众人哄笑起来，陆起大声呵斥：“平进平出？你当我们这儿是济善会啊？”

解一半怒目直瞪：“你……”哈岚慌忙跳出来：“误会，误会……我们初来乍到，不懂规矩。您就明示，要我们怎么做？您怎么说，我们就怎么做，只要不扔黄浦江喂鱼。”

陆士杰突然哈哈大笑：“你倒是懂事，这样吧，我给你们出个主意……你们俩就拜我门下吧，谁叫你是那庆的侄子呢！”哈岚面露喜色：“拜您门下？那是……”

陆起在旁接了一句：“一个人一千五，玉儿这件事儿就算了了！”哈岚吓了一跳，大喊道：“一千五？两个人三千……陆先生这是逗我们呢？”陆起脸色一沉，道：“不识相！这上海滩多少人想拜我们陆爷门下，还找不着门路呢！”哈岚试探地问：“那是挺好的，可是陆爷，咱商量商量，能不入门下吗？”解一半抢上前一步，叫道：“爷，陆爷，这事儿啊，跟我兄弟没关系，我一个人做事儿，我一个人当了！”

“一边儿待着去！你当什么啊？把咱俩切块卖了都不值三千！再说，你让我回去怎么跟家里交代？”哈岚转过头来给陆士杰拱手，恭敬地道，“陆爷，呃……他主要是，我们身上真没钱了，这五十块全当孝敬您了，您看拜门生这事儿，还有别的法子通融通融不？”

陆士杰点了点头，缓缓地道：“那你给我出出主意，你能用什么方法，让你拜在我的门下？”哈岚眼珠子一转，笑道：“我刚刚听见您好像在找厨子，我这兄弟，做得一手好菜，他爸爸是御厨，原来专给皇上做菜的，名儿叫解神厨！怎么样？您试试？”

“这主意可以……陆起，你带解师傅去厨房试试手艺。”陆士杰兴趣盎然地望了望解一半，招呼手下给哈岚搬过来一张椅子。

解一半跟着陆起往偏厅去了，哈岚笑容满脸，乐呵呵地给陆老板解释："我解大哥做得一手顶尖的宫廷菜！今儿给您露一手，看看他做的蟹粉狮子头，值不值我们俩的门帖钱……"

厨房内，解一半将一只螃蟹解开，仔细地取出蟹黄，将蟹肉剥除，然后将猪肋肉剔下，肥头分开皆切成了片丝，开始剁丁。不一会儿，他手里的肉馅拌来拌去，几颗狮子头已在砂锅沸汤中翻滚。

哈岚仍在前厅介绍："这蟹粉狮子头啊，选料极为讲究，猪肉要猪肋条肉，肥瘦比例要恰当，以肥七瘦三为佳，做出的狮子头才嫩……最后的功夫便是火功，'狮子头'得放入砂锅的沸汤之中烧煮片刻，汤滚了之后，用文火再焖上一个时辰……"

陆士杰听他说得如此玄乎，微笑不语，解一半端上一盘蟹粉狮子头进了前厅，哈岚立马站起身来，接过盘子往陆士杰桌前一推："您尝尝？"陆士杰夹了一筷子，塞进嘴里品尝，脸上顿时露出惊喜的表情。

"怎么样？这颗狮子头值我们哥俩的门贴钱吗？"哈岚斜着眼睛。

"不错，富富有余！"陆士杰哈哈大笑，赞许地望了解一半一眼，低头又吃上一口，连连点头，"有两下子……对了，我听那庆说你们是来上海找人的？人找着了吗？"

哈岚尴尬地笑了笑："可以说找着了，也可以说没找着。"陆士杰诧异地道："这话是怎么说？"哈岚轻叹了一声："陆老板，您认识马俊杰吗？"陆士杰猛地一惊："马俊杰？"哈岚点点头："他有封信，让我们转交给您。"

"信呢？"陆士杰皱了皱眉。

解一半抱了抱拳，道："陆爷，信在玉儿家，是不是先把玉儿送回去？我去把信取来给您过目。"陆士杰一怔，扭头瞪着陆起大喊："赶紧放人！"陆起慌忙奔到陆府门外，将玉儿从车里拉出来，解开绑着她的绳子。

玉儿见解一半从府里出来，立马冲了过去，忘情地伸手要抱住解一半时，解一半却警醒地后退了一步，两个人面对面地僵在那儿。

哈岚见状，摇了摇头："这……这是怎么个意思？"

玉儿缓了一下情绪，只是神情依然有些紧张，眼角挂着泪水，偏要佯装镇定："你们可算出来了，我都快担心死了！"解一半正色地道："没事儿。"玉儿却不放心，低头摸摸解一半的胳膊："没受伤吧？"解一半咧嘴一笑："没事儿，你看我不跟你说了嘛，肯定没事儿！"

"喂！我还在这儿呢……还真有点儿意思。"哈岚上前挥挥手。

玉儿这才转过头看见哈岚："你呢？你没事吧！"哈岚翻了个白眼，阴阳怪气地道："你还看得见我？你要再腻歪会儿，咱小命儿就都没了，赶紧的吧！"玉儿满脸狐疑，紧张地问："他们怎么你了？他们要赶你们走？"解一半挠了挠头："没有，我得去你家拿封信……咱先回家。"

解一半匆匆忙忙上了车，径直去玉儿家取信。

回到陆府，哈岚一直等在大门外，赶紧跑去前厅，将信交给陆士杰。

陆士杰拆开信一念，抬头望着哈岚，不悦地道："既然马俊杰给你们写了介绍信，怎么不早点儿拿出来？"哈岚打了个哈哈："我们要不露两手真格的给您看，他就去拿信，你也瞧不起咱爷们儿！是不是？"

陆士杰闻言大笑："好！有骨气！你们俩既然是逃出来的，就留下吧！正好赶上我筹办五十大寿，客人太多，我怕有点儿……忙活儿不过来，解一半！大厨就是你了！哈岚……你呢，就干个总提调吧！我打算把全国有名儿的角儿都请来，热热闹闹地唱几天堂会，你就替我张罗这事儿！"

"多谢陆老板！您算是找对人啦，这事儿我在行，您请好吧！哈哈！"哈岚浑身轻松，喜不胜喜。

解一半皱了皱眉："陆爷，那玉儿……"

"哦，这事儿好办，陆起！"陆士杰喊了一声。

陆起赶紧上前应话："来了陆爷，您怎么吩咐？"陆士杰正色地道："这事儿你去办，给玉儿一笔安家费，不许再为难她啦！"解一半终于松了口气，欣喜万分："多谢陆爷。"

上海街头的洋装店内，哈岚挺直胸膛，站在镜子前，店里的师傅正在给他量尺码。玉儿在旁边瞧着他得意洋洋的表情，似乎不敢确信："陆老板真让你们住进陆府？"

"这还能有假？我现在可是他寿宴的总提调！不然怎么有机会来这种地方做衣服……"

玉儿笑道："瞧你干个总提调，就拽得跟二五八万一样……不过也算是走运了，能从陆老板那儿全身而退已经不容易了。"哈岚晃了晃脑袋，道："这还不是托你的福嘛！嘿嘿，我说小姑娘，是不是在你眼里，我们这就算一步登天了？"

"那可不！"

"嘿哟，你见过什么呀？俺曾见金陵玉殿莺啼晓，秦淮水榭花开早啊，这个算什么呀？算了算了，我跟你说呀，你也听不明白。”

这时，解一半从试衣间里穿着一身西服走出来，盯着镜子里的自己，怎么瞧怎么别扭：“这个……爷，这穿上也太不舒服了……”他忽然在镜子里看到玉儿那双晶莹的眼眸，两人的目光交汇。

哈岚大笑道：“哎哟喂，你这不是猴带嚼子吗？哈哈！”解一半尴尬地道：“我一厨子穿上这个，这干吗呀！”玉儿嫣然一笑：“我觉得挺好看的……以后，你还来看我吗？”哈岚瞅了玉儿一眼，上前搂住师傅的肩臂，道：“我说师傅，咱上那边儿聊去……”

解一半眼神闪躲：“以后，我……我……我们先回去拿东西吧，我先把这个脱了啊，这……这实在是太别扭了这个……”

三人拎着大包小包出了店铺，哈岚径自去了陆府。

解一半与玉儿回到弄堂，上阁楼去收拾东西，将一罐蜂蜜递给玉儿：“以后你要是再喝酒什么的，记得喝这个……”他话还没有说完，玉儿已经扑了上来，紧紧地抱住了他。

解一半顿时傻眼，他第一次遇见这种事情，双手不知所措地僵着。他推了推玉儿，却推不开，急道：“玉儿，你先松开好不好？啊？别这样，你先松开……”

玉儿将头伏在解一半的肩上，抱得更紧了：“你不要我？”

解一半涨红了脸，不知应该如何解释：“我不是，不是我不要，是……是不能要。”玉儿柔声道：“我遇到过太多的男人，没有我喜欢的，就你一个。”解一半的心儿扑扑直跳：“玉儿，我跟你说，遇到这种事情，我比较笨，你先松开好不好？”

“你什么都不用说，我都懂……”

“不不，你不懂。你先坐下，玉儿，我和你讲过，我有老婆有孩子了，我老婆还特别贤惠，我怕伤了你。”

玉儿咬了咬牙：“我不在乎这些。”解一半正色地道：“可我在乎！我是一个父亲，是一个丈夫，我一大老爷们儿，我就得担起这份责任。虽然我现在人在这儿，不在她们身边，可是我不能把她们都给忘了。”玉儿眼眶微红，低声道：“我就想跟你在一起，我什么都不用你做……”

“玉儿，我不是这个意思，我实话告诉你吧，我是从北平逃出来的。”解一半将玉儿扶起，坐在椅子上。

玉儿微微一愣，诧异地道：“你惹了祸？”解一半小声地道：“我杀人了。”玉儿满脸惊愕："啊？你还会……杀人？"解一半耐心解释："不是我一个人，是我们六七个人一起杀了一个日本人。"

"为什么？"

"老实人被逼急了，他们不让我们活，我们就反击呗。哎呀，总之我是一个被判死刑，逃出来的人。"

玉儿点了点头："那你是来上海避难？"解一半无奈地道："是的，所以我也不知道自己能活多久，也不知道以后的路该往哪儿走。"玉儿慎重地道："可是你现在就算有家，也回不去了呀！"解一半叹了一口气，勉强地笑了笑："人活着总得有个盼头吧，我相信，只要我活着，总有一天能见着我的老婆和孩子。"

"咱们跑吧，跑到没人的地方，就咱俩！这样他们就抓不到你了。"玉儿眨了眨眼睛，用充满期待的眼神望着解一半。

解一半苦笑道："傻姑娘，我现在这个情况，跑到哪儿，都活不了。"

玉儿忽然站起身来，斩钉截铁地道："怎么活不了？只要咱俩在一起，怎么都能活呀！"

"玉儿啊，你是一个特别好的姑娘，你的心思我也都明白，我相信你能找到一个更好的男人。陆老大收留了我们，有他罩着，一时半会儿不会有什么危险，我得走了，哈岚还在那等我。"解一半有些焦虑，真不知道怎样才能劝住玉儿，说他对玉儿没有好感，显然是自己骗自己，但是他绝对不能对不起翠儿，他不能背叛。

"我要跟你走！"玉儿哪里管得了解一半的劝说，又扑上来搂住了他。

"玉儿，听话，你别瞎想了，找个好人家……"解一半推开玉儿，拎起包袱，毅然转身下楼，头也不回地走出弄堂。

玉儿追出来，倚在门边，默默凝视着解一半消失的背影，黯然神伤。

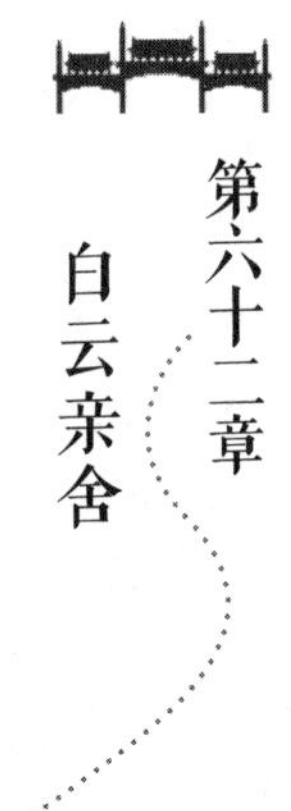

第六十二章 白云亲舍

北平普智小学。

娄晓月手里拎着个包袱，焦急不安地等在校门口，仔细辨认每个走出校门的学生，一眼看见哈津平带着哈一南、解冬青正往校门口走过来，欢喜万分地迎上前去，轻喊了一声："津平。"

哈津平看见面带笑容的娄晓月出现在眼前，微微一怔，目光中有一丝怨恨。

娄晓月将包袱递给哈津平："津平，拿着，这是妈亲手给你做的衣服……"

"我不要！"哈津平甩开娄晓月的手，往后退开一步。

解冬青与哈一南一脸迷惑，扯了扯哥哥的衣袖，小声地问："哥，这个女人怎么又来了？"哈津平没好气地道："别理她，咱回家。"哈一南往校门口张望了一眼，道："翠姑姑还没来呢……"

"娄晓月！你又来干什么？"只见翠儿气喘吁吁地从街道奔过来，伸手就将哈津平拉到自己身边："咱回家！"

娄晓月尴尬一笑，想将包袱塞给翠儿："翠儿，他……他有没有捎消息回来？"翠儿却不理会，拉起哈津平的手，领着一南和冬青径自往前走去。娄晓月赶紧追上去，"这是给孩子的……我亲手做的……"

"用不着！我会做，他不缺衣服穿！"翠儿与三个孩子的身影很快就消失在人群中。

娄晓月抱着包袱，失神落魄地望着，汪佳佳上前拉了拉娄晓月："妈妈，你在瞧啥呢？"

“妈在找你呢，走，咱回家吧。”娄晓月微微一笑，心里一阵酸楚。亲生儿子的冷漠态度令她内心极其失落，但也是无可奈何，没有尽到做母亲的责任，千错万错都是自己的错。

此时，翠儿回到解家小院，让孩子们坐在外面写作业，走进里屋一看，见佟丽华坐在桌前，正在灯下笨手笨脚地补衣服，不免哑然失笑：“哟，少奶奶，您快别缝了，放那儿我来吧！您瞧瞧，这针脚都歪哪去了呀，孩子穿出去让人笑话！”

“笑什么？好歹是他妈给补的！津平这孩子，穿衣服越来越费了，这才几天，又划了个大口子。”佟丽华苦笑摇头。

翠儿拉开旁边柜子的抽屉，取出一封信：“今儿邮来一封信，忘记告诉您了，您瞅瞅，是不是爷他们寄来的？”佟丽华急忙将衣服放下，接过来一看信封，上面写着佟丽华收，迫不及待地打开看，一脸激动地道：“是哈岚！”

“快！快看看写什么！”翠儿搬过椅子兴奋地坐下。

佟丽华捏着信纸，手腕微微颤抖，轻声念给翠儿听：“我们到上海了……现在住在三叔家了……”翠儿松了一口气，瘫坐在椅上：“哎呀！那可太好了，咱俩呀，总算能睡一踏实觉了……”

佟丽华望着翠儿的神情，满脸的欣慰。

夜深人静，哈津平与哈一南睡在炕上，迷迷糊糊看见佟丽华坐在昏暗的灯光下面，正反复地看着手里的信，不时用手悄悄地擦拭泪水。

“妈？你怎么了？”哈津平觉察到佟丽华的异常，一个翻身，迷瞪着眼坐起来。

佟丽华心里一紧张，胡乱将信折起，快速擦干眼泪，转头望向哈津平：“你怎么还没睡？”哈津平注意到佟丽华手中的信，诧异地道：“你怎么哭了？那是什么？你在看什么呢？”佟丽华慌忙掩饰：“没什么，刚刚让灰迷了眼……快睡吧你，明天还要上学呢！”

哈津平歪着脑袋，满脸狐疑地盯着佟丽华将信小心折好，放进信封，然后塞在枕下，熄了灯。

他年纪虽小，却是鬼灵精怪，心知佟丽华肯定是有事瞒着自己，脑子里一直惦记着那封信，睁着眼睛始终不让自己睡着。等佟丽华沉睡之后，他小心翼翼地坐起身来，悄悄地伸过手去，从佟丽华的枕下摸出信。

哈津平拆开信，接着窗外的月光读信……忽然间，脸色骤变。

清晨起床，三个孩子坐在桌前吃早饭，哈津平的动作却是磨磨蹭蹭，喝一口稀饭，起身去收拾书包，回来喝一口，又说脸没洗干净，去厨房倒上一盆水。

解冬青已经背起了书包，大声问哈津平：“哥，你还不快吃，要迟到了！”

“你们先走吧，我不去了。”哈津平坐回桌子，慢条斯理地喝粥。

翠儿一怔，瞧见佟丽华的脸色已经黑了下来，赶紧帮哈一南背上书包，招呼女儿：“一南、冬青，要不你们两个先走吧，一会儿哥哥追你们去啊。”佟丽华皱了皱眉头，问哈津平：“你怎么回事？”哈津平平静地说：“我不想去上学了。”翠儿一惊，上前摸了摸哈津平的额头：“津平，你怎么能不想去上学呢，你是不是哪儿不舒服了啊？跟姑姑说。”

“是不是……又有同学欺负你了？”佟丽华有点担心。

哈津平摇了摇头，抬头望向了佟丽华一眼：“我要去找我爸！”佟丽华与翠儿大吃一惊：“你偷看信了？”哈津平正色地道：“对，我要去上海找我爸！”翠儿急忙捂住哈津平的嘴：“小祖宗，这个不能胡说啊……”哈津平倔强地挣开：“我没胡说！我爸还活着，他没被枪毙，你们为什么不告诉我！”

“津平！大人的事儿不告诉你，自然有不告诉你的原因，打今儿起，你爸跟你解大爷的事儿千万不能跟外人说！你自己装作不知道，一个字儿都不能往外漏，听见没有？”佟丽华脸色一沉。

翠儿安抚道：“你妈说得对，他们的事儿千万不能让别人知道，要知道了他们就得没命，你知不知道呀！”

哈津平低着头，鼻子里哼哼唧唧的。佟丽华气呼呼地道：“你懂点事儿，赶紧吃了饭，上学去！”

哈津平将筷子望桌上一丢，抓起书包就跑了出去。翠儿叹气道：“哎，这孩子，太不让人省心了。”佟丽华怒气未消：“他居然偷看我的信！”翠儿转身收拾碗筷，嘟嘟囔囔地道：“孩子受了欺负，想他爸爸了……少奶奶，你自己怎么不把信放好，还怪津平……”

听了翠儿的话，佟丽华一脸担忧，儿子想念父亲是人之常情，而她只是担心消息传了出去，不知会惹出什么麻烦事儿。

此时的汪府大宅内，汪四海正与娄晓月坐在桌前吃早饭，指着桌上一封请柬，道：“你瞧瞧，上海陆士杰陆大老板过五十大寿，请您去唱堂会！这可是千载难逢的机会啊，你还不乐意了？”

娄晓月不屑地瞄了一眼请柬，淡淡地道：“我不去。”

“为什么呀？你不一直想着再登台吗？”

“多少年不唱了，还不够去丢人的……”

汪四海嘿嘿一笑：“你瞧你啊，这你可瞒不了我，嘿嘿，每天早上起来都偷偷吊嗓子呢，功力不减当年，我都偷偷听着呢。”娄晓月背过身去，喃喃地道：“我去看看，佳佳昨天的功课写完没有……”汪四海急道：“哎，你知不知道这陆老板是谁啊？上海最大的帮会头子，黑白两道都吃得开，连老蒋都得给他面子啊！”

“那关我什么事。”娄晓月白了他一眼。

汪四海搔了搔头，皱眉道：“月儿，你知道外头有多少人想巴结他都巴结不上吗？”娄晓月没好气地道：“我又不用巴结他，说了我不去，要去你去！”汪四海一愣，叹气道：“我去算什么呀？哎，所有能叫得上名儿的角儿可都发了请柬了，这陆老板给你发请柬说明什么呀，说明您在他心目中那是个角儿！为什么不去啊？老蒋啊，也会派一个特派员去。嘿，到时候咱们那个搭个单儿……”

“说了半天，还是为了你升官发财，你才逼着我去。”娄晓月斜眼望着汪四海，脸上露出了不屑的表情。

汪四海苦笑道：“你说得没错啊，我这不是求着你吗？升官发财不好吗？我的汪太太！”娄晓月怒道：“我不去！去了谁带孩子？”汪四海诧异地道：“不还有莲嫂吗？她是摆设啊？”

“莲嫂能帮着佳佳看功课吗？她就知道给她买吃的！”娄晓月不耐烦地站起身，转身上楼。

汪四海望着桌子上的请柬，若有所思地道：“说不去就不去？哎，这还真是个升官发财的好机会……”

临近放学，普智小学的操场上，哈津平正和向如景干架，旁边围着一群小朋友，不停地叫好加油。

只见向如景一个翻身，将哈津平坐在自己身子底下，得意洋洋地大喊：“你这个小杀人犯，今儿让你瞧瞧小爷我的厉害！”他一拳砸下去，重重地落在哈津平的脸上。哈津平却是一脸的愤恨，咬牙忍住疼痛，挣扎着要站起来，口中狂吼：“我爸爸不是杀人犯！放开我……”

莲嫂正好来接汪佳佳，在校门口看见一群孩子在打架，听着声音像是哈津平，忙上前来查看。

向如景压住哈津平，指着他鼻子骂：“你个臭小子！他要不是杀人犯，会被枪毙？”

“我爸爸没被枪毙！他在上海！”哈津平使尽全力翻过身来，拽住向如景的双腿往后一拉，扑上去摁住向如景，左右开弓扇他耳光，“我爸没死！我爸爸在上海……我爸爸没死……”

“津平？干什么这是，走走，都走！”莲嫂听见哈津平的叫喊声，吓了一跳，慌忙上前拉开。

围观的孩子们一哄而散，向如景从草地上爬起来，擦着鼻血，恨恨地指着哈津平：“我告诉我爸爸去！你给我等着！”哈津平跳起来又要冲过去，向如景抱头逃窜，书包也忘记拣起。莲嫂检查哈津平的伤势，给他拍打身上的土，关切地道：“没事儿吧大少爷？哎，你刚才说你爸在上海，是真的吗？”

“关你屁事！”哈津平甩开莲嫂的手，用袖子抹了把脸，捡起书包往校门外走去。

莲嫂无奈地望着他的背影，见汪佳佳背着书包跑过来，一把拉住，心急如焚地回家去：“唉，这要出大事儿……”

大和商社。

向云东急忙忙地赶到社长办公室，将儿子在学校挨打的事情经过告诉了佟梓华，当然其中的重点，就是那句“哈津平的爸爸在上海”。

佟梓华猛地一惊，差点从桌前跳起来：“你说什么，哈岚跟解一半没死？！”

“我儿子说的，那是哈津平亲口承认的事儿，他说他爸爸没死，就在上海！”

“是津平亲口说的？”佟梓华半信半疑。

“是啊，这怎么能听错呢！哎？不对呀，草弥先生可是亲自去了刑场的呀！”向云东微微一呆，若有所思地道，“难道是汪四海捣鬼，把人给放跑了……”

佟梓华眼珠子转了转，若无其事地点点头：“这事儿你先不要声张，我得去找丽华核实一下。两个小孩儿打架随口说说的话，咱们也能信？要是传到草弥先生的耳朵里，最后的结果是你在搬弄是非，那我可保不住你，听清楚了么？”

向云东头皮一麻，信誓旦旦地道：“您放心吧，佟社长，我就一颗脑袋，日本人那儿我可玩不转……”

“好，你现在去解家，把我妹子接到东四牌楼对面的茶楼来，就说我阿玛来信儿了，有事找她。”

茶楼坐落在老街的胡同口，向云东将佟丽华接到门口，掌柜的早已等急，赶紧领着客人上了包间，给佟侯爷换了一壶新茶，关上门出去。

佟丽华疑惑地望着正在沏茶佟梓华，道："阿玛来信了？"

"来，先坐下！"

"有话快说，我还有事。"佟丽华并不想见到这位大哥，免得被人撞见，以为跟汉奸有来往。

"就那一个酱肉铺子，能有什么事儿……"佟梓华挥挥手，招呼妹子坐下，嘿嘿一笑，"来来，喝茶喝茶！哎？哈岚这事儿过去了快小半年了吧？"

佟丽华冷冷地道："劳您惦记。"佟梓华笑容满面："就算走路也该走到上海了吧！"佟丽华闻言一震，却仍然佯装镇定："你什么意思？"佟梓华压低声音，皱眉道："我猜是汪四海帮的忙……你跟我说说，这汪四海是怎么把人从枪口底下给捞出来的？"他也不想跟佟丽华拐弯抹角，自己没有妹子聪明，绕来绕去的话，搞不好会把自己给绕进去。

佟丽华腾地一下站起来，怒道："是哪个王八蛋胡说八道！哈岚死了！被枪毙了！那么多人不是眼睁睁瞧见的吗？"

"瞧你，怎么还跟个泼妇似的骂上街了！你儿子亲口说的！这还错得了吗？"

"津平……"佟丽华立马怔住。

佟梓华得意地道："没错！津平跟别的孩子打架的时候说的。"佟丽华心里怦怦直跳，竭力掩饰慌张："小孩子懂个屁！他想他爸爸乱说的你也信？"佟梓华嘿嘿一笑："丽华，你就别瞒我了……哈岚没死，这不是好事儿吗？哥替你高兴……"

"哈岚死了就是死了！活不过来了！他要不死，我们娘儿几个至于混成这样吗？"佟丽华突然发飙，眼眶一红，失声哭了起来。

"哎哎？我就这么一问，你至于这样吗？"佟梓华见到妹子哭泣，忙上前安抚，将茶递过去，"快喝口茶……缓缓……"

佟丽华接过茶杯，猛喝一口，情绪稍微舒缓下来。佟梓华假装一副无可奈何的表情，道："其实吧，哥也知道你这些年过得不容易，可我不就是担心吗？你说，这话它万一要传到日本人耳朵里……"佟丽华心里又是一惊："你到底想干什么？"佟梓华尴尬地笑了笑："你知道日本人要什么……"佟丽华恍然大悟："你说来说去，不就是为了密疏吗？我要是真有密疏，当初哈岚跟解一半会被送上刑场吗？"

佟梓华突然冷哼一声，道："你真以为他们跑到上海去，日本人就找不到啦？丽华，我实话告诉你，这事儿要真是传到日本人那儿，哈岚就是跑到天边，日本人也能把他给抓回来！”

“你让日本人去找吧，我还真希望他活着呢！”

“我知道了，当初你肯定是为了把哈岚弄出来，所以你把密疏给了汪四海对不对？”

佟丽华冷冷地道：“那你不应该来问我，你应该去问汪四海！哈岚死了就是死了，你说什么都没用！”她话音一落，起身就走出包间。佟梓华见到妹子如此激烈的反应，不禁摇头苦笑：“丽华呀丽华，你真以为你掉两滴眼泪，就能骗过我呀……”

佟丽华赶回解家小院，果然看见哈津平脸上带着伤，正趴在桌上写作业。他抬头见到佟丽华脸色铁青地进屋，低着头移开脚，想往翠儿的房间溜去。

“冬青，带一南上你屋里写功课去！”佟丽华坐在桌前，沉着脸儿盯着哈津平。

解冬青见气氛不对，慌忙拉着哈一南转身进屋，哈津平想跟上去，却又不敢动，目光闪烁，表情有些紧张。

佟丽华缓了一口气，问道:“你在外头胡说什么了？”哈津平咬着牙道:“我没胡说！”佟丽华怒道：“说！你是不是又跟人打架了？”哈津平大声反驳：“谁让他说我是没爹的孩子，我有爸，我爸在上海！”佟丽华甩手一巴掌抽在哈津平的脸上，怒气冲冲地道：“我是怎么告诉你的！啊？你爸和你解大爷的事儿不能往外说！不能往外说！你这孩子怎么这么不听话啊？！这么不听话你，我今天就要打你！”

她气怒交加，转身找来个鸡毛掸子，劈头劈脑地往哈津平身上抡。

“我爸爸不是杀人犯！我爸爸没死！”哈津平捂住脸蛋，拼命地闪躲，恨恨地瞪着佟丽华，“你打死我吧！打死我吧！反正你不是我亲妈！”

佟丽华身子一颤，顿时怔住。翠儿已冲进里屋，奋力去夺佟丽华手里的鸡毛掸子：“少奶奶！这孩子犯什么错你也不能打他！怎么回事儿啊？”

“让开！今天谁敢拦我，我就打谁！”佟丽华怒火中烧。

“您要打死他，先打死我！”翠儿伸手拉开哈津平，用自己身体护着他，趁机夺过佟丽华手中的鸡毛掸子，气喘吁吁地叫道，“你这是干什么呀，发这么大火……”

佟丽华气得直跺脚：“你知道他干了什么吗？他把他爸在上海的事儿说出去了！我哥佟梓华都知道了！”翠儿闻言，如遭晴天霹雳，转过身来惊恐地望着哈津平：“津平，你妈说的是真的吗？不是告诉你不让你跟人说吗？你怎么回事儿？告诉我！你怎么回事儿！”她一时气急，鸡毛掸子抽到了哈津平的腿上。

“谁让他说我爸死了！你们都要打我……呜呜，我去找我爸！”哈津平甩了一把眼泪，突然推开翠儿，发疯似的跑出解家小院。

翠儿神思恍惚，手中的鸡毛掸子也抓不稳，哇的一声哭了出来：“完了，大祸临头了……这下完了，爷和解一半还能往哪儿躲啊？少奶奶，我们该怎么办呀？你赶紧想辙啊！”

“你先别哭，哭也没用！”

翠儿抹了抹泪水，若有所思地道：“少奶奶，这事儿是不是只有佟梓华一个人知道啊……你说不至于吧，那佟梓华是你哥，他还能害咱爷？”佟丽华正色地道：“现在不是他要害哈岚，他和汪四海是死对头，抓住了这个把柄，他不把汪四海整死才怪！”翠儿奇怪地道：“怎么整？他会去告诉日本人？”

“怎么不会？你现在能拿得出多少钱？”

“干什么？就二十几块……”

佟丽华无奈地道：“现在没有别的办法好像，我要去上海，叫哈岚赶快离开上海，躲得越远越好。”翠儿一怔：“我也去。”佟丽华皱眉道：“你去干什么？我是去救人，不是去探亲！我一个人去就行了，再说，也没那多钱买火车票。”

翠儿咬了咬牙：“那我去吧。”

“你去哪儿行啊，酱肉铺谁管？仨孩子谁管啊？尤其是津平……”

翠儿大声道：“谁留家谁管！你是他妈！”佟丽华苦笑道：“津平叫你惯坏了，他根本就不听我的，你让我怎么管？”

“我来教他！津平！津平……这孩子上哪儿去了？”翠儿转身出屋子去找哈津平。

解冬青从里屋探出个脑袋，低声道：“你们吵架的时候，哥跑出去了……”翠儿眼珠子一瞪：“谁吵架了？”佟丽华听见解冬青的声音，尴尬地道：“翠儿，咱们以后当着孩子面儿，不再吵架了好吗？”

“行了行了，你去你去，你去还不行吗？我不吵了，呜呜，呜呜……”翠儿越想越闹心，忍不住又哭了起来。

汪府客厅，一家人正坐在桌前吃饭，娄晓月将汪佳佳的饭端上桌，给女儿碗里夹了一口菜，有意无意地道：“四海，我今天让人回信给陆老板了，我去拜寿，去唱堂会……”

一旁的莲嫂心虚地低下头，不敢看汪四海，而今儿汪四海的反应异常淡定，夹了一筷子菜给娄晓月，却不吭声。

娄晓月皱了皱眉头：“你听到我说的话没有？你不是想着让我帮你升官发财吗？”

汪四海扒了一口饭，淡淡地道："你不是之前说不去吗？你不是多少年没唱了吗？怎么好端端的又说要去了？"娄晓月若无其事地道："你不是死皮赖脸地求我去吗？我不仅要去唱堂会，我还要带佳佳去玩几天……"

汪四海微微一怔，突然笑了出来："哈哈，哎呀行呀，你还要带着我闺女去是吗？哈哈！"汪佳佳奇怪地问："爸爸，什么事儿这么好笑呀？"汪四海转身夹了一筷子菜放女儿碗里，意味深长地道："没事！你吃你的饭……爸爸跟你妈俩人心照不宣就行了。"

娄晓月脸色一沉，似乎意识到汪四海已经知道哈岚在上海的事。

汪四海盯着娄晓月，冷笑道："别拿我当傻子了，好不好？你去上海到底干什么，你心里明白！所以我跟你说，你不许去！"娄晓月将筷子往桌上一摆，愤愤地道："那好，打今儿起我绝食。"汪四海翻了个白眼："你饿死活该！"

不料，汪佳佳也学着娄晓月的样子将筷子一摆，气呼呼地说："我也跟妈妈一起绝食！"娄晓月搂着女儿亲了一口："好闺女。"

汪四海愣住，瞪大了眼睛望着母女俩："啊？你不会是……你绝食叫你女儿也跟着你绝食？佳佳啊，你知道什么叫绝食吗？"

"我不吃，女儿也不吃。"

"佳佳乖，别听你妈的，来，吃饭。"汪四海见母女二人都不动筷子，立马绷起脸来，"佳佳，听见没有！"

"妈不吃，我也不吃。"汪佳佳嘟起小嘴，生气地扭过头去。

当着女儿的面，汪四海也不好发火，一把拽住女儿的手腕，皱眉道："我就不信了，赶紧吃饭！"汪佳佳拍打着汪四海的手臂，拼命挣脱，起身就扑到妈妈怀里。

汪四海眼珠子狠狠一瞪："闺女，你打爸爸，你是不是想把爸爸气死！"汪佳佳叫道："妈都气死了，你怎么不管？"

"她活该！她饿死你也饿死吗？"汪四海见女儿不听，怒气冲冲地指着娄晓月，"有你这么当妈的吗？"

娄晓月搂着汪佳佳，笑道："咱这就叫母女同心，生死与共。"汪四海大怒："这叫为了怂蔫奸，你想把我闺女豁出去！行，我他妈也绝食！"娄晓月冷笑道："随你便！"

汪四海气得手舞足蹈："疯了，疯了！娄晓月你听着啊，你就是饿死，我也不让你去上海！"

此时的哈津平，走到火车站的售票口，从兜里掏出一毛钱，递进窗口："去上海。"

售票员挥挥手：“一毛钱你这儿起什么哄，一边儿去！”

他垂头丧气地向外走，瞧了瞧检票处，悄悄地躲在人群后面，快步跟上一老头，想趁机混进去，刚迈进入口一步，就被检票员给拦住了：“嘿！票，票！”哈津平愣愣地望着检票员，脑袋一歪，迅速往里钻。

“嘿！往哪儿跑啊你！”检票员一把扯住他衣领子。

“我去上海！”

检票员不耐烦地道：“我知道上海，你票拿来！”哈津平理直气壮地道：“没票。”检票员翻了个白眼：“这是谁家的孩子！你们家大人呢？”哈津平甩着胳臂，大声叫道：“我要去上海！”检票员没好气地道：“上哪儿你也得买票，去！”哈津平气呼呼地道：“没钱。”

后面排队的旅客不耐烦了，嚷嚷起来：“没钱你捣什么乱啊孩子？快点儿嘿！干吗呢？火车快开了啊……”

哈津平被挤了出来，失望地看着检票进站的人群，站在路边徘徊，顿时觉得肚子有点饿了，来到包子摊边，盯着火炉子上小笼包，在摊前晃来晃去，似乎犹豫不决。

伙计诧异地问：“小叫花子，买包子吗？一毛钱五个，有钱吗你？”哈津平脸色一沉，将兜里的一毛钱重重地拍在案台上。

解家小院。

桌上的饭菜已经快凉了，解冬青的肚子饿得咕噜咕噜叫，实在是扛不住：“还吃不吃啊？”翠儿心事重重地道：“等你哥回来一块吃。”佟丽华从外面的酱肉铺赶回来，皱着眉头：“我怎么觉得不对？都什么钟点儿了，津平还不回来……”

“该不是……”翠儿有些自责，刚才那鸡毛掸子抽在哈津平的腿上，完全是不受控制的反应，并不是存心要打孩子。

佟丽华神情焦虑，摇头道：“不行，赶快出去找吧！”她转身就往院子外跑去，翠儿一跺脚：“小祖宗，这不是要我的命吗！”

天渐渐黑了，一路上，二人心急如焚地在附近街道上呼喊津平，转了一大圈也没有找着哈津平的人影。翠儿瘫坐在门口的台阶上，急道：“这孩子是真跑了……”

“他能跑哪儿去？身无分文，饿也把他饿死了。”佟丽华已经筋疲力尽。

翠儿捶胸顿足地道：“是啊，他要真饿死了，那还不如让我饿死算了，我死了得了我！”佟丽华见翠儿哭哭啼啼的，不免心烦意躁：“行了别哭啦！不是我说你啊，这平时啊都是你给惯的！谁的话也听不进去，这下可好，学会离家出走了。”

翠儿低着头啜泣，一句话都不说。

“快回去吧，屋里边儿还有俩孩子没吃饭呢。”佟丽华拍拍翠儿的肩。

翠儿急问：“那您上哪儿去？”佟丽华叹了一口气：“夜里街上人少，比白天好找，他现在无家可归，我再去找找。”

东四楼牌东的老街上，佟丽华心神恍惚，一道孤冷的身影，寂寞斜长。

熬到第二天凌晨，佟丽华与翠儿急急忙忙赶到学校，又去被查封的得月楼寻找，始终找不见哈津平的踪迹，两人就像是热锅上的蚂蚁，在街道上团团转。

佟丽华突然想起去警察局报警，脑子里闪过汪四海，与翠儿对视了一眼，惊问道：“我想起来了，娄晓月一直在贼着津平，会不会津平在她那？”翠儿恍然大悟：“哎哟，我怎么没想到？真没准儿，你说那娄晓月天天总缠着他，前两天我还看见她去学校给津平送衣服呢！”

“我去汪家找娄晓月，你沿着天坛根儿再找找，天黑以前，家里碰头。”佟丽华当机立断。

她去了汪府，见到娄晓月之后，直接说明来意。娄晓月惊讶地道：“什么？津平丢了？”佟丽华皱了皱眉：“大街小巷找了一天了，没在你这儿吗？”

“怎么会在我这儿？他为什么跑了？”

“这孩子太不懂事儿了，我就打了他一巴掌……”佟丽华有些内疚。

娄晓月闻言大怒：“打他？你算老几啊，你打我儿子，佟丽华我就知道，你人前一套你背后一套的，不是你亲生的你就虐待他是吧，你心怎么那么狠啊你？”

她抬手就要扇佟丽华耳光，佟丽华慌忙往后躲开：“你，你干什么！”

“我就知道不是亲生的，你就虐待我儿子！我就打你这……”娄晓月气急，抬手又是一巴掌呼过去。

佟丽华一把抓住她手腕，解释道：“晓月，你先听我说完，你知道他干了什么吗？”娄晓月怒气冲冲地道：“你说他干什么了！”佟丽华正色地道：“他跟同学打架，居然说他爸没死，逃到上海去了。”娄晓月气呼呼地道：“那又怎么样啊！”

“你知道他那个同学是谁？”

“谁啊？”

佟丽华冷冷地道：“就是佟梓华手下秘书向云东的儿子！这事儿要是说了出去，

不单是哈岚陷入绝境，你男人汪四海也在劫难逃！”娄晓月脸色大变，顿时慌了手脚：“怎么会这样？”

“真庆幸哈岚没娶你这个泼妇。”佟丽华甩掉娄晓月的手，愤愤而去。

娄晓月慌忙追了上去，扯住她胳臂：“哎呀，丽华！丽华！对不起，对不起，我实在是……刚才是我混，我不应该骂你，我这不一听津平丢了，我就急了，你说现在该怎么办呀？”

佟丽华停住脚步，缓了一口气：“汪太太，什么怎么办？现在要做的第一件事儿，是先把津平找到。”她推开娄晓月，转身离去。娄晓月急得直跳脚：“对对，找津平，莲嫂！莲嫂！”莲嫂赶紧从客厅出来：“哎哎，来了来了！”

“你干吗去了，叫这么半天？”

莲嫂瞧见娄晓月火烧眉毛的表情，尴尬地道：“您这不一叫我就来了吗？”娄晓月大叫：“备车！快去备车找人！赶紧给先生打个电话，告诉他津平丢了，赶紧派人找他去！”

莲嫂连连点头，拨通汪四海的电话。

汪四海正坐在警察局的办公室内看报纸，接到电话，说娄晓月一路跳着上汽车的，已经满城去找儿子了，一想这事儿不对，赶紧吩咐刘金带人去找。

到了下午，刘金进来报告：“局长，派了四五个弟兄去找津平了，都没消息。”汪四海皱了皱眉头，道：“这事儿咱先不急，这几天我要派你去趟差，陪着太太去上海，你明白我的意思吗？”刘金龇牙一笑：“明白！全须全尾儿的带回来！”

汪四海大怒：“你明白个屁！我还没说完呢，记得哈岚和解一半儿吗？”

“记得啊，不是枪毙了嘛。”刘金一头雾水。

“这俩人没死！”

刘金大惊失色：“没死？这不可能啊！”汪四海冷笑道：“这世上啊没有不可能的事儿，有人在上海见到他们俩了，所以你这次去上海，还有一个更重要的事儿要办，就是让我永远不要再听到那俩孙子的消息！”刘金眼珠子一转：“您的意思是，让我把他俩……”

“这事儿如果办成了，回来，我给你提个副局。”

“这回我真明白了。”

汪四海面无表情地盯着他：“但是，如果走漏了风声，我永远也不想再听到你的任何消息，明白吗？”刘金慎重地点了点头：“局长放心，这个我就更明白了。”

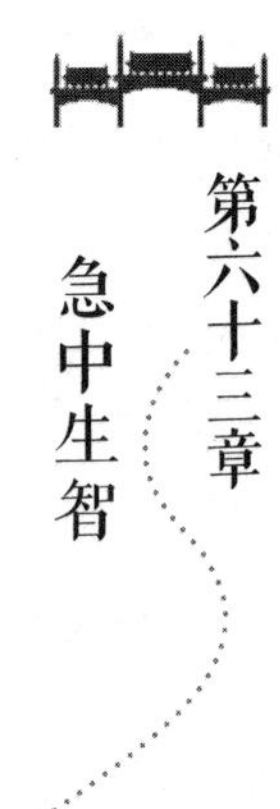

第六十三章 急中生智

火车站广场。

哈津平在候车大堂睡了两个晚上，起来之后，又走到包子摊前转来转去。那摊主揭开蒸笼，歪着脑袋笑："又来啦小叫花子，买包子吗？"哈津平两眼直勾勾地盯着包子，忍住不吭声。

"哎？没钱了吧？去去，别处转悠转悠去，别老在我这儿晃。"摊主嫌他挡路，哄他离开。

这时，娄晓月坐着人力车在站前下来，车夫开始埋怨："我说这位太太，没您这么找人的，昨天下午就拉着您逛了一圈了，今天又跑火车站，我这腿都快跑折了。"娄晓月没好气地道："不是给你钱了吗？"

"那也得让我吃点儿东西喝点儿水啊，再者，这孩子上这火车站干什么？"

"拉你的车吧，给你！"娄晓月从小包里掏出一块大洋扔给车夫，"你两天挣得了一块钱吗？喘口气儿吧你。"

车夫连连点头，将大洋塞进口袋，赔着笑脸："得嘞，有钱就好说。"他径自走到包子摊，买上几个包子，车夫利索地用荷叶包好，刚递过来，哈津平嗖地一下蹿上来，抢了就跑，一边跑一边往嘴里塞包子。

摊主与车夫急忙追赶："抓住他！抓小偷！偷包子，给我抓住他！"

娄晓月抬头不见车夫，听到叫喊声扭头一看，大吃一惊："津平！津平！"

哈津平一口气奔到墙角，立马蹲在地上，自顾大口大口吃包子。摊主跑来一把拉住他："小叫花子，跑得挺快啊！小小年纪不学好，我报警抓你信不信？"哈津平头也不抬："你抓吧！我爸爸就是警察局长。"车夫奔到二人身前，不耐烦地道："包子还我嘿，你爸爸是警察局长？你怎么不说你爸是大总统呢？"

"少跟他废话！叫警察！"摊主气急败坏的喊。

娄晓月气喘吁吁地跑过来，上前推开摊主："住手！干什么呢你！"摊主一怔："这位太太，他是小偷，抢我们包子。"娄晓月赶紧护住哈津平，打开手提包取钱："他怎么能偷你们东西呢，不就吃你几个包子吗？"

刘金的一名手下警察正好路过，踢着警棍过来："干什么？哎哟，汪太太，您怎么在这儿？"娄晓月没好气地道："他们欺负我儿子！"哈津平猛然抬头，一见是娄晓月，缓了一口气。

摊主看见警察，立即大呼小叫："您来了正好，这小子偷我包子，还说他爸是警察局长！"警察翻了个白眼："他爸爸就是警察局长！"摊主与车夫同时怔住："啊，真的？"警察脸色一沉："你们俩是不是想到局子里玩儿玩儿？"

"啊，不不，没那嗜好，得，咱赶紧走！"摊主拉着车夫悻悻而回。

娄晓月蹲下身来，拍了拍哈津平衣服上的灰尘，柔声道："儿子，跟妈走。"

哈津平顺从地握住了娄晓月的手。

二人到了汪府大宅，娄晓月让莲嫂做了一桌子菜，等哈津平吃饱喝足，给他洗干净换上衣服。娄晓月瞧了瞧哈津平，满意地点点头："你这身衣服还挺合身，我去学校送过两次衣服，你为什么不要？慢点儿吃……"

"我不认识你。"哈津平语气冷漠，自顾吃东西。

"我是你亲妈，我真是你亲妈，那个什么佟妈妈、翠儿姑姑都跟你没什么关系，不信你问你爸去！"

哈津平望着娄晓月，冷冷地道："我爸在上海。"娄晓月展颜一笑，道："我当然知道，要不我干吗去火车站找你去啊，我带你去上海找你爸去。"哈津平神情一震："骗人！"

"骗谁也不能骗我儿子呀，你看。"娄晓月取出上海的邀请函，递给哈津平看。

哈津平半信半疑地瞧了一眼，顿时激动起来："你真带我去？"娄晓月笑道："当然！你叫我一声妈，叫啊！"她有点紧张地望着儿子，脸上满是期待，可是哈津平低头吃东西，就是不说话。

娄晓月颇感失落，叹了口气，"不叫就不叫吧，你慢点儿吃……"

此时，佟梓华正兴冲冲地赶到警察局，径直去汪四海的办公室。

汪四海一瞧见佟梓华的脸色，已猜到了几分来意，装腔作势地道："哎哟，梓华兄，今儿大和商社的总裁大驾光临，不知有何贵干呐？"

"呵呵，四海兄，我今儿来当然是有正事儿了，想跟你谈笔买卖，听说你警察局最近生意兴隆啊！"佟梓华满脸阴笑。

汪四海斜着眼睛："别闹啊，我这是警察局，我不做生意。"佟梓华嘴角一挑："行啦，蒙我？我还不知道你，警察局不做买卖早饿死了！我今儿来啊，就是想问问价钱……"汪四海诧异地道："什么价钱？"佟梓华故作神秘地道："放走一个死刑犯得多少大洋啊？"汪四海脸色一沉，道："秉公执法，这是警察局，不是菜市场。"

"我有两个兄弟在你的死囚牢里，说个价儿吧，我想捞他们俩出去。"佟梓华嘿嘿一笑。

"死囚？谁啊？"汪四海的表情有些迷糊。

"你先跟我说，这事儿能不能办成，咱俩好先商量个价钱。"

汪四海眼珠子转了转，故作为难地道："价格当然好商量，你梓华兄的事儿啊，我还能管你多要钱啊，对不对？哎，死囚，这有点儿不一样，有点儿麻烦，你得先告诉我是谁，这个因人定价……"佟梓华呵呵笑道："哈岚跟解一半。"汪四海立马换了个脸色："滚蛋！没事儿您就请回吧，我这儿忙着呢。"

"汪局长，你说个价儿我听听？"

"佟梓华，别无理取闹行不行，说什么价钱啊，那俩孙子已经死了。"

佟梓华摇头苦笑，压低声音道："汪四海，你真不地道！当初咱俩说好了，有钱大家一起赚，一人一半。你把这俩人放走了，想独吞密疏？你告诉我到底要干吗啊？"汪四海瞪着他，冷笑道："谁跟你说我把那俩孙子放走了？谁跟你说我把密疏给独吞了？谁说的这是？"

"这俩人没死，是哈岚他儿子哈津平亲口说的。"

"哈津平？哈津平一个孩子的话你也信？"汪四海一脸鄙夷。

佟梓华威胁道："汪四海，你可想清楚了，你手里要真有这密疏，你又不交出来，这事儿要让日本人知道了，你这脑袋可就搬家了！"汪四海一本正经地道："梓华兄，你也好好想想，我要拿着密疏，我……我要拿着密疏，我还坐在这儿干什么？我还当什么局长啊，我拿着书一卖，带着我们家月儿就远走高飞了我，待在这儿干吗？我拿着本破书，我在这儿等死是吗我？"

"密疏真不在你手里？"佟梓华眨了眨眼睛。

汪四海没好气地道:“没在我这儿!我用我闺女发誓行不行!”佟梓华大感意外:“那你就无缘无故把俩人给放了?”汪四海叹道:“日本人要知道我放了哈岚,拿了密疏,我这脑袋还保得住吗?凭什么呀我!佟梓华,我可提醒你啊,当初草弥要杀哈岚他们一家子的时候,你可跟着我一块去求的情,这事儿万一日本人知道了,你逃得了干系吗?所以说,这事儿不宜声张,自有定论。”

“我拿我脑袋担保你没事儿……”佟梓华仍然不死心。

“真的?”汪四海一声冷笑,勾了勾手指头,佟梓华慌忙将脑袋凑了过去,不料汪四海就吐三个字:不知道!

佟梓华脸色一黑:“行,你有种!我告诉你,不交出来,你的脑袋可真保不住。”

解家酱肉铺门外,翠儿推着卖酱肉的车子往铺里走,上面放着坛坛罐罐,刚打开铺子门,却见佟丽华风尘仆仆地赶回来,帮着她推车,翠儿失望地道:“少奶奶,还没影儿?”

佟丽华摇摇头:“没有,你今儿收得这么晚?”

“咱们的酱肉没人买了,说是杀人犯的肉,都不吃……这不,全推回来了。”翠儿有些无奈。

佟丽华沉吟道:“咱别在门脸儿上耗了,还是推着车,往远点儿卖。”翠儿苦笑道:“一天三趟接送孩子上学,能走远吗?呦,少奶奶您这是上哪儿找去了啊?一身弄得跟土猴儿似的。”佟丽华叹了口气:“我啊,都走到通州了……”

“啊?腿儿着去的?”

“你能给我雇车的钱呀?”

翠儿哭笑不得:“给不起,一天也挣不了几毛钱,咱还争着去上海呢,火车票都买不起,我看啊,跳海吧!”佟丽华忧心忡忡地道:“也不知道寄到上海的信,他们收着没……”翠儿将车上的酱肉罐子搬进铺子,无可奈何地道:“您说说,咱这一家七口人,现在没了仨,唉,这日子……走吧,咱进屋说吧。”

二人正要进屋,却突然看见娄晓月从路口走来,后面跟着个哈津平,顿时大惊失色。

娄晓月向前推了推儿子,哈津平却是呆立不动。

“津平!”佟丽华与翠儿失声大叫,冲上去搂住哈津平直掉眼泪,“你这孩子,跑到哪儿去了啊?把妈急死了!”

翠儿翻来覆去地查看哈津平的胳膊大腿，破涕为笑："哎呀！我们到处找你，你这两天都吃了什么了啊？都住哪儿了？跟姑姑回家，给你做好吃的去，是不是饿了？"佟丽华紧紧搂着哈津平："还生妈妈气呢？妈以后再也不打你了……"

"嘿，这边儿还戳着一人儿呢。"娄晓月提醒了一句。

佟丽华急忙致谢："晓月……我都不知道说什么好了，太谢谢你了，你在哪儿找到他的啊？"娄晓月淡淡一笑："在火车站找到的，怎么着，咱们就站在大街上说？"

"快，进屋说话！"佟丽华拉着哈津平手，请娄晓月进屋。

翠儿烧了一壶热水，搂着哈津平问长问短，只是哈津平始终不说话。

娄晓月轻叹道："津平把他爸的事儿说出去了，现在哈岚和解师傅在上海有危险。"佟丽华点了点头："知道，我写了信寄去了。"

"寄信有用吗？得去个人，让他们离开上海，给足够的钱，安排他们到安全的地方躲起来才行。"

"你没来之前啊，我跟翠儿正商量着，看怎么去上海通知他们呢……"

娄晓月摇头叹息："你们怎么通知啊？连去上海的火车票都买不起了吧？"

翠儿没好气地道："娄晓月，你这是瞧热闹来了？告诉你，我们俩就是走也走到上海去。"娄晓月皱眉道："恐怕等你走到上海，两个人的脑袋早就搬了家了。"

翠儿冷笑道："我们家的事儿，用不着你管！"

"我不是来跟你们拌嘴的，现在，只有我能救哈岚和解师傅。而且，这个事儿如果让日本人知道，我们家汪四海也活不成。我就是来告诉你们，我去上海。"

翠儿听不进娄晓月的劝解，不耐烦地道："你要去，你就自己去，你去救你家汪四海去。我们爷和解一半，用不着你管。"娄晓月咬了咬牙："哈岚是我儿子的爸，我当然也要管。"

"这话你也说得出口？他也不管你叫妈，我们去上海，你少管！"

"告诉你，你们去了上海也没用，人生地不熟，你们连自己都活不成，还救人？"

"那你就行？"翠儿白了她一眼。

娄晓月慎重地道："我当然行啦，上海的黑帮老大陆老板请我去唱堂会，我那儿有好多师哥师弟都能帮着我，而且，陆老大约我去唱戏，也不会不帮我的忙。再说了，不能让哈岚和解师傅在上海干等着死啊！我打算送他们去香港，我师父在那儿，日本人再想害他们也够不着了。"

佟丽华与翠儿闻言，皆是惊愕半晌，无言以对。

“所以，你们用不着去上海，我后天上火车，你们有什么信啊、东西啊要带，后天送到火车站就行了。”

娄晓月这番理由当然是最好的解决办法，佟丽华的笑容有些尴尬：“晓月，那就太谢谢你了。”

“一家人不说两家话，津平，跟妈回家啦。”娄晓月站起身来，拉着哈津平往外走。

翠儿吓了一跳，赶紧上前拉住：“哎，你走你的，你叫上我们津平干什么啊？”娄晓月急道：“津平想去上海见他爸。”佟丽华微微一怔，道：“晓月，你去上海是办正经事儿的，带着个孩子也不方便，再说津平都在这儿十年了，冷不丁跟着你，恐怕孩子也不适应……”娄晓月正色地道：“你放心吧，就是我死了，也不能让我儿子受半点委屈啊。”

“说什么呐？你这儿花马雕嘴儿地说了半天，这八字儿还没一撇呢，你就是来骗孩子的吧？你要走你自己走，甭想着把我们津平带走！”翠儿拦在门口，抱着哈津平死活不让走。

“津平是我跟哈岚的儿子，我怎么就不能带走啊？这孩子跟你们受了十年的罪了，还打孩子？孩子跑了三天你们找着了吗？还在这跟我没商量。”

佟丽华皱了皱眉头，望着哈津平，轻声安抚：“打孩子是我做得不对，津平，你听妈话，你娄妈妈去上海找你爸，带着你不方便，咱们在家等消息，好不好？”

翠儿蹲下身子，搂住哈津平：“津平，你是不是不愿意跟她走？愿意跟佟妈妈和翠儿姑姑在一起，是不是津平？”

“都别为难孩子，让津平自己说……”娄晓月满脸不悦地盯着哈津平，心里却有点儿心虚。

佟丽华胸有成竹地道：“对，叫他自己说，津平你愿意跟谁？”

哈津平一直在观察着三人之间的争执，却始终低着头不说话。翠儿急得扯住自己的头发：“说呀！”佟丽华柔声道：“津平，说吧，心里怎么想的就怎么说。”

三双眼睛盯着哈津平，可他依然无动于衷，就是不吭声。翠儿缓了一口气，得意地道：“看见了吧？孩子不说话，他不愿意跟你走！”娄晓月微微一笑，叹道：“不说就不说吧，那我走了。”

她转身走到门口，哈津平突然大叫了一声：“妈！”摆脱了翠儿的手，扑到娄晓月的身上，抱住了母亲的腰。三人同时感到震惊，娄晓月低头望着哈津平，泪光闪动，感受到一种从来没有过的安慰：“好儿子，跟妈回家啦，走！”

此时的佟丽华与翠儿，呆呆地看着母子二人牵着手出门而去，情绪完全反应不过来。翠儿双腿发软，跌坐在地上："津平！这是怎么回事儿啊？津平，津平怎么能跟她走了呢？"

佟丽华捂住脸，强忍着不让自己的眼泪流下来。

汪府大宅。

母女二人已经绝食两天了，娄晓月在房里与哈津平、汪佳佳说着话，偷偷地递块巧克力给女儿，哈津平也不知道究竟在想什么心思，坐在床上一言不发。

汪四海站在门口气呼呼地道："你这队伍是越来越壮大呀，怎么着？月儿，你到底想怎么着，两天啦，一口饭不吃啊，是不是想把我闺女饿死？"娄晓月没好气地道："不吃！"汪佳佳咬了一口巧克力，也学着母亲的口吻："不吃，不吃！"

"佳佳，你不饿啊？"汪四海无计可施。

汪佳佳忍住笑："饿！"汪四海厉声道："饿了你不吃？"汪佳佳哼了一声："妈吃我就吃。"汪四海挠了挠头："嘿！真是生死与共，那小子，你也不吃是不是？"哈津平翻了个白眼："我干吗不吃啊？"汪四海大声道："那你出来吃饭啊！"

哈津平一溜烟跑了出去，汪佳佳将巧克力藏在身后，不等汪四海探头，赶紧上前将门关上，生气地喊："妈，津平哥哥跑去吃饭了！"汪四海苦笑敲门："叫得还挺亲，真是怂蔫奸的儿子！你哥都吃饭去了，你也去吧，走走，开门啊闺女，闺女你……得，娄晓月，我服了，我服了还不行吗？我认输，你去上海吧。"

"你想明白了？"娄晓月冷笑。

"我想什么明白了？我想明白了，我怕我闺女饿坏了，我想明白……你就那么想见那怂蔫奸是吗？"

娄晓月反问道："不可以吗？"汪四海叹气道："可以，那这么着行吗，你去你的，我闺女不许去，这行吧？"娄晓月推了推女儿："佳佳，吃饭去。"汪佳佳好奇地道："咱不绝食了？"娄晓月笑道："不绝食了，吃饭去，找你哥去，妈这就来。"汪佳佳拍着小手，开门往楼下跑去。

娄晓月见汪四海进房，正色地道："我当着孩子面不好说，我为什么不能带着佳佳去？把她放家里我不放心……"汪四海脸色一黑："你带她走，我才不放心。"娄晓月诧异地问："我带着，你有什么不放心的？"

“你心里面想什么，你以为我不知道呢？你去见那怂蔫奸，带着我闺女，哎，到时候你们俩死灰复燃了，带着我闺女和那怂蔫奸私奔了，我在这唱空城计是吗？真逗！”

娄晓月一怔，皱眉道：“你这人怎么这么坏啊，净把人往歪处想？”汪四海哼了一声：“哎，我汪四海能有今天，咱家这日子能过成这样，就因为我汪四海凡事都往歪了想，我不能不防！我呢，已经跟刘金商量好了，他亲自护送你去上海，管去管回。”娄晓月怒道：“不行，你要这样，我不去了！”汪四海冷笑道：“太好了，不去最好，我倒是省了心了，我吃饭去！”

“你这是认输的意思吗？”

“我服过谁呀？日本人我都不怕，为了给你爹报仇我亲手杀了日本人，为了救哈岚和那个破一半儿，我现在还背着日本人的雷呢！月儿，我让你去上海，多远呀，我都让你去了，我这还不算认输，我还怎么着？”

娄晓月缓了缓气，道：“那好，全依着你，可我要带津平去上海。”汪四海点点头：“随你便吧，除了佳佳，你带八个津平去我都不管！”娄晓月瞪了他一眼：“津平不是你亲生的，你当然不放在心上。”

“那也未必！这小子是个惹祸精，说句掏心窝子的话，你别什么事儿都跟他说。行了，我替那怂蔫奸养孩子，够大度的啦，你还让我怎么着啊，吃饭去吧，你饿坏了我也心疼！”

东四牌楼老街。

佟丽华赶去茶楼包间，让人通知佟梓华出来见面。佟梓华与掌柜的打好招呼，密切留意街上的动静，进了包间，嘿嘿笑道：“太阳打西边儿出来了，今儿怎么想起约我出来谈？”

“许你约我，不许我约你？”佟丽华表情冷漠。

佟梓华喊上一壶茶，淡淡地道：“当然可以，有什么要紧的事儿说吧。”佟丽华皱了皱眉头，道：“我只是希望……你能看在我是你亲妹妹的份上，放解一半和哈岚一条生路。”佟梓华眼珠子一转：“生路？他们俩不是早就死了吗？”

“劳驾，你结一下账吧。”佟丽华懒的废话，起身就走。

“哎！丽华，我的亲妹妹！什么脾气呀这是？”佟梓华慌忙站起来拦住，“好，那你说吧，我怎么才能放他们俩一条生路？”

佟丽华漠然道：“我不想为难你，别把他们俩的事儿告诉日本人就行。”佟丽华叹了口气，道：“我呀，暂时还没说，但我就是想知道，汪四海当初冒着掉脑袋的风险，把哈岚跟解一半给救出去了，他得了你多大的好处啊？”佟丽华冷冰冰地道：“现如今我连这壶茶都买不起，你说我能给他什么？”

“可这世上，有这么便宜的事，他无缘无故就把哈岚给救走了？”佟梓华不会怀疑自己的判断力，如果汪四海没有得到好处，打死他也不信。

佟丽华的心思，当然是想哥哥不要再为难哈岚，这事儿绝对不能让日本人知道，她只得将她所了解的事情经过告诉佟梓华：“汪四海是什么想法，我不可能知道，但是娄晓月跟我说，汪四海曾经收到过一封匿名信，好像是铁血救国会的人写给他的……人不为己，天诛地灭，换成是我，我也想多活几年。”

“这事儿我知道啊，这信我也收到了。”

“那你就把嘴闭紧。”

佟梓华哂然一笑：“其实我跟哈岚没冤没仇的，又是他大舅子，我犯不上！我就是冲着汪四海，他还一直惦记着密疏……我最担心的是你拿密疏跟他换了哈岚一条命。”佟丽华冷笑道：“我真要有密疏，卖给谁不发一笔大财啊？还过这样的穷日子？”

“你这话你去蒙别人，我可不信！而且我也没证据……”佟梓华摸了摸下巴，若有所思地道，“不如这样吧，咱们做个交易？”

“交易？你说吧，什么交易。”

佟梓华嘿嘿讪笑：“要想保密，你穷得也没什么值钱的东西了，把得月楼给我。”佟丽华怔住：“你要得月楼干什么？那儿只剩了个空架子。”佟梓华晃了晃脑袋：“我们大和商社需要有个地儿，招待四方朋友，八方来客……”佟丽华脸色变了变：“说白了，你不就是想弄一个搜集情报的特务点吗？”

“这你不用操心。”

“得月楼的事我说了不算，它既不是哈岚的，也不是娄家班的，正经说是人家汪四海的，他爸爸汪公公，才是真正的东家。”

“你说的那都是老黄历了，你先把房契给我。”佟梓华不以为然。

他如今在日本人手下做事，别说一个小小的得月楼，就是硬抢，佟丽华也拿他没辙。上次厨艺大师，日本亲王人在北平，他眼睁睁看着得月楼白白拱手送人，心里一直是不甘心。

“就算我把房契给了你，汪四海也不会善罢甘休……”佟丽华眨了眨眼睛，对付佟梓华这种贪得无厌的人，只能将汪四海推到风口浪尖上。

“他算个屁啊！你先把房契给了我，汪四海，我跟他走着瞧！”

上海陆府厨房。

解一半正在灶台掌勺，脆皮黄鱼出锅摆盘，哈岚心急火燎地奔了进来，手里扬着一份堂会的戏单，口中狂呼：“一半啊！一半啊！”

解一半吓了一跳，赶紧放下炒勺，愕然道：“怎么了爷？这是出什么事儿了啊？把您吓成这样？”哈岚拉着解一半跑到角落，脸色苍白，手脚不停地颤抖：“你看看这个！你看看这个啊！”

“您哆嗦什么啊？是不是老毛病犯了？怎么就突然哆嗦上了？”解一半瞧着哈岚抖动的双手，莫名其妙地接过戏单，“有什么好看的？这不是堂会的戏单儿吗？”

“啊啊，这儿，你看这儿！”哈岚情绪激动，手指头不停地戳着单子，恨不得将解一半摁倒在地上，一顿毒打。

解一半仔细看了一眼戏单，大惊失色，瞳孔渐渐收缩：“娄晓月，起解，会审，全本玉堂春？”哈岚已激动地跳了起来：“晓月要来了……”他话音一落，突然翻了翻白眼，腿儿一软，顿时瘫倒在地上。

“嗨嗨！怎么个意思？您怎么跟见了血似的……爷！”解一半见势不妙，赶紧跑去厨房抓了两块糕点，跑到角落扶起哈岚，将点心往他嘴里塞进去，“爷，醒醒，你至于吗？”

哈岚咽喉抽动，将点心伴着口水强行咽下去：“晓……晓月要来了。”解一半摇头叹气地道：“终于缓过来了，爷啊，娄晓月来了是好事，咱能见到亲人了啊，但是，您得保重身体啊，您再吃口点心。”哈岚缓了一口气，兴奋地喊：“啊！娄晓月要来上海了，我得，我得去给她准备好住处！”

“是是！准备，准备住处。”解一半连连点头。

“你得给她做好吃的。”

“当然当然！”

哈岚越说越兴奋：“我得，我得给她专门安排一辆车。”解一半有点抓狂：“好好，给她准备！”哈岚眼睛一亮：“鱼？对，要做最新鲜的鱼！不对……不成不成，鱼糊嗓子。”解一半哭笑不得：“好，不做不做。”哈岚突然又开始摇头晃脑，皱着眉道：

“不行，得给她做好吃的。”

“哎，完了，这算彻底犯病了……”

“还有，我得问问她家里怎么着了，你也想知道翠儿她们怎么着了，我……我……”哈岚还算清醒，能想起佟丽华和翠儿。

解一半点了点头，慎重地道：“爷，你是不是该回屋去好好躺会儿？”

“不行，我得去安排安排。”哈岚猛然站起，拍了拍身上的灰尘，精神抖擞地往厨房外面走去。

他失魂落魄地跑到上海大通宾馆，径直走到服务台前，喊服务生取出陆老板寿宴的客人名单，仔细核对了一遍，道：“我还得加定一个单间儿。”服务生为难地道：“哈爷，房间全订出去了，这可都是您定的，真没有了。”

“你再给查查，很重要的客人啊，我要最好的！”

“行，那您稍等……”服务生开始查找住客的房间名单，“呃，这里有间，有个先生应该是后天走，我看能腾出一间出来。”

哈岚眨了眨眼睛：“头等的吗？”服务生笑道：“哈爷吩咐可不敢怠慢，当然是头等，就在二楼。”哈岚满意地点点头：“嗯，赶紧的，带我去瞄两眼！”

解家小院。

翠儿正在里屋收拾衣服，从柜子里一件件翻出来，往柳条箱里使劲塞。佟丽华进来一看，惊讶地道：“你这是干什么呢？”

“叫晓月带上海去……”翠儿从桌子抓起一个油纸包，随手就塞进箱子。

“你这哪是带啊？这叫搬家！”佟丽华忍不住笑了，捏了捏油纸包，奇怪地问，“这又是什么？”

翠儿一把夺过来：“酱肉。”佟丽华啊的一声：“酱……酱肉？这怎么能带？”翠儿气呼呼地道：“我就带！”佟丽华哭笑不得：“他们俩在上海连个准地方还没有呢，等娄晓月找到他们俩，这肉也臭了！”翠儿脸色一黑：“我不是怕爷吃不惯上海菜嘛，不让我带啊？那就不带了。”

“哎哟，你衣服也少塞点儿，顶多收拾个小包袱就行了。”佟丽华忍俊不禁。

翠儿绷着脸，没好气地道：“他俩在外面指不定受了多少苦呢，给他们捎点衣服去，你还怕娄晓月扛不动啊？”佟丽华好言相劝：“才不会呢！有一半儿大哥在，哈岚受不了苦。衣服带上两件意思意思就得了，行了，别往里塞了。”

翠儿突然将柳条箱内的衣服一通乱抛：“不带不带，啥都不带！”

“翠儿……我知道你心里不痛快，你就撒着泼地闹吧。”

“这个死津平，他居然管娄晓月那个狐狸精叫妈，这个小没良心的，挨千刀的狼崽子！”翠儿情绪有些失控，扭身坐在床沿，边说边哭。

佟丽华微微一怔，叹了口气：“我想明白了，津平不是对娄晓月有什么感情，他就是想见他爸爸。你想想，为了他爸爸那些事儿，他受了多少委屈？打了多少架？他跑去火车站就是想去上海找他爸爸……翠儿，你别哭了，这孩子……这孩子……”她一时心有感触，眼眶也湿润了。

翠儿见自己撒泼闹情绪把少奶奶给惹哭了，起身将柳条箱移开，拉着佟丽华坐下：“少奶奶，咱别想这些烦心事儿了，您说娄晓月那狐狸精，到底靠得住吗？”

“哎，靠得住靠不住也就是她了，还能指望谁……”

“她别再把咱们爷拐跑了。”

佟丽华皱了皱眉，道：“我信得过解大哥，他管得了哈岚，也治得了娄晓月。”

翠儿越想越恼火，恨恨地道：“她要是敢……这狐狸精，我恨不得一刀剁了她！”

佟丽华慎重地道：“翠儿啊，我告诉你啊，明儿到了车站，你见了她，别嘟噜着个脸给人看，咱是求她办事知道么？”

“我就嘟噜着，她爱看不看！”翠儿冷哼了一声。

“你就是头倔母驴，我跟驴说话都没跟你说话这么费劲！”

第六十四章 醉翁之意

北平火车站。

汽笛声响，娄晓月手拎着手提包，带哈津平进了站台，刘金换了一身便装，一只手提着行李，另一只却一直插在裤兜里，小心谨慎地注意着周围来来往往的人群，一路跟在汪夫人的身后，寸步不离。

“津平，待会儿见了你佟妈妈和翠姑姑要有礼貌。”娄晓月站在车厢门外，耐心地叮嘱哈津平，“记得哦，见了佟妈妈要叫妈。”

“我知道……”哈津平说话的声音很轻。

刘金扭头瞄了一眼站台的柱子后面，眼神闪烁，朝着一位嘴里叼着烟卷，斜靠柱子的男人点头示意。那男人压了压帽檐，立即转身走向另外一节车厢。刘金径自走到车厢一侧，将行李放下，道：“太太，我带津平去买点儿吃的，那边儿有新下来的大枣。”娄晓月抬头张望检票口，道：“去吧，别走远了。”

刘金正欲带哈津平离开，不远处，佟丽华和翠儿挎了个小包袱，匆匆忙忙赶来。娄晓月忙回头喊：“津平！回来回来，她们来了！”

佟丽华与翠儿跑上前，将包袱递给娄晓月，瞪大了眼睛望着哈津平，也不知道该说些什么话：“晓月，津平就拜托你了。”娄晓月皱了皱眉，赶紧推哈津平上前：“叫人啊。”

“妈！翠姑姑！”哈津平抿着嘴，脸上的表情似乎有些内疚。

翠儿再也控制不住，一把搂住哈津平，舍不得松开：“你这个臭小子……你个小没良心的……你说走就走啊！”

“津平一直念叨着你们啊，这孩子很懂事儿，是佟格格您教育得好！”

佟丽华听见那一声“妈”，心情舒畅了许多：“一路上你多费心了，有件事儿我想……”她看了刘金一眼，走过去轻拂哈津平的头发。刘金知趣地道：“太太，要不我先带津平上车吧，你们聊。”娄晓月点了点头：“行，你带他去吧。”

刘金提起行李箱，拉了拉哈津平，踏上车厢，哈津平转身向翠儿挥挥手。

“这不火车还没开呢吗……”翠儿有些无奈，依依不舍地盯着哈津平上车。

刘金进了车厢，看见戴帽子的男人迎面走来，笑容满面地上前招呼：“呦，涂八哥先到了？来，津平，跟着八哥走。”原来此人也是汪四海的手下，姓涂名八，他热情地拍了拍哈津平的肩膀，道：“津平少爷，你的包厢在前边儿那节车上，跟我来。”

哈津平跟着涂八往车厢通道走，刘金打开卧铺的包厢门，放下箱子，趴到窗口向外张望。

站台上，佟丽华与娄晓月正在低声说话：“怎么你还带个保镖？”娄晓月尴尬地道：“汪四海派来监视我的，估计怕我跟哈岚跑了吧！呵呵，开玩笑呢，别当真，什么事儿你说吧。”

“嗯，我和佟梓华说过了，叫他不要把这事儿捅出去。”

“他答应了？”

佟丽华叹气道：“他跟我提了交换条件，要得月楼。”娄晓月摇了摇头，无奈地道：“得月楼，已经跟我没关系了……佟格格，那我先上车了。”

“多保重。”佟丽华与娄晓月告别，拉了拉翠儿，“咱回家吧。”

翠儿一脸的失魂落魄，仰头寻找着哈津平的身影。

汽笛长鸣，娄晓月站在车厢的过道上向佟丽华挥手：“佟格格再见，翠儿再见。”翠儿仍呆呆地望着车厢，毫无反应。佟丽华又捅了捅翠儿：“火车要走了，听话，回家吧……”

火车隆隆开动，翠儿两眼发直，脚步踉跄，默默地跟着佟丽华离开站台。

娄晓月进了火车包厢，脱去外衣挂在门板后面，刘金赶紧嘱咐：“太太，我把您箱子放架子上了，有什么事儿叫我啊，车上人杂，别到处走动。”他刚要出门，突然被娄晓月叫住：“哎？津平呢？”

“津平？刚才还在这儿呢。”刘金故意装出一副很意外的表情。

娄晓月皱眉道：“在哪儿呢？你怎么不看住了，车上这么乱，别让他瞎跑。”

“是是，我这去找。”刘金慌忙走出包厢，没走几步就站住了，低头想了想，转身又走回了包厢。

娄晓月诧异地道：“你怎么还不去找啊？快去啊！算了我去吧……”刘金拦住了门：“太太，您也甭去找了。”娄晓月一怔：“什么意思？”刘金赔着笑脸道：“我也用不着瞒您了，咱们还是实话实说了吧。”娄晓月顿时衍生不祥的预感，两眼直瞪瞪地望着刘金：“你说！”刘金不敢正视娄晓月：“局长已经派人把津平送回去了……”娄晓月脸色一变：“什么时候？他刚才明明上了车了。”

“是上来了，又派人带下去了。”

“到底怎么回事儿？汪四海不是答应我带着津平一起走吗？”

刘金叹了口气，道：“那是应付您呢！您想想，您不带佳佳走，因为是局长的亲闺女，绝对不会让她受半点委屈，也就没了后顾之忧。然后您见了哈岚，带着津平一走了之，局长可就人财两空了啊！”娄晓月柳眉倒竖：“流氓！”刘金尴尬地道：“太太，您别骂我，我就是个执行命令的，局长是不是流氓，您比我清楚……”

“你们把津平怎么了？”娄晓月心如火焚。

刘金笑了笑：“不是我们，是局长，自然是送回哈家了，津平是人哈家的孩子。”娄晓月紧张地望着车窗外，瞧着外面的景物飞驰而过，心乱如麻：“不行，下一站我要下车！”刘金眨了眨眼睛：“您不去上海了？”娄晓月怒道：“我要去找津平！”刘金缓了缓呼吸，道：“行，不去上海，就见不着哈岚了，您自己掂量掂量，放心吧，局长不会把津平怎么样的。”

娄晓月跌坐在小床上，痛苦地低下了头：“到底还是我输了……”

“太太别生气，您能去上海，就已经是赢家了。”

解家小院。

佟丽华回到家，赶紧帮着翠儿一块儿收拾酱肉铺：“时候不早了，还得去接孩子呢。”翠儿将匣子里的钱都装近一个小布袋里，道：“今儿正经卖得不错，你去接吧！我等会推车先回家，就这么几步路，我还没想好今儿吃什么呢。”

“那我顺道去买点儿青菜。”佟丽华急忙离开，先往菜场赶去。

这时，铺子柜台的窗口处过来一个男人，帽檐压得很低，询问翠儿：“酱肉还有吗？”翠儿赶紧上前招呼：“有有！要多少？”

“给我来一斤吧。”

“好嘞！”翠儿拉过案板上的酱肉，一刀剁了下来，上秤称斤两，“您瞧，高儿高的，得有一斤一，算您四毛六。”她用油纸托好，熟练地扎了根草绳，递给客人。男人点了点头，将搓成一卷儿的纸币一扔：“五毛，甭找了！”

“谢谢您呐，再来！”翠儿顺手将纸币扔进袋子里。

收拾好酱肉车，翠儿把小布袋里的钱，零的整的全抖落在桌子上，开始一毛一毛的数钱。

过了一会儿，佟丽华带着解冬青与哈一南进了院门儿，让两个孩子去里屋做功课，拎着一把青菜进了厨房。翠儿听见女儿和一南的喊声，将卷着的毛票展开，忽然见里面夹着一张纸条，满心好奇地瞧了瞧，喃喃地道：“我又不识字……”

佟丽华正在厨房端着盆洗菜，翠儿手里举着纸条走进来，凑到佟丽华眼前：“少奶奶，你瞧瞧嘿！这钱里面夹着张纸，上边写的什么呀？”佟丽华歪着头看了两眼，一下子愣住了，忙用围裙擦了擦手，抢过纸条看，手儿开始颤抖。

“怎么了？上边写的什么？”翠儿隐隐感觉到不妙。

“这钱是谁给的？”佟丽华皱了皱眉。

翠儿眨了眨眼：“那么多人我哪儿……哎？对了，这卷儿钱是最后买酱肉的客人给的，怎么了？”佟丽华追问道：“这人长什么样？”翠儿仔细回忆：“这人……他戴着那顶帽子快遮住了半拉脸，没看清，应该是个大老爷们儿。哎呀，上面写了什么，您倒是说啊！”

“津平叫人绑票了。”佟丽华脸色阴郁。

翠儿吃了一惊：“绑……绑票？什么意思？”佟丽华忧心忡忡地道：“就是让土匪给劫走了！上面写着五天之内，去黄村关帝庙赎人。”翠儿惊惶地道：“赎人？怎么赎？”佟丽华叹气道：“他们勒索五百大洋。”

“啊，不可能啊！咱俩不是亲眼看着津平上了火车，这怎么又能被人绑票了呢？”翠儿半信半疑。

佟丽华怔忡半晌，觉得这事儿确实有蹊跷，哈津平明明上了火车了，这帮土匪去哪绑的票？她一想又不对：“让我好好想想，津平是上了火车，可要是再给他推下来呢……”翠儿翻了个白眼：“娄晓月还不至于这么坏吧？那是她亲儿子！”

佟丽华摇了摇头：“当然不是娄晓月，你可别忘了，是那个保镖先带津平上了火车，那保镖是什么人？是汪四海的人！”

“我还是不信，汪四海想讹咱们一笔钱？他要是真这么……”

“翠儿，他绝不愿意让津平和哈岚父子相见。”

翠儿瞪直了眼睛：“光天化日的，他还能把津平怎么样？”佟丽华咬了咬牙：“这事儿可不能瞎猜，五天之内，咱要是不拿钱去赎人，他们就撕票，津平就没命了！”翠儿慌了：“少奶奶你别吓唬我！五百大洋？咱连五十也没有呀！”

“我敢说，咱们肯定不是跟绑匪打交道，汪四海逃不了干系，我得去找他。”佟丽华解下围裙，走到院子又回头叮嘱，“你千万别出门，把俩孩子看好了，这几天也别去上学了。”翠儿心急如焚：“要了命了！这才几天呐，孩子就丢了两回了？少奶奶，您有了信儿，赶紧回来告诉我！”

此时，汪四海正在自家后院的小库房里，背着手焦急地踱步，小桌子上摆着几盘饭菜，哈津平坐在桌前的小板凳上，怒目而视。

“怎么着，绝食？你也跟佳佳学的不吃饭是不是？”汪四海大声呵斥。

哈津平倔强地回应：“我不吃！”汪四海咬牙切齿地道：“小子，我告诉你啊，佳佳不吃饭，我心疼，我得哄着她，你算老几啊？不吃？饿死你！”哈津平怒道：“送我回家！”汪四海摆了摆手，道：“你放心，你们家的人要是懂规矩，五天之内，我肯定送你回家。”哈津平大叫：“我要回家，我要找我妈！”

“你找哪妈啊，找你那娄妈妈啊，还是佟妈妈啊？”

哈津平恨恨地道：“娄妈妈是个骗子！”汪四海突然哈哈一笑，好言相劝：“对喽，说得好！记住了啊，你娄妈妈是骗子，不能轻易相信她，懂吗？你要从小养成习惯，听我的，好好吃饭。”

院子外面传来莲嫂的叫喊声：“局长，哈家少奶奶要见您。”哈津平听见声音，腾地站起来要往库房的铁门冲过去：“我要见我妈！”

“知道了，带她到客厅等我。”汪四海一边回应莲嫂，一边拎起哈津平的衣领子，将他扔回椅子上，手指头敲了敲桌子，菜盘拉到哈津平跟前，“嘿，你的救星来了，就看她知趣不知趣了！跟我作对，没什么好果子吃！小子，不吃饭没有用，肚子是自己的，不吃白不吃，别叫你妈说我虐待你……”

“我说了不吃。”哈津平有点不耐烦。

汪四海转身往门口走去，又回头说了一句：“我对谁都没像对你这么好过，我这人，就是心太软，谁叫我是你爸爸呢？”

哈津平没好气地道：“你才不是。”汪四海嘿嘿冷笑：“混小子，你偷包子那会儿怎么说我是你爸爸？”哈津平理直气壮地道：“我那是吓唬他们，不可以吗？”汪四海一怔：“有其父必有其子，你小子比怂蔫奸还坏！有出息，赶紧吃吧！”

他走出库房，哈津平突然端起碗，大口吃起来。

坐在门口看守的涂老八见局长出来，急忙起身敬礼。汪四海满意地点点头：“赏钱领了吗？”涂老八笑道：“领了，谢谢局长。”汪四海正色地道：“我跟你说啊，一定把这小兔崽子给我看好了，别让他跑了！”涂老八拍了拍胸脯：“局长放心，跑不了。”

汪四海笑容满面地进了客厅，装模作样地招呼佟丽华坐下，亲手倒了杯茶递给她：“佟格格，今儿您来得巧，赶上饭点儿了，一块吃吧。”佟丽华淡淡地道：“汪局长别客气，我吃过了，您吃您的。”

“我不着急，怎么了，找我什么事？”

“我是来报案的。”佟丽华微微一笑。

汪四海故作惊讶：“报案？是让人偷了让人抢了？不会是破酱肉铺子让人给烧了吧？”佟丽华不露声色地道：“津平丢了。”汪四海不可思议地道：“啊，津平丢了？胡说什么呀，他跟晓月去上海了啊。”

“有人又把他劫下了火车。”

“呦，谁这么大胆子啊！”汪四海起身倒茶，一惊一乍的表情装得极其逼真。

佟丽华斜眼笑道：“你说呢？”汪四海皱了皱眉头：“这我怎么知道？”佟丽华脸色变了变，冷冷地道：“你当然知道！上了火车都能劫下来，除了你，谁也做不成。”汪四海翻了个白眼：“佟格格，不是，您这可……可是有点血口喷人了吧，这无凭无据的，这是哪跟哪啊这是？哎，要再这么聊天，我可端茶送客了，这案子我还真接不了。”

“你是警察局长，就是管这个的，凭什么不接？”

汪四海嘿嘿一笑，道：“您刚才都说了，我把这孩子给劫走的，那我就是绑匪啊，那直接把我抓了，这案子不就破了吗？”佟丽华不悦地道：“信不信我告到市里去，叫佟梓华出面整治你。”汪四海轻蔑地道：“哎哟，吓得我快尿裤子了！我这老忘事，佟梓华是谁啊？”

“我告诉你啊，佟梓华已经来找过我了，他知道哈岚跟解一半在上海，是你放走的，他手里有证据，他有办法来整治你。”

汪四海一怔，沉声道：“佟格格，咱有没有良心啊！姑且不说这事是不是我干的，那怂蔫奸和解一半是不是我放走的，咱先不说这个，如果要是真有这事，是我救的，您那哥哥早把这事给我捅上去了，巴不得置我于死地！你们佟家都是些什么人啊？”

“你现在说这个没有用，他已经派人去上海了。”

“真是棋逢对手啊！你们佟家那可真都是好人呐，亏了我早就料到了，这盘棋谁输谁赢还不一定呢，告诉我佟梓华怎么说的！”汪四海暗自一惊，心想这事儿他总不可能告诉日本人吧？对他也没什么好处啊。

佟丽华缓缓地道：“破了津平这案子，我就告诉你。”汪四海眼珠子一瞪：“北平城这么大，一点儿头绪没有，破什么案？这不大海捞针吗？”

“你先看看这个。”佟丽华将赎单取出来递给汪四海看。

汪四海接过来看了看，点了点头：“蝇头小楷，写的还真好……”佟丽华眨了眨眼睛：“这字迹有点儿眼熟吧？”汪四海故意皱眉：“你是想转着圈儿骂我对吧？不眼熟，我没见过，这字谁写的？”佟丽华叹了一口气，道：“五百大洋啊，真是狮子大张口！”

“佟格格，您可不是没见过钱的主，五百大洋，上个月诶，上海大通银行的大公子，被人给绑了，绑匪一开口，二十万大洋！五百大洋？您碰到这绑匪，整个一菩萨心肠啊，您还不知足呐？”

“我五十块都拿不出来……”

汪四海眼珠子转了转，笑道：“瞧您这日子混的，我给你出一主意，五百大洋呢，说多不多，说少不少，您把得月楼一卖，正好差不多这数。”佟丽华缓了缓，诧异道：“怎么你也惦记得月楼呢？”

“还有谁惦记？”

“当然是日本人。”

汪四海好奇地道：“日本人要这破楼干什么啊？”佟丽华反问道：“那你要这破楼干什么？”

“我要这楼，怎么……怎么是我要这楼？”汪四海险些脱口说出，赶紧换词，“哎，绑匪要五百大洋，我给你出一主意，把楼给卖了，凑出五百大洋，把孩子给救回来吗不是。”佟丽华若有所思地点点头：“你得让我想想……”汪四海呵呵一笑：“那您抓紧想，快点给一答复，我觉得吧，这孩子应该是安全的，绑匪是求财而已。”

“行，我回家跟翠儿商量商量。”

佟丽华回到解家，将汪四海的“主意”说了，翠儿也不愿意想太多，赶紧去里屋帮佟丽华找得月楼的房契。

取出房契之后，翠儿似乎又反应过来：“就这么把得月楼便宜给汪四海，那万一绑匪要不是他呢？”佟丽华正色地道：“我敢断定，津平就在汪四海的手里。要不然他不会接这个案子，不会要得月楼……”

“咱抵了得月楼，爷回来了怎么交代啊？”

“有什么可交代的，为了孩子，八个得月楼他也得舍出去啊！再说，这得月楼本来也应该是汪四海的，那不是他干爹汪公公的吗？”

翠儿哭笑不得：“唉，照您这么一说，这还是物归原主了！”佟丽华慎重地道：“还有我那个哥哥，他也打得月楼的主意，目的是为了给日本人弄一个特务点儿，我在想啊，不如……”

“汉奸！走狗！”翠儿不等佟丽华说完，恨恨地骂了一声，突然想起少奶奶也姓佟，尴尬地道，“我说他是汉奸您不在意的吧？”

佟丽华叹息道：“我只觉得很丢人……所以，干脆两家咱们全答应下来，后面的事儿让他俩自己掐去！翠儿，咱就静观其变，看场好戏……”

上海大通宾馆。

哈岚站在大堂的柜台前，皱着眉头数落服务生：“你不是说客人今天就走吗？我前儿就跟你订好了，你是怎么办事儿的？”服务生有苦说不出：“这本来说是今天要走的，可是……可是又改变主意了！普通客房还有，委屈一下吧，要不您去别的宾馆看看？”

“不行！我告诉，我这客人是贵客，比什么都贵，比你这楼都贵！哎，是不是我得把陆老大请过来求你啊？”哈岚扯开嗓门。

服务生慌了，赶紧告饶：“不是不是，哈先生，您别为难我啊，这客人不走，我们做生意的那也不能往外推不是。您大人有大量……您看，我这也不能强行撵客人走啊！”哈岚怒道：“今儿我就要这间房，没得商量！”

他怒气冲冲地要冲进柜台，忽然看见一位穿着水绿色外套的女人，扎着一条马尾辫子，脚下一双高脚靴子，正笑容满面地迎上来：“哈爷，您为难他干什么呀，有话跟我说！”

哈岚定睛一看，大吃一惊：“大头领？水姑娘？我这不是在做梦吧？”

这女子正是微山湖水香寨的大当家水尚香，只见她嫣然一笑，眼眸流转：“那间房我住着呢，是打算今儿走，可一听说是哈先生您订的房，嘿嘿，我就改主意不走了。”

哈岚一见是水尚香，心有余悸，嬉皮笑脸地道：“闹半天您住着呢！敢情你也是来给陆爷做寿的吧，我哪儿能跟你争房啊？”水尚香笑不露齿：“能告诉我给谁定的吗？”

“来唱堂会的娄晓月。”

“哦！我知道了，你那个红颜知己啊？那我得让！”水尚香哈哈一笑，转身对服务生说，“伙计，把我的东西都给我搬到一楼普通房去。”

服务生连连点头，哈岚却是慌忙阻拦：“哎，别介，我再去找房子，您在这踏实住着！”水尚香突然走过来搂住了哈岚的肩膀，笑道：“行了，别在我这假招子的了，这是缘分！走，小白脸儿，请你去蓝天喝咖啡！哎，那位解神厨呢，怎么没见人？”

“陆老大现在可是离不开他了，整天在厨房里忙啊。”哈岚有些手足无措，却又不敢推辞。

“打电话叫他来！”水尚香挽起哈岚的手背，亲热地往宾馆门外走去。

二人去了蓝天咖啡厅，水尚香选了个靠窗的卡座，喊服务生端上咖啡，又叫上几盘糕点，热情地招呼哈岚吃东西：“我这人，山村野寨的住惯了，不喜欢热闹。本想明天在老大那露个面儿就走了，没想到碰上了你，我就不走了。”

哈岚尴尬地道：“您别跟我逗了，我的面子哪有这么大呀？倒是老听陆老大说起，说你为人仗义豪爽，一身好功夫，是他门生里最拔尖的人物！听说您还是大户人家？”

“说这个没意思，你过得怎么样？”水尚香似乎不愿意提及身世。

哈岚苦笑道：“哎，能怎么样啊，凑合活着吧。陆老大现在让我少出门，怕出事，憋得慌……”

水尚香嘿嘿一笑，道：“你看，还不如上我那寨子里躲躲，多自在。”哈岚叹气道：“您可算了吧，连环套的文书，外加压寨男人，您饶了我吧！”水尚香歪了歪脑袋：“这还不知足？你白捡个大便宜！”哈岚翻了个白眼：“便宜，便宜，好，我是真便宜了，就您那位黑大个的石厨子，临走把我们俩的钱全给昧了！我们是真便宜啊，这一路是吃不敢吃，住不敢住，要饭过来的。”

“还有这事儿，回去看我怎么收拾他！”水尚香柳眉一挑。

“别介，事儿都过去了，算了算了……我跟您商量个事，赶明儿您甭叫我小白脸了，我这脸也不白呀！”

水尚香扑哧一声笑，却见解一半急匆匆地进了咖啡厅，走过来给她抱了抱拳：

“水姑娘！没想到在这儿见面了。”水尚香龇牙笑道：“神厨来了，还记得我呢？”解一半连连点头：“记得，记得！我一接到电话，乐得直撂蹦！主要是我们爷啊，特别记得您，跟我这儿是没事老提起您！”水尚香眨了眨眼睛，道：“那你们猜我想什么？”

“想什么？”哈岚与解一半异口同声地问。

“想你做的红烧鱼！”

“哈哈哈！”三人相视大笑。

北平警察局。

汪四海的办公室内，沙发上坐着涂老八，正与局长交头接耳的谈话，忽然看见佟丽华推门进来，赶紧起身。汪四海一脸兴奋的表情，指着涂老八道：“哎呀，佟格格啊，这绑匪让我终于找着了！就我这兄弟，在门头沟蹲了两天两夜，哈哈，这绑匪是真难找啊！”

“其实不是什么绑匪，就是三个扒煤的臭苦力，他们约了后天晚上八点，在黄村关帝庙赎人。”涂老八微笑解释。

佟丽华皱眉道：“那津平呢？”汪四海一怔：“在绑匪手里啊，您得拿钱赎人呐。”佟丽华诧异地道：“你既然已经找到人了，为什么不把绑匪抓起来？”汪四海摆手道：“哎哟，姑奶奶，这你可太外行了啊，我们要抓人的话，那他们就撕票了。”

“你当然是内行了。”佟丽华意味深长地道。

汪四海脸色一黑：“瞧瞧，又转圈儿地骂我，我是土匪还不行！得月楼的事儿你想好了没有，房契带来了没有？”佟丽华叹了口气：“想好了，得月楼的房契我带着呢。可是你知不知道，日本人现在也惦记着得月楼呢。”

“什么日本人，是佟梓华吧？”

“人家一开价就是一千二百大洋，你这儿才顶五百，太黑了吧！”

汪四海没好气地道：“那您可以卖给日本人去，对不对，您要是卖给那草弥，要一万大洋，他都给你！”佟丽华正色地道：“我不想当汉奸，宁可把得月楼给土匪，可五百大洋不行……”汪四海有些着急，又不能硬抢，只得摸了摸脑袋，装作为难地道：“佟格格，我就是个中间人……要不这么着，您找一明白人打听打听价钱，如果多了，您退给我，少了我一定给您补上，这怎么样？”

“成交，就这么办。”

汪四海面露喜色：“那这房契……什么时候给我？”佟丽华摇了摇头：“我现在不能给你，我自己去，不就是黄村关帝庙吗？”汪四海一愣：“那是土匪窝，你一个女人去太危险了。”佟丽华冷笑道：“我这条命本来就不值钱，到时候必须一手交钱，一手放人。”

“您这是何苦呢？您放心，我保证能把这哈津平给带回来，我去就行啦！”

“你去？我看这局就是你做的吧？”

汪四海叹道：“您要这么说的话，那这事我可不管啦，反正这钱也不是我要的，我是成人之美对吧？津平不是你亲儿子，你也不心疼……”佟丽华不甘示弱地道：“反正啊，我不见到哈津平，我就不会把房契拿出来。”

其实汪四海对佟丽华的脾气早就领教过，这位格格可不是好糊弄的角色，眼下之际，是尽快让她把房契交出来，她是一心要赎人，煮熟的鸭子又不会飞。汪四海咬了咬牙，道：“行，那就这么着，我到时候带俩兄弟陪您一块儿去，这总行吧？我是担心你安全。”

“黄村关帝庙，后天晚上八点，对吧？”

“没错！现在这个案子也破了，你该把佟梓华说的话告诉我了吧？”汪四海心里惦记着佟梓华，这个密疏的竞争对手，也是得月楼的绊脚石，如果能获悉他与日本人的计划，自己也不至于站在被动的处境。

“他说啊……”佟丽华勾了勾手指头。

汪四海慌忙凑上脑袋：“怎么说的？”佟丽华淡淡一笑，端起杯子喝水：“他就说汪四海是个王八蛋，你别去搭理他……”汪四海恨恨地道：“这孙子，他是活腻了是吧？那后来呢？”佟丽华摇摇头，憋住不笑：“没了。”

“怎么就没了？没……”汪四海突然醒悟过来，瞪着眼睛直抻脖子，“佟格格，你厉害！你这是变着法子骂我是不是！”

大和商社。

草弥穿着和服，正在办公室的书桌上练习书法，佟梓华敲门进来，眼神有些闪躲：“草弥先生，您找我？”

“梓华君，这是令尊大人，从日本来的信，你可以看一下。”草弥抬头望了他一眼，从书桌里取出一封信，“两位老人家千叮咛万嘱咐，叫我一定要照顾好你的妹妹佟丽华……可是，你这位妹妹，对日本人好像有很强的戒备之心。”

佟梓华接过信，恭敬地道：“我明白，我阿玛给我的来信当中，也提到了。但是我觉得，丽华可能还是因为哈岚被杀的事儿吧，她年纪轻轻就守了寡，心中难免会有一股怨气。”

草弥皱了皱眉头，道：“梓华君，你应该让佟格格明白，是警察局和汪四海杀了哈先生，发生了这样的事情，我们也阻止不了。”佟梓华点头道：“是的，草弥先生，丽华有的时候，就是想不明白好多事……”

“得月楼的事情，你和她谈过了吗？”草弥话锋一转，说起正经事。

佟梓华反应过来，慌忙解释：“我跟丽华已经谈过了，但是她说，这得月楼也不算是她的，归根结底还是汪四海的产业，而且汪四海也一直想霸占得月楼，多次逼她交出房契。”

“然后呢？”草弥脸色阴沉。

佟梓华开始胡诌八扯：“她说得月楼宁可交给日本人，也不能给汪四海。”草弥怔住：“这是为什么？”佟梓华信誓旦旦地道：“她的脾气我会不知道？个性太要强，说到底还不是因为汪四海杀了她丈夫哈岚嘛，她心里可明白得很。”

草弥眼睛一亮，笑道：“很好，假如我们接手得月楼，我仍然想请佟格格来做总经理。”

“草弥先生，感谢您这么器重丽华。”

“梓华君，这么多年，我一直十分仰慕令妹，当然，现在又多了一分同情……所以我希望尽自己最大的努力，让她生活得更好，你明白我的意思吗？”

佟梓华眨了眨眼睛，笑道：“我当然明白您的意思。”

“不，你没有完全明白，这样说吧，你们佟家，是清王朝的皇亲贵族，如果你们能够跟我们皇军合作，不仅会给北平，将来也可以给全中国做出一个非常好的榜样，这也是我来中国，最想做的一件事情。”

“草弥先生，我一定把您的这份意思，转告给丽华。”

草弥突然叹了一口气，无奈地道：“只是令妹现在对日本人的戒心越来越强了，她一心想把密疏交给皇上，溥仪皇帝在关东军的扶持下，已经在满洲称帝了，相信用不了多长时间，整个中国都是溥仪皇帝和大日本皇军的天下，所以，密疏交给溥仪皇帝，或者日本人都是一样的。”佟梓华若有所思地点点头，道：“这个事儿，只要每次提起来，我妹妹都讳莫如深。我一定把这些话转告给她，不枉草弥先生一番心意。”

“好，梓华君，这件事请，你要多费心了。”草弥转身眺望窗外，喃喃地道，“你的妹妹非常有才华，而且，很漂亮……”

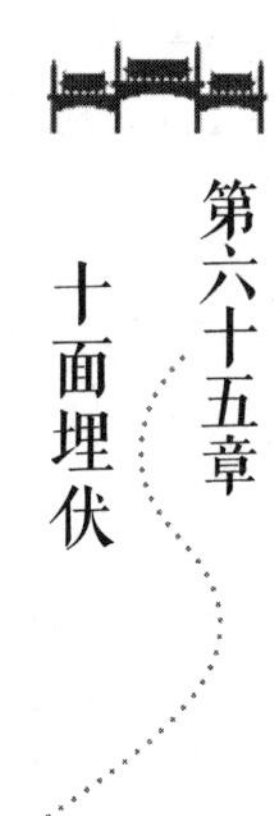

第六十五章 十面埋伏

解家小院。

翠儿在院子里晾刚洗好的衣服床单，佟丽华回到家，将汪四海已找到哈津平的消息告诉她，翠儿大喜过望，自告奋勇地说："少奶奶，我也去关帝庙！"

"你别去了，太危险了。"

"那就是有危险我才更得去，津平都不知道是死是活了，我还怕什么危险啊？"

佟丽华摇头劝道："不行，到现在也不知道汪四海葫芦里卖的是什么药，你不能去。"翠儿哀求道："少奶奶，那您说您去了，留我自己一个人，我这挠心挠肺的，又担心您，又担心津平的……求求您了，让我去吧！"佟丽华皱眉道："那俩孩子怎么办？没人看着也不行啊。"

"您别担心，我都跟陈大妈说好了，陈大妈说她帮咱看着，这个房契要不先放我这吧，汪四海要是不交孩子，我打死都不会把这个给他的。"

佟丽华争执不过，只得答应："那行，到了关帝庙你可不许犯浑，咱们得见机行事。"翠儿连连点头："知道知道！可就这得月楼，太便宜汪四海那小子了……"

佟丽华心里也明白，汪四海并无加害津平的道理，他拿到房契自然不会为难孩子。只不过，就怕给了他得月楼，也未必会放哈岚，他允许娄晓月去上海唱堂会，这事儿可不简单，难道就不怕娄晓月跟哈岚私奔？哎，这是想哪去了，哈岚再怂，也不会将自己和一南置之不理……

佟丽华咬了咬牙，慎重地道："我再好好想想，咱们也许还不至于输得那么惨。"

翠儿一怔："您又想干吗？"

"我去找佟梓华。"佟丽华微微一笑，帮翠儿将床单扔上了晾衣绳子。

她去了东四牌楼那家茶楼，让掌柜的去大和商社给哥哥带个口信。掌柜的当然知道她哥哥的身份，人多眼杂，只能暗底下与汉奸接触，便跑去通知佟梓华，说妹子又来茶楼找他。

佟梓华心里暗喜，琢磨着妹子应该是来商量得月楼的事儿，兴冲冲地跑过去，见到妹子笑容满面地打招呼："巧了丽华，今儿我正想约你，你倒先约我了。"

"哈津平被绑架了。"佟丽华也不废话，直接将事儿告诉他。

佟梓华一愣，皱眉道："谁呀这是？绑架都绑有钱的家主儿，你们穷哈哈的有什么油水儿？"佟丽华不露声色地道："绑匪开价五百大洋。"佟梓华若有所思地道："这也不多嘛……"

"你也这么说？"

"你还告诉了谁啊？"

佟丽华气呼呼地道："除了汪四海，还能有谁？我琢磨着这事儿就是他干的！"佟梓华瞪大了眼睛，不可置信地道："津平是娄晓月的儿子，他能干这缺德事儿？你打算怎么办？"佟丽华无奈叹气："缺德人只能干缺德事儿，我打算把得月楼抵给汪四海。"佟梓华吓了一跳："你疯了！怎么能这么做？"

"那我该怎么做？所以才找你来帮我出出主意……"

佟梓华一筹莫展，将阿玛写给草弥的信递给佟丽华看："你先看看这封信。"佟丽华瞄了一眼，诧异地道："东京……是阿玛写给草弥的？"佟梓华点点头："看看吧，草弥特意叫我给你看的。阿玛在东京那可是风云人物，他在日本人的心里，举足轻重，而且他跟草弥家走得很近。"

"阿玛想干什么？"

"阿玛是中日友好的使者呀！再说了，丽华，咱要是想复辟大清国，那不还得靠这日本人么？"

佟丽华脸色一变，惊呼道："这不是卖国求荣吗？"佟梓华尴尬地道："瞧你说的，这……这怎么能是……咱们啊，现在不过是在利用日本人。"佟丽华语气冰冷："我看是被日本人利用吧？草弥让我看这封信，什么意思？"佟梓华微微一笑，道："丽华，这么多年了，你心里也知道，草弥对你那可是十分钟情啊。"

"钟情？什么意思？"佟丽华有所警惕。

“唉，丽华，我的妹妹，你可真得替自己多想想。哈岚不管他是死是活，他人现在是回不来了，那你后半辈子怎么办啊？你总不能一个人这么苦哈哈的，担惊受怕地活着吧！你何苦呢？丽华，你还年轻……”

佟丽华忍无可忍，怒道：“呸！你去告诉那个臭不要脸的草弥，叫他去找烂袜子破鞋去钟情把！你明知道哈岚还活着，你还替草弥来当说客，你是人么？我的事不用你操心，哈岚一定会回来的，哈岚没死！你去告诉他，哈岚还活着！”

佟梓华见妹子情绪激动，慌忙解释：“不不，我不会说……我不是替草弥先生当什么说客，人家草弥说了，等得月楼重新开张，你要还想跟日本人合作，他就请你回来当总经理呢！你还真别冤枉人家，是我自己瞎揣摩来着。我是你哥，我真的希望你日子能好起来，希望你能再往前走一步……你想想，你要真跟草弥先生走到一起，这是一件多好的事儿啊！”

“我不感兴趣。”佟丽华冷笑。

“好好，咱不说这事儿了行不行？眼巴前儿的事儿你准备怎么办？房契还在你手上，还没给汪四海呢对不对？”

佟丽华心事重重地道:“我就担心,我把得月楼给了汪四海,也未必领得回津平……”佟梓华奇怪地道：“什么意思？他还想干什么？”佟丽华冷冷地道：“当然是为了密疏，心思跟你一样！别说没用的，我这不是求你来帮我的忙么？”

“啊，帮什么忙？你要我怎么帮？”

月儿爬上枝头，小树林里寂静无声。

佟丽华与翠儿往小路走过来，躲在大树后面四下张望，见黄村关帝庙外没有什么动静，远处有个推着车的车夫，一边跟后面挑担的苦力说话，一边往小路上走，看样子倒像是过路的。

佟丽华小声地道：“在外面等可不是办法，咱们进去吧。”翠儿赶紧拉住佟丽华：“别急呀，看见他们人咱再进去……哎哎，好像来了。”

只见关帝庙外的碎石路上，汪四海带着三个便衣，大摇大摆地进了庙。

“少奶奶，人来了，走吧。”

不料佟丽华反而拉住了翠儿：“等会，我怎么没看见津平啊？”翠儿皱眉道：“在里边呢吧？”佟丽华摇了摇头，抬头望了一眼树杈子，从怀里掏出房契，小声地道：“把房契卡在树杈子上去……”

“嗯，还是你精！”翠儿挽着衣袖，扒着树干向上爬。佟丽华半蹲着，用肩扛着翠儿的屁股向上顶，将手中的房契递给她。

等翠儿藏好房契，俩人硬着头皮往关帝庙走去。

庙门破旧不堪，涂老八与两名便衣蹲在大殿上点烟，围着一个五花大绑的黑脸汉子。而汪四海心神不宁地走来走去，抬眼看见二人的身影，急忙叫了一声：“呦，来啦！佟格格，翠儿姑娘，你们俩不会腿儿着来的吧？这可是门头沟，这大老远的……你们俩，走来的啊？”

“走惯了，这不关你的事。”

“这一带都是废煤窑，这小子……”汪四海走过去踢了踢捆在地上的黑脸汉子，“呃，这个案子我给破了，介绍一下啊，看见这个人了么，看见了吧？这孙子叫老黑，他呢，是这一带所有煤窑的黑老大，带着一帮手下啊，成天到晚干坏事，这津平就是他们给绑架的，问你话，是不是？”

黑老大连连点头：“哎，是是，下回不敢了……”汪四海眼珠子一瞪：“他妈的还有下次？我警告你，再干这种缺德事儿，我抓一个毙一个！”黑老大哭丧着脸：“不敢了，真不敢了！”佟丽华心想，这戏演得挺逼真，搞不好汪四海是跟娄晓月学的。她淡淡一笑，道：“说正经的吧。”

“行，我找人看了得月楼，这买主呢，他说了，现在这个房市也不好，出四百五十块大洋。我一想呢，这忙我得帮你啊，我就补上五十块大洋，而且这五十块大洋我都给他了，收到没有？”汪四海扭头问黑老大。

“啊！给了，给了！”黑老大虽然是一脸迷糊，回答问题却是干脆利索。

汪四海得意地道：“所以啊，您今天只要把这房契拿出来，我把这房子替您卖了，这事就完了，嘿嘿。”佟丽华点了点头：“津平呢？”翠儿也在旁嚷嚷：“对呀，我们家津平呢？”汪四海踢了黑老大一脚，呵斥道：“问你话呢，人呢！”

黑老大惶声道：“在……外面小树林里。”

“你把人给我放了，我就给你房契。”佟丽华面无表情。

汪四海故作为难地道：“这有点不合规矩，这么着啊，我替你们去看看津平。起来！带路，动作快点！”

他一把拎起黑老大，往关帝庙门外走去。佟丽华与翠儿紧跟在他们身后，却突然被黑老大拦住：“哎，对不住二位，请留步，我只跟汪局长打交道。”汪四海指着涂老八道："佟格格放心，放心啊。老八，你们俩把格格照顾好。"

二人出了庙门，径直往小树林里走去。佟丽华与翠儿有些紧张，站在门口焦急地张望。过了一会儿，汪四海拉着黑老大往回走，交头接耳地也不知道在谈论什么。

翠儿急问："津平呢？"汪四海大声道："放心吧，人好着呢，就在小树林里关着，我亲眼看见了！"佟丽华见他们进了庙，皱眉道："那你怎么不把人带回来啊？"汪四海正色地道："咱虽然是抓到了人，但是总要讲点江湖规矩是不是？你得先把房契拿出来呀。"

"你讲不讲理？说好了一手交人，一手交房契。"佟丽华不悦地道。

"你说得不对，是一手交钱，一手交货，您交出东西，我放人。"

佟丽华脸色微变，冷冷地道："我实话告诉你吧，房契根本不在我身上。"汪四海翻了个白眼，道："不是，那你们来干什么来了你们？别逗我玩啊，哎？碰上了滚刀肉，涂八！给我搜，把房契给我搜出来！"三个便衣得令，一拥而上要搜身，翠儿立马冲上来拦住，手腕反转到背后，怒道："干什么你们？我告诉你们，我可带着切酱肉的刀，我看谁敢动！"

佟丽华推开翠儿，冷笑道："我这是防你一手，不信你就搜。你搜出房契，我连人带房全不要了。"汪四海有些哭笑不得："哎，你们这不带房契，带把刀干吗？什么意思啊你们这是？"

"汪四海，别跟我绕弯子，我们家津平呢？我要见津平！"翠儿大叫着往殿外跑："津平！津平！"

"拦住她！别让她喊！"汪四海一跺脚，两名便衣冲上去扯住翠儿的胳膊，就像是老鹰捉小鸡似的，动作利索地将她捆住，又用手绢塞住了她的嘴。

涂老八拦在门口，一把抓住佟丽华，摁在墙上，准备给她搜身，汪四海赶紧喝止，"轻点儿，都轻点儿！哎哎！佟格格，您别生气，别生气，咱……咱只求财，咱……咱不求命，行吧，咱们都是一伙的，好吧？你把房契交给我，一会这帮孙子到时候真翻脸不认人，到时候我可没办法，你说是不是？"

佟丽华却并不打算逃跑，大声怒斥汪四海："汪四海！我早料到了，你根本不想把津平交出来。只要把得月楼骗到手，你就接着扣住津平，逼我要密疏的副本。你敢说不是？！"

汪四海突然叹了一口气："佟格格，您不愧是女中豪杰，我是真佩服你啊，哎？您是真聪明，既然你都猜出来了，那……就别让我废话啦，你就把那个房契，还有密疏的副本都交给我不就完了么？我保证啊，这津平肯定是没事了。”

“你还真不是个人呐！你别忘了，这哈津平也是娄晓月的亲生儿子，你跟她是一点夫妻情分都不讲了是不是？”

“佟格格，没你这么说话的，那哈津平，我是好吃好喝好待承！”汪四海嘿嘿一笑，转头问涂老八，“是不是啊？怎么伺候哈津平来着？”

涂老八笑道：“没得说！好吃好喝！”

汪四海好言相劝：“哎！这小子现在活得好着呢，但是有一点啊，我只图财，不要命，可把我逼急了，咱谁都好不了。我把你们绑了，扔这煤窑里面，就这地方啊，尸首烂了，都没人能找得着你们，信不信？”佟丽华怒道：“我就不信！你没这个胆儿！”汪四海冷哼一声：“今儿就叫你信一回！哥儿几个，把她也捆起来，全扔废窑坑里去！记得先搜搜她的身……”

翠儿嘴里呜呜地叫唤，挣扎着要冲过来救佟丽华，黑老大伸手掐住翠儿的脖子，摁着脑袋要往墙上撞去，吓得佟丽华失声大叫：“放开她！不许动手！干什么啊你？”黑老大狞笑道：“好，那我就动你的手！”

他刚走到佟丽华身前，忽然庙门外传来一声怒吼：“都给老子住手！”

夜色下，一阵杂乱的脚步声冲了过来，只见佟梓华带着十余名黑衣人，手持匕首和短枪跨进关帝庙，二话不说，上前一脚踢开黑老大，迅速将汪四海等人团团围住。

佟梓华脸色阴沉，怒道：“快把我妹子和翠儿放开！”众人顿时傻眼，佟丽华全身瘫软地靠在供案上，翠儿扯开嘴里的手绢，赶紧上前扶住少奶奶。

汪四海眼珠子转了转，满脸堆笑：“梓华兄，你这儿唱的是哪一出呀！”佟梓华冷笑道：“哪出？你老婆经常唱的拿手好戏，霸王别姬。”汪四海挠了挠头：“呦，您唱的是其中一折啊，这是十面埋伏。果然是好戏，唱得好！”

“对咯，知道就好，赶紧说哈津平在哪！”

“少他妈废话，这事跟你有什么关系？你个狗拿耗子！”汪四海仗着他是警察局长，对佟梓华的威胁并不买账。

佟梓华鄙夷地道：“你少废话，佟丽华是我亲妹妹，那是千金格格，容不得你在这儿撒野！”汪四海闻言，突然哈哈大笑道：“哈哈！我说佟梓华，这时候她是你妹妹了啊？你甭以为我不知道你那心思，你不是想要拿这房契么？还有那密疏副本，你不也想拿么？”

“咱俩彼此彼此，但是我取之有道，不像你这么下作。”

“我下作？你带一帮日本人过来找事儿，我下作是么？”汪四海环视周围的黑衣人，知道这次硬来肯定是不成。

“少废话，你现在没有别的咒念了，赶紧说哈津平在哪？”

汪四海理直气壮地道：“我他妈是来办案的，我又不是绑匪！”

“好，来人，把他给我摁这儿！”佟梓华指了指贴着墙一动不敢动的黑老大。

黑衣人上前将他强行摁跪在地，冷冰冰的枪口抵住他脑袋。黑老大早已吓得魂飞魄散：“干吗，哎干吗？哎哟！”佟梓华不屑地斜视他：“我问你，哈津平在哪？”黑老大战战兢兢地道：“我……我不知道。”

“不说是吧，我再问你最后一遍，哈津平呢？”

“我……我真不知道啊……”黑老大的腿脚开始哆嗦。

佟梓华点了点头，冷笑道：“不知道好，来人，把他拉出去崩了。”两名黑衣人将他拎起来，黑老大已经吓得腿软，苦苦哀求：“哎哎，大爷，我真不知道啊！大爷，大爷！”汪四海紧皱眉心，却也无计可施：“我说，佟梓华，我是警察局局长，他虽然是绑匪，但是也不用枪毙吧？你要是把他杀了……杀人偿命，你懂吗？”

“偿什么命啊？我抓绑匪，他是被乱枪打死的，这不犯法吧？”

汪四海咬了咬牙：“你今儿就仗着人多，打我个措手不及，可你别忘了得月楼的教训！”

“我哪能忘啊？”佟梓华突然转身，揪住了墙角的涂老八，“你说，哈津平呢？”涂老八身子一颤，紧张地道：“我就更不知道了。”汪四海怒道：“佟梓华，你疯了吧是不是？这是警局的人，这是我手下！”佟梓华冷哼一声，并不搭理汪四海：“行！你不想活了，可不能赖我！外面等什么呢，动手啊！把他也给我拉出去，崩了！”

“哎哎，佟大人，我要是知道了不说，我就是您孙子，我是真不知道啊！”黑衣人过来架住涂老八，外面突然传来一声枪响，吓得涂老八直往后躲，跪在地上连连求饶，“别！别！我说，我说！”

汪四海厉声道：“混账！你知道什么？！”涂老八跪在地上连连叩头：“汪局长，您不能见死不救啊！”汪四海指着佟梓华骂道：“我警告你啊，你别滥杀无辜，他可是我的跟班儿，不是绑匪！”佟梓华挥了挥手：“拉出去！”

佟丽华与翠儿瞧见这阵势，惊恐万状地盯着佟梓华。

“我说！我说！哈津平……在……在汪局长家后院的……小库房里。”涂老八可不敢用自己的性命开玩笑，立马将哈津平的下落抖了出来。

“孬种！”汪四海飞起一脚将涂老八踢倒在地。

翠儿闻言怒不可遏，失声大骂：“汪四海！你他妈还是人么你？！”汪四海冷着个脸，道：“这年头，是人不是人很重要吗？”佟梓华冷冷地道：“少跟他废话！快去他家里救人，你们俩坐我的车，送丽华和翠姑去汪府。找着了回来给个信啊，把这几个也拉出去。”

佟丽华与翠儿终于松了一口气，急急忙忙跟着两个黑衣人往关帝庙外面走去。那个被拉出去枪毙的老黑，垂头丧气地走了进来，汪四海一怔，咬牙切齿地道：“佟梓华，你记着啊，我这煮熟的鸭子，让你这孙子给弄飞了！”

佟梓华取出烟盒，打开抽一根儿递给汪四海，又替他点上烟，嘿嘿笑道：“汪局长，您甭急，等报信的回来，找着孩子了，咱这出‘十面埋伏’就可以散戏了。”

黑头汽车亮着大灯，在小树林路上行驶，佟丽华瞧着车外，突然大声喊道：“哎！麻烦停下车，对不起……我要方便一下。”翠儿赶紧搭腔：“我也去，快憋死了，你们在车里坐好了，别瞎看啊！”

二人下车，急忙朝着小树林跑去，从树杈子上取回了房契，然后上车，一路赶去汪府大宅。守卫坐在门口的椅子上，头靠着墙正在打瞌睡，迷迷糊糊瞧见几个陌生的黑衣人走过来，惊醒道：“干什么的？”他话音一落，鼻子上挨了一拳，顿时人事不省。

黑衣人找到汪府花园的库房，一脚踹开。哈津平躺在床上正在熟睡，听见响动惊讶地睁眼，翠儿与佟丽华早已冲了进来，扑上前一把搂住津平呜呜痛哭：“津平！可怜可怜……你怎么样啊！有没有事儿？他们有没有打你啊？”

“妈！翠姑！”哈津平欣喜万分，死死抱住翠儿不松手。

“姑奶奶，别哭了，咱赶快带孩子回家吧。”佟丽华拖起哈津平，三个人跌跌撞撞地跑出了汪府。

清晨，北平的老街上，几个菜农挑着担子走过，解家小院生起了炊烟，佟丽华系上围裙，正在厨房收拾一条鲤鱼。刮鳞，去鳍尾，接着破肚冲洗，手法并不熟练。

哈津平站在厨房门口，默默地低着头。

佟丽华笑了笑，道：“今儿啊，你尝尝我做的红烧鱼，不敢说比你一半大爷做得好吧，绝对比你翠儿姑姑做的强！等他们一会儿回来了，咱们再卤块儿好肉吃。津平，以后啊，再有人问起你爸，你都得说他死了，知道了么？”

“我爸没死，在上海……”

“我知道，但咱们跟外人不能老说实话啊。这次你没去成上海也没关系，你娄妈妈去了呀，她见了你爸，一定会告诉他，你是怎么想他……”

哈津平脸色一变，突然叫道：“娄妈妈是骗子！”佟丽华一怔，皱眉道：“怎么说话呢，这事跟她根本就没关系。”哈津平生气地道：“她早埋伏好了人，把我弄下车……”佟丽华叹气道：“唉，那是汪四海的人，你娄妈妈压根儿就不知道这事儿。你娄妈妈疼你，她永远不会做伤害你的事儿……知道吗？”

“对不起……”哈津平说话的声音很轻。

正在低头弄鱼的佟丽华以为自己听错了，缓缓扭过头：“什么？”哈津平抿了抿：“对不起。”

佟丽华满脸错愕，心里却觉得十分的安慰：“你有什么对不起的，这全都是大人的错，你个小孩子懂什么？你只要记住，娄妈妈才是你亲生妈妈，以后，不许再说她的坏话，你知道她的心里……”

“妈！”不等佟丽华说完，哈津平猛地扑到佟丽华的身上，紧紧地抱住了她的腰，泪水夺眶而出。

佟丽华忙举起两只还沾着鱼鳞的手，心潮起伏地望着哈津平。

哈津平哽咽道：“妈！对不起！”

佟丽华一动不动地举着双手，脑子里却想着，这个姿势永远不要放下来那该多好呀，她愿意永远都这么举着。她此时再也控制不住自己内心的欢喜，任凭眼泪稀里哗啦地流下来。

喜丰堂饭庄。

汪四海坐在包间的桌前自饮自酌，外面两名警察押着涂八进来。汪四海扫了面无人色的涂老八一眼，淡淡地道：“你们两个下去吧。”

警察离开之后，涂八站在原地低着头，始终不敢作声。汪四海倒上一杯酒，眨了眨眼睛，道：“坐吧，我敬你一杯。”涂八惊恐地抬起头：“局长……您这是……”汪四海皱眉道：“叫你坐没听见是吧？这不是请你吃个饭么，怎么了，嫌菜不好啊？”

“局长……有什么话您就直说吧，我这……”涂八犹豫着坐下。

汪四海面无表情，缓缓地道：“家里还有什么人？”涂八如实回答：“我爸，我媳妇儿，还有俩孩子……”汪四海点了点头：“嗯，难怪呢，一大家子人要养，不容易啊是不是？

不过你放心吧，你走以后呢，我会替你照顾好他们的。”

“您这是要我的命啊？”涂八慌忙站起身来，腿脚不停地发抖。

汪四海冷冷地道：“我就是觉得，你对不起我。”涂八苦笑道：“局长，我是对不起您，可是当时那种情况，我要是不说，我就没命了。”汪四海哈哈一笑，道：“老黑是被拉出去了，可人家现在还活着呢。”涂八急道：“那当时谁知道他们是真枪毙，还是假枪毙啊？”

“跟着我都是真的，有吃有喝，否则的话全都是假的，我没告诉过你吗？吃完这顿饭，我会告诉你们家里人，你已经死了，而且呢，是以身殉职。”汪四海似笑非笑地望着他。

涂八瞪着汪四海半晌，突然坐下喝酒，夹起筷子狼吞虎咽。

汪四海脸上的表情变得严肃起来，他惊奇地看着大吃大喝的涂八，诧异地道：“你真不想活了？”涂八嘴里塞满东西，头也不抬地回答：“谁想死啊？可我知道，落在别人手里我还能指望着活，落到您手里，我甭活了。”汪四海脸色缓和，嘴角带笑：“嘿嘿，知我者，涂八也。我看你这么识趣儿，还真有点舍不得杀你……不如，帮我办件事儿吧。”

涂八抬头看了看汪四海，突然点点头。

汪四海皱眉道：“你也不问问什么事儿？”涂八抹了抹嘴，直截了当地道：“说吧，您就说要谁的命吧！”汪四海感叹道：“要说你这脑子是真聪明……俩人，一个哈岚，一个解一半儿。”涂八怔住，难以置信地问：“这俩人不早枪毙了吗？”

汪四海微微一笑，取出一张火车票，放在桌子上推给涂八：“这俩人现在都在上海，这次他们必须死。我已经派刘金过去了，我觉得不保险，所以吃完这顿饭，你还赶得上这趟火车。”

“局长，您票都买了，是没打算杀我？”

汪四海眨了眨眼睛：“涂八，我再说一遍，能不能活命，看你小子自己选！而且，把你杀了，我派别人去也得买票啊？呵呵，这回不会再出卖我了吧？”涂八二话不说，将火车票揣进兜里，哼了一声：“那没准。”

汪四海举杯大笑。

上海大通宾馆。

大堂内人来人往，刘金推门进来，手里拎着行李箱，肩上背着翠儿交给娄晓月的包袱，而娄晓月跟在后面，瞧了瞧装修豪华的宾馆大堂，径自走到前台，出示了一张陆府的请帖。

服务生核对名单之后，慌忙迎出来，领着娄晓月和刘金上了二楼。

大厅一旁的沙发上，哈岚的脸上盖着报纸，正仰头在睡觉，突然一个激灵醒过来，迅速拿开脸上的报纸，睡眼惺忪地扭头望着宾馆门外。

路边停了一排等活儿的黄包车，车夫们围着一起闲散地聊天，并没有见到娄晓月的身影。哈岚有些失望，扭头看看大堂，走到前台去问服务生："人来了吗？我一不留神儿睡着了。"

服务生翻开入住贵宾的名单："嗯……娄晓月是吧？来了，刚上楼……"

"啊！"哈岚拔腿就往楼上跑。

此时，宾馆套房内，娄晓月脱掉外套，往沙发上一坐，随手就拿起桌上的电话。往门口行李架上搬运行李的刘金警觉地道："太太，您干吗？"娄晓月没好气地道："当然是打电话啊！要不我拿着电话筒是要唱戏啊？"刘金有些不好意思，讪笑道："您刚到上海，这是给谁打电话？"

娄晓月白了刘金一眼："我给家里打，我问问津平到家没有，不行吗？"

房间门铃响起，刘金心不在焉地去开门。

他打开门一看，突然见哈岚眉开眼笑地站在门口，瞧见来开门的人是刘金，脸色一拉。刘金看见哈岚，愕然半晌，哈岚刚吐出一个"晓"字，还没来得及说话，呼的一声，刘金猛地关门。哈岚脚尖一挡，拼命去挤门。

娄晓月耳边隐隐听见有人喊她名字，抬眼又看到刘金正在跟门较劲儿，忍不住好奇地问："谁呀？"门外的哈岚听见娄晓月的声音，急忙高呼："晓月！晓月！哎哎哎，你干吗啊？放手啊！"他一边叫喊，一边伸出一只手去推门缝，将刘金一张脸都快挤得变了形。

"哈岚？"娄晓月又惊又喜。

刘金一脸无奈，垂头丧气地坐在沙发上，直勾勾地盯着满脸兴奋表情的哈岚。

"你勾魂儿呢？这么直勾勾地看着我……"哈岚瞪了一眼刘金，进门望着好久不见的娄晓月，神情有些呆滞，轻唤了一声"晓月"之后，竟不知怎么开口问候，傻站着一动不动。

刘金索性抄起桌上的报纸，挡住了自己的视线。

娄晓月的内心五味杂陈，关切的眼神默默地注视着哈岚，扭头将桌上的包袱递给他："这是佟丽华和翠儿，让我给你和解大哥带来的……"哈岚接过包袱，觉得鼻子酸酸的：

“她们……过得怎么样？”娄晓月笑了笑：“挺好的，你怎么知道我在这儿？”

“晓月，说来话长……”哈岚欲言又止，瞪着旁边举着报纸的刘金叫道，“不是我说，我好看啊？你老偷着瞄我干吗啊？这……这叫怎么回事儿，我们俩这说话，你说你在这坐着，你不别扭得慌么？”

刘金将报纸往下移开，露出两只眼：“我来这儿就是干这个的，有什么话不能当着我的面儿说啊？”哈岚皱眉道：“你大老远跑上海来，你就爬墙头来了你？”刘金冷笑道：“我要不爬墙头，你就得挖墙脚了是吧？赶紧的，要说什么说什么，别背后嘀嘀咕咕的。”

“你算干吗的你说？我告诉你，我们是多年的老朋友了，是不是，我没有什么背着人的话！可是，我凭什么说话给你听呢？我说兄弟，我求你了好不好？我们随便聊聊两句，您借一步好不好？”

“不借，你说你的。”刘金不为所动。

哈岚脸色一黑，道：“没皮没脸了这人！我告诉你啊，我这人属闷葫芦罐儿的，不爱说话，我就爱坐着，我一坐就半天。”刘金翻了个白眼：“你爱说不说。”

屋里霎时安静，只有摆钟的摇摆声响，和刘金翻报纸的声音。

窗外，天色已黑，三人坐在沙发上谁也不开口说话。刘金跷着二郎腿，旁若无人地看着报纸。哈岚静坐，眼望娄晓月，深情地念诗：“红酥手，黄滕酒，满城春色宫墙柳……”他还没念完，刘金突然脱口喊道：“错，错，错……”哈岚一怔：“嘿！你一混混儿，怎么还会念诗了你？”

“嗯，凡是这些酸不拉叽的，准备背后捣鼓事儿的，我还都读过！哈哈！”刘金晃着脑袋哈哈大笑。

哈岚“腾”地一下站起身来，怒道：“你到底走不走？”刘金两眼回瞪他：“我就不走，怎么着！”哈岚大吼一声：“那我走！”他拎起包袱往门外走，娄晓月急忙站起来：“哈岚，我送送你。”

她去衣架上取下外套，刘金一想不对，放下报纸上前拦住：“哎，等会！我来送你。”他突然抢先一步挤出门，迅速拉上门，从兜里掏出钥匙反锁。娄晓月在房间里拍门：“刘金！你给我开门儿！”

刘金将钥匙装进兜里，得意地道：“太太，您歇着吧！贝勒爷我来送，不老您费心。贝勒爷，请吧！”刘金转身，对一脸怨气的哈岚做了一个“请”的手势。哈岚白了刘金一眼，冲着门里喊：“晓月，我改天再来看你！”

“哈岚，你小心点儿……”娄晓月无奈叹气。

第六十六章 得道多助

上海街道。

二人一前一后走出大通宾馆，前面是一处路灯昏暗的弄堂，刘金跟到阴影处，看着抱着包袱的哈岚，悄悄地在背后掏出匕首。

哈岚突然停住脚步，似乎想起什么事儿，回过头来问刘金："哎，我说，汪四海给你多少好处啊？让你跟个哈巴狗儿似的，颠颠地赖屋里不走？"刘金慌忙将匕首塞回兜里，冷笑道："你想做什么亏心事啊，非得背着我？"

"我们俩见个面，你在这儿挡着算什么事儿？你这个宗桑！"

刘金一懵，皱眉道："什……什么玩意儿？你再说一遍。"哈岚龇牙一笑："宗桑。"刘金仍旧迷糊地望着哈岚，一头雾水："什么意思？"哈岚冲刘金勾了勾手指，刘金犹豫着把耳朵探过去。他趴在刘金的耳朵边儿，突然大声喊了一句："畜——生！"

刘金被他吓得退后一步，险些一个趔趄跌倒，怒道："你这么大声干什么！"哈岚哈哈大笑："我是怕你听不见！"刘金的火气立马蹿了起来，咬着牙道："我他妈宰了你！"他将手伸进长袍，正要掏出匕首，忽然听见身后想起解一半的声音："是贝勒爷吗？"哈岚侧着身子一探，挥手道："这里，这里！过来一半儿。"他并没有发现刘金掏出的匕首，而刘金见解一半突然出现，慌忙将匕首又缩了回去。

解一半远远地望着弄堂口的哈岚，瞧见旁边站着一个脸色极其难看的刘金，诧异地道："怎么后边儿还跟着一个？他来干吗的？"刘金急忙解释："呃，我来保护贝勒爷的。"

“保护什么？”解一半半信半疑地瞪着刘金。

哈岚见援军赶到，立马得意起来：“一半，你可别听他胡说，汪四海派他来搅局的，我就想问问晓月家里怎么样，他妈的一直拦着我，揍丫挺的！”解一半一听，顿时撸起袖子，呵斥道：“你他妈是汪四海那个王八蛋派来的？”

“一半儿，你有多长时间没打人了？咱拿他练练吧？”哈岚开始煽风点火。

“哎！没这意思，不是这意思啊！”刘金慌了神，拔腿就往街道上跑。

哈岚大笑：“好！徐策跑城嘿，别摔死啊你！”解一半朝着刘金的背影啐了一声：“小兔崽子，跑得还挺快！没事儿吧，爷？”哈岚将手里的包袱递给解一半：“家里让晓月带来的。”解一半一怔，急忙追问：“家里来信了？哎哟，翠儿怎么样啊？家里还好吧？孩子们有事儿没？少奶奶怎么样？”

“嘿嘿，你问那么多，我是一句没问出来。他在旁边，就那么跟狗似的看着，我跟晓月一句话也说不了。”

解一半不可置信地瞪着哈岚：“爷，就算他在旁边蹲着你，你有什么不能问的呀？”哈岚赖皮赖脸地笑：“你跟你媳妇说悄悄话儿，也让别人听吗？”解一半白了他一眼，背起包袱往前走：“好了，回去吧爷……我就纳闷了，那也不是你媳妇，正事儿怎么不问……”

二人回到陆府，解一半在伙厨房内铺床准备睡觉，哈岚却一动不动地坐在床上发呆。

解一半摇头叹息：“爷，发什么呆呢，睡觉吧。”哈岚若有所思地道：“其实我不困……”解一半取笑道：“哎哟，不会是在那想入非非呢吧？”哈岚没好气地道：“想飞，我也得飞得起来啊！”

“谁说您是飞起来那个飞啊，我看您是非分之想的那个非。”解一半眨了眨眼睛。

“哼哼，你什么时候学会咬文嚼字了你？还非分之想，我是分内之想。”

“好吧，您的分内之想是怎么想的？”

哈岚缓了口气，道：“我知道你想听什么，我今儿就跟你实话实说，我就是想跟娄晓月，我踏踏实实地说两句闲话，怎么着吧？”解一半笑道：“您说的那是闲话吗？您说的那是贴心话……不就是情哥哥情妹妹，乖乖宝贝儿，然后抱一抱！哎，有劲儿么？”哈岚气呼呼地道：“有劲，劲大了去了！我这憋了一肚子的话要说呢！”

“行，爱说你说吧，谁拦着你啦。”

“可刘金那王八蛋往那儿一坐，我说得了么我？”

解一半嘿嘿一笑：“您还别说，我觉得刘金在挺好的，没刘金啊，您还真敢跟娄晓月有那分内之想！”哈岚皱眉道：“你这存心跟我过不去，是不是？”解一半正色地道：“您比他也好不了哪儿去，我知道您要干什么。”哈岚一本正经地道：“这我也没瞒着你，这不叫坏，这叫有情有义！”解一半点了点头，道：“歇了吧你，有刘金在，我就放了心了。”

“你成心跟我杠是不是？”

“您说对了，不用说刘金来了，就是他不来，有我解一半在，您那一肚子坏主意也休想得逞。”

哈岚啊的一声叫，道：“咱俩可是患难兄弟啊，你不帮忙也就算了，你这是釜底抽薪，恩断义绝呀！”解一半若有所思地道：“爷，您以为汪四海派刘金来上海，就是为了看着您和娄晓月？”哈岚微微一呆：“那还要干吗？”

“我觉得汪四海一定是出了大事了，才会专门派刘金来上海……”

“能出什么大事？”

“出什么大事，咱不知道，但您想啊，咱们哥俩逃难来到上海了，按理说，陆府上下，肯定会保护着咱们。但是您看这陆府啊，南南北北的各路英雄都汇聚在这，咱们活着的消息啊，用不了多久，全世界都能知道。您想想，这汪四海能放心么？”

“是啊，那他能怎么着呢？”哈岚挠了挠头。

解一半脸色一变，慎重地道：“只有咱俩死了，他心里才踏实……陆老大也救不了咱们。”哈岚猛地一惊：“你知道我有毛病，你还吓唬我！”他突然觉得解一半说得很有道理，俩人辛辛苦苦跑了出来，万一行踪被人发现，对汪四海也很不利，一旦刑场上的事情败露，他可能会来个杀人灭口，从此高枕无忧。一想到刘金可能是来杀他的，哈岚心里怦怦直跳。

“幸好啊，您有这毛病，要没这毛病啊，您今晚上就能跟娄晓月滚被窝里去了。”

哈岚心慌意乱，失声吼道：“你滚你一边去！你要真有能耐，你现在给我想一法子，把这刘金治喽！算我佩服你。”解一半叹气道：“爷，我认认真真地劝您一句啊，咱们逃到上海了，您呐，有老婆有孩子，人家娄晓月呢，有汪四海，也有孩子。你们两个人呐，甭想那个什么分内之想，踏踏实实的……”

“行了行了，我阿玛早死了，我不缺爹啊，您还是少操心吧！睡觉睡觉！”

“劳驾您把灯关了啊。”解一半将被子一拉，头一蒙就躺下了。

哈岚心烦意躁，嘴里嘀咕：“你今儿这是怎么了？我没招你没惹你，你瞧你说的话也太难听了……”

“我就说这些话，爱听不听！”解一半猛地撩开被子喊了一句，重新躺下。

哈岚长叹一声：“唉！路遥知马力，日久见人心呐……”

上海大通宾馆。

哈岚风风火火地推门，穿过大堂直奔楼梯，跑到半路忽然停住了，惊讶地看着上面的走廊。只见刘金正坐在走廊的椅子上，低头弯腰用一块布仔细地擦着皮鞋。

哈岚鼓足勇气想上楼，眉头一皱，又改变了主意，匆匆转身下楼，径自走到前台，拿起电话话筒招呼服务生：“我打个电话。”

套房内茶几上的电话铃声响了，娄晓月接起话筒，安静地听着，喃喃地道：“好的，我马上下来……”

她放下话筒，赶紧穿起外衣，拎着手提包出门。刚走到门外，一转身就看见了走廊上的刘金，不由得愣住。刘金起身，笑嘻嘻地道：“太太，您要出去呀？”娄晓月惊讶地道：“你就一直在外面坐着？”刘金恭敬地道：“那当然啊，随时听候您的召唤。”

“真尽职，你是一直监视我呢吧？”

“哪儿的话，有什么事您尽管吩咐。”

娄晓月瞧见刘金毕恭毕敬的态度，有些哭笑不得：“我吩咐有用么，你听么？”

刘金嬉皮笑脸地道：“那还用说，您一句话，上刀山下油锅，在所不辞。”娄晓月冷笑道：“那好，现在我就吩咐你，离我越远越好，该干吗干吗去！”

“这个……这个么……”刘金转了转眼珠子，不知道怎么接话了。

“做得到吗？”

刘金为难地道：“太太，这个我做不到。”娄晓月没好气地道：“口是心非，两面三刀的东西。其实吧，你也挺蠢的，老虎也有打盹儿的时候，除非，你不吃不睡不上厕所。我要是真想跑，你拦得住么？”刘金解释道：“您别误会，我只是保证您的安全，这是局长交待的……”娄晓月皱了皱眉头：“汪四海给了你什么好处呀？给你许了愿了吧？”

“还真许了愿了！这趟上海，要是您有任何差池……我，脑袋搬家。”刘金嘿嘿一笑。

娄晓月知道他不是在开玩笑，觉得没有必要再跟他胡搅蛮缠，转身往楼梯口走去：“好好地跟你们汪局干着，你前程远大呢。”刘金身手敏捷，三步赶上拦住了去路：“您这是去哪儿呀？”娄晓月深深吸了一口气，怒道：“约会！跟哈岚去约会！他在楼下等着我呢，行吗？”

“行啊！走吧，咱们一块去。”刘金抢先一步下楼梯。

娄晓月突然站着不动了：“还跟昨天一样，我们俩坐那说话，你杵旁边听便宜话。”刘金点了点头，一本正经地道：“不是我听，是局长要听。”娄晓月忍不住想笑：“刘金，上海有一路活儿，叫‘包打听’，你知道么？”

刘金一怔，心想，哎哟，刚到上海就学会上海话了，是不是哈岚那学来的？估计跟“宗桑”那词儿一样，是拐着弯骂人的话。他嘿嘿一笑，道：“太太，您怎么说我都没有关系，我还是那话，您别骂我，我就是执行任务而已。”

“这路活儿用北京话说，就是下三滥！你很烦你知道么？”

刘金叹气道：“那您得去骂局长，您是局长太太，局长是不是下三滥，您比我清楚。”娄晓月见他如此难缠，有些无可奈何，怒视刘金片刻，转身回房：“行，我不去了。”

“那正好，我省好多事……”刘金一脸无辜，抬脚上楼。

哈岚等在大堂的沙发上，目不转睛地盯着墙上的挂钟，这都过了半个小时了，仍然不见娄晓月下楼。他有些坐立不安，倒不是担心娄晓月，而是心里一直在骂娘，刘金你这孙子，我就不信治不了你！

他猛地站起身，径直走向一楼的客房通道，来到一间普通客房的门口，咚咚敲门。

“谁呀？”水尚香在房内喊了一声，打开门一看是哈岚，微微一笑，“哟，是小白脸儿，快进来吧！”她穿着一身整洁的外套，脚下的长筒靴子擦得锃亮，手腕上戴着一双黑手套，一副要出门的样子。

哈岚的神情颇为紧张，朝着过道东张西望，一声不吭地进屋，迅速关上门。

水尚香奇怪地瞪着哈岚：“怎么了？慌里慌张的，媳妇跟人家跑啦？”哈岚皱眉道：“不是，媳妇倒没跟人跑，可就是我见不着啊。”水尚香淡淡地道：“想媳妇回北平啊。”哈岚急道：“不是那个媳妇，我说的是娄晓月！”

“你那个相好，都媳妇了？”水尚香眨了眨眼睛。

哈岚叹气道：“不瞒你，孩子都十一岁了。”水尚香一脸坏笑：“你有两下子，还说自己不成，你这不挺棒的吗？怎么见不着？她不就住在二楼么，还是我把房子让给她的，你去呀！”哈岚一跺脚，气呼呼地道：“没那么容易的事儿啊，她那门口老有个流氓守着，不让我俩见面，也不让说话，他手里有枪啊！”

“谁啊这是，凭什么不让你们见面儿啊？”水尚香怔住。

“不是，哎，可是要说起来呢，这个事也不能全赖人家，谁让娄晓月，她已经是别人的媳妇了……”

水尚香脸色一变，笑道：“呦，小白脸儿，没看出来你够风流的，这家里有个老婆，外面还勾搭老相好。说说，你有几个情人啊？”哈岚挠挠头，尴尬地解释：“我说大头领，都什么时候了，您还开逗？我跟您简短点儿说吧，它是这么回事……”

此时，娄晓月与刘金坐在二楼走廊的长椅上，她实在想不出法子脱离刘金的视线，无奈叹气：“我说刘金啊，咱俩心平气和地，说几句不掺一点假的心里话成么？”

“行，您让我心里也明白明白。”

“你说啊，我在北平有家有丈夫，还有一儿一女俩孩子，我为什么要跑啊？要跑我在北平也能跑，干吗非到上海来跑呢？”

刘金点了点头，正色地道：“是这个理儿。”娄晓月平静地道：“我想见见哈岚，无非是聊聊天，叙叙旧，人之常情嘛，还能怎么着？至于这么兴师动众、如临大敌的么，非得弄得跟唱‘狮子楼’似的，弄死两口子，才过瘾啊？”刘金笑了笑，道：“您这话呀，没有一句不在理上的，可我这执行命令，您多包涵。您想见哈岚，行，我在旁边站着，您自当没我这个人。”

“那你就不是人？”娄晓月柳眉一剔。

“对，我不是人……”

普通客房内。

水尚香坐着沙发上，端着茶杯，满脸坏笑地看着哈岚：“我说，这事不好办呐。”哈岚讲完他与娄晓月的往事，眼圈通红，神情悲伤：“就是因为不好办，这不才求到您这来了……”

“我出面算怎么回事，我是你什么人呢？”

“您是我朋友啊。”

水尚香轻轻颔首，笑道：“这倒也是，四海之内皆朋友，那我算哪路朋友啊？”

哈岚默认半晌，他与解一半在微山湖差点儿没被水尚香扔湖里喂鱼，朋友谈不上，勉强算是萍水相逢的过客，请人帮忙总要有个理由不是？哈岚除了嘴皮子利索，别的本事通通没有：“您说的对，我这算什么呀？您是水尚香、大头领，您是绿林好汉，女窦儿敦呐，为人仗义、助困扶危……您是巾帼的宋公明，为朋友两肋插刀……”

他一时口若悬河，口水差点儿溅到水尚香的脸上，吓得水尚香一个激灵从沙发上蹦起来：“哎哟，行了行了，闭上嘴！别给我带高帽子了，我就是个寨主、水匪，姥姥不疼舅舅不爱的女强盗！行了啊，我就帮你这个忙。”

“哈哈！我就知道，你不是见死不救的人！”哈岚乐得手舞足蹈。

水尚香眼波流转：“但是我也不是白帮忙，你怎么谢我？”哈岚晃了晃脑袋：“怎么谢都成，您说！”水尚香笑道：“是不是我说什么，你都答应？”哈岚拍了拍胸脯：“那当然，没的说！”

“嘿嘿，那我可要说了啊，你可别吓着。”

“哎，等等，等等！”哈岚突然慌了，连连摆手大叫，“咱可说好了，除了不当压寨男人，别的什么都行！”

水尚香绷着脸儿：“我就那么不招人待见？”哈岚举手投降：“别急别急，别瞪眼，开个玩笑嘛，您看我这张嘴！这么着吧，您说什么我答应什么，绝对不皱眉头！”水尚香抿嘴浅笑，故意想了想，突然叫道：“嗯……我要吃解一半大哥做的红烧鱼！”

“就……就这个？”哈岚额前渗出冷汗，当着水尚香的面，他也不敢去擦。

水尚香咽了咽口水，道：“对啊，怎么样？”哈岚龇牙一笑：“您是真够意思！吃，管够，我让他给您做全鱼宴，哈哈！”

大通宾馆二楼，刘金仍然坐在走廊的椅子上，水尚香摇曳生姿地从楼梯上来，身子左右摇摆，脚下的靴子踩得地板噌噌响。

刘金眼睛一亮，死盯着水尚香结实的腿儿，见她突然走到娄晓月的房门口敲门，心里一惊，腾地一下站了起来：“您找谁呀？”水尚香回眸一笑：“京城来的名角儿，娄晓月老板，住这儿吧？”刘金警惕地道：“你找她什么事啊？”

“呦，你是谁啊，管得着吗？”水尚香白了刘金一眼。

刘金皱眉道：“我还要问你呢，你是谁呀？”

这时，房门打开，娄晓月披着外衣走了出来：“哪位找我？”水尚香自我介绍：“我，水尚香，陆老大的门生，叫我水姑娘就行了，您是娄晓月老板？”娄晓月打量着水尚香，瞧见她一双靴子派头十足，眉宇间确实有股子江湖气息，不敢怠慢，客气地道：“不敢当，叫我娄晓月就行，您请进来吧。”水尚香也好奇地看着娄晓月，觉得她那一双凤眼，有种迷人的气质，忍不住会多看两眼，不禁微微一笑，道：“不了，陆老大让我来请您过府一叙。”

“多谢，那就走吧。”娄晓月转身进屋，去取小提包。

刘金慌忙上前阻拦：“太太，陆老大这事儿……局长可没交代我。”水尚香眉心紧蹙：

“对了，这人是谁啊，坐你门口干什么？”娄晓月故作迷糊地道：“这人啊？我不认识。”

“哎？你一生人在这捣什么乱啊？一大老爷们，堵一单身女人门口，你没安好心吧？”水尚香瞪直眼睛，脸上隐隐透着一股杀气。

刘金尴尬地道：“太太您别乱说……水姑娘，我，我是她的护卫。”水尚香扭头望着娄晓月，满脸惊讶的表情：“娄老板好大的派头，出门还带护卫？”娄晓月忍住笑，道：“我可带不起！刘金，我去陆府，你还跟着吗？”

“跟着跟着，职责所在。”

“陆老大可没说请你，去了你也进不去，陆府不许野犬入门。”水尚香翻了个白眼，娄晓月终于忍不住，扑哧一声笑了出来。

刘金却并不生气，始终赔着笑脸：“行，不就骂我是狗吗，我没脾气，二位请吧。”娄晓月一脸嫌弃：“水姑娘，他要跟着去，我就不去了，还不够丢人现眼的。”

“哎呀，走吧娄老板，到了门口，给他拴那就成了，走吧！”水尚香向娄晓月使了个眼色，挽住她的手，往楼梯口下去。

刘金也不多话，死皮赖脸地跟在后面，走到宾馆门外，却见二人上了停在门口的黄包车，赶紧招呼另一个车夫过来：“快，跟上前面那车，快快！”

街道上的行人攘来熙往，娄晓月的车在前，水尚香的车随后，而刘金一直落在后面，不时地向前张望，催促车夫加快脚步。水尚香回头看了看，见刘金的车追了上来，便轻声地跟车夫说了几句话，一脸坏笑。

前面两辆车子越跑越快，似乎在加速。刘金急得满头大汗：“快快！跟上！”眼看就要追上水尚香，不料她的车子突然来了个急刹车，车夫稳稳地用力压住车把，水尚香脚尖踩在踏板上，使劲撑住车棚。后面刘金的车猝不及防，已来不及刹车，车夫大吃一惊，身子猛地后扬，让车把高高翘起，顺势就撒开了双手，从车底下钻了过去。

黄包车仿佛倾斜了天秤，整个向后翻去，刘金打了个后滚翻摔了出去，狼狈地趴在了地上。路人驻足观望刘金吓得喘气的模样，忍不住哄笑起来，而娄晓月的车子已渐渐跑远。

刘金慌忙从地上爬起，破口大骂：“混账！怎么拉的车！会拉车吗你，快，快扶我起来，追前边儿那辆车……”车夫惊魂未定，急忙过来压正车把，搀扶着刘金上车。

“怎么了刘护卫？挺平挺宽的马路，怎么打了天秤了？没摔着吧？”水尚香下车，大摇大摆地走过来，脸上装出一副深感意外的表情。

“没工夫跟你废话！”刘金脸色一沉。

水尚香一个箭步拦住黄包车，长筒靴子踩住车头，幸灾乐祸地道："别追了，再说你也追不上。"刘金没好气地道："我去陆老大府上找她！"水尚香嘿嘿笑道："她压根就没去陆府，陆老大也没请。"刘金怒道："合着你这是故意做局呢！"水尚香叹气道："人家牛郎织女好不容易见一面儿，你好意思跟里边儿瞎掺和吗？行啦，省省吧，走，我请你去喝咖啡！"

"不喝！最不爱喝咖啡了，一股子药汤子味儿，咱们各走各的路！"刘金话一说完，水尚香突然握住刘金的手腕，用力往后一拧，刘金一下子疼弯了腰，"哎哟妈呀……疼死我了，撒手撒手！"

水尚香瞪起了眼，厉声问道："喝不喝咖啡？"刘金连声告饶："喝喝，喝！"水尚香手腕一使劲，柔声道："是喝咖啡。"刘金疼得龇牙大叫："喝！喝咖啡！打小就爱喝咖啡，到了上海一下火车就想这一口儿……"水尚香松开了手，将右手举到刘金眼前晃了晃："怎么啦？我这十指尖尖，纤纤玉手，摸你一下，至于这么呲牙咧嘴，鬼哭狼嚎的吗？"

"好家伙，您这哪儿是纤纤玉手呀，整个儿一老虎钳子！"刘金额头已经出汗。

"上车吧，跟着我的车走。"水尚香转过身来走上前面一辆车，"师傅，麻烦您，蓝天咖啡馆！"

此时，哈岚领着娄晓月早已进了蓝天咖啡馆，二人面对面坐在卡座，哈岚从怀里取一包压扁的青团，献宝似的道："陆先生府上的上海厨子做的，有点儿凉了，你尝尝。上海人都是寒食吃这个，我尝着好吃，就专门让他做了几个。"

娄晓月愣了一下，接过哈岚手里的青团，咬了一口："枣味儿有点儿重。"

哈岚诧异地道："你不是爱吃枣吗？"娄晓月笑了笑，道："生完佳佳之后，汪四海给我弄了一堆枣，吃伤了。"哈岚微微一怔："这样啊，我都不知道……对不起。"娄晓月一时脱口解释，并没有注意到话题不合适，见气氛有些尴尬，赶紧打破僵局："没有……那个，那个水姑娘，是你朋友啊？"

"路上认识的，是陆先生的门生。你可别小看她，绿林好汉、女窦儿敦。"

"哦……"娄晓月默认半晌，想起了正事，"啊，家里挺好的，津平，也挺想你的。本来这趟吧，他要跟我一块来的，路上出了点岔子，其实，就是汪四海不想让津平来见你，把他截下车了。"

哈岚点了点头，缓缓地道："我知道，你给的包袱里有丽华的书信，到底怎么回事儿，要紧吗？"娄晓月笑道："不碍事儿，放心，我刚到上海就打电话回去了，津平现在好好在家待着呢。”

“那就好……丽华还说，佟梓华知道我和解大哥的事儿了？”

“其实我这趟来上海，就是为了这件事。你们不能在上海待了，佟梓华已经跟佟丽华打听你们的消息了，为了封住他的口，我估计，佟丽华会答应把得月楼给他，可这也不保险啊，万一要是让日本人知道了，你们可就麻烦了。我们商量了一下，觉得你们这么耗着也不是个事儿，你们得赶紧走。”

“往哪儿走？”哈岚怔怔地望着娄晓月，心情有些低落。

娄晓月从手包里取出两张船票，推给哈岚，票上面写着香港两个字：“香港是英国人的地盘，日本人的手伸不过去的，而且，我师父在那，你们去了也好有个照应。北平你肯定是回不去了，活命要紧，三天后开船，你们赶紧收拾收拾走吧。”

哈岚一动也不动，目不转睛地望着娄晓月。

“怎么了？”娄晓月皱了皱眉。

哈岚似乎是鼓足了勇气，突然轻声道：“晓月，一起走吧……”娄晓月怔了一下，反倒笑了起来：“还真让汪四海说准了，我来时不光想带着津平，我还想带佳佳一起来，汪四海死活不让，就是怕我带着俩孩子跟你跑了。哈岚，你走吧，我走了，那两个孩子就没有妈了。”

“那我也不走了……这一辈子，甚荒唐，到头来，竟给他人做了嫁衣裳。这些年，我常常想，我身边没有你，我这是活什么呢？就好比把东四牌楼给拆了，你说北平城里没了东四牌楼，那还能叫北平城吗？”哈岚脸色阴郁，将咖啡杯放回桌上。

娄晓月叹了口气：“过了这么多年，你怎么还是小孩子脾气呢？”哈岚正色地道：“我这不是使小孩子脾气……晓月，别人不知道我哈岚，你不知道吗？我真像他们说的我落牌不落价了么，我放不下，我能活到今儿个，我一直在低头啊，我现在就剩下低头了，我跟各种人低头，我低出什么来了！晓月，我不想别的，我就想这辈子为我自己活一回。”

他突然抓住娄晓月的手，脸上写满了期待。

娄晓月的眼神有些复杂，幽幽叹息道：“哈岚，你和我，都各自拖着一大家子人，不再是当年的孑然一身了，当年那样都没走成，现在又怎么走得了？”

“你是在怪我吗？”

“要怪只能怪命里没有……”娄晓月紧紧地握住哈岚的手。

“晓月，我累了，我很累了你知道吗？”哈岚深情地望着娄晓月，心中百感交集，只觉得自己苦苦追寻的东西，忽然之间，变得比以前更遥远了，忍不住流下泪来。

蓝天咖啡馆内寂静无声，两辆黄包车停在了门口，水尚香推门进来，用眼扫了一圈，走到西边的窗前坐下。

刘金跟在后面，猛然瞧见哈岚正与娄晓月四目相对，旁无所顾，心里吃了一惊，脱口想叫，水尚香转身一把抓住他的手腕儿，吓得他忙抽出手："我……我什么都没看见。"

水尚香见他乖乖地坐下，满意地点点头，嘿嘿一笑："你想喝哪种？自己点。"

"哪种都行，是咖啡我就爱喝！"

"两杯卡布奇诺。"水尚香招呼服务生，见刘金两只眼瞄着东边卡座上的哈岚与娄晓月，敲了敲桌子，"嘿嘿！眼巴前儿坐着一个如花似玉的大美妞儿，你不愿意看，俩眼贼不溜湫瞎琢磨什么呢？看我！"

"这不看着呢吗？"刘金慌忙收回目光。

水尚香眨了眨眼睛："我帅吗？"刘金一脸诚惶诚恐："帅我仨跟头！"水尚香叹气道："跟着我干得了，你这人挺护主的。"刘金好奇地问："水姑娘，您是干什么的？"水尚香傲然道："陆老大门生。"刘金抱了抱拳，恭敬地道："失敬失敬，听说陆老大门生上千，想问问您是做哪一行的？"

"水匪。"水尚香慢悠悠地喝了一口咖啡。

刘金一怔，诧异地道："水……匪？是做什么的？"水尚香嘴角微扬，道："水上的匪徒，打家劫舍、助困扶危，专跟警察对着干的，像吗？"刘金煞有介事地点了点头："哪儿都不像，就您那纤纤玉手一抓人，挺像的。"水尚香得意地道："这是手上的功夫，我幼时练的就是铁砂掌，你还想问什么？"

"没什么想问的了……"刘金忍不住又偷眼去瞧哈岚。

水尚香一拍桌子，厉声地道："看我！"

东窗卡座，哈岚与娄晓月早就看见刘金进来，并不惊惶，只是娄晓月对水尚香兴趣颇浓："这个水尚香挺逗的……还偏偏把刘金带到这儿来。你是怎么认识的水姑娘的？她真是水匪？"

"这就是存心要恶心刘金，明摆着告诉他，我想怎么玩儿就怎么玩儿，想在她跟前儿耍三青子，决没好果子吃。至于是怎么认识她的，这说来就话长了，我和解大哥就是被她掠进水寨的，还一死儿的要留我做压寨男人……"

娄晓月一口咖啡差点儿喷出来："你就胡说八道吧你！"

"你瞧，这种事能胡说吗？不过水姑娘是个特别豪爽的人，嘴上花哨，为人可特别厚道，四方百姓敬重她，官府拿她也没辙。"

"不行，我得走了，我余师叔和师兄他们都等我呢，下午得去对对戏。"

"对什么戏呀，都是熟戏，台上见吧，你再坐会儿。"

娄晓月皱了皱眉："真不行！再说我也特想我那些师兄弟，改天聊！"哈岚急了："哎，咱俩的事到底怎么着啊，你还真给他唱三天堂会呀！"娄晓月面露难色："再让我想想好吗……"哈岚无奈地道："那你想吧，可就三天的时间。"

二人起身往门口走去，水尚香与刘金仍在大眼瞪小眼地较着劲。刘金当然不敢直瞪着水尚香，斜眼望了一下东窗，突然不见二人踪影，身子一颤，水尚香冷冷地道："不用找了，他们走了。"

"他们都走了，咱们也走吧？"刘金试探着问。

水尚香面无表情地盯着刘金："急什么，还没聊够呢？"刘金如坐针毡："聊什么了，光瞪着眼在这儿坐着……"水尚香叫道："哎，你这不花钱，看一下午的大美人，多赚啊你？"刘金苦笑道："是是，赚大发了！"

"刘护卫，别以为我不知道你干什么来了。"水尚香脸色一沉。

刘金有些紧张："我干什么来了？"水尚香正色地道："骗得了别人，骗不了我这多年跑江湖的，别做傻事了，为别人卖命，犯不上。真把自己的命卖了，升官发财可都轮不上你了。"

"行，谢谢您的提点，既然话说到这了，那我也把话说透了。就您这模样，您这见识，您这手段，我还真想攀攀高枝儿跟您交个朋友，可惜了，我有任务在身，而且必须执行。我也劝您一句，别管闲事，知道您一身功夫，可这都民国二十五年了，用的都是洋枪洋炮，功夫再大，也经不住一颗枪子儿。"刘金咬了咬牙，虽然水匪他惹不起，但是不管怎么样，性命最重要，如果娄晓月有个闪失，他也不用再回北平。

"明枪易躲，暗箭难防；螳螂捕蝉，黄雀在后，正所谓识时务者为俊杰，别说我没告诉你。"水尚香似笑非笑地盯着他。

刘金喝了一口咖啡，皱了皱眉："一股药汤子味儿……"

第六十七章 平地波澜

星光黯淡，夜色无边。

陆府伙厨房。

已经是深夜，哈岚躺在床上，想起娄晓月在咖啡馆说的那番话，总是觉得心里不是个滋味，翻来覆去睡不着。

解一半突然坐起身子，埋怨道：“爷，您能不能别出动静了，大半夜跟闹耗子似的……”哈岚腾地一下坐起来，若有所思地道：“我在想，咱们是真的要去香港吗？”解一半叹了口气，慎重地道：“爷，我告诉你，去香港肯定不行！那么远，我怎么走？我走了，我们家翠儿和冬青怎么办，你让这娘俩怎么活，这些您都不想的是么？”

哈岚沉默半响，缓缓地道：“我就是想……跟晓月一块去香港。”

“娄晓月答应了吗？”黑暗之中，解一半的语气有些无奈。

“没有……一半儿，咱哥俩认识这大半辈子了，你帮我想想，我应该怎么劝劝她……”

“劝什么？劝娄晓月跟您走是吧？爷，我告诉你啊，娄晓月压根就不应该跟您走！您怎么想的呀，您心里面现在还惦记着风花雪月是吧？哎，你想没想过，少奶奶一个人带着孩子，到底容易不容易？爷，您怎么还能想着这事呢，少奶奶给咱们寄来那包袱都被洗白了，你不想想她怎么提心吊胆地活着，担心咱们俩活着这事别被人发现了，您现在想的是要跟娄晓月一起走，让我劝她！爷，您半辈子嘴里边儿都讲着规矩，怎么到您自己个儿这，一点规矩都不讲了，您还有良心吗？”

哈岚听到解一半的一番指责，顿时怔住："一半啊，爷我这辈子，我就是当初太讲规矩，太讲良心了，所以才走到今天这地步……"解一半义愤填膺地道："你有良心么？别忘了啊，你现在是通缉犯，你祸害了你们家，你现在还想着祸害人娄晓月！你要是真有良心，拍拍自己个儿这地，良心在哪呢？！"

"那我问你，当时你就没有一次想过，要带玉儿走？"

解一半迟疑片刻，气呼呼地道："没有！反正我就一句话，去香港，不可能！"他躺下蒙头大睡，懒得再跟哈岚废话。哈岚在黑暗中幽幽叹了口气，喃喃地道："都云作者痴，谁解其中味……解一半，很多事儿你都不懂……"

北平喜丰堂饭庄。

草弥特意在喜丰堂定了个大包间，让佟梓华约汪四海与佟丽华赴宴。

酒过三巡，草弥开门见山地说起得月楼的规划事项，准备重新开张酒楼。汪四海倚着桌子，嗑着瓜子儿，吊儿郎当地对草弥说："草弥先生，您想重开得月楼，您找我一个人商量就行了，这得月楼啊是属于我的，这跟他们佟家没有任何关系。"

佟丽华反驳道："我跟他不是一家的。"佟梓华呵呵一笑："说的也是，嫁出去的女儿泼出去的水，你也算不上佟家的人。"

草弥心平气和地道："今天把三位请过来，主要是因为得月楼的归属权问题，这里面错综复杂，一时半会儿，也很难说的明白。原本吧，这得月楼是属于汪公公的，可是后来又给了哈先生，梓华君在中间也插了一手……这样看来，我希望，三位能够坐下来谈一谈，最好能够由三家一起合开得月楼。"

"草弥先生，我觉得啊，这三家合开，一分成三份，就有点儿乱了。这不刚才您也说了，这得月楼属于我干爹汪公公的，嘿嘿。"汪四海手里有主动权，儿承父业可是天经地义的事儿。

佟梓华冷笑道："那都是什么时候的老黄历了？当初是你把得月楼交到我手上的，得月楼从此以后姓佟，这话是你说的，有这事儿没有？"汪四海脸色一沉，道："我刚才说过了，这个得月楼属于我爹汪公公的，我说的不算。你才当了几天掌柜啊？得月楼门儿朝哪儿弄清了么，就跑这儿跟我指手画脚的！"

"嘿？汪四海，你想赖账是不是，当初你说这话是放屁呢？"

"我当初说过这话么，啊？"汪四海开始狡辩。

二人正在争论时，佟丽华突然笑了笑，开口说话："厨艺大赛之后，日本亲王把得月楼给了我们，现在房契还在我们家呢，这个草弥先生应该知道的吧？"

汪四海翻了个白眼，嘲讽道："佟丽华，你行，你胆真大，你还敢提这事呢！把楼给了你们，回头就把岛田给毒死了，忘了？你既然有房契，为什么不敢重开啊，你是不敢！"

"我有什么不敢的，岛田的死跟我们有什么关系，他是死在得月楼吗？"佟丽华冷笑。

"妹妹，你不是答应把房契给我了吗？"佟梓华得意洋洋地给佟丽华使了个眼色，又望了望草弥。

佟丽华强忍住没有发作："这事儿还有待商讨……"汪四海突然反应过来，怒道："什么就有待商讨了？佟丽华，你跟我来这套？你是关帝庙那会儿许下的吧？我说佟梓华这个不见棺材不落泪的，怎么就颠颠儿地跑来给你解围了，合着你是把地契给他了啊，真是肥水不流外人田。"

"我妹妹爱给谁给谁，关你什么事儿！"

"哎哟，这会儿一口一个妹妹了，刚才还说人不是你佟家人呢。"

"好了好了，你们三位都不要吵了！"草弥打断了三人的争吵，语气慎重，"既然得月楼你们三家都有股份，可是为什么没有重新开张呢，因为得月楼里出过事，你们都怕惹上麻烦。所以，谁都不敢挑头做这件事情，既然如此，我看不如由三家合开得月楼，大和商社做你们的后盾。"

汪四海眼珠子一瞪："哎，我有点明白您的意思了，您是说，我们三个人出头，在前面把这得月楼呢重新开起来，但是我们呢，得听你们日本人的，对吧？这个日本人是我们的后盾！但是啊，一出事，那肯定是我们三个人当中挑一个当替罪羊的，就给顶出去了，是这意思吗？"

"怎么着汪四海？你怂了，害怕了？他不开我开！"

草弥点了点头，不愠不火地道："如果是这样的话，那剩下的事情，就由我和梓华君来单独聊……汪局长，得月楼重开之后，还需要您多多关照，不要来找麻烦。"

"不是……草弥先生。"汪四海愣住。

草弥冲着佟丽华微微一笑，继续说："而且我希望，开张之后，还是由佟格格来做总经理。"

"等会，等会！"汪四海急得要跳起来，"草弥先生，我明白了，这你们俩给我下套的意思啊？那刚才我说错了，我开，我开啊！”

佟梓华冷笑道：“你刚才还害怕呢，这会又开了？你想开就开，你想不开就不开啊？”

“行了，没什么事儿的话，我先走了。”佟丽华突然起身，准备离开。

佟梓华慌忙站起来：“哎，丽华，那房契呢？”佟丽华冷冷地道：“我不干。”草弥惊讶地道：“佟格格，难道您要把得月楼让给他们两个？”佟丽华淡淡一笑，道：“本来就不是我哈家的东西，谈不上让，告辞。”

三个男人眼巴巴地望着佟丽华走出包间，面面相觑，一时无语。

解家酱肉铺。

来买酱肉的客人比往常少了许多，翠儿独自一人站在案桌前营业，心里记挂着少奶奶，这得月楼到底如何处理，二人也商量不出结果，就看这次佟丽华去喜丰堂赴宴有什么进展了，但愿一切顺利。

“老板娘生意兴隆啊。”邻街的王太太上前招呼翠儿。

“王太太，您来了。今儿我特意给您留了块好的，您看，我都给您准备好了。”翠儿将案桌上一包酱肉递给王太太，“来，您收好了啊。”

王太太拎起酱肉跟翠儿告别：“谢谢了，我们家孩子最喜欢吃您这酱肉了。”她转身离开，身后闪出一位身穿便衣的男人，压低了帽檐，心不在焉的喊了一声：“半斤猪脸儿。”

“好嘞，您稍等。”翠儿麻利地切好肉，用秤称好斤两，麻绳子扎紧递过去，“先生，两毛钱。”

男人接过酱肉，随手将搓成一卷儿的纸币扔进桌上的钱盒，调头就走。

翠儿抬手间看见纸币，慌忙叫道：“哎，先生，您还没找钱！”男人脚步匆忙，人已消失在街巷。翠儿想起上次绑匪绑架哈津平的事儿，心里有点儿紧张，抖索着手拆开纸币，见纸钱中果然夹着一张纸条，脸色大变。

等佟丽华一回来，翠儿惊恐万状地将纸条递给少奶奶：“哎呀，这……这又要出事儿了吗？”佟丽华打开纸条一看，见上面写着“佟丽华，西岛咖啡”几个字，一时疑云满腹，不知留纸条的到底是什么人。但是转即一想，西岛咖啡就在前面的老街上，不管怎么样，总是要去一探究竟。

佟丽华壮着胆子赶去西岛咖啡店，进屋扫了一眼，却见邻窗座位上一位戴帽子的中年人，突然向她招了招手。佟丽华立即走上前去，正要问话，那男人抬起头来笑了笑："哈太太。"

"马俊杰？"佟丽华大吃一惊，慌忙环顾四周，确认没有可疑自然跟踪，这才缓了一口气，"什么时候回来的？是遇上什么麻烦了吗？你总是这么神出鬼没的……"

马俊杰笑道："人多眼杂，说话不方便，所以找个清静的地方约你见面。"佟丽华正色地道："什么事你直接说，没有要紧的事儿你可不会露面。"马俊杰望了望窗外的行人，慎重地道："听说草弥要重开得月楼，请你去做总经理对吧？"

"是有这回事，但是重开得月楼，也只不过是另一个樱花公馆，我不会再为日本人服务的。"

"你可以不为日本人服务，但是得月楼要开张，总得有一个总经理，你去，总比别人去好，这个得月楼早晚会变成日本特务的据点，但是你去了就不一样了，这对我们非常有利。"

佟丽华皱了皱眉头，道："就是为这事找我？我明白您的意思，但这件事儿超出了我的能力范围，你们另请高明吧。"马俊杰沉思片刻，道："哈太太，难道您就忍心看着得月楼变成樱花公馆吗？您想看着整个国家也落到日本人手里吗？"佟丽华为难地道："马先生，我的家现在已经不成家了，哈岚跟解一半也下落不明。我一个小女子，管不了什么国家大事，再说，我也不想做螳臂当车的事儿……"

"哈太太，如果大家都为了同一件事情去坚持的时候，就不是螳臂当车了，如果你现在退出的话，那哈先生和解先生的努力不就白费了吗？我们真的需要您，希望您重新考虑一下。"

佟丽华轻叹了一声，道："我还是回去想想吧……"马俊杰点了点头："还有一件事情，我明天要去上海，哈先生他们已经在陆士杰府上，你有什么东西要带给他们？"佟丽华目光闪动，沉吟道："那就谢谢你了，你帮我带封信……"

上海陆府大厅。

马俊杰赶到上海时，哈岚又惊又喜，缠着他问长问短，打听家里的情况。陆士杰也非常高兴，亲自吩咐厨房摆下酒席，宴请各界名流，顺道也为好朋友接风洗尘。

大堂上摆了三张桌子，哈岚与马俊杰还有陆府门生水尚香同坐一桌，娄晓月与余师叔等梨园弟子一桌，而另外一桌却是几位上海滩商界的客人，其中还有一位日本少佐上野及数名随从。

水尚香举起酒杯，起身向陆士杰行礼，笑嘻嘻地敬酒："学生敬老师一杯。"陆士杰见她一饮而尽，豪气干云，忍不住哈哈大笑："你这一走就是三四年不见影儿，一杯酒就想打发我？"水尚香脸儿一红，笑道："今儿是暖寿，咱们小酌，明儿再舍命陪您！"

"好！我就等你这句话！跟你喝酒最痛快了，哈哈！"陆士杰端起酒杯干了，满脸自豪，显然对这位女门生极为赏识。

马俊杰倒上一杯，也起身行礼："陆先生，我代表国民政府，敬您一杯，提前预祝您的寿辰。今儿吃完饭呢，我就得走了，明儿您的正日子我就来不了了，一点小意思，陆先生多多包涵。"他喝完酒，朝大堂门口一招手，手下端上来一只金寿桃。

"谢谢俊杰，有心了！明儿什么时候走，我派人送你去车站。"陆士杰看了一眼金寿桃，身边的仆人上前收下礼物。

"不用不用，明儿呢您好好过寿，劳您惦记。"马俊杰抱拳致谢。

陆士杰笑道："你就别跟我客气了，都是自己人，有什么需要，就跟下面人说一声。"一旁的哈岚接了一句："得，您吩咐我一样，有需要就说话，为陆爷和马爷做事情，义不容辞！"马俊杰打了个哈哈："我说，您这江湖气是自学成才，还是在水寨主这儿练的？"

"哎？您别笑，我要是留在微山湖做文案，肯定说得比这个溜！"哈岚扭头朝水尚香龇牙一笑，水尚香呵呵一声，并不答话。

邻桌的上野少佐举起酒杯，恭敬地道："我代表日本商会敬陆先生一杯，祝陆先生福如东海，寿比南山！"陆士杰微笑回礼："谢谢上野先生，您不但中文说得极好，而且我还听说，上野先生是个美食家？"

"美食家说不上，只是有点好吃罢了。"

"那您得好好尝尝今天的菜，我新换的厨子，宫廷菜做得一绝！"

上野眼睛一亮，笑道："看来我今天是有口福了，哈哈！感谢陆先生！"

此时，轮到娄晓月一桌敬酒，娄晓月站起身来，微笑道："陆先生，我代表北平梨园公会敬您一杯。明儿是您的正日子，给您暖寿了。"陆士杰客气地举杯，连连点头："好好！谢谢晓月先生，您的戏码，排在哪天？"

不等娄晓月回话，在旁边串场子的哈岚立马抢着答应："排好了，初九！"

陆士杰颔首笑道："好，那就等着看您的'玉堂春'了！"

“谢谢您。”娄晓月落座，有意无意地回头望了哈岚一眼，却见哈岚躲在她身后，脸色有些不对，两只眼睛直盯盯地望着上野，神情异常紧张，不免好奇地问：“你怎么了，看什么呢？”

哈岚皱了皱眉头，轻声道：“我老觉得这个日本人，有点儿面熟……”

三桌客人敬完酒之后，上野起身鞠躬，面色有些凝重：“陆先生，有个事情想征求您的意见，我们正在帮助满洲国溥仪皇帝成立全国的总商会，很希望上海这边能够动起来……不知道陆先生，能不能带个头？”

陆士杰面露微笑，却并没有回答。马俊杰点头示意，询问上野：“你们是要成立什么商会？”上野正色地道：“不是我们，此事跟我们大日本帝国没有关系，而是满洲国的意愿，由佟侯爷牵头。他已经去满洲国会见溥仪皇帝了，商会之举，势在必行。”

“佟侯爷回来了？”马俊杰眨了眨眼睛。

“是的，他现在应该在前往新京的路上。”

哈岚一愣，朝着娄晓月摆摆手，难掩心头的紧张，抬脚就往大厅外面溜走。

陆士杰夹起一口菜品尝，客气地道：“今儿是个私人场合，咱们就别谈正事儿了吧？上野先生，您尝尝这道菜。”

“好的。”上野夹菜尝了一口，皱了皱眉头，脸上露出异样的神情，似乎在回味菜的美味，又似乎想起了一件往事。

陆士杰诧异地问：“怎么？菜不合口吗？”上野突然赞不绝口：“好吃，非常好吃！这佛跳墙，是最考验厨子手艺的一道菜，不知道您这位厨子是从哪儿请来的？”陆士杰呵呵一笑：“他是我的一位门生，看来上野先生很内行啊，不愧是位吃主儿！”

“哦？这么好吃的菜，我很想请教一下厨师，它的绝妙在哪。”

“好说，哈总提调……”陆士杰本想让哈岚去喊解一半出来，突然发现哈岚没影儿了，回头吩咐身边的仆人，“去把厨子叫出来。”

仆人去厨房喊解一半，哈岚躲在过道的门后面一直在偷听上野说话，心里一惊。等解一半从厨房出来，赶紧闪身拉住，小声叮嘱：“一半，小心那个日本人……”

解一半满脸迷惑，走到大厅见过陆士杰，看见上野并没有觉得面熟，心里正在奇怪，陆士杰已经开始介绍：“这位是我的门生，这位是上野先生。”解一半点头示意：“上野先生，您好。”

“你是哪里人？”上野打量了他一眼，面带微笑。

他这话一问出口，哈岚心里暗叫完了。马俊杰不着痕迹地瞄了解一半一眼，皱了皱眉。解一半也不敢多想，装作很怕生的样子，低着头道："河北保定的。"上野继续问话："哦，那离北平很近啊，你这手宫廷菜是在哪学的啊？"

"家传的。"解一半已经头皮发麻。

"那你怎么来上海了？"

哈岚躲在角落，脸色难看至极，娄晓月似乎也感觉到不对劲，紧张地望着解一半，心想这日本人到底是什么来头？万一他是跟草弥一伙的，那哈岚跟解一半就有危险了。

解一半有些尴尬，道："我……我媳妇跟人跑了……我听说啊，人就在上海呢，所以我就来找找……"他自己也觉得有点滑稽可笑，上次去天津梓府偷密疏盒子，他也曾经骗佟梓华，老婆跟人跑了，这一次两次的都搬出翠儿来救场，心里实在过意不去。

上野微微一笑："那找着了吗？"解一半摇头道："还没呢……"

"解先生。"上野突然脱口喊了一声，解一半条件反射地抬头应答：嗯？哈岚神色一黯，沮丧地拍了一下自己的脑门，而坐在桌前的娄晓月也是心里一沉，紧紧地抓住了手里的手绢。上野似笑非笑道，"你不用再说了，我知道你来上海的原因。有时间很想跟你请教一下做佛跳墙的诀窍，我还希望接下来能吃到一道开水白菜，辛苦你了。"

陆士杰怔住："开水白菜？我怎么没听说过？"

陆府厨房。

解一半回到厨房，心儿怦怦直跳，已经没有心思再做菜了，解下围裙擦了擦手，吩咐身旁的帮厨："别忘了，最后在锅边儿淋一圈儿黄酒……"哈岚冲进厨房，将解一半儿拉到一边儿，神色慌张："我说你作死呢？要跟日本人说那么多乱七八糟的东西？"

"爷，这么突然把我叫过去了，我就害怕哪句话说漏了，又不敢编太多谎，我也是没有办法啊，现在外面什么情况？"

"你不觉得这个日本人有点儿眼熟吗？"哈岚紧皱眉心。

解一半努力回想："好像是在哪儿见过……"哈岚失口叫道："哎！我想起来了，厨艺大赛，在岛田身边站着的是不是？"解一半心中一凛，猛然记起岛田敏三是带了两名手下参加宴会，其中一个山本，另一个正是上野。解一半嘴皮子抖索："那……那……那怎么办？"

“完了，咱俩在上海待不久了。”哈岚呼了一口气。

“哈岚。”这时，马俊杰的声音从过道上传来。

哈岚探头往外瞧了一眼，赶紧将马俊杰拉进厨房：“你怎么进来了？那个日本人现在怎么样？”马俊杰正色地道：“那个日本人已经看出来了，上海你们待不成了，你们赶紧撤。”解一半急得原地打转：“还能去哪儿？”

“你们去广州，这几年呢，我一直待在广州，到了那儿，你们有落脚的地儿。”

哈岚脱口道：“正好，晓月给了我们两张去香港的车票……”

“香港？那也行，但是如果你们改变了主意去广州的话，下了车，直接去中山路的松宁旧书店找曹阳，好吧？哦，对了，哈太太让我带给您一封信……”马俊杰从兜里掏出一封信，递给哈岚，闲聊了几句，告辞离开。

二人收拾好厨房，躲在房间里不敢露面，解一半铺好床被，问坐在桌边发呆的哈岚：“爷，您是铁定了心要去香港是吗？”哈岚眨了眨眼：“怎么？你想去广州？”

“我哪儿都不想去。”解一半摇头叹气。

“哪儿都不去，在这儿等死？”

解一半缓缓地道：“往南走啊，就离家太远了，我这心里不踏实……爷，您要跟娄晓月去香港是吧？爷啊，您看看上次信里边儿怎么写的，您看完了就知道少奶奶有多么担心，可是您呢，却想着跟娄晓月私奔？少奶奶对您多么不放心，让娄晓月捎来一封信不算，这让马俊杰又捎来一封信，您什么都不想，什么都不顾，您就忍心把少奶奶给这么撇下了？”

“我从一开始就是因为不忍心，娶了佟丽华。到如今，把她祸害成这样不算，我这心里一肚子苦水，我为自己活过一次吗？你说我图什么，我想做我想做的事儿，你们怎么就这么个不依不饶的，非得把我困住不可了？”哈岚觉得一肚子委屈，如今与娄晓月相聚，正是千载难逢的好机会，他真的不想放弃。

解一半脸色一沉，道：“您这辈子不是为自己活着的吗？这么多年了啊，家里面儿闹的这些鸡飞狗跳的事，哪一件事不是你给惹出来的？”哈岚瞪大了眼睛，叫道：“哪件事不是我忍下来的？我忍来忍去到现在，我不还是忍着呢吗？”

“啊，我知道了，你一直忍我们是吧？我们这一家子人半辈子了，为您这么辛辛苦苦这么操劳着，到头来都是我们的不是了？”

哈岚忽然起身，大步走到解一半跟前，一字一顿地道：“我心领了！解一半，我心领了！但是你们给的，都不是我想要的，不是！”他提高声音怒吼一声，眼眶通红。

解一半目光沉痛，难以置信地望着哈岚："好，我们都不是你想要的，少奶奶不是，翠儿不是，我解一半也不是！那你儿子是不是？来，我给你读读，这信上你儿子是怎么写的，爸，对不起，我想你，你……"

"行了！别说了！"

解一半走到床前想去取信，转身又疾步走回来，情绪激动地挽起袖子，指着哈岚的鼻子喊道："哈岚，从今以后，你想上哪儿上哪儿去，我不拦着你！你爱怎么走怎么走，我告诉你，我解一半哪也不去，我就想回家，我就想我老婆和孩子！你这良心，不知道被什么东西给吃了！"

"我是畜生，没有良心的畜生，行了么？"哈岚的泪水夺眶而出。

解一半拳头紧握，好想一拳将哈岚打翻在地，突然瞧见他满脸泪水，脑门上一股怒气顿时消散，沉入足底。

得月楼外，噼里啪啦的鞭炮声响彻街道，丁宝兴高采烈地站在挂鞭旁边，点燃一支二踢脚。

门口围着一群看热闹的街坊邻居，草弥站在中间，热情地朝着人群鞠躬，左右两边站着喜气洋洋的佟梓华，一脸不满的汪四海，而佟丽华却远远地退到门侧，领着翠儿和三个孩子站着看热闹，一个个绷着脸儿，一言不发。

待鞭炮燃尽之后，佟梓华高声大喊："感谢各位今天前来捧场，得月楼今儿重新开张，以后生意还仰仗大家多多光顾啊！今日全场八折！"他话音一落，围观的人群一拥而入，差点儿将得月楼的门槛踩坏。

丁宝趁机拉住即将走进大堂的佟丽华，感激地道："少奶奶，谢谢您找我回来，我等这天等得头发快白了。"佟丽华微微一笑："以后忙里忙外的，可得拜托你啦。"

进了大堂，客人们热情高涨，看见佟丽华就喊老板娘。佟梓华翻了个白眼，过来招呼妹子："怎么着？推脱不成又跑来当这个总经理了？我说妹妹你可以啊，你这怎么着也得算个中日友好大使了吧？"

"要不让给你来当？"佟丽华没好气地道。

"我可不行，没有金刚钻儿，揽不了这瓷器活儿。"佟梓华冷哼一声，一屁股坐在汪四海和草弥的中间。

正在夹菜的汪四海扭头一看，不悦地道："你坐这儿干吗？这桌有你什么事儿啊？"

佟梓华大声叫道："哎，草弥先生坐哪我坐哪，有你什么事儿啊？"草弥摇头轻叹，劝解道："二位以后能不能和平相处？现在合作了，大家坐在一起好好吃顿饭不好吗？"

汪四海一脸嫌弃地瞥了佟梓华一眼，自顾低头，挑着盘子里的菜吃了一口，呸的一声啐在地上，扯着嗓子喊："这什么菜啊这是？是给人吃的吗！翠儿姑娘，咳咳，我说实话啊，这菜做得太难吃了，还不如你那酱牛肉呢！后厨有酱牛肉吗？切一盘儿上来！"

翠儿听见汪四海的吆喝，隔着老远白了他一眼："酱牛肉没有！这菜啊，您爱吃不吃。"汪四海叫道："哎，你这开饭庄的，和气生财不懂啊，哪儿那么大火气啊你？"

佟梓华突然叹了一口气："要不然说呢，饭馆这让人服，全靠堂柜厨！这菜不好吃，当然是人不行啊，您说这解一半儿要是在这，这菜能这么难吃吗？"草弥无奈地点头："确实是可惜了。"汪四海脸色一变，狠狠地瞪着佟梓华，不料佟梓华装作没看见似的继续感叹："说的就是啊，打从天津我就想吃一口他做的杏仁儿豆腐，到现在都没吃着……"

翠儿刚好过来上菜，闻言一扭头，没好气地应了一声："舅爷您将就着吃吧，解一半死了。"汪四海见势不妙，赶紧夹了一筷子菜塞到佟梓华碗里："我说，你能不能就别老提解一半儿？你老提个死人干什么啊，吃还堵不住你嘴，吃吧！"

"嗯，草弥先生，都是您的一片苦心，才让得月楼又起死回生啊！来，敬您一杯！"佟梓华举杯向草弥敬酒。

"大家都辛苦了，汪局长辛苦啦。"草弥笑容满面。

此时，汪佳佳跑到邻桌，对解冬青说了一句："你妈说你爸死了。"解冬青咬着嘴唇，低头不说话。哈津平心里不乐意了，冲着汪佳佳叫道："你爸爸才死了呢！"一旁的哈一南回头看了一眼汪四海，见汪四海正在邻桌敬酒，拉了拉哈津平的衣角，说："她爸没死，不在那坐着呢吗？"

哈津平见没有骂对路子，心有不甘，指着汪佳佳赶紧换了一句："那你妈是骗子！"汪佳佳一怔，皱眉道："你妈才是骗子呢！我妈就是你妈，你妈不是我妈！"哈津平一脸鄙视："你妈不是我妈！"

"……我妈说她是你妈！"汪佳佳觉得十分委屈，抓起盘子里一根菜扔到了哈津平的头发上。

哈津平怒视着汪佳佳，握紧小拳头在她眼前晃了晃。汪佳佳气急，脱口就喊："你爸是杀人犯！"哈津平"腾"地一下站起来，抄起桌子的盘子，将菜全扣在汪佳佳的脸上。

汪佳佳愣了一下，突然大哭起来。旁边桌上的汪四海听见哭声，疾步冲过来，见哇哇大哭的汪佳佳满身菜汤子，额头上流出血来，气得飞起一脚，将哈津平踹下了凳子："干什么你小王八蛋，你干什么呢你？你怎么打女人呢这么小，女人不能打你不知道吗？佳佳不哭，不哭，乖……"

翠儿瞧见声响，慌忙上前查看汪佳佳的伤势，从兜里掏出手绢："快！拿手绢擦擦！"汪四海余怒未消："你这什么孩子啊这是，你真行，你怎么教育孩子的这是？"翠儿皱眉道："我不给你拿手绢擦了吗？"

"都给弄成这样子了，拿手绢就完了？我跟你说你就不是什么好东西，我让你滚蛋啊，要不然我连你一块收拾！"

"你这人怎么不知道好歹呢你？"翠儿的脸色拉了下来。

汪四海一把揪住翠儿的胳膊，挥舞着拳头怒道："我告诉你啊，你是不是想找揍？你是不是想找揍？"

"汪四海，女人不能打！"哈津平大声呵斥。

汪四海一怔："小王八蛋，汪四海是你叫的呀？我白养你了，叫爸爸！"翠儿赶紧给哈津平使了个眼色，道："他爸爸死了。"汪四海抱起汪佳佳，没好气地道："你说你们这一家子，哎，不哭不哭……还真是，他爸爸是真死了，要不怎么生出这么一个有人生没人教的玩意儿！"

"汪四海，我跟你拼了！我这边大开业呢，你有完没完你？有你这么跟孩子说话的吗？"翠儿怒不可遏，发疯似的冲上去捶打汪四海。

汪四海连连后退："哎哎哎，你疯了你？你个泼妇！"不料哈津平一个箭步扑过来，抓住他的手狠狠地咬了一口。汪四海疼得杀猪般的咆哮："哎哟！小兔崽子！松开，松开啊！"

得月楼吃饭的客人听见动静，纷纷站起来看热闹，佟丽华拨开人群挤了进来，拎着哈津平的领子将他拽开："津平，干什么呢你，松开！"她见翠儿还想冲上去打汪四海，急忙扯开俩人。

"瞧见没，你这就快把这小兔崽子养成小狼崽子了，还开什么什么酒楼啊？"汪四海甩开佟丽华的手，指着翠儿骂道，"还有你！你这个疯婆子！"

佟丽华抱起一旁大哭的汪佳佳，抽出手绢儿捂住她的头："走走，都别吃了，带孩子回家。"

第六十八章 化险为夷

上海警察局。

刘金突然收到宾馆前台留下的口信，说北平有一位同事来找他公干，便心神不安地跑去警察局，却看见涂八正与一名警员在大厅交谈。

涂八见刘金终于出现，赶紧将他拉到一边儿，小声嘀咕了几句，然后介绍身旁的警员给他认识："这位是许警官，我已经跟他谈好了。"刘金客气地跟许警官握手："这次麻烦您了许警官，初到宝地，多多关照。"许警官哈哈一笑："小事儿，别见外了！"

此时，解一半正在厨房与帮厨们一起做菜，忙得满头大汗，哈岚进了厨房，催促道："哎！你们快点儿，前边儿都落座了，恨不得上一个菜舔干净一盘子，这都催着上菜呢。"

解一半手里握着勺子，冷着脸儿不耐烦地道："等着，着什么急！"哈岚哼了一声，翻着白眼冲着一旁的帮厨发火："你们俩磨蹭什么呢？动作快点！"

帮厨一愣，不知哈管事为何发这么大的火气。解一半头也不抬，冷冰冰地道："都别着急，慢慢儿做。"哈岚走到帮厨身前，瞧了瞧菜盘中的花式拼盘，没好气地道："让你们慢，也没让你们绣花啊！"

"这做菜就像绣花一样，给我好好绣！"解一半就是要跟哈岚对着干，哈岚说一句他就顶一句。

哈岚鼓起腮帮子，气得瞪直了眼，厨房门外有仆人进来喊："哈管事，有人找。"他一回头，就看见穿着警服的许警官站在厨房门口，正歪着脑袋打量着他："您是哈岚哈先生吧？"

“是我，什么事？”哈岚有些疑惑。

许警官干咳了一声，皱眉道：“娄晓月让警察局给扣了，她说叫你去保她出来。”哈岚吃了一惊：“怎么了，扣她干吗？”许警官淡淡地道：“这我就不知道了，她说你在陆先生府上，让你赶紧把她保出来。”哈岚有些手足无措，转身就走：“走吧走吧。”

“哎，慢着！”解一半将身上围裙摘了，扔在案板上，急忙跟了出去，“着什么急，我跟你一块去。”

帮厨在后面大喊：“解师傅，您一走这菜怎么办啊？”解一半挥手示意：“别担心，就按我之前教你们的。”

二人出了陆府，在许警官的带领下，火急火燎地上了警车。

一路穿街走巷，车子拐出了大城，往碎石小路上开去。

哈岚发现不对劲，奇怪地道：“这是要去哪？不是去警察局么？”

他话音一落，许警官一枪托就击在他脑门上，哈岚闷哼一声，顿时晕厥过去。解一半瞧见许警官黑洞洞的枪口，不敢妄动，惊呼道：“哎？这是干什么！”在前面开车的涂老八转过头来，满脸狞笑：“不干什么，送你们俩一程。”

车子来到一处荒无人烟的河边，不远处的河面停着一艘乌篷船。只见刘金带着两个地痞模样的年轻人等在河岸上，脚边放着两个木桩。

哈岚悠悠醒过来，摸着胀痛的脑袋，迷迷糊糊瞧见刘金站在岸边，满脸惊讶：“这是哪儿？不是去警察局吗？刘金？你怎么……你怎么在这儿啊，晓月呢？”许警官下车，冲着刘金点了点头。刘金手里握着枪，一挥手就喝了一声：“把他们捆上！”二个地痞手里提着绳子，冲上来捆哈岚和解一半。

“哎，干什么你们！”解一半大惊失色。

哈岚死命挣扎：“怎么回事儿，不是说晓月出事儿了吗？她人呢？刘金！刘金！”刘金不搭理，径直走到浅滩，地痞将二人捆好，在他们身后再帮上一个木桩，推着他们走到刘金的身边。

哈岚身子发抖，惶声道：“刘金，你到底要干什么？”刘金无奈地笑了笑，道：“对不住了二位，这是汪局长的命令。你们一会啊，要是做了死鬼，想报仇的话，记得去找汪局长。”解一半咬了咬牙：“汪四海是吧？我就知道这小子没那么轻易放过咱们！”

“你们在上海这事儿，已经嚷得满北平城都知道了，汪局长他也是没办法，你们不死，他就得死！请吧二位，你们自己走到河里去吧。”

哈岚脸色煞白，腿脚已经发软：“慢着慢着，有话好好说！刘金，咱们无冤无仇的……”刘金正色地道：“就是念咱们无冤无仇，我才给你们绑了个木桩子，我也没辙啊，这是命令，我得执行命令！这样，一会儿啊要是有人救你们，你们就能活，没人救你们，只好去死。是死是活，听天由命，我呢已经够仁义了……走吧，往水中间走。”他站在岸边，枪口朝着二人一指，“动作快点啊，我开枪了啊！”

“哎，哎，别开枪，一半儿……我害怕……”哈岚心惊胆战地望着解一半。

“爷，他刚才说了，是死是活听天由命，咱能不能不怂！”解一半叹了一口气，缓缓朝河水深处走去。

哈岚哪里走得动路，已浑身发软，嘴唇更是抖得厉害：“我害怕，一半儿……我不想死哎，一半儿……”他脚尖一落水，心里暗想，跑过天津，跑过上海，始终是跑不过命，看来这次是凶多吉少了。

二人蹚水过河，正恍惚之间，忽然听见河面上的乌篷船里传来水尚香的呼喊：“小白脸儿！解师傅！”二人心头一惊，扭头看到不远处的乌篷船，已来不及细想，飞一般地向乌篷船的方向狂奔。

“别跑！站住！你们俩给我站住！”刘金踩着浅水慌忙追过来。

哈岚与解一半慌手慌脚地跳上船，一头扎进船舱里。刘金一个箭步追到船上，用枪指着黑漆漆的乌篷：“出来！”

“叫姑奶奶吗？”水尚香穿着长筒靴，手里握着个渔叉，挑帘从舱内走出来，趁刘金一愣之下，飞起一脚便将他手里的枪踢落水中，手腕一转，渔叉已掐住了刘金的脖子，“把他给我捆了！”

船舱内出来两个大汉，二话不说，上来将刘金五花大绑。

刘金还想挣扎，水尚香的靴子一脚就踩在他手腕上，疼得他放声惨叫，连连求饶：“水姑娘……不不，女侠，女侠饶命，饶命啊！”水尚香扭头瞧了瞧河面，冷笑道：“哼哼，给他也绑上木桩子丢河里去，有人救就活，没人救就死，是死是活看他的造化了！”

“我……我不会水……饶命，饶命！”刘金苦苦哀求。

水尚香指了指站在岸边的涂八，笑道：“你们几个除了玩枪，还会不会玩水？枪我也有，如果你们想过来抓人，很有可能会下去玩水。”涂八与许警官对视一眼，一时摸不清水尚香的来历，均不敢上前救人。等手下将刘金绑好，水尚香渔叉子一使劲，直接将他掀翻进河里。绑着木桩的刘金一顿扑腾，发现河水只是过膝，惊魂未定地爬起来，拼命地往前跑去。

乌篷船渐渐驶远，涂八在岸上一跺脚，气急败坏地指挥两名地痞下河去救刘金。

哈岚从船舱内钻出来，望着河岸上大呼小叫的刘金，缓了一口气，笑嘻嘻地道："多谢大头领救命之恩！来得可真够及时的啊！"

水尚香翻了个白眼，道："我早派人跟着他们了，一举一动能瞒过我的眼睛？上海不能待了，你们收拾收拾，赶快走人吧。"

上海大通宾馆。

哈岚匆匆忙忙地赶到娄晓月房间，将河边的遭遇告诉她，万般无奈地道："晓月，难道你还看不出来吗，刘金这趟就是来杀我的！"

"汪四海……"娄晓月瘫坐在沙发上咬了咬牙，脸上的表情极为复杂，也不知是惊惶还是愤怒。

"上海我待不下去了，晓月，咱一块走吧！这么多年了，现在正是时候，就咱们俩，咱们从头开始。"

娄晓月犹豫道："去哪？"

"香港，你不是让我跟解一半儿去香港吗，他不想去，就咱俩走，有空咱再把孩子接过来，行吗？"

娄晓月面露难色："怎么把孩子接过来啊，佟丽华跟汪四海绝对不会同意的。"

哈岚上前，蹲在娄晓月的脚边，慎重望着她："都赖我，这么多年都赖我。你说我当初，干吗死乞白赖非得去天津……多少回了，只要心一横，跟你走不就完了么。你说害得你，害得大家伙绕这么多圈子，晓月，咱不能再错了，一块走，咱一块走，行吗？"

娄晓月闭上眼睛，幽幽叹息："咱们这么走，对得起他们吗……"

"咱对不起呀？咱们对得起他们所有人，咱谁的都不欠。晓月，你说说，密疏、大清国、哈王府……这么多事，这些年压得我喘不过气儿来，我背不动了，真的背不动了……"哈岚鼻子一酸，忍不住落下眼泪。

"哈岚……"娄晓月深切地望着哈岚，神情有些动容，颤抖的小手轻轻抚摸哈岚的脸，目光闪动。

夜晚，上海滩灯火辉煌。

娄晓月一个人独坐在沙发上，内心一直在挣扎。

她与哈岚之间的感情，仿佛突然隔着一层窗纱，朦朦胧胧的，看不清楚彼此的样子。如果咬牙去捅破它，面临的又将是什么？是放纵自我，还是泯灭良心？娄晓月没有奢望过幸福，她心里牵挂最多的人是哈津平与汪佳佳。

她轻轻叹息，起身去给家里打电话，汪四海接到电话却是大发雷霆：“你什么情况？你这会儿不应该是在火车上么？怎么还在上海？”

“陆先生多留我们一天……”娄晓月喃喃地道。

话筒里传来汪四海暴跳如雷的声音：“说留就留啊？你怎么也不打个电话回来说一声！家里都乱套了，你赶紧给我回来！”娄晓月皱了皱眉头，不耐烦地道：“行了吧你，我这才几天不在就乱套了？你还有脸说！佳佳呢？我要跟佳佳说话。”

“你闺女让人给打了！”

娄晓月脸色一变，“谁打的？打哪儿了？”汪四海气呼呼地说：“你那个宝贝儿子！一盘子下去，给佳佳开瓢儿了！”话筒里传来汪佳佳的声音：“妈！你什么时候回来？我哥说你是骗子……”娄晓月愣住，目光闪动，温和地道：“很快。”汪佳佳追问道：“多快？”

“很快……”娄晓月满脸惆怅。

此时，在陆府的客房中，哈岚与解一半各自躺在床上，二人亲身经历了汪四海的追杀，心事重重，难以入睡。哈岚心有愧疚，轻声地道：“解大哥，我给你赔个不是……我那天说的话确实太混了……”

沉寂了半晌，解一半叹了一口气，似乎想清楚了决定：“你们走吧。”哈岚皱眉道：“那你呢？”解一半微微一笑，道：“我走我的……其实，我也该离开你，过一过自己的日子了……”

哈岚无言以对，他并没有觉得贝勒爷的日子比解一半更好受。哈王府烧了之后，他历尽了千辛万苦，如今终于等到和心爱的女人双宿双飞的机会，说什么也不愿意放弃。哈岚已经觉得很累了，他可以勇敢地为娄晓月放弃一切，他觉得他的决定并不怂。

二人皆睁着眼睛，无心睡眠，心中的思绪百转千回。

得月楼大堂。

如今得月楼已不是自家的产业，但是佟丽华对工作仍然尽心尽职，正倚着柜台算账，招呼伙计进来：“这两个数对不上，你记得重新算一下。”伙计取了账本，到厨房去核对菜单，只见佟梓华大摇大摆地进了门，环顾四周，幸灾乐祸地道：“津平呢？”

佟丽华头也不抬，冷冷地道：“上学去了。”佟梓华坏笑着道：“哎？汪四海没让你赔钱吧？这两天没露面？”佟丽华依然不理不睬，没好气地道：“没见着。”

“丽华，你说这哈津平是哈岚他亲生的吗？我怎么觉着不像呢，你说哈岚那么个怂人，可哈津平那小王八蛋，下手可够狠的，那么一块西瓜仁，照着汪佳佳那脸上，啪嚓！嘿嘿嘿……”

“你有没有正经事，没有别在这惹事儿。”佟丽华白了他一眼。

佟梓华嘿嘿一笑，道：“当然有啊，下个月初一，阿玛就要回北平了。”佟丽华神情一震，皱眉道：“好好地，怎么突然要回来？”佟梓华正色地道：“阿玛刚刚在新京，参见完皇上，下个月初一赶回北平组织中日联合商会。”佟丽华满心狐疑：“这事儿是阿玛牵头？”佟梓华点点头：“我看着像。”

“怎么老给日本人做事，那不是汉奸吗？”

佟梓华脸色一黑：“看你说的，那你现在可也是在日本人手底下当差，你也是汉奸吗？行了，信我带到了啊，下个月初一，你腾出空儿来，咱俩一起去接他老人家。”他说完之后，转身离开。佟丽华怔怔地站在原地，想起马俊杰交代的话，当这个得月楼的总经理究竟是对还是错，她脑子里一片迷茫。

酒楼打烊之后，佟丽华意外收到马俊杰托人送来的字纸条，心事重重地去了西岛咖啡，马俊杰果然已经坐在窗前等候。

佟丽华皱眉问道：“怎么这么快就回来了？见着哈岚了吗？他们现在在哪儿？过得怎么样？”马俊杰点了点头：“放心吧佟格格，都见着了，挺好的。我把信给他们了，他们决定去香港。”佟丽华松了一口气，但听到哈岚准备去香港，内心却有些不舒服，脸上的表情也很别扭：“哦，那就好……那娄晓月呢？”

“娄晓月？”马俊杰微微一愣，似乎瞧出了佟丽华不安的眼神，笑道，“哦，暖寿的时候见着她了，挺好的。”

“我是说她什么时候回来？”

“这个……我还真不知道，按理说，应该明后天就能回来了。”

佟丽华继续追问：“那哈岚跟你说什么了吗？没叫你带信回来吗？”马俊杰展颜一笑，将桌角的手提箱打开：“不说我差点忘了，我回来得匆忙，他没来得及回信，不过让我带回来点东西，两盒玻璃弹球，给津平和一南的……我下了车就过来了，在寿宴上听到点消息……”

佟丽华期待地看着马俊杰从箱子里取出两盒玻璃弹珠，克制着脸上的失落：“什么消息？”

“好消息是，佟侯爷要回来了。”

佟丽华淡然道：“这我知道，今天我哥跟我说了，那坏消息呢？”马俊杰的眼神有些闪烁，表情很尴尬：“坏消息是……他是我们暗杀名单上的第一位。”佟丽华脸色骤变：“因为筹备总商会的事儿吗？”马俊杰眨了眨眼睛，诧异地道：“你怎么知道的？”

“为什么要这样做呢，就不能通过外交，通过谈判来解决这件事情吗？”佟丽华忧心忡忡。

马俊杰正色地道：“谈判？哈太太，现在哪儿还有谈判的权利？我们面临的是战争，不是小孩儿过家家。”佟丽华喃喃地道：“暗杀是最肮脏的事儿……”

马俊杰皱眉道：“但也是最有效的解决方法。哈太太，刺杀岛田的时候，你也有参加过，这不是暗杀吗？这不肮脏吗？”佟丽华不悦地道：“那不一样，当时岛田不让我们活，他伤害我的孩子！可我阿玛不让谁活了，他伤害您的孩子了吗？”

“可他和日本人合作，他甘愿做大汉奸溥仪的奴才！他卖国啊他！”马俊杰情绪有些激动。

佟丽华据理力争：“我阿玛本就是大清重臣，他无非是为了复辟大清，才跟日本人有来往的，这叫什么卖国？”马俊杰沉声道：“血亲面前无大义！我告诉你这事，本以为你会……”佟丽华不等他话说完，截口道：“如果是您的父亲，您有这个大义吗？！”

“大义灭亲，自古以来，这样的事还少吗？！”

“那我来问你，卖亲求荣得以自保苟活，这样的事也不少！可是你站在我的位置，你应该怎么做？”佟丽华大声质问。

马俊杰缓了一口气，深表歉意：“哈太太，我知道你一时转不过这个弯来，我不应该跟你说这些，对不起……”佟丽华难以置信地望着马俊杰，怒嗔道：“马俊杰，我们这么多年，帮了你这么多了，可你却要杀了我的父亲！”马俊杰无奈地道：“好，咱们冷静一下，我们希望你做得月楼的总经理，为的就是给日本人的特务点儿给撕开一个口子，可你迟迟不给我们提供任何有价值的情报……”

“我本不想做这个狗屁总经理，可是一旦做了，就想把一件事做好，别的事儿都与我无关！”

“民族兴亡，国家大事也与你无关？”马俊杰脸色一沉。

“我没有你那雄心壮志，我能做的，仅仅是保护好我的家人！”

马俊杰满脸肃容，道："别忘了，你丈夫还在外逃亡，是谁害的他？"佟丽华冷冷地道："难道是我阿玛？害他的日本人死啦！"马俊杰义正辞严地道："日本人在东三省，杀了多少无辜的百姓，他们凭什么过好日子？凭什么？"

"可这跟我阿玛有关系吗？冤有头，债有主，我阿玛没害过任何人，你们不能滥杀无辜！"佟丽华控制不住内心的愤怒，转身就走。

马俊杰起身叫住："哈太太，我再说最后一句，这是要求，也是警告，不要泄露我们的计划，因为我一直信任您！"佟丽华站住脚步，正色地道："我要是不听呢？"马俊杰面露忧色，慎重地道："那对你阿玛而言，没有一点儿好处……"

上海大通宾馆。

大堂上的钟表指着十点半，刘金站在前台拨号，话筒里传来娄晓月的声音："喂，找谁？"刘金应道："太太，您在房间呢？"娄晓月没好气地道："有事儿吗？"刘金堆着笑脸："没事儿没事儿，我就问问，看您在不在……"

娄晓月"啪"的一声将电话挂断，刘金迷茫无措地看了眼话筒，挂上电话，走到大堂的沙发上躺下。

大堂钟表上的时间到了十一点，刘金神情慵懒地起身，走到前台拨打电话。过来半晌，电话里头传来哈岚的声音："喂？谁？"

刘金一怔，皱眉问道："太太呢？"哈岚笑嘻嘻地道："嘿嘿，在这儿呢。"刘金沉声道："你赶紧让她接电话！"电话那端传来哈岚呼喊娄晓月的声音："晓月，接电话。"

"谁啊？"

"还能有谁，刘金呗！"

电话突然被挂断，刘金微微一顿，思索片刻，放下电话打了个哈欠，走回大堂沙发继续睡觉。他又睡了大约半个小时，伸着懒腰去前台拨号，电话里传来漫长的忙碌音，一直无人接听。刘金脸色变了变，屏住呼吸紧张地望了一眼楼梯口的方向，并没有发现哈岚与娄晓月的身影。

此时的电话依旧没有人接听，刘金脸色阴沉，刚要放下话筒，电话被人接通："喂，人呢？怎么没人说话？"

刘金悚然一惊，听出电话那端是水尚香的声音，一股不详的预感顿时袭上心头："太太在吗？”水尚香笑道：“在呀，你这条看门狗倒是挺尽职的啊！”刘金紧张地道：“你让她接电话。”

“不接，你自己上来看看不就得了！”水尚香说完，直接挂断电话。

刘金阴沉着脸，摸了摸后腰的枪，不及细想，三步并作两步迅速跑上二楼。

水尚香正坐在娄晓月的套房沙发上，桌上一瓶红酒，两个杯子。她听见外面走廊上传来“噔噔噔”地脚步声，知道刘金已经迫不及待地冲上楼，微微一笑，扭着腰肢走到门前，大方地开门。

门外的刘金见水尚香扶门而立，面带笑容地望着他，不禁打了个激灵，顾不得打招呼，急忙闪身进房，四处查看娄晓月的身影。他注意到行李架上的箱子已经不见了，扭头喝问：“他们去哪儿了？”

水尚香轻轻地将房门反锁，懒洋洋地走到桌前，倒上两杯红酒：“喝一杯。”

“姑奶奶啊，我现在脑袋拴在裤腰带上了，我还有心情喝酒？”刘金急得团团转，调头就走。

“哎呀，这什么酒，这么涩的！哎，你去哪啊？”水尚香叫道。

“我找太太去。”刘金脚步一顿。

水尚香嘿嘿一笑，挑了挑眉：“别找了，赶不上了，陪我喝一杯，我告诉你他们去哪了。”刘金皱眉道：“我不喝。”水尚香叹了一口气：“你打算现在出去没头苍蝇似的找吗？他们可没在大街上瞎晃悠。坐下吧，来，喝一杯。”刘金脸色一沉：“喝一杯你就告诉我？”

水尚香瞧了瞧墙上的挂钟，将红酒杯子递给刘金，笑道：“对，喝一杯我就告诉你……”

一楼的普通客房内，哈岚正与娄晓月坐在水尚香的床上，二人手里拎着包袱，表情木然。娄晓月心事重重地道：“哈岚……我盼这天，盼了这么多年，今天终于来了，我这心里，怎么这么别扭呢？”

哈岚抬头望了她一眼，缓缓地道：“别想这么多事儿，到了香港啊，我就去找个活，赚点儿钱，咱们找个不大不小的房子……你放心，我给你按王府的规矩，一点都不带差的，风风光光把你娶进门儿。再过几年，咱们生俩孩子，男孩女孩都行，一个随我姓，一个随你姓。我跟解一半儿学了一些手艺，做得没他好，但也还凑和，到时候，咱们再盘个小店下来，开个小馆子，养条狗，到时候你就在家看孩子喂狗，我就在外面干活养家……”

哈岚越说越起劲，但总是感觉自己高兴不起来。娄晓月默认半晌，轻叹道：“我觉得没劲。”哈岚耷拉着脑袋，无可奈何地道：“是挺没劲的，好像日子怎么过都是一样……”

阳光透过窗纱，斜照在床上，二人怅然若失，拎包的手臂也开始酸麻。哈岚心急如焚地望着门口：“怎么还没信儿，不知道水姑娘那边怎么样了……”

门外忽然响起敲门声，哈岚立马跳起来想去开门，娄晓月急忙拦住他，对着外面喊：“谁呀？”门外传来服务生的声音：“我是前台的服务生，水姑娘得手了，让你们整点就走。”

哈岚满脸兴奋，赶紧拉住娄晓月，拎起包袱离开房间，四处张望一眼，确定安全，二人迅速往走廊的尽头走去。而隔壁房间的门却突然悄无声息地打开，只见涂八探出一个脑袋，压了压帽檐，一声不吭地跟了上去。

二楼娄晓月的房间内，刘金已经被水尚香敬了三杯，他知道这位水匪姑娘可不好惹，强忍住脾气，将酒杯放下，正色地道：“姑奶奶，我谢谢您昨天饶我一命，但是如果您不告诉我娄晓月去了哪儿，我还得死。”

“这么大气儿？”水尚香笑盈盈地晃动着手里的红酒杯，突然又瞄了一眼墙角的钟表。

刘金沉声道：“我就不明白了，哈岚到底给了你什么好处，你非要这样帮着他们？”水尚香笑道：“大家都忙着国仇家恨，还有人傻得要私奔，这么珍贵的勇气，说什么我也得送他一程，你说是吧？我估摸着你也就是个老光棍儿，不懂这些事。”

“姑奶奶，水姑娘，女豪侠！您告诉我，娄晓月到底去哪了？”刘金心急如焚，从兜里摸出手绢，擦了擦额前的汗水。

墙上的钟表正好报了个整时，水尚香眨了眨眼睛，慢条斯理地道：“好吧，你就死了心吧，船已经开了，人走了。”

“什么船？”刘金大惊失色，嘴角一颤，趁水尚香不注意，突然抄起桌子上红酒瓶，卯足了劲儿往水尚香的头上砸去。

水尚香反应神速，一歪头躲开，伸手往前一勾，手腕已经拽住了刘金的后领。刘金情急之下，背过右手去掏腰上的枪，就在水尚香一只手将他拎起来的瞬间，他已掏出了枪。

水尚香一怔，缓缓举起双手，笑嘻嘻地道：“呦，大意了，还真有枪呢！不过，你最好别拿枪指着我，我可听说用枪杀人，会不得好死的。”刘金飞快地瞅了一眼挂钟，整点已经过去十五分钟，他气急败坏地将枪上膛，怒道：“我再问你一次，你要是不说，我一枪打死你！”

“行，我带你去吧。”水尚香左腿迈出一步，突然一个回旋，踢向刘金的手腕。刘金按动扳机，子弹打向了天花板。水尚香人已冲上去，一只手抓住刘金的手腕，由下往上挑起他的胳臂，顺势抠向他的喉咙，另一只手狠狠地拍向他的胸腔。

刘金猝不及防，闷哼一声，被水尚香打得连连后退，脚步趔趄，身子摔倒在窗台上。水尚香的招式一气呵成，在重击他腹部的同时，顺手按住了刘金的脸，直接往窗外推去。刘金身子后仰，双腿悬空翘起，嘴里呼出一声惨叫，顷刻间，楼下传来一声重物落地的轰响。

水尚香探出窗外，瞧了一眼血肉模糊的刘金，缓了一口气：“我说了，你会不得好死的……”

上海火车站。

哈岚与娄晓月顺利登上上海至广州的火车，找到座位之后，将包袱放在行李架上。娄晓月脱下外套，坐在靠窗的位子上，却见一个戴着礼帽的中年人，一言不发地坐在二人对面，脸上露出古怪的笑容。

哈岚瞪着眼睛，觉得这人很眼熟：“哎？我好像……”中年人咧嘴一笑：“别好像了……太太，您不认识我吧？我叫涂八，我是汪四海派来杀哈岚的，他在小河边见过我一次。”

“我跟你说，这事儿跟她没关系！”哈岚身子一颤，突然拉起娄晓月的手，起身想跑。

涂八并不阻拦，淡淡地道：“别着急跑，我要是真想杀你，还用跟着你到火车站吗？”哈岚满脸疑惑地回过头来：“你到底想干什么？”涂八示意二人坐下，慎重地道：“我想要你身上一件东西。”

“你……你……”哈岚闻言腿也软了，惊慌失措地将身子拦住娄晓月的前面。

“是这么回事儿，汪四海那个王八蛋让我杀你，我要真杀了你，以后指不定又要给他背什么黑锅，所以打一开始我就没想着杀你。不过，我老婆孩子在他手上，你给我你身上的一件儿东西，我好回去交差，到时候就说你死了……”

哈岚吐出一口冷气，差点哭出来：“八爷！八爷！我真没想到您是这么好的一个人，我真是谢谢您了！”涂八笑道：“您别着急感谢我，放了你倒是行，但是北平城这个地儿，您可不能再回去了。”哈岚急切地道：“那您说，要什么东西好？”

“随便什么都行。有没有那种，你一直带在身上，睡觉都不摘下来的玩意儿？”

哈岚眨了眨眼睛，解开衣领子，从脖子上摘下一个手缝的护身符袋，似乎有些不舍：“这是我老婆给我缝的……”娄晓月瞧了一眼绣花符袋，神情有些复杂。

“可以……”涂八接过护身符，望着略显紧张的娄晓月，“太太，您甭紧张，我这次来的任务就是杀哈岚，跟您没关系，您爱去哪儿去哪儿，我回去保准不说！呵呵，对了，还得给您赔个不是，津平少爷是我带下火车的，让您受了惊吓，对不住了。咱们，就此别过。”

涂八说完，径自下了火车，而娄晓月呆呆地坐在座位上，咬着牙不吭声。

“晓月，没事儿了，他已经走了，没危险了……”哈岚注意到她有些不对劲，从兜里掏出来俩鸡蛋，递给娄晓月，“一直没吃上饭，今儿早上我从厨房拿的。”

娄晓月却没有接鸡蛋，突然皱了皱眉头，道：“你等我一会儿，我还有点儿事儿要交代他。”

“别去，你跟他有什么可说的？”

“我交代两句就走，你等我。”娄晓月转身往车厢过道走去。

哈岚手里还举着鸡蛋，抬头看着车窗外的娄晓月下了车，追上去喊住涂八，俩人站在月台上也不知道究竟说些什么，涂八一直点着头，突然有意无意地朝着哈岚的车厢看了一眼。

哈岚盯着车窗外面，将给娄晓月剥的鸡蛋一口塞进嘴里，瞧二人站在月台上说个没完，不禁皱起了眉头。

汽笛声响起。

哈岚用力地咽下嘴里的鸡蛋，猛地打开车窗，探出脑袋喊：“晓月！快点儿啊，车要开了！”汽笛声越来越响，完全掩盖了哈岚的声音，火车已经开动，铁轨在震动。涂八的脸色有些尴尬：“太太，他叫您呢……”娄晓月叹息道：“我听见了，别看。”涂八怔怔地望了一眼平淡如水的娄晓月，似乎有点儿猜不透这个女人：“您真的不跟哈贝勒一起走吗？”

“晓月！晓月！快上车！”哈岚半个身子探出车窗，见娄晓月没有反应，赶紧缩回身子，疯狂地扒开过道上的乘客，一路穿越车厢。

缓慢行驶的火车越来越快，哈岚终于挤到了门口，扒着车厢的门，用尽全身的力气呼喊：“晓月——”他看见娄晓月缓缓地扭过头来，抹着眼角的泪水，正向自己挥舞着手臂。哈岚脑子里嗡的一声，浮现娄晓月曾说过的那些刻骨铭心的话。

“那你敢私奔吗……”

“山野乡村，海角天涯，就咱们俩个……你作诗我研墨，你吹笛我唱戏，咱们唱一出天仙配……”

“我给你做妾还不行吗？哈岚，我要你现在、立刻、马上跟我结婚……”

疾驰的火车响起声声汽笛，哈岚眼前一片模糊，泪水在窗前飞舞，娄晓月瘦削的身影已渐渐远去。

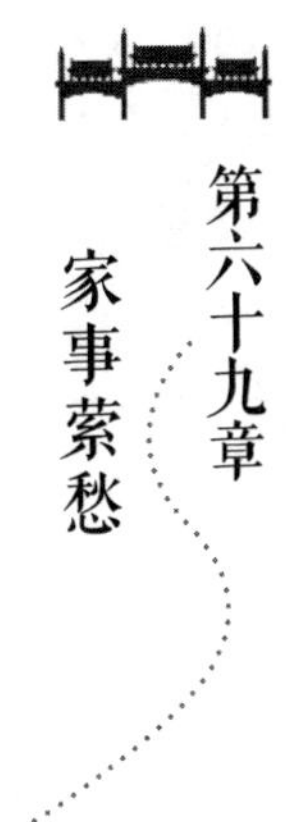

第六十九章 家事萦愁

陆府厨房。

灶台上炒勺翻滚，解一半正在炒着菜，抬起胳膊擦了一下脸上的汗，忽觉身后有人拍了拍他肩膀，回头一看，却是一张英气的脸庞，扬着嘴角坏笑的水尚香。

“水姑娘？爷他……他走了么？”解一半心神不宁，神情有些黯然。

“他们已经走啦，这钱是哈岚留给你的。他让我跟你说早点儿撤，还有，跟你赔个不是！”水尚香递给解一半一个荷包。

解一半迟疑地打开，见里面果然是一沓纸币，默认半晌，说了一声谢谢。

陆府的花园里栽着几株玉兰花，素装淡裹，晶莹皎洁。

解一半凝视窗外，恍惚之间，突然想起玉儿。

上海的弄堂里麻将声和笑骂声喧杂，解一半拎着行李进门，珍姐正在桌前洗麻将，抬头看见解一半，惊喜万状地喊道：“啊！解师傅呀，你终于回来了！哈先生去哪里了呀？他不在我老输钱呀！”

解一半憨笑道：“他忙，玉儿呢？”珍姐一指阁楼：“楼上呢！”

此时，阁楼上传来“哐哐哐”的脚步声，玉儿光着脚丫子飞奔下来，在楼梯口突然停住了脚，瞪大了眼睛默默地望着解一半，嘴角的笑容绽放。解一半低头看见她光着的脚，微微一笑，将行李箱放下，走上前去一把扛起玉儿，大步往楼上奔去。玉儿笑得花枝乱颤，牌桌上的牌友却张大了嘴巴，小声提醒珍姐：“哎，看着点儿，别出什么事儿？”

“没事儿，他才不敢！今儿手气不错，赶紧出牌！”珍姐扬了扬眉毛，头也不抬。

解一半将玉儿往床上一扔，顺势在她床边儿坐下，滔滔不绝地说起陆府的奇闻趣事。玉儿不住地傻笑，拉起解一半背贴背地站在窗槛边：“我说这几天空气这么好呢，你快闻闻！”

二人站在窗前，默默地望着窗外的人来人往。玉儿深情地扭头凝视解一半，轻轻地咬着嘴唇，似乎感觉到解一半藏了心思，可是她却不愿意去问。

天色渐渐昏暗，弄堂小巷的路灯亮了。

解一半进了玉儿家的厨房，水池里堆满了没洗的碗筷，眼前依然是乱七八糟的场景。解一半挽起袖子开始洗碗，接着洗菜切肉。而玉儿呆呆地坐在床头，听着楼下的麻将声和厨房里传来的炒菜声，眼角泛起泪花，淡淡的忧伤就像是刀割般地撕裂了她的心房。

解一半站在灶前制作炸酱，悉心地将炸酱放入坛子里密封好。抱着坛子走出厨房，上楼梯走到玉儿的床前，一下子愣住了。只见玉儿裸着臂膀，躺在床上假寐，身上斜搭着一块毛毯。解一半手里抱着坛子，呆立在床前，心潮起伏地望着玉儿。良久，他突然轻轻地叹出一口气，转身将坛子放在楼梯口。

玉儿没有动，却缓缓睁开了眼睛，又失落地闭上，一滴泪水无声地滑落。

珍姐仍在楼下打牌，解一半取了行李悄然出门，没有人去注意他。

玉儿穿着睡衣，默默地走到楼梯口，弯腰抱起坛子，失魂落魄地坐在地板上，

耳边依然能听到厨房里炒菜的声音。她知道这是幻觉，她知道，可能这辈子再也见不到解一半……

汪府大宅的门外，娄晓月与涂八打开车门下了车，搬了行李正要进门，娄晓月似乎觉察到什么，猛然抬头，只见路口的灯柱后面，站着一位穿着皮靴子的姑娘，顿时大惊失色：“水姑娘！你怎么在这儿啊？”

“嘿嘿，想不到吧！”水尚香脚步轻盈，大方地朝着满脸惊讶的涂八招了招手，“我一路跟着送你呗。”

娄晓月慌忙上前握住水尚香的手：“是不是哈岚他……”水尚香咯咯笑道：“别大惊小怪的，火车站的事儿我都看见了，知道你没想跟哈岚走。又看见你跟这小子在一起，担心路上出什么岔子，所以就一路跟来啦。”娄晓月叹道：“哎，我说什么感谢的话都是多余的，没有你，哈岚跟解一半早就在黄泉路上了……”

“我不可爱听你说这些！人活一辈子，总有活窄了的时候，那就得有人帮一把。”

涂八当然知道女水匪的厉害，远远地望着，眼珠子一直在转悠，就是不敢上前搭腔。

“可愿意帮一把的人，我只遇到你一个。”

“我被人帮过，也被人救过，所以知道人活着不易。走啦！”水尚香摆了摆手，双手插在裤子口袋，转身就走。

娄晓月赶紧上前拉住，热情地道：“不行，不行！都到家门口了，怎么也得进去坐一会儿，你可是我的大恩人！”水尚香翻了个白眼：“又来了，真讨厌！”娄晓月扑哧一声笑：“我是真心的！”水尚香眉儿一扬，正色地道：“晓月，是你男人要杀哈岚，我进去见了汪四海，说什么好？”

“水姑娘，你让我无地自容……”娄晓月面色一红。

水尚香嫣然一笑：“别这么小家子气，走啦！”娄晓月缓了口气，柔声道：“我以后还能再见到你吗？”水尚香转身离开，头也不回地甩了一句：“青山不改，绿水长流，说不定哪天又碰上了……”

娄晓月望着她的背影，心里恋恋不舍。

汪四海听见门外的动静，急匆匆地跑出来，欢喜万分地去接娄晓月手中的行李箱。不料眼前一花，只听见啪的一声，娄晓月反手甩了他一巴掌，骂了一句流氓！转身就往阁楼房间走去。

按理说，堂堂的御前领侍卫，功夫差不到哪儿去，反应速度也不可能这么慢，只不过，娄晓月是从小在娄家班里练出来的身手，那细长的小胳膊一转过来，令人防不胜防。

“哎？”汪四海捂住火辣辣的脸颊，忍住疼痛，瞪着涂八小声地问：“死了？”

涂八将哈岚交给他的护身符塞给汪四海，咧嘴一笑：“死了！”汪四海将符袋放在手里搓了搓，眼珠子一转：“那刘金呢？”涂八瞎编个理由解释：“解决解一半去了，估计过几天就回来。”汪四海顿时眉开眼笑：“好好，别傻站着了，领赏钱去吧！快去快去！”

娄晓月进了客厅，愁肠百结地坐在沙发上，汪佳佳额头贴着纱布，从楼上跑下来，兴奋地扑在妈妈怀里：“妈！你可回来了！”

娄晓月搂住汪佳佳，仔细查看她头上的纱布，心疼地道：“为什么跟哥哥打架？”汪佳佳委屈地说：“他说你是骗子啊，还说你不是他妈！你说好了带他去上海，为什么不带他去啊？”

“不是我不带他去，是你爸把他从火车上弄下来了。”娄晓月气呼呼地道。

此时，汪四海晃着身子进来，听见母女俩谈话，急道："哎！你别跟孩子乱说！佳佳啊，上海不是小孩子去的地方。"娄晓月抬头瞪了他一眼，起身从桌上取来棉签和绑带，给女儿换纱布。

"得，不说了，我的错我的错。"汪四海心里琢磨着，娄晓月肯定知道哈岚的事儿，这副冷冰冰表情自然是做给自己看的。他搬过来一张椅子上，离得远远的，笑容满面地看着娄晓月给女儿换药，"过去的咱就不提了……告诉你个事儿，得月楼重新开张了，不过是三家合营，咱们是股东之一，另外两家就是佟梓华和佟丽华。佟格格呢，现在是得月楼的总经理，你想去吗？想去的话我带你去尝尝？"

娄晓月没搭理汪四海，突然站起来，拉着汪佳佳要走。

"哎？哪儿去！"汪四海急问。

娄晓月走到门口，又转身走回来，从包袱里取出钱袋子，抽了几张银票揣进兜里。汪四海有点莫名其妙："你这是去哪儿？"娄晓月没好气地道："我去看看佟格格。"她与汪四海各怀心思，涂八的计划她可一直记着，绝对不能泄露真相。

"你要跟她说什么？"汪四海眼神闪烁。

娄晓月微微一呆，冷冷地反问："怎么？我去告诉她，哈岚过得挺好的，这样可以吗？"汪四海舒展笑容，点了点头："可以可以，应该这么说，你叫她放宽心，好好过日子……"

得月楼。

大堂里的客人不多，只坐了两桌三四个人。佟丽华站在柜台前，边看账本边向一旁的丁宝叮嘱着。水尚香扭着腰肢进了得月楼，东张西望地坐在桌前，丁宝赶紧提起茶壶过来给她倒水："您先喝口茶。"

"好像生意不太兴旺啊！"水尚香歪了歪头，饶有兴趣地望了佟丽华一眼。

丁宝微笑解释："啊，这个晌午头刚过，都这样，就等晚巴晌了。"水尚香眨了眨眼睛："刚才跟你说话的那位是谁？挺漂亮的。"丁宝眨了眨眼："那是我们掌柜的。"

"姓佟吧？"

丁宝一听姑娘的口音不像是本地的，奇怪地道："你们认识？"水尚香嘿嘿一笑，道："得月楼这么有名儿，谁不知道佟大掌柜的呀！她男人是哈贝勒吧？"丁宝见她说起哈岚，顿时起了疑心："没错，您吃饭吗？"水尚香笑道："当然吃啊。"

“那您要点儿什么？我给您报报菜名？”

“用不着，你们这儿有个解神厨吧？叫解神厨给我做条红烧鲤鱼，他最拿手的。”水尚香并不客气，接过丁宝手里的茶壶，自个儿倒水喝。

丁宝皱了皱眉：“解神厨不在……”水尚香疑惑道：“他上哪儿啦？”丁宝赔着笑脸：“这我得给您问问去，您稍等啊。”他径自走到柜台前，跟佟丽华轻声嘀咕了几句，不时偷眼瞄着水尚香，神情异常警惕。

佟丽华心生好奇，走到桌前打量着水尚香，笑道：“这位姑娘，您再点点儿别的吧，鲤鱼店里是有，可不是解厨子做的。”水尚香觉得佟丽华的气质确实不错，不免多看了两眼：“嗯，那他上哪儿了你知道吗？”佟丽华沉着应付：“您是来吃饭的，还是找人？”

“不吃饭我进来干什么？”水尚香说话带了点挑衅的语气，像是故意来找茬似的。

佟丽华心平气和地道：“我看您有点儿面生，但是对我们得月楼倒是知根知底。”水尚香笑道：“知根知底儿说不上，怎么哈贝勒和解厨子都不在啊？”佟丽华淡淡地道：“他们有点儿事儿……”

“嘿嘿，我看是出了点儿事儿吧？”水尚香眼眸流转，微笑地望着佟丽华。

佟丽华心里暗惊，却面不改色地坐在水尚香对面：“我看您不像是来吃饭的。”水尚香一脸坏笑：“您看我像干什么的？”佟丽华镇定地道：“这么说吧，我也是见过点儿世面的人，您想怎么着，就直接说吧。”水尚香面露赞许之色，似乎对佟丽华不亢不卑的回答很满意，她欠了欠身子，小声地道：“其实我来，只是想告诉你，哈岚和解一半都活着……”

“都活着？什么意思？难道他们有什么危险吗？”佟丽华心儿一颤，站起身来四下张望，心里隐隐不安。

水尚香正色地道：“他们俩在上海就没有危险吗？坐下坐下，嘿，看你这样子，不像是经过多少事的人呀！”佟丽华缓了一口气，道：“我看您也不像是来找麻烦的，可是，您怎么认识他们俩的？”

“哈哈，上海呀！娄晓月在陆府唱堂会，全部的‘玉堂春’我都听了！”

佟丽华恍然大悟：“原来您是陆老板的客人？”水尚香摆了摆手，自嘲地道：“什么客人，蹭个戏听。”佟丽华咬了咬嘴唇：“他们都还好吗？”水尚香点了点头：“挺好的，嘿嘿，我今儿呢只是想来看看，见识一下佟侯府的大格格是什么风采，果然是大家闺秀的风范，名不虚传！”

“您过奖了，还没请教尊姓大名？”佟丽华神情缓和。

水尚香哂然一笑：“我一个乡下野丫头，不劳过问了。对了，还有个翠姑怎么不见啊？”佟丽华一怔，笑道：“她在对面酱肉铺。”水尚香若有所思地道：“好吧，可惜见不到了，我得走了。”她起身告辞，佟丽华慌忙拉住：“等等！您不吃饭了？哪儿能让您这么走，吃了饭再走，我请客！”

“下次吧，真不吃了，看见你就行了！”水尚香拱了拱手，突然意味深长地说，“记住，你可能会听到很多谣言，不管别人怎么说，哈岚和解一半儿都活得好好的，而且，哈岚是好样的。”

她话说完，转身大步走了出去。佟丽华忙追到门口，大声道：“姑娘您先别走啊！无论如何留个姓名……”翠儿一头撞了进来，扯住佟丽华的手臂，诧异地道：“少奶奶，您这是怎么了？”佟丽华急道：“哎呀别问了，快叫住那个姑娘！”

佟丽华冲到门口，翠儿紧跟着跑出来，二人四下张望，大街上已不见人影。

“什么事儿啊？”翠儿一头雾水。

“都赖你！”佟丽华懊恼地一跺脚，“刚才那姑娘从上海来，她见到了解一半和哈岚！”

翠儿吃了一惊：“她都说什么了？解一半和爷都好么？怎么见到的……”佟丽华苦笑道：“唉，这不还没说清楚嘛，人就走了！”翠儿恨不得扇自己一个耳光：“赖我赖我！哎哟我的姑奶奶，她到底说了什么了啊？”

她跟翠儿正要转身回去，远远看见娄晓月拉着汪佳佳往得月楼走过来。佟丽华惊喜万分：“晓月！晓月回来了！”娄晓月笑嘻嘻地走到门口，热情地拉住佟丽华的手，拍了拍女儿：“自己玩儿去。”

三人进了大堂，丁宝瞧见师姐，喜出望外，围着娄晓月问长问短。

佟丽华赶紧催促丁宝去招呼客人，领着娄晓月进了得月楼的包间，心急火燎地询问哈岚与解一半的情况：“他们在上海究竟遇到了什么危险？”

“没有啊，挺好的。”娄晓月有些心虚。

佟丽华皱眉道:“他们俩没出什么事儿？什么叫‘还活着’？”翠儿一愣:“还活着？”娄晓月奇怪地道：“你这是听谁说的？”

“刚才来了个上海姑娘，从来没有见过，却突然说了些莫名其妙的话……”

娄晓月眨了眨眼睛，道:“是不是素面朝天，不土不洋的，穿着一双锃亮的皮靴子？”佟丽华惊讶地道：“你认识她？”娄晓月微微一笑：“她叫水尚香。”翠儿瞪了她一眼：

"水尚香？这还有姓水的？"娄晓月解释道："是啊，这个人可有来头了，她是山东微山湖师姑镇，水香亭水寨的女寨主！"

"妈呀吓死我了！那是个土匪啊？"翠儿的神情有些紧张。

"嗯，是水匪。"

佟丽华脸色变了变，她对水尚香的来历一知半解，心里一直担心着哈岚与解一半的安危："你告诉我到底怎么回事儿，哈岚他们怎么结识了水匪？"娄晓月叹气道："还不是因为陆老大，水姑娘是陆老大的门生，就是她两次救了哈岚和解一半的命。"

她话音一落，佟丽华与翠儿对视一眼，皆是满面恐慌："救命？那这么说他们俩遇到危险了？有人要杀他们，是吗？"娄晓月自知失言，尴尬地道："哎呀！都过去了，不过千万别忘了，水尚香真是咱们的救命恩人！"

"谁？是谁要杀他们？"佟丽华追问。

娄晓月闪烁其词："这……我可说不清，应该是上海当地的警局吧。"翠儿脸色一黑，道："你不可能不知道！刘金呢？我去问刘金！"娄晓月慌忙拦住："你别去，他，他还没回来。"

"他不是去保护你的吗？为什么没和你一起回来？"佟丽华瞧见娄晓月闪躲的眼神，觉得其中大有问题。

娄晓月支支吾吾地道："他……他在上海还有事……"翠儿突然叫道："娄晓月，我明白了，是汪四海派刘金去杀爷和解一半！"娄晓月皱眉道："瞎说什么呀！是四海把他们救出来的，怎么会又去杀他们！"佟丽华缓了缓呼吸，冷静地道："晓月，打一进门儿你说话就躲躲闪闪、吞吞吐吐，我觉得你今儿不太对，你到底要隐瞒什么？"

娄晓月急忙站起身，掏出了银票，和包里的一盒朱古力："算了算了，跟你们也说不清，这是哈岚托我给你们带来的银票，朱古力是给津平的，津平还好吗？他还恨我……"

佟丽华无奈地道："这都过去的事儿了，挺好的，哈岚没有信吗？"娄晓月摇摇头："没有。"佟丽华始终不太确信娄晓月的说辞，总觉得她有事隐瞒，翠儿接过银票和朱古力，没好气地道："你先别瞎打岔！水姑娘现在人到了北平，刘金还留在上海，如果爷和解一半出了危险，还有谁保护？"

"他们俩不在上海了。"

"去哪儿了？"翠儿继续逼问。

娄晓月急道："哎呀，香港啊！我亲手把车票给的他们！"佟丽华平静地道："如果他们俩平安到了香港，为什么连封信都不给家里捎呀？”娄晓月有些招架不住二人的盘问，哭笑不得：“这不是还没来得及嘛！我多余管你们这些闲事，怎么跟审犯人似的……佳佳，佳佳！跟妈回家了！”

她匆匆忙忙地跑出包间，喊着佳佳回家。

佟丽华望着娄晓月出去的身影，担心地回过头来望着翠儿：“上海一定是出了大事！娄晓月没说实话！”翠儿气呼呼地道：“那她为什么不跟咱俩说实话呀？”佟丽华满脸沮丧：“一定是另有隐情，唉！刚才真不应该放水姑娘走，她一定知道真相……”

“好！我去找她！”翠儿忽然咬了咬牙。

佟丽华猛地一惊，失声叫道：“找她？你上哪儿找？”翠儿正色地道：“微山湖，师姑镇，水香亭水寨，一问什么都清楚了。”佟丽华担忧地道：“可是……那是水匪窝，很危险的。”

“无论如何，她是哈岚和一半的救命恩人，娄晓月这话我信！要不然这水姑娘也不会无缘无故跑得月楼来报信儿，就是为了报恩，我也得去见她！”翠儿一番话说得斩钉截铁，为了解一半和哈岚，似乎是豁出了勇气。

佟丽华面露欣喜之色：“说得是！不但是谢救命恩人，她肯定知道哈岚和一半的准信儿。”

“少奶奶，就这么办！您看好孩子，顶多三四天……三天！三天我就回来！”

山东师姑镇外。

微山湖上悠悠烟水，波光潋滟。

翠儿坐在一辆骡车，出城停在了岔路口。她下车谢过车夫，径自往岸边的碎石小路走去，来到湖滩的码头，抬眼瞧见一处已经坍塌的草屋，一块破旧不堪的“水香亭”招牌歪在路边。

此时，岸边的大石头上坐着一位抽着烟袋的老汉，怔怔地远眺湖面。翠儿兴奋地上前招呼：“老大爷，跟你打听个地儿，这里就是水香亭吗？”孟伯瞥了一眼翠儿，冷漠地道：“就是这儿。”

“我跟您打听个人儿，水尚香您知道吗？”

孟伯闻言一震，抬头凝视翠儿，眯着眼睛道：“嘿，你是翠姑吧？”翠儿大惊失色：“啊？您……怎么会知道我？”孟伯微微一笑，道：“水姑娘知道你们会来，跟我说啊，人长得高挑的那位叫佟格格，另一位是瘦瘦小小的，叫翠姑。”

“这么神！那我怎么找她啊？”

“你要是去水寨，得坐我的船去。”

翠儿诧异地问：“大爷，您也是水匪？”孟伯摇了摇头：“你看我这岁数，还匪得起来么？”翠儿露齿一笑：“那麻烦您送我过去一趟。”孟伯突然长叹了一声，扭头望着静怡的湖面：“甭去了，你见不着了……水寨都没了，要不是水姑娘留下一句话，我也早就走了。”

“人都去哪儿了？”

“前几天从省里派来一整队官兵，有七八十条船，拿枪带炮地把水寨给剿平了……可惜呀，几十口子的人全都给杀光了！”

翠儿惊呆了，颤声道：“那……那水姑娘……”孟伯缓了一口气：“她没事儿，就跑了她一个！临走时交代我，说要是北平有姑娘家过来找她，有件东西务必交给来人。”翠儿好奇地问：“什么东西？”孟伯缓缓起身，走到草屋旁，从稻草堆底下掏出来一个蓝布缠裹的布卷，慎重地递给翠儿。

“这是什么……”翠儿满心好奇，接过布包打开，竟是解一半的菜刀。

“水姑娘说，这是人家的家传宝刀，必须还给人家，叫这刀认祖归宗，也算了了她一个心愿。”孟伯抽了一口烟，眼望湖面的雾气，神情肃然。

翠儿心事重重地道：“那我到哪儿去找水姑娘？她总有个落脚的地儿吧……”孟伯淡淡一笑：“水尚香，水上香，水上的香味儿，闻得着，看得见吗？找不着了……甭找喽……”

翠儿握着手里的菜刀，顺着孟伯的目光，愁绪满怀的呆望着湖面，只见湖面上的薄雾在缓缓移动，就像是一层层飘浮的云彩。

东四牌楼的老街上，车马骈阗，川流不息。

草弥与佟梓华从火车站接来了佟侯爷，嘘寒问暖，并将一份报纸慎重地递给他。报纸上刊登的头条是“中日商会顺利推进，佟鹿霖侯爷变汉奸”，佟侯爷不禁勃然大怒：“怎么回事儿？我人刚刚到，北平的报纸就已经出来这种消息了？”

“侯爷息怒，筹备商会这事儿，按道理说无人知情，除了大和商社的日本人，就只有您的儿子和女儿……”草弥耐心地解释。

佟侯爷一怔，望了一眼坐在副驾驶座上的儿子。

佟梓华急忙摆手："阿玛，这可不是我说的啊！"佟侯爷脸色一沉，问道："丽华呢？你跟她说我今天回来了吗？"

"我跟她说了！我特意让她腾出时间来接您。谁知道今天临出门的时候来了个电话，说是让急事儿给绊住了。但是丽华说了，一会儿就回府上给您请安！"

佟侯爷摇头叹气，默然不语。

草弥恭敬地道："侯爷，您这次回来，我有一件事情相求。当然，之前也和您提过……"

"哦？哪件事儿啊？"

"您知道，我对令千金向来是充满爱慕之情的。十年前，我没有能够赢得她的芳心，眼看着她嫁给了哈先生，到今天内心依然充满悔恨……可如今哈先生过世已经快一年了，所以，我希望您能够促成我和佟格格。"

佟侯爷若有所思，笑道："这是好事儿。"草弥眼睛一亮："这么说，您答应了？"佟侯爷颔首道："丽华啊，是该再找个人家了……"

黑头轿车驶到礼士胡同，卢管家与孔雀早已在门前等候。

众人与佟侯爷相拥进了前厅，孔雀立即为侯爷端上一杯茶："侯爷，您请喝茶。"佟侯爷斜睨孔雀，端着茶碗不语。佟梓华看到阿玛的脸色，用眼神示意孔雀离开。不料孔雀装作没有看见，直到佟梓华狠狠地瞪她一眼，孔雀才不情愿地退下。

佟侯爷皱了皱眉头："这丫头跟着你不少年头了吧？"佟梓华低头应道："快十年了……"佟侯爷正色地道："总得给人家个名分，收了房吧。"佟梓华尴尬地道："阿玛，现在哪还兴这个？再说了，她也不计较，没事儿。"佟侯爷急道："可你总得正经成个家！"

"急什么呀，现在这样不挺好的吗？"

"好什么？还没浪荡够吗你！我和你额娘着急抱孙子！"

佟梓华见阿玛扯开嗓门，心虚地点头："会有的，会有的……我可不想这么早就老婆孩子一大堆，给自己找麻烦，你瞧瞧丽华，被俩孩子缠着，她还有点儿空吗？"

他正说着话，突然看见佟丽华已匆匆地进了前厅，激动地上前握住佟侯爷的手，喊了声："阿玛！"佟梓华满脸不悦："怎么才来，阿玛等你半天了。"

佟侯爷退后一步，仔细端详着女儿，心疼地道："瘦了。"佟丽华眼眶湿润："阿玛，这么多年了，您……有皱纹了……"

"老啦老啦。"佟侯爷无可奈何地摇摇头，冲着佟梓华喊，"赶紧让人准备饭去，要酿鸭子，你妹妹爱吃。"佟梓华脱口道："她爱吃玉子烧！"佟侯爷瞪他一眼，佟梓华一脸醋意地转身出去。

佟侯爷拉着佟丽华坐下，关切地询问："丽华，你怎么才来呀。"佟丽华歉意地道："一南病了，我送他去了趟医院，就耽搁了，没能去车站接您。"佟侯爷担忧地道："那他现在怎么样了？"佟丽华的笑容有些僵："不是什么大毛病，昨儿疯跑出了一身汗，把衣服脱了，风吹着了，现在在家躺着呢。"

"那就好，我还寻思着去看看他。哎，你看，你一个人又当爹又当妈，这什么时候是个头啊，往前走一步吧，嫁个人吧。"佟侯爷抚须微笑。

佟丽华一怔："哈岚才走了不到一年，家里正是一团乱，我哪来的这个心思……"佟侯爷皱眉道："人走都走了，你活人还是得往前看。你一个女人，又带着俩孩子，日子过得太辛苦。"佟丽华赶紧将话题岔开："今儿不说这个，额娘呢，怎么没跟您一块回来？"

"我这次回来是公事。对了，我从日本给你带了些东西回来。"佟侯爷转身让卢管家拎出俩箱子，打开箱子一看，里面全是一些日本的特产，还有给孩子的小木偶玩具，"买了好多好玩的东西，记得带回去，一人一个，省得俩孩子打架。"

"我替孩子谢谢您。"

"嘿，还有这个，稀罕物，也是你最喜欢的，八音盒！"佟侯爷微微一笑，又打开另一个箱子，从里面取出一件和服，"好看吧？来来，你额娘特意给你缝制的日本和服，现在最时兴的，穿上试试！"

佟丽华脸色变了变，道："阿玛，我怎么可能穿这个？"佟侯爷突然叹气："你怎么不懂呢？你额娘这是希望你能过去，十年前你没走成，你额娘念叨了很久……"佟丽华话锋一转，不接话茬："那您什么时候回去？"佟侯爷笑道："不急，等商会的事儿落停了再说。"

"阿玛……"佟丽华欲言又止。

"怎么了？"

"您还是早点儿回去吧，别插手日本人的事儿了。您知道吗，今天您都上报纸了，指不定……什么时候就有人盯上您，这太不安全了。"

佟侯爷正色地道："这不是你说了算的事儿，报纸上那都是胡扯！我那是利用日本人帮着咱们皇上恢复大清，怎么就成了汉奸了？"佟丽华满腹心事地道："可是别人不这么想啊，现在东三省被日本人占领了，老百姓恨得牙直痒痒，您说您现在跟他们一起合作，这不是往枪口上撞吗？"

佟侯爷摆了摆手，自信地道：“这事儿啊你还别拦着我，我倒希望你能参与进来。哎，你跟那个草弥开的那个得月楼，生意是不是挺好的呀？呵呵，这就是我们中日友好的典型啊！这件事情，我这次去新京要特意向皇上汇报。”

“可是，阿玛……”佟丽华几次想脱口提醒，始终不敢开口。眼前这位为大清兴亡致力奔波的侯爷，正是自己的父亲，而国家民族的后面，却背负着万千百姓的苦难，究竟是为国还是为家，佟丽华已经无法选择，硬生生地将嘴边的话语咽了回去。

“行了，别说了。明儿我请大家吃饭，你一起过来，咱们热闹热闹。”

“好……”佟丽华望着坚决果断的阿玛，内心五味杂陈。

更多精彩
详见二维码

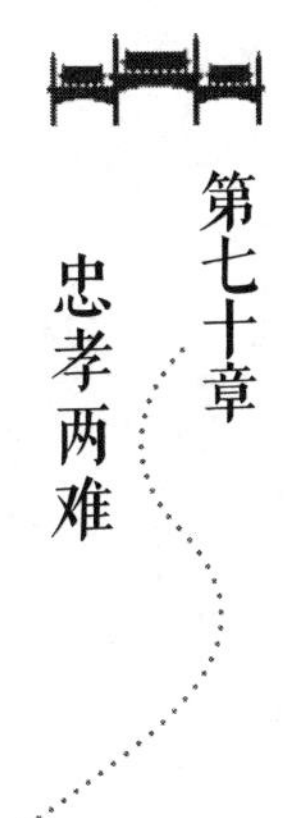

第七十章 忠孝两难

马俊杰托人带来口信，约佟丽华在咖啡店见面。

佟丽华知道他肯定是担心自己在阿玛面前走漏风声，搞不好已经派人监视得月楼。她也很想再劝劝马俊杰，希望铁血救国会能放过阿玛，便心神不安地赶去西岛咖啡店。

“哈太太，您见着佟侯爷了吧？”马俊杰隔着窗，小心谨慎地观察街上来来往往的行人。

佟丽华愁容满面：“马先生，这事儿真没有回旋的余地了吗？”马俊杰沉吟道：“如果他放弃筹备商会的话，就赶快回日本，不要再回来了，也不要再去新京见溥仪。”佟丽华咬了咬嘴唇，喃喃地道：“嗯……您再给我几天时间……”马俊杰为难地望了她一眼，深叹了一口气：“我知道你不忍，所以过来跟你说一声……十五那天，佟侯爷和草弥会在得月楼接见溥仪的特使，那天……你就别去了。”

佟丽华神色一黯，心知此次暗杀行动，铁血救国会的人已经制定好计划，可毕竟佟侯爷是自己的父亲，为人子女，怎么能眼睁睁地阿玛被人杀害？不，自己一定要尽快劝他返回日本。

第二天，佟丽华赶去佟侯府，卢管家正在门外迎接几位佟府的亲朋好友，见格格来了，急忙招呼：“大格格，他们都在里面等着您呢！”

他领着佟丽华穿过院子，来到了佟府的花园，只见偌大的花园内早已摆好了数张圆桌，每张桌子上都铺满了鲜花，而正中的假山上，却悬挂了一张佟丽华年轻时的照片，甜美的笑容娇艳可爱，颇具气质。

“丽华来了啊！”佟侯爷满脸笑容，身后站着草弥与佟梓华，突然与周围的宾客以前鼓起掌来。

佟丽华愕然，不知发生了什么事儿，却见孔雀捧着大蛋糕，小心放在主桌上，草弥深深地鞠躬，道：“佟格格，生日快乐！”

“别傻站着呀，吹蜡烛吧！”佟侯爷面露慈祥。

宾客们欢声笑语，每个人的笑声都是为她感动高兴，而佟丽华的耳边却万籁俱寂，就像是一个人怔怔地站在梦境里，已完全失去了意识。

“谢谢你们……”佟丽华终于缓过神来，头往前一探，将蛋糕上的蜡烛熄灭。

众人纷纷鼓掌入座，仆人们端上精致的冷菜果盘、美味佳肴，举杯向大格格敬酒，个个尺颊生香。

此时，孔雀站在一旁服侍客人，佟侯爷不经意地瞄了她一眼，语气很平淡：“你也坐吧。”孔雀一愣，转头与佟梓华对视一眼，佟梓华也是满眼诧异。

“阿玛让你坐，你就坐吧。”佟丽华微笑示意。

佟梓华急忙起身，拉开身旁一张空椅子：“坐坐，坐下吃饭。”孔雀受宠若惊地坐下，草弥的脸上突然露出一丝轻笑。

佟侯爷轻叹道：“来时，你额娘提醒我，快到你生日了，让我好好给你庆祝庆祝，哎，你是不是自己都忘了。”佟丽华尴尬地笑了笑，佟梓华接口道：“她哪是忘了啊，这些年，估计一直没时间过生日吧。”佟丽华平静地道：“在外面不比在府上，不讲究这个……”佟侯爷心疼地看着女儿：“哈岚也不记得吗？”佟丽华迟疑道：“他记得……”

佟侯爷将信将疑的地道：“丽华啊，上次我跟你提过一次，你说你没心思暂不考虑，正好今天草弥先生也在，阿玛就再多说一句，你们以前错过一次，哈岚现在又不在，我看……”

“阿玛！”佟丽华皱了皱眉。

佟梓华在旁开始煽风点火：“哎呀丽华！哈岚都死了那么长时间了，有什么不好意思的，这么多年了，草弥先生可是对你一片真心，大家都看在眼里呢！”孔雀也趁机劝说：“草弥先生的确对格格一往情深……”

“就是啊！你还有什么可顾虑呢？”佟梓华连连点头。

佟丽华抬起头望着佟侯爷，轻声道：“阿玛，不行。”草弥脸色微变，神情有少许尴尬：“佟格格，我是希望你可以仔细考虑一下，不用着急给我答案。”佟丽华微微一笑，礼貌地道：“我没什么可考虑的，不行！”佟梓华急道：“丽华，你怎么想的呀！难道你想给哈岚守一辈子活寡不成？我说你这人……”

“别说了！听丽华的，她说不行就不行。”佟侯爷深知女儿的性格，凝视着柔弱而坚定的佟丽华，觉得她愁容满腹，似乎有什么难言之隐，立即出口制止。

佟梓华翻了个白眼，道：“不是，阿玛，您可不能依着她，这事儿还得听您的。那当初她跟哈岚的婚事，不也是您做的主吗？”佟侯爷不悦地道：“当初是当初，现在是现在！当初阿玛让丽华嫁给哈岚那就是错，现在不能再错了。草弥先生，您也听见了，对不起！上次跟您说的事儿，现在不能作数了。”草弥闻言，内心有些失落，但是不愿意表露自己失望的心情，温和含蓄地道：“没关系，佟侯爷，我能理解佟格格的感受……虽然有一点失落，但是我不会放弃的！”

“谢谢理解。”佟侯爷举杯致意草弥。

佟丽华受宠若惊地看着阿玛，想起马俊杰的话，顿时眼眶发红，小声地说了一句：“谢谢阿玛。”

“你是我闺女，我不给你做主，谁还能帮你做主？”佟侯爷哈哈一笑，突然起身扫了扫在场的宾客，“今儿大家都在，我宣布一件事儿。我估计我要在日本定居很长一段时间了，北平的房产和财产，我准备都留给丽华！”

佟丽华神情震惊，对阿玛的决定难以置信，佟梓华却立马翻脸了：“阿玛你说什么？”佟侯爷叹息道：“阿玛一时糊涂，做了一件一辈子最后悔的事，把丽华最好的时光都耽误了。闺女，别怨恨阿玛，阿玛能做的，就是这些了……”

“阿玛！我可是你儿子，佟家的独苗！您说的这些家产一毛钱都没我的？”佟梓华情绪有些激动。

“你瞧瞧你那没出息的样儿！你一个大男人，不好好成个家，成天吊儿郎当的，就惦记着那点儿家产。再这么下去，祖产都要被你败光了！就剩这点儿家底儿了，你还要跟你妹妹抢吗？”佟侯爷脸色一沉。

“可我也是您的儿子！于情于理，您也得稍微想着我点儿不是？这一分都没有这是什么意思？您走的这些年，这些不都是我给您上下操持着？没有功劳也有苦劳吧？我没说要大头儿，但这家产怎么着也都得一人一半吧？丽华，你，你也给评评这理，你说句话！”

众人见气氛不对，满脸惊愕，纷纷望向佟格格。

佟丽华突然点了点头，缓缓道：“我没意见，既然阿玛说都给我，那就是我的……”

汪府客厅的电话铃声响起，汪四海走到桌前接起电话："喂？"

电话那端是上海电话局，哈岚正紧张地握住话筒，一听是汪四海，吓了一跳，慌忙挂上电话。

话筒里传来"嘟，嘟，"的断线声，汪四海皱了皱眉："谁啊这是？有病吧！"

哈岚从电话局出来，一个人落寞地走在街上，耳边响起陆士杰的嘱咐：北平已经有人来打探你们的消息，我这儿也不安全了，解一半已经走了，你也好自为之，尽快离开上海吧……

此时，佟丽华正坐在西岛咖啡店内。

马俊杰戴着一顶压得很低地礼帽，若无其事地走到她身边，轻声问道："您找我？"佟丽华示意他坐下，慎重地道："马先生，您能不能放我阿玛一条生路？"马俊杰无奈地道："我说过了，他是我们锄奸名单上的头一号人物……"

"真的没有别的办法了吗？"佟丽华的目光几近哀求。

马俊杰叹了一口气："这是我的任务，对不起……行动已经定了，就在今天晚上。"佟丽华急道："请您再给我一点时间！"马俊杰闭上双眼，咬了咬牙："哈太太，我知道你很为难，但这件事情不是你想的那么简单！"佟丽华心如刀割："我再去劝劝我阿玛……"

"不行，您不能再去了！您现在这状态很让人担心，万一行动泄露……"

"您放心，我一个字儿都不会说的，我只是想劝我阿玛赶快回日本。"

马俊杰正色地道："哈太太，您让我很为难……在我印象中，您一直深明大义，我以为您能理解……"佟丽华脸色一变："可那是我父亲！我怎么能看着他……就要被人杀死而无动于衷……马先生，我求求您，我再去劝他，你们缓一缓再动手，好吗？"

马俊杰低头思索，一边是亲情伦理，一边是国家大事，将心比心，佟丽华一介女流确实很难做出抉择，他默认半晌，终于同意："好吧，如果今天下午五点前还没有您的消息，一切行动照旧。"

"谢谢，谢谢您……"佟丽华转身离开。

马俊杰突然叫住她，沉声道："哈太太……我们十几个兄弟的命，都在你手上……"佟丽华目光闪烁，轻轻点头："我懂。"

佟府书房。

佟侯爷坐在大厅的太师椅上，正闭眼享受着女儿给他按摩肩颈。

佟丽华眼望着父亲头上的白发，心里一阵酸楚："阿玛，您记不记得，小时候，一有闲暇，您就带着我们四处游历，一家人亲亲热热，游山玩水……"

"嗯，你最喜欢去北戴河，在海边儿疯跑，你哥哥都抓不住你……呵呵，你额娘总说，一个千金格格，跟个野丫头似的，像什么样子……"

"您却总惯着我，说豪爽大气的姑娘才最可爱……"佟丽华面露微笑。

"我家的丫头当然是最可爱，"

佟丽华眨了眨眼睛，转到椅子前面，像孩子似的蹲在佟侯爷的身前，兴奋地道："阿玛，您带我和哥哥出去玩儿吧！咱们一家人多久没一起出游了？"佟侯爷若有所思地点了点头："着主意不错，不如……咱们就去日本吧！叫上你额娘，咱们四处去转转，日本四面都是海，包你玩个痛快！"佟丽华热切地："好啊！那咱们现在就去吧！"

"怎么，以前怎么说让你去日本都不去，这一说到玩儿，这么痛快就答应了？"佟侯爷微微一怔。

"只要阿玛您同意马上走，哪儿我都跟您去。"

佟侯爷被女儿惹得哈哈大笑："哈哈，好，好，我闺女最贴心！等阿玛忙过这一阵子，就带你们去。"佟丽华拽着阿玛的手臂，撒嘴道："阿玛，您就听女儿的，咱们明儿就动身……"佟侯爷抚须笑道："明儿可不行，我这趟回来，日程安排得很紧……"佟丽华撒娇赌气地站起身，故作生气地道："阿玛，如果现在不走的话，以后您去哪儿，我可就不跟着了！"

"瞧你，怎么还跟小时候一样，一刻等不得……阿玛还有重要的事要做……"佟侯爷哂然一笑。

佟丽华不悦地道："什么事比家人在一起更重要？"佟侯爷正色地道："你这孩子平日是最明白的，今儿怎么糊涂了，阿玛做的是关乎国运的大事……"佟丽华皱了皱眉："不就是筹建中日联合商会吗？阿玛！要我说啊，您就不该再帮日本人做事儿……"佟侯爷一怔："什么话啊，我那哪儿是帮日本人做事啊，我是替皇上做事！"

"皇上连自己的主都做不了，还用您帮他什么呀？"

"怎么说话呢！我还真是把你给惯坏了，连皇上都敢编排了？"佟侯爷脸色微变。

佟丽华见阿玛如此固执，心里不免担忧起来，缓缓地道："阿玛……您跟我额娘年纪都大了，就让我跟我哥好好地侍奉您二老，咱们一家人团团圆圆的，安享晚年不好吗？”

佟侯爷面色庄重，心事重重地道：“我也是日思夜想，等帮着皇上一统大业，阿玛的心事也就了了，到那时候，咱们还像以前那样过日子……”

“您觉得皇上还能一统大业吗？难道您看不出来啊，那皇上不就是日本人的一个幌子吗？您知道外边儿都说您什么吗？说您是大汉奸！”

“汉奸？谁是汉奸？汉奸是卖国贼，你懂什么呀！如果没有日本人，皇上能在新京登基吗？能有满洲国吗？我们那是在利用日本人！”佟侯爷瞪着女儿，神情有些愠怒。

不料佟丽华越说越激动：“伪满皇上说了算吗？！那不就是日本人的后花园吗？咱们这位皇帝啊，就是日本人的傀儡！”

“放肆！”佟侯爷猛地站起身，一个耳光抽在佟丽华脸上，大声呵斥，“说这种话就是大逆不道！老佛爷在的时候，那是要满门抄斩的！”

佟丽华捂着脸，惊愕地望着父亲，眼角含着泪水，悲愤地道：“您不让我说，我也得说！您再这样下去，就是卖国求荣！”她一时心乱如麻，转身跑出大厅。

“你给我站住！”佟侯爷怒目而视，胸膛起伏，显然是动了怒气。

佟丽华不由自主地停住脚步，低头轻拭脸上的眼泪。

佟侯爷见到女儿伤心的背影，似乎于心不忍，口气稍稍缓和，“阿玛不是有意要打你……家国之事，本就不是你一介女流该操心的。不管外头的人怎么说我，不管你怎么看我，阿玛，始终是你的阿玛……”

他走到女儿身边，轻声安慰，“你只要好好准备，等我忙完了，就带你们兄妹一块儿去日本，去看海……你的婚事，我虽不逼你，但草弥这孩子，我看着人还算踏实，跟你也算是情投意合，对你也是一片真心，你再好好考虑考虑。”

佟丽华转过身来，悲戚地道：“您非要一意孤行，做这个商会会长吗？”

“我说了，这是男人的事……”

“阿玛！再这么下去，您……会有危险您知道吗？”

佟侯爷皱眉道：“危险？什么意思？你是不是在外面听到什么了？”佟丽华咬了咬嘴唇，始终不敢吐露马俊杰的嘱咐，她缓了缓情绪，无可奈何地道：“该说的我都说了，日本我不会去了。阿玛，您好自为之，自己珍重……”

夜色苍茫，大街上亮着昏暗的路灯。

马俊杰穿着一身黑衣，闪进得月楼对面的小巷子里，平房临街的窗户上，伸出几支黑洞洞的枪口，窗台上还有数枚手雷。马俊杰进屋之后，巡视每个锄奸队员的位置，然后出门，走到得月楼的台阶处，抬头向埋伏在屋檐上的队员点头示意。

一切准备就绪，马俊杰的身影迅速隐没在黑暗中。

此时，佟侯府门外停着两辆黑头汽车，草弥带着上野少佐亲自过来接佟侯爷。

草弥打开车门，恭敬地请佟侯爷上车，让佟梓华坐在副驾驶座内，转身走向后面一辆。

大灯闪烁，照亮了东四牌楼的老街，正待转弯之时，前方的街道上忽然出现一个孤冷的身影，展开双臂，毅然拦在车前。

汽车相继急刹，佟侯爷冷不防向前一栽，失色地道："怎么了？"佟梓华摇下车窗，探头一看，顿时惊呼道："丽华？"佟丽华见成功拦下了汽车，双手无力地垂下，身子摇摇欲坠。

佟侯爷慌忙下车，冲上前去扶住女儿。佟丽华缓了一口气，筋疲力尽地倒在阿玛的怀中。草弥与上野也已下车，满脸惊愕地看着眼前这一幕，不知发生何事。

得月楼外，一名锄奸队员往小巷深处疾奔而来，黑暗中的马俊杰一把将他拉住："看见车队没有？"锄奸队员气喘吁吁地道："队长，不好了！车队……车队刚开出来，又回佟府去了！"马俊杰皱眉道："怎么回事？"

"佟丽华，是佟丽华拦住了车！"

马俊杰大惊失色，身子顿时僵住……

佟侯爷的厢房内，佟丽华一脸倦容地半躺在床上，众人关切地望着佟丽华，佟侯爷坐在床边，拉着她的手，询问道："丽华，到底出什么事儿了？你别怕，有阿玛在，不管发生什么都不是事。"

佟丽华双目无神地垂着，一言不发。佟梓华在一旁急道："好好的这是怎么了？你倒是说话啊，哑巴啦？"佟侯爷觉得女儿一定是有什么心思瞒着自己，当着外人的可能难以启口，便转过头来吩咐佟梓华："梓华，你带草弥和上野先生先去厅里喝茶。"

"佟格格，您好好休息。"草弥恭敬地鞠躬，领着上野少佐走出厢房。

佟侯爷转身，柔声地问女儿："阿玛知道，你今天拦着不让我们出去，一定是有理由的。你说过阿玛会有'危险'，究竟是什么意思？"佟丽华缓缓地道："阿玛，您别问了……我求求您，回日本吧……"佟侯爷正色地道："你应该告诉我是什么事，你跟我说实话，我就回去。"

“有人……要在得月楼埋伏，刺杀您……”佟丽华身子一颤，觉得说出来心里舒坦了许多，有话不能说，憋着实在是太难受了。

“谁？他们是谁？谁要刺杀我？”佟侯爷神情骤变。

佟丽华黯然摇头：“阿玛……女儿求求你，你快点回日本吧……”

佟府前厅，草弥神色凝重地放下电话，紧锁眉心，转头对佟梓华和上野少佐说道：“得月楼传来消息，有人在那边设下了埋伏，等着咱们送上门，请君入瓮。幸亏行动组的人及时发现。”

“谁？抓到了吗？”佟梓华惊问。

草弥摇了摇头：“只击毙了两个，剩下的都跑了，还没有查明身份……”佟梓华气冲冲地道：“我去查！我会查清楚的，他妈的，这胆儿也忒大了！”草弥若有所思：“令妹这次是救了我们一命。”

“我是她哥啊，她能见死不救嘛！她一定知道些什么，我去问问……”佟梓华转身要走，却被草弥拦住。

他似乎一直在思索刺客计划的目的，慎重地道：“等等，佟小姐现在精神状态不好，让她多休息休息，不必急着问。我觉得这件事情，对方已经预谋很久了。”

佟梓华狐疑地望着草弥，沉吟道：“这些都是什么人呀……”

上野少佐在旁突然说了一句：“说到得月楼，我倒是想起来了。我在上海陆府，见到了得月楼的掌柜哈岚和主厨解一半……”佟梓华心里一惊，眼神躲闪。

草弥却是怔住：“这怎么可能？上野君，你会不会是看错了？”上野非常肯定地道：“不会错的，因为那场中日料理大赛，我印象特别深刻。我在陆府的宴席上，吃到了熟悉的宫廷菜，特意把厨师叫来见了见，正是解大厨，而且哈岚也在陆府，做了陆先生的门生。”

草弥惊讶地看向佟梓华，一脸的不可置信。佟梓华慌忙装作吃惊地样子，拍了拍脑袋：“他……他们俩不是已经死了吗？这是见鬼了？”

解家门前的街道上，黑头车缓缓驶来，在巷子口停下，佟丽华神情恍惚地下车，径自往解家小院走去。马俊杰忽然从墙角闪出，压低声音道：“哈太太，请跟我来。”

佟丽华跟随马俊杰走到小巷的暗处，心里惴惴不安：“对不起，我……”马俊杰脸色阴郁，沉声道：“枉我那么信任你，你却出卖我们！”佟丽华急道：“我没有！我只是拦住了我阿玛的车……”马俊杰怒道：“你还想怎么样？你不但毁了我们的行动，暴露我们的锄奸计划，你还害死我们两个兄弟，你知道吗？”

“我……我真的不想这样的，我什么都没说！”佟丽华始料未及，震惊无比，身子已微微颤抖。

马俊杰疾言厉色地道：“现在全城都在搜捕我们组织的成员，你还说你什么都没说！我早就该知道，你跟你爸爸，和你哥哥一样，也是汉奸！”佟丽华眼眶一红，极力争辩：“不！马先生，我不是……”马俊杰脸色铁青，怒道：“我告诉你佟丽华，你说了我们也不怕，我们还会实施计划，谁也阻止不了，你也不会有好下场，你等着……”

他转身往街口疾步而走。而佟丽华不停地发抖，觉得自己无意之中竟闯出下弥天大祸，心儿呯呯直跳，已吓得六神无主。

数日之后，北平的老街上，只见漫天的传单突然从楼顶上洒下来，行人纷纷捡拾，见上面写着一行大字：得月楼锄奸遇阻，佟丽华卖国求荣！

街上有三三两两的孩童，肩上背着挎包，一路往人群中散发传单，东四牌楼附近人心惶惶，愤怒的人群冲去得月楼，围住大门开始叫骂。甚至还有孩童往得月楼的大堂里扔臭鸡蛋、烂菜叶，他们边砸边喊：“汉奸！卖国贼！大坏蛋……”门前的横匾已一片狼藉。

丁宝出门查看，一个西红柿迎面飞来，吓得他慌忙关上大门，大呼小叫地喊伙厨门出来帮忙。翠儿扎着围裙，从厨房赶出来，在后门捡起一张传单，茫然地看了看，拉住一个扔东西的小孩问：“你们在干什么呀？”孩童歪着脑袋大喊：“佟丽华是大汉奸！得月楼是汉奸窝！”翠儿大惊失色：“胡说什么呀你！”

“没胡说啊！这上头写着呢，得月楼锄奸遇阻，佟丽华卖国求荣！”

翠儿心神悸动，冲上前去指责那些扔东西的人群：“干什么呀你们！我们少奶奶不是汉奸！你们才是汉奸呢，走，都走！”翠儿情绪激动，与人群推搡，场面极其混乱。

突然传来两声枪响，数名警察闻声赶来，草弥快步走到得月楼的台阶上，朝天举着枪，人群吓得一哄而散。

得月楼包间内，佟丽华不可思议地看着手里的传单，气得浑身发抖。

翠儿不停地质问：“这怎么回事啊，怎么外面到处都说你呢，少奶奶，你这天天都在外面干什么呢？”草弥在旁接了一句：“佟格格做了一件非常伟大的事情，她救了我们……”翠儿怒道：“我问我们少奶奶话呢，你插什么嘴？怎么哪儿都有你啊？”

草弥尴尬地笑了笑，也不多做解释。佟丽华神情疲惫，忧心忡忡地道：“翠儿，你先回铺子吧。”翠儿急道：“事儿还没说清楚呢……”佟丽华皱眉道：“别问了，你先回去！”

翠儿瞪了草弥一眼，气呼呼地出门，草弥倒了一杯茶，递给佟丽华，安抚道：“佟格格，您不必理会外面那些无理的野蛮人，您救了我们日本商人，维护了中日友好邦交，所以……”他话没说完，佟丽华截口反问道：“所以，我真是汉奸？”

“不，您是大英雄、女中豪杰！那些极端分子，不明事理，可您是最清楚的，我们只是普通商人，从来不过问政治，我们来中国的目的，只有一个，就是做生意。佟格格……您放心，我一定会帮您正名，恢复您的名誉，明天各大报纸的头条都将刊登您的英勇事迹。您救了我们，是我们的恩人，我代表大和商社，代表天皇陛下，以及溥仪皇帝，向您表示衷心的感谢。”草弥站起来，向佟丽华深深鞠躬。

佟丽华冷冷地道：“你不必谢我什么，这件事情跟你没关系，我只不过是为了救我阿玛。”

“不管您怎么拒绝，佟格格，请允许我向您表达我对您的崇敬与爱慕之情，您拦在车前的那一刻，真的是深深地震撼了我。佟格格，您……”

“您还是叫我哈太太吧。”

草弥眼神一闪，试探着道：“哈太太？哈先生不是已经……去世很久了吗？难道他还……”佟丽华打断他的话：“他在不在，这辈子我都是哈太太！他还能怎么着！还能活过来吗？他活过来干什么？也让人堵着门骂汉奸吗？”佟丽华情绪有些失控，站起来挥着传单喊着，拼命克制住眼泪。

草弥深情地望着佟丽华，语气柔和：“对不起……哈先生泉下有知，也会为您骄傲的……”

“我只是想救我阿玛，我真的只是想救我阿玛……”佟丽华手扶桌子，痛苦地低头，泪水顿时涌了出来。

草弥无奈地点了点头，轻轻扶住她的肩膀:“看到您现在这个样子，真的让我很心疼，也很气愤。您能告诉我究竟是谁干的吗，到底是谁要谋害您的阿玛，而且，还这么肆无忌惮地诽谤您？”

佟丽华身子一震，猛地甩开他的手，别过脸去：“不知道，我什么都不知道……”草弥柔声道：“佟格格，我不会让任何人再伤害您。从现在开始，让我来保护您。”佟丽华抬头看着草弥：“你？”草弥认真地点头：“对！我来保护你。”佟丽华凄楚地一笑，道：“保护我，你只不过是想坐实我是汉奸，让所有人来唾弃我！”

“佟格格……”

“我谢谢您！你走，离开这里，不要再来找我，离我越远越好！”

草弥无可奈何地走出包间，回头凝视佟丽华：“不管佟格格你如何拒绝，也不管佟侯爷是什么态度……无论哈岚是死是活，我都要娶你！我必须娶你！而你，一定会嫁给我！”

他这番话说得极为坚决，转身离去。佟丽华无力地坐在椅子上，只觉得天旋地转，有一种天塌下来的感觉，鼻子一酸，俯在桌上已泣不成声。

解家小院。

佟丽华神思恍惚地坐在桌前，手里扯着一颗青菜，似乎已经失去了意识，将青菜的叶子一片片剥落，菜折秃了都没发觉。

哈津平一身泥泞，脸颊上带着淤青，斜背着书包进屋。佟丽华看到他手里捏着一张传单，猛然回过神来，慌忙将手中的菜茎扔进筐里，站起来解下哈津平的书包：“回来啦！饿了吧，我这就做饭去……”她端着菜筐，抬眼又看到哈津平脸上的伤，皱眉问道，“你……这是怎么了，又和人打架了？”

“汉奸！”哈津平恨恨地盯着佟丽华，牙缝里挤出来两个字，转身就跑了出去。

佟丽华浑身一震，面如死灰。

此时，解冬青拉着哈一南走进屋，二人疲惫地拎着书包，脏得像个泥猴。佟丽华见哈一南浑身湿漉漉的，解冬青的小辫儿也散开了一个，顿时大惊，忙把菜筐放下，拉过哈一南：“怎么了这是？”

“妈——”哈一南哇的一声哭了，边哭边咳嗽。佟丽华忙扯过毛巾，蹲下给哈一南擦脸。

解冬青嘟着小嘴，气愤地道：“学校里有人追着我们喊小汉奸，津平哥跟他们打起来了，我和一南赶紧跑，不小心掉河里了……”哈一南抹着眼泪，哭着说：“妈……他们说你是汉奸，你真的是汉奸吗？”佟丽华无语，抱着哈一南，脸颊贴在他额头上安慰。哈一南连声咳嗽，越哭越厉害，佟丽华觉得不对劲，伸手摸了摸哈一南的额头：“这头怎么这么烫？不行……冬青，你在家做功课，等你妈回来，我领一南去医院看看。”

解冬青点点头，佟丽华已抱起哈一南往外走，到了院子门口突然又站住，犹豫了一下，把哈一南放下：“等会儿，在这里等妈。”她回头冲进里屋，从柜子里取出一条长围巾，胡乱地将头脸包好，只露出一双明亮的眼睛。她出来抱起哈一南往外走，回头再次叮嘱解冬青，“冬青在家乖乖地，哪儿也别去！”

第七十一章 锒铛入狱

汪府大宅。

哈津平一口气跑到汪府，抬脚就要往里面冲进去，门卫赶紧拦住他，拎住衣领子要往街上扔，正巧莲嫂回家，突然瞧见哈津平在门口大呼小叫，吃惊地叫道："怎么了大少爷？来来，跟我进屋！"

门卫一松手，哈津平拔腿就冲进院子。

汪四海正在花园里浇花，瞧见莲嫂带着哈津平闯进来，满脸诧异："哟嗬，你小子怎么跑来了？"哈津平没好气地斜了他一眼，径自往客厅进去："我找我妈！"

"嘿！这会子知道认妈啦？不说你娄妈妈是骗子啦？"汪四海急忙上前拦住他。

哈津平气呼呼地道："骗子总比汉奸强！"

"等会，你穿个鞋子脏成这样，你就想往我家沙发上踩是吧？你们家大人没教过你啊，没家教的东西，走走！别跑这儿来给我找晦气！我看了你就来气，你小子坏了我多少好事儿了啊？哎，你跟我说说，谁是汉奸？"

"佟妈妈是汉奸！"

"哎？不对啊，你小子是谁得势就往谁那边靠，谁倒霉，你就离开谁？你怎么那么坏呢你！"

哈津平拧着脖子，想挣脱汪四海的手腕："我找我妈！"汪四海怒道："赶紧滚蛋，这没你妈！你毁完你们家，跑我这来毁了是不是？出去，出去，告诉你赶紧滚蛋啊，再在这瞎折腾。一会我拿枪毙了你！你瞅这弄的这乱的……"

“津平哥……”汪佳佳听见动静，已从楼上飞奔而下，扑过来高兴地拉住哈津平的手。

汪四海脸色一沉，道：“哟，叫得倒挺亲，忘了他打破你的头啦？不是你哭着找妈的时候了？”娄晓月跟在后面，一把推开汪四海，赶紧护住哈津平：“干吗呀你！他妈不是在这儿吗？两个都叫我妈！都是我孩子！”汪四海翻了个白眼：“什么干吗，不是你说这小兔崽子，让他滚蛋不就完了……你这，你还护着他！”

“走儿子，甭理他！跟妈进屋去，这就是你家，我看谁敢撵你走！”娄晓月一手牵一个，进了客厅，将桌子上的点心递给哈津平。她瞧儿子浑身脏兮兮的，又吩咐莲嫂带下去洗澡，顺便换上干净的衣服。

哈津平嘴里咬着点心，挑衅地朝汪四海做了个鬼脸，意思是说我不但要踩你们家沙发，我还要吃你们家点心。

等梳洗一新的哈津平出来，娄晓月慈爱地摩挲着哈津平的头，心里不是个滋味。汪佳佳不计前嫌，偷偷地塞上一块巧克力，讨好地说：“津平哥你吃这个，这是妈妈从上海带回来的朱古力，可好吃了！”哈津平头也不抬，冷漠地道：“我家也有。”

汪四海在旁摇头叹气：“我的傻闺女，拍马屁拍马腿上了吧？人家不稀罕！你妈买东西，只能是有他的没你的，不可能有你的没他的！”娄晓月瞪了他一眼：“你少在这儿挑拨，俩孩子我一样疼！慢点儿吃，津平，你到这儿来你佟妈妈知道吗？”

哈津平大口大口地吃着点心，嘴里愤愤地道：“佟妈妈是汉奸！”汪四海哈哈一笑，幸灾乐祸地道：“说得好！她们一家子都不是什么好人。”

“你闭嘴！”娄晓月大声呵斥，扭头安抚哈津平，“不能这么说你佟妈妈……”

“老师和同学都这么说，传单上都写了！”

娄晓月柔声道：“别信他们胡说，这里面一定有什么误会，你佟妈妈是好人……”汪四海冷笑道：“啧啧啧，好人……不是她以前欺负你的时候啦？”娄晓月怒道：“你瞎插什么嘴啊！还不赶紧派人去解家知会一声，说津平在咱们这儿！”汪四海歪了歪脑袋：“我说你着什么急呀？反正他跑了也不是一回两回了，习以为常。月儿啊，你好好看看这孩子，你说他们家人管过他吗，你看他那样，他死外头，那解家人都不见的怎么着！现在，咱们知会一声，说这个孩子在咱家呢，人家怎么想，人以为你不要亲儿子呢，想把亲儿子送回去呢！”

“胡说什么呢？”娄晓月脸色一黑。

“你想想是不是这个道理？”

“什么道理，你少说两句！”娄晓月缓了口气，心疼地安抚哈津平，“津平你还小，好多事儿你还都不懂。你要相信你佟妈妈，出了这种事儿她更难过……等吃完饭，我就把你送回去。”

“我不！我再也不回那个家了！”哈津平觉得异常委屈，被人骂爸爸是杀人犯不算，现在又要遭人指责是小汉奸，以后还怎么抬头见人？汪四海虽然是个坏蛋，但好歹娄妈妈没人来说三道四，总算能找到一处心安理得的港湾。

娄晓月万般无奈地望着哈津平，心里隐隐感到不安。

北平医院的走廊上人来人往。

佟丽华包着围巾，抱着哈一南呆呆地坐在门诊室外，长椅上坐着几个陌生人。哈一南的头发已经被风吹干，而身子却是冷得发颤，睁着眼睛迷惑不解地问佟丽华：“妈……什么是汉奸？”佟丽华一惊，慌忙捂住哈一南的嘴：“别瞎说。”

不料身边一位中年男人却听到了，伸头过来瞧了瞧佟丽华的模样，突然站起身大声嚷道：“哎，你就是得月楼的掌柜，佟丽华吧？”

佟丽华裹着围巾低下头，眼神躲闪，一声不吭。来往过路的人听到中年男人的喊声，都围过来观看，顿时指指点点：“她就是佟丽华呀？那个大汉奸！”

“就是她，就是她！长得倒人模狗样的，卖国贼！”

“还带着个小汉奸呀……”

哈一南惊恐地望着围观的人群，挥舞小手大叫道：“你们走开！不准说我妈妈，走开……”

佟丽华拉起哈一南，逃也似的往门外跑去，与匆匆赶来的翠儿擦肩而过。

“哎，一南！”翠儿吃了一惊，蹲下抱住哈一南。

佟丽华站住，却依然不敢抬头。翠儿摸着一南的额头，皱眉道：“冬青说你们来医院了，我撂下东西就赶来了。怎么样，一南没事儿吧？大夫怎么说？”哈一南摇头道：“还没看病呢！”翠儿惊讶道：“怎么回事？排这么长时间的队？”哈一南生气地道：“一群人围着我们，说我们是汉奸，妈妈就拉着我出来了。”

“你带一南去看病吧，我先回去了。”佟丽华躲闪着周围投射过来的目光，匆匆逃走。

翠儿望着佟丽华离去的背影，心里百感交集。

东四牌楼附近的街道上，到处都是散落的传单，连电线杆子上也贴满。佟丽华缩着头，脚下踏着传单，躲躲闪闪地往解家小院跑去，一路上总是能感觉到行人异样的眼光，恍惚之时，人群正在对她指指点点，一张张狰狞的脸上皆露出嘲笑，口沫悬飞地指责谩骂。

佟丽华惊恐地加快脚步，拐进巷子，可是耳边的嘲笑与谩骂声不停地萦绕，仿佛就围在背后跟随着她。佟丽华从未遭遇过这样的恐惧，失魂落魄地捂住耳朵，疯狂地向前跑。

夜晚时分，佟丽华仍然裹着围巾，抱着腿蜷缩在桌前，神情恍惚。翠儿端着个洗脸盆，搭着块毛巾，拉着脸从里屋出来，重重地将盆放到桌上。佟丽华吓了一跳，茫然地抬起脸来："一南……睡啦？"

"你还知道你有儿子啊！"翠儿没好气地道。

佟丽华像是做错事的孩子，无助地垂下头。翠儿接着道，"你说你办的这叫什么事儿！两个孩子，大的跑了，小的病了，你倒好，到了医院不给孩子看病，扔下孩子自己跑了，有你这么当妈的吗？"

"翠儿……"佟丽华缩紧身体，低头不语。满大街的传单和人群的围观历历在目，已经令她心神不定，在家里也不敢取下裹得严严实实的围巾，只是害怕耳边狂轰滥炸的唾骂声。

"今儿在得月楼门口，那一群人在那围着，扔鸡蛋，扔柿子，那到处贴的都是你的传单……少奶奶，你在外边儿干了什么事啊，那怎么能让人追着跟你叫汉奸呢？我一过去拦着，那些人以为我是佟丽华呢，砸了我一身！津平跑到汪家去啦，我都没脸去叫回来，今儿砸的是得月楼，明儿砸的就是酱肉铺了！这日子还怎么过？爷和一半回来，怎么跟他们交待……"

佟丽华像个木偶人般的呆坐着，耳边是翠儿喋喋不休的指责声，眼前又浮现出漫天飞舞的传单，马俊杰的声音也同时出现：佟丽华，你们不会有好下场的！接着，一群大人小孩往得月楼大门扔臭鸡蛋、烂菜叶……

佟丽华浑身颤抖，觉得自己的呼吸已经快喘不上来。

翠儿的声音依然在耳边环绕："……我早跟你说过，离你娘家人远一点儿，你就是不听，现在好了吧？你娘家爹跟你那娘家哥哥，见天儿跟日本人走那么近，能有什么好？那日本人是好东西吗？"

"……到现在倒好，连带着咱们一家子被人骂汉奸、卖国贼，咱这脸还要不要了？背着汉奸的名儿，孩子们以后怎么办？走哪儿都被人瞧不起，还怎么上学？怎么出门……”

翠儿的指责声越来越大，渐渐变成了噪音，佟丽华痛苦地捂住耳朵，终于崩溃，猛地大吼一声：“别说了！”翠儿顿时闭嘴，吃惊地望着佟丽华，怔忪半晌。

佟丽华已发疯似的冲出了院子，一路踩着遍地的传单，跌跌撞撞地往前跑。

昏暗的路灯下面，她仿佛看见哈津平冷漠的脸庞，正咬牙切齿地瞪着她，街道上飘浮的阴影里，涌出无数个人影，追着她喊“你就是汉奸！你就是汉奸！”

佟丽华惊惶无措，痛苦地抱着头大哭起来，蹲在地上已缩成一团。

狂风呼啸，街道冷清。

佟丽华用尽最后一丝力气，拔腿奔向礼士胡同的佟侯府。

此时，佟侯爷与佟梓华正在前厅喝茶交谈，忽然看见佟丽华失魂落魄地冲进来，头发已散乱不堪，脖颈上半截围巾垂在地上。

佟侯爷猛吃一惊，起身去扶住女儿：“丽华？”

“阿玛，带我去日本吧……”佟丽华惨然一笑，再也支撑不住，身子瘫倒在地。

大清早，汪府客厅的桌子上，摆满了一盆煮好的面，黄瓜丝、胡萝卜丝、肉丝、火腿丝，各式各样的菜碟子堆在哈津平面前，哈津平将炸酱拌在碗里，吃得津津有味。

娄晓月往码好菜的面碗里舀上一勺酱，端给汪四海：“吃吧吃吧！”汪四海一边拌面，一边往嘴里塞：“也就这臭小子来，我们跟着沾光，居然能吃上一碗你亲手做的炸酱面！之前想了多少回啊，你就是不动，净拿莲嫂做的面来糊弄我！”

“我又不是你的老妈子！我儿子爱吃，我才做的，是吧儿子！”娄晓月冲哈津平挤眉弄眼的笑，哈津平嘴巴撑得鼓鼓的，使劲点头。

汪四海撇嘴道：“就你小子会哄你妈开心，我闺女还爱吃呢！”汪佳佳接了一句：“我爱吃爸爸做的红烧肉！”汪四海喜笑颜开：“乖闺女，回头爸给你做，不给他们吃！”

哈津平吃完面条，把碗一推，抹抹嘴站了起来。娄晓月起身要给他盛面：“要不要再来碗？”哈津平摇摇头，咧嘴一笑：“饱了。”娄晓月细心地替他擦去嘴边的酱汁，汪佳佳站起来欢快地道：“妈，我也吃饱了！”

“你这还剩半碗呢！”

汪佳佳开始撒娇：“我吃不下了……”哈津平不耐烦地道：“妈，上学要迟到了！”汪四海挥挥手，没好气地道：“行了行了，赶紧走吧，孩子快迟到了。莲嫂，给小姐包两块点心装书包里！闺女，饿了就下课的时候吃，晚上回来爸爸给你做红烧肉！嘿嘿，来给爸爸啵儿一个！”

“爸爸最好了！”汪佳佳高兴地欢呼，抱住汪四海的脖子，在他的脸上叭叭亲了两口，汪四海的脸乐开了花。

等莲嫂带着两个孩子出门，汪四海得意地向娄晓月炫耀：“怎么样，还是我闺女亲吧？”娄晓月白了他一眼，端过汪佳佳剩下半碗面，推到汪四海面前：“把这些吃了。”汪四海晃了晃脑袋，将女儿碗里吃剩下的面全部倒进自己碗里：“这你就不懂了，天底下最好吃的就是自己闺女的剩饭……”

正说着话，电话铃声响起，娄晓月走过去接起：“喂？”

“晓月……是我，哈岚！”话筒里传来哈岚激动的声音，似乎能感觉到他的手正在发抖。

娄晓月一个激灵，下意识扭头扫了一眼汪四海，见他正低头吃面，并没有觉察到异样。娄晓月心里开始慌张，按住话筒说：“你打错了！”哈岚此时在上海电话局的电话间里，急得直跳脚：“喂？晓月！你听我说啊……”话筒里突然传来嘟嘟嘟的声音，哈岚微微一怔，失落地挂上电话。

“谁啊？”汪四海边吃面，边抬头问。

娄晓月若无其事地走过来，缓和紧张的情绪：“哎，找什么刘公馆，打错了……”汪四海皱了皱眉头，道：“最近不知道怎么了，老是有些莫名其妙的电话打进来，都好几回了，接起来又听不到声音……”娄晓月淡淡地应了一句：“肯定打错了。”

她坐在桌前吃面，尽量让自己的心情放松，抬眼望向院子外面，突然看见涂八穿着警服，正带着几个荷枪实弹的警察闯了进来。

“嗨，涂八？哥几个怎么来了？”汪四海听见动静，扭头一看，满脸惊讶，端着面碗边吃边迎出去，“来大案子了？也不至于撵家里来啊，吃口饭都不让消停！来来，涂八，算你有口福，我媳妇儿亲手做的炸酱面，倍儿香！吃了再走！”

汪四海热情地去拉涂八的胳膊，不料涂八却是哼了一声，面无表情地拨开汪四海的手：“对不住了汪局长，给我抓起来！”他手一挥，后面两名警员立即上前，拧住汪四海的肩膀。

“哎哎，怎么回事儿啊这是？”汪四海心里一惊。

警员也不答话，架着汪四海就往外走去。汪四海手里还端着碗筷，莫名其妙地被架出了汪府，直接将他塞进汽车。娄晓月慌忙追上来：“这是怎么了？出什么事儿了？”

涂八干咳一声，歉意地道："对不住了汪太太，这是上头的命令！有什么事儿咱去局里说，告辞！"

汽车扬长而去，娄晓月一脸懵圈，半晌回不过神来。

警察局审讯室。

门口立着两个面无表情的警察，汪四海戴着手铐，在屋子里惴惴不安地转着圈，一边挠头一边暗自叹气，究竟是发生了什么他完全猜不出来。心里寻思着，极有可能是日本人在搞事，是为了独揽得月楼的股权吗？要逼自己放弃房契？这种事儿可以商量啊，干吗要突然跟我翻脸？

他正迟疑不决时，门口两名警察立正敬礼，只见胡厅长推门进来，扫了一眼警卫："你们两个先出去吧。"

"厅长，您可来了……"汪四海如遇救星，急忙迎上去，举着自己戴着手铐的手腕，"您看看……这是干什么呀？"

胡厅长脸色阴沉，将手里的档案袋子往桌上一丢，气呼呼地道："你小子，一天不给我惹事你就难受！"汪四海惊恐地问："我怎么了我？"胡厅长厉声道："你胆大包天！连死刑犯你都敢私放出去，真是活腻歪了！"

"这……这哪跟哪儿啊……"汪四海心儿一沉，眼神闪烁，他终于明白了事件的起因，原来日本人大张旗鼓，是要来追查哈岚与解一半的事儿。

"毒死岛田的那两个人，哈岚和解一半，是不是你给放跑的？"

"这谁在造谣啊，他俩早死了呀……"汪四海毕竟是心虚，不敢大声应话。

胡厅长皱了皱眉头，不耐烦地道："行了，你就别演了！日本人在上海亲眼看到他们了，上海警方也已经证实，这俩人确实到过上海！"汪四海惊问道："啊！那抓着人了？"胡厅长怒道："抓着就好了，跑啦！"汪四海松了一口气，嘿嘿笑道："那就好，没大事儿……"

"怎么个意思？"胡厅长一怔。

汪四海讪笑道："他们抓不着啦，没证据……胡厅长，实话跟您说了吧，这俩人确实是从刑场逃跑了，可我后来又派人去追杀了，两个人都死啦！"胡厅长脸色一沉："什么时候的事儿？"汪四海得意地道："就前段时间，上海黑帮老大，陆世杰过寿那会儿……"胡厅长突然冷笑，道："你派谁去的？"汪四海眨了眨眼睛："涂八和刘金呀！

涂八回来亲口说的，哈岚和解一半都死了！”

胡厅长瞪着汪四海，脸上露出一种很无奈的表情：“那涂八有没有告诉你，刘金也死了？”

“什么？”汪四海头皮一麻，觉得事儿有些不对劲。

胡厅长冷冷地道：“上海警方刚来电话，确认了死者的身份，涂八那小子的话你也信，他说死就死了？你长点脑子行不行，一天到晚净干些拉屎不擦腚的事儿！”汪四海没有料到涂八居然摆了自己一道，彻底傻眼了，惊慌失措地哀求：“厅长，您可得帮帮我……”

“怎么帮？你放跑的可是日本人点名要杀的人，闹不好连我都要受连累。”

“厅长，这些年我可没少孝敬您，我这鞍前马后的，没有功劳也有苦劳……”

胡厅长勃然大怒：“你还有脸说这个，你许给我的东西，十来年了都没见影儿！”汪四海微微一怔：“您说密疏呀？我这不是也没见着嘛，您说我要是……”

他话音未落，突然看见草弥推门进来，慌忙住嘴，挺直了腰杆子。

胡厅长毕恭毕敬地道：“草弥先生，我按照您的吩咐……”草弥微微颔首，摆手打断他的话：“厅长先生您继续审问，我只是来旁听一下。”胡厅长翻开卷宗，清了清嗓子，继续审问汪四海：“汪四海，你说，你是怎么在众目睽睽之下，把两个死刑犯放走的？”

“我哪知道啊？这俩人要说逃跑了，跟我真没关系！对了，草弥先生，咱俩亲自执行的死刑啊，当时在现场，都已经验明了正身了，您不是也在吗？”汪四海自认为此事做得神不知鬼不觉，据理力争。

胡厅长呵斥道：“混账！越说越不像话了！这事，你还能怪到我和草弥先生头上不成？”汪四海苦着脸儿，解释道：“哎哎，我没这意思……但是这俩人我真不知道是怎么跑的，如果您非要说有监守自盗这事儿，我就说不上来了……”胡厅长厉声道：“放肆！那是你干的事儿！不是你捣的鬼，他们两个怎么会死而复生？难不成还真闹了鬼了？”汪四海龇牙笑道：“这还真不好说，哈岚这人鬼得很，说不定还真会些妖邪之术……”

胡厅长见他开始胡搅蛮缠，猛地一拍桌子：“一派胡言！越说越不靠谱！”草弥在旁冷冷地接了一句：“胡厅长，无论如何，死刑犯跑了，这样的事情，汪局长恐怕难辞其咎。您应该问问，汪局长为什么把这两个人给放了？”

“草弥先生说的对，你说！你为什么放了他们俩？”

“那您说，我为什么放了他们？”汪四海突然反问。

胡厅长咬了咬牙：“我问你呢！”汪四海叹了一口气，道：“就是啊，我哪儿知道？我没放过他们，就没有为什么啊！”草弥淡淡一笑，心平气和地道：“我觉得汪局长是为了钱吧？”汪四海故作惊讶地望着草弥，冷哼了一声：“是，是，为了钱！我可稀罕那个破得月楼了，冒着杀头的风险，才落得三一三剩一，还得屁颠儿屁颠儿地跟在人家后头……”

草弥的脸上闪过一丝尴尬，人为财死，鸟为食亡，这是天经地义的事儿，汪四海又不是人中圣贤，在他面前提个“钱”字，简直就是废话。

“总不能是为了女人吧？”胡厅长满脸疑惑，冷不防冒出一句。

汪四海正在讥讽草弥，见胡厅长撞上自己的枪口，拼命忍住笑：“是，是！为什么不是？有人能为了一个佟丽华把我一撸到底，我为什么不能为了我们家晓月放了哈岚？”

胡厅长被噎得一愣，搞不清楚佟丽华跟他老婆娄晓月到底是什么关系。

草弥知他在含沙射影，眼神阴沉，嘴角扯出一丝冷笑：“汪局长是个聪明人，咱们也不用再绕来绕去了。你肯放了哈岚和解一半，一定是从哈家得到了价值连城的宝贝……”

“什么宝贝？”汪四海翻了个白眼。

“密疏！”

胡厅长闻言，满脸惊讶和兴奋：“密疏？密疏在哈家？好你个汪四海，你早拿到了？你居然敢瞒着我……”

“我他妈要拿着了，还用在这儿受这气？我早他妈发达了，早远走高飞了！”汪四海突然发飙，挥舞着戴手铐的手臂大声吼叫。

胡厅长将信将疑地望了望草弥，似乎是在征求日本人的意见，汪四海有没有说实话自己可判断不了，自己连密疏是圆是扁也没瞧过一眼。

草弥面不改色，轻描淡写地问道：“汪局长若不是拿到了密疏，怎么会放过哈岚？这种理由闭着眼睛也能想到。”汪四海皱眉道：“我要是拿到了密疏，我才不会放过他，我不得杀了他灭口？”胡厅长若有所思地点了点头：“说得好像也有些道理……”

草弥冷笑道：“你不是派人去上海追杀他们了吗？”胡厅长一惊，缓过神来：“对对！你不是派涂八和刘金去了吗？这不就是灭口吗？”汪四海苦笑了一声：“嘿，我他妈还真说不清了。”

“汪局长，你就把密疏交出来吧，交出来，我就保你一命。”草弥转头问胡厅长：“没有问题吧，厅长先生？”

胡厅长笑容满面：“没问题，没问题！”汪四海没好气地道：“我有问题了！我没有密疏，拿什么东西交啊？”草弥沉声：“真没有？”汪四海大声叫道：“王八蛋才有！”

草弥盯着汪四海的反应，嘴角微微一扬，对胡厅长说：“汪局长在位期间，为警察局添置了不少刑具吧？”胡厅长一怔：“啊？是的是的！”草弥颔首道：“我很想见识见识，他亲手购置的刑具，用在自己身上是什么滋味……”

“你，你这什么意思？厅长，您可不能听他的……”汪四海心生恐惧，顿时变了脸色。

“四海啊，你也别怪我不讲情面了，来人！”胡厅长晃了晃脑袋，两名警卫推门而入。

汪四海连连摆手：“不不！我说！我说还不成吗？胡厅长，草弥先生，我真没拿密疏，我跟您说实话吧，人是我放走的，但有一点啊，我要不放人，我就没命了，我闺女也没命了。”草弥脸色微变，诧异地道：“你的意思是，有人威胁你？”汪四海苦笑道：“我收到一封信，铁血救国会写的，他们说了，如果我不把那俩孙子放走，下一个死的就是我。”

“匿名信？铁血救国会？”草弥眼神闪烁。

“是啊，不光我收着了，你们商社的佟梓华也收到了，不信你去问他！你说说，外面这么多人逼着我，我能不放人吗？”

大和商社。

关于铁血救国会匿名信一事，草弥当然要去质问佟梓华，为何一直隐瞒哈岚逃走的真相。佟梓华心里又惊又怕，转念一想，好在现在有汪四海这个替罪羊可以背黑锅，大可一口咬定，来个死无罪证。

于是，他露出一副无辜的表情，慎重地向草弥做出解释：“草弥先生，我之前确实是收到过一封这个铁血救国会的信，可是我压根就没理他们这茬啊！那我总不可能谁一威胁我，我就被谁摆布吧？您知道的，我是个有原则的人，再说了，那哈岚虽然是我妹夫，可我巴不得他早点被枪毙，他要是被枪毙了，那我妹妹丽华不是还能再找个好的吗，您说是不是？”

这番话其实可信度不高，但是佟梓华心思稠密，将妹子搬到风口浪尖上，让草弥来判断轻重缓急，却是棋高一着。

草弥若有所思地望着佟梓华，觉得他毕竟是一心效力于大日本帝国的，于情于理都没有理由会与汪四海同流合污，他的想法，自然是巴不得妹子能嫁给日本人，从此平步青云。

“我们不能让铁血救国会的人牵着鼻子走，马上加派人手，全城搜捕马俊杰！”

佟梓华呼了一口气：“好，我马上去办！草弥先生，那上海那边儿……”草弥正色地道：“上海的事情你就不用操心了，我已经派人进行抓捕。”

“明白，明白。”佟梓华鞠躬退出办公室，抹着额前的冷汗，心里却又开始忐忑不安，哈岚是生是死一无所知，万一日本人抓到了人，会不会将自己与汪四海密谋的事儿抖出来？

此时，监狱的牢房里，汪四海手里端着一碗饭，隔着栅栏正在大骂狱警：“这他妈是人吃的吗？！这饭是馊的，这怎么吃啊这个？你们自己过来尝尝，猪食都比这强！”

狱警脸儿胀得通：“这还不是您定的吗？”汪四海瞪起眼睛：“我让你们给犯人吃馊饭啊？”狱警叹气道：“汪局长，就那么点儿钱，层层克扣下来，到我们这儿也就只够给您吃这个的了！”汪四海厉声道：“狡辩是不是啊？犯人只能吃馊的了是吗？跟你们说过多少回了，平常别太黑，别太黑……这馊的，这太黑了你们！”

“这上行下效的，确实是没法子，打根儿他就是黑透了。说到底，还是您自个造成的，您就甭挑了。”

“还狡辩是不是？你赶紧给我换了！”汪四海怒道。

监狱走廊上的门哐当一声打开，只见涂八突然进来，斜眼瞧了瞧牢门，讪笑道：“都混到这份儿上了，还摆臭架子呢？您当局长的时候，没想着自己也有吃牢饭的一天吧？”狱警立正，慌忙向涂八敬礼：“局长！”

涂八嘿嘿一笑，示意狱警出去。

“局长？你小子成局长啦？”汪四海满脸惊讶。

“承您让位，这不，刚刚上任的，风水轮流转呐。”涂八脸上堆着笑，有几分得意，也有几分幸灾乐祸。

汪四海咬了咬牙：“我呸！我当初怎么没宰了你小子……”涂八并不生气，抱了抱拳：“我还真得谢谢您的不杀之恩。”汪四海恨声道：“涂老八，你小子居然骗我，你不是说哈岚死了吗？”涂八微微一笑，道：“没死，我把他给放了。”

“你个混蛋！老子平日可待你不薄！”汪四海有些气急败坏。

“我刚才不说了吗，您是待我不错，要不我能当局长么？我来就是告诉您一句，多行不义必自毙，人啊，还真不能作恶多端，得给自己留条道儿，说不定哪天，就掉进自己挖的坑里。”

汪四海心里很清楚，日本人想要密疏，不可能轻易放过这次机会，如果自己手里真的没有密疏，草弥也不可能顾得上他这条贱命。恐怕今儿遭遇此劫，是很难翻身了，他口气立马软下来：“你小子有点良心的话，你赶紧想想办法，想办法把我给放出去，怎么样？”

“那不行，您就不是因为把解一半跟哈岚放了，就进去了么，我要把你放了，我不也得进去了吗？”

“涂八，涂八，小子哎，我如果要出去，我第一个办了你你信不信！你给我装孙子是不是？你给我放出去，别跟我装孙子行不行……”汪四海有些词不达意，不知道究竟是哀求还是威胁，总算得说出口的话已经越来越没底气。

涂八摇了摇头，无奈地道：“您哪，出不去了！就安心等着吧，断头饭比这个强，饭虽然是馊的，能吃就赶紧吃。”

他背负双手，转身离开，汪四海气得往嘴里扒了两口饭，又呸地一口吐出来，将碗扔到地上：“真要吃断头饭，老子就要吃你的肉，喝你的血！”

第七十二章 无所畏惧

汪府厨房。

娄晓月扎着围裙，神思恍惚地擀面，面饼擀得像多边形一样，一点都不圆。她满目愁容，取来菜刀切面，一刀下去，切得有宽有窄，粗细不均，完全是心不在焉。

锅里的酱咕嘟咕嘟地翻起大泡，往外冒烟，娄晓月抬手擦了擦汗，脸上和头发上沾满了白面。等水一开，她离得老远将粗细不均的面条丢进锅里，水泡顿时溅出来，她一个激灵往一边闪开，摇头叹气。

捞出面条之后，娄晓月仔细地将锅里的酱浇在码好菜的面碗里，装进食盒，忽然，桌上的电话铃声响起，她走过去拎起话筒，依稀听见哈岚的呼喊："晓月，是你吗？我是哈岚……"

"哈岚？"娄晓月猛然惊醒。

"晓月！你终于能接电话了！你知道，我给你打了多少回……"电话那端是哈岚兴奋不已的叫声。

娄晓月皱眉道："上回我知道是你，可汪四海就在旁边……"哈岚情绪激动："我明白，我明白！今儿他不在吧？终于能跟你好好说说话了！"娄晓月摇咬了咬嘴唇："他不在……哈岚，我很想你……"哈岚似乎一怔，鼻子抽动："我也想你……"

"你到香港了吗，你还好吗？"

"我没去广州，我一个人走有什么意思……我又回到上海了，可你不在，解一半也不见了……"

娄晓月大惊失色："你怎么又回去了？你赶紧离开啊，上海很危险！日本人已经知道你们在上海，汪四海已经被抓了！"哈岚啊了一声，问道："怎么回事？你别急，慢慢说，汪四海怎么被抓了？"

"他放跑你和解一半的事败露了，日本人大发雷霆，现在汪四海的命很可能保不住了，你不能再有事了呀！哈岚，我现在不知道该怎么办了，我感觉像天塌了一样，所有的事儿都压在我一个人身上。佳佳怎么办，津平怎么办……哈岚，我真后悔没跟你一起走，要是真走了，这些事我什么都不用管了……"娄晓月低声抽泣，心里满是悔恨。

哈岚听见娄晓月的哭声，急忙安抚："晓月你别急，有我呢，我来想法子……"娄晓月抹这眼泪："你离那么远，你能有什么办法？"哈岚沉默片刻，悠悠叹息："我……总之会有办法的……"

"你顾好你自己就行了，我赶着出去，先不跟你说了，你赶紧离开上海啊，听见没有？越快越好！"

"喂？晓月？丽华和津平还好吗？喂……"电话那头传来嘟嘟声，哈岚无奈地挂上电话。娄晓月放下电话，早已拎起食盒，匆匆出门。

到了监狱牢房，汪四海慌忙起身，隔着栅栏望着娄晓月，心里五味杂陈，也不知道应该说什么话安慰。娄晓月默默地打开食盒，端出一碗炸酱面，从栅栏处递进去："吃吧。"

"这回总该是特意给我做的了吧？"汪四海兴奋地接过来，大口吃面，"嗯，真香！坐回牢，能让媳妇亲手给我做碗炸酱面，值！"

娄晓月有一丝动容，勉强地笑了笑："除了津平，也就你不嫌弃我做的面粗的粗细的细，酱都炸糊了。"汪四海龇牙道："谁说的！我老婆做的炸酱面，天下第一！什么解神厨啊解一半儿啊，统统靠边儿站！哎？佳佳呢？你怎么不带她来？"

娄晓月神情黯然："小孩子怎么能来这种地方……"汪四海哈哈大笑："我想闺女嘛，我还欠她一顿红烧肉呢！你告诉她，别生爸爸的气，等我一回家就给她做啊！"

娄晓月见汪四海呼噜呼噜地吃面，默然不语，忍不住就掉下泪来。

"哭什么呀，我这活得好好的还没死呢。"

"能打点的关系，我都打点了……那个胡厅长，钱和东西都收了，他就是不吐口……"

汪四海脸色一变，紧张地道："他占你便宜没有？这里边儿的事你不懂，那胡厅长就一无底洞，你给他多少钱都没用，但不给也不行，反正死马当活马医呗，是不是？月儿啊，你不恨我？”娄晓月心事重重地道：“恨，怎么不恨？想起你做的那些缺德事，我恨不得一口一口咬死你！”汪四海眨了眨眼睛：“爱之深，恨之切。你越恨我，说明你越爱我！”

“美得你！快吃吧……”

汪四海嬉皮笑脸地挑起面条，装作不经意地道：“你知道吗，哈岚没死……”娄晓月轻描淡写地：“我知道。”汪四海停住筷子，诧异地问：“你早知道了？”娄晓月点头道：“是我求涂八放了他……”汪四海惊讶地望着娄晓月：“你都知道了，干吗还来看我呀，你还捞我干什么？”娄晓月正色地道：“谁让你是我闺女的亲爹呢！不捞你捞谁？快吃吧你！”

汪四海眼神闪烁，似乎心有所动，突然低头一笑，感慨地道：“我汪四海这辈子，值，真值了……”

“时间到了！”门外的狱警进来催促。

娄晓月弯腰收拾食盒，汪四海握住她的手，柔声道：“下回，能把我闺女带来吗？”娄晓月皱眉道：“我说了，小孩子来这种地方不好。”汪四海有些沮丧：“可我，真想我闺女……”娄晓月安抚道：“再说吧，我走了啊，你自己注意点儿。”

她转身要走，汪四海突然支支吾吾地叫住她：“等等月儿，月儿！要是……我真出不去了……你就带着我闺女，到上海找哈岚去，但是记着啊，别给我闺女改了姓……”娄晓月心儿一颤，回头凝视汪四海，咬着牙道：“说什么丧气话呢，就是倾家荡产，我也要把你给捞出来！”

得月楼。

大堂内人满为患，却没有一个人坐下来吃饭。客人们手里捏着传单，在得月楼里东张西望的，指指点点：“哪个是佟丽华啊？这汉奸长啥样？”

“我怎么知道，我也是过来见识见识……”

丁宝见此情景颇为无奈，心烦意躁地去赶围观的客人：“诸位，吃不吃饭？您不吃饭就外面请，行不行？”客人没好气地道：“我们大老远赶过来，就是想看看女汉奸长啥模样……”旁边的客人纷纷嚷道：“是啊，是啊！这传单上写着呢，佟丽华就是大汉奸……”

丁宝两只一瞪，怒道：“我跟您说了，这是酒楼，没有什么汉奸，赶紧出去！”

娄晓月推门进来，看到大堂里挤了这么多人，吓了一跳。

“嘿，这是不是佟丽华？你是佟丽华吗？”客人们围拢过来，上下左右地打量着娄晓月，吓得她慌忙往后躲。

“哎哎，这不是汉奸，这是我师姐！”丁宝忍无可忍，开始往门外撵客人，“走走！干什么呀你们，不吃饭别捣乱！”

丁宝护着娄晓月，拉到柜台边。娄晓月诧异地问：“这是怎么了？哪来这么多人啊？”丁宝叹气道：“唉，这几天是天天这样，净是些来瞧热闹的，正经吃饭的一个没有！这么下去，得月楼要关门喽！”娄晓月皱眉道：“佟格格呢？”

“出了事儿我就没见过她，再说，来这么些人，她也不敢来啊，您找她有事啊？”

“是的，我找她有事商量。”娄晓月点点头。

“那你到酱肉铺去问问，翠儿嫂子应该知道！”丁宝拉着娄晓月往厨房过道走去，“您往院子走，走后门。”

娄晓月赶到解家院子的街道上，见墙上贴满传单，胡同里也散落了一地，翠儿挥舞着扫把，正弯腰清理门口的垃圾。

“翠儿。”娄晓月轻唤一声。

翠儿惊讶地回头：“哎？你怎么来了，津平没跟你一块来啊？”娄晓月笑得很不自然：“上学去了，还没放学呢。”翠儿惦记着哈津平，对娄晓月有些心不在焉：“瞧我糊涂了，到屋里边坐吧。”娄晓月笑道：“不了，我来是要告诉你一声，今天放学，莲嫂会把津平送过来……”翠儿心头一喜：“真的？那太好了！您瞧瞧，家里出了这些事儿，真是丢人呐，我都没脸去接津平回来。”

“我家里……也出了点儿事，这段时间，津平还得麻烦你们照顾……”

“怎么了？出什么事儿了？”

娄晓月轻叹了一声：“汪四海……被抓了。”翠儿一怔，缓缓点头道：“这人总算是恶有恶报了……哎哟，晓月，你瞧我这嘴，你别在意啊！津平他在我这儿，你就放心好了。”

娄晓月面露尴尬：“谢谢，佟格格呢？”

“嗨，别提我们家少奶奶，你说，出了这档子事，把家里都弄得乱糟糟的，我们还成天被人骂汉奸，她倒是出去躲了！我看呀，她跟她哥、她爸还真是一家子。”翠儿摇头叹气。

“你怎么能这么说她，佟丽华她不是那样的人！”

“这会子你倒替她说话了？敢情被骂汉奸的人不是你。”

娄晓月慎重地道：“她不会做那样的事，我相信她，她现在在哪儿？”翠儿苦笑道：“回娘家了呗，还能去哪儿？哎，你找着她，让她赶紧回来带孩子，我就没见过这样的妈！”

娄晓月知道翠儿一张嘴巴口无遮拦，也不来多话，匆匆忙忙告别，就往佟侯府赶去。

卢管家领着娄晓月进了前厅，禀告佟侯爷：“这位太太，要找格格。”

佟侯爷正坐在椅子上翻阅资料，抬头一望，满脸惊讶：“娄晓月……”娄晓月不卑不亢地行礼：“见过侯爷。”佟侯爷干咳了一声，淡淡地道：“看来这些年，你过得不错啊。”娄晓月笑了笑：“托侯爷的福，没被人逼死，还活着。”佟侯爷冷笑道：“生下私孩子，还嫁了人，摇身一变成了警察局长的太太，娄老板果然是好手段！”

“汪四海不嫌弃我，心甘情愿地娶我，还拿我当个宝，侯爷，您看不过眼啦？”

“看得过看不过的无所谓，你无非就是个……”佟侯爷脸色一黑。

娄晓月截口道：“下贱的戏子，是吗？我再下贱，也没让我的孩子被人指着骂汉奸！”佟侯爷指着娄晓月，气得说不出话来：“你……”

此时，面色憔悴的佟丽华从厢房过来，见气氛不对，皱眉道：“阿玛！晓月是来找我的。”

佟侯爷气哼哼地甩手离开，佟丽华领着娄晓月去自己的房间，赶紧给客人倒茶。娄晓月环视厢房，啧啧称赞：“佟侯爷真的很疼你，你都出阁这么多年了，还留着你的闺房，连陈设都没变。”

“我现在是过街老鼠，人人喊打，你怎么还敢来找我？”佟丽华面无表情，将茶盏递给娄晓月。

娄晓月正色地道：“我相信你不是那样的人。”佟丽华有些意外，内心涌起一丝感动：“没想到，相信我的竟是你，有时候连我都怀疑我自己……”娄晓月安抚道：“我能感受得出来，你做事肯定有你的理由。”

“你来找我有什么事儿？”

“我想求你救救汪四海，现在是日本人想要他的命，只有你能救他。”

佟丽华皱眉道：“我？那你……不还是觉得我是汉奸吗？”娄晓月无奈地道：“你别误会，我这不是为了救人吗？我知道你跟草弥关系不一般，这次你等于救了他一命，当年就是找他救了哈岚，现在能不能也求他救救汪四海？多少钱我都出！”

佟丽华摇了摇头，面露难色：“晓月，这不是钱的事儿……你不明白，这个草弥没那么简单，我求他也没用……”娄晓月急道：“那你是见死不救了？汪四海是因为哈岚和解一半才进的监狱，咱做人总得有点儿良心吧？”佟丽华一怔：“这跟良心没关系……”

“你一定要帮帮我们，还要我再跪下来求你一次，你才答应？”

“这话怎么说？”佟丽华诧异地问。

娄晓月幽叹一声，道：“反正在这屋里，我也不是没跪过。”佟丽华恍然大悟，嗔道：“哟，你这个人啊真是小心眼，都这么多年过去了，你还记着仇！”娄晓月正色地道：“这哪儿能忘，那是我这辈子最屈辱的一天，我再跪下来求你一次！”

她二话不说，起身就要跪下。佟丽华没想到娄晓月会来真的，慌忙把她拉起来：“哎呀，你这个疯丫头！”娄晓月笑道：“你才是个疯婆子！”二人相视大笑，只觉得人生就是这么回事儿了，没什么解释不了，也没什么可以一直放不下。佟丽华长叹一声：“唉，想想，时间过得真快，一转眼，十来年都过去了……”

“那天我发誓，出了这个门，我这辈子再也不见你和哈岚，没想到，咱们三个纠缠了半辈子……”

二人越想心里越是坦然，忍不住又笑了起来。如果一笑真的能泯恩仇，此时她们之间早已经怨恨全消。

佟丽华望着娄晓月，认真地说：“晓月，其实我很钦佩你，你能为了汪四海来找我。”娄晓月心平气和地道：“他总归是我男人。

“我以为你会恨他，趁机离开他。”

“我是恨他，以前也总想着从家里逃出去。可直到他真不在了，我才发现我离不开他……我已经习惯了他宠着我，惯着我，什么事儿他都替我安排好，不用我操心，无论他在外头干了多少坏事儿，他对我是真好，掏心掏肺的好……”

佟丽华展颜微笑：“我真羡慕你，这辈子能遇到一个对你这么好的男人，值了。”娄晓月眨了眨眼睛：“有什么可羡慕的，你男人不也挺疼你的，走哪儿都惦记着你爱吃玉子烧……”佟丽华佯装生气地道：“你少在这儿得便宜卖乖，哈岚心里最疼谁，你不知道？”娄晓月辩解道：“他要是真心疼我，当年我怀着津平的时候，他能把我一个人留在天津？”

“得了吧！那次跳河呢，他宁肯自己跳河，也不肯跟我回家，为了谁啊？”

佟丽华突然扑哧一声，忍不住笑出来，摆手叹道：“行了行了，咱俩也别争了，都争了一辈子了，也没个结果。”

娄晓月柔声道："其实结果早就有了，从他跳河那一刻起，我就知道我输了，丽华，也许哈岚自己心里不清楚，其实，他早就离不开你了。"佟丽华顿时怔住，眼眶渐渐湿润："你说咱们上辈子造了什么孽，是不是上辈子欠他的，这个混账男人……"

"是啊！来，咱们以茶代酒，干了这杯，心疼一下咱们自己！"二人一起端起茶盏，学着喝酒的模样一饮而尽，释怀大笑。她们虽然是在斗嘴，但是心里并无嫉恨，两张娇美的脸庞，皆笑得面若桃花。

佟丽华突然忧心忡忡地道："说起哈岚，也不知道他怎么样了，一点儿消息都没有……"

"你看我这记性，我忘了告诉你了，哈岚来电话了！"

"啊？这个死鬼，连封信都不给家里捎，他居然给你打电话！"

娄晓月眼珠子一瞪："行了吧，这醋也吃？他倒想给你打电话，往哪儿打啊，他又不知道你在得月楼，解家有电话吗？"佟丽华握住她的手，急切地问："他说什么了？在哪儿呢？"

"他……到香港了，很安全，他惦记着你，问你和津平好呢。"娄晓月不愿意让佟丽华再担心受怕，只得撒谎隐瞒。

"那就好。"佟丽华缓缓点头。

"丽华，有件事儿，我想告诉你，可是你千万别生气……"娄晓月犹豫了片刻，轻声道，"其实哈岚是想让我和他一起去香港，但是我把他送上车，我没有跟着一起去，我是真的已经放下哈岚了。现在我和四海有了佳佳，为了佳佳，我一定要救四海，丽华，你一定要帮帮我。"

佟丽华苦笑道："从你一去上海，我就知道你们打着这个谱。晓月，不是我不想帮你，你想想看，草弥想让哈岚死，那哈岚还活着，你说他会放过汪四海吗？"娄晓月急道："那怎么办？还能真拿哈岚的命去换汪四海的命？"佟丽华若有所思地点了点头，似乎有些不敢确信道："要不……你亲自去找一趟草弥试试？"

"我找草弥？能说什么？"

"我有个主意，你去跟他做个生意……"佟丽华附身凑到娄晓月的耳边，轻声细语。

东四牌楼。

娄晓月站在大和商社的门口，心里有些发怵，但是为了救汪四海，也许这里是唯一的出路。她向门卫说明来意之后，直奔草弥办公室。

此时的草弥正在书桌旁挥毫提笔，写下“气吞山河”四个龙飞凤舞的大字，满意地放下笔，抬头望了一眼拎着手提包的娄晓月，见她神情有些拘束，不免哑然失笑：“汪太太不用紧张……我这副字写得如何？汉字，是这个世界上，最能表述人类内心情感的文字……哎，汪太太，刚才你好像说，想和我做一笔生意？”

“是的，我想用一样东西，换我先生的性命。”

草弥微微一笑，道：“汪太太，我想您可能是搞错了，我只是个生意人，汪局长他犯了法，是死是活，应该由法官来决定。”娄晓月叹道：“草弥先生自谦了，谁不知道，法官得看您的眼色行事。我有一样东西，是您心心念念想要的……”

“到底是什么东西？”

“密疏。”

草弥一怔，诧异地问：“你怎么知道我想要密疏？”娄晓月淡淡地道：“这还是什么秘密吗？”草弥扫了一眼娄晓月紧紧抓在手里的拎包，皱眉道：“这么说的话，你手上有密疏……”娄晓月打开包，取出两个胶卷，慎重地放在桌上：“您可以查验真假。”

“汪太太，这恐怕是孙殿英盗过的那两个陵墓吧。”草弥盯着桌上的胶卷，嘴角轻轻一扬。

“我有被盗过的，自然也有没被盗过的，全部密疏都在我的手上。只要您愿意，其余的，咱们一手放人，一手交货。”

草弥突然叹了一口气，缓缓地道：“汪太太，我非常敬佩你，为了救自己的丈夫，有不顾一切的勇气。不过老实说，你不会做生意。东西你拿回去吧，我不会跟你做这笔交易的。”娄晓月愕然：“难道您不要密疏了吗？”草弥摇了摇头，意味深长地道：“我没有必要卖你这个人情。因为密疏，早晚是我的。”

监狱的高墙外，黄沙飞舞。

宣判的声音在空旷的走廊里回荡着：“原北平市警察局局长汪四海，在位期间利用职务之便渎职枉法……伙同他人私自放走死刑犯哈岚、解一半，属罪大恶极。现判决汪四海死刑，择日执行！”

汪四海犹如木雕，一动不动地坐在地上，仿佛世界突然静逸，耳朵里听不到任何的声响，他似乎也已经感受不到自己的心跳声，脸上的表情出奇的冷静。

他眼前闪现出干爹汪玉明的身影，还有满身是血的解神厨。密疏，他曾经做梦都想着密疏，这些年来他贪婪成性，倾尽一切手段，却始终逃不过悲惨的下场，而真正能令他内心平静的，就只有娄晓月与汪佳佳，他突然觉得自己并不是一无所有。

他此时最迫切的心思，是想回家给闺女烧一盘红烧肉。

监狱门外的铁门哐当一声打开，尘沙中，哈岚缓缓走过来，面对着一群震惊的狱警，一脸坚定地高声叫喊："我自首！"

审讯室内。

哈岚的双手被反铐在椅子上，胡厅长与草弥坐在桌前，神情肃然，一边翻阅档案，一边审讯哈岚："你是说，是你们俩自己逃跑的？"哈岚面露微笑，淡淡地道："嗯，我们把行刑的警察打趴之后，翻过山坡就跑了，这事跟汪四海没关系，把他放了吧。"

"那刑场上被枪毙的人是谁啊？"胡厅长一脸的不可思议。

哈岚愣了一下："枪毙的人？我和解一半啊！"胡厅长斜眼道："你们不是跑了吗？"哈岚的反应有些迟钝："哦哦……您说那俩替死鬼啊，你们就别多问了行不，反正这事跟汪四海没关系，你们要的不就是我的命吗，我回来了，你们爱怎么处置就怎么处置，赶紧放了他。"

胡厅长扭头望了一眼草弥，赶紧将哈岚的供词记录下来。草弥皱了皱眉头："哈先生，还有一个人在哪里？"

"谁？"

"你的同伙！"

哈岚有意无意地慢半拍："哦，你是说解一半啊？死啦！"胡厅长追问："死了？怎么死的？"哈岚无奈地叹气："唉，汪四海发现我们跑了，就派人到上海追杀，把解一半杀了……"草弥笑道："他们为什么没有杀你？"哈岚得意地道："我跑得快呗！"

草弥突然起身，走到哈岚身前转了一圈，道："哈先生，你觉得，我会相信你说的话吗？你这是拿我当小孩子啊。不过你这次回来自首，还是让我感到很惊讶。这么多年来，我一直搞不清楚，像佟格格那样优秀的女人，怎么会看上你这样的男人，今天我总算明白了一点，你的身上确实有男子汉的气魄。"

"都这会儿了，还惦记我老婆呐，你说你算个什么玩意！"哈岚翻了个白眼。

“哈先生，你先别急，有一点我还是不明白，你跟汪四海不是仇人加情敌吗，为什么还要冒死回来救他？为了自己的仇人，要送上自己的性命，难道这就是你们中国人所说的仁义？”

哈岚呸了一声，大声呵斥道：“你个假模假式的小鬼子懂个屁！你以为你认得俩中国字儿，就是中国通啦？你懂得什么叫以德报怨、投桃报李？什么叫杀身成仁、舍生取义？你满口仁义道德，一肚子男盗女娼，披着文化人儿的外衣，干的却是烧杀抢掠！所以仁义这俩字儿，没有人性的人呢，是永远都不会懂的！”

草弥脸色一黑，胡厅长慌忙喊门口的警卫：“带下去，带下去！”

警卫进来架起哈岚的胳膊往外拖去，哈岚心有不甘，破口大骂：“草弥，你他妈就是个混蛋！彻头彻尾的伪君子，披着羊皮的狼！”

他一路骂骂咧咧，被拉到了监狱的牢房里。汪四海听见走廊上传来的叫骂声，满心好奇，却见铁门哐当一声打开，衣裳单薄的哈岚被狱警推了进来，不由地大吃了一惊：“哈岚？你怎么进来了？”

哈岚龇牙一笑，被狱警扔进牢房，起身活动活动被抓疼的胳膊。

汪四海心急如焚地迎上去：“他们抓着你了？你跟他们说什么了？”

“抓什么抓，我自己自首的！”

“啊？自首？你这怂蔫奸的脑子是让驴踢啦？老子豁出命才把你救出去，你他妈跑回来自首？”

哈岚怒道：“怎么说话的？我不是为了救你吗？”汪四海惊讶地张大了嘴巴：“救我？老子要你救？！你去找一梁上个吊，你死了不就把我给救了吗，你回来干什么啊！”哈岚苦笑道：“你倒是想我死！你不是派人到上海杀我们了吗？来啊，你掐死我啊，掐死我啊……”汪四海猛地一下子揪住哈岚的脖子，将他摁在栅栏墙上：“你是不是以为我不敢啊？你是不是以为我不敢弄死你，啊？没有你我至于沦落到这地步吗！”

“汪四海！老子好心好意跑来救你……”哈岚奋力挣扎。

“那你倒是把我救出去啊！”

门外的狱警甩起手里的警棍，敲得铁门哐哐直响：“哎哎，干吗呢，吵什么吵？”汪四海气鼓鼓地松开手，一把将哈岚推倒，自己也懊恼地坐到地上：“哎，不对吧，怎么就你一个人来了，解一半呢？他怎么没跟你过来呀？”哈岚赌气地道：“死啦！”

“少他妈胡说，你都没死，他能死？”

“他死没死跟你有什么关系，你就当他死了！”

汪四海脸色铁青，虽然没有猜出哈岚为何要自首，但是隐隐之中，觉得哈岚是真做得出来这事儿，也不知是揪心，还是惭愧，忍不住长叹了一声：“哈岚，你跟我说实话，你是怎么进来的……”哈岚摇了摇头，无奈地道：“我不就是想拿自己换你吗？可我忘了日本倭子国的人呢，不讲信誉，他们把我留下了，你也不放。”

“你说我怎么说你……这回完了，这回是真完了，咱俩人谁也出不去喽……”汪四海茫然无措地斜靠在冰冷的墙上，神情有些绝望。

翠儿收到消息之后，匆匆忙忙赶来佟侯府给少奶奶报信，佟丽华闻言一脸震惊：“哈岚回来了？怎么可能啊？”翠儿记得直跳脚：“是啊，爷他跑回来救汪四海，现在正关在大牢里呢！”

佟丽华身子一颤，差点儿晕倒：“哎呀，你说他这人怎么那么傻呢……完了，他做得出来，他就是这样的人……”

“这下倒好，汪四海人没救出来，把咱爷也给搭进去了！”

“解大哥呢？”

“不知道，我现在一点他的消息都没有，这解一半要是跟爷在一起，没准他还能拦着点爷。”翠儿摇头叹息。

佟丽华诧异地道：“这中间到底发生什么事儿了呀？”翠儿无奈地道：“别提了，我这白跑了一趟山东，我到那什么水香亭，连水姑娘人影都没见着，人说她已经走了……”佟丽华咬了咬牙：“娄晓月……她肯定有事儿瞒着我们……”

“算了，少奶奶，咱先别管娄晓月了，您赶紧想想办法，求求亲家老爷和舅爷，看他们能不能帮咱把爷救出来呀！”

“草弥，你这个刽子手！”佟丽华沉思片刻，恨恨地道：“现在找他也没用，咱们赶快去牢里看看哈岚吧！”

监狱牢房内。

佟丽华裹着头巾，领着翠儿来探监。二人将烧饼、酱肉和点心一样样从食盒里取出来。哈岚望着佟丽华，赖皮赖脸地笑：“你还好吧？家里都好吧？”佟丽华眼眶里含着泪光，低头将酱肉夹进烧饼里：“先吃点东西吧……”

翠儿抱怨道：“爷，你还知道问家里，你说你这回来，也不先回趟家？”

“我这不是怕回了家，就舍不得来这儿了么……”哈岚尴尬地笑了笑。

佟丽华将夹好肉的烧饼递进栅栏，哈岚迫不及待地接过来，往嘴里塞去，“天儿又不冷，你裹那么严实干什么？”

翠儿见佟丽华低头不语，赶紧倒了一碗水端给哈岚，将话题岔开：“爷你慢点儿吃，家里都挺好的。”汪四海在一旁伸长了脖子，眼馋地看着：“你们都带了点什么吃的呀？前儿我们晓月来，给我带了炸酱面，她亲手做的……”

翠儿白了他一眼，不搭理他。哈岚咬着烧饼问：“津平和一南都长高了吧？怎么不带过来让我瞧瞧！”佟丽华皱眉道：“哪儿能带孩子来这种地儿。”

“对对，弟妹说的对！这地方不能随便带孩子来，我大闺女……”汪四海嬉皮笑脸地蹭过来，伸手去食盒里抓酱肉。

翠儿眼疾手快，一把将他手里的酱肉打掉：“你还有脸吃？这不是给你的！”

汪四海悻悻地缩回手，佟丽华喝止翠儿，将手中一块烧饼夹上酱肉，递给汪四海：“吃吧。”

“还是弟妹对我好！”汪四海喜笑颜开地接过来，大口咬烧饼，“嗯，好吃！哎呀，这要是再来口老白干儿，就更好了。下回想着带点儿酒来哈！”

翠儿恨恨地瞪了他一眼：“美得你！爷，你就是太心善了！你说你救他干什么？还把自个儿搭上了，他早就该死！”汪四海不服气地道：“翠儿姑娘，我跟你说啊，当初要不是我把你们家爷给救了，你们家爷早死了。”翠儿大怒：“你还有脸说？要不是你，我们家怎么能成这样！好好的王府闹得家破人亡，都是因为你！”汪四海一怔，讪笑道：“嘿，当初要不是解一半他爹，解神厨，拿了我干爹的密疏，你好好想想，能有这些事儿嘛……”

“你逼死王爷和福晋，我还没找你算账呢！”

“我还冒死救了哈岚和你爷们儿呢，这事儿扯平了吧？”

佟丽华不耐烦地道：“行了，都什么时候了，还在这翻旧账。”哈岚正色地道：“就是，这都关一个牢里等死了，扯这些干什么啊！”翠儿抹着眼泪，心里觉得委屈：“我们爷这么好一人儿，要跟你这个大坏蛋一起死，冤不冤……”

“我过得好好的，被你们连累进来，我才冤呢我！”

“都少说两句吧。”佟丽华握住哈岚的手，关切地问：“解大哥呢？”

翠儿也想知道解一半的下落，急道：“是啊，爷，我们家一半儿呢？他怎么没跟您一块儿？”

“他……”哈岚欲言又止。

“死啦！”汪四海吃完酱肉烧饼，探出手去取食盒里的点心，满不在乎地说，“怂蔫奸说他死了。”

哈岚慌忙解释：“哎哎，不是，没有……”翠儿与佟丽华惊恐万状地瞪着汪四海：“你说什么？！”翠儿突然扑过去，一把扯住汪四海的胳膊：“你把我们家一半儿怎么着啦！你说啊！”翠儿发疯似的厮打汪四海，佟丽华赶紧抱住她。

狱警在门外叫喊：“吵什么吵什么！”

翠儿崩溃大哭：“一半儿啊……”

“行了，别嚎了！”哈岚抬眼看了一下铁门外面的狱警，压低声音：“解一半没死，他是……当时我们俩就……我要去香港，他不愿意跟我一块去，就走散了，然后……”

翠儿破涕为笑：“真的？您可别骗我！你们两个不是一直都在一起的吗，他为什么不跟您一起走？”哈岚苦笑道：“我骗你干什么……”汪四海翻了翻白眼：“那你是骗我啊！你不是说他死了吗？”哈岚急道：“你小点声点儿！我不是怕解大哥有危险吗？赔上我一个还不够啊？”汪四海嘿嘿一笑：“我就知道，你小子一肚子坏水儿。”

“是不是因为你跟娄晓月要去私奔，解大哥不愿意跟你们俩在一起呀？”佟丽华故意绷着脸，用犀利的眼神逼视哈岚。

第七十三章 义无反顾

“你怎么知道的？”哈岚吓了一跳。

汪四海一听不乐意了：“哎？你还想着跟我老婆私奔呢？”

翠儿脸色一沉，怒道：“爷，这事儿你都干得出来！我们在这儿担心地跟什么似的，你们居然想私奔？”哈岚连连摆手：“不是，不是你们想的那样！我们这不都回来了吗？”佟丽华没好气地道：“你回来干吗？你怎么不跑啊？你们死在外头了，我也就不用操心了！”

汪四海冷哼了一声，道：“我就知道，你行了，怂蔫奸，别骗你媳妇了行不行！说实话哎，要不是我当初，把哈津平扣在了北平，我们家月儿是不是就跟你私奔了，我还不知道你们？”

“你还好意思提津平，你绑架了津平，那孩子受那罪，他……他回来都不认我们了！”翠儿将一肚子怨气发泄在汪四海的身上。

哈岚眼珠子一瞪，皱眉道：“什么？汪四海，你绑架津平？”汪四海心虚地道：“什么绑架，什么绑架？就你们那位小爷，我好吃好喝地伺候着，就差亲自端着碗喂他了！”哈岚忽然起身，怒视汪四海：“汪四海！你一边儿派人到上海追杀我和解一半，一边儿又绑我儿子，你到底安的什么心？”

佟丽华一惊，不可置信地望着汪四海：“果不其然，你还是派人去追杀他们了，你要干什么你？”汪四海哭丧着脸，解释道：“没有没有！哪儿跟哪儿啊！弟妹，这俩人比猴还精呢，就我这德行，能派人去把他们俩给杀了？”翠儿脸色大变：“那一半儿呢？一半儿不见了，不是被你的人给杀了？”

“我的人一个回来了，一个死了，哪儿就杀得了解一半？没有，没有……”

“那一半儿去哪儿了？”翠儿追问。

汪四海没好气地道：“我哪儿知道……”翠儿微微一呆，忍不住又要哭出来。哈岚急忙安慰：“翠儿，解大哥不会有事儿的。”佟丽华掏出手绢给翠儿擦眼泪，汪四海蹲在一旁，不停地伸手去食盒摸点心吃。

狱警用警棍在铁门上敲打：“探监时间过了！”

“人家好不容易见个面儿，催什么催！去去去，一边儿去！”汪四海扯开嗓门大吼，见狱警悻悻走开，赶紧凑过脸来，小声地对佟丽华说，“弟妹，弟妹，没多少时间了，之前都是我的错行吗，你得想想办法，把我们两个给捞出去啊！哎哟，你说，你跟日本人有一腿，你就找日本人好好说说吧？”

“你混蛋！”佟丽华怒斥。

哈岚已经跳起来：“说什么呢，谁跟日本人有一腿？！”汪四海眨了眨眼睛，正色地道：“你老婆呀！”哈岚怒道：“你老婆才跟日本人有一腿！”汪四海脖子一歪，道：“是，我老婆跟你有一腿！你今儿找茬儿打架是不是？”哈岚挽起袖子，大声道：“我怕你啊！”

佟丽华见二人虎视眈眈，随时可能动起手来，急忙出声阻止：“行了！还嫌闹得不够是不是？”哈岚气呼呼地坐下来，汪四海将手里的半块点心塞进嘴里，嘀咕一句：“连个人儿都捞不出来，那汉奸的帽子不就白戴了……”

佟丽华一声不吭，缩了缩身子，哈岚迷糊地道：“你骂谁是汉奸？”汪四海没好气地道：“当然是你老婆呀。”哈岚挥手要去打汪四海：“你再敢胡说一句试试！”汪四海下意识地退到墙角，理直气壮地道：“哎哎，这话可不是我说的，满北平城的人都知道了，不信你自个儿出去瞧瞧，传单贴得到处都是！”

哈岚满面狐疑地望向佟丽华，皱眉道：“怎么回事儿？”佟丽华咬着嘴唇，身子微微发抖，无奈地道：“哈岚，你先安心在这待着，我出去想办法，等回家了，我慢慢跟你说……”

“我老婆她就不是那样的人！你再敢胡咧咧，我撕了你的嘴！”哈岚狠狠瞪了汪四海一眼，上前去拉住佟丽华的手，柔声道，“你甭理他！谁让你受了委屈，等我出去了我可饶不了他！”

佟丽华点了点头，眼泪止不住就流出来，汪四海撇着嘴，又抓起一块点心。

翠儿突然发现点心盒子已经空了，扭头一看，见汪四海正把最后一块点心塞进嘴里，立马叫了起来："嗨，你一人独闷了你？这是给爷的！"汪四海一怔，看看手里的半块点心，递给哈岚："你……你还吃吗？我都咬过了……"

佟丽华决定去汪府找娄晓月，刚与翠儿走到汪府的门口，她突然停住了脚步，似乎有所犹豫："翠儿，我不进去了……我突然想，现在唯一能救哈岚的，也许只有一个人了。"

"谁？"翠儿皱眉。

佟丽华慎重地望了一眼翠儿，道："皇上！"

翠儿啊了一声，疑惑地道："他是满洲国的皇上，北平的事儿他怎么管？"佟丽华若有所思地道："都是日本人说了算，我相信，如果皇上开了口，他们也不会不给面子……"

"那您现在就去找皇上？"

"我先回家，跟我阿玛打个招呼。"

翠儿见少奶奶转身就走，只得硬着头皮去汪府找娄晓月。

进了客厅，娄晓月招呼莲嫂给翠儿倒茶，翠儿急道："我哪有心思喝茶，少奶奶让你去找草弥？他怎么说的啊？"娄晓月叹息道："草弥他根本不买账，说密疏早晚是他的。"

"是他的？怎么就成他的了？难怪少奶奶自己不去，这是早知道不成了……这个草弥，是铁了心要我们爷的命！"

娄晓月尴尬地问："哈岚……他还好吗？"翠儿皱眉道："你还好意思问？你不是说他们在上海好着呢吗？不是送他们去香港了吗？"娄晓月无可奈何地道："我也没想到他能赶回来……"

"不是你给他打电话，他能知道汪四海出事儿了？他要不是为了你，能回来救汪四海？"

娄晓月心知理亏，低头不语。翠儿继续埋怨，"还想着跟他私奔，你还有点良心吗？连孩子都不要啦？你还是个当妈的吗？我们爷这辈子都毁在你身上了！"

娄晓月脸色微微一变，道："大不了我陪他一起去死。"翠儿怔住，没好气地道："你就算陪他去死，你也得先告诉我，我们家解一半呢？"

“我哪儿知道？”

“你不知道，那谁知道啊，你当初不是跟我们说，他都好好的吗？”

娄晓月苦笑道:“我那不是怕你们担心吗？”翠儿恨声道:“别以为我不知道,娄晓月,你是不敢说,就是汪四海派刘金去杀哈岚和解一半的！”娄晓月心虚地道:“瞎说什么呢,真要这样,哈岚还回得来吗……”翠儿怒道:“那是有人救了他！水姑娘全都告诉我了！”娄晓月没了底气，羞愧地低下头，不敢正视翠儿：“对不起……我也没想到汪四海这么黑心，太丢人了……”

“都到现在这时候了，你还护着他是不是？他干什么坏事，你都替他遮着盖着。晓月,以前那个嫉恶如仇的你跑哪儿去了,你怎么变成这样了？”翠儿疾言厉色地指责。

娄晓月凄凉一笑，缓缓地道：“翠儿，其实我现在挺难的，我常常闹不清，我应该做什么，不应该做什么……特别是夜深人静的时候，我想得头疼！有时候我觉得，我对不起周围所有人，可有时候我又觉得，周围人都对不起我！你见过苍蝇撞玻璃吗，眼前那么豁亮，明明以为是条路，可是自己看着是条路，却走不过去……”

翠儿呼了一口气，似乎突然有点儿理解娄晓月的感受，叹声道：“这人呐，可能只有死的时候，才真活明白了。”娄晓月平静地道：“到了咽气的时候，活明白的人也不多。”

“凑合着瞎活着吧，可这人命关天的事儿，可不能犯糊涂。”

娄晓月解释道：“我也是到了上海，才知道汪四海派刘金去干什么。”翠儿面露惊恐之色:“那刘金……他让你一个人回来,他留在上海,不就是为了要杀解一半呢吗？”娄晓月无奈地道：“刘金他死了。”

“死了？”翠儿一惊。

“汪四海也不知道，被抓了以后才听胡厅长说的。你也不想想，假如哈岚和解一半都被杀死了，还抓汪四海干吗！”

翠儿紧蹙眉心，喃喃地道：“要是这样，一半就更回不来了……”娄晓月慎重地道:“千万别回来，回来还不是多搭上一条命！”翠儿心急如焚:“那咱现在得赶紧想办法啊，草弥这条路是不行了，咱赶紧想想别的路子。”

“嗯，我想过了，只有一条路了。”娄晓月点了点头。

“什么路？”

“我去新京找皇上！”

翠儿大出意外：“哎呀，你和少奶奶想到一块儿去了。”娄晓月惊讶地问：“她也要去找皇上？”翠儿心事重重地道：“是啊，她就是来和你商量这个事儿的……”娄晓月走到客厅门口，焦急地张望院子：“那她人呢？”

“没进门儿，先求他阿玛去了。”

此时，佟丽华筋疲力尽地赶到佟侯府，边走边解下裹在头上的围巾。

“回来啦。”佟侯爷心疼地望着女儿，见她疲惫地坐下，亲自给女儿倒了一杯茶，“我跟你说啊，船票都订好了，咱们初六就走，这两天哪都别去，好好在家收拾东西。”

佟丽华沉吟道：“我现在还不能走……”佟侯爷皱眉道：“那个津平和一南的票我都订好了，你要是实在不放心，翠儿跟她闺女，你也带着一块走。”佟丽华神思恍惚：“您知道我说的不是这个，哈岚还在牢里，他不出来，我怎么能走呢！”

“闺女啊，别忙活了，他已经是个死人了。”

佟丽华突然拽住佟侯爷的手臂：“阿玛，我求求您，救救他吧。只要他出来，我马上跟您去日本！”佟侯爷摇头道：“没有路子，日本人不会放过他的。”佟丽华哀求道：“那您去求求皇上，给皇上打个电话。现在日本人正收买人心呢，不会不给皇上这个面子的。”佟侯爷一怔：“闺女，你糊涂啊，当年为了救哈岚，咱还跟哈王爷上过折子，皇上朱笔御批‘狗屁’两个字，难道你忘了？”

“阿玛！我求求您了……”佟丽华屈膝要给佟侯爷跪下。

佟侯爷急忙拉住女儿，揪心地道：“丽华啊，你就别管他了，咱安安心心地去日本，不成吗？”佟丽华咬了咬牙，突然站起身：“那是我孩子的亲爸爸，您要是不救，我去救！”

“你怎么救？”

“我去新京！找皇上！”

监狱牢房。

娄晓月提着食盒，满脸憔悴地出现在牢房门口。哈岚兴奋地迎上栅栏，泪光闪闪地呼喊：“晓月！晓月！”汪四海挤过来将哈岚拨开，怒道：“哎哎，这是我老婆，来看我的，你激动个什么劲儿？！”

娄晓月跟狱警耳语几句，道了声谢，走到牢房栅栏处，打开食盒，里面有两碗炸酱面。

汪四海手忙脚乱地端起一碗，叫道：“嘿，怎么他也有？”哈岚斜眼瞪他：“我老婆来看我的时候，你不也吃得挺欢实吗？”娄晓月将另一碗面递给哈岚，轻声道：“吃吧。”哈岚欣喜地道：“晓月，你什么时候会做这个了？这不是你干的活儿……”汪四海得意地道："这你就不懂了吧？我媳妇儿，知道我爱吃这炸酱面，特意为我学的！是不是啊月儿？"

"吃你的吧！炸酱面还堵不上你的嘴！"娄晓月无奈地摇摇头，对哈岚说，"津平老念叨他解大爷做的炸酱面，在上海，我特意问解师傅怎么做的。"

"我怎么不知道？"哈岚眨了眨眼睛，狼吞虎咽地吃了一口，晃了晃脑袋，"晓月，你还像小时候似的，干事半不啰嗦，看看你这面码也不全，这酱炸的干不溜丢，连油都没有……蒜有没有啊？"

汪四海翻了个白眼："不爱吃就放下，还挑三拣四的！"哈岚忙往嘴里紧扒几口："谁说我不爱吃了！"娄晓月望着哈岚，眼眶微红："哈岚，你怎么这么傻……"

"你刚知道啊！"哈岚知道她是在说救汪四海的事儿，一脸坏笑。

"这就是你想出来的办法？"

哈岚挠了挠头，尴尬地道："我这一辈子，就是个窝囊废，没帮上忙，对不住了！"汪四海沉着脸，不悦地道："月儿，我能问你件事吗，你今儿来看我来了，还是来看他来了啊？不是，你看我来的，你老跟他说个没完干什么啊？"哈岚端着碗将脑袋转向一边，咧嘴道："行了，你说你说！别那么急，慢慢说！"

"说什么呀我说，当着我面儿还给我扣绿帽子呢？闺女呢，不跟你说了吗，让你把佳佳给我带过来。"

"她上学去了，我跟她说了，你出差去了，回来给她带好吃的。"

汪四海皱了皱眉头，道："你怎么能骗孩子呢？"娄晓月瞪了他一眼："你想让她看见你阶下囚的模样啊？"哈岚接了一句："晓月这是为你好……"汪四海怒道："哎，我说，我们两口子说话呢，你别老插牙行不行？孩子的事你懂吗？"

"谁还没孩子……"

"你那也算孩子啊？就你那俩小子，能跟我闺女比吗！"汪四海一想起哈津平就来气。

哈岚端着碗吃面，懒得理会汪四海："晓月，还真好吃，行，你说。"汪四海叹了一口气："也不知道我这辈子，还能不能见着我闺女……"娄晓月正色地道："你别想太多了，我明天去新京。"哈岚吃了一惊："啊，你要去见皇上？"

"呸呸呸！你能不能闭上嘴，能不能闭上嘴！"汪四海急得直跳脚。

哈岚赶紧闪开："行，行，你说你说。"汪四海满脸惊讶地望着娄晓月，急道："不是，皇上……他能见你吗？他认识你是谁？"

“这是我能想到唯一救你们的法子了。”娄晓月突然举起手腕，露出一只玉镯子，“皇上应该不会忘了这个吧……”

哈岚眼珠子一转，又惊又喜：“好家伙！这是你在天津那年唱游园惊梦，皇上赏你的，这一准儿行！”

“那这事儿就这么定了，你们俩再等几天，等我好消息。”娄晓月又叮嘱了几句，望着她生命中两个纠缠不清的男人，竟然关在同一个牢房里，心里百感交集。

她起身告别，径直回到汪府去收拾行李。

等她收治好手提箱下楼，汪佳佳上前抱住娄晓月的腿，低声地咳嗽：“妈妈，我跟你一块儿去……”娄晓月安慰道：“佳佳乖，妈妈去办要紧的事儿，不能带你一块儿去。佳佳在家里乖乖的，听莲嫂的话，好吗？”

莲嫂赶紧上来拉住汪佳佳。

“爸爸走了，你也走了，你们不要我了吗？”汪佳佳挣脱莲嫂的手，又抱住娄晓月。

娄晓月笑了笑：“傻孩子，佳佳这么乖，妈妈怎么能不要你呢？妈妈去几天就回来了，佳佳不是想爸爸了吗？等妈妈回来，你就能看见爸爸了。”汪佳佳歪着脑袋：“真的？”娄晓月柔声道：“当然是真的，等妈妈回来给佳佳买洋娃娃好不好？”汪佳佳拍了拍手，道：“好，妈妈你是带着洋娃娃，和爸爸一起回家吗？”

“是啊，佳佳要听话，妈妈过几天就回来。”娄晓月摸了摸女儿通红的小脸儿，皱眉道，“哟，这孩子摸着有点发烧……莲嫂，过几天你带她去医院看看吧，佳佳就拜托你了。”

“放心吧太太。”莲嫂抱起汪佳佳。

“我走了，佳佳你要乖啊。”娄晓月亲了亲女儿，提起箱子往外走去。

汪佳佳冲着娄晓月的背影挥手呼喊：“妈妈，你早点儿回来！”

此时，孔雀正在佟侯府的前厅，偷偷摸摸地打电话：“是的，佟侯爷拒绝了她，她决定自己去新京找溥仪……是，是，请您放心……”

佟丽华面无表情地从她身后出现，冷冷地道：“草弥派你来，是一直在监视我吗？”孔雀一惊，急忙放下电话，掩饰着心里的慌张：“佟格格，您想多了……”

“你是什么人我不感兴趣！但是有一点，你要敢伤害我阿玛和我的家人，我饶不了你！”佟丽华疾言厉色地警告，转身回房，自顾去收治行李，准备赶去新京见溥仪。

孔雀站在走廊上，望着佟丽华的背影，脸上露出一丝不屑的冷笑。

厢房内，佟丽华正将换洗的衣服放进箱子，只见卢管家突然匆匆跑进来，惊惶无措地道："格格，格格！出事儿了！"佟丽华回头惊问："怎么了？"卢管家手腕发抖，拼命擦拭着额前的汗珠："老爷的车爆炸了！您快去瞧瞧吧！"

"什么？！"佟丽华吓出一身冷汗，疯似的往门外跑去。

礼士胡同附近的街道上，一群人围着指指点点。

佟丽华失魂落魄地赶来，拨开人群挤进去，眼前的一幕让她惊呆了。

只见佟侯爷趴在地上一动不动，身前一摊鲜血，旁边一辆黑头车早已被炸得面目全非，上野少佐半截身子垂在车外，已经没有呼吸。佟丽华瘫坐在地上，艰难地爬到佟侯爷的尸体旁，用颤抖地手抱起父亲："阿玛……阿玛……"

"佟格格……"草弥浑身是血，脸上被炸得就像是一块焦炭，拖着受伤地腿一瘸一拐地走到佟丽华的身旁。

"让开，让开！阿玛！"佟梓华奋力地拨开人群，冲进来一看，顿时傻眼，缓缓在佟丽华身边跪下，悲痛欲绝地狂吼，"阿玛……谁干的！这是谁干的！"

"马俊杰……"佟丽华抱住佟侯爷的尸体，浑身颤抖，只觉得眼前一阵天旋地转，立即晕死过去……

火车在田野上飞驰。

娄晓月坐在车厢里，呆呆地望着窗外黯淡的景色，听着座下铁轨的轰鸣声，令她想起天津一行，如果那年真的能在天津与哈岚成亲，或许命运的轨迹就不会像今天这样，如果她下定决心与哈岚去香港……但是世上有多少如果可以让她回头呢？

监狱的外面，高墙耸立。

翠儿一手拉着哈津平，一手拎着食盒，快步走到监狱门口。哈津平手里托着装玻璃弹珠的小盒子，突然看见阴森森的监狱大门，慌忙停住脚步："你不是说，带我来找爸爸吗？"

"你爸就在里头啊！快走！"翠儿拉着哈津平朝门卫走去。

哈津平甩开翠儿的手，站着不动："杀人犯才在里头呢！你不是说我爸没杀人吗？"翠儿皱眉道："不许胡说，爸爸本来就没杀人，爸爸是被冤枉的。"哈津平小脸儿一沉，道："你骗人！我爸不是杀人犯，我爸不在里头！"

他突然挣脱翠儿，要往路口跑去，翠儿急忙追上去拉住他："小祖宗哎！姑姑怎么会骗你呢，爸爸真的没杀人，你跟我进去看看不就知道了吗？走吧！"

二人进了监狱的牢房，哈岚隔着栅栏看见翠儿拉着哈津平进来，顿时喜出望外，扑到栅栏前喊儿子："津平！"

"嘿，这小王八蛋怎么来了？"汪四海瞪了哈津平一眼。

哈津平手里紧紧握着装玻璃弹珠的小盒子，又惊又恨地盯着哈岚，躲在门后不出来。翠儿硬拉着他拖到栅栏前："姑姑没骗你吧？你不是想爸爸吗，快叫爸爸，叫呀。"哈岚激动地从栅栏伸出手来，想去摸哈津平："津平，我是爸爸呀……"

"杀人犯！"哈津平死死盯着哈岚，一步步地往后退。他猛地将盒子往牢里一扔，转身就往外跑。

弹珠哗啦啦撒了一地，哈岚惊愕地望着一地乱滚的玻璃弹珠，儿子的反应确实令他感到意外，一时之间，内心深处痛如刀割。

汪四海在旁幸灾乐祸地道："好，骂得好啊，好小子！"翠儿慌忙解释："爷，您可别往心里去，这孩子在外边没少受委屈……"哈岚淡淡一笑，道："快追孩子去，别再出什么事儿。"翠儿无奈地道："没事儿，他跑不远……爷，还有个事儿跟您说，少奶奶这些天可能是来不了了，亲家老爷死了。"

"啊？怎么回事儿？"哈岚大惊失色。

"在街口被人炸死了，听说是什么锄奸团干的！"

哈岚焦心如焚地问："那丽华呢？丽华怎么样了？"翠儿安抚道："少奶奶没事，就是这些，这些天儿忙着在家里料理丧事呢，叫我给您带了点酒菜……"她指着地上的食盒，对门外的狱警说，"麻烦这位大哥帮忙给拿进去。"哈岚急道："别废话了你，赶紧的，你快去追孩子啊！"

"爷我走了，您自个儿保重！"翠儿匆匆离去。

哈岚缓了一口气，弯腰捡起小盒子，然后一个一个的去捡弹珠。汪四海自言自语地道："这个老汉奸，到底还是死了……"哈岚握着弹珠，喃喃地道："不知道丽华，她会伤心成什么样儿……"

佟侯府。

前厅已经设成了灵堂，佟丽华一身重孝，呆呆地跪在阿玛的灵位旁。

草弥头上扎着绷带，神情凝重地鞠躬，佟梓华俯身回礼，轻轻拉了拉佟丽华的衣袖。佟丽华反应过来，二人跪谢答礼。

草弥扶起佟家兄妹，慎重地道："令尊为了中日商业共荣而牺牲，我已经将这件事上报给了大日本的亲王殿下，亲王殿下听闻后，万分痛心，亲自发来唁电，并表示会提请天皇陛下对令尊进行表彰，还请二位节哀。"

佟丽华轻轻颔首，面无表情。佟梓华道谢道："有劳草弥先生，替我谢谢亲王殿下……"草弥关切地道："中日联合商会的事情不能半途而废，亲王希望由梓华先生继任会长一职，完成令尊未竟的事业……"佟梓华又惊又喜："佟某一定子承父业，鞠躬尽瘁，死而后已……"

"不行！"佟丽华满脸惊怒，突然打断二人的对话，"死了我阿玛一个还不够，你们非要我们一家子都把命搭上吗？"

佟梓华惊讶地望着妹子，皱眉道："丽华，你不懂，这是我的荣耀……"

"哥！阿玛已经没了，你怎么还执迷不悟！"

草弥心思隐动，正色地道："佟格格，我们正在全力缉拿凶手，请您放心。对了，那天您提到的那个马俊杰……"佟丽华冷冷地道："您听错了，我不认识这个人。"草弥恭敬地道："我没别的意思，只是想要尽快破案，如果马俊杰跟这件事有关系，那我们就应该向警察多提供一条破案的线索。"

"我不知道什么线索。"佟丽华态度冷漠。

佟梓华猛地一跺脚，大声道："丽华，都这会儿了，你还替他们藏着掖着，你要是早点说出来，也许阿玛就不会死了！"佟丽华怒道："我说了我不认识他！"草弥眼神闪烁，示意佟梓华不要急躁："梓华君，我能理解佟格格现在的心情……佟格格请您相信我，我一定会为令尊大人报仇的。"

佟丽华冷冷地道："我不需要你们替我报什么仇，我只是希望从今以后跟你们日本人再无瓜葛！也希望你们不要再插手我们家的事情，我的家不欢迎你，请你出去！"

"佟丽华！这个家还轮不到你做主！"佟梓华暴跳如雷地大吼。

"怎么轮不到我做主？阿玛在世的时候，把所有的财产都给了我，包括这个宅子，如果你再跟日本人有什么瓜葛，你现在就给我滚出去！阿玛已经没了，你还要让他死了还背着这个骂名吗？"

"你……"佟梓华脸色铁青，气得说不出话来。

"佟格格，我的身份给您带来了困扰，对不起，发生了这样的事情，每个人都受到了极大的伤害，我也是感同身受。请放心，我一定会全力缉拿凶手，给您一个交代，您多保重。"

佟丽华冷笑道："我不需要日本人给我什么交代，请你出去。"

草弥无奈地叹气，悠悠地道："佟格格，请您再等我一段时间，这件事结束之后，我们不如携手归隐，您跟我一起去日本，好吗？"

"我谢谢你了，我丈夫还活着！"佟丽华不为所动，脸上露出厌恶的表情。

草弥的眼中闪过一丝冷漠："可是，他活不了几天了……"

月儿挂在监狱的窗前，牢房的地板抹上了一层黯淡的薄雾。

小矮桌上摆着酒菜，旁边搁着翠儿带来的食盒。哈岚与汪四海席地而坐，掌心摩挲着玻璃球，神情落寞。

汪四海给哈岚倒了一杯酒，安抚道："行啦，小孩子闹个脾气，你那么在意干什么？来来，陪我喝一杯。"哈岚端起酒杯，不悦地道："敢情不是你儿子。"汪四海冷笑道："得亏不是我儿子，要不然我得一天打他八回！"哈岚瞪起眼睛："你敢！"

二人碰杯，一饮而尽，汪四海突然叹气，深有感触地道："说归说，我跟这小子还真挺投缘，那混劲儿像他妈，我喜欢！"

"再喜欢他也不叫你爸。"

"你还别说，他还真认过我是他爸。"

哈岚惊讶地抬头："什么时候的事儿？"汪四海晃了晃脑袋："就那回他从家里跑出去，在外头浪了三四天，饿得去抢人家的包子吃，被抓着了，他跟人家说，他爸爸是警察局长！嘿，你说他好的时候，怎么想不起来我是他爸呢！"哈岚皱眉道："津平为什么从家里跑出去？"

"你那小子，就是个惹事儿精。他在学校里跟人家打架，把你还活着的事儿给捅出去了。你老婆就打了他几下，他就跑了。"汪四海夹了一口菜。

"他为什么跟人打架？"哈岚追问。

汪四海正色地道："他还少跟人打架了？不过让人追着喊他爹是杀人犯，搁谁也受不了，这架该打！"哈岚神情黯然，将杯子里的酒一饮而尽："说到底，还是我对不起孩子……"汪四海微微一愣，若有所思地道："我也对不起佳佳呀，我答应给她做的红烧肉还没做呢！她不会跟你那混小子一样，说爸爸是骗子吧？他把我闺女都带坏了……"

"不说这个了，晓月应该到新京了吧？你说她能见着皇上吗？"哈岚望了一眼窗外的明月，心事重重。

“见着又能怎么样？一满洲国的皇上，自个儿命还保不住呢，还有心思管咱们这点儿破事儿？你说是民国政府听他的还是日本人听他的？甭想那么多，其实我都算过了，咱俩啊，十有八九，是出不去了！”汪四海一口喝干了酒，又给自己倒满。

哈岚无奈地道：“汪四海，是我对不住你……”汪四海满脸疑惑地瞅了他一眼，又好气又好笑：“我一直就没想明白，你，你说你回来干什么呀？你逞什么英雄啊？”哈岚翻了翻白眼：“你这就小人之心，我……我就不为你，我也得为娄晓月！”

“行，你还真说实话，我还跟晓月说呢，我说，我要是死在这儿出不去了，你就带着闺女找哈岚去！”

“哟？你什么时候这么大方了？”

汪四海脸色一沉，道：“咱俩要是都死这儿了，晓月怎么办？”哈岚龇牙一笑：“丽华能照顾她们娘俩，你放心吧！”汪四海若有所思地点点头：“对，那等你老婆来了，我还得好好巴结巴结她。”

二人举杯饮酒，汪四海又叹了一声，“你说你死哪儿不好，非得死我眼巴前儿，成心让晓月恨我不是？”哈岚没好气地道：“我死哪儿晓月都得恨你！”汪四海眼珠子一瞪：“横竖是恨，你说我咋没早要了你的命呢！”

“这会儿也不晚啊。”哈岚一伸脖子，挑衅汪四海，“拿去！反正也没几天活头了。”

汪四海不屑地道：“行了，我怕脏了我的手。”哈岚冷笑道：“你以为你的手干净？”汪四海一怔，神情恍惚地看着自己的双手：“人不能干缺德事儿，真的，这两天我一闭眼，我干爹，还有解神厨，浑身是血地躺在那儿……”

“报应，哼！汪四海你也有今天，你没看见我额娘，没看见我阿玛啊？一想到这儿，我就恨不得一刀剁了你……”

“你剁！给你剁，谁还能多活几天！”汪四海学着哈岚刚才的动作，也将头伸过来。

“你倒是给我找把刀来啊！”

汪四海呸了一声，不屑地道：“说得跟真事儿似的，真拿刀来还不吓死你！你说你要真恨我，那年你还救我干吗？”哈岚诧异地道：“哪年？”汪四海正色地道：“就那年学生闹事儿，在大街上，不知道哪个孙子差点儿没把我给弄瞎了，还把我打个半死！不是你把我送医院去的？”哈岚斜眼一笑：“嗨，骂谁孙子呢？”

“我骂……”汪四海突然反应过来，“噢，闹了半天，敢情是你丫撒的胡椒面儿啊？我他妈还对你感激涕零呢！”

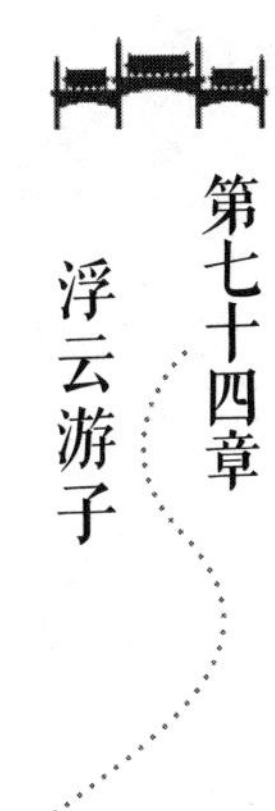

第七十四章 浮云游子

“谁让你打我老婆呢！”哈岚嘿嘿笑道。

汪四海愠怒道：“我那是撵学生呢，谁知道你老婆打哪儿冒出来的，打我的人也是你？”哈岚一口否定：“不不，我哪儿下得了那狠手啊，是解一半……”汪四海怒道：“好啊，解一半！我怎么没弄死他！”

“他没杀了你就不错了！要不是我拦着，你早就没命了。”

“这哪儿跟哪儿啊！你为什么拦着他？你不是恨死我了吗？”

哈岚拍了拍胸脯，大声道：“我哈岚不干那落井下石、见死不救的事儿！”汪四海点点头：“你还挺仗义。”哈岚脸色一沉，道：“不用你夸我！为了你，我们兄弟差点儿反目。可人这一辈子，总得学会放下，老带着仇恨，这日子还怎么过？我相信因果报应，恶人总有恶报。再说了，狗咬了我一口，我要是再咬回来，我不也成畜生了？”

“嘿，骂谁呢你？”汪四海将酒杯往桌上一搁。

“就骂你了，怎么着？”

“好！骂得好！细想想这些年我干的这些事儿，还真他妈不是东西！连畜生都不如！你说说，这些年我争来争去，为的什么？不就是个密疏吗？费尽心思，还屁毛没捞着……哎，你现在可以跟我说实话了吧？那密疏副本，到底藏在哪儿呢？”

哈岚眨了眨眼睛：“真想知道？”汪四海一本正经地点头：“赶紧的，死了你也带不走。”哈岚冷笑道：“我就不告诉你，呵呵，我气死你！”汪四海摆了摆手，意味深长地道：“跟你说实话，你现在给我，我也不要了！拿到了又能怎么着？换个金山银山来，又有什么用？还不如我老婆亲手给我做一碗炸酱面！现在我最想回家给我们佳佳做一盘红烧肉，看着她就着红烧肉吃一大碗米饭，没有比这再美的事儿了。”

“得！汪四海啊，我得敬你一杯唉，你这辈子坏事干尽，唯有一件事儿，你做得真地道！”

汪四海好奇地问：“我做了什么事儿？”哈岚正色地道：“你对娄晓月，是真好！我谢谢你。”汪四海眼睛有些湿润：“娄晓月是我媳妇儿，对她好是应该的，不用你谢我！”哈岚哂然一笑：“行，晓月这辈子没白跟你，值！”

“你总算说了句人话……”汪四海望着哈岚，心绪万千，“我呀是真没想到，咱俩对着干了一辈子，到头来还得手拉手一块儿去死。”

哈岚一脸的嫌弃：“别恶心我，谁跟你手拉手，没羞没臊的！”汪四海嘴角一扬，道：“你呀别嘴硬，我知道你，你就一怂人！就你那动不动就晕过去的怂样，黄泉路上不得给你吓晕喽，到时候不得我搀着你？”哈岚仰望窗外的夜色，沉吟道：“真不劳您操心，我阿玛、我额娘得接我上极乐世界去，您就等着下油锅上刀山吧，下十八层地狱去吧，够惨的你。”

汪四海似乎触动了心思，呆呆地望着窗外，突然就不说话了，过了半晌才缓缓开口：“……哈贝勒，你见多识广，跟我说句真心话，真有地狱吗？”哈岚一脸坏笑：“哎哟汪四海，从小到大你就横，你天天横啊，到哪儿你都横，现在你知道怕了？你才是一怂人哪！”

“谁怕了！我这辈子有什么可怕的呀我！我是……怕我下了地狱，我们家月儿还有我闺女，她们娘儿俩百年之后，就找不着我啦……”汪四海忽然轻声哭泣，泪水滑落之时，竟有一种说不出来的落寞。

哈岚不忍打断，默默地躺在地上，眼前浮现出阿玛额娘的身影，心里升起一股暖意：阿玛、额娘，儿子很快就可以见过你们啦！就是苦了丽华，要带着津平和一南在这世上遭罪，我就是希望他俩能懂点事儿，不要惹妈妈生气。

丽华，其实这么多年来，我也一直惹你生气，对不起……现在我不用再去选择啦，我哈岚这一辈子，最牵挂的女人就是你，佟格格……

汪府大宅。

柜子上摆着汪四海一家三口的照片，莲嫂抱着汪佳佳，正在给孩子喂药。汪佳佳小脸通红，不住地咳嗽，迷迷糊糊地躺在莲嫂怀里，一直轻唤：“妈妈，我要妈妈……”

“佳佳乖，吃药了。你乖乖的，妈妈很快就回来了。”莲嫂耐心将勺子塞进汪佳佳嘴里。

汪佳佳勉强喝了几口药，用小手推开，有气无力地闭着眼睛：“苦……”莲嫂无奈，将药碗放下，又用脸蹭了蹭汪佳佳地脸蛋，忧心忡忡地道：“造孽呀，这烧怎么就不退呢？这爹妈都不在，出了事儿可怎么办呢……”

此时，涂八带着七八个警察，气势汹汹地闯进汪府客厅。

莲嫂吓了一跳，慌忙起身拦住：“你们这是干什么？”涂八举起手中一纸搜查令，厉声道：“奉胡厅长之命，汪四海徇私枉法，查封家产，抄！”他一声令下，警察们四处散开，开始踢桌子砸板凳，冲上阁楼翻箱倒柜。

莲嫂急得团团转：“哎哎，你们干什么呐！局长和太太都不在家，你们不能这样啊！不能啊！”

“妈妈，我要妈妈！”汪佳佳已吓得大哭起来。

警察们并不理会莲嫂的叫喊，继续翻砸东西，全家福的照片从柜子上掉下来，镜框摔碎在地。

等贴好了封条，涂八指着莲嫂，挥了挥手：“把他们轰出去，封宅子！”莲嫂抱起汪佳佳，怒容满面：“干什么呀你们！这孩子都快病死了，你没看见吗？”警察过来赶莲嫂：“快点，快点，别废话了，快走！”莲嫂急得哭了出来：“这……没天理啊！要我们上哪儿住去啊！”

眼看着夜色降临，汪府大门上已被贴上了封条。

莲嫂抱着汪佳佳坐在门前的台阶上，神色焦虑。她突然意识到汪佳佳呼吸微弱，已经昏迷不醒，慌忙呼唤：“佳佳，你千万别睡着，佳佳，你醒醒啊佳佳！”

她顿时慌了手脚，背上一个小包袱，抱着已昏迷的汪佳佳赶去警察局。

莲嫂在门口苦苦哀求，警卫并不搭理她，无奈之下，她只得坐在警察局的门口，紧紧地搂住汪佳佳，低声哭泣。

“我说这位大嫂，你怎么还不走啊！”警卫很不耐烦。

莲嫂唉声叹气：“我让我上哪儿去？”警卫皱眉道：“问谁呢？回你们家坐着去！”莲嫂愁眉苦脸地道：“我没家！你们把汪局长家抄了，把我们赶出来，我没地儿去了！”警卫愠怒道：“那你也不能坐这儿呀！这是警察局，不是旅馆，快走！别找不自在！

“我知道，不是警察局我还不来呢，我要见汪局长，这是他的孩子，我得把孩子给他。”

“早就没什么汪局长啦，他现在是死刑犯，在大牢里关着呢。”

“可你看这孩子都快病得不行了，这要有个三长两短，我哪儿担待得起啊，求求你了，这孩子妈也不在，求你们了，让我见见汪局长！”莲嫂苦苦哀求。

警卫挥手呵斥道：“你跟我说这没用，少废话，赶紧走！”他上来拉扯莲嫂的衣服，使劲往街上拽去。莲嫂咬了咬牙，用力挣脱跑回来，将汪佳佳轻轻放在门口的台阶上：“那好，我把孩子交给你们，告诉汪局长，我回老家了，这孩子是死是活你们瞧着办！”她悲戚地望了孩子一眼，掩面痛哭，径自往街尾跑去。

“哎？你把孩子扔这儿算怎么回事儿！你给我站住！”警卫手足无措，连连跺脚。

他转身进了大厅，急忙跑去汪四海以前的办公室。

新任局长涂八正坐在办公桌前，听了警卫的汇报，脸色一变：“把孩子扔警察局了，算是怎么回事儿啊？”

警卫叹息道：“谁说不是呢，那老妈子说汪四海家没人了，这汪府也被查封了，没办法，她才把孩子送这儿来，我瞅着呀那孩子都病得不行了。”涂八没好气地道：“那老妈子人呢？”警卫苦笑道：“扔下孩子就跑了，我都追不上。”

“得得，把孩子给汪四海送过去！”涂八挥挥手。

警卫怔住：“啊？这……”涂八不耐烦地道：“啊什么啊，他蹲大牢，我还给他看孩子？赶紧送去，也算是让他一家团圆了！”

警卫无可奈何，只得按照局长的命令，派车将汪佳佳送去监狱牢房。

牢门一打开，警卫抱着昏迷的汪佳佳进来：“来来，接孩子来。”汪四海惊讶地迎上去，从警卫怀中接过孩子：“佳佳？佳佳醒醒，怎么回事儿这是？兄弟，孩子怎么了？”警卫也不知如何解释，尴尬地道：“是涂局长让把孩子给您送来的，说让你们一家团聚。”

“佳佳，佳佳？不对啊这孩子，这是发烧呢这个？这病了这孩子，莲嫂人呢？佳佳你醒醒！”

“她啊，把孩子扔到警察局门口就走了。”警卫摇了摇头，关上牢门离开。

哈岚慌忙上前查看：“别着急，先坐下，先坐下。”汪四海抱着紧闭着眼的汪佳佳，见孩子烧得小脸通红，嘴唇干裂，急得身子发抖：“佳佳……佳佳……”

哈岚从地上取来一个罐子，磕干了也才倒了半碗水，端着水递给汪四海：“给她喝点儿水……”汪四海端着碗，凑到汪佳佳的唇边，水顺着女儿的嘴角流下来。

“这不行啊这……”汪四海颤抖着，抱起佳佳冲到栅栏边，冲着门外的狱警喊，“来人，来人啊！”

狱警敲着警棍：“嚷什么嚷？”汪四海哀求道：“兄弟，兄弟，我闺女病了！赶紧叫个车，把她送医院去啊！”狱警白了他一眼：“能让你们见一面儿就不错了，还送医院？”汪四海急道：“兄弟，我闺女都烧晕了，我就这么一个闺女，兄弟，找俩人给送医院去行吗？”

“谁有时间送她去医院啊？等她妈来吧！”

哈岚一愣，正色地道：“不是，孩子都病成这样了，你们不能扔这儿不管啊！”狱警冷冷地道：“行了别吵了，这里是监狱，我们可没这义务。”

他转身离去，汪四海气得疯狂地踢牢门：“都他妈混蛋！快给我开门！开门！我闺女不行了，我要送她去医院！”哈岚敲着铁栅栏，大声呼喊：“哎，伙计！帮帮忙啊！救人要紧！”汪四海抱着女儿放声大哭，突然跪倒在地，不停地撞向铁栅栏：“我求求你们，求求你们……救救孩子，救救我闺女啊！”

九一八事变之后，东北沦陷，建立了伪满洲国。

1932 年，长春被定为伪满洲国的首都，并更名为“新京”。

此时，溥仪正在球场与一位年轻太监打网球，远远地站着七八个身穿黑衣的侍卫。而球场旁边的凉棚前，娄晓月跪在地上，注视着溥仪打网球的动作，一言不发。

溥仪挥舞球拍，却将网球打飞了出去，皱了皱眉头，不悦地道：“会不会伺候球啊？去去去，不打了！”年轻太监低着头不敢吭声。

溥仪走到凉棚下，坐到一小桌子前，放下球拍，端起一杯茶，扫了一眼桌子上的玉镯，见娄晓月仍然低头跪着，淡淡地道，“要不是看见这镯子，我都不打算见你。”娄晓月恭敬地道：“知道皇上您是念旧的。”

“最后一次听你的戏，是在天津吧？”溥仪喝了一口茶。

“樱花会馆。”

溥仪颔首问道：“游园惊梦？”娄晓月应道：“是皇上您钦点的。”溥仪叹了口气：“唉！起来吧，坐着说话……这儿就没一个能陪朕打球儿的！”娄晓月起身，顾不上腿酸脚麻，急切地道：“要是哈岚在……”

“你要是说，是冲哈岚的事儿来的，你现在就可以走啦！”溥仪似乎有些生气。

娄晓月恭声道：“皇上，您冤枉哈岚了！”溥仪脸色一黑，道：“他冤枉什么呀？

丢了老祖宗的密疏，祖坟都让人给盗了，他还冤枉？”

“皇上，这么多年，哈岚为了保护好密疏，出生入死的，不知道吃了多少苦，坐了多少回大牢。不仅得罪了民国政府，现在连日本人都得罪了，您知道有多少人盯着密疏，逼得哈岚九死一生么？他宁可为皇上您去死啊皇上！他这次判了死刑，也是为了密疏的事儿，他对皇上您的一片忠心，对天可表！可是，您也不问问内情，就听信一些小人的谎言，有点……有点让人寒心了。”娄晓月低着头，擦了一下眼泪。

溥仪盯着娄晓月，似乎有些意外："那……你这次回来见我，怎么不把密疏带来啊？”娄晓月正色地道：“哈岚在牢里，只有他才知道密疏藏在哪儿。皇上，您赶紧把他救出来吧！”溥仪摇摇头：“民国政府的事儿，我怎么好干涉？”

“其实这事儿都是日本人说了算，想要哈岚的命，逼他交出密疏的，也都是日本人啊！”

“住口！”溥仪突然低吼一声，紧张地四处张望一眼。

娄晓月也吓了一跳，慌忙看看周围，见几个侍卫站在远处，并没有发现什么异样。她屈膝跪下，将兜里要告的御状掏出来，恭敬地呈给溥仪。

“这是什么地方？你也敢胡说！”溥仪瞪了她一眼，接过状子仔细观阅，“这是什么呀？上边写了汪什么……解神厨和解一半？”

娄晓月小声地道：“这两个人都是被牵连进来的，您还记得，在宫里侍奉您做御膳的解神厨吗？解一半就是他的儿子。”溥仪一怔：“乱七八糟，密疏和他们能有什么关系？只知道乱抓人……”娄晓月眨了眨眼睛，道：“皇上您说的是，就请皇上您下旨，赦免了他们几个人的死罪吧，不管中国人还是日本人，不都得听皇上您的吗？”

溥仪听了这几句话，心里很是受用，颔首微笑：“起来吧！”

“谢皇上。”娄晓月站起身来，上前给溥仪倒茶。

溥仪沉思片刻，道：“哈岚出来就能把密疏送过来吗？”娄晓月连连点头：“那是当然！皇上御批是没人敢拦的！”溥仪突然感叹地道：“这个哈岚呐！我知道他对朕忠心无二。我这一想啊，哼，他当年死乞白赖地求着我，指婚你们俩我没同意，现如今，这哈岚落了难，你大老远儿的来找我，实属不易啊，难得。”

“哈岚他一直想念着皇上，我去牢里看他时他还说呢，再也不能陪皇上您打球了。”

“打什么球呀！你以为朕的日子好过吗？”溥仪握着球拍看了看，在膝上用力一撅，球拍顿时被折断，随手一扔，丢在草坪上，“想当年，也是在球场边，哈岚不管不顾地求朕给你们指婚……你说，朕当时要是也不管不顾地就答应了他，是不是就没那么多么蛾子了？陪朕打球的是不是还是哈岚？”

娄晓月缓缓地道：“生而为人，就做不到不管不顾，年纪越长，顾及越多……常人如此，皇上，您也如此……”

溥仪神色动容，若有所思地点了点头。陪溥仪打球的年轻太监跑过来，关切地询问：“皇上，您还打球吗？”溥仪狠狠瞪了他一眼，道：“球拍都断了，我还打个屁呀！今儿起啊，这网球朕就不玩儿了！”

监狱牢房内。

汪四海含着眼泪抱紧汪佳佳，脸颊贴在女儿的额头上，神情有些呆滞。

汪佳佳缓缓睁开眼睛：“爸爸……”汪四海猛地抬起头来，惊喜万分地道：“佳佳……佳佳醒了，爸爸在这儿呢，佳佳！”哈岚闻声，也高兴地凑过脸来。

汪佳佳有气无力地道：“胡子扎……”汪四海含泪微笑：“对不起闺女，爸爸忘了刮胡子了，忘了，对不起，扎着我闺女了。佳佳，等着爸爸有空就刮，好吗闺女？想喝水吗？”汪佳佳的意识仍然有些迷糊，语无伦次地道：“爸爸……妈妈，洋娃娃，回家……”汪四海心如刀割：“爸听见了，爸知道，闺女，咱在这儿……咱在这儿等妈妈回来，等妈妈来了，就能回家了。闺女，爸爸答应你，等妈妈回来，咱们一起回家！”

“红烧肉……”

“对！我还欠我闺女一顿红烧肉呢，回家就给你做，做一大锅，只给我闺女吃，好不好？”

“哥哥也吃……”汪佳佳嘴角带着笑容。

汪四海忍不住眼泪哗哗地流：“瞧瞧我闺女！好，咱也给那臭小子吃！”哈岚开心地招手：“佳佳真乖。”汪佳佳勉强笑了笑，努力地抬起小手，想去摸汪四海的脸，可是她并没有摸到，小手无力地垂了下来，闭上了眼睛。

“佳佳？闺女，闺女……佳佳哎，闺女你可别吓唬爸爸啊，佳佳，别吓唬爸爸，佳佳，爸爸求你了，你醒醒啊，你别吓爸爸啊……啊！”汪四海惊恐万状地抱着汪佳佳，突然号啕大哭，拼命地摇晃女儿。

哈岚眼眶通红，见汪四海痛苦地将头埋在女儿身上，一时之间不知如何安慰。

清晨，一缕阳光透过高高的窗户洒进来，地上的玻璃球闪闪发光。

汪四海抱着汪佳佳的尸体呆坐在墙角，一动不动。

哈岚走过来拍了拍他的肩膀："把佳佳给我吧，你已经抱了一夜了……"汪四海紧紧地搂着女儿，身子依然不动。

也不知过了多久，狱警进来送饭，瞧着汪四海痴痴的模样，有些于心不忍，给哈岚塞了两个鸡蛋，努了努嘴，示意让哈岚喂他吃点东西。哈岚起身端起一碗饭，剥开鸡蛋塞给汪四海，柔声道："四海，你把佳佳放下，吃点儿东西吧……"

汪四海仿佛一尊雕像，始终不动一下。

夜晚，天空一片灰蒙蒙。

哈岚躺在草席上睡着了，汪四海仍一动不动地保持着僵硬的姿势，怀里抱着佳佳，脸上一点表情也没有。

两名狱警开门进来，粗暴地去抢汪四海怀里的尸体："孩子已经死了，撒手吧，撒手！"

汪四海死死抱住不放："佳佳……别动我孩子，你们别动我闺女，别碰着我闺女……"

哈岚惊醒过来，急忙上前拉住汪四海："你别这样，佳佳已经死了，你放手，让佳佳安心去吧，你放手！"汪佳佳被狱警抢走，抱了出去。汪四海疯了似的从栅栏处伸着手，大声地哭喊："佳佳，佳佳！我的闺女……"哈岚拼命地拉着他，摇晃他的身子："你醒醒啊！佳佳死了！佳佳死了！"汪四海身子一颤，缓缓抬头，痴痴地望着哈岚："佳佳死了？佳佳死了……"

哈岚见他这般失魂落魄的模样，泪流满面。汪四海蜷在角落里，眼神呆滞，嘴里不停地嘟囔着，"佳佳死了，佳佳死了……"哈岚咬了咬牙，猛地去拍打汪四海的脸："汪四海！汪四海你醒醒！佳佳没了，你还有晓月！你醒醒！"

"佳佳死了，佳佳死了……"汪四海毫无反应。

哈岚突然发怒，狂吼道："汪四海你个懦夫，你给我起来！你起来打我啊，杀了我啊！接着跟我斗啊，争啊！你现在像什么样子！你才是个懦夫！怂货！"汪四海面无表情，嘴里仍喃喃地说着同样的话："佳佳死了，佳佳死了……"

"你这是怎么了，你怎么就成了这个样子……"哈岚抱着汪四海痛哭起来。

监狱高墙的外面风沙凄厉。

哈岚搀着痴呆的汪四海，带着沉重的脚镣和手铐，从牢房被带出来。耳边响起溥仪批注的赦免文书："有居心不良者，勾结外贼，觊觎密疏，哈岚与解一半为护国宝……

遭贼人陷害，身陷囹圄，二人与岛田之死无关……”

狱警解开二人的镣铐，押着他们一步步走出监狱走廊。

监狱门外，佟丽华包着头巾，拉着哈一南，神情悲戚，翠儿掩面哭泣，推着哈津平上前，可是哈津平却倔强地扭过头去。

赦免文书依然在耳边回响：“……朕查属实，今赦免哈岚、解一半与汪四海的死罪，传哈岚携宝进京。”

一家人围着哈岚，喜极而泣，哈一南开心地抱着哈岚的大腿，而哈津平在一旁不言不语。娄晓月手里举着一个洋娃娃，出现在监狱门口，看到痴痴呆呆的汪四海时，微微一愣，脸色顿时僵住。

呆傻的汪四海与娄晓月木然地站着，嘴里仍不停地念叨着。

翠儿抹了抹眼泪，道：“老天保佑，总算没事儿了，爷，咱快回家吧！”哈岚脸上敷衍地笑着，眼神却飘向一边的娄晓月。

“汪四海怎么了？”佟丽华诧异地问。

哈岚叹息道：“佳佳死了，他疯了……”佟丽华与翠儿皆是无比震惊，同情地凝视着二人。

娄晓月神情黯然，一言不发，扶着汪四海离开监狱。哈岚突然跑过去，在另一边扶住汪四海，放慢脚步一起走。

翠儿傻眼：“爷，你去哪儿？”

“我送他回家。”哈岚与娄晓月一人一边，扶着汪四海慢慢走远。

佟丽华默默地看着他们的背影，幽幽叹了一口气。

三人搀扶着回到汪府，客厅里一片狼藉，被翻得乱七八糟，摔碎的相框静静地躺在地上。

娄晓月颤抖着捡起相片，上面的汪佳佳正依偎在爸爸妈妈的怀里，笑得特别开心。汪四海嘴里不停地嘟囔：“佳佳死了，佳佳死了……”娄晓月一手握着相片，一手抱着洋娃娃，一动不动地坐着。

哈岚见气氛尴尬，不忍打扰：“晓月，我要回家了……”

娄晓月默默地点了点头，哈岚转身出门，却听见汪四海依然在不停地喊：“佳佳死了，佳佳死了……”娄晓月突然捂住耳朵：“你别说了！别说了！”汪四海直勾勾地盯着娄晓月，声音越来越大：“佳佳死了……佳佳死了……”

“我知道佳佳死了，你别再说了，别说了！”娄晓月已完全崩溃，疯狂地抽打着汪四海，突然抱住他失声痛哭，“四海，求求你，别说了……”

哈岚来到解家小院的门外，却见墙上贴满了“佟丽华卖国求荣”的传单，名字上还打着红叉。哈岚心里隐隐作痛，推门进去。

佟丽华坐在桌前，面无表情地看了一眼哈岚一眼，想问什么，又止住了。

哈岚倒了一杯水，目光呆滞地注视着佟丽华，好像也想问些什么事，却是尴尬地笑了笑。

外面传来打雷的声音，二人都不愿触及敏感话题和伤心事儿，开始漫无边际地没话找话说：“好些日子没下雨了……”哈岚点头道：“嗯，光打雷不下雨。”佟丽华正色地道：“是啊，猪肉又涨价了，翠儿天天骂街。”哈岚吐了吐舌头：“猪肉俩字儿听着都耳生了，这天热得怪啊，时令不正……”

“昨儿买俩萝卜，切开一看，全糠了。”

“哦？糠萝卜怎么吃？”哈岚问得心不在焉。

佟丽华微微一笑：“当然是炒了吃了，舍不得扔，你去澡堂子泡泡澡吧。”两个人的眼神都游移不定，努力在找话说。哈岚若有所思地道：“我像个叫花子吧？”佟丽华瞧了瞧哈岚的头发：“我看是该去剃个头了。”哈岚晃了晃脑袋：“嘿嘿，看我这鞋，也没多走路呀，露出脚后跟了。”

佟丽华忽然起身往外走，哈岚急问：“你去哪儿？”佟丽华站住，满脸诧异地道：“是呀，我去哪儿？”二人相视而笑，都觉得自己莫名其妙，就像是丢了魂似的。

此时，翠儿正在酱肉铺里低头忙乎。

一个身影出现在柜台前，粗着嗓门喊：“来半斤酱猪脸。”

“好嘞，半斤酱猪脸。”翠儿从案板上拉过半张酱猪脸，熟练地切开，上称，“半斤高高的……”

“行啊，够麻利的！”客人忍不住笑了起来。

翠儿猛一抬头，就看到扛着包袱的解一半，穿着一件皱巴巴的衣衫，嬉皮笑脸地望着她，顿时张大了嘴巴，身子僵住。

解一半眨了眨眼睛：“不认识啦？傻啦？”翠儿眼圈儿一红，突然举起酱猪脸，疯似的拍在他脸上：“你个死鬼，你还知道回来！”解一半接住酱肉，挠了挠头，笑道：“别生气了，你看我这不回来了嘛，平平安安的，多好啊！行啦，这样吧，咱关门儿，晚上啊我给你做顿好吃的，跟爷好好喝两盅……”翠儿忍不住又想上来打他：“还喝两盅？你知道这些天家里都出什么事儿了吗？”

解一半急忙躲开："能出什么事？有皇上罩着，爷不都出狱了吗？"翠儿狠狠瞪了他一眼，关上酱肉铺的门："算了，咱回去说，先去接孩子！"解一半高兴地道："走，先接孩子，我还真想咱闺女了，长高了吧？"

傍晚时分，普智小学门口。

一群小孩疯狂追打哈津平与哈一南，边追边喊："汉奸！杀人犯！卖国贼……"

哈津平没命似的往前跑去，哈一南在后头拼命地赶，他身材矮小，斜背着的书包不断地拍打在他的屁股上："哥！等等我……哥……"

后面的声音此起彼落，刺耳无比，哈一南气不过，奔出学校，转头对着这群孩子们大喊，"我妈不是汉奸！"

"你妈是汉奸！你们也是小汉奸！"

哈一南气呼呼地从地上抓起石头，往后面追上来的孩子扔去。众人跳着脚散开，也拣起石头朝哈一南扔过去："你爸是杀人犯！你们也是杀人犯！"

他们追上哈一南，开始群殴。

哈津平转身奔回来，冲上前去，拉起一个孩子，迎面就是一拳，一口气揍了四五个。那些被哈津平打到的孩子，大呼小叫地逃离。哈津平迅速拉起倒在地上的哈一南，拖着他的手往前跑："活该你被揍，话多！"

二人一路奔到街尾，累得气喘吁吁。

"哥！到底什么……叫汉奸？"哈一南好奇地问。

哈津平急匆匆地往前走："我哪知道啊……反正不是什么好话！"哈一南叹气道："咱俩都被开除了，妈肯定又要打咱们了……"哈津平哼了一声："她没资格打！"

两人来到街口，哈津平突然往右边的街道走去，哈一南忙追上前去拉住："哎？哥，家在那边儿啊！"哈津平瞪了他一眼："家里有一个杀人犯爸跟一个汉奸妈，还回去干什么？"哈一南一愣："那你又为了咱爸咱妈跟那些人打架？"

"你懂个屁！"哈津平懒得理会，转身往前走去。

哈一南急道："哥！你去哪儿啊？"哈津平没好气地道："你管我！"哈一南又追了上去："我知道了，你去找娄妈妈是吗？"哈津平不耐烦地道："别跟着我，你回家去。"哈一南咧嘴一笑，屁颠屁颠地跟上："你不回，我也不回！"

"你老跟着我干吗啊，滚！"哈津平继续往前走。

哈一南停住脚步，等哈津平跟自己有一小段距离之后，又快步跟上去：“哥，你娄妈妈家有酱肉吗……”

翠儿与解一半在学校门口四处张望，不见人影。解一半嘀咕道：“人呢？我看学生都走光了吧……”翠儿看见一名老师手里夹着公事包，正快步走过来，忙迎上前去：“林老师，请问哈津平跟哈一南放学没有……”那老师打量了翠儿一眼，道：“哈津平跟哈一南？他们下午跟同学打架，被学校开除啦！”

“什么？”翠儿大惊失色。

二人慌忙赶回解家小院，解一半看见解家门上、墙上层层叠叠贴着的传单，隐约可见传单上印着“得月楼除奸受阻，佟丽华卖国求荣”的字样。哈岚正背对着街道，蹲在地上，手里握着小铲子，蘸着水一点一点在清理墙上的传单，解冬青站在身旁，将哈岚铲下来的传单扔进小桶子里。

“爷？”解一半一声呼喊。

哈岚与解冬青闻声回头，慢慢地站起身来，一脸惊喜地呆望着。解一半一个箭步冲过来，当胸给了哈岚一拳，哈岚回了解一半一掌，跳脚道：“一半！你还活着？你怎么不死外头你！”二人相拥大笑，解冬青怯怯地躲在翠儿身后。

翠儿拉着解冬青的衣袖：“叫爸爸呀，你不天天想爸爸吗？爸爸回来啦！”解一半俯下身子，开心地将解冬青抱起来：“我的好闺女，想死爸爸了！叫我，叫爸爸！”解冬青搂住解一半的脖子，在他耳朵轻轻地唤了一声：“爸爸！”

“哎！哎哟，哈哈！”解一半在解冬青脸上亲了一口，欢天喜地地提起小桶和铲子，“进屋进屋，晚上爸爸给你做好吃的！”

翠儿皱了皱眉，问哈岚：“爷，津平和一南回来了吗？”哈岚摇头道：“没有啊，冬青不是说他们被校长留下来了吗？”翠儿顿时急了：“哎呀这俩孩子！老师说，今儿他们跟同学打架，被学校给开除了！”

第七十五章 乘虚而入

佟侯府门外。

佟丽华正与哈岚一脸焦虑地出门，边走边包头巾：“这孩子怎么就那么不让人省心呢……”哈岚忧心忡忡地道：“哎，津平这孩子其实最在乎的就是你……”

一辆黑头车驶面驶来，佟丽华上前开门，哈岚却不上车，转身跨上停在墙角的自行车。佟丽华惊问道：“你上哪儿去？”哈岚叹气道：“咱俩还是分头去找，放心吧，不会出事。”

佟丽华也没有时间考虑太多，赶紧上车往另外一个方向驶去。

门口，孔雀探出头四下张望，眼神里闪过一丝犹豫。

哈岚骑上自行车，往大街小巷穿梭，四处寻找哈津平与哈一南的身影。

东四牌楼的老街上，不远处有几名孩童正在打架，佟丽华摇下车窗，急忙喊司机停车。她兴冲冲地下车，奔到打架的孩童身边，将孩子们拉开：“别打架……你们快别打了……”

被拉开的孩童大声叫喊：“放开我！我就爱揍他，关你屁事……”另一个孩童定睛一看，见拉开自己的人是佟丽华，失口大叫：“我认得你！你是得月楼掌柜的，那个汉奸！”

“我不是汉奸！”佟丽华呵斥道。

孩童们纷纷捡起地上的石头，扔向佟丽华：“打汉奸！打汉奸！”佟丽华慌忙闪避：“我不是汉奸！我不是……”她转身想跑回车上，却在车前摔了一跤。

石头不断地砸在她身上，佟丽华挣扎着爬起，惊慌失措地坐进车内，孩童们不依不饶地追上来，疯狂地朝汽车扔石头。

此时，僻静的街巷里，哈津平与哈一南背着书包，百无聊赖地坐在路边。

眼看着天色越来越黑，哈一南有点后悔："哥，我饿了……"哈津平埋怨道："饿了你就回家，本来就没让你跟着我！"哈一南委屈地道："不是啊哥，我以为你要去你姿妈妈家的……"

"不去……我怕去了会想起佳佳……"哈津平抬起头，望着灰蒙蒙的天空。

"佳佳好可怜……哥，你说人死了会去哪儿啊？她还能看见咱们吗？"

"她在天上吧？会看见咱们……"

"那她能不能给咱们送点儿吃的来？我快要饿死了……"哈一南揉了揉肚子，顺着哈津平的目光，好奇地张望头顶青灰色的夜空。

天空很深，云烟缥缈，两个孤小的身影依偎在街头，瑟瑟发抖，仿佛一阵风沙吹来，就能将他们吹走。

不远处，孔雀在街道上东张西望，突然发现了孩子，满脸兴奋地快步走过来："津平！一南！你们俩怎么坐在这儿？"哈津平警惕地瞅了一眼孔雀，拉了拉哈一南的衣袖。哈一南眨了眨眼睛，似乎认出了孔雀："啊，我认得你，你是舅舅家的漂亮阿姨！"

孔雀上前，微笑着摸摸哈一南的脑袋："小嘴儿真甜，你们在这儿干吗呢？"哈一南扭头看了看哈津平，不知道怎么回答："我……我们……"哈津平晃了晃脑袋："是我妈让你来找我们的？"孔雀略一迟疑，笑道："当然不是……怎么，你们不想回家？"

哈津平与哈一南被她说中了心思，闭嘴不说话。

"没关系，我小时候也经常这样，放了学不想回家……放心吧，我会给你们保密的，饿不饿呢？我带你们去吃好吃的？"

"好啊，好啊！"哈一南眼睛一亮，迫不及待地站起来，牵住了孔雀的手。

哈津平皱起眉头，见哈一南回头向他招手，起身拍了拍衣服上灰尘，疾步跟上。

孔雀带着二人去了草弥家，进了花园，示意客厅的黑衣人领他们去厨房吃东西，径自赶去草弥的书房。

草弥正盘腿坐在案桌前翻阅文案，孔雀推门进来，恭敬地行礼，抬眼瞧见墙上挂着的那张佟丽华的照片，脸上的表情很复杂。

她屈膝跪在桌旁，将路上遇到哈津平和哈一南的事儿向主人汇报，草弥满脸诧异："你是怎么找到他们两个的？"孔雀默默低头，正色地道："我知道把他们送这儿来，您一定会很高兴的……”

草弥颔首道：“你做得很好，有他们俩在手上，一切都会有转机，久未露面的密疏也该浮出水面了。这件大事完成，把他们送到日本去，佟格格也一定会答应跟我去日本……”

“草弥先生，您真的决定要回日本了吗？”孔雀神色黯然。

草弥长叹了一声，悠然地道：“我等了十年了，只要佟格格能答应，我愿意抛下一切带她走……”孔雀心有感触：“是的，十年了……家里樱花树下埋的那坛青梅酒，味道应该更浓了。”草弥似乎明白孔雀的心思，目光闪烁时，隐隐流露出一丝愧疚之情。

“先生，让我回到您的身边吧，这一天，我也等了十年了……我愿意伺候您和佟格格。”孔雀平静地道。

草弥沉默片刻，缓缓地道：“我们大日本皇军很快就会踏进中原，我这一走，就是做了逃兵，自毁前程。我想你留在佟府，做一个名正言顺的佟太太，会生活得很好，没有必要跟着我受苦……”

孔雀俯身鞠躬，坚定地道：“我不做什么佟太太，我只求能跟在您的身边，做侍女，做秘书都好，求您别拒绝我。”草弥闭上眼睛，内心在深深的自责，可是他不能答应孔雀的要求，他所向往的幸福生活，孔雀根本给不了：“我不能这么做，你回去吧……”

草弥起身，大步走出书房。孔雀神情黯然，坐在案桌前一动不动，口中喃喃自语：“我会跟着您的，一定会的……”

佟侯府。

哈岚找不到儿子，只得一路骑车回到佟府，走进前厅，看见佟丽华正在用药酒涂抹手臂上的伤口，皱眉问道：“这是怎么了？”

“摔了一跤……没事的，你也没找到人？”佟丽华一脸担忧。

哈岚摇了摇头，叹气道：“东四牌楼我都找遍了，汪四海家里我是找人去问的，没说津平不见了，我怕晓月又担心。”佟丽华整理好衣服，起身就要往门外走：“不行，我得再去找找。”哈岚急忙叫住：“太阳都下山了，你去哪儿找？”

“唉，反正这也不是我第一次找这孩子了……”

二人正说着话，佟梓华匆匆忙忙地进厅，看见哈岚也在，颇为意外：“你怎么来了？”哈岚没好气地道：“我来找孩子。”佟梓华一怔：“找孩子？哪个孩子？”哈岚翻了个白眼："你说我有几个孩子！"

"走吧，别浪费时间了。"佟丽华拉住哈岚，推着他往门外走去。

佟梓华上前拦住，皱眉道："瞧我心不在焉的，你俩该不会是去找津平和一南吧？别担心了，这俩臭小子在草弥那儿呢……"佟丽华心里一惊："你说什么？"哈岚停下脚步，惊愕地望着佟梓华，突然大吼一声："好你个佟梓华！你是帮着小日本对付我是吧，连孩子你也不放过！"他冲上去扯住佟梓华的衣服，一顿拳打脚踢。

佟梓华大呼小叫地往后躲开："哎，哎哎，你发什么神经啊？是孔雀在街上找到他俩的，我也是刚知道！你放手，你个孙子！"佟丽华上去拉开二人，急切地道："别闹了！赶紧去要人！"哈岚气呼呼地甩手，咬牙切齿地道："佟梓华，你个汉奸，找不回孩子我要你的命！"

他猛地一跺脚，飞似的冲出了佟侯府。

此时，草弥穿着和服，正坐在客厅里笑容满面地打鸡蛋，用勺子不停地在盆中搅拌，然后将锅里的蛋液一层层的卷起，每卷起一层，便在中间放进虾仁、干贝、胡萝卜等配料。

工序完成之后，草弥开始切蛋卷，从侧面看，蛋卷呈现出彩色的纹路："这是你们妈妈最爱吃的玉子烧……"桌旁的哈津平不屑地道："这有什么稀奇的，不就是鸡蛋卷吗？"

"对！彩色的鸡蛋卷！"哈一南煞有介事地点点头，盯着草弥问："叔叔，你会做酱肉吗？"

草弥眨了眨眼睛，笑道："酱肉？那是你解叔叔的强项……关东煮我勉强还行。"趁着草弥在说话的空档，哈一南伸手吃了块玉子烧，咽了咽口水，道："哥！你快趁热吃……这个鸡蛋卷软乎乎的真好吃！"哈津平歪着脑袋，傲然道："我不吃！汉奸的东西我不吃！"

"啊？"哈一南差点噎住，慌忙将嘴里的玉子烧吐出来。

草弥哈哈大笑："你说错了，津平，我不是汉奸……汉奸说的是中国人……"哈津平冷冷地道："对！你不是汉奸，你是日本人，专门欺负我们中国人！"草弥面不改色，温和地解释："津平，我是日本人，可我不欺负中国人，我只是个日本商人，我只谈生意，从来不谈政治……"哈一南始终对"汉奸"二字一知半解，逮到机会赶紧询问："叔叔，汉奸到底是什么呐？"

"这个世界上根本没有汉奸，但有些人不愿意跟日本人做好朋友，也不愿意接受日本人的帮助……所以，他们看见像你们妈妈那样跟日本人来往的中国人，就开始诋毁她……你们两个千万不能像那些无知的人一样，不分青红皂白，不要误会你们的妈妈，她会很伤心的！”

门外的黑衣人突然进来，俯身在草弥耳边说了几句话。

“你们俩慢慢吃，我去去就来……”草弥起身离开。

哈津平低着头，看见哈一南正准备抓走最后一块玉子烧，立刻伸手抢走，狼吞虎咽地塞进自己嘴里。哈一南一怔，失声大叫：“你不是说你不吃嘛！”

草弥回到书房，见哈岚背负双手，凝望着墙上佟丽华的照片出神，微微一笑，干咳了一声：“哈先生，你是不是觉得自己很窝囊，配不上这样的女人？”哈岚闻言，转头怒视走进书房的草弥，嘴角露出一丝冷笑，突然伸手去撕墙上的照片。草弥慌忙上前，一把推开哈岚：“你要干什么？”哈岚怒道：“你有毛病呀！整面墙贴着我老婆的照片？”

“不可以吗？”

“当然不可以！哼哼，你挂在这儿我怎么看怎么别扭！”哈岚一脸鄙夷的神情。

草弥厉声道：“这儿是我家，我爱怎么挂就怎么挂！”

“明白，我还不知道这是你家吗？这要是在我家，挂你这么张照片，那我肯定是有病了！”哈岚伸手又去抓墙，“我给你摘下来，摘下来！”草弥脸色一黑，立即动手阻拦：“住手！我喜欢佟格格的照片你管得着吗？”

“我知道你喜欢，可这是我老婆！我要把你媳妇儿的照片挂在我床头，天天看着你媳妇儿睡觉，你愿意吗？”

“我没有媳妇。”

“哦，你没有媳妇儿啊？那你也不能老是惦记着我媳妇儿呀！你就是一个流氓！”

草弥正色地道：“请你说话文明一点，贵族出身的贝勒爷，不要张口就骂人！”哈岚一怔，索性开始信口胡诌：“骂人？我骂你了吗？我骂你什么了啊，怎么就不文明了？说你流氓就不文明啊，那北平骂人的话多了去了，我还没说呢！我够文明的了，你想不想听听我骂日你大爷的……”

“你，你太不像话了！出去！我要求你现在滚出去！”草弥气急败坏。

“我不像话？现在是你不像话吧？你先是想抢我媳妇儿，然后又来抢我儿子，你们日本人也未免太登堂入室了，我要你现在！立刻！马上！把我儿子交出来！”

草弥怒目而视，沉声道：“哈先生，请你搞清楚，现在不是我不把他们交给你，是他们自己不愿意见你这个杀人犯爸爸！”哈岚脸色一变：“你……你说什么？”草弥冷笑道："你听见我说什么了！"

"我杀人？我杀人也是被你们逼的……"哈岚突然扑过去，动手去拽草弥的衣领子。

草弥双臂一展，抱住哈岚的手腕，脚尖在他膝盖上一踢，立马就制服了哈岚。

"放开我！我要你现在，立刻，马上放开我！"哈岚被草弥反手摁住，疼得龇牙大叫。

草弥使力一推，将哈岚掀翻在地，冷冷地道："若不是看在你们溥仪皇上的面子上，我早就……"哈岚挣扎地站起来，揉着酸疼的膝盖，却仍然耀武扬威地道："哎哟，早就怎么样啊，怎么样吧？是不是想杀掉我啊，哼哼！"

"来人！"草弥用日语大吼了一声，门外两名黑衣人快步走进书房。

"怎么？你又想怎么样？你……"

草弥一挥手："把他给我扔出去！"两名黑衣人一人一边将哈岚给架了起来，直接拖到了书房门外。哈岚忍不住破口大骂："草弥！你个流氓，我日你大爷的……"

夜色朦胧，解一半正在院子里清洗酱肉车。

胡同口忽然闪出一个人影，轻声低唤："解大哥。"解一半回头一看，只见马俊杰四处张望，冲着他微微一笑。

"俊杰兄？快，先进屋！"解一半急忙拉住马俊杰的胳膊。

马俊杰推开解一半，沉声道："我现在不能露面，我们铁血救国会的锄奸团，损失惨重……"解一半诧异地道："到底发生什么事了？"马俊杰叹气道："因为佟丽华的告密，现在大和商社的草弥正鼓动日本军方将我们一网打尽！所以，我们现在必须要除掉草弥……"

"少奶奶告密？"解一半吃了一惊，似乎不敢相信自己的耳朵。

马俊杰慎重地道："她因为佟侯爷被杀一事，怀恨在心，就跟日本人合作了。"解一半脸色一沉："怎么可能？"马俊杰无奈地道："咱先不说这事，现在整个北平，我也只能信任你了……解大哥，看在我俩一起从广州回北平的份上，请你帮我一个忙。"

"什么忙？"

马俊杰将手上包袱交给解一半："你见过我老婆，如果我回不来了，请你一定帮我把这个包袱，送回广州交给我老婆……"解一半疑惑："回不来了是什么意思？"马俊杰神色凝重："今天晚上有行动，如果我侥幸没死，我会回来取走。"

"你要干什么？"

“我今晚要去刺杀草弥。”

解一半啊的一声，急道：“刺杀草弥？你千万不能去呀！我们两个孩子在草弥手上……”马俊杰惊问：“怎么回事？”

“谁在哪里？一半儿，你跟谁说话呐？”里屋传来翠儿的声音。

马俊杰低声道：“解大哥，一切拜托了！”他转头往小巷子跑去，身影已消失夜色之中。翠儿出来，疑惑地望着解一半：“刚刚那人是谁呀？”解一半微微一呆，迅速将包袱藏在身后：“没人呀！”翠儿佯怒道：“不老实！我都看见了，是男人还是女人？”

“这包袱又是什么？”翠儿突然跳到解一半身后。

解一半面色沉重，赶紧将翠儿拉进屋：“先进屋，我慢慢跟你解释……现在这事儿可不好办了。”翠儿追上解一半：“你这话什么意思呀？”解一半进屋藏好马俊杰交代的包袱，心事重重地道：“我担心会发生意外，咱得尽快把孩子们给接回来。”

第二天一大早，解一半与翠儿赶到草弥的花园小楼，门卫并没有阻拦，让黑衣人领他们去见草弥。二人冲进花园沿着走廊叫喊：“津平！你快出来……你解大爷来了！”

哈津平与哈一南正在客厅玩耍，听见解一半的呼声，大喜过望：“我好像听见大爷的声音呀？”他们俩争先恐后地冲出客厅，果然看见解一半与翠姑正往院子赶来，脱口叫道：“解大爷，你……回来了？”

“哈哈，我没做坏事，为什么不能回来！”解一半走上前去，故意生气地道，“你们两个臭小子，不回家就算了，还让我亲自跑来接你们！你俩自己说，该不该罚？”

哈津平歪着脑袋往翠儿身后张望：“为什么我爸妈不来接我们？”翠儿柔声道：“你爸爸他来过，那草弥根本不让你俩见他！走，咱回家去。”草弥推门出来，扫了一眼解一半，不屑地道：“这恐怕是个误会吧，是这俩孩子自己说不想回家的。”

“为什么？”翠儿皱了皱眉。

哈津平固执地道：“那个家有什么好回的？不是杀人犯，就是汉奸！”哈一南小声嘀咕：“同学都笑我们，津平哥才跟他们打架的……我妈给我买的书包都让他们给扯破了……”解一半脸色一变，正色地道：“两个蠢蛋！你们的爸爸不是杀人犯……少奶奶更不是汉奸！如果他们是坏人，那我现在也不可能站在这里跟你俩说话呀！”

哈一南半信半疑地道：“解大爷，您说的是真的吗？那为什么妈妈要跟草弥叔叔去日本？她不就是要去当日本人吗？”解一半怔住，怒容满面地质问草弥：“草弥！你跟这俩孩子到底说了些什么？你帮他们洗脑呀？”草弥不以为然地道：“难道让他们留在这里被人唾骂，就是对他们好吗？我跟他们说了，只要佟格格点头，我愿意接纳这俩孩子，带他们一起去日本！”

“津平！你该不会真想跟这个浪人一起去日本吧？”解一半注视着哈津平，心里隐隐不安。

哈津平愕然，去日本到底是好事还是坏事，他从来没有想过，他只是不愿意背负着小汉奸的罪名，整天被人辱骂，被人追打。

草弥微微一笑，温和地道：“津平，你只要走出这个门，少不得又被人喊打被人嘲笑……你愿意过这样的生活吗？”哈津平茫然无措地望着草弥，犹豫不决。解一半突然伸手去抓哈津平：“你现在就跟我回去！”哈津平猛地甩开解一半的手，调头就往走廊跑去。

哈一南见状一愣，转身就追上前：“哥！等等我……哥……”

“津平？”翠儿傻住，她完全理解不了两个孩子的想法，心里的挫败感油然而生。

草弥目光闪动，以一种胜利者的姿态注视着解一半：“你们看到了？你们亲眼看到了……这两个孩子是不会跟你们走的，请离开吧！”解一半恼羞成怒：“我不走！我今天不带走这俩孩子，我就赖在这里了！”

“对！都是你刚刚故意说那种话，这才把孩子给吓跑的……”翠儿怒视草弥，觉得这个日本人居心叵测，她绝对不能在孩子们的面前认输。

草弥冷笑道：“请问我哪句话说错了？这俩孩子出去不是人人喊打吗？这里是我家，请你们二位立刻离开！”解一半怒道：“我不走！”院子里两名黑衣人正要上前，草弥举起手臂，示意他们退下，淡淡地道：“中国有一句古话，叫有理走遍天下，如果你们执迷不悟，那我只能打电话报警了……”

他转身往书房方向走去，翠儿有些紧张：“一半儿，咱还是先走吧，回去再想办法。”草弥径自走到书桌前，拨打电话：“请帮我接警察局……”

解一半满脸愠怒，呼吸急促，他很想冲进去揍草弥一顿，却又怕他伤害津平和一南。翠儿赶紧拽住解一半的胳膊往后拉：“快走，万一警察来了，再把你抓走就更麻烦了，快走……”

翠儿拉着解一半气喘吁吁的奔出了草弥的住处，数名黑衣人站在门口，见二人走远，哐当一声关上大门。

“这津平怎么成这样了？”解一半气愤难消。

翠儿无奈地道：“是咱自己把日子过成这个样子，能怪孩子吗？”解一半满脸不悦："我看这少奶奶真是跟日本人勾结了……"翠儿绷着脸儿："先甭管是不是，可眼下要把这俩孩子接走，恐怕还非少奶奶不可！"解一半大惑不解："你说这什么话？津平就是不认少奶奶这才不回家的呀！"

"那就对啦！如果让他跟少奶奶一起去日本，你以为他会去吗？"

"你的意思是……"

"让少奶奶来接！"

二人赶到佟侯府，佟丽华急切地追问孩子回家没有。解一半颇感无奈："这俩孩子已经被草弥洗脑了，这才不愿意回家。"翠儿添油加醋地道："是呀！少奶奶，津平最听您的话，对您比对她亲妈还好……"

"可他现在当我是汉奸了，这也是为什么我搬回来住的原因，不是吗？"佟丽华眉头紧蹙。

翠儿解释道："那是他不懂事，可公道自在人心呀！"佟丽华瞪了她一眼："你之前也认为我是汉奸！"翠儿一下子被噎住，满脸尴尬："现在是生气的时候吗？现在最重要的是先把孩子给弄回来呀！"佟丽华冷冷地道："我不可能跟草弥去日本。"翠儿正色地道："我知道少奶奶不会去，那两个可是您的儿子，您现在不会连儿子都不要了吧！"

"我现在哪里都不想去，我谁都不想见……再说了，我现在去见草弥，不就坐实了我是汉奸的事实吗？"

解一半沉吟道："少奶奶！我知道你难……可多难咱不都也过过来了，差这一次吗？我们陪着你一起去……"

佟丽华犹豫不决，她真的不愿意跟草弥再有任何瓜葛。她颓坐在椅子上，脸庞上早已失去了往日的光泽，"汉奸"这两个字让她背负了太多的折磨。

哈岚急匆匆地赶来，听解一半说让佟丽华去求草弥，顿时拒绝："不行！丽华不能去！"他想起草弥那副丑陋的嘴脸就来气，要是让佟丽华去求他，简直就是羊入虎口。

解一半恼怒道："这算什么？少奶奶可是俩孩子的妈呀！就算不为津平，也该想想一南吧！"哈岚皱眉道："你俩别这样跟丽华说话，她这段时间也够苦了……"翠儿急道："那孩子呢？咱就这样把孩子送给日本人啦？"解一半气呼呼地道："你倒是大方，没想到您自己亲生的孩子还比不上那几个破胶卷！"

"解大哥，你这话什么意思？"哈岚脸色微变。

"你知道我这是什么意思！哼！我跟翠儿在这里瞎着急什么？那又不是我们的孩

子……”解一半赌气道。

翠儿狠狠瞪了他一眼：“解一半！你怎么跟爷说话的？你少说两句行不行！”解一半一跺脚：“更难听的我都还没说呢！”

“别吵了！你们都别吵了……这一切都是我的错，我求求你们，别吵了……”佟丽华面色憔悴，泪水无声地滑落。

解一半瞧见佟丽华的表情，于心不忍，转身蹲在前厅的台阶上唉声叹气。哈岚沉思片刻，咬了咬牙：“别再逼丽华了……我……我们再想想办法，抢也得把孩子抢回来……”

“对！抢都得把孩子抢回来……”解一半扭头望向众人，慎重地道，“铁血救国会的人要对草弥下手了！”

哈岚与佟丽华皆是一惊：“你怎么知道的？”

“你们别管我怎么知道的，我就是怕这俩孩子会被草弥连累……我本不应该告诉你们这么多！少奶奶！你要去向草弥通风报信也无所谓，我只想告诉你，事不宜迟……”

“解大哥，连你也当我是汉奸？”佟丽华愕然起身，怒视解一半。

哈岚皱了皱眉头，转身往门外走去。翠儿追问道：“爷，您去哪儿？”哈岚头也不回：“我去找娄晓月！津平是她儿子，她肯定有办法！”翠儿大喜，推着解一半出门：“快快！”

乱哄哄的厅里只剩下佟丽华一人，她呆坐在椅子上，表情有些茫然。

她现在害怕出门，害怕听见汉奸这两个字，她现在竟然连自己的孩子都救不了，只觉得自己这半辈子不仅要为爱憔悴，也要为了挽回一个普通人的生活而奔波，确实是活得太累了。

汪府大宅内一片狼藉，冷清寥落。

娄晓月坐在客厅，端着一个小碗，正在喂汪四海喝粥。

汪四海喃喃自语：“佳佳死了……”娄晓月举起汤匙，面无表情地点头：“佳佳死了。”汪四海喝一口粥，又说一句佳佳死了，娄晓月叹气道：“我知道佳佳死了。”汪四海低头再喝一口粥：接着说：“佳佳……”

“别说了！”娄晓月情绪有些激动，猛地将粥碗往地上一扔，碗片碎了一地。

汪四海却不为所动：“佳佳死了……”娄晓月发疯似的大声吼叫：“你能不能不说啦！”

“晓月，怎么了？这是怎么了？”哈岚兴冲冲地奔进屋，弯腰蹲下收拾地上的碎碗。

翠儿急忙上前一步，扶住娄晓月摇摇欲坠的身子。

解一半不可置信地环顾四周，望着汪四海的模样，惊讶地道：“他，他怎么成这个样子了？”汪四海一点反应都没有，嘴里只是不停地说着“佳佳死了”。

娄晓月欲哭无泪：“解大哥，你现在知道为什么了……”解一半惊恐地道：“佳佳，怎么死了？”汪四海茫然地转过头来：“佳佳死了……”

“我真恨不得撕烂他这张嘴，每天听他不断对我念着佳佳死了……我这个心……”娄晓月几乎无法承受，崩溃地转过身去。

哈岚上前扶住他：“你先坐下，快坐下……翠儿，帮晓月倒杯水来……”翠儿四处找茶壶，终于在厨房里找到，赶紧倒了一杯热水递给娄晓月：“快喝口水！”

解一半张大嘴巴，缓缓走到汪四海的身边，伸手在他眼前晃了晃。汪四海用空洞的双眼盯着解一半：“佳佳死了……”解一半点了点头，冷冷地道：“佳佳死了，你也疯了……汪四海！你总算是得到报应啦！”

娄晓月喝完水，缓了神来：“解大哥……你回来是想找汪四海报仇的吧？”解一半摇头苦笑：“现在看起来，老天已经把这个公道还给我了。”娄晓月深吸了一口气：“是呀，却也赔上了我女儿一条命。”

“晓月，我还等着你救命呢……津平跟一南现在都在草弥手里！”哈岚凝视着娄晓月，内心焦虑万分。

娄晓月吃惊地站起身：“你说什么？草弥为什么要抓他们？”解一半叹气道：“不是抓，是这俩孩子自己不肯回家。”娄晓月一怔：“什么意思？”翠儿无奈解释：“还不是因为少奶奶……这俩人因为她是汉奸，让学校给开除了……”

“这话现在已经说不清了，你别听翠儿乱说！”哈岚瞪了翠儿一眼。

解一半忧心忡忡地道：“我们轮番去跟草弥要人，可都没能把孩子给带回来，尤其是津平……”娄晓月皱眉道：“这孩子太不懂事了……我现在就去找他们！孩子是我的，我去找，我去救！”

她起身拎起桌上的手提包，径直往门外奔去。哈岚大喊：“哎？晓月，那汪四海怎么办？”娄晓月人已走出院子：“不用理他！你不搭理他，他就在那儿坐一天……”

“这样吧！爷！您在这里帮看着汪四海，我们跟着她去……”解一半拉着翠儿追了出去。

“哎哎，就留我一个在这啊？”哈岚脸色一变，扭头望着眼前的汪四海，幽幽地道：“汪四海，我在这里陪你……”汪四海应了一句：“佳佳死了。”哈岚一本正经地点头：

“所以，津平跟一南不能再出事了。”汪四海继续说：“佳佳死了。”

“我知道……佳佳死了……”哈岚无奈摇头，望着庭院里日渐枯萎的花草，长长叹了一口气。

三人一路赶到草弥的花园小楼，黑衣人依然没有阻拦。翠儿一冲进院子，就开始大呼小叫：“津平！你快出来，你娄妈妈来接你了！”

草弥听到动静，站在书房门外拦住：“你们又来了？这次还带着帮手来？”

娄晓月却并不搭理，毫不客气地推门进去：“我两个孩子呢？”草弥沉声道：“你们这样一而再再而三的上门骚扰，我可要报警了！”翠儿往后退了两步，解一半赶紧拉住她手臂，示意她淡定。

娄晓月见书房内无人，怒道：“你最好报警！警察局会向你证明，津平跟一南都是我的孩子！”草弥脸色一黑：“你这是无理取闹！”娄晓月理直气壮地道：“你藏我孩子干什么？你才是无理取闹！”

“我警告你们最好别在这里胡搅蛮缠！警察要真是来了，先抓你们一个私闯民宅，再告你们抢人儿子！娄晓月，你别以为我不知道，这俩孩子都是喊佟丽华妈妈的……”

“既然如此，你自己去问问佟丽华，我是不是这俩孩子的妈！”

翠儿接了一句：“对呀！你去问呀！”解一半拉开翠儿：“你少说两句。”娄晓月扯开嗓门大喊：“哼！什么叫私闯民宅？什么叫抢人儿子？我来接自己儿子回家，你却扣人不放，公理何在？”翠儿跟在后面喊：“公理何在！”

“你去叫警察来！现在就去把警察给我叫来！”娄晓月上前指着草弥的鼻子。

“你以为我不会么！”

娄晓月冷笑道：“我就是怕你不敢！哼！就让警察来评评理，看是谁私闯民宅的，是谁拐带孩子的？咱让警察来评评理，看是你有理还是我有理！”翠儿连连点头：“对，就让警察来评评理……”解一半瞪直眼睛，拽着翠儿往门外走：“小声点啊，你真想叫警察来啊？”

翠儿这才反应过来，赶紧挣脱解一半的手，在娄晓月耳边低声说：“晓月，一半在呢，还是别叫警察了……”娄晓月挽了挽衣袖，大怒：“怕什么？皇上亲自批示的文书是假的啊！给我起开！草弥，我就问你，孩子你到底交不交？闹到警察局里，我看你怎么收场！”

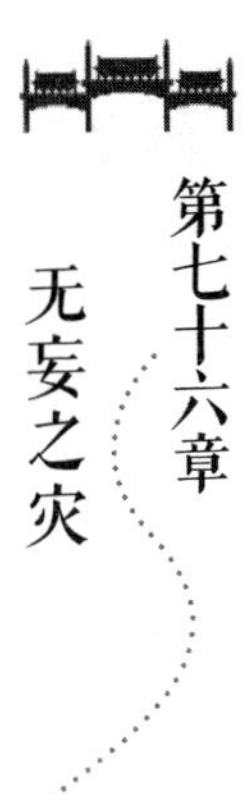

第七十六章 无妄之灾

娄晓月拉着哈津平与哈一南二人，气势汹汹地走出了花园小楼。

草弥脸色铁青地望着众人离去的背影，嘴角扬起淡淡的冷笑。

娄晓月听见身后大门关上的声音，腿脚顿时一软，险些栽倒在地。解一半与翠儿慌忙上前扶住：“你没事吧……”娄晓月摇摇头，勉强站直了身子：“没事……没事……我就是一阵后怕！”解一半笑道：“这要是没亲眼看见，我还真不信您有这本事，能从日本人手里把孩子给捞出来。”

“我就这点‘唱戏’的本事……”娄晓月转头望着哈津平、哈一南，关切地道：“你俩都没事吧？”

“娄妈妈，怎么是您来接我们？我妈妈呢？”哈一南四处张望，没有看见佟丽华的身影，似乎有些失望。

翠儿柔声道：“咱赶快回去吧，你妈妈在家里等你们呢！”她伸手去拉哈津平，不料哈津平却甩开了手：“我不回家！”

“津平！咱都别在这儿说……先离开这里。”解一半上前推着哈津平走，见孩子仍然不动，也不吭声，皱了皱眉，“你这孩子，脑子里到底在想什么呢？”

娄晓月上前拉住哈津平的小手，抚摸着他的脸庞：“津平，那你跟妈妈回去吧，好不好？”翠儿吓了一跳，急忙拦住哈津平：“不管怎么样，你先跟我回去，见了你爸爸再说……”娄晓月不悦地道：“翠儿！你翻脸怎么就跟翻书一样呢？别忘了这孩子可是我带出来的……”

“可是……可是……”翠儿一时语塞，不知道如何回答。

“你没看出来吗，孩子真是不想跟我们走。”解一半拽了拽翠儿的衣袖。

娄晓月望着哈津平，柔声道：“津平，咱不回你家，你愿意跟妈妈走吗？佳佳死了，妈妈就你一个亲人了……以后，你陪着妈妈，好吗？”

哈津平抬起头，默默地注视着娄晓月，突然扑在妈妈怀里，失声痛哭。

解家小院。

街道外面下着蒙蒙细雨，屋子里点着油灯。佟丽华依然用围巾裹住头，连夜赶回了解家，一进房门，哈一南立即就扑了上来。佟丽华泪眼婆娑，不停地摩挲着哈一南的脸和小手，紧紧抱住宝贝儿子。

哈一南依偎在妈妈怀里，轻声道：“妈妈，你不要我了吗？为什么你不来领我回家？”佟丽华微微一呆，哈岚赶紧解释：“你妈去接你啦，可她也跟我一样，连你们俩的面都没见到，就让人给轰了出来。”

佟丽华抬头望着哈岚，内心百感交集。哈岚笑了笑，示意她别多解释。哈一南嘟着小嘴：“可是津平哥让娄妈妈给领走了……”

“不是这样的……佳佳没了，津平哥去陪你娄妈妈。”哈岚有些尴尬，怕佟丽华胡思乱想，有意无意地说了一句，“晓月问过我的，是我答应的。”

哈一南摇了摇头：“不对，津平哥说妈妈是汉奸，他不想回家跟汉奸住在一起，这才跟娄妈妈走的！”佟丽华身子一颤，眼眶含着眼泪，却是一句话也说不出来。哈岚皱眉道：“你这孩子，少说两句话能少块肉吗你？”

“妈！我知道你不是汉奸……”哈一南握住妈妈的手，突然笑了笑。

佟丽华转头用手拭泪，诧异地望着儿子，破涕为笑：“我儿子最乖！”哈岚眨了眨眼睛：“不错呀！一南，你果然是你妈妈的好儿子，知道你妈是无辜的！”哈一南笑容灿烂，自信地道：“我不知道什么是无辜，我只知道汉奸是坏人……我不是坏人，我妈也肯定不是坏人……所以我跟我妈都不是汉奸！”哈岚哈哈大笑：“这是哪门子道理呀？不过你说得很对！”

佟丽华以笑掩饰，但泪水还是流了下来，她担心让哈一南看见，起身推了推儿子：“一南，你起来……”哈岚疑惑：“丽华，你该不会是想回佟侯府吧？”佟丽华轻笑一声：“一南的书包破了，我拿进来帮他补补……”

她起身往外厅走去，偷偷地拭去眼角的泪水。

油灯映着微弱的亮光，佟丽华低头坐在桌前，悉心地给哈一南缝补书包，用针线在书包上绣上了“哈一南”三个字。

窗外夜色黯淡，雨泣云愁。

此时，娄晓月正在汪府整理被褥，铺好床，转头望着坐在椅子上的哈津平，轻声地道：“莲嫂已经走了，过两天我再去找人来家里帮忙，今天晚上你就委屈一下……”哈津平一声不吭地爬上床榻，盖上单薄的被子。

娄晓月幽叹一声，熄灯睡觉。

淅淅沥沥的雨点敲打着窗台，黑暗中，床榻似乎在摇晃，熟睡的哈津平忽然大喊：“放开我！救命！妈妈，快救我……”娄晓月翻身坐起，赶紧点亮台灯，顿时惊愕。汪四海不知道什么时候闯了进来，正抓住哈津平的双臂，用力地摇晃，口中不断地叫嚷：“佳佳死了……佳佳死了……”

娄晓月惊恐万状地扑上去，试图拉开汪四海的手臂：“汪四海！你放开我儿子！汪四海……”

汪四海怒气冲冲地转身，一挥手就将娄晓月甩在地上。哈津平趁乱跳下了床，迅速打开房门冲了出去。汪四海想去追哈津平，娄晓月一个箭步拦在门前，怒吼道：“汪四海你醒醒！不准伤害我儿子！”

“佳佳死了，佳佳死了……”汪四海突然伸出双手，死死地掐住娄晓月，直接将她摁在墙上。

娄晓月呼吸急促，手舞足蹈地大喊：“放手！汪四海……你快放开我……”

“佳佳死了……佳佳死了……”汪四海完全没有意识。

眼看着娄晓月的身体已渐渐瘫软，哈津平猛地奔了进来，立即跳上汪四海的背脊，挥舞拳头不停地锤打汪四海的耳朵、眼睛和鼻子：“你放开她，不许你欺负我妈妈……”汪四海摇晃着脑袋，喉咙里咕咕叫唤，终于松开了手。娄晓月喘过一口气，使劲地推开了汪四海，惊慌失措地抱住哈津平，泣不成声。

翌日，娄晓月领着哈津平回到解家。佟丽华悲喜交加，招呼翠儿给孩子做好吃的，搂着哈津平也不知道说什么好，只是不断地给娄晓月道谢。

娄晓月叹了一口气：“佟格格，您就别见外了！唉，汪四海那脾气阴晴不定的，昨天晚上吓到孩子了……”佟丽华关切地问：“津平没事吧？”娄晓月微笑道：“都是你教得好，孩子很勇敢……他还救了我一命！”哈津平似乎有些害羞，小脸儿一红，道：“妈，别说了，一南和冬青呢？”

哈岚摸了摸儿子的脑袋，道：“跟解大爷在酱肉铺呢。”哈津平转身就往院子外面跑去：“我去找他们去！”哈岚眼明手快，伸手就拉住了他：“哎？你别又乱跑！”

“你们放心吧！我不会再离家出走了……”哈津平咧嘴笑了笑，意味深长的望了一眼佟丽华，飞似的跑出门外。

佟丽华起身朝哈津平挥手：“你别摔着！早点回来……”

“这孩子其实挺懂事的……现在佳佳没了……我私心是想把津平留在自己身边的。我会尽快找人来帮我照顾汪四海，到那时我再回来接津平……”

哈岚一怔，皱眉道：“晓月，津平是哈家的孩子……”佟丽华正色地道：“哈岚，津平也是娄晓月的孩子！”哈岚张大了嘴巴，满脸疑惑地望着佟丽华：“什么意思？”

“哈岚，到那时候你愿不愿意把孩子给我，就看你有没有良心了……我走了。”娄晓月起身走出门外。

哈岚赶紧跟上去，急道：“哎？晓月，你这什么意思？原来你不是真心想把孩子送回来的啊？”佟丽华拉住哈岚，不让他追上去：“你不要为难晓月……”

哈岚一头雾水，转头望着佟丽华：“这孩子姓哈，留在我身边有错吗？”佟丽华沉吟道：“你也要考虑考虑晓月的处境……”

“我就不明白了，以前你跟晓月不是……死对头吗？”

“可在这件事情上，我支持她！”

哈岚挠了挠头，若有所思地道：“丽华，你是不是害怕面对津平？”佟丽华深吸了一口气，往里屋走去：“你就当我是害怕吧……既然津平回家了，那我就回佟府去了。”哈岚赶紧跟进去，诧异地道：“那咱养了这么多年，你就真舍得让他走吗？”

佟丽华将柜子里的衣裳塞进包袱，缓缓地道：“我不舍得，我现在连门都不敢出，人人都认为我是汉奸，孩子跟着咱们有什么好处……”哈岚脸色一沉，卷起袖子叫道：“谁敢说你是汉奸，我去跟他拼命！”佟丽华无奈地道：“最少解大哥是这样看我的……”

“你想哪儿去了啊！解大哥那是刚回来，搞不清楚状况……我就纳闷了我，你说街面上这些人，榆木疙瘩脑袋，人家怎么说，他们就怎么传啊？翻脸就不认人，怎么你就成了汉奸了呢？”

“我不是拦了我阿玛的车吗？导致马俊杰跟他同伙，暴露了行踪，还死了两个兄弟，他就认为是我告的密，他跟我说不会放过我的……那天你也听见解大哥说了，他不怕我去跟草弥通风报信……让津平回去吧，孩子不在我们这儿，也安全些。”

哈岚一听，急得直跳脚：“不对啊这个，你救你阿玛那是天经地义的事，谁要这么干，谁就是汉奸，那大家都别做人啦？都当畜类算啦？今儿你让津平走，那还有一南呢，那照这么说，咱这日子就没法过下去啦？”

“哈岚，你不也放弃了我……你转头去找了娄晓月，而娄晓月也真的把孩子给带出来了……”

哈岚翻了个白眼，叫道：“那是因为咱没时间啦！我只剩下晓月可以帮忙了……”佟丽华幽叹了一声，道：“不管怎么说，我终于明白，我这辈子是白活了。我不是一个称职的妻子，更不是一个称职的母亲……不！我根本就不配做一个母亲！”她收拾好包袱，转身走出了屋子。

“我真是不明白，咱到底做错什么了！”哈岚气得一拳打在门框上，疼得连连甩手，龇牙大叫，“哎哟，走吧走吧，你们都走吧！就留我一个人在这儿更自在！”

夜色黯淡，草弥的书房里还亮着微弱的灯光。

马俊杰翻身跃上砖墙，悄无声息地跳进花园。他弯腰掩近走廊台阶，见草弥的人影透在书房的落地窗上，侧着身子，似乎正在打电话。

马俊杰掏出枪来，蹲在窗外瞄准影子。

忽然，枪声四起，划破了宁静的夜空。马俊杰高大的身躯倒在血泊中，房顶上立即出现四五个黑衣枪手。书房的门被推开，只见草弥面无表情地走了出来，脸上带着一抹冷笑，缓缓举枪，对着马俊杰的尸体又补上了数枪。

佟侯府。

卢管家到后院厢房通知佟丽华，说小侯爷与草弥先生在前厅等了半天了，让格格无论如何出去见上一面。

佟丽华沉思片刻，觉得见与不见，都改变不了如今的现状。如果哥哥做了中日联合商会的会长，佟家就完全坐实了汉奸的名声，她一个弱女子又能挽回些什么呢？

佟丽华无奈，走到前厅瞧见毕恭毕敬的草弥，不悦地道：“我说了很多次了，你们的事情与我无关，有什么话你说完就走吧。”

“佟格格……”草弥的表情有些尴尬。

佟梓华却是满脸笑容，道：“喊你老半天现在才出来！丽华，草弥先生带来了好消息，马俊杰死了！”佟丽华闻言惊愕，身子微微一颤，勉强站稳脚步。

草弥正色地道：“佟格格，我终于帮您报了父仇……希望能够安慰令尊在天之灵！”佟梓华得意地道：“刚刚草弥先生还说了，马俊杰那些铁血救国会的同伙，也被铲除得差不多了，这些妨碍中日合作的蠢蛋！他们以为自己是正义之师，不过只是螳臂当车。”

“亲王殿下得知这个消息后，十分欣慰，他已经上奏天皇，要在东京为佟侯爷举行一场盛大的纪念活动，届时，天皇陛下将亲自为佟侯爷追授勋章。”

“追授勋章？”佟丽华不可置信地望着草弥。

草弥点了点头，恭敬地道：“是的，以表彰佟侯爷为中日邦交所做出的贡献。天皇陛下希望，您能亲自去东京，为令尊代领勋章……”他突然闭嘴，没有继续说下去，迅速与佟梓华交换了一个眼色，二人一起盯着佟丽华，似乎都在担心她会拒绝。

佟丽华深吸了一口气，淡淡地回答：“好的，什么时候？”草弥与佟梓华皆是大感意外，却又不敢表现出过分喜悦的表情，慌忙鞠躬道：“佟格格，等我这里准备好船票，就立刻通知您……”

“有劳了，我要先回去跟家里人说一声。”佟丽华微笑点头。

草弥喜出望外，急忙告辞去做准备工作。

佟丽华回到解家小院，将自己的决定告诉哈岚。解一半大惑不解：“什么勋章？领日本人的勋章？那不真成汉奸了吗？”哈岚愁容满面，上前拦住解一半：“解大哥，佟侯爷做的事情，跟丽华无关……我说丽华，你要不再琢磨琢磨？”

“我想过了，我阿玛辛苦了一辈子，这是他该得的荣誉，别人认为他是汉奸，在我眼里他就是我阿玛！而且，我也应该去看看我额娘，她一个人孤苦伶仃地在东京，眼睛都要哭瞎了。”

“可是，少奶奶你这一去，不就坐实了你真是汉奸了？”解一半竭力劝阻。

哈岚无可奈何地道：“让丽华去吧，身正不怕影子歪，咱们不说，没人知道。”解一半急道：“怎么没人知道啊！我说少奶奶，马俊杰死了，铁血救国会的人认为您跟马俊杰的死有关系，您要是去了日本了，我们一家子人怎么办呐？铁血救国会的人没准拿我们一家子报仇啊！”

“他们凭什么认为我害死马俊杰？那我阿玛又是谁害死的？”

“是！他是真的汉奸，汉奸就是该死！”解一半情绪有些激动。

翠儿吓了一跳，忙上前拉住解一半：“解一半！你疯了你，跟少奶奶说这种话？少奶奶啊，当我求您了！别去了吧，您就算不为自己想，也要为津平和一南想想……这俩孩子好不容易才找到学校收他们，千万别因为您的事，又让人给赶出来了……”佟丽华愠怒道：“冲着你们现在这种态度，这日本，我是去定了！”

翠儿还想说话，哈岚抢白道：“得了，都别说了！这样吧，我也去！别怕，丽华，我跟你一块去日本……”佟丽华皱眉道：“你去干什么？这是我佟家的事儿，难道你也想当汉奸？”

“什么叫你佟家的事儿？我不是佟家的女婿吗？”

“你什么时候把我的事放在心上了？”

哈岚怔住，皱了皱眉头：“佟丽华，大家凭良心说话，我知道你心里就是介意晓月，那我问问你，你跟草弥那又是个什么意思？人家整面墙上贴的可都是你的照片，你们俩这到底是个什么意思？”佟丽华没好气地道：“你想是个什么意思就是什么意思！娄晓月去趟上海，你就能跟她私奔，你现在还有脸说我？”

解一半挠了挠头，道：“等等，现在不该是吵这些事儿的时候吧……咱就事论事……”翠儿赶紧接一句：“对！咱就事论事！”

哈岚叹了一口气：“丽华，咱俩能不能好好坐下，正经说会儿话？”

“先不说了，我来就是通知你们，下个月我去日本。”佟丽华说完，径自走出了院子。

哈岚追上去喊：“丽华！丽华！哎？你就这样走了啊，丽华？”佟丽华当作没有听见，大步往街道上走去。翠儿急得在屋子里团团转：“爷！您快想想办法，可别让少奶奶去日本，回头人家当咱一家人都是汉奸，咱这日子还能过下去吗？”

哈岚注视着佟丽华的背影，无奈地摇头：“腿长在她身上，她要真想走，我能拦得住吗？”他唉声叹气地回自己屋去，寻思这事儿确实令人难堪，津平或许可以跟娄晓月走，但是一南怎么办？妈妈真要远渡重洋去了日本，还能回来吗？

但是他转念又想，丽华留在北平只能被千夫所指，有口难辩，搞不好铁血救国会的人真的会来暗杀她。一想到这个，哈岚浑身打了个冷颤，面对眼下的处境，唯一的办法，就是跟她一起去日本。

哈岚坐在桌前幽幽叹息：俊杰兄啊，你知道丽华是不会害你的，咱们相识一场，希望你能保佑丽华平平安安。

汪府大宅，草木悲凉。

娄晓月躺在床上熟睡，迷迷糊糊听见耳边有异响，她忽然惊醒，只见汪四海坐在床边，正默默地凝视着自己……

“汪四海，你坐在这里干什么？”娄晓月十分害怕，紧紧地拉住被子。

“佳佳死了……”汪四海微微一笑，朝娄晓月点了点头，起身走出门外，摇摇晃晃地下楼。娄晓月慌忙坐起身子，望着汪四海的背影，想下床追出去，咬了咬牙，终于放弃。

“佳佳死了……佳佳死了……”汪四海独自一人走在北平的街道上，渐行渐远，身影消失在黑夜里。

1937 年 7 月，卢沟桥上炮火震天，硝烟弥漫。

侵华日军攻克北平西南的宛平县城之后，势如破竹，致使北平、天津等地在月底相继沦陷。

得月楼大堂内的客人不多，零零落落坐着几个街坊邻居。

哈津平、哈一南斜背着书包，正与解冬青一起，坐在角落一桌吃饭，佟丽华夹菜给三个孩子夹菜，嘱咐一南：“一南，你把书包放下来吃。”哈一南摇头叫道：“不要！我要背着你给我缝的新书包……”佟丽华笑道：“又没人跟你抢，乖！听妈妈的话，把书包放下来……”

“我不！我就是要背着书包吃饭。”哈一南不肯就范。

佟丽华无奈摇摇头，对解冬青说：“冬青啊，我出门之后呢，你要帮我看好一南，别让他又乱吃东西闹肚子……”解冬青懂事地点头：“知道了。”佟丽华拍了拍哈津平，柔声道：“津平，到了新学校要跟同学们好好相处，别再跟人打架了……”

哈津平夹了一口菜放哈一南碗里，低头不吭声。

丁宝坐在柜台上，沉着脸儿气呼呼地对哈岚抱怨：“你们也太狠心了，我师姐可是津平的亲妈！”哈岚争辩道：“我就是觉得她可怜，才把津平留在这儿，她孤儿寡母的怎么带孩子啊？”

“师姐没了佳佳已经够伤心了，现在汪四海又失踪了……哈贝勒！哈爷！您就连这点同情心都没有吗？你可怜我师姐，就眼睁睁看她一个人去香港啊？”

“你说什么？晓月去香港？”哈岚愣住。

此时，一名日本军官带着五六个穿着军装的士兵走进得月楼，众人侧目而视，有几个胆小的已经起身离开。

哈岚皱了皱眉，推开丁宝：“这事儿咱晚点儿再说……”

旁边闪过来一名翻译官，大声叫道：“你们谁是哈岚？”哈岚赶紧迎上去，恭敬地道：“我是……你们有什么事吗？”

日本军官扫了哈岚一眼，俯耳跟翻译官说了几句话。翻译官颔首道：“我们是来取密疏的！请你把密疏交出来……”哈岚一怔：“长官，这密疏现在不在我手上……再说皇上，就是满洲国的皇上呀，让我带着密疏去新京见他！明白了吗？您请回吧。”日本军官脸色一沉，又向翻译官说了几句话。翻译官摆了摆手：“太君说了，不劳您费心，你把密疏交出来，我们会转交给草弥先生！”

佟丽华忽然起身，用日语问日本军官：“交给草弥？为什么要交给他呀？”日本军官惊讶地望了佟丽华一眼，并不答话，径自走过来，突然从佟丽华手中拉走哈一南。

“你抓我孩子干什么，你放手！”佟丽华不顾一切地冲上去。

旁边两名士兵立即上前拉住佟丽华。日本军官嘴角一扬，突然掏出手枪，砰的一枪，击中哈一南的脑袋。哈一南鲜血四溅，扑倒在地。

“一南？一南！”佟丽华脑子里嗡的一声，眼前一片漆黑。

解冬青惊恐地放声尖叫，解一半与翠儿听见枪声，从厨房奔进了大堂，看见大堂上一幕，大惊失色：“一南！一南！”翠儿冲上去抱住哈一南，解一半急忙拉过解冬青，捂住她的双眼。

哈岚与佟丽华疯狂地冲上前去，顾不上浑身是血，与翠儿一起抱住哈一南拼命地摇晃：“一南啊！一南！”日本军官面无表情，又对翻译官说了几句话。翻译官擦了擦汗，道：“大佐让你们快把密疏交出来！”

“你还我儿子，你还我儿子！”哈岚也不知是哪里冒出来的勇气，突然一个箭步冲上去，一把夺下日本军官手上的枪，倒转枪口指着他。

日本军官微微一怔，所有的日本士兵皆举起枪对准哈岚。

解一半心急如焚地喊：“爷啊！快把枪放下！您快把枪放下……”翠儿大哭道：“爷！听一半的！您把枪放下……您别乱来呀！”佟丽华抱着哈一南，满脸泪痕对着哈岚大喊：“哈岚！哈岚！你别犯傻呀……”

哈岚脸色惨白，手腕剧烈地颤抖，日本军官突然一个飞脚，将他握在手里的手枪踢落，身旁一名士兵二话不说，直接一枪托将哈岚打翻在地，顺手拉过哈津平，将枪抵在他头上。哈津平吓得大哭起来：“爸！妈——”

“密疏！密疏到底在哪里？”日本军官气急败坏地大吼。

“津平！你们放开津平！”佟丽华万念俱灰，爬到哈岚身前抓住他的手，“交出来吧！交出来吧……”

哈岚神情悲戚，望着泪流满面的哈津平，痛苦地闭上眼睛。丁宝上前扶起哈岚：“爷……交了吧。”哈岚缓缓点头：“去吧。”丁宝义愤填膺地走到桌前，推开一个日本士兵：“你闪开！”士兵们哗啦啦一排，皆用枪口指住丁宝。

哈岚怒道：“他给你们取密疏！”翻译官使劲擦汗，慌忙拦住枪口：“误会，误会……”

士兵们退后一步，丁宝狠狠瞪了军官一眼，将旁边一张桌子侧翻架上桌面，又搬过一张椅子摆在桌子的正中，接着翻身上去，从横梁上取出了装着密疏胶卷的铁盒，紧接着一个翻身下来，将铁盒递给哈岚。

在场的日本士兵均已看呆，上下打量着丁宝，满脸惊讶。

哈岚手腕颤抖，咬着牙举起铁盒，日本军官推开哈津平，伸手接过铁盒，打开一看，见里面是一些胶卷，皱了皱眉：“这就是密疏？”

佟丽华将吓得浑身颤抖的哈津平拉进怀中，用日语回答：“对！这些胶卷拍下的，就是如假包换的密疏！你现在拿到密疏了，请你们立刻离开这里！”

日本军官瞄了佟丽华一眼，转身看着丁宝，脸上露出笑容：“身手不错嘛。”丁宝没好气地道：“爷我是娄家班的，好歹也练了几十年的……”他话音未落，日本军官突然抬手，啪啪两枪，打中丁宝的膝盖。丁宝扑通一声，跪倒在地，双腿的膝盖上赫然两个血窟窿。

“丁宝！”众人惊呼，七手八脚地冲上去扶住他。

日本军官哈哈大笑，挥了挥手，带着士兵们走出得月楼。

哈津平与解冬青摇着丁宝的胳膊，大喊：“丁宝叔叔……”丁宝惨然一笑，忍住剧痛，指着哈一南。

“快送丁宝去医院！”哈岚和哈津平帮着把丁宝扶到解一半的背上，“津平，跟你大爷一块去！”

哈津平呆呆地望着倒在血泊中的哈一南：“一南怎么办？他不去医院吗？”哈岚身子颤抖，语气哽咽：“一南他……不用了……”解一半看了一眼哈一南，跺了跺脚，背着丁宝奔出了门。而佟丽华与翠儿早已瘫软在地上，围着哈一南的尸体，轻声呼唤：“我的一南……一南……”

哈岚咬紧牙关，双腿一直在发抖，竟然一直坚持着没有晕倒。他望着自己沾满儿子鲜血的双手，喃喃地道：“一南，爸爸没有出息，见血就晕的……这次不会了，以后再也不会了……”

汪府门外停着一辆黑头车，娄晓月拎着小皮箱走出花园，回望一眼汪府，依依不舍地上了车。

北平的街道上行人稀少，不时有载着军装士兵的卡车经过。汽车开过街道，转弯往前驶去，突然刹住。娄晓月将车窗摇下来，探出头往后张望。

只见路边坐着一个衣衫褴褛，满脸胡须的人，正在自言自语地喊：“佳佳死了……佳佳死了……”几个冷淡的乞丐从他身边走过，拾起街道上废弃的瓶罐。

娄晓月凝视着眼前这个男人，思绪万千。

“月儿是京城有名的角儿了，哪位大角儿没副点翠头面啊。我要是他爸我早……嘿，她要是我媳妇儿我早就给她买了……”

“娄班主！您一路走好，汪某为您报仇了……”

“月儿，我坏到你心里去了吧……”

往事历历在目，娄晓月一直觉得自己没有嫁错人，可怜老天爷对自己不公平，不能与深爱的人长相厮守，也不能与爱她的男人白头偕老，人生不会重来，活着或许还有希望。

“师傅，麻烦您倒回去。”娄晓月让司机倒车，停在汪四海的身前。

汪四海目不斜视，嘴里仍然念叨：“佳佳死了……佳佳死了……”

娄晓月下车，默默地望着脏乱的已不成人形的汪四海，回头跟司机说了几句话，司机似乎有些意外，微微点头，跟着娄晓月一起，一人一边扶起汪四海，将他架到了车后座里。

那几个路过的乞丐，惊讶地看着眼前这一幕，空荡荡的街道上，飘来汪四海沉浊的回音：“佳佳死了……佳佳死了……”

解家小院。

哈岚与解一半坐在桌前默然不语，哈津平挨在翠儿怀里，眼泪不断地流下来，却是强忍着不让自己哭出声。

哈岚抬眼看了一眼里屋，只见佟丽华浑身颤抖，将哈一南书包里的书本取出来，书包上绣着哈一南的名字，已经被血迹染红。她用湿布擦着名字上的血迹，越擦越用力，泪水滴在书包上，名字已渐渐模糊……

哈岚不忍，站起身来大步走出门外。翠儿推开哈津平，赶紧追出去："爷？您去哪儿呀？爷……"哈岚头也不回，径直往街道上走去。

"爷！你回来啊！"翠儿正欲追出，却被解一半拉住，急得直甩手，"你让我跟着他！要是他做出傻事……"

解一半摇了摇头，无奈地道："他不会做傻事的，他只是心被伤透了……"翠儿一怔："你怎么知道？"解一半叹声道："我跟他在外头流浪了这么久时间，我了解他。我知道，现在的爷已经不是以前的爷了……以前见血就晕的那个爷已经跟着一南走了，现在的爷，心死了。"翠儿闻言，突然痛哭起来："一南……一南……我亲手带大的一南……"

"我知道……我知道……"解一半将翠儿揽进怀里，眼眶中也盈满泪水。

佟侯府。

佟梓华心事重重地走进妹子的厢房，见佟丽华仍躺在床上，桌上放着的饭菜都已凉透，好言相劝："丽华，刚刚草弥派人来说……打死一南的那个水野大佐已经被定罪了，三天后行刑，想请你上刑场去监刑……"

佟丽华眼神呆滞，一声也不吭。

"丽华，草弥那人对你怎么样，你心知肚明……我相信一南的事儿，绝对是一个误会，真的是意外……"

佟丽华就像是一具木偶，身子一动也不动。

"如果你不愿意去，我去帮你回了他？"佟梓华见妹子仍然没有反应，摇头叹息，"既然一南的仇也报了……你就打起精神来吧。你躺在床上都好几天了，你这样继续下去，身体会挺不住的……"

"你不用对我虚情假意。"佟丽华语气冰冷。

佟梓华愕然，皱眉道："丽华，你当我是什么人呀？我是你哥！你得好好地活着，一定得挺过去！”

佟丽华冷哼一声，继续沉默。

“我看，这日本你还是别去了，我让人去回了草弥……”佟梓华转身离开。

佟丽华忽然叫道：“等等……你去告诉草弥，我要见他。”佟梓华怔住：“你要见草弥？见他干什么？你想问他要回密疏？还是一南的命？”

“我什么都不要！我就是要去告诉他，我要谢谢他……为我儿子报仇。”佟丽华深深吸了一口气，脸上泛起了一抹诡谲的微笑。

第七十七章 此生无悔

大和商社。

草弥意气风发地坐在办公室内，点燃蜡烛，悉心地将几道菜摆放在桌上，黄色的玉子烧分外显眼。

他打开红酒瓶，正准备倒酒，门外的仆人喊："佟格格到了。"

"快请她进来……"草弥跪在案桌前，倒好了红酒，一转头就看见站在门口的佟丽华，顿时傻住，脸上露出惊喜的笑容。

只见佟丽华盘上秀发，穿着靓丽的和服缓缓推门进来，一双秋水明眸宛如天上的星辰，焕彩夺目。

草弥忍不住失声赞叹："佟格格，你真漂亮！我从来没有见过一个日本女人，能够像你这样美丽动人……"

佟丽华温驯地点了点头，径自走到案桌旁。

草弥回过神来，热情地道："请坐……丽华，这是这么多年以来，我第一次这样叫你，今天你怎么会选择穿和服呢？"

"今天是我阿玛的周年忌日，这件和服就是他送给我的……我为了纪念他，就穿上了和服。"

草弥面色凝重，举起酒杯："敬佟侯爷。"佟丽华举杯啜了一口红酒，放下酒杯微微一笑："草弥先生，您应该拿到密疏了吧？"草弥心里早有准备，正色地道："那些胶卷，已经送到新京溥仪皇上的手中了。"他喝了一口红酒，恭敬地给佟丽华倒上。

“十年了，花了十年的时间，这密疏终于回到皇上手上了……”佟丽华幽幽叹息，“不知道皇上是否知道，为了这密疏，我哈家死了多少条人命……”

草弥深表歉意地道：“丽华，这件事情绝对是军方的失误……当我知道水野大佐杀了孩子的时候，我第一时间赶到了军部，要求他们抓捕水野，必须严惩不贷！”佟丽华皱了皱眉：“草弥先生，您到底是一个什么人？”

“丽华，我说过，我是一个商人……我知道这些年，你一直都在怀疑我，我也能够理解你的丧子之痛，所以，我会不惜动用一切力量，来帮你报仇。”

“你有什么权力要求军部抓人？”

草弥微笑道：“您很清楚，我在军界、政界都有许多重量级的朋友……丽华，现在重点是孩子大仇已报，我真心邀请您明天跟我一起去刑场监刑，以慰令子在天之灵……”佟丽华耐心地听着草弥的谎话，喝了口酒，让自己能镇定下来：“我真不知道该如何感谢您……如果不是您，我的一南恐怕就真的白白冤死了。”

“这本来就是我应该做的。”草弥举杯敬酒，关切地道，“而且天皇陛下也知道了这件事情，他愿意推迟纪念会的时间……您现在的状况，我都听梓华兄说了……我一直很担心！”

佟丽华摇了摇头，道：“不必了，就按照原来的计划进行吧，一南出了事，我也不想再待在北平，刚好可以趁这个机会出去走走……”草弥面露喜色：“你终于决定要去日本了，这是我这么多年以来一直的心愿。丽华，你相信我，到了日本只要你愿意，你可以开始新的生活。来，我敬你！”

“草弥先生，这些年来特别感谢您对我的照顾。作为一个女人，能够受到像您这样的人如此青睐，我真的很荣幸。”

草弥微微一怔：“丽华，您这是在夸我？还是在埋怨我？”

“当然是在夸您，有哪个女人可以像我一样，受到一个男人如此专一的关注……”佟丽华神情淡然，起筷夹了一个玉子烧，放进口中细嚼慢咽。

“应该感到荣幸的是我，能够跟自己一生当中最心爱的人对坐而饮，这是我人生当中最大的荣幸。这么多年来，我对您的倾慕一直没有改变过，我知道现在您有丧子之痛，跟您说这些，并不合适……但是今天我看见您穿着和服的样子，我突然感觉到这么多年的等待，完全是值得的！”草弥将杯中的红酒一饮而尽，无比感慨。

“这玉子烧，仍然是您亲手做的吗？”佟丽华似乎深有感触，若有所思地道，“唉……这些年来，发生了很多事情，我不责怪谁，都怪我自己当初选错了人，如果我早能知道，你是真心对我好的，你是真的爱我的那个人，或许，这一切都不会发生。”她轻轻抹去眼角的泪水，主动为草弥倒酒。

“丽华，不要再难过了。”草弥春风得意地举起酒杯，与佟丽华相碰。

佟丽华浅尝一口红酒，幽幽地叹息：“没什么，一切都过去了，我希望日本才是我真正应该去的地方，我也希望，我能在日本找到我的家。”草弥神情一震，惊喜地道：“一定会的！丽华，你相信我，我一定会让你幸福的。来，我敬你！为了新的生活，干杯！”

“以后我不想跟你谈我阿玛，更不想谈一南……”

“明白！今天我们不醉不归！”

佟丽华微微一笑，举杯与草弥共饮。

转眼间，一瓶红酒已经喝完，草弥有佳人相陪，早已心花怒放，起身又去书桌上取来一瓶，二人开怀畅饮，喝得醉眼迷蒙。佟丽华不停地给他倒酒：“草弥，你喝多了吗？你醉啦？”草弥突然抓住佟丽华的手，说话已经有些口齿不清：“丽华，佟格格……我带你，跟我回日本……我很开心……”

他不胜酒力，脑袋已歪在案桌上。

佟丽华推了推草弥的手臂，将杯中的红酒泼在他头上。酒水从他的脸庞上流下来，仿佛血一般的鲜红。

“草弥，你真的醉啦？”佟丽华见他响起轻微的鼾声，起身走到书桌前，将书桌的抽屉一个个打开，看见里面并没有密疏胶卷，只有一串钥匙。

她开始翻箱倒柜，将草弥柜子里的东西都扔在了地上，发现书架的角落处斜放着几本书，好像颜色不对劲，走近前去拨开书籍，墙角竟然藏着一个保险箱。她胡乱转动了几下，却是始终打不开，猛然想起抽屉的钥匙，转身奔向书桌，便找来钥匙，一支支去试，终于打开了保险箱。

她将保险箱内的一堆文件全部抽出来，装胶卷的铁盒果然在里面。

佟丽华松了一口气，打开铁盒检查，见胶卷完好无损，急忙合上铁盒，转过身来见草弥仍无反应，径自走到桌前，将草弥柜子中的酒，全部取出打开，往地上去。

她抱着铁盒，面无表情地望着沉睡中的草弥，举起了案桌上的蜡烛……

佟丽华走出办公室，将门锁上。大火已经烧到了窗帘，草弥没有任何知觉。

佟丽华走在空旷的门厅过道上，办公室内地上的文件也开始燃烧起来。

东四牌楼的老街上空无一人，佟丽华回望一眼这片哈王府的土地，仿佛又看见了昔日那场大火。大和商社的牌匾已被大火吞没，跌入熊熊的火焰之中。

远处，孔雀疯一样地从街道上狂奔而来，绝望地看着门内的大火。突然泪流满面，用日语大声叫喊："草弥君！"

孔雀不顾一切地冲入烈火中，带火的房梁塌下，浓烟瞬间弥漫，冲上北平城灰蒙蒙的天空。

此时，哈岚与解一半走出小院门外，看见老街的天空烟雾弥漫，大感好奇。

"呦！这是着火啦？"翠儿慌慌张张地跑出院子。

解一半挠了挠头，诧异地道："这是哪儿呀？"哈岚皱了皱眉，若有所思地道："好像是东四牌楼东……"

三人正在议论纷纷，忽然看见穿着和服的佟丽华迎面走来。哈岚一怔："哎？丽华，你回来了……"佟丽华走到哈岚面前，哀怨地望住他的双眼："是的，我回来了……"哈岚瞧了瞧她身上的和服，眨了眨眼睛："你这身穿的是……"

"一南的仇报了。"佟丽华语气平静。

"什么？"三人皆是大吃一惊，扭头望向天空的浓烟，似乎明白了点什么。

佟丽华解开和服上的"带"，缓缓走进里屋，"抱带"和"着物"纷纷跌落，她身后的地面上，铺满着被她除下的和服以及散件……

老北京街道上人头攒动，不时有穿着和服的日本侨民和列队的日本士兵穿街走过。一名报童飞奔而过，一路狂喊叫卖："号外号外！大和商社焚于大火，草弥将军遇难身亡！"

佟丽华拎着一个小包袱，站在东四牌楼的茶馆门前。佟梓华手里捏着一张报纸，略显慌张地跑过来："丽华！你找我？怎么约在这儿了，走走，咱家里说。"佟丽华冷冷地道："就在这儿说吧。"

"这儿？这哪儿是说话的地儿啊？"佟梓华四下张望，抖着手里的报纸，压低声音，"这是不是你干的？"

佟丽华平静地道："是我干的。"佟梓华脸色一沉："我就知道……你真是疯了！你知道这草弥是什么人？"佟丽华没好气地道："日本人。"佟梓华胆战心惊地道："丽华，你闯了大祸了！这个草弥，他是日本军方的人，居然是个将军！这么些年，咱们都让他给骗了……"

"你就算早知道他是个将军又能怎么样？"

“丽华，你糊涂啊，额娘还在日本呢，你知道日本人肯定会一查到底，到时候咱们都跑不了，你把咱们都逼上绝路了！”

佟丽华冷笑道：“你放心，我不会连累你们的。”

“别胡说，丽华，没事啊，哥不怨你。有哥在你别怕，哥有办法，咱们去美国，咱们到了美国就安全了！这样，我去日本接额娘，你赶紧回家收拾收拾东西，带上哈岚和孩子！”

“哥，我不会跟你去的，你去接额娘吧，你们一起去美国。”

佟梓华急得原地转了一圈，哀求道：“丽华，丽华你就听哥一句话吧，哥求你了。”佟丽华缓了口气，突然将包袱递给佟梓华：“你见到额娘，替我把这个交给她。”佟梓华皱眉道：“这是什么？”佟丽华慎重地道：“这是额娘给我做的和服，额娘见到和服就明白了，你告诉她，我已经穿过了……”

“明白什么？丽华，你想干什么？你是不是有事儿瞒着我，到底怎么了？”佟梓华搞不清这和服究竟是什么讲究，大感意外。

佟丽华淡淡一笑：“我真没事儿，你和额娘……多保重了。”她话一说完，转身就往街道走去。

“丽华！丽华！”佟梓华愣愣地望着妹子的身影淹没在人流中，心里有些失落。

佟丽华回到解家小院，见哈津平正和解冬青一块儿做功课。

解冬青也抬头喊了一声：“婶子……”

“冬青乖！婶子从家里来，拿了件东西给你……”佟丽华从兜里取出一个平安锁，挂在解冬青的脖子上。

解冬青好奇地问：“这是什么？”佟丽华笑道：“这个呀，是长命锁……保佑冬青平平安安的！津平……你也有！”她走上前去，将另一只平安锁挂在哈津平的脖子上。哈津平摸了摸锁片，望着佟妈妈也不知说什么好。

翠儿从里屋出来，高兴地喊：“少奶奶……您在这儿？”佟丽华笑道：“我从家里找了两个长命锁给孩子带上，希望他们啊，都能平平安安的！”

“哎哟，少奶奶这太贵重了！来来，冬青摘下来。”翠儿要去接下解冬青脖子上的锁。

佟丽华慌忙阻止她：“干吗呢！这是给孩子的东西！”

翠儿不太自然的拉住佟丽华的手，道：“少奶奶……您没事吧……”佟丽华轻叹一声：“我很好……这个家还好有你，否则都不知道会成什么样了。”

“少奶奶！您言重了……前段时间，我对您说话很不客气，这几天您不在，我自己想想也挺难受，咱俩是怎么走过来的，我怎么可以那样对您……哎，我这人就是笨！少奶奶，您别怪我好吗？”

“翠儿，我怎么可能怪你！这个家就是因为有你，这才能撑到现在！我对你感激都来不及……”佟丽华边说边从身上取出一个玉镯，递给翠儿，“这个你拿上，这是我阿玛临终前交给我的，是我们家的传家宝。”

翠儿大惊：“这……这么贵重的东西，这可不行！”佟丽华正色地道：“你收着它！咱们姐妹俩这么多年一块儿熬过来，你当得起！”翠儿手足无措：“这是您阿玛留给你的……我不能要！”佟丽华将玉镯硬塞进翠儿手中：“听我的，翠儿，以后有个应急的时候，把它当了还值些银子的，哈岚、津平以后还要拜托你多照看……”

翠儿惴惴不安地握着玉镯：“少奶奶，您这说的哪话，我照顾他们是应该的啊！”佟丽华笑道：“留着吧，解大哥人呢……”

翠儿起身给佟丽华倒茶，正要说话，解一半从院子外面回来，一见到佟丽华，慌忙接过翠儿手里的茶杯，恭敬地递上前去，不好意思地挠挠头：“少奶奶……我想跟你说声，对不起。”

“解大哥，咱们是一家人，你说这话就生分了！”

“不不，可我还是要说……佟侯爷的事情，我知道您两难，可我完全没有顾虑到您的心情和立场……”

佟丽华苦笑道：“事情都过去了，我不想再提了。”解一半正色地道：“您杀了草弥，为一南报了仇，这事吧，按理是我应该做的，可是……少奶奶，反正就一句话，您在我心里边儿，永远是我最敬重的人！”

“谢谢你，解大哥……孩子就拜托了。”佟丽华低头望了一眼不说话的哈津平，脸上隐现一丝哀伤。

夜晚时分，哈岚听说佟丽华回来了，一脸兴奋地进屋，见佟丽华正在铺床，诧异地道：“你今晚……留在这里？”

佟丽华默然点头，哈岚眨了眨眼睛，爬上炕头，凝视着佟丽华：“那大和商社真是让你给烧的……”佟丽华嗯了一声，道：“我不这样做，没办法为一南报仇。”哈岚惊讶地瞪着佟丽华半晌，终于挤出两个字：谢谢。佟丽华一怔：“你有什么好谢的？那是咱的儿子呀！”哈岚满脸沮丧：“可是我这个做爸爸的，却是无能为力……”

“我知道你有这个心就好了……”佟丽华也坐上炕，一双深情的眼眸望着哈岚，“你现在还后悔娶我吗？”

哈岚无奈地点点头："我很后悔，我当年要是没娶你，你现在的日子也不会过成这样……"佟丽华咬了咬嘴唇："你这话说得倒实诚……我记得那时候你说，你就算跟我结婚，也不会爱上我，让我千万别救你……"哈岚笑了笑："可你憋着一股气，就想跟我较劲。"

"是呀！你说，我这到底是在图什么呢？连孩子都生了，可你还是想着跟娄晓月私奔……"

"你又来了！"哈岚翻了白眼。

佟丽华淡然地道："娄晓月已经去香港了？真的，你找她去吧。"

哈岚缓缓摇头，正色地道："丽华，我今儿跟你说句交心的话啊，这份心我早死了，人这辈子，跟锣鼓点儿似的，一步赶不上，是步步踩不上点儿，跟一锅粥似的。我哈岚这一辈子，要搁台上唱啊，那就是全是倒好，早让人哄下去了，我就别再挨骂了。倒是我应该问问你啊，后不后悔？唉，我也甭问，一准后悔。你说跟我这么个怂人过一辈子，弄得现在想脱身都脱不了。"

"可是我从来没有想过要脱身……"佟丽华微微一笑。

"丽华，大清朝回不来了，哈王府回不来了，一南回不来了，过去的日子就过去了，人这一辈子就是命啊，得认！"

"是啊，人得认命。"佟丽华突然拉了拉哈岚的胳膊，意味深长地说，"哈岚，你看着我，这辈子……你有一刻真心喜欢过我吗？"

哈岚信誓旦旦地道："这还用问吗？你是我老婆！我这辈子，我让你受了多少委屈了啊！我知道我怂，但是你放心，我的心是白的，不能黑！"

佟丽华点了点头："有你这句话，我就知足了……哎？那到现在为止，你是爱我多一点，还是爱娄晓月多一点？"哈岚一脸无奈地道："好端端地过日子，没事怎么又问这事儿……你们女人实在是太执着了！"

佟丽华嫣然一笑："那没法子，谁让我是女人……"

哈岚吐了一口气，正色地道："我刚才说了，你是我老婆！"佟丽华皱了皱眉："你还是没说，你到底爱谁多一点呀！"哈岚突然哈哈大笑："你自己想吧！我睡觉了……如果我哈岚真是个骗子，咱这日子会不会过得轻松一点呢！"

他将身子往后一躺，倒在了炕上。

"为什么到最后，你就是不愿意给我一个答案？就算是骗我也好……"佟丽华喃喃自语，背对着哈岚躺下，刚才谈话时脸上的轻松笑容，已经完全黯淡下来，眼角偷偷地滚落一滴冰冷的泪水……

清晨，天空飘着淡淡的薄雾。

哈岚起身梳洗，帮着解一半收拾好酱肉车，进里屋去喊佟丽华起床吃早饭："丽华，起来了吗？丽华……"佟丽华没有吭声，哈岚走上前去，推了推她的背，却看见她身边放着一个铁盒，下面押着一封信，还有一本房契和几张存折印鉴。

哈岚好奇地打开铁盒，里面竟然是密疏胶卷。

"丽华，你醒醒呀？你快醒醒……怎么回事？丽华……"哈岚疑惑地望着佟丽华，但是她已经无法应声。

翠儿与解一半走到院子，猛然听见哈岚一声惨呼："丽华！"

二人大惊失色，迅速冲进里屋。只见哈岚疯狂地摇晃着佟丽华的身子，哭天喊地般怒吼："佟丽华！你有本事去杀日本人，为什么没有勇气活下去！你走了，让我怎么办？佟丽华！你起来！你快给我站起来！"

"少奶奶……少奶奶啊……"翠儿眼前一黑，跌跌撞撞地冲上炕，发疯似的抱住佟丽华，放声大哭。

解一半眼眶通红，急忙上前紧紧地抓住翠儿："别喊了！少奶奶走了……她走了……爷！少奶奶走了！她走了！"

哈岚颤抖地握着佟丽华的绝笔信，悲痛欲绝时，已哭得肝肠寸断。

哈岚，当你看到这封信时，我已经在另一个世界与一南相聚了。别难过，也别怪我，我真的累了。我拼尽全力地生活，却仍抗争不过命运的嘲弄，终究，我还是逃了……我走了，你们也就不再会受连累，可以堂堂正正地活下去。把密疏送到新京后，你带着津平去香港找晓月吧，远远地离开这里，到没有日本人的地方，好好抚养津平长大。我阿玛留给我的财产都留给津平，这是我唯一能为他做的事。

哈岚，对不起，余生的路不能陪你一起走了……这辈子你我经历了太多的苦难，但我真的很感恩，一生有你相伴，足矣。或许我真的错了，当初没能成全你和晓月。但人生若能重来，我仍舍不得放手。但愿下辈子，我能更早认识你，我们的心里只有彼此，可以携手度过完美无憾的一生。

永别了。

丽华绝笔。

翠儿早已哭晕过去，解一半赶紧将她抱回房里，灌下两杯水之后才悠悠转醒。

解一半松了一口气，默默地坐在桌前发呆，等翠儿的抽泣声渐渐平复，似乎是下定了决心，慎重地道：“翠儿，咱们带上孩子，去广州吧。”

翠儿抹着眼泪，哽咽地道：“要去你自己去，我不可能把爷一个人扔在这里……”

“这日本人已经进北平城了，现在不是人待的地儿了，而且我答应过马俊杰，要把他的东西带到广州给他媳妇，咱们得走。”

翠儿似乎有些犹豫:“要不这样,你自己去跟爷说,劝他跟我们一起走！他要是肯走，咱大家一起走！”解一半无奈地道：“我去跟他说？他什么时候听过我的话？在上海的时候我就跟他说过，不要跟娄晓月私奔，结果呢？他还是去了……他这辈子能把人家的话听进去，也不会活成这样了！”

“爷就是这个性……”

“翠儿！你听我说，咱爷到现在，恐怕还想带着密疏上新京去见皇上……可就是为了这个破密疏，咱们家死了多少人了……你听我说，咱们留在这里，就是死路一条！你不为自己想，也要为津平想！现在少奶奶走了，可没人能保护他了！”

翠儿咬了咬牙：“要不这样吧！你把俩孩子都带走，我自己跟爷留在北平……”解一半一怔：“我说翠儿，你现在到底是谁的媳妇儿？”翠儿愁容满面：“可我要跟你走了，谁来照顾爷？我不照顾他就没人照顾他了！”

“他不是小孩子啦！他是三四十岁的大老爷们，你照顾他？翠儿，你要留下来照顾爷，津平和冬青，咱们都得当亡国奴！”

翠儿怒视解一半：“解一半！你现在说的这还是人话吗？咱做人，咱不能忘恩负义啊，不能没了良心，你忘了你当初谁把你留在哈府的！”解一半赌气地道：“是少奶奶！”翠儿怒道：“那没有爷，少奶奶敢留你吗？”

“不关爷的事，是少奶奶冒着全哈王府的人都可能被毒死的风险，硬是把我留在汪府！”解一半突然眼眶含泪，声音哽咽，“她还把你嫁给了我，这件事就足够我感恩戴德一辈子……”

翠儿见他说得恳切，鼻子一酸：“你自己都这样说了，我就更不可以离开了……

我要走了，就是对不起少奶奶！解一半！我现在才看清楚你这死没良心的，说走就走……你这不是落井下石嘛！”

“我怎么能是那样的人呢……我……”解一半猛一抬头，看见哈岚出现在门口，顿时愣住，“爷……”

“别说了，我都听见了……一半说得很对，你们现在啊，就得赶紧走，这不是前清那会啦，爷我连脸都不会洗，裤子都提溜不上……呵呵，翠儿，走吧，跟解大哥走吧。”哈岚脸上的泪痕未干，勉强展露笑容，凝望着翠儿，声音轻柔。

翠儿摇头：“除非你走，否则我不走！”哈岚平静地道：“我不会走的……翠儿，这儿是我家。”翠儿态度坚决：“那我也不走……”

“翠儿……你听我说，女人这辈子能遇上一个好男人不容易，一半啊，他可是个完完整整的好老爷们，不像爷我，人字这一撇一捺啊，我是哪一半都不沾！丽华、晓月都因为我，这辈子都没能过上一天好日子！这个世上啊，有我哈岚在，大清朝也揪不回来，没我哈岚在，广和楼照样唱洪羊洞！可你就不一样了，你有解大哥……你没必要为我这种人留在这里……”

翠儿掩面抽泣：“爷啊，可我走了，你该怎么办啊……”哈岚淡然一笑：“我？呵呵，你就甭担心了！从以前到现在，你每次看着我就要倒了，可我哪次不是又站起来了？”翠儿拭去眼角的泪水，半信半疑地望着哈岚：“爷……”

“翠儿啊，我跟一半他爹把你给捡回来的，从小把你养大，我最了解你，你什么都好，今儿我说你一句，就你这脾气得改！一半，你也要让着点，你要让我知道你欺负她，我可不答应啊！还有……你们都不用担心我……翠儿，当是我拜托你跟解大哥，帮我把津平送回到晓月身边，这是我这辈子唯一能为晓月做的事……好吗？”

翠儿悲从心来，忍不住又哭。解一半神情黯然：“爷！谢谢你……”哈岚拍了拍解一半的肩臂：“是我该谢谢你……哈家这独苗，就交到你手上了……”解一半正色地道：“爷您放心！我一定会好好保护津平……”

哈岚微微一笑，突然向解一半和翠儿鞠躬。

解一半急忙上前扶住：“爷！您这是在干什么？”翠儿动容道：“爷……咱受不起呀！”哈岚忍住泪水：“你们两位，其实才是我哈家的大恩人……”

他这一句话说出口，解一半与翠儿再也忍不住泪水，哗哗往下落：“爷，我把钱跟地址都留给您，您要是在北平活不下去了，记得来广州找我们，您永远都是我们的爷！”

“没问题！广州这儿啊，你们要是混不下去了，记着还得回来找我，爷我到时候一跺脚，四九城也得乱颤！这北方人到南边儿一准受不了，知道吧，要是有个马高凳短的，回来，爷在这儿倒不了，候着你们，这儿永远是你们的家……”

哈岚与解一半握手对视，脸庞上滚落辛酸的泪水。

微风拂面，晴空朗朗。

解一半与翠儿收拾好行李，将街边酱肉铺的钥匙交给哈岚。

哈岚蹲在门前，帮哈津平整理好裤角，柔声道：“你跟你解大爷、翠姑姑去广州见到你娄妈妈，千万要听话……记住，别再跟人打架了……”

哈津平低着头不说话，解一半在胡同口轻唤：“翠儿，该出发了！”翠儿望着眼前的贝勒爷，心头泛起一阵酸楚，这一别之后，也不知何时何地才能相见：“爷，你一个人儿要好好照顾自己，那兜里想着总揣点吃的，你可好好的，保重……”

“走吧，一路顺风。”哈岚笑了笑，望着哈津平的背景，似乎想起了什么事儿，喊了一声，“哈津平！”

众人在路口转头，望着哈岚。

“你记住了，你佟妈妈不是汉奸！她所做的一切，都是为了你，为了咱这个家……”

“我知道！”哈津平突然拔腿跑回院子来，紧紧地抓住了哈岚的手，“爸！哪天我想您了，我会回家找您！”

哈岚低头看着自己的手，掌心已多了一颗玻璃弹珠，他紧紧地握住弹珠，一抹泪水随风飘落。

“爷……我们走了，您多保重！”解一半与翠儿朝着哈岚挥手告别。

哈岚转身进屋，似乎不忍看到他们离去的背影。

街道上，解一半拉着哈津平往前走去，翠儿背着大包袱，拉着解冬青，边追赶着解一半，边大喊着：“等等我……一半儿，你等等我……”哈津平忽然站住，回头跑到翠儿的身前，伸手取下翠儿的包袱背在自己的肩上，拉住了解冬青的手，一起向前走去。

翠儿微微一怔，脸上露出欣慰的笑容。

夜晚，东四牌楼东的老街上，灯光暗淡，已失去了往日的繁华。

哈岚坐在燃烧的火盆前，身旁放着一个打开的锦盒，里面是一张他为佟丽华拍的照片，那是他在哈王府书房抄写密疏时，佟丽华第一次教他用相机。

哈岚举起佟丽华的照片，仔细地端详着，照片上的佟丽华一脸惊讶，仿佛正在说，“你按右上角那个圆圆的东西……”

火光映着哈岚的脸，他转过头去，望了一眼躺在床上一动也不动的佟丽华，露出一丝令人心碎的微笑，轻轻地将照片放进火盆，火苗瞬息间舔舐了佟丽华的影相，化为灰烬。

哈岚又从锦盒里挑出烧焦的半张“凤还巢”唱片，摩挲着娄晓月三个字，小心地将唱片丢入火盆中。

火焰倏地蹿高，噼啪作响，哈岚打开了身旁的铁盒，从里面取出胶卷，缓缓拉开，面无表情地扔进了火盆里，接着是第二个，第三个……

漆黑的胶卷在火中燃烧，顿时腾起火焰。

“丽华……你问过我好多次啦，是爱你多一点，还是爱娄晓月多一点……丽华啊，为了这个问题，我一直在逃避，在天津我还跳过河你记得么？呵呵，对不起啦，我哈岚就是个怂货，我根本没法子去选择……”

“丽华，自从有了一南之后，我真的好想跟你平平安安地过一辈子……我知道，我这辈子亏欠你的太多了……从你第一天见到我开始，我就一直牵着别人的手，你觉得我可以托付终身，你觉得我哈岚可以改变，可是我呢……怂到现在，却再也不能跟你白头到老了……丽华啊，你真是够狠心的呐！我好想回天津再跟你吃一碗嘎巴菜，就咱们俩，嗯，就咱们俩……还记得你留给我的那张纸条吗？白茫茫大地真干净……呵呵，真干净！来世……如果还有来世，我们还做夫妻吧……”

夜风凛冽，浓烟盘绕屋梁。

熊熊的火光映红了哈岚的脸，他抬起头来，嘴角轻轻一扬，灰蒙蒙的烟灰四处飞舞，飘散在凄冷的风中。

—— 全文完 ——

更多精彩
详见二维码

图书在版编目(CIP)数据

东四牌楼东 / 江旋等编剧；秦似海改编.

—武汉：长江出版社，2019.8

ISBN 978-7-5492-6384-4

Ⅰ.①东… Ⅱ.①江… ②秦… Ⅲ.①长篇小说－中国－当代 Ⅳ.①I247.5

中国版本图书馆 CIP 数据核字(2019)第 059754 号

东四牌楼东 / 江旋 等编剧 秦似海 改编

出　　版	长江出版社
	(武汉市解放大道 1863 号)
选题策划	长江出版社青春动漫编辑部
市场发行	长江出版社发行部
网　　址	http://www.cjpress.com.cn
责任编辑	陈　辉　罗紫晨
封面设计	青空工作室
装帧设计	汪　雪　彭　微
印　　刷	武汉市精伦达印刷有限公司
版　　次	2019 年 8 月第 1 版
印　　次	2019 年 8 月第 1 次印刷
开　　本	787mm×1092mm　1/16
印　　张	58.75
字　　数	1045 千字
书　　号	ISBN 978-7-5492-6384-4
定　　价	98.00 元(全两册)